Bleak House

荒凉山庄

Bleak House

Charles Dickens

〔英〕查尔斯·狄更斯 著 黄邦杰 陈少衡 张自谋 译

上海译文出版社

Charles Dickens
Bleak House
First Published 1853
由上海译文出版社有限公司与企鹅兰登（北京）文化发展有限公司联合出品
Simplified Chinese edition by Shanghai Translation Publishing House in association with Penguin Random House（Beijing）Culture Development Co., Ltd.
Cover design Coralie Bickford-Smith

图书在版编目（CIP）数据

荒凉山庄／（英）狄更斯（Charles Dickens）著；黄邦杰，陈少衡，张自谋译．—上海：上海译文出版社，2022.1（2022.10 重印）
（企鹅布纹经典）
书名原文：Bleak House
ISBN 978－7－5327－8918－4

Ⅰ．①荒…　Ⅱ．①狄…②黄…③陈…④张…　Ⅲ．①长篇小说—英国—近代　Ⅳ．①I561.44

中国版本图书馆 CIP 数据核字（2021）第 278620 号

荒凉山庄

［英］狄更斯／著　黄邦杰　陈少衡　张自谋／译
总策划／冯　涛　责任编辑／管舒宁　美术编辑／张志全工作室

上海译文出版社有限公司出版、发行
网址：www.yiwen.com.cn
201101　上海市闵行区号景路 159 弄 B 座
南京爱德印刷有限公司印刷

开本 850×1168　1/32　印张 34　插页 6　字数 707,000
2022 年 4 月第 1 版　2022 年 10 月第 3 次印刷
印数：15,001—18,000 册

ISBN 978－7－5327－8918－4/I・5520
定价：178.00 元

目　次

译本序 ……………………………………………………… 1

序　言 ……………………………………………………… 1

第 一 章　大法官庭 …………………………………………… 1
第 二 章　上流社会 …………………………………………… 9
第 三 章　人生历程 …………………………………………… 18
第 四 章　望远镜里的慈善事业 ……………………………… 41
第 五 章　早晨的奇遇 ………………………………………… 56
第 六 章　宾至如归 …………………………………………… 73
第 七 章　鬼道 ………………………………………………… 99
第 八 章　遮掩许多的罪 ……………………………………… 111
第 九 章　蛛丝马迹 …………………………………………… 135
第 十 章　誊写法律文件的人 ………………………………… 153
第十一章　我们亲爱的弟兄 …………………………………… 166
第十二章　在戒备中 …………………………………………… 183
第十三章　埃丝特的自述 ……………………………………… 200
第十四章　风度 ………………………………………………… 220
第十五章　钟楼大院 …………………………………………… 246
第十六章　托姆独院 …………………………………………… 265
第十七章　埃丝特的自述 ……………………………………… 278
第十八章　德洛克夫人 ………………………………………… 296
第十九章　往前走 ……………………………………………… 316

第 二 十 章　新房客 …… 332
第二十一章　斯墨尔维德一家 …… 350
第二十二章　布克特先生 …… 372
第二十三章　埃丝特的自述 …… 388
第二十四章　控诉 …… 409
第二十五章　斯纳斯比太太明察秋毫 …… 429
第二十六章　神枪手 …… 440
第二十七章　不止一个老军人 …… 457
第二十八章　钢铁大王 …… 472
第二十九章　年轻人 …… 486
第 三 十 章　埃丝特的自述 …… 498
第三十一章　护士和病人 …… 516
第三十二章　约定的时刻 …… 535
第三十三章　不速之客 …… 552
第三十四章　施加压力 …… 570
第三十五章　埃丝特的自述 …… 589
第三十六章　切斯尼山庄 …… 606
第三十七章　贾迪斯控贾迪斯案 …… 625
第三十八章　一场内心斗争 …… 647
第三十九章　律师与当事人 …… 659
第 四 十 章　国与家 …… 679
第四十一章　在图金霍恩先生的房间里 …… 694
第四十二章　在图金霍恩先生的事务所里 …… 705
第四十三章　埃丝特的自述 …… 714
第四十四章　信和答复 …… 733
第四十五章　委托 …… 742
第四十六章　拦住他！ …… 756
第四十七章　乔的遗嘱 …… 767
第四十八章　短兵相接 …… 783

第四十九章　公事是公事，私交是私交 …………………… 802
第 五 十 章　埃丝特的自述 …………………………… 819
第五十一章　恍然大悟 ………………………………… 831
第五十二章　坚持己见 ………………………………… 846
第五十三章　寻找线索 ………………………………… 859
第五十四章　中计 ……………………………………… 874
第五十五章　出走 ……………………………………… 898
第五十六章　追踪 ……………………………………… 916
第五十七章　埃丝特的自述 …………………………… 926
第五十八章　冬天的一个昼夜 ………………………… 947
第五十九章　埃丝特的自述 …………………………… 964
第 六 十 章　希望 ……………………………………… 980
第六十一章　意外的发现 ……………………………… 996
第六十二章　又一个意外的发现 …………………… 1008
第六十三章　钢与铁 ………………………………… 1019
第六十四章　埃丝特的自述 ………………………… 1028
第六十五章　重新生活 ……………………………… 1041
第六十六章　在林肯郡 ……………………………… 1050
第六十七章　埃丝特自述的结尾 …………………… 1056

译本序

《荒凉山庄》一开始就描写雾，伦敦的覆盖一切、窒息一切的大雾。这样的开始为全书定了调子，把我们引进一个乌烟瘴气、窒息人性的阴惨世界。而大法官庭就坐落在雾的中心，雾最浓的地方。它像是黑暗势力的堡垒，浓雾似乎是从它那里喷出来的。在《荒凉山庄》中，狄更斯首先把批判的矛头对准了腐败的大法官庭本身和它的陈旧而烦琐的法律条文与程序，以它为中心对英国资本主义社会进行了猛烈的抨击。

法是上层建筑，是统治阶级意志的集中表现，因而也往往是有社会正义感的作家在创作中抨击的对象。早在莎士比亚时代，“法律的拖延”，就被视为人生一大苦难，哈姆雷特在考虑“活下去还是不活”的时候曾把它作为一个因素向自己提出来。后来英国十八、十九世纪的许多现实主义小说都大量涉及法的不公道和执法者的昏庸无能。狄更斯从青年时代就在律师事务所谋差事，对英国法律的烦琐程序，法庭和监狱的内幕是比较熟悉的。他在自己的小说里揭露了以文牍扼杀生机的法律机器，如《大卫·考坡菲》中描写得细致入微的那种浑浑噩噩的律师事务所。狄更斯还对形形色色鱼肉人民的讼棍做了无情的讽刺与鞭挞。《老古玩店》中的黑律师布拉斯制造假证陷害好人，《匹克威克外传》中的律师陶逊与福格串通起来骗钱，而在《远大前程》中律师找来的证人“对随便什么都敢于发誓作证”。在狄更斯的笔下，英国当时的法律几乎没有一条不曾受到抨击。众所周知，《奥立弗·退斯特》和他晚期作品《我们共同的朋友》中揭露了济贫法；在后一部作品中，孤苦无靠的老人贝蒂·希格顿到处流浪，宁可死在田野上也不肯被折磨穷人的所谓济贫院收容，她实际上是在逃脱法的追捕，因为根据当时的济贫法，她是应该被收容的。《远大前程》中通过逃犯马格韦契受到的不公平待遇揭露了资产阶级刑法对贫富的两副面孔。《小杜丽》控诉了法律对负债人的残酷迫害，在有产者看来，贫穷负债就是犯罪。《艰难时世》一书不仅描写了工人的悲苦境况，而且还揭露婚姻法为工人设置的障碍。被一个酗酒而又精神失常的老婆折磨着的工人斯梯芬说："我的情形是糟透了，我希望——要是你对我好的话——你知道有哪条法律可以帮助我。"资本家庞得贝对他说："好吧，我告诉你吧！是有这么一条法律的……但是这条法律对你根本不适用。这需要钱。这需要大量的钱。"①赤裸裸地点明了资本主义社会法律的阶级性。总而言之，关于英国资本主义社会法的不公道问题在狄更斯的作品中占了很大的比重。可以说如果去掉了对法的抨击，他的作品中对英国资本主义社会的广泛描写将是不完整的。不过，在大多数作品中，狄更斯对法的描写是片断的，有时只作为个别细节出现。而《荒凉山庄》对英国法律的揭露和抨击则构成作品的主要内容。

在《荒凉山庄》中，狄更斯把大法官庭当作世上一切不正义、不合理事物的化身。所谓大法官庭，又称正义法院，事实上是英国司法机构的一部分，它是古老的设置，狄更斯在作者前言中戏谑地说，大法官的人数是由理查二世钦定的，可见它是多么的古老。在狄更斯写《荒凉山庄》的十九世纪中叶，大法官庭专门承办有关遗产、契约方面的纠纷，它根据特殊规定，不受其他法院应用的英国普通法约束，只承认"公法"，或称"正义法"，即，连资产阶级法权平等的外衣也不披戴，是公然保护贵族特权的工具，以自己的程序为至高无上的准则。像书中描写的拖了几十年的案件并不是艺术的夸大，而正是当时英国社会司空见惯的"马拉松"案件的典型再现。

---

①《艰难时世》第一卷第十一章，第91页，上海译文出版社1978年版。

狄更斯在自己的创作生涯中早就对大法官庭的腐败进行过抨击，在他自己主编的《家常话》杂志上写过一篇文章，题为《大法官庭的殉难者》，为在法的荒谬秩序下的无辜受害者鸣冤抗议。在狄更斯写《荒凉山庄》的前后，就有好几桩引起社会公愤的诉讼丑闻，突出的有仁宁斯案件。这桩由大法官庭受理的遗产诉讼案起始于一七九八年，到狄更斯写小说时已拖了半个多世纪还没有了结（事实上是在二十世纪初才结案的），是小说中贾迪斯案件的原型。

在《荒凉山庄》故事中，各条线索都直接间接牵到大法官庭；贾迪斯遗产争执已拖了几十年，故事一开始就交代说老一代的托姆为了等这一笔遗产毁了自己的一生，最后在绝望中自杀；现在他的侄孙，老单身汉约翰和两个年轻人理查德与婀达等人都与此案有关，又在等待着宣判。因为是亲戚关系，老约翰就把这两个无亲无故的青年人收留在自己家里，还为婀达请来了家庭教师——孤女埃丝特。在这一条线索之外，德洛克夫人也与案件有点牵连。她从律师图金霍恩手里看到一份诉讼文件的抄件，从中认出了过去情人的手迹。她通过扫街的穷孩子，“可怜的乔”找到了刚刚死于贫穷的情人的葬身之地，后来还找到了自己的私生女埃丝特。书中所有人物，无论是德洛克夫人还是其他人，凡与案件有关的，都落得悲惨的下场，只有老约翰除外。埃丝特作为用第一人称叙述故事的女主人公获得了幸福，使小说在形式上有了圆满的结局，但这不能减轻由于法律的破坏作用而造成的总的悲剧气氛。

狄更斯在《荒凉山庄》中把笔锋对准了大法官庭这个历史的陈迹、社会的赘瘤，通过雾的象征，通过描写开庭时那一派僵死的气氛、法庭上木乃伊式的人物、宗教礼拜似的空洞仪式和无意义的套语，突出地表现了它的过时的、无用的、寄生的性质。然而问题还不止于此；这个法的僵尸还在散发臭气，毒化着人们吸进的空气，使它的周围都呈现出病态与畸形。试看小说中描写的寄生于法的卵翼下的一群龌龊卑俗的小人物，如那些贩卖法律专用纸张的、收购法庭废纸的、抄写法律文件的、向诉讼人放高利贷的等等，他们像一窝窝的霉菌孳生在法的机体上，构成一个扩散于社会机体的病灶，使我们在《荒凉山庄》中看到一个从上到下浸透着毒液的病态的黑暗世界。如果要像儿童要求的那样非得指出故事中的“坏蛋”是谁，那么可以说，《荒凉山庄》中的坏蛋不是别人，不是累斯特·德洛克爵士，不是图金霍恩律师，而是大法官庭，是腐败的法本身。狄更斯生动具体地表现了大法官庭的吃人的本质。它像神话故事中可怕的蜘蛛精，把凡是不慎粘在它的网上的有生之物都无情地加以消灭。譬如由大法官庭承办的贾迪斯遗产继承权案件中，所有与它有沾带的人都落得悲惨的下场，几代人在无望的等待中消磨终生，有的自杀，有的发疯，书中描写的弗莱德小姐就是一个被这桩案件拖了一辈子终于变得疯疯癫癫的老太婆。她养了许多小鸟，为它们取名“希望”、“快乐”、“青春”、“宁静”、“憩息”、“生命”等等，把它们关在笼子里，象征着被法断送的一切。对于弗莱德小姐这类小人物来说，法其实就是一个非人的庞大机器；包含着多少活人的希望的一桩桩案件只不过是填在它的齿轮底下的原料，法律机器的运转吞噬着活人的血和肉。书中描写的理查德的命运是又一个悲惨的例子。理查德本来是个聪明、有生气的青年人，可是因为一心指望从贾迪斯案的判决中得到遗产，不能专心从事任何职业。他被狡猾的律师愚弄，为这桩案件耗尽了心血、涤荡仅有的资财。最后，在一堆废纸里找到了可以了结贾迪斯遗产争端的一份确凿的遗嘱。拖了几十年的贾迪斯案终于要宣判了，然而也就在这时，它也戏剧性地宣布告吹，因为全部遗产已经被几十年的诉讼费消耗一光。社会寄生虫、讼棍们肥了腰包，法律程序得到尊重，案件本身成了“大法官庭程序的典范”，而可怜的理查德在这最后宣判的打击之下口吐鲜血，悲惨地死去。书中的正面人物约翰·贾迪斯说大法官庭的案件好比“发霉的芦苇”，谁挨近它都要受到腐蚀。只有他本人，身为案件有关人员，却从不把案件放在心上，不对最后的宣判抱任何希望，总之，不许这案件干扰自己的生活，因而始终头脑清醒，是与案件有关人员中唯一保持“宁静”与“幸福”的人。

《荒凉山庄》不仅是一般地从故事情节的处理上表现了以大法官庭为代表的英国法律的腐朽性和破坏性，而且还深刻地表现出在资本主义条件下法所具有的神秘的、邪恶的性质。这是《荒凉山庄》一书特殊力量的所在。奥匈帝国的德语作家卡夫卡在他的小说《审判》中把法当作被人制造又翻转过来控制人、迫害人的一种异己力量的象征，对人来说无从理解，充满了无名的恐怖。而在《荒凉山庄》中，狄更斯早在卡夫卡半个世纪之前就揭示了法律在资本主义条件下的这一特点。通过《荒凉山庄》中关于大法官庭的描写，我们看到，几百年前遗留的繁复程序仍然荒谬地主宰着活人的命运。法的机器呈现着似乎超越私人好恶的冷漠，可是陷入其罗网的人，如小说中的弗莱德小姐、理查德与婀达等青年又好像受到敌意势力的任意拨弄，根本无法逃脱。《荒凉山庄》中插入的“希罗普郡老乡的故事”就是一例。希罗普郡乡间的两兄弟为遗产发生一点争执，问题提到大法官庭后，反而日益复杂化，弄得他们倾家荡产、两败俱伤，要撤回原案又办不到，好像卷入法律机器后就身不由己了。而在《荒凉山庄》中，卷入法的机器的受害者都是善良无辜的人，这就更突出了法的邪恶性质。更值得注意的是，早期小说中律师的反面形象往往是作为丑角出现的，而现在，在《荒凉山庄》中，法的体现者的可憎不在于个人品质，而是作为法的机器附属物的中立面貌出现。这些法的执行者、代理人，作为个人可以是模范的儿子和慈爱的父亲，如霍尔斯，而作为法的机器的零件却“为他的僵化的法律观念所奴役，这种观念作为独立的力量支配着他”①，使得他像猎犬

① 恩格斯：《反杜林论》第288页。

一样将猎物追逐到底。这方面，在故事中起到极大破坏作用的图金霍恩律师是个典型代表，他像个复仇之神一样对德洛克夫人的秘密穷追到底，造成悲剧，而在做这一切的时候，似乎没有个人动机，也不为任何私人的喜怒哀乐所打动，完全为法的观念所支配。这样就更显出他作为法的化身的可怕。

狄更斯之所以能对资产阶级上层建筑的法律做出如此猛烈的抨击，当然不是偶然的，除他个人原因外，现实生活基础是个根本条件。我们知道，英国资产阶级革命是不彻底的，革命后保存了许多封建主义的残迹，而旧的法律形式就是其中之一。“在英国，革命以前和革命以后的制度之间的继承关系，地主和资本家之间的妥协，表现在诉讼程序被继续应用和封建法律形式被虔诚地保存下来。”①如我们在《荒凉山庄》中所看到的那样，狄更斯猛烈抨击的大法官庭正是这样被虔诚地保存下来的历史遗迹。法必须适应于总的经济状况，这是历史唯物主义的一条规律，法国大革命后，拿破仑法典就起了巩固新的资产阶级财产关系的作用。英国十九世纪上半叶资本主义经济的上升和发展，要求作为上层建筑的法也有相应的发展和变化，以利于巩固新的经济关系，这样就与那些被保存下来的陈腐的法条和繁复程序发生尖锐的矛盾。后者在现实面前，被证明失去继续存在的理由，在当时就曾受到社会舆论的公开谴责。当时的《泰晤士报》就曾激烈地抨击“过时的司法制的停滞”，说“大法官庭的状况……存在着严重弊病……”，“在那里的一场诉讼总是无休无止的、无底无边的、永不餍足的……”②

马克思在一八五二年八月，即狄更斯写作《荒凉山庄》的时期，在分析当时工业资产阶级各派的政治要求时指出“他们力求

---

① 恩格斯：《反杜林论》第338页。

② G．H．福特：《狄更斯评论集》，1962年纽约版，第345页。

使资产阶级取得不受任何限制、不加任何掩饰的统治，力求使人们公开地正式地承认全社会应服从现代资本主义生产的规律，服从那些管理这种生产的人的统治”，他们“就是不允许有任何其他政治的或社会的限制、规章和垄断存在……”，他们打着“**生产尽量便宜，消除生产中的一切** faux frais”〔即非生产费用〕①的口号向一切过时的上层建筑开火，其中包括“王权”、“贵族的薪高而清闲”、庞大臃肿的英国司法机构以及它的“上院”、“国教会”、整个英国法律的烦琐程序以及大法官庭。在上升时期的英国资本家看来，这一切都是应予取消的“faux frais”。狄更斯在《荒凉山庄》一书中把大法官庭当作过时的，有害无益的社会赘瘤来描写，正好说明资产阶级的政治要求在本阶级作家笔端下的自然流露，尽管这种流露可能是不自觉的。在对大法官庭形象的处理上，狄更斯正是把它当作应予扫除的历史垃圾。为了突出这一主题，狄更斯别出心裁地在小说里描写了一个废品回收商店，店址靠近大法官庭，专门收购它的废纸；发霉的法律文件堆满了铺面，使得这个到处腐烂发臭的废品商店成了大法官庭的缩影，被人们戏谑地称为“大法官庭”，而商店老板，一个肮脏得令人作呕的老怪物便成了大法官的写照，绰号“大法官”。最后，商店发生“自动燃烧”，把这个模范的“大法官庭”和“大法官”，烧成灰烬，暗示了现实的大法官庭和大法官应有的下场。

马克思在《政治经济学批判》一书导言中写道：由于经济基础对意识形态的决定作用，“人类始终只会提出自己所能够解决的任务”，因为任务本身只有“当它所能借以得到解决的那些物质条件已经存在或至少是已在形成过程中的时候，才会发生的”。《荒凉山庄》通过对陈腐的法的抨击，反映的基本事实是资本主义的生产力已经取得可观的发展，使得旧的法律程序成为不可忍受的

① 马克思：《宪章派》，见《马克思恩格斯全集》第八卷，人民出版社 1965 年版，第 388—389 页。

束缚：条件已经成熟，不仅必须而且也可能突破它。事实上，大法官庭在七十年代就被取消了，并入高等法院。仅就狄更斯对大法官庭的陈腐性的抨击而言，作者实际上没有超出资产阶级激进派的立场，尽管揭露得淋漓尽致，但反映的不过是资产阶级打破一切陈规陋习，发展资本主义的历史要求。在这一点上，狄更斯再一次体现了我们在许多十九世纪现实主义作家身上发现的特点，即对本阶级既维护又反对的关系，也就是说在对自己的社会进行批判时终究不能超越资产阶级世界观的局限。

《荒凉山庄》中的大法官庭不是孤立的法的象征，而是作为整个社会机器的一个组成部分出现的，与钱财和权势有着千丝万缕的联系，它像个毒瘤系于社会机体的核心部位，带有病毒的细胞四处蔓延，与整个社会的机体交织在一起，使得全社会呈现病态、溃烂、发霉的征兆。“丹麦的国家里怕有点乌七八糟。”①莎士比亚笔下关于阴邪的丹麦的画龙点睛的一语完全适用于当时的英国，正是《荒凉山庄》的艺术世界留给我们的突出印象。在这里除法的腐朽以外，狄更斯还通过与法勾结在一起的贵族阶级、议会等表现了当时英国社会的黑暗面。贾迪斯案件是一条主线；此外，与此有关的另一条重要线索便是关于德洛克从男爵一家的故事。这位世袭贵族是大地产所有者，又是英国国会议员，在资产阶级激进派眼里，跟大法官庭一样，也是过时的、无用的累赘、“非生产费用”。狄更斯描写了德洛克一家的排场，一方面是与地产相连的豪华府邸，另一方面又是伦敦舒适、现代化的住宅，德洛克夫妇一会儿在乡间招待客人，一会儿到国外去游历，但无论到那里做什么，都不能排除他们的烦闷，他们是典型的百般无聊、闲得发愁的贵人。从男爵每天在报上看看议会辩论的报道就算是对国家尽职了。至于从男爵夫人，她整天被一群献媚者

---

①《哈姆雷特》：卞之琳译，人民文学出版社1957年版，第33页。

所追逐，是“上流社会”的一枝花朵，但是一个见不得人的秘密折磨着她的内心。最后，当她婚前不检点的行为暴露之后，她在这种耻辱的打击之下死去，从男爵本人也从此一蹶不振。狄更斯通过德洛克一家表现了贵族阶级的腐朽、没落、空虚、无用，表明他们就是应该被淘汰而不配有更好的命运。书中第四十章描写了一次所谓“政府危机”，讽刺地写道：“几个星期以来，英国就像一条破船似的，在那阴惨可怕的海峡中漂荡，它没有舵手领航（累斯特·德洛克爵士说得好）去战胜暴风雨；同时，这件事情还有不可思议的一面，那就是英国老百姓似乎对此漠不关心，像洪水泛滥前的远古时代那样，照常吃喝嫁娶。但是，库都尔知道这个危险，他们的追随者和食客，也都非常清楚地看出这个危险。最后，托马斯·杜都尔爵士不但愿意屈就入阁，而且还做得相当漂亮，把他所有的侄子、所有的本家兄弟和所有的姻舅都提携入阁了。”[①]狄更斯在这里生动地点出了贵族阶级的寄生性质，还用讽刺的口吻说某爵士，迫于形势的危急，终于“决定把自己献给国家，主要是通过金币和啤酒的形式”，即用金钱和啤酒贿赂选票。总之，他们就是些食利者、寄生虫，凭世袭特权占据要职，补肥缺，吸吮人民的脂膏。《荒凉山庄》中还描写了当时的议会选举活动，谴责了世袭贵族根据古老的选举法垄断议会席位的不合理状况。譬如德洛克爵士就如同定货似的把他指定的人派到乡下去，要求佃户把他“制成一个议员送回来”。狄更斯在这里所指的就是那种由大地主垄断的选区，这种地方在当时被称为“腐败的选区”，往往早已荒无人烟，但根据陈旧的政治地图仍然有权选派议员，而新起的、人口密集的工业区则在议会中没有代表。改变这种把新兴资产阶级排除在议会之外的不合理状况，一向是十九世纪的前期资产阶级民主改革运动的一项主要要求，这一要求终于在十九世纪三十年代通过“议会改革”得到解决。如同关

① 见本书第四十章。

于大法官庭的描写一样，作品通过对德洛克及其同僚的暴露，实际上反映了当时的工业资产阶级反对贵族特权，争夺政治权力的历史要求。还值得注意的是，德洛克被写成具有主观真诚的人，他尽量按照贵族的荣誉观念待人处事，但这绝不能免除他和他的阶级必定灭亡的命运。在对德洛克和贵族阶级的描写中，狄更斯强调的是死气沉沉，如德洛克的名字就是“僵局”的意思，以此概括他和他的阶级的基本特征。他们盲目自大，思想僵化，对时代的进步麻木不仁，只陶醉于自己的有几百年历史的家谱。他们害怕现实，一提到北部的工业区就神经过敏地联想到“瓦特·泰勒式的人物举着火炬聚会……”①。关于“议会危机”的一段精彩文字中作者把所有那些鱼肉人民的官僚政客都用一个字称呼，只改动第一个辅音字母，从发音上略有区别，以此来表明，对于广大的人民说来，他们都是一丘之貉，毫无差别。

在描写德洛克等这些社会寄生虫时，狄更斯意味深长地描写了一个来自北部工业区的典型人物——企业家朗斯威尔。他是德洛克府上老管家婆的儿子，从小爱好摆弄机械，到北部工业区去当学徒，后来成了钢铁业资本家。狄更斯的早期作品如《尼古拉·尼古尔贝》中描写过狠心的资产者和善心的资产者，中期的作品如《董贝父子》表现了大商贾董贝先生被财产所奴役的阶级特征……只有在《荒凉山庄》一书中，作为腐朽没落贵族的对比，狄更斯写出了朗斯威尔这个新型工业资本家的正面形象，突出了他的“进取心”、“实际精神”等与贵族习气相反的品质。由于自己是从学徒爬上资本家地位的，朗斯威尔不重门第，用他自己的话说，人们的地位不是固定的，而是上下变动的。他在德洛克历来控制的选区里打败了从男爵安置的人，自己当选为议员，使这位妄自尊大的贵族老爷大为震惊。他由此看到“我们这个时

---

① 见本书第二十八章。

代多么混乱——土地的界标废除了，水闸打开了，贵贱的区分取消了”①，第二十八章描写德洛克与朗斯威尔的一次会见，是《荒凉山庄》中著名的一章。虽然会见的地点是他自己的母亲长期居于仆从地位的德洛克府上，可是朗斯威尔毫无畏惧，他站在贵族老爷面前，不卑不亢、落落大方，使德洛克暗自惊讶。这一幕虽然没有多少戏剧动作，却是富有意义的，集中概括了当时历史条件下阶级关系的变化，贵族阶级的没落和工业资产阶级的上升。《荒凉山庄》一开始描写了伦敦的雾，唤起了一个以贵族、法庭等为代表的腐朽世界。《荒凉山庄》结尾，狄更斯写了烟，这是北部工业区里朗斯威尔的工厂烟囱冒的烟。在这里，狄更斯强调的不是这煤与烟的肮脏，如在《艰难时世》中那样，而是强调在这烟与火的当中产生的铁，各种形状的铁堆成山、变成机器零件……以铁来象征新兴阶级的朝气和力量。朗斯威尔完全是工业资产阶级的理想化形象，他比过去狄更斯笔下的慈善家等资产阶级人物形象都更生动、更真实。他实际上是作者用以批判德洛克的尺度，是狄更斯为这个被“大法官庭”、贵族和腐败的选举制度等历史遗物累赘得喘不过气的英国社会所指出的一条现实出路。他是狄更斯作品中唯一比较真实的工业资产者的正面形象，也是最后的一个，在下一部作品中，朗斯威尔就变成庞得贝②了。

如前所述，狄更斯对英国社会历史遗物的抨击站在时代的前沿，反映了历史的进程。如果仅仅从这一点看，充其量还只是资产阶级激进派的政治要求。但《荒凉山庄》的思想意义不止限于此。狄更斯在作品中把“可怜的乔”的形象放在我们眼前，把叫作“托姆独院”的贫民窟摆在我们面前，这样，整个作品的面貌就改观了。广大的被统治者的命运问题被尖锐地提出来。“可怜的乔”是十九世纪中叶弱肉强食的英国资本主义社会的牺牲品，受

① 见本书第二十八章。

② 《艰难时世》中的工业资本家形象，虚伪、冷酷，面目可憎。

压迫、被剥削人民的总代表。“可怜的乔”是从来不知道人间温暖的孤儿，在“托姆独院”贫民窟一带扫地，终日同饥饿与寒冷为伴侣。由于偶然原因，他结识了一个自称“无名者”的穷抄写员——霍顿上尉，德洛克夫人昔日的情人，他现在沦落街头，与乞丐为伍，靠偶尔抄写诉讼文件糊口，只要赚得几文钱，就与“可怜的乔”分享。然而正是他的关怀给“可怜的乔”带来灭顶之灾。图金霍恩律师为了探明德洛克夫人的秘密，同样，德洛克夫人为了打听情人的下落和掩盖自己的耻辱，都像对森林中的野物那样疯狂地追逐他。“可怜的乔”这样一个无碍于任何人的小生命，只因无意中被牵入大人物的阴私，就被全社会，尤其被法的力量，迫害致死。狄更斯对着“可怜的乔”的尸体向全社会发出控诉：“死了，陛下。死了，王公贵卿。死了，尊敬的和不值得尊敬的牧师们。死了，生来就带着上帝那种慈悲心肠的男女们。在我们周围，每天都有这样死去的人。”①

如果说《荒凉山庄》表现了一个病态的社会，那么社会弊病的集中点就是贫民窟。第十六章中狄更斯对“托姆独院”的描写是英国现实主义小说中的著名篇章。与《玛丽·巴顿》、《艰难时世》等作品中关于工人状况的真实写照不同，关于“托姆独院”的描写具有浓厚的浪漫主义色彩。狄更斯在“自序”中说：“在《荒凉山庄》这本书里，我有意渲染日常生活中富有浪漫色彩的那一面。”他写道：“这是一条很不像样的街道，房屋破烂倒塌，而且被煤烟熏得污黑，体面的人都绕道而行。在这里，有些大胆的无业游民趁那些房子破烂不堪的时候，搬了进去，把它们据为己有，并且出租给别人。现在，这些摇摇欲坠的房子到了晚间便住满了穷苦无告的人。正如穷人身上长虱子那样，这些破房子也住满了倒霉的家伙，他们从那些石头墙和木板墙的裂口爬进爬出；三五成群地在透风漏雨的地方缩成一团睡觉；他们来来去

---

① 见本书第四十七章。

去，不仅染上了而且也传播了流行病，到处撒下罪恶的种子……”① “托姆独院”这里所播下的“罪恶”的种子不仅是生理病痛，更是把人像牲畜一样驱入城市与厂房的资本主义制度对劳动者所犯下的罪，它集中地倾泻在这里，使得“托姆独院”这个病态、龌龊、丑恶、怪诞的场所成为当时工人阶级和劳动人民的一切苦难的象征，比任何现实主义的真实描写都更深刻有力地表达了作者对广大受压迫者的非人生活状态的控诉与抗议。尽管这个贫民窟在狄更斯写《荒凉山庄》的五十年之后终于被清除了，它所提出的问题却是带有根本意义的。

《荒凉山庄》在另一个著名篇章即第八章中，改换了笔调，抛弃了神秘主义的渲染和高昂的情绪，用写实手法表现了工人的日常生活，在这里，狄更斯通过资产阶级女士帕迪戈尔太太访问工人家庭的滑稽场面绝妙地讽刺揭露了资产阶级的慈善事业。十九世纪的英国资产者最热衷于宗教慈善事业。这原因正如当时的著名慈善家沙夫茨伯利说的“中产阶级知道他们生命财产的安全系于周围的一个平静、知足而又道德的人口”②。特别是在法国大革命之后，英国这个无神论的故乡更抓紧了自己的宗教，不顾别国的嘲笑，年复一年地在宗教慈善事业上花费大量的钱财。总之，宗教、慈善事业，如同法律一样，也是维持资产阶级统治的工具。《荒凉山庄》中描写的杰利比太太和帕迪戈尔太太的“吃人的慈善主义”就属于这类活动；不论她们本人意识到与否，其目的都是通过宗教把工人训练得驯服一点，以操纵他们的灵魂，因此狄更斯讽刺地称她们为“卫道警察”。这些穷极无聊的资产阶级太太，为非洲土著的灵魂操心，却无视自己的子女的起码温饱。至于工人的真正苦难，更在她们视野之外。因此，工人和劳动人

① 见本书第十六章。

② 转引自 G. M. 扬格：《维多利亚时代画像》，伦敦，牛津大学 1953 年版，第 25 页。

民对这类传教活动和慈善事业是非常敌视的。狄更斯在《艰难时世》中就侧面表现了工人对宗教的冷淡，第五章中写到英国教会五花八门的教派，说“令人费解的是，究竟是哪些人属于这十八个教派？不管是谁，反正这里没有工人……礼拜天早上，他们懒洋洋地荡来荡去，呆呆地望着教堂和做礼拜的人们，好像与他们毫不相干”。《荒凉山庄》第八章描写帕迪戈尔太太押着五个因被迫参加这类活动而怒气冲天的儿子，带着一堆道德说教的小册子来到烧砖工人的家里，一进门就碰了个钉子。房子的主人劈头对她说：“我要结束你这件工作。我不要别人随便到我家里来。我不要像一头畜生那样被人摆弄。现在你又来耍你那一套，问这问那——我知道你打算干什么。哼！这一回你可不行了。我可以让你不必操这个心。我女儿是在洗衣服吗？不错，她是在洗衣服。瞅瞅那盆水。闻一闻呀！我们喝的就是这种水。你觉得怎么样，你也许觉得喝杜松子酒比喝这些水好吧！我这儿很脏是不是？不错，是很脏——当然是很脏，当然是很不卫生；我们有过五个又脏又不卫生的孩子，可是在很小的时候，就都死掉了，这样对他们更好，对我们也有好处。我有没有看你留下的那本小书吗？没有，我没有看你留下的小书。这里没有人认识字，就算有人认识字，这书对我也不合适。这本小书是给小孩看的，可我又不是小孩。要是你给我留下了一个布娃娃，我也不会喂它奶吃的。我这些日子过得怎么样吗？瞧，我已经醉了三天；要是我有钱，第四天我还要喝个醉。我是不是一辈子也不打算上教堂吗？不，我并不是一辈子也不打算上教堂的。就算我要去，那也没人希望我去；那位助理牧师太斯文了，我受不了……”①短短的一席话，把资产阶级阔太太弄得狼狈不堪，把资产阶级传教、慈善事业的闹剧加丑剧式的骗局揭露得淋漓尽致，并鞭辟入里地表现了工人对资产阶级这类把戏的极端轻蔑。作者从这一特定角度暗示，正如

① 见本书第八章。

法与贵族之于资产阶级一样，资产阶级之于工人阶级和劳动人民也是难以忍受的赘瘤。总之，“托姆独院”贫民窟中的“可怜的乔”的形象，以及烧砖工人顶撞传教的资产阶级太太的戏剧性的一幕，虽然在全书中占的篇幅不多，但是在狄更斯的创作历程中代表了一个重要的转折。早期、中期作品里所提出的往往是在资本主义制度的范畴内所能解决，甚至资产阶级的发展本身所需要解决的问题，而在《荒凉山庄》中，狄更斯则以巨大的艺术力量提出了在资本主义制度的范畴内不能解决的问题——大多数被剥削、被压迫者的命运，以及资产阶级与广大劳动群众的敌对关系问题。

十九世纪资产阶级意识形态往往被笼统地概括为“维多利亚主义”，它是在十九世纪中叶形成的，是当时英国资本主义经济的繁荣发展在意识形态上的反映。它一般被理解为自满自足、岛国自大、虚伪道德、慈善主义、粉饰太平、感伤主义等的同义语，虚假乐观主义的代名词。狄更斯的许多前期作品还不能打破这种维多利亚主义的思想羁绊，而后期作品，以《荒凉山庄》为标志，代表了一个重要转折。在这里，他最少哭哭啼啼的感伤主义（如《老古玩店》中那样），相反他借“可怜的乔”之死发出深沉的、狮子般的怒吼；在这里，他最少虚假的乐观主义（如《尼古拉·尼古尔贝》中那样），相反，这里的青年人理查德不是发财致富和得到美满的婚姻，而是悲惨地死去，不仅如此，他也没有获得道德上的新生（如《远大前程》中的匹普），而是被法的病毒深深地感染，在精神上不可救药地堕落下去；在这里，他最少甜腻腻的慈善主义（如《圣诞欢歌》中那样），有的却是无情的嘲笑和辛辣的揭露。《荒凉山庄》基调低沉、色彩阴暗，毫不妥协地勾划出了英国资本主义盛世的阴暗面，字里行间蕴藏着要捣毁这丑恶、龌龊的世界的满腔怒火。如果说这里还有什么希望的火花的话，那就是朗斯威尔工厂里的钢铁与火光了。当然，人们可以说，有了朗斯威尔这个正面资产者形象，以“可怜的乔”为代表的劳动人民的状况问题只能用浪漫主义的象征性的手法含糊地提出来。狄更斯在紧接着的一部作品《艰难时世》中倒是以劳资矛盾为主题，把工人阶级状况问题具体地提出来了。然而，正因为提得明确、清晰，作者本人的阶级偏见和局限，如对真正产业工人的生疏，对工人运动的不理解，反而暴露得分外清楚、刺眼，远远比不上《荒凉山庄》中的具有象征意味的形象所包含的丰富思想意义和搅痛人心的艺术力量。《荒凉山庄》在狄更斯的创作中、在英国十九世纪现实主义小说中的重要地位是十分确定的。

朱　虹

主要人物表

埃丝特·萨默森　　德洛克夫人的私生女，荒凉山庄管家，爱称小老太太、小老太婆、德登大妈、哈巴德大娘、希普顿太太。

德洛克夫人　　切斯尼山庄女主人。

累斯特·德洛克爵士　　切斯尼山庄主人、从男爵。

伏龙妮亚　　累斯特爵士的堂妹。

朗斯威尔太太　　累斯特爵士公馆的管家婆。

朗斯威尔　　朗斯威尔太太的大儿子，钢铁大王。

乔治　　朗斯威尔太太的小儿子，开设打靶场。

菲尔·斯夸德　　打靶场的小伙计。

奥尔当斯　　德洛克夫人的法国侍女。

露莎　　德洛克夫人的小使女。

约翰·贾迪斯　　埃丝特的监护人，荒凉山庄主人。

婀达·克莱尔　　埃丝特的女伴，约翰·贾迪斯的受监护人。

理查德·卡斯顿　　婀达的远房表兄和丈夫，贾迪斯控贾迪斯案的当事人。

巴巴莉小姐　　埃丝特的姨母和教母。

雷彻尔大嫂　　埃丝特幼年的保姆，恰德班德牧师太太。

图金霍恩　　累斯特爵士的法律顾问。

阿伦·伍德科特　　外科医生，埃丝特的丈夫。

霍顿队长　　德洛克夫人过去的情人，后沦为法律文件誊写人，化名尼姆。

威廉·巴菲　　累斯特爵士公馆的座上客。

布都尔爵士　　累斯特爵士的朋友，议员。

劳伦斯·波依桑　　累斯特爵士的邻居。

布克特探长

格里德利　　大法官庭的受害人。

弗莱德小姐　　疯疯癫癫、经常出入大法官庭的老小姐。

贝汉姆·巴杰尔医生　　理查德的业师。

肯吉　　律师，外号“快嘴肯吉”，巴杰尔的表亲。

马休·贝格纳特　　外号“大木头”，当过炮兵。

贝格纳特太太

马耳他　　贝格纳特的女儿。

魁北克　　贝格纳特的女儿。

伍尔维奇　　贝格纳特的小儿子。

恰德班德牧师　　口若悬河的骗子。

博斯比　　太阳徽酒店老板。

格鲁伯　　德洛克家徽酒店老板。

威廉·格皮　　肯吉-卡伯伊法律事务所雇员。

托尼·贾布林　　又名威维尔，格皮的好友。

特维德洛甫　　讲究风度的“绅士”，普林斯的父亲。

普林斯　　舞蹈教师，凯蒂的丈夫。

卡罗琳·杰利比　　爱称凯蒂，埃丝特的女友。

杰利比太太　　凯蒂的母亲，热中于非洲殖民事业。

啤啤　　凯蒂的小弟弟。

斯纳斯比　　法律文具店老板。

嘉斯德尔　　斯纳斯比家的使女。

克鲁克　　破布废纸收购店老板，斯墨尔维德太太的兄弟。

斯墨尔维德爷爷

斯墨尔维德奶奶

巴梭罗米·斯墨尔维德　　格皮的朋友，外号“小鬼”。

朱狄　　巴梭罗米的孪生妹妹。

帕迪戈尔　　英国皇家学会会员。

帕迪戈尔太太　　以“慈善”事业为幌子的有闲女人。

艾尔弗雷德，埃格伯特，奥斯华德，菲利克斯，弗朗西斯　　帕迪戈尔的儿女。

格谢　　帕迪戈尔的朋友。

奎尔　　帕迪戈尔太太的朋友。

哈罗德·斯金波　　债多不愁、自命孩子的“乐天派”。

斯金波太太

艾瑟萨　　斯金波的女儿，爱称“美丽姑娘”。

劳拉　　斯金波的女儿，爱称“多情姑娘”。

基蒂　　斯金波的女儿，爱称“逗笑姑娘”。

霍尔斯　　理查德的法律顾问。

乔　　屡遭警察迫害的流浪儿。

莉子　　烧砖工人的妻子。

夏洛蒂·涅克特　　小名查理，埃丝特的使女。

爱玛　　查理的妹妹。

托姆　　查理的弟弟。

斯维尔斯　　外号“小胖子”。

佩金斯太太　　住在太阳徽酒店附近的长舌妇。

派珀尔太太　　克鲁克的邻居。

珍妮　　爱喝酒的烧砖工人的妻子。

序　言

几个月以前，在一次公开场合中，承蒙大法官庭一位法官的好意，当着一百五十多位没有精神病嫌疑的男女的面，他对我说：虽然许多人对大法官庭抱有成见，议论纷纷（我觉得他说这话时，朝我这边瞟了一眼），但事实上，大法官庭几乎可以说是无懈可击的。他承认，在审理案件的进度方面，确实存在着一些小小的缺点，但这种缺点被夸大了，而且完全是由于“公众舍不得出钱”而造成的，因为这些难逃罪责的公众，似乎直到最近还以极其坚决的态度，断然拒绝扩充大法官庭的法官人数——我想法官人数大概是理查二世或哪一位国王规定的吧。

我觉得这句笑话太奥妙了，不能插在本书的正文里，要不然，我一定把它留给快嘴肯吉或霍尔斯先生来讲，因为我觉得这必然是他们中间的一个想出来的。如果这话是出自他们之口，那我还可以从莎士比亚的一首十四行诗里，摘出几行恰当的诗句，让他们一并说出来：

……我的性格，一如染师之手，
已屈从于我所从事的工作，
那就可怜我，祝我恢复原状吧！①

但是，让那些舍不得出钱的公众了解一下大法官庭在这方面过去做了些什么，现在还在做些什么，倒是有好处的。因此，我要在这里说明，本书所述的每一件有关大法官庭的事情，大体上都是真实的，没有越出事实的范围。格里德利那桩案子是根据真人真事写成，基本上没有更改；这个案子的内容是由一位正直人士说出的，他由于职务的关系，非常熟悉这个奇冤案的全部原委。目前，②大法官庭正在审理一桩约在二十年前提出的案子；据说，同时出庭的律师有时多至三四十位；诉讼费高达七万英镑；这是一桩旨在解决疑端的**友好诉讼案**；有人对我说，这桩案子审到现在，还是和最初开始时差不多，距离结案依旧遥遥无期。大法官庭还有一桩著名的案子悬而未决，那是在上世纪末就已经开始了；诉讼费超出了上述那件案子所花的七万英镑的两倍。如果还需要为“贾迪斯控贾迪斯案”找出其他根据的话，那真是举不胜举，只怕那些舍不得花钱的公众感到难为情罢了。

另外还有一件事情，我想稍微说几句话。关于克鲁克先生之死，人们一直否定所谓“自动燃烧”的可能性；我的好朋友路伊斯先生③，在我描写这些情节的时候，给我写了几封具有独特见解的公开信，证明“自动燃烧”是不可能的；但是，他很快就发现，他那种自以为所有的权威人士都已经放弃这方面研究的想法，是错误的。我无须申言，我并不是故意或是由于疏忽把读者引入歧途；也无须申言，我在描写这些情节之前，曾经花了一番工夫进行调查。这些有记录可查的案件大约有三十起，其中最著名的是柯妮丽亚·达·包蒂·谢桑纳特伯爵夫人一案，当时住在维罗纳的神父约瑟夫·比昂契尼（在文学方面也享有盛名）曾对此案进行过详细调查，作过细致的描写，写成一本书，于一七三一年在维罗纳出版，后来又在罗马重版。人们在伯爵夫人一案中所看到的现象，是合乎情理和无可怀疑的，而这种现象在克鲁克先生一案中也看得到。另一个人所共知的案件发生在兰斯，发生的时间则比上述一案早六年，当时记录这件事情的人，是法国一位最著

---

① 引自莎士比亚十四行诗第 111 首，首句为“O, For my sake do you with Fortune chide”。

② 指一八五三年八月。——原注

③ 路伊斯（George Henry Lewes，1817—1878）：英国哲学家。

名的外科医生勒卡特。案件的内容是：一个女人死了，她的丈夫糊里糊涂地被判杀妻罪；但在他向高等法院提出庄严的上诉以后，就被宣告无罪了，因为有证据表明，她是死于所谓“自动燃烧”。我认为，上述这些显著的事实和我在本书第618—619页[①]大致介绍的那些权威人士就足以证明这一点，无须再加上法国、英国和苏格兰的著名医学教授近年来发表的见解和经验之谈；我只想说，除非将来有一天，人们面临某些事故时通常据以酌情推理，方始信服的那些证据，也大量地“自动燃烧”起来，否则，我是不准备放弃上述种种论据的。

在《荒凉山庄》这本书里，我有意渲染日常生活中富有浪漫色彩的那一面。我深信，我这部作品的读者，将是空前的。愿我们有机会再见！

查尔斯·狄更斯

一八五三年八月，伦敦

① 最近在美国哥伦比亚城又发生了一个类似的案件：一位牙科医师对案情作了清晰的介绍；据说，死者是一个德国籍的酒馆老板，经常喝得酩酊大醉。——原注

第一章
大法官庭

伦敦。米迦勒节开庭期[①]刚过，大法官坐在林肯法学协会[②]大厅里。无情的十一月天气。满街泥泞，好像洪水刚从大地上退去，如果这时遇到一条四十来英尺长的斑龙[③]，像一只庞大的蜥蜴似的，摇摇摆摆爬上荷尔蓬山[④]，那也不足为奇。煤烟从烟囱顶上纷纷飘落，化作一阵黑色的毛毛雨，其中夹杂着一片片煤屑，像鹅毛大雪似的，人们也许会认为这是为死去的太阳志哀哩。狗，浑身泥浆，简直看不出是个什么东西。马，也好不了多少，连眼罩上都溅满了泥。行人，全都脾气暴躁，手里的雨伞，你碰我撞；一到拐角的地方就站不稳脚步，从破晓起（如果这样的天气也算破晓了的话）就有成千上万的行人在那里滑倒和跌跤，给一层层的泥浆添上新的淤积物；泥浆牢牢地粘在人行道上，愈积愈厚。

到处是雾。雾笼罩着河的上游，在绿色的小岛和草地之间飘荡；雾笼罩着河的下游，在鳞次栉比的船只之间、在这个大（而脏的）都市河边的污秽之间滚动，滚得它自己也变脏了。雾笼罩着厄色克斯郡[⑤]的沼泽，雾笼罩着肯德郡[⑥]的高地。雾爬进煤船的厨房；雾躺在大船的帆桁上，徘徊在巨舫的桅樯绳索之间；雾低悬在大平底船和小木船的舷边。雾钻进了格林威治区[⑦]那些靠养老金过活、待在收容室火炉边呼哧呼哧喘气的老人的眼睛和喉咙里；雾钻进了在密室里生气的小商船船长下午抽的那一袋烟的烟管和烟斗里；雾残酷地折磨着他那在甲板上瑟缩发抖的小学徒的手指和脚趾。偶然从桥上走过的人们，从栏杆上窥视下面的雾天，四周一片迷雾，恍如乘着气球，飘浮在白茫茫的云端。

大街上，有些地方的煤气灯在浓雾中若隐若现，很像庄稼汉站在泥土松软的田地上看见的那个朦朦胧胧的太阳。大多数的店铺都比平时提前两个钟头掌灯——煤气灯似乎也知道这一点，它们那副面孔显得又憔悴又不情愿。

在那个灰沉沉的古老障碍物附近，也就是在那灰沉沉的古老协会门前的气派相当的装饰品——圣堂石门[8]附近，阴冷的下午再也阴冷不过了，浓雾再也浓不过了，泥泞的街道再也泥泞不过了。靠近圣堂石门，在林肯法学协会大厅里，就在那浓雾的中心，坐着那位大法官庭的大法官。

哪怕雾再浓、泥泞再深，也还是比不上大法官庭——在这些白发罪人[9]当中，大法官庭是罪大恶极的一个——当天在天地鬼神眼中的那种摸索和愈陷愈深的情景。

在这样一个下午，如果大法官开庭，那就应该像他现在这样：脑袋上有一个模模糊糊的光轮，前边的桌子上铺着红桌布，后边的墙上挂着红帷幕；一边似乎是凝视着屋顶的天窗（其实，那里除了雾以外，什么也看不见），一边听着一个高大的辩护士发言；这个辩护士长着络腮胡子，嗓门小小的，正对他念着那冗长

---

① 大法官庭的开庭期，全年分为四期；米迦勒节开庭期（Michaelmas Term）是最后一期，从十一月二日起至二十五日止。

② 林肯法学协会（Lincoln's Inn）：伦敦法学院，四大法学协会（Inns of Court）之一，又译为林肯法学院。

③ 斑龙（Megalosaurus）：古生物，属恐龙类。

④ 荷尔蓬山（Holborn Hill）：荷尔蓬（Holborn）是伦敦中部的一个区（borough），林肯法学协会所在地；荷尔蓬山指该区地势较高的一部分。

⑤ 厄色克斯郡（Essex）：在伦敦东北方。

⑥ 肯德郡（Kent）：在伦敦的东南方。

⑦ 格林威治区（Greenwich）：伦敦东南的一个自治区，设有著名的天文台。

⑧ 圣堂石门（Temple Bar）：建于一六七〇年，原是枭首示众的地方，为伦敦法学院的内堂法学协会（Inner Temple）和中堂法学协会（Middle Temple）的所在地；一八七八年拆迁至伦敦西区。

⑨ 白发罪人（hoary sinner）：影射披戴假发的法官、法吏。

的答辩词。在这样一个下午，大法官庭应该有几十人像他们现在这样，迷迷糊糊地研究一件没完没了的案子，这案子要经历成千上万个阶段，而现在就研究其中的一个阶段；他们根据极不可靠的判例，彼此挑眼儿，深深地钻到一些专门术语里兜圈子，摇晃着披戴着羊毛和马鬃做的假发的脑袋，死抠字眼，而且板起面孔，好像演员那样，装出大公无私的样子。在这样一个下午，承办那件案子的各式各样的律师[①]——其中有两三个是接替父亲承办此案的，他们的父亲都靠此案发了财——应该（现在他们不就是这样吗？）在一条长长的、铺着席子的井状律师席上（不过你要是想在这个“井”底寻求真理的话，那就枉费心机了），在书记官的红案桌和王室律师穿的绸袍制服中间排成一行，面前摆着起诉书、反起诉书、答辩书、二次答辩书、禁令、宣誓书、争执点、给推事的审查报告、推事的报告等等一大堆一大堆花费浩大的无聊东西。怪不得法院里到处点着蜡烛，还看不清东西；怪不得浓雾笼罩着庭内，好像再也出不去似的；怪不得那些装有彩色玻璃的窗户失掉了光彩，使白昼的光线无法射进这个地方来；怪不得街上的行人从玻璃门向里面瞧上一眼，看见里边这种森严的景象，听见那从铺着软垫的高坛上发出的慢吞吞的声音有气无力地在屋顶上回响，就不敢进去——这时大法官就是在这个高坛上望着那个没有亮光的天窗，而那些戴着假发出庭的法官们也是在这个高坛上，他们的假发在浓雾中全连成了一片！原来这就是大法官庭。各个郡里都有被它弄得日渐破落的人家和荒芜了的土地；各个疯人院里都有被它折磨得不成样子的精神病人，每块教堂墓地里都有被它冤死的人；此外，还有被它弄得倾家荡产的起诉人——穿着塌跟鞋和破衣烂衫，逢人不是借债便是要钱；它给有钱有势的人以种种手段去欺压善良；它就这样耗尽了人们的钱财

---

① 英国的律师总称为 lawyer，分为二级，高级的叫 counsel 或 barrister，能出庭辩护，译为“辩护士”或“大律师”；初级的叫 solicitor 或 attorney，只承办法律事务，译为“律师”，以资区别。

和耐性，荡尽了人们的勇气和希望；它就这样使人心力交瘁、肝肠寸断；因此，在这法院的辩护士当中，那些仁人君子少不了要这样对人告诫——而且一直是这样告诫：“纵有天大的冤屈，还是忍受为上，千万不要到这里来！”

在这个阴沉沉的下午，除了大法官，除了承办本案的辩护士和两三个从来没有办过案的辩护士以及上面提到的那个井状律师席上的许多律师以外，大法官的法庭上还有别的什么人呢？那里还有头戴假发、身穿长袍、坐在审判官下方的书记官；有两三个穿着法庭制服的权标司，或者是护法吏，或者是王室财务官以及诸如此类的人。这些人都在打着哈欠，因为“贾迪斯控贾迪斯”一案（这就是正在审理的案件）丝毫也引不起人们的兴趣，这个案子远在好多年前就已经被榨干了。每当贾迪斯控贾迪斯一案开庭，那些速记员、判决记录员、报馆记者以及其他照例要到场的人员，必然溜之大吉。他们的席位上空空如也。在大厅靠边的一个座位上——这是窥视那帏幕重重的内厅的好地方，站着一个又瘦又小、疯疯癫癫的老太婆，她戴着一顶压扁了的帽子，从开庭到退庭，老待在法庭里，老盼着法庭会做出一项意想不到的、有利于她的判决。有人说，她确实是，或者过去是某一个案子的当事人；但是谁也不知道底细，因为谁也不操那份心。她的手提网袋里装着一些乱七八糟的东西，她管这些东西叫文件，其实无非是些纸梗火柴和干薰衣草罢了。一个面无血色的在押犯第六次出庭了，亲自要求“洗刷他污辱法庭的罪名”；既然他是一个孑然独存的法定遗嘱执行人，现在搅得一身糊涂账，而这些账目他倒真是一点也不知底细。因此，他这一辈子恐怕是得不到昭雪了。再说，他的前途也完了。还有一个已经倾家荡产的起诉人，定期从希罗普郡[①]赶来。他在当天快到退庭的时候，突然想对大法官说话，但是他怎么也不明白，二十多年来，大法官虽然把他弄得家

① 希罗普郡（Shropshire）：在英格兰西部。

破人亡，但是从法律上说，大法官根本就不知道有他这样一个人；现在他挑了个适当的地方站着，眼巴巴地望着审判官，准备在他退庭的时候，用一种洪亮而带有委屈意味的声调喊一声："阁下！"有几个认得这个起诉人的律师、办事员和一些别的人，都迟迟不走，想看看他会闹出什么笑话，给这个阴沉的天气添点生气。

贾迪斯控贾迪斯案一拖再拖。随着时移日转，这件吓唬人的讼案变得这样错综复杂，以致世上活着的人都不知道这是怎么回事了。案子的双方当事人尤其莫名其妙；而且据说，不论大法官庭哪两位律师，一谈到这个案子，往往不到五分钟就会对它所有的前提完全各执己见，相持不下。多少孩子一诞生就和这场诉讼结下不解之缘；多少青年一结婚就和这场诉讼拉上关系；多少老人直到死后才算是从这场诉讼中得到解脱。好几十人发现自己成了贾迪斯控贾迪斯案的当事人，都吓得魂飞魄散，根本不知道怎么被牵连进去的，为什么被牵连进去的；这场官司叫多少人家把祖上的宿仇承袭下去。年幼的原告或被告曾听父母说，等这场官司打完了，就给买一只新木马，可是后来长大成人，倒是自己弄了一匹真马，驰骋到另一个世界去了。受法院监护的漂亮姑娘们已经人老颜衰，做了母亲和祖母；一连串的大法官上任下台，此去彼来；案子里的大批起诉书简直成了死亡统计表。自从老托姆·贾迪斯当年走投无路，在法院小街的一家咖啡馆里开枪自杀以后，贾迪斯这个姓氏的人，留在世上的恐怕不到三个了；但是贾迪斯控贾迪斯案在法庭上还是没完没了，永远没有了结的希望。

贾迪斯控贾迪斯案已经成为笑柄，这就是它给人们带来的唯一好处。多少人因之而丧命，但在法律界却是个笑话。大法官庭里的每个推事，都从本案中混到一份资历证明书。每位大法官当年充当辩护士时，总是代表这一方或那一方在案子里"插过手"。那些穿着大圆头鞋的假道学的法学院老干事们在大厅里吃过晚饭，在一起喝红葡萄酒的时候也拿这个案子当作谈笑资料。法务实习生也惯于用这件案子来磨练自己的法学才能。有一次，著名的王室律师布娄尔先生谈到一件什么事情的时候说："没那么回事儿，除非天上掉下土豆来！"这时，上一任的大法官就很巧妙地纠正他说："布娄尔先生，你最好说，除非我们把贾迪斯控贾迪斯案办完了。"——这句笑话尤其把那些权标司、护法吏和王室财务官逗乐了。

究竟有多少和本案无关的人，被贾迪斯控贾迪斯案伸出来的脏手所糟蹋、所败坏，那可是个很难弄清的问题。上自推事——在他那成堆成堆的档案上，贾迪斯控贾迪斯案的那些布满灰尘的证件已经揉得不成样子——下至"六书记官办公厅"的抄写员——他在那个一成不变的标题下抄写了多少万页大法官庭的对开纸——谁的性格也没有因此而改好。什么欺诈蒙骗、推托闪避、拖延时间、毁弃证件、制造纠纷和种种的弄虚作假，这一切决不会起什么好影响的。就连律师的那些听差——他们很早很早就学会说：契士尔先生、米士尔先生[①]之流，现在正有客人，而且在晚饭前还有许多约会，从而把那些可怜的起诉人拒于门外——也可能在贾迪斯控贾迪斯一案中，变得更加缺德、更加诡诈。这场官司的财产管理人固然发了一大笔横财，但同时也变得不信任自己的母亲，瞧不起自己的同行了。契士尔、米士尔之流已经养成一种习惯，含含糊糊地表示，要去调查这件悬而未解的小事，并且等贾迪斯控贾迪斯案了结以后，还要看看对那受了亏待的德里士尔[②]能够帮个什么忙。这件不幸的讼案所造成的逃避责任和勒索钱财的事，真是形形色色，遍及各地；甚至那些和这害人的案子毫无关系，而只从它的表面去默察它的来龙去脉的人，也在不知不觉之中采取了马马虎虎的态度，对坏事置之不理，听任坏事向坏

---

① 契士尔先生：原文为 Mr. Chizzle，谐音 chisel 诈骗；米士尔先生：原文为 Mr. Mizzle，谐音 mizzle 逃跑。

② 德里士尔：原文为 Drizzle，是"毛毛雨"之意。

里发展，而且还有了马马虎虎的想法，认为世人一旦误入歧途，就必然自甘堕落，再也不会走上正道了。

就在这满街泥泞、满天迷雾之中，大法官坐在他那大法官庭里。

“坦格尔[1]先生，”大法官招呼了一声，他刚才听了那位博学之士的雄辩，感到有点坐立不安。

“阁下，”坦格尔先生说。关于贾迪斯控贾迪斯案，坦格尔先生比谁都知道得多。他就是因为这件案子出名的——看样子，他离开学校以后，除了研究这个案子，根本就不看别的书。

“你的辩论快结束了吧？”

“阁下，还没有——争执点很多——我有义务要提出来，阁下，”坦格尔先生轻轻答道。

“我想，还有好几位辩护士要发言吧，”大法官微笑着说。

这里有坦格尔先生的十八个博学的朋友，每人带着一千八百张简短的材料摘要，像钢琴的十八个琴锤似的突然站了起来，鞠了十八个躬，一下子又坐到十八个阴暗的地方去了。

“在两周后的星期三，我们再继续进行审问，”大法官说。因为争执的问题只是诉讼费的问题，那不过是本案这么一株大树上的一棵幼芽，必然会在日内得到解决的。

大法官起座，出庭的律师起座，拘留犯匆匆被押上前去；从希罗普郡来的那个人大声喊道：“阁下！”权标司、护法吏和王室财务官们怒喝了一声“肃静”，向那个从希罗普郡来的人皱皱眉头。

“关于，”大法官就贾迪斯控贾迪斯案继续说道，“那个年轻姑娘——”

“那个少年——请阁下原谅，”坦格尔先生过早地说。

“关于，”大法官这次说得特别清楚，“那个年轻姑娘和那个少

---

① 坦格尔：原文为Tangle，有纠缠不清之意。

年，那两个年轻人，”

（坦格尔先生哑口无言了。）

“我吩咐他们今天来见我，现在，他们正在我的办公室里，我要去见见他们，亲自看看我这次安排他们跟他们叔叔住在一起是不是合适。”

坦格尔先生又站起来。

“请阁下原谅——他们的叔叔已经死了。”

“跟他们的，”大法官透过眼镜看了看案头的文件，“祖父住在一起。”

“请阁下原谅——他们的祖父性子急——已经自杀身死了。”

忽然间，一个身材矮小、声音非常低沉的辩护士，在雾沉沉的后边，神气活现地站起来，说道：“请阁下允许我说两句话，我是替他出庭的。他是一个远房表亲。此刻我不准备向法庭报告，他究竟是隔了几房的表亲，不过他的确是个表亲。”

这一番说得像悼词似的话，还在屋顶的椽子间回响着，那个矮小的辩护士就已经坐了下去，而且连浓雾也不知他的去向了。人们都在找他，但是谁也看不见他。

“我要和这两个年轻人谈谈，”大法官重新说道，“关于他们跟表亲住在一起这个问题，我要亲自查问清楚。明早开庭，我就提出这件事。”

大法官正准备向出庭的律师点头示意，那个拘留犯就被带上来了。拘留犯那些乱七八糟的事不可能有什么结果，所以只好立刻把他押回监狱。从希罗普郡来的那个人居然敢再次喊冤，高呼一声：“阁下！”可是大法官已经注意到他，便机警地退了出去。别的人也很快退出。一批蓝布袋装上沉甸甸的卷宗，由书记官拿走；那个疯疯癫癫的老太婆也带着她的所谓文件走了；空荡荡的法庭便上了锁。如果这个法庭所作的种种不公正的判决和所造成的种种灾难，能这样给锁起来，而且统统付之一炬，那么除了贾迪斯控贾迪斯案的当事人以外，其他案件的当事人也同样会获益不浅！

第二章
上流社会

在这样一个满街泥泞的下午，我们只想对上流社会走马看花似的浏览一番。它和大法官庭既然是大同小异，所以我们不妨从大法官庭那一场面，直接转到上流社会这一场面。上流社会和大法官庭一样，什么都是墨守成规、一成不变的，这好比那久睡不醒的里普·范温克尔[①]和睡美人[②]这一流人物；前者曾在那雷鸣似的隆隆声中玩那奇异的游戏，后者有朝一日总会被骑士弄醒，到时候厨房里所有停着不动的烤肉铁叉又要大忙特忙！

这个社会并不大，甚至比起我们这个同样是范围有限的世界来（等阁下度过这一生，到了另一个世界就会明白），还是非常渺小的。它有许多好处；它有许多贤良公正之士；它有它一定的地位。然而糟糕的是，这样一个社会，却被珠宝商用的棉花和纯羊毛包得太严密，听不见那些比它大的世界熙熙攘攘的声音，看不见那些世界环绕太阳旋转的情景。这是个垂死的社会，由于缺少新鲜空气，它的发展往往是不健康的。

德洛克夫人[③]已经回到她京城的公馆，几天以后就要到巴黎去，准备在巴黎呆几个星期；再以后，她的行踪就没有一定了。消息灵通的时髦人士这样说，是为了消除巴黎人那种渴望的心情；这些时髦人士对什么时髦事儿都知道。要是不知道这些事儿，那就算不得时髦了。德洛克夫人曾经去过林肯郡[④]，住在她通常说的那所“邸宅”。林肯郡洪水泛滥。猎园[⑤]里的那座桥有一个桥洞被水冲毁，而且被冲走了。邻近半英里宽的洼地成了一条死水河，萧萧的树木就成了河中的小岛，竟日不停的雨把整个水面打得千疮百孔。德洛克夫人的“邸宅”十分凄凉。多少个昼夜以来，霪雨连绵，就连树木都湿透了；樵夫砍下的柔条嫩枝掉到地上时，一点声响也没有。湿淋淋的野鹿经过的地方，留下了一个个的泥塘。枪弹在这雨天里失去了锐音，它的硝烟像一朵小云彩，向那青青的山冈缓缓飘去；在这个杂树丛生的山冈衬托之下，这场雨显得格外分明。展现在德洛克夫人窗前的，不是一种阴沉沉的景色，就是一种黑魆魆的景色。前边的石板道上，有几个石坛子，整天接着雨水；大点大点的雨，滴答、滴答、滴答，通宵不停地打在宽阔的石板路上，这条路很早以来就叫“鬼道”。礼拜天，猎园里的小教堂有一股发霉的气味，橡木讲道坛流着冷汗，到处弥漫着一种好像德洛克家祖先从坟墓里散发出来的气息。黄昏时分，德洛克夫人（她无儿无女）从卧室眺望着猎园看守人的小屋，看见格子窗上映着炉子里的火光，烟从烟囱袅袅而起；又看见一个小孩（后面追着一个女人）冒雨跑出，向一个正从大门口走进来的浑身裹得紧紧、被雨水淋得闪闪发光的男人迎去。这一切，不免使德洛克夫人大发脾气。夫人说，她已经“厌烦得要死”了。

因此，德洛克夫人离开了林肯郡那所邸宅，听任霪雨施威，听任乌鸦、野兔、野鹿、鹧鸪和野鸡称霸。管家走过那些古老的房间关上百叶窗以后，德洛克家的先人画像就显得那样意气消沉，似乎在那潮湿的墙上消失不见了。至于那些画像将来什么时候才会再度出现，消息灵通的时髦人士——他们像魔鬼似的，对

---

① 里普·范温克尔（Rip Van Winkle）：美国作家华·欧文（W. Irving，1783—1859）的同名小说中的主人公，在山上看见几个怪人，喝了他们的酒，一睡二十年，醒时发觉一切都变了。

② 法国作家贝洛尔（C. Perrault，1628—1703）的童话《睡美人》中的公主，中了魔法，昏睡了一百年，后来被一个王子吻醒。

③ 德洛克：原文是 Dedlock，谐音 deadlock 僵局。

④ 林肯郡（Lincolnshire）：在英国东部。

⑤ 猎园（Park）：是国王特许狩猎的地方。

过去和现在无所不晓，而对未来却一无所知——还说不上来。

累斯特·德洛克爵士只是一位从男爵，但是哪一位从男爵也不如他那样了不起。他那古老的门阀世家，历史悠久，名望却比山岳还要高得多。他有一个概括的看法，认为这个世界没有山也不碍事，没有德洛克这一家可不行。一般说来，他承认“大自然”这个玩意儿还不错（如果缺少一堵猎园围墙的话，那就可能粗俗一点了），但是要使这个玩意儿趋于完善，那就少不了他们那些高贵门第。他是一个非常耿直的人，不屑干任何卑鄙龌龊的事；你高兴让他怎么死，他都可以马上照办，但他就是不愿给人什么把柄，让人指责他不正直。他是一个又体面又固执、又正直又暴躁、成见极深、毫不讲理的人。

累斯特爵士比夫人整整大了二十岁，他已经年过六十五，也许过了六十六，甚至还过了六十七。不时闹痛风病，走起路来不大灵活。他长得仪表堂堂，须发有点花白，衬衣褶边漂亮，背心洁白，蓝上衣老是扣着，扣子闪闪发光。他彬彬有礼，神气十足，无论什么时候，总是对夫人殷殷勤勤，对她的魅力推崇备至。他那种殷勤的态度，从当初向她求婚的时候起，就没有改变过，这可以说是他那风流天性的唯一表现。

他当然是为了爱情才跟她结婚的。有些人直到今天还背后私议她娘家门第微贱；好在累斯特爵士的门第已经够高，无须多求，因此也就不加计较了。夫人美丽、庄重、自负、果断，她这些优点，拿来分给多少名门闺秀也还是绰绰有余。再加上财富和地位，很快就使她扶摇直上；这些年来，德洛克夫人已经成为消息灵通的时髦人士的中心，登上了上流社会的顶峰。

当年亚历山大曾为了走到世界尽头、再也找不到供他征服的地盘而伤心落泪①，这是大家都知道的——至少时至今日，不知道

① 相传马其顿王亚历山大（公元前356—公元前323）征服了希腊，进入埃及并打垮了波斯王大流士三世以后，为了实现其征服世界的“大志”，于公元前三二七年攻入印度，后来走至一处，无路可通，便以为到了世界尽头，因而落泪。

也应当知道了，因为这已经是一件脍炙人口的事。可德洛克夫人征服了**她自己的**世界以后，非但没有洒下热泪，反而变得冷冰冰的。她虽已筋疲力尽，却也磨练得镇定沉着；虽然困顿不堪，却也变得心平气和；虽然神志萎靡，却也显得泰然自若，无论什么高兴得意的事儿她都不动心——凡此种种，就是她的胜利果实。她的涵养功夫可真到家，哪怕明天就能升天成仙，料想她也不会欣喜若狂。

她依然很美，不说芳华正茂，也还不到迟暮之年。脸蛋儿很优雅——这张脸本来说不上美，不过是不讨人厌而已，多亏后来学会了上流社会那一套尽态极妍的功夫，才日渐变得端庄典丽。她身段苗条，给人一种修长的感觉。其实并不如此；鲍勃·斯特布尔斯[①]阁下就常常用一种赌神罚咒的口吻断言说，她不过是“善于把自己所有的妙处都挥发出来罢了”。这位权威人士认为她打扮得十分讲究，对于她的头发更是推崇备至，夸奖她是她们那一群中梳理得最好的一个。

德洛克夫人带着她的所有优点，离开林肯郡的邸宅，来到京城（消息灵通的时髦人士拼命在打听她的消息），准备过几天就到巴黎去，打算在巴黎盘桓几个星期；以后行踪如何，还不一定。在这个满街泥泞、漫天迷雾的下午，她城里的公馆里来了一位老派的老绅士，他是个律师，也是高等大法官庭的律师，同时还担任德洛克家的法律顾问。他的事务所里放着许多生铁制的保险箱，箱子外面都标明着“德洛克”字样，好像这位从男爵原是魔术师变戏法用的一个小钱，常常被他放在这套箱子里耍来耍去。老绅士穿过大厅，步上楼梯，沿着一条条的过道，踱过一个个的房间——这些地方在社交季节里金碧辉煌，在平时则阴森可怕；供人参观算得上是个神仙境界，住家度日则是片荒凉之地——由

① 斯特布尔斯（Stables）：意为马房；下句“她们那一群”（the whole stud）、“梳理得最好”（best groomed）这些字眼，本来都是用以形容马的，作者用以讽刺上流社会。

一个戴扑粉假发的“使神”[1]陪同着来到夫人面前。

这位老绅士看上去老朽不堪，据说是靠了善于办理贵族夫妇的财产契约和贵族的遗嘱起家发财的。他头顶有一个神秘的光轮，这就是人们的家庭秘密；大家都知道他对这些秘密是守口如瓶的。在幽静猎园的林中空地上，在杂树和荒草丛中，坐落着上千年的贵族陵墓，它们藏着的秘密也许还不及那些流传在人间和深锁在这位图金霍恩先生[2]心里的秘密多。图金霍恩先生是属于所谓老一派的人物——所谓老一派，通常指那些从未有过青年时代的人而言；他穿着一条系了丝带的短裤，下面不是绑腿套就是长统袜。他那身黑衣服和那双黑袜子（丝袜也好，线袜也好）有一个特色，那就是从来没有光彩。他的衣服像他这个人一样，无声无色，死气沉沉，任何光线投射在上面都引不起反应。除非他干的这一行有人向他请教，他从来不与人交谈。有时候他在贵族的大庄园里，坐在餐桌的一角，或靠近客厅门口的地方——这些客厅是消息灵通的时髦人士大谈而特谈的题材往往不置一辞，但是怡然自得。这些地方的人都认识他，约有半数的贵族经过他身边都停下来招呼他一声：“你好，图金霍恩先生！”他郑重其事地接受他们的致意，并把这些致意连同其他见闻统统珍藏在心里。

累斯特·德洛克爵士这时正和夫人在一起，见了图金霍恩先生，非常高兴。图金霍恩先生总带着一种唯命是从的神态，这正合累斯特爵士的口味，认为这是一种敬意。他喜欢图金霍恩先生这身衣服，认为其中也含有敬意。这身衣服非常体面，而且大体上也像个门客穿的，一穿上这身衣服，他就活像是德洛克家的秘密法律事务的总管、法律杂务的跑腿。

图金霍恩先生本人对这一点有没有什么想法呢？可能有，也

---

① 原文是 Mercury，罗马神话中为众神传信并掌管商业、道路的神。

② 原文为 Mr. Tulkinghorn，按 Tulking 发音近似 talking，即碎嘴之意，horn 的字义是喇叭。

可能没有；但我们可以从一切与德洛克夫人有关的事情看到这个明显的事实；因为德洛克夫人是某一阶级的成员，是她那小天地里的一个首领和代表。她自以为是个不可思议的“神人”，对凡人是高不可攀、深不可测的——她用自己的镜子来照自己，那当然是这样啰。然而，环绕在她周围的那些黯然无光的小人物：从她的女佣到那个意大利歌剧院经理，都知道她的弱点、偏见、愚行、傲慢和任性；对于她的品性，也都像裁缝给她量身材那样，估计得非常准确，量度得恰到好处，因此他们都能靠这个混一碗饭吃。要不要来一件新衣，来一种新风尚，来一个新的歌唱家，来一种新的舞蹈，来一件新式的珠宝饰物，来一个新的侏儒或巨人，来一座新的礼拜堂，来一种新的什么东西？在十几种行业里，有不少殷勤多礼的人，德洛克夫人毫不猜疑地认为他们已经拜倒在她的面前；这些人会告诉你，如何把她当作小娃娃一样去摆布；他们一辈子就是服侍她，装得卑躬屈节，唯命是从，实际上却是在前面率领着她和她那一伙人；他们把她一引上钩，也就钩住了那一伙人，整个儿给带走，像累谬埃尔·格利佛①劫走了堂堂小人国的雄伟舰队一样。“如果你想跟我们的主顾打交道，先生，”布累茨-斯帕科②珠宝店的老板说——所谓我们的主顾，就是指德洛克夫人那一伙人——“你必须记住，你不是跟一般老百姓打交道；对我们的主顾，你一定要击他们的要害，而他们的要害就是这样一个地方。”“诸位先生，你们要想推销这件商品，”希恩-格罗斯③绸缎店的老板对他们的朋友、厂主们说，“就得上我们这儿来，因为我们晓得到什么地方去招徕那些时髦人物，我们能够使这件商品时髦起来。”“先生，如果你希望把这本书放在我们

---

① 累谬埃尔·格利佛（Lemuel Gulliver）：爱尔兰作家史威夫特（Jonathan Swift，1667—1745）的讽刺小说《格利佛游记》中的主人公。

② 布累茨-斯帕科：原文为Blaze and Sparkle，是金光闪闪之意。

③ 希恩-格罗斯：原文为Sheen and Gloss，是光泽之意。

那些大主顾的案头，”书店老板斯拉特里[1]先生说，“或者，先生，如果你想把这个小人或巨人[2]弄到我那些大主顾家里；或者，先生，如果你想叫我那些大主顾来眷顾这次游艺会，请你务必把这件事交给我来办，因为，先生，我对我那些大主顾的头面人物研究有素；而且我可以毫不夸张地告诉你，我能够把他们玩弄于股掌之上。”——斯拉特里先生是个老实人，他倒是并没有吹牛。

因此，德洛克这一家子这会儿心里有些什么想法，图金霍恩先生也许不知道，但也很可能知道。

“大法官是不是又在审理夫人的案子啦，图金霍恩先生？”累斯特爵士一边说，一边向他伸出手去。

“是的，今天又审理来着。”图金霍恩先生答道，不慌不忙地向夫人鞠了一躬；夫人正坐在壁炉附近的一张沙发椅上，拿一把遮扇挡着脸。

“用不着问这事情到底有没有眉目，”夫人说，依旧没有摆脱从林肯郡邸宅带来的那种沉闷心情。

“**您**所谓的眉目，到今天为止还没有，”图金霍恩先生答道。

“永远也不会有，”夫人说。

累斯特爵士对于大法官庭迟迟不能结案的诉讼程序，倒也没抱什么反感。那一类玩意儿本来就是缓慢的、费钱的、英国式的和合乎宪法的。事实上，他跟刚才所谈的那场官司并没有重大利害关系，夫人给他带来的财产不过是官司里那一份财产；他有一个模模糊糊的想法：他的大名——德洛克的大名——牵连到案子里，竟然没有用作这件案子的名称，真是滑天下之大稽。但是他又认为，大法官庭这玩意儿，尽管偶尔耽误一下审判，引起一些混乱，究竟是人类为了彻底解决（就人力而言）一切问题而发挥大智大慧、和形形色色别的玩意儿一块儿创造出来的。总的说

---

① 斯拉特里：原文为 Sladdery，谐音 sliddery，意为油腔滑调。

② 指描写小人国或大人国那一类的书。

来，他有一个很固定的看法，认为随声附和别人抱怨大法官庭，无异于鼓动瓦特·泰勒[①]之类下层阶级的人揭竿起义。

“由于卷宗里添了几份新的宣誓书，”图金霍恩先生说，“由于内容简短，又由于我要按麻烦的原则办事，要求各当事人掌握新的诉讼程序，”这个谨小慎微的图金霍恩先生原来是不肯多负一点责任的；“再说，由于我知道您就要到巴黎去，所以我把这些东西都放在口袋里带来了。”

（附带说一下，累斯特爵士也要去巴黎，但上流社会津津乐道的消息却集中在他夫人身上。）

图金霍恩先生掏出文件，得到允许以后，才放在那张桌子的黄金镇邪物上，靠近夫人的胳臂肘。他戴上眼镜，借着带罩子的油灯的亮光，开始念起来。

“‘大法官庭。关于约翰·贾迪斯——’”

夫人打断了他，请他尽可能省略掉那些讨厌的官样文章。

图金霍恩先生从眼镜框的上方看了她一眼，跳过了一些地方，继续念下去。夫人漫不经心地、倨傲无礼地把注意力转移到别处去了。累斯特爵士坐在一张大椅子上，望着炉火，似乎是一本正经地在欣赏法律文章那种反复冗长的特色，把它们列为捍卫国家的干城。碰巧当时的炉火很旺，夫人就坐在旁边；那把遮扇虽说是无价之宝，毕竟太小了，因而中看不中用。夫人只好改变一下坐的姿势，就在这个时候，她看见桌上的文件——靠前一点看——又靠前一点看——情不自禁地问道：

“这是谁抄的？”

图金霍恩先生猛然停住，对于夫人那种激动的态度和失常的声调感到非常惊异。

“这就是你们那一行所说的法律字体吗？”她问道，依然用一种漫不经心的态度注视着他，一边摆弄着她的遮扇。

---

① 瓦特·泰勒（Wat Tyler）：英国十四世纪农民起义的领袖。

“不一定。也许是”——图金霍恩先生一边说，一边仔细地看——“那上面的法律字体当然离不开原来的笔体。您问这个干吗？”

“不干吗，这东西单调得可怕，随便问问罢了。呃，念下去，念吧！”

图金霍恩先生又念下去。炉火愈来愈旺，夫人拿遮扇挡着脸。累斯特爵士在打瞌睡，忽然间惊醒，大声说：“嗯？你说什么？”

“我说，”图金霍恩先生早已急忙站起，说道，“夫人恐怕是生病了。”

“头晕，”夫人喃喃地说，嘴唇发白，“就是头晕，不过昏得很厉害。别跟我说话。打铃，送我回卧室！”

图金霍恩先生退到另一个房间去；铃在响，脚步声慢慢吞吞，踢踢踏踏，接着是一片沉寂。那个“使神”终于来请图金霍恩先生转回客厅。

“现在好一点了，”累斯特爵士说，打手势让律师坐下，给他一个人念。“我吓了一大跳，从前不知道夫人会头晕。不过这天气叫人太难受——前些日子她在我们林肯郡的邸宅也实在厌烦得要死。”

第三章
人生历程

我开始写这一部分篇章时，感到困难重重，因为我知道自己并不聪明。我向来就知道这一点。记得我还是个小姑娘的时候，只要我一个人跟我的玩偶小娃娃在一起，我总是对她说："小娃娃呀，你很明白我并不聪明，你对我要有耐心，那才像个好孩子呀！"所以，遇到我一边忙着针线活儿，一边向她倾吐我内心秘密的时候，她总是扬着那张漂亮的脸儿，噘着红红的嘴唇，在一张大扶手椅上靠着，目不转睛地瞧着我——现在想来，也许不是瞧着我，而是茫无目的地瞧着。

我亲爱的好娃娃啊！我是一个非常胆怯的小姑娘，不大敢跟人说话，也从来不敢把心里的想法说出来。白天放学回家，我赶快跑上楼梯，走进屋子说："噢，你这个忠实的好娃娃，我早就知道你在等着我回来！"然后坐到地板上，靠着她那张大椅子的扶手，把分手后所观察到的一切都告诉她——这时候，我是多么快活啊！现在回想起这些情景，我几乎要哭了。我那时总是很喜欢观察事物——这倒不是说我的目光敏锐，噢，绝对不是，我只是喜欢默默地观察眼前的事物，希望更深刻地了解这些事物罢了。其实，我一点也不聪明。当我热爱一个人的时候，我似乎就心明眼亮起来了。不过就连这一点，大概也是我浮夸了吧。

从我能记事的时候起，我就由教母抚养——好像神话里的什么公主那样，只是我并不漂亮罢了。对于教母，我就知道她是我的教母，此外，我什么也不晓得。她是个非常善良的女人！每逢礼拜天上三次教堂，礼拜三和礼拜五去做早祷；只要有讲道的，她就去听，一次也不错过。她长得挺漂亮，如果她肯笑一笑的话，她一定跟仙女一样（我以前常常这样想），可是她从来就没有笑过。她总是很严肃，很严格。我想，她自己因为太善良了，所以看见别人的丑恶，就恨得一辈子都皱着眉头。即便把小孩和大人之间的所有不同点撇开不算，我依然觉得我和她有很大的不同；我自己却感到这样卑微，这样渺小，又这样和她格格不入；所以我跟她在一起的时候，始终不能感到无拘无束——不，甚至于始终不能像我所希望的那样爱她。想到她这么善良，而我又这么不肖，我心里便觉得很难过；我总是衷心希望自己能有一副比较好的心肠；我常常和亲爱的小娃娃提起这件事；可是，尽管我应当爱我的教母，而且也觉得，如果自己是一个好姑娘就必须爱她，然而我始终没有爱过她。

我敢说，这就使我比原先变得更腼腆、更孤僻，使我把小娃娃当成唯一可以坦然相处的朋友了。可是，当我还是个小孩子的时候，却发生了一件事情；这件事情发生以后，我这种孤僻的性情就愈加明显了。

我从来没听人提过我的妈妈，也从来没听人提过我的爸爸，不过我尤其关心的还是我妈妈。我记得清清楚楚，我从来没有穿过黑色的丧服。从来没有人领我去看我妈妈的墓。从来没有人告诉我墓在哪里。再说，除了为我教母祷告以外，从来没有人教我为别的亲人祷告。我们唯一的女仆雷彻尔大嫂（另一个非常善良的女人，对我却很严厉）等我上了床，来拿走我的蜡烛时，我不止一次要和她谈谈这桩心事，但她只是说："埃丝特，明天见！"接着就走开，不理我了。

我在附近的那所学校走读，尽管那里有七个女孩子，尽管她们管我叫小埃丝特 · 萨默森，可是我却从来没有到她们家里去玩过。她们确实都比我大（我在那里是最小的，年纪比她们小很多），但是除了年龄的差别，除了她们比我聪明和懂事以外，似乎还有一些别的原因使我们疏远。在我上学的头一个星期（我记得很清楚），曾经有一个女孩请我到她家去参加一个小晚会，我非常高兴。可是我教母却写了一封很不客气的信替我回绝，于是我就没有去成。从此，我连一次也没有出去过。

那一天是我的生日。别人过生日就不用上学了；可是我过生日，还是得上学。我从那些女孩子谈话中得知，别人过生日时，家里总是热热闹闹；我过生日却冷冷清清。我的生日是家里全年最凄惨的一天。

除非是我的虚荣心欺骗了我（我知道这是可能的，因为我可能很爱虚荣而不自知——其实我也真没有自知之明），否则，我的情感一受到激发，我的理解也一定要受到激发的。关于这一点，我在上面已经提过了。我的性情非常温柔；如果我再遇到上次生日那样的创伤，也许我还会像当初那样痛苦。

晚饭吃过了，我和教母坐在桌子旁边，面对着炉火。钟摆声嘀嗒嘀嗒，炉火声噼啪噼啪；屋子里，甚至整幢房子里，都听不见其他声音，我也不知这样过了多长时间。我偶尔抬起头来，怯生生地把视线从针线活儿上移到桌子对面教母的身上，我看见她怏怏不乐地瞅着我："小埃丝特，你要是没有生日，你要是根本没有投生到世上来，那就太好了！"

我不由得呜呜咽咽地哭起来，说道："噢，亲爱的教母，告诉我，求求您告诉我，妈妈是在我生日的那一天死的吗？"

"不是，"她答道。"孩子，别再问我了！"

"噢，求求您把她的事情告诉我。亲爱的教母，请您现在就告诉我吧！我有什么对不起她的地方？我是怎么没了妈妈的？亲爱的教母，为什么我和别的小孩不一样，为什么这是我的错？不，不，不，别走开。噢，跟我说啊！"

我那恐怖的心情超过了我的悲哀；我拉住她的衣服，向她跪下。她刚才一直在说："让我走吧！"可是现在她站着不动了。

她那阴沉的脸色对我具有莫大的威慑力量，使我抑制住了自己的激动。我伸出我那抖动的小手去拉她的手，也就是尽我最大的诚意求她的饶恕，可是她一瞧着我，我就把手缩了回来，放在我那扑扑乱跳的心上。她把我扶起来，自己坐到椅子上，让我站在她面前——我现在还能想象她那紧锁的眉头和那只尖尖的手指——她用冷淡而低沉的声音慢腾腾地说：

“埃丝特，你母亲是你的耻辱，你也是她的耻辱。总有一天，而且时间不会长，你对这一点一定会明白，一定会有所感觉，因为对于这样的事情，只有女人才会有这种感觉。我已经宽恕了她带给我这样的痛苦；”可是她当时还是绷着脸，“我不愿意再提了，其实，像这样深的痛苦，也只有我这个身受其苦的人才能体会，你是永远不能体会的，任何人也是永远不能体会的。至于你这个不幸的孩子，你从你的第一个不吉祥的生日起就成了孤儿，蒙受了耻辱，你要听从《圣经》上的话，天天祈祷，免得别人的罪恶降临到你的头上。忘掉你的母亲吧，让其他的人也忘掉她吧，为了她那可怜的孩子，他们一定非常乐意这样做的。你现在走吧！”

然而，当我正要走开的时候——我当时是那样的沮丧！——她又把我叫住，继续说：

“谁一生下来就遇到这样一种不幸，谁这一生就得谦恭、克己和勤劳作为赎罪的准备。埃丝特，你和别的孩子不同，因为你不像他们那样，他们是由于一般的罪孽和天罚而出生的。你可不一样。”

我回到自己屋里，爬上了床，把小娃娃的脸贴在我泪水涟涟的脸上；我抱着这个唯一的朋友，哭着哭着就睡着了。尽管我并不完全了解我的苦痛所在，可是我知道，我从来没有给任何人带来欢乐，而且世上也没有一个人爱我，像我爱我那小娃娃那样。

天哪，天哪，想一想，后来我们俩在一起呆了多少时候，我跟小娃娃讲过多少遍我生日的事情啊。我还向她吐露，我要尽一切力量来弥补我那与生俱来的罪过（关于这一点，我自认既有罪又无罪），而且等我长大成人，我一定要勤劳，知足，善良，要为别人做一些好事，如果可能的话，还要博得别人的欢心。我一想起这件事情，就流下泪来——但愿这不算是任性才好。我本来是个性情愉快、感恩图报的人，但是我的眼泪禁不住要流下来。

好啦！我现在已经擦干了眼泪，又可以心平气和地说下去了。

从那次生日以后，我感到我和教母更加疏远了，并且深深地体会到我在她家里占了一个原该是空着的位置。因此，虽然我心里热烈地感激她，但我发现她比以前更难接近了。我对同学也有这样的感觉；我对寡妇雷彻尔大嫂也有这样的感觉；噢，就连对她那个隔两星期来看她一回的女儿，也是如此，因为她也为那女儿感到骄傲呢！我常常避不见人，默默不语，刻苦用功。

在一个明朗的下午，我带着书本和纸夹，望着自己长长的身影，从学校回到了家里。当我像往常那样轻轻走上楼梯，回自己房间去的时候，教母从客厅门口探出头来，把我叫了回去。我看到有一个陌生人和她坐在一起——这可是一件少有的事情。这是一位身材魁伟、仪表堂堂的绅士，穿着一身黑衣服，打着白领带，挂着几个很大的金图章表坠，拿着一副金丝眼镜，小指上还戴着一个很大的图章戒指。

“这就是那个女孩，”教母压低声音说。接着她又用她素来的那种严肃口吻说：“先生，这就是埃丝特。”

那位绅士举起他的带柄眼镜，看着我说：“亲爱的，走过来！”他和我握手，让我把帽子摘下来，同时还盯着我看。我把帽子摘下，他喊了一声：“啊！”接着又说了一声：“对了！”后来，他把眼镜拿开，装在一个红盒子里，朝后靠着扶手椅，双手摆弄着那个盒子，向教母点了点头。教母看见他这一点头，便说：“埃丝特，你可以上楼了！”我向他行了屈膝礼，就走开了。

大约过了两年，我快满十四岁了，在一个可怕的夜晚，我和教母坐在壁炉旁边。我在朗诵《圣经》，她在倾听。我像往常一样在九点钟下楼来读给她听；这天晚上正念着《约翰福音》里那一段：当他们把那个淫妇带到救世主面前，救世主便弯着腰用指头在地上画字。

"'他们还是不住地问他，耶稣就直起腰来，对他们说，你们中间谁是没有罪的，谁就可以先拿石头打她。'"①

念到这里，我只好停住了，因为教母站起来，手扶着头，用一种可怕的声调，高声念着《圣经》上别的章节：

"所以你们要儆醒！恐怕他忽然来到，看见你们睡着了。我对你们所说的话，也是对众人说，要儆醒！"②

当她站在我面前，重复着这些字句的时候，忽然倒在地上。我当时倒是用不着高声呼救，因为她倒下时大喊了一声，响彻了整幢房子，就连大街上也听得见。

人们把她放在床上。她一直躺了一个多星期，外表上没有多大改变，那张又漂亮又严肃的脸上还是我所熟识的那副双眉深锁的表情。我伏在她的枕头上低声和她说话，让她听得更清楚，日日夜夜不停地吻她，感谢她，为她祈祷，请求她宽恕并为我祝福，恳求她向我稍微表示一下她还认得我，或者还听见我的话。不，不，不，她的表情一点也没有变。一直到最后，甚至在死后，她的双眉还是深锁着。

我那可怜的教母下葬的那一天，那个穿着黑衣服、打着白领带的绅士又出现了。雷彻尔大嫂来叫我，我看见他坐在从前那个位置上，好像一直就没有离开过似的。

"我姓肯吉，"他说，"孩子，你大概还记得吧，林肯法学协会，肯吉-卡伯伊事务所。"

我回答说，我记得曾经和他见过一次。

"请坐——坐近一点。别难过了；难过也没用。雷彻尔大嫂，过世的巴巴莉小姐的事情你很清楚，用不着我再来告诉你了；她

① 见《新约全书·约翰福音》第 8 章第 7 节。
② 见《新约全书·马可福音》第 13 章第 35—37 节。

现在过世了，财产也花光了；至于这位年轻小姐，现在她的姨母死了——”

“我的姨母，先生！”

“既然现在没有隐瞒的必要，那也不妨明说了，”肯吉先生很圆滑地说。“事实上是姨母，但在法律上却不是。别难过！别哭！别哆嗦！雷彻尔大嫂，我们这位小朋友一定听说过那桩——哦——贾迪斯控贾迪斯案吧。”

“从来没有，”雷彻尔大嫂说。

“难道，”肯吉先生举起了带柄眼镜，紧接着说，“我们这位小朋友——**请你**不要难过！——从来没听说过贾迪斯控贾迪斯案吗？”

我摇摇头，简直莫名其妙。

“没听说过贾迪斯控贾迪斯案？”肯吉先生说着，从他的眼镜上方看着我，还轻轻地摆弄着眼镜盒，好像抚摩着什么东西似的。“没听说过大法官庭的一件最大的案子？没听说过贾迪斯控贾迪斯案——哦——这个案子本身就是大法官庭业务上的一座纪念碑啊。在这件案子里，我敢说，该法院所熟知的每一种纠葛、每一件未确定的事实、每一个巧妙的假定、每一种诉讼程序，都一再地重复了。除了在这个自由而伟大的国家里，这样的诉讼是不可能存在的。我敢说，雷彻尔大嫂，”我担心，他以为我没有注意听，才转向雷彻尔大嫂的，“贾迪斯控贾迪斯案所花费的钱，到此刻已达**六万到七万英镑！**”肯吉先生说完，便往椅背上一靠。

我觉得自己非常无知，可是有什么办法呢？我对这个问题完全莫名其妙，甚至到了那个时候，还是一无所知。

“难道她真没听说过这桩案子吗？”肯吉先生说。“太奇怪了！”

“先生，”雷彻尔大嫂答道，“巴巴莉小姐现在已经和大天使们在一起了——”

（“但愿如此，一定如此，”肯吉先生彬彬有礼地说。）

“——她生前希望埃丝特懂得那些对她有用的东西就够了。她除了从这里学到的以外，别的就不懂了。”

“很好！”肯吉先生说。“总的说来，这很恰当。现在言归正传，”他对着我说，“巴巴莉小姐是你唯一的亲属（这指的是，在事实上是你的亲属，因为我不得不指出，在法律上你是没有亲属的），她既然过世了，那当然不能指望雷彻尔大嫂——”

“噢，当然不能！”雷彻尔大嫂赶紧插进来说。

“说得对，”肯吉先生表示同意，“不能指望雷彻尔大嫂来负责抚养你（请你不要难过）。大约两年前，我受了委托，向巴巴莉小姐提过一项建议，当时虽然被拒绝了，但是取得了谅解，那就是一旦发生了不幸的事情，就可以重新提出；现在，这件不幸的事情已经发生了，你可以接受这一项建议。现在，假如我坦白地说，在贾迪斯控贾迪斯案及其他案子中，我是代表一个非常高尚而又古怪的人出庭的，难道我还会把我职业上的审慎撇开不顾，做出损害自己名誉的事情来吗？”肯吉先生说完，又往椅背上一靠，泰然自若地瞧着我们两个人。

他好像最爱听自己说话的声音。我也不觉得奇怪，因为他的声音圆润、铿锵，每一个字都有力量。他沾沾自喜地听着自己说话，有时还点点头，给自己的节奏轻轻打拍子，或者说一句就用手挥个圈儿。那时候我还不知他是在摹仿他的当事人——一位显赫的贵族，也还不知道人们管他叫“快嘴肯吉”，可是他已经给了我深刻的印象。

他接着说下去：“贾迪斯先生得悉我们这位小朋友的——我不得不说——凄凉处境以后，愿意把她安顿在一个第一流的学堂里，让她完成学业，保她衣食无缺，叫她的合理要求得到照顾，获得良好的培养，能够按照她的身份——我是说，上天赐给她的身份——履行她的职责。”

我听了他说的话，又看见了他说话时那种动人的态度，心里非常感动，一时连话也说不出来了。

他接着说下去："贾迪斯先生没有提出任何条件，只希望我们这位小朋友，在她没有向他说明并得到他的同意之前，无论什么时候也不擅自离开学堂，希望她勤勤恳恳地钻研学业，将来能够赖以独立谋生。希望她能踏上贞淑和光明的道路，以及——等等。"

这时候，我更说不出话了。

"喏，我们这位小朋友有什么话要说吗？"肯吉先生继续说。"别着急，别着急！我等着听她的回答。但是，别着急！"

一个贫苦无告的姑娘，面临着这样一宗送上门来的好处，究竟想要说什么话，那就用不着我来重述了。她当时所说的话如果值得一谈，那我说出来倒也不难。至于她当时有什么感触，而将来临终时又会有什么感触，那我就无法奉告了。

这一次会面是在温莎①，据我所知，温莎就是我有生以来一直没有离开过的地方。过了整整一个星期，我就带着所有用得着的东西，坐上驿站马车，离开温莎，奔向里丁。

雷彻尔大嫂这人太好了，临别时居然能无动于衷；我却不怎么好，竟痛哭起来了。我想，和她相处了这么多年，我原该比较了解她，博得她的欢心，使她对这次分离感到难过的。可是临别时，她只在我前额上冷冰冰地吻了一下，好像石头门廊上落下来的一滴雪水——那一天倒真是个冰冻天气——我感到又伤心，又惭愧，便抱着她说：我知道，这是因为我不好，所以她对这次分离并不觉得难过！

"不是因为你不好，埃丝特，"她答道。"而是因为你那不幸的身世！"

马车停在草地的篱笆门前，——我们是听见辘辘的车轮声才走出来的——我只好怀着沉痛的心情和她分手。她没等我的箱子放到车顶上，就回到屋里，把门关上了。我回过头，噙着眼泪，

---

① 温莎（Windsor）：英格兰南部波克郡（Berkshire）的一个名镇。

从车窗里望着那所房子，直到望不见为止。教母早就把她仅有的一点财产留给雷彻尔大嫂了；那些东西都准备拍卖；一块织着玫瑰花的旧炉边地毯——在我看来是世界上最好的东西——就挂在屋外，任凭霜侵雪打。一两天前，我就把玩偶——亲爱的小娃娃放在它自己的头巾里裹好，悄悄地把它——我现在真有点不好意思说哩——埋在花园里那棵遮住我窗户的大树下面。除了我的鸟儿以外，我再没有别的伴侣了，我把它连笼子随身带走。

等那所房子看不见以后，我便朝那低矮的座位边缘坐下来（我的鸟笼就放在我脚边的稻草堆中），从高高的窗口往外眺望：只见一棵棵披霜的树木，宛如美丽的水晶柱；昨夜一场大雪使田野成了白茫茫的一片；太阳红艳艳的，却散发不出多少热力；溜冰和滑雪的人已经把冰上的雪扒开了，那里的冰就像金属一样黯然无光。马车里我对面的座位上坐着一位绅士，他裹着那样多的衣服，显得非常臃肿；他坐在那里，目不转睛地望着另一面的窗外，一点也没有注意我。

我想到我那故去的教母；想到那天晚上给她读《圣经》的情景；想到她躺在床上那副紧蹙双眉的严厉表情；想到我正要去的那个陌生的地方；想到我要在那里遇到的人们，他们会是些什么样的人，会对我说什么话——这时候，马车里有一个声音把我吓了一跳。

这个声音说："真见鬼，你哭什么？"

我吓得说不出话来，只能低声回答："先生，是我吗？"我当然知道，讲话的人一定是那位裹着许多衣服的绅士，尽管他依然望着窗外。

"不错，是你，"他回过头来说。

"先生，我自己也不知道我在哭呢，"我结结巴巴地说。

"可是你确实是在哭，"那位绅士说。"瞧这儿！"他从车厢的另一端挪到我面前，用他那只肥大的皮袖口擦了擦我的眼睛（但没有碰痛我），让我看那袖口上的泪水。

“瞧！现在你知道你是在哭吧，”他说，“是不是？”

“是的，先生，”我说。

“你哭什么？”那位绅士说。“你不愿上那儿去吗？”

“上哪儿，先生？”

“上哪儿？当然是上你要去的那个地方，”那位绅士说。

“先生，我很高兴上那儿去，”我回答说。

“好啦，好啦！那就要高高兴兴呀！”那位绅士说。

我觉得他这个人很古怪——至少就我在他身上所看到的情形来说很古怪：浑身裹着衣服，一直裹到下巴颏上，他的脸几乎是藏在皮帽子里，两片宽大的皮护耳贴着他的面颊，紧紧系在下巴下面。这时候我已经镇静下来，不再怕他了。于是我告诉他，我刚才哭，一定是为了我那去世的教母，为了雷彻尔大嫂跟我分别的时候又一点也不觉得难过。

“该——死的雷彻尔大嫂！”那位绅士说。“让她骑着笤帚棍满天乱飞吧！”①

我又开始怕起他来，万分惊讶地望着他。尽管他还是愤愤不平地喃喃自语，咒骂着雷彻尔大嫂，我觉得他那双眼睛还是挺和悦的。

过了一会儿，他把大衣敞开——我觉得这件大衣大得足以盖住整辆马车——把胳膊伸到衣服侧面的深深的口袋里。

“喂，瞧！”他说。“这纸包里面，”那纸包很整齐，“有一块简直是花钱也买不到的那么好的葡萄干蛋糕，外面的糖就有一英寸厚，像羊肉上的白脂油一样。还有一块法国小馅饼，无论从分量或质量上看，都是世界上最了不起的东西。你猜猜，这是拿什么做的？拿肥鹅肝做的。这块馅饼给你！来，你把这些东西都吃了吧！”

“谢谢您，先生，”我回答说，“我非常感谢您，可是我希望您

---

① 骂雷彻尔大嫂是女巫。

不要见怪；这些东西太油腻了，我吃不了。”

“真拿你没办法！”绅士说着——我一点也不懂他的意思——就把蛋糕和馅饼扔到窗外去了。

他不再跟我说话了；快到里丁的时候，他下了车；临走时劝我要做一个好孩子，要努力用功，还和我握了握手。大概他走了以后，我才放了心。我们是在一块里程碑那里和他分手的。后来在一段很长的时间里，我每次经过这个地方，总要想起他，而且总有点希望遇见他。但是我哪次也没有遇见他；因此，随着时光的消逝，他也就从我的脑海中消逝了。

当马车停下来的时候，有一位衣着整洁的女士抬头望着车窗，说道：

“唐尼小姐。”

“不，小姐，我叫埃丝特·萨默森。”

“一点也不错，”那位女士说，“唐尼小姐。”

我这才明白，原来她是在自我介绍，于是我请唐尼小姐原谅我粗心大意，并且听从她的话，向她指出哪些是我的箱子。在一个衣着整洁的女仆指点下，脚夫把我的箱子搬到一辆小小的绿色马车外边的行李座上；然后唐尼小姐和那个女仆，还有我，都上了马车，马车就走了。

“埃丝特，一切都给你准备好了，”唐尼小姐说，“你的学习计划已经严格地按着你的监护人贾迪斯先生的意见安排好。”

“我的——您说什么，小姐？”

“你的监护人贾迪斯先生，”唐尼小姐说。

我一时感到手足无措，唐尼小姐还以为是天气太冷，我受不了，便把醒药瓶借给我。

“小姐，您认识我的——监护人贾迪斯先生吗？”我犹豫了好久以后，终于问道。

“我没有见过他，埃丝特，”唐尼小姐说，“我是通过他的律师——伦敦的肯吉先生和卡伯伊先生知道他的。肯吉先生是一位非常高尚的绅士。口才好极了。他有几段演说真了不起！”

我觉得她这些话说得很对，但因为当时心慌意乱，也就没有留心听。我还来不及定下心，我们很快就到达了目的地，这使我更加心慌意乱了；再说，我永远也不会忘记，那天下午在绿叶书院（唐尼小姐的房子）一切都带着那种飘忽不定、似真非真的气氛！

然而，我很快就习惯了。不久以后，我完全能够适应绿叶书院那一套生活，仿佛已经在那里呆了好久似的。而从前在我教母家里过的日子，却仿佛是做了一场梦，而不是当真过了那种生活似的。无论哪里也比不上绿叶书院这样一丝不苟、分毫不差和有条不紊。每一件事情都规定了时刻，而且都是按规定的时间进行。

我们一共是十二个寄宿生，加上两位孪生的唐尼小姐。不久我就知道，我将来得凭资格去当家庭教师，因此我不但要学习绿叶书院所教导的一切，而且很快就担任了辅导工作。虽然在其他方面，我所受的待遇完全和学校里其他的人一样；但从一开始起，我就有这么一点和别人不同。我知道的越多，我教的课也就越多，因此，日子长了，我就有了许多工作，这些工作我都很喜欢做，因为这会使那些可爱的姑娘们喜欢我。后来，每当有一个怏怏不乐的新生来到，她一定会——我也不知道为什么——和我交朋友，因此一切新来的人都交给我照料。她们都说我和蔼可亲；但我认为**她们**才和蔼可亲哩！我时常想起我那次生日所下的决心：我要勤劳、知足、心地善良，要为别人做些好事；如果可能的话，还要博取别人的欢心；但是，说实在的，说实在的，我做得这么少，而得到的却是这么多，想起来真有点惭愧哩。

我在绿叶书院度过了六个愉快而平静的年头。每年在那里过生日，谢天谢地，从来没有看见谁的脸上流露出我教母当年那种怏怏不乐的神色，认为我还是不投生到这世上来才好。生日那天，我总是收到许许多多表示深情厚谊的纪念品，因此从新年到圣诞，我屋子里都摆得琳琅满目。

在这六年里，除了假期到附近去游览以外，我从来没有离开过绿叶书院。头六个月差不多过去了，我向唐尼小姐请教：是不是应该给肯吉先生写封信，说我很快乐，很感恩；得到了她的同意以后，我就写了这样一封信。我还收到一封正式的回信，信中说："捧读来函，获悉一切，当即转达当事人。"在这以后，我常常听见唐尼小姐和她妹妹提起，我的费用总是按时交来的；每隔半年光景，我就照例冒昧地写一封类似的信。我所收到的回件也总是同样的答复，同样圆润的笔迹；而"肯吉-卡伯伊"这个签名却是另一种写法，我推测这是肯吉先生签的。

说来奇怪，我为什么非要写我这些琐碎的事情不可呢！这样的描写好像就是描写**我的**一生似的！但是，我马上就要退到幕后去了。

我在绿叶书院度过了六个平静的年头（我发现我现在是说第二遍了）。我从周围的人身上看到自己每个时期的成长和变化，就好像是从镜子里看到似的。直到最末一年，在十一月的一个早晨，我收到一封信。现将年月日略去，抄录于下：

老广场，林肯法学协会

贾迪斯控贾迪斯案

埃丝特·萨默森女士：

敝所之当事人贾迪斯先生，根据大法官庭指令，拟邀请法院所受理之上述案件被监护人至其家中，并希望为该监护人物色适当女伴一人，为此，特嘱敝所转告：如蒙女士担任上述职务，深以为幸。

敝所已为女士安排行程，车费已付，希于下星期一早晨从里丁乘八时启行之马车，直抵伦敦比萨迪理大街，白马窖，敝所有一办事员在该处奉候，以陪同女士前来本事务所。

肯吉-卡伯伊谨启

噢，我永远，永远，永远也忘不了这封信在绿叶书院引起人们多么大的激动！她们这样关心我，真是厚道极了。上帝实在仁慈，他从来没有忘记我，让我这个孤儿走了一条平坦的道路，还使这许多年轻人喜欢我；我实在不敢当呢。倒不是说我希望她们不那么难过——我不是这样想的；只是随之而来的欢乐，随之而来的痛苦，随之而来的骄傲与欣喜，以及随之而来的惆怅，全都交织在一起，这就使我又是心碎肠断，又是满怀喜悦。

这封信通知我五天后离校。在这五天里，当她们随时随刻向我表示更多的爱护和关切；当那个早晨终于到来，她们领着我到每一个屋子去和大家作最后一次道别；当有的人喊道："埃丝特，亲爱的，你到我床边来跟我说'再见'吧，你头一次就是在这个地方跟我和和气气地说话的！"当有人请我只题上她们的名字，写下"埃丝特赠言"；当她们每一个人都拿着送别的礼物，搂着我哭，高声地说："最亲爱的埃丝特走了，我们怎么办啊！"当我尽可能告诉她们，她们每一个人对我是多么宽厚，多么体贴，而我又是怎样祝福和感激她们每一个人——这时候我心里多么激动啊！

当两位唐尼小姐对我依依惜别（像那些年纪最小的学生一样）；当女仆们说："小姐，愿上帝处处保佑你！"当那位又丑又瘸的老园丁（我还以为他这些年来没有注意过我呢），气喘吁吁地赶到马车跟前，送我一小束天竺葵并对我说，我是他的心肝宝贝——那位老人真是这样说的！——这时候我心里又是多么激动啊！

凡此种种，我怎么能无动于衷；更何况车子经过那所小学校时又意外地看见那些可怜的孩子在校外向我挥帽致意；看见一位白发苍苍的绅士和太太（我曾经辅导过他们的女儿，也到他们家里去拜访过，据说他们是这一带最高傲的人）不顾身份，向我喊道："埃丝特，再见。祝你快乐！"——这时候，我一个人在车里坐着，禁不住黯然神伤，禁不住一再反复地说："噢，感谢神恩，感谢神恩！”

不过，我自然很快就考虑到，人家已经给了我这许多好处，我绝不能带着眼泪到我要去的那个地方。因此，我当然要尽量忍住眼泪，使自己安静下来，不时地对自己说：“埃丝特，千万别这样！**那可不行！**”虽然我担心我哭的时间长了一些，但我终于振作起来；当我用薰衣草香水冰一冰我的眼睛时，伦敦已经在望了。

离伦敦还有十英里路，我就满以为我们已经到了；等到真的到了，我又以为我们永远也到不了伦敦。可是，当我们的马车开始在石子路上颠簸着的时候，特别是当别的车辆好像朝我们冲过来，而我们的车子又好像朝别的车辆冲过去的时候，我才相信，我们真的到达了旅途的终点。过了一会儿，我们的车子就停住了。

一位年轻绅士——他由于不小心，身上沾满了墨迹——在人行道上向我招呼说：“小姐，我是从林肯法学协会的肯吉-卡伯伊事务所来的。”

“劳驾，劳驾，先生，”我说。

他非常殷勤，叫人把我的箱子搬好以后，就搀着我上了一辆出租马车；我问他，是不是有什么地方失了火？因为大街上笼罩着褐色的浓烟，几乎什么东西都看不见了。

“噢，不是的，小姐，”他说，“这是伦敦的特色。”

我从来没有听见过这样的事情。

“小姐，这是雾，”那位年轻绅士说。

“哦，原来如此！”我说。

我们坐着车子慢腾腾地经过世界上最肮脏、最黑暗的街道（我当时就是这样想）；我真不知道住在这些乱糟糟的街道上的人怎么能保持清醒的头脑。后来，我们穿过了一座古老的门楼，突然来到一个非常清静的地方；继续驱车前进，穿过一个静穆的广场，最后来到一个偏僻的角落。那里有一个门口，楼梯又陡又宽，很像教堂的大门口。在外面的回廊下面，的确有一个教堂墓地，因为我透过楼梯旁的窗口看见了那里的墓碑。

肯吉-卡伯伊事务所就设在这里。那位年轻绅士领着我穿过外间的办公室，走进肯吉先生的办公室——屋里没有人——殷勤地把扶手椅搬到壁炉前让我坐下，又给我指点壁炉旁边墙上挂着的一面小镜子。

“小姐，你赶了这么些路，也许要照照镜子吧，因为过一会儿你还要上大法官庭去见大法官呢。当然，我不是说非要照镜子不可的，”那位年轻绅士彬彬有礼地说。

“上大法官庭去见大法官？”我吓了一跳。

“小姐，这只是形式罢了，”那位年轻绅士答道。“肯吉先生现在正在法院。他留下话表示欢迎，请用点点心吧；”在一张小桌子上放着饼干和一瓶酒，“看看报纸吧；”那位年轻绅士说着，递给我一份报纸；然后捅了捅火，就出去了。

一切都非常奇怪，更奇怪的是，屋子里白天像黑夜一样，蜡烛闪着白色的火焰，射出阴森森的光芒；因此我虽然读着报纸上的字句，却不知所云，后来竟发现自己在反复读着某一句话。这样子看下去是没有意思的，我放下报纸，在镜子里照了照，看看我的帽子是不是端正，又看了看那间半明半暗的屋子，那些破旧不堪、灰尘满布的桌子，那一堆堆的文件，还有那满满一架书，外表一点也不醒目，内容也空洞无物。后来，我陷入了沉思，不停地想着、想着、想着；炉火不停地烧着、烧着、烧着；那些蜡烛也不停地闪烁着，淌着蜡泪，屋子里没有烛花剪刀，后来那位年轻绅士才拿了一把非常脏的来。我就这样等了两个钟头。

肯吉先生终于来了。他并没有改变；但他看见我改变了这么多，却感到很惊讶，同时也似乎很高兴。“萨默森小姐，你既然要去做那位年轻女士的女伴，她现在已经到了大法官的办公室里了，”他说，“我们认为，你最好也去一下。我想，你不会因为见了大法官而感到不安吧？”

“不会的，先生，”我说，“我想不至于这样。”我考虑了一下，真不明白为什么要感到不安。

于是肯吉先生让我挽着他的胳膊，我们拐过那个拐角，穿过一列走廊，从一个旁门走了进去。接着我们又沿着一条过道，来到一间舒适的屋子里，只见一位年轻小姐和一位年轻先生正站在噼啪作响的炉火旁边。炉火前隔着一扇围屏，他们两人正靠着围屏聊天。

我走进去，他们两人都抬起头来；在炉火的映照下，我发现那位年轻小姐原来是一个非常漂亮的姑娘！一头浓密的金发，一对温柔的蓝眼睛，脸蛋又是那么爽朗、天真和诚恳！

“婀达小姐，”肯吉先生说，“这位是萨默森小姐。”

她带着笑，伸出手来迎我，但一下子又似乎改了主意，吻了我一下。简单地说，她的举止落落大方，富有魅力，讨人喜爱，因此没过几分钟工夫，我们就坐在窗座上，在炉火的映照下，无拘无束地、高高兴兴地攀谈起来了。

我这时感到如释重负！知道她能够信任我，喜欢我，我感到非常高兴！这在她来说，是多么善良，而对我来说，又是何等的鼓舞啊！

她告诉我，那位年轻先生是她的远房表兄，名叫理查德·卡斯顿。他是个很英俊的少年，态度坦率，笑起来非常动人；婀达把他叫到我们跟前，他就站在我们身旁，在炉火的映照下，愉快地谈着，像一个无忧无虑的孩子似的。他很年轻，最多不过十九岁，如果真是十九岁的话，那就差不多比婀达大两岁了。他们两个都是孤儿，而且在那天以前从来没有见过面，这大大出乎我的意料，使我感到非常奇怪。我们三个人第一次聚在一起，又是在这样一个不寻常的地方，这正是谈话的资料，我们也就谈了一番；这时炉火已不再噼啪作响，而是向我们眨着红眼睛了——正如理查德所说的：好像大法官庭那头昏昏欲睡的大狮子。

我们低声谈论着，因为有一位穿着礼服、戴着丝袋假发的绅士不时进进出出；而在他进出的时候，我们就可以听到远处有一个慢吞吞的声音。据那位绅士说，这是一位办理我们案子的大律师在向大法官陈述。他告诉肯吉先生说，大法官再过五分钟就退庭了，不久，我们就听到一阵喧噪声和脚步声；肯吉先生说，闭庭了，大法官阁下回到他隔壁的办公室了。

那位戴着丝袋假发的绅士马上把门打开，请肯吉先生到里面去。于是，我们都到隔壁的办公室里去了；肯吉先生走在前面，带着我那亲爱的姑娘（我现在已经习惯这样称呼她了，所以我禁不住要这样写）；那位穿着一套朴素的黑衣服、靠近炉火坐在写字台旁边扶手椅上的就是大法官阁下，他那件镶着华丽的金线的礼服扔在另外一张椅子上。我们进去的时候，他向我们投过来一道锐利的眼光，但他的态度是和蔼、有礼的。

那位戴着丝袋假发的绅士把几个卷宗放在大法官阁下的写字台上，大法官阁下默默地从中挑出一个，把文件翻开。

“哪位是克莱尔小姐，”大法官阁下说。“婀达·克莱尔小姐呢？”

肯吉先生把婀达小姐介绍给他，大法官阁下请她坐在他旁边。连我都能够马上看出，大法官阁下很喜欢她，对她发生了兴趣。那间枯燥无味的办公室竟然代替了这样一个美丽姑娘的家庭，使我无限感触。大法官阁下无论怎么好，似乎也代替不了父母对子女的慈爱，为子女感到的骄傲。

“这里所谈到的贾迪斯，”大法官一边说，一边翻着文件，“就是荒凉山庄的那位贾迪斯。”

“就是荒凉山庄的那位贾迪斯，阁下，”肯吉先生说。

“好一个凄凉的名字，”大法官阁下说。

“这个地方现在倒并不凄凉，阁下，”肯吉先生说。

“荒凉山庄是在——”大法官阁下说。

“在赫特弗德郡，阁下。”

“荒凉山庄的那位贾迪斯先生没有结婚吧？”大法官阁下说。

“没有，阁下，”肯吉先生说。

沉默了片刻。

“这位是年轻的理查德·卡斯顿先生吗？”大法官阁下望着理查德说。

理查德鞠了一个躬，向前迈了一步。

“嗯！”大法官阁下又翻了好几页文件。

“请允许我提醒阁下，”肯吉先生低声说，“荒凉山庄的那位贾迪斯先生找了一位合适的女伴给——”

“给理查德·卡斯顿先生吗？”我好像听见大法官阁下也那么低声地说（但我不能完全肯定），而且还带着笑容。

“给婀达·克莱尔小姐。这就是那位年轻女士。萨默森小姐。”

大法官阁下不惜纡尊降贵地看了我一眼，和蔼地接受了我的屈膝礼。

“我想，萨默森小姐和这个案子的任何一方都没有亲属关系吧？”

“没有亲属关系，阁下。”

肯吉先生没有说出这句话之前，就往前探着身子，低声说了些什么。大法官阁下看着卷宗，倾听着，点了两三次头，继续翻着文件，不再朝我看了，直到我们后来要走，他才对我看了看。

这时候，肯吉先生退到门口我站着的那个地方（理查德跟着他），却让我的宝贝儿（我现在已经很习惯这样称呼她，所以这一次又不禁脱口而出！）继续坐在大法官旁边，大法官要单独跟她谈一会；据她后来告诉我，大法官问她，有没有好好考虑过他们提出来的安排，她是不是觉得住在荒凉山庄那位贾迪斯先生家里会快活，她为什么会感觉到快活，过了一会，大法官就很客气地站起来，让她走开；然后大法官又和理查德·卡斯顿谈了一两分钟话；大法官并没有坐下来，只是站着，而且大体说来，也比刚才随便一些，不那么讲究礼节，好像他虽然**身为**大法官，还是懂得怎样用直截了当的态度去跟一个坦率的年轻人打交道似的。

“很好！”大法官阁下大声说，“我这就下命令。据我看，荒凉山庄的贾迪斯先生已经给这位年轻小姐物色了一位非常好的女伴，”就在这个时候，他看了我一眼，“就目前的情况而论，这整个安排似乎是最妥当的了。”

他高高兴兴地把我们打发走，我们就都出来了，他那和蔼可亲和彬彬有礼的态度使我们深受感动；这种态度非但没有使他失去尊严，我们还觉得他因此倒增加了几分尊严呢。

走到长廊的时候，肯吉先生想起，他必须回去请示一个问题，就把我们留在浓雾里，和大法官的马车以及等候他的仆人在一起。

“哎呀！”理查德·卡斯顿说，“**这事情**总算办完了！萨默森小姐，我们还要上哪里去？”

“难道你不知道吗？”我说。

“一点也不知道，”他说。

“亲爱的，难道**你**也不知道吗？”我问婀达。

“不知道！”她说。“你呢？”

“根本不知道！”我说。

我们面面相觑，眼看自己好像树林里迷了路的小孩，都觉得有点好笑，这时候，一个样子古怪、身材瘦小的老太婆，戴着一顶压扁了的帽子，提着一个网袋，来到我们跟前，很有礼貌地微笑着向我们行屈膝礼。

“嘿！”她说。“贾迪斯案的受监护人！有缘相见，实在非——常高兴！当青春、希望和美貌来到这个地方，而又不知道将来结果如何，那倒是一个好兆头。”

“疯子！”理查德低声说，他没有想到那个老太婆能听见他的话。

“一点也不错！疯子，年轻的先生，”她回答得这样快，理查德一时感到很难为情。“我本人当初也是一个受监护人。我那时并不疯，”她每说一句，总是低低地行一个屈膝礼，笑一笑，“我也

小老太婆

有过青春和希望。我相信，也有过美貌。现在，这些已经是无关紧要了。这三件东西没有一件为我效过劳，或者搭救过我。很荣幸，我经常出席法庭。带着我的文件。我盼望审判。希望它不久就能到来。世界末日的审判[①]。我发现，《启示录》里所提到的第六印[②]就是大法官的大印。这颗印早就揭开了。请接受我的祝福吧。”

因为婀达有点害怕，所以我就敷衍那个可怜的老太婆说，我们很感谢她。

“是——的！”她装腔作势地说。“我想是这样。瞧，快嘴肯吉来了。还带着**他的**文件呢！阁下好吗？”

“很好，很好！亲爱的，别捣乱啦！”肯吉先生一面说，一面领着路往回走。

“不是捣乱，”那位可怜的老太婆追着婀达和我说。“绝对不是捣乱。我要把我的财产赠送给你们两个人，——你瞧，这不是捣乱吧！我盼望审判。希望它不久就能到来。世界末日的审判。这对你们是一个好兆头。接受我的祝福吧！”

她在那座又陡又宽的楼梯口站住，可是当我们走到上面，回过头来看的时候，她仍旧站在那里，仍旧是每说一句话，便行一个屈膝礼，笑一笑：“青春。希望。美貌。大法官庭。快嘴肯吉！哈！请接受我的祝福吧！”

---

① 据《圣经》，到了世界末日，死人都将复活，上帝将根据每人生前的善恶做出最后的审判。

② 据《新约全书 · 启示录》第 6 章第 12 到第 17 节，揭开第六印的时候，天昏地暗，是非颠倒。

第四章
望远镜里的慈善事业

我们到了肯吉先生的办公室，他便对我们说，我们应该到杰利比太太家里去过夜；接着又转过身来对我说，他认为我一定知道杰利比太太是谁。

“我真的不知道，先生，”我答道。“也许卡斯顿先生——或是克莱尔小姐——”

可是，不，他们根本不晓得杰利比太太是个什么人。

“真——的！”肯吉先生说话的时候，正背靠炉火站着，瞅着那块满是尘土的炉边地毯，好像能从那上头看出杰利比太太一生的经历似的，“杰利比太太是一位性格非常坚强的女士，完全献身给社会了。她在不同时期，热心研究过种种不同的公共问题，目前（在没有别的事情引起她注意之前）正致力于非洲问题；她的目的是为了普遍种植咖啡豆——**也是**为了栽培当地的土著——为了使本国过剩人口在非洲河流两岸得以安居乐业。我想，贾迪斯先生是非常看重杰利比太太的，因为，凡是大家认为是有利于公益的事情，他都乐意帮忙，慈善家们也常去找他。”

肯吉先生整了整领带，然后又望着我们。

“那么杰利比先生又是个什么人呢，先生？”理查德问道。

“啊！”肯吉先生说，“杰利比先生是——一个——我不知道怎么跟你说才好，我只能说他是杰利比太太的丈夫。”

“那就是说，是个微不足道的人喽，先生？”理查德说着，做了一个鬼脸。

“我不想这样说，”肯吉先生一本正经地答道。“当然，我也不能这样说，因为我对杰利比先生一点不了解。据我所知，我从来也没有机会认识杰利比先生。他可能是个很了不起的人；可是他，简直可以说是被他太太的更出色的才气盖罩了。”接着，肯吉先生又告诉我们说，在这样一个晚上到荒凉山庄去，路途很远，天色很黑，一路上也很无聊，尤其我们已经走了很长的路，因此贾迪斯先生才作出这个安排。明天一早就有马车到杰利比太太家，接我们出城。

他摇了摇小铃，那位年轻先生就进来了。肯吉先生管他叫格皮，问他萨默森小姐的箱子和其他行李“送到”了没有。格皮先生说，已经送到了，而且还准备好一辆马车，随时可以送我们走。

“那么，”肯吉先生边说边和我们握手，“最后让我来表示，我对今天法院所作的安排（再见，克莱尔小姐！）感到非常满意，我非常希望（再见，萨默森小姐！）这个安排在各方面都能给每一个当事人（卡斯顿先生，有缘和你相见，十分荣幸）带来快乐、幸福和好处！格皮，你送他们平平安安地到那里去吧。”

“格皮先生，‘那里’是指什么地方呀？”我们下楼的时候，理查德问道。

“不远，”格皮先生说，“你知道不，就在泰维斯法学院附近。”

“我不知道在哪里，因为我刚从温彻斯特来，对伦敦不熟悉。”

“就在那拐角的地方，”格皮先生说。“我们只要拐过法院小街，顺着荷尔蓬大街往前走上四分钟就到了。小姐，你瞧，这不就是伦敦的特色吗？”他好像是因为我的缘故而喜欢这一特色似的。

“这雾确实很大！”我说。

“不过，我相信，这对你没什么影响，”格皮先生一边说，一边把踏板收起来。“从你的神情看来，小姐，这雾似乎反而对你有好处呢。”

我知道，他恭维我是出于好意，因此，当他关上车门，爬上赶车人的座位时，我就觉得，刚才自己脸红实在可笑，于是我们三个人都笑起来，都说我们是那样没有阅历，而伦敦又是那样奇怪；最后，我们穿过一个拱道，来到了目的地。那是一条窄窄的、两旁都是高大楼房的街道，看起来好像一个长方形的水槽，里面装满了雾。一小群慌慌张张的人——其中主要是小孩——聚集在我们停车的那个房子前面，那房子的门上有一块变了色的铜牌，上面刻着**“杰利比”**的姓氏。

“别害怕！”格皮先生向车窗里望着说。“杰利比家的一个小孩，把脑袋夹在地下室前边的栏杆中间了！”

“噢，可怜的孩子，”我说，“请开开门，让我下车！”

“请你当心点儿，小姐。杰利比家的小孩可淘气啦，”格皮先生说。

我向那个可怜的孩子走去。我从来也没见过这样脏的一个小可怜；我发现他的脖子卡在两根铁栏杆中间，他又着急又害怕，在那里大声哭着。这时候，一个送牛奶的和一个地保，好心好意地揪住他的两条腿，打算把他拉出来，因为他们两个都认为，这样一来他的脑袋就可以压缩一些。我安慰了他一番以后，发现他是个很小的孩子，天生一个大脑袋。我想，他的脑袋能过去，他的身子也许就能过去；于是我跟他们说，要搭救他，最好还是把他的身子向前推。送牛奶的和地保非常赞成这个办法，便使劲地推，当时要不是我揪住那孩子的围涎——理查德和格皮先生这时也从厨房跑到下面地下室门前那个地方，准备他掉下来时接住他——他很可能被推到下面去呢。最后，他平安无事地脱了险，但紧接着，他又疯也似的用一根滚铁环的钩子打起格皮先生来。

除了那个穿木套鞋的女人，看来没有这个房子的人；那女人刚才一直在下面用笤帚揍那孩子，我不知道她那样做是为了什么，我想，恐怕她自己也不知道吧。因此，我以为杰利比太太准不在家；可是，等到那个已经脱掉了木套鞋的女人在过道上出现，领着婀达和我上了二楼，来到背街那边的一间屋子通报说：“杰利比太太，有两位小姐找你！”我这时实在觉得奇怪。我们上楼的时候，又碰见了几个小孩，在黑暗的地方免不了要踩着他们。当我们来到杰利比太太面前的时候，有一个可怜的小东西，正轰隆轰隆地滚下楼梯——听起来，好像是一直滚到楼底下了。

那个可怜的孩子每滚下一级，就磕一个响头，记录下自己的行程。后来，理查德说，除了着地那一下不算，他一共数了七下。这时我们不禁流露出不安的神色，可是杰利比太太却毫无反应，泰然自若地接待了我们。她的个子很小，但是长得丰满、标致；大约有四五十岁，眼睛很漂亮，尽管有一种奇怪的习惯，似乎老是望着遥远的地方，好像——我又要引用理查德的话了——那双眼睛看不见比非洲更近的东西似的！

“有机会接待你们，”杰利比太太用一种动听的声调说，“实在荣幸。我非常尊敬贾迪斯先生；凡是和他有关系的人，我都竭诚相待。”

我们表示了谢意，随后就在门后一张瘸了腿的破沙发上坐下来。杰利比太太长着一头秀发，但因为过分操心非洲的事务，所以没有工夫去梳理它。刚才她起来迎接我们的时候，她那条随手披在肩上的披巾，就掉在椅子上了。她转过身重新就座的时候，我们都注意到，她的衣服在后背上合不拢，开口的地方用紧身褡的带子交叉地穿起来，很像凉亭上的格子。

房间里到处都是乱纸，一张大写字台占去了大半个房间，写字台上也撒满了纸。我必须说，这屋子不但很乱，而且很脏。我们的眼睛不得不注意到这些，尽管我们的耳朵当时还得倾听着那个滚下楼梯去的孩子；我想，大概是滚到后面的厨房里去了，那里似乎有人在堵着他的嘴，不让他哭。

但最使我们惊奇的是，一个面带倦容和病态而又相当标致的姑娘坐在写字台旁，咬着鹅毛笔的羽毛，目不转睛地瞅着我们。我想，从来没有人会像她那样弄得浑身都是墨水的。而且，从她那乱蓬蓬的头发到她那双小巧的脚——那双脚由于穿着一双已经磨掉了后跟的破烂的缎面拖鞋而显得难看了——她身上不论穿的戴的，从别针数起，好像没有一件像个样子、穿戴得是地方。

“亲爱的，你们看见我，”杰利比太太说着，把两个锡烛台上的办公室用的大蜡烛的烛花剪了剪；蜡烛在屋子里散发着蜡油燃烧的强烈气味（炉火已经熄灭了，炉子里只有一堆炉灰、一捆劈柴和一根捅条），“亲爱的，你们看见我和平常一样，忙得不可开交；可是你们一定会原谅的。目前，非洲的规划占了我的全部时间。我必须和全国各地那些关心自己同胞的公众团体和个人通信。我可以高兴地说，这项规划已经有了进展。我们希望，到了明年这个时候，会有一百五到二百个人丁兴旺的家庭，从事咖啡种植，从事教育尼日尔河左岸伯里奥布拉-加纳的土著。”

婀达不说话，只是瞅着我，因此我只好说，这是十分令人快慰的。

“**确实是**令人快慰，”杰利比太太说。“虽然我能力有限，这还是需要我全力以赴；只要能成功，那也算不了什么；我现在越来越有把握，将来一定会成功。萨默森小姐，你知道吗，我几乎感到奇怪，**你**为什么从来没想到非洲。”

这样子把话题一转，确实出乎我的意料，我真不知道怎么回答才好，只得含糊其词地提到非洲的气候——

“那是世界上最好的气候！”杰利比太太说。

“真的，太太？”

“当然啰。只要小心一点就行，”杰利比太太说。“你到荷尔蓬大街去，要是不小心，也会被车子撞上。你到荷尔蓬大街去，要是很小心，就永远不会被车子撞上。到非洲去也是一样。”

我说：“这是没有疑问的。”——我指的是荷尔蓬大街。

“如果你们愿意的话，”杰利比太太一边说，一边把几份文件放在我们面前，“可以看看这些有关气候的评论，以及有关一般问题的评论（这些已经广泛地散发了），同时我也可以把我正在口授的信结束了——我现在是向大女儿口授，——她是我的书记——”

坐在书桌旁的那个女孩不再咬鹅毛笔了，我们向她招呼的时候，她也向我们还礼，只是样子有点害羞，有点不高兴。

“——写完这封信，我今天的工作就算结束了，”杰利比太太带着甜蜜的微笑，接着说下去，“尽管我的工作是永远做不完的。凯蒂，你写到什么地方了？”

“‘斯瓦洛先生台鉴，敬启者——’”凯蒂说。

“‘敬启者，’”杰利比太太口授说，“‘来函承询非洲规划一事。’——不行，啤啤！这可不行！”

啤啤（自己起的名字）就是刚才滚下楼梯的那个倒霉的孩子，脑门上贴着一块膏药，走过来让人看看他那受了伤的膝盖，因而打断了杰利比太太的口授。我和婀达看了他的膝盖，真不知道应该多多可怜那上面的伤，还是应该多多可怜那上面的脏。杰利比太太只是带着平常说话的那种镇静态度补充了一句：“走开，啤啤，你这淘气鬼！”接着，她那双漂亮眼睛又盯着非洲不放了。

然而，因为杰利比太太立刻又进行口授，而我就是把啤啤抱起来也不致碍谁的事；所以，我看见可怜的啤啤想往外走，就壮着胆子悄悄拦住他，把他抱了起来。这使他感到很惊奇，婀达吻了他一下，这也使他感到惊奇；可是，他那断断续续的哭声间隔得越来越长，终于完全静止；他很快就在我怀里睡着了。我一直在照料啤啤，没有听清楚那封信的详细内容，只是从中获得一个大致的印象，知道非洲是非常重要的，其他地方和其他事务都无足轻重，因此我发觉自己过去很少想到非洲，便感到十分惭愧。

“都已经六点钟啦！”杰利比太太说。“可是我们吃饭的时间名义上却是五点钟（事实上我们随时都可以吃饭）！凯蒂，你带克莱尔小姐和萨默森小姐去看看她们的屋子。你们也许要换换衣服吧？我这样忙，我知道你们一定会原谅我的。噢，这个坏孩子！萨默森小姐，请你把他放下来吧！”

我恳切地说，他一点也不麻烦人，请杰利比太太允许我抱着他。于是，我把他抱到楼上去，让他躺在我的床上。我和婀达的两间屋子在楼上，中间有一扇门通着。这两间屋子没有什么家具，凌乱不堪，我房间那扇窗户的帘子是系在一把叉子上的。

“你们想要点热水吗？”杰利比小姐一边说，一边在找一个带把的水罐，可是没有找着。

“要是不麻烦的话，就要一点。”我们说。

“噢，麻烦倒不怕，”杰利比小姐回答道，“就不知道有没有。”

那天晚上相当冷，屋子里又有那么一股潮气，我必须坦白说，这实在有点难受，婀达几乎要哭起来了。可是，过了一会儿，我们又说说笑笑，忙着打开行李了。这时候，杰利比小姐回来说：她很抱歉，没有热水；他们找不到那个水壶，而且锅炉也坏了。

我们请她不必客气，接着，我们尽快地把东西收拾好，准备回到楼下去烤火取暖。可是，这时候，所有的小孩都上来了，站在外面的楼梯口上，莫名其妙地望着躺在我床上的啤啤。那些小鼻子和小手常常会突然出现，随时都有被门上的铰链夹着的危险，因此，我们总定不下心来。两间屋子的门都关不上，我房间的门上没有圆把手，似乎要在门锁上插上一条东西才能开关；婀达门上的把手虽然很容易转动，但对那扇门却不起作用。因此，我就出了个主意，请孩子们进来，乖乖地坐在桌子旁边，让我一边换衣服，一边给他们讲“小红帽”的故事。他们照着办了，而且安静得像耗子似的，就连啤啤也是那样——他在我讲到那头狼出现之前恰巧也醒了。

我们下楼的时候，发现楼梯的窗台上有一个写着“汤布里季-威尔斯”①等字样的带柄大圆杯，杯子里点着一根浮动的灯芯。客

---

① 汤布里季-威尔斯（Tunbridge Wells）：是伦敦附近的一个地方；当地有矿泉水，风景宜人。

厅里（有一扇门通到杰利比太太的屋子，现在正敞开着），有一个年轻女人，发肿的脸上包扎着绒布绷带，正在吹炉火，呛得上气不接下气。总之，客厅里到处是烟，有半个钟头的工夫，我们敞开着窗子坐在那里，又是咳嗽，又是流眼泪；可是就在这段时间里，杰利比太太还是那样心平气和，口授着有关非洲的信件。我不得不说，看见她这样专心致志，我才放了心，因为刚才理查德跟我们说，他在一个馅饼盘里洗了手，又说他发现那个水壶原来在他的梳妆台上，他把婀达逗得大笑，而我看见他们这样，也禁不住傻呵呵地笑了起来。

七点刚过，我们下楼去吃饭；杰利比太太告诉我们要留点神，因为楼梯上的铺毯由于缺少梯毡夹条，已经磨得破破烂烂，成了名副其实的陷阱了。我们每人有一块很好吃的鳕鱼，一块烤牛排，一碟肉片，还有布丁；要是烹调得法，那满可以说是一顿丰盛的晚餐，可惜都做得半生不熟。那个包扎着绒布绷带的年轻女人在旁侍候着，她把东西胡乱往桌上一放，就再也不管了，直到吃完了，她才把盘子拿走，放在楼梯级上。我刚才看见的那个穿木套鞋的女人（我想她大概就是厨子），常常到门口来和这年轻女人吵架，看样子她们彼此之间是不和的。

吃饭的时间由于种种意外而拖得很长，比方说，一碟土豆错放到煤桶里去了，瓶塞钻的把手掉下来打着了那个年轻女人的下巴等等，但杰利比太太始终保持着心平气和的态度。她告诉我们许多有关伯里奥布拉-加纳和当地土著的趣闻；而且就在这个时候，她还收到许多信件，理查德坐在她旁边，看见有四封信一下子掉到肉汁里去了。有的信是妇女委员会的议事录或妇女会的决议，这些信她都给我们念了；有的信是人们的申请书，这些人在种种不同的角度对种植咖啡和对当地土著发生了兴趣；有的信需要她立即回复，于是杰利比太太有三四次让她大女儿离开餐桌去写回信。她忙得不可开交，正像她对我们说的那样，她确实是献身给这个事业了。

我们刚吃完鳕鱼，一个态度温和、戴着眼镜的秃顶绅士走了进来，坐在一个空位子上（座位没有主次之分），看样子，他在伯里奥布拉-加纳移民地这件事情上头，是采取消极屈服而不是积极关心的态度的。我感到有点奇怪，很想知道这个人是谁。他一句话也没说，要不是因为他的肤色，我真以为他是个非洲人呢。直到我们离开了餐桌，他和理查德单独留下来的时候，我才想到，他可能就是杰利比先生。不错，他**确实是**杰利比先生；一个叫奎尔先生的青年也证实了这一点。这个人是在晚饭后来的，两边额角都有一个又大又亮的圆发卷；头发一直梳到后脑勺去。他很爱唠叨，对婀达说，他是一个慈善家，又说，他认为杰利比先生和杰利比太太的姻缘，就是精神和物质的结合。

这个青年不但谈到许多有关非洲的事情，谈到他有一个计划，准备训练种植咖啡的殖民者，让他们去教当地的土著车钢琴腿，经营出口买卖，而且还喜欢拿一些问题引杰利比太太说话，比如他说："杰利比太太，我想你现在一天就能收到一百五十封到二百封有关非洲的信，对不对？"或者说，"要是我没记错的话，杰利比太太，你曾经说过，你有一次从一个邮局就发出了五千份宣传书。"——他还像解说员那样，一再向我们重复杰利比太太的回答。整个晚上，杰利比先生都坐在角落里，脑袋靠着墙，好像情绪很不好。晚饭后，他和理查德单独在一起的时候，仿佛有什么心事，好几次都似乎要张嘴说话，可是临了又总是把嘴闭上，什么也没有说，使理查德感到非常狼狈。

杰利比太太置身在废纸堆里，整晚都在喝咖啡，不时向她大女儿口授信件。她还和奎尔先生讨论问题；讨论的题目——如果我没弄错的话——似乎是"人类的友谊"；他们还发表了一些高见。我本想好好听一听，但是办不到，因为啤啤和别的孩子已经拥进客厅，到我和婀达那个角落来，围着我们，要我再讲一个故事。于是我们就坐在他们中间，低声给他们讲"穿靴子的小猫"和一些我现在已经记不起来的故事；后来杰利比太太偶然想起了他们，才打发他们去睡觉。啤啤哭着要我带他去睡觉，我只好带他上楼去；那个脸上包扎着绒布绷带的年轻女人正在那里，好像什么凶神恶煞似的冲到孩子们中间，把他们翻倒在带围栏的小床里。

这以后，我把屋子稍微收拾一下，并设法让那已经点着却又很不好对付的炉火着起来；最后炉火着起来了，而且着得很旺。回到楼下的时候，我觉得，由于我这样关心琐事，杰利比太太有点看不起我了；我感到很难过，尽管我也知道我并没有什么大的抱负。

等到我们能够脱身去睡觉时，已经差不多是午夜了；但是，就在我们离开那个屋子的时候，杰利比太太还是坐在她那个乱纸堆里，喝着咖啡，而杰利比小姐也还是咬着鹅毛笔上的羽毛。

“多么奇怪的家庭啊！”我们上了楼以后，婀达这样说。“我那位表亲贾迪斯让我们到这里来，也实在出奇！”

“亲爱的，”我说，“这真把我搞糊涂了。我想弄个明白，可是怎么也弄不明白。”

“弄明白什么？”婀达笑容可掬地问道。

“弄明白这一切，亲爱的，”我说。“杰利比太太为当地的土著谋求福利，竟费了这许多心血去搞一套计划，她的心肠**当然**很好——可是——啤啤和这个家！”

婀达笑起来了；这时我正站在那里注视着炉火，她用胳臂勾着我的脖子，说我是一个文静、可爱和善良的人儿，已经博得了她的欢心。“埃丝特，你这样体贴别人，”她说，“却又这样心甘情愿！你做了这么多事情，却又这样谦虚！就连这个家你也能把它弄得像个样儿的。”

我那可爱而单纯的姑娘啊！她完全没有意识到：她这番话恰好是在赞扬她自己，而且她这样看得起我，也是由于她自己心肠善良呵！

“我问你一个问题行吗？”我说，这时我们已经在炉火前坐了一会儿了。

“问五百个都行，”婀达说。

“你的表亲贾迪斯先生，我得了他许多好处，你能跟我说说他是怎样一个人吗？”

婀达摇了摇她那头金发，一边笑，一边惊奇地看着我，因此我也感到很惊奇——一则是由于她的美貌，一则是由于她那惊讶的神气。

“埃丝特！”她喊道。

“怎么啦，亲爱的？”

“你想知道我的表亲贾迪斯是怎样一个人吗？”

“是呀，亲爱的，我从来没见过他呢。”

“**我**也从来没见过他呀！”婀达答道。

哦，真的吗？

不错，她确实没见过他。她妈妈临死的时候，她虽然很小，却还记得她妈妈一谈到他，一谈到他那高尚而豁达的性格，总是热泪盈眶；她妈妈说，这样豁达的性格，比世界上什么东西都值得信赖，所以婀达也就信赖了。婀达说，几个月以前，她的表亲贾迪斯给她写了“一封简单而又诚恳的信”，提出了我们现在正在着手进行的这个安排，还告诉她说，“到时候，这个安排可能会治好大法官庭那场不幸的诉讼所造成的一部分创伤”。她已经回信表示感激，接受了他的提议。理查德也收到一封同样的信，并且写了一封同样的回信。五年前，他**曾经**在温彻斯特学堂见过贾迪斯先生一次，但仅仅是一次。他告诉婀达说（就在我走进大法官的办公室，看见他们靠着壁炉前的隔屏说话的时候）：他记得贾迪斯先生是“一个直率而乐观的人”。婀达能够给我形容的也就这么多了。

这勾起了我的心事，以致婀达睡着了，我依然坐在炉火前，不断寻思着这个荒凉山庄；我想了又想，仿佛昨天早晨的事已经恍如隔世。我现在已经记不起，敲门声把我惊醒的时候，我正想到什么地方。

我轻轻把门打开，看见杰利比小姐瑟瑟缩缩地站在门口，一手拿着一个点着一小截蜡烛的破烛台，一手拿着一个蛋杯。

“明天见！”她绷着脸说。

“明天见！”我答道。

“我可以进来吗？”接着她又突然问我说，她的脸色还是那样阴沉。

“当然可以，”我答道。“可是别吵醒克莱尔小姐。”

她不肯坐下，只是站在炉火旁，把她那墨迹斑斑的中指浸到盛着醋的蛋杯里去，然后又用醋去抹脸上的墨迹；她一直双眉紧锁，面色非常阴沉。

“我希望非洲毁掉！”她忽然说。

我打算劝一劝她。

“我真那么希望！”她说。“你不用劝我，萨默森小姐。我恨非洲，讨厌非洲。那是个畜生呆的地方！”

我跟她说，她太累了，我很同情她。我把手放在她的头上，摸着她的前额，并说她的脑门很烫，可是明天烧就会退下去。她依然站着，向我噘着嘴，皱着眉头；可是，过了一会儿，她就放下蛋杯，轻轻走到婀达躺着的那张床前面。

“她长得真漂亮！”她说着，仍然皱着眉头，仍然带着那种不讲礼貌的样子。

我笑了笑，表示赞同。

“她是不是孤儿？”

“是的。”

“可是她懂得许多事情，对不对？会跳舞，会弹琴，还会唱歌，对不对？她会说法文，懂得天文地理、懂得针线活儿等等，对不对？”

“那当然啰，”我说。

杰利比小姐

“我可不懂这些东西，”她反唇相讥。“除了抄抄写写，我几乎什么都不懂。我一天到晚替我妈写信。我真不明白，你们俩今天下午到这里来，看见我别的什么都不会，怎么不觉得惭愧。从这一点也可以看出你们的心多么坏。可是，我敢说，你们还觉得自己蛮好呢！”

我看出那个可怜的姑娘几乎要哭了，便重新坐下，一句话也没有说，只是温和地看着她，希望她能了解我心里对她是同情的。

“真丢脸，”她说。“你们心里明白。一家人全都丢脸。孩子们也丢脸，我也丢脸。爸爸真可怜，这也难怪！蓓莉西拉爱喝酒——她老喝酒。你要是说，今天没闻出她那股臭酒味，那你就是不要脸，就是撒谎！她端菜的时候那股酒味就跟小酒馆的跑堂一样臭；这个你当然知道！”

“亲爱的，我不知道，”我说。

“你知道，”她说得很干脆。“你不该说你不知道。你知道！”

“噢，亲爱的！”我说，“如果你不让我说话——”

“你现在不是在说话吗？难道你不知道你是在说话？别撒谎，萨默森小姐。”

“亲爱的，”我说，“你要不肯听我把话讲完——”

“我不愿意听你把话讲完。”

“噢，不，我想你会听的，”我说，“你要是不听的话，那就太没道理了。你告诉我的事情，我真不知道，因为吃饭的时候，那个用人没有到我跟前来过；可是，我相信你告诉我的事情都是真的，我听了很难过。”

“你用不着拿这个来夸你自己，”她说。

“不，亲爱的，”我说。“我才不那么蠢呢。”

她本来就站在床边，这时候弯下腰（但还带着早先那副不高兴的样子），吻了吻婀达。然后，她就轻轻地回到我的椅子旁边站着。她的胸口起伏着，样子很可怜，我非常同情她；不过我想还是不说话为妙。

“我希望我死掉了才好呢！”她忽然说。“我希望我们大家都死掉。这对我们好得多。”

过了一会儿，她在我旁边跪下，把头埋在我的衣服里，一边哭，一边激动地恳求我原谅她。我安慰着她，想把她扶起来；可是她喊道：不，不；她愿意这样子呆着！

“你以前教过孩子，”她说。“你要是教过我就好了，我可以从你那儿学点东西！我真倒霉，可是我真喜欢你啊！”

我让她坐在我旁边，她不肯，我跟她说什么她都不听，后来才搬了一张破凳子到她原来跪着的地方让她坐下来，她依然像刚才那样揪着我的衣服。这个可怜的疲倦的姑娘渐渐睡着了；后来我试着把她的头抬起来，让它枕在我的膝盖上，并用披巾把她和我自己围起来。炉火已经熄灭了，一整夜，她就这样睡在那剩下灰烬的火炉跟前。起初，我怎么也睡不着，于是我试着闭上眼睛，想着白天那一幕幕的情景，想法入睡，但还是睡不着。最后，这些情景慢慢混淆起来，变得模糊不清。我渐渐认不出靠在我身上睡觉的这个人是谁了。有时候，这人像是婀达；有时候，又像是我在里丁的一个好朋友——我简直不能相信，我最近已经和这些好朋友分手了。有时候，又像是那个疯疯癫癫的小老太婆，她由于不停地行礼和做笑脸，弄得筋疲力尽了；有时候，又像是荒凉山庄的一位主人。最后，所有的人都不存在了，我也不存在了。

朦胧的晨光正无力地挣扎着要透过那浓雾，我睁开眼睛，看见那个蓬头垢面的小鬼正盯着我。原来啤啤已经跨过那张带围栏的小床，穿着睡衣、戴着睡帽爬了下来，他很冷，牙齿咔嗒咔嗒地响着，好像他的牙已经全长出来了。

第五章
早晨的奇遇

早晨阴寒彻骨，雾气似乎还是很浓——我说“似乎”，因为窗户布满了尘土，就是仲夏的阳光照在那上面也会变得黯淡无光的——然而我早就有了戒心，知道一早呆在屋里一定挺难受，再说，我对伦敦早就感到新奇，因此，杰利比小姐一提出要去散步，我就觉得这主意挺不错。

“我妈还得过好一会儿才下楼，”她说，“而且，要是早饭能在一个钟头左右开出来，那就算咱们运气了，他们总是那样磨磨蹭蹭的。至于爸爸，他有什么吃什么，吃完就上班。他可从来也没像你们那样规规矩矩地吃早点。蓓莉西拉头天晚上给他留一个面包；要有牛奶的话，也留一点。有时候根本就没牛奶，有时候是猫把奶给喝了。不过，恐怕你一定累了，萨默森小姐，你也许还是愿意到床上去歇歇吧？”

“我一点也不觉得累，亲爱的，”我说，“我倒愿意出去走走。”

“你要真愿意的话，”杰利比小姐答道，“我这就穿衣服去。”

婀达说也要去，而且立刻就起床了。我跟啤啤说，他最好能让我给他洗洗脸，洗完了再到我床上去睡。他很乖地听我的话。给他洗脸的时候，他一直盯着我，那样子好像他从来也没有这样惊奇过，而且将来一辈子也不可能再这样惊奇似的——不用说，他的样子还挺可怜，不过倒也没有抱怨什么，洗完脸就干干净净地去睡觉了。起先，我还拿不定主意，好不好这样冒昧，可是我想了一下，觉得这里的人大概不会注意这种事情。

我急急忙忙打发啤啤去睡觉，自己也急急忙忙收拾好，又帮着婀达收拾好，几下一来，身上马上就热极了。我们发现杰利比小姐在书房里想烤火取暖；蓓莉西拉正在用那个熏得黑黑的大烛台把炉火点起来，还把蜡烛扔到壁炉里，让炉火烧得旺一点。所有的东西也还是昨天晚上我们离开时那个样子，而且显然是有意让它们保持原状。楼下那张吃晚饭时铺的桌布一直没有拿走，还留在那儿准备第二天吃早饭用。满屋都是面包屑、尘土和废纸。几个锡蜡罐和一个牛奶罐挂在地下室门前的栏杆上；门敞开着；在拐角的地方，我们碰见厨娘从一个酒馆出来，一边走一边揩着嘴。她经过我们身旁时说，她是看钟点去的。

可是在遇到厨娘之前，我们就碰见理查德了，他那会儿正在泰维斯法学院街上跑跑跳跳，让两只脚暖和暖和。他看见我们这么早就出来走动，感到非常意外；他说他很高兴跟我们一块儿去散步。于是他照顾着婀达；杰利比小姐和我便走在前头。我不妨提一提，杰利比小姐又绷起脸来了，因此，要不是她跟我说过她挺喜欢我，那我做梦也想不到呢。

"你打算上哪儿去呀？"她问道。

"随便什么地方，亲爱的！"我答道。

"随便什么地方算是个什么地方呀！"杰利比小姐说着便赌气站住不走。

"不管怎么说，咱们找个地方去好了，"我说。

于是，她领着我，走得非常快。

"我才不在乎哩！"她说。"你这次可亲眼看见了，萨默森小姐，我说不在乎——不过，如果他，这个脑门又亮又鼓的家伙，还是天天晚上跑到我们家里来，他就是活到玛士撒拉[①]那样的年岁，我跟他也没什么可说的。他和我妈都是**蠢驴**！"

---

① 玛士撒拉是挪亚洪水时代的族长，活到九百六十九岁，见《旧约全书·创世记》第5章第27节。

“亲爱的！”我对杰利比小姐用的这种称呼以及这种过激的语气暗暗表示反对，“为人子女，你的责任——”

“噢！别说什么为人子女的责任了，萨默森小姐；我妈为人父母的责任又怎么样？依我看，全给了社会和非洲了！那就让社会和非洲尽那为人子女的责任好啦；这是社会和非洲的事儿，不是我的事儿。瞧你那样子，你害怕了，是不是？好极了，我也害怕；咱们俩都害怕了，那么好，这事情就说到这里！”

她领着我走得更快了。

“不过，话虽然这么说，我还是要讲讲。他可以上我们家来，天天来都行，我跟他还是没什么可说的。他这人真叫我受不了。要是世界上有什么东西叫我憎恨和讨厌的话，那就是他和妈谈的那些事儿。真不晓得我们家对过的那些铺路石头，能不能有那么大的耐性，在我们那儿呆一呆，听听他们那些前言不对后语的废话，看看我妈的家务事！”

我认为她指的无非是奎尔先生，就是昨天晚饭后来访的那个年轻绅士。现在我倒是不必去跟她谈论这件不愉快的事了，因为理查德和婀达已经大步跑上来，一边笑，一边问我们是不是打算赛跑。这样一来，杰利比小姐和我的谈话就给打断了，她默不作声，绷着脸在我旁边走；我这会儿却赞赏着那些连绵不断和形形色色的街道，赞赏着那许多来来往往的行人、那些驰来奔去的车辆、那些忙于布置橱窗和打扫铺面的情景，以及那些古里古怪的家伙——他们衣衫褴褛，偷偷摸摸地在垃圾堆中翻寻一些不值钱的玩意和别的废品。

“看样子，表妹，”在我后面的理查德用一种很愉快的声调对婀达说。“我们永远也走不出大法官庭啦！我们现在是从另一条街来到我们昨天会面的地方，而且——我的天呵，那个老太太又来了！”

不错，她又来了，很快就到了我们跟前，一边行礼，一边带着昨天那种自命是大恩人的神气，笑着说：

"贾迪斯案的受监护人！我实在是非——常高兴！"

"你这么早就出来啦，太太？"我说话的时候，她正向我行礼。

"是——的！我常常很早就上这儿来。开庭前我就来了。这地方很幽静。为了对付一天的事务，我就到这里来定一定心，"老太太装模作样地说。"一天的事务挺费心啦。大法官庭的诉讼手续很——不好懂。"

"这是谁，萨默森小姐？"杰利比小姐低声说，一边紧拽着我的胳臂。

小老太太的耳朵非常机灵，她自己直截了当地回答了这个问题。

"我是一个起诉人，孩子。我很愿意为你效劳。我很荣幸地常到法院去。带着文件。请问这一位贾迪斯案的年轻当事人怎么称呼？"老太太说，深深地行了一个屈膝礼，并把头歪到一边。

理查德为了弥补他昨天那种轻率态度，便和和气气地对她解释说，杰利比小姐和这场官司没有关系。

"哈！"老太太说。"她不希望法院作出判决吗？她将来总归要老的。不过不至于这样老。哎哟！这儿是林肯法学协会的花园呐。我管这地方叫我的花园。夏天的时候，处处树影婆娑。鸟儿也唱得非常悦耳。法院歇夏的时候，我把大部分时间都消磨在这里。总是在沉思默想。法院的歇夏时间太长了，你们有这个感觉吗？"

她似乎希望我们说也有这种感觉，于是，我们就这样说了。

"等到树叶子掉落了，花儿也开过了，不能给大法官的大法官庭供上香花的时候，"老太太说，"这个假期也就结束了；同时，《启示录》里提到的第六印又逞威风了。请到舍下来瞧瞧吧。这对我来说，倒是个好兆头。青春，希望和美貌，是很难得光临我那儿的。这三样东西已经好久没登我的门了。"

她拉着我的手，领着我和杰利比小姐往前走，一边向理查德和婀达招手，让他们也来。我一时不知怎样推辞，只望着理查德求援。因为理查德感到又好笑又好奇，同时也想不出办法把这个老太太摆脱开而又不得罪她，于是她便领着我们继续往前走，而理查德和婀达也只好跟着来了。我们这位古怪的领路人，一直是满脸笑容，显得非常殷勤；她不断对我们说，她住的地方离这儿不远。

这倒也不假，我们不久就看出来了。原来她住得这么近，我们还来不及对她说几句客套话，就来到她的家了。林肯法学协会墙外有一些空场子和胡同，老太太就在其中的一条偏僻的小街上突然站住，在一个小旁门前放开了我们："这就是我的寓所。请上去吧！"

她这时正站在一个铺子门前，门上方写着：**克鲁克**[①]**——碎布旧瓶收买店**。还有几个细长的字写着：**克鲁克——旧帆具收购商**。橱窗的一角有一幅画，画着一个红色的造纸厂，造纸厂门口有一辆运货马车正卸下一包包的碎布。橱窗的另一角，有一个牌子写着：**收买骨头**。另一个牌子写着：**收买厨房用具**。又一个牌子写着：**收买旧铁器**。还有一个牌子写着：**收买废纸**。更有一个牌子写着：**收买男女估衣**。这里似乎什么东西都收买，可是什么也不出售。橱窗里还摆满了脏瓶子、黑鞋油瓶、药瓶、姜汁啤酒和苏打汽水瓶、酸菜瓶、酒瓶、墨水瓶。提到最末一种瓶子，我不禁想起，这铺子在某些小地方，有一种同法律搭界的气氛，它似乎是法律界的一个肮脏的食客或是脱离了关系的亲戚。墨水瓶多极了。在门前一条摇摇晃晃的小板凳上，放着几册又旧又破的书，一张纸条标明："法律书，每册售价九便士"。我前边列举的一些牌子是用法律字体写成的，就和我在肯吉-卡伯伊事务所见到的文件和我很早以前从这个事务所收到的信件的字体一样。其中有一个牌子也是用法律字体写成的，不过和这铺子的买卖没有什

---

① 克鲁克（Krook）：谐音骗子（crook）。

么关系；那上面只是说有一位很体面的先生，四十五岁，专门誊抄文件，字体端正，交件迅速，委托者请转托本店克鲁克先生与尼姆联系等等。几个旧袋子，有蓝的、有红的，高高挂着。铺子里，离门口不远的地方，放着一堆堆脆裂的旧羊皮纸文件和褪了色的、纸角卷折的法律文件。我简直可以想象得到，这些数以百计、像废铁般乱堆在一起的生锈的钥匙，从前都是律师事务所开办公室或大保险箱的钥匙。乱糟糟的碎布，一部分堆在一个残缺不全的木秤的秤盘上——秤杆吊在屋梁下面，连个秤砣也没有——一部分堆在秤盘旁边，这些碎布很可能就是辩护士们穿戴得破旧了的宽领带和大袍子。正如我们站在那儿往店里张望时，理查德告诉我和婀达的那样，我们只要想象一下，堆在那边角落里、剔得干干净净的骨头就是诉讼当事人的骨头，我们也就可以对这个店铺的面貌有一个全面的了解了。

本来，这会儿雾气还浓，天色阴沉，这个铺子又被几尺开外的林肯法学协会的高墙把光线挡住而显得格外黑暗，因此，要不是有一个架着眼镜、戴着一顶毛茸茸的便帽的老头，拿着一个点亮的手灯在店里走来走去，我们恐怕看不见这么多的东西呢。他转过身向门口走去，看见了我们。这人身材矮小，面容枯槁；脑袋歪到一边，陷在两肩之间；他一呼吸，嘴里就喷出气来，仿佛他的五脏六腑都在燃烧。他的喉咙、下巴和眉头上，长满了雪白的胡须，皮肤上青筋毕露、皱纹满布，显得疙里疙瘩，因此从胸部起往上看去，活像一株雪中的老树根。

“嗨，嗨！”老头一边说，一边来到门口。“有什么东西要卖吗？”

我们自然而然地往后退着，看了看我们的领路人；她已经从口袋里掏出一把钥匙，正要去开那屋门，这时候理查德便跟她说：我们知道她住在这里，已经很高兴了，现在因为时间仓促，希望就此告辞。但是，要摆脱她可不那么容易。她的态度恳切得出奇，一定要请我们上去看看她的寓所；她毫无恶意，只是热情地领着我进去，认为这也是她所盼望的一个好兆头，因此，我（且不管别人怎么样）眼看没有别的办法可想，也就答应了她。看样子，我们当时多多少少都有点好奇；——总而言之，老太婆三请四劝还不算，店铺里那个老头帮着她劝说："喂，喂，让她高兴高兴吧！这费不了多长时间！请进，请进！要是那边的门有毛病，请从店里走好啦！"于是我们一则受到理查德的笑声的鼓励，一则也仗着他的保护，便都进去了。

"这是我的房东克鲁克，"小老太太说，她把他介绍给我们的时候，摆出一副纡尊降贵的样子。"四邻都管他叫大法官，管他这铺子叫大法官庭。他是个怪物，实在古怪。嘀，你听我说没错儿，他这人古怪极了！"

她摇了好几次头，又用手指轻轻敲着脑门，对我们表示，我们对这个老头儿一定要宽宏大量，多多原谅他。"你们知道不，因为他有点儿疯疯——！"老太太一本正经地说。那老头听见了，呵呵大笑。

"一点也不假，"他一边说，一边拿着手灯在我们前面走着，"他们确实管我叫大法官，管我这铺子叫大法官庭。你们知道他们为什么管我叫大法官，管我的铺子叫大法官庭吗？"

"说实在的，我不知道！"理查德随随便便地说。

"你瞧，"老头说，他把话打住，转过身来，"他们——嘿！瞧这头发多漂亮！我地下室里有三口袋女人头发，可是没这样细、这样漂亮的。多么好看的颜色，多么柔软光滑！"

"行啦，我的好朋友！"理查德说，很不高兴这老头用那蜡黄色的手去摸婀达的一绺长发。"你可以像我们这样欣赏欣赏就够了，可不能这样动手动脚。"

老头猛然向理查德瞟了一眼，这一眼竟把我的注意力从婀达身上吸引了过去；婀达当时吃了一惊，脸红起来，显得特别漂亮，看样子，连那小老太太的飘忽不定的眼光也被她给吸住了。婀达笑着插嘴说，她对于这种出自诚意的夸奖只能感到骄傲，于是克鲁克先生就像他刚才突然兴奋一样，这时又突然恢复了原来的神气。

“你们瞧，我这儿有这许多东西，”他举起了手灯，继续说下去，“有这许多货色，我的四邻认为（不过**他们**什么也不懂），所有这些东西都要糟蹋掉，都要毁坏、破损，所以，他们就给我和我这个铺子取了外号。再说，我还有这些旧羊皮纸文件和别的文件，我还喜欢铁锈、霉臭和蜘蛛网。只要是有利可图的，我统统都要。凡是能弄到手的东西，我都舍不得割爱——也许我的四邻就是这么看的，可是**他们**懂什么？凡是要在这儿来个什么改换门面啦，搞什么打扫啦、洗刷啦、修整啦，我都受不了。这就是我得到大法官庭这个坏名声的原因。我可不在乎。只要我那位高贵而博学的兄弟到法学协会来开庭，我每天总要去看看他。他不注意我，我可是注意他。我们谁也不比谁强多少。我们俩都在辛辛苦苦地干着糊涂事儿。嘿，珍妮小姐！”

一只大灰猫从旁边的架子上跳到他肩膀上，把我们吓了一跳。

“嘿！让他们瞧瞧你怎么用爪子抓的。嘿！抓呵，我的小姐！”猫的主人说。

那只猫跳了下去，用它那老虎似的利爪去抓一捆碎布，发出一种使我毛骨悚然的声音。

“我要是放它去抓人的话，它也会像现在这样抓的，”老头说。“我除了别的东西，还收买猫皮，这猫就是为了卖皮才送到我这儿来的。你们看见了吧，它的皮多漂亮，可是我没把它剥下来！这可不像大法官庭的做法，你们说说，对不对？”

这时候，他已经领着我们走到紧里头，并且把那里的一扇门打开，那门通往住宅的入口处。他站在那儿，手按着门锁；小老太太在走过去之前，很和蔼地对他说：

“行啦，克鲁克。你的心眼儿顶好，就是有点讨厌。我这几位年轻朋友时间有限。我的时间也不多，马上就要到法院去。我这几位年轻朋友都是贾迪斯案的受监护人呢。”

“贾迪斯！”老头说道，吓了一跳。

“贾迪斯控贾迪斯案。就是那场大官司，克鲁克，”他的房客答道。

“嘿！”老头用一种不胜感慨的口气喊了一声，他的眼睛比刚才瞪得更大了。“真想不到！”

他好像忽然着了迷似的，非常好奇地望着我们，于是理查德说：

“哦，你似乎很关心你那位高贵而博学的兄弟大法官所受理的案子呢！”

“不错，”老头心不在焉地说。“那当然啰！你的姓一定是——”

“理查德·卡斯顿。”

“卡斯顿，”他跟着说了一遍，一边慢慢掐着食指算起来；以后，每提到一个姓，就屈起一只手指。“不错。我想，有姓巴巴莉的，有姓克莱尔的，也有姓德洛克的。”

“他对这案子知道的真不少，一点也不比那个拿薪俸的真正的大法官差！”理查德感到非常惊讶地对我和婀达说。

“可不是！”老头说，慢慢从那种心不在焉的状态中挣脱出来。“不错！托姆·贾迪斯——请原谅，我提到这个名字了；可是法院却只知道他这个名字，而他在那边又是挺有名的，就像——她现在那样，”他一边说，一边轻轻向他的房客点了点头；“托姆·贾迪斯从前常上这儿来。遇到那案子开庭或者快要开庭的时候，他就坐立不安，老在这附近走来走去；他常常跟那些小店铺的老板聊天，告诉他们，不管怎么样，也不要跟大法官庭打交道。‘因为，’他说，‘那就像在一个慢慢转动的磨子里被碾成齑粉；就像在用文火烤东西；就像被一只只的蜜蜂螫死；就像被一滴滴的水淹死；就像长年累月一点一滴地发疯。’他一心想着快快结束自己的生命；他当时就站在这位年轻小姐现在站的地方。”

我们听了，都很害怕。

“他是打那门口进来的，”老头说，一边根据自己的想象，慢慢比划着托姆·贾迪斯当时走进铺子来的情景，“我说的是他动手那一天——这附近的人早在几个月之前就议论，都说他迟早要动手——他那天打那门口进来，走到这里，就在这儿的一条板凳上坐下来，叫我（没问题，我当时的样子年轻多了）给他买一品脱酒来。‘因为，’他说，‘克鲁克，我心里很难受；我那案子又开庭了，我想，我马上就要受到判决。’我当时不想让他一个人呆着，我劝他上我这条街（我指的是法院小街）对过的那家酒馆去；我当时还跟在他后面，从窗口往里瞅了瞅，看见他坐在壁炉旁边的扶手椅上，好像很愉快，而且还有别的人跟他在一起。可是，我刚刚回到铺子里，就听见一声枪响，传到法学院那里。我往外跑——邻居们也往外跑——我们十几个人异口同声地喊道：‘托姆·贾迪斯！’”

老头把话打住，紧紧地盯着我看，然后又低头对着手灯，把火吹灭，把手灯关好。

“我们当时都猜对了，这我就用不着再跟你们讲了。嘿！说真的，那天下午开庭的时候，附近有多少人挤到法院里去呀！我那高贵而博学的兄弟和他们那一伙人，还是跟往常一样，在那里瞎费劲，胡弄一气，装得好像他们对这案子刚刚发生的事一点也没听说似的，或者，就算是偶尔听说了——我的天哪！——也装得好像和这事情没什么关系似的！”

婀达的脸一点血色也没有了，理查德的脸也同样发青。至于我，尽管不是这场诉讼的当事人，当时也感到不寒而栗，所以，当我看见这两个涉世不深和毫无人生经历的人，非常害怕继承这种迁延时日的不幸（这种不幸使许多人都想起了可怕的往事），我也就不觉得奇怪了。还有一点，我也感到不安，那就是让这个把我引到这儿来的疯疯癫癫的可怜人听了这个痛苦的故事以后，不知她会怎么样。然而，使我惊讶的是，她似乎对这一点并不理会，只顾领着我们往楼上走，同时还像一个自以为了不起的人对普通人的弱点加以原谅似的，告诉我们说：她的房东“有一点儿疯疯——，你们知道吧”。

她住在这房子的顶层，屋子挺大，从那儿可以看见林肯法学协会大厅。这似乎是她当初卜居在这地方的主要原因。她说，她在晚上，尤其是在有月亮的晚上，可以看见这个大厅。她的屋子收拾得很干净，只是四壁萧然，空空如也。我注意到，家具少得不能再少；墙上贴了几张版画，那都是从书上剪下来的大法官和辩护士的肖像；还有五六个手提网袋和针线袋，据她说，那里面都“装着文件”。炉栅里既没有煤也没有灰，而根本没看见什么衣服或食物。在一个敞开的碗柜的搁板上，放着一两个盘子、杯子之类的东西，但是那里面也是空无一物。我往四下看了看，我觉得她的容貌这样瘦削，原来是有着比我当初所了解的更加令人可怜的原因。

“这次能得到贾迪斯案的受监护人光临寒舍，”我们这位可怜的主人彬彬有礼地说，“我实在感到不胜荣幸。同时，你们给我带来这样一个好兆头，我也非常感激。这是一个很偏僻的地点，比较起来是偏僻一些。在挑选地点方面，我是受到限制的。因为我必须听从大法官的吩咐。我在这儿住了好些年了。我把白天的时间消磨在法院里，把黄昏和晚上的时间消磨在这里。我老是觉得晚上的时间长，因为我睡得少，想得多。既然是和大法官庭打交道嘛，那当然是不可避免的喽。真对不起，我没有巧克力糖给你们吃。我盼望我这案子很快能得到判决，以后我就把这个家弄得像样点。目前，我不妨对贾迪斯案的受监护人坦白说（这是极其秘密的事），有时候我感到很难把这个家弄得体面一些，我早就觉得这儿冷。我早就觉得有什么东西比冷还令人难受。这倒没什么关系。请原谅我拿这些无聊的事来谈。”

她把那个又长又低的顶楼窗的帘子拉开一些，让我们看看挂在那儿的一些鸟笼；有些鸟笼装着好几种鸟。有云雀、有红雀、也有金翅雀——依我看，至少有二十只。

“我当初养这些小东西的目的，”她说，“你们几位受监护人是能够理解的。我的目的就是要恢复它们的自由。现在就等我的判决下来了。不——错！不管怎么说，它们还是死在监狱里。它们的生命——这些可怜的蠢东西——要是和大法官庭的诉讼程序比起来，未免太短了，你瞧它们一个接一个地死掉，死完一批又一批。这些鸟儿虽然都很小，可是我真不知道能不能有一只活到我释放它的时候！实——在令人伤心，是不是？”

虽然她有时候也问个问题，可是，她似乎根本不想听对方的回答；她只是喋喋不休，仿佛她已经养成了习惯，没有人在她面前的时候，她也是这样。

“当然喽，”她接着说下去，“不妨坦白说，有时候我实在担心，在许多事情还没有解决，而第六印或是大法官的印也还在逞威风的时候，会不会有一天人们发现我无知无觉地直挺挺躺在这里，就像我发现那许多鸟儿一样！”

理查德注意到婀达那富有同情心的眼光，便趁这机会，偷偷在壁炉架上搁下一些钱。我们都向鸟笼那边走过去，假装要仔细看看那些鸟。

“我不能让它们唱的时间太长，”小老太太说，“因为（你们一定觉得很奇怪）我在法院里听律师们辩论的时候，一想到它们在歌唱，我的心顿时就乱了。你们知道，我是多么需要保持头脑清醒呀！下一次我再把它们的名字告诉你们，这一次就不讲了。在这样一个好兆头的日子里，就让它们尽情欢唱吧。祝贺青春，”——她笑着行了个礼；“希望，”——又笑着行了个礼；“和美貌，”又笑着行了个礼。“来！我们让阳光都射进来吧。”

那些鸟儿开始活跃，开始啾啾地唱起来了。

“我不能随便把空气放进来，”小老太太说；屋子里非常闷气，通通风倒是有好处的；“因为你们刚才看见楼下那一只猫——这猫叫珍妮小姐——想谋害它们的性命。这猫蹲在外面的矮墙上，一蹲就是好几个钟头。我早就看出，”她很神秘地低声说，

“它非常妒忌这些鸟儿重获自由，所以它那天生的残酷性格就变得越来越残酷了。只要我盼望的判决一宣布，我立刻就放了它们。这猫存心不良，狡猾极了。我常常怀疑，它根本不是猫，而是俗话里所说的狼。要想不让它进门，可真不容易。”

邻近传来一阵钟声，提醒这位可怜的人儿：现在已经是九点半了；这钟声也帮了我们一个忙，使我们能够结束这次访问，那比我们自己提出来要告辞，可容易多了。她急忙拿起她进屋时放在桌上的那个装着文件的小袋子，问我们是不是也要上法院去。我们答说不去，并且表示我们不愿意耽误她；于是，她打开门，陪着我们走下楼去。

“有了这样一个好兆头，我更需要在大法官出庭之前就到场，”她说，“因为他很可能第一件就把我那桩案子提出来。我有一个预感，今天上午他**一定**是第一件就把我那案子提出来。”

我们往下走的时候，她又站住了，低声告诉我们说，这所房子堆满了奇奇怪怪的破烂东西，那都是她的房东一件一件买进来的；他不想把东西卖出去，因为他有点儿疯——。这时已经到了二楼。但是刚才在三楼的时候，她曾停了步，一声不响地指了指那儿的一个黑洞洞的门。

“这儿还有一个房客，”她低声解释说；“是一个誊抄法律文件的人。这儿小街一带的小孩都说他卖身给魔鬼了。我不晓得他拿那点儿钱怎么办。嘘！”

看样子，即便是在这儿，她也疑心那个房客听见她的话；她又“嘘”了一声，而且领我们下楼的时候，还踮起脚尖，仿佛就连她的脚步声，也可能把她刚才说的话透露给那个房客似的。

就像刚才穿过这铺子往里走那样，我们这会儿又打那儿往外走；我们发现那个老头正把一捆捆废纸放进地板的一个像水井那样的窟窿里去。他似乎工作得很辛苦，额上布满了汗珠，手里还拿着一支粉笔；每放一捆或一束废纸下去，就用粉笔在墙上的镶板上画一个歪歪扭扭的记号。

理查德和婀达并排着走，然后是杰利比小姐，然后是那个小老太太，他们都已经打他身旁走过去了，轮到我要过去的时候，他却碰了碰我的胳臂，让我站住，然后用粉笔在墙上写了“J”这个字母。他的写法很古怪，是从这字母收笔的地方开始往回写的。这是一个大写字母，不是印刷体——在肯吉-卡伯伊先生的法律事务所里，随便哪个办事员都会写的那种字体。

“这个你会念吗？”他目光锐利地注视着我问道。

“会的，”我说。“这挺明白嘛。”

“这是什么？”

“J。”

他又瞟了我一眼，然后朝门口看了看。他把“J”擦掉，在那上面换了一个“a”（这次不是大写了），问道：“这是什么？”

我告诉了他。于是他把“a”擦掉，换了另一个字母“r”，又问起我来。他迅速写下去，但是并没有在墙上连着写两个字母；他的写法还是那样古怪，从字母收笔的地方开始往回写；最后写出“Jarndyce”（贾迪斯）这个字来。

“这个字怎么拼？”他问我说。

我告诉了他，他便大笑起来。然后，他还是用那种古怪的写法，还是那样快地写一个擦一个，写出“Bleak House”（荒凉山庄）几个字来。我当时觉得很奇怪，不过我还是把这两个字念出来了，于是他又放声大笑。

“嘿！”老头一边说，一边放下粉笔，“小姐，你瞧，虽然我不会读书写字，可是我有一种本事，能够凭记性写字。”

他那样子很讨厌，同时，他的猫也恶狠狠地盯着我，好像我和楼上那些鸟儿是一家人似的，所以，当理查德在门口出现时，我心里就好像放下了一块石头；理查德喊道：

“萨默森小姐，你不是要卖头发，在跟他讲价钱吧？别上当啊。地下室那三大包够克鲁克先生摆弄的了！”

我赶紧向克鲁克先生道别，到外面去和我那几位朋友会合。

“大法官”凭记性写字

当我们在铺子门口和那位小老太太分手时，她非常客气地对我们祝福一番，而且又像昨天那样表示，一定要把财产分给我和婀达。最后，当我们快要从那些小街拐出去的时候，我们转过头，看见克鲁克先生戴了一副眼镜，站在铺门口望着我们；那只猫正蹲在他肩膀上，尾巴就在他那顶毛茸茸的帽子旁边竖起，活像一根长长的羽毛。

“这一早晨在伦敦也真算是个奇遇了！”理查德叹了一口气说。“唉，表妹，表妹，大法官庭这几个字真叫人讨厌啊！”

“我也有这种感觉，而且，打我能记事的时候起，我就有这个感觉，”婀达答道。“一想到自己竟然成了许多亲戚和别的人的冤家（我觉得我现在就是这样），而他们也成了我的冤家（我觉得他们现在就是这样），还有，我们虽然不知道用什么手段和为了什么原因，却总是要把对方搞得家破人亡，而自己一辈子也总是疑神疑鬼，勾心斗角——一想到这些，我心里就难受极了。公理总归是有的，但是一位认真负责、执法不苟的法官花了这许多年工夫，竟然看不出公理属于哪一方，这简直是莫名其妙。”

“唉，表妹，”理查德说。“你说莫名其妙，这话很有道理！这种事情就跟下棋似的，费时误事、乱七八糟，**实在**是莫名其妙。看看昨天法庭上那种从容不迫和磨磨蹭蹭的情形，再想想棋盘上那些任人摆布的棋子，我就感到又头痛又心痛了。头痛的是，那些人既然不是傻瓜，不是坏蛋，那怎么会出现这种事情呢；心痛的是，我觉得，他们很可能又是傻瓜又是坏蛋。不过，不管怎么说吧，婀达——我可以叫你婀达吗？”

“当然可以，理查德表哥。”

“不管怎么说，婀达，大法官庭对**咱们**可起不了什么坏影响。多亏我们那位好心肠的亲戚，我们现在已经很幸福地聚会在一起，法院可不能把我们分开了！”

“但愿永远也分不开吧，理查德表哥！”婀达很温柔地说。

杰利比小姐捏了捏我的胳臂，又意味深长地瞅了我一眼。我也报之以会心的微笑；我们一路回去都觉得非常高兴。

回去不到半个钟头，杰利比太太出来了；吃早饭所必需用的许多东西，一件一件搬进餐厅，断断续续竟花了将近一个钟头。我相信杰利比太太已经睡过，而且是照常起床，可是她那样子好像没换衣服就睡觉似的。她吃早饭的时候忙得不可开交，因为早班的邮差给她带来了一大批有关伯里奥布拉-加纳的信件，这些信件够她（据她说）忙一天的。孩子们里里外外地乱跑乱跳，在大腿上留下的许多伤痕简直成了闯祸的一览表了。啤啤丢失了有一个多钟头，这时才由警察从新门市场送回来。对于啤啤失踪以及他后来回家团聚，杰利比太太当时竟能声色不变，这使我们大大感到意外。

她那会儿正孜孜不倦地向凯蒂口授信件，而凯蒂呢，已经像我们昨天看见她的时候那样，弄得浑身都是墨水了。下午一点钟，有一辆敞篷马车和一辆载行李的大车来接我们。杰利比太太一再叮嘱我们，替她向她的好朋友贾迪斯先生致意；凯蒂从写字桌走过来和我们道别，在过道上吻了我，后来又站在台阶上咬着笔杆并嘤嘤地哭起来；啤啤呢，我现在很高兴地说，当时正在睡觉，所以免掉了离别的痛苦（我那时候就怀疑他是为了找我才跑到新门市场去的）；其余的小孩都爬上那辆大马车后面，过了一会就掉下去了；我们看见他们东一个西一个倒在泰维斯法学院街上，心里非常担忧，可是我们的马车很快就驶出那个地方了。

第六章
宾至如归

天色异常晴朗；我们越往西去，天色就越加晴朗。一路上风和日暖，但见街道连绵不断，商店琳琅满目，车马熙来攘往，络绎不绝的行人仿佛是被这好天气所催发的五色缤纷的花朵；这一切都使我们感到惊奇不已。不一会儿，我们的马车渐渐驰出这个美妙的城市，穿过一个个的郊区；在我看来，这些郊区本身就是相当大的城镇。最后，我们又走上了富有乡村风味的道路。这里有风车、干草场、里程碑、乡下人的大车、陈腐的干草气息、摇摇晃晃的指路牌、马槽、树木、田野和一列列的灌木丛。展望前边青翠的景色，回顾后面雄伟的京城，真使人心旷神怡。一辆套着几匹骏马的大车从旁边开过去了，那些马都披着红色的马衣，挂着悦耳的铃铛，发出美妙的音乐。这时候我相信，我们三个人真想随着铃声唱起来，要知道，周围的景色是多么宜人啊！

"一路上，我不由得想起那个和我同名的人——理查德·惠廷顿[①]，"理查德说，"那辆大车更加深了我这种感觉。喂！这是怎么回事啊？"

原来我们停下来了，那辆大车也停下来了。那些马站住的时候，音乐声就转为低沉而柔和的玎玲玎玲声，只是在马匹昂起脑袋或抖动身子的时候，才发出一阵短促的铃铛声。

"我们的左马驾驶人正回头看那个赶大车的，"理查德说道，"而那个赶大车的又掉过头来找我们了。你好啊，朋友！"那个赶大车的已经来到我们的车门外。"瞧，这真是一件怪事！"理查德仔细瞅着那个人，又说了一句。"婀达，他帽子上有你的名字呢！”

他那帽子上有我们每个人的名字，原来插在帽带上的是三封短信：一封给婀达，一封给理查德，一封给我。那个赶大车的，先把名字大声念了一遍，然后再把短信一一交给我们。理查德问他这些短信是谁让他送来的，他简单地答道：“我的东家，先生。”接着他又戴上帽子（那顶帽子像个碗，只是稍软一些），挥响鞭子，重新奏起音乐，丁丁当当地开走了。

“那是贾迪斯先生的大车吗？”理查德向我们的左马驾驶人问道。

“是的，先生，”他回答说。“上伦敦去。”

我们把短信打开。三封短信完全相同，字迹苍劲而清晰，内容如下：

> 亲爱的：我希望我们见面时，能够随便一些，彼此都不觉得拘束。因此，我认为，我们必须一见如故，过去的事一概不谈。这对你来说，可能会轻松一些，而对我来说，则更是如此。祝好。
>
> 约翰·贾迪斯

同我这两个伙伴比起来，我倒没觉得这有什么希奇，因为我从来没有机会感谢这位多年来的恩人和世上的唯一依靠者。我早先并没考虑过应该怎样感谢他，因为我那感恩之情，有如刻骨铭心，很难表达于万一；可是我现在又开始考虑，我和他见面时又怎能不表示谢意呢？我觉得这确实很难办到。

这些短信使理查德和婀达在不知不觉间产生了一个共同的印

---

① 理查德·惠廷顿（Richard Whittington）：传说中人物，生年不详，死于一四二三年，伦敦商人，三度被选为市长。据说本来是一个孤儿，曾在轮船厨房里打杂，因不堪虐待而逃跑，到了伦敦，听见教堂的钟声，深受感动，又回到轮船去。后和船主的女儿结婚并继承了他的事业。

象，那就是说，他们的表亲贾迪斯，无论做了什么好事，只要别人向他道谢，他就受不了，他宁愿想出一些极其古怪的办法来躲避，甚至溜之大吉，而不愿接受别人的谢意。婀达还依稀记得，小时候听她妈妈说过，贾迪斯有一次为她妈妈做了一件非常慷慨的事，她便到他家去道谢，他恰巧从窗口看见她朝门口走来，便赶紧从后门溜跑，有三个月的工夫杳无音讯。这番话引得我们就这个题目大谈特谈，简直谈了一整天，因此我们很少谈到别的事情。如果我们偶尔转到别的话题上，也很快就把话题拉回；我们都在捉摸，那所房子是什么样子的，我们什么时候能到那里，是不是一到那里就能见着贾迪斯先生，或是要耽搁一会儿才能见着他，他会对我们说些什么，而我们又该对他说些什么。这些事情，我们几次三番想了又想。

道路崎岖，马走起来很吃力，不过大车道旁边的小路大致还好；所以一遇到山岗，我们就下来步行；我们走得很高兴，因而到了山顶的平地时，还继续步行。到了巴内特，另外有几匹马在等着我们；可是它们刚刚喂饱，我们得等等它们，于是在马车到来之前，我们就到一个公共牧场和一个古战场去畅游一番。由于种种耽搁，旅程变得很长，因此还没到圣阿耳本斯——我们知道，荒凉山庄就在该地附近——短短的白昼已经过去，漫长的黑夜降临了。

这时候，我们感到非常着急和不安；车子沿着古老的石子街道辘辘前进，连理查德都承认，他有一种荒唐的愿望，很想坐着车子回去。至于我和婀达两人，理查德虽然煞费苦心地把我们裹了起来，但是夜里风寒霜浓，我们还是冻得浑身发抖。当我们离开那个镇、转过拐角的时候，理查德告诉我们说，那个早就对我们的焦急心情表示同情的左马驾驶人，正转过身来点头示意，于是我和婀达就在车上站起来（理查德扶着婀达，怕她摔倒），环顾周围的旷野和星光灿烂的夜色，找寻我们的目的地。在我们前面一座小山的山顶上，有一个闪闪烁烁的亮光，赶车人用鞭子指着那亮光喊道："那就是荒凉山庄！"接着就策马前进；车子赶得很快，虽然是走上坡路，但车轮带起来的尘土还是在我们头上乱飞，就像水车扬起的水珠似的。那个亮光忽隐忽现，时有时无，随后我们又拐进一条两旁都是树木的夹道，向那灯光闪闪的地方驰去。那亮光是从一所似乎是老式房子的窗户里发出来的，那房子正面的屋顶上有三个尖顶，门廊前还有一条环形车道。我们的车子一停，铃声就响起来了。铃声在这寂静的夜里显得分外深沉，远处传来了狗吠声，敞开的门射出一道亮光，冒着热气的马匹气喘吁吁，汗水淋淋，我们的心也扑扑地跳个不停，就在这当儿我们慌慌张张下了车。

"婀达，我的心肝，埃丝特，亲爱的，欢迎你们。看见你们真高兴！理克[①]，要是我能腾出手来，我一定和你握握手！"

那位绅士说这些话的时候，声调清晰、爽朗而热情，他一只胳膊勾着婀达的腰，另一只勾着我的腰，像慈父般地吻了吻我们俩，领着我们穿过大厅，来到一间小屋子里，这里的壁炉烧得很旺，熊熊的火光，把屋子映照得又红又亮。他在这儿又一次吻了我和婀达，然后松开手，让我们在一张已经挪到壁炉旁边的沙发上坐下来，坐在他的身旁。我觉得，如果我们那种感激之情稍稍有所流露的话，他一定会马上跑开的。

"瞧，理克，"他说，"我的手腾出来了。话不必多说，有诚意就行。我看见你，打心眼里高兴。你现在到家了。烤烤火吧！"

理查德带着自然流露的敬意和坦率，握住了他的两只手，只是说（他虽然说得很认真，但是我还是很担心，生怕贾迪斯先生突然跑掉）："你真好，先生！我们非常感激你！"接着，就把帽子和衣服放在一边，来到炉火前面。

"怎么样，你喜欢这次旅行吗？你喜欢杰利比太太吗，亲爱的？"贾迪斯先生对婀达说。

---

① 理克是理查德的爱称。

在婀达回答他的时候，我（不用说，怀着很大的好奇心）向他瞟了一眼。他那张脸长得漂亮、爽朗、机敏和富于表情；他的头发呈铁灰色，略带银丝。我觉得他接近六十岁，而不是五十岁，可是他身材笔直、精神饱满、体魄壮健。从他一开始和我们说话起，他的声音就在我的脑海里引起一种模模糊糊的联想；可是现在，他举止中的某种突如其来的东西，他眼睛里那种愉快的表情，忽然使我想起此人就是六年前那个难忘的日子里我奔赴里丁时，在驿站马车里碰见的那个绅士。我肯定那个人就是他。我从来也没像现在发现这个事实那样害怕过，因为他瞅见我在看他，似乎也知道我在想些什么，他朝门口看了一眼，我心里想，他这一回准要跑掉了。

然而，我可以高兴地说，他还呆在原来的地方，并问我觉得杰利比太太这个人怎么样。

“她把全副精力全都用在非洲事务上了，先生，”我说。

“太好了！”贾迪斯先生回答说。“不过你的回答跟婀达的一样。”——其实我并没有听见婀达说什么。“我明白你们心里可不是这样想的。”

“我们倒是觉得，”我说着，瞟了理查德和婀达一眼，他俩正示意我往下说，“杰利比太太对家务事不大在意。”

“真糟糕！”贾迪斯先生喊道。

我又吓了一大跳。

“算啦！我要知道你心里到底怎么想，亲爱的。我让你们到那里去，可能是有目的的。”

“我们认为，”我吞吞吐吐地说，“也许首先要担负起家庭的责任才对，先生；如果不注意或忽略这方面的责任，那么，即使担负起其他方面的责任，也弥补不了。”

“杰利比家的几个小孩，”理查德来给我解围，说道，“说实在的——我不得不说出这种激烈的话来，先生——他们过的是鬼一般的生活。”

“杰利比太太的意思倒是很好的，”贾迪斯先生急急地说。“刮东风了。”

“刮北风，先生，我们上这儿来的时候就刮北风，”理查德说。

“亲爱的理克，”贾迪斯说，一边拨着火；“我敢打赌，现在刮的是东风，或者马上就要刮东风。我一遇到刮东风，就感到不舒服。”

“得了风湿病吗，先生？”理查德说。

“也许是吧，理克。我看是这种病。那么说，杰利比家的小孩——我自己也怀疑，他们过的是——噢，上帝啊，不错，现在刮的是东风！”贾迪斯先生说。

他断断续续地说出这些话，不知所措地来回踱了两三个圈子，一手拿着拨火棍，一手搔着头，他那又和蔼又苦恼的样子，显得那样古怪、那样可爱。我相信，我们简直找不到任何语言来表达我们多么喜欢他。他一手挽着婀达，一手挽着我，同时又吩咐理查德拿一支蜡烛过来，准备往外走，突然之间又拉着我们转回来。

“杰利比家的那些小孩，你们难道不能——你们难道没有——咳，如果天上掉下小糖果，掉下三角形的木莓馅饼，或是诸如此类的东西，那就好了！”贾迪斯先生说。

“噢，表哥——！”婀达急忙说。

“很好，亲爱的，我喜欢表哥这个称呼，我看，你最好管我叫约翰表哥。”

“那么，约翰表哥！——”婀达一边笑，一边又说了起来。

“哈哈！真不错！”贾迪斯先生满心高兴地说。“听起来也挺自然。亲爱的，你要说什么？”

“比掉下你说的那些东西都好，天上掉下了埃丝特给他们呢。”

“哦？”贾迪斯先生说。“埃丝特怎么啦？”

“哎呀，约翰表哥，”婀达说，双手抓着他的胳臂，一面又从他那边向我摇着头——因为我要她别说下去：“埃丝特一到，就成了孩子们的朋友了。她照顾他们，哄他们睡，给他们洗脸、穿衣，给他们讲故事，叫他们不要吵闹，还给他们买了礼物”——我亲爱的姑娘啊！我只不过在啤啤找回来以后，带他出去买了一只小小的木马罢了！——“还有，约翰表哥，她大大感动了可怜的卡罗琳，那位最大的姑娘，而且对我非常体贴、非常亲切！——不，不，我可不让你赖，亲爱的埃丝特！你晓得，你晓得，这都是事实！”

这位又热情又可爱的人儿，从她那约翰表哥身旁探过身来，吻了吻我；然后抬起头来，望着他的脸，大胆地说，“不管怎么说，约翰表哥，你给我找了这样一位女伴，我一定要谢谢你。”我觉得她好像要逼着他溜跑似的。可是他没有溜跑。

“你刚才说刮什么风来着，理克？”贾迪斯先生问道。

“我们上这儿来的时候，刮的是北风，先生。”

“你说得对。这不是东风。我弄错了。来吧，姑娘们，来看看你们的家吧！”

这不是那种合乎正规的房子，但是很讨人喜欢。在这种房子里，你从一个房间出来，走进另一个房间，总得上下台阶；等到你以为已经把所有的房间都看遍了，可是过一会儿你又会看到还有房间；这里有许多大大小小的走廊和过道；你还会在一些意想不到的地方找到一些古老的、具有田舍风味的屋子，装着格子窗，绿色的爬墙植物从窗户爬了进来。我们最先进去的那一间就是我的房间，也是属于这种类型的，屋顶一起一伏，房间里的墙角落比我后来在别的房间里数的还要多；还有一个壁炉（这时正烧着木柴），两边砌着雪白的瓷砖，每块瓷砖都反映出一小朵明亮的火光。从这个房间走出去，你只要走下两个台阶，就进入一间精致的小起居室，在这里可以俯览下面的花园；这个起居室从此归我和婀达合用。从这儿走出去，你走上三个台阶，就进了婀达的卧室。这里有一个精致而宽阔的窗户，可以眺望到美丽的景色（我们当时只看见繁星下面一片无边的黑暗）；这窗户有一个凹进去的窗座，要是把三个亲爱的婀达同时关进去，再锁上一个弹簧锁，那么外面什么都瞧不出来。走出这卧室，就是一条小走廊，和其他的好房间（只有两个）相通；从这儿沿着一座梯级很浅、拐角很多（由于楼梯很短，因而显得拐角很多）的小楼梯往下走，就到了大厅。但是，你要是不从婀达的门口走出去，而回到我的房间，并且打你早先进来的那个门口出去，踏上几级突然从楼梯分出来的弯弯曲曲的台阶，你就会在那些过道上晕头转向。过道上摆了不少轧布机、三角桌子和一把印度椅子。这把椅子也可以当做沙发、箱子和床，而且，看起来既像一个竹架子，又像一个大鸟笼，谁也不知道是什么人在什么时候从印度带回来的。沿着这些过道往前走，你就来到理查德的房间了。这房间的一部分是藏书室，一部分是起居室，一部分是卧室，看样子确实像一套很舒适的房间。从理查德的屋子出来，一直往前走，经过一小段过道，你便到了贾迪斯先生那个朴素的寝室；这房间一年到头都开着窗，他那张没有床帷的床就摆在房中央，为的是便于空气流通；和这个寝室连在一起的是一个敞开的小冷水浴室。走出贾迪斯先生的寝室，你便来到另一条过道，这儿有一座后楼梯；这儿听得见有人在马房外刷马，如果马在高低不平的石子路上失蹄，你便听见有人向它们吆喝“站住”和“往前走”。或者，你要是从另一个门出来（每个房间至少有两个门），只要走下六七个梯级，穿过一条低矮的拱道，就径直来到下面的大厅里，可是你根本不晓得你怎么又回到这里来，也不知道当初究竟是怎么走出去的。

那些家具与其说旧，不如说老式更恰当，它们跟这房子一样，虽然不合正规，倒也讨人喜欢。婀达的卧室里到处是花：布窗帘和糊墙纸上是花，天鹅绒和刺绣上是花，那两张方方正正的大椅子的锦缎上还是花；那两张大椅子就分列在壁炉两旁，每一张都附设一个小几子，显得更有气派。我们的起居室刷成绿色，墙上挂着带镜框的图画，那上面画了许多令人惊骇而本身也露出惊骇神色的鸟。这些鸟从画面上注视着鱼箱里那条活生生的鳟鱼——这条鱼浑身金光闪闪，呈古铜色，仿佛是喝肉汁长大似的；注视着一幅库克船长遇害[1]的图画，注视着一幅中国画家描绘的中国人烹茶全部过程的图画。在我的房间里，有一些描绘四季景色的椭圆形的版画——六月画的是妇女们在捆干草，她们穿着短背心，戴着带子系在下巴颏的大帽子；十月画的是一群穿着马裤的绅士，用卷边帽指点着乡村的尖塔。这所房子到处挂着蜡笔画的半身像，但是，过于分散，我屋子里有一张青年军官的画像，但他兄弟的画像却摆在磁器室里；我屋子里还有一张年轻貌美的、胸前插着一朵鲜花的新娘子的画像，但她成了白发苍苍的老太婆时的画像却摆在早餐室里。此外，我屋子里还有安妮女王[2]时代画的一幅画：四个天使把一个扬扬自得的绅士放在一团花彩里，挺费劲地送上天堂；还有一幅刺绣，那上面绣着一些果子、一个水壶和一个字母。所有的家具，从衣橱到椅子、桌子、帘子、镜子，甚至梳妆台上的针插和香水瓶，没有一件不是古色古香的。这些家具只有一个共同点，那就是，它们都极其整洁，都铺着雪白的亚麻布，大小抽屉只要能装东西，都放了许多玫瑰花瓣和香喷喷的薰衣草。总的说来，荒凉山庄那些透亮的窗户，除了拉上帘子的地方，都在这星光灿烂的夜里闪闪发光；还有那灯烛辉煌、温暖如春的舒适环境；还有那准备开晚饭时远远传来的杯碟的碰击声，给人一种殷勤好客的感觉；还有豪爽的主人那种喜气洋洋的脸色，使我们觉得一室生辉；还有外面那徐徐的晚风，低低地伴奏着我们所听见的种种声响——这一切，便是荒凉山庄给我们的第一个印象。

---

① 詹姆斯·库克（1728—1779）：英国著名的航海家，著有《航海指南》等书，一七七九年航行至夏威夷，遇暴风，被当地土人所杀。

② 安妮女王（1665—1714）：一七〇二年到一七一四年期间英国女王。

“你们喜欢这个地方，我心里很高兴，”贾迪斯先生说。他领着我们转了一圈以后，又回到婀达的起居室来。“这地方说不上怎么好，不过，我觉得倒还是个舒舒服服的小天地，而且，现在有了你们这些快活的年轻人，这地方就更显得舒适了。过不了半个钟头你们就该吃晚饭啦。这儿没有什么人来，只有一个人间少有的妙人儿——一个小孩。”

“又有小孩啦，埃丝特！”婀达说。

“我不是说真的是个小孩，”贾迪斯先生继续说；“从年龄来说，不是个小孩，而是个大人——至少和我一般大——可是他为人直爽、热情、不会处世、不懂得勾心斗角，从这些方面来说，他完全是个小孩。”

我们想，这人一定很有意思。

“他认识杰利比太太，”贾迪斯先生说。“他很懂音乐，是一个业余音乐家，不过本来是可以成为一个职业音乐家的。他也懂美术，是个业余画家，不过本来也可能成为一个职业画家的。他多才多艺，风流潇洒。他在事业方面很不幸，在家庭方面也很不幸；可是他不在乎——他是个小孩嘛！”

“你是不是说，他自己也有儿女，先生？”理查德问道。

“是的，理克！有半打吧。不，还得多！我看差不多有一打了。可是他从来也没有照顾过他们。他怎么能照顾呢？他还要别人来照顾他哩。他是个小孩，你晓得吗？”贾迪斯先生说。

“那么，他的孩子是不是自己照顾自己呢，先生？”理查德问道。

“嗯，这个你是可以想象到的，”贾迪斯先生说，他的脸突然沉下来。“据说穷人家的孩子不是细心抚养大的，而是没人管教就自个儿长起来了。哈罗德·斯金波的小孩几乎是打滚儿滚大的。——看样子，风向又变了。我已经感觉出来了！”

理查德注意到这所房子坐落的位置，遇到风急天黑的时候就要遭风。

“这房子**现在**正遭风，”贾迪斯先生说。“没错儿，原因就在这里。只要一刮风，荒凉山庄这里就听得见。现在且不管它，你们都跟我来。来吧！”

我们的行李早运来了，既然什么东西都不缺，我便腾出几分钟来打扮打扮，正当我收拾我那些身家财产的时候，一个女仆（不是伺候婀达的那一个，而是我没有见过的另一个）提着一只篮子进来。篮子里盛着两串钥匙，每一把钥匙都有一个小牌子。

“这是给您送来的，小姐，”她说。

“给我送来的？”我说。

“这些都是管家的钥匙，小姐。”

我现出诧异的样子；可是她也带着几分诧异的神色说：“贾迪斯先生吩咐我，没有人在您身边的时候，立刻把这些钥匙送来，小姐。您就是萨默森小姐吧？”

“不错，”我说。“我姓萨默森。”

“这一大串是各个屋子的，这一小串是地下室的，小姐。明天早晨请您定一个时间，我来领您去看看这些钥匙是用来开哪些门和哪些柜子的。”

我说六点半就有工夫。她走了以后，我一个人站在那里，瞧着那只篮子，想到人家这样信赖我，一时真不知道怎么好。婀达看见我的时候，我正在那里出神；当我把那些钥匙指给她看并把事情的经过告诉她以后，她便现出非常高兴和非常信任我的样子，所以，如果这还不认为是对自己的一种鼓舞，那未免太麻木不仁和忘恩负义了。当然，我知道，亲爱的婀达说这话完全是好意安慰我，不过我让人这么一哄，倒是挺高兴的。

我和婀达到了楼下，贾迪斯先生就把我们介绍给斯金波先生；斯金波先生这时正站在壁炉前，对理查德说，他在中学的时候多么喜欢踢足球。他是个聪明伶俐的人，小个子，脑袋很大，可是长得眉清目秀，说话的声音也很悦耳，因此，他身上就具有一种魅力。他说话的时候不假思索，随意发挥，而且风姿潇洒，娓娓动听，所以大家都很喜欢听他说话。他比贾迪斯先生长得细小，肤色比较红润，头发也比较金黄，所以显得年轻一些。说真的，不论从他外貌的那一方面看，与其说他是一个保养得很好的上了年纪的人，不如说他是一个未老先衰的年轻人。他举止随便，不修边幅（他的头发梳理得很马虎，他的领带不仅打得很松，而且飘垂在上衣外面，我从前看见画家画的自画像就是这样的），所以，我禁不住这样想：他原来是一个风流潇洒的人，但由于某种奇怪的原因而衰颓了。从他的举止容貌看，我突然觉得他一点也不像通常那种饱经忧患、阅世日深、从正常生活道路上走过来的上了年纪的人。

在谈话中，我得知斯金波先生学过医，而且一度以医生的身份，在一个德国亲王家里呆过。然而，他告诉我们说，他对度量衡简直是一窍不通，对这些玩意儿毫不了解（只知道这些玩意儿使他感到讨厌），所以他处方下药的时候，总不能做到严格精确，丝毫不爽。他说，事实上他是个不拘细节的人。接着他用一种非常幽默的口吻告诉我们说，每当人们找他去给亲王放血，或者给亲王的家人治病的时候，他总是躺在床上念报或用铅笔画一些奇奇怪怪的速写画，推说去不了。亲王对这种态度终于表示不满。"在这件事情上，"斯金波先生坦然说，"亲王做得很对，"斯金波先生于是给辞退了，他（又风趣横溢地说道）"当时感到百无聊赖，只好去谈情说爱，于是他堕入了情网，结了婚，而且已经儿女成行"。以后，他的好友贾迪斯和其他的好友接二连三地帮他谋事，但是，毫无用处，因为他总归要暴露出他那两个由来已久的弱点：第一，他没有时间观念，第二，他没有金钱观念。因此，他总是不能守约，不能做买卖，不知道任何东西的价值！

妙极了！他就是这样过他的日子，而且过得蛮好！他很喜欢读报，很喜欢用铅笔画一些奇奇怪怪的速写画，很喜欢大自然，很喜欢艺术。他只要求社会让他活下去。这也并不过分。他要求不高。让他读读报、聊聊天、听听音乐、吃吃羊肉、喝喝咖啡、看看风景、尝尝四时的佳果，再给他几张图画纸和一点点葡萄酒，此外，他就一无所求了。他在这世上只不过是一个小孩罢了，可是，他没有哭着要那根本就要不着的月亮呀！他对这个世界说：“你们放心吧，你们各奔前程吧！你穿红衣服[①]也行，穿蓝衣服[②]也行，戴细麻布袖套[③]也行，把笔夹在耳朵上[④]或者围上围裙[⑤]也行；你不妨去追求荣誉、献身上帝，你不妨去做买卖、耍手艺，你喜欢什么就做什么，只要——你让哈罗德·斯金波活下去就行！”

他对我们说的这些话，还有他后来讲的那一大套，不仅说得非常精彩和引人入胜，而且在一定程度上也说得很愉快、很坦白——他明明是在谈自己，却又仿佛谈的不是自己的事，仿佛斯金波是另外一个人，仿佛他了解斯金波虽然古怪，但也有他的要求。他认为这些要求应当得到社会的关怀，绝对不容忽视。他的话非常动人。如果说，我在开头的时候，是抱着肩负人生职责的看法（我对这些还不大清楚）来听他说的这些话，发现他没有一句话不和我的看法相抵触，并因此而感到苦恼的话，那么，我所苦恼的，就是不十分了解他为什么能摆脱这些职责。我毫不怀疑他**当时**确实已经摆脱开了；他自己对这一点也是清清楚楚的。

“我什么也不贪图，”斯金波先生说话的时候，还是那样快活。“我并不把身外之物看在眼里。这所漂亮房子是我朋友贾迪斯的。我很感激他让我住在这里。我可以拿它画个画儿，让它变个样子。我可以为它作个曲子。只要我在这里待着，我就可以完全占用它，既不费钱，也没有什么麻烦和责任。总而言之，我的管家就叫贾迪斯，他可骗不了我。我们刚才提到杰利比太太来着。她是个心明眼亮的女人，在事业方面有着坚强的意志和惊人的才

---

① 陆军穿红衣服。

② 海军穿蓝衣服。

③ 比喻主教。

④ 比喻办事员。

⑤ 比喻铁匠等手艺人。

能，她为了实现自己的志向而满怀热情地工作。我在事业方面就缺乏坚强的意志和惊人的才能，我也没为什么志向而满怀热情地工作，这我倒不觉得有什么遗憾。我可以佩服她，但是一点也不羡慕她。我可以赞同她的志向。我可以向往她的志向。我可以躺在草地上——在风和日暖的时候——想象自己驾着一叶轻舟沿着非洲的一条河流飘荡；遇见土人便和他们拥抱；领略那种万籁俱寂的情趣；描画那些蔓藤丛生的热带植物；我可以领略得很深刻，可以画得很准确，好像我真在那儿似的。我不知道这样做有什么用处，可是我所能做的只是这个，而且能够做得很彻底。这样看来，既然哈罗德·斯金波这个对任何人都相信的孩子，恳求世人，也就是那些惯于做实际事务的人们，务必让他活下去，让他赞美这个人类的大家庭；那么，你们就看在老天爷的分上，当个大好人，想些办法让他这样过下去，让他去骑他的小木马好了！”

很清楚，贾迪斯先生没有忽视这样一个恳求。

斯金波先生当时在贾迪斯先生家里受到的礼遇，就足以说明事情的确是这样，所以他根本不必说出今天这番话来。

“只有你们这几位好人儿我最羡慕，”斯金波先生用一种泛指的口吻对我们（他的新朋友）说。“我羡慕你们那种做事的能力。本来我自己也应该在这方面热心点儿才对。我觉得不必向你们表示什么庸俗的感激。我简直觉得应该由**你们**来感激我，因为我给了你们一个机会，让你们体会到乐善好施的乐趣。我晓得你们喜欢做这种事情。总而言之，我到这个世界上来，也许就为的是要增加你们的快乐。也许我生来就是你们的恩人，常常给你们一些机会，在我遇到一些小困难的时候给我帮个忙。既然我由于不会办理俗务而带来这样一些好处，那我又有什么可惋惜的呢？因此，我就不惋惜了。”

他常常说一些很逗乐的话（虽然逗乐，但往往意味深长），可是这一次好像特别投合贾迪斯先生的心意。后来，我常常想，像贾迪斯先生这样一个似乎是知恩必报的人，竟会一点也不愿意别人对他表示感激，那我就真不明白，这真的是一件奇怪的事呢，还是只有我一个人觉得奇怪。

我们全都被他迷住了。我觉得，这完全是由于婀达和理查德有许多可爱的地方，所以斯金波先生头一次和他们见面，就能这样推心置腹，就能这样不遗余力地去讨他们喜欢。他们俩（尤其是理查德）当然也是由于这个原因而感到高兴，他们认为得到那样一个有趣的人这么大的信任，是一件非常体面的事。我们越爱听，斯金波先生就说得越起劲。由于他那快活的样子，他那可爱的坦率性格，以及他谈到自己的缺点时那种轻描淡写的爽朗态度，就好像他在说："你们都知道，我是个孩子。和我比起来，你们都是些有手段、有心计的人"（他这么一说，我真以为自己是这样一个人呢）；"可是我快活，我单纯；忘掉你们那一套狡猾的手段，跟我一块儿玩去吧！"——由于这一切，你简直看不清他究竟是怎样一个人。

他还有丰富的感情，对于优美精巧的东西，感觉非常灵敏，所以，光凭这一点，他就可以打动你的心。黄昏时分，我正准备沏茶，而婀达正在隔壁屋子给她表哥理查德弹琴，并低声哼着他们偶然想起的一个曲子，斯金波先生就在这时候走过来，和我一起坐在沙发上，他赞美婀达的那种口气，几乎使我爱上他哩。

"她像晨光一样清新，"他说。"瞧她那头金发、那双蓝闪闪的眼睛和那红扑扑的脸儿，你自然而然就会想起夏天的早晨。这里的鸟儿看见她也以为现在是夏天的早晨呢。我们不该管这样一个年轻可爱的人叫孤儿，她是全人类的欢乐，她是整个宇宙的女儿。"

这时候我发现贾迪斯先生正站在我们旁边，背剪着双手，脸上露出温和的微笑。

"依我看，"他说，"这个为人父母的宇宙并不怎么关心她呢。"

“哦！这我就不知道了！”斯金波先生喊道，他还是那样快活。

“这我倒是真知道哩，”贾迪斯先生说。

“当然啰！”斯金波先生喊道，“你了解这个世界（在你看来，世界就是宇宙），我可一点也不了解它，所以你不妨有你的看法。可是，如果我也有我的看法的话，”他向那对表兄妹看了一眼，“我认为在他们那样一条道路上，是没有荆棘、没有现实生活中那些卑鄙龌龊的东西的。这条道路应该撒满玫瑰花，应该处处树影婆娑；那里既没有冬天，也没有秋天和春天，那里永远是夏天。虽说是岁月增长、世事沧桑，那也不能使这条道路黯淡无光。在那里，根本听不到金钱这个肮脏的字眼！”

贾迪斯先生微笑着，轻轻地拍了拍斯金波先生的头，好像他真是一个孩子似的；然后又走上一两步，站了一会儿，瞅着那两个年轻的表亲。他露出若有所思的神色，同时也带着一种我常见的（太常见了！）早就铭刻在我心上的亲切温和的表情。婀达和理查德所在的那个房间和贾迪斯先生现在站着的那个屋子是相通的，那儿没有点蜡烛，只看见炉火的亮光。婀达坐在钢琴前边；理查德站在她身旁，弯着腰。他们的影子在墙上叠印在一起，周围是一些奇怪的影子。这些影子虽然都是由一些静止不动的物体投射出来的，但在闪烁不定的火光映照下，却给人一种鬼影憧憧的感觉。婀达轻轻弹着琴，低声唱着歌；这时候琴声和歌声都很小，就连那向远山吹去的如泣如诉的晚风，也依稀可闻。未来的秘密，还有当时所听到的声音给这个秘密所提供的一点线索，似乎已经在这个场合里揭示出来了。

但是，我现在追忆这个情景，倒不是为了要追忆这个奇怪的想法，尽管这个想法我今天还记得很清楚。因为，首先，我多少意识到，贾迪斯先生那种默默不语的眼神和斯金波先生刚才那些滔滔不绝的话语，在意义和目的方面是有所不同的。其次，当贾迪斯先生的眼光从婀达他们那边抽回来的时候，虽然只在我身上停了一停，我那会儿似乎就觉得，他对我表示了——他分明知道自己在向我表示，而且我也领会他的意思——他希望婀达和理查德的关系有一天会变得更加亲密。

斯金波先生会弹钢琴，也会拉低音提琴；他还是一个作曲家——有一回曾经写出半个歌剧，但后来又觉得写腻了——常常带着一种很风雅的态度来演奏自己作的曲子。喝过茶，我们举行了一个小小的音乐会；在这个音乐会里，贾迪斯先生、理查德和我都是听众。理查德被婀达的歌唱迷住了，他跟我说，他觉得婀达没有一支歌不会唱。过了一会儿，我发现斯金波先生不见了，接着理查德也不见了；我正想着理查德怎么出去这么半天，怎么舍得不听婀达唱歌，这时候，那个早先把钥匙交给我的女仆在门口探头进来说："对不起，小姐，请您出来一下好吗？"

当我和她到了客厅，关上了门，她便举起双手说："噢，对不起，小姐，卡斯顿先生请您到楼上斯金波先生的房间去一趟。斯金波先生出毛病了，小姐！"

"什么毛病？"我问道。

"出毛病了，小姐。突然出了毛病，"女仆说。

我担心他害的病可能很严重；不过，我当然求她不要声张，不要惊动任何人；我随着她急急往楼上走；一边走，一边就镇静下来，心里捉摸着，如果是抽风，最好用什么药来解救。她把一扇门打开，我走进了一个房间；可是，大大出乎我的意料，我发现斯金波先生既没有躺在床上，也没有趴在地上，而是站在壁炉前，瞧着理查德微笑；理查德这时反而露出非常为难的样子，望着一个坐在沙发上的男人；那个男人穿着一件白色的大衣，头发显得非常滑溜，但也显得很稀疏，他不断用一条小手绢揩着，头发越揩越滑溜，也越来越稀疏。

"萨默森小姐，"理查德慌忙说，"你来了我很高兴。你一定能给我们出个主意。我们的朋友斯金波先生——别害怕！——因为欠了债，就要被捕了。"

“不错，亲爱的萨默森小姐，”斯金波先生又有礼又坦率地说道，“我从来没有落到过这样一个地步，所以，这一次特别需要你的智慧，需要你处理事情和给人帮忙时那种沉着的态度；我知道你这些长处，谁和你呆上一刻钟都看得出来的。”

坐在沙发上的那个男人，看样子正闹感冒，打了一个很响的喷嚏，把我吓了一跳。

“你欠了不少债，所以要被捕吗，先生？”我问斯金波先生。

“亲爱的萨默森小姐，”他轻松地摇摇头，“我不知道。我看，大概是若干英镑、若干先令、若干便士吧。”

“二十四英镑十六先令和七个半便士，”那个陌生人说。“就这么些。”

“这数目听起来——”斯金波先生说，“听起来还不算大，是不是？”

那个陌生人没有说什么，只是又打了一个喷嚏。这一次打得很大，几乎使他从椅子上蹦了起来。

理查德对我说：“斯金波先生不便请我表哥贾迪斯帮忙，因为他最近——我想，先生，我知道你，你最近已经——”

“噢，不错！”斯金波先生笑着答道。“不过我已经忘了多少钱，忘了在什么时候了。贾迪斯一定会很乐意再帮我一次忙；可是我想换换口味，变变花样儿，请别的人帮忙；所以我宁可，”这时他瞅着理查德和我，“让乐善好施的行为在新的土壤上开花结果。”

“你觉得怎么办最妥当，萨默森小姐？”理查德暗地里问我。

在回答理查德之前，我大着胆子向大家问道，如果拿不出这笔钱来，结果会怎么样。

“坐牢，”陌生人一边说，一边冷冷地把他的手绢塞进他的帽子里，那顶帽子就放在他的脚跟前。“或者进柯文塞斯[①]。”

---

① 柯文塞斯（Coavinses）：英国负债人拘留所的名称。

柯文塞斯

“请问，先生，什么叫——”

“什么叫柯文塞斯吗？”陌生人说。“那是一个拘留所。”

理查德和我又是面面相觑。对于这次拘捕，斯金波先生一点也不着急，反而我们替他着急，这真是一件奇事。他又亲切又有所希冀地注视着我们；如果让我大胆说一句不怕自相矛盾的话，样子似乎没有什么自私的成分。他把这件棘手的事情推得干干净净，于是这件事情就落到我们头上来了。

“我觉得，”他示意说，仿佛他在好心好意帮我们的忙，“理查德先生或他那位漂亮的表妹，或者他们两位，既然是大法官庭一件牵涉到大宗财产的官司的当事人，是不是能给签个字，或者转个账，或者作个保，或者立个约，或者拿个什么作抵押？我可不懂这种事情的术语是怎么说的，不过我觉得，他们是能够想法子解决这个事情的。”

“那可办不到，”陌生人说。

“真的吗？”斯金波先生答道。“在一个对这等事情完全是门外汉的人看来，这似乎是挺奇怪的！”

“管你奇怪不奇怪，”陌生人粗声粗气地说，“跟你说，那都办不到！”

“别发火，老兄，别发火！”斯金波先生一边很和气地劝他，一边在一本书的扉页上给那个陌生人画了一个小小的头像。“别因为你干的是这种行当就发脾气。我们可以把你和你的职务分开来看待，把某一个人和他干的那一行分开来看待。我们并没有什么偏见，并不认为你在私生活方面就不值得别人尊敬。你的为人也许饶有风趣，而你自己可能还意识不到这一点。”

陌生人没有答理他，只是又打了一个大喷嚏；关于饶有风趣这一点，他到底是接受这番恭维呢，还是认为这番恭维不屑一顾，那我可就不知道了。

“亲爱的萨默森小姐和亲爱的理查德先生，”斯金波先生说，一边歪着头去看自己画的画儿，显得轻松愉快、无忧无虑和信心十足，“你们两位看到了吧，我自己是一点办法也没有的，只能靠你们帮忙啦！我不过要求自由罢了。蝴蝶也有自由呀！人类既然能容许蝴蝶自由，总不见得反而不能让哈罗德·斯金波自由！”

“亲爱的萨默森小姐，”理查德轻声说，“我早先从肯吉先生那儿领到十英镑。我得试试这些钱能不能起点作用。”

我存了十五英镑和若干先令，这是我好几年来从每个季度的零用钱里省下来的。我早先常常想，像我这样一个既没有亲友又没有财产的人，一旦遇到意外，就会在这人世间落到孤苦伶仃的境地，所以我总是尽可能积攒一点钱，免得到时候身上分文不名。我告诉理查德我有这么一点小积蓄，而目前也用不着，因此，我请他在我出去取钱的时候，委婉一点儿告诉斯金波先生，我们很乐意帮他还清这笔债务。

我一回来，斯金波先生就吻了吻我的手，似乎很受感动。这倒不是为他自己（我这时又感觉到那种莫名其妙的矛盾了），而是为了我们；好像他不可能有什么个人打算，只是想到我们已经领略了助人的快乐，他才受感动似的。理查德求我出面和柯文塞斯（斯金波先生很幽默地拿这个名字来称呼那个陌生人）了结这桩事情，他说，我来干这事情比较体面一些。我把钱点交给那个陌生人，并拿到了必要的收据。这也使斯金波先生很开心。

他那些恭维话说得非常巧妙，所以我也就不那么害羞了；我和那个穿白大衣的陌生人了结了这桩事情，一点差错也没出。他把钱塞进口袋，接着就说：“那好吧，再见，小姐。”

“我的朋友，”斯金波先生说，他没有把那张速写画完，而只画了一半，这时正背着壁炉站立，“我想问你一句话，可是请你先不要生气。”

我记得对方当时答道：“有话快说！”

“嗯，你是今天早晨才知道你要出来办这件差事的吗？”斯金波先生问道。

“昨天下午吃茶点的时间就知道了，”柯文塞斯说。

“那不影响你的胃口吗？没有教你不安心吗？”

“没有的事，”柯文塞斯说。“我晓得，如果今天找不着你，明天你也跑不了。早一天晚一天，反正一样。”

“可是你到这儿来的时候，”斯金波先生接着说，“天气好着呢。阳光明亮，和风吹拂，日影掠过田野，鸟儿在歌唱。”

“谁说那些鸟儿没唱来着？”柯文塞斯驳道。

“可不是吗？”斯金波先生说道。“可是你一路上是怎么想的呢？”

“你这是什么意思？”柯文塞斯咆哮着说，显得非常生气。“想！我不想也已经忙得够呛了，那还挣不到几个钱呢。还去想！”（他的口气非常轻蔑。）

“这么说来，”斯金波先生继续说，“你根本没想到：‘哈罗德·斯金波喜欢看阳光；喜欢听风声；喜欢瞅变幻万千的日影；喜欢听鸟儿的歌唱——这就是大自然的教堂大合唱呀。这样看来，我似乎要剥夺哈罗德·斯金波这一份应得的财产，那是他唯一的继承权啊！’你没有往这方面想吗？”

“我当——然——没——有，”柯文塞斯说，矢口否认这一点，他为了表示自己态度坚决，只能一字一顿地说，而且在说出最后两个字的时候，脖子使劲一摇，差点脱了臼。

“在你们这些办公事的人身上，那些心理活动真是妙不可言啊！”斯金波先生若有所思地说。“谢谢你，我的朋友。再见吧！”

我们已经出来很长时间，可能使楼下的人感到诧异，所以我赶紧回去；我发现婀达坐在壁炉前，一边做针线活儿，一边和她的约翰表哥说话。过了一会儿，斯金波先生来了，理查德不久也随着来了。这时候，我开始忙起来，因为我要向贾迪斯先生学掷骰子，今天晚上算是上第一课；贾迪斯先生挺喜欢玩这个，我自然想要向他快快学会，因为现在没有更高明的对手和他对掷，我要是能和他玩玩，那也算自己有一点点用处了。但是，当斯金波先生演奏他自己写的曲子的某些片断的时候，或者，当他弹钢琴、拉低音提琴或站在我们牌桌旁边的时候，还能那样高高兴兴，那样口若悬河，而且丝毫没有矫揉造作的样子，所以我不时觉得，只有理查德和我依然想着晚饭后发生的那件事情，仿佛被拘捕的是我们俩，而不是斯金波先生，这也实在是一件怪事。

我们回房间休息的时候，已经很晚了：因为到了十一点钟，婀达刚想走，斯金波先生又坐到钢琴前边，兴致勃勃，一边弹一边絮絮不休地喊道：亲爱的，要延长白天的时间，最妙的办法莫如从黑夜偷用几个钟头！直到过了十二点，他才高高兴兴地拿着蜡烛走出客厅；我这会儿想，要是他当时觉得合适的话，他可能让我们在那里一直呆到天亮的。婀达和理查德还在壁炉旁边呆了一会儿，正说着杰利比太太这会儿是不是已经口授完了这一天的信件；刚刚出去的贾迪斯先生这时候又转回来。

"唉，天哪，这是怎么回事，这是怎么回事！"他一边说，一边搔着头，在屋里踱来踱去；他的态度很和蔼，只是有点着急。"你们知道他们告诉我些什么来着？理克，我的孩子，埃丝特，亲爱的，你们干了些什么事啦？你们为什么要这样做？你们怎么能这样做呢？你们每人出了多少钱——风向又转了。我浑身都感觉得出来！"

我和理查德都不知怎么回答好。

"听我说，理克，听我说！我一定要把这件事弄清楚才睡觉。你们掏出多少钱来？你们两个居然把钱给还了！你们为什么要这样做？你们怎么能这样做？——哦，天哪，没错，刮东风——准是！"

"说真的，先生，"理查德说，"我不能告诉你，因为这对我来说，面子上讲不过去。斯金波先生信赖我们——"

"老天爷啊，我的老弟！任何人他都会信赖的！"贾迪斯先生说，使劲搔着头，然后又突然站住。

"真的吗，先生？"

“任何人！下星期他还是会遇到这种困难的！”贾迪斯先生说，他手里拿着一支熄灭了的蜡烛，又迈着大步子踱起来。“他常常遇到这种困难。他生来就有这种困难。我完全相信他母亲分娩时，报上一定登过：‘寄寓于烦愁大厦的斯金波太太，上星期二在经济拮据的环境中产一男孩。’”

理查德听了，笑得非常开心，不过他还是说：“不管怎么说，先生，我不想动摇或打消他对我们的信任；可是你比我们有见识，那么，请你再看看，我应不应该替他保守秘密，如果是应该，我希望你考虑一下，是不是非逼着我说出来不可。当然，要是你真逼着我说，先生，那我就晓得，这件事我准是做错了，我一定把经过告诉你。”

“什么！”贾迪斯先生喊道，他又站住了，好几次心不在焉地想把手中的烛台塞进口袋里。“我——这个！把这拿去吧，亲爱的。我也不晓得要这东西干什么；这都是因为刮东风——一刮东风就弄得我心神不安——我不会逼你的，理克；你也许是对的。可是，说真的，人家把你和埃丝特抓在手里，当作两个又鲜又嫩的米迦勒节新上市的橘子来挤！——今天晚上准刮大风！”

他那两只手一会儿插进口袋里（好像准备在那儿呆上半天似的），一会儿又抽出来，然后又使劲在头上搔。

我大着胆子利用这个机会，暗示斯金波先生在这些事情上完全是个小孩——

“哦，亲爱的？”贾迪斯先生说，已经领会我这话的意思。

“——完全是一个小孩，先生，”我说，“他就是跟别人完全不一样——”

“你说得对！”贾迪斯先生说，渐渐高兴起来了。“凭着女性的天禀，你完全说对了。他是个小孩，完全是个小孩。你们记得吧，我第一次给你们介绍的时候，就说他是个小孩来着。”

记得！记得！我们说。

“他**确实**是个小孩。你们说是不是？”贾迪斯先生问道，越来越高兴了。

他当然是个小孩啰，我们说。

“所以，你们只要想一想就明白，如果把他当作一个大人看待，”贾迪斯先生说，“那么你们——我的意思是指我自己——未免太幼稚了。你们可不能让**他**负什么责任。怎么能想象哈罗德·斯金波会有什么阴谋诡计，或者会考虑事情的后果呢？哈，哈，哈！”

看见他的脸色豁然开朗，看见他这种欢天喜地的样子，知道——因为不可能不知道——他这样快乐是因为他心地善良（他往往由于指责、怀疑或暗中责备别人而感到痛苦），我们心里实在高兴，所以我发现婀达一边跟着他笑，一边已经热泪盈眶，这时候我自己也禁不住热泪盈眶了。

“嘿，我这脑瓜子真是笨透了，”贾迪斯先生说，“竟要别人提醒，才记得他是个小孩子！这件事情从头到尾都说明他是个小孩。只有小孩才想得到单挑**你们**俩来干这种事情！只有小孩才想得到**你们**会有这些钱！要是这钱的数目是一千英镑，他还是照样跟你们要的！”贾迪斯先生容光焕发地说。

我们根据这一晚上的体验，都同意他这番话。

“没问题，没问题！”贾迪斯先生说。“不过，理克，埃丝特，还有你，婀达——因为斯金波是这样不懂事，甚至连你那小钱包我也不知道是不是能保住——我一定要你们挨个儿答应我，从今以后再不要做这种事情！不要再借钱了！连一个子儿也别借。”

我们真的都答应了；理查德一边笑嘻嘻地望着我，一边拍拍他的口袋，仿佛是提醒我，**我们俩**再也不会有重蹈覆辙的危险了。

“说到斯金波这个人，”贾迪斯先生说，“只要住得好，吃得好，有几个傻瓜可以欠欠债、借借钱，他就能过得挺快活。我看，他这会儿正在做小孩子的美梦呢；我现在也该让我这副比较世故的头脑休息休息了。明天见，亲爱的。上帝保佑你们！”

我们还没来得及把自己的蜡烛点着，他又笑吟吟地探进头来说：“噢，我看了看风信鸡，发现改变风向的事，原来是一场虚惊。现在吹的是南风！”他说完这话，便自个儿唱着歌走了。

婀达和我在楼上又聊了一会儿，我们都认为贾迪斯先生对风向的那些反复无常的说法全是假话，都认为他宁可利用这种借口来说明他无法掩藏他那失望的心情，而不愿追究失望的真正原因，也不愿轻视或讥笑任何人。我们认为这就是他那种与众不同的宽宏大量的特色；就是他和那种脾气坏的人的不同之处；脾气坏的人往往把天气和风向（特别是贾迪斯先生为了截然不同的目的而挑定的那个倒霉的风向）当作一个借口来掩饰他们那些又暴躁又阴郁的脾气。

说真的，我对贾迪斯先生除了感激以外，今天晚上又增添了许多好感，因此我希望通过这种混合的感情，能够开始对他有所了解。由于自己阅历不深，见闻不广，我总认为斯金波先生或杰利比太太那些看起来自相矛盾的地方是无法调和的。我也不在这方面去伤脑筋，因为我自个儿呆着的时候，总想着婀达和理查德，总想着贾迪斯先生似乎已经向我透露了有关他们俩的那件事情。也许是由于外面的风声，我的想象有点儿奔放不羁了，所以当时联想起的事情，就不能不带点自私的色彩，当然，要是办得到的话，我一定不去想自己的事情。我想起了教母的故居，然后，又想起了别的事情；这时候，许多常常使我深自不安的模糊臆测也出现了，我猜想贾迪斯先生可能知道我身世的秘密，他甚至可能是我的父亲，虽然，这种毫无根据的空想现在已经完全消失了。

我从壁炉前边站起来，我记得，这一切现在已经完蛋了。我不应当缅怀往事，而应当高高兴兴，心满意足。于是，我对自己说，“埃丝特，埃丝特，埃丝特！亲爱的，记着你的本分啊！”这时候，我使劲摇了一下那装着管家钥匙的小篮子；钥匙像小铃铛似的响起来，使我入睡时抱着满怀希望。

第七章
鬼　道

埃丝特睡着的时候也好，埃丝特醒着的时候也好，林肯郡邸宅那边总是在下雨。霪雨连绵，不分昼夜地滴沥、滴沥、滴沥，打在宽阔的石板道上，这条石板道就叫鬼道。林肯郡的天气实在糟糕，就连想象力最丰富的人也难预料，天气究竟会不会再度放晴。这倒不是说，这地方现在有一个富有想象力的人，因为累斯特爵士不在这里（说实在的，即便他在这里，那也无济于事），他和夫人都在巴黎；静寂仿佛带着两只阴森可怕的翅膀，笼罩着切斯尼山庄。

在切斯尼山庄的下等动物中间，也许还有些想象力吧。马厩里的马——那些长长的马厩都盖在一个红砖围墙的空院子里；这院子有一个角楼，角楼上又有一口大钟和一个大钟面的时钟。鸽子窝筑在时钟附近；鸽子就喜欢在时钟的两边栖息，仿佛总在看时间——马厩里的马也许不时在心里构思一些天朗气清的图画，和那些马夫比起来，它们也许是比较高明的画家。那匹毛色斑驳的老马，一向就以善于越野驰骋而出名，这时候正转动它的大眼睛，向马槽旁边的格子窗望去，它可能想起那些鲜嫩的叶子平时就在那里闪着亮光，香气就从那里吹送进来，它可能想起要和猎狗好好赛一赛，可是这时候，那个马夫下手却在隔壁打扫马房，一味对着那把干草叉和桦木帚把发愣。还有那匹大灰马，它呆的地方正对着门，门打开的时候，它很不耐烦地把笼头摇得嘎啦嘎啦地响，好像有所希冀似的竖起耳朵、转过头来，可是开门的人却对它说："嗨，你这灰家伙，别着急！今天谁也不要你！"它可能跟人一样，完全明白这个道理。这里一共拴着六匹马，看样子，它们都感到无聊和孤寂；可是在这阴雨天里，马房的门一关上，它们就可能比下房或“德洛克家徽”酒馆这两个地方交谈得还要热闹；它们甚至可能到角落的围栏那里去教养教养（也许是惯宠惯宠）那匹小马来消磨时光。

那只猎狗也同样在院子的狗窝里打盹儿，它那斗大的头伏在前掌上，它也许想起了那炎热的阳光，那时马房的阴影常常移动，弄得它很不耐烦，而且，到了白天的某一段时间，根本不给它一个藏身的地方，它只好躲到它那狗屋的阴影里去，在那儿坐得直直的，急促地喘着气，呜呜地叫着，除了它自己和那条链子，很想找些什么东西来咬咬。这时候，它半醒不醒，不停地眨巴着眼睛，这可能是想起了当初邸宅里挤满了客人，车房里挤满了马车，马厩里挤满了马，外屋里挤满了马夫……于是，它对眼前的一切发生了怀疑，走上前去，想弄个清楚。然后，它又不耐烦地抖了抖身子，心里可能叨咕着说：“雨、雨、雨！老是下雨——这儿连个人也没有！”它一边叨咕，一边往里走，最后，躺在地上，无精打采地打了个哈欠。

猎园那边的狗屋里的狗也是这样。它们有时候坐立不安；遇到风势猛烈的时候，它们那种哀鸣的声音，宅子里无论是楼上、楼下或是夫人的寝室都听得见。尽管滴滴答答的雨点使它们无法活动，但它们可能想象着自己在野外到处搜寻猎物。那些拖着容易暴露目标的尾巴的野兔，在树洞里跳进跳出，它们也许正兴致勃勃地想到那些清风徐来、吹得它们耳朵直动的日子，想到那些可以吃到又甜又嫩的植物的好季节。养鸡场里那只火鸡因为不是一般鸡，总是满腹牢骚（大概是圣诞节快来了①），也许正想起那个夏日的早晨，它怎样跑到一条两旁的树木都被砍下来的小道里，找到一个谷仓和许多大麦，可是现在却不能去了，它认为老

---

① 这里指的是，欧洲人过圣诞节有吃火鸡的习惯。

天爷未免太不公平。那只心怀不满的雌鹅，穿过那古老的门道时低着头——尽管那门道有二十英尺高；如果我们听得懂它说的话，它也许正咕噜咕噜地说，它喜欢在晴天里大摇大摆地走路，喜欢阳光把门楼的影子投射到地上。

尽管如此，切斯尼山庄在别的方面也还是引不起什么想象力。假如偶尔有一些的话，那也是像那个回音缭绕的古老地方发出的微小声音那样，追溯到很远的年代，而且往往会引出一些鬼神故事。

在林肯郡这里，雨下得那么大、那么久，切斯尼山庄的老管家朗斯威尔太太有好几次把眼镜摘下来擦一擦，想看看有没有雨水滴到眼镜片上来。其实，朗斯威尔太太听到雨声，就完全可以肯定这是下雨了，可是她耳朵聋得很，什么东西也没法使她相信自己的耳朵。她是一个心肠很好的老太太，漂亮、端庄，而且异常整洁，她背心那么阔，穿着那样一件三角胸衣，要是她有朝一日死了，那些认识她的人即便发现她的紧身褡原来是一个家庭用的宽大的老式炉格子，也一定不会感到惊奇。天气对朗斯威尔太太没有什么影响。那所房子无论天气好坏都坐落在那里，正像她所说的那样，这所房子“才是她关心的东西”。她坐在自己屋子里（也就是楼下的侧廊里，那里有一个拱形的窗子，可以看见一个端端正正的四方院，院子里每隔一段距离，就有一棵端端正正的圆顶树和一块端端正正的圆石头，看样子那些树好像要和那些石头玩滚球戏似的），心里想着这整所房子。她随时都可以把房子的大门开开，在里面折腾一阵子，可是这会儿房子却关着大门，躺在朗斯威尔太太那包铁的宽广胸怀里，睡它的大觉。

尽管朗斯威尔太太在这里只呆了五十年，但是很难想象，甚至根本不可能想象，切斯尼山庄能够没有朗斯威尔太太。要是你在这个下雨天里，问她在这儿住了多久，她就会回答说：“如果上天保佑，我能活到下星期二，那就是五十年三个月零两个星期。”朗斯威尔先生去世之前，梳辫子那种时髦风气还兴了一阵子，他很谨慎地把自己的辫子（如果他把辫子带在身边的话）藏在猎园墓地靠近那霉烂的门廊的一个角落里。他是在这个镇上出生的，他那年轻的寡妇也是如此。她在这个家庭里逐步得到提升，那是从上一代的累斯特爵士在世时就开始了。她起先是在准备茶点的那个屋子里干活儿。

德洛克家目前的继承人，是个非常好的主人。他认为，他所有的仆从都不应该具有任何个性、任何意旨或看法；他相信他生来就是为了去掉他们在这些方面的任何需要的。要是他所发现的情况恰恰相反，他准会吓得目瞪口呆——除非是一命呜呼，不然很可能一辈子也恢复不了那种泰然自若的神色哩。但他仍然是个很好的主人，认为这样子才符合他的身份。他非常喜欢朗斯威尔太太；他说她是个最可尊敬、最可信赖的女人。他无论到切斯尼山庄来，或是离开这里到别处去，总要和她握握手；如果他得了重病，或者是出了事故，被马车碰倒了、压着了，或者是处在一个不利于德洛克家的人的境地，那么他就会说（要是他还说得出话来）："别管我，把朗斯威尔太太叫来！"——因为他知道，在这样的紧急关头，要保持他的尊严，就只有和朗斯威尔太太在一起。

朗斯威尔太太也有她的苦恼。她有两个儿子，小儿子不走正道，出去当了兵，从此就没有再回来。即便是今天，朗斯威尔太太一提起他，两只稳重的手就会变得不知所措；每当她说，他是一个多么有出息的小伙子，多么漂亮的小伙子，多么活泼、愉快、聪明的小伙子，她那原来交叉在三角胸衣前的双手就立即张开，激动地挥舞着。她的另一个儿子，本来可以在切斯尼山庄不愁吃不愁穿的，而且到时候也会当上管家；可是，当他还是个小学生的时候，他就喜欢用小锅做蒸汽机，喜欢教小鸟不用费什么劲就能吸到水，原来他利用水压力的原理，设计了一种非常巧妙的玩意儿去帮助它们，这样，一只渴了的金丝雀只要用翅膀顶一顶轮子，就能喝到水了，这倒不是假话。这种癖好使朗斯威尔太太感到非常不安。她怀着一个做母亲的那种焦虑心情，认为这是走向瓦特·泰勒的道路，因为她深知累斯特爵士有一种看法：谁要是喜欢那种少不了煤烟和高烟囱的行业，谁就可能走上这样一条道路。可是这个不可救药的逆子（在别的方面，却是一个和蔼而意志坚强的小伙子），在他长大起来的时候，并没有什么改好的表现，相反，却做了一个动力织布的模型，于是他母亲不得不到爵士那里，流着眼泪，向他诉说儿子的种种不肖。"朗斯威尔太太，"累斯特爵士说，"你知道，我一向不赞成在任何问题上跟任何人争论。你最好把你那孩子打发走，你最好把他送到什么工厂去。我想，北方产铁的地区，对于有这些癖好的小伙子来说，倒是个很合适的地方。"于是他到北方去了，在北方成长起来；如果累斯特·德洛克爵士在他来探望母亲的时候看见他，或是在后来想起了他，那么，累斯特·德洛克爵士必然会把他当作那千百个肤色黝黑、面目狰狞的阴谋者中间的一个，每星期总得有两三个晚上，点着火把出去为非作歹。

不管怎么说，朗斯威尔太太的儿子，随着年岁和技术的增长，成长起来了；他已经成家立业，还给朗斯威尔太太生了一个孙子。这个孙子当完了学徒以后，为了未来的事业，曾经被送到遥远的国外去深造，现在已经返回家乡。这一天，他正在切斯尼山庄朗斯威尔太太的屋子里，靠壁炉架站着。

"我已经说了很多遍，瓦特，我看见你很高兴！我现在再说一遍，瓦特，我看见你很高兴！"朗斯威尔太太说道。"你是一个漂亮的小伙子，很像你那可怜的乔治叔叔。唉！"朗斯威尔太太和往常一样，一提到他，两只手就颤抖起来。

"奶奶，他们说我像我父亲。"

"亲爱的，你像他，可是更像你那可怜的乔治叔叔！说到你的亲爱的父亲，"朗斯威尔太太又两手交叉抱在胸前。"他好吗？"

"各方面都好极了，奶奶。"

"感谢老天爷！"朗斯威尔太太很喜欢她的儿子，但是一想到他，就感到一阵悲哀，好像他本来是一个非常光荣的战士，现在已经向敌人投降了。

“他过得很快活吗？”她说道。

“很快活。”

“感谢老天爷！那么说，他把你抚养大，让你学他那个行业，把你送到外国去啦？嗯，他知道该怎么办。也许除了切斯尼山庄，还有一个我不知道的世界吧。当然，我也不是初出茅庐，我也见过不少体面人物呢！”

“奶奶，”那个年轻人换了话题说，“我刚才在你这里碰见的那个姑娘真漂亮。你管她叫露莎，是不是？”

“是的，孩子。她是村里一个寡妇的女儿。如今要教导一个丫头可不容易，所以在她年纪还小的时候，我就把她带在身边。她学东西可快啦，将来准有出息。她已经会领客人参观这房子了，而且做得挺不错。她和我住在一起，和我同桌吃饭。”

“我想，她刚才不是因为我来了，才躲起来的吧？”

“我看，她一定是以为我们要谈家事。她这人很谦虚。谦虚是年轻姑娘的美德。只是世道不古，”朗斯威尔太太说着，把三角胸衣挺到不能再挺的地步，“谦虚的人越来越少了！”

年轻人歪着头，表示同意这番有阅历的见解。朗斯威尔太太忽然侧起耳朵听着。

“马车声！”她说。陪着她的这个年轻人老早就听见了。“我的老天爷，这样的天气，有谁来啊？”

过了一会儿，传来了敲门声。“进来！”一个黑眼睛、黑头发的腼腆的乡下美人儿进来了。她正当妙龄，面色绯红而娇艳，落在她头发上的雨水，宛如刚摘下来的鲜花上的露珠。

“谁来啦，露莎？”朗斯威尔太太说。

“是两个坐着双轮马车来的青年人，太太，他们想参观房子——”看到女管家做手势表示不同意，她又赶紧回答说。“是的，请您听我说，我已经跟他们这样说了！我刚才到大厅门口去了，跟他们说，今天日子不对，时间也不对；可是那个赶车的年轻人，在雨地里摘下帽子，求我把这个名片交给你。”

“亲爱的瓦特，你念一念，”女管家说。

露莎把名片递给他的时候显得很害羞，名片掉在地上，掉在他们中间，于是两个人弯下腰去捡名片的时候，脑门子几乎碰在一起。露莎这时更害羞了。

“格皮先生”——名片上写的只有这几个字。

“格皮！”朗斯威尔太太重复了一遍。“格皮**先生**！胡闹，我从来没听说过这个人！”

“对不起，这是他告诉我的！”露莎说。“可是他说，他和另外那个绅士是从伦敦坐邮车来的，昨天晚上刚到，参加今天早上离这儿十英里地举行的治安推事会议。他们的事情很快就办完了；他们常听人家提起切斯尼山庄，而他们这会儿又实在没有事情可做，所以才冒着雨到这里来参观。他们都是律师。他说他不是图金霍恩先生事务所的人，可是，如果有必要的话，他相信，他不妨提一提图金霍恩先生的名字。”露莎把话说完，发现自己滔滔地讲了半天，便更加害羞了。

原来，从某种意义来说，图金霍恩先生是和这个地方分不开的；而且，除此之外，据说他还替朗斯威尔太太写了遗嘱。老太太心肠软下来了，答应赏个脸，让客人进来参观。她把露莎打发走。这时候，她的孙子忽然也想参观一下这所房子，便说要跟他们一起去。做祖母的看见孙子居然有这样的兴致，心里一高兴也陪着他去了，不过，应当替他说句公道话，他倒是很不愿意麻烦她老人家的。

“非常感激你，太太！”格皮先生一边说，一边在大厅里把湿漉漉的厚呢衣服脱下来。“你知道，我们伦敦的律师不常出来；可是我们一出来，就想好好利用一下这个机会。”

老管家婆带着一种庄重严肃的态度，朝那座大楼梯挥了一下手。格皮先生和他的朋友跟在露莎后面，朗斯威尔太太和孙子又跟在他们后面，一个年轻的园丁走到前面去打开百叶窗。

就像人们平常参观房子那样，格皮先生和他的朋友还没有好好开始参观，就已经弄得筋疲力尽了。他们在不该多呆的地方呆了半天；不必要看的东西看了好多，而应当注意的东西反而没有注意；打开的门越来越多了，他们就张着嘴在那儿呆呆地看着；现出没精打采和疲惫不堪的样子。他们每走到一个屋子，朗斯威尔太太（她跟这所房子一样，显得非常方正）就独自一人找个窗座或诸如此类的角落歇一歇；她一本正经地听着露莎解说，不时露出赞许的神色。她的孙子非常仔细地听着解说，因此露莎越发害羞——也越发漂亮了。就这样，他们从一个屋子走到另一个屋子，当那年轻的园丁把光线放进来的时候，德洛克家祖祖辈辈的画像就显现了几分钟，而当园丁把光线重新遮起来，德洛克家的祖祖辈辈又被送回坟墓里去了。格皮先生感到心情沉重，他的朋友也感到兴味索然。在他们看来，德洛克家的人好像是没完没了，这个家族之所以了不起，似乎在于七百年来一直世代相传，毫无改变。

就连切斯尼山庄那间长长的客厅也没能使格皮先生打起精神来。他的情绪非常低，一到门口就泄了气，几乎不想进去。可是，壁炉架上有一幅当时时兴的画家画的肖像，简直使他着了魔。他马上打起精神来，兴味盎然地瞅着那幅肖像，仿佛被那幅肖像迷住了，吸引住了。

“我的天啊！”格皮先生说。“这是谁？”

“壁炉架上那幅画，”露莎说，“是现在的德洛克夫人的肖像。人人都说这幅画像画得像极了，是那个画家最好的作品。”

“真是莫名其妙！”格皮先生惊愕地瞅着他的朋友说，“好像我见过她似的。不过我倒是知道她这个人！小姐，这幅画像翻过版吗？”

“这幅画像从来没翻过版。累斯特爵士总是不答应。”

“嗯！”格皮先生放低声音说，“实在奇怪，我怎么会这样熟悉这幅画像呢！原来这就是德洛克夫人啊！”

“右边那幅画像是现在的累斯特·德洛克爵士。左边那幅是他父亲，已经去世的累斯特爵士。”

格皮先生顾不上看那两位大人物了。“真不明白，”他仍然瞅着那幅肖像说，“我怎么这样熟悉这幅画像！真怪！”格皮先生四下看了看，又说：“我想我一定是在梦里见过那幅画像！”

在场的人谁也没对格皮先生做的梦发生兴趣，因此谁也没追问是否可能做这样的梦。可是他仍然被那幅肖像深深地吸引住，站在肖像前面一动不动，直到那个年轻的园丁把百叶窗关上为止。他迷迷糊糊地走出客厅，那股迷糊劲儿虽然来得奇怪，倒是真代替了他原先那种好奇心。他跟着别人走进一连串的屋子，露出莫名其妙的样子，仿佛又在到处寻找德洛克夫人。

他再也看不到她了。他看了看她那几间屋子，那些屋子因为非常雅致，所以总是最后让客人参观的。他望着窗外，而不久以前，夫人也在这里望着窗外那使她烦得要死的天气。凡事都有到头的时候，就连人们费了九牛二虎之力要去参观的房子（其实，人们还没有开始参观就感到厌倦了），也有到头的时候。他们快参观完了，而那个娇艳的乡下美人儿也快介绍完了。她的结束语通常是这样的：

“底下那条石板道谁见了都喜欢。根据这个家族的一个古老传说，这条石板道叫作鬼道。”

“是吗？”格皮先生说，显出很想知道的样子，“什么传说，小姐？和某幅画像有关吗？”

“请把传说讲给我们听听吧，”瓦特低声说。

“我不知道这个传说，先生。”露莎显得更害羞了。

“这个传说不是讲给客人听的；我们差不多都记不起来了，”管家婆走上前说。“那不过是个家庭趣谈罢了。”

“太太，请原谅，我想再问一下，这个传说是不是和某幅画像有关系，”格皮先生说，“因为，我不妨跟您说，我越想越觉得我熟悉那幅画像，尽管我不知道我怎么会熟悉它的！”

这个传说和任何一幅画像都没有关系，这一点管家婆是可以保证的。格皮先生对她这番话表示感激，同时，对其他方面的招待也表示感激。格皮先生和他的朋友告辞了，由那个年轻的园丁领着从另外一座楼梯走下去；过了一会，人们就听见他和他的朋友坐着马车走了。正是黄昏时分。朗斯威尔太太相信，这两个年轻人不会到处乱说，所以不妨告诉**他们**，这条石板道怎么会得了这样一个可怕的名字。她在那很快就黑下来的窗户旁的一张大椅子上坐下，对他们说：

“亲爱的孩子，在查理一世①那个邪恶的时代里——我指的当然是那些造反的人联合起来反对英明的国王那个时代——莫布里·德洛克爵士那时是切斯尼山庄的一家之主。在那以前，这个家族有没有闹过鬼，那我就说不上来了。我想，很可能是有的。”

朗斯威尔太太所以有这样的看法，是因为她认为，这样古老而显赫的家庭，闹闹鬼倒是说得过去的。她把闹鬼看成是上层阶级的一种特权，看作是名门望族的一种特征，普通老百姓是没有分儿的。

“不用说，”朗斯威尔太太说道，“莫布里·德洛克爵士是拥护那个升了天的殉难者的。可是，他夫人的血管里却没有这个家庭的血液，据说她赞成那个不正当的事业。有人说，查理国王的敌人里面有她的亲戚，她和他们保持联系，把消息透露给他们。据说，只要有效忠王室的乡绅到这里来开会，夫人总是躲在他们的会议室门口附近，近得连他们想也想不到。瓦特，你听见那声音没有？好像有人在那石板道上走呢！”

露莎向管家婆那边靠过去。

“我听见雨水滴在石板上的声音，”那个年轻人回答说，“我还

---

① 查理一世（1600—1649）：英国国王，十七世纪英国资产阶级革命时被民众处死。

听见一种奇怪的回音——我想是一种回音——很像瘸子走路的声音。”

管家婆严肃地点点头，接着说：

“一则是由于他们之间的这种分歧，一则是由于其他原因，莫布里爵士和他的夫人过得很不融洽。她是一个高傲的女人。他们的年龄和性格都不合适，又没有子女缓和他们之间的冲突。她有个心爱的兄弟，是一个年轻的绅士，在内战时期遇害了（被莫布里爵士的近亲打死的），她的心情非常激动，从那以后，她就仇恨她丈夫的家族了。每当德洛克家的人准备从切斯尼山庄出发，为王上效力的时候，据说她不止一次在深夜里偷偷跑到马厩去，把他们的马弄瘸了，有一次，也是在深夜里，她丈夫看见她偷偷下楼，就跟着她到马房去，他那匹心爱的马就拴在那里。他当场抓住她的腕子，也许是由于扭来扭去，也许是由于摔倒在地，也许是由于马受了惊，踢着了她，她的屁股就扭坏了，从那时起，她渐渐消瘦了。”

管家婆把声音放得很低，低得跟耳语声差不多。

“她原来是身材苗条、举止大方的。可是她没有抱怨过这次的不幸；没有对任何人说过她怎么成了瘸子，没有说过她多么痛苦，可是，她天天都在那条石板道上试着走路；晴天也好，阴天也好，她都拄着一根拐棍，扶着石头栏杆走来走去，走来走去，走来走去，而且一天比一天感到困难了。后来，有一天下午，她的丈夫（自从那天晚上以后，无论人家怎么劝解，她都不跟他说话了），站在朝南的一个大窗户前边，看见她倒在地上。他赶紧下去扶她，可是当他弯下身去的时候，她拒绝了他，并且冷冷地盯着他说：‘我就死在这里，死在我散步的这个地方。我死后虽然躺在坟墓里，可我还是要在这里散步。我将来就在这里散步，一直散到这个家庭的声誉一落千丈为止。当这个家庭出了不幸的事或丢脸的事，就让德洛克家的人听听我的脚步声吧！’”

瓦特看着露莎。在越来越浓的暮色中，露莎低头看着地面，有点害怕，也有点害羞。

“她当场就死去了。从那时候起，”朗斯威尔太太说，“就传下了这个名字——鬼道。如果说这种脚步声是一种回音，那么这种回音只有在天黑以后才听得见，而且常常在很长的一个时期内听不见。可是，这种回音总是会回来的；而且只要这个家庭里有人害病或是去世，那一定听得见这种回音。”

“——还有丢脸的事，奶奶——”瓦特说道。

“切斯尼山庄从来没有过丢脸的事，”管家婆驳道。

她的孙子道歉说：“是的。是的。”

“故事就是这样。不管这声音到底是什么，总是使人不舒服的，”朗斯威尔太太说着，从椅子上站起来，“而且奇怪的是，不管你多么不想听这声音，它却让你**非听见不可**；夫人是个什么都不怕的人，不过她也承认，只要这声音一响，就一定听得见。你不能把这种声音堵起来。瓦特，你后面有一架很大的法国钟（那是故意放在那里的），这钟走起来的时候，声音很大，还会奏音乐。你知道这怎么摆弄吗？”

“知道，奶奶。”

“你把钟拧上吧。”

瓦特把钟拧上了——又是奏音乐，又是嘀嗒嘀嗒地响着。

“现在，到这里来，”管家婆说道。“到这里来，孩子，到夫人的床头这里来。我不知道，天色是不是已经黑了，可是你听！你能够透过音乐，透过钟摆声和别的一切，听到石板道上的那个声音，是不是？”

“不错，我听得见！”

“夫人也这样说。”

第八章
遮掩许多的罪①

天还没有亮，我就起来穿衣服了，瞅瞅窗外，发现蜡烛像两座灯塔似的反映在漆黑的窗玻璃上，然后看到窗外的一切仍然笼罩在行将消逝的茫茫夜色之中，再去观察这一切在天亮时的变化，那确实是一件很有趣的事。晨景逐渐显露出来了，窗外那块场地也展现无遗；昨天夜里风就在这黑洞洞的场地上徘徊着，就像我缅怀身世时那样缠绵悱恻；我一发现这些在我睡觉时就已经环绕在我周围的陌生景物，就感到非常高兴。起初，这些景物在浓雾里很难辨认，而在它们上面，最后几颗星星也还闪着微光。在那欲曙未曙的天色消逝了以后，景象开始迅速扩大，内容也充实起来了，我每看一眼，都会发现许多东西，够我看上一个钟头。就在这不知不觉之中，我的蜡烛成了唯一不能和清晨相协调的东西，屋子里那些阴暗的地方都明亮起来了。晨光朗照着宜人的景色，其中最突出的是那古老的修道院教堂，这个教堂和它那雄伟的尖塔投下了一长串柔和的阴影，似乎和它那峥嵘的外观不大相称。可是，就在这峥嵘的外观中（我希望，我明白了这一点），也往往会产生出潜移默化的影响。

房子里的每一个地方都井井有条，每一个人对我都很殷勤，因此，虽则我也设法记住每个小贮藏室的橱柜和碗柜装着什么东西，也在石板上记下有多少果酱、酸菜、蜜饯水果和多少瓶子、杯子、瓷器以及许多别的东西，同时，我这个人大体说来，虽则是年少无知，因循守旧，不过我这两串钥匙到底没有给我带来什么麻烦。我忙得不可开交，因此听见铃声还简直无法相信已经到了吃早饭的时候。然而，我还是赶紧跑去沏茶，因为我已经被指定去掌管那个茶壶了；可是他们都起晚了，没有人下来，于是我想，不妨到花园里去看看，顺便熟悉一下那儿的情形。我发现那是一个令人心旷神怡的地方；前面是我们来的时候走过的那条美丽的林荫道和马车道（附带提一下，我们的车子把车道上的石子翻得乱七八糟，我只好叫园丁把路辗平）；后面是花圃，这会儿我那位亲爱的人儿在楼上推开了窗，站在那儿向我微笑，仿佛她在那么远的地方就想吻我似的。在花圃的另一边有一个菜圃，后边是一个练马用的围场，然后是一个整齐的小草堆场，最后是一个很讨人喜欢的小小的农家场院。至于房子本身，看起来朴素、舒适，令人感到亲切，屋顶上有三个尖顶；各色各样的窗户有大有小，而且都很好看；南面墙上还有摆玫瑰花和忍冬花的格子架。这所房子正像婀达所说的那样——她正挽着房主人的胳膊出来迎我——是配得上她的约翰表哥的。她这句话说得真大胆，可是这所房子的主人听了，只捏了一下她那可爱的脸蛋儿。

吃早饭的时候，斯金波先生还跟昨天晚上那样谈笑风生。因为桌上有蜂蜜，他就谈起蜜蜂来了。他说他对蜂蜜没有反感（我想，他是不会有反感的，因为他似乎很喜欢吃蜂蜜），可是他对蜜蜂那种自以为了不起的神气抱有反感。他一点也不明白，为什么忙忙碌碌的蜜蜂应当是他学习的榜样；他认为，蜜蜂是喜欢酿蜜的，不然的话，蜜蜂就不酿蜜了，要知道，谁也没叫它酿蜜呀。所以蜜蜂大可不必拿自己的癖好来吹嘘。如果世界上每一个糖果商都哇哇乱叫，什么东西挡住他的道儿，就往那上面撞，并且妄自尊大，叫每个人都注意，他要去干的活儿，不要打搅他，那么，这个世界就要叫人呆不下去了。而且，不管怎么说，当你积攒了一点家私的时候，就被人用硫黄熏跑[②]，那不是一件很滑稽的事

---

① 这句话出自《新约全书·彼得前书》第4章第8节。在本章里指的是，帕迪戈尔太太用慈善事业来遮掩资产阶级的罪行。

② 这里指的是，采蜜时先用烟把蜜蜂熏跑。

吗？如果一个曼彻斯特人为了纺棉花而纺棉花[①]，那你一定会瞧不起他的。看样子，斯金波先生一定会说，他认为雄蜂才体现出一种比较愉快的和明智的观念。雄蜂坦率地说："请原谅，我真的不会干活儿！我发现这世界有许多东西值得欣赏，可是能够去欣赏的时间又是那么短，因此我只好不顾一切，去欣赏周围的景色，并请求那些不打算去欣赏的人来养活我。"在斯金波先生看来，这番话似乎就是雄蜂的哲学，而且他还认为这是很好的哲学。他总认为雄蜂是愿意和蜜蜂友好亲善的；就他所知，性情随和的雄蜂是愿意这样做的，只要自高自大的蜜蜂答应雄蜂这样做，并且不把自己的蜂蜜当成了不起的东西就行！

他的想象好像是脱缰之马，一会儿工夫就把他那番怪论发挥得淋漓尽致，惹得大家笑个不停；不过，他又尽量装得很严肃，好像他的话里真有什么严肃的意义似的。当我离开他们去做别的事情时，他们仍然在听他讲话。我费了一些时间才把这些事务料理停当，当我挽着盛钥匙的篮子，穿过走道往回走的时候，贾迪斯先生把我叫到他寝室旁边的一间小屋里去；我发现那间屋子有点像存放书籍和文件的小型图书室，又有点像他那些靴、鞋和帽盒的小型陈列室。

"请坐，亲爱的，"贾迪斯先生说。"你要知道，这屋子叫'牢骚室'。我不高兴的时候，就到这里来发发牢骚。"

"那你一定很少到这里来吧，先生，"我说。

"噢，你不了解我！"他回答说。"当我受了骗或者因为——因为刮风，刮东风而感到失望的时候，我就躲到这里来。在家的时候，我在'牢骚室'里呆的时间最多。我的脾气怎么样，你连一半还不知道呢。亲爱的，你怎么直打哆嗦呀！"

我已经费了很大的劲去克制，可是实在克制不住；你想想，当我独自和这位生性敦厚的人呆在一起，望着他那慈祥的眼睛，

---

① 曼彻斯特是英国的纺织工业中心。

感到这样的高兴，受到这样的尊敬，我的心情又是这样的激动，我怎么能不哆嗦呢！

我吻了吻他的手。我不知道我当时说了些什么，甚至不知道当时是怎么说的。他感到很窘，于是就走到窗前去了。我几乎以为他要跳出窗去呢，可是他又回来了。我一看他那双眼睛，就放心了——他刚才到窗户那边去，就是为了不让我看他的眼睛的。他轻轻拍了拍我的头，我坐下来了。

“好啦！好啦！”他说。“这事儿就算过去了。嗨！别那么傻气啦。”

“这种事情不会再发生了，先生，”我答道，“可是开始的时候很难——”

“哪里的话！”他说，“这很容易，很容易。为什么不是很容易呢？我听说有一个很好的小孤儿没有保护人，我就想到要当她的保护人。她长大了，并且完全证明我的想法是正确的，我就继续当她的监护人和朋友。这又有什么了不起呢？行啦，行啦！我们现在已经把旧账一笔勾销了，你在我面前应该感到高兴和安心才对呀。”

我暗自说：“埃丝特，亲爱的，你真叫我感到奇怪！我真没想到你会这样子！”这番话产生了良好效果，于是我就把手放在篮子上，完全清醒过来了。贾迪斯先生露出赞许的样子，和我亲密地谈起来，好像我早就有了每天早晨和他谈话的习惯似的。我自己也差不多觉得我就是这样呢。

“埃丝特，”他说，“你一定不了解大法官庭这件官司吧？”

我自然而然地摇了摇头。

“我也不知道谁了解这件官司，”他说。“那些律师已经把这件官司弄得一塌糊涂，原来的是非曲直早已被抛到九霄云外去了。这件官司涉及某个遗嘱以及遗嘱中的遗产——或者说，这件官司曾经有一度是涉及这样一个内容的。现在这件官司却只涉及诉讼费罢了。为了诉讼费，我们总是出庭，退庭，宣誓，质问，提交文书，提交反驳文书，进行辩论，加盖图章，提出动议，援引证明，做出报告，绕着大法官和他那一帮随从团团乱转，根据那衡平法，一直转到自己呜呼哀哉为止。最大的问题就是诉讼费。其他一切问题，由于某些特殊的方法，都不存在了。”

“可是，先生，这件官司本来是涉及某个遗嘱的，对吗？”我试着把他引回原来的话题上，因为他已经开始抓头了。

“噢，是的，这件官司开头的时候本来是涉及某个遗嘱的，”他答道。“有一个姓贾迪斯的人，不幸发了一笔大财，写了一个有着大宗遗产的遗嘱。就为了解决应该怎样处理遗嘱中的遗产这样一个问题，这笔遗产竟然全部给花光了；遗嘱中所规定的遗产继承人就非常倒霉，仿佛他们一继承那笔钱就犯下滔天大罪，因而就要受到相当的惩罚；于是，遗嘱本身也成了一纸空文了。在这场可悲的官司的全部过程中，每一个当事人都必须知道每一件事情，要是有一个人不知道，那就得让他弄清楚；在这场可悲的官司的全部过程中，每一个当事人都必须一再地收到有关这个案子的每一件事情的抄本，而这些逐渐累积起来的事件已经写成了一车又一车的文件（你只付钱，不拿抄本也行，一般人都是这样，因为谁也不要这些抄本）；每一个当事人都必须团团乱转，为了诉讼费、手续费，乌烟瘴气和行贿贪污的事情，奔忙得好像在地狱里跳土风舞一般，即便在魔女宴会①最胡闹的时候也看不到这种场面。大法官庭向一般法院提出问题，一般法院又向大法官庭提出问题；一般法院发现自己不能办这件事情，大法官庭则发现自己不能办那件事情；这个法院也好，那个法院也好，如果没有这个律师和这个辩护士分别为 A 方出主意和出庭，没有那个律师和那个辩护士分别为 B 方出主意和出庭，甚至连他们能办些什么事情都不敢说；就这样排下去，从 AB 一直排到 YZ，好像那个‘苹果

① 据说魔女每年一度在夜半举行宴会，纵饮狂欢达旦。

馅饼’的故事似的。[1]一切事情就这样一年一年地、一代一代地继续下去，周而复始，没完没了。我们怎么也摆脱不开这场官司，因为我们已经成了这场官司的当事人，而且不管我们愿不愿意，都**必须是**这场官司的当事人。可是，千万不要去想这件事情！我那可怜的叔祖托姆·贾迪斯开始想到这件事情的时候，就走上死亡的道路了！”

“先生，你指的是我已经听说过的那个贾迪斯先生吗？”

他严肃地点了点头。“埃丝特，我就是他的继承人，这就是他的房子。我来到这里的时候，这所房子确实很荒凉。从这所房子可以看出他当初受到了多少折磨。”

“可是，这所房子现在完全改观了啊！”我说。

“在他以前，这所房子叫作‘尖塔’。他给这所房子起了现在这个名字，他住在这里，闭门不出：夜以继日地研究这场官司，研究那一堆堆可恶的文件，希望能够侥幸地使这件案子摆脱开那种扑朔迷离的局面，好了结这场官司。在那时候，这地方变得破落不堪，风从裂了缝的墙壁呼呼地吹进来，雨水从破裂的屋顶流下来，通道上的杂草一直长到那日益破烂的大门口。我带着他的遗体回到这个家来的时候，我觉得，这所房子好像也开枪打烂了自己的脑壳，因为它简直成了残垣断壁，一片废墟啦。”

他一边自言自语地说着这番话，一边哆嗦起来，然后踱来踱去，踱了一会儿，又看看我，忽然高兴起来，走到我身旁坐下，手插在口袋里。

“亲爱的，你瞧，我跟你说过这就是我的‘牢骚室’吧。我说到什么地方了？”

我提醒他说，他谈到了他使荒凉山庄大为改观。

“不错，我刚才谈到荒凉山庄了。现在在伦敦城里还有我们一些房产，这些房产现在的情景就和荒凉山庄当初一样。我说我们

---

① 这是小孩认字母学的顺口溜，如：“A is an Apple Pie，B，bite it；C， cut it ...”

的房产，实际上指的是归这场官司所有的房产，可是，我应当把它说成是归诉讼费所有的房产，因为世界上现在只有诉讼费才能从这些房产里榨取点东西来，才觉得它不是什么令人触目伤心的东西。那是一条到处都是破烂房子的大街，窗户都被石子打碎了，好像瞎了眼睛似的；一块窗玻璃也没有，甚至没有窗框，油漆剥落的百叶窗从铰链上掉下来，东倒西歪；铁栏杆长锈了，铁皮一片片地掉下来；烟囱塌进去了；每个门口（每个门口都可能是鬼门关）的石头台阶都长着青苔，显得非常凄凉；甚至支撑这些破烂房子的柱子也在腐烂。荒凉山庄当时虽然和大法官庭没有关系，但荒凉山庄的主人和大法官庭却有关系，因此，荒凉山庄也就被打上了大法官的大印。亲爱的，这些破破烂烂的景象，就是大法官的大印留下的痕迹，这在英国各地都看得到，连小孩都熟悉！”

“荒凉山庄现在大大地改变了！”我又说道。

“噢，可不是吗，”他回答时比刚才愉快多了，“你常常引导我往乐观那一面去想，你真聪明，”（他居然认为我聪明呢！）“这些事情，我除了在‘牢骚室’里，从来不谈，甚至不想。如果你认为应该把这些事情告诉理克和婀达，”他严肃地看着我，“你可以这样做。这完全由你自己决定，埃丝特。”

“我希望，先生——”我说。

“我想你最好是管我叫监护人，亲爱的。”

当他轻轻说出这句话的时候，他装着这只是一个偶然想出来的主意，而不是存心要表示什么好感似的，于是，我觉得我又激动得喘不过气来了，我暗自责备自己说：“喂，埃丝特，你可别忘了自己的身份啊！”我轻轻晃了晃管家钥匙，好提醒自己，同时又更加坚决地把手放在篮子上，安详地瞅着他。

“我希望，监护人，”我说，“你不要过分相信我，不要事事由我来决定。我希望你不要把我看错了。恐怕你将来知道我并不聪明，你也许会感到失望呢；说真的，这是事实，要是我不老老实实地承认这点，那你很快也会觉察出来的。”

可是他似乎一点也没感到失望，而且恰恰相反，他满脸笑容地对我说，他非常了解我，而且在他看来我是相当聪明的。

“我希望我将来会聪明一些，”我说，“可是我担心办不到，监护人。”

“亲爱的，你够聪明的，你满可以做个心地善良的小老太太，在这里照料我们，”他开玩笑似地答道，“就像童谣（我不是说斯金波先生那样的儿童）里的小老太太一样：

‘你飞这么高，要到哪里去，小老太太？’
‘我要到天上去，把蜘蛛网扫下来。’

埃丝特，在你管家的期间，你一定会把**我们**天空上的蜘蛛网扫得干干净净，将来总会有一天我们不要这间‘牢骚室’，用钉子把门钉起来。”

从这个时候起，他们就开始管我叫老太太、小老太太、蜘蛛网、希普顿太太、哈巴德大娘、德登大妈以及诸如此类的名字，①而我自己的名字很快就在这些名字中间消失了。

“不管怎么说吧，”贾迪斯先生说，“咱们先别扯得太远了。拿理克来说，他是个年轻有为的人。对他应当怎么办呢？”

噢，我的天啊，居然想到要在这样的问题上向我请教！

“你瞧他，埃丝特，”贾迪斯先生说着，舒舒服服地把手插进口袋里，把腿伸直。“他应当有个职业，应当有所选择。我想，这一定又要引起一番‘刀笔’，但是必须这样做。”

“引起一番什么，监护人？”我说。

“引起一番‘刀笔’，”他说。“我只知道这一类事情叫作‘刀笔’。亲爱的，理查德是大法官庭的一个受监护人。关于理查德的

① 这些都是童谣里的人物。

事情，肯吉和卡伯伊要说一番话；某某推事——那是可笑的教堂小职员之类的人物，在法院小街夸里蒂大院尽头一间背街的屋子里，葬送法律案件的是非曲直[1]——也要说一番话；辩护士也要说一番话；大法官也要说一番话；大法官的那些随从也要说一番话；由于理查德的事情，他们所有的人一定会挨个儿得到好处；这件事情一定会弄得煞有介事，大费唇舌，引起不满，耗费钱财；所以我把这件事情统称为'刀笔'。我不知道人们怎么就会饱受刀笔之苦，而这些年轻人又怎么就会由于刀笔的罪孽而掉到火坑里去；不过，事实就是这样。"

他又开始抓脑袋，并且暗示他觉得风向又变了。不过，值得高兴的是，有一点倒说明他对我怀有温情：不管他抓脑袋也好，来回走也好，或者又抓脑袋又来回走也好，可他一看到我的脸，他自己的脸就一定会恢复原来那种亲切的表情，而且一定会把手放到口袋里，伸直双腿，显出舒舒服服的样子。

"也许，最好还是先问问理查德先生，他自己打算干什么。"

"说得对，"他答道。"我也是这个意思！你知道，凭着你的口才和心平气和的态度，多跟他和婀达谈谈，看看你们大家有些什么想法。小老太太，我们相信，凭你的本事，我们一定能达到目的。"

想到自己肩负这样一个重任，并且知道了这样多的事情，我就感到非常不安。我根本没打算要这样做；我原来的意思是认为他应当亲自去跟理查德谈一谈。可是，当然，我回答的时候只是说，我要尽力去做。虽然我担心（我真的觉得有必要再说一次），他把我看得太高明了，而我实际上并不是这样。我的监护人听了只是笑了一声，笑声之悦耳，是我从来没有听见过的。

"就这么说吧！"他一边说，一边站起来，把椅子推到后边。

---

① 教堂小职员除看守教堂、敲钟、送殡以外，有时还在墓地上开坟穴，葬死人，这里讽刺推事像教堂小职员埋葬死者那样葬送法律方面的是非曲直。

"我想，我们可以离开'牢骚室'一天了！最后还有一句话。埃丝特，亲爱的，你有什么事情需要问我吗？"

他非常注意地看着我，因此我也就非常注意地看着他，我觉得我是了解他的。

"先生，关于我自己的事情吗？"我说。

"是的。"

"监护人，"我一边说，一边壮着胆，把我那只忽然凉起来的手放在他手里，"我没有什么事情要问！我完全相信，如果有什么事情我应当知道，或是必须知道的，我用不着问你，你也会告诉我。我要不是百分之百地依赖你，相信你，那我的心肠就未免太硬了。我没有什么事情要问你，什么事情都没有。"

他拉起我的手，让我挽着他的胳臂，我们就走出去找婀达了。从那个时候起，我和他坦然相处，毫不拘束，我感到心满意足，不想多知道点什么，同时也很快乐。

我们刚到荒凉山庄的时候，一天到晚总是忙忙碌碌，因为我们必须跟附近许多认识贾迪斯先生的人见见面。在我和婀达看来，每一个想利用别人的钱来干什么事情的人都认识他。有一天早上，当我们在"牢骚室"里，开始替他整理信件，并替他写回信的时候，我们惊奇地发现，差不多所有和他通讯的人，似乎都有这样一个伟大的生活目标：一切都是为了筹款和投资而成立委员会。在这方面，女士们是和绅士们同样热切的；说实在的，我想她们甚至还要更热切一些。她们以最热烈的态度投身到委员会里去，以极高的热情收集捐款。依我们看，她们有些人一定花费了毕生的精力，按照邮局的姓名地址录，把捐款单分发到各地去，其中有先令的捐款单，两个半先令的捐款单，十先令的捐款单，便士的捐款单。她们什么东西都需要。她们需要衣服，需要破烂的衣衫，需要钱，需要煤，需要喝的汤，需要关怀，需要亲笔的签名，需要法兰绒，总之，她们需要贾迪斯先生所有的或者所没有的一切。她们的目的和她们的要求一样，都是五花八门的。她们打算兴建新楼房，打算付清旧楼房的债务，打算给“中古式圣马利亚妇女会”盖一所漂亮楼房（附有拟议中的楼房西边的正面雕版图）；她们打算送给杰利比太太一个奖状；她们打算请人给她们的秘书画一幅肖像，再把肖像送给他的岳母，因为大家都知道他的岳母待他非常好；我确实相信，她们什么事情都打算做：从五十万本小册子到每年的年金，从大理石的纪念碑到银制的茶壶。她们有各种各样的头衔。她们是“英国妇女”，“大不列颠的女儿”，各个道德会的“姊妹[1]”，“美洲妇女”，不下百种名目的“女士”。她们对劝募和选举，似乎总是很热心。依照我们这些笨头笨脑的人的看法，同时也依照她们自己的说法，她们投的票，常常是数以万计的，可是从来没有使她们的候选人得到什么好处。总而言之，一想到她们过的那种狂热的生活，我们就禁不住要头痛。

在那些由于这种贪得无厌的慈善事业（如果我可以用这个字眼的话）而大大扬名显姓的女士中间，有一位叫帕迪戈尔太太；从她寄给贾迪斯先生的信件的数目来看，我可以断定，她和杰利比太太同样是个了不起的写信能手。我们注意到，在聊天的时候，一提起帕迪戈尔太太，风向总是立刻改变，而且必然会打断贾迪斯先生的话，使他说不下去，因为他曾经说过，从事慈善事业的人有两类：一类是光说不做的人，另一类是光做不说的人。因此，我们怀疑帕迪戈尔太太是第一类的人，很想见见她。有一天，她带着五个年纪不大的儿子前来拜访，我们感到非常高兴。

她是一位神气十足的女士，戴着眼镜，鼻子很大，嗓音很粗，给人的印象是，她需要占据很大的活动空间。而且她也的确是这样，因为她的裙子把几张离她很远的小凳子都弄翻了。那会儿只有我和婀达在家，我们接待她的时候有点胆怯，因为她进来

① 这里指的是，分别以正义、审慎、克己、刚毅、信仰、希望、仁爱等七种基本道德命名的姊妹会。

时好像一股寒流，冻得那几个跟在她后面的小孩脸色发青。

“年轻的女士们，”打过了招呼以后，帕迪戈尔太太便口若悬河似的说下去，“这是我的五个儿子。从我们的可敬的朋友贾迪斯先生那里，你们可能看到那张铅印的捐款单（也许不止一张），上面就有他们的名字。我的大儿子埃格伯特，今年十二岁，他把零用钱五先令三便士寄给托卡胡珀的印第安人了；我的第二个儿子奥斯华德，十岁半，他捐了两先令九便士去为国家的伟大工匠们建立纪念碑；我的第三个儿子弗朗西斯，九岁，捐了一先令六个半便士；我的第四个儿子菲利克斯，七岁，把八便士捐给了领养老金的寡妇；我的小儿子艾尔弗雷德，五岁，自愿参加了‘儿童欢乐会’，宣誓终身不抽烟。”

我们从来没有见过这样愤愤不平的小孩。他们不仅面黄肌瘦——他们确实是这样——而且还由于不满而露出凶恶的样子。一提到托卡胡珀的印第安人，埃格伯特皱着眉头，狠狠地瞪了我一眼，我几乎把他当成是那个部落的最剽悍的一员。每个孩子一听到自己的那份捐款，脸色马上就变了，露出一定要报仇雪恨的样子，其中埃格伯特的脸色变得最难看。不过，有一个例外的情况，我必须说一说，“儿童欢乐会”的那个小小的成员，始终带着一副呆头呆脑的可怜相。

“听说，”帕迪戈尔太太说，“你们到杰利比太太家去过，是不是？”

我们说是的，我们在那里住了一夜。

“杰利比太太，”这位太太继续说下去，她的声调还是那样激动，那样高亢而刺耳，使我觉得，她的声音好像也戴着一副什么眼镜似的——我不妨借这个机会说一下，她那副眼镜并没有使她的眼睛显得更迷人一些，因为她的眼睛就像婀达说的那样，“令人心惊肉跳”，也就是说，鼓得很厉害，“杰利比太太是为社会造福，值得我们帮忙。我这些孩子都为非洲的事业捐过钱：埃格伯特捐了一先令六便士，也就是九个星期的全部零用钱；奥斯华德捐了一先令一个半便士，也是这几个星期的全部零用钱；其余几个都根据自己的小小资财捐了钱。不过，我并不是在一切事情上头都同意杰利比太太的。杰利比太太对待孩子的那种做法，我就不同意。这一点是有目共睹的。大家都注意到她那些孩子是不参加她所致力的那些事业的。她可能对了，也可能错了，但是，对也好，错也好，这都不是我教育孩子的方针。我到哪里就把他们带到哪里。”

我后来相信（婀达也相信），那个脾气很坏的大男孩，听了这番话以后忍不住尖叫起来。他虽然立即把尖叫改成了打哈欠，可是开头的时候确实是尖叫。

“每天早晨六点半钟，他们和我一起做早祷（早祷做得很好），一年到头都是这样，当然也包括寒冬在内，”帕迪戈尔太太说得很快，“我办理每天的例行公事时，他们也跟我在一起。我参与校务，访问穷人，参加朗诵，分配救济金；我还参加当地的衣服赈济委员会，参加许多一般性的委员会；单拿募捐来说，我的活动就非常广泛——谁也比不上我。可是，无论我到哪里去，我的孩子都陪着我；这样一来，他们就熟悉穷人的情况，能够从事一般的慈善事业，简单地说，也就是对这类事业有了爱好，这在将来会使他们为邻人谋福利，同时也为自己谋幸福。我这几个孩子都不轻浮；他们在我的指导下，把全部的零用钱都捐出去；他们参加了许多大会，听了许多讲话、演说和讨论，而这些，一般只有少数的成年人才听得到。艾尔弗雷德（五岁），正像我所说的那样，自愿参加了‘儿童欢乐会’，那天晚上开会的时候，主席慷慨激昂地讲了两个钟头，当时只有艾尔弗雷德和少数几个孩子没有晕倒。”

艾尔弗雷德凶狠地看着我们，好像他永远也不能，而且也不会忘记那天晚上所受的侮辱似的。

“萨默森小姐，你可能注意到，”帕迪戈尔太太说，“在我们的可敬的朋友贾迪斯先生那里，有一张我已经提到的捐款单，在这张捐款单上，我孩子的名字后面还有英国皇家学会会员奥·阿·帕迪戈尔捐款一英镑的字样。那就是孩子们的父亲。我们的做法是老一套。我先写上我那笔小小的款子；然后我的孩子们根据他们的年纪和小小的资财，写上他们的捐款；然后，帕迪戈尔先生殿军。在我的指导下，帕迪戈尔先生欣然写下他那笔有限的捐款；这样的事情不但使我们自己感到高兴，而且，我相信，对别人也起了鼓舞作用。”

假设帕迪戈尔先生和杰利比先生一起吃饭，假设饭后杰利比先生向帕迪戈尔先生倾诉衷肠，那么，反过来，帕迪戈尔先生会不会也向杰利比先生推心置腹地吐露一些秘密呢？我发现自己想入非非，感到不知如何是好，不过我这样想也是很自然的。

“你们这里过得很不错啊！”帕迪戈尔太太说。

我们很高兴换换话题，便来到窗前，指点着外面的幽美景色，可是，说来奇怪，我觉得帕迪戈尔太太虽然戴着眼镜望去，似乎无动于衷。

“你们认识格谢[①]先生吗？”我们的客人说。

我们不得不说，我们没有机会认识格谢先生。

“我敢说这是你们的损失，”帕迪戈尔太太神气十足地说。“他是个热情洋溢的演说家——满腔热火！现在，他要是在这片草地上——这片草地从地形上看来，非常适合做公共会场——他一定会站在大车上利用你们提出来的任何事情，借题发挥，谈上几个钟头！到了这个时候，年轻的女士们，”帕迪戈尔太太说着，就回到自己的椅子那里去，同时好像用了一种肉眼看不见的力量，把离她相当远的小圆桌打翻（桌上还放着我的提篮哩），“到了这个时候，我敢说，你们一定了解我了。”

这真是一个很难回答的问题，婀达不知所措地望着我。而我呢，因为刚才想入非非，正感到惭愧；这一定在我的面色上流露

---

① “格谢”原文为Gusher，意为热情奔放的人。

出来了。

“我的意思是说，”帕迪戈尔太太说，“了解我突出的性格特点。我很清楚，我的特点因为太突出，人们一眼就能看出来。我知道，人们一眼就可以把我看透。这有什么关系呢！坦白说，我是一个有事业心的女人。我喜欢艰苦的工作；我可以从艰苦的工作中得到乐趣。那种兴奋劲儿对我很有好处。我已经习惯做艰苦的工作，我简直不知道什么是疲劳。”

我们小声地说，这是非常令人惊奇的，也是非常令人高兴的，以及诸如此类的话。我想，我们根本不知道，这是不是令人惊奇，或者是不是令人高兴，不过，我们出于礼貌，不得不这样说。

“我不知道疲倦是什么东西；谁也没法叫我感到疲倦，你们要是不相信，不妨试一试！”帕迪戈尔太太说。“我所作出的巨大努力（在我看来并不算什么努力），我所从事的种种工作（在我看来并不算什么工作），有时候连我自己也感到惊奇。记得有一次，我发现我的孩子和帕迪戈尔先生看到我那样忙碌，就感到自己很累了，而我自己却满可以说，还是像云雀那样精神抖擞！”

如果说那个大孩子的阴沉的脸色，还能变得更恶毒一些，那么这一回他看起来就是这样了。我看见他攥着右拳，朝着挟在左胳膊下面的帽子的帽顶，暗暗地捶了一拳。

“当我出去访问的时候，这给了我很大的便利，”帕迪戈尔太太说。“如果我发现有人不愿意听我要说的话，我就直截了当地跟他说：‘我是不会疲倦的，我的好朋友，我从来也不会觉得累，而且我要说下去，直到说完为止。’这种做法的效果好极了！我希望，萨默森小姐，你今天能够帮我个忙，和我一起去访问，也希望克莱尔小姐在不久的将来和我一起去访问。”

起初，我婉言谢绝，说眼前有事情要做，不能放下不管。可是，这个托辞丝毫没有效果，于是我就更加强调地说，我觉得自己没有资格做这样的事情。我说，我没有经验，对于那些生活在不同环境里的人，我不善于设身处地地去想他们所想的事情，也不善于从适当的观点出发去和他们交谈。我说，做这类工作必须对人们的心理具有细致的了解，而我正缺乏这一点。我说，我自己还有许多东西需要学习，哪里能教导别人，又说我光凭着好心好意可办不了什么事情。由于这些原因，我认为，我最好是尽可能帮助我身边的那些人，尽可能为他们效劳；然后再设法使服务范围逐渐逐渐、自然而然地扩大起来。我说这些话的时候，自己一点信心都没有，因为帕迪戈尔太太的岁数比我大，经验比我多，而且还有一种咄咄逼人的神气。

“你错了，萨默森小姐，”她说，“不过，你也许干不了艰苦的工作，或者经不起那种兴奋劲儿；不过，这一点也不要紧。如果你愿意看看我是怎么进行工作的，我很愿意带你一起去，我现在正打算——带着我的小孩——到附近去访问一个烧砖工人，这是一个很难对付的人。如果克莱尔小姐肯赏脸的话，也请一起去吧。”

婀达和我交换了眼色，由于我们本来就打算出去走走，所以就接受了这个邀请。当我们戴上帽子匆匆回来的时候，我们发现那几个小孩缩在一个角落里露出没精打采的样子，只有帕迪戈尔太太在大摇大摆地走来走去，几乎把屋子里每一件分量不重的家具都打翻了。帕迪戈尔太太拉着婀达，我和那几个小孩跟在后面。

后来，婀达告诉我，在到那烧砖工人家里去的路上，帕迪戈尔太太一直在高谈阔论（当然，我也听见了），她说她有一次和另一位女士展开了一场激烈的竞争，持续了两三年之久，为的是她们都想让自己的候选人争到某某地方的一笔养老金。为了这个，她们印了许多印刷品，许了许多诺言，发了许多委任状，投了许多票；凡此种种，都使一切有关的人感到非常热闹，但是只有领养老金的候选人是例外，因为他们始终没有被选上。

我是喜欢孩子们信任我的，看见孩子们常常在这方面给我面子，我总感到高兴，可是这一回我却感到非常不安。我们刚一走出大门，埃格伯特就像小拦路贼似的，跟我要一个先令，理由是他的零用钱被“抢走了”。我指出，这个词儿很不合体统，特别是把这个词儿用在他母亲身上（因为他绷着脸加了一句“被她抢走了”），于是他一边捏我，一边说：“好啊！哼！你算什么东西！我看，你也不愿意让人把钱抢走吧？她把钱给了我，又把钱要回去，她装这一套干吗？她从来也不让我把钱花掉，可是为什么要说是**我的**零用钱呢？”这些令人气愤的问题激怒了他，也激怒了奥斯华德和弗朗西斯，于是他们三个人一起来捏我，他们捏得很高明，把我胳膊上的肉一小片一小片地拧着，拧得我几乎叫出声来。同时，菲利克斯还踩了我的脚趾。而那个“儿童欢乐会”的会员呢，他由于他那小小的收入常常被挪用，因此事实上不但要发誓戒烟，而且还要发誓不吃蛋糕，当我们经过一家糕点铺的时候，他是那样子伤心，那样子生气，因而脸色发紫，把我吓了一跳。我和孩子们一起散步的时候，从来没有吃过这样的苦头，因为这些一直假装着很听话的孩子赏我这样一个脸，向我露出原来的面目时，我在身心两方面都感到非常痛苦。

当我们来到那个烧砖工人的家时，我感到很高兴。他那所房子是一间破烂的小屋，烧砖场上有许多这样的小屋，猪圈就在破烂的窗户附近，每家门前都有一个不像样的小园子，园子里除了一潭潭的死水，什么东西都不长。到处是旧木桶，承接着从屋顶滴下来的雨水，要不然就让雨水流到用泥巴堵起来的、像一个大泥饼似的小水坑里去。在门口和窗口旁边，有些男人和女人，不是懒洋洋地坐着，就是走来走去，他们一点也不理会我们，只是在我们走过的时候，才彼此笑笑，或是说什么有身份的人最好还是少管闲事，免得伤了脑筋，还弄脏了鞋。

帕迪戈尔太太道貌岸然地走在前面，显得很有决心；她一边走，一边滔滔不绝地数落这里的人没有整洁的习惯（不过，我倒是怀疑我们之中最整洁的人在这样一个环境里能不能保持整洁）。她领着我们走到最远的一个角落，走进一个小房子，楼下的整个屋子几乎被我们挤满了。在这间又潮湿又闷人的屋子里，除了我们以外，还有一个眼睛瘀黑的女人，在炉火旁给一个奄奄一息的可怜的小婴孩喂奶；一个男人浑身都是黏土和泥巴，直挺挺地躺在地上，抽着烟斗，显得很放荡；一个年轻力壮的小伙子正给一只狗套上颈圈；一个不怕生人的女孩正在一盆脏水里洗衣服。我们进去的时候，他们都抬起头来看；那个女人把脸转过去对着炉火，好像不愿意让我们看见她那瘀黑的眼睛；谁也不跟我们打招呼。

“怎么样，朋友们，”帕迪戈尔太太说；可是，我觉得她的声音听起来一点也不亲切，只是一本正经地在打官腔。“你们大家都好吗？我又来了。我跟你们说过，你们是不会使我感到疲劳的，知道吗？我很喜欢艰苦的工作，而且我一向是说话算话。”

“你把所有的人都带来了吧？”那个躺在地上的人咆哮着说，他把头枕在胳膊上，瞪着我们，“还有人要来吗？”

“没有了，我的朋友，”帕迪戈尔太太说着，在一张凳子上坐下来，同时把另一张打翻了。“我们的人都来了。”

“因为我觉得你们来的人还不够多呢，你说是不是？”那个人叼着烟斗，扫了我们一眼。

那个小伙子和那个女孩都笑起来了。小伙子的两个朋友——他们是被我们吸引来的——站在外面门口，手插在口袋里，也跟着放声大笑。

“善良的人们，你们不能使我感到疲倦，”帕迪戈尔太太对门口那两个人说。“我喜欢艰苦的工作；你们把我的工作弄得越艰苦，我就越高兴。”

“那就把她的工作弄得容易一点好了！”那个躺在地上的人咆哮着说。“我要结束你这件工作。我不要别人随便到我家里来。我不要像一头畜生那样被人摆弄。现在你又来耍你那一套，问这问那——我知道你打算干什么。哼！这一回你可不行了。我可以让你不必操这个心。我女儿是在洗衣服吗？不错，她是在洗衣服。

访问烧砖工人

瞅瞅那盆水。闻一闻呀！我们喝的就是这种水。你觉得怎么样，你也许觉得喝杜松子酒比喝这些水好吧！我这儿很脏是不是？不错，是很脏——当然是很脏，当然是很不卫生；我们有过五个又脏又不卫生的孩子，可是在很小的时候，就都死掉了，这样对他们更好，对我们也有好处。我有没有看你留下的那本小书吗？没有，我没有看你留下的小书。这里没有人认识字，就算有人认识字，这书对我也不合适。这本小书是给小孩看的，可我又不是小孩。要是你给我留下了一个布娃娃，我也不会喂它奶吃的。我这些日子过得怎么样吗？瞧，我已经醉了三天；要是我有钱，第四天我还要喝个醉。我是不是一辈子也不打算上教堂吗？不，我并不是一辈子也不打算上教堂的。就算我要去，那也没人希望我去；那位助理牧师太斯文了，我受不了！还有，我老婆的眼圈黑了是怎么回事吗？哼，那是我给打黑的；要是她说不是我给打的，那她就撒谎！”

他为了说这些话，曾经从嘴里把烟斗拿出来，这时他翻了个身，又抽起烟来了。帕迪戈尔太太故作镇静，正透过眼镜瞅着他，我不得不认为，她是在盘算着怎样进一步挑起他的反感。她掏出一本《圣经》，好像那是一根警棍似的，把那一家子都拘留起来。当然，我的意思是说，把他们拘留起来听她说教；她真的这样做了，仿佛她是个冷酷无情的卫道警察，把他们统统带到警察局里去。

我和婀达感到很不舒服。我们俩都觉得闯到这里来很不合适；我们俩都认为，帕迪戈尔太太要不是这样机械地缠着人，她的事情一定会顺利得多。帕迪戈尔太太的小孩子绷着脸，瞪着眼睛；每当帕迪戈尔太太念得起劲的时候，那个小伙子就让那只狗吠一吠，除了这种时候以外，那一家人根本就不理睬我们。我们俩都痛苦地意识到，在我们和这些人之间，隔着一堵铜墙铁壁，而我们这位新交的朋友是不可能把它拆掉的。我们不知道，什么人能够和怎么样才能够拆掉这堵墙；不过我们倒知道她是无能为力的。在我们看来，就连她所念的书和所说的话，也是不适合这样的听众的，尽管她在念书和说话的时候，态度很谦虚，技巧很高明。至于那个躺在地上的人所提到的那本小册子，我们后来打听出来了；贾迪斯先生说，他很怀疑，即便当年鲁滨逊在孤岛上无书可看，是不是肯看看这本书也成问题。

处在这样的场合，帕迪戈尔太太一念完，我们就感到轻松得多了。那个躺在地上的人又一次转过头来，绷着脸说：

“怎么样！你的事完了吧？”

“今天的事算是完了，我的朋友。不过我是永远不知疲劳的。轮到看你的时候，我还要到这里来，”帕迪戈尔太太回答的时候，露出沾沾自喜的样子。

“只要你现在肯走，”他交叉地抱着胳膊，闭着眼睛，赌神罚誓地说，“你要干什么都行！”

于是帕迪戈尔太太站起来了，她在这间窄小的屋子里，掀起了一阵小小的旋风，就连那个男人的烟斗也差点给刮灭了。她一手拉着一个儿子，吩咐其余的孩子紧跟在后边，然后又表示，希望下一回来探望烧砖工人和他那一家子的时候，他们会有所改进，接着她就朝另一所小屋走去了。在这件事情上，就像在其他一切事情上，她确实装出了一副面孔，表示她正从事批发性慈善事业和广泛推销慈善事业，尽管这副面孔看起来并不令人感到亲切——我希望，我说这样的话并不是出自恶意。

她以为我们跟着她出去；其实她一走，屋子里空下来的时候，我们就向那个坐在炉火旁的女人走过去，问她那个婴儿是不是病了。

她只是看了一眼那个躺在她怀里的婴儿。我们早先就注意到，她每次看那个婴儿，总是用手遮住瘀黑的眼睛，好像不愿意让那个婴儿去联想起那些吵闹、打架和虐待的事情。

婀达看到婴儿的样子，她那善良的心大受感动。她弯下腰，要吻一吻那个小脸蛋。可是，就在她弯下腰的时候，我看出这是怎么回事儿，便把她揪回来。原来那个婴儿已经死了。

“噢，埃丝特！”婀达喊着，便在那个婴儿前面跪下。“你瞧！噢，亲爱的埃丝特，你瞧瞧这个小东西！这个受苦受难、无声无息的可爱的小东西啊！我真可怜他。我真替他母亲难过。我从来没见过这样惨的事情！噢，孩子啊，孩子啊！”

她弯着腰，握着那位母亲的手，不停地哭着。她显得那样富有同情心、那样温柔体贴，我想任何一个母亲的心都会被她感动的。那个女人起初惊愕地注视着她，后来就哭起来了。

于是，我把那个轻轻的担子从她怀里接了过来；我尽可能给那个婴儿整整衣服，让他好好安息；我把他放在一块搁板上，用自己的手绢盖着他的脸。我们设法安慰这位做母亲的，低声告诉她，救世主谈到孩子的时候，说过些什么话。她什么都没有说，只是坐在那里哭，哭得很伤心。

当我回过头来的时候，我发现那个小伙子已经把狗牵出去了，这时候正站在门口，探进头来望着我们，他的眼睛没有眼泪，但是默不作声。那个女孩也默不作声，她坐在一个角落里，低头注视着地面。那个男人已经站起来了。带着蔑视的神气，依然在抽着烟斗，可是他什么话也没说。

我正瞅着他们的时候，一个衣衫褴褛、相貌长得很丑的女人，匆匆走进来，径直朝那个做母亲的走去说：“珍妮！珍妮！”那个做母亲的听见有人叫她，就站了起来，一把搂住那个女人的脖子。

那个女人的脸上和胳膊上也有受虐待的痕迹。除了她的同情心使人感动以外，她并没有什么动人的地方；可是，当她一边安慰那个做母亲的，一边流着泪的时候，她并不需要外表的美。我说安慰，其实她只是喊了两声：“珍妮！珍妮！”其余的话都包含在她那种语调里了。

看到这两个普普通通、衣衫褴褛、饱受折磨的女人这样相依为命；看到她们这样互相关怀、互相体贴；看到她们由于遭受这种悲惨命运而相爱相怜，我觉得，这实在是感动人。我心里想，这些人的好的一面，我们简直是一点也看不见。穷人和穷人之间的关系，除了他们自己和上帝以外，是很少有人知道的。

我们觉得最好还是走开，不去打搅她们。我们轻轻地走出来，除了那个男人以外，谁也没有注意我们。他正站在门口，靠着墙；他发现我们挤不过去，就先走出去，把路让开了。他似乎不愿让我们看出，他这样做是为了我们的缘故，可是我们看出来了，向他表示了谢意。他没有答理。

回家的时候，婀达一路上伤心极了；理查德在家看见婀达满脸泪水，也感到非常难过。（虽然婀达不在跟前的时候，他对我说，她那嘤嘤啜泣的样子十分动人！）我们准备当天晚上带一些小小的慰问品，再去拜访那个烧砖工人。我们跟贾迪斯先生谈到这件事情的时候，尽量少说，但是风向还是骤然改变了。

晚上，理查德陪着我们一起到我们早晨去的那个地方。路上，我们经过一家闹哄哄的酒馆，看见门口那里聚着几个男人。在他们中间，争吵得最厉害的就是那个小婴儿的父亲。我们再走几步，就碰见那个小伙子和他的狗，跟他在一起的还有几个意气相投的朋友。那个女孩站在一排小屋拐角的地方，和几个年轻女人在一起说说笑笑；可是她似乎很害臊，所以在我们走过的时候，她把头扭过去了。

我们一看见那个烧砖工人的房子，就和我们的护送人分了手，独自向前走去。我们快到门口的时候，发现那个曾经前来慰问的女人，站在那里东张西望。

“年轻的小姐们，原来是你们啊？”她低声说。“我还以为是我们家掌柜的呢。真把我吓坏了。要是他发现我不在家，他一定会把我打个半死的。”

“你是说你丈夫吗？”我问道。

“是的，小姐，我就是说我们家掌柜的呀。珍妮睡着了，她简直快累死了。这七天七夜里，她一直抱着那孩子，抱着那可怜的东西；有的时候，我也跑来帮她抱一会儿。”

她为了给我们让开路，轻轻走进屋里，并把我们带去的东西放在一张破床旁边，那个做母亲的就在那张床上睡觉。从来没有人操操心，去打扫那间屋子——看来，那间屋子是根本不可能打扫干净的；可是那具给人一种肃然之感的蜡黄色的小尸体，已经重新安顿得妥妥帖帖，洗得干干净净，用一些破旧的白亚麻布裹得整整齐齐；我的手绢仍然盖着这个可怜的婴儿，手绢上面放着一小束芬芳的香草，这也是由那双粗糙而圣洁的手，轻轻地、亲切地放上去的！

“愿上帝赐福你！”我们对她说。“你是一个好人。”

“我吗，年轻的小姐们？”她惊奇地回答说。“嘘，珍妮，珍妮！”

那个母亲在睡梦中叹了一声，翻了个身。那个耳熟的声音似乎又使她安静下来。她又睡着了。

当我揭开我那条手绢，要看一看那个长眠不醒的小婴儿的时候，我透过婀达披散的头发（她由于可怜那孩子而朝他低下头来），似乎看见那孩子周围闪现着一圈光轮，那时，我很少想到，这条手绢遮盖住这个平静的、一动不动的胸膛以后，将来还会覆盖着谁的起伏不止的胸膛！我只是想：保护那个孩子的天使，也许会或多或少地觉察到，那个女人用一只怜悯的手，重新把手绢盖上了，同时也会或多或少地觉察到，现在，当我们离开，在门口和她分手的时候，她一面望着我们，一面独自一个人提心吊胆地倾听，并用那种安慰的声调说：“珍妮，珍妮！”

第九章
蛛丝马迹

不知道怎么回事，我似乎总是在写我自己的事情。我本打算拿出全部时间来写别人，尽量少想自己，而且我满有把握，要是我发现自己又跑到故事里来，我一定会生气地说：“哎呀，你这个讨厌的小东西，我看你还是别来了！”可是这都没有用。我希望凡是读到这本书的人都能了解，如果这里面有很多地方谈到我的事情，我只能说，那是因为我跟那些情节确实有关系，所以不能不牵连进去。

我那位亲爱的人儿总是跟我一起读书、做活和练琴；我们发现，要做的事情是那样多，冬天就好像是那些快活的小鸟似的，很快地从我们面前飞逝了。理查德下午多半来陪着我们，晚上更是经常跟我们在一起。他虽然是世界上最闲不住的人，倒是挺喜欢跟我们在一起的。

他非常非常喜欢婀达。我既然这么想，那我还是立刻说出来好。我从来没见过年轻人堕入情网时是什么样子的，可是我很快就看出他们的事儿来了。当然，我不能说出来，或是露出一点知情的样子。我反而装得一本正经，而且总是显得毫不知情，因此，在我坐着做针线活儿的时候，心里常常嘀咕，自己是不是越来越虚假了。

不过，这是没有办法的。我只要把事情藏在心里不说就行，而我也真做到守口如瓶了。关于这件事情，他们俩也是守口如瓶的；可是，他们那种越来越信赖我的天真态度（他们这时已经越来越亲密了），实在使人高兴，所以我很难装出无动于衷的样子。

“我们这位小老太太有多么好啊，”理查德常常这样说——他一早到花园里来找我时，总是那样愉快地笑着，而且也许还带着一点点害羞的样子，“没有她，我真不知道怎么好了。在我开始一天荒唐的工作之前，也就是说在死抠那些书本子之前，在苦练那些乐器，然后又像个拦路贼似的骑着马，翻山越岭地飞驰之前，先到这儿来跟我们这位称心的朋友慢慢地散会儿步，这对我有很大好处。所以我这又来了！”

“你知道，德登大妈，亲爱的，”晚上，婀达把头靠在我的肩膀上，炉火照耀着她那若有所思的眼睛时，她也常常这样说，“一回到楼上这儿来，我就不愿意说话了。我只想坐一会儿，对着你这个可爱的脸蛋想想事儿；听听风声，想想海上那些可怜的水手——”

啊！也许理查德就要去当水手吧。这件事情我们已经商量过很多次，有时也谈到怎样满足他小时候就有的航海欲望。贾迪斯先生因为关心理查德，就给他家的一个亲戚，高贵的累斯特·德洛克爵士写了一封信，大致谈了谈这件事情；累斯特爵士很客气地回信说：“只要办得到，我非常愿意为这位年轻绅士的前途助以一臂之力，不过这是根本不可能的——夫人还嘱笔向这位年轻绅士致意（她完全记得，她跟他是远亲），并且相信，不论他献身于什么高贵的事业，一定能胜任愉快。”

“这样我就明白了，”理查德对我说，“我非得自己奋斗不可。这没什么！从前很多人都得这样做，而且都成功了。一开始的时候，我只希望我能有一只第一流的兵船，让我把大法官劫走。他不判决我们这个案子，就不给他饱饭吃。如果他不赶快办理，他准会发现自己越来越瘦的！”

理查德那股充满活泼、希望和欢乐的劲头，简直是永远也不会消减；因此，在他的性格中总有一种随随便便的成分，使我感到非常莫名其妙，这主要是因为他很奇怪地认为随随便便就是小心谨慎。在计算金钱方面，这种看法也很奇怪地充分表现出来了；关于这一点，我想最好还是拿我们借钱给斯金波先生那件事来说明。

贾迪斯先生不是从斯金波先生本人那里，就是从柯文塞斯那里查明了这笔钱的数目。他把钱交给了我，嘱咐我把自己的一部分留下，把其余的交给理查德。理查德给人帮点忙的时候，总是拿收回这十英镑做借口而随便花钱；他跟我谈起这件事的时候，那口气也像是他节省了或赚到了十英镑似的。他现在这样随便花钱和拿这样的口气跟我说话，已经有过不少回了。

"你这个谨小慎微的哈巴德大娘，为什么不行呢？"当他毫不考虑就要把五英镑送给那个烧砖工人时，他这样对我说，"我在柯文塞斯那件事情上头赚了整整十英镑。"

"那是怎么回事呀？"我说。

"啊，我把十英镑给了人，那是我愿意给人的，我根本不想再收回来。这你相信吧？"

"这我相信，"我说。

"那好极了！这我不就得了十英镑吗？"

"这还是那十英镑呀，"我提醒他说。

"那十英镑跟这十英镑毫无关系！"理查德反驳道。"我意外地得了十英镑，所以大可不必斤斤计较，随便把它花掉好了。"

当他被劝服，相信牺牲这五英镑钱没有什么好处而把它留下来的时候，他也是照样把这个数目加在他的存款上，而且在花钱的时候也把它计算在内。

"让我来算算看！"他常常说。"我在那个烧砖工人身上省下了五英镑；这样，如果我舒舒服服地坐马车去一趟伦敦，然后再坐邮车回来，假定这需要花去四英镑，那我就可以省下一英镑。省下一英镑是挺好的事，我跟你说吧：省下一便士，就等于赚了一便士！"

我相信理查德的性格是最坦白、最豪爽的。他热情而勇敢，虽然跳跳蹦蹦，坐立不定，却非常和蔼可亲。因此，不多几个星期，我就像了解自己兄弟那样，非常了解他了。他那种和蔼可亲的性格是与生俱来的，即便没有婀达的影响，也会到处流露出来；可是，有了婀达的影响，他就成为一个最叫人喜欢的伴侣了；他总是那么体贴、那么愉快、那么乐观、那么无忧无虑。说实在的，当我跟他们坐在一起，跟他们一起散步，一起聊天，天天看着他们怎样过日子，看着他们的爱情越来越成熟，却又不去提它，只是羞怯地认为这是一个最大的秘密，认为对方也许没有觉察出来——说实在的，我简直跟他们一样神魂颠倒，跟他们一样喜欢这个美丽的梦。

我们一直就是这样过下去的。有一天吃早饭的时候，贾迪斯先生接到一封信，他一边看信封上的姓名住址，一边说："波依桑来的？啊，啊！"接着，他就拆开信读起来。他显然很高兴，差不多读到一半的时候，便停下来对我们说，波依桑就要到这里来了。可是，波依桑是谁呢？我们心里都这样想。而且，说实在的，我们也都在想——至少我自己就是这样——波依桑会不会打乱我们将来的生活呢？

"在四十五年前，"贾迪斯先生说，一面把信放在桌子上，用手轻轻地敲着，"我跟这个劳伦斯·波依桑是同学。他那时是世界上最急躁的孩子，现在是最急躁的大人。他那时是世界上最吵闹的孩子，现在是最吵闹的大人。他那时是世界上最诚恳、最坚强的孩子，现在也还是最诚恳、最坚强的大人。他简直是一个巨人。"

"你是指他的身材吗，先生？"理查德问道。

"身材也很高大，理克，"贾迪斯先生说；"他差不多比我大十岁，比我高两英寸，脑袋像个老军人那样向后仰着，胸膛宽大，两只手跟铁匠的手一模一样，只是白净一些罢了，还有他的嗓门——那是没法形容的。无论是说、是笑或是打鼾，那声音震得房梁都动哩。"

当贾迪斯先生坐在那儿，兴高采烈地回想着他的朋友波依桑的形象时，我们也看出了一个好兆头，那就是没有什么迹象说明风向会有任何改变。

“理克，还有婀达，还有这位小‘蜘蛛网’，你们几个人对这位客人倒是都感兴趣，不过，我现在要谈的是这个人有多么诚恳、多么热情和多么富有朝气，”他继续说。“他说话时用的字眼跟他说话的声音是一样夸张的。他总是把话说得那么极端，总是使用最夸张的字眼。骂起人来更是凶狠极了。所以你们听了他说的话，可能会把他当作一个吃人的魔鬼；我相信真有人管他叫吃人的魔鬼呢。啊！我不再跟你们多作事先宣传了。如果你们看见他做出保护我的样子，可不要觉得奇怪；因为他一直也没有忘记我在学校时是个瘦小的孩子，没忘记我们的交情就是从他那天在早饭前把那个老欺负我的家伙打掉两个牙（他说是打掉六个）的时候开始的。波依桑和他的听差，”他转过来对我说，“今天下午就要到我们这儿来了，亲爱的。”

我督促仆人们作好种种必要的准备，招待波依桑先生；我们都带着点好奇心等着他来。可是，下午慢慢地过去了，他没有来。吃晚饭的时间到了，他还是没有来。晚饭推迟了一小时。我们正围着壁炉坐，屋子里没有点灯，只有炉火闪着亮光；忽然间，大厅的门开开了，传来了一阵声音洪亮、语气激烈的说话声：

“我们叫一个最下流的坏蛋给指错了路，贾迪斯，他不叫我们向左拐，却叫我们向右拐。真是个世界上最下流的东西。他爸爸一定是个最坏的坏种，才生出这样的儿子来。我要是一枪把那家伙给毙了，绝不会后悔！”

“他是故意的吗？”贾迪斯先生问道。

“我一点也不怀疑那坏蛋这一辈子就是专门给旅客指错路的。”对方这样回答。“说真的，在他告诉我向右拐的时候，我就觉得他是我有生以来第一次看见的最可恶的流氓。可是我还跟他面对面地站了一会，我当时怎么没把他的脑袋砸开呢！”

“你是说把他的牙敲下来吧？”贾迪斯先生说。

"哈，哈，哈！"劳伦斯·波依桑先生大笑起来，真的把整个房子都震动了。"什么，你还没忘记那件事吗！哈，哈，哈！——那又是一个最下流的流氓！说真的，瞅那家伙的样子，就知道从小就是一个最狡猾、最胆小、最残忍的坏家伙，是那帮流氓存心弄来吓唬人的纸老虎。如果我明天在街上碰到这个最霸道不过的小子，我一定会把他当作一棵枯树那样一刀砍倒！"

"我相信你一定做得出来，"贾迪斯先生说。"现在，请你到楼上去好吗？"

"说真的，贾迪斯，"他的客人似乎是看了看表，答道，"如果你结了婚，那我就会在花园的大门口折回去了，我宁可到遥远的喜马拉雅山的最高峰去，也不愿在这个不方便的时间来打搅你。"

"我希望你不要到那么远的地方去才好！"贾迪斯先生说。

"真的！我可以对天发誓，"这位客人喊道，"不管有多么重要的原因，我也决不会这么厚着脸皮不讲道理，叫一位主妇老在那里等着。我真宁可自杀——真宁可那样！"

他们一面谈着，一面上了楼；不多一会儿，我们就听见他在寝室里高声大笑："哈，哈，哈！"接着又是："哈，哈，哈！"最后，连附近那种最单调的回响也好像受到了传染，也像他那样愉快地笑起来，或者说，也像我们听到他的笑声以后那样愉快地笑起来。

我们都对他产生了好感；因为在他的笑声里，在他那坚定有力的声音里，在他说每句话时的那种嘹亮而雄壮的嗓音里，在他那些激烈而夸张的话里（这些话也只是像空炮一样，不会伤害任何人的），都含有纯真的成分。可是，当贾迪斯先生把他介绍给我们的时候，我们没有料到他的外表也使我们对他发生好感。他是一个外貌仍然很好看的老绅士，就像贾迪斯先生所形容的那样，身高体壮，脑袋很大，头发花白，不说话的时候容貌温雅而沉着，如果他不是对什么事都那样认真，老是坐立不定，他的身体就可能显得过于肥胖；如果他不是说话时老是那么使劲，他的下巴就会往下坠而变成重下巴。他不仅外貌仍然很好看，而且，从他的态度来看，也是个名副其实的绅士；他像骑士那样彬彬有礼，脸上的笑容总是那样亲切而慈祥，又是那样的直爽，似乎什么事情都毋需遮掩，只要表里一致就够了——正如理查德所说，他做什么事情都不会缩手缩脚，而只会用他的大炮去轰（因为他没有小型武器）——所以，当他坐下来吃晚饭的时候，无论是微笑着跟婀达和我说话，或是被贾迪斯先生逗得说出一大串情辞激昂的话来，或是像猎犬那样把头一扬，发出“哈，哈，哈！”的笑声，我都不由自主地愉快地瞅着他。

“我想你一定把你的小鸟儿带来了吧？”贾迪斯先生说。

“说真的，那是欧洲最奇怪的鸟！”对方答道。“**真是**个了不起的玩意儿！你就是给我一万个金币，我也不会卖它的。我已经给它单独准备了一笔养老金，它要是比我活得长，那也不愁没靠山了。瞅它那懂事儿和依恋人的样子，简直是只神鸟。它那故世的父亲也是人间少有的一只奇鸟！”

他所称赞的是一只很小的金丝雀。这只鸟非常驯顺，波依桑先生的听差可以把它从笼子里引出来，架在食指上，放它在室内缓缓飞了一圈，再落在它主人的头上。我觉得，谁要是看见波依桑先生头上安安静静地落着这么一个娇小的东西，同时，又听到他破口大骂，咆哮如雷，那他就一定可以很清楚地看出波依桑的性格了。

“说真的，贾迪斯，”他说着，慢慢举起一小块面包，让那只金丝雀啄食，“我要是处在你的地位，明天早晨我就掐着大法官庭每一个推事的脖子，使劲摇他，非摇到他口袋里的钱都滚出来，摇到他身上的骨头都格喇格喇地响不可。我总得找一个人算算账，不管是用正当手段还是用下流手段。你要是肯授权我这样做，我一定能做得叫你完全满意！”（他说这些话的时候，那只小金丝雀一直从他手里啄食面包。）

“谢谢你，劳伦斯，不过这场官司现在还没到这样一个地步，”贾迪斯先生笑着答道，“你就是用法律程序把所有的法官和律师的骨头都摇散了，这个案子也不会有很大进展的。”

“大法官庭真是个人间地狱！”波依桑先生说。“只有在大法官庭开庭期间，在它最忙碌的一天，在它下面埋上一个地雷，埋上一百多万磅炸药，把它和它的全部记录、规章、判例，它那些大大小小高高低低的官员，从它那管账的儿子一直到它的魔鬼祖宗，把他们整个儿都炸成灰，也许能把它稍稍改好一点！”

他推荐这种强硬的改良方法时，态度是那样认真，语气是那样有力，谁听了都忍不住要笑。在我们笑的时候，他也扬着头，晃动着宽阔的胸膛大笑起来，于是，整个镇子好像又发出了哈、哈、哈的回响！这一切丝毫没有惊动那只小鸟，因为它知道自己是十分安全的；它在桌子旁边蹦蹦跳跳，不停地晃动脑袋，时而用它那明亮的眼睛瞧瞧它的主人，仿佛他也是一只金丝雀似的。

“可是你和你的邻居那个通行权的纠纷怎么样了？”贾迪斯先生说。“你自己还背着一身官司呢！”

“那家伙控告**我**侵占土地，我也控告**他**侵占土地，”波依桑先生答道。“说真的，那家伙是天下最骄傲的人了。他居然叫累斯特爵士，这简直令人无法容忍。他应该叫吕斯法爵士[①]。”

“这个称呼对我们那位远亲太过奖了吧！”我的监护人笑着对婀达和理查德说。

“按理说，我应该请克莱尔小姐和卡斯顿先生原谅，”我们的客人接着说，“可是，我从这位小姐的爽朗的脸色和这位先生的笑容看得出来，我根本不需要这样做，而且，我还看得出，他们跟那位远亲也一定相当疏远呢。”

“那还不如说他跟我们相当疏远呢，”理查德提醒他说。

“说真的！”波依桑先生突然又提高了嗓门，大骂起来，“那家伙和他父亲、他祖父，都是最顽固、最傲慢、最低能的笨蛋。他

---

① 吕斯法（Lucifer）意为“魔鬼”，和累斯特（Leicester）一词的发音近似。

们简直是行尸走肉，不知道老天爷怎么一下子错了，让他们投生到这世上来！他们那一家子都是极其自高自大的不折不扣的傻瓜！——不过这没什么关系；就算他把五十个从男爵加在一起，就算他住的是一百座切斯尼山庄，像中国雕刻的象牙球那样一个套着一个，他也不该堵住我的道呀。这家伙叫一个代理人，也许是秘书，也许是别的什么人，给我写了这样一封信：'累斯特·德洛克从男爵谨向劳伦斯·波依桑先生致意，并不得不敦请其注意：位于现属劳伦斯·波依桑先生名下的牧师古宅近旁之草地小路，原系切斯尼山庄一部分，故其通行权应为累斯特爵士所有；累斯特爵士认为应即堵死上述小路。'我给这个家伙回信说：'劳伦斯·波依桑先生谨向累斯特·德洛克从男爵致意，并不得不敦请其注意：劳伦斯·波依桑先生完全拒绝接受累斯特·德洛克爵士关于一切问题之全部论点，同时必须提出，关于堵死该小路一事，劳伦斯·波依桑先生切盼有人敢于前来执行。'这个家伙派了个最无赖的独眼龙到那里去修筑一座大门，我就用水枪喷他，直喷得他喘不过气来才住手。那家伙在夜里修起了一个大门，第二天早晨我就把它拆下，给烧掉了。他又把他那些坏蛋派了来，从围墙上跳过来跳过去。我就用陷阱把他们逮住，用干豌豆射他们的腿，用水枪喷他们——我下决心要为民除害，把这群偷鸡摸狗的流氓铲除掉。他控告我侵占土地；我控告他侵占土地。他控告我侵犯人身；我提出抗辩，同时继续侵犯人身。哈，哈，哈！"

听他说话时那股子叫人难以想象的冲劲儿，你也许认为他是个脾气最暴躁的人吧。可是，你要是再看看他一面说话、一面目不转睛地瞧着那只落在他大拇指上的小鸟，用手指轻轻抚摸它的羽毛，你又会觉得他是个最和蔼可亲的人了。如果你听到他的笑声，看到他那副慈祥和蔼的面孔，那你可能会猜想，他一定是个无忧无虑的人，跟谁也不争吵，对谁也不记恨，快快活活地过一辈子。

"休想，休想，"他说，"哪个德洛克也休想堵死我那条道。可是我不妨坦白说，”说到这里，他的语气稍稍温和了一些，“德洛克夫人倒是世界上最有教养的女人，我愿意对她表示一个普通人——而不是七百年来祖辈相传的笨蛋从男爵——所能表示的最大敬意。我二十岁那年人伍，不到一星期，就向一个指挥官提出决斗，这指挥官本来是一个花花公子，在军人当中很少像他那样飞扬跋扈的，我向他提出决斗，并因此被开除了军籍；像我这样的人，不是那个吕斯法爵士欺负得了的，不论他是死的还是活的，是锁着的还是没锁着的。[①]哈，哈，哈！”

“像你这样的人，也不容许小同学被人欺负吧？”我的监护人说。

“绝对不容许！”波依桑先生用手拍了拍贾迪斯先生的肩膀说，面上现出保护人的样子，尽管他还在笑着，但神色之间却含有一种严肃的成分。“我永远站在弱小的孩子那一边。贾迪斯，你相信我没错儿！可是，谈到侵占土地这件事情——我用了这么长的时间来谈这件枯燥无味的事情，真对不起克莱尔小姐和萨默森小姐——你那个肯吉-卡伯伊事务所有没有消息告诉我？”

“我想没有，你说呢，埃丝特？”贾迪斯先生说。

“没有，监护人。”

“谢谢！”波依桑先生说。“尽管我刚认识萨默森小姐，不过我也看出来她是处处为她周围的人着想的，所以我根本不必多此一问。”（他们都鼓励我，他们是拿好主意要这样做的。）“我所以要问，那是因为我刚从林肯郡来，我当然还没到伦敦城去啰，所以我以为可能有些信件已经寄到这里了。我看明天他们一定会有报告送来，说说事情的进展情况。”

晚饭后我们过得很愉快。波依桑先生离钢琴不远的地方坐着，一边听音乐——他根本用不着跟我们说他热爱音乐，因为他

---

① “德洛克”原文为Dedlock，ded与dead——“死”同音，lock的意思是“锁”，波依桑故意把“德洛克”的名字拆开来开玩笑。

的表情已经说明这一点了——一边又关心、又满意地注视着理查德和婀达；他那张漂亮的面孔这时显得更加和蔼可亲了。这天晚上，我因为好几次看见他那样注视着理查德和婀达，所以我在和监护人掷骰子玩的时候，便问他，波依桑先生结过婚没有。

“没有，”他说。“没有。”

“可是，他当初有过要结婚的打算吧！”我说。

“你怎么看出他当初有过这样的打算？”他笑着反问我。

“当然啦，监护人，”我喊道，我大胆说出了心里话，不免有点脸红，“他的态度那么温柔，不管怎么说吧，他对我们那么殷勤有礼，而且——”

当我这样形容波依桑先生的时候，贾迪斯先生的眼光转到他坐的那边去了。

我没有再往下说。

“你说对了，小老太太，”他回答说。“有一回他差点儿就结婚了。那是很久以前的事，就那么一回。”

“那位小姐死了吗？”

“没有——不过，对他说来，她是死了。那一次影响了他以后的整个生活。你认为他这个人现在还是那么多情吗？”

“我想，监护人，如果不告诉我这些事情，我也会这样猜想的。不过，你既然告诉我了，我这么回答就不难了。”

“自从那一回以后，他整个人就变了，”贾迪斯先生说，“现在，你看他岁数那么大，可是，除了那个听差和那只金丝雀以外，就无亲无故了——该你掷骰子啦，亲爱的！”

从我这位监护人的脸色看，我觉得这个问题不能再谈下去了，不然的话，风向就要转变。因此，我克制住自己，不再向他提什么问题。我虽然觉得这件事情很有意思，但是，我却不是一个好事的人。夜里，我被波依桑先生那种雷鸣般的鼾声吵醒以后，就把他当初那段恋爱故事捉摸了一会儿；这时候，我试着做一件很难的事：设想老年人又变成了年轻人，恢复了年轻力壮，风流倜傥的风貌。可是我还没有设想出来就睡着了。我梦见了当年住在教母家里的情景。我不知道，常常梦见这一段生活是不是值得注意，不过，我对于这种事情是不大了解的。

早上，肯吉-卡伯伊事务所给波依桑先生来了一封信，说他们事务所有一个办事员中午来拜访他。每个星期的这一天，我总是要清账、结账，总是要把家务事尽可能安排好，因此我就留在家里，没跟贾迪斯先生、婀达和理查德他们出去；他们三个人是因为天气好，出门旅行去了。波依桑先生就等着肯吉-卡伯伊事务所那个办事员，准备事情一完，就走着出去接他们回来。

说真的，我当时的事情多极了，既要检查商人的账，又要合计一栏栏的开支；既要清偿账款，又要把收据汇存起来，当仆人说格皮先生到了并且把他带进来的时候，我实在忙得不可开交。我本来就想到，他们派来的那个办事员，可能就是上一次到驿站马车售票处接我的那位年轻绅士；我很高兴看见他，因为他使我联想起目前的幸福生活。

他打扮得非常漂亮，我几乎认不出他来了。他穿着一身闪亮的新衣服，戴着一顶闪亮的帽子；还有一副淡紫色的小羊皮手套，一条五颜六色的领带；纽扣洞里插着一大朵暖房鲜花，小指上还有一只沉甸甸的金戒指。除此以外，他抹了许多擦脸油，洒了许多香水，使餐厅香气四溢。我请他坐下来，等用人回报，这时候，他目不转睛地望着我，使我感到很难为情；他坐在角落里，一会儿架起腿，一会儿又把腿放下去；我问他，一路上坐马车是不是舒服，我还说，希望肯吉先生身体健康。在这段时间里，我根本没有看他一眼，可是我发现他还是那样莫名其妙地打量着我。

这时候，仆人来请他到楼上波依桑先生的房间去，我便对他说，贾迪斯先生希望他在这里吃午饭，等一会他从楼上下来，就给他准备好。他扶着门把手，有点难为情地说："小姐，等一会儿，我还可以在这里见见你吗？"我回答说可以，我还呆在这里；

他鞠了一躬，又看了我一眼，就出去了。

我当时只觉得他有点笨、有点害羞，因为他显然是感到很难为情。我想，我最好还是在这儿等一等，看看仆人是不是把什么都准备好了，再让他一个人在这儿吃饭。过了一会，午饭就送来了，可是饭菜在桌上放了很长时间。他和波依桑先生谈了很久，——而且我觉得他们吵得很凶，因为，波依桑先生的房间虽然离得很远，可是他那洪亮的嗓音不时传来，就像一阵阵的大风似的，他显然是在那儿破口大骂了。

格皮先生终于下来了，由于这次谈话，他的脸色变得更难看了。“天哪，小姐，”他低声说，“他简直是个野人！”

“请吃点东西吧，先生，”我说。

格皮先生坐在桌子旁边，开始不安地拿刀叉磨来磨去，还是像刚才那样，莫名其妙地看着我（我虽然没看他，可是我知道他在看着我）。他拿刀叉磨了半天，后来我觉得有必要抬起眼睛来看看他，好驱除他那种迷糊劲儿，看样子，他似乎真的着了迷，而且再也醒不过来了。

他的眼光立刻转到那吃的东西上去；他开始用刀叉切着东西。

“你想吃点什么吗，小姐？吃一点好不好？”

“不啦，谢谢你，”我说。

“我分给你一小片好吗，小姐？”格皮先生说完，就一口把那杯酒喝干了。

“不吃了，谢谢你，”我说。“我在这儿，主要是看看你缺什么不缺。我再给你要点什么，好不好？”

“不，说真的，太感激你了，小姐。这儿什么东西都不缺，我觉得很满足了——可是，我还是——不满足——我从来就没满足过。”他又接连喝了两杯酒。

我觉得，我最好还是走开。

“对不起，小姐！”格皮先生看见我站起来，他也站起来了。

“能不能请你赏个脸，稍微呆一会儿，我有件私事要和你谈谈。”

我当时不知道该说什么好，就坐下来了。

“不管将来结果如何，都不能对我的权利有任何损害，你看怎么样，小姐？”格皮先生神色不安地把他的椅子拉到我的桌子这边来。

“我不懂你的意思，”我一边说，一边感到莫名其妙。

“这是我们的法律术语，小姐。不论在肯吉-卡伯伊事务所或别的地方，你都不能利用这件事来损害我。如果我们这次谈话没有什么结果，我还是应该保持原状，而不应损害我目前的职位以及我的前途。总而言之，这是一件绝对秘密的事情。”

“先生，”我说，“我怎么也不明白你有什么绝对秘密的事可告诉我，要知道，我只不过和你见过一面罢了，不过，不管怎么说，我绝不想害你。”

“谢谢你，小姐。这话我相信——那很好。”在这段时间里，格皮先生不是用他的手绢擦额头，就是用右掌使劲擦他的左掌。“对不起，我还想再喝一杯，小姐。也许喝了以后，我就能说下去，不至于老把话堵住，说不上来，让咱们俩都觉得不痛快。”

他喝完酒，又回来了。我趁这个机会，坐到我桌子的那一边去，远远地避开他。

“给你倒一杯好吗，小姐？”格皮先生显然是打起精神来了。

“我不喝，”我说。

“半杯怎么样？”格皮先生说，“小半杯呢？不喝！那我就说下去吧。萨默森小姐，我目前在肯吉-卡伯伊事务所的薪金是每周两英镑。当我第一次有幸遇到你的时候，那是每周一英镑十五先令，这个数目已经保持了很长的时间。可是那次见了面以后，就加了五先令，而且还得到保证，经过一个时期以后，也就是说，从那时起，不超过十二个月，还要加五先令。我母亲有一点财产，那是一笔小小的养老金；她有了这笔养老金，就可以不必依靠别人，当然啰，她并不因此而摆什么架子。她住在古老大街。

格皮，令人惊奇的举动

人家都说她做婆婆最合适不过了。她从来不干涉我的事情，一心只想安安静静地过日子，而且她做人也挺随和。她有她的短处，可是谁没有短处呢？不过，要是有外人在场的话，你是看不到她的短处的，有外人的时候，随便你给她啤酒、白酒、葡萄酒都不碍事。我自己在潘登镇潘登大街租了一个地方住。那地方差一些，可是空气清新，屋后面还有一片空地，人人都说，这是一个非常有益健康的郊区。萨默森小姐！虽然我找不到合适的话来表达我的心多么激动，我还是愿意跟你说，我非常爱慕你。我想请你给我一个机会（我只能这样说了），让我表白我的心意——我向你求婚！”

格皮先生跪在地上。我站在桌子那边，离他很远，所以并不怎么害怕。我说：“赶快起来，先生，别闹笑话，不然，我只好取消我的诺言，摇铃叫人来啦！”

“听我把话说完，小姐！”格皮先生一边说，一边双手握在一起。

“我不能再听你说下去了，先生，”我答道，“你马上从地毯上站起来，坐到那边的桌子旁去，你要是还算通情达理的话，就应当这样做。”

他露出一副可怜相，不过还是慢慢地站起来，坐到那边去了。

“小姐，”他一手捂着胸，从桌上抬起头来，满脸愁容地向我摇摇头，“在这样一个时刻里，坐下来吃饭，简直是太滑稽了，小姐，在这样一个时刻里，哪里还有心思吃东西啊。”

“请你不要说下去了，”我说，“你要我听你把话说完，可是我求你不要说下去了。”

“遵命，小姐，”格皮先生说，“既然我爱你，尊重你，我也要服从你。要是我能在神龛前和你订下山盟海誓的话，那就太好了！”

“那是不可能的，”我说，“那可绝对办不到。”

"我知道，"格皮先生一边说，一边从桌子那边探过身来；我当时虽然没有看他，可是说来奇怪，我觉得他还是像刚才那样盯着我看，"我知道，从世俗的眼光来看，从各个方面来看，我这次向你求婚，对你说来当然算不得怎么体面。可是，萨默森小姐，我的天使啊！——不，千万别摇铃——我是从一个管教很严的学校出来的，对于一般实际事务都很熟悉。我虽然年轻，但是已经研究过许多案件，调查出许多材料，并且见过许多世面。要是你肯垂青于我，那么，为了给你谋求利益和幸福，我还有什么办法想不出来！为了弄清你的身世，我还有什么事情调查不出来呢？当然，我现在还不大清楚；不过，你只要信赖我，放手让我去做，我还会有什么事情弄不清楚呢？"

我告诉他说，他刚才提到我的利益，或者是他所谓的我的利益，跟他刚才提到我所向往的东西一样，根本不能打动我的心；最后，我对他说，他应该放明白点，最好立刻离开这个地方。

"太狠心了，小姐，"格皮先生说，"再听我说一句！我想，我在白马窖旅馆等你的那一天，你一定看出来，我当时就被你的魅力吸引住了。我想，你一定注意到，当我把出租马车的踏板收起来的时候，我禁不住赞美起你的魅力来。我当时对你的那番赞赏，当然算不了什么，不过那倒是出于好意。从那时候起，你的倩影就已经深深地印在我的脑海里了。有一天晚上，我在杰利比家对过来回地走着，为的只是要看看你住过那所房子的砖墙罢了。就这次会见波依桑先生来说，我今天大可不必出来，这次会见只是为了给今天出来找个借口，这完全是我一个人想的主意，也完全是为了你一人。我所以提到利益，那不过要表白表白我的心意和我对你的那种微不足道的敬意。不论过去还是现在，这一切都是为了爱情。"

"格皮先生，要是我忽视了你对我的好感（虽然这种好感表达出来的时候令人感到不快），而对不起你，或者说，对不起一个好心好意的人，"我一边说，一边站起来准备拉铃，"那我可实在觉得抱歉。要是你真的对我表白你对我的好意，尽管这不是时候也不是地方吧，我想，我还是应该感谢你。我没有什么理由值得骄傲，而且实际上我也并不骄傲。我希望，”我觉得当时也不知道怎么一来，就说了下面这句话，“你现在就走，回肯吉-卡伯伊事务所去干你的正经事，就算你刚才没有做过这种傻事好了。”

“等一等，小姐！”格皮先生一边喊，一边制止我拉铃。“刚才谈的那些话都不能用来损害我的权利！”

“我绝不会把这件事情说出来，”我说，“除非你将来逼得我不得不这样做。”

“再等一等，小姐！万一你认为我刚才那番话，尤其是我将来准备为你粉身碎骨的想法，有什么可取之处的话，给我写一封信就行，我的地址是潘登大街八十七号，威廉·格皮先生收；要是我搬了家，或者是死了（由于害相思病或诸如此类的事情而死了），那就请你让古老大街三百零二号的格皮太太转交好了。不论你在什么时候、过了多少日子以后改变看法都没有关系，反正我的情感是不会变的。”

我一拉铃，仆人就进来了，这时候格皮先生把他的名片放在桌子上，没精打采地鞠了一躬就走了。他出去的时候，我抬起头来看他，发现他出了门以后又回过头看了我一眼。

我在那儿又呆了一个多钟头，算清了账并办完了许多事务。然后，我把写字桌上的东西整顿一番，把所有的东西都收起来，当时我心里是这样平静和快活，我简直认为自己已经忘掉这件意想不到的事了。但是，当我回到楼上自己房间里以后，我竟莫名其妙地为这件事大笑起来，接着，又莫名其妙地为这件事哭了起来。总而言之，有一会儿我心里扑扑直跳；我觉得我的心好像是一根旧琴弦，现在被扣动了，自从我当初在花园里埋掉我那可爱的布娃娃以来，我的心弦从来没有像现在扣动得那么紧。

第十章
誊写法律文件的人

在法院小街东头，说得更清楚一些，也就是在柯西特大街的库克大院里，法律文具店老板斯纳斯比先生经营他那合法的买卖。在库克大院的一个背阴的地方（那地方常常背阴），斯纳斯比先生经售法律诉讼程序的各式各样表格；经售零张和整卷的羊皮纸；经售各式各样的纸张：棕色的、白色的、白里透棕的大页纸、传票、付款通知单，还有吸墨纸；经售印鉴；经售办公房用的鹅毛笔、钢笔、墨水、橡皮、吸墨粉、大头针、铅笔、火漆和浆糊；经售扎文件用的红绿丝带；经售袖珍笔记本、月份牌、日记本和法例一览表；经营捆东西用的小绳球、戒尺、玻璃制的和铅制的台式墨水壶、削鹅毛笔用的小刀、剪刀、锥子以及办公房用的其他小刀。总而言之，他自从满了师并和佩弗合伙以来，经售的东西简直多得不胜枚举。在他们合伙的时候，库克大院出现了一番革旧鼎新的景象：一块写着**佩弗-斯纳斯比文具店**的新招牌，代替了那块只写着**佩弗文具店**的久享盛誉，但已模糊不清的招牌。因为浓雾——伦敦的长春藤，早已把佩弗的名字缭绕起来，缠着他这个住处，到了后来，这种痴情的寄生植物，竟然压倒了它的母树。

现在，库克大院里再也看不见佩弗了。谁也不到那里去找他，因为二十五年来，他一直躺在荷尔蓬大街的圣安德鲁教堂墓地里安息；那个地方的货车和出租马车像一条巨龙似的，从早晨到深夜，都辘辘隆隆地打他身旁驰过。当那条巨龙休息的时候，如果他真能偷偷溜出来，重到库克大院来散散步，直到听见那只大红公鸡的啼叫，才返回墓地——说来奇怪，那只公鸡呆在柯西特大街一家小牛奶店的地窖里，怎么能知道白昼的到来？因为它要是根据亲身的观察，是无从知道这一点的——如果佩弗真的重访了这个阴暗的库克大院（法律文具店这一行业的老板们是不会断然否认这种事情的），那么，他也是来去无踪，既没有给人带来什么害处，也不致被人发觉。

佩弗在世的时候，也就是斯纳斯比当了整整七年学徒的那个时候，有一个侄女和佩弗一起住在这个法律文具店里。他的侄女矮小、泼辣，腰身扎得很紧，鼻子尖尖的，好像深秋的夜晚，夜越深越冷，鼻子越到头也越尖。库克大院的居民们风言风语地说，他这个侄女的妈妈，在女儿年轻的时候，由于爱女心切，希望她将来长得亭亭玉立，每天早上都用一只脚蹬着床柱，站得稳稳的，使出全部力气来给女儿扎腰；大家还说，她让女儿把一品脱一品脱的醋和柠檬汁喝下去，他们认为这两种酸性的东西，不仅跑到病人的鼻子上来，而且也改变了她的脾气。且不说这些荒诞不经的流言蜚语从哪里传来，可是传来传去，当初总传不到年轻的斯纳斯比的耳朵里，总不曾对他有什么影响。所以，他长大成人以后，就向这些流言蜚语所议论的那个美人儿求婚，并且娶了她；于是，他既和佩弗合了伙，又和佩弗的侄女合了伙。现在，在柯西特大街库克大院那里，斯纳斯比先生已经和佩弗的侄女结成一体了；那个侄女仍旧很注意自己的身材——尽管人们现在的审美眼光不同了，但是，毫无疑问，她的身材既然是这样完美，那当然是很少见的啰。

斯纳斯比夫妇不仅在骨肉方面结成一体，而且在他们的邻居看来，连声音也结成一体了。在库克大院，人们常常听见这个声音，不过，这似乎是光从斯纳斯比太太那里发出来的。斯纳斯比先生只通过这些美妙的声音来表达自己的意思；人们很少听见他说话。斯纳斯比先生是个温和、胆小的人；他秃了顶，脑袋亮亮的，一撮乱蓬蓬的黑发在后面翘了起来。他变得越来越谦恭，身体也越来越发胖了。当他穿着灰色工作服，套着黑布袖筒，站在库克大院他那文具店门口，抬头望着天空的时候；或者，当他站在黑沉沉的铺子的柜台后面，和两个学徒用一把沉甸甸的扁平戒尺比划着，把羊皮纸剪开裁片的时候，他看来的确是一个与世无争和谦虚纯朴的人。在他下面的地窖里，也往往在这时候传来前边提到的那个抱怨和诉苦的声音；这声音听起来仿佛是坟墓里传来的那些不安分的恶鬼的嚎叫；有时候，这些声音可能比平时提得高一些，斯纳斯比先生就对他的两个学徒说："大概是我那好太太在骂嘉斯德尔吧！"

斯纳斯比先生所提到的这个名字，库克大院的居民早就极尽尖刻之能事，说是这个名字应当是斯纳斯比太太的名字，因为，为了对她那暴躁的脾气表示敬意，管她叫嘉斯德尔，倒是恰如其分的。[①]然而，这个名字现在却属于一个来自贫民习艺所的年轻而瘦弱的女人（有人说，她原来叫奥古丝塔）；这个女人除了每年拿五十个先令的工资，除了一个瘪瘪的小衣箱以外，这个名字也可以说是她唯一的财产了。她从小由图丁的一位热爱同胞的慈善家收养，毫无疑问，她必然是在最良好的环境里长大的啰，然而，她还是得了癫痫病——教区的居民们怎么也不明白她怎会得了这种病。

嘉斯德尔实际上只有二十三四岁，可是看起来足足有三十三四岁；她因为得了这种莫名其妙的癫痫病，所以挣的工钱非常少；而且，她还非常害怕人家把她送回她从前那个恩人慈善家手里，所以，除了癫痫病突然发作，使她一头倒在水桶里，或是污水槽、铜锅、饭菜里，反正是身边有什么东西就倒在什么东西里，平时她总是不停地干活儿。那两个学徒的父母和监护人对她很满意，因为他们觉得，她这个人没什么危险，不可能使年轻人为她神魂颠倒；斯纳斯比太太也对她很满意，因为她随时都可以

---

① "嘉斯德尔"原文为 Guster，谐音 gust，有阵风、阵雨或突然爆发的感情等意。

挑她的错；斯纳斯比先生对她也很满意，因为他觉得，把她留在家里，等于做了一件好事。在嘉斯德尔看来，法律文具店老板的这份家业，简直是人间天堂。她认为，楼上那间小小的客厅——人们可能会说，这客厅好比是一个头发上戴着卷发纸，腰上扎着围裙的女人——简直是基督教徒的最优雅的房间。从那间屋子的窗口望出去，一边可以看见库克大院（更不必说可以瞥见柯西特大街了），另一边可以看见柯文塞斯，也就是那个拘留所所长的后院；她觉得，这简直是妙不可言的美景。那个小客厅还挂着两幅涂满油彩的油画，一幅是斯纳斯比先生望着斯纳斯比太太，一幅是斯纳斯比太太望着斯纳斯比先生，这在她看来，简直是拉斐尔或是迭香①的杰作。嘉斯德尔吃尽了种种苦头，现在总算得到一些好报了。

斯纳斯比先生把一切与买卖的秘诀无关的事情，都委托给斯纳斯比太太。她掌管钱财，申斥税务员，规定星期天在何时何地做礼拜，批准斯纳斯比先生的娱乐活动，而且，不论她准备了什么饭菜，都不许别人过问。附近的妇女拿她来作比较的时候，都把她当作最高标准，这不仅整条法院小街的妇女是这样，就连远在荷尔蓬大街的妇女也是这样，因此，当她们在家里和丈夫吵架的时候，往往让丈夫看看，她们（太太们）处在什么地位，而斯纳斯比太太又是处在什么地位，他们（丈夫们）是什么样的态度，而斯纳斯比先生又是什么样的态度。谣言就像蝙蝠似的，永远在库克大院飞来飞去，从这家窗户飞出来，又从那家窗户飞进去。谣言说，斯纳斯比太太爱吃醋，好管闲事，所以斯纳斯比先生有时非常苦恼，不得不离开家；又说他要是有耗子那么大的胆量，他就不会容忍下去。甚至有人说，那些妇女虽然把他当作光辉的榜样，叫她们那些任性的丈夫向他学，实际上却瞧不起他；人们

---

① 拉斐尔（Raphael，1483—1520）和迭香（Titian，1477—1576），都是意大利文艺复兴时代的著名画家。

还说，这些人中间最看不起他的，要算某某太太了。大家相信，这位太太的先生是用雨伞来教训她的。但是，这些流言蜚语之所以产生，可能是由于斯纳斯比先生这个人富有幻想和诗意；夏天的时候，他喜欢到斯特普耳法学院[①]去逛一逛，还说那里的麻雀和树叶富有田园风味；有时候在星期天下午，他也喜欢到大法官庭案卷保管处去蹓跶，还说（如果他心情很好的话）那里有过一段历史。他敢担保，在那个教堂下面埋着一两口石棺，如果你往下挖的话，一定能找到。他想到许多大法官、副大法官和保管案卷的推事都已死去，因此，他也可以聊以自慰了；他跟他那两个学徒说，他曾经听说，有一条“像水晶那样透明”的小溪，一度流经荷尔蓬大街，那时候的回转栏[②]真是一个回转栏，而且从那里，有一条街径直通向一片草地——他跟他那两个学徒说这番话的时候，仿佛已经陶醉在田园的美景里，所以他根本不想到那个地方去了。

这时候，天色渐暗，煤气灯已经点了起来，但还没有充分发挥作用，因为天色还不算十分黑。斯纳斯比先生站在店门口，抬头望着云彩，看见一只很晚才飞出来的乌鸦，掠过库克大院上面的一小片天空，向西飞去。那只乌鸦径直飞过法院小街和林肯法学院花园，飞进了林肯法学院广场。

就在这个地方，在一所从前很有气派的大房子里，住着图金霍恩先生。现在，这所房子是分租出去，作为律师事务所了。这所大房子被分割得七零八落，律师们住在那里面，就像核桃里的蛆虫似的。但是，这所房子的宽大楼梯、走廊和前厅还是原来的老样子；那些画着彩画的天花板也是老样子。天花板上画的是寓意画：一个头戴钢盔、身穿锦衣的罗马神，在栏杆、柱子、鲜花、云彩和胖腿的小男孩中间爬着走，看起来使人感到头昏脑

---

① 斯特普耳法学院（Staple Inn）：坐落在荷尔蓬大街，是伦敦的法学院之一。

② 回转栏（Turnstile）：坐落在荷尔蓬大街东头，从那里起，荷尔蓬大街就分成三条别的大街。

涨，这好像所有寓意画的目的就是要使人或多或少地感到头昏脑涨似的。图金霍恩先生不到别墅里去作客的时候——他在那里默不作声但怡然自得，而那些大人物却烦得要死——就住在这里，屋子里摆着许多标着显赫姓氏的箱子。今天，他就呆在这里，一声不响地坐在桌子旁边，活像一个老牡蛎，什么人都揭不开他的盖。

今天下午，他的房间在这薄暮里就像他本人那样阴沉。他的房间虽然是腐朽、过时、不惹人注目了，可是他对这些倒也不怎样在乎。在他周围，有填着马鬃的宽背老式红木椅（沉甸甸的，很难抬起来）；有桌腿细长、铺着满是灰尘的粗呢桌布的老式桌子；还有别人送给他的当代名人或上一代名人的翻印肖像。在他坐着的地方，地板上铺着一条又厚又脏的土耳其地毯；在他旁边，老式的银烛台上点着两支蜡烛，烛火在这大房间里显得非常微弱。他有一些书，但书背上的书名都看不见了；凡是可以上锁的东西都上了锁；可是看不见钥匙在哪里。只有很少几张活页纸散放着。他身边放着一些手稿，但他并没有看。他一声不响，慢慢地摆弄着一个墨水壶的圆盖和两片破碎的火漆，借着这个来解决他脑子里一连串的疑团。有时候，他把墨水壶的盖子放在中间，有时候把红色的火漆放在中间，有时候又把黑色的火漆放在中间。不，这些都不行。图金霍恩先生必须把这些东西合拢在一起，重新开始。

这里，在画着彩画的天花板上，那个按照远近法缩小的寓意画的人物，眼睁睁地俯视着图金霍恩先生闯进来，仿佛要向他猛扑下去似的，可是图金霍恩先生对这个罗马神丝毫也不理睬，因为在这个天花板下面，就是他的住宅和办公室了。他没有雇用职员，只有一个中年听差，这个听差的衣服总是有点破破烂烂的，他坐在门厅里的一张高凳子上，一天没有多少事情可做。图金霍恩先生和一般人不同。他不需要什么办事员。他满肚子都是秘密，不能有丝毫走漏。他的诉讼委托人需要的是**他本人**；他就是一切的一切。如果他需要草拟一份文件，他就暗示法学院的专门撰状人给他草拟一份；如果他需要誊写一份清楚的抄本，他就到法律文具店那里找人誊写一份；花钱多少，在所不惜。关于大人先生们的事情，那个坐在高凳子上的中年人并不比荷尔蓬大街十字路口的清道夫知道得多。

红色的火漆，黑色的火漆，墨水壶的盖子，另外一个墨水壶的盖子，还有那小小的吸墨水沙盒。对！你到中间去，你到右边去，你到左边去。这一连串的疑团，要不马上解决，就永远也不能解决了。对，马上就解决！图金霍恩先生站起来，正了正眼镜，戴上帽子，把手稿揣在口袋里，走出去对那个穿着破衣服的中年听差说："我一会儿就回来。"他跟这个听差说话向来就是这样简单明了，很少多说。

图金霍恩先生走向柯西特大街库克大院的时候，就像方才那只乌鸦飞过来那样，不过，不像它那样径直飞来，而是多少要绕点道儿。他走向斯纳斯比的家，就是法律文具店、证书誊写缮抄处、各种法律文件代书处等等，等等，等等。

正是下午五六点钟的时候，库克大院里飘荡着一股清香的热茶气息。斯纳斯比家门口也飘荡着这股香气。他们那里不论做什么事情，时间都比别人早：午饭在一点半，晚饭在九点半。刚才，斯纳斯比先生到地下室去喝茶的时候，曾经探头看了看门外，看见了那只很晚才出来的乌鸦。

"老板在家吗？"

嘉斯德尔正照应着铺子，因为那两个学徒到厨房里去和斯纳斯比夫妇一起喝茶了。因此，缝制法官衣袍的裁缝的两个女儿在对门三楼的两个窗户里对着两个镜台梳妆这件事并不像她们打的如意算盘那样，使那两个学徒神魂颠倒；不过，她们倒是引起了嘉斯德尔徒然的羡慕。嘉斯德尔的头发现在没有长出来，从前也没有长出来，而且大家都认为，将来也不会长出来。

"老板在家吗？"图金霍恩先生说。

老板在家，嘉斯德尔这就去把他叫来。嘉斯德尔溜走了，她很高兴离开那个铺子，她怀着敬而远之的心情，把那铺子当作是一个仓库，里面储存着法律用以折磨人的可怕工具。这个地方一灭了煤气灯，就不能进去。

斯纳斯比先生出现了；只见他满脸油光，冒着汗珠，散发着馥郁的茶香，嘴里还嚼着什么东西。他咽下了一片抹着黄油的面包，说道："我的天，原来是你啊！图金霍恩先生！"

"斯纳斯比，我想跟你说句话。"

"好极了，先生！我的天啊，你干吗不打发你的听差来叫我呢？请到铺子里边来，先生，"斯纳斯比转眼间变得容光焕发。

那间狭窄的屋子，散发着羊皮纸的强烈的油脂味，这里既是仓库，又是账房，又是誊写室。图金霍恩先生坐在写字桌旁的凳子上，朝四下看了一眼。

"斯纳斯比，这是关于贾迪斯控贾迪斯案的事情。"

"是的，先生。"斯纳斯比先生把煤气灯旋亮，用手捂着嘴，谦逊地咳嗽了一声，心里想着又可以捞一把了。斯纳斯比先生是个胆小的人，因此常常用咳嗽来表达各种各样的意思，免得多说话。

"你们最近替我抄了一些有关这个案子的口供书吧？"

"是的，先生，我们抄过。"

"其中有一份口供书，"图金霍恩先生说话的时候（这个老牡蛎关得紧紧的，休想把它的盖子打开！）漫不经心地伸手去摸那个没有装着口供书的口袋，"笔迹很特别，我很喜欢。我碰巧经过这里——我还以为我带着手稿哩，所以就进来问问你，可是我没有带着。没有关系，以后再来吧——啊！在这儿呐！——所以就进来问问你，这是谁抄的？"

"谁抄的，先生？"斯纳斯比先生说着，就把口供书拿过来，平铺在桌子上，以法律文具店老板所特有的技术，用左手一捻，就把所有的纸捻开了。"这份文件是我们送出去抄的，先生。那时候，我们把一大批文件送出去抄了。先生，我查查账本，马上就可以告诉你，这是谁抄的。”

斯纳斯比先生从保险箱里把账本拿出来，又咽了一下那似乎是卡在嗓子眼里的黄油面包；他端详着放在旁边的口供书，右食指顺着账本上的某一页从上往下移动。“朱比——派克——贾迪斯。”

“贾迪斯！在这儿呐，先生，”斯纳斯比先生说。“不错，我早就该想起来了。先生，这份文件是送出去给一个人誊抄的，这个人就住在法院小街对过，离这儿不远。”

图金霍恩先生早就看见那笔账了，文具店老板没有找到以前，他就已经找到了，而当文具店老板的食指从上往下移的时候，他已经看得清清楚楚了。

“你们管他叫什么？尼姆？”图金霍恩先生说。

“尼姆，先生。在这儿呐。一共四十二张。星期三晚上八点钟送去的，星期四早上九点半钟就送回来了。”

“尼姆！”图金霍恩先生重复了一遍。“尼姆在拉丁文里，意思是没名没姓的人。”

“我想，先生，这在英文里一定是个有名有姓的人，”斯纳斯比先生谦恭地咳嗽了一声，提出了自己的看法。“这是一个人的名字。你瞧，在这里呐，先生！一共四十二张。星期三晚上八点钟送出；星期四早上九点半钟送回来。”

斯纳斯比先生从眼角瞥见了斯纳斯比太太的脑袋，她正在铺门口那里，探进头来看看斯纳斯比先生为什么不去喝茶。斯纳斯比先生向斯纳斯比太太咳嗽了一声，好像是在解释：“亲爱的，这儿有客人哩！”

“九点半送回来的，先生，”斯纳斯比先生又说了一遍。“那些给我们誊写法律文件的人，就靠做点零碎的工作过活，他们都是些很奇怪的家伙；这个名字可能不是他的真名实姓，不过他用的就是这个名字。我现在想起来了，先生，他在手写的广告里，用的就是这个名字，他的广告就贴在监狱区办事处、高等法院办公厅、推事办事处等地方。先生，你知道这一类找零活干的广告吧？”

图金霍恩先生从一扇小窗户看了看柯文塞斯拘留所的后院，也就是警察局的后院，那里的窗户都透着灯光。柯文塞斯拘留所的饭厅就在后院，有几个陷入困境的绅士的影子，隐隐约约地映在窗帘上。斯纳斯比先生借着这个机会，稍稍回过头去，望着他那位好太太，对她翕动着嘴唇，好像是在替自己辩解说：“图—金—霍—恩……有—钱……有—势！”

“你从前拿东西给这个人抄过吗？”图金霍恩先生问。

“当然啰，先生。就是你交来的东西。”

“我刚才正想起一些很重要的事情，我忘记你说他住在哪里了？”

“在法院小街对过，先生。更确切地说，他住在——”斯纳斯比先生又咽了一下，仿佛那小块黄油面包始终咽不下去似的，“——住在一家收买破烂的铺子里。”

“我回去的时候，你可以把那个地方指给我看吗？”

“当然可以，先生！”

斯纳斯比先生脱下了袖筒和灰色衣服，穿上了黑色衣服，从木钉上拿下帽子。“噢！我的好太太在这儿呐！”他高声说道。“亲爱的，我和图金霍恩先生到小街那边去，请你让那两个小伙子随便哪个照料一下铺子。先生，这就是我的太太——亲爱的，我马上就回来！”

斯纳斯比太太朝那个律师弯了弯腰，退到柜台后面去了。她透过窗帘瞅着他们，然后就蹑手蹑脚地走到后面的办公室里去，查了查那仍然打开着的账本上的账。这显然是一件很奇怪的事情。

“先生，那个地方不怎么样，”斯纳斯比先生把窄小的人行道让给律师，自己在马路上毕恭毕敬地走着，“那个人也不怎么样。

可是，先生，他们那种人差不多都是很荒唐的。这个人的长处是，他从来也不需要睡觉。如果你要他一直抄下去，他就一直抄下去，你要他抄多长时间，他就抄多长时间。”

这时候天色相当黑了，煤气灯已经充分发挥作用。图金霍恩和法律文具店老板半路上遇上那些准备把当天信件付邮的职员，准备回家吃饭的辩护士和律师，形形色色的原告、被告、起诉人以及上法院旁听的人们。法院多少个世代积累下来的智慧，在这些人的道路上设下了重重障碍，妨碍他们处理日常生活中最普通的事务，使他们陷到一般法律和衡平法律里去，陷到街上的烂泥里去。说来奇怪，街上的烂泥总是和法律联系在一起；可是谁也不知道街上的烂泥从何而来，谁也不知道它是在什么时候开始在我们周围淤积起来的。一般说来，我们只知道，当它积得太多的时候，我们就必须把它铲除掉。就这样，律师和法律文具店老板来到了这间收买破烂的铺子，也就是那收购没有人要的商品的“百货商店”。这店铺坐落在林肯法学院的高墙投下来的阴影里；凡是可能和它发生关系的人都可以从油漆的牌匾上看出来，它是由一个名叫克鲁克的人经营的。

“先生，他就住在这里，”法律文具店老板说。

“他就住在这里吗？”律师漫不经心地问道。“谢谢你。”

“先生，你不进去吗？”

“不，谢谢你，我不进去了；我现在要到法学院广场去。再见。谢谢你！”斯纳斯比先生举了举帽子，就回到他的好太太那里去喝茶了。

可是，图金霍恩先生并没有到法学院广场去。他走了几步就折回来，又到了克鲁克先生的铺子门口，径直走进去。铺子里相当黑，窗台上放着一根淌着蜡泪的蜡烛之类的东西，在紧里头的壁炉旁边，坐着一个老头和一只猫。老头站起来，走上前去，手里拿着另一根淌着蜡泪的蜡烛。

“请问你的房客在家吗？”

“男的还是女的，先生？”克鲁克先生问道。

“男的，就是那个誊抄文件的人。”

克鲁克先生已经把来人仔细打量了一番。他一眼就看出这个人是谁。他模模糊糊地记得这个人很有名气。

“你想见他吗，先生？”

“是的。”

“我自己倒很少看见他，”克鲁克先生笑嘻嘻地说。“我把他叫下来好不好？不过，先生，他多半是不会下来的！”

“那我就上去找他吧，”图金霍恩先生说。

“在三楼，先生。拿这根蜡烛去吧。就在那上面！”克鲁克先生站在楼梯下面，目送着图金霍恩先生，他的猫呆在他身边。“嘿——嘿！”克鲁克喊道，这时候图金霍恩先生快要从他的视线中消失了。律师从楼梯扶手上探头往下看了看。那只猫凶狠狠地张着口，向他咆哮着。

“珍妮小姐，老实点！在客人面前要有礼貌，我的小姐！你知道他们怎么说我的房客吗，先生？”克鲁克登上一两级楼梯，低声说。

“他们怎么说他？”

“他们说他卖身给魔鬼了；可是你跟我都晓得，魔鬼是不收买东西的。不过，我可以告诉你，我的房客脾气很坏，心情很不好，所以我相信，他一定也乐意做这笔买卖。先生，你可别惹他。这是我的忠告。”

图金霍恩先生点点头，继续往上走。他来到三楼那个黑洞洞的门口，敲了敲门，可是没人回答，于是他把门推开，就在这时候，蜡烛忽然灭了。

屋子里的空气很不好，即使不是他把蜡烛弄灭，那么蜡烛本身也会因为空气不足而自行熄灭的。那间屋子很小，似乎到处都布满着煤烟、油污和尘土。在那生了锈的、只剩下了架子的炉格里，焦炭发出了微弱的红光，炉格中间陷进去了，好像“贫穷”已经攫住了它。在壁炉旁边的一个角落里，有一张木板桌子和一张破旧的写字台，那上面的东西凌乱不堪，墨迹斑斑。在另一个角落里，有两把椅子，其中一把椅子上放着一个又破又旧的皮箱，用来代替橱柜或衣橱；这里用不着更大的皮箱，因为原来那一个就已经空得瘪下去了，好像是一个挨饿的人的脸颊似的。屋里没有地毯；壁炉前只铺着一张绳子编的席子；这席子早已踩得稀烂，就剩一条条的绳子，眼看不能用了。这里没有窗帘遮住那黑沉沉的夜色，可是褪了色的百叶窗却关了起来；"饿鬼"很可能从百叶窗上那两个可怕的洞眼中窥视这个屋子，就像报丧的女妖注视那个躺在床上的人似的。

原来，那个在门口踌躇不前的律师，这时候正看见有一个人躺在壁炉对面一张矮矮的床上，看见那张床乱七八糟地堆着一条打满了补丁的脏被子，一张薄得可怜的褥子和一条粗糙的麻布床单。那人躺在那里，穿着衬衣和裤子，可是光着脚。在幽暗烛光的照射之下，那人的脸显得很黄。那根蜡烛早就淌着蜡泪，直到整条烛芯（仍然燃烧着）曲卷起来，在蜡烛上面留下一堆包尸布似的东西。那人的头发乱蓬蓬的，和连鬓胡子、络腮胡子连在一起——下巴上的胡子也是乱蓬蓬的，纠缠不清，就像他周围的那些没人管的垃圾和烟雾一样。屋里虽然又脏又臭，空气虽然也是污浊的，可是很难弄清楚，屋里到底是哪些气味最使人难受；但是，透过那些令人作呕和令人发昏的气味，透过那种陈腐的烟草气味，律师的嘴角仿佛舔到了鸦片的淡淡的苦涩味道。

"喂，朋友！"他喊道，用铁烛台敲了敲门。

他以为已经把这位朋友叫醒了。那人躺在那里，脸稍稍向墙，眼睛无疑是睁着的。

"喂，朋友！"他又喊了一遍。"喂！喂！"

就在他推开门，把门弄得吱吱响的时候，那根一直在淌着蜡泪的蜡烛突然灭了，使他处在一片黑暗之中；百叶窗上那两个可怕的洞眼直勾勾地往床上瞅着。

第十一章
我们亲爱的弟兄

律师站在这黑漆漆的屋子里，正感到不知如何是好，突然有人碰了碰他那皱瘪瘪的手；他吓了一跳，说道：“谁？”

“是我，”房东老头儿在他耳边低声答道。“你有法子喊醒他吗？”

“没有。”

“你那根蜡烛呢？”

“灭了，在这儿。”

克鲁克把蜡烛接过去，走到壁炉前，向那堆暗红色的火炭弯下身去，想把蜡烛点着。快要熄灭的炉灰点不着蜡烛，他白费了劲。老头儿喊了喊他的房客，没有得到回答，便一面嘟囔着说要到楼下的铺子里拿一根点亮的蜡烛来，一面便走出去了。图金霍恩先生不知又为了什么原因，竟不在房间里等他回来，而站到门外的楼梯口去。

过了一会儿，克鲁克缓缓地走上楼来，后面紧跟着他那只眼睛闪着绿光的猫，这时，最受人欢迎的烛光也映照在墙上了。“这人平时就这样睡的吗？”律师低声问道。“嗐！我不晓得，”克鲁克一边说，一边摇着头，并扬起了眉毛。“我一点儿也不知道他的脾气，只知道他不爱跟人来往。”

他们一边低声说着，一边走进屋里。他们把蜡烛拿进去以后，百叶窗上那两个大洞眼便显得暗淡无光，仿佛闭上了似的。可是，床上那双眼睛可没有闭上。

“老天爷！”图金霍恩先生喊道。“他完了！”

克鲁克把他拿起来的那只沉重的手突然放下，那只胳臂便在床沿摆动起来。

有一会儿，他们面面相觑。

“找个医生来！快喊楼上的弗莱德小姐，先生，床边还放着毒药呢！请你喊一声弗莱德，好不好？”克鲁克说，他在尸体上面张开他那两只枯瘦的手，很像吸血蝙蝠的翅膀。

图金霍恩先生赶紧到楼梯口，喊道：“弗莱德小姐！弗莱德！快到这儿来，快点呀，弗莱德！”克鲁克看着他出去；当他正喊着的时候，克鲁克偷偷朝那口旧皮箱走去，然后又偷偷回到原处。

“快跑，弗莱德，快跑！就近把医生找来！快跑！”克鲁克先生对一个瘦小的女人说。这女人就是他的女房客。她来得快，去得快，没有多大工夫又回来了。和她同来的是一个从饭桌上给拉来的性急的医生；他那抹了鼻烟的上唇显得很宽，苏格兰口音很重。

“哎呀！天啊，”医生说，他匆匆检查了一下，抬起头望着他们。“他已经死了，就跟埃及法老的木乃伊一样！”

图金霍恩先生（这时正站在那口旧皮箱旁边）问这人死了多长时间。

“多长时间，先生？”医生说。“看样子，大概死了三个钟头吧。”

“我说，大概是这样一个时间，”站在床那边的一个肤色黝黑的年轻人说道。

“你是医生吗，先生？”头一个人问道。

那个肤色黝黑的年轻人说是。

“那我这就走啦，”那人说；“因为我在这里已经没什么用了！”说完这话，他就结束这次草草的诊断，回去继续吃他的晚饭。

那个肤色黝黑的年轻外科医生拿着蜡烛，在这个靠誊抄法律文件为生的人脸上，来回地照着，仔细给他检查。这个誊抄法律文件的人现在既然死去，也就名符其实地成为没名没姓的人了。

“我一看就认出这个人，”外科医生说。“一年半以来，他一直到我那儿去买鸦片。这里哪一位是他的亲人？”他环视了一下那三个站在一旁的人。

“我是他的房东，”克鲁克冷冷地说，从外科医生伸过来的手里接过蜡烛。“有一回他跟我说过，我算是他最亲的人了。”

“没问题，”外科医生说，“他是因为过量吞服鸦片而致死的。屋子里鸦片气味浓极了。光这点儿，”他从克鲁克先生手里把一个旧茶壶接过来，“就够毒死十来个人了。”

“你看他是故意这样做的吗？”克鲁克问道。

“你是说过量吞服吗？”

“是呀！”克鲁克咂了咂嘴，那种兴致勃勃的样子，使人感到毛骨悚然。

“这我说不上来。我看不可能吧，因为他一直吃这么多，吃惯了。可是这个事儿谁晓得呢。我看，他很穷吧？”

“大概是吧。他这屋子——一看就知道不富裕，”克鲁克说；他迅速地向周围横扫了一眼，好像已经跟他那只猫交换了眼色似的。“可是，自从他搬到这里来以后，我就没进过这个屋子；他也总是闷声不响，从来没跟我说过他自己的事情。”

“他欠你房租吗？”

“欠六个星期。”

“他再也不会付给你了！”年轻人说，一边又检查起来。“毫无疑问，他确实是完了，就像埃及法老的木乃伊一样；从他的样子和情况来看，他死的时候倒没什么痛苦。不过，他年轻的时候一定很有风度，而且我敢说，一定长得很英俊。”他说这番话，并不是不带一点感情的，因为他这时候正坐在床沿上，脸对着死者的脸，手放在死者的胸前。“记得有一回我捉摸过，觉得他的态度举止虽然粗鲁一点，倒也有些与众不同的地方，这正好说明，他是一个落魄江湖的人。你们觉得怎么样？”他一边说，一边看了看周围的人。

克鲁克答道："你如果要我给你说说我楼下那些口袋里的头发是从什么女人头上剪下来的，那倒好办一些。我就知道他是我的房客，在这儿住了一年半，靠誊抄法律文件——或者不靠誊抄法律文件——过日子，除了这些以外，别的事我都不晓得。"

在他们说话的时候，图金霍恩先生离开他们，背着两手，站在那口旧皮箱旁边，很显然，他根本没有具备这几个人在死者床前流露出来的那三种心情：既没有那个年轻外科医生在职业上对死者所发生的兴趣（这和他刚谈论死者时，把死者当作一个有骨有肉的人看待是不相称的），也没有老头儿那种好奇心或是那个瘦小的女人那种恐惧心。他脸上那种泰然自若的神色，就跟他身上那套褪了色的衣服一样，什么表情都没有。你甚至说不上来，他这会儿是不是在捉摸什么事情。他既没有表示有耐性，也没有表示没有耐性；既没有表示注意地听，也没有表示心不在焉。他什么也没有表示，你只能看见他这老牡蛎的外壳。一件精巧的乐器往往很容易从它的外形就判断出它的音质，同样地，你从图金霍恩先生的外形也可以看出**他的**气质。

他终于插了嘴，用他那种行业的冷漠态度对那年轻外科医生说话了。

"你来之前不久，"他说道，"我因为经过这个地方，顺便进来看看，打算给这个在他生前我没有见过面的死者一点东西誊抄。我是从法律文具店老板——库克大院的斯纳斯比那边知道这个人的。既然这里谁也不知道这个人的底细，我看，最好还是把斯纳斯比找来。怎么样？"他转向那个瘦小的女人，这女人常常在法院见到他，而他也常常见到这个女人；这时候，她已经吓得张口结舌，只能打着手势，表示她愿意去把那个法律文具店老板找来。"那就请你去一趟吧！"图金霍恩说。

她走了以后，外科医生就结束了他那没有希望的检查，拿那条打满了补丁的被单把尸体盖上。克鲁克先生和他聊了几句。图金霍恩先生一声不响，只是依旧站在那口旧皮箱旁边。

斯纳斯比先生穿着那件套了黑袖套的灰工作服，匆匆赶来。“真糟糕，真糟糕，”他说；“怎么会落到这样一个地步呢！真是的！”

“斯纳斯比，你能不能给这儿的房东讲一讲这个倒霉家伙的情况？”图金霍恩先生问道，“据说他欠了一些房钱。再说，他还得埋葬，是不是？”

“好吧，先生，”他用手捂着嘴咳嗽了一声，表示抱歉，“说真的，我能出什么主意呢，我给你们去把地保找来好啦。”

“我没说要你出主意，”图金霍恩先生说。“主意我可以出——”

（“我相信，先生，谁的主意也没有您的高明，”斯纳斯比先生一边说，一边干咳着，表示谦恭。）

“我要提供一些线索，譬如有些什么亲戚朋友方面啊，或他的来历如何啊，总之，有关他的事情，什么都可以谈。”

“听我说，先生，”斯纳斯比先生说话之前，先咳嗽了一阵，仿佛向大家表示抱歉，“我不仅不知道他从什么地方来，也不知道——”

“他往哪里去，是不是？”外科医生替他说完了这句话。

沉默了一会儿。图金霍恩先生瞅着那个法律文具店老板。克鲁克先生张大了嘴，在那里等着别人说话。

“关于他的亲戚，先生，”斯纳斯比先生说道，“要是有人跟我说：‘斯纳斯比，这里有两万英镑，已经存在英格兰银行了，只要你把他的亲戚说出一个来，就把钱给你’，那我也办不到，先生！他搬到这个收买破烂的铺子来住，大概有一年半了——我相信就是这个时候——”

“就是这个时候！”克鲁克一边说，一边点头。

“大约在一年半以前，”斯纳斯比打起精神说道，“有一天早上，刚吃过早饭，他上我们那儿去了。他在店里见到了我的好太太（我就是这样称呼斯纳斯比太太的），交给她一篇手抄的东西，并跟她说，他需要做点抄写工作，因为他——请原谅我太直言——”为了自己过于直言而表示抱歉时，斯纳斯比先生常常用一种希望别人相信的爽直态度，说出这样一句口头禅，“没钱了！我那好太太本来不大喜欢跟陌生人打交道的，尤其是——请原谅我太直言——他们提出什么要求的时候。可是她一看见他就很受感动，可能是因为他没有刮脸，也可能是因为他没有梳头，或者是因为女人才想得到的别的什么原因，那我只能让你来判断了；于是她收下了他那篇东西并记下了他的地址。我那好太太记不住名字，”斯纳斯比先生用手捂着嘴，一边咳嗽，一边考虑，过了一会才接着说下去，“她认为尼姆这个名字等于尼姆罗德①。因此，她常常在吃饭的时候跟我说：‘斯纳斯比先生，你怎么还不给尼姆罗德找点活儿干！’或者：‘斯纳斯比先生，为什么不把贾迪斯案那三十八页大法官庭的文件交给尼姆罗德抄呢？’诸如此类的话。就这样，他渐渐在我们那里成了一个打零活的人了；我就知道他这么些事情，除此之外，我还知道他是一个快手，开开夜车也不在乎；要是你在星期三晚上给他一个抄件，比方说，四十五页吧，星期四早上他就会给你送回来。关于这些事情——”斯纳斯比先生说到这里就把话打住，只见他拿着他那顶帽子彬彬有礼地向床那边挥了一挥，好像是在说：“我毫不怀疑，要是我这位可敬的朋友还活着的话，他一定会证明我的话是对的。”

“你最好看一看，”图金霍恩先生对克鲁克说，“他是不是有什么文件可以帮助你对他有所了解。将来还得验尸，他们也会找你去问话。你认得字吗？”

“不，不认得，”老头儿答道，忽然龇牙咧嘴地笑起来。

“斯纳斯比，”图金霍恩先生说，“替他搜一搜这个屋子。不然

---

① “尼姆罗德”原文为 Nimrod，《旧约全书·创世记》第 10 章译为“宁禄”，是一个英勇的猎人。

的话，他会招麻烦的。我既然来了，就等一会儿，你可得快点儿；以后，如果有必要的话，我可以为他作证，证明一切都正常。我的朋友，请你给斯纳斯比先生拿着蜡烛，他马上可以看看，有没有什么东西可以帮助你把事情弄明白。”

“首先，这儿有一口旧皮箱，先生，”斯纳斯比说。

哦，不错，果然有一口皮箱！看样子，图金霍恩先生尽管离这箱子那么近，在这以前一直没看见，而且这儿根本没有什么东西，真是天晓得。

旧船具店老板举着蜡烛，法律文具店老板进行搜查。外科医生靠着壁炉架的一角；弗莱德小姐站在门口往屋里瞅着，打着哆嗦。这位老派的、机灵的老律师，穿着一条暗黑色的短裤，在近膝的地方扎了两条丝带，一件宽大的黑背心和一件长袖的黑上衣，他那条柔软的白领巾打成贵族们最熟悉的那种领结，这时候依然保持原来的姿态，站在原来的地方。

在那口旧皮箱里，放着几件不值钱的衣物，一沓当票——这是走向贫穷的道路的路票，一张带着鸦片味儿的皱巴巴的纸，那上面作了一些潦草的记录，如某日吞服多少厘，某日又吞服多少厘；这些记录是在不久以前开始写的，本来似乎要认真写下去，但是，没写几次就停了。还有几张肮里肮脏的剪报，讲的都是些验尸方面的事情，此外就没别的东西了。他们又搜了食橱和墨迹斑斑的书桌的抽屉。这两处都找不到什么旧信或别的字纸。年轻的外科医生检查了这个誊抄法律文件的人的衣服，只找到一把小刀和几个半便士。斯纳斯比先生的意见毕竟是对的，这会儿必须把地保找来。

于是，那个瘦小的女房客找地保去了，其余的人也走出这个屋子。“别让那只猫呆在这儿！”外科医生说：“那可不成！”克鲁克先生只好先把它赶出去；那只猫蜷着它那弯弯的尾巴，用舌头舔着嘴角，贼头贼脑地溜下楼去。

“再见！”图金霍恩先生说完，就回家去和那寓言画相对，想他的心事去了。

这时候，这个消息已经轰动了整条小街。居民们三五成群地聚在一起，议论这件事情，把他们的侦察兵前哨（主要是小孩）派到克鲁克先生的窗前，于是那个窗户立即被他们紧紧包围起来。一个巡警已经跑到楼上那个屋子去，后来又下来，像一座塔似的直挺挺地站在铺子门口，他偶尔也放下架子，对那些小孩瞅一两眼；但是每当他向他们瞅去时，他们总是吓得往后退。佩金斯太太和派珀尔太太，自从小佩金斯“打了”小派珀尔“一下耳光”这件不愉快的事发生以来，已经好几个星期彼此不说话，在这样难得的场合里，她们又言归于好了。拐角上那家酒铺的小跑堂，因为见过世面并和酒鬼打过交道，所以是有资格前来看热闹的，这会儿他正和巡警交头接耳地谈着，脸上还露出满不在乎的神色，好像他这种人是不会挨警棍和坐牢房似的。小街两旁的人，从窗户里探出头来说话，那些光着头的侦察兵急急忙忙地从法院小街跑进来，想打听打听是怎么回事。大家伙儿看见克鲁克先生没有遇害，起先似乎觉得很高兴，但接着又自然而然地觉得有点儿失望了。就在人们哄动的时候，地保来了。

那个地保，虽然被这一带的人看成一个可笑人物，但是，如果现在只有他一个人能进去看看尸首，大家也就觉得有点了不起了。那个巡警认为他是一个低能的人，是一个雇用守夜人的野蛮时代①的遗民，不过还是容许他进去，好像在政府还没有取缔地保这种人以前，他不得不加以容忍似的。人们互相奔告，说是地保已经到场，而且已经进去，这时看热闹的人就更加哄动起来了。

过了一会儿，地保出来，又引起一阵本已平静下去的哄动。他说，明天验尸的时候需要一些证人，向验尸官和陪审委员团报告死者的情况。这时立刻有人对他说，他可以向许许多多的人进行了解；但是那些人什么也说不上来。他又听许多人说，格林太

---

① 指英国一八三九年前还没有建立警察法的年代。

太的儿子也是“一个誊抄法律文件的人，对于死者的事，比任何人都了解”，但是，他一打听下去，就给弄得更加糊涂了，原来格林太太的儿子已经出门三个月，目前正坐船到中国去，不过，要是向海军大臣申请的话，倒是可以打电报和他进行联系的。地保还到一些店铺和住家去了解情况。他一进屋总是把门关上，那种排斥外人、磨磨蹭蹭和傻里傻气的态度把大家都惹得发了火。有人看见巡警向那个跑堂的挤眉弄眼。人们不仅感到扫兴，而且还起了反感。有些年轻人扯着嗓子嘲笑地保，说他曾经把一个小孩放到汤里煮，他们从一支流行曲里抽出几句，谱了一首歌，歌词大意是说地保拿那小孩烧汤，送给贫民院。后来，警察认为有必要维护法纪，便捉了一个唱歌的人；其余的人都溜之大吉。那个被捉的人还是释放了，不过他得接受一个条件，那就是必须快快跑开，不要再干这种事情。他立刻接受了这个条件。于是，那场小风波一时又平静下来了。这个神色自若的巡警（在他看来，一点点鸦片根本算不了什么）戴着亮闪闪的帽子，系着浆得硬邦邦的围颈布，穿着笔挺的大衣，围着宽大的皮带，皮带上扣着一副手铐，此外，还有种种的配备。他拖着沉重的脚步踱来踱去，戴着白手套的手掌互相拍打着；不时在街头拐角的地方站住，看看有没有发生丢失小孩或谋杀之类的事情。

这个毫无能耐的地保，夜里到法院小街来，一处一处地送传票。传票上那些陪审员的名字全给拼写错了，只有地保自己的名字没有拼错，而地保的这个名字，谁也念不出来，再说，谁也不想去念。传票都送出去了，他的那些证人也得到通知。这以后，他跑到克鲁克先生的铺子里去，因为他和几个穷汉子约好在那儿见面。一等那几个人到来，他就领着他们到楼上去。于是百叶窗上那两个大洞眼有了点新鲜玩意可以看看；这是为那个没名没姓的人而设的，也是为每个有名有姓的人而设的，这是尘世上最后的安息之所。

那口棺材当天晚上就停放在那口旧皮箱旁边；床上那个孤零

零的人，已经在人生的道路上走了四十五年，现在躺在那里，像一个弃婴似的，一点痕迹也没有留下，使人无法寻找。

第二天，这条小街显得非常热闹，正如佩金斯太太说的那样，很像一个市集。佩金斯太太早已和那位心地善良的女人——派珀尔太太重修旧好，这会儿正亲切地谈着话。验尸官马上就要到太阳徽酒店二楼的大厅来。和声学会每周要在这个地方开两次会，总是由一个著名的业余歌唱家主持；开会的时候，小胖子斯维尔斯照例坐在主持人对面，斯维尔斯是一位喜剧歌唱家，他希望（根据橱窗里的海报）他那些朋友能捧一捧他，为第一流的天才出一臂之力。这一天早上，太阳徽酒店生意兴隆。在这种闹哄哄的场合里，就连小孩子也觉得需要买点吃的来维持旺盛的精力，因此，那个卖馅饼的，临时在街头摆了一个摊，也在说他那些白兰地糖果卖得很快。一直在克鲁克先生的铺子和太阳徽酒店之间来回奔跑的地保，这时候正把他保管的那些宝贝东西拿出来让几个老实人看，他们为了答谢他，便请他喝一杯啤酒或是什么的。

验尸官在约定的时间到来了，那些陪审员刚才一直在等他；就在验尸官到场的时候，太阳徽酒店附设的那个又完善又干燥的九柱戏场上，木球恰好把那些柱子给碰倒了，发出一片响声，仿佛是欢迎他似的。验尸官经常光临酒馆，比世界上任何一个人光顾的次数都多。在他这个行业里，木屑①、啤酒、烟草、白酒等等的气味，总是和那些最难看的死人有密切关联的。他由地保和死者的房东领进和声学会的会议室，把帽子放在钢琴上，坐在那张摆在长桌首席的温莎式靠椅上。那张长桌是由几张小桌子拼成的，桌上布满了一个套一个的黏糊糊的圆圈，那是水壶和杯子留下的痕迹。陪审员们都尽可能挤到长桌旁边去坐。其余的人有的站在痰盂和大酒桶中间，有的靠着钢琴。在验尸官的头顶上挂着

---

① 在低级酒馆里，地上铺着一层木屑，可以避免室内尘土飞扬。

一个小铁环，那是一个铃铛的环式手把，它给人一个感觉，仿佛这位法官先生马上就要被处绞刑似的。

陪审员点名、宣誓！仪式正在进行的时候，忽然起了一阵哄动，原来有一个矮矮胖胖的人走进来；这个人的衬衫领子很大，一只眼睛老流着泪水，鼻子红肿，他很谦虚地在门口附近坐下来，和大家一样，不过似乎也很熟悉这个屋子。人们低声地说，这就是小胖子斯维尔斯。有人认为，他很可能模仿验尸官的举止神态，准备晚上和声学会开会时大大表演一番。

“好吧，诸位先生——”验尸官开始说。

“那边安静点！”地保说。他不是指验尸官说的，但听起来很像是那样。

“好吧，诸位先生，”验尸官重新开始说。“今天把你们请到这里来，目的是要调查某一个人是怎么死的。关于死者的情况、证物马上提供给你们参考；你们要根据——九柱戏，九柱戏必须立刻停止，听见了没有，地保！——根据证物做出裁决，而不要根据别的东西。现在首先要验尸。”

“喂，把路让开！”地保喊道。

于是，他们乱哄哄地走了出去，仿佛是一个零零落落的出殡行列。他们在克鲁克先生铺子后面的第三层楼上进行搜查，这时候有几个陪审员脸色发青，急急地退出来了。地保对那两位纽扣不全、袖口不甚整洁的先生招呼周到（在那个和声学会的屋子里，他特别在验尸官旁边给他们摆了一个小桌子），设法让他们看到一切必须看的东西，因为他们是调查这类事情的特派记者；地保当然免不了要有一般人的弱点的，他希望能在报上看到“该区精明强干的地保墨尼”说了些什么，做了些什么；根据最近的事例，他甚至希望墨尼的名字能像绞刑吏的名称那样脍炙人口。

小胖子斯维尔斯在等着验尸官和陪审员们回来，图金霍恩先生也在等着。图金霍恩先生大受欢迎，他坐在验尸官旁边，也就是在那位高贵的司法官、台球桌和煤斗中间。审讯在进行中。陪审委员团听到他们所调查的人是怎样死的，可是关于死者的身世就打听不出来了。“先生们，在座的有一位非常著名的律师，”验尸官说，“据说，发现死者死去的时候，他恰巧在场；不过，你们已经听取了外科医生、房东、房客和法律文具店老板的口供了，而他所能提供的情况也只有那些；所以我们不必麻烦他了。在座的还有人知道更多的情况吗？”

佩金斯太太把派珀尔太太推上前去。派珀尔太太宣了誓。

先生们，这是安娜斯塔西亚·派珀尔。是个已婚的女人。喂，派珀尔太太，关于这件事情，你有什么话要说吗？

当然啰，派珀尔太太有许多话要说，可是，主要是些东拉西扯、杂乱无章的话，而没有什么内容。派珀尔太太说，她就住在这条小街上（她丈夫在这里修理桌椅营生），关于原告——派珀尔太太老是把死者说成是原告——卖身给魔鬼的这个谣传，邻居们很早以前就知道了，这可以从她的孩子亚历山大·詹姆斯·派珀尔私行洗礼[①]的前两天算起——她那孩子现在已经活了十八个月零四天了，先生们，当初私行洗礼是因为他齿龈有毛病，恐怕活不了。她觉得这种谣传是原告那副神气引起的。她常常碰见原告，觉得他的样子很凶，因此不能让他随便接近一些胆小的孩子（如果对她的话有怀疑，她希望能够把佩金斯太太传上来，因为佩金斯太太就在这儿，佩金斯太太一定能够替她丈夫、她本人和她的家庭作保）。她曾经看见原告被孩子们捉弄而感到为难；因为孩子总归是孩子，特别是那些淘气的孩子，你总不能指望他们都是玛土撒拉，你们当初做孩子的时候，也不是玛土撒拉啊。由于这个，也由于他那黑黑的脸膛，她常在梦中看见他从口袋里掏出一把鹤嘴锄，把姜尼的脑袋劈成两半；可是这个孩子也不知好歹，老是跟在他屁股后面嚷嚷。不过，她倒是没有见过原告掏出鹤嘴锄或其他武器。她曾经看见有小孩追他和喊他，可是他赶紧躲开

---

① 私行洗礼（half-baptise）：父母怕婴儿活不了，私下举行洗礼。

了，好像并不怎么喜欢小孩似的，无论什么时候都没见他和小孩或大人说过话。只有一个男孩跟他说话，这个男孩在小街拐角的地方打扫十字路口，要是他在这儿的话，他一定会告诉你们，因为常常有人看见他和死者说话。

验尸官说，那个男孩在这儿吗？地保说，不在，先生，他不在这儿。验尸官说，那就去把他叫来吧。当那个精明强干的地保不在场的时候，验尸官和图金霍恩先生谈了谈。

噢！先生们，那个男孩来了。

这就是那个男孩；只见他浑身泥巴，嗓音沙哑，衣服破烂。喂，小孩！可是，先别忙。小心点。应当根据例行手续，先问这个孩子几个问题。

他的名字叫乔。除了这个，别的就不知道了。他不知道人们除了名字，还有姓，从来没听说过这样的事情。他不知道“乔”是简称，原来的名字还要长一些，因为他觉得这对**他**说来已经够长了。**他**并不觉得名字短有什么不好。会拼自己的名字吗？不会。**他**不会拼自己的名字。他没有爸爸，没有妈妈，没有朋友。从来没上过学。不知道家庭是什么。只知道笤帚是笤帚，只知道撒谎不是好事情。关于笤帚和撒谎的事情，已经记不起是谁跟他说的，可是这两件事情他都知道。他说不清如果对在座的先生们撒谎，死了以后会怎么样，不过，他相信一定会受到严厉的惩罚，得到报应——所以他要说实话。

“先生们，这可不行啊！”验尸官说着，发愁地摇了摇头。

“先生，你认为，不能接受他的证词吗？”一个很注意听的陪审员问道。

“绝对不能，”验尸官说。“你们已经听到这小孩说‘记不起’、‘说不清’这样的话了，你们知道，这样可不行啊。先生们，在法庭上，我们不能把这当作口供。这简直是胡闹。把小孩带下去。”

那男孩被带下去了，这件事情对在座的人有很大启发，对那个喜剧歌唱家，小胖子斯维尔斯的启发尤其大。

喂。还有别的证人吗？没有别的证人啦。

先生们，这就行啦！这个人谁也不认识他，一年半以来一直大量吞食鸦片，由于过度吞食鸦片而致死。如果你们认为，你们拿得出任何证据，从而得出结论说，这个人是蓄意自杀的，那么你们就不妨做出这样的结论。如果你们认为，这个人的死不过是事出偶然，那么你们也可以根据情况做出裁决。

根据情况做出裁决。死因是偶然的。这都毋庸置疑。先生们，你们可以退席啦。再见。

验尸官在扣大衣扣子的时候，图金霍恩先生便和他到角落里，私下听取那个被否决了的小证人的证词。

这个得不到人们垂顾的家伙，只知道死者（乔刚才从那黄面膛和黑头发认出他来）常常被街上的小孩跟在后面哄笑；只记得在一个寒冷的冬夜，他自己正在十字路口附近的一个门道里打哆嗦，那个人转过头看了看他，便折回来问他一些话，发现他一个亲人也没有，便说："我也没有，一个也没有！"接着就给了他一点钱，够他吃顿晚饭和找个地方住一夜。从那时起，那个人就常常跟他说话；问他夜里睡得好不好，问他怎么能忍受饥寒，问他是不是希望死掉，以及诸如此类的奇怪问题。那个人要是没有钱，经过的时候就说，"乔，今天我和你一样穷"；可是，那人要是有一点点钱，他总愿意给乔一些（这一点乔是衷心相信的）。

"他对我非常好，"孩子用那破破烂烂的袖子擦着眼泪说。"刚才我看见他这样直挺挺地躺在这里，我真希望他能听见我说这句话。他对我实在太好了，太好了！"

当他慢吞吞地走下楼梯的时候，躲在一旁等着他的斯纳斯比先生，便把半克朗银币塞到他的手里。"如果你看见我和我的好太太——我是说一位女士——从你那个十字路口走过，"斯纳斯比先生用手指指着鼻子说，"你可不要提这件事情！"

那些陪审员还在太阳徽酒店里呆着，东拉西扯地谈了一会儿。后来，有六七个人抽起烟斗来，弄得太阳徽酒店的客厅烟雾弥漫；有两个人蹓跶着上罕普斯德去了，有四个人商量好，晚上买半票去看戏，最后还要吃一顿牡蛎。小胖子斯维尔斯备受欢迎，有好几个人请他吃东西。有人问他觉得今天的审讯怎么样，他便用一句俗语概括道："离奇古怪"（他的长处就在于对俗语能够运用自如）。太阳徽酒店的老板看见小胖子斯维尔斯这样受人欢迎，便在那些陪审员和客人们面前把他大捧一阵，说什么在演唱某个角色的时候，谁也比不上他，还说他的戏服多得一车也装不完。

就这样，太阳徽酒店渐渐消失在朦胧的夜色之中，接着店里点起了煤气灯，在夜色中大放光明。和声学会开会的时刻到了，那个著名的职业歌唱家坐在主席的位子上，坐在他对面的是喝得面红耳赤的小胖子斯维尔斯，他们的朋友围绕在他们四周，为第一流的天才捧场。晚上，正当大家兴高采烈的时候，小胖子斯维尔斯说，先生们，如果你们允许的话，我打算略略表演一段今天在这里发生的真人真事的戏。大家鼓掌表示欢迎；他走出屋去的时候还是斯维尔斯，转回来的时候就算是验尸官了（不过一点都不像）；他演唱了验尸的过程，为了让大家开心，他还不时用钢琴伴奏这样一个叠唱句：他（验尸官）醉得晕头转向，嚷嚷什么嘟哩嘟儿——醉得晕头转向，嚷嚷什么嘟哩嘟儿——醉得晕头转向，嚷嚷什么嘟哩嘟儿，嘀！

叮叮当当的钢琴声终于停止，和声学会的朋友们也去抱着枕头睡觉了。这时候，那具孤零零的尸体已经进了尘世上最后的安息之所；寂静笼罩着他，百叶窗上那两个阴森可怕的洞眼，在这万籁俱寂的夜里守望了他好几个钟头。这个可怜人很小的时候，也曾偎依在母亲的怀里，抬起眼睛望着慈母的脸，根本不懂得怎样用柔软的小手去搂着母亲的脖子，如果做母亲的当时能预见他如今躺在这里，那将是多么不堪设想的事情啊！想当年，在那些比较得意的日子里，如果他心中那股已经熄灭的热情，曾经为某个爱恋他的女人而燃烧过，那么，现在他的遗体还没有掩埋，那个女人又在什么地方呢！

那天晚上，在库克大院斯纳斯比先生家里，整夜都得不到安宁。原来嘉斯德尔搅得大家睡不了觉；正像斯纳斯比先生说的那样——请原谅我太直言了——她的癫痫病不是发作一次而是接连发作了二十次。这次发病的原因是，嘉斯德尔心肠太软，而且过于敏感，不过，如果不是因为她在图丁那位大恩人家里呆过，这种敏感很可能是由于她喜欢胡思乱想而来的。且不说她过于敏感到底是因为什么，喝茶的时候，斯纳斯比先生叙述了他参与验尸的事，这不免使嘉斯德尔大为震惊，所以，到了吃晚饭的时候，先是她手里端的荷兰干酪突然飞了出去，接着她一头栽到厨房里去；就这样，她的癫痫病发作起来了，并且持续了很长的时间。她发一阵好一阵，好一阵又发一阵，一直没完没了。在各次发作的短暂间歇中，她都抓紧时机，向斯纳斯比太太苦苦哀求说，"等她病好了以后"，千万不要把她打发走；同时，她又求着店里的人，把她放在石子地上，大家就可以回去睡觉了。因此，当柯西特大街那家小牛奶铺的忠于职司的公鸡，因黎明到来而高声歌唱时，就连耐性最好的斯纳斯比先生听了，也不禁长叹一声说："我还真以为你这只公鸡死了哩！"

这只满怀热情的公鸡，在竭尽全力啼叫的时候，它知道自己解决了什么样的问题吗？或者，它对这件和它毫无关系的事情大嚷大叫（不过，人们在得意的时候，也是这样公然大嚷大叫的），它知道这是为了什么吗？当然，这都是它自己的事情。只要黎明到来，只要早晨到来，只要中午到来，那就行了。

后来，精明强干的地保——晨报就是这样形容他的——带着他那帮穷朋友，来到克鲁克先生那个铺子，把我们那位与世长辞的亲爱的弟兄的尸体抬走，抬到一个四面都被围起来的墓地里去；那个地方瘟疫流行、污秽不堪，把恶疾传染给我们那些尚未与世长辞的亲爱的兄弟姐妹，而我们那些趋炎附势的亲爱的兄弟姐妹——但愿他们早日与世长辞！——却心满意足，怡然自得。他们把我们那位与世长辞的亲爱的弟兄抬到这一小片土地来，举行基督教式的葬礼，但是这小片污秽的土地，就连一个异教徒也会把它当作极其不堪的东西而加以拒绝，连一个野蛮人也会望而生畏。

在这里，除了一条小隧道似的、臭气冲天的小巷通向墓地的铁门以外，四面都是房子；在这里，在这些死人的周围，活人正干着种种坏事，而在那些活人周围，死人也在散发着种种的毒素；在这里，他们把我们那位亲爱的弟兄埋在地下一两英尺深的地方；在这里，他被埋到烂泥里去，而将来也要从烂泥里爬出来：他将是复仇的魔鬼，出现在许多病榻之前，他将成为可耻的证据，向未来的年代说明，当年“文明”和“野蛮”，怎样牵着这个妄自尊大的岛国往前走。

来吧，黑夜，来吧，黑暗的世界，因为在这样一个地方，你们无论来得多快，也都不算快；无论呆得多长，也都不算长！来吧，那些破烂房子的窗户里的姗姗来迟的灯光，还有你们那些在房子里干着不可告人的勾当的人，你们在为非作歹的时候，至少可以关上窗户，把这种不堪入目的情景隔绝起来！来吧，煤气灯的火焰，你在那扇铁门上发着阴森森的亮光，污浊的空气就附在那上面，好像女巫用的油膏似的，一接触就令人觉着黏黏糊糊！你们做得对，应当向每个过往行人喊道：“瞅瞅这儿吧！”

正当黑夜到来的时候，有一个人垂头丧气、磨磨蹭蹭地穿过那条隧道似的小巷，来到铁门外面。他扶着门，从栏杆中间往里瞅着，站在那儿瞅了一会儿。

然后，他用他带来的破笤帚轻轻扫着台阶，把拱道打扫干净。他扫得很快，很干净；他又往里面瞅了一会儿才走开。

乔，原来是你呀？好啊，好啊！你虽然是个被否决了的证人，你“说不清”将来落到比世人高一等的神灵手里会怎么样，不过你并不是完全愚昧无知的。你这样做，说明在你的理智里，隐隐约约地闪烁着一线的光明，因为你喃喃地说：

“他对我实在太好了，太好了！”

第十二章
在戒备中

林肯郡的雨终于停止，切斯尼山庄也跟着热闹起来。朗斯威尔太太忙得不亦乐乎，因为累斯特爵士和夫人正从巴黎启程回家，她得好好准备迎接。上流社会的消息灵通人士打听到这个好消息，便告诉给还蒙在鼓里的英国。消息灵通人士还打听到，他们准备在林肯郡那所古老而好客的祖传邸宅里，招待一群高贵而显赫的*élite of the beau monde* ①——上流社会的消息灵通人士，英语讲得很糟糕，可是说起法语却运用自如，神气十足。

为了向那群高贵而显赫的人物表示更大的敬意，同时也为了顾全切斯尼山庄的体面，猎园里那个破桥洞已经修好；河水也退回原来的河道里，一座桥架了起来，显得非常幽雅，从邸宅那里望去，煞是一片好风光。明亮而阴冷的阳光射进了发黄的鼠李树丛，赞许地望着凛冽的寒风席卷着落叶，吹干了青苔。一整天，阳光追随在行云投下来的阴影后面，掠过了猎园；阳光追逐着阴影，可是永远追不上。阳光照进了窗户，一道道明亮的光线和一个个明亮的光片，抚弄着德洛克先人的肖像，这是画家们当初根本意想不到的。阳光横射过大壁炉架上夫人的肖像，投下一道粗粗的左斜线②，这道光线弯弯曲曲地投射到壁炉里去，好像要把壁炉裂成两半。

就在这样阴冷的阳光下，就在这样凛冽的寒风里，夫人和累斯特爵士，坐在长途旅行用的马车里（夫人的忠实的女用人和累斯特爵士的忠实的男用人坐在马车后面的随从座位上），正启程回家。铃铛声和鞭梢声不停地响，那两匹没有骑人的马一再使劲往前冲，另外两匹却骑着两个戴着亮闪闪的帽子和穿着过膝的长统皮靴的马夫，这四匹马都扬起马鬃，翘起尾巴，拖着那辘辘隆隆的车子，离开了梵多姆广场上的布里斯托尔饭店，缓缓地穿过利弗丽大街的光影交错的柱廊，穿过丢掉了脑袋的国王和王后[3]的惨遭劫难的御花园，经过协和广场、香榭丽舍广场[4]以及星辰广场上的凯旋门，离开了巴黎。

说实在的，这几匹马无论跑得多快，德洛克夫人还是嫌慢；因为就是在这个地方，夫人也感到厌烦得要死。在这个烦死人的世界里，夫人觉得，不论是音乐会、招待会、歌剧、戏剧，或者坐车兜风，都没有什么意思。就在上星期天，正当那些可怜的穷人在寻欢作乐的时候——原来在这一天，巴黎城里的人们，有的在御花园修剪过的树木和雕像中间同孩子们做游戏；有的约了一二十个伙伴，肩并肩地游逛香榭丽舍广场（这个广场由于有会表演的小狗和旋转木马，更显得其乐无穷了）；还有少数人不时穿过阴暗的圣母大教堂，来到某根柱子的柱基跟前，趁着生锈的铁丝架上的小蜡烛射出的烛光，做简短的祷告；而在巴黎城外四郊的人们，有的在跳舞，有的在调情，有的在喝酒，有的在抽烟，有的去谒陵，有的打台球，有的斗纸牌，有的玩骨牌，有的卖假药，同时，那里还有许多损害健康的、有生和无生的垃圾——就在上星期天，夫人在百无聊赖之中，在“失望巨人”[5]的掌握之下，看见自己的女用人兴高采烈几乎都看不顺眼。

因此，夫人离开巴黎时，无论车子走得多快，她都嫌它慢。

---

① 法文夹英文，意谓上流社会的人物。

② 左斜线是从右上方斜射到左下方的光线，据说这是私生子的标志。

③ 这里指的是，法国国王路易十六和他的王后玛丽·安托尼特，在一七九三年法国资产阶级革命时，上了断头台。

④ “香榭丽舍广场”意译为“极乐广场”。

⑤ “失望巨人”（Giant Despair）是英国作家约翰·本扬（John Bunyan，1628—1688）的小说《天国历程》（*Pilgrim's Progress*）中的人物，他把基督徒和“希望”囚禁在“怀疑堡”里。

她抛在身后的那种心灵深处的厌倦，已经在她前面等着她——她身旁的精灵已经用厌倦的腰带箍住了整个世界，怎么也解不开了——不过补救的方法虽然不理想，有倒是有的，只要经常掉换就行，这个地方待厌了，换个地方又可以得到补救。那就把巴黎远远地抛在后边，换个口味，看看冬天里那些望不到头的、古树参天的林荫道和纵横交错的道路吧！当她回过头看的时候，巴黎已经在好几英里地方以外了，星辰广场上的凯旋门变成一个小白点，在阳光里闪烁，巴黎城也成了平原上的一个小丘；有两个黑色的方塔耸立在巴黎城上，光与影向它斜斜地投下来，就像雅各在梦中看见的天使似的①。

一般说来，累斯特爵士总是那样怡然自得，很少感到厌烦。要是遇到没有别的事可干，他总是想着自己如何伟大。一个人有了这样一个取之不尽、用之不竭的题目来消磨时间，倒是有莫大好处的。他看完信件以后，就靠着车厢的一角，回顾一下他在社会上的重要地位。

“你今天早晨收到的信很多吧？”夫人过了好一会才问道。她看书已经看累了。要知道，在二十英里的路程中，她看了差不多有一页呢。

“可是，这些信都没什么内容。什么也没有。”

“我刚才好像看见图金霍恩先生的一封长信。”

“什么东西都逃不过你的眼睛，”累斯特爵士带着钦佩的表情说道。

“咳！”夫人叹了一口气。“他是个最讨厌不过的人啦！”

“他在信上——请你稍等一会儿——他在信上，”累斯特爵士一边说，一边把信挑出来并把它打开，“给你附了几句话。刚才我看到他在信末附加那几句的时候，我们正好停车换马，所以我就

---

① 见《旧约全书 · 创世记》第 28 章第 12 节，归心似箭的雅各梦见天使从天梯上下来。

给忘了。请你原谅。他说——”累斯特爵士好半天才把眼镜掏出来，把它戴好，所以夫人似乎有点生气了。“他说：‘关于该通道之通行权一事——’请原谅，我看错一行了。他说——对啦！我找到了！他说：‘谨向夫人致意，希望这次变换环境能对夫人的身心有所裨益。请向夫人转达（她可能对此事发生兴趣），关于那个给大法官庭案件抄写口供书的人，我有些话要等夫人回来以后奉告。我记得夫人对那份口供书很感兴趣；我最近曾见到那个抄写口供书的人。’”

夫人探身向前，望着窗外。

“这就是他附的那几句话，”累斯特爵士说。

“我想下去走一会儿，”夫人说，依然望着窗外。

“走一会儿！”累斯特爵士带着惊奇的声调重复了一遍。

“我想下去走一会儿，”夫人毫不含糊地说。“请把马车停一停。”

马车停了，那个忠实的男用人看到夫人那个不耐烦的手势，便从马车后面的随从座位上跳下来，打开车门，放下踏板。夫人很快地下了车，又很快地往前走着。累斯特爵士虽然殷勤周到，却来不及搀扶她，而被抛在后面。一两分钟以后，他才赶上她。夫人满脸笑容，显得非常娇媚；她挽着他的胳膊，和他一起步行了四分之一英里的路程，然后她又感到非常厌烦，便回到马车上去了。

这三天的时间，大部分是在辘辘隆隆的马车中度过，铃铛声和鞭梢声时大时小，两匹骑着人的马和两匹没有骑人的马忽快忽慢。累斯特夫妇在他们下榻的旅馆里相敬如宾，得到了大家的赞扬。金猿饭店的老板娘说，虽然爵士的岁数，对夫人来说，确实是显得大一些，虽然他满可以做她的慈父，但是人们一眼就看得出来，他们是彼此相爱的。人们注意到，爵士白发苍苍，手里拿着帽子，站在那里搀着夫人上下马车。人们注意到，夫人怎样温柔地点点头，优美地伸出了手，表示赞许爵士的殷勤！这简直是妙不可言!

可是，大海并没有对大人物表示敬意。大海颠簸着他们，就像颠簸着小鱼儿一样。大海和往常一样，总是跟累斯特爵士过不去，使他的脸变得青一块白一块，活像干酪一般；同时，还使他的贵体违和，觉得天旋地转。在他看来，大海就是自然界的“急进派”。不过，他停下来休息一阵以后，他的尊严总算使他克服了身体上的不适；在前往林肯郡的途中，他和夫人只在伦敦呆了一夜，便继续奔向切斯尼山庄。

就在这样阴冷的阳光之下，就在这样凛冽的寒风之中，他们的车子开进了猎园。天色越暗，阳光就越发阴冷；林子里光秃秃的树影愈是错杂朦胧，寒风就越发凛冽，这时候落日的余辉映照着鬼道西边的一角，而鬼道也逐渐消失在暮色之中。乌鸦在大道两旁榆树上的“高楼大厦”里摆荡着，似乎在讨论下面驶过的马车里坐着什么人。有的认为是累斯特爵士和夫人回来了；有的跟那些不满意这个说法并表示异议的伙伴进行争论；有时候，它们一致认为这个问题已经解决了；有时候，由于一只顽固的昏昏欲睡的乌鸦最后哇地叫了一声，坚持表示反对，于是大家又七嘴八舌地争论起来。那辆旅行马车隆隆地朝着邸宅驶去，听任乌鸦在树上扑动和啼叫。邸宅那里的炉火从一些窗户透射出亮光来，可是并不是许多窗户都有亮光，使人看到房子正面那些越来越黑暗的景物以后，还觉得这房子住着人。不过那些高贵而显赫的人，很快就会给这所房子带来生气勃勃的气象的。

朗斯威尔太太在门口恭候，她深深地行了一个屈膝礼，握了握累斯特爵士像往常那样向她伸出来的手。

“你好吗，朗斯威尔太太？看见你真高兴。”

“你回来啦，累斯特爵士，身体健康吧。”

“我身体很健康，朗斯威尔太太。”

“夫人看来身体也很好，”朗斯威尔太太说着，又行了一个屈膝礼。

夫人没有多说话，只表示她身体还好，但是感到很疲倦。

这时候，露莎正远远地站在女管家后面。夫人向来是对什么都不露声色的，但是她观察敏锐，一眼就看见露莎，不由得问道：

“那姑娘是谁？”

“夫人，这是我收的一个小学生，叫露莎。”

“露莎，到这里来！”德洛克夫人甚至带着一种很感兴趣的样子，招手让她过来。“噢，孩子，你知道你长得多漂亮吗？”她一边说，一边把两只食指搭在露莎的双肩上。

露莎满脸通红，说道：“哪儿的话，夫人，我不漂亮！”她往上看了看，又往下看了看，一时不知该往什么地方看才好，可是她那样子越发显得漂亮了。

“你多大岁数了？”

“十九啦，夫人。”

“十九啦，”夫人若有所思地重复了一遍。“小心啊，别让人家拿那些甜言蜜语把你给捧坏了。”

“是的，夫人。”

夫人用那戴着手套的纤细的手指，轻轻地拍了拍露莎那带着酒窝的脸蛋儿，然后就走到橡木楼梯跟前，累斯特爵士站在那里，像个骑士似的等着护送她。一个已故的德洛克在画框里瞪着眼睛，他的画像和他在世时的身材一般，呆头呆脑的神气也是一般样，看上去好像茫然不知所措——当初在伊丽莎白女王时代，他的心情大概就是那样。

那天晚上，露莎在女管家的屋子里，什么事也做不成，只是喃喃地重复着德洛克夫人对她的赞扬。她多么和蔼，多么优雅，多么漂亮，多么高贵啊；她的声音多么甜蜜，她的抚摸多么令人激动啊，露莎现在还能感觉出来！朗斯威尔太太也因为有这样一位夫人而引以为荣；她说这一切都是千真万确的，只是，关于夫人是否和蔼可亲这一点，她有保留意见；她对这一点还不敢完全肯定。她要是对这个高贵门第的任何成员稍加毁谤，特别是对整个世界都赞赏的夫人加以指摘，那是天地不容的；可是，朗斯威尔太太认为，夫人如果不是那样冷冰冰、跟别人格格不入，而是稍微“随和一点”，那一定会显得更加和蔼可亲的。

“夫人没有孩子，这简直是太可惜了，”朗斯威尔太太加了“简直”两个字，因为德洛克这一家的事情，是上帝的特殊安排，要是有人认为有什么安排比这更好的话，那不啻渎犯神明，“要是她有一个女儿，一个成了年的小姐，来让她操操心，那么，我想，她目前唯一缺少的那种美德也就得到弥补了。”

“奶奶，那也许会使她更加骄傲吧？”瓦特说道。他真是一个好孙子，到家以后，又上这儿来了。

“亲爱的，就我的地位来说，”管家婆一本正经地答道。“我是绝不能用，而且，也绝不能听人用‘更加’或‘越发’这类的字眼来形容夫人的缺点的。”

“请别生气，奶奶。可是，她的确很骄傲，对不对？”

“如果她很骄傲，那她也有骄傲的理由。德洛克这一家永远有理由骄傲。”

“那好吧！”瓦特说，“他们干脆从祈祷文里，把那规定给普通人读的、有关骄傲和自负的一段删掉算了。别生气，奶奶！这只是开玩笑！”

“亲爱的，累斯特爵士和德洛克夫人，可不是开玩笑的对象。”

“累斯特爵士的确不是开玩笑的对象，”瓦特说，“我诚心诚意地请他原谅。奶奶，我想，就算他们一家子和他们的朋友都到这里来，假如我在德洛克酒店再呆一两天，大概不会有人反对吧？别的旅客不也是这样吗。”

“当然不会有人反对，孩子。”

“那我很高兴，”瓦特说，“因为我有一种说不出来的愿望，想多看看这周围的幽美的环境。”

这时候，他恰巧瞟了露莎一眼；露莎低下头，那样子确实显得很害臊。但是，根据由来已久的迷信，发烧的地方不应该是她那鲜嫩的脸蛋儿，而应该是她的耳朵；因为在这当儿，夫人的女用人正在滔滔不绝地数落着露莎。

夫人的女用人是个三十二岁的法国女人，来自法国南部的阿维尼翁和马赛附近的什么地方。她是个大眼睛、黑头发、肤色棕红的女人；要不是因为长着一张猫一样的嘴，要不是因为脸绷得太紧，使下巴显得太灵活，脑壳显得太突出，给人一种不快的感觉，她满可以说是个很漂亮的女人。不知为什么，她的体形使她显得瘦削而虚弱；她有一种习惯，不用转动脑袋，就可以斜着眼睛看人，特别是在她发脾气和快要动刀子的时候——不过，她要是不这样斜着眼看人，那一定能教人舒服得多。她虽然穿着入时，戴了许多小装饰品，但她的这些缺点仍然显露出来，因此，她那样子活像一只刷洗得很干净，却又没有完全驯服的母狼。她除了熟悉一切和她职位有关的事务以外，就她所掌握的英文来说，她几乎可以算作一个英国女人。因此，当她破口大骂露莎，说她不该讨夫人的欢喜时，她倒是不愁没有词儿的。她一边坐着吃饭，一边冷嘲热讽，以致和她同桌吃饭的那个忠实的男用人，看见她拿起匙子来喝汤的时候，感到大大地松了一口气。

哈，哈，哈！她，奥尔当斯，侍候了夫人五年，总是被拒于千里之外，而这个娃娃，这个木偶，夫人刚一到家就爱抚她——那是名符其实的爱抚呀！哈，哈，哈！“孩子，你知道你长得多么漂亮吗？”——“哪儿的话，夫人，我不漂亮。”——这你可说对啦！“孩子，你多大岁数啦？孩子，小心点，别让人家拿那些甜言蜜语把你给捧坏了！”噢，多么滑稽啊！这事儿简直太妙了。

总之，这件事情简直妙不可言，奥尔当斯小姐一辈子也忘不了；后来有好几天工夫，在她吃饭的时候，甚至在她和女同乡，那些陪同大群的客人前来而职务也和她相当的人相处的时候，她也常常暗自玩味这个笑话。她那副暗自玩味的神情，按照她所特有的陶然自得的样子，是这样流露出来的：脸绷得更紧了，使劲闭着的嘴唇变得更薄更宽了，眼睛也斜得更厉害了。夫人不在场的时候，她总是在夫人那些镜子里尽情欣赏自己这副幽默的神气。

现在，邸宅里所有的镜子都起了作用，其中有好些镜子已经闲了许多日子。那些镜子反映出漂亮的脸孔、痴笑的脸孔、年轻的脸孔、年已古稀而又不认老的脸孔；这一班人来到切斯尼山庄，准备在那里度过正月的一两个星期；这一班人，从他们在圣詹姆士宫廷崭露头角的时候起，就受到上流社会的消息灵通人士所追踪；消息灵通人士就像是上帝跟前的大猎犬，用敏锐的嗅觉追踪着，一直追到这一班人寿终正寝为止。林肯郡这儿现在热闹非凡。白天，树林里传来射击声和嘈杂的人声，猎园的大道上骑马人和马车往来不绝，山庄酒店和德洛克家徽酒店里挤满了听差和仆从。夜里，从远处的树丛空隙中望去，那长长的客厅的一排窗户——夫人的画像就挂在那里的大壁炉架上——就像镶在黑框上的一串宝石。星期天，那个阴冷的小教堂，由于这一群服饰华丽的人光临，几乎温暖如春，德洛克家祖祖辈辈的尸体的气味，也被香水的香气压了下去。

在这群高贵而显赫的人物里面，并不缺少教养、才智、勇敢、道义、美貌和品德。但是，尽管有这么多的优点，这群人还是有某些欠缺的地方。什么样的欠缺呢?

是时髦吗?现在已经没有乔治四世（真可惜！）来制定时髦式样了；也没有回转式的上浆领饰，没有短腰身的上衣，没有假的腿肚子，也没有紧身褡。现在已经没有怪模怪样、娇声嗲气的花花公子——从前这些人就是那样子打扮，出现在歌剧院的包厢里，常常因为过分高兴而晕倒，由别的花花公子把长颈的香水瓶插到他们的鼻子里以后，才清醒过来。现在已经没有什么纨袴子弟需要四个人帮忙，才能穿上鹿皮衣服，每逢有杀头的事情，都要去看一看，或者是因为吃了一粒豌豆而责备自己。可是，在这一群高贵而显赫的人物里面，到底有没有人搞什么时髦玩意，搞一些更加害人的时髦玩意呢？这里说的时髦玩意，当然不是仅仅指外表而言，而是指做出更加有害的事情。比较起来，用回转式领饰把自己的脖子围起来，或者是为了身段苗条而情愿饿肚子，那都没有多大害处，有理智的人是不必去特意反对的。

噢，不错，这是掩盖不住的。在正月的这个星期里，切斯尼山庄**确实**来了一些最时髦的女士和绅士，他们搞了一些时髦玩意，比方说，在宗教方面就搞了一些。他们饱食终日，无所用心，都喜欢谈一些时髦事儿，说什么老百姓对一般事物采取不相信的态度，这就是说，不相信那些经过试验后、发现有毛病的事物，就好像一个下等人发现一个先令是假的以后，就莫名其妙地不相信这是个先令了。他们想开倒车，从历史上把几百年一笔勾销，好让那些老百姓变得非常顺眼，非常服帖。

这儿还来了另一类型的女士和绅士；他们并不那么时髦，可是非常风雅。他们喜欢给世界涂脂抹粉，把世界上的一切现实掩盖起来。对他们说来，不论什么东西都必须是柔和而可爱的。他们发现了以不变应万变的方法。什么事情都不能使他们感到欢乐，什么事情也都不能使他们感到忧伤。他们不愿为任何事情操心烦神。甚至连那些“美术品”，都必须戴着扑粉的假发，必须像宫内大臣那样倒退着走路，必须按照几辈子以前的女帽商和裁缝所做的式样来打扮，必须特别谨慎，不要过分热心，不要受这个激动人心的时代的任何影响。

布都尔伯爵也来了。他通晓国家事务，在他那个政党里声誉卓著。吃过晚饭以后，他郑重其事地对累斯特·德洛克爵士说，他真看不出这个时代到底何去何从。辩论已经不是往常那种辩论；议院已经不是往常那个议院；就连内阁也不是以前那样的内阁了。他不胜惊讶地发觉，如果当前的政府被推翻，加上富都尔公爵和顾都尔两个人又为了胡都尔的事情闹翻了，因而不可能合作，那么，国王便只有在库都尔伯爵和托马斯·杜都尔爵士两个人之间挑选一个人出来重组新阁——再说，如果把内政部和下议院的领导职位给了朱都尔，把财政部给了库都尔，把殖民部给了卢都尔，把外交部给了穆都尔，那么你打算把努都尔安插到哪里去呢？你不能把枢密大臣的职位给他呀，因为那是留给普都尔的。你又不能把他安插在林业部里，因为那个职位就是给了夸都尔，恐怕也小了一些。那末，怎么办呢？由于你不能安插努都尔，这个国家就会受到很大损失，就会迷失方向，就会四分五裂（根据累斯特·德洛克爵士的爱国心来衡量，事情显然是这样的）！

另一方面，议员威廉·巴菲阁下，正和桌子对面的一个人争论说，这个国家之所以受到很大损失是由于卡菲引起的——关于国家受到损失这一点，已经是无可怀疑了，大家争论的是，到底受到多大的损失。如果在卡菲刚到议会的时候，你就按照本来应当做的那样对待他，防止他跑到达菲那一边去，那么，你就会使他和法菲联合起来，你就会得到像格菲这样一个雄辩家的大力支持，你就会使哈菲用他的财产来支援竞选，你就会使泽菲、克菲和拉菲当选为三个郡的郡长，你还会由于有了马菲的治国之术和栋梁之才而加强你的国务管理。可是现在，这一切都无法实现，你只好听任帕菲来摆布了！

对于这一点，以及一些次要的话题，总是意见纷纭、莫衷一是；可是那一群高尚而显赫的人物都非常清楚，他们谈论的不是别人，而是布都尔和他的随员，还有巴菲和他的随员。这些人都是伟大的演员，舞台就是留给他们的。当然啰，世界总有那么一种人——那么一大批当小配角的人；有时候要给这批人讲几句好话，有时候就像在舞台上演戏那样，全靠这批人来喝彩，可是布都尔和巴菲、他们的随员和家属、他们的后裔、遗嘱执行人、遗产管理人和遗产让受人，都是天生第一流的演员、第一流的经理和乐队指挥，而别人却永远上不了台。

在切斯尼山庄，这方面的时髦玩意儿也许还是太多了，那群高贵而显赫的人物终究会发现，这对他们自己是不利的。因为，甚至那些最沉默和最有教养的人物也看到在他们的圈子外面，有一些非常奇怪的人在积极活动，一如巫师用法术在自己周围招来的一圈人。所不同的是，这个圈子是事实，不像巫师画的圈子是幻象，这就更有被这群奇怪的人闯进圈子里来的危险。

不管怎么说，切斯尼山庄还是宾客盈门，高朋满座；但因为人来得太多了，那些挤在一起住的女佣心里便升起一股无名之火，怎样也压不下去。只有一间屋子是空着的。那是一间招待三等客人的塔楼卧室，这里虽然陈设朴素，但是非常舒适，而且还有一种老派人讲究实事求是的气氛。这就是为图金霍恩先生而设的屋子；这间屋子从来没有让别人住过，因为他随时都可能到来。不过，他这次还没有来。他总是按照他的老习惯，在天气晴朗的日子，不声不响地来到村子里，徒步穿过猎园，径直走进这个屋子，好像他自从上次到了这里来以后，就没有离开过这间屋子似的；他会吩咐这里的用人通知累斯特爵士说，他已经来了，如果需要他的话，就来叫他；晚饭前十分钟，他会从书房门口的阴影里走出来。他就睡在塔楼里，头顶上有一根旗杆，发出如泣如诉的声音；塔楼外面有一个用铅皮搭成的平台，他住在这里的时候，每天早饭之前，都可以看见他穿着那身黑衣服在露台上踱来踱去，活像一只大乌鸦。

每天晚饭前，夫人都看看那阴暗的书房里有没有他，可是书房里没有他。每天吃饭的时候，夫人都把整个餐桌扫视一遍，看看有没有空出一个座位等他来，可是没有空座位。每天晚上，夫人都好像偶然想起似的，问她的女佣说：

“图金霍恩先生来了吗？”

每天晚上的回答都是：“没有，夫人，还没有来。”

有一天晚上，夫人正让人给她梳头，听了这个回答，便沉思起来；过了一会儿，她从面前的镜子里看到自己沉思的脸孔和一双好奇地瞅着她的黑眼睛。

“你还是用心给我梳头吧，”于是，夫人就这样对反射在镜子里的奥尔当斯说，“你要端详你自己的美貌，不妨另外拣个时候。”

“请原谅！我端详的是夫人的美貌。”

“这个，”夫人说，“根本用不着你来端详。”

终于有一天下午，太阳快要落山，那一群服饰华丽的人在鬼道上消磨了一两小时以后，便都散了，只有累斯特爵士和夫人还留在那条小道上，图金霍恩先生这时突然出现了。他像往常那样迈着方步，朝他们走来，从不加快脚步，也从不放慢脚步。他像往常那样戴着他那毫无表情的面具——如果那是个面具的话——他的躯体的每个部分，他的衣服的每个皱褶，都捎带着别人的家庭秘密。至于他是不是把整个的灵魂都献给了那些大人物，还是只付出他出卖给他们的那一份劳力，这个问题却是他个人的秘密。他保守这个秘密，就像他保守他的委托人的秘密一样；在这件事情上，他就是他自己的委托人，从来也不会泄露自己的秘密。

“你好吗，图金霍恩先生？”累斯特爵士一边说，一边向他伸出手来。

图金霍恩先生很好。累斯特爵士很好。夫人也很好。大家都非常满意。律师反背着手，沿着小道，在累斯特爵士的一边走着。夫人则在累斯特爵士的另一边走着。

“我们早就等着你来，”累斯特爵士说。这是一句很体贴的话，这等于说：“图金霍恩先生，当你不在这里，当你不在我们眼前的时候，我们还记得有你这么一个人。你瞧，先生，我们把一部分心思都花在你身上了！”

图金霍恩先生领会到这一点，便歪过头来说，他非常感激。

“我本来可以早点来，”他解释说，“可是我一直在忙着处理您和波依桑之间那几件案子的事情。”

“波依桑是个神经失常的人，”累斯特爵士一本正经地说，“在任何社会里，都是个非常危险的人物。他的为人非常卑鄙。”

“他很顽固，”图金霍恩先生说。

“这样一个人，当然是很顽固的，”累斯特爵士说，看起来，他本人却是最顽固不过的。“我听了这话，一点都不奇怪。”

“唯一的问题是，”律师接着说，“您是不是愿意做出任何让步。”

“不，先生，”累斯特爵士答道。“决不！要**我**让步？”

“我不是说要在重要的问题上让步。当然，我知道您是不会放弃那些东西的。我指的是在无足轻重的问题上。”

“图金霍恩先生，”累斯特爵士回答说，“在我和波依桑先生之间，是没有什么无足轻重的问题的。我不妨进一步说，我根本想不通，我的**任何**权利会是无足轻重；我这样说，不是为了我个人，而是因为我有责任维护家族的地位。”

图金霍恩先生又歪起头来。“现在，我得到您的指示了，”他说。“可是波依桑先生会给我们找不少麻烦的——”

“**找麻烦**正是这种人的本性，图金霍恩先生，”累斯特爵士打断了他的话，“他是个极其恶劣的下流坯。要是倒退五十年，他这个人很可能由于谣言惑众，而在伦敦中央刑事法院受审，而且，就算不是——”累斯特爵士顿了一顿说，“就算不是被绞死、剜出五脏、五马分尸的话，也会受到严厉的惩罚。”

累斯特爵士宣判了这个死刑以后，他那高贵的胸膛似乎大大地松了一口气；好像宣判死刑也差不多等于执行死刑那样使人感到满意。

“天快黑了，”他说，“夫人会着凉的。亲爱的，我们进去吧。”

当他们转过身，向大厅门口走去的时候，德洛克夫人才开始跟图金霍恩先生说话。

“你在一封信里给我附了几句话，谈到我上次偶尔问到那个誊写法律文件的人。真亏你记得住那种事情；我差不多把它给忘了。你在信里附的那几句话，使我又想起来了。我真想不出，看了那种笔迹以后，产生了什么联想；可是我确实产生了某种联想。”

“您产生了某种联想？”图金霍恩先生重复着说了一遍。

“噢，是的！”夫人漫不经心地回答说。“我想，我一定是产生了某种联想。你真的花了一番工夫，去把那抄写的人找出来了吗？——他抄的那篇东西是什么，是口供书吗？”

“是的。”

“多么奇怪啊！”

他们来到一楼的阴暗的早餐室里，阳光只有在白昼才透过两扇有着深深窗台的窗户，照进这间屋子来。现在已经是黄昏时分了。炉火明亮地映照着镶了护墙板的墙壁，淡淡地映照着玻璃窗，透过反映在玻璃窗上的阴冷的火光，可以看到窗外寒风中更显阴冷的萧瑟景象；灰蒙蒙的雾在蠕动着，除了那茫茫的浮云以外，唯一的旅客就是这片雾了。

夫人在壁炉边的一张大椅子上懒洋洋地靠着，累斯特爵士坐在对过一张大椅子上。律师站在炉火前面，胳臂伸得直直的，挡着那直往他脸上照的火光。他的视线越过胳臂往夫人那边投过去。

“是的，”他说，“我调查了一下这个人，并且找到了他。说来奇怪，我发现他——”

“我想，大概不是个什么了不起的人吧！”夫人没精打采地插了一句。

“我发现他死了。”

“噢，我的天啊！”累斯特爵士喊道。使他吃惊的倒不是这件事情本身，而是他们居然提到这件事情。

“有人带我到他住的地方去——那是个又穷又破的地方——我发现他死了。”

“对不起，图金霍恩先生，”累斯特爵士说。“我想，最好是少说点——”

“累斯特爵士，请你让我把故事听完吧，”——这回是夫人在说话。“这种故事正适合黄昏时分听。多么吓人啊！你说他死了？”

图金霍恩先生又歪了一下脑袋，表示这是千真万确的。“至于这是不是他自己下的手——”

“我的天啊！”累斯特爵士喊道。“真的别说了！”

“让我把故事听完！”夫人说。

“亲爱的，不管你说什么，我可是必须说——”

“不，你不必说！图金霍恩先生，说下去吧。”

累斯特爵士一向殷勤，他在这一点上让步了；不过他仍然觉得，在上等人中间谈论这种令人恶心的事情，真有点——真有点——

“我要说的是，”律师继续说下去，他那泰然自若的样子，丝毫没有受到打扰，“至于他是不是自己下的手，那我可就没法告诉你了。不过，尽管谁也搞不清他是有意还是无意，我倒是可以补充一下，说他肯定是咎由自取的。验尸陪审委员团认为，他这次中毒是偶然的。”

“这个可怜虫，”夫人问道，“是个什么样的人？”

“这可很难说，”律师摇着头答道。“他的生活过得那样可怜，又没有人照顾他；再说，他的肤色很像吉卜赛人，黑头发和胡子也是乱蓬蓬的，所以我只好说他是个最普通不过的人了。有位外科医生倒有一种看法，认为他过去在外表上和生活条件上，都要好一些。”

“他们管那个可怜人叫什么？”

“他们叫他的那个名字，就是他自己起的假名，可是没有人知道他的真名实姓。”

“就连照顾他的人也不知道他的姓名吗？”

“根本就没有人照顾他。人们发现他死了。事实上，是我发现他死了。”

“再也没有别的线索吗？”

“什么线索也没有；他留下了——”律师若有所思地说，“留下了一口旧皮箱；可是——那里面什么证明文件也没有。”

在这场短短的对话中，德洛克夫人和图金霍恩先生（他们丝毫没有改变原来的姿势）说出每一句话的时候，彼此都目不转睛地瞅着对方，这在谈论这么一件不寻常的事情时，这也许是很自然的。累斯特爵士一直在望着炉火，脸上的表情就跟楼梯口上德洛克先人的肖像的表情差不多。现在故事讲完了，他又一本正经地提出抗议；他说，夫人脑子里的联想，显然是不可能和这个可怜的家伙联系在一起的（除非他写过信请求帮忙），他不愿意再听下去，因为这离题太远，和夫人的身份很不相称。

“这简直是太可怕了，”夫人说着，便把皮大衣和毛皮围巾、手笼拿起来，“可是，这可以给人解解闷儿！图金霍恩先生，请你给我开开门吧。”

图金霍恩先生毕恭毕敬地把门打开，用手扶着门，等她走出去。夫人带着往常那种慵倦和傲慢的神气，从他身边走过去。他们吃晚饭的时候又见面——第二天又见面——接连好几天都见面了。德洛克夫人和早先一样，总是像一个懒洋洋的女神似的被那些前来膜拜她的人包围着，甚至当她高坐在自己的殿堂上时，她也是动不动就感到厌烦得要死。图金霍恩先生也和早先一样，总是一言不发，肚子里装满贵族的秘密；他在这个地方显得很不相称，却又那样悠然自得。他和夫人似乎谁也不注意谁，好像随便哪两个人呆在一个屋子里都会这样似的。可是，他们彼此之间是不是越来越留意和怀疑对方，越来越疑心对方有什么不可告人的秘密；他们彼此之间是不是加紧准备打垮对方，免得自己受到突如其来的攻击；他们肯下多大工夫，来了解对方所了解的事情——这一切，目前都深深地藏在他们的心坎里。

第十三章
埃丝特的自述

理查德将来要成为一个什么样的人，这件事情我们谈论过好几次了；起初，根据贾迪斯先生自己的要求，贾迪斯先生不参加我们的谈论，后来他倒是参加了；可是，谈了很长时间，我们才似乎谈出一点眉目来。理查德说，他什么事情都愿意干。可是贾迪斯先生表示怀疑说，理查德要是参加海军，恐怕年龄已经太大了。理查德说，他已经想到这一点，他的岁数也许是太大了。贾迪斯先生问理查德觉得参加陆军怎么样，理查德说，他也想过参加陆军，认为这个主意并不坏。贾迪斯先生劝他好好考虑一下，他那么喜欢航海，是由于孩子们的一般喜好呢，还是真有这么一个强烈的愿望，理查德回答说：很对，他**确实**常常考虑这个问题，但始终弄不清原因何在。

"我真说不上来，"贾迪斯先生对我说，"理查德从出世起就被卷进去的那一大堆不明不白和旷日持久的事情，应该对他这种犹疑不决的性格负多少责任；不过，我倒是看得清清楚楚，大法官庭——姑且不谈它的其他罪孽吧，对他这种性格是要负一部分责任的。大法官庭已经使他养成了或是加深了那种遇事拖延的习惯；他相信将来会碰上各种各样的机会，可是连自己也弄不明白是些什么样的机会；他做事马虎，因为他认为世界上的事情都是难以解决，变幻无常，乱七八糟。当然，即便是那些岁数比较大、做事比较稳妥的人，也可能会近朱者赤、近墨者黑的。所以，不能过分指望一个小孩的性格在成长过程中能够摆脱开周围环境的影响。"

我觉得这话说得很对；不过，要是我能说说我自己的想法的话，我认为，理查德所受的教育竟然没能使他摆脱开这些影响，没能使他很好地陶冶自己的性格，这实在是太令人遗憾了。他在公立学校里念了八年书，据我了解，还学会了写好几种拉丁诗，而且写得很好。可是，我从来没听说过，有人肯花点功夫研究研究他的爱好是什么，缺点是什么，或者让他掌握某种专门知识。他倒是掌握了写诗的技巧，而且写得蛮好；可是我觉得，除非他把写诗这套玩意儿忘掉，好好增长自己的学识，否则，他就是在学校一直呆到成年，这一辈子也只能写写诗罢了。当然，我并不怀疑这些诗写得很美，很有进步，足以表达人生的目的，而且值得终身铭记，但是我仍然认为，如果理查德不这样钻研诗歌，如果有人稍微花点功夫来研究研究他，那他一定会受用无穷的。

说实在的，诗歌这玩意儿我当时一点都不懂，甚至现在也还是不知道古罗马或古希腊或任何国家的年轻绅士，在写诗方面能不能达到像他这样高的造诣。

“我一点也不知道，将来做什么最合适，”理查德一边想，一边说，“我只知道我决不当牧师，至于别的职业，那都很难说。”

“你想不想干肯吉先生那一行？”贾迪斯先生提议说。

“那我可不知道，先生！”理查德答道。“我倒是很喜欢划船的。那些法务见习生在水上可花了不少时间呢。[①]这是一个顶呱呱的行业！”

“当外科医生怎么样——”贾迪斯先生提议说。

“这正合我的意思，先生！”理查德喊道。

我很怀疑他早先想过这件事情没有。

“这正合我的意思，先生！”理查德非常兴奋地又说了一遍，“我们总算解决了这个问题。好极了，英国皇家医学会会员！”

他虽然对这件事情大笑不已，我们却不能一笑置之。他说，

---

① 这里指见习生用笔蘸墨水写字。

他已经选定了职业，他越想越觉得，命中注定要当外科医生；在所有的手艺当中，治病救人的手艺对他最合适。我怀疑，他做出这个结论，只是因为他从来没有机会去研究自己适合干什么，而且从来也没有人指导他去发掘自己的才能，所以他一下子就被这个最新鲜的主意吸引住，乐得不必再费心思去考虑了；我不知道别人学会了写拉丁诗以后是不是都变成这个样子，还是只有理查德一个人是这样。

贾迪斯先生煞费苦心，跟理查德认真谈了一谈，并且让他好好考虑，免得在这样重大的事情上误了前程。经过这几次谈话以后，理查德变得严肃一点了；然而他总是对我和婀达说，"这事情没有问题"，然后就开始谈论别的事了。

"我的老天爷，"波依桑先生喊道，他对这件事情非常关心（这句话我大可不必说，因为他对任何事情都不会不关心的），"看到一个坚强而勇敢的年轻绅士献身给这样一种崇高的职业，我心里真高兴！在这种职业里，坚强的人越多，对世人就越有好处，对那些唯利是图的坏蛋和卑鄙下流的骗子手就越不利，因为不论坏蛋或骗子手，都喜欢在世人面前把这种高尚的手艺弄得一塌糊涂。说真的，"波依桑先生喊道，"船上的外科医生的治疗方法太糟糕了，要是医疗制度在四十八小时之内不彻底改变的话，我真希望海军部所有人员的腿——两条腿——都遭到复杂的骨折，我并且宣布：任何一个有资格的医生去给他们接骨头，都要发配充军！"

"你能不能给他们一个星期的限期？"贾迪斯先生问道。

"不行！"波依桑先生斩钉截铁地喊道。"绝对不行！只能给四十八小时！提到那些社团、教区会、教区代表会以及那些笨蛋召开的诸如此类的会——这些笨蛋在会上你说一通，他说一通，他们那些话糟糕极了，但愿皇天有眼，就是为了防止他们那狗屁不通的英文玷污当今最流行的语言起见，也得让他们到水银矿里去做苦工，他们在那里虽然活不长，那也要他们吃点苦；提到那些卑鄙无耻的家伙——他们利用了年轻人好学不倦的精神，可是只给连办事员都不乐意要的一点点钱，来酬报这些年富力强的人的辛勤劳动，酬报他们多年苦学的精神和花了许多金钱才受到的教育——我真想把这些家伙的脖子给拧断，把他们的脑壳陈列在外科医生协会里，让同行的人都来看一看，这样，年轻一代的会员就可以从实际的度量，了解到人的脑壳可能变得多厚！”

他说完这番义愤填膺的话以后，便带着非常爽朗的笑容，向我们环顾了一下，接着又突然哈哈大笑起来。他笑了一次又一次，要是别人，早就笑得透不过气来了。

贾迪斯先生给理查德规定了好几次日期，让他考虑考虑，可是每次到了期限，理查德还是说，他已经选定了这种职业，而且还带着那种坚决的样子，一再向我和婀达保证说，“没有问题”。因此，这就有必要请肯吉先生来商量商量了。于是，有一天，肯吉先生来吃晚饭，他往椅背上一靠，手里不停地转动着他那副眼镜，用一种抑扬顿挫的声调谈论着，他的样子一点都没有变；我还是小姑娘的时候，他就是现在这个模样。

“啊！”肯吉先生说。“对！那很好！这是一种非常高尚的职业，贾迪斯先生；非常高尚的职业。”

“学习期间和预习期间都需要努力，”我的监护人说这话的时候，瞟了理查德一眼。

“噢，当然，”肯吉先生说。“需要努力。”

“不过，无论哪一种职业，只要是值得从事，就需要我们努力，”贾迪斯先生说，“并不是只有这种职业才特别需要努力，而别的职业就不需要了。”

“说得对，”肯吉先生说。“至于理查德·卡斯顿先生，他从小就在古典文学方面下功夫，而且在这方面显示出自己的才华；我相信，他将来从事这种更加实际的职业时，即便不把作拉丁诗的原则和实践应用到工作上，那也一定会把当初所养成的习惯应用上去。据说（如果我没有弄错的话），一个诗人要是没有天才，那就根本学不会拉丁语的。”

“我一定要尽最大的努力去作，”理查德不假思索地说，“这一点你可以放心。”

“很好，贾迪斯先生！”肯吉先生一边说，一边微微地点着头。“既然理查德先生向我们保证，他决定干这一行，而且打算尽最大的努力去做，”他说这话的时候，不停地点着头，那态度显得很恳切，很客气，“那我不妨说，我们只要研究一下怎样才能更好地实现他的抱负就行了。这么说，关于给理查德先生物色一位名医作老师这件事情，你们心目中有没有合适的人呢？”

“我想，没有吧，理克？”我的监护人说。

“没有，先生，”理查德说。

“原来是这样！”肯吉先生说。“那么，对于这一行，你有没有特别喜欢的专科呢？”

“没——没有，”理查德说。

“原来是这样！”肯吉先生又说了一遍。

“我希望各种科目都学一点，”理查德说，“——我的意思是说，要学习各方面的东西。”

“毫无疑问，这是非常必要的，”肯吉先生回答说。“贾迪斯先生，我想，这件事情不难办吧？第一，我们只要找到一个有相当资格的医生就行；我们只要说明我们的需要——换句话说，我们只要能付一笔学费就行——那么我们唯一的困难就是如何从许多医生中间加以挑选了。第二，我们只要办一些小小的手续就行；由于理查德先生还没成年，还处在法庭的监护之下，这些手续是必要的。我们马上就可以——我不妨用理查德先生那种轻松的口吻说——就可以‘去干’，而且干得蛮好。事有巧合，我的一个表亲就是医生，”肯吉先生说话时，微笑中带有一点忧郁的样子。“说真的，像这样的巧事，有的我们也许解释得了，有的也许就解释不了。你们可能认为他很合适，他也可能答应这个要求。结果如何，我可不能替你们任何一方面作什么保证；不过，他很可能接受就是了！”

既然这件事情已经有了眉目，大家都认为应该请肯吉先生去和他的表亲谈一谈。贾迪斯先生很早以前就提过，要带我们到伦敦去住几个星期，因此，第二天我们就决定马上出发，同时把理查德的事情办妥。

波依桑先生住了不到一个星期就走了。我们在伦敦住在牛津街附近，那是个很舒适的寓所，就在一个家具商店的楼上。伦敦对我们来说是非常新鲜的，我们每次出去都在外面呆好几个钟头，浏览名胜古迹；这些名胜古迹多极了，我们还来不及看完，就已经筋疲力尽了。我们也很有兴致地到各个大剧院去，值得看的戏都看了。我现在所以提这件事情，正是因为在戏院里，格皮先生又开始把我弄得很不舒服。

有一天晚上，我和婀达坐在包厢的前排座位上；理查德坐在他最喜欢的座位上，也就是坐在婀达后面；这时候，我偶然朝下看了一眼正厅后排的座位，只见格皮先生正抬着头看我，他的头发搭拉下来，脸上显出非常悲哀的样子。我觉得，从开场到散场，他根本没看过那些演员一眼，只是目不转睛地望着我，而且总是故意装出那种非常沉痛和垂头丧气的样子。

这使我那天晚上感到非常扫兴，因为这实在令人感到难为情，感到啼笑皆非。可是，从那时候起，我们每次去看戏，我都看见格皮先生坐在正厅后排的座位上，头发总是那样搭拉着，衬衣领子总是那样平翻下来，浑身上下总是那样绵软无力。如果我们进去的时候他没有在场，我就希望他不要来，我好欣赏一下那出戏的情节；可是，就在我以为他决不会来的时候，却准会看见他那双没精打采的眼睛，而且从那时起，我就知道，他那双眼睛整个晚上都在盯着我。

我真说不出来，这使我感到多么不安。即便是他把头发梳好，把领子翻起来，那也已经够受的了；后来发现那个可笑的人总是盯着我看，总是脸带愁容，我就感到非常拘束，眼睛看着戏，既不能笑，又不能哭，也不能动一动或者说一句话。看样子，我无论做什么事情，都非常不自然。可是我又不能为了躲开格皮先生而坐到包厢的后排去，因为我知道，理查德和婀达希望我坐在他们旁边，要是别人坐在我的位子上，他们俩就不能谈得这样痛快。因此，我坐在那里，眼睛不知道该看什么地方才好，因为我不管往哪里看，我都知道格皮先生的眼睛总是在盯着我；再说，我心里还在想，这个年轻人为了我的缘故，白白地花了许多冤枉钱。

有时候，我想跟贾迪斯先生说说这件事情，可是又怕这个年轻人丢了饭碗，我可能就此断送了他的前程。有时候，我想偷偷跟理查德说一下，可是又怕理查德会跟格皮先生打起来，把他的眼睛打青了，所以我不敢跟他说。有时候，我觉得应当向他皱皱眉，摇摇头，不过我觉得不应当这样做。有时候，我想，我是不是应当给他母亲去封信，可是，我又考虑，和他们通信只能把事情弄得更糟糕。结果，我的结论往往是，无论采取什么办法都不合适。在这些日子里，格皮先生的精神是始终不渝的，我们无论到哪个戏院去，他都必然在场；我们从戏院出来的时候，他也必然在人群里出现。有两三次，我亲眼看见他甚至爬上我们的马车后面，在一些又尖又长的铁栅子中间挣扎。我们回去以后，他就在我们寓所对过那根街灯柱子附近呆着不走。我们寄居的那户家具商的寓所，正好在两条大街的拐角上，我的卧室窗户就对着那根街灯柱子。我到了楼上，很怕到窗口去，免得看见他，因为有一个月光明亮的晚上，我真的看见他靠着柱子，而且显然是得了伤风。幸亏他白天还做事情，不然的话，他一定会把我弄得整天都坐立不安的。

虽然我们到处游逛（格皮先生也莫名其妙地参加了这些活动），我们并没有忘记是为什么事情到伦敦来的。肯吉先生的表亲叫贝汉姆·巴杰尔，在契尔夏开业，他的业务很忙，还在一家很大的公立医院应诊。他很愿意把理查德留在他家里，指导他的学

格皮先生的忧伤

习；看样子，理查德在巴杰尔先生家里能够学得很好。巴杰尔先生很喜欢理查德，理查德也说他“相当”喜欢巴杰尔先生，于是两边都说妥了，又得到大法官的同意，事情就这样安排下来。

理查德和巴杰尔先生之间的事情说妥了的那一天，我们都被请到巴杰尔先生家里去吃晚饭。巴杰尔太太本来在短简上就说请我们去吃一顿“家常便饭”，所以除了巴杰尔太太以外，我们在那里没看见有别的女士。她坐在客厅里，周围摆着各种各样的东西，这些东西说明，她喜欢画画图画，弹弹钢琴，弹弹六弦琴，弹弹竖琴，唱唱歌，做做针线活儿，看看书，写写诗和收集一点植物标本。我觉得她是个五十岁左右的女人，打扮得很年轻，样子也很好看。除了上面这许多才艺以外，如果我再加上一点，说她还喜欢擦擦胭脂，抹抹粉儿，我确实是没有什么坏的意思。

贝汉姆·巴杰尔先生是个脸色红润、精神焕发的绅士，他的声音很细，牙齿很白，浅色的头发，眼睛直愣愣的，我不妨说，他比他太太年轻好几岁。他非常崇拜她，说来奇怪，这主要是因为（在我们看来）她一共嫁过三个丈夫。我们刚刚坐下来，巴杰尔先生就洋洋得意地对贾迪斯先生说：

“你大概想不到我是贝汉姆·巴杰尔太太的第三个丈夫吧！”

“真的吗？”贾迪斯先生说。

“真的是她第三个丈夫！”巴杰尔先生说。“萨默森小姐，您一点也看不出来，贝汉姆·巴杰尔太太从前嫁过两个丈夫吧？”

我说：“一点都看不出来！”

“他们都是非常了不起的人！”巴杰尔先生用一种很亲切的口吻说。“贝汉姆·巴杰尔太太的第一个丈夫，是英国皇家海军的舰长斯沃塞，他的确是一个非常出色的军官。巴杰尔太太的第二个丈夫是名振全欧的丁格教授。”

巴杰尔太太无意中听见他的话，便笑了笑。

“是的，亲爱的！”巴杰尔先生看见她在笑，就回答说，“我刚才正跟贾迪斯先生和萨默森小姐说，你从前嫁过两个丈夫——都是非常杰出的人物。可是，他们和一般人一样，都觉得这话很难相信。”

“我和英国皇家海军舰长斯沃塞结婚的时候，”巴杰尔太太说，“刚刚二十岁。我当时和他一起在地中海，所以我现在满可以说是一个水手哩。在我结婚十二周年的那一天，我变成了丁格教授的妻子。”

（“名振全欧的丁格教授，”巴杰尔先生低声补充了一句。）

“我和巴杰尔先生结婚的时候，”巴杰尔太太继续说道，“我们也是在某一年的同一天里举行婚礼的。我简直是爱上那一天了。”

“就这样，巴杰尔太太前后嫁了三个丈夫——其中有两个是非常杰出的人物，”巴杰尔先生一边总结事实的经过，一边说，“而且，每次都在三月二十一日上午十一点钟举行婚礼！”

我们大家都表示非常羡慕。

“可是，巴杰尔先生太客气了，”贾迪斯先生说，“请原谅，我想改正他的话，我认为三个都是杰出的人物。”

“谢谢你，贾迪斯先生！我也经常跟他这样说，”巴杰尔太太说。

“可是，亲爱的，”巴杰尔先生说，“我经常跟你怎样说呢？我虽然不想故意贬低我在医学界里可能得到的名望（我的名望如何，我们的朋友卡斯顿先生将来有很多机会加以评论），但我绝不是头脑迟钝的人——不，绝对不是，”巴杰尔先生对我们大家说，“我也不是不通情理的人——所以，我还不至于拿我的名望来与斯沃塞舰长和丁格教授这样的第一流人物相提并论。贾迪斯先生，你也许对斯沃塞舰长的这张肖像发生兴趣吧？”贝汉姆·巴杰尔先生一边说，一边领我们到旁边的一间客厅里去，“这张肖像是他从非洲一个驻地回国的时候画的，他在当地得了热病。巴杰尔太太觉得他的脸画得太黄了。可是，他的神态多好啊。简直是气宇轩昂！”

我们都跟着说：“的确是气宇轩昂！”

贝汉姆·巴杰尔先生家的家族肖像

“当我看到这张肖像的时候，我心里想，”巴杰尔先生说，“‘我要能见到这个人，那真是三生有幸了！’这张肖像充分证明，斯沃塞舰长从前是个第一流人物。在那一边，是丁格教授的肖像。我对他很熟悉——他最后一次生病的时候，我给他看过病——这张肖像画得栩栩如生。在钢琴上面摆着的，是身为斯沃塞太太时的贝汉姆·巴杰尔太太的肖像。在沙发上头挂着的，是身为丁格太太时的贝汉姆·巴杰尔太太的肖像。至于今天的贝汉姆·巴杰尔太太，我得到了她本人，但是没有肖像。”

这时，仆人来说晚饭准备好了，我们便到楼下去。那顿饭菜非常精美，招呼也非常周到。可是，巴杰尔先生的脑子里还在想着那个舰长和那个教授，而婀达和我又荣幸地坐在他身旁，由他亲自照顾，所以我们听到许多有关那两位优秀人物的事情。

“萨默森小姐，喝点水吗？让我来倒吧！噢！请不要用这个大玻璃杯。詹姆斯，把教授的酒杯给我拿来！”

婀达非常欣赏放在一个玻璃罩下面的假花。

“奇怪！这些花保存得多么好呀！”巴杰尔先生说，“这些花是贝汉姆·巴杰尔太太在地中海的时候人家送给她的。”

巴杰尔先生请贾迪斯先生喝一杯红葡萄酒。

“不是这种红葡萄酒！”他说。“请原谅。今天是个了不得的日子，我碰巧有些特别好的红葡萄酒；逢到这样的日子，我总是拿这种酒来请客。（詹姆斯，把斯沃塞舰长的酒拿来！）贾迪斯先生，这酒是舰长从国外带回来的，我们就别提这是多少年前的事情了。你一喝就知道这是一种多么奇妙的酒。我亲爱的太太，我很想跟你碰碰杯。（詹姆斯，拿斯沃塞舰长的酒给太太斟一杯！）祝你身体健康，我亲爱的太太！”

晚饭后，我和婀达、巴杰尔太太一边走出餐厅，一边谈论着巴杰尔太太的第一个和第二个丈夫。到了客厅里，巴杰尔太太先给我们提纲挈领地讲了讲斯沃塞舰长婚前的生活和经历，然后，从他爱上她那一天起，她就讲得比较详细了；据说他是在“瘸子号”军舰为军官们举行的舞会上爱上她的，当时那只军舰正停泊在普利茅斯港。

“‘瘸子号’这军舰多可爱啊！”巴杰尔太太一边说，一边摇着头。“雄伟极了，就像斯沃塞舰长常说的那样：整齐干净，井井有条，桅高帆满。如果我偶然用上一两句航海术语的话，请你们千万不要见笑，要知道，我当初真像个水手呢！斯沃塞舰长因为我的缘故；很喜欢那条船。后来这船退役了，他就常说，要是有钱的话，他准把那条旧船买下来，让人在后甲板上，在我们当初站在一起跳舞的地方刻上字，把那个地点标出来，因为他就是在船尾那个地方，被我从船头的桅楼发出的‘炮火’打中的。所谓‘炮火’，是他形容我眼睛的一个航海术语。”

巴杰尔太太摇摇头，叹了口气，又照照镜子。

“从斯沃塞舰长到丁格教授，这是一个很大的改变。”她带着苦笑说下去。“起先我感到很不习惯。我的生活方式完全改变了！可是时间和科学——特别是科学——使我习惯了这一切。丁格教授在研究植物学的时候，我是他唯一的伴侣，我变得很有学问，几乎把航海的事儿给忘了。奇怪的是，教授和斯沃塞舰长的性情爱好根本不同，而巴杰尔先生又和他们两人完全不一样。”

后来，我们转而谈到斯沃塞舰长和丁格教授是怎么死的，他们两人似乎都得了重病。在谈话过程中，巴杰尔太太对我们表示，在她这一生中，她只热恋过一次，而那热恋的对象就是斯沃塞舰长，当日的那股热情是再也呼唤不回来了。后来她谈到了丁格教授，说他死得很惨，是慢慢死去的，巴杰尔太太模仿他当时呼吸怎样困难，怎样喊“劳拉在哪儿？让劳拉把面包和水拿给我！”正当她说到这里，巴杰尔先生、贾迪斯先生和理查德都进来了，于是丁格教授就被送回坟墓里去了。

这几天以来，我早就注意到婀达和理查德越来越难分难舍了，这天晚上我注意到尤其如此。这也难怪，因为他们不久就要分手了。因此，等我们回到寓所，我和婀达上楼睡觉的时候，只见婀达比往常更少说话，我倒也不觉得奇怪。不过，我却没想到，她竟然倒在我怀里，把头藏起来，对我说：

“亲爱的埃丝特！我有一件非常秘密的事情要告诉你！”

我的好姑娘，没问题，那当然是一件非常秘密的事情啰！

“什么秘密事情，婀达？”

“噢，埃丝特，你永远也猜不着的！”

“要我猜一猜吗？”我说。

“噢，不！不要猜！请不要猜！”婀达喊道，看到我要猜，她吓了一大跳。

“瞧，我真不知道这是关于谁的事情，”我说着，装出沉思的样子。

“这是关于，”婀达低声说。“这是关于——我表哥理查德的事情。”

“亲爱的，原来是这样！”我一边说，一边吻着她那头闪亮的长发，因为我看不见她的脸，只能看见她的头发。“他怎么啦？”

“噢，埃丝特，你永远也猜不着！”

看见她这样偎依着我，把脸藏起来，同时又知道她现在哭的原因不是感到痛苦，而是感到喜悦、自豪和希望，我心里高兴极了，所以我一时还不想让她把话说出来。

“他说——我知道这是很可笑的，我们俩都很年轻——可是，”她忽然哭起来了，“埃丝特，他说他非常爱我。”

“真的吗？”我说。“我这还是头一次听到呢！不过，说实在的，亲爱的人儿啊，我在好几个星期以前就可以跟你说他爱上你了！”

婀达又惊又喜，扬起她那张红红的脸儿，搂住我的脖子，一会儿笑，一会儿哭，一会儿脸红，一会儿又吃吃地笑；看到她这个样子，我心里真觉得高兴。

“你瞧你，亲爱的，”我说，“简直把我当成大傻瓜了！谁都知道，你的表哥理查德早就爱上你了！”

“可是你从来没提过这件事情啊！”婀达一边喊，一边吻我。

“没有，亲爱的！”我说。“我等你来告诉我。”

“可是，我现在不是已经告诉你了吗，你没觉得我有什么不好吧？”婀达答道。就算我是世界上心肠最硬的老嬷嬷，她也一定能哄着我说“没有”。现在既然我不是那样一个人，所以我马上就说，没有，我没觉得她有什么不好。

“不过，”我说，“依我看，这一来可就麻烦了。”

“噢，亲爱的埃丝特，麻烦的还不止这个呢！”婀达喊道，把我搂得更紧，又把头靠在我的胸前。

“是吗？”我说。“难道还有比这个更麻烦的吗？”

“就是呀，还有比这个更麻烦的！”婀达点头说。

“怎么，难道你——！”我故意和她开玩笑。

婀达这时抬起头来，一边流着泪，一边笑着喊道：“是的，我爱他！你知道，你知道我爱他！”接着又嘤嘤地哭起来：“我真爱他！埃丝特，我真爱他！”

我笑着对她说，我既然知道理查德爱她，当然也知道她爱理查德。我们坐在炉火前，我唠唠叨叨地说了一会儿（不过我的话说得不多）；婀达这时已经平静下来，而且显得很高兴了。

“亲爱的德登大妈，你觉得我的约翰表哥知道这件事情吗？”她问道。

“我的好人儿，约翰表哥又不是瞎子，”我说，“我想他一定和我们一样，对这件事情知道得清清楚楚。”

“在理查德走以前，我们打算跟约翰表哥谈一谈，”婀达怯生生地说，“我们想请你给我们出点主意，还想请你去跟他说一声。德登大妈，可以让理查德进来吗？”

“噢！亲爱的，理查德原来在外面吗？”我说。

“不一定，”婀达带着又害羞又天真的样子答道，如果说她以前没有使我喜欢她，那么现在光凭她那天真的样子，就足以使我喜欢她了；“不过，我想他可能是在外面等着。”

他果然是在外面等着。他们每人搬了一张椅子，放在我的两旁，让我坐在他们中间——他们这样子倒像是爱上了我，而不是他们彼此相爱。他们非常相信我和喜欢我。他们欢天喜地地谈了一会儿；我没有打断他们，因为我自己也沉浸在这种欢乐的气氛里。后来，我们渐渐谈到他们还很年轻；谈到还要过好几年以后，这初恋才会开花结果；谈到只有真正的和持久的爱情，只有当爱情使他们产生了一种坚定的决心，使他们本着忠贞不渝、坚韧不拔和始终如一的精神来履行彼此的职责，总之，只有他们处处为对方着想，爱情才会带来幸福。可不是吗！理查德说他要为婀达鞠躬尽瘁，婀达也说她要为理查德鞠躬尽瘁，他们还用各种各样亲热而动听的称呼来叫我，我们坐在那里，又是商量，又是聊天，一直谈到深更半夜。最后，在我们分开以前，我答应他们，明天就去跟他们的约翰表哥说一说。

这样，第二天吃过早饭，我就到我监护人那里去。他呆的那间屋子，是我们在城里的“牢骚室”。我告诉他，有人委托我跟他说件事情。

“好吧，小老太太，”他说着，便把书合起来，“如果你肯接受这个委托，那一定不是什么坏事情。”

“但愿不是，监护人，”我说。“我不妨说，这件事情不是什么秘密。因为这是昨天才发生的。”

“是吗？埃丝特，到底是什么事情啊？”

“监护人，”我说，“你还记得我们刚到荒凉山庄不久那个快乐的夜晚吗——婀达还在那间阴森森的屋子里唱了歌？”

我打算让他想一想他那天晚上给我使了个什么样的眼色。要是我现在没有弄错的话，我想我是让他想起来了。

“因为，”这时我有点犹疑。

“怎么，亲爱的！”他说。“慢慢说啊。”

“因为，”我说，“婀达和理查德两人已经发生了爱情，而且彼此也表白了。”

“已经表白了！”我的监护人吃惊地喊道。

“是的！”我说，“监护人，说实在的，我早就料到了。”

“你真行！”他说。

他坐着考虑了一两分钟；他那富于表情的脸上挂着笑容，显得又好看又慈祥；后来，他要我去告诉他们说，他想见见他们。他们来了以后，他一面像慈父似的用胳臂搂着婀达，一面愉快而严肃地对理查德说：

“理克，”贾迪斯先生说，“我很高兴得到你们的信任。我希望将来还继续得到你们的信任。当我考虑到我们四个人之间的关系时——这种关系使我的生活变得光明而幸福，使我的生活有了新的意义和乐趣——我的确考虑过，你和你这漂亮的表妹（别害臊，婀达，别害臊，亲爱的），可能会想到将来在一起过一辈子。我过去和现在都觉得这很理想。不过，这是将来的事情，理克，将来的事情！”

“先生，我们也把这看成将来的事情，”理查德回答说。

“很好！”贾迪斯先生说。“这样说是对的。现在，亲爱的，你们听我说，我本想跟你们讲：你们对自己还不够了解；什么事情都可能发生，硬把你们拆开，而现在把你们拴在一起的这条鲜花做的链子可能很容易折断，或者，可能变成一条铅做的锁链，束缚着你们。可是我不想说这样的话。如果你们将来能看清这一点，那么，我敢说，你们一定很快就会看清。我可以假定，再过几年，你们彼此之间还是心心相印，就像你们现在这样。可是，在根据这样一个假定来跟你们说话之前，我却要说，如果你们将来**真要**改变主意——如果你们将来**确实**觉得，你们俩成年以后的关系，只是普普通通的表兄妹关系，而不是孩子们那种青梅竹马、两小无猜的关系（理克，请你原谅我把你当成小孩子了！）——那么，你们还可以来告诉我，而不必害臊，因为这并不是什么可怕或不得了的事情。我只不过是你们的朋友和远房亲戚，丝毫没有权力支配你们。不过，如果我将来没有因为做错了什么事而失去你们的信任，那我很希望能永远得到你们的信任。”

“先生，我说你完全有权力支配我们，”理查德答道，“这一点我是深信不疑的，我想婀达也会这样说。这种权力是由于我们对你的尊敬、感激和爱戴而产生的；这种权力还会越来越大。”

“亲爱的约翰表哥，”婀达靠在贾迪斯先生肩膀上说，“从今以后，你就是我的再生父母了。我对父母所应有的爱戴和应尽的责任，现在都转到你身上了。”

“行啦，行啦！”贾迪斯先生说。“但愿你们俩实现这个假定，永远相爱。让我们都抬起头来，展望未来吧！理克，社会的大门已经向你开着，你踏进社会的时候一定会受到欢迎的。你只能依靠上帝和自己的努力，别的你都不要相信。千万不要像那个异教徒的赶车人①那样，把上帝和自己的努力分割开来。爱情能持之以恒才是一件好事；可是，如果在别的方面没有恒心，那么爱情方面的恒心也就一文不值，毫无意义了。如果你做事缺乏诚意，或者迟迟不愿动手，那你即便有天大本事，也不会有什么成就。如果自以为凭着一股热情，不论什么大小事情都能办到，那你还不如趁早打消这种错误的想法，或者，趁早别追求你的婀达表妹。”

“先生，如果我心里有这种错误的想法（我倒希望我没有），”理查德笑着回答说，“那我一定把**这种想法**打消；为了在将来能实现我对婀达表妹的希望，我一定要好好努力。”

“说得对！”贾迪斯先生说。“如果你不打算使她幸福，那你还追求她干什么呢？”

“我不会使她不幸福的——绝对不会，仅仅是因为她爱我这一点，我就不会这样，”理查德骄傲地答道。

“说得好！”贾迪斯先生大声说道。“说得好！她就留在这里，和我在一起，就像在自己家里一样。理克，你在外面学习要像你

---

① 见希腊神话：太阳神之子法厄同（Phaethon）不听父亲的劝告，驾驶太阳车，因不善于驾驭，差一点把世界烧毁，宙斯用雷电把他劈死。

回家看她的时候一样爱她，这样一切就会很好。不然的话，一切就会很糟糕。我的话就说到这里。我想你最好和婀达出去散散步。”

婀达亲热地和他拥抱了一下，理查德也热情地和他握了握手，接着这一对表兄妹就走出房间，不过他们立刻又回过头来，好像是说，他们要等着我一起去。

房门依然敞着，我和贾迪斯先生两人目送着他们，他们穿过隔壁那间充满阳光的屋子，从屋子那边走了出去。婀达挽着理查德的胳膊，理查德正低着头，很认真地和她说话；婀达抬起头来望着他的脸，倾听着，好像除了这张脸，她就什么也看不见似的。他们是这样年轻，这样漂亮，这样充满希望和大有前途，他们轻快地踏着阳光，这时可能正幸福地憧憬着未来的岁月，使未来的岁月变得光辉灿烂。后来他们走进一个阴暗的地方，就不见了。刚才那片阳光只是因为突然闪现出来才显得那么明亮。他们一走出去，那间屋子就阴暗起来，太阳也被云彩遮住了。

“埃丝特，我说得对吗？”他们走了以后，我的监护人问道。

真想不到，像他这样善良和聪明的人，竟然问我他说得对不对！

“通过这件事情，理克也许会得到他所欠缺的品质，他尽管心地很好，但仍然有欠缺的地方！”贾迪斯先生摇着头说。“埃丝特，我对婀达用不着说什么，因为她的朋友和顾问经常跟她在一起嘛。”他一边说，一边爱抚地把手放在我的头上。

我虽然尽量掩饰，但我还是显出有点激动的样子。

“得啦，得啦！”他说。“不过我们也得好好想一想我们的小老太太可不能一辈子光替别人操心啊。”

“操心？亲爱的监护人，我觉得我是世界上最快乐的人呢！”

“我也有这个感觉，”他说。“不过可能有人会发现埃丝特从来没有发现的东西，也就是说，发现这个小老太太是一个最值得想念的人！”

我忘了及时说明，那天到巴杰尔先生家里去吃晚饭的还有一个人。那人不是一位女士，而是一位绅士。那位绅士肤色黝黑，是个年轻的外科医生。他相当沉默寡言，不过，我觉得他很通情达理，待人温和有礼。至少，婀达问过我是不是有这样的看法，我当时也承认了。

第十四章
风　度

理查德就在第二天晚上离开我们，奔他的前程去了，他因为非常热爱婀达和非常信任我，所以就托我照顾婀达。想到他们俩在这样一个黯然销魂的时刻还对我念念不忘，我当时真受感动，而今天写到这件事情，便尤其感动。不论是他们当时的计划或是未来的计划，都把我包括进去了。因此，我以后每星期得给理查德写一封信，忠实地报告婀达的情况——婀达则打算隔天给他写一封信。关于他将来怎样努力读书和获得什么成绩，他也准备亲自写信告诉我；我将来可以看到他怎样不屈不挠、百折不回地奋斗；他们将来结婚的时候，我得给婀达当伴娘；以后我就和他们住在一起，给他们管家，他们要永远让我过着幸福的日子。

“而且，**说不定**这场官司会使我们成为大富翁呢，埃丝特——这是可能的，你知道不？”理查德最后加上这么一句。

婀达脸上掠过一道阴影。

“亲爱的婀达，”理查德问道，“为什么不可能呢？”

“那还不如让大法官庭马上宣告我们破产来得好呢，”婀达说。

“哦！那我可就不知道了，”理查德答道，“不过，它反正是不会马上宣布什么的。天晓得它已经有多少年没有宣布任何事情了。”

“这倒是千真万确的，”婀达说。

“可不是，不过，”理查德强调说——他不是因为听了婀达的话，而是看到她当时的表情才这么回答的，“亲爱的表妹，这场官司拖得越长，好歹做出判决的日期就越近。你瞧，这个道理不是顶明白吗？”

“理查德，你比我们都懂得多，不过我有点担心，如果我们指望这场官司的话，我们将来准会吃苦头。”

“可是，亲爱的婀达，我们并不指望这场官司！”理查德喊道。“我们才没这么傻呢！我只是说这场官司**说不定**会使我们成为大富翁罢了，我们从来也不反对有钱呀。根据庄严的法律规定，大法官庭就是我们的铁面无私的老监护人，因此，不管大法官庭给我们什么（要是法院真给我们点什么的话），我们都要把它看作是应得的权利。我们大可不必跟自己的权利过不去。”

“当然不必，”婀达说，“可是，我们还是把这一切忘掉的好。”

“好吧，好吧！”理查德喊道，“我们就把这一切忘掉好了！我们要把这些事情忘个一干二净。你瞧德登大妈脸上的表情，她已经表示同意，那就行了！”

“你刚才喊德登大妈的时候，”我那会儿正把理查德的书装进箱子里，便探过头来说，“根本就没看清楚她脸上是什么表情；不过，她倒是同意了。她认为你还是忘掉这些事情的好。”

于是理查德说，这件事情就算告一段落吧——可是，他又马上毫无根据地臆造了许多空中楼阁，其数目之多，绝不下于中国万里长城上的烽火台。他兴高采烈地走了。我和婀达早就想到他走后我们一定会感到若有所失，不过心里已经有了准备，也就能够安下心来，过一种平静的生活。

记得我们刚到伦敦，就跟着贾迪斯先生去找过杰利比太太，可是碰巧杰利比太太当时没有在家。看样子，她是上什么人家里喝茶去了，而且还是带着杰利比小姐一起去的。除了到别人家里去喝茶，她当然还要发表许多的演说，写许多的信件，谈谈在伯里奥布拉-加纳移民地区种植咖啡和培养土著的种种好处。毫无疑问，这些信件一定使她女儿费了不少笔墨，吃了不少苦头。

到了约定时间，杰利比太太还没有来看我们，我们只好再次登门拜访。她倒是在伦敦城里，只是没有在家；据说她吃完早饭就上马尔恩德去了，为的是要处理一件有关该殖民地的事务，这件事是由一个名叫援助委员会伦敦东区分会的机构所引起的。上次来的时候，我没有看到啤啤（当时哪里也找不着他，那个厨娘认为他一定是跟着清道夫的马车玩去了），所以我这次又问起他来了。他盖房子玩的那些蚝壳还在过道上，就是什么地方也找不着他；厨娘认为他这一次是“赶羊去了”。我们都带着几分惊讶问道：“赶羊？”厨娘便说，不错，碰到赶集的日子，他常常跟着羊群出城，跑得老远，等他回家的时候，简直就不像个人样了！

第二天早上，我和监护人正在窗前坐着，婀达则忙着写信——自然是写给理查德啰；这时候，有人通报杰利比小姐来访。杰利比小姐领着那个啤啤走进来，看样子，她曾经花过一番工夫给啤啤打扮过，把他脸上和手上那些显眼的地方都擦干净，把他头发弄湿，用手指使劲卷过。这个小家伙身上的衣服，不是过于肥大，就是过于窄小。除了这身不伦不类的衣裳以外，他的别的穿戴也是不伦不类：帽子就跟主教戴的那样大，手套就跟娃娃戴的那样小；靴子跟乡下人穿的差不多，只是略小一些。他只穿一条很短的花格子呢短裤（裤管两道褶边的大小完全不一样），光着两条腿，腿上的抓痕横七竖八，看上去就像地图。那件花格子呢上衣原来缺了几个扣子，现在缝上去的显然是从杰利比先生的衣服上拆下来的。这些扣子大得出奇，而且已经磨得跟黄铜一样。他衣服上有几块补丁，样子非常奇怪，显然是匆匆忙忙补上去的；后来我在杰利比小姐的衣服上也看到同样的手艺。不过，不知为什么，她的外表倒是有了改进，比从前漂亮多了。她这时已经觉察到，自己费了半天劲，还是没有把可怜的小啤啤打扮好，所以，她进屋的时候先看了啤啤一眼，然后又看了看我们，这就表明她已经觉察到这一点了。

“噢，真糟糕！”我的监护人说。“又刮东风了！”

我和婀达热情地欢迎她，并把她介绍给贾迪斯先生；她坐下来以后，便对贾迪斯先生说：

“妈问您好，还请您原谅她不能来，因为她要校改那个计划的校样。她准备发出五千份新传单；她知道您听了这个，一定很感兴趣。我带来了一份。妈问您好。”说到这里，她便绷着脸把那张传单递过去。

“谢谢你，”我的监护人说。“我非常感激杰利比太太。噢，真糟糕！这风刮得人真难受！”

我们一边忙着给啤啤摘下那顶大帽子，一边问他是不是还认得我们。啤啤开头还用胳臂捂着脸，直往后退，后来，看见了蛋糕，便乖乖地让我抱在膝上，不声不响地吃着蛋糕。贾迪斯先生这时回到他那个临时的“牢骚室”里；杰利比小姐又像往常那样，突然把话题转到别的方面去了。

“我们在泰维斯法学院街的那个家，还是从前那样糟糕，”她说。“我就没过过安静日子，一天到晚谈非洲！我就是成了一个——那是怎么说的？成了一个所谓同胞兄弟[①]，也不见得比现在糟糕多少！”

我想说几句话安慰她一下。

“噢，你用不着安慰我，萨默森小姐，”杰利比小姐喊道，“不过我依旧很感激你这份好意。我明白人家怎么待我，所以谁的话我也听不进去。假如人家也是这样待你，你也会听不进别人的话的，啤啤，到钢琴底下去玩捉老虎吧！”

“我不去！”啤啤说。

“好啊，你这孩子真调皮，真没良心！”杰利比小姐噙着泪花说道。“我以后才不会费那么大的劲给你打扮哩。”

“好吧，我这就去，凯蒂！”啤啤喊道。他倒真是个好孩子，

---

① 同胞兄弟“a man and a brother”，来自反奴隶运动的口号：“难道我不是同胞兄弟吗？”（Am I not a man and a brother？）这里的意思就是奴隶。

看见姐姐心里难过，立刻就乖乖地走开了。

“为了这么点儿小事就哭，好像不值得，是不是？”杰利比小姐很抱歉地说，“可是我累极了。我昨天给那些传单写人名地址，一直写到夜里两点钟。我恨透了这些事情，单是写人名地址这一桩，就把我弄得头昏脑涨。你瞧瞧这个可怜的孩子！谁见过像他穿得这么难看的人！”

幸亏啤啤并不晓得自己那身穿戴有那么多的毛病，他坐在一条钢琴腿后面的地毯上，一边吃蛋糕，一边静静地瞧着我们。

“因为我不愿意让他听见我们说的话，”杰利比小姐说着，把椅子往我们这边拉了拉，“所以叫他到那边去了。这些小家伙可机灵啦。我刚才想说，我们的日子真的一天不如一天了。过不了多久，爸爸就要破产，到那时，我看妈妈才会甘心，闹到这个地步，只能怪妈一个人了。”

我们说，希望杰利比先生的处境不至于这样糟糕。

“谢谢你们的好意，可是希望也没有用，”杰利比小姐摇着头答道。“爸爸昨天早上还跟我说，他闯不过这个难关了。他心里难受极了；我看他要能闯过这一关才怪呢。那些买卖人不管货色好坏，高兴送什么来就送什么来，我们家的用人也不管什么东西，高兴拿来怎样摆弄就怎样摆弄。我呢，就算是懂得怎样改善这种情形，也没有时间去做；妈妈更是一概不管，我倒是想看看，爸爸在这种情况下**怎样**闯过难关。说真的，如果我是爸爸的话，我一定跑掉，离开这个家。”

“亲爱的！”我笑着说。“不用说，你爸爸当然是关心自己的家庭啰。”

“噢，不错，他这个家庭实在太好了，萨默森小姐，”杰利比小姐答道；“可是在这个家庭里，他能得到什么安慰呢？他这个家，除了账单、垃圾和碎纸，除了吵闹和孩子们从楼梯上滚下来，除了混乱和不幸，还有什么东西呢？他这个乱七八糟的家，天天都像是在大扫除，可是什么也没扫除掉！”

杰利比小姐跺了跺脚，又擦了擦眼泪。

“说真的，我很可怜爸爸，”她说，“也很生我妈的气，我简直不知道怎么说才好！反正我也不想再忍下去了。我已经下了决心。我可不愿意当一辈子奴隶，也不愿意等那个奎尔先生来向我求婚。嫁给一个慈善家，那倒真不错。好像**那个罪**我还没受够似的！”可怜的杰利比小姐说。

说真的，看到这个没人关心的姑娘，听了她这番话，我也禁不住生杰利比太太的气了，因为杰利比小姐虽然挖苦得厉害，可是她说的是真话。

“要不是你们上次在我们家住的时候，彼此熟悉了，”杰利比小姐接着说下去，“我今天可真不好意思上这里来了，因为我很明白，我在你们两位的眼睛里是个什么样的人。不过，我还是决定来，尤其是，你们下次到伦敦来的时候，我多半不会再见着你们了。”

她说这句话的口气是那样意味深长，我和婀达都预料到她还有什么话要说，便互相使了个眼色。

“不错，”杰利比小姐摇着头说。“多半不会再见着你们了！我知道我可以信得过你们两位。我相信你们不会泄露我的秘密。我已经跟人订婚了。”

“家里不知道这件事吗？”我说。

“啊唷，萨默森小姐，”她辩解的时候，态度有点急躁，不过倒没有生气，“那怎么能让他们知道呢！你又不是不明白妈这个人——我也不想告诉可怜的爸爸，使他心里更难过。”

“可是，亲爱的，如果你不告诉他，不征求他的同意，那会不会使他更难过呢？”我问道。

“不会的，”杰利比小姐说，她有点想哭的样子。“我希望不会。以后他来看我的时候，我一定想法子让他高兴，让他快活；我还要让啤啤和其他几个孩子轮流到我家里来住；那时候我一定能照顾照顾他们。”

可怜的凯蒂本是一个很重感情的人，她越说越想哭；后来谈到她想象中的那个了不起的小家庭，哭得尤其伤心，就连呆在钢琴底下的啤啤也大为感动，翻了个身，躺在地上，放声大哭。后来，我领他去亲亲他姐姐，又让他坐在我膝上，指给他看凯蒂正对着他笑（她是故意笑给他看的），他这才平静下来——其实，他还要挨个儿捧着我们的下巴，摸摸我们的脸儿以后，才肯完全平静下来。后来，他不愿意到钢琴下面去了，我们便把他放在一张椅子上，让他看着窗外；杰利比小姐拉着他一条腿，一边继续倾诉她心里的秘密。

“这事情是因为你们到我们家里来的时候引起的，”她说。

我们自然要追问究竟。

“我那时觉得日子过得很别扭，”她答道，“所以打定主意，无论如何也要使自己有教养一些；于是决定去学跳舞。我跟妈说，我觉得自己什么也不会，简直见不得人，所以我一定要学跳舞。妈当时就用那种惹人生气的眼光瞧着我，好像根本没有看见我似的。可是我已经抱定决心要学跳舞，所以我就跑到纽曼大街特维德洛甫先生办的舞蹈学校去学了。”

“亲爱的，是不是就在那里——”我说。

“是呀，就是在那里，”凯蒂说，“我跟特维德洛甫先生订了婚。那里有两个特维德洛甫先生，一个是爸爸，一个是儿子。我那个特维德洛甫先生当然是儿子。我当初要有机会多受点教育就好了，这样我就能做他的好妻子，因为我实在喜欢他呢。”

“说实在的，听了你这番话，我心里很难过。”

“我不明白你为什么要难过，”她有点着急地驳道，“不管怎么样，我已经跟特维德洛甫先生订了婚，而且他也非常喜欢我。到目前为止，这件事情还是个秘密，甚至在他那边也是个秘密，因为老特维德洛甫先生跟这个跳舞学校也有一些关系，如果突然把这件事告诉他，那就可能使他伤心，或者吓一大跳。说真的，老特维德洛甫先生是一位很有绅士气派的人——确实很有绅士气派呢！”

“他太太知道这件事情吗？”婀达问道。

"你是说老特维德洛甫先生的太太吗？克莱尔小姐？"杰利比小姐瞪大眼睛问。"没有这么一个人。他的太太已经去世了。"

说到这里，我们的谈话被啤啤的喊声打断了，原来他姐姐说话时为了加重语气，往往在不知不觉中拽拽他那条腿，就像拉铃铛的绳子似的，他当时痛得受不了，便伤心地哭起来。由于他向我乞怜，而我这时除了坐着听，也没有别的事情，便把他抱了起来。杰利比小姐很抱歉地吻了啤啤一下，并且说她不是故意的，然后，便接着说下去。

"事情就是这样，"凯蒂说。"如果有一天我觉得自己错了，那也是妈的责任。将来只要环境容许，我们就结婚；结了婚我就到办公房去找爸爸，并且给妈写信。这不会使妈生多大的气；在她眼里，我不过是她的钢笔墨水罢了。可是叫人高兴的是，"说到这里，凯蒂嘤嘤地哭了起来，"我结婚以后，非洲的事情就再也不用听了。小特维德洛甫因为我的关系也恨非洲；要是老特维德洛甫先生知道这样一个地方的话，他也会照样恨它的。"

"很有绅士气派的那一位就是他吧？"我说。

"不错，他确实很有点绅士气派，"凯蒂说。"他就是因为他的风度才出了名。"

"他教课吗？"婀达问道。

"不，他什么也不教，"凯蒂答道。"不过他的风度很潇洒。"

接着，凯蒂便用一种吞吞吐吐的态度，说她还有一件事情要告诉我们，她觉得我们应当知道，而且希望我们听了不要生气。原来她已经跟那个疯疯癫癫的瘦小的老太太弗莱德小姐熟起来了。她常常一清早就上老太太家里去，在早饭前和她的情人在一起呆几分钟——只是几分钟。"别的时间我也上那儿去，"凯蒂说，"可是普林斯就不去了。小特维德洛甫先生的名字就叫普林斯；[①]我

---

① 普林斯原文为Prince，意为"亲王"；摄政王（Prince Regent），指的是乔治四世。一八一一年乔治三世发疯以后，他就当了摄政王。据说，他风度翩翩，时人称他为"欧洲第一美男子"。

可不愿意他叫这个名字，因为这很像狗的名字，当然啰，这个名字不是他自己起的。那是老特维德洛甫为了纪念摄政王，[①]才给他起了这个名字。老特维德洛甫先生非常崇拜摄政王的风度。我头一次到弗莱德小姐家里是跟你们一起去的，我希望你们别因为我在那里和小特维德洛甫先生见过几次面，就觉得我这个人很糟糕；因为我实在喜欢这个可怜的老太太，而我相信她也喜欢我。假如你们能见到特维德洛甫先生，我敢说你们一定觉得他很好——至少，我敢肯定你们不会觉得他有什么坏。我现在就要到那儿去上课了。萨默森小姐，我不敢请你跟我一起去，不过，要是你愿意去的话，”凯蒂说这些话的时候，态度非常诚恳，声音也有点颤抖。“我倒是很高兴——很高兴的。”

恰巧那一天我们跟贾迪斯先生约好到弗莱德小姐家里去。原来，我们曾经把前一次上她家去的经过跟他说过，他听了很感兴趣；可是后来总有些事情拖着我们，使我们不能再去看她。我当时认为，既然杰利比小姐愿意向我吐露内心的秘密，那么，只要我愿意做她的心腹朋友，我就有可能影响这个可怜的姑娘，不让她作出轻率的决定；因此，我建议她和我，还有啤啤三个人先到跳舞学校去，然后再去看弗莱德小姐——我今天才晓得她叫这个名字——在她家里跟婀达和我的监护人碰头。我同时还提出一个条件，要杰利比小姐和啤啤跟我们一起回来吃晚饭。最后这个条件他们俩都高兴地接受了，于是我们找了几个别针，一个刷头发的刷子，还端来一块肥皂和一盆水，把啤啤打扮了一番。出了门，我们便向离此不远的纽曼大街走去。

那个跳舞学校就设在一所熏黑了的房子里，坐落在拱道拐弯的地方，每一个楼梯窗座上都摆着半身像。我看了门上的那些牌子，知道这里还住着一个图画教师、一个煤炭商人（不用说，这

---

① 参见前页注释。

里没有他存煤的地方）和一个石版画画家。我看见其中有一个牌子比别的牌子都大，占的位置也最显眼，那上面写着“特维德洛甫先生”。大门敞开，一架大钢琴、一架竖琴和几件装在匣子里的乐器，横七竖八地放在走廊上，几乎把走廊都堵住了；这些东西在白天显得非常漂亮，现在正等着运走。杰利比小姐告诉我说，昨天晚上跳舞学校租给人开音乐会来着。

我们走上楼梯——当初那房子经常有人打扫，而又没有人整天在里面吸烟，想必是很漂亮的，——来到特维德洛甫先生那间大屋子；这间屋子向后接了出去，跟一个马房相连，光线从一个天窗射进来。这是一个空空洞洞、回声很大的屋子，带着一股马房的气味；四面靠墙的地方有一排藤椅；墙上每隔一段距离就画着一个七弦琴，装着一座树杈子似的刻花玻璃烛台，老式的烛台上滴下来的蜡泪，就像秋天树枝上掉下来的叶子一样。屋里有一些从十三四岁到二十二三岁的女学生；我正要在这些学生中间寻找她的教师，凯蒂捏了捏我的胳臂，用介绍人的客套口吻说：“这位是萨默森小姐，这位是普林斯·特维德洛甫先生！”

我向这个年轻漂亮的男人行了一个屈膝礼。他个子不高，眼睛碧蓝，淡黄色头发从中间分开，四周有一圈卷发。他的左臂夹着一个跳舞教师用的小小的提琴，还拿着那把小琴弓。他那双跳舞鞋小得出奇；他的态度很天真，带着几分女性的温柔。他这种态度不仅引起我的好感，而且也给我一个很奇怪的印象：我觉得他和他母亲当年一样，没有得到很好的尊重和待遇。

“我很高兴认识杰利比小姐的朋友，”他一边说，一边向我深深鞠了一躬。“因为杰利比小姐比平时来得晚，”他带着一种又羞怯又温柔的态度说，“我正担心她不来呢。”

“这不怪杰利比小姐，请原谅，先生，那是我耽误了她的时间。”我说。

“噢，哪里，哪里！”他说。

“请便吧，先生，”我恳切地说，“别因为我再耽误你们的时间了。”

我道过了歉，便退到一旁，坐在啤啤（他很熟悉这个地方，已经爬上一个靠墙角的座位上了）和一位老太太中间。看样子，这位老太太很喜欢挑剔，她的两个侄女都在舞蹈班里学习。她这时正在那里为了啤啤那双靴子生气。普林斯·特维德洛甫用手指拨动着小提琴的弦，姑娘们都站起来跳舞。就在这当儿，老特维德洛甫先生从旁门走了出来，风度非常潇洒。

他是一位肥胖的老绅士，脸部经过修饰，戴着假牙、假胡子和假发。他的衣服有一条皮领子，胸部的地方垫得高高的，要是佩上一个勋章或一条绶带，那可就十全十美了。他把该收进去的地方都尽量收进去，该鼓起来的地方都尽量鼓起来，该垫高的地方都尽量垫高，该勒紧的地方，都尽量勒紧。他戴的是那样一个领饰（勒得他的眼睛鼓了起来，而且完全变了样），把他的下巴，甚至他的耳朵都裹在里面了；看样子，如果把它解开的话，他一定会矮了半截。他腋下夹着一顶又大又沉的帽子，从帽顶起，渐渐往下倾斜，一直斜到帽檐。他手里拿着一副白手套，耸着肩，弯着胳臂肘，撑着一条腿，以一种无与伦比的优美姿态站在那里，用那副手套拍打着帽子。他还有一根手杖、一个单眼镜、一个鼻烟盒、几个戒指、两个假袖口，他什么东西都有，可就是没有真实感；他既不像个青年人，也不像个老年人。他什么也不像，只是个风度的化身。

“爸爸！来了一位客人，这是杰利比小姐的朋友，萨默森小姐。”

“多蒙萨默森小姐光临，不胜荣幸。”特维德洛甫先生说，他用那种紧绷绷的姿态向我鞠了一躬，我简直觉得他的眼白都打起折来了。

“我父亲很有名望，”小特维德洛甫先生偷偷跟我说，那深信不疑的样子很感动人，“我父亲到处受人崇拜。”

“教下去吧，普林斯！教下去吧！”特维德洛甫先生说，他这

舞蹈学校

时正背向火炉站着，用一种纡尊降贵的态度，挥了挥他那副手套。“教下去吧，孩子！”

在他的命令下，或者说，在他慷慨地允许之下，师生们继续上课。普林斯·特维德洛甫有时一边拨着提琴的弦，一边跳舞，有时候站着弹弹钢琴，有时候则一边上气不接下气地哼着舞曲，一边改正学生的姿势，他总是恪尽职守，陪着那些基础最差的学生一步一招地跳着，连一刻也没有闲过。可是他那位超群出众的爸爸却什么也不干，只是站在炉火前卖弄他的风度。

“他什么事情也不干，”那个样子很爱挑剔的老太太说。“可是，你信不信，门口那个牌子写的是**他**的名字？”

“不过，他儿子也是这个名字呀，”我说。

“他要是能取消他儿子的名字，才不会让他有名字呢，”老太太答道。“瞧他儿子那身衣服！”那身衣服确实很平常，绒毛都磨光了，而且差不多破烂了。“可是，这个做父亲的为了保持他的风度，一定要打扮得漂漂亮亮，”老太太说。“我要能把他流放、充军①才解恨呢！”

我很想多打听打听这个人的事情，便问道：“他开班讲授风度吗？”

“什么？”老太太马上答道。“他根本就不教课。”

我想了一想，又问，他当初大概擅长击剑吧？

“我看他根本就不懂剑术，小姐，”老太太说。

我感到很惊讶，而且很想知道怎么回事。老太太越往下谈，我越生那位风度大师的气；她把他的一些经历详详细细告诉我，并且一再向我声明，她说得还算客气呢。

据说他从前跟一个温顺、娇小的女舞蹈教师结婚（那女教师教的学生很多，而他本人，婚前除了讲究风度以外，根本没做过

---

① “风度”原文为 deportment，“流放”为 deport，“充军”为 transport，三字发音近似。

任何事情），为了维持他那排场所必须的开销，他把妻子给活活累死——起码也得说，他逼得她把自己活活累死了。他要在最有风度的人面前显示自己的风度，又要常常去观摩这些人，所以，他认为必须常到上流人士游乐的地方去，必须在热闹的季节里到布赖顿①和其他地方露面，必须穿质料最好的衣服，过着闲散的生活。为了使他能过这样一种生活，那个多情而娇小的女舞蹈教师便不辞劳苦地辛勤工作；看样子，只要她有一口气，她就会这样不辞劳苦地工作下去的。这主要是因为，这个人虽然极其自私，但是他的妻子（完全被他那风度迷住了）却始终相信他，甚至临终的时候，还谆谆告诫儿子要好好照顾他，要恪尽赡养的义务，而且不论怎样敬重他都不算过分。这个做儿子的，既然继承了母亲对父亲的那种信任；又经常看到父亲的风度，因此，便在同样的信念之下，度过了漫漫岁月，长大成人；而现在，他已经三十岁了，每天为他父亲工作十二小时，对这个自以为高人一等的老绅士推崇备至。

“瞧这家伙多神气！”老太太一边说，一边带着说不出的愤怒向老特维德洛甫先生摇着头。这时，老特维德洛甫先生正在戴他那副紧窄的手套，当然没觉察到她对他表示的这种敬意。“他真以为自己是个贵族呢！他把儿子骗得晕头转向，还装出一副厚道的样子，让你觉得他简直就是个最善良不过的父亲！哼，”老太太最后非常生气地冲着他说，“我恨不得咬你一口！”

听着老太太说这番话，我虽然心里很发愁，可也忍不住笑起来了。看着他们父子俩，我一点也不怀疑她这番话。假如这个老太太没跟我说这番话，我当时可能对他们父子有什么想法？或者，假如我没有看到他们父子俩，我当时可能对这老太太的话有什么想法？这我今天已经说不上来了。不过老太太的这番话实在合乎情理，那就不由得你不相信了。

---

① 英国南部的海水浴场。

我正在来回打量着忙碌不堪的小特维德洛甫先生和风度优美的老特维德洛甫先生，忽然老特维德洛甫先生向我慢慢走过来，和我攀谈起来。

他首先问我，这次到伦敦来，是不是给伦敦增添点光辉？我觉得没有必要跟他解释，因为我自己完全明白我办不到这样的事，所以，我只把住址告诉了他。

“像您这样一位又文雅又有教养的小姐，”他说着，吻了一下自己右手的手套，然后又用手套向那些学生挥了挥，“看到这些学生的不足之处，一定不会见怪吧，我们正尽最大努力，让他们讲究优美——优美——优美！”

他在我旁边坐下来，怪费劲地端着架子坐着，我想，这大概是模仿版画里摄政王坐在沙发上的姿态吧。不过，说实在的，他倒装得挺像呢。

“讲究优美——优美——优美！”他又说了一遍，捏出点鼻烟来闻了闻，然后又轻轻弹了弹手指头。“但是谈到风度这一点，我们已经不——如果对您这样一位生得又漂亮又会打扮的小姐，我可以这样说的话，”说到这里，他耸起肩鞠了一躬；看样子，他鞠躬时非得抬起眉毛，闭上眼睛不可——“我们已经不如从前了。”

“我们已经不如从前了吗，先生？”我说。

“我们已经比从前差多了，”他摇着头答道；他因为戴着领饰，脑袋只能微微晃动。“这个强调平等的时代是不利于讲究风度的。这个时代倒是会使人越来越粗俗。也许我这番话说得有点偏激。不是我喜欢吹嘘，大家管我叫特维德洛甫绅士，已经有好些年了，再说，有一次摄政王殿下从华丽的布赖顿行宫驱车出来，看见我脱帽致敬，蒙他看得起我，居然向别人打听：‘他是谁？他到底是谁？我怎么不认识他？他每年总得有三万英镑的收入吧？’当然咯，小姐，这些人所尽知的小故事，在上等人中间有时还是会谈谈的。”

“真的吗？”我说。

他耸着肩鞠了一躬作为回答。“虽然在我们这些人身上，”他补充说，“还保留下一些风度，可是英国——我的祖国啊！——已经大不如前，而且是一天不如一天了。英国今天已经没有多少绅士。我们这样的人已经很少了。我看不出有谁来继承我的风度，我看到的只是那些纺织工。”

“也许大家都希望绅士风度会从您这里继续保持下去呢。”我说。

“您太好了，”他笑了笑，又耸着肩鞠了一躬。“您太夸奖我了。可是，不——不！我那可怜的孩子学了这门艺术，本来应当很有风度的，但是我在这方面始终没能影响他。上帝不容我糟蹋我自己的孩子，可是他的确没有——没有风度。”

“他倒是像一位优秀的教师呢！”我说。

“听我说，亲爱的小姐，他**确实**是一位优秀的教师。凡是该学的，他都学会了。凡是该教的，他也都教了。可是还有**好些**事情”——他又抹了一点鼻烟，鞠了一个躬，仿佛说：“比方，就像这种事情吧。”

我看了看房中央，杰利比小姐的意中人正在那里一个一个地教那些学生，他这时更辛苦了。

“我亲爱的孩子，”特维德洛甫先生喃喃地说，一面整了整他的领饰。

“您的儿子真是不知劳累呢，”我说。

“您这样说，”特维德洛甫先生说，“太夸奖我了。在某些方面，他很像他那位故去的母亲。他母亲是一个很痴情的人。可是女人啊，可爱的女人啊，”特维德洛甫先生那种肉麻的样子真令人作呕，“你们多么伟大啊。”

我站起来，走到杰利比小姐那边去，她正在戴帽子。这一堂舞蹈课早就过点了，大家都在戴帽子。杰利比小姐和不幸的普林斯，在什么时候找到机会表白爱情的，那我就不知道了，不过，这一回，他们连谈几句话的时间都没有。

“亲爱的，”特维德洛甫先生很亲切地向儿子说，“你知道现在什么时间吗？”

“不知道，爸爸。”儿子没有表。爸爸却有一个很漂亮的金表，他把表掏出来的时候，那姿势简直是人类掏表姿态的典范。

“我的儿子，”他说，“现在已经两点钟了。三点钟你要到肯辛顿去教课。”

“我的时间很充裕，爸爸，”普林斯说。“我可以站着吃一点饭，吃完就走。”

“亲爱的孩子，”他父亲说，“你得快点啦，桌上有冷羊肉，你拿去吃吧。”

“谢谢您，爸爸。您这就要出门吗，爸爸？”

“是的，亲爱的孩子。”特维德洛甫先生说着，闭上眼睛，耸起肩膀，装出一副谦逊而又自命不凡的样子。“我想我该到外面去露一露面了。”

“您最好找一个好地方，舒舒服服吃一顿晚饭，”儿子说。

“亲爱的孩子，我倒是有这个打算。我想到圆柱歌剧院的法兰西餐厅吃一顿便饭。”

“那很好。再见，爸爸！”普林斯和父亲握了握手。

“再见，孩子。上帝保佑你！”

特维德洛甫先生说这话时，态度非常亲切，而这种态度又好像在他儿子身上发生了良好的作用；在他出门的时候，他儿子对他那么敬爱，那么孝顺，而且还为他感到自豪，这几乎使我觉得，如果我不能绝对信任这个做父亲的，那么未免对这个儿子太不厚道了。当普林斯要去吃饭，匆匆向我们告退的时候（因为我知道他们的秘密，所以我看出，他向杰利比小姐告退时，态度特别殷勤），我对他那孩子般的性格，更加有了好感。他把那个小小的提琴——连同他想跟凯蒂在一起呆一会儿的那个愿望——放进衣袋里，这时候，我觉得我对他又是喜欢，又是同情；因此，我简直也和那个喜欢挑剔的老太太一样恼恨他的父亲了。

那位做父亲的替我们开开房门，鞠着躬送我们出去，我必须说，从他那种态度看，他学摄政王学得很到家。过了一会儿，他也是这样鞠着躬，走到我们前头，来到对过的大街上，奔向贵族的活动场所，到那些今天已经为数不多的绅士中间去露面了。有一段时间，我把刚才在纽曼街的所见所闻在心里重温了一遍，这样一想就想得出了神；又想到在教授舞蹈这一行以外，现在和过去是否有过任何绅士完全靠风度为生、靠风度出名，于是我更加想得出了神，简直没法跟凯蒂说话，甚至无心听听她说话。我越想这个问题，心里就越乱，而且觉得像特维德洛甫先生这样的人世界上有的是，因此，我便对自己说："埃丝特，你必须下决心别再去想这个问题，好好听凯蒂说话。"于是我真的这样做了，在到伦敦法学协会的后半段路上，一直和凯蒂在谈话。

凯蒂告诉我，她的意中人当年得不到受教育的机会，现在写个小条都写不大明白。她说，如果他不那么注意拼写，不那么认真书写的话，那可能反而好一些；可是，他常常在一些短词中间添上很多不必要的字母，这样一来，那些字看起来就不像英文了。"他这样做本来是一番好意，"凯蒂说，"可是，真可怜，反而达不到预期的效果。"于是凯蒂又进一步分析，像他这样的人，把一生的光阴都消磨在这个跳舞学校里，从早到晚，不是教课便是操劳家务，怎么能指望他成为一个有学问的人呢！不过，这也没什么关系。因为她在写信这件事情上吃过不少苦，她那点学问足够他们俩写信用的，而且只要他和蔼可亲，那比他有学问要好得多。"再说，我自己也没受过多少教育，也不该摆什么架子啊。"凯蒂说，"说真的，我懂的事情太少了，这倒要谢谢我妈！"

"现在就剩下你我和啤啤三个人了，我还有一件事情要告诉你，"凯蒂接着说，"我这是故意等你看到普林斯以后才跟你说的，萨默森小姐。你很清楚我们家的情形。要想在**我们**那个家里学点什么有用的东西，好准备将来做普林斯的妻子，那简直是白费。我们家里乱得一塌糊涂，根本不可能学到什么；我以前也试过要在家里学一学，可是结果总是使我更加泄气。因此，我就到别人家里去学——你猜跟谁？就是可怜的弗莱德小姐！一清早我就帮助她收拾屋子，洗刷鸟笼；给她烧咖啡（这当然是她教我的咯），我现在已经能把咖啡烧得很好，普林斯说，从来没喝过这么好的咖啡，他还认为，老特维德洛甫先生虽然特别讲究这个，一定也会喜欢我烧的咖啡。我也能做点小布丁，懂得怎样买羊脖子肉，怎样买茶叶，买白糖，买黄油以及家里用的许多东西。我的针线活儿还是做得不好，”凯蒂说到这里，便看了看啤啤衣服上那些缝补过的地方，“不过，我将来也许能做好；我现在既然和普林斯订了婚，而且又学了这许多东西，我觉得自己的脾气比以前好了，对我妈也能原谅一些了。今天早晨，一看见你和克莱尔小姐穿得那么整齐、漂亮，而我和啤啤却都穿得那么寒酸，我心里觉得真难受；不过，总的来说，我想我的脾气已经比以前好一些，而且也能原谅我妈一些了。”

可怜的姑娘好不容易说出这番心里话来，真使我非常感动。“凯蒂，亲爱的，”我说，“我现在真喜欢你，我希望我们将来成为好朋友。”“噢，真的吗？”凯蒂喊道；“那我太高兴了！”“亲爱的凯蒂，”我说，“从现在起，我们就成为朋友吧，我们可以常常谈谈这些事情，可以找个适当的办法来解决。”凯蒂这时高兴得不得了。我用我那种老式的说法，尽可能安慰她，鼓励她；那一天，我觉得，只要老特维德洛甫先生能够体贴这个儿媳妇，那么他就是不把财产留给她的话，我也不会讨厌他了。

这时候，我们已经来到克鲁克先生的铺子门前，克鲁克先生住家的那扇门正开着。门柱上贴着一张招贴，说是三楼有一个房间出租。这使凯蒂想起一件事情，上楼的时候，她告诉我：前些日子那个房间的房客突然中毒身死，法院派人来验过尸，我们的朋友——那位瘦小的老太太，因为吓着了，还病了一场。那个空屋子的门窗都开着，我们往里看了看。这就是我上次来的时候，弗莱德小姐偷偷指给我看的那个黑洞洞的屋子。那地方现在没有人住，显得又冷清又凄惨，我不由得产生一种悲哀，甚至是恐怖的感觉。“你吓得脸都白了，”我们走出来的时候，凯蒂说，“还发抖呢！”我觉得好像在那屋子里着了凉。

我们刚才一路上边走边谈，走得很慢，因此，到得这里，我的监护人和婀达已经比我们先到。我们在弗莱德小姐那个顶楼见到他们的时候，他们正在看那些鸟儿。还有一个好意给弗莱德小姐看病的医生也在那里，他的态度又亲切又同情，正在炉火前和她愉快地谈着话。

“我给弗莱德小姐诊断完了，”那个医生走过来说。“弗莱德小姐的病已经好得多，明天就可以上她那个一心惦记着的法院去。我知道，法院的人都非常想念她。”

弗莱德小姐很高兴地接受了这番恭维，向我们大家行了一个屈膝礼。

“难得贾迪斯案的被监护人再度光临，”她说，“真是不胜荣幸！能够在寒舍接待荒凉山庄的主人贾迪斯先生，我感到实——在高兴！”她这时又特地向贾迪斯先生行了一个屈膝礼。“菲兹-贾迪斯[①]，亲爱的，”看样子，这是她给凯蒂起的名字，而且一直是这样叫她，“特别欢迎你！”

“她当时病得厉害吗？”贾迪斯先生向那位给他看病的医生问道。虽然他说话的声音很低，弗莱德小姐倒是听见了，她亲自回答。

“噢，真难受！噢，难受极了，”她说，好像在吐露什么秘密似的。“并不是有什么疼痛，你知道不？——而是不舒服。不是身体不舒服，而是神经方面，神经！原因是，”她压低了声音，颤颤巍巍地说，“我们这里死了一个人。在那个屋子里发现了毒药。碰到这种可怕的事情，我真受不了，我当时给吓坏了，只有伍德科特先生知道我吓得多么厉害。这位就是我的医生伍德科特先生！”

---

① 菲兹-贾迪斯：原文是 Fitz-Jarndyce，意思是贾迪斯案的养子或养女。

她郑重其事地介绍说，“这几位是贾迪斯案的被监护人，这位是荒凉山庄的主人贾迪斯先生，这位是菲兹-贾迪斯！”

“弗莱德小姐谈到自己的病情时，向来是说得很详细的。”伍德科特先生用一种很严肃的声调说；他在对我们说话的同时，好像也在讨她的欢心似的，而且还用手轻轻按着她的胳臂。“她在这里突然被一件意想不到的事情给吓着了，由于心里难过和激动，就病倒了。不过，碰到这样一件突如其来的事情，就是胆子比她壮的人也可能吓着的。那天一出事，她就把我找来了，可是已经太晚了，我已经没法救活那个不幸的人。为了弥补这个损失，从那时候起，我就经常到这里来给她帮点忙。”

“他是医学界心肠最好的医生，”弗莱德小姐低声跟我说。“我盼望审判。世界末日的审判。到了那一天，我就要分赠我的遗产了。”

“过一两天她的健康就会恢复，”伍德科特先生带着一副很亲切的笑容望着她说。“总而言之，她的身体一定会很好。你们听说她最近交了好运了吗？”

“奇怪极了！”弗莱德小姐快活地笑着说。“这种事你们真是想也想不到，亲爱的！每到星期六，快嘴肯吉或者是他的办事员格皮，就交给我一张几个先令的支票。说真的，那是先令啊！支票上的钱数每次都是一样。每天一个先令。现在你们明白了吧！时间准极了，不是吗？是——的！你们说，这些支票是谁送来的？这个问题很重要。确实很重要。我把**我的**想法给你们说说好不好？**我**认为，”弗莱德小姐说到这里，往后退了一步，现出深知底细的样子，同时还意味深长地用右手的食指比划着，“这些支票是大法官送来给我的，因为他知道他那个大印揭开的时间太长了①（这个时间也实在太长了！）。他要一直送到世界末日审判那一天。你瞧，这实在太好了。他这样做就等于承认自己办事**的确**有

① 见本书第三章最末一个注释。

点拖拉，耽误了别人的时间。妙极了！那天我带着我的文件上法院去——我总是按时上法院的，我就为了这件事情观察过他的神色，而他也差不多承认了。当时的情形是这样的：我从我的座位上向他笑了笑，**他**从他的座位上向我笑了笑。可是，不管怎么说吧，我这次的运气真不小，是不是？在花钱方面，菲兹-贾迪斯还替我安排得很好。噢，说真的，安排得好极了！”

因为她这番话是跟我说的，我便祝贺她得到这笔额外的收入，并希望她这笔收入能长期继续下去。我没去推测这笔钱是从哪里来的，也没去猜测谁会这样厚道。我的监护人就站在我面前，默默地注视着那些鸟，我用不着猜，就知道这是他干的。

“你管这些鸟儿叫什么，太太？”他用他那种愉快的声调说。“它们有名字吗？”

“我可以替弗莱德小姐回答，这些鸟儿都有名字，”我说，“因为弗莱德小姐上次跟我们说过要把鸟儿的名字告诉我们。婀达，你还记得吗？”

婀达记得很清楚。

“我说过这样的话吗？”弗莱德小姐说——“谁在门口？克鲁克，你干吗在门口偷听我们说话呀？”

房东老头推开了门，站在那里，手里拿着皮帽，身后紧跟着他那只猫。

“我不是偷听，弗莱德小姐，”他说。“我正要敲门，可是你的耳朵太尖了！”

“把你的猫赶下去。轰它走！”老太太气冲冲地喊道。

“嘿，嘿！——那不要紧，诸位。”克鲁克先生一边说，一边慢慢地打量着我们，把我们每个人都打量了一遍，“除非我让它去咬那些鸟，不然，我在这里，它决不敢去咬的。”

“请你们别怪我这位房东，”老太太一本正经地说。“他有点疯，确实有点疯！我这里有客人，克鲁克，你想干什么？”

“嘿！”老头说。“你不晓得我是大法官吗？”

"哼！"弗莱德小姐顶了一句，"那又怎么样？"

"身为大法官，"老头微微地笑道，"而不认识这位贾迪斯，那不是笑话吗，弗莱德小姐？请原谅我冒昧，先生。我对贾迪斯案差不多跟您一样熟悉，先生。我从前认识托姆老爷，先生。可是，我记得以前没见过您，就是在法院里也没见过。我常常上法院去，要是我把一年里上法院的次数加起来，那数目可就不得了啦。"

"我从来不上那儿去，"贾迪斯先生说（他倒是真没有去过）。"我宁可到——别的地方去。"

"真的吗？"克鲁克龇牙咧嘴地笑着说。"您这样说，会叫我那高贵而博学的兄弟感到难堪的，先生；不过，对贾迪斯家的人来说，这也许是一件很自然的事吧。真是惊弓之鸟啊，先生！哦，您在瞧我房客的那些鸟吗，贾迪斯先生？"老头一边说，一边慢慢走进屋里来，一直走到我监护人身旁，用胳膊肘碰了碰他，并透过那副眼镜，端详着他的脸。"她有一个怪脾气：她给这些鸟都起了名字，可是，不到不得已的时候，她是不肯把那些名字说出来的。"他说这番话时，声音放得很低，可是，当他看见她转过身去，装作打扫炉格的时候，他便指着她向我们使了个眼色，并大声问道，"弗莱德，我把这些鸟儿的名字说出来好不好？"

"随你的便，"她急忙答道。

老头又瞧了我们一眼，然后抬头望着那些鸟笼，把鸟儿的名字从头报了一遍。

"希望、欢乐、青春、和平、安宁、生命、尘土、灰烬、垃圾、贫穷、毁灭、绝望、疯狂、死亡、狡猾、愚蠢、废话、假发、破布、羊皮纸、掠夺、判例、梦话、胡言、乱语。这就是那些鸟的名字，"老头说，"全都让我那位高贵而博学的兄弟关起来了。"

"外面的风刮得真厉害！"我的监护人喃喃地说。

"等到我那位高贵而博学的兄弟给弗莱德小姐的案子做出判决，这些鸟儿就要放走，"克鲁克又向我们使个眼色说。"可是，”他又笑嘻嘻地添了一句：“如果他真做出判决的话——其实，这是不可能的——外面那些没被关过的鸟，也会把它们弄死的。”

“如果这里也刮东风的话，”我的监护人一边说，一边假装看看窗外有没有定风针，“我想今天刮的一定是东风！”

我们觉得很难脱身离开这个地方。这倒不是弗莱德小姐留住我们；这位老太太非常通情达理，懂得让人方便的。把我们留住的是克鲁克先生。他好像离不开贾迪斯先生似的，他紧紧跟着他，简直如影随形。他自愿提出，要我们参观他的大法官庭，看看那里面的无奇不有和乱七八糟的东西；在参观的过程中（这个过程被他拖长了），他始终紧紧跟着贾迪斯先生，常常用各种各样的借口让他停下步来，这时候我们只好走到前面去了。看样子他好像想要说什么秘密的事情而又犹疑不决，因而显得很伤脑筋。那一天，克鲁克先生有时小心翼翼，有时犹豫不决，既想要说点什么，又不敢说出口，那表情和态度奇怪极了，我很难想象有人会像他那样。他一直在注视着我的监护人。他的眼光难得从贾迪斯先生的脸上移开。如果他走在贾迪斯先生旁边，他就像一只老狐狸那样狡猾地看着他。如果他走在贾迪斯先生前面，他就回过头去看他。如果我们站住不走，他就站在他对面，用手掌来回蹭着他那张开的嘴巴，脸上带着一种奇怪的表情，仿佛他掌握着生杀予夺的大权似的。他的眼珠子往上翻起，两道花白眉毛却压得很低，看上去，眼睛差不多是闭着，好像在观察贾迪斯先生脸上的每一个特征。

最后，我们把那所房子走完了（那只猫一直跟着我们），把各式各样莫名其妙的破烂东西全都看遍了，便来到铺子的里屋。这里，在一个倒放着的空木桶的底上，放着一瓶墨水、几支破笔和一些肮脏的戏单；墙上还贴着几个各种各样的写得很平常的印刷体字母。

“你在这里干什么？”我的监护人问道。

“想自己学学读书写字，”克鲁克说。

“学得怎么样啦？”

“很慢。不好，”老头不耐烦地答道。“我这个岁数不容易学了。”

“找个人教教就会容易一些，”我的监护人说。

“是吗？可是他们可能瞎教我呀！”老头答道；他闪了闪眼睛，露出非常怀疑的神色。“我不认识字，真不知吃了多大的亏。现在我可不愿意让别人瞎教我，叫我再吃亏了！”

“瞎教？”我的监护人很和气地笑着说。“你想谁会瞎教你呢？”

“我不知道，荒凉山庄的贾迪斯先生！”老头一边回答，一边把眼镜推到额头上，并且搓搓手。“我不是说别人会瞎教我——可是我还是相信自己，而不愿意相信别人！”

他回答的这些话和他的态度都非常奇怪，因此，当我们经过林肯法学协会的时候，我的监护人便问伍德科特先生：克鲁克先生是不是真像他的房客所说的那样有些神经错乱。那位年轻的外科医生说，并非如此，他认为没有理由这样想。他说愚昧无知的人往往疑心病很重，克鲁克先生就是这样的人，而且他还喝不掺水的金酒，多少总带点醉意。他喝这种酒喝得很凶，如果我们留心的话，在他身上或者在里屋都闻到这种酒的浓烈气味；不过，伍德科特先生并不认为他是个疯子，至少现在还不是。

在回家的路上，我给啤啤买了一个风车和两个小面粉袋，他非常高兴，因此，除了我以外，他不肯让别人给他摘帽子、脱手套，而且吃晚饭的时候非要坐在我身旁不可。凯蒂坐在我和婀达之间。一回到寓所，我们就把凯蒂订婚的经过立刻告诉了婀达。我们夸奖了凯蒂，也夸奖了啤啤；凯蒂这时特别高兴；我的监护人也跟我们一样有说有笑；我们大家自然都很愉快，直到深夜，凯蒂和啤啤才坐了一辆出租马车回家，这时啤啤早已睡着了，可是手里还紧紧抓着那个风车。

我刚才忘了提一提——至少是我刚才没有提：伍德科特先生就是我们上次在巴杰尔先生家里见过的那位肤色黝黑的年轻外科医生；那天，贾迪斯先生请他来吃晚饭，他来了。大家都散了以后，我跟婀达说：“亲爱的，咱们谈谈理查德吧！”婀达大笑起来，说咱们还是谈谈——

不过，我倒不在乎我这位亲爱的人儿当时说了些什么，因为她总是喜欢开开玩笑的。

第十五章
钟楼大院

我们在伦敦逗留的时候，贾迪斯先生经常被一群态度激昂的绅士淑女包围着，这些人的活动曾经使我们大为惊讶。奎尔先生的态度尤其激昂，我们到达伦敦不久，他就找上门来了。无论什么事情都有他一份儿，都可以看到他那亮闪闪的脑袋；他的头顶越来越秃，好像他为了那些令人奋不顾身的慈善事业，就连头发根也不惜牺牲似的。他对谁都一视同仁，不过他特别喜欢歌功颂德，每次碰到这种机会都不肯放过。他最大的本领似乎是对人胡吹乱捧。凡是头上有光轮的人，不论光轮大小，他都愿意把他的脑袋凑过去沾沾光，高高兴兴地陪着人家坐多长时间都行。头一次看到他对杰利比太太那样推崇备至，我还以为杰利比太太是他最敬佩的人呢。不久我就发觉自己错了，原来他对什么人都是那样毕恭毕敬和大吹大捧。

有一天，帕迪戈尔太太为了什么事情来募捐，陪她一起来的就是奎尔先生。帕迪戈尔太太无论说什么，奎尔先生都要向我们再说一遍；上一次他引着杰利比太太把话说出来，这一次他也照样引着帕迪戈尔太太把话说出来。帕迪戈尔太太为她那位健谈的朋友格谢先生写了一封介绍信，把他介绍给我的监护人。奎尔先生又陪着格谢先生来了。格谢先生是一位虚胖的绅士，皮肤老是汗津津的，眼睛小得出奇，跟他那张大圆脸很不相称，好像上帝当初造这双眼睛原是给别人造的，而不是给他造的。乍一看，格谢先生这副尊容并不能引起别人的好感。他刚一坐下，奎尔先生就问我和婀达（他说话的声音格谢先生不可能听不见），格谢先生算不算一位大人物？——就他的虚胖来说，自然可以算是一位大人物咯；不过，奎尔先生指的是智能方面——他问：我们看见他那大脑门，是不是觉得惊奇？总而言之，我们听到许多有关这一类人所干的种种“事业”；自然，我们对这些事业都不怎么了解，不过有一点倒是挺明白的：原来奎尔先生的事业，就是热衷于别人的事业，而热衷于别人的事业则是大家都喜欢的事情。

贾迪斯先生是由于天性厚道、热心为善，才和这些人交往的；可是他很坦白地告诉我们，他总觉得这些人不怎么好，因为他们的善心忽冷忽热，他们的善举只是装点门面，实际上他们都是专门包揽慈善事业的投机者；这种人卑鄙无耻、声名狼藉，说起话来慷慨激昂，做起事来手忙脚乱，虚有其表，对大人物则极尽奴颜婢膝之能事，彼此之间更是互相吹捧，还使得那些喜欢不声不响地扶危济困，而不愿意给人帮了点小忙就大肆吹嘘的人，感到难以忍受。后来我又听到格谢先生赞扬奎尔先生——刚才格谢先生已经赞扬过奎尔先生了，听到他花了一个半钟头叙述他在一个集会上的讲话（参与这个集会的还有两个慈善学校的男女小学生，格谢先生特别给他们讲了寡妇捐献的故事①，要他们每人捐出半便士，要他们舍己为人），这时候我想，那场东风至少刮了三个星期了。

我现在所以要提一提这些事情，是因为我又要谈到斯金波先生。我似乎觉得，他的做法和那些人的做法完全不同；他随时随地流露出来的那种孩子气和无忧无虑的态度，不仅使我的监护人感到快慰，而且也比较容易得到他的信任，因为在那一大群慈善家当中，碰到这样一个与众不同、毫无心机的老实人，怎能不叫他高兴呢。如果有人认为我这话的弦外之音是说斯金波先生看准了这一点，因而要出他那种老谋深算的手腕，那我实在要感到遗

---

① 见《新约全书·马可福音》第12章第43节。故事说寡妇虽然只捐了一个大钱，但这是她的全部所有，因而比财主们捐的许多钱都可贵。

憾，因为我对他实在了解不够，还不能下这样的断言。我想，他对我的监护人是这样，对别人当然也是这样的。

他近来身体不大好；因此，虽然他也住在伦敦，我们一直没有见到他。有天早上，他突然来了，还是那么讨人喜欢，还是那么高高兴兴的。

他说，好哇，他来了！他这一阵常犯肝火，可是阔人们也是常犯肝火的，所以他便深信自己也是个阔人。从某个角度来看，他自然是阔人，因为他总是存心加倍报答别人。他曾经用一种极其慷慨的态度，让他的医生赚了不少钱。他付医药费总是想要加倍付给，有时四倍付给。他曾经对他的医生说："喂，亲爱的医生，你以为你给我看病没有要钱，那你就错了。你要知道，我存心加倍报答你，给了你好些好些钱！"（他说）他确实打算给他好些好些钱的，因此他认为，只要他有这个意思，那就等于他真的这么办了。如果他手头真有那几个臭钱（世人把钱看得多么重啊），他一定把它给了医生，既然现在没有，那就只好拿愿望来代替行动了。这简直是妙极了！如果他的意思真是要给他钱，如果他的愿望是真诚的（那自然是真诚的咯！）那在他看来，就等于是钱，就等于付了医药费。

"有一部分原因也许是由于我不懂得金钱的价值，"斯金波先生说，"可是，我心里常常是这么想的。这似乎很有道理嘛！那个肉铺掌柜跟我说，他要收那笔小小的账。为了他和我两方面对收账这件事都不觉得那么别扭，他老把那笔账叫作'小小的'账，这就是那人的天性中不自觉地流露出来的一点诗意。我回答那个肉铺掌柜说：我的好朋友，既然你懂得这个道理，你这就等于收到账了。你大可不必费这个事跑来要这笔小小的账了。你现在就算收到这笔账了；我这话可是当真的。"

"可是，"我的监护人笑着说，"假如他也当真，不给你肉，只给你一张账单就算给了肉呢？"

"我亲爱的贾迪斯，"他答道，"真没想到你跟那个肉铺掌柜一样见识。有一个跟我打过交道的肉铺掌柜就是这么说的。他说：‘先生，你为什么要吃十八便士一磅的春羔羊肉？’‘为什么我吃十八便士一磅的春羔羊肉呢，我的好朋友？’我说，他问的话使我觉得非常奇怪，‘因为我喜欢春羔羊肉呀！’我这不是挺有理由吗？‘好吧，先生，’他说，‘要是我当初卖羊肉的时候也按照您给钱的那套办法去做，那该多好啊！’‘我的老兄，’我说，‘咱们还是拿点理智出来，讲讲道理吧。你那样说怎么行呀！那可办不到。你**有**羊肉，我可是**没有**钱。你不能真有给肉的意思却又不给，可是我就能，我真有付钱的意思而又没法付给你！’他当时哑口无言。这件事就算完了！”

“他没有控告你吗？”我的监护人问道。

“不错，他告我来着，”斯金波先生说。“不过，那是他太感情用事，不讲道理罢了。提到感情用事，我就想起波依桑来了。他写信告诉我说，你和两位小姐答应过他，要到林肯郡他那个独身汉的家里去呆几天。”

“我这两位小姐都挺喜欢他，”贾迪斯先生说，“所以我替她们答应下来了。”

“我看准是老天爷忘了给他治那神经病！”斯金波先生对婀达和我说。“他这个人太喜欢吵吵嚷嚷，像海涛那样汹涌澎湃，是不是？也有点儿太暴躁，像头公牛，看见什么颜色都以为是红的。不过我也承认他是有很多很多优点的！”

假如他们两人能彼此尊重，那就奇怪了。波依桑先生对许多事情都看得很重，而斯金波先生却对什么事情都不在乎。再说，我有好几次看见人家一提起斯金波先生，波依桑先生就要大发脾气。当然，我当时只是附和着婀达说，我们非常喜欢他。

“他也请我来着，”斯金波先生说，“如果一个孩子能相信这样的人，也就是说，如果在两位天使的亲切照顾之下，这孩子感到可以相信他的话，那我就去。他说，来回的路费都不要我出。我想这大概是要花钱的吧？也许要花几个先令？也许要花几镑？也许要花若干钱吧？啊，我想起那个柯文塞斯来了。萨默森小姐，你还记得我们的朋友柯文塞斯吗？”

他问我的时候，似乎是偶然想起这件事情，态度温雅，无忧无虑，一点难为情的样子也没有。

“啊，记得！”我说。

“柯文塞斯已经被阎王爷逮去了，”斯金波先生说。“他再也不能在光天化日之下横行霸道了。”

他的话使我大吃一惊；因为我已经想起这个人那天晚上坐在沙发上擦着额上汗水那个样子，可是绝对想不到发生了这么严重的事情。

“这是他的继任人昨天告诉我的，”斯金波先生说。“他的继任人现在正呆在我家里——我想，他管这种做法叫查封吧。他是昨天到我家来的，昨天正好是我那蓝眼睛女儿的生日。我就向他说：这很不讲道理，也很不方便。如果你有两个蓝眼睛的女儿，你也不喜欢**我**在她生日的那一天不请自来吧？可他还是在我家留下来了。”

斯金波先生因为这件又有趣又荒唐的事情大笑起来，接着又轻轻弹着面前的钢琴。

“他还告诉我，”他一边说，一边弹琴伴奏，他的话和钢琴声都是断断续续的，我现在只好把他每句话都分成若干句：“那个柯文塞斯留下了。三个孩子。没有母亲。柯文塞斯的职业。也不光彩。他那些孩子。处境很困难。”

贾迪斯先生站起来，一边抓头，一边来回踱步。斯金波先生正弹着婀达喜欢的一支曲子。婀达和我都望着贾迪斯先生；我们俩都觉得我们知道贾迪斯先生心里正在想些什么。

我的监护人有时踱着步，有时站着不动，好几次抓抓头发又停下手来，停了一会又动手去抓。最后，他把手放在琴键上，不让斯金波先生弹下去。“我不喜欢这个，斯金波，”他若有所思地说。

斯金波先生早把刚才谈的事情忘得干干净净，这时抬起头来，现出惊讶的样子。

“社会上需要这种人，”我的监护人接着说，一边在钢琴和墙壁之间的那一小块地方来回踱着，同时还不停地抓着后脑勺，把头发往上推起，那头发就好像是被一阵猛烈的东风吹成那个样子似的。“如果是由于我们的错误和愚蠢，由于我们缺乏处世经验，或是由于我们的命运不好，因而社会上需要这样一种人的话，那么，我们无论如何也不该向他们报复。他那个职业并没什么害处。他需要养家糊口。关于他那些孩子的生活，咱们倒是希望打听打听呢。”

“啊！你是说柯文塞斯吗？”斯金波先生喊道，他终于弄懂了贾迪斯先生的意思。“这个好办，只要到柯文塞斯的‘大本营’去一趟，你就能打听出来了。”

贾迪斯先生向我们点了点头——我们刚才就等他这个暗示了，“来吧！亲爱的，咱们这就上那儿去。反正是要出门，为什么不上那儿去呢！”我们很快就穿戴好，走到街上。斯金波先生也跟我们一起去，并且对这次“登门拜访”很感兴趣。他说：这一次不是柯文塞斯来找他，而是他去找柯文塞斯，真叫他觉得新鲜，觉得开心！

他先领我们到法院小街附近的柯西特街；这里有一所房子，窗户上都装着铁条。斯金波先生管这房子叫做“柯文塞斯城堡”。我们走到大门口，拉了拉铃。一个样子怪难看的男孩从一间类似办公室的房子里走出来，隔着一道铁栅门看了看我们。

“你们找谁呀？”那个男孩问道，把下巴夹在两根铁条中间。

“你们这里最近是不是死了一个密探，或者官员，或者什么人？”贾迪斯先生说。

“是呀？”那个男孩说，“有什么事？”

“我想知道他姓什么，你能告诉我吗？”

“他姓涅克特，”那个男孩说。

“他住在什么地方？”

“钟楼大院，”男孩说。“左边，一个叫布兰德的杂货铺就是。”

“他这个人是不是——我该怎么说呢？”我的监护人喃喃地说——“很勤快吧？”

“涅克特吗？”男孩问道。“是啊，勤快极了。他在钉梢的时候从来也不嫌累。如果他得在街头上钉梢的话，他能一气等上八九个钟头呢。”

“他满可以做些更坏的事，”我听见我的监护人自言自语地说。“他满可以那样做，可是他没有做。谢谢你，我要打听的就是这些事情。”

我们离开的时候，那个男孩还歪着头，两只胳臂抱着铁栅。他的嘴贴在那上面，好像也在咂那铁栅，显出很亲昵的样子。我们走回林肯法学协会，斯金波先生一直在那儿等着我们，因为他刚才不愿意靠近柯文塞斯。随后，我们就一起上钟楼大院去了；那是一条很窄的小街，离林肯法学协会不远。我们很快就找到那个杂货铺了。铺子里有一个样子很和善的老太太，她好像有点水肿病或气喘病，也许两种病都有。

“涅克特的孩子吗？”她回答我的话说。“不错，就住在这儿，小姐。在四楼，请上去吧。那门正对着楼梯口。”她隔着柜台把钥匙递给我。

我看了看钥匙，又看了看她；可是她好像觉得我应该知道这把钥匙是干什么用似的。既然这只能是开那几个孩子家屋门的钥匙，我也就没再问她什么，走了出来，领着大家打那座黑暗的楼梯走上去。我们尽量轻轻悄悄地往上走，但是那些楼梯板已经破烂，我们四个人的脚步踏在上面，还是免不了有些声音。到了三楼，便发现已经惊动了一个男人，这个人正站在屋里，往外瞧着。

“是找格里德利吗？”他问道，一边用愤怒的眼光打量着我。

“不是，先生，”我说，“我还要到上面去。”

婀达、我的监护人和斯金波先生随着我从他面前走过时，他也用那种愤怒的眼光逐个打量着他们。贾迪斯先生向他问好。“你好！”他答道，那态度又粗暴又凶狠。他的个子很高，脸色很难看，头发稀稀疏疏，表明他饱经忧患；他脸上也布满深深的皱纹，两只眼睛向外鼓着，他的相貌是那样凶恶、态度是那样暴躁，再加上他的体格是那样高大魁梧（尽管体力显然是日渐衰退），我看了禁不住害怕起来。他当时手里拿着一支笔。我从门口走过时，看见他的屋里到处都是字纸。我们往顶楼上走，他仍然在那里站着。我敲了敲门，屋里有一个又尖又细的声音说：“我们被锁在屋里啦。钥匙在布兰德太太那里。”

于是，我用钥匙把门开开了。这是一间很简陋的屋子，屋顶是斜的；屋里只有寥寥几件家具。一个大约五六岁的小男孩抱着一个一岁半的沉重的小女孩，正哄着她，让她别哭。这时天气已经很冷，但是屋里没有炉火；两个孩子只好围着破围巾来御寒。可是他们穿的衣服还是不够暖和，男孩让小女孩的头靠在他肩上，一边哄，一边抱着她走来走去，两人的鼻子都冻红了，小身体也冻得缩成一团。

“谁把你们俩锁在屋里的？”我们禁不住问道。

“查理，”小男孩站住，目不转睛地瞅着我们说。

“查理是你哥哥吗？”

“不是，是我姐姐，她本来叫夏洛蒂。爸爸管她叫查理。”

“除了查理，你们家里还有别的人吗？”

“我，”小男孩说，“还有爱玛，”他拍了拍怀里那小女孩的小软帽。“还有查理。”

“查理这会儿上什么地方去了？”

“洗衣服去了，”小男孩说着，又来回地走起来，而且因为想一边走一边看着我们，他把小女孩歪到一边，差一点让她那戴着布帽子的头碰到床架上。

我们几个人一时面面相觑，然后又看了看这两个孩子。就在这个时候，进来了一个小姑娘，她的个子完全是小孩的个子，可是她的样子——她的样子也很好看——倒显得很懂事，显得比原来的岁数大。她戴着一顶很大的成年妇女的帽子，正用那条成年妇女用的围裙擦干她那裸露的胳臂。她的手指头泡得皱巴巴的，一点血色也没有；在她正擦着的双臂上，还有些肥皂水冒着热气。要是换个环境，她简直像个观察力非常敏锐的小孩，正在模仿贫穷的劳动妇女洗衣服，闹着玩儿呢。

她是从附近一个什么地方跑回来的，而且跑得非常快。因此，尽管她身子很轻巧，还是跑得上气不接下气，而且一下子竟说不出话来，只顾站在那儿喘气，一边擦着胳臂，一边默默地瞅着我们。

"啊，这就是查理！"那个小男孩说。

他抱着的那个小女孩，这时正伸出双手，哭着要查理抱。小姑娘立刻把她接过去，那样子就跟一个围着围裙、戴着帽子的成年女人差不多。那个小女孩亲热地搂着她，她就站在那里，越过小女孩的头上望着我们。

当我们给那个可怜的小姑娘拿过一把椅子，让她抱着孩子坐下的时候（那个小男孩一直依偎着她，揪着她的围裙），我的监护人喃喃地说："这孩子怎么能养活这两个小的呢？瞧瞧这个家！看在上帝分上，瞧瞧这个家啊！"

这样一个家确实应该瞧一瞧，这三个孩子现在相依为命，两个小的完全靠那个大的养活，而这个大的年纪又这么小——然而奇怪的是，她那孩子气的身上竟带着成年人的稳重。

"查理，查理！"我的监护人说。"你今年多大啦！"

"十三岁多了，先生，"孩子答道。

"哎哟！你的岁数可真不小！"我的监护人说。"你的岁数可真不小，查理。"

我真没法形容他对她说话时有多么慈祥；他这几句话是用一种半开玩笑的口吻说出来的，这就越发显出他对她多么同情和怜惜。

“那么，就你和这两个孩子住在这里吗，查理？”我的监护人说。

“是的，先生，”小姑娘仰视着他的脸，很沉着地答道，“爸爸死了以后，就剩我们三个人了。”

“那你们靠什么过日子呢，查理，啊！查理，”有一会儿我的监护人把脸转过一边，“你们靠什么过日子呢？”

“爸爸死了以后，先生，我就在外面做工。今天我出去给人家洗衣服了。”

“上帝保佑你，查理！”我的监护人说。“可是你的个子还够不着那大木桶呢！”

“我穿着木套鞋就够着了，先生，”她立刻答道，“我找到了妈妈的一双厚底木套鞋。”

“你那可怜的妈妈什么时候死的？”

“爱玛一生下来，妈就死了，”小姑娘说着，向伏在她怀里的那张小脸看了一眼。“那时爸爸跟我说，我应该作小爱玛的好妈妈。我就那么做了。我在家里干活，收拾房间，看孩子，洗衣服，这样做了好些日子，我才出去给人帮忙。我现在干的活儿都是在家里学的；这你现在明白了吧，先生？”

“你常出去给人帮忙吗？”

“只要能出去，”查理张大眼睛，笑着说，“我就出去挣几个钱！”

“你出去的时候老把这两个孩子锁起来吗？”

“这都是为了他们安全啊，先生，难道你不明白这个吗？”查理说。“布兰德太太常上来看看，格里德利先生有时候也上来，我有时候也可以跑回来，再说他们自己也会玩，你瞧，托姆也不怕锁在屋里；你不怕吧，托姆？”

“不——怕！”托姆勇敢地说。

“天一黑，下面院子里的灯就点着了，把这儿照得很亮——的确很亮，是不是，托姆？”

“是呀，查理，”托姆说，“是照得很亮。”

“所以他就老老实实地呆着，”可怜的小姑娘说——她多么像一个母亲，多么像一个大人啊！“多会儿爱玛睏了，他就把她放在床上；等他睏了，他就自己去睡。我晚上回来点上蜡烛吃饭，他又坐起来，跟我一起吃。是这么样吧，托姆？”

“噢，是的，查理！”托姆说。“就是这么样！”也许是因为这会儿看到了他生活中的乐趣，也许是因为感激和热爱查理（查理现在是他最亲爱的人了），托姆这时把脸埋在查理那件瘦小的上衣衣褶里，先是大声地笑，接着又哭起来。

我们进屋以后，这还是头一次看见孩子哭。这个孤苦的小姑娘刚才谈到她那已故的父母时，所以能把悲哀硬压下去，似乎是由于她认为有必要鼓起勇气，由于她能做工而产生一种幼稚的骄傲感，由于她过着那种忙忙碌碌的生活。可是现在，托姆哭了，我发现她脸上也流下两颗泪珠——尽管她仍然很安静地坐在那里，默默地望着我们，也没有拿手去抚弄她看管的那两个小孩子的头发。

我和婀达站在窗前，假装看外面那些屋顶、那些熏黑了的烟囱、凋零的树木和邻居的小鸟笼里的小鸟。就在这个时候，我发现布兰德太太已经从楼下的铺子走上来（说不定她在我们谈话的这一段时间，一直在爬那楼梯呢），并且正在和我的监护人说着话。

“不要他们房租有什么了不起，先生？”她说，“谁还能跟他们要房租呢！”

“好啊，好啊！”我的监护人对我和婀达说。“总有一天这位好心肠的老太太会明白她做了一件**很了不起**的事，因为她给这个最小的孩子做了一件好事——！”他停了一会儿又说道：“这小姑娘以后能这样过日子吗？”

“放心吧，先生，我想她以后能这样过下去的，”布兰德太太说，她非常吃力地喘着气。“她能干极了。你瞧，先生，她妈死了以后，她把那两个小的照顾得多好，这大院的人没有一个不夸她的！她爸得了病，她侍候得非常周到，这确实是很了不起的事！她爸临死的时候——他那时就躺在那边——跟我说：‘布兰德太太，不管我这一辈子干的是一种多么不像样的行业，昨天夜里我倒是看见一个天使在这屋里跟我这孩子坐在一起，我把她托付给上帝了！’”

“他没有别的职业吧？”我的监护人说。

“没有，先生，”布兰德太太答道，“他就是当密探。他当初搬进来的时候，我根本不晓得他是干什么的，后来我知道了，不瞒你说，我立刻就通知他搬家。大院里的人都不喜欢留这样一个人住在这里。别的房客也不赞成。他那个职业绝不高尚，”布兰德太太说，“很多人都反对这种职业。格里德利先生反对得非常厉害，不过他是个好房客，只是近年来过得太不顺心，脾气大了一些。”

“那么，你就通知他搬家啦？”我的监护人说。

“不错，我通知他搬家了，”布兰德太太说。“可是，等到他该搬家的时候，我已经晓得他没有什么不好的地方，我又犹豫起来了。他按时付房钱，干活很勤快，他做的事情也是迫不得已的，先生，”布兰德太太说到这里，不知不觉地眼光转到斯金波先生身上；“在今天，能做到这样也就算不错了。”

“那么，你最后还是把他留下来啦？”

“是呀，我跟他说，如果他能跟格里德利先生讲妥，我就能跟别的房客商量。至于大院里的人，那就不管他们愿意不愿意了。格里德利先生态度很生硬地同意了——不管怎么说，他总算是同意了。格里德利先生对他的态度总是很生硬的。可是格里德利先生对那几个孩子一直很好。你要是不跟一个人打过交道，你就说不上他到底是怎样一个人啊。”

“是不是很多人对待这几个孩子都很好？”贾迪斯先生问道。

“大体上说，还算不错，先生，”布兰德太太说，“不过，如果他们的父亲不是做那种职业的话，那么对他们好的人一定会更多。拘留所所长给了一个金币，他的同事们也凑了一些钱。大院里有些邻居（这些邻居从前看见涅克特先生经过时，总要说几句挖苦话，彼此拍拍肩膀），也捐了一点钱，所以，大体上说，还算不坏。他们对查理的态度也一样。有的人因为她父亲在拘留所做过事就不肯雇用她；有的人虽然雇用她，却又拿她父亲来羞辱她；有的人雇她来做工是为了向别人夸耀自己心肠好（因为他们不计较她父亲的职业和她的种种缺陷），但是他们很可能是少给工钱多加活。不过，她比谁都有耐性，人也伶俐，而且不论什么事情，都愿意尽力去做，甚至是拼命去做。所以我说，大体说来，还算不坏，先生，不过，如果不是因为她爸爸那个职业，也许会更好一些呢。”

布兰德太太因为刚才还没有歇过气来，就说了这许多话，这会儿又累坏了，她只好坐下来，好好休息一下。贾迪斯先生转过身来正要跟我们说话，他的眼光忽然被一个匆匆闯进屋里来的人吸引了过去：原来那是我们刚才上楼时看到的那位格里德利先生。

“我不知道你们几位小姐先生到这里来干什么，”他说，好像看见我们在这里很生气似的，“不过请原谅我跑进这屋里来。我来不是没事干的。怎么样，查理？怎么样，托姆？怎么样，小东西？你们今天过得好吗？”

他弯下腰，亲切地跟孩子们说话；他脸上的表情虽然还是那样严厉，而对我们的态度也非常粗暴，可是孩子们显然把他看作一个好朋友。我的监护人看出了这一点，感到很佩服他。

“当然，没有事谁到这里来呢，”贾迪斯先生温和地说。

“你说的也许对，先生，你说的也许对，”格里德利先生答道，他这时已经把托姆抱到他膝上，并且很不耐烦地挥手让贾迪斯先生走开。“我不想跟你们几位小姐先生争论。我已经争论得太多了。”

“我相信，”贾迪斯先生说，“你这么生气一定是有原因的……”

“什么！”那人暴怒起来，大声喊道。“我爱争吵。我脾气大。我没有礼貌！”

“我看，不见得吧。”

“先生，”格里德利说着，把托姆放下，冲着贾迪斯先生走过来，好像要打架似的。“你知道大法官庭的事吗？”

“不幸得很，我也许知道一些。”

“你不幸？”他说，虽然还在生气，但是犹豫了一下。“如果你也不幸，那我请你原谅。我知道我没有礼貌。请你原谅！先生，”他又气愤起来，“二十五年来，我一直好像是被人家拖着从烧红的铁板上走过来的，现在就是让我踩着天鹅绒走路，我也走不惯了。你不妨到大法官庭那里走一趟，问问他们，能常常让他们开心的，是哪个笑话；他们准会告诉你，最让他们开心的就是那个希罗普郡人的笑话。而我，”他说，一边激动地用拳头在另一只手掌上打了一下，“就是那个希罗普郡人！”

“我相信，我个人和我的家族也很荣幸地给这个庄严的地方提供了一些笑料，”我的监护人安安静静地说。“你也许听说过我的名字吧——贾迪斯。”

“贾迪斯先生，”格里德利马马虎虎行了一个礼说，“你能不声不响地忍受你的不幸，我就办不到。而且，我还告诉你——如果这位先生和这两位小姐是你的朋友，那我也要告诉他们——假如我采取任何别的方式来忍受我的不幸，我就会变成疯子！只有在心里痛恨它们，在心里报复，强硬地要求我一直得不到的正义，我才不至于神经错乱。我只能这样做了！”他说话的态度粗野、率直而且非常激动。“你也许会说我这人太容易激动了。可是我告诉你，遇到这种不幸的事，我很自然就会激动起来，再说，我也只能这样了。如果我不采取这种态度，那就得学那个天天到法院去的可怜的疯老太太那种心平气和的样子。我要是忍受了这种屈辱，不成为一个傻瓜才怪呢！”

他内心那股激情和怒火，他脸上那种表情，说话时那种种激烈的手势，叫人看起来感到非常难受。

“贾迪斯先生，”他说，“你想想我这场官司。不妨当着上帝的面说，我那场官司是这样的：我们是弟兄俩；我父亲是个庄稼汉，留下了一份遗嘱，把农场、牲口等等都留给我母亲，在她生前归她所有。等我母亲死了以后，这些财产就归我所有，只是我必须拿出三百英镑来给我弟弟。后来我母亲死了。我弟弟过了些时候就提出要回他那份遗产。我和一些亲戚都说不能全部给他，因为必须扣除他在我家里的食宿费用等等。你瞧，就是这么一个问题！关于遗嘱，谁也没有争论，引起争执的只是，他是否已经从那三百英镑里头支用了一部分。为了解决这个问题，我弟弟提出了一份起诉书，于是我就不得不到这个该死的大法官庭去了；我是被迫到那里去的，因为法律逼着我不能不去。在这么简单的一个案子里，居然有十七个人成了被告！过了差不多两年，才第一次开庭。接着又耽搁了两年，因为那个推事（但愿他的脑袋烂掉才好！）要用这么些时间来调查我是不是我父亲的儿子；关于这个问题，那是谁也不会争论的。接着，他又发现被告还不齐——你记得不？当时有十七个被告呢！必须添上一个漏掉的被告，因此，一切必须重新开始。这时候（事情还没有开始呢！）我们花的诉讼费已经是遗产的三倍了。我弟弟倒是真乐意放弃这份遗产，省得再担负更多的诉讼费。我父亲遗留给我的全部财产，也都花进去了，这场老打不完的官司只是招来了痛苦、破产、绝望和别的许多灾难——这就是我今天落到这个地步的原因。你瞧，贾迪斯先生，你那场官司牵涉到好几千英镑的事情，我这场官司只牵涉到几百英镑的事情，可是我的全部生活费用都被扯进去，被榨得一干二净，我真不知道我的官司比你的官司好受些呢，还是难受些。”

贾迪斯先生说，他非常同情他的遭遇，而且，他绝不认为只有他一个人受到这万恶制度的不公正的待遇。

“什么！”格里德利先生说，他的怒气一点也没有消除。“制度吗！人家都跟我说，事情就出在这个制度上头。我绝不责怪某一个人。因为事情就出在这个制度上头。我绝不到法院去跟他们说：‘大法官阁下，请您老告诉我：你们这样做对不对？您有没有脸跟我说，我已经得到公平的待遇，现在可以走了。’大法官阁下根本不管这一套。他只是坐在那里，按制度办事。当林肯法学院广场那个律师图金霍恩先生摆出那副又冷淡又骄傲的面孔（他们都是那样，因为我知道，我破产，他们就发财，我说得对吗？），气得我发疯的时候，我绝不会去找他说：我已经倾家荡产了；现在不管用什么手段，我也要找个人来报复一下！**他**是没有责任的。事情就出在这个制度上头。可是，如果说我到目前为止还没有对他们任何一个人采取武力报复——我将来还是可能这样做的！要是有一天我被逼疯了，我真不知道自己会做出什么事情来呢——那么，我将来也要在天国的永恒的法庭上，面对面地控诉每一个利用这种制度来折磨我的人！”

他那激动的样子真叫人害怕。我要不是亲眼看见，真没法相信会有人气愤到这个程度呢。

“我已经完了！”他一边说，一边坐下来，用手擦了擦脸。“贾迪斯先生，我已经完了！我知道，我是个很粗暴的人。我应该知道这个。我因为蔑视法庭，曾经进过监狱。我因为恐吓律师，曾经坐过牢。我已经惹了很多麻烦，将来难免还要惹麻烦。我就是那个从希罗普郡来的人，有时候叫他们并不怎么开心——当然啰，他们看见我被捉去坐牢，被押上法庭和碰到诸如此类倒霉事情的时候，还是觉得挺开心的。他们跟我说，假如我能约束自己的话，就不至于吃那么大的亏。我跟他们说，如果我约束着自己，我就会变成一个傻子。不瞒你说，我从前原是个脾气很好的人。我的同乡都说，记得我当初的脾气很好；可是，现在呢，我一想到自己受到这种不公平的待遇，就忍不住要生气，要不然的话，我早就给逼疯了。大法官上星期跟我说：‘你要是不到这里来浪费你的时间，留在希罗普郡干点有用的事情，格里德利先生，那对你要好得多。’我跟他说：‘大法官阁下，大法官阁下，我知道，那样做会对我好得多，可是，如果我当初根本就用不着跟您这个大衙门打交道，那还会更好呢，可是，糟糕得很，我没法挽回过去的事情，而过去的事情却把我逼到这里来了！’——我不仅这样说了，”他突然又被激怒起来，继续说，“我还要羞辱羞辱他们，一直到我死为止，我一定要到法庭去出他们的丑。假如我晓得我什么时候死，假如有人把我抬到大法官庭去，假如我到了那里还能说话，那我倒愿意死在那里，并且在死前对他们说：‘你们曾经多次把我押到这里来，也多次把我从这里打发走。那么，现在就把我抬出去吧！’”

他脸上又现出那种喜欢争吵的神气——这样一副表情也许是多少年来就定了型，即便在他不生气的时候，也和顺不了。

“我是来领这几个孩子到我屋里去的，”他说着，又走到孩子们面前，“让他们在我那里玩一个钟头。我根本没打算要跟你们谈这许多事情，不过，这也没什么关系。你不害怕我吧，托姆？”

“不怕！”托姆说。“你又不是跟**我**生气。”

“你说得对，孩子。查理，你这又要走了吗？那么来吧，小东西！”他把那最小的孩子抱了过去；看样子，那小女孩倒是很愿意让他抱呢。“在楼下准能找出一个玩具小卒子呢。咱们下楼去找吧！”

他又像刚才那样对贾迪斯先生马马虎虎行了一个礼，不过这一次倒是带着某种敬意的；然后，他又对我们微微鞠了一躬，才下楼到他自己屋里去。

他刚一走；斯金波先生就用他平时那种快活声调说起话来，这还是他到这里以后头一次说话呢。他说，妙啊，有些事情慢慢发展，终于得其所哉，看了真叫人痛快。这一位格里德利先生是个意志坚强、精力旺盛的人（从理智的角度来看，却不像个快乐的铁匠[①]），他不难想象，格里德利一定是多少年来就东飘西荡，想找一件什么事情来表现他那过于好勇斗狠的性格——就像青年人不怕碰得头破血流，一心要寻找爱情那样。就在这个时候，他碰上了大法官庭，而大法官庭又恰恰投其所好。从此以后，他跟大法官庭就结下了不解之缘！否则的话，他满可以成为一个攻城略池的大将军，或者成为一个在议会里侃侃而谈的大政治家；可是，事实上，他和大法官庭却你一拳我一脚地打起来，这真是好笑得很，可是他们双方谁也没吃什么大亏，而这样一来，格里德利倒是有事可做了。现在，咱们不妨看看这个柯文塞斯吧！这个可怜的柯文塞斯（就是这几个可爱的孩子的父亲）是多么令人满意地说明了这个道理啊！他，斯金波先生本人，并不满意这世界上有柯文塞斯这样一个人。他觉得柯文塞斯很碍事。本来可以把柯文塞斯干掉的。有好几次他这样想，如果他是苏丹，如果他的首相有一天早朝的时候问他："问大教主要他的奴隶奉献些什么呢？"他甚至会直截了当地说："柯文塞斯的脑袋！"可是，事实上怎么样呢？他一直提供机会让这个老好人有差事可做；他一直是柯文塞斯的大恩人；他确实是一直在帮助柯文塞斯，使他能把这几个可爱的孩子养得那么好，使社会美德在他们身上得到发扬光大；他只要环顾一下这个房间，想到："我就是柯文塞斯的大恩人，他今天能有这几个足以令人告慰的孩子，也是**我的**恩赐！"这时候他就非常激动，而且立刻热泪盈眶了。

当他轻描淡写地说出这些荒诞不经的想法时，他的态度是非常动人的，而且，和我们面前这几个态度严肃的孩子比较起来，他真像是一个愉快的孩子；因此，当我的监护人向我们转过身来的时候（他刚才和布兰德太太走到一旁谈了一会儿话），也禁不住

---

① "快乐的铁匠"（Harmonious Blacksmith）：原是亨德尔（Handel）写的一首竖琴曲。这里是作者开玩笑，说格里德利精力充沛，但性情并不随和。

笑起来了，我们吻了吻查理，和她一起下了楼，站在门口看着她跑去工作。我不知道她要到什么地方去，只看见这个戴着大人帽子、围着围裙的小姑娘，跑进院子尽头的一条廊道里，消失在城市的争吵喧嚷之中，就像一滴露珠掉进了海洋一样。

第十六章
托姆独院

德洛克夫人的行踪飘忽不定，令人很难捉摸。那些消息灵通的时髦人士感到非常惊奇，因为他们简直不知道在什么地方才能见到她。今天，她在切斯尼山庄；昨天，她在伦敦城里的公馆；而明天，消息灵通的时髦人士充其量只能预言说，她也许又出国了。甚至连累斯特爵士这样殷勤体贴的人，要想追随她的左右，也感到有点头痛。不过，要不是他的另一个共患难、共安乐的终身伴侣——痛风病——闯进了他那镶着橡木护墙板的古色古香的卧室里，缠住他的双腿，他恐怕还要头痛呢。

累斯特爵士对待痛风病，就像接待讨厌的恶魔一样。不过，不管怎么说，这个恶魔到底是属于贵族这一阶层的。据人们记忆所及，多少年来，德洛克家的子子孙孙，只要是男的，都有痛风病。关于这一点，诸位先生，确实有据可查。别人的父辈可能死于风湿病，也可能因为上一代是个有病的下流人，由于血里有毒而得了一种暗疾。但是德洛克家的遗传与任何一家都不一样；尽管人们不分贵贱，都难免一死，德洛克家的人却只能死于自己家传的痛风病。这种病，就像那些金银餐具、那些画像或林肯郡那所邸宅一样，是从那些显赫的先人，世代相传下来的。这种病也是他们家的一种尊严。累斯特爵士虽然没有说出口，但未尝没有那么一个见解，认为死神在执行职务的时候，也许会对那些贵族老爷们的阴魂说："诸位爵爷，诸位先生，我很荣幸地把另一位德洛克爵士介绍给大家，经过验明正身，他确实是死于祖传的痛风病。"

因此，累斯特爵士就听任他那双祖传的腿，忍受这种祖传的痛风病，那态度就像他在那片领地上享有他的大名和他的财产一样。他觉得，让一个德洛克家的人缠绵床第，让他的四肢忍受那一阵阵如同刀割的剧痛，那未免有点过分。可是，他又想："我们家的人都害过痛风病；这种病是我们家才有的；几百年来，我们家哪一代人都明白，害痛风病虽然不体面，但是绝不能再染上别的脏病，使猎园里的祖茔蒙受更大的耻辱，因此，我也就甘心忍受这个痛苦了。"

他现在的样子倒是蛮神气的：躺在一床艳红和金黄的褥子上，那张睡椅就摆在大客厅中央，对着那幅他最喜欢的夫人画像。一道道又长又宽的阳光从一长列窗户射进来，和那窗与窗之间的阴影黑白相间，相映成趣。外面，那些雄伟的橡树足以说明他的伟大，因为它们在这片绿草地上已经有好几百年历史，而这片草地从来就没种过庄稼，早在那些帝王用盾和剑出征或用弓和箭出猎的时代，就已经是个猎场了。屋里，他的祖先从墙上望着他，说道："我们都已经作古了，每个人只留下一幅彩色画像，只能唤起模糊的回忆，模糊得就像现在催你入睡的远处的鸦声一样。"在这里，他的祖先也足以说明他的伟大。因此，他今天就变得非常伟大了。因此，那个波依桑实在该死，那些敢于和他分庭抗礼的胆大妄为的家伙实在该死！

德洛克夫人目前不在这里，在这里陪伴累斯特爵士的是她的肖像。她已经跑到伦敦去，但是并不打算在伦敦呆下去，很快又要跑回这里来了，这使那些消息灵通的时髦人士感到莫名其妙。伦敦城里那个公馆并没有因为她回来而加以布置。这里显得又沉闷又凄凉。只有一个戴着扑粉假发的"使神"，情绪低落地坐在大厅窗前打哈欠。昨天晚上，他跟另一个相好的"使神"（也是个一向伺候上流社会的人）说：如果这种生活继续下去——那是不可能的，因为不仅像他这样一种性格的人受不了这个，而且也不能指望像他这样一种风采的人会忍受这个——他发誓说，他除了自杀，确实没有别的办法可想了！

有谁知道，在林肯郡的邸宅、伦敦城里的公馆、戴假发的“使神”和那个被剥夺法权的乔（他拿着扫把打扫教堂墓地的台阶时，心里曾经有过一线光明），和乔住宿的那个地方之间有什么关系？在这个世界的漫长的历史中，有许多本来是天各一方的人，莫名其妙地碰在一起了，他们之间又有什么关系呢？

乔从早到晚都在十字路口那里扫地，根本不知道这种关系——如果真有什么关系的话。要是有人问他这个问题，他总是回答说“不晓得”，仿佛这句话概括了他的精神面貌。他只晓得天气不好的时候，很难把十字路口的泥水扫干净，而更难的是，靠扫街这个活儿来混饭吃。就连这点道理，也不是别人指点他的，而是他自己领悟的。

乔就住在一个很破落的地方——这就是说，乔还没有死——像他这样的人都管这地方叫“托姆独院”。这是一条很不像样的街道，房屋破烂倒塌，而且被煤烟熏得污黑，体面的人都绕道而行。在这里，有些大胆的无业游民趁那些房子破烂不堪的时候，搬了进去，把它们据为己有，并且出租给别人。现在，这些摇摇欲坠的房子到了晚间便住满了穷苦无告的人。正如穷人身上长虱子那样，这些破房子也住满了倒霉的家伙，他们从那些石头墙和木板墙的裂口爬进爬出；三五成群地在透风漏雨的地方缩成一团睡觉；他们来来去去，不仅染上了而且也传播了流行病，到处撒下罪恶的种子，使库都尔勋爵、托马斯·杜都尔爵士、富都尔公爵以及所有那些当权的优秀人物（一直到茹都尔）花上五百年的工夫，也不能把这些罪恶完全消除干净——尽管那些大人先生生来就是干这一行的。

最近，在“托姆独院”这个地方，已经发生过两次犹如地雷爆炸的事故：先是一阵轰隆轰隆的巨响，接着是尘土飞扬。这些事故一发生，报纸上总能找到一小则新闻，而附近的医院也总要收容一两个伤亡的人。尽管那里的墙壁有裂口，那些破房子在穷人的心目中也还是了不起的住处。因为还有几间房子就快要倒塌，下一次“托姆独院”那个轰隆巨响就可能非常惊人了。

这些令人可羡的房产自然是归大法官庭管理的。如果把这种情况告诉任何一个只有一只眼睛的人，那也是对他的辨别力的一种侮辱。究竟“托姆”是不是贾迪斯案当初那个人所共知的原告或被告；究竟，这条街被那场官司弄到荒无人居的时候，是不是就剩下托姆一个人（后来才有人搬来落户），或者，究竟“托姆独院”这个传统的名称，是不是可以笼统地说明这个贫民窟的人已经同正派人不相往来，而且已经陷入绝境，那就不得而知了。当然，乔也是不晓得的。

“因为**我**，”乔说，“**我**什么也不晓得。”

当一个像乔这样的人，在街上蹓来蹓去，看到店铺招牌、街头路牌、门板和橱窗上到处都是那些莫名其妙的符号，而对它们的形状和意义却一无所知；看着别人阅读、书写；看着邮差送信，而自己一点也不认识那上面的字（哪怕是片纸只字，也使他目瞪口呆），那一定是怪有意思的！而看着那些体面的上等人礼拜天拿着经书上教堂，想想（因为乔偶尔也会想想什么的）他们这样做有什么意思，或者想想，如果别人这样做有意思，为什么自己这样做就没有意思；或者，在街上被挤着、撞着、推着；心里确实觉得自己无论走到什么地方去都是个闲人，可是一想到自己总算是活在这个世界上，别人从前虽然不把自己看在眼里而今天已经不同了，心里又感到莫名其妙——这一切，一定是非常奇怪的。再说，假如不仅有人告诉他，他不能算是一个人（上次他被人叫去作证的时候，人家就没有把他当作人），而且他自己根据一生的经历也体会到自己不算是一个人；或者，假如他看到那些马、那些狗、那些牛从自己身旁走过，想到自己是跟它们一样愚蠢无知的，而不是跟那些和自己长得一模一样的高等动物（他常招他们讨厌）一样聪明——那也一定是怪有意思的！乔对于刑事裁判、法官、主教、政府或者是在他眼里是无价之宝的宪法（可惜他不知道！）的看法，一定很有意思！他的整个物质生活和非物质生活也是非常有意思的，而最有意思的是，他对于死的看法。

乔从“托姆独院”出来，迎接他的是一个姗姗来迟的早晨（因为在这种地方，晨光总是姗姗来迟的）；他一边走，一边嚼着一小片肮脏的面包。他要走过好几条街，店铺还没有开门。他坐在“海外福音传播协会”门口的台阶上吃他那份早餐；吃完了，便拿起扫把，把台阶扫了扫，算是感谢这地方让他坐在台阶上吃早饭。他看见这个建筑物这样大，觉得很了不起，但是不知道这是干什么用的。这个可怜的家伙一点也不知道太平洋的珊瑚岛缺乏精神生活，也不知道要去照顾那些住在椰子树和面包果树林子里的土人，得花多少钱。

他来到他那个十字路口，准备在那里干一天。伦敦城已经睡醒，这个巨大的陀螺又要旋转起来；已经停止了几个钟头的阅读和书写（这对乔来说是难以理解的）又重新开始。乔和别的低等动物只好在这莫名其妙的纷乱中讨生活。这是个赶市集的日子。那些公牛都蒙上了眼睛，不仅没有人在前面牵着，反而被后面的人拼命驱打，因此，它们便到处乱闯，到处被人哄赶，终于，眼睛布满血丝，口吐白沫，向着石头墙直冲过去。常常有些无辜的人被撞得重伤，而它们自己也常常撞得重伤。这倒很像乔和他那一种人的情况，非常非常像。

一列乐队走来。乔听着音乐。一只狗也在听那音乐。这是一只牧羊狗，正蹲在一个屠户门口，等待主人。很显然，它还没有忘掉那群费了它好几个钟头心思的羊。现在摆脱了它们，心里禁不住高兴。看样子，有三四只羊一直叫它放不下心，记不起它们在什么地方走散了；它往街的两头看了看，好像希望它们从迷了路的地方走出来；它突然竖起耳朵，想起了一切。这是一只见过不少世面的狗，喜欢和下流人厮混，喜欢到小酒馆打转转；对羊群来说，它是一只恶狗，一听见口哨，就向羊身上扑去，一大口一大口地把羊毛咬下来；但是，它又是一只得到教育、受过训练

打扫十字路口的乔

和培养的狗，它知道要执行任务和如何执行任务。它和乔都在听那音乐，也许都和别的下等动物一样，获得了同样的快感；同样地，对于音乐引起的联想、热望、悔恨以及超乎人的感官之外的悲欢，它们也是大致一样的。但是，在别的方面，这条狗比乔这个人又高明多少啊！

如果对这条狗的后代不加管教，听任它们堕落成野狗（像乔现在的情况那样），那么，过不了几年，它们就会堕落到连吠都不会吠——当然，咬还是会咬的。

白昼渐渐消失，天色越来越暗，而且下起毛毛雨来了。乔在那个十字路口拿出全副本领来对付街上那些烂泥、车马、鞭子和雨伞，可是，他只赚到很少的几个钱来交付“托姆独院”那个肮脏住处的租金。这时已经是暮色四合，店铺里的煤气灯也亮了；那个点路灯的人扛着梯子，沿着人行道边行走。这是一个天气异常恶劣的黄昏。

图金霍恩先生这时正坐在他的事务所里，在心里草拟一份申请书，准备明天一早送交治安推事，要求他发出逮捕令。原来那个绝望的起诉人——格里德利，今天曾经到他事务所来，威胁过他。我们是不允许别人进行威胁的，那个暴躁的家伙必须马上关起来，直到获得保释为止。天花板上那幅按远近法缩小的寓言画，有一个面目可憎的罗马神，头冲下，脚朝上，伸出参孙[①]那样粗大的手臂（已经脱了节，而且样子很古怪），直直地指着窗口。可是，为什么图金霍恩先生为了这样一个毫无意义的原因，就得往窗外面看呢？难道那只大手不是老指着窗外吗？所以他也就没有向窗外看了。

如果他当时往窗外看，如果他看见一个女人走过，又会怎么样呢？可是，图金霍恩先生认为，这个世界的女人已经够多的了——简直是太多了；在这个世界里，所有的坏事都是由于她们

① 参孙是《圣经》上的一个大力士，见《旧约全书·士师记》。

引起的，尽管在这一点上，她们给律师拉来不少生意。如果他看见一个女人走过，行踪很鬼祟，那又会怎么样呢？再说，她们没有一个不是行踪鬼祟的，图金霍恩先生对这一点非常清楚。可是这个刚刚走过他家门的女人，跟一般女人不大一样；她那身朴素的衣服和她那优雅的姿态，显得很不调和。从打扮来看，她很像一个上等人家的女仆，可是，从她的神色和走路的姿态来看，她似乎是一位贵夫人——尽管她的神色和走路的姿态都很匆忙，而且是假装出来的，不过，不管她怎样装，人们还是看得出来，她走不惯这种泥泞不堪的街道。她戴着面纱，然而，她还露出一些可疑的地方，使得街上许多行人都转过头来紧盯着她看。

她一直没有回头张望。女仆也好，贵夫人也好，反正她此行有她的目的，而且是非达到目的不可。她来到乔打扫的那个十字路口，始终没有回头张望。乔跟着她过了马路，向她要钱。可是，她仍然没有回过头，却一直走到马路的那一边，然后微微向他招手，并说："跟我来！"

乔跟着她走了两步，拐进一个僻静的院子里。

"你就是我在报纸上读到的那个小孩吗？"她问道，仍然戴着面纱。

"我不晓得，"乔很不高兴地望着那块面纱说，"什么报纸不报纸的。我什么也不晓得。"

"验尸的时候，他们是不是问过你话？"

"我不晓得那叫什么——你是不是说，那次地保把我抓去的事？"乔说。"在什么**染**尸的时候，那个小孩叫乔是不是？"

"是呀。"

"那就是我！"乔说。

"跟我来。"

"你是要问那个人吗？"乔一边说，一边跟着走。"那个死了的人？"

"嘘！声音小一点！你说对了。他活着的时候，是不是病得很厉害，是不是很穷？”

“啊，是的！”乔说。

“他像不像——像你现在这个样子？”那个女人带着厌恶的样子说。

“啊，不像我这么糟糕，”乔说。“说真的，我一直就这么糟糕！你不认识他吧？”

“你怎么敢问我认不认识他呀！”

“别生气，夫人，”乔非常谦恭地说，因为连他也怀疑这个女人是一位贵夫人了。

“我不是什么夫人。我是一个用人。”

“你是个了不起的用人！”乔说；他一点也不想叫对方生气，只是想说一句恭维的话。

“别说话，听我给你讲。你现在不要跟我说话，站得远远的！你能不能带我去看看报上说的那几个地方？就是那给他东西抄写的地方、他死的地方、地保带你去的地方，还有他埋葬的地方。你知道他埋葬的那个地方吗？”

乔点了点头；刚才那个女人每提到一个地方，他就点一下头。

“你在我前面走，领我去看看那几个讨厌的地方。每到一个地方，你就在对过的地方站着，除非我问你，你不能跟我说话，也不要回过头看。听我的话去做，完了，我要给你好多钱。”

那个女人说话的时候，乔很仔细地听着；他一边敲着扫帚的把手，一边捉摸她那些话。他觉得这些话很难懂；停下来考虑是什么意思；他觉得很满意，就点了点他那满头乱发的脑袋。

“我可鬼着呢，”乔说。“可别耍人，你晓得不？别溜掉！”

“这可怕的东西说什么呀？”那个女仆喊了一声，并往后退了一步。

“别溜掉，你晓得不！”乔说。

“我不懂你说什么。你在前边走吧！我要给你一笔钱，比你这辈子所有的钱都多。”

乔噘着嘴，吹了一声口哨，又搔了搔他那满头乱发的脑袋；然后夹起扫把，在前边领路；他光着脚，灵巧地迈过尖尖的石头，蹚过一片片的泥水。

库克大院。乔站住了。歇了一会儿。

“谁住在这里？”

“那个给他东西抄的人，他还给过我一个大头[①]呢，”乔低声说，并没有回过头看。

“到第二个地方去。”

克鲁克的房子。乔又站住了。歇的时间比刚才长一些。

“谁住在这里？”

“**他**住在这里，”乔还是头也不回地答道。

沉默了一会儿，乔听见人问他：“在哪个房间？”

“在楼上后边那个屋子。你从这个角就能看见那儿的窗户。就在那上面！我就是在那上头看见他直挺挺地躺着。这就是我给地保抓去的那个酒店。”

“到下一个地方去吧！”

下一个地方要走很远的道；可是乔已经放心，不再怀疑她溜掉了。他很守约，没有回过头去张望。他们走过许多迂回曲折的街道（这些街道臭气熏天，使人感到难受），来到一个院子的小拱道，来到那盏已经点着的煤气灯下，来到那个铁栅门前。

“他就埋在那里，”乔两手握着铁栅，往里瞧着说。

“在哪里？天呀，这个地方多可怕呀！”

“瞧！”乔一边说，一边指着。“就在那一边。在那些坟堆里。靠近那家厨房的窗户！他们把他埋得很浅。他们得在棺材上面跺，才能把它埋下去。要是这个门开着，我用这扫把就能把棺材刨出来。依我看，他们就因为这个才把门锁上的，”他摇了摇那铁

① 大头（bull）：是英国银币（crown 值五先令）的俚语。

门。“这门老锁着。瞧那大耗子！”乔兴高采烈地喊道。“嘿！瞧！它往那边跑！嗬！钻进地洞里了！”

那个女仆躲到一个角落去——也就是躲到那个可怕的拱道的角落里；污黑的砖墙把她的衣服弄脏了。她伸出双手，很生气地叫乔不要靠近她，因为她觉得他很讨厌。两个人就这样子，在那里站了一会儿，乔瞪着眼睛看着她；当她恢复了常态以后，乔还是瞪着她看。

“这个可怕地方是不是一块圣地？”

“我不晓得什么丧地不丧地，”乔说，依然瞪着眼。

“我是说这地方降过福没有？”

“我要晓得这个，那才有福呢，”乔说，他的眼睛瞪得更大了。“可是，依我看，这地方大概没有降过福。降福？”乔又说了一遍，有点不大安心的样子。“如果这地方降过福，那不会对这地方有多大好处。降福？我看恐怕是正好相反吧。可是，我什么也不晓得！”

那个女仆根本没有怎样注意听他说的话，其实，她刚才自己说了些什么话，也似乎没怎样注意。她脱下手套，从钱包里拿出点钱来。乔默默地看着，注意到她那只手又白又小，他心里想，她戴着那样闪闪发光的钻戒，准是个了不起的女佣。

她把钱放在他手里，但是没有碰着他的手。他们两人伸出手的时候，可以看出她在打哆嗦。“喂，”她说道，“把那地方再指给我看看！”

乔从铁栅中间把扫帚伸进门里，费了很大的劲儿，把那块地方指了出来。最后，他转过头，想看看对方是不是瞧清楚，可是，他找不到那个女仆了。

他的第一个动作是，把钱举到灯下看，当他发现那是块黄澄澄的金币，便高兴极了。他的第二个动作是，在金币的边上咬了咬，试试它是不是个好金币。接着，为了安全起见，把金币放到嘴里。最后，把台阶和拱道打扫得干干净净，打扫完毕，他就往

圣地

“托姆独院”走去。一路上，碰到煤气灯就站住，把金币拿出来，咬一咬，一再试试它是不是真的。

那个戴着扑粉假发的“使神”，今天晚上倒也不乏社交活动，因为德洛克夫人要去赴一个大宴会和三四个舞会。呆在切斯尼山庄的累斯特爵士这时正坐卧不宁；除了痛风病，他连个伴儿也没有。他对朗斯威尔太太发牢骚说：石板道上的雨声老是滴沥滴沥地响，弄得他就是在他那舒适的梳妆室火炉旁也读不下报。

“累斯特爵士如果换个屋子，挪到房子的那一边去，那一定觉得好受得多，亲爱的，”朗斯威尔太太对露莎说。“他的梳妆室正靠着夫人的卧室那一边。这几年来，我从来也没听到鬼道那个脚步声像今天晚上那么响！”

第十七章
埃丝特的自述

我们在伦敦逗留的时候，理查德常常来看我们（虽然不久以后他就不再给我们寄信了）；由于他为人聪明、乐观，性情也和蔼、活泼、富有朝气，所以总是很讨人喜欢。可是，我越了解他——尽管我也越喜欢他——我就越觉得，他过去所受的教育没有使他养成努力用功和专心致志的习惯，实在令人感到遗憾。他所受的那一套教育同其他许多性格与才能各自不同的青年所受的教育是完全一样的，这种教育使他能大刀阔斧地把工作干完，而且常常干得很不错，甚至还干得很出色；但是，他做事情往往华而不实，只凭一时高兴，这正好说明他对他的资质过分自信，其实他这些资质是非常需要人加以指点和培养的。这些资质都很优良，如果不具备这些，就不配得到高尚的地位；但是，这些资质就跟水火一样，掌握得好，可以为你造福，掌握不好，就遗患无穷。如果这些资质是受理查德的支配，那么它们就会成为他的朋友；但是，既然理查德现在是受它们的支配，它们也就成为他的敌人了。

我把这些看法写下来，倒不是因为我相信，世界上的事情我认为怎么样，结果就是怎么样，而只是因为我确实是这么想，所以我打算把我所想的和所做的都坦率地说出来。这就是我对理查德的看法。除此以外，我还常常体会到，我的监护人从前那番话说得真对，他说大法官庭的这桩悬而不决、稽延时日的案子，使理查德渐渐形成赌徒那种毫不在乎的态度，因为他觉得自己正参加一场巨大的赌博。

有一天下午，贝汉姆·巴杰尔夫妇来访，当时我的监护人恰巧不在家。在聊天的时候，我自然而然地问起理查德的情况。

“什么，卡斯顿先生吗？”巴杰尔太太说，“他很好，说真的，他给我们医务界增光不少。斯沃塞舰长从前提到我的时候常常说，如果有我来和海军军官们一起吃饭的话，哪怕军需官的腌牛肉硬得像前桅楼的风帆那样，大家也会感到比发现‘陆地在前、微风在后’还要高兴的。他说到我在哪里都受欢迎的时候，用的就是这种航海术语。我想，我也可以用这句话来恭维卡斯顿先生。可是，如果我说点别的什么话，你们不会觉得我说得过早吧？”

我说不会，因为巴杰尔太太那种语气似乎在暗示我要这样回答。

“克莱尔小姐也不会吗？”贝汉姆·巴杰尔太太亲热地说。

婀达也说不会，但是态度有点不自在。

“唔，你们看，亲爱的，”巴杰尔太太说，“你们不反对我叫你们亲爱的吧？”

我们请巴杰尔太太不要客气。

“因为，如果你们不怪我说话不客气，那你们实在可爱，”巴杰尔太太继续说，“实在讨人喜欢。你们看得出来，亲爱的，虽然我还很年轻——也许是贝汉姆·巴杰尔先生为了恭维我，才说我年轻吧——”

“不是，”巴杰尔先生好像在群众大会上表示异议那样喊道，“绝对不是！”

“那么好，”巴杰尔太太笑了笑，“我们姑且说我还很年轻吧。”

（“这是毫无疑问的，”巴杰尔先生说。）

“亲爱的，虽然我还很年轻，我倒是有不少机会去观察年轻人。说真的，早先那艘可爱的‘瘸子号’倒有许多这样的年轻人。后来，我和斯沃塞舰长在地中海的时候，我一有机会就跟斯沃塞舰长手下的军官认识，我和他们交朋友。亲爱的，**你们**从来也没听见过有人管他们叫年轻绅士吧；他们每星期清算账目，用的术语是‘拿烟管子土①清一清’，这句话你们大概听不懂吧，不过我可听得懂，因为海洋是我的第二家乡，我当初简直就是个水手哩！后来，我跟丁格教授在一起的时候，情况也是这样。”

（“丁格教授名振全欧，”巴杰尔先生喃喃地说道。）

“当我失去了我第一个亲爱的人，而成为第二个亲爱的人的太太时，”巴杰尔太太一提到她早先那两位丈夫，就仿佛把他们变成字谜似的，“我仍然有机会观察年轻人。丁格教授讲课的那个班，人数很多；我身为杰出的科学家的太太，而本人又在科学方面寻求最大的慰藉，所以，我把我们家当做‘科学交流站’，欢迎学生来作客，并且引以为荣。每个星期二的晚上，都准备柠檬水和各种各样的饼干，谁愿意吃就吃。而在科学方面，那就更是应有尽有了。

（“萨默森小姐，这晚会真了不起，”巴杰尔先生肃然起敬说。“在丁格教授这样一个人物的主持之下，这些晚会想必有许多论战！”）

“现在，”巴杰尔太太继续说，“我既然是我第三个亲爱的人巴杰尔先生的太太，我仍旧保存着观察年轻人的习惯；这种习惯是在斯沃塞舰长在世时养成的，后来，在丁格教授在世时，又应用到意想不到的新用途上了。因此，在考虑卡斯顿先生的时候，我并不是一个毫无经验的人。不过，亲爱的，我总觉得，他选择职业的时候，没有经过充分考虑。”

这时候，婀达的样子显得非常着急，我便问巴杰尔太太，她的这种想法有什么根据？

“亲爱的萨默森小姐，”她回答说，“我根据的是卡斯顿先生的性格和言行。他的脾气非常随便；他心里有些什么想法，他大概

---

① 即做烟管子用的白黏土，这种白黏土也可以用来漂白。

一辈子也想不到要跟人谈谈。可是他心里是有想法的，他认为行医没什么劲儿。要把行医当作职业，那得有真正的兴趣才行，但他却没有。如果他对行医有什么明确的看法，那我不妨说，他的看法是行医很无聊。瞧，这可不太妙。像阿伦·伍德科特那样的年轻人，他们行医，是因为对医学的妙用发生了强烈的兴趣，他们虽然干了许多工作，却只得到一点点钱；虽然有好几年饱尝辛酸，屡遭挫折，但他们将来是会在行医方面得到报酬的。可是我完全相信，卡斯顿先生绝不是这样。”

“巴杰尔先生也是这样看的吗？”婀达怯生生地问道。

“什么，”巴杰尔先生说，“说实在的，克莱尔小姐，在巴杰尔太太提出这种看法之前，我倒没有这种看法。可是，巴杰尔太太既然这样看，我自然要好好考虑，因为我知道巴杰尔太太很有头脑，她不仅生性聪明，更难得的是，受到了像皇家海军斯沃塞舰长和丁格教授这样两位出色的（我甚至要说是了不起的）人物的影响。因此，简单地说，我得出来的结论，就是巴杰尔太太的结论。”

“斯沃塞舰长常常用航海术语来打比方，他有这样一句格言说，”巴杰尔太太说，“你烧沥青，就应当把沥青烧得滚烫；还有，哪怕你的活儿只是刷洗甲板，那也要像戴维·琼斯[①]盯在你屁股后面那样，把甲板刷个干净。依我看，这句格言不但可以应用在航海方面，也可以应用在行医这方面。”

“也可以应用在各种职业上，”巴杰尔先生说，“斯沃塞舰长的话说得很妙。说得很漂亮。”

“我和丁格教授结了婚，就住在德文郡的北部，”巴杰尔太太说，“那里的人向丁格教授提出抗议，说他把一些房子和建筑物弄坏了，因为他用那研究地质用的小斧子，把那些高楼大厦的石头块敲打下来。可是，丁格教授回答说，除了科学宫以外，他不知

① 戴维·琼斯是航海俚语中的海魔，相当于我国的龙王爷。

道别的建筑物是什么。我想，这个道理也是一样的吧？”

“完全一样，”巴杰尔先生说。“说得很好！萨默森小姐，丁格教授最后一次生病的时候，也说过这样的话，那时他神志不清，一定要把小斧子放在枕头底下，用它来敲打守着他的人的脸。这真是至死不忘啊！”

我们虽然可以不管巴杰尔夫妇这些唠唠叨叨的话，但我和婀达都觉得，他们把自己的看法告诉我们，说明他们很坦率，而且他们所说的话也很可能是实在的。我和婀达商量好，在和理查德谈话之前，先不跟贾迪斯先生提这件事；因为理查德第二天晚上就要来，我们决定跟他认真谈一谈。

于是，我等他和婀达单独呆了一会儿以后，就走进屋里去，但是我发现我那亲爱的人儿（早就知道她会那样）已经变了卦，看样子，无论理查德说什么，她都会觉得不错的。

“理查德，你学得怎么样啦？”我说。我总是在他的另一边坐下，因为他已经把我当作自己姐妹看待了。

“噢，相当不错！”理查德说。

“埃丝特，他顶多就能这样说了，对不对？”我那宠爱的人儿得意地喊道。

我想装出一本正经的样子，瞅着我这宠爱的人儿，可是我实在办不到。

“相当不错？”我学着他的话说了一遍。

“是呀，”理查德说，“相当不错。行医这个玩意儿实在单调无味。不过，那也还凑合，不比别的事情更糟糕！”

“噢，我亲爱的理查德！”我表示反对。

“怎么啦？”理查德说。

“也还凑合，不比别的事情更糟糕！”

“德登大妈，我并不觉得这有什么不好，”婀达从理查德那边探过身来，带着深信不疑的样子看着我说；“因为，如果说行医也还凑合，不比别的事情更糟糕，我想，理查德学医一定能学好。”

“噢，是的，我也希望这样，”理查德一边说，一边心不在焉地把前额的头发往上一甩。“不管怎么说，学医只是暂时的事，等到我们的案子——噢，我忘了。我不该提这桩案子。那是绝对不能提的！噢，是的，行医还算不错。咱们谈些别的事情吧。”

婀达倒是很愿意谈些别的事情，她一心以为我们已经很完满地解决这个问题了。可是我觉得谈话就此结束是没有什么用处的，所以我又开口了。

“理查德，还有我的亲爱的婀达，”我说，“这样可不行啊！理查德，你应当不遗余力，认真学习才行啊，想想看，这对你们俩是多么重要啊，对你们的表哥来说，也是有关面子的事情。婀达，说真的，我们最好还是谈谈这件事情吧。要不赶快解决这个问题，就来不及了。”

“噢，不错！我们必须谈谈这件事情！”婀达说。“不过我觉得理查德是对的。”

婀达是这样漂亮，这样动人，又是这样喜欢他，这时候，我装出一本正经的样子，又有什么用处呢！

“理查德，昨天巴杰尔夫妇来过，”我说，“他们似乎有点觉得，你并不十分喜欢这个职业。”

“他们真有这样的感觉吗？”理查德说。“噢，这样说，情况就完全不同了，因为我根本不知道他们这样想，而且我本来也不打算使他们失望，或者使他们感到不方便。事实上，我并不怎么喜欢学医。噢，可是，这没什么关系！行医还算凑合，并不比别的事情更糟糕！”

“婀达，你听听他说的话！”我说。

“说实在的，”理查德半认真半开玩笑地说，“行医并不怎么合我的口味。我对这一行并不喜欢。再说，贝汉姆·巴杰尔太太的第一个丈夫和第二个丈夫的事情，我也听腻了。”

“依我看，**这**倒是很自然的！”婀达十分高兴地喊道。“埃丝特，昨天我们俩不也这样说吗？”

“再说，”理查德接着说，“行医也很单调，今天和昨天完全一样，而明天又和今天完全一样。”

“可是，”我说道，“这恐怕是哪个行业都有的缺点了，而且除非是在非常不平凡的环境里，不然的话，这也是生活本身的缺点呢。”

“你是这样想的吗？”理查德回答的时候，仍在考虑着。“也许是的！哈，要知道，”他忽然又高兴起来，接着说，“我们扯得太远了，跟我刚才说的话离了题。我原来说的是，行医也还凑合，并不比别的事情更糟糕。噢，行医还算不错！咱们谈些别的事情吧。”

可是，这时就连脸上流露着爱情的婀达——如果说在那个难忘的雾沉沉的十一月里，我第一次看见她的时候，就觉得她的脸显得天真无邪，那么，现在当我知道她的心也是天真无邪的时候，她的脸就更显得是这样了——也对这个摇摇头，露出严肃的神色。因此，我觉得这是一个好机会，便向理查德暗示，如果有时候他对自己不够关心，我相信他对婀达还是不会不关心的；我又说，对于那可能影响他们俩生活的事情，不要等闲视之，因为这也是他爱她和关怀她所应尽的责任。这番话使他稍稍严肃起来。

“亲爱的哈巴德大娘，”他说，“问题就在这里！这件事情我已经想过好几回了，我对自己很生气：打算好好干一番，但总是办不到。我也不知道这是怎么回事；我好像缺少什么东西，不能坚持下去似的。就连你也不知道我是多么喜欢婀达（我亲爱的表妹，我真爱你啊！），可是除了这个，我在别的事情上都没有什么常性。学医是件很辛苦的事，得花很多时间！”理查德带着苦恼的样子说。

“也许是，”我提示说，“你并不喜欢你所选择的职业吧。”

“可怜的人儿！”婀达说。“依我看，理查德就是这样！”

噢，不行。我勉强装出一本正经的样子，可是一点用处也没有。我又试了试；可是，看到婀达十指交叉，搭在他的肩膀上，看到他注视着她那浅蓝色的眼睛，而她的眼睛也正注视着他，我怎么能装出一本正经的样子呢——再说，即使我能装出来，那又有什么效果呢！

“你瞧，我的宝贝姑娘，”理查德一边抚弄着婀达的金色鬈发，一边说，“也许是我当初太着急了；也许是我没弄清楚自己的真正爱好是什么。看样子，我的爱好不在行医这方面。可是，我不去试一试，又怎么知道呢？现在的问题是，半途而废，是不是值得？因为这不过是一件无所谓的事情，咱们不必小题大作。”

“亲爱的理查德，”我说，“你怎么**能**说这是无所谓的事情呢？”

“我还不完全是这个意思，”他回答说。“我是说行医**可能是**无所谓的事情，因为我也许根本不需要行医。”

我和婀达都劝他说，半途而废是完全值得的，而且还必须这样做。接着我就问理查德，心目中有什么合适的职业没有？

“瞧，亲爱的希普顿太太，”理查德说，“你这句话正说到我心坎上。不错，我倒是想过，我觉得法律对我最合适。”

“法律！”婀达喊道，好像她很害怕听这个词儿似的。

“如果我进肯吉的事务所，”理查德说，“如果我在肯吉手下当学徒，我就能亲眼看到那——哼——那绝不能提的事情，就能够研究它，掌握它，对它加以适当的处理，而不让它被人忽视。我就能关照婀达的利益和我自己的利益（其实这是一回事情！）；我将尽最大的努力去钻研布莱克斯顿①和其他人的著作。”

对于他说的这些话，我抱着半信半疑的态度，而且，我也看出来，由于他对那些迟迟未能实现的渺茫的事情，竟抱着这样大的希望，婀达脸上不免蒙上了一层阴影。可是，我觉得，最好还是鼓励他，无论做什么事情都要坚持到底，所以，我只劝他好好

---

① 布莱克斯顿（William Blackstone，1723—1780）：英国著名的法律学家。

想一想，这一次自己是不是真的打定主意了。

“亲爱的米涅瓦[①]，”理查德说，“我和你是一样老成持重的啊。我犯了一个错误；我们大家都可能犯错误呀；可是，我再也不做这种事了，我将来要成为世界上有数的律师。这就是说，”理查德说着，又陷入了疑虑之中，“如果这种无所谓的事情，真值得小题大做，那就试一试吧！”

这一来又使我们非常严肃地把早先那些话重说了一遍，也使我们得出了和刚才相仿佛的结论。可是，我们还是一再劝理查德赶快去和贾迪斯先生开诚布公地谈一谈，而他的脾气也不喜欢隐瞒，所以他立刻带着我们去找贾迪斯先生，向他说明一切。“理克，”我的监护人仔细听完他的话以后说，“我们倒是有法子让你退学而又不丢脸，这个我们办得到的。可是，为了我们的表妹，理克，为了我们的表妹，我们一定要慎重，不再犯这样的错误。因此，在学法律这件事情上头，我们一定要好好试一试再作出决定。我们不妨花些时间，三思而后行。”

理查德是个又急躁又轻浮的人，他当时恨不得立刻就到肯吉先生的事务所去，当场和他签定师徒合同。不过，我们向他指出，审慎从事是必要的，他也就爽快地听从了，他心满意足、兴高采烈地坐在我们中间，说起来就好像他终生的固定目标，从小就是目前这个让他着迷的职业。我的监护人对他很和蔼，很亲切，却也相当严肃；所以，他一走，我们要上楼睡觉的时候，婀达忍不住说：

“约翰表哥，你没觉得理查德有什么不好吧？”

“没有，亲爱的，”他说。

“理查德在这样一件难以决定的事情上犯错误，倒是很自然的。这不是很了不起吧。”

“不，不，亲爱的，”他说。“你不要难过。”

---

① 米涅瓦（Minerva）：罗马女神，是手艺和艺术等的保护神，也是智慧的象征。

“噢，约翰表哥，我没有难过！”婀达愉快地笑着说，她刚才向他说再见时，有一只手就搭在他肩膀上，现在那只手依然放在那上面。“可是，如果你真觉得理查德有什么不好，那我就会有点难过了。”

“亲爱的，”贾迪斯先生说，“除非他真让你觉得难过——哪怕是一点点吧，否则我是不会说他不好的。再说，即使到了那个时候，我也不会责怪可怜的理克，而要责怪我自己，因为是我让你们生活在一起呀。可是，算了吧，这些都没什么！他现在还来得及，还可以努力。**我**会觉得他不好？我不会，亲爱的表妹！我敢说，你也不会！”

“绝对不会，约翰表哥，”婀达说，“如果世上所有的人都觉得理查德不好，我相信我也不能——我相信我也不会——觉得他不好。那时候，我倒是会觉得他比任何时候都好！”

她说话的时候是这样平静和诚恳，她的手搭在他的肩膀上——现在是两只手了——抬头注视着他的脸，她那样子就好像是真理的化身！

“我想，”我的监护人若有所思地看着她说，“我记得在什么书上说过这样的话：父亲造了孽，往往会报到孩子身上，而母亲积了德，也会报在孩子身上。明天见，我的好姑娘。明天见，我的小老太太。”

这是我第一次看见他不安地目送着婀达出去，他那慈祥的脸，罩上了一层阴霾。我记得很清楚，从前婀达在炉火映照下唱歌的时候，他是怎样望着她和理查德的；而在不久以前，婀达和理查德在他面前表白了他们俩的爱情，他也目送着他们穿过那阳光明亮的屋子，走到外面的阴影里去；可是，现在他的眼神改变了；就连他目送他们走了以后，又一次转过来看我的那个心照不宣的眼神，也不像从前那样充满希望，毫无挂虑了。

那天晚上，婀达在我面前直夸理查德，夸得比平常更厉害了。她也没有把理查德送给她的小手镯从胳臂上摘下就去睡了。

她大约睡了一个钟头以后，我过去吻了吻她，看见她的样子非常安详和幸福，我猜想她一定是梦见理查德了。

那天晚上，我一点也不想睡，便坐下来做针线活儿。这件事情本身是不值得提的，不过，我真的睡不着，而且情绪低落。我不知道这是为什么——至少是我觉得自己真不知道。退一步说，就算我知道，我觉得这也没什么关系。

不管怎么样，我下定决心，好好做活儿，免得有丝毫空闲的时间去发愁。因而我自然而然地说："埃丝特！你居然发起愁来了。**你啊！**"我这样说是及时的，因为我——是的，我照着镜子，真的看见自己几乎要哭了。"你本来是事事如意的，现在倒好像有什么事情让你不高兴。你这个忘恩负义的人啊！"我说。

如果我能睡着觉的话，那我马上就睡了，可是我睡不着，所以我把那时为我们家（我指的是荒凉山庄）做的一些装饰品从篮子里拿出来，坚决地坐下来做一做。这种针线活儿需要数清所有的针数，我决定一直做到睁不开眼睛的时候，再去睡觉。

过了一会儿，我就忙得不可开交了。可是，有一些绸子我忘了拿，那都放在楼下那间暂作"牢骚室"用的屋子的工作台的抽屉里，没有那些绸子就做不下去，所以我只好拿着蜡烛，轻轻地下楼去取。进屋的时候，我吓了一大跳，因为我发现我的监护人依然坐在那里，望着壁炉里的炉灰。他陷在沉思之中，他的书撂在一旁，他那银灰色的头发乱蓬蓬地披在额头上，仿佛是他在想着别的什么事情的时候，用手把头发弄乱了；他脸上也露出了疲乏不堪的样子。我这样意想不到地碰见他，不禁吓了一跳；我一动不动地站了一会儿，本想不和他打招呼就退出来，可是这时候，他又心不在焉地用手搔头，看见了我，也吃了一惊。

"埃丝特！"

我告诉他我到屋里来干什么。

"这么晚还做活儿，亲爱的？"

"今天晚上做得晚了一些，"我说，"因为我睡不着，做累了好睡觉。可是，亲爱的监护人，你也还没有睡啊，而且样子很疲倦。你没有什么不痛快的事情，因而睡不着吧。”

“没有，小老太太，就是有，那也不是**你**所能理解的，”他说。

他说话的时候，带着一种从来没有的惋惜声调，所以我在心里重复着他的话：“那不是我所能理解的！”——仿佛这样做，就能帮助我理解他的意思似的。

“埃丝特，呆一会儿，”他说。“我正在想你的事情哩。”

“但愿我没给你什么麻烦才好，监护人。”

他稍微摆了摆手，又恢复了往常的神态。他变得这样突然，好像是费了很大力气才克制了自己，我不由得又一次在心里重复着他的话：“那不是**我**所能理解的！”

“小老太太，”我的监护人说，“我在想——我的意思是，我刚才一直坐在这里想你的身世，关于你的事情，凡是我知道的，你都应当知道。不过，我知道得很少。几乎是什么都不知道。”

“亲爱的监护人，”我回答说，“你上次跟我谈这件事情的时候——”

“可是，自从那一次以后，”他猜着我要说些什么，就严肃地抢先说，“我曾经考虑过，你来问我和我把事情告诉你，完全是两回事，埃丝特。也许，我有责任把我所知道的这一点点说给你听。”

“监护人，如果你这样想，那是不会错的。”

“我倒是这样想的，”他非常和蔼可亲但却相当明确地回答说。“亲爱的，我现在就是这样想的。如果有哪一个值得尊重的人，认为你的身世有什么不清白的地方，那么，不管别人如何，至少你本人绝对不要因为不了解自己的底细，就觉得那是不得了的事。”

我坐下来，尽可能保持平静，说道：“监护人，记得我很小的时候，就有人对我这样说过：‘埃丝特，你母亲是你的耻辱，而你当初也是她的耻辱。总有一天——而且时间不会很长，你对这一点一定会明白，一定会感觉出来，因为对这样的事，只有女人才会有这种感觉的。'"我追述这些话的时候，一直用手蒙着脸，这时候，我又羞愧地把手拿开，不过我希望，这一次不像刚才那样羞愧得无地自容了；我对他说，我从童年时代起，一直到现在，**从来**没有过这种感觉，这种幸福完全是他给我带来的。他抬起手来，好像让我不要再说下去。我很清楚，他从来都不要别人向他道谢，所以，我也就没有说下去了。

"亲爱的，九年以前，"他想了一会儿以后说，"有一位女士，平时不大跟人来往，可是给我寄来了一封信。那封信写得严肃、有力，那是我在别的信上没有见过的。她所以写信给我（正像信中所一再说的那样），也许是因为她脾气特别，才对我表示信任；也许是因为我脾气特别，才博得她的信任。信中谈到一个当年只有十二岁的孤女时所用的字眼，就是你还记得的那些残酷的字眼。那位女士在信上说，孤儿一出生，她就偷偷把孤儿抚养起来，并且想尽办法，不让人知道孤儿还活着。信上又说，如果写信人在孤儿长大成人之前去世，那么，孤儿就会落到举目无亲和无人过问的地步。她问我，到了那一天，我愿不愿意完成她所未能完成的事情？"

我默默地倾听着，注意地望着他。

"亲爱的，你小时候的记忆一定能帮助你理解，她是从阴暗的一面来看待和叙述这一切的，她那带有偏见的信仰，蒙蔽了她的头脑，使她认为孩子必须赎罪，尽管孩子本身并没有过错。我为这个前途暗淡的小孩担心，所以就写了回信。"

我拿起他的手，吻了吻。

"她要求我永远不要和她见面，因为她和外界断绝来往已经很久了，不过，如果我派一个亲信去的话，她是愿意接见的。我委托了肯吉先生。肯吉先生并没有问她，她就自动说，她的名字是假的；她是孩子的姨妈——如果她在这件事情上头和这孩子有什么血统关系的话。她还说，她只能谈到这里，别的事情她是绝不肯说出来的（肯吉先生丝毫也不怀疑她这个决心）。亲爱的，我把一切都告诉你了。”

我握着他的手，握了一会儿。

“我了解我的受监护人比她了解我的时候多，”他为了缓和气氛，又愉快地说，“我常常注意到，她讨人喜欢，肯帮忙，心情愉快。她每时每刻都在千万倍地报答我！”

“可是，更经常的是，”我说，“她为她那好比父亲的监护人祝福！”

刚一提到“父亲”这个词儿，我就看到他脸上露出早先那种不愉快的神色。他像从前那样克制住自己，不愉快的神色马上就消失了；不过，他方才确实有过不愉快的神色，而且是刚一听到我的话，就流露出来，所以我觉得可能是我的话使他吃了一惊。我困惑不解，又一次在心里重复着他那句话；“那不是**我**所能理解的。绝不是**我**所能理解的！”是的，他说得很对。我不能理解。而且过了很长很长时间也不能理解。

“让我像父亲那样祝你晚安吧，”他说着，在我前额上吻了一下，“你去睡觉吧。时间不早了，别再做活儿和想事情了。你这小主妇，整天都在为我们大家操劳！”

那天晚上，我没有再做活儿，也没有再想事情。我向上帝吐露了感恩之情，感激他保佑我，关怀我，接着就睡着了。

第二天，我们家来了一位客人，那就是阿伦·伍德科特先生。他来和我们告别；他在事先就说好要来的。他要在船上当医生，到中国和印度去。他要离开很长很长的时间。

我相信——至少我知道——他并不富裕。他那守寡的母亲所能给他的钱，都用来学医了。一个年轻的开业医生，在伦敦没有什么高朋贵友，那是很难飞黄腾达的；他虽然日日夜夜地为穷人服务，救死扶危，但他得到的报酬并不多。他比我大七岁。这本来是不必提的，因为这简直同什么事情也不相干。

我记得——我是说，他对我们说过——他行医已经有三四年，如果他能够再坚持三四年的话，就不必离乡背井了。可是他没有遗产，也没有积蓄，那就只好这样做了。他总共来看过我们几次。他这一走，我们都感到很可惜，因为内行的人认为他的医道很出色，医务界的一些知名人士也很器重他。

他来和我们告别的时候，第一次把自己母亲带来了。她是一位容貌依然很端庄的老太太，眼睛又黑又亮，可是似乎很高傲。她是威尔斯人，很久以前有一个显赫的祖先，叫摩根·阿普-柯里支，住的地方好像叫金莱特，这是个举世闻名的人，他的家族都是皇亲国戚。他那一生似乎就是跑到山里去和什么人打仗，有一个大概叫克朗林瓦林沃的弹唱诗人，曾经歌颂过他，如果我当时没有听错的话，那篇叙事诗好像是叫《谬林威林伍德》。

伍德科特太太滔滔不绝地向我们述说，她的显赫的祖先多么有名气，随后又说她的儿子阿伦，无论到什么地方去，都绝不会忘记自己的家谱，绝不会和出身不如他的人结亲。她对他说，在印度有不少漂亮的英国小姐正物色对象，在她们中间找一个有钱的倒也不难；不过，光有美貌和嫁妆而没有门第，那就配不上他这样一个名门子弟，因为首先需要考虑的是门当户对。关于门第的事情，她谈了许多话，有一阵子，我不无痛苦地揣测——但这是无须乎揣测的——她是不是想到或是计较**我的**门第！

她这样唠唠叨叨，伍德科特先生好像有点不耐烦，不过他很体贴，并没有让她觉察出来，便巧妙地把话题岔开，转而向我的监护人表示很感激他殷勤招待，感激我们和他一起度过非常愉快的时刻——非常愉快的时刻是他说的。他说，他无论到什么地方去，都会记住这些愉快的时刻，而且永远加以珍惜。说着，我们就一一和他握手——至少他们是这样做，我也这样做了；他吻了吻婀达的手，也吻了吻我的手；他就这样离开了我们，奔赴那千里迢迢的地方去！

那一天，我一直很忙碌，又要写信回家吩咐仆人做种种事儿，又要替我的监护人写一些短简，还掸了掸他的书籍和文件上的尘土；我那些管家用的钥匙，也免不了要碰得叮当直响。黄昏时分，我还在忙着，坐在窗前，一边唱歌一边做活儿，这时候，我完全没有想到凯蒂竟然来了！

“噢，凯蒂，亲爱的，”我说。“哪儿来的这么漂亮的花！”

原来她手里正拿着一小束非常漂亮的花哩。

“是的，埃丝特，我也觉得很漂亮，”凯蒂回答说，“我从来没见过这样可爱的花。”

“亲爱的，是普林斯送的吗？”我低声问道。

“不是，”凯蒂回答的时候，摇了摇头，一边把花举给我闻。“不是普林斯送的。”

“哦，原来是这样，凯蒂！”我说。“你一定是有两个爱人吧！”

“什么？难道这些花像那样的东西吗？”凯蒂说。

“这些花像那样的东西吗？”我捏了捏她的脸蛋儿，学着她的话说。

凯蒂也没有回答，只是笑了笑；她对我们说，她只能出来半个钟头，因为过一会儿普林斯就要到拐角的地方等她；说着她就在窗前坐下来，跟我和婀达聊天，不时拿花给我闻，或是把花举到我的头发边，看看好看不好看。最后，她要走的时候，把我拉到我的房间，把花塞在我的衣服里。

“给我的吗？”我惊讶地问。

“给你的，”凯蒂吻了我一下，说。“这些花是**某某人**留下的。”

“留下的？”

“留在可怜的弗莱德小姐家里，”凯蒂说。“因为那个某某人向来对她很好，可是在一小时以前，匆匆忙忙坐船走了，他把这些花留下。不，不！不要把花拿开。就让这些漂亮的小花留在这里吧！”凯蒂一边说，一边小心翼翼地用手把花整理好，“当时我也

凯蒂的花

在场，如果说那个某某人是故意把花留下的，那我可不觉得奇怪！”

“难道这些花像那样的东西吗？”婀达笑呵呵地跟在我后面进来，快活地搂着我的腰说，“噢，当然像那样的东西啰，德登大妈！这些花非常、非常像那样的东西。噢，亲爱的，真的非常像那样的东西！”

第十八章
德洛克夫人

要安排理查德到肯吉先生事务所去试一试，并不像开头看来的那么容易。理查德本人就是一个主要障碍。刚刚说好他可以随时离开巴杰尔先生那个地方，他就怀疑，自己是不是真的要离开。他说，他真的不知道。行医也不见得很坏；他不敢断定自己真不喜欢行医；要是再试一下，说不定也会喜欢的！因此，接连几个星期，他都闭门不出，整天摆弄书本和骨头，而且好像在很短的时间内，就获得了丰富的学识。他这份热情持续了大约有一个月，就开始冷下来；可是，等到它冷得差不多的时候，他又开始热心了。他优柔寡断，拖了很长时间还决定不了到底学医还是学法，只是到了仲夏，才决定离开巴杰尔先生家，到肯吉-卡伯伊事务所去学法律。尽管他生性反复无常，可是“这一回”自以为抱着专心致志的决心，便觉得很了不起。他总是那样和蔼、那样快活，而且是那样喜欢婀达，所以，你很难对他表示不满。

“至于贾迪斯先生，”我不妨说，这一阵子，他总觉得外面刮的是东风，“至于贾迪斯先生，”理查德常常对我说，“那可是世界上最厚道的人啦，埃丝特！光是为了使他满意这一点，我就得特别小心，好好干它一番，而且现在就得彻底了结这件事情。”

他嘻皮笑脸，满不在乎，同时又觉得什么事情都不妨试一试，但是什么事情都做不长久——像他这样的人居然想好好干一番，岂不是荒唐可笑！可是，他常常对我们说，他现在非常用功，连自己都奇怪头发为什么不发白。他为了彻底了结这件事情（正像我说过的那样），终于在仲夏时分到肯吉先生的事务所去，试试是否喜欢法律。

在这段时期里，他在金钱方面，就像我在前边描写的那样，总是很大方，很阔绰，毫不在乎，可是他还自以为精打细算，勤俭节约哩。当他快要到肯吉先生事务所去的时候，有一次，我当着他的面，半认真、半开玩笑地对婀达说，他这样不拿钱当回事儿，得有福图内特斯[①]的钱袋才行，他听了我这句话就这样答道：

“尊贵的表妹，你听听这个老太婆说的话！她为什么要这样说呢？那是因为前些天我花了八英镑多（不管是多少钱吧），买了一件整洁的背心和一副纽扣。如果我现在还呆在巴杰尔家里，那我为了听那些叫人痛心的讲课，一下子就得付出十二英镑的学费。所以我在这件事情上头，一共挣了四英镑。”

我的监护人常常和他谈到这样一个问题：他在学习法律的时候，如何为他在伦敦安排住处，因为我们早就回到荒凉山庄，而荒凉山庄又离得很远，他每星期最多只能回来一次。我的监护人对我说，如果理查德决定到肯吉先生事务所去学习，他就得租一套房子或几间房子，那样我们偶尔去伦敦的时候，就可以在那里住几天；“可是，老太太，”他意味深长地搔了搔头，又说，“问题是他还没有决定是不是学下去哩！”最后商量结果，我们在女王广场附近一所很安静的古老房子里，给他租了一小套带有家具的整洁房间；房租是按月交付的。不久，他就把所有的钱花光，因为他给这个寓所买了好些稀奇古怪的小装饰品和奢侈品；每当他想买些毫无用处和价格高昂的东西时，我和婀达就劝他不要买，于是，他就把那笔本来要花的钱记下来，以后遇到要买别的价钱较低的东西时，就认为自己把两件东西的差价省下来了。

因为理查德的事情悬而未决，我们只好延期到波依桑先生家去做客。最后，他搬进那个寓所，也就没有什么事情再耽误我们

---

① 福图内特斯（Fortunatus）：欧洲民间传说的人物，他有一个大口袋，里面装的金子永远花不完。

的行期了。本来，在夏天这个业务比较清闲的时候，他完全可以跟我们一起去；可是，他对这个新职业充满了好奇心，并且要尽最大努力去揭开那场生死攸关的官司的奥秘。因此我们就没有和他一起去；亲爱的婀达很高兴，直夸他努力用功。

我们坐着驿站马车高高兴兴地到林肯郡去，一路上还有斯金波先生这个健谈的人作伴。他家里的家具似乎已经被人搬运一空了，把家具搬走的人就是那个在他的蓝眼睛女儿过生日那天来查封的人；可是，他一想到家具没有了，倒好像心里轻松了不少。他说，桌椅板凳这种东西都很无聊；它们的样子很单调，表情很呆板，它们厚着脸皮瞪着你，你也厚着脸皮瞪着它们。这样说，没有固定的桌子椅子，而是像蝴蝶那样在租来的家具中间飞来飞去，随心所欲地从花梨木家具飞到红木家具，从红木家具飞到胡桃木家具，从这种式样的家具飞到那种式样的家具，那该多么好啊！

"奇怪的是，"斯金波先生说，他忽然觉得这事情很可笑，"我的桌椅板凳都没有付钱，而我们的房东却心安理得地把东西搬走了。瞧，这多么可笑，多么滑稽啊！家具商根本没有义务替我向房东交房租呀。我的房东为什么要和**他**发生争执呢？如果我鼻子上长了一个疙瘩，我的房东觉得很不雅观，那么，我的房东大可不必去抓家具商的鼻子，因为家具商的鼻子上并没有疙瘩啊。依我看，他似乎没有多大道理。"

"噢，"我的监护人很和气地说，"这很明显，谁要是给这些椅子和桌子打保票，谁就得掏钱付桌椅费。"

"说得对！"斯金波先生回答说。"这就是这件事情最不合理的地方！我对房东说：'我的好人，你这样不客气地把东西搬走，难道你不知道我的好朋友贾迪斯就得掏钱付桌椅费吗？你怎么对**他的**财产一点也不考虑呀？'可是他说，他一点也不考虑。"

"而且什么建议也不接受，"我的监护人说。

"什么建议也不接受，"斯金波先生回答说。"我把他带到屋子里向他提了一些公事公办的建议。我说：'你是个买卖人吧？'他回答说：'不错。''那很好，'我说，'那我们就公事公办吧。这是墨水壶，这是鹅毛笔，这是纸，这是封糊。你要什么呢？我在你家住了不少时间，我相信，在发生这个不愉快的误会以前，我们彼此都还满意，所以我们既要讲交情，也要公事公办。你有什么要求？'他回答的时候，用了一个带有东方色彩的比喻，说他从来没有看见过我的钱是什么颜色的。'亲爱的朋友，'我说，'我从来没有钱。钱的事情我一点都不懂。''那么，先生，'他说，'如果我给你时间，放宽期限，你打算怎么办呢？''我的好人，'我说，'我根本就没有时间观念；可是你说你是买卖人，所以凡是能够用纸笔墨和封糊之类的东西来解决的事情，你说应该怎么办，我就怎么办。千万不要损人利己（因为这是愚蠢的），而要公事公办！'可是，他不肯公事公办，事情就这样了结啦。"

如果这就是斯金波先生的孩子气带来的一些不便之处，那么，他这种孩子气也确实给他带来了一些方便。一路上，我们无论买到什么吃的东西（包括一筐精选的暖房种的桃子），他都吃得津津有味，可是从来也没想到要付钱。就这样，当车夫来收钱的时候，斯金波先生就很客气地问他，得交多少钱才合适——来，随便说个数儿吧——车夫说，每位收费两个半先令，斯金波先生听了就说，一切在内这个价钱并不算多；可是，他却让贾迪斯先生去替他付钱。

一路上风和日暖。绿油油的庄稼随风摆舞，云雀高声欢唱，篱笆上野花朵朵，树木枝繁叶茂，豆田里微风轻拂，送来了阵阵的芳香！薄暮时分，我们到了一个小市镇，准备在那里换车。那是个死气沉沉的小镇子，有一个带尖顶的教堂，一个赶集的地方，一个集市上的十字架，一条阳光闪烁的大街，一个池塘——有一匹老马因为怕热把腿浸在池塘里——还有几个恹恹欲睡的人，在一块不大的背阴的地方躺着或站着。想起刚才一路上树叶簌簌作响，庄稼迎风摇曳，你就觉得这个镇子和英国其他地方的市镇完全一样：沉静，灼热，缺乏生气。

在客栈门前，我们看见波依桑先生骑在马上，旁边有一辆敞篷马车，等着载我们到他的家去，那地方离这里只有几英里地。他看见我们便非常高兴，矫捷地跳下马来。

“我的天啊！”他彬彬有礼地向我们打过招呼，便喊道，“这辆驿站马车太糟糕了。世界上有些可恶的公共马车，这马车就是最恶劣的一辆。今天下午，这辆驿站马车误点了二十五分钟。那车夫就应当判处死刑！”

“他误点了吗？”斯金波先生说，因为波依桑先生刚才说话的时候恰好对着他。“你知道我是没有时间观念的。”

“误了二十五分钟！不，二十六分钟！”波依桑先生看看手表说。“车上有两位女士哩，可是这家伙还晚到了二十六分钟。这是故意的。绝不会是偶然！你们知道不？他老子和他叔叔，也是最放肆的车夫。”

他一边用极其愤慨的声调说这些话，一边又彬彬有礼地扶着我们登上那辆小马车，并且满脸笑容，喜气洋溢。

“女士们，很抱歉，”当大家都坐下来准备走的时候，他拿着帽子，站在车门旁边说，“我不得不带着你们绕道，多走两英里左右的路。因为不绕道的话，就得穿过累斯特·德洛克爵士的猎园。可是，我曾经发誓，由于我和他目前的关系，只要我还有一口气，我的脚或我的马的脚，绝不会踏上这家伙的领地！”他说到这里，正好和我监护人的眼光碰在一起，便哈哈大笑起来，连那个死气沉沉的小市镇好像也受到了震撼。

“劳伦斯，是不是德洛克爵士和夫人现在都在这里？”我的监护人说，这时候我们正驱车前进，而波依桑先生就骑着马在道旁的草地上走着。

“那个又狂妄又愚蠢的爵士正在这里，”波依桑先生回答说。“哈，哈，哈！那个狂妄的爵士正在这里，而且，叫人高兴的是，他最近一直躺在家里，哪里也去不了。德洛克夫人，”一提到德洛克夫人，他总是做出毕恭毕敬的样子，好像要强调她和这场纠纷毫不相干，“也许很快就要来。可是，依我看，她准是尽可能地晚来。到底是什么原因使这个出类拔萃的女人，嫁给这个呆头呆脑的准男爵，那真是个令人大惑不解的谜。哈，哈，哈，哈！”

“我想，”我的监护人笑着说，“**我们**在这里的时候，总可以在猎园里走走吧？你那道禁令不禁止我们，是不是？”

“除了禁止我的客人回家以外，”他向我和婀达转过头来，彬彬有礼地笑着说，“我在别的方面是不会滥施禁令的。遗憾的是，我没缘奉陪诸位去看看切斯尼山庄这个幽雅的地方！不过，贾迪斯，我敢跟你打赌，只要你还住在我这里，你要是到那个领主家里去作客，那你准会受到冷遇。他那神气活现的样子很像一个大时钟，很像那种带着漂亮的匣子、八天上一次发条的时钟，那种时钟根本不走，从来就没有走过。哈，哈，哈！我敢跟你打赌，他对待他的老朋友和邻居波依桑的朋友，态度一定特别生硬。”

“我才不拿他来打赌呢，”我的监护人说，“我敢说，我固然不想跟他结交，他也不想跟我结交。能够吸吸这地方的空气，能够像每一个来观光的人那样看看那座房子，就感到很满足了。”

“很好，”波依桑先生说，“总的说来，我对你的做法很满意。这样做比较合乎体统。这里的人都把我当作蔑视雷神的埃阿斯①。哈，哈，哈，哈！每逢星期天，我到那个小教堂去的时候，人数不多的会众大都等着看我在德洛克的盛怒下，被雷火烧得体无完肤，倒在过道上。哈，哈，哈，哈！我相信，他一定奇怪我为什么没有倒下来。因为，我敢对天发誓，他是最自负、最肤浅、最爱吹牛和毫无头脑的笨蛋！”

我们登上一座小山的山顶时，我们的朋友就放下德洛克不谈，而向我们遥指着切斯尼山庄。

那是一所古老而又别致的房子，坐落在一个树木茂密的幽雅

① 埃阿斯（Ajax）：希腊神话中的英雄，因蔑视雷神终于死在大海里。

的猎园里。波依桑向我们指出，离开邸宅不远的地方，耸立在树木中间的，就是他刚才说的那个小教堂的尖顶。看啊，那些参天古树上面的光影倏忽闪动，仿佛天使们在振翅飞翔，掠过那夏日的天空；那绿草如茵的平坡，那波光粼粼的河水，还有那个花园，五色缤纷的鲜花，左边一丛，右边一簇，收拾得非常整齐——这些景色有多么瑰丽啊！那所房子有三角墙、烟囱、尖塔、角楼、浓荫掩映的门道、还有那宽阔的露天走道——走道栏杆旁和花盆里，还盛开着玫瑰花。那所房子可以说是坐落在虚无缥缈的境界中，处在宁静而幽深的气氛中，给人一种似真非真的感觉。在我和婀达看来，感人最深的，正是这种宁静而幽深的气氛。这里的一切，房子、花园、露天走道、草坡、河水、古老的橡树、凤尾草、苔藓、树林、以及老远老远，在空地对面、伸展在我们面前那片盛开着紫花的地方，似乎都是沉浸在这种万籁俱寂的气氛中。

后来，我们进入一个小村庄；路过一家门前挂着“德洛克家徽”招牌的小酒馆时，波依桑先生和坐在门外长凳上的一个年轻人打了招呼，那人身边放着渔具。

“这是管家婆的孙子朗斯威尔先生，”他说，“他爱上了切斯尼山庄的一个漂亮侍女。德洛克夫人很喜欢那个姑娘，打算把她留在自己身旁使唤——对于这种荣幸，我们这位年轻朋友一点都不稀罕。不过，即使他的心上人愿意，他目前也结不了婚；所以他只好逆来顺受。最近，他常到这里来，每次呆上一两天，为的是——钓鱼。哈，哈，哈，哈！”

“波依桑先生，他和这个漂亮姑娘订婚了吗？”婀达问道。

“怎么说呢，亲爱的克莱尔小姐，”他回答说，“我想他们也许彼此表白了吧；不过，我相信很快就会见到他们，而在这种事情上，我应当向你请教——不是你向我请教。”

婀达满脸通红；波依桑先生骑着那匹灰色的骏马，跑到前面去，在自己家门口下了马，摘掉帽子，伸出手，站在那里迎接我们。

他的房子很漂亮，原先是牧师的住宅；前面有一个草坪，旁边有一个鲜花盛开的花园，后面有一个品种繁多的果园和菜园，四周有一堵古老的砖墙，那堵墙的红颜色就给人一种果子熟透了的感觉。不过，说实在的，这里的一切看上去都是熟透和丰盛的。菩提树的林荫道，宛如修道院的绿色走廊，就是从樱桃树和苹果树的树影里，也看得出果实累累，醋栗树上结满了果子，树枝压得直不起来，只好贴在地上，草莓和山莓遍地都是，墙头上的桃子数以百计，沐浴在阳光里。在拉开的网子和闪烁着阳光的暖房玻璃框里，长满了沉甸甸的豆荚、豌豆和黄瓜，似乎每一尺土地都是蔬菜的宝库。芳草的气息以及种种新鲜的瓜果蔬菜的气息芬芳扑鼻（更不必提附近的草地上正在收割干草了），好像整个世界就是一大束鲜花似的。在这古老的红砖墙里面，一切井井有条，似乎都笼罩在寂静之中，就连那用来吓唬小鸟的花环上吊着的羽毛，也一动不动。那堵红墙既然像果子熟透时的颜色，那就很容易给人一种感觉，以为那高高钉在墙上的废钉子和那依然挂在钉子上的破布条，也是由于时移序变而成熟，由于大限难逃而生锈、腐烂了。

那所房子和花园比起来，虽说不那么井井有条，却是一所真正的老式房子，厨房的地面是用砖铺的，壁炉旁边摆着一些高背长靠椅，每间房子的顶篷都有巨大的房梁。房子旁边，就是那块引起争执的地段。波依桑先生派了一名穿工装的岗哨日夜守候在那里，那人的任务是，一旦遇到侵袭，就立刻敲响特地挂在那里的一口大钟，并把他的同盟军——一条大狗从狗窝里放出来，一起消灭敌人。波依桑先生采取了这么多防御措施还觉得不够，又亲自做了一些牌子竖在那里，牌子上用大字写着自己的名字和下列的严重警告："谨防恶犬！劳伦斯·波依桑。""大口径短枪实弹以待！劳伦斯·波依桑。""此处布下机关陷阱，日夜恭候大驾光临！劳伦斯·波依桑。""注意！禁止闯入本园，违者严惩不贷！

劳伦斯·波依桑。”他是从客厅的窗户里指给我们看那些牌子的，这时候他那只小鸟却在他头上跳来跳去。他一边指着那些牌子，一边“哈，哈，哈，哈！哈，哈，哈，哈”大笑起来，笑得前俯后仰，我当时真怕他会笑出毛病来呢。

“如果你并不想真干它一场的话，”斯金波先生用他那轻松的口吻说，“那又何必找这些麻烦呢？”

“不想真干它一场！”波依桑先生义愤填膺地反驳说，“不想真干它一场！如果我能驯服狮子的话，那我一定买一头狮子来代替这条狗，只要那些该死的强盗，胆敢侵犯我的权利，我就放出狮子去咬他。只要累斯特·德洛克爵士肯出来跟我单独决斗，解决这场纠纷，那随便他用哪个时代或哪个国家的武器，我都愿意和他较量较量。不开玩笑，我的话就说到这里！”

我们是在星期六那一天到他家的。星期天早晨，我们大家都徒步到猎园那座小教堂去。一出那个引起争执的地段，就进入了猎园，踏上一条幽美的小道；这条弯弯曲曲的小道穿过了绿草地和枝叶扶疏的树木，一直把我们引到教堂门口。

做礼拜的人非常少，除了切斯尼山庄的一大群仆人以外，几乎都是农民。有的人已经坐好，有的人刚刚进来。那里面有一些衣冠楚楚的仆役，还有一个地道的老车夫，那人很像是曾经坐过他马车的贵族老爷们的官方代表。那里还有一些年轻妇女，都长得很好看；但是，管家婆那端庄而慈祥的容貌和那优美而稳重的体态，却胜过了其他所有的人。波依桑先生曾经向我们说过的那个漂亮姑娘，就坐在管家婆身边。她实在太漂亮了，即使我没看见离我们不远的地方，有个年轻的渔夫目不转睛地看着她，使她羞得无地自容，那我也会从她的美貌上认出她是谁。有一张脸，虽然长得漂亮，但是并不讨人喜欢，似乎正恶意地观察着这个漂亮姑娘，而且也在观察着那里的每一个人和每一件事。那是一个法国女人的脸。

钟声还在响着，切斯尼山庄的男女主人还没有来，所以我就趁这会儿工夫看看这座散发着和墓地一样的泥土气息的教堂，想想这座小教堂有多么阴暗、古老和庄严。窗户被外面茂密的枝叶遮住了，透进来的光线显得非常暗淡，因此，我四周的人的脸孔都很苍白，过道上的磨损的黄铜片以及那些受了潮的古老铜像，也都暗淡无光，只有那阳光照耀下的小门廊——有一个呆板的敲钟人在那里敲钟——却异常明亮。忽然，门口那边传来了一阵骚动声，那些乡下人的脸上立刻现出肃然起敬的神色，而波依桑先生却摆出一副非常冷淡的样子，好像他根本看不见某某人也在场似的。这一切都向我暗示，切斯尼山庄的男女主人已经到来，礼拜就要开始。

“噢，上帝啊，不要审判您的仆人吧，因为在您看来——。”①

我永远也不能忘记，当我站起来，接触到那个人的眼光时，我的心跳得多么快啊！我永远也不能忘记，那双高傲而又妩媚的眼睛，似乎失去了那种没精打采的神色，突然闪亮起来，摄住了我的眼睛。我赶紧低下头来望着经书——我不妨说，这时候我才定了心，不过，在这短短的一瞬间，我已经非常熟悉那人的美丽容貌了。

说来奇怪，我心里好像有什么东西动了一下，这使我想起我在教母家里度过的那些孤苦伶仃的日子；是的，甚至还想起那时我给布娃娃穿上衣服以后，踮起脚来对着镜子给自己穿衣服的情景。虽然如此，可是我从来没有见过这位夫人的脸，这一点我是不会弄错的，绝对不会弄错。

很明显，那个头发斑白、患有风湿病而又道貌岸然的绅士——那个单独和夫人一起坐在大板凳上的人，就是累斯特·德洛克爵士，而那位夫人也就是德洛克夫人。可是，我怎么也不明白，为什么我看着她的脸，就像模模糊糊地看着一面破镜子那样，回想起许多零零碎碎的往事呢；为什么我无意中接触到她的

① 这是做礼拜时，牧师说的话。

眼光时，这样惶惶不安呢（因为我一直是惶惶不安的）。

我觉得自己这样软弱实在没有出息，所以就试着克服这个弱点，专心听牧师讲道。但是，奇怪得很，我觉得那些话不像是牧师说出来的声音，倒像是我教母那个令人难忘的声音。我不由得这样想，德洛克夫人的脸和教母的脸，是不是碰巧有相像的地方？也许有一点点相像吧，不过表情却很不一样。在我教母的脸上，深深地刻划着一种坚定的严酷表情，就像岩石受到了风吹雨打那样；但是，我眼前的这张脸，却丝毫没有那种表情，所以使我感到不安的，绝不是那一点相像的地方。再说，我在任何人的脸上，也没有见过像德洛克夫人那种高傲自矜的样子。不过，我虽然不敢妄想见过这位时髦的夫人（事实上，我心里很明白，从前确实没有见过她），但是，她到底具有某种魔力，使**我——我**，当初那个小小的埃丝特·萨默森，那个孤苦伶仃的孩子，那个过生日时没有人祝贺的孩子，从过去的生活中苏醒过来，出现在我的眼前。

我陷入了这种莫名其妙的不安之中，禁不住浑身颤抖，就连那个法国侍女打量我，都使我感到苦恼，尽管我也知道，她一进教堂，就东张西望，眼睛转个不停。一点一点地，我终于克服了这种奇怪的情绪。过了很长时间以后，我又朝德洛克夫人那边望去。这时候已经快要讲道了，大家正准备唱赞美诗。她不注意我了，我的心也不再怦怦地跳。后来，有一两回她拿长柄眼镜看婀达或我的时候，我的心才又怦怦地跳起来，不过时间很短。

礼拜做完了，累斯特爵士尽管得拄着一根大手杖才能走道，毕竟殷勤多礼，把胳臂伸给了德洛克夫人，陪着她走出教堂，坐上他们原来那辆小马车。随后，仆人们散开了，做礼拜的人也散开了。这时候，斯金波先生说了一句话，使波依桑先生非常开心，他说，累斯特爵士刚才瞅着那些做礼拜的人，脸上的神气就像他在天堂里也是一个了不起的地主。

猎园的小教堂

“他心里就是这么想的！”波依桑先生说。“你说得一点也不错。就连他父亲、他祖父以及他的曾祖也都是这么想的！”

“你知道不，”斯金波先生忽然又对波依桑先生说，“我倒很愿意认识这样一个人！”

“真的吗？”波依桑先生说。

“比方说，他想抬举我，”斯金波先生接着说。“那很好哇！我绝不反对。”

“我可要反对，”波依桑先生气冲冲地说。

“你真的要反对吗？”斯金波先生从容不迫地回答说，“可是，这简直是自讨苦吃。你为什么要自讨苦吃呢？你瞧我，我就像一个孩子似的，无论碰到什么事情，都心安理得，听天由命，从来也不干自讨苦吃的傻事！比方说，我到这里来，看见一个有权有势的人，正强迫人尊敬他。那很好哇！我就说：‘大老爷，请接受我的敬意吧！表示表示敬意，比干什么都容易。您就请接受吧。如果有什么好玩的东西给我看，我倒是很愿意瞧一瞧的；如果您有什么好玩的东西要给我，我也很乐意收下。’于是，那位大老爷就回答说：‘这家伙真懂事。我觉得他很合我的胃口和我的脾气。他并没有逼得我像刺猬那样，把身体缩成一团，把尖刺露在外面。我像弥尔顿笔下的云朵那样扩张、舒展，把闪着银光的一面露在外边。①这对我们两人来说，都是比较愉快的。’用小孩的话来说，这就是我对这些事情的想法！”

“可是，假如你明天到了别的地方，”波依桑先生说，“那里有一个人的脾气和那个人——或者是和这个人——完全相反，那又怎么办呢？”

“怎么办？”斯金波先生说，样子显得非常单纯、坦率。“那完

---

① 弥尔顿（John Milton，1608—1674）：英国诗人，他在一六三七年的作品《宴游神》（*Comus*）中写了一位夫人在林中迷路，后来看见“一片乌云在黑夜中露出了光亮的一面”。这里套用的是英国谚语：“每朵云都有闪光的一面”，意即“黑暗中总有一线光明”，“任何事情都有好的一面”。

全一样！我就说，‘可敬的波依桑，’——我们姑且把你当作想象中的那个人吧——‘可敬的波依桑，你不是反对那个有权有势的大老爷吗？好极了。我也反对。我认为，我在社会上的态度应当随波逐流。而且，我还认为，每个人在社会上的态度都应当随波逐流。总而言之，社会上一切都应当是水乳交融的。因此，你反对的，我也反对。现在，高贵的波依桑，咱们去吃饭吧！’”

“可是，高贵的波依桑可能要说，”我们这位主人满脸涨红，回答说，“活见鬼——”

“我知道，”斯金波先生插嘴说，“他很可能这样说。”

“——我**才不去**吃饭呢！”波依桑先生勃然大怒，停下来用手杖敲着地，喊道，“而且他还要说，‘哈罗德·斯金波先生，世界上到底有原则性这样的东西没有？’”

“对于这个问题，你知道，哈罗德·斯金波会这样回答，”他说话时装出笑眯眯的高兴样子，“‘我敢发誓，我一点都不懂！我不知道你所说的原则性是什么，也不知道哪里有原则性，谁有原则性。如果你有原则性，而且觉得那样很好，那我也很高兴，并且衷心向你祝贺。可是，你放心，我对原则性一点都不懂；因为我只是一个孩子，我绝不说我有原则性，我也不需要有原则性！’你瞧，高贵的波依桑，我的话就说到这里，我现在总算可以去吃饭了吧！”

他们两人常常发生这样的小争论，我总觉得，要是在别的场合下，这种争论势必会使我们的主人发火。可是，他很明白自己是东道主，有责任殷勤款待我们，同时，我的监护人又觉得斯金波先生很可笑，常常和他一起哈哈大笑，把他当成整天吹肥皂泡的孩子，所以才没有闹出事来。斯金波先生似乎从来没觉察到他的处境不妙，他有时跑到猎园去画画（可是从来也没画完过一张），有时跑到钢琴跟前去弹几段曲子，要不然就唱唱歌，或者在树下躺着，注视着天空——他说，他自然而然地觉得，他生来就是为了这样打发日子的；这非常适合他的性格。

“我最喜欢，”他对我们说（他这时候正躺着），“那些有进取心和刻苦努力的人。我相信我是个真正的世界主义者。我对世界主义者非常同情。我常常像现在这样躺在树荫下面，想着那些富有冒险精神的人远征北极，或是钻进热带的中心地区，感到十分钦佩。那些唯利是图的人会问：‘他们到北极去有什么用处呢！这有什么好处呢？’这我可说不上来，不过，我只能说，他们到那里去可能是为了让我躺在这里想着他们——尽管他们并不知道这一点。举一个极端的例子来说吧。我们不妨看看美洲庄园的黑奴。我敢说他们是被当作牛马来使唤的，我敢说他们并不喜欢这样的生活，我敢说他们的处境，总的说来并不愉快；可是，对我来说，他们使大自然的风景具有生命的气息，富有诗歌的情调，这也许就是他们比较愉快的人生目的之一。如果事情真是这样，那我是能理解的，而且我也不觉得奇怪！”

在这种场合下，我常常纳闷，他是否想到了斯金波太太和他的孩子，在他的世界主义的头脑看来，他们又是什么样的人呢。据我所知，他是很少想到他们的。

从我在教堂里心怦怦乱跳的那一天起，到如今已经差不多过了一个星期，今天又是星期六了；这些日子的天气分外晴朗，所以，到树林里去散步，看着阳光从透明的树叶间隙中照射下来，在树影婆娑的地上闪闪发光，同时，又听到鸟儿歌唱，虫儿低鸣（虫声使人恹恹欲睡），便感到心旷神怡。林子里，有一块地方我们特别喜欢，那里遍地都是厚厚的苔藓和去年的落叶，还有几棵砍下来以后剥掉了皮的树。我们坐在这里，透过那由千百根天然柱子——泛着白色的树干——支撑着的绿色树廊，眺望着远处的景色：那里阳光灿烂，和我们这个荫影重重的地方形成强烈的对比；同时，那个拱形树廊也使远处的景色显得分外幽美，乍看之下，好像是一个美丽的仙境。星期六那天，我们三个人——贾迪斯先生，婀达和我就坐在那里，但是后来，我们忽然听见远处雷声轰鸣，大滴的雨点打得树叶沙沙作响。

这星期的天气一直非常闷热；可是暴风雨来得太突然——至少是对我们呆在这个密林里的人来说，是突如其来的——我们还来不及跑出树林，就发现雷电交加，雨点从树上打下来，仿佛每个雨点都是沉甸甸的大珠子。我们都知道，打雷下雨的时候不应该呆在树林里，所以我们就往外跑，登上长满青苔的台阶——那台阶好像是两座背靠背的宽板梯子，横跨过树木的围墙——然后又从另一边逐级而下，跑到那个离我们不远的猎园看守人的小屋去。我们以前就常常注意这个幽暗而又别致的小屋。它就坐落在树木的浓荫里，墙上爬满了长春藤，附近还有一道深沟，有一次我们看见看守人的狗钻到沟里的羊齿草丛中，就好像钻进水里似的。

这时候，天空乌云密布，小屋里阴暗异常，我们进去避雨的时候，只看清楚那个出来开门并给我和婀达搬来两把椅子的男人。所有的格子窗都开着，我们就坐在门口的地方，瞅着那场大雨。看到暴风骤起，刮得树木弯下了腰，刮得雨点像烟雾那样顺着风势横飘；听着隆隆的雷声，看着闪闪的电光；同时，心里还想到我们这卑微的生命正受到大自然的威胁而有所敬畏；然后，又觉得风雨无非是大自然的恩赐，等这暴风雨过后，就会万象更新，连最小的花朵和叶子都会生意盎然——看到和想到这一切，心里感到分外兴奋！

“坐在这个风吹雨打的地方，不危险吗？”

“噢，不危险，亲爱的埃丝特！”婀达轻轻地说。

婀达是在回答我，可是我刚才并没有说话。

我的心又怦怦地跳起来。我不仅从来没看见过那张脸，而且也没听过那个声音，可是，那个声音也同样使我产生了奇异的感觉。刹那间，我眼前又浮现出连绵不断的往事。

原来我们还没跑到这个小屋，德洛克夫人就已经在这里避雨了，她刚才是从屋里阴暗的地方走出来的。她站在我的椅子后面，手扶着椅背，我回头的时候，看见她的手几乎触到我的肩膀。

“我把你吓着了吧？”她说。

不，没有吓着。我为什么会吓着呢！

“您就是贾迪斯先生吧，”德洛克夫人对我的监护人说。

“德洛克夫人，没想到您还记得我，这使我感到很高兴，”他回答说。

“上星期天在教堂里，我就认出您了。累斯特爵士在这里跟人发生了一些争执——不过，我相信，这不是他引起的——因而造成某种不应该有的困难，使我不能在这里招待您，实在很抱歉。”

“我了解这个情况，”我的监护人笑着回答说，“我还是很感激您。”

她带着那种习以为常的冷淡态度把手伸给他，说话时也很冷淡，但声音非常悦耳。她很美丽，也很优雅；举止落落大方；我觉得，她还具有一种魅力，能够使人为她倾倒——如果她认为值得这样做的话。看守人给她搬来一把椅子，她就坐在门口，正好在我和婀达中间。

“您写给累斯特爵士的信里谈到那个青年，累斯特爵士很抱歉，没有办法成全他，他的问题解决了吗？”她回过头，对我的监护人说。

“但愿已经解决了，”他说。

她似乎很尊敬他，甚至希望博得他的好感。她那高傲的态度含有某种讨人喜欢的地方；当她回过头去和他说话的时候，她的态度显得比较亲切，甚至可以说比较随便，但是像她这样高傲的人，又似乎是不可能的。

“这位大概也是受您监护的人吧？是克莱尔小姐吗？”

他很有礼貌地把婀达介绍给她。

“如果您只为这样的漂亮姑娘打抱不平，”德洛克夫人又回过头，对贾迪斯先生说，“那您可就不配做堂吉诃德那种大公无私的人了。不过，请您把这位年轻女士也介绍给我吧！”说着，她转过身，面对面地望着我。

“萨默森小姐才是名符其实受我监护的人，”贾迪斯先生说，“我对她不需要向任何大法官负责。”

“萨默森小姐的双亲都去世了吗？”德洛克夫人说。

“是的。”

“她有您这样的监护人，实在很幸运。”

德洛克夫人这时正看着我，我也就看着她说：我确实很幸运。她忽然把脸转开，不再看我，那慌慌张张的样子，好像表示她很不高兴，甚至感到讨厌似的，她又回过头去跟他说话了。

“贾迪斯先生，我们当初倒是常常见面，可是这次分别也有好些年了。”

“时间的确不短。从那时候到我上星期天看见您为止，至少是我觉得这段时间不短了，”他回答说。

“什么！难道您也喜欢阿谀奉承这一套吗，还是您觉得有必要奉承我！”她露出一点瞧不起的样子说。“我大概是获得了喜欢阿谀奉承的名声吧。”

“德洛克夫人，您得的名声太大了，”我的监护人说，“因此，我不得不说，您得受一点小小的罚。可是，我绝没有阿谀奉承的意思。”

“太大了！”她微微笑了笑，重复着说，“您说得对！”

她具有威力、魅力、优越感以及诸如此类的东西，所以她似乎把我和婀达都当作是小孩子。就这样，她微微笑了笑以后，就坐在那里望着那片雨景；她泰然自若，而且是无拘无束地想着自己的事，仿佛这里就她一个人似的。

“我记得，我们在国外的时候，您和我不太熟，和我姐姐倒比较熟。”她又望着他说。

“不错，我和令姐见面的时候比较多，”他回答说。

“我和我姐姐后来就各走各的路了，”德洛克夫人说，“不过，甚至在我们决定谁也不管谁以前，就已经没有什么共通的地方了。我觉得，这是很遗憾的事情，但也没有办法。”

德洛克夫人又坐在那里望着雨景。这场暴风雨很快就要过去。雨势已经大减，闪电也没有了，雷声只在远处的群山隆隆作响，阳光开始照着湿润的叶子和落下来的雨点，显得晶莹闪烁。我们默默地坐在那里，忽然看见两匹小马拖着一辆四轮马车，迈着轻快的步子，向我们跑来。

“夫人，”看守人说，“送信的人跟着马车回来了。”

马车来到跟前的时候，我们看见里面坐着两个人。车里的人下来的时候，手里都拿着斗篷和披肩，第一个下车的是我在教堂里见过的那个法国女人，第二个是那个漂亮姑娘；那个法国女人的态度很自信，好像蔑视一切；那个漂亮姑娘却惶惑不安，踌躇不前。

“这是怎么回事儿？”德洛克夫人说，“为什么来了两个人？”

“夫人，目前我还是您的侍女，”法国女人说，“而送信的人说您要人侍候。”

“夫人，恐怕您可能是要我吧，”那个漂亮姑娘说。

“孩子，我要的是你，”夫人平静地回答说，“把披肩给我披上吧。”

她微微弯下腰，那个漂亮姑娘就把披肩给她披上了。那个法国女人站在那里，没有得到夫人的青睐，她紧闭着嘴，站在旁边看着。

“我很抱歉，”德洛克夫人对贾迪斯先生说，“我们恐怕不能恢复往日的交情了。请您允许我派马车回来接两位受您监护的人。马车马上就回来。”

可是，他无论如何都不肯接受这个盛情，她就庄重地和婀达告了别——但没有和我告别——扶着贾迪斯先生伸出的胳臂，上了马车；那是一辆猎园里乘坐的小马车，上面带有车篷。

“上来吧，孩子，”她对那漂亮姑娘说，“我要你陪着。走吧！”

马车辘辘地走了；那个法国女人，胳臂上搭着她带来的披肩，依然站在她方才下车的那个地方。

我认为，傲慢的人最不能容忍的，就是别人的傲慢，那个法国女人正是因为自己态度傲慢而受到了惩罚。她报复的方法非常奇怪，这是我怎么也想不到的：她一动不动地站在那里，看着马车拐上车道，然后，毫不动容，把鞋子脱下，放在地上，不慌不忙地踩着那片到处是水的草地，沿着马车走过的那条道往前走去。

“那个年轻女人疯了吗？”我的监护人说。

“噢，不是的，先生！”看守人说，他和他妻子也在后面瞅着她。“奥尔当斯才不疯呢。她的脑瓜子一点也不比别人差。可是，她实在是架子大、脾气暴躁——架子太大，脾气太暴躁了！现在，她已经接到解雇通知，而别人也不把她看在眼里了，所以她心里才不是滋味哩。”

“可是，她为什么要脱了鞋踩着泥水走呢？”我的监护人说。

“什么，先生？大概是要让自己冷静下来吧！”看守人说。

“也许她把雨水当成是血水了吧，”看守人的妻子说。“依我看，她发起脾气的时候，地上就是有血水她也要蹚着过去呢！”

不久，我们就从切斯尼山庄附近经过。我们第一次看见那所房子的时候，那里显得异常安静，现在看上去，更是如此。房子四周到处闪烁着亮晶晶的水珠，微风徐徐吹来，小鸟也不再沉默，正在高声歌唱，雨后气象一新，那辆小马车停在门前，闪闪发光，很像童话里的银马车。可是，就在这个画面上，还有一个不慌不忙地走着的人，坚定而又平静地向那所房子走去，那就是光着脚在湿草地上走的奥尔当斯小姐。

第十九章
往前走

法院小街这一带的人，现在正度着漫长的暑假。普通法院和大法官庭这两只大船，这两只用麻栗木做船身，铜板做底，铁皮镶边，黄铜包头[①]的大船（但绝不是快船）现在正闲置着。那只鬼船[②]，连同它那一帮魔鬼似的诉讼委托人——他们逢人就哀求阅读他们的文件——这时也不知道漂泊到什么地方去了。法院大楼锁上了大门；政府机关在这大热天里也门关户闭；威斯敏斯特大厅[③]居然成了一个阴凉而又幽静的地方，就连夜莺也可以在那里歌唱；至于那些到这里来走动的人，已经不是平时的起诉人，而是多情的求婚者[④]了。

法学院、法院小街、法学家协会、林肯法学协会，甚至于法学院广场，都像是退潮时的海港；在那里，诉讼程序搁浅了，事务所抛锚了，懒洋洋的办事员躺在歪到一边的板凳上，那些板凳在开庭的汛期到来以前，是正不过来的——在这漫长的暑假里，所有的东西都高高地搁浅在烂泥上。推事室外屋的门，一个个都关得紧严，大批的信件和包裹堆在门房里。要不是那些信差无所事事，坐在阴凉的地方（用白围裙蒙着头躲苍蝇），顺手拔下几根草，放在嘴里慢慢嚼着，那么，林肯法学协会大厅外面石板路上的罅隙里，说不定会杂草丛生呢。

伦敦城里只剩下一个法官。就连他也不过每星期去两趟推事室。如果那些在他执行巡回裁判的城镇居民，这时候看到他这副尊容，那才妙呢！没有披散的假发，没有红罩袍，没有皮领子，没有手持长枪的侍从，也没有白色的权标。他只是一个胡子刮得光光的绅士，穿着白裤，戴着白帽。那张原来是法官的脸，显出一种在海滨受到风吹日晒的棕红色；那个原来是法官的鼻子，也被阳光剥掉了一层皮。而且，当他路过卖鲍鱼的铺子时，居然跑进去喝一杯加冰块的姜汁啤酒。

英国的律师界人士这时已经分散到世界各地去。在这夏季的四个漫长的月份里，英国没有律师界的人士怎么能存在下去固然是一个问题，因为遇到困难的时候，英国就要依靠这些人士来庇护，而在繁荣昌盛的日子里，英国又可以合法地拿他们来标榜，不过这问题现在姑且不去研究；我们只要肯定目前的确看不到这些捍卫大不列颠的战士，也就行了。那个学识渊博的绅士，认为他的委托人受到对方莫大的侮辱，因此每次出庭总是义愤填膺，而且似乎一辈子也平静不了，然而，他目前在瑞士却出人意料地大有好转。那个学识渊博的绅士，专干那使人倾家荡产的勾当，同时还用一些最缺德的话把对方挖苦得体无完肤，然而，他目前正在法国的海水浴场，玩得非常高兴。那个学识渊博的绅士，往往为了一点小事就哭得死去活来，然而，他最近六个星期，却没有流过一滴眼泪。那个学识非常渊博的绅士，在那浩如瀚海的法典里呆了些时候，已经使他那火气十足的性格冷静下来，等到下次开庭辩论某些复杂问题时，他就可以使出法律上的“招数”，难倒那些昏昏欲睡的推事而一举成名（他那些“招数”不仅外行人不懂，就连内行人也差不多都不懂），然而，他目前却自得其乐地在那荒凉贫瘠、尘土飞扬的君士坦丁堡漫游。这尊巨大的守护神神像⑤的“碎片”，目前正散布在各个地方，有的在威尼斯的河湾里泛舟，有的在尼罗河的第二大瀑布旁观光，有的在德国的温泉

① 黄铜包头原文为 brazen-faced，有厚颜无耻之意。

② 据说遇到暴风雨时，鬼船出现，其他船只就会覆没。

③ 威斯敏斯特大厅（Westminster Hall）：大法官庭曾在此开庭审案。

④ 起诉人和求婚者在英文里都是 suitor。

⑤ 守护神神像（Palladium）：希腊神话 Pallas 的神像，据说这神像存在时，特洛伊城（Troy）就安全无恙。这里影射所谓的“律师界人士”。

里沐浴，有的在英国各地海岸的沙滩上晒太阳。而在那空荡荡的法院小街一带，这些人简直一个也看不到了。如果真有那么一个法律界人士，匆匆走过这个荒无人迹的地方，而且碰见某个鬼头鬼脑的起诉人（这个起诉人因为心里着急，常常到这里来看看），那么，他们两个都会吓一大跳，都会躲着对方，躲到对过马路的角落里。

多少年来也没见过像今年暑假这样热的天气。所有的年轻办事员都在神魂颠倒地跟女人谈情说爱，他们根据自己的地位，和心上人到马尔格特①、雷姆斯格特②或格拉夫桑德③去寻欢作乐。所有的中年办事员，都觉得自己的家庭人口太多。所有那些无家可归的狗，都跑到法学院这里来，在台阶上或其他干燥的地方喘喘气，一边找水，一边恼怒地吠几声。所有那些在大街上带领盲人的狗，都把主人拉到水泵跟前，或是拉到水桶跟前，使主人绊个大筋斗。凡是有百叶窗、门外洒了水、橱窗里摆着金鱼缸的店铺，都是避暑胜地。圣堂石门晒得滚烫，对附近的河滨马路和舰队街来说，就像是水壶里的加热器似的，使这两条街通宵沸腾。

如果只图凉快、不怕无聊的话，那么，法学院附近倒是有些事务所可以避避暑的；但紧挨着这些幽静的事务所的小街，却是烈日当空。克鲁克先生住的大院，尤其热得利害，人们好像把家往外翻了个儿，都搬着椅子到人行道上来坐——其中也有克鲁克先生，他在那里照常学习，他那只从来不怕热的猫就蹲在他旁边。“太阳徽酒店”那个和声学会在这个季度里也停开了，小斯维尔斯应约到泰晤士河下游的“乡村公园”去了，他在那里演唱一些童谣之类的歌曲，所以他登台的时候，总装出一副天真烂漫的样子，至于他选唱的歌谣，正如海报上说的那样，绝不会使高雅之士感到面子难堪。

---

① 马尔格特（Margate）：英国东南海岸的避暑胜地。

② 雷姆斯格特（Ramsgate）：英国东南海岸的避暑胜地。

③ 格拉夫桑德（Gravesend）：泰晤士河畔的城镇，和伦敦毗连。

暑假那种懒散而又凄凉的气氛，笼罩着法律界的四邻，就像周围长了一大片铁锈或张起一个大蜘蛛网似的。在柯西特大街库克大院开设法律文具店的老板，斯纳斯比先生，也感到这种气氛的影响：一方面，他是个易受感动和喜欢沉思的人，所以他觉得自己的情绪受到了影响，另一方面，他又是上述法律文具店的老板，所以他觉得他的买卖也同样受到影响。他在法律界的这个暑假里，比任何其他季节都有闲工夫到斯特普耳法学院和大法官庭法院案卷保管处去凝神默想；他常对两个学徒说，在这么热的天气里，想象自己住在一个海岛上，看着四周的波涛，奔腾汹涌，那该多么美啊！

今天，在这暑假的某个下午，嘉斯德尔正在小客厅里忙着，因为斯纳斯比夫妇想在那里招待客人。客人并不多，只有恰德班德夫妇，然而，这两位却是贵宾。无论是说话或写布道词，恰德班德先生都喜欢把自己说成是“大船”[①]，因此，不认识他的人常常发生误会，以为这位仁兄和航海方面有什么关系，但是，用他自己的话来说，“他是一个牧师”。恰德班德先生并不属于哪个教派；而指责他的人也认为，他在大道理方面讲不出什么名堂，因此，他对待那个自封的“大船”的头衔，也就觉得心安理得了；可是他照样有信徒，而斯纳斯比太太就是其中的一个。斯纳斯比太太乘搭恰德班德这只驶往天国的大船，只不过是最近的事情，当她被这炎热的天气弄得头昏脑涨的时候，她的注意力就转到头等大船上来了。

“你们知道不？”斯纳斯比先生对斯特普耳法学院的小麻雀说，“我的好太太可虔诚啦！”

因此，嘉斯德尔一想到自己要侍候恰德班德，便深受感动；她知道恰德班德先生才气横溢，能够滔滔不绝地讲四个钟头。她现在正收拾客厅，给客人准备茶点。全部家具都用掸子掸过，斯

① 原文是“vessel”，在《圣经》里指人。

纳斯比夫妇的肖像则用湿布抹了一遍，最好的茶具也摆出来了，点心非常精致，新鲜可口的面包，烤得酥脆的花卷，冰镇的鲜黄油，一片片切得薄薄的火腿、牛舌和德国香肠，还有芹菜垫底的一排美味的小鳀鱼；更不必说那刚生下的鸡蛋（趁热放在餐巾里端上来）和那烤得热气腾腾的黄油面包。因为恰德班德是个食量很大的人，攻击他的人甚至管他叫大饭桶，而他挥舞着刀叉这类吃饭用的武器，其技术也确实不亚于他讲道时使用的精神武器。

斯纳斯比先生穿着最漂亮的衣服，看到一切已经准备停当，便用手背捂着嘴咳嗽一声以示谦恭，然后对斯纳斯比太太说："亲爱的，你请恰德班德夫妇什么时候来啊？"

"六点钟来，"斯纳斯比太太说。

斯纳斯比先生客客气气地装出顺口说的样子："六点钟已经过了。"

"难道你想不等他们就吃吗？"斯纳斯比太太带着责备的口吻说。

斯纳斯比先生的样子好像很愿意马上就吃，可是，他低声下气地咳嗽了一声，说："不，亲爱的，不是这个意思。我不过说现在是什么时间罢了。"

"时间和永生比起来又算得了什么？"斯纳斯比太太说。

"你说得很对，亲爱的，"斯纳斯比先生说。"可是，要吃茶点，也许——要按时间准备吧。既然吃茶点的时间已经约好了，那就应当准时到来。"

"准时到来！"斯纳斯比太太板着脸说，"准时到来！难道恰德班德先生是到这里来决斗吗？"

"当然不是，亲爱的，"斯纳斯比先生说。

这时候，一直在卧室前张望的嘉斯德尔，像民间传说的幽灵那样，窸窸窣窣地从小楼梯跑下来，满脸通红地闯进客厅，报告说恰德班德夫妇已经进胡同了。紧接着，走廊里的门铃就响起来，斯纳斯比太太警告嘉斯德尔，要是客人到来的时候，她忘记了通报这个仪式，那就马上把她送回她恩人的家里去。嘉斯德尔听了吓得魂不守舍（在这以前她的神经还是很正常的），把这项仪式搞得一塌糊涂，在通报客人到来的时候说："契斯敏[①]先生和太太到，不对，我是要说，他们叫什么名字来着！"然后非常羞愧地退出去了。

恰德班德先生是个体格魁梧的人，那张发黄的大胖脸上老是堆着笑，使人觉得他身上满是鲸油。恰德班德太太是个不苟言笑、样子严厉冷酷的女人。恰德班德先生走起路来，毫无声音，但很笨拙，活像一只学会用后腿走路的狗熊。他不知道胳臂该怎么摆动，好像很不灵活，恨不得趴在地上爬走；脑门上老是冒着汗；每次说话都是先把那只大手举起，好像向对方表示，他要给他们讲道似的。

"朋友们，"恰德班德先生说，"祝这个家庭幸福！祝这个家庭的男女主人、小姐们和少爷们幸福！朋友们，我为什么要祝你们幸福呢？幸福是什么？是打仗吗？不是。是打架吗？不是。幸福能令人感到可爱、亲切、美好、愉快、平静和快活吗？噢，是的！因此，朋友们，我祝你们和你们的亲人幸福。"

看见斯纳斯比太太那深受感动的样子，斯纳斯比先生觉得不妨说一声"阿门"；果然，斯纳斯比太太认为他说得很得体。

"现在，朋友们，"恰德班德先生接着说，"我既然谈到这个问题——"

这时候，嘉斯德尔进来了。斯纳斯比太太的眼睛没有离开恰德班德，只用阴森森的低音，清清楚楚地说："走开！"

"现在，朋友们，"恰德班德说，"我既然谈到这个问题，那我就要用我平时那种简单的方法来进一步说明——"

不知道为什么，嘉斯德尔还站在那里喃喃地说："一千七百八十二。"那个阴森森的声音更加严厉地说："走开！"

---

① "Cheeseming"发音与"干酪虫"（cheese mite）相近。

"现在，朋友们，"恰德班德先生说，"我们要本着博爱的精神问一问——"

可是，嘉斯德尔还是在念叨着："一千七百八十二。"

恰德班德先生装出经常受到攻击的人那种样子，无可奈何地停下来，满脸堆笑地说："让我们听听这个姑娘说些什么！说吧，姑娘！"

"一千七百八十二号的车夫，先生。他想问问那个先令是给他干什么的，"嘉斯德尔上气不接下气地说。

"干什么的？"恰德班德太太回答说。"那是给他的车费！"

嘉斯德尔回答说，"他非要一先令八便士不可，如果不给，他就要去告状！"斯纳斯比太太和恰德班德太太气得差点儿叫起来，这时候，恰德班德先生举起手，让她们安静下来。

"朋友们，"他说，"我想起来了，昨天有一桩事情我没有尽到责任。所以我现在理应受到某种惩罚。我不应当有什么怨言。雷彻尔，拿出八个便士来吧！"

斯纳斯比太太屏声静息，瞪着斯纳斯比先生，仿佛是在说："你听这个使徒说的话！"恰德班德先生虽然脸上油光闪闪，但好像非常谦虚；这时候，恰德班德太太把钱拿出来了。把债务人和债权人之间的账，拖下一个小小的尾巴，再找一个不大引人注意的借口来渲染一番以表示自己豪爽，这就是恰德班德先生经常做的事，也是他装模作样的主要手法。

"朋友们，"恰德班德说，"八个便士并不多；他本来可以跟我多要一先令四便士；也可以多要两个半先令。噢，感谢主恩吧，感谢主恩吧！噢，感谢主恩吧！"

说完这番话——这番话听起来好像是圣诗里的引文——恰德班德先生就大摇大摆地朝着餐桌走去，入座前还举起一只手，给他们来一番训诫。

"朋友们，"他说，"摆在我们面前的是什么东西？是吃的东西。朋友们，我们需要吃的东西吗？我们需要。朋友们，我们为什么需要吃的东西呢？因为我们是凡人，因为我们是有罪的人，因为我们是地上的人，因为我们不是天上的神。朋友们，我们能够飞吗？我们不能。朋友们，我们为什么不能飞呢？”

斯纳斯比先生因为刚才说了一声“阿门”，得到了他太太的夸奖，便壮着胆子，用那种自作聪明的口吻，兴致勃勃地说：“因为没有翅膀。”可是，他一看见斯纳斯比太太怒目而视，便赶紧闭上了嘴。

“朋友们，我再说一遍，”恰德班德先生接着说下去，根本不理睬斯纳斯比先生的提示，“我们为什么不能飞呢？是不是因为我们适宜走路？是的。朋友们，我们要是没有力气，能够走路吗？不能。朋友们，我们没有力气会怎么样呢？我们的腿就站不稳，我们的膝盖就弯起来，我们的脚脖子就转过去，接着我们就会倒在地上。朋友们，这么说，从人类的观点来看，我们的四肢所需要的力气，是从哪里来的呢？”说到这里，恰德班德看了看桌上摆的东西，“是不是来自各种各样的面包，来自从牛奶提炼出来的黄油，来自家禽下的蛋，来自火腿，来自牛舌，来自香肠以及诸如此类的东西呢？是的。那么，就让我们来吃吃摆在面前的好东西吧！”

恰德班德先生按照这种方式，把他那些滔滔不绝的废话堆砌起来，仿佛是一级连着一级的台阶，攻击他的人都说他这些话没什么了不起的地方。但是，他们这样评论他，恰恰说明他们存心和他为难，因为，人人都有亲身体验，知道恰德班德式的演说方法，是大家所欢迎和赞扬的。

恰德班德先生终于把话打住，在斯纳斯比先生旁边坐下，开始狼吞虎咽。对恰德班德先生这个模范人物的体质说来，把任何一种食物化为我们刚才提到的那种油，似乎是一道必不可少的工序，因此，在他大吃大喝的时候，不妨把他比作一座规模宏大的炼油厂，或是什么别的生产鲸油以供批发的大工厂。今天，在法院暑假的一个下午，他在柯西特大街库克大院做了一桩大买卖，看样子，当他这座工厂的机器暂时停止运转的时候，他那个仓库准是堆满东西了。

因为刚才把客人的名字通报错了，嘉斯德尔一直安不下心，但是，只要碰到机会，她还是一再地让斯纳斯比夫妇和她自己在人前出丑。随便举几个例来说吧，她把整叠碟子碰倒在恰德班德先生头上，出人意料地奏出了铿锵的军乐，后来又把松饼倒在这位绅士的头上。就在他们吃茶点的时候，嘉斯德尔低声对斯纳斯比先生说，楼下有人找他。

“而且是找我到——请原谅我太直言——到铺子里去！”说着，斯纳斯比先生就站起来，“请客人们原谅，我一会儿就来。”

斯纳斯比先生下了楼，看见两个学徒正聚精会神地打量着一个巡警，那个巡警则抓着一个衣衫褴褛的男孩的胳膊。

“我的天啊，怎么啦，”斯纳斯比先生说，“这是怎么回事！”

“这个男孩，”巡警说，“我一再跟他说往前走，不要老在那个地方呆着，可是他就是不往前走——”

“我老在往前走，先生，”那男孩一边用胳膊抹掉脏脸上的眼泪，一边哭着说，“我一出娘胎，就老在往前走，往前走，我能走到哪里去呢，先生，我走的路还不够多吗？”

“我已经一再警告他，他还是呆在那个地方，不肯往前走，”巡警冷冷地说，一面又像干这一行的人那样，把脖子稍微转动一下，让硬领子裹着的脖子舒服一点，“所以我只好把他逮起来。我真没见过像他这样倔强的坏小子。他就是**不肯**往前走。”

“我的天啊！我能走到哪里去呢？”那男孩喊道，他绝望地抓着头发，在斯纳斯比先生家过道的地板上跺着他那光脚。

“别耍这一套，要不我就要你的命！”巡警无动于衷地摇晃着他，说，“上头有指示，不让闲人在街上呆着，要你往前走。我已经跟你说过五百遍了。”

“可是走到哪里去呢？”那男孩哭着说。

“嗯！说实在的，巡警先生，你瞧，这真是个问题啊；”斯纳斯比先生若有所思地说，一边用手背捂着嘴咳嗽一声，表示非常为难，不知道怎么办，“你知道要他到哪里去吗？”

“这个上头没有指示，”巡警回答说。“上头就指示不许他在街上呆着，要他往前走。”

乔，你听见了吗？几年来，议会里的衮衮诸公，没能在这件事情上提供一个榜样，让你看看怎么往前走，那可不能怪你，不能怪任何人啊。人家给你开了一个秘方——一个具有高深哲理的秘方，一个不容许你呆在世上的秘方：那就是往前走！你可不能死掉，乔，因为议会的衮衮诸公不赞成这样。他们只要你往前走！

斯纳斯比先生没有讲这一类的话；事实上，他什么话都没有说；只是无可奈何地咳嗽一声。表示他对这个问题一点办法也没有。这时候，恰德班德夫妇和斯纳斯比太太听见有人在争吵，都跑到楼梯口上来。嘉斯德尔始终呆在过道的尽头，没有走开，所以全家人都在那里了。

“先生，我只想问问，你认不认识这个小孩，”巡警说，“他说你认识他。”

斯纳斯比太太在上面赶紧喊道：“他不认识！”

“我的好——太太！”斯纳斯比先生抬头望着楼梯口说，“亲爱的，请让我说句话！亲爱的，请你稍微等一下。这孩子的事情我稍微知道一些，巡警先生，我晓得，他没干过什么坏事，相反地，倒是做了一些好事呢。”于是，法律文具店老板就向巡警叙述了他和乔的不幸邂逅，但是他没有说他给了乔一个两先令半的银币。

“嗯！”巡警说，“这么说，他的话还是有些道理的。我在荷尔蓬大街逮住他的时候，他说你认识他。这时候，人群里有个青年人说他认识你，还说你是一位殷实的商人，如果我到这里来调查的话，他也要来。看样子，他大概是个说话不算话的人，可是，——噢！那个青年人**来了！**”

格皮先生进来了，他向斯纳斯比先生点了点头，然后带着小职员那种殷勤样子，把手举到帽檐的地方，向上面楼梯口的太太们行了个礼。

“刚才，我从事务所出来的时候，看见有人在吵闹，”格皮先生对法律文具店老板说，“而且又听到了你的名字，所以我认为应当把事情弄清楚。”

“您太好了，先生，”斯纳斯比先生说，“我非常感激您。”于是斯纳斯比先生又把他和乔的邂逅讲了一遍，但那个两先令半的银币的事情还是没有说出来。

“现在，我可知道你住在什么地方了，”这时巡警转过来对乔说，“原来你住在‘托姆独院’。那可真是个好地方，是不是？”

“我还能到什么好地方去住呢，先生？”乔回答说。“要是我搬到一个好地方去，人家根本就不会理我。像我这么一个人，谁肯把好地方租给我呢！”

“你大概很穷吧？”巡警问道。

“是呀，先生，我是很穷，常常是很穷，”乔回答说。

“那么，你们来评评看，我刚一抓住他的时候，稍微这么一晃，他身上就掉下两个两先令半的银币来了！”巡警说着就把钱掏出来给大家看。

“斯纳斯比先生，”乔说，“有一个女人给了我一个金币，这就是我花剩的钱。有一天晚上那个女的戴着面纱跑到十字路口上来找我，说自己是个女佣，要我带她到您的家来，还到那个死人的家去——就是那个替您抄写过东西的人——还到他埋葬的地方去。她对我说：‘你就是验尸时作证的那个小孩吗？’我说：‘是呀。’她对我说：‘你能带我到这些地方去吗？’我说：‘能。’她又对我说：‘带我去吧，’我就带她去了，她给了我一个金币，接着就偷偷溜走了。那个金币我也没剩下多少。”乔说到这里，泪水从他的脏脸上流下来，“因为我在‘托姆独院’得交五个先令的租钱，我要是不交这租钱，他们就不给我换成零钱了，后来，我睡觉的时候，有个小伙子偷走了五个先令，又有个小孩偷走了九个便士，房东还拿了我好多钱去喝酒。”

“你以为这个女人和这块金币的事，会有人相信吗？”巡警说这话的时候，斜着眼睛看他，脸上露出非常蔑视的样子。

“我不知道，先生，”乔答道。“我没以为什么，先生，可是我说的都是真话。”

“你们知道他是什么样的人了吧！”巡警对大家说。“好吧，斯纳斯比先生，如果这一回我不把他关起来，你能负责叫他不要呆在街上，要往前走吗？”

“不能！”斯纳斯比太太从楼梯口喊道。

“我的好太太！”她丈夫用央求的口吻说。“巡警先生，我相信他一定会往前走。乔，你知道不？你真的要往前走啊！”斯纳斯比先生说。

“我一定听您的话，先生，”倒霉的乔说。

“那就往前走吧，”巡警说。“你知道必须往前走，那就走吧！你记住，下一回要是再逮着你，那可就不客气啦。把钱拿去吧。你听着，你越是往远处走，大家的日子就过得越安宁。”

巡警讲完这番耐人寻味的临别赠言，就朝太阳落山的那个方向随便指了指（好像乔应当向那边走似的），然后和在场的人告了别。他把钢盔摘下来，凉快一下，靠着库克大院背阴的一面走，缓缓的脚步声在大院里发出了回音，好像是一阵悠扬的音乐。

乔讲的那段关于女人和金币的事情，似乎很难令人相信，可是，在场的人都感到有点出奇。格皮先生在调查人证物证方面，是个喜欢寻根问底的人，况且，在法院这个漫长的休假期间，终日无所事事，未免闷得难受，所以，他对这件事情大感兴趣，便按照常规，着手盘问证人。太太们看见他盘问乔的样子，觉得很有趣儿，于是斯纳斯比太太就客客气气地跟他说，如果他不在乎他们方才把餐桌弄得杯盘狼藉的话，她想请他到楼上来喝杯茶。格皮先生表示了同意以后，乔也就被大家带到客厅的门口。格皮先生把他当作一个证人来审问，像炼黄油的人那样，东摆弄、西摆弄，翻来倒去地摆弄着他，并仿效模范法院的手法，把他折磨了一番。审问的过程也和法庭上许多模范事例大致相同：既没有问出什么名堂，而且又耗费了很多时间；这都因为格皮先生认为自己很有天才，而斯纳斯比太太又觉得，这次审问不仅满足了她的好奇心，而且还提高了她丈夫那个买卖在法律界里的地位。就在这紧张地一问一答的时候，恰德班德这只一直在加工提炼鲸油的大船，搁浅在海滩上，等着潮水的到来。

“行了！”格皮先生说，“要么就是这小孩撒谎，要么就是这件事情确实不寻常，我在肯吉-卡伯伊事务所这么些年还没见过这样离奇的事呢。”

这时候，恰德班德太太和斯纳斯比太太低声说话。过了一会儿，斯纳斯比太太喊道：“您说的话是真的吗？”

“当然咯，不过已经好几年了！”恰德班德太太回答说。

“她知道肯吉-卡伯伊事务所已经好几年了。”斯纳斯比太太得意洋洋地对格皮先生说。“她是恰德班德太太——是这位先生，恰德班德牧师的太太。”

“噢，您知道我们的事务所吗？”格皮先生说。

“我，嫁给恰德班德先生前就知道了，”恰德班德太太说。

“您是什么案子里的当事人吗，太太？”格皮先生说，这会儿转过身来盘问起她来了。

“不是。”

“**不是**什么案子里的当事人，太太？”格皮先生说。

恰德班德太太摇了摇头。

“您也许认识跟什么案子有关的人吧，太太？”格皮先生说，他最喜欢的事情就是按照法庭的原则来说话。

“也不完全是这样！”恰德班德太太好像觉得格皮先生跟她开玩笑，所以她回答的时候，勉强笑了笑。

“也不完全是这样！”格皮先生重复着对方的话。“好吧。请您说说，太太，您是不是认识什么女人或男人和肯吉-卡伯伊事务所打过交道（我们暂且不谈打过什么交道）；别着急，太太。我们等一会儿还要谈这个问题。是男人还是女人，太太？”

“都不是，”恰德班德太太还是像刚才那样说。

“噢，这么说，是个小孩咯！”格皮先生说这话时，用行家那种锐利无比的眼光，瞥了一下大为倾倒的斯纳斯比太太，就像法官瞥了一下英国的陪审员似的。“现在，太太，您好不好告诉我们那是个**什么样**的小孩。”

“您到底猜对了，先生，”恰德班德太太说，又勉强笑了笑。“嗯，很多年以前，有人请我照管一个名叫埃丝特·萨默森的小孩，她后来由肯吉-卡伯伊事务所负责送到学堂去了。看样子，您当时还没到事务所做事吧。”

“您说的是萨默森小姐吧，太太！”格皮先生兴奋地说。

“我可是管她叫埃丝特·萨默森，”恰德班德太太板着脸说。“那时候我才不小姐长小姐短地喊她呢，我就叫她埃丝特。我说：‘埃丝特，干这个！埃丝特，干那个！’她就得去干。”

“亲爱的太太，”格皮先生一边回答，一边向她走过来，“她第一次从您说的那个学堂到伦敦来的时候，就是敝人接待的。请允许我握握您的手。”

恰德班德先生终于找到他说话的机会，就像往常那样，打了个手势，用手绢擦了擦冒着汗珠的前额，站了起来。斯纳斯比太太嘘了一声，让大家安静。

“朋友们，”恰德班德说，“我们已经适度地（就他的情况来说，当然不是适度地）享受了为我们准备的茶点。但愿这个家庭丰衣足食，堆满山珍海错；但愿它财丁两旺，繁荣昌盛；但愿它扶摇直上，一帆风顺！但是，朋友们，我们是不是还享受了别的东西呢？不错，我们是享受了。朋友们，我们享受了别的什么东西呢？享受了精神食粮吗？是的。我们从什么地方得到这种精神食粮呢？小朋友，你过来！”

乔在他的招呼下，向后晃了晃，向前晃了晃，又向两旁晃了晃，懒洋洋地走到那个能说会道的恰德班德跟前，显然猜不透他打的是什么主意。

“小朋友，”恰德班德说，“对我们来说，你是一粒明珠，是一颗钻石，是一块宝石，是一件珍宝。这是为什么，小朋友？”

“我不知道，”乔回答说。“我什么都不知道。”

“小朋友，”恰德班德说，“正是因为你什么都不知道，所以我们才觉得你是一块宝石，是一件珍宝。因为你是什么呢，小朋友？是旷野上的野兽吗？不是。是空中的飞鸟吗？不是。是海里或河里的鱼吗？不是。你是一个爹娘养的孩子，小朋友。一个爹娘养的孩子。噢，当一个爹娘养的孩子是多么光荣啊！为什么光荣呢，小朋友：因为你能够接受智慧的教诲，因为你能够从我的谆谆告诫中得到好处，因为你不是一根木棍，不是一根木棒，不是一块木头，不是一块石头，不是一根桩子，不是一根柱子。

欢乐的小河流啊，
波光闪闪，
爹娘养的孩子啊，
天天向上！

小朋友，你到那条小河去游泳，去凉快凉快吗？不去。你现在为什么不到那条小河里去凉快凉快呢？因为你处在黑暗的状态中，因为你处在奴役的状态中。小朋友，什么是奴役啊？我们不妨本着博爱的精神来问一问。”

在这个紧要关头上，乔渐渐露出心不在焉的样子，用右手摸了摸脸，咧着嘴打了个呵欠。于是，斯纳斯比太太怒冲冲地说，她相信他是个不可救药的顽童。

“朋友们，”恰德班德先生说着，向四周环顾了一下，又装出受到攻击的样子，满脸堆笑。“我受到冷遇是应该的，我受到考验是应该的，我受到屈辱是应该的，我受到惩罚是应该的。上星期天，我对我准备的那篇长达三小时的布道词，感到沾沾自喜，那是我的过错。现在这笔债已经算清了，因为我的债主已经收下了一部分债款。噢，感谢主恩吧，感谢主恩吧！噢，感谢主恩吧！”

斯纳斯比太太大为感动。

“朋友们，”恰德班德环顾四周，结束他的话说，“我暂时不跟这小朋友谈下去了。小朋友，你明天要不要到这里来，问一问这位善良的太太，到哪里去找我对你讲讲道，你要不要像一只饥渴的燕子那样，在第二天、第三天以及以后的许多天都来听我讲道呢？”（他说这些话的时候，态度就像母牛那样温和。）

看样子，乔当时一心想离开那里，所以他懒洋洋地点了点头。于是，格皮先生扔给他一个便士，斯纳斯比太太让嘉斯德尔领他出去。可是，在他下楼以前，斯纳斯比先生从桌上拿了一些吃剩的东西，让他揣在怀里带走。

至于恰德班德先生——攻击他的人说，他能够废话连篇地讲下去，要讲多少时候就讲多少时候，那是不足为奇的，但是，当他厚着脸皮打开他那话匣子以后，居然也有完结的时候，那可就奇怪了——他这时也告退回家，要到吃晚饭的时候，再为他的炼油事业积攒一点资本。就在法院这个暑假里，乔往前走着，走到黑衣教士桥[①]，在那里找了个石头晒得火烫的角落，坐下来吃他的点心。

他坐在那里嚼着、啃着，一边仰望着圣保罗教堂顶上的大十字架，在一抹紫红色的烟雾中闪闪发光。从这孩子脸上的表情看来，你会觉得这个神圣的象征，在他眼里恐怕是这个难以理解的大城市里最难理解的东西，因为它是这样金碧辉煌，这样高不可攀，这样可望而不可即。他坐在那里，望着西下的夕阳，望着滚滚的河水，望着熙来攘往的人群——每一件东西都本着某种意图，朝着某个目标往前走——可是，他却呆着不动，等着人来赶他，让他也“往前走”。

---

① 黑衣教士桥（Blackfriars Bridge）：建于一七六九年，多年来一直是泰晤士河的主要通道。一八六四年拆除，于一八六五至一八六九年间重新兴建。

第二十章
新房客

漫长的暑假一天天地过去，渐渐逼近开庭期，很像那懒洋洋的河流沿着平坦的地区，不慌不忙地流向大海。格皮先生的日子也同样是一天天地混下去。他把修鹅毛笔的小刀往写字桌上乱扎，把刀口弄钝，把刀尖弄断了。他跟写字桌倒没有仇，不过，他得干点事情，干点解闷的事情，既不要费什么力气，也不要花什么脑筋。他发现，坐在凳子上，以一条凳腿为轴心打转转，用小刀扎扎写字桌，张大嘴打个呵欠，是最惬意不过的事。

肯吉和卡伯伊两人都不在伦敦城，那个法务见习生搞到一张打猎许可证，到他父亲家去了，那两个和格皮先生一样是正式办事员的同事，也都请假离开了。只有格皮先生和理查德·卡斯顿先生两人在事务所里平分秋色。可是，卡斯顿先生这时居然安顿在肯吉先生的办公室里，这使格皮先生非常生气。他的确是气极了，因为他晚上回到古老大街，同他母亲一边吃龙虾和莴笋，一边把心里话告诉她的时候，尖酸刻薄地说：他觉得，他们的事务所如果要接纳花花公子的话，恐怕还嫌简陋一些；再说，他要是早一点知道有这样一位花花公子光临，一定会叫人把事务所粉刷一新。

凡是到肯吉-卡伯伊事务所来做事的人，格皮先生都怀疑对他不利。他认为，凡是这样的人都要把他顶走。如果有人问他怎样把他顶走，为什么把他顶走，什么时候把他顶走，或者凭什么把他顶走，他就闭起一只眼睛，摇一摇头。因为他是这样地深谋远虑，所以，尽管没有人暗算他，他还是煞费苦心地寻求对策，尽管没有人和他对垒，他还是调兵遣将，去布他的天罗地网。

因此，格皮先生发现这个新来的人整天钻研贾迪斯控贾迪斯案的文件，便感到无限高兴，因为他知道，无论是谁研究这桩案子，都必然会感到头昏脑涨和束手无策的。他这种喜悦心情，感染了第三个留在肯吉-卡伯伊事务所度假的人，那就是年轻的斯墨尔维德。

年轻的斯墨尔维德（外号小鬼[①]，或小鸡维德，这是笑他乳臭未干的意思）曾否经历儿童时代这个问题，林肯法学协会的人觉得大可怀疑。他还不到十五岁，可是在法律界里已经是个老手了。据说他对法院小街附近某家雪茄烟铺子的老板娘喜欢得神魂颠倒，为了她，竟背弃了他和另一个女人的山盟海誓（尽管他和那女人已订婚多年了），所以，大家都把这件事引为笑谈。他是大城市的产物，个子矮小，容貌衰老；可是，他戴着一顶非常高的帽子，所以人们老远就能看见他。他的生平大志，就是将来要成为一个格皮那样的人。他做什么事情都模仿那个经常栽培他的格皮，说话如此，穿衣如此，走路的姿态也如此。他最得意的是，格皮先生也把他看作心腹之交，所以，遇到格皮先生在私人生活方面有困难的时候，他还根据自己的丰富经历，给他出些主意。

今天，格皮先生把办公室里的凳子都试了试，发现没有一张坐起来是舒服的；有几次他还把头钻进铁保险柜里，让头脑冷静一下，可是，这都没有用，最后，他只好把头伸出窗外，一上午也没有缩进来。斯墨尔维德先生替格皮先生去买了两次清凉饮料，而且两次都把饮料倒在办公室的两个大玻璃杯里，用尺子搅了搅。格皮先生为了开导斯墨尔维德先生，便讲了一个似乎是自相矛盾的道理，他说：喝水越多，就越觉得口渴；然后，就没精打采地把头靠在窗台上。

格皮先生望着窗外林肯法学协会旧广场背阴的地方，注视着

① 斯墨尔原文是 Small，意思是“小”。

那些讨厌的砖墙和剥落的泥灰，忽然间，他看见一个长着大胡子的人从下面的廊道出现，朝他这边走来。紧接着，便听见屋里响起一声低低的口哨，有人压低声音喊道："嘿！格皮！"

"噢，原来是你呀？"格皮先生说着，便活跃起来。"小鬼，贾布林来了！"小鬼也把头探到窗外，向贾布林点头招呼。

"你从哪里钻出来？"格皮先生问。

"从得特福[①]的菜园子来。我再也呆不下去了。我要去当兵。我说，你能不能借我一个两先令半的银币？说真的，我饿极了。"

看样子，贾布林确实很饿，而且好像是在得特福的菜园子饿瘦了。

"我说，你要是有钱，就将一个两先令半的银币给我吧。我想去吃顿饭。"

"你和我一起去吃饭好吗？"格皮先生一边说，一边把那银币扔给他；贾布林先生很利落地把钱接在手里。

"得等多少时候？"贾布林说。

"用不了半个钟头。我得等敌人走了，才能离开，"格皮先生回答的时候，朝里屋努了努嘴。

"什么敌人？"

"一个新来的人。快要订合同当见习生了。你等得了吗？"

"你能找点东西给我看看，让我消磨时间吗？"贾布林先生说。

斯墨尔维德提议把律师名册拿来。可是，贾布林先生郑重其事地说，他受不了那个。

"那你就看看报纸吧，"格皮先生说。"他就去把报纸给你拿来。不过，你最好不要呆在这里，免得人家看见你。你到楼梯口去坐着看报吧。那里没有人。"

贾布林机灵地点了点头，表示同意。聪明伶俐的斯墨尔维德

---

① 得特福（Deptford）：伦敦南边的一个小镇。

把报纸给贾布林拿来了，他还常常从楼梯口上面望一望贾布林，唯恐贾布林等得不耐烦溜走了。后来，敌人撤退，斯墨尔维德就把贾布林带到楼上。

“你过得怎么样？”格皮先生一边说，一边和他握手。

“马马虎虎，你过得怎么样？”

格皮先生回答说，过得不怎么样，于是贾布林就冒昧地问道：“**她**过得怎么样？”格皮先生觉得他这话说得太放肆，就驳道：“贾布林，谁的心里都**有**那么几根心弦——”贾布林表示很抱歉。

“谈什么都行，就是不要谈这个！”格皮先生被刺中了痛处，脸上虽然现出很悲哀的样子，但心里却很高兴；他说：“因为，贾布林，谁的心里都**有**那么几根心弦——”

贾布林先生再次表示抱歉。

斯墨尔维德做事一向利落，现在因为要跟他们出去吃饭，所以趁他们说话的这一会儿工夫，便用法律字体写了一张“外出即返”的纸条，插进信箱里，通知那些可能到这里来的人；然后，戴上他那顶高帽子——帽子歪到一边，其角度和格皮先生的一样——跟那位栽培他的前辈说，现在可以走了。

于是，他们就到附近的饭馆去了，根据老主顾们的说法，这家饭馆是属于“小馆”那一流的；那个女招待虽然年已四十，却是一个打扮得很年轻的风骚女人，据说她曾经使多情善感的斯墨尔维德大为倾倒；而斯墨尔维德这个人，可以说是个又矮又丑的怪物，他对岁数倒是无所谓的。他少年老成，见闻广博。如果说他曾经在摇篮里躺过，那恐怕也是穿着燕尾服躺在那里面的。他，斯墨尔维德，有一双非常老练的眼睛；他喝酒抽烟的时候神气活现；他的脖子在领子里挺得笔直，他从来也不会受骗；无论什么事情，他都了如指掌。简单地说，他是由普通法院和大法官庭抚养成人的，因而变成了一个道行很深的小妖精；许多事务所的人谈到他投胎到人世间来的时候，都认为他父亲是约翰·都，他母亲是理查德·罗[①]家唯一的女人，而且他的头一块尿布，还是用装文件的蓝布口袋改的。

斯墨尔维德先生在前面带路，走进了饭馆，根本不理会橱窗里那些令人垂涎欲滴的东西：一盘盘上面铺着奶油的卷心菜拌鸡块、一篮篮青翠的豌豆、一堆堆青脆的黄瓜和一块块待烤的白肉。饭馆里的人都认识他，尊敬他。他有自己的专座，他要人把所有的报纸都拿给他看，要是哪个秃顶的老头看报超过十分钟，他就要破口大骂。如果不把原只面包给他拿来，他就绝不答应，而且除非是最好的肉，不然他就不吃。在佐料方面，他也挑剔得很厉害。

格皮先生知道他有点鬼聪明，而且也佩服他经验丰富；所以，在女招待念着当天的菜单时，格皮先生便用一种希望对方帮忙的眼光望着他，请教他该点哪些菜："小鸡，你要什么？"老练过人的小鸡就说，他喜欢"牛肉火腿卷加扁豆——可是，波丽，别忘了搁馅啊"（说到这里，便老练地眨了眨眼睛）；格皮先生和贾布林先生也点了同样的菜。此外，他们还要了三品脱啤酒。女招待很快就回来了，手里托着的东西好像是巴比伦的通天塔的模型，实际上却是一叠扣上扁平锡盖的碟子。斯墨尔维德先生对面前的东西很满意，就向女招待挤眉弄眼。这时，饭馆里的顾客进进出出；女招待来回奔跑；杯碟乒乒乱碰；从厨房运送肉片的传送机，忽上忽下地隆隆作响；有人从嗓子眼里发出一声尖叫，那意思是叫人给他多加一盘肉片；等到吃完肉片算账，又是一声尖叫，这一次是惊叹价格高昂；切好的一块块熟肉和没切的一块块熟肉，都冒着热气，显得非常鲜嫩；同时，在这闷热的饭馆里，那些刀叉和桌布脏得一塌糊涂，似乎是自动地滴下油水或现出酒渍——就在这样的气氛里，这三位法律界的巨头也狼吞虎咽地吃

① 约翰·都（John Doe）和理查德·罗（Richard Roe）都是英国法律或正式文件上对假定人物所用的称呼，相当于某甲与某乙。

起来了。

贾布林先生的腰束得很细，比那些追求时髦的人还束得细。他的帽檐磨得光光的，样子很特别，好像是蜗牛常在那上面爬行。他衣服上某些地方也有同样的迹象，尤其是在接缝的地方。他那潦倒的样子，很像是一个走投无路的绅士；就连他那淡黄色的络腮胡子，也没精打采地搭拉下来。

他的胃口实在好，好像他好几天都没有吃饱饭似的。他很快就把那盘牛肉火腿卷吃完，可是他那两个伙伴才吃了半盘，因此格皮先生便提议他再来一盘。“谢谢你，格皮，”贾布林先生说，“我心里正想再来一盘。”

第二盘拿来，他又兴高采烈地吃起来了。

格皮先生隔一会儿就默默地看他一眼；等到他把第二盘吃了一半，停下来喝一口啤酒（也是第二杯了），而且伸伸腿、搓搓手，脸上现出又高兴又满足的样子的时候，格皮先生就跟他说：

“托尼，你又是个大人啦！”

“嗯，还没有呐，”贾布林先生说。“最好是说，才刚刚生下来。”

“你还要别的蔬菜吗？龙须菜？豌豆？小白菜？”

“谢谢你，格皮，”贾布林先生说。“我心里正想要小白菜。”

叫菜的时候，斯墨尔维德先生开了一句玩笑，“波丽，别把菜虫子一块儿端来啊！”不一会儿，小白菜就端来了。

“格皮，我现在逐渐长大啦，”贾布林先生一边说，一边津津有味地挥动着刀叉。

“我听了很高兴。”

“说实在的，我现在已经成为一个十五六岁的小伙子了，”贾布林先生说。

这以后，他就不再做声，等到他大功告成的时候，格皮先生和斯墨尔维德先生也吃完了；就这样，他一路上遥遥领先，轻而易举地把那两位先生甩在后面，比他们多吃了一盘牛肉火腿卷和一盘小白菜。

“喂，小鬼，”格皮先生说，“你说我们吃什么点心最好？”

“香瓜布丁，”斯墨尔维德先生毫不迟疑地说。

“嘿，嘿！”贾布林先生装出很老练的样子，喊道。“你这个人真行啊！谢谢你，格皮，我心里想的，正是香瓜布丁。”

三份香瓜布丁端上来了，于是，贾布林先生很幽默地说，他就快长大成人了。然后，斯墨尔维德先生要了“三份乳饼”；接着，又要了“三杯甜酒”。这时候，大家都酒酣饭饱，贾布林先生也把两条腿架在铺着毡子的座位上（原来他独占了雅座的一边），背靠着墙，说道：“格皮，我现在长大了，完全成熟了。”

“现在，你——对那件事情是怎么想的，”格皮先生说，“你不避讳斯墨尔维德吧？”

“一点都不避讳。我还要举杯祝他健康哩。”

“祝你健康，先生！”斯墨尔维德先生说。

“我是说，你**现在**对当兵那件事情怎么考虑啦？”格皮先生接着说下去。

“嗯，亲爱的格皮，我在饭前怎么考虑是一回事，”贾布林先生回答说，“饭后怎么考虑又是一回事。不过，即使在饭后，我还是要问问自己，打算怎么办？打算怎样过日子？你知道 Ill fo manger①，”贾布林先生说 manger 这个字的时候，听起来好像是指英国马厩里某种必不可少的设备。“Ill fo manger。这是法国人的说法，不过，我跟法国人一样，也觉得吃饭很重要。说不定我比他们还觉得重要一些。”

斯墨尔维德先生坚定地认为“重要得多”。

“如果有人跟我说，”贾布林接着说，“哪怕是在前些时候，我和你，格皮，在林肯郡招摇过市，坐着马车去逛凯赛尔山庄的时候——”

---

① 与法文 Il gaut manger（人总得吃饭）发音相同，而 manger 一字，在法语是“吃饭”，在英语则是“马槽”。

格皮先生的款待

斯墨尔维德先生纠正他说："切斯尼山庄。"

"切斯尼山庄。（可敬的朋友，多承你指正，我很感激。）哪怕是在前些时候，如果有人跟我说，我会落到如今这个不名一文的地步，我一定会——嗯，我一定会把他揍一顿，"贾布林先生说着，做出无可奈何的样子，喝了一口掺水的甜酒，"我一定会把他的脑袋瓜揍扁了。"

"可是，托尼，哪怕是在那个时候，你的处境也很困难啊，"格皮先生反驳说。"咱们坐马车的时候，你谈的就是这个。"

"格皮，这个我并不否认，"贾布林先生说，"我当时的处境的确很困难。可是，我相信事情自然而然就会好转。"

哼，世界上有多少人相信那些不顺心的事情都会自然而然地好转啊！他们不相信只有下足工夫、花过心血才能使事情好转，而相信事情本身会自然而然地好转！就像一个疯子认为地球自己会变成方的一样。

"我曾经满怀信心，以为事情会自然而然地好转，会变得稳稳当当，"贾布林先生这几句话，说得很含混，意思也很含混。"可是，我失望了。事情根本没有好转。等到我的债主在公事房里一闹，那些和事务所打交道的人又大惊小怪地抱怨我赖账，于是我的差事就吹了；而更糟的是，以后不论弄到什么新差事，也都吹了，因为，只要我说出来历，让他们去了解，我那些事情就会揭出来，我的差事就会完蛋。到了这样一个地步，你还能有什么办法呢？我一直躲在得特福的菜园子里，过着节衣缩食的生活；可是，如果你手头没有钱，那么就是节衣缩食，又有什么用呢？与其那样，还不如过过丰衣足食的生活哩。"

"那要好得多，"斯墨尔维德先生心里这样想。

"当然啰。这是时髦人物的做法；而追求时髦和蓄胡子又一直是我的弱点，不过，别人虽然知道，我也不在乎，"贾布林先生说。"这是很大的弱点——我的天啊，简直是一个致命伤，"贾布林先生似乎已经把一切置之度外，喝了一口甜酒，又接着说，

“嗯，我问问你，**除了当兵**，我还能做些什么？”

于是，格皮先生就深入地谈一谈，像贾布林先生这样的人能做些什么。他的样子很严肃，很动人，仿佛他这一辈子除了情场失意，从来也没栽过跟头似的。

“贾布林，”格皮先生说，“我本人和我们共同的朋友斯墨尔维德——”

（斯墨尔维德先生谦逊地举杯说：“祝你们两位先生健康！”然后把酒喝下去。）

“我本人和我们共同的朋友斯墨尔维德，曾经不止一次地谈过这件事情，自从你——”

“就说，自从我卷铺盖滚蛋吧！”贾布林很难过地喊道。“格皮，你怎么想的，就怎么说吧。”

“不——不。自从你离开了法学院，”斯墨尔维德先生委婉地说。

“自从你离开了法学院，贾布林，”格皮先生说；“我和我们共同的朋友斯墨尔维德研究过我最近想提供你考虑的一个计划。你认识法律文具店老板斯纳斯比吗？”

“我知道有这样一个法律文具店老板，”贾布林先生回答说，“不过，他不跟我们做买卖，我不认识他。”

“**他**和我们做买卖，而**我**也认识他，”格皮先生反驳说。“好啦，先生！我最近和他搞得比较熟，因为碰巧有件事情使我到他私人家里去拜访了一次。这件事情现在不必细谈了。这件事情可能——也许不可能——和某个问题有关，而那个问题又可能——也许不可能——使我的一生变得暗淡无光。”

原来格皮先生有一种令人难以捉摸的手法，喜欢夸大自己的痛苦，来引诱知心朋友谈论他的私事，可是，等到他的知心朋友们提到他那些私事时，他又翻过脸来，说什么谁的心里都有几根心弦那样的话；因此，贾布林先生和斯墨尔维德先生两人，都默不作声，以免上当。

“这一切可能是这样，也可能不是这样，”格皮先生又说了一遍，“不过，这一切都和正题无关。我现在只想告诉你，斯纳斯比夫妇两人都愿意为我效劳，而斯纳斯比在生意兴隆的时候也有许多东西要送出去给人抄写。图金霍恩要誊抄的东西全都交给了他；再说，还有别的好门路呢。我相信，如果我们共同的朋友斯墨尔维德有必要出庭作证的话，他一定会证明这一点。”

斯墨尔维德先生点点头，似乎很想发誓作证。

“现在，各位陪审员先生，”格皮先生说，“我是说贾布林——你也许会说这种事情没什么出息。就算是这样吧。可是，这总比无所事事好一些，总比去当大兵好一些。你需要等待一个时期。你那些事总得过一个时期才没人注意。在这段时间里，你要是不替斯纳斯比誊抄文件，你的生活可能就更没有着落了。”

贾布林先生刚想插嘴，聪明伶俐的斯墨尔维德就干咳一声，抢在他前面说：“嗯！这番话比莎士比亚的文章还要漂亮！”

“贾布林，这件事情有两个方面，”格皮先生说。“刚才说的是第一个方面。现在我要谈谈第二个方面。你认识法院小街那儿的克鲁克大法官吗？喂，贾布林，”格皮先生用盘问的口吻启发他，“我想你认识法院小街的那位克鲁克大法官吧？”

“我知道这个人，”贾布林先生说。

“你知道这个人，那很好。你知道小老太婆弗莱德吗？”

“谁不知道她呀，”贾布林先生说。

“谁都知道她，那很好。我最近有一个差事，每星期都得去给弗莱德送一次生活费，而且根据指示，还得当着她的面，把每周扣下来的房租，交给克鲁克本人。这就使我和克鲁克有了事情，使我知道他的家底和他的习惯。我知道他现在有一个空屋子要出租。你不妨化个名，花几个钱把那间屋子租下来，你住在那里就像远在几百里地之外，绝没有人来麻烦你。他什么事都不过问；只要你愿意，我一开口，他马上就会把屋子租给你。贾布林，我还要告诉你一件事情，”格皮先生说到这里，忽然放低声音，整个态度又显得非常亲切，“他是个很古怪的老头，老在乱纸堆里东翻西找；老在认字、写字；可是，依我看，一点用处也没有。老兄，他是个极其古怪的老头呢。我认为，花点时间去摸摸他的底细，倒是值得的。”

“你是说——？”贾布林先生开始说。

“我是说，”格皮先生耸了耸肩，态度相当谦逊地答道，“我没法子了解他。我请我们共同的朋友斯墨尔维德作证，是不是听我说过，我没法子了解他。”

斯墨尔维德先生简单明了地证明说：“听说过好几次了！”

“托尼，我见过不少世面，”格皮先生说，“无论对方是个什么人，我多半能想法子了解他一些儿事情。可是，我真没见过像他这样一个老家伙：如此莫测高深、滑头滑脑，而且，尽管我相信他常常是喝得醉醺醺的，他还守口如瓶。你知道不，这家伙现在岁数已经不小了，家里没有亲人，而大家又都说他很有钱；所以，不管他是干走私的也好，收买贼赃的也好，非法开当铺的也好，或者放高利贷的也好（这些勾当，我觉得他在不同时期可能全都干过），要是你去摸摸他的底，对你一定会有好处。我认为，你的条件很合适，那又为什么不去试一试呢？”

贾布林先生、格皮先生和斯墨尔维德先生三个人的胳膊肘都支在桌上，都用手托着腮，抬头望着天花板。过了一会儿，三个人都喝了一口酒，慢慢地往椅背上一靠，把手插进口袋里，你看看我，我看看你。

“托尼，我要是有从前那样的精力就好了！”格皮先生叹口气说。“可是，谁的心里都有那么几根心弦——”

格皮先生喝了一口甜酒，借以表达未尽的苦衷；他现在就算是把这件事情交给托尼·贾布林去决定了，同时，他还对托尼说：在这个业务清闲的暑期休假里，他的钱包“还是有三四英镑甚至五英镑”，可以给托尼用的。“因为他绝不能让人家说，”格皮先生强调地补充了一句，“威廉·格皮撂下朋友不管！”

最后的这番话马上发生作用，贾布林先生激动地说：“格皮，我的老好人，握握手吧！”格皮先生把手伸出来，说：“贾布林，我的好朋友，握手吧！”贾布林先生回答说：“格皮，我们是多年朋友了！”格皮先生回答说：“贾布林，的确是多年朋友了。”

于是，他们握握手；贾布林先生好像是深受感动似的说道：“谢谢你，格皮，我真想再干一杯，祝我们的友谊万古长青。”

“克鲁克以前那个房客倒是在那个屋子里去世的，”格皮先生的口气好像是偶尔谈到这件事情。

“真的吗！”贾布林先生说。

“当时已经作了判断，肯定他是意外身死。你不在乎吧？”

“不，我不在乎，”贾布林先生说，“可是，他死在别的地方多好啊。真见鬼，他干什么偏偏死在**我的**地方呢！”贾布林先生对这种放肆的行为大为不满，好几次都扯回到这个话题上来，比如他说，“我觉得，可以死的地方多着呢！”或者说，“我相信，我要是在**他的**地方死去，他也不会高兴吧！”

不管怎么说，协议终于达成，格皮先生建议派可靠的斯墨尔维德去看看，克鲁克先生是不是在家，如果在家，他们就可以立刻把事办妥，不必再拖。贾布林先生表示同意，斯墨尔维德就学着格皮的样子戴上帽子，走出了饭馆。过了一会儿，他回来报告说，克鲁克先生在家，他从店门口望见克鲁克坐在屋里，睡得“像个死人一般”。

“那么，我就把账付了，”格皮先生说，“我们一起去看他。小鬼，一共多少钱啊？”

斯墨尔维德先生（眨了眨眼睛，把女招待叫过来）立刻回答格皮先生说：“四份牛肉火腿卷是三先令，加上四份土豆，就是三先令四便士，再加上一份小白菜就是三先令六便士，再加上三份布丁就是四先令六便士，再加上六份面包就是五先令，再加上三份乳饼是五先令三便士，再加上四品脱啤酒就是六先令三便士，再加上四份甜酒就是八先令三便士，再加上三份给波丽的小费就是八先令六便士。一共是八先令六便士，波丽，这是个十先令的金镑，请找回十八个便士！”

斯墨尔维德不慌不忙地把这一大笔账算清以后，就冷冷地点了点头，把朋友们打发走了。他独自留在饭馆里，一有机会就向波丽献献殷勤，或者拿起报纸看看。他这时已经摘下帽子，相形之下，报纸就显得特别大，所以，他一拿起《泰晤士报》逐栏浏览的时候，就像是晚上钻进被窝里睡觉似的。

格皮先生和贾布林先生来到那家收买破烂的铺子，发现克鲁克依然睡得“像死人一般”；也就是说，他的脑袋耷拉在胸前，呼噜呼噜地打着鼾，听不见外面的动静，甚至感觉不到有人轻轻地摇晃着他。在他身旁的桌子上，放着许多乱七八糟的东西，其中有一个装过金酒的空瓶和一个酒杯。浑浊的空气充满金酒的气味，就连那只蹲在架子上的猫，向来客眨着那绿闪闪的眼睛时，也好像有点醉意似的。

“起来，起来！”格皮先生又摇了摇老头那瘫软无力的身躯，说。“克鲁克先生！喂，先生！”

看来，要把一堆里面冒着酒气的旧衣服叫醒，也许要比把他叫醒更容易一些。“你见过有人喝醉酒睡着了，会像他睡得这么死的吗？”格皮先生说。

“如果他平时睡觉，就是这个样子，”贾布林有点惊讶地回答说，“我看，他总有一天会长眠不起的。”

“看样子，他是昏迷了，而不是睡着了，”格皮先生说着，又摇了摇他。“喂，大法官阁下！要是有人来偷东西就是偷他五十回，他还不知道哩！你睁开眼睛呀！”

克鲁克好容易才睁开了眼睛，可是，好像没看见进来的人，没看见任何东西似的。虽然他这时跷起了腿，两手握在一起，并把焦干的嘴唇张闭了几次，但事实上他还是像早先那样不省人事。

“不管怎么说，他还活着哩，”格皮先生说。“我的大法官，你好吗？先生，我带我的朋友来，找你商量个事情。”

那老头仍然坐着不动，只是不时地咂着他那焦干的嘴唇，一点知觉都没有。过了几分钟，他试着站起来。他们搀着他站起来，他摇摇晃晃地扶着墙，睁大眼睛看着他们。

“你好吗，克鲁克先生？”格皮先生有点为难地说。“你好吗，先生？你的面色很好啊，克鲁克先生。你的身体很好吧？”

那老头不知是朝着格皮先生，还是朝着什么地方，毫无目的地挥了挥拳头，摇摇晃晃地转了一圈，把脸碰在墙上。他就这样贴着墙，呆了一两分钟，然后又摇摇晃晃地往铺门口走去。他在门口站了一会儿，呼吸到新鲜空气，看到了街上的行人，便渐渐清醒过来。他回到铺里来的时候走得非常稳，正了正头上那顶皮帽子，目光炯炯地看着他们。

“两位先生，有什么事情吗？我刚才打了一会儿盹。咳，有时候确实很难把我叫醒。”

“可不是吗，先生，”格皮先生回答说。

“什么？您刚才已经试过要把我叫醒吗？”生性多疑的克鲁克说。

“稍微试了一下，”格皮先生解释说。

老头把视线移到空瓶子上。他把瓶子拿起来，仔细看了看，然后慢慢地把瓶子倒过来。

“我说，”他像童话里的妖怪似的喊道，“刚才有人在这里胡作非为！”

“我向你担保，我们来的时候，瓶子就已经空了，”格皮先生说。“我去给你打点酒好吗？”

“好极了！”克鲁克兴高采烈地说。“好极了！您真客气！您到隔壁的铺子——就是太阳徽酒店——就可以买到大法官喝的酒，十四便士一瓶。说真的，那地方的人都认识**我**！”

他把空瓶子塞给了格皮先生，格皮先生接了以后，便向他的朋友点了点头，匆匆忙忙地走了出去，然后，又带着那个装满酒的瓶子匆匆忙忙地走了进来。老头把酒瓶接过来，像抱着心爱的小孙子似的，慈爱地拍了拍。

“可是，我说！”他尝了一口酒以后，便眯缝起眼睛，喃喃地说，“这不是大法官要的那种十四便士一瓶的酒。这是十八便士一瓶！”

“我想你也许更喜欢这种酒吧，”格皮先生说。

“先生，您是个君子，”克鲁克又尝了一口，回答说——他那股酒气喷在他们脸上，热乎乎的，好像火焰。“您是个爵爷。”

格皮先生趁着这个有利时机，当时就给他朋友起了个名字，叫威维尔先生，介绍给克鲁克，并说明了来意。克鲁克把瓶子夹在腋下（他从来没有醉到不省人事，但也从来没有清醒过），仔细打量着格皮先生给他介绍的房客，脸上露出满意的样子。“年轻人，您愿意看看那间屋子吗？”他说。“啊！那屋子挺不错！刚粉刷过。还用肥皂水和苏打水擦洗了一遍。唉，本来应当多收一倍房钱的；更不用说随时可以来找我做伴，还有这样一只猫替您捉耗子呢。”

老头一边夸那屋子，一边领着他们上楼；他们发现那间屋子确实比从前干净一些，而且还摆了几件从他那些无穷无尽的破烂堆里拣出来的旧家具。双方很快就把条件谈妥，因为“大法官”是不能和格皮先生为难的，要知道格皮先生在肯吉-卡伯伊事务所供职，在业务上和贾迪斯控贾迪斯案以及别的著名案件都有关系。最后大家都同意，威维尔先生明天就搬来。于是，威维尔先生和格皮先生又跑到柯西特大街库克大院；格皮先生把威维尔先生介绍给斯纳斯比先生，但是最要紧的是，斯纳斯比太太对这件事表示了同意和关怀。接着，他们就向杰出的斯墨尔维德报告事情的经过。原来斯墨尔维德就呆在办公室里等他们，而且为了这样一件大事，还特地戴上他那顶高帽子。分手的时候，格皮先生解释说，他本想最后请大家去看戏的，但因为谁的心里都有那么几根心弦，这就使他觉得看戏成了一件又无聊又可笑的事，所以只好作罢。

第二天正是暮色四合的时候，威维尔先生也没有带什么行李，就不声不响地来到克鲁克这里，搬进了他的新居。在他睡觉的时候，百叶窗上那两个洞眼一直瞪着他，好像觉得很奇怪。第二天，威维尔这个什么都会干而又什么都干不好的年轻人，向弗莱德小姐借了针线，向房东借了锤子，便干起活儿来；他马马虎虎地做了几个窗帘，又马马虎虎地钉了几个架子，还把两个茶杯、一个牛乳壶和一些瓶瓶罐罐挂在廉价的小钩子上；他那样子，很像一个遇了难的水手，尽可能对付眼前这个困境。

但是，在威维尔先生仅有的几件东西中间，他最珍惜的（珍惜的程度仅次于他那淡黄色的络腮胡子，他对他的胡子有着深厚的感情，那是唯有蓄胡子的人才能体会的），就是一套精选的铜版画，这一套脱胎于那幅堪称国宝的名画：《阿尔比温[①]女神群像》，或名《英国百美图》，那上面画了许多贵妇名媛的千娇百媚的笑靥，这种笑靥，只要肯花钱，艺术家们倒是可以画出来的。前些日子，他在菜园子一带避债的时候，这些华丽的画像，只好藏在纸板箱里；现在他就拿出来点缀他这个公寓。《英国百美图》上的美女们，穿着各式各样的奇装异服，弹着各式各样的乐器，抚弄着各式各样的小狗，送出各式各样的秋波，背后还有各式各样的花盆和栏杆，因而显得琳琅满目，美不胜收。

但是，爱好时髦固然是从前托尼·贾布林的弱点，而现在也还是威维尔先生的弱点。他常常在晚上到太阳徽酒店去借一份隔天的报纸，看看花花世界那些了不起的人物的飘忽行踪，心里就感到说不出的高兴。知道某个了不起的人物昨天做了一件了不起的事情，加入了某个了不起的交际圈，或者明天准备做一件同样是了不起的事情，离开某个了不起的交际圈，也使他感到乐不可支。得知《英国百美图》的某个美女在做什么，或者打算做什

① 阿尔比温（Albion），是英格兰古名。

么，或者要和什么人结婚，或者有些什么谣言，就等于知道了人类最著名的人物的命运。威维尔先生的注意力从这些消息转移到百美图的美女身上，好像他认识这些美人，而这些美人也认识他似的。

在其他方面，他却是个很安分的房客。上面已经说过他心灵手巧，会干许多事情，既会给自己做饭洗衣裳，又会干点木匠活儿，而且，天黑了以后，还喜欢出去和邻里们交际应酬一番。在格皮先生或那个顶着黑压压的帽子处处仿效格皮先生的小人物不来拜访他的时候，他就走出那间死气沉沉的屋子（他在这里继承了那张乱得一塌糊涂而又墨迹斑斑的书桌），去找克鲁克聊天，或者，就像邻里们夸他的那样，“很随便地”跟那些喜欢聊天的人畅谈一番。因此，就连法院小街的第一号人物派珀尔太太，也不得不对佩金斯太太说出这样两句话：第一，如果她的约翰尼要留胡子的话，她希望他留的胡子和那年轻人留的一模一样；第二，佩金斯太太，你记住我的话吧，如果那个年轻人真能把克鲁克老头的钱弄到手，你可不必大惊小怪！

第二十一章
斯墨尔维德一家

小鬼斯墨尔维德，教名是巴梭罗米，在家里叫巴特，每逢下了班或者事务所不用他加班的时候，就到附近那个环境恶劣、气味难闻的地方（尽管有一块土丘叫快活岭）去消磨他那有限的公余闲暇。原来他住的那条狭窄的小街，一年到头都是那样清冷、阴暗和凄凉，四下里的砖墙围得紧紧的，活像一座坟墓，可是很久以前，那里倒是一片森林，现在也还剩下一段树桩，这段树桩和斯墨尔维德差不多，显得老气横秋。

好几代以来，斯墨尔维德家都是独子单传。他们家的人，不分大小，可以说全是小老头和小老太太，而根本没有小孩子；后来斯墨尔维德先生那位依然健在的奶奶，糊涂起来，变得稚气十足（这种稚气还是她有生以来第一次流露呢），他们家这才算有了一个“小孩”。这位老太太变成了小孩以后，是这样糊涂、健忘，什么都不懂，什么也不管，只知在炉火旁打盹儿，却不怕掉到火里去，这确实给他们家增添了不少乐趣。

斯墨尔维德的爷爷也是个老怪物。他下肢瘫软，上肢也不灵活，可是头脑却非常清醒。他今天也还像当年那样，牢牢记着加减乘除的算法和一些非常实际的经验。至于什么理想、信仰、幻想以及诸如此类的念头，他从前固然没有，现在也还是没有。无论什么事情，如果斯墨尔维德先生的爷爷一开头就存心使坏，那他绝不会改变主意。他这一辈子就没想过要干一件好事。

这位住在快活岭附近的快活的爷爷，他父亲当初简直是一只唯利是图的外壳坚硬的两腿蜘蛛，他织下了天罗地网，来诱捕粗心大意的苍蝇。他平时就躲在网里，等它们落网了，才爬出来。这个老异教徒所信奉的上帝，就是重利盘剥。他曾经为它而活，和它结成终身伴侣，最后还死在它手里。原来他在一桩诚实的小买卖上头，是打算占对方便宜的，没想到自己反而吃了大亏，因此，他赖以生存的某种东西突然垮了（这倒也说明他赖以生存的不是心脏之类的东西），他的一生也就完了。因为他的品质很不好，再加上他在慈善学校读书时用问答的方式学过古代亚摩利人和喜特人[①]的全部历史，所以人们常常拿他来做例子，说明教育的失败。

他把衣钵传给了儿子，常教导儿子从小就要“出外谋生”；他在儿子十二岁那一年，就把他送到放高利贷者那里去当职员。在这样的环境里，这位年轻绅士锻炼了他那斤斤计较和唯利是图的头脑，充分发挥了家传的才能，渐渐在放印子钱这一行里飞黄腾达起来。他和他父亲当年一样，从小就出外谋生，到老才娶妻生子，因此，他也养了一个斤斤计较和唯利是图的儿子，而他的儿子后来也是从小出外谋生，到老才娶妻生子，养了巴梭罗米·斯墨尔维德和朱狄丝·斯墨尔维德这一对孪生兄妹。斯墨尔维德家的人丁虽然增长缓慢，但在这个时期，他们家的人因为一直是从小出外谋生，到老才娶妻生子，所以，倒也养成了注重实利的性格，而放弃一切娱乐，鄙视所有的故事、童话、小说和寓言，至于放荡的行为，那更是一概排斥和严加禁止。就因为这些原故，他们家一直也没生过小孩，而只生过早熟的小大人，而且，据说他们因为精神上受到某种压抑，所以都长得像老猢狲一样，但是，尽管如此，这倒是一件可喜的事。

这时候，在比街面低好几英尺的阴暗的小客厅里，年老退休的斯墨尔维德爷爷和奶奶，分别在壁炉两边，坐在那用马鬃做垫

① 亚摩利人（Amorite）是古代巴勒斯坦人；喜特人（Hittite）是古代小亚细亚的叙利亚人，据说这两个民族生性残酷好斗。

料的看门人用的黑椅子上，消磨他们那幸福的晚年时光。那是一间死气沉沉、陈设简陋的客厅，室内装饰品就只有最粗糙的呢桌布和最耐用的铁皮茶盘两样东西，客厅里的这种陈设，非常生动地反映出斯墨尔维德爷爷的精神面貌。壁炉里有两个三脚铁架，用来悬挂茶壶和水罐，通常就由斯墨尔维德爷爷来照管，而在这两个铁架中间，又有一个像铜架子的东西伸出炉外，烤肉的时候，就架在那上头，这也由他来掌管。在这位年近古稀的斯墨尔维德爷爷的座位下面，有一个抽屉，由他那两条细腿守护着，据说那里面装着万贯家财。在他身旁，经常放着一个空垫子，遇到他那老伴提起钱这个特别使他敏感的问题，他就拿起垫子向她扔去。

“巴特上哪儿去了？”斯墨尔维德爷爷向巴特的孪生妹妹朱狄问道。

“他还没回来呐，”朱狄说。

“他该回来吃茶点了，对不？”

“还没到时候。”

“那你说还差多少时候？”

“差十分钟。”

“什么？”

“差十分钟，”朱狄大声应道。

“嗬！”斯墨尔维德爷爷说。“差十分钟。”

一直在对着三脚铁架叽叽咕咕和摇头晃脑的斯墨尔维德奶奶，听见有人提到了数目字，就把数目字和钱扯在一起，像一只掉光了毛的可怕的老鹦鹉，尖叫着：“十——十英镑的钞票！”

斯墨尔维德爷爷马上拿起垫子向她扔去。

“讨厌鬼，住嘴！”老先生说。

这一扔有两个结果：不仅斯墨尔维德奶奶一头撞在她那张看门人用的椅子边上（等到她孙女把她拉起来的时候，她头上的帽子已经歪得不成样子了）；而且斯墨尔维德爷爷本人也因为用力过猛，颓然倒在**他那张**看门人用的椅子里，成了一个断了线的木偶。在这种时候，老先生活像一个装着脏衣服的口袋，只是上面多了一顶黑色的便帽；他的孙女立刻在他身上施行两种手术，首先是把他当作大瓶子晃一晃，接着是把他当作大枕头捶一捶、拍一拍——只有这样做他才有了生机。经过这一番周折，他身上终于现出一个像脖子的东西，这以后，他和那位同享晚年幸福的老伴，又是面对面地坐在各自的椅子上，好像是一对坚守岗位的哨兵；因为死神把他们给忘了，所以活了这许多日子。

朱狄是这对老夫老妻的好伴儿。她真不愧是斯墨尔维德少爷的妹妹，因为他们两人即便揉在一起，也没有一般年轻人那么大；再说，前面已经提过，他们家的人很像猴子，朱狄的长相更是惟妙惟肖。如果让她穿戴缀着金箔银箔的衣服和帽子，在手摇风琴上面走来走去，人们绝不会觉得奇怪，说她和一只普通猴子有什么不同。不过，她目前穿的却是一套朴素的棕色布衣服。

朱狄从来没玩过小娃娃，没听过灰姑娘的故事，没做过游戏。十岁那一年，她倒是和小朋友们一起玩过一两次，可是小朋友们和她都合不来，她和小朋友们也合不来。在他们看来，朱狄跟他们不一样，好像是另一种动物，因此双方都本能地彼此抱着恶感。朱狄是不是会笑，那是大可怀疑的。她很少见人笑过，所以她可能也不会笑。至于姑娘们那种嫣然一笑，她当然是想象不出来。如果她要试一试，她就会发现她的牙齿很碍事，因为她做这动作是跟没牙的老头、老太太学的——其实，她在不知不觉间还学了他们别的许多表情。朱狄就是这样一个人。

她那孪生哥哥怎么也不会把陀螺抽得团团转。他既不知道那个杀死巨人的杰克[①]，也不知道水手辛巴德[②]，这些人对他说来就像是别的星球上的生物。要他做跳马游戏或者打板球，那还不如让他自己变成一匹马或者一个板球更容易一些。不过，他比他妹

---

① 杀死巨人的杰克是英国童话里的英雄人物。

② 水手辛巴德是《一千零一夜》中一个故事的主人公，曾经遇到许多离奇古怪的事。

妹的情形好多了，因为在他那狭隘的天地里已经开了一个天窗，从那里可以看到格皮先生那个更为广阔的世界。他对那个光辉的形象不仅大为倾倒，而且还处处模仿，其原因就在这里。

朱狄把那一个铁皮茶盘放在桌上，摆茶杯茶碟的时候，像敲锣似的弄得哨哨直响。她把面包放在一个铁筐子里，把一小块黄油放在小锡碟上。斯墨尔维德爷爷目不转睛地瞅着朱狄把茶斟好，然后问她那个小女孩上哪儿去了？

"您是说查理吗？"朱狄问。

"什么？"斯墨尔维德爷爷说。

"您是说查理吗？"

像往常那样对着三脚铁架咯咯傻笑的斯墨尔维德奶奶，听见这个名字以后，就像她身上一根上紧了的发条突然被放开似的，喊道："在海峡彼岸，查理在海峡彼岸[1]，查理在海峡彼岸，到海峡彼岸去找查理，查理在海峡彼岸，到海峡彼岸去找查理！"她的喊声越来越大。斯墨尔维德爷爷看了看那个垫子，可是他刚才用力过猛，这时还没有完全恢复过来。

"嘿，她叫查理吗？我说的就是她，"他在斯墨尔维德奶奶安静下来以后，说道，"她吃得真不少。我们最好是不管她吃，让她吃自己的。"

朱狄也像她哥哥那样眨眨眼，摇摇头，努着嘴要说"不"字，而又没说出声来。

"不？"老头应道。"为什么不？"

"她吃自己的，每天就要六个便士，我们管饭，可以便宜些，"朱狄说。

---

① 查理（Charley）是查理士（Charles）的爱称。查理士指的是詹姆士二世（James Ⅱ）查理士·爱德华·斯图亚特（Charles Edward Stuart）。一七四五年曾企图在英国复辟，失败后逃往一海之隔的法国。"在海峡彼岸！查理在海峡彼岸！"（*Over the water*！ *Charley over the water*！）是被推翻的斯图亚特王朝詹姆士二世的拥护者当时谱的一首歌曲。

斯墨尔维德一家

“真的吗？”

朱狄意味深长地点了点头，然后，尽可能节省地在面包上抹了一层薄薄的黄油，并把面包切成片，喊道：“喂，查理，你在哪儿？”这时候，一个系着粗布围裙，戴着大帽子的小姑娘，手上沾满了肥皂水，只拿着一个洗衣刷，怯生生地走进来，行了个屈膝礼。

“你刚才在干什么？”朱狄像个刁老太婆似的，突然向她问道。

“我刚才在楼上后边那个屋子里刷地板，小姐，”查理回答说。

“你得刷干净才行，不许磨磨蹭蹭。偷懒我可不答应。快点刷，你去吧！”朱狄顿了顿脚喊道。“你们这些女孩，活儿干得不多，麻烦事儿倒不少。”

这位严厉的管家婆说完这番话，就继续往面包上抹黄油并把面包切成片，这时候，她哥哥从窗外探头进来，影子正好落在她身上。她也没放下那把刀和面包，就出去给他开大门了。

“呀，呀，巴特！”斯墨尔维德爷爷说。“你回来啦，嘿？”

“我回来了，”巴特说。

“又和你的朋友一块出去了吧，巴特？”

小鬼点点头。

“他掏钱请你吃饭了吗，巴特？”

小鬼又点点头。

“这就对了。尽量让他掏钱请客，同时还引以为戒，不学他做的傻事。交这样的朋友，好处就在这里；再说，这也是你从他身上得到的唯一的好处，”这位年高德劭的圣人说。

他孙子聆听他这番教导时并没有现出恭敬的样子，而只是稍微眨眨眼、点点头，勉强表示赞同，然后就在茶桌旁边的一把椅子上坐下。四张苍老的面孔在茶杯上面晃来晃去，活像一群小妖精；斯墨尔维德奶奶老是把头转到一边，对着三脚铁架喃喃自语，而斯墨尔维德爷爷又一再要人摇晃他，就像摇晃一大瓶泻药似的。

“是这样，是这样，”这位好心肠的老先生说，又谈到了他的处世之道。“你父亲要是活着，也会这样教导你的，巴特。你没见过你父亲，这太可惜了。他真像我啊。”这话的意思是不是说，巴特的父亲也长得很漂亮，那就不得而知了。

“他真像我啊，”老先生一边说，一边把黄油面包放在膝盖上叠起来，“他是个很能干的账房先生，可惜在十五年前死了。”

斯墨尔维德奶奶像往常那样，本能地喊道：“一千五百英镑。一千五百英镑锁在黑箱子里，一千五百英镑藏起来了！”她那可敬的丈夫，把黄油面包放在一边，连忙拿起垫子向她扔去，把她砸倒在一旁，而他自己也颓然倒在自己的椅背上。他用这种方式向斯墨尔维德奶奶警告过以后，他那副样子常常给人留下深刻的印象，但是并不怎么雅观。第一，因为经过这番折腾，他那顶黑色的便帽往往歪到一边，盖住了他一只眼睛，使他看起来好像是老色鬼；第二，因为他破口大骂斯墨尔维德奶奶；第三，因为他这些恶狠狠的话语和他那软绵绵的身体成了强烈的对比，使人觉得他是个穷凶极恶的老家伙，要是身子硬朗的话，一定是什么坏事都干得出来。不过，这一切在斯墨尔维德家里已经司空见惯，所以也没有人再去想它。他们只是把他摇一摇，拍一拍，让他振作起来，并把那个垫子放回他身边原来的地方；至于那个老太婆，他们有时把她的帽子戴正，有时就不管，只把她扶起来，让她坐好，就像把九柱戏里的柱子竖起一样，等人家把球滚过来，把她撞倒。

这一回，老先生过了一会儿才算消了气，继续教导他的孙儿。但是，就在他一边跟他孙儿说话的时候，还一边咒骂他那头脑不清的爱妻，可惜的是，他的爱妻除了和三脚铁架说话，谁也不理睬。下面就是斯墨尔维德爷爷说的话：

“巴特，如果你父亲多活一些时候，他一定会挣下一份很大的家业——你这个多嘴的死东西！——可是，正当他花了许多年工夫，为这份家业打下基础，并且正要大展宏图的时候——你这个贫嘴，老鸹，鹦鹉，你在胡说什么！——他得了一种发低烧的病，后来就死了；他向来勤俭节约，省吃省穿，做事又小心谨慎——拿垫子扔你还不能解气，我真想拿猫来扔你；你要是还这样傻里傻气的话，我可真要拿猫扔你啦！——还有，你母亲是个很精明的人，可是干巴得像劈柴一样，生了你和朱狄以后，就像火绒那样，闪了一闪就没了——你是老母猪，你是死猪。你是猪头！”

朱狄对这些话已经听腻了，所以一点也不感兴趣，她开始把茶杯底、茶碟底和茶壶底的茶倒在一个盆里，就像把四面八方的溪流汇合在一起，留给那个打杂的小女佣去享用。她用同样的办法，把这个厉行节约的家庭刚才吃剩的面包皮和面包块，都集中在放面包的铁筐里。

“可是，巴特，我和你父亲曾经合过伙，”老先生说，“等我去世，你和朱狄就要继承这里的一切。朱狄可以做花，你可以研究法律——你们从小就出外谋生，这对你们两人确实是很难得的。你们不必动用这份家业，你们自己可以挣钱，而且还可以挣下一份更大的家业。等我去世，朱狄就回去做花，你就继续搞法律。”

从朱狄现在的态度看，人们也许认为，她干的那种活儿不是做玫瑰花，而是做玫瑰花上的刺（不过，她当年确实拜过师，学习做假花的艺术和秘密）。一个细心的人不难从朱狄和她哥哥的眼神看出，他们俩听了那位可敬的爷爷提到自己快要去世这番话以后，却有点不耐烦，很想知道他什么时候去世，而且还有点愤恨，认为他早就该去世了。

“要是大家都吃完了，”朱狄把东西准备好以后说，“我就把女孩叫进来吃茶点，要是让她自己在厨房里吃，那她吃起来就没完没了啦。”

于是，查理被叫进来，在众目睽睽之下，坐下来喝那杯像污水似的茶，吃那像德洛伊废墟①一样残缺不全的黄油面包。朱狄对这小女孩进行严密监督的时候，她的样子老练极了。简直是个活了千年百代的老妖精。她根本不管自己有没有理由，一会儿责骂她，一会儿数落她，那种有条不紊的样子，倒是很惊人的；这表明她在驾驭女仆方面手段高明，连经验丰富的老手都望尘莫及。

“喂，别老瞪着眼看啦，”朱狄一边喊，一边摇头跺脚，因为她恰好发现查理用眼睛打量那污水似的茶，“快点吃，吃完就回去干活儿。”

“是，小姐，”查理说。

“别说什么是不是的，”斯墨尔维德小姐驳道，“我把你们这些小女孩看透了。多做事，少说话，我才相信你。”

为了表示服从，查理咽了一大口茶，而且还把德洛伊废墟似的面包块一扫而光，因此，斯墨尔维德小姐就说她狼吞虎咽：“这对女孩子来说，简直是不成体统。”要不是这时候有人敲门，查理很可能会发现，在有关女孩子的事情上头，很难同意朱狄的看法。

“你去看看谁来了，开门的时候，嘴里别嚼东西！”朱狄喊道。

这个一直被监视的人一出去，斯墨尔维德小姐就利用这个机会，把剩下的黄油面包归在一起，把几个脏茶杯放进只有一点点水的茶盘里，以表示她认为查理的茶点已经吃完了。

“喂，谁来了，有什么事儿？”爱发脾气的朱狄问道。

来客是一位“乔治先生”。乔治先生也没等人家给他通报就毫不客气地走了进来。

“哎呀！”乔治先生说。“你们这里真热啊。夏天还生火吗？”乔治先生向斯墨尔维德爷爷点头的时候暗自添了一句：“嘿！你们多烤烤火，习惯习惯，将来也许会有好处呢。”

---

① 德洛伊废墟（Druidical Ruin）：英国古时居尔特人的石头建筑物的废墟。

“嗬！原来是你啊！”老先生喊道。“你好吗？你好吗？”

“不好也不坏，”乔治先生说着，就坐在一张椅子上。“你的孙女儿我已经有幸见过了，小姐，祝你长命百岁。”

“这是我的孙子，”斯墨尔维德爷爷说。“你还没见过他吧？他在法律界里做事，不常在家。”

“祝他也长命百岁！他很像他妹妹，非常像他妹妹，真他妈的像他妹妹，”乔治先生说出最后这个不大客气的词儿时，特别加重了语气。

“乔治先生，你近来怎么样？”斯墨尔维德爷爷慢慢地搓着腿，问道。

“跟从前完全一样。像个足球似的，老被人踢来踢去。”

乔治先生是个五十来岁的人，肤色黑里透红，他身材魁梧，相貌堂堂，有一头黑色的卷发、一双明亮的眼睛和一副宽阔的胸膛。他那粗壮有力的双手，也像他的脸那样，晒得黑黑的，这说明他曾经有过一段非常艰苦的生活。他这个人很有点古怪，总是贴着椅子边坐，好像早就养成习惯，一定要留出空当儿，放他那些早已不再随身携带的衣服和配备。他的步调也是稳重的，要是加上佩刀的碰撞声和踢马刺的转动声，那就气派十足了。他把脸刮得很光，可是他的嘴唇绷得很紧，好像他从前留过好几年大胡子，而现在常常用那棕红色的大手去摸上唇，也说明了这一点。总的说来人们不难猜出，乔治先生从前当过骑兵。

乔治先生和斯墨尔维德家的人形成了强烈的对比，说实在的，一般的骑兵还没在这样瘦小的人家里呆过哩。他和他们坐在一块儿，就像大砍刀和小蠔刀放在一起。他又高又大，而他们却又瘦又小；他举止大方，气宇轩昂，而他们却斤斤计较，心肠狭窄；他声若洪钟，而他们却细声细气——这一切都成了最强烈和最奇怪的对比。他坐在这间阴暗的客厅中间，身子微微向前探着，两只手放在大腿上，胳膊肘向外张开，那样子好像他在这里呆长了，就要把他们一家子，把他们这四间屋子连同后边的厨房等等，全都吞到肚里去。

“你这样子搓腿，是希望以后能走动吗？”他环顾了那间客厅以后，向斯墨尔维德爷爷问道。

“嗯，乔治先生，一部分是出于习惯，一部分——不瞒你说——是为了帮助血液循环，”他回答说。

“血—液—循—环！”乔治先生一面说，一面把手抱在胸前，他的个子这时好像又大了两号似的。“大概没什么用吧。”

“说实在的，乔治先生，我已经老了，”斯墨尔维德爷爷说。“不过，我还能熬些日子。我的岁数比她大，”他说着，向他老伴努了努嘴，“可是，你看她成了什么样子！——你这个多嘴的死东西！”他突然间又发起脾气来。

“不幸的老人啊！”乔治先生转过头，看着老太婆说。“别骂老太太了。你看看她那样子，她的帽子都快掉下来了。她的头发也乱得不成样子。老太太，坐直啦，这好多了。这就对了！”乔治先生把她扶正以后，回到自己的座位上。“斯墨尔维德先生，如果你认为你太太不值得你尊重的话，那你就想想你母亲吧。”

“乔治先生，我想，你大概是个很孝顺的儿子吧？”那老人斜着眼睛，意味深长地说。

乔治先生满脸通红，答道：“噢，不。我不是个孝顺儿子。”

“我很奇怪。”

“我也很奇怪。我本来应当做个好儿子，我记得，我原来也想这样做。可是没有办到。总之，我是个非常坏的儿子，谁跟我在一起都觉得不体面。”

“真奇怪！”那老人喊道。

“不过，”乔治先生接着说下去，“现在最好不要提它了。来，咱们还是谈谈正经事儿吧！你记得不？咱们以前说好了，每回我把两个月的利息交给你，你就请我抽一斗烟！（哪里的话！一切都办好了。你别怕我真要你把烟斗拿来。这是新账单，这是两个月的利息——干我那行买卖，要攒足这笔利钱，可真不容易啊。）”

乔治先生坐在那里，两手交叉抱在胸前，很像正要把这一家人和这间客厅慢慢吞下去似的，这时候，斯墨尔维德爷爷在朱狄的帮助下，把大写字台的一个锁着的柜门打开，从里面拿出两个黑皮包来。他把刚刚收到的收据放在其中一个皮包里，再从第二个皮包里拿出另一张相同的收据交给乔治先生；乔治先生则把收据卷了卷，准备拿来点烟斗。可是，那老头在把一张收据放进牢牢的皮包里，再把另一张收据从牢牢的皮包里拿出来之前，先戴上眼镜，把两张收据上的字一笔一划地仔细看了一遍；接着再把钱点了三遍，又让朱狄把收据上的每一个字至少念上两遍，而他自己不论是说话或做事也非常慢，所以花了很多时间，才把事情办完。等到事情办完以后（而不是在办完之前）他那贪婪的眼光和手指才闲下来，回答乔治先生最后那句话："怕叫人把烟斗拿来吗？先生，我们还不是那种一毛不拔的人。朱狄，赶快把烟斗和冰凉的掺水白兰地给乔治先生拿来。"

那一对调皮的孪生兄妹，除了有一会儿被那两个黑皮包吸引住，刚才一直在聚精会神地望着他们；这时一起走出客厅，心里很瞧不起这个客人；他们把他丢下，让老头去对付他，就像两只小熊把一个过路人丢下给老狗熊去摆布似的。

"你大概整天都坐在这里吧？"乔治先生问道，他依然双手交叉地抱在胸前。

"不错，不错，"老先生点了点头。

"你什么事情都不做吗？"

"我看管炉火——烧水和烤肉——"

"那就是说，在有肉可烤的时候啰，"乔治先生意味深长地说。

"不错。是在有肉可烤的时候。"

"你不看书吗？不找个人给你念点书听吗？"

那老头又狡猾又得意地摇摇头。"不，不。我们家里从来没有看书的人。看书有什么好处？都是瞎说八道。白白糟蹋时间。简直是做傻事。不，不！”

“你们两人倒是天生的一对，”客人看了看老头，又看了看老太太，然后回过头来说了这一句话，但是他的声音太低，老头听不清楚。于是，他又大声说：“喂！”

“你说吧。”

“我要是晚一天付息钱，你大概就要把我押的产业变卖吧。”

“亲爱的朋友！”斯墨尔维德爷爷一边喊，一边伸出双手来拥抱他。“绝对不会！绝对不会，亲爱的朋友！可是，我城里那个朋友，也就是我让他借钱给你的那个人——他可说不定会怎么样！”

“噢，你不能向他担保吗？”乔治先生在结束这句问话的时候，又用比较低的声音说，“你这个撒谎的老坏蛋！”

“亲爱的朋友，他这个人很不可靠。我是不会相信他的。他一定要按借据上的规定办事，亲爱的朋友。”

“鬼才相信他呢，”乔治先生说。这时候，查理端着盘子进来，盘子上放着烟斗、小包烟丝和掺水白兰地。乔治先生问她：“你是哪里来的。你的长相可不像这一家子的人啊。”

“我是来干活儿的，先生，”查理回答说。

那位骑兵（如果他是个骑兵或者曾经当过骑兵的话）用强壮有力的手，轻轻把她的帽子摘下来，拍了拍她的头。“你给这个家庭带来了健康的气色。这里缺乏年轻人的朝气，就像缺乏新鲜空气似的。”后来，他把她打发走，就点着他的烟斗，并举杯遥祝斯墨尔维德爷爷城里那位朋友，也就是可敬的老先生那位向壁虚构的人物，身体健康，长命百岁。

“这样说，你认为他会跟我为难吗？”

“我想他可能——我担心他会跟你为难。我知道他做这样的事已经不下二十次了。”斯墨尔维德爷爷很不小心地说出这句话。

我们说他不小心，是因为他那位疯疯癫癫的爱妻（本来是一直在炉火旁边打盹儿）听了他这句话，马上从梦中惊醒，叽叽喳喳地叫道：“两万英镑，二十张二十英镑的钞票锁在钱柜里，二十个金币，两千万英镑，百分之二十，二十……”她喊到这里，就被飞过来的垫子打断了；在客人看来，这种奇怪的做法倒是挺新鲜的；但是，他看见老太太被垫子打倒，便赶紧过去把压在她脸上的垫子拿开。

“你这该死的白痴。你这刻毒鬼——该死的刻毒鬼！你这昏头昏脑的癞蛤蟆。你这多嘴多舌的老妖精，真该把你烧死！”老头气喘吁吁，倒在椅子上。“亲爱的朋友，你稍微摇摇我，好不好？”

吓得目瞪口呆的乔治先生，先看看这一位，又看看那一位，听到他那可尊敬的朋友的请求以后，就揪住他的领口，把他当作一个布娃娃，轻轻地把他提起来，让他坐直；他这时正犹疑不决，要不要摇得他再也没有力气扔垫子，摇得他一命呜呼。后来，他虽然打消了这种想法，但还是使劲地摇他，摇得他的脑袋像小丑的那样乱晃；他利落地把他放回到椅子上，给他扶正帽子的时候用力很猛，那老头过了好一会还直眨眼睛。

“噢，天啊！”斯墨尔维德爷爷气喘喘地说。“这就行了。谢谢你，亲爱的朋友，这就行了。噢，我的天啊，我连气都喘不上来了。噢，天啊！”斯墨尔维德爷爷说这话的时候，显然很害怕这位亲爱的朋友，因为他仍然站在旁边，那身影显得特别庞大。

可是，这个可怕的恶魔逐渐退回去，坐在自己的椅子上，大口地喷着烟，聊以自慰地琢磨着这样的哲理：“你城里的朋友，名字是用字母D起头的吧①，伙计，你大概说对了，他会按借据上的规定办事的。”

“你说话了吗，乔治先生，”老头问道。

那位骑兵摇了摇头，身子微微往前探着，右胳膊肘支在右膝盖上，右手还拿着烟斗，另一只手则放在左腿上，像军人那样向外撑着左胳膊肘，继续抽烟。就在这个时候，他很注意地望着斯墨尔维德爷爷，还常把烟雾拨开，好更清楚地看着他。

---

① 意思是说他的名字是“Devil”，即“魔鬼”。

“我想，”他说，他这时的姿势没有怎样改变，只是稍为动了动，很潇洒自如地把酒杯举到唇边，“在活着的人里面（其实不妨把连死去的人也算上），就我一个人能让你花钱请客吧？”

“嗯！”老头答道，“是的，乔治先生，我不交际，也不请客。我请不起。可是，既然你要开开玩笑，把请你抽烟当作一个条件——”

“倒不是说，请抽烟得花多少钱，那没什么了不起。只是想让你掏点钱就是了。只是想从我交的利息里面捞回一点东西。”

“哈！先生，你很精明，很精明！”斯墨尔维德爷爷一边搓着腿，一边喊道。

“是很精明。我一直很精明。”乔治先生噗地喷了一口烟。“我竟然跑到这里来，这就说明我很精明。”噗——。“我落到如今这种地步，也说明我很精明。”噗——。“大家都知道我很精明，”乔治先生平静地抽着烟，说。“我就是靠精明发家的。”

“别泄气，先生。你还可以发家的。”

乔治先生大笑起来，喝了一口酒。

“你要是有亲戚愿意替你付清这笔小小债务，”斯墨尔维德爷爷眨了眨眼睛说，“或者，能找到一两个有名的亲戚替你作保，我就可以劝我城里那位朋友再给你一笔款子。你只要找到两个有名声的人出面担保，我那位朋友就肯借。乔治先生，难道你没有这样的亲戚吗？”

乔治先生仍然平静地抽着烟，回答说：“如果我有这样的亲戚，我也不会麻烦他们。我在年轻的时候，已经给我的亲戚惹了不少麻烦。一个人年轻时游手好闲，不务正业，亲戚们一提到他就觉得丢脸，可是，到头来，他改过自新，回到家里靠他们过活——这种浪子回头的做法，也许是个很好的忏悔方式，但我可不愿意这样做。我认为，既然是走出了家门，那么，最好的补救方法就是永远不再回去。”

“可是，亲戚的感情呢，乔治先生，”斯墨尔维德爷爷提示说。

“就为了找两个有名声的人出面担保吗？”乔治先生说着，摇了摇头，继续平静地抽着烟。“不，我也不愿意这样做。”

斯墨尔维德爷爷刚才虽然被扶正了，但是一直没有坐稳，老是往下滑，所以那椅子上现在好像只剩下一堆衣服了。这堆衣服里面有个声音正在喊朱狄。那位美人来了，她像往常那样摇了摇他。老头让她呆在身边，因为他好像不愿意再麻烦客人，像刚才那样来照顾他。

“哈！”斯墨尔维德爷爷坐好以后，说，“乔治先生，如果你当初能把那个骑兵队长找出来，那你就可以抖起来了。如果，你在头一次到这里来的时候，也就是说，你看了我们登的广告，到我们这里来的时候，——我说‘我们’，那指的是我城里那位朋友和别的一两个同行的人，他们和我很好，常常在我收入不多的时候帮我忙——如果，在那个时候，乔治先生，你能帮助我们，那你就可以抖起来了。”

“我倒是愿意像你说的那样，‘抖起来’，”乔治先生说，他这时抽烟已经不像刚才那样平静了，因为自从朱狄进来以后，他就有点心神不定，那倒不是说他对她很崇拜，而是想入非非了，所以，当她站在她爷爷椅子旁边时，他禁不住老拿眼睛去瞟她，“不过，总的说来，我当初没有抖起来，我现在也很高兴。”

“为什么，乔治先生。我要用——用老巫婆的名义来问一问，这是为什么？”斯墨尔维德爷爷说话时，分明是生气了。他刚才提到老巫婆，那显然是因为他的眼光正好落在那沉沉熟睡的斯墨尔维德奶奶身上。

“伙计，这有两个原因。”

“哪两个原因呢，乔治先生？我要用——”

“就用我们城里那位朋友的名义吧，”乔治先生提醒了他一下，又平静地喝着酒。

“好吧，随你的便。哪两个原因呢？”

“第一，”乔治先生回答的时候，仍然望着朱狄，这好像是说，她长得这么苍老，这么像她祖父，所以，你随便和他们祖孙哪个人说话都是一样，“你们几位先生把我给骗了。你们登广告说，霍顿先生（或者霍顿队长，如果你相信当过一天队长，一辈子也叫队长这种说法，那也未尝不可），可以从你们那里打听到一些对他有利的事情。”

“什么？”老头尖声叫道。

“什么！”乔治先生一边说，一边抽着烟。“要是伦敦那些债主和法官老爷把他关到牢里去，那对他可就不怎么有利了。”

“那你怎么知道呢？他有些阔亲戚说不定会替他付清全部债款或部分债款。再说，这是他把**我们**给骗了的呀。他欠了我们大家很多钱。我要是能掐死他，我宁可不要他还的钱。我在这里一想起他，”老头伸出十个无力的手指，咆哮着说，“就想把他掐死。”他这时勃然大怒，拿起垫子向那老老实实呆着的斯墨尔维德奶奶扔去，垫子从她椅子旁边飞过去了，没有砸着她。

“用不着你说，”那位骑兵回答的时候，把烟斗拿出来，他的眼光刚才随着横飞的垫子看，现在又转回到那个快要熄灭的烟斗上来，“我也知道他当时日子很不好过，终于毁了自己。在他快要破产的时候，我还跟了他好些日子。他生病的时候，没病的时候，有钱的时候，没钱的时候，我都跟他在一起。等到他吃光卖尽，走投无路，拿起手枪来对准自己脑袋的时候，我还用这只手拦阻过他。”

“他当时要开了枪才好呢！”这位善良的老先生说，“那样的话，他的脑壳就要打成许多碎片，像他欠的钱那样多！”

“那可就要把脑袋砸碎啦，”那个骑兵冷冷地说，“不过，他当年确实是又年轻又漂亮，又有前途；后来，他老了，倒霉了，可是我没有找到他，没有看着他落到那样一个‘有利’的下场我倒也感到高兴。这是第一个原因。”

“我希望第二个原因也是这样光明正大才好，”老头咆哮着说。

“噢，不。第二个原因倒比较自私。如果我真要找他，我自己就必须到另外一个世界才能找着。因为他在那里呢。”

“你怎么知道他在那里？”

“因为他不在这里。”

“你怎么知道他不在这里？”

“别着急，钱丢了还生气，那又何必呢，”乔治先生一边说，一边平静地把烟斗里的烟灰抖掉。“他在很早以前就淹死了。这我一点也不怀疑。他是从船舷上掉到海里去的。这到底是出于无心还是有意，那我就不知道了。说不定你城里那位朋友知道吧。斯墨尔维德先生，你还记得那个曲子吗？”他在说出最后这句话之前，先用口哨吹了一个曲子，还用空烟斗敲着木桌打拍子。

“曲子！”老头答道。“不记得。我们这里从来都不唱歌。”

“这是扫罗[①]圣乐中的送葬曲。士兵埋葬的时候，奏的就是这个曲子；所以用这个曲子来结束这个话题，倒也很合适。现在，如果你这位漂亮的孙女——对不起，小姐——肯赏个脸，把这烟斗好好保存两个月，那我下次来的时候，咱们就不必花钱买新的了。再见吧，斯墨尔维德先生！”

“再见吧，亲爱的朋友！”老头向他伸出了两只手。

“要是我不能按期付清利息，你是不是觉得你城里那位朋友会跟我为难？”那位骑兵像个巨人似的低头看着他，说道。

“亲爱的朋友，恐怕他会跟你为难呢，”老头像个侏儒似的抬头看着他，回答说。

乔治先生大笑起来，他向斯墨尔维德爷爷看了一眼，又向傲慢的朱狄行了个告别礼，就大摇大摆地走出了客厅，走路的时候，好像他真佩上了马刀和别的金属配备，发出了丁当的响声。

---

① 这是德国作曲家亨德尔写的一个乐曲。扫罗原为以色列的第一个国王，后战死于基利波山（见《旧约全书·撒母耳记上》）。

“这个该死的流氓，”老头一等乔治先生把门关上就恶狠狠地喊道。“你瞧着吧，我会让你上圈套的，狗东西，我会让你上圈套的！”

他说完这句温和亲切的话以后，灵魂就飞到他的教养和职业为他开辟的美妙思想领域里遨游去了。现在，他又可以和斯墨尔维德奶奶同享晚年的幸福时光，就像前面说的那样，死神把这两位坚守岗位的哨兵给忘掉了。

就在这两位哨兵坚守岗位的时候，乔治先生迈着大步在街上走；他一路上大摇大摆，脸上的表情非常严肃。这时候已经是八点钟，眼看天就要黑了。他在滑铁卢大街附近站住，看了看戏院的海报，就决定到亚斯特里戏院[①]去。到了那里以后，对马术和武功的表演感到很满意，对各种刀枪兵器，则非常挑剔。他觉得击剑表演不好，因为剑术显然很不高明，但是有的场面却使他大为感动。在最后一场戏里，当鞑靼皇帝不惜纡尊降贵，爬上大车，用英国国旗把那对情人盖起来的时候，他感动得热泪盈眶。

散场以后，乔治先生又从那大桥过了河，直奔干草市[②]和累斯特广场附近那个热闹的地区，那里有低级的外国旅馆、贫穷的外国人、网球场、拳师、武士、近卫步兵、旧瓷器店、赌场、江湖艺人卖艺的场子，以及许多不大引人注目的下流去处。穿过一条短巷和一条西边是白灰墙的长长夹道，他进入了这个地区的中心点；接着就来到一所很大的砖房跟前。这所房子四壁空空，没有什么装饰品，地上铺着地板，房顶有屋椽和天窗，在房子的正面——如果说这房子还有个正面的话——用油漆写着：“乔治打靶场”。

他走进了“乔治打靶场”，那里面挂着许多煤气灯（现在有一部分已经熄灭了），有两个供打枪用的白色靶子，有射箭和击剑的

---

① 亚斯特里戏院（Astley's Theatre）：伦敦著名的马戏、杂耍戏院，有时也演哑剧、闹剧。

② 干草市（Haymarket）：伦敦市中心的街名。

设备，还有英国拳击技艺所需的一切用品。今天晚上，“乔治打靶场”里没有人进行这些游戏和锻炼，因而显得空空荡荡，只有一个头大身小的怪模怪样的人，躺在地板上睡觉。

那矮子的装扮有点像修理枪支的工人，系着绿色粗呢围裙，戴着绿色粗呢帽子，由于常常要装枪，脸上和手上弄得很脏，到处都是火药。他躺在灯下，又是在一个晃眼的白靶子前面，因此他身上的油污就更显眼了。离他不远，有一张没有上漆的、又坚固又粗糙的桌子，上面装有老虎钳，他刚才就在那里干活。他的个子很小，那张脸好像被压坏了，有一边还现出青色的斑点，这可能是在干活儿的时候，偶然地或经常地被火药炸伤了。

“菲尔！”那位骑兵低声喊道。

“有！”菲尔一边应着，一边急急地站起来。

“买卖怎么样？”

“买卖还是不好，”菲尔说。“来复枪放了六十发，手枪放了十二发。可是，全都打中了！”菲尔想起这件事，不禁叹了一口气。

“菲尔，关门吧！”

当菲尔执行这道命令而来回走动的时候，虽然动作敏捷，也还是可以看出他是个瘸子。带着青色斑点的那一边脸上没有眉毛，但另一边却有一道又黑又浓的眉毛，正因为只有这么一道，他的样子便显得非常古怪，甚至相当阴险。除了手指头没有弄掉以外，他那双手似乎遭过种种事故，因为那上面伤痕累累，皱纹满布。他似乎力气很大，举着沉重的长凳走动，一点也不嫌重。他走路的样子很古怪，喜欢用肩膀蹭着墙，沿着射击场四周一瘸一拐地走，要拿什么东西，也不是径直走过去，而是绕着弯儿走，因此射击场的四壁留下了一条黑道，大家都管它叫“菲尔的记号”。

这个在乔治外出时看守“乔治打靶场”的人，把大门锁上，把汽灯弄灭，只留下一盏发出微弱的亮光，然后从屋角的小木板房里拉出两床被褥，就算把事情办完了。被褥拉到射击场的另一头以后，那位骑兵和菲尔就分头把自己的被窝铺好。

“菲尔！”主人一边说，一边朝菲尔走去，他已经脱下了上衣和背心，上身只剩下一条背带，越发显得有军人气概。“当初人家是不是在门口发现你的？”

“在马路边，”菲尔说。“守夜的人在我身上绊了一跤。”

“这么说，从一开头起，你就是流浪儿咯。”

“就是呀，”菲尔说。

“睡觉吧！”

“明天见，老板。”

菲尔甚至不能径直走到他那床铺跟前，他必须用肩膀蹭着墙，沿着射击场的两面墙壁，绕了一个弯，才走到他那床铺。那位骑兵在射击的地方和靶子之间，来回走了一两趟，抬头看了看从天窗射进光来的月亮，然后迈着大步，径直走到自己的床铺跟前，也去睡觉了。

第二十二章
布克特先生

虽然这一天傍晚的天气很热，但在林肯法学院广场图金霍恩先生的事务所里，那个画在天花板上的罗马神，看样子却非常凉快，因为这时事务所的两扇窗户大开，而这屋子本身又很高、很通风、很阴暗。遇到十一月或一月大雾弥漫和下起冰雹雨雪的时候，这屋子的特点可能就不那么理想了；但在这酷热的暑假里，这些特点倒是有其好处的。就拿那个罗马神来说吧，虽然他的面颊像两个桃子，膝盖像两束鲜花，大腿和胳膊红红肿肿，看不出腿肚子和臂上的肌肉，但他今天晚上的样子却显得非常凉快。

很多尘土从图金霍恩先生事务所的窗户飞进来，而他那些家具和文件上的尘土也就越积越厚。到处是尘土。田野的微风因为迷了路，吹到这儿来，看见事务所里的情景不禁吓了一跳，赶紧逃跑。它在那个罗马神的眼睛里撒下的尘土，就像法律（或者说，图金霍恩先生，因为他是法律的忠实代表）不时在外行人的眼睛里撒下的尘土一样多。

在这个阴暗的尘土宝库里——图金霍恩先生本人、他的文件、他的所有委托人以及这世上全部的有生物和无生物，都在逐渐消溶，化作尘土……图金霍恩先生坐在一个敞开的窗子旁边，正自得其乐地品尝着一瓶陈年美酒。别看他这个人冷酷无情、枯燥无味和沉默寡言，在品尝陈年佳酿这方面，他一点也不比别人差。他在林肯法学院广场下面有一个很精巧的地窖，贮藏着许多名贵无比的葡萄美酒；这个酒窖可以说是他许多秘密中的一个秘密。如果他像今天那样，从咖啡馆叫一盘鱼、一盘牛排或者童子鸡，一个人在事务所里吃饭，他就会拿一支蜡烛，到一所空房下面那个回荡着回声的酒窖去。随着一阵由远而近的开关大门的响声，图金霍恩先生回来了，他的神情很严肃，身上带着泥土的气味。他拿了一瓶酒，倒出一杯藏了五十年的佳酿，杯子里的酒大概是觉得自己太有名了，有点不好意思，立刻泛起一片酡红，而它散发出来的南国葡萄的芬芳气息，也使这事务所满室生香。

在这黄昏时分，图金霍恩先生就坐在敞开的窗子旁边，品尝他的美酒。好像是那葡萄美酒向他低声倾诉了那五十年默默无闻、与世隔绝的生涯以后，他就越发沉默了，他现在的样子更显得深不可测：他一个人坐在那里喝酒，脸红得像熟透了的果子似的；他在这薄暮时分凝神默想，对别人的秘密一再玩味。这些秘密使他联想起乡间别墅那些幽暗的树林子，联想起伦敦城里那些重门深锁、空无人居的大公馆。不过，他这时也可能在想自己的事情，想他的家庭历史、他的钱财、他的遗嘱——这些事从来不曾对人透露过——或者在想他的一个独身朋友，那个人不论外表或脾气都和他一样，而且还是个律师。他记得这朋友的生活也和他一样；只是到了七十五岁那一年，这位朋友突然起了一个念头（这自然是我们的猜测），认为生活太没有意思，便在夏天的一个傍晚，把金表给了一个替他梳理假发的人，然后缓缓走回法学院，上吊自杀了。

但是，图金霍恩先生今天晚上并不像往常那样，一个人坐在那里沉思默想。和他同桌而坐的，还有一个秃顶的人，这个人满脸笑容、态度温和，虽然和他同桌，但坐得并不舒服，因为他谦虚地把椅子稍稍拉开了，遇到律师先生叫他倒酒的时候，总是作出恭恭敬敬的样子，用手背捂着嘴咳嗽一声。

“喂，斯纳斯比，”图金霍恩先生说，“你把那件奇怪的事情再说一说吧。”

“好的，先生。”

“你刚才说，你昨天晚上特意到这里来——”

“关于昨天晚上的事，我太冒昧了，一定请您原谅才好，先生。可是我记得您当初对这个人的事情很关心，所以我觉得您可能——想——”

图金霍恩先生是不会替斯纳斯比把话说出来的，也不会让人觉得他们所谈的事情，有没有可能和他本人有关系。所以斯纳斯比先生感到很尴尬，便咳了几声，拖长声音说：“说真的，先生，我太冒昧了，一定请您原谅才好。”

“这没什么，”图金霍恩先生说。“斯纳斯比，你刚才跟我说，你戴上帽子就来了，没有把来意告诉你太太。这当然很谨慎，因为这不过是一件小事情，用不着多提。”

“是呀，先生，”斯纳斯比先生答道，“您也知道我太太——请原谅我太直言——爱管闲事。不错，她就是爱管闲事。真糟糕，她现在动不动就抽筋，不过找些事情让她多操点心，倒是好的。因此，她现在就老爱管这管那了。不瞒您说，她根本不问事情跟她有关无关，只要她知道有件什么事情——特别是跟她无关的事情——总要插上一手。我这位好太太的心可闲不住啊，先生。”

斯纳斯比喝了口酒，又用手背捂着嘴咳嗽两声，表示对这酒非常赞赏，喃喃地说：“天啊，这酒真好！”

“这么说，昨天晚上你上这儿来，没有跟别人提过，是不是？”图金霍恩先生问道。“今天晚上也是这样吗？”

“是呀，今天晚上也是这样。我那位好太太这一阵子——请原谅我太直言——非常虔诚，或者，至少是她自己认为很虔诚，她参加了一个叫恰德班德的牧师主持的‘晚祷会’——他们就这么说的。恰德班德牧师的口才当然是很好，不过我个人不大喜欢他说的那一套。这倒没什么关系。既然我那位好太太有事在身，我也就能太太平平地走到这里来了。”

图金霍恩先生表示赞许。“再来一杯，斯纳斯比。”

“谢谢，先生，”法律文具店老板说，又谦虚地咳嗽了一声。“这酒妙极了，先生！”

“这酒现在不容易喝到了，”图金霍恩先生说。“这是藏了五十年的陈酒。”

“真的吗，先生？不过，老实说，我听了这话，倒一点也不觉得奇怪。这真像是藏了上百年的陈酒呢。”斯纳斯比先生对这葡萄美酒大大赞扬了一番以后，便谦虚地用手背捂着嘴咳嗽了几声，好像因为喝了这样名贵的东西，感到于心有愧似的。

“请你再讲一遍，那个小孩怎么说的？”图金霍恩先生一边问，一边把双手插进兜里，很安详地往椅背上一靠。

“好吧，先生，我给您说说。”

于是，那位法律文具店老板便把乔在他家里对客人们说的那些话，报告给图金霍恩先生；他的报告虽然有点啰嗦，但是相当忠实。快说完的时候，他忽然吓了一大跳，而且立刻把话打住——“哎呀，先生，我不知道这里还有一位客人！”

斯纳斯比先生真的吃了一惊，因为他看见离他们桌子不远的地方，有一个人站在他和图金霍恩先生之间；这个人一手拿帽子，一手拿手杖，很注意地在听他说话。斯纳斯比先生记得，他进来的时候，没有看见这个人，而后来也没看见有人从门口或从哪一扇窗户进来。屋子里倒是有一个衣橱，但是他没有听见衣橱打开时铰链上发出的那种叽嘎叽嘎的响声，也没有听见有人走路时踩着地板的声音。然而，这个第三者却站在那里，倒背着手，一手拿帽子，一手拿手杖，脸上露出一派从容自若的神色，默默地听他说话。这是个中年人，穿着一套黑衣裳，身材魁梧，态度沉着，目光异常锐利。他注视着斯纳斯比先生，好像要给斯纳斯比画像似的；不过，在他乍一露面时，除了给人那种神出鬼没的感觉以外，却没有什么引人注目的地方。

“不用怕这位先生，”图金霍恩先生从容不迫地说。“布克特先生不是外人。”

“是吗，先生？”法律文具店老板答道，他咳了一声，表示根本不知道布克特先生是谁。

“我要他听听这件事情的经过，”律师说，“因为我由于某种原因，很想多了解这件事情，同时他在这方面也很有办法的。你说说你的看法吧，布克特。”

“事情很简单，先生。我们的人不让那个小孩老呆在十字街头，要他往前走，所以，在原来那个地方现在找不到他了。如果斯纳斯比先生愿意跟我到‘托姆独院’去一趟，把他找出来，那么，用不着两个钟头，我们就可以把他带到这里来。当然，斯纳斯比先生不去的话，我也有办法把他找来，不过这样做比较便当。”

“布克特先生是一位探长，斯纳斯比，”律师解释说。

“真的吗，先生！”斯纳斯比先生说，他感到毛骨悚然。

“如果你愿意陪布克特先生到那个地方去一趟，”律师紧钉了一句，“那我一定感谢你。”

斯纳斯比先生稍微犹豫了一下，可是，布克特已经看透他的心思。

“您不必担心这孩子会吃什么亏，”他说。“这您用不着担心。这孩子本身是没有问题的。我们只想把他带到这里来，问他一两件事情，问完了，就给他一点报酬，让他回去。这是一件好差事。我可以向您担保，问完了话，我们一定好好打发那孩子回去。您不必担心他会吃什么亏，您大可不必担这个心。”

“好极了，图金霍恩先生！”斯纳斯比先生高兴地喊道；他这时放心了：“既然是这样——”

“就是呀！您听我说，斯纳斯比先生，”布克特一边说，一边挽着他的胳膊，把他拉到一旁，然后又亲热地敲了敲他的胸口，把他当作心腹之交那样跟他说话，“您是个见多识广的人，您是个精明强干、通情达理的人。您这人实在不错。”

“说真的，您这样过奖，我实在不敢当，”法律文具店老板答道，一边又谦虚地咳嗽了一声，“不过——”

“您这个人实在不错，”布克特说。“所以，我觉得，您既然做这一行买卖，而这行买卖又讲究信用，要求做买卖的人头脑清醒，通情达理，而且能够守口如瓶（我从前就有一个叔叔干过这一行）——所以我觉得用不着对您这样一个人说，应该保守秘密，千万不要把这件小事张扬开。您明白我的意思不？要保守秘密！”

“不错，不错，”斯纳斯比先生答道。

“不瞒您说，”布克特装出一副亲切而坦白的样子，说道，“根据我所了解的情况，那个死者似乎有权接受一笔财产，而那个女人在那笔财产上头，似乎玩过什么花样。您明白了吗？”

“哦！”斯纳斯比说，但是他那样子似乎还不怎么明白。

“当然啰，**您**一定觉得，”布克特接着说，一边装出一副又高兴又同情的样子，轻轻拍了拍斯纳斯比先生的胸口，“按理，每个人都应当享有自己的权利。**您**一定是这样看的吧？”

“就是呀，”斯纳斯比点了点头答道。

“为了这一点，同时，也为了方便一位——在你们那一行是怎么称呼的——顾客还是客人？我忘了当年我叔叔是怎样说的了。”

“什么，我一般都管他们叫顾客，”斯纳斯比先生答道。

“对了，就叫顾客！”布克特先生答道，一边又亲切地和他握手，“——为了这一点，同时，也为了方便一位好顾客，您打算跟我秘密地到‘托姆独院’去一趟，而且今后愿意保守秘密，绝口不跟人说。我想，您大概是打算这样做吧？”

“您说得对，先生。您说得对，”斯纳斯比先生说。

“那很好，这是您的帽子，”斯纳斯比的新交朋友答道，对他的帽子非常熟识，好像那是他亲手做出来的东西；“您要是方便的话，现在就可以走。”

他们离开的时候，图金霍恩先生仍然坐在那里喝酒，他那深不可测的内心，从表面上看似乎没有什么波动。他们出了事务所，走到街上。

“有一个叫格里德利的人挺不错，您大概不认识他吧？”他们刚才下楼的时候，布克特很亲切地跟他说。

“不认识，”斯纳斯比先生想了想说，“我不认识这个人。怎么回事？”

“没什么大不了的事，”布克特说；“这个人有一回发了点脾气，威胁过一位很有身份的先生，我这里有一张拘票要逮捕他，不过，他躲起来了。一个明白事理的人居然会这样做，这真糟糕。”

一路上，斯纳斯比先生觉得很奇怪，因为他发现，无论他们走得多快，他那位同伴的态度不知为什么还是有时躲躲闪闪，有时慢慢腾腾；而且，无论他要往左拐还是往右拐，总装出真要往前走的样子，直到最后一刹那，才突然转身拐弯。他们不时遇到值勤的巡警，斯纳斯比先生注意到，布克特和巡警迎面而过的时候，双方都现出茫然不认识的样子，眼睛看着前面的什么地方，好像是谁也没看见谁。有几次，布克特先生走到一个矮小的年轻人后面，看也不看，就用手杖戳了他一下。那个年轻人戴着一顶亮闪闪的帽子，两边额角都有一个扁平而光亮的发卷；他被手杖戳了一下以后，立即回过头，接着就消失不见了。总的说来，布克特先生无论遇到什么东西，都看在眼里；他的脸一点表情也没有，这和他小指上那一个纪念死者的大戒指，或者别在他衬衫上那个没镶多少钻石但是样子挺好看的胸针一模一样。

最后，他们来到了“托姆独院”，布克特先生在拐角的地方呆了一会儿，从一个值勤的巡警手里拿过一盏点亮的牛眼灯；那巡警自己还有一盏，挂在腰上，现在跟着布克特走过来。斯纳斯比先生在这两个人的引导下，在一条肮脏的马路中间走着。这条马路阴沟堵塞，空气混浊，路上的淤泥和脏水都很深——尽管别的地方马路上并没有泥水——到处是臭气熏天、垃圾遍地，他虽然在伦敦住了半辈子，也很难相信自己的眼睛和鼻子。这条到处是瓦砾成堆的马路，还通到别的环境恶劣的小街小巷去，斯纳斯比看见这些街道就感到恶心，仿佛自己正一步步地往下走，向那可怕的地狱走去。

“躲开，斯纳斯比先生，”布克特说，因为这时有人抬着一副木箱式的破烂担架向他们走来，担架周围还有一群吵吵闹闹的人。“瞧，又有人得了传染病啦！”

担架上的那个可怜人因为是在箱子里，大家都看不见，抬过去的时候，那群人就没有再跟着走了，而在这三个新来的人身旁转来转去，那一张张的脸孔，好像是做噩梦时见到的那种可怕的脸孔。人群渐渐消散，有的跑到小巷里，有的溜进破屋里，有的闪到大墙后面；但不久，这些人又出现了，他们忽来忽往，不时发出带有警告意味的喊声和刺耳的口哨声，一直到这三个人离开为止。

“这些房子都有传染病吗，达比？”布克特先生拿牛眼灯照了照一排散发着臭气的破房子，镇静地说。

达比回答说“全都有传染病”，而且，多少个月以来，这些房子的人“已经死了好几十个”，他们“像瘟羊似的被人抬走”，有的已经死了，有的奄奄一息。他们继续往前走；布克特对斯纳斯比先生说，他的面色不大好，斯纳斯比先生回答说，他好像觉得没法呼吸这种可怕的空气。

他们到好几个房子去打听有没有一个叫乔这样的小孩。因为“托姆独院”的人很少叫正名的，所以很多人问斯纳斯比先生找的是不是“红头发”，或者“上校”，或者“吊死鬼”，或者“小骗子”，或者“狗鼻子”，或者“高个子”，或者“大砖头”，斯纳斯比先生一遍又一遍地跟他们解释。对于他形容的那个小孩，人们有许多争论。有人认为那一定是“红头发”，有人说是“大砖头”。有人把“上校”找来了，可是他根本不像乔。不管斯纳斯比先生和他那两个带路人在什么地方停下来，人群总是挤过来围拢着他们；在这个衣衫褴褛的人群中间，有些喜欢拍马奉承的人都争着给布克特先生出主意。只要他们一走动，那盏咄咄逼人的牛眼灯一亮，那群人就开始消散，像刚才那样，有的人跑到小巷里，有的人溜进破屋里，有的人闪到大墙后面。

最后，他们找到一个窑洞，据说有个叫愣小子的小孩晚上就睡在这里，大家都觉得这个愣小子可能就是乔。这儿的女房东穿着一身破烂衣服，躺在地上，那个狗窝似的地方就是她的闺房，她喝得醉醺醺的，那张扎着块黑布的脸上发着红光。比较了她和斯纳斯比先生说的话，大家都肯定了那个愣小子就是乔。可是，那个愣小子出去了；他替一个生病的女人到医生家里取一瓶药，不过他很快就会回来。

"今天晚上有些什么人住在这里？"布克特先生一边说，一边推开另一个门，并用他的牛眼灯照了照。"嘿，两个醉鬼？还有两个女人？这两个男的倒是睡得挺香，"那两个男人原来都用胳臂挡着脸，布克特先生现在逐一把他们的胳臂拉开，看了看他们的脸。"这两个人是你们丈夫吗，亲爱的？"

"是的，先生，"其中的一个女人答道。"这两个是我们的男人。"

"是烧砖工人吧？"

"是的，先生，"

"你们在这里干什么？你们不是伦敦人吧？"

"不是，先生，我们是从哈尔弗德郡来的。"

"在哈尔弗德郡的什么地方？"

"圣阿耳本斯。"

"是流浪到这里来的吗？"

"我们是昨天走路到这里来的。那边目前找不到活儿干，可是我们到这里来也没什么结果，我想，以后也不会有结果的。"

"这样做不会有什么结果，"布克特先生一边说，一边转过头，看了看那两个醉得不省人事、躺在地上的人。

"您说得对，"那个女人叹了口气，答道。"珍妮和我心里都明白。"

那屋子虽然比门高出两三英尺，还是非常矮，身材高的人伸直身子，就会碰着那污黑的顶篷。这个地方使人感到浑身难受；

在这空气污浊的屋子里，连那支大蜡烛发出来的光，也是暗淡的、微弱的。屋子里有两张板凳，另外还有一张高一点的板凳就当桌子使用。那两个男人就睡在他们原来倒下的那个地方，那两个女人却靠近烛光坐着。刚才说话的那个女人，怀里有一个婴儿。

“哎呀，这小东西有多大啦？”布克特问道。“看样子像是昨天才出生的。”他对那个婴儿的态度并不坏，当他慢慢地拿灯来照那婴儿的时候，斯纳斯比先生忽然想起从前看过的一些图画，那上面的小婴儿周围有一圈光晕。①

“这孩子生下来还不到三个星期呢，先生，”那个女人说。

“是你的孩子吗？”

“是我的孩子。”

另外那个女人弯身吻了吻那熟睡的小婴孩；刚才他们进来的时候，就看见她在哈着腰看。

“看样子你很喜欢这小孩，好像你是他妈妈似的，”布克特先生说。

“我从前也有这么一个小孩，先生，可是死了。”

“哎，珍妮，珍妮！”另一个女人对她说；“还是死了好。死了比活着好多了，珍妮！好多了！”

“什么，你说的话太不合人情了，”布克特严厉地说，“你总不至于希望自己的孩子死掉吧？”

“老天爷知道我是怎么一个人，先生，”她答道。“我怎么会希望自己的孩子死掉呢！我不会让他死的，只要办得到，我宁可拿自己的命去换他，绝不比哪个上等人家的女人差一些。”

“那就别说这种颠三倒四的话啦，”布克特先生说，他的口气又缓和下来了。“你为什么要这样说话呢？”

“我一低头看着怀里这个孩子，先生，”那个女人眼睛里含着

---

① 指圣婴像。

泪水答道，“就有这个想法。如果我这孩子没了，你看吧，我准会难过得发疯的。我知道我一定会那样。珍妮的孩子咽气的时候，我就在旁边——你记得吧，珍妮？——我知道她心里有多难过。可是，你瞧瞧这个地方，瞧瞧那两个人，”她看了一眼躺在地上的男人。“过一会儿你还可以瞧瞧你们找的那个小孩——他现在帮我取东西去了。还有，你们不是老在赶街上的流浪儿吗？你再想想，他们长大了以后会怎么样吧！”

“好啦，好啦，”布克特先生说道，“你好好教育他，让他成为一个好人，那你心里也会高兴，而你将来年纪大了，他也会照顾你，你知道不？”

“我是要好好带大他的，”她一边说，一边拭着眼泪。“我今天晚上累得睡不着觉，身上还发冷，所以一直在捉摸，他将来长大了会吃些什么苦头。我男人就不会让我好好教导他，他将来大了就会挨他老子揍，而且也会看到我挨揍，这样一来，他就不敢呆在家里，也许以后就会走上歪道。就算我不怕辛苦，要把他教育成人，可是有谁来帮助我呢？再说，万一将来我费了半天劲，他还是学坏了，而且真有那么一天，我也像现在这样坐在他身旁，看着他心肠全都变了，那么，您就不见得会怪我，他躺在我怀里的时候，我一想到他的将来，就希望他像珍妮的孩子那样死掉！”

“行啦，行啦！”珍妮说。“莉子，你又是累又是病。让我来抱他吧。”

珍妮把孩子抱过去的时候，撩开了孩子妈妈的衣服，她赶紧把衣服拉好，盖住了那被打出瘀伤的胸膛。

“就因为我那孩子死了，”珍妮说，一边抱着孩子来回地走，“我才这样喜欢这个孩子，而且，也正因为我那可怜的孩子，她才这样爱他，甚至还想到孩子不如现在就死掉。她这么想的时候，我心里也在想，如果我那宝贝孩子能活着，我就是有多少钱，也愿意拿出来啊。我们的嘴很笨，说不清楚心里的话，可是我们这两个可怜的母亲，心里想的事情都是一样的！”

斯纳斯比先生擤了擤鼻子，又咳嗽了一声，表示同情，就在这个时候，外面响起了一阵脚步声。布克特先生举着灯，向门口那边照去，并对斯纳斯比先生说道："喂，你觉得这个愣小子怎么样？是**他**不是？"

"他就是乔，"斯纳斯比先生说。

乔在牛眼灯发出的光圈中站着，现出惊惶失措的样子，好像是幻灯映照出来的一个衣衫褴褛的人；他浑身哆嗦，以为自己没有听巡警的话往更远的地方走，因而犯了法。不过，斯纳斯比先生安慰他说："乔，他们要你帮个忙，事情一办完，就会赏你点钱。"乔听了这话才放了心。他跟着布克特先生走到外面，私下里谈了一会儿。他把那事情从头到尾说了一遍；他虽然喘着气，倒也说得很清楚。

"我跟这小家伙谈妥了，"布克特先生回到屋里来的时候说，"已经不成问题。那么，斯纳斯比先生，咱们这就回去好不好？"

在他们离开之前，有几件事情必须办好。第一，乔必须把取回来的药交给那个女人，并且简单扼要地告诉她，"必须立刻服用"，这才算把好事办完。第二，斯纳斯比先生必须拿出一个两先令半的银币放在桌上，因为这样做好比一服万灵药，能够治好他内心的种种苦恼。第三，布克特先生必须握着乔的手臂，领着他走，因为不按规矩办事的话，无论是这个愣小子或哪个什么小子，绝不肯跟着警察到林肯法学院广场去的。这些事情办妥了以后，他们就向那两个女人告辞，又走到"托姆独院"那黑暗而肮脏的街上去。

他们刚才到窑洞里去的时候，经过一些臭气熏天的小巷，现在又经过这些小巷，渐渐走到外面；那群人神出鬼没似的，一边吹口哨，一边躲躲闪闪地跟着他们；快走出"托姆独院"的时候，布克特先生便把牛眼灯还给达比。那群人好像是些被幽禁的魔鬼，跟到这里就转身往回走；他们一边走，一边喊，转眼间就不见人影了。到了"托姆独院"外面那些比较干净、比较通风的街道（斯纳斯比先生这时候心里想，世界上再也没有比这里再干净、再通风的地方了），他们走了一段路便坐上马车，一直坐到图金霍恩先生家的大门口。

他们走上那座黑暗的楼梯时（图金霍恩先生的事务所设在二楼），布克特先生说他口袋里有一把外屋的钥匙，所以用不着拉铃。他对这些事情本来是非常内行的，但是这次开门却费了好多时间，而且还弄出一些声响来，这也许是故意的，好让屋里的人有所准备。

不管怎么样，他们终于进了大厅——大厅里有一盏亮着的灯，接着又进了图金霍恩先生平时用的那个屋子，今天晚上他就是在这屋子里喝的酒。他这会儿不在屋里，不过他那两个古色古香的烛台却放在那儿，屋子里的烛光还算明亮。

布克特先生凭他那一行的经验，仍然抓着乔的胳膊；在斯纳斯比先生看来，他是一个眼看四面、耳听八方的人。他刚走进这个屋子，乔就慌慌张张地站住了。

“怎么回事？”布克特低声问道。

“她也在这里！”乔喊道。

“谁？”

“咱们刚才说的那位太太！”

有一个女人，戴着密密的面纱，站在屋子中间光线最集中的地方。她一声不响、一动不动地站在那里，虽然是面对着他们，却好像没有看见他们进来，那样子就像是一个雕像似的。

“来，跟我说说，”布克特提高声音说，“你怎么知道这就是那位太太呢？”

“我认得那块面纱，”乔瞪大眼睛答道，“认得那顶帽子和那件衣裳。”

“你这话有把握吗？愣小子？”布克特问道，一边紧紧地打量着他。“再瞧瞧。”

“我正使劲地瞧呢，”乔说，两个眼睛鼓得大大的，“就是那块面纱、那顶帽子和那件衣裳。”

“你刚才告诉我的那几个戒指怎么样？”布克特问道。

“这地方闪着亮光，”乔一边说，一边用左手的手指揉着右手的指节，他的眼睛仍然盯着那个女人。

那个女人摘掉了右手的手套，把手举给他看。

“你看怎么样？”布克特问道。

乔摇了摇头。“那些戒指一点都不像。那只手也不像。”

“你这是什么话呀？”布克特虽是这么说，但显得很高兴，而且心里也确实很高兴。

“那只手要白得多，细得多，而且也小得多，”乔答道。

“嘿，你这简直是跟我开玩笑，那好吧，”布克特先生说，“你还记得这位太太说话的声音吗？”

“记得，”乔说。

那个女人说话了。“那声音是这样吗？你要是拿不准，我不妨多讲几句，你要我说多久都行。是这个声音吗，或者是像这个声音吗？”

乔望着布克特先生，吓呆了。“一点也不像！”

“那么，”大名鼎鼎的布克特先生一边指着那个女人，一边责问乔说，“你为什么要说她就是那位太太呢？”

“因为，”乔说，他的眼睛虽然现出迷惑的神色，但是他的态度丝毫没有动摇，“因为我认得这块面纱、这顶帽子、这件衣裳。这是她，也不是她。那不是她的手，也不是她的戒指和她的声音。可是我那天看见的就是这块面纱、这顶帽子、这件衣裳；我还记得她那天就是这样子打扮，也跟这位太太那么高，她后来给了我一个金币就偷偷溜跑了。”

“好吧！”布克特先生轻轻地说，“我们没从**你这儿**打听出多少东西。不过，我还是要奖你五个先令。你花这钱的时候得小心一点，别又惹出麻烦来了。”布克特不声不响地数着钱，好像把那些硬币当作筹码似的，从一只手拨到另一只手去——这是他的一个习惯，因为他多半是在耍这类手段的时候才需要用钱——然后，他把那一小堆钱放在乔的手里，并把他领了出去；这时候，斯纳斯比先生一个人留下来，和那个戴着面纱的女人呆在屋里，在这样一种神秘的气氛中，他感到很不自在。但是，图金霍恩先生一进来，那个女人就把面纱揭开了。原来这是一个相当好看的法国女人，尽管她当时的样子显得很激动。

“谢谢你，奥尔当斯小姐，”图金霍恩先生说，他的态度依然很冷静。“像这样的小事，以后再也不敢打扰你了。”

“请您别忘了，先生，我已经离职了！”奥尔当斯小姐说。

“是的，是的！”

“您还答应过帮我忙，用您的大名写一封介绍信，是不是？”

“一定办到，奥尔当斯小姐。”

“图金霍恩先生说的话，向来是一言千金的。”

“我一定给你写，小姐。”

“请接受我衷心的感谢，亲爱的先生。”

“再见。”

奥尔当斯小姐带着法国人那种温文尔雅的态度走出房间，布克特先生很殷勤地送她下楼，因为像他这样的人，遇到不得已的时候，扮演一下侍从官的角色，也还是扮演得挺自然的。

“怎么样，布克特？”图金霍恩先生等布克特回来，问道。

“事情全都弄明白了，你瞧，我亲自出马把它弄明白了，先生。毫无疑问，那一位上次是穿了这一位的衣服。那个小家伙讲到衣服的颜色和别的东西，都说得很准确。斯纳斯比先生，我刚才不是给您保证过，绝不会难为他吗？您看我没有食言吧？”

“您很守信用，先生，”法律文具店老板答道，“假如没有别的事情，图金霍恩先生，我想，我的好太太这会儿一定很着急——”

“谢谢你，斯纳斯比，没有别的事情了，”图金霍恩先生说。“你刚才帮了我们一个忙，我很感激你。”

“您太客气了，先生，再见。”

“斯纳斯比先生，”布克特先生说，陪着他走到门口，一再和他握手，“您这个人能够保守秘密，谁也别想从您身上打听出什么东西，这是一个很大的优点，我很佩服；**您**就是这样一个人。您做了一件事情以后，如果您知道自己做对了，您就会把它忘掉，换句话说，这件事做了也就算过去，再也不提它了。这就是**您**的作风。”

“的确，我是一直在努力养成这种作风的，”斯纳斯比先生答道。

“不对，您对自己的看法很不公平。您这不是什么努力养成这种作风的问题，”布克特先生说，一边和他握手，一边极其亲切地称赞他，“这就是您的**作风**。我觉得，干您这行买卖的人，可贵的地方就在这里。”

斯纳斯比先生恰如其分地客气了几句，便往家里走去；他被刚才的事情弄得心乱如麻，甚至于怀疑自己是不是醒着，在外面走着，怀疑这些街道是不是真的，怀疑头顶上的月亮是不是真的。但是过了一会儿，他就相信这些东西是真的了，因为他看见斯纳斯比太太头上夹着卷发纸，戴着睡帽，坐在那里等他——这样一幅情景无疑是真的。原来斯纳斯比太太刚才真打发嘉斯德尔到警察局去报告她丈夫被绑架的情况，而且她在最后两个钟头里还晕了好几次——每次晕的程度不同，不过还不至于失礼。但是，正如这位好太太不无伤感地说，谁也没有因为这个而感谢她！

第二十三章
埃丝特的自述

我们在波依桑先生家愉快地度过了六个星期以后，便回荒凉山庄来了。记得在他家时，我们常常到猎园和树林里散步，而且每次路过上一回避雨的那间猎园看守人的小屋，差不多都要进去跟他妻子谈谈天。可是，除礼拜天在教堂外，我们再也见不到德洛克夫人了。当时切斯尼山庄那边正有客人，尽管在夫人左右还可以看到一些美丽的面庞，可是她那张脸仍然像我初见时那样使我不安。直到现在，我还不太明白这种不安的心情究竟使我痛苦呢，还是喜悦；使我跟她接近呢，还是疏远。我觉得自己崇拜她，然而又有点怕她。我感到自己在她面前，总是像最初见她时那样，会回忆起我那段既往的时光。

有几个礼拜天，当我看见这位夫人时，便产生这样一种想法：她引起了我的好奇心，而我也引起了她的好奇心；换句话说，我使她心烦意乱，同时，她也使我心里不安——尽管彼此的感受并不一样。但是，当我偷偷瞧她一眼，我发现她异常镇静，冷淡而不易接近，于是便觉得自己那种不安的心情愚蠢可笑了。真的，我觉得自己对她的整个心情都是愚蠢的，没有道理的；我尽量约束自己，要克服这种心情。

在我们离开波依桑先生家之前，曾经发生过一件事情，我这里最好还是补述一下。

有一天我和婀达在花园里散步，听说有人想见我。我走进早餐间一看，认出来访的人就是那天雷电交加时脱掉鞋子，光着脚在那到处是水的草地上走的法国女仆。

“小姐，”她说道，目不转睛地望着我，流露出一种非常殷切的神色——除此以外，她的态度很和婉，说话的口吻也不亢不卑，“我很冒昧地到这里来。不过，小姐，像您那么和气的人，一定会原谅我的。”

“你有什么事情要跟我谈，”我答道，“请不必客气。”

“我是有件事情想跟您谈谈，小姐。您答应了，我很感激。我这就给您说好吗？”她用一种迅速而又自然的语气说。

“请便吧，”我答道。

“小姐，您的心真好。您听我说，我已经离开夫人了。我们合不来。夫人很高傲，非常之高傲。对不起，小姐，您想得对，”她很机灵，已经预料到当时我想说而还未说出口的话了，“我不该到您这儿来说夫人的坏话。我只是说她很高傲，非常之高傲，我再不多说了，这是谁都知道的。”

“你想说，就请说下去吧，”我说。

“好，小姐。您待我这么好，真叫我感激。小姐，我有一个愿望，不知道怎么说才好，我想侍候一位善良、能干而又美丽的年轻小姐；而您就像天使那么善良、能干和美丽。唉，如果我能侍候您就好了！”

“对不起——”我说。

“您先别一口回绝，小姐！”她说，那对细长的黑眉毛不由自主地皱了一皱。“让我这样希望一下也好！小姐，我知道侍候您不如我辞去的工作那样引人注目，可是，我正希望如此！我知道侍候您不如我辞去的工作那样神气，可是，我正希望如此！我还知道在您这儿赚的工钱要少些，这很好，我挺满意。”

“请你相信我，”我说，一想到由这样一个女仆来侍候，我就感到非常不安，“我不用女仆人——”

“啊，小姐，您干吗不用呢？像我这样一心想侍候您的人，您为什么不用呢？我会高高兴兴地侍候您，永远对您真诚、热情和忠心。小姐，我真心诚意地要侍候您。您现在别谈工钱。把我留下来吧，不要工钱也行。”

她这些话咄咄逼人，我不禁后退了一步，这时我有点怕她了。她在一股热情的支配下，似乎并未觉察，仍然跟上前来；她的声音虽低，却说得很快，不过措辞倒还委婉温雅。

“小姐，我生长在法国南部，那边的人爱憎极其鲜明。那位夫人太高傲，我实在受不了；而我也很高傲，她同样觉得受不了。我跟她已经一刀两断了！如果您留我做您的女仆，我一定好好侍候您。我一定替您多做事情，比您现在想到的还多。啧！小姐，不管什么活儿，我一定尽力地干。您要是把我留下，您以后绝不会后悔的，小姐，您绝不会后悔，而我一定好好服侍您，好得您想都想不到！”

当我向她解释我不能雇用她时（我觉得不必告诉她，我是多么不愿意雇用她），她站在那里望着我，流露出忧郁的神情，使我好像看到了恐怖时期巴黎街上的女人那种表情。她没有打断我的话，一直听我把话说完才开口；她说话的口音很动听，声调也很柔和。

“唉，小姐，您回绝了我，我很难过。可是我还得另找门路，这儿不能如愿，再到别处去碰碰运气。您肯让我吻一下您的手么？”

她抓着我的手的时候，眼睛更是紧紧地盯着我，仿佛在这一刹那间，要记着我手上的每根血管似的。“小姐，下大雨的那一天，我大概把您吓了一跳吧？”她说着，向我屈膝行礼，准备告辞。

我告诉她说，她那天使我们大家都吃了一惊。

“我发了誓，小姐，”她微笑着说，“我要牢牢记着我的誓言，永远不变。我一定要这样做，再见吧！小姐！”

我们这次会晤就此结束，在我来说，我很高兴能这样把事情了结了。我猜想她已经离开这个村子，因为我再没有看见她了；除此以外，并没有别的事情扰乱我们这个夏天的恬静而愉快的生活，过了六个星期，我们便回到家来，这在本章开头时我已经提到了。

当时以及以后的许多个星期，理查德经常来看我们。每逢星期六或星期天他便来了，一直住到星期一早晨才走。此外，他有时还出人意外地骑着马来，晚上跟我们聊聊天，第二天清早再骑着马回去。他还是像以前那样活泼，告诉我们他很用功，可是我总对他不大放心。我觉得他的精力根本没有用于正途。他所耗费的精力，除了使他对那场已经造成巨大的痛苦和灾难的官司寄予幻想以外，我看不出还会有什么结果。他告诉我们，他现在对那桩莫测高深的案子已经了如指掌，认为事实极其明显：如果——好个"如果"！这两个字在我听来，非常刺耳——大法官庭还有理智或公理的话，那么遗嘱最后必定能够确立（我不知道根据这项遗嘱，他和婀达能得到几千英镑），而且这个愉快的结局也为期不远了。他阅读了有关方面的论点，根据这些枯燥的论点便得出了上述的结论，他读得越多，便越入迷。他现在甚至经常跑法院了。他告诉我们，他每天在法院遇见弗莱德女士的情形，他们一块儿谈了些什么，他给了她哪些好处，以及虽然他觉得她可笑，但在内心却如何地可怜她。可是他怎么也想不到——我那可怜的、亲爱的、乐观的理查德当时那么兴高采烈，在他眼前又摆着那么美妙的远景，怎么也想不到他那青春时代和弗莱德那颓唐的晚年竟结下了不解之缘，他那种海阔天空的幻想和她那些有翼难飞的鸟儿、四壁萧然的顶楼以及她自己那种疯疯癫癫的神气结下了不解之缘。

婀达太爱他了，因此对他的一切言行都深信不疑；而我的监护人，尽管时常抱怨东风刮得太猛，在"牢骚室"里看书的时间越来越多，但对这个问题却闭口不谈。因此，有一天，趁着凯蒂·杰利比邀我到伦敦去看她这样一个机会，我便通知理查德到驿站等我，让我跟他谈一谈。我到伦敦时，他已在那里等着，于是我们手挽着手离开了驿站。

“你现在怎么样啦，理查德，”等我找到机会，能够跟他严肃地谈话的时候，我便这样说，“开始感到安定一些了吧？”

“是啊，亲爱的！”理查德答道，“一切都很好呀。”

“可是你到底安定没有呢？”

“你说安定，究竟是什么意思？”理查德回答说，一边爽朗地笑了起来。

“我是说安定下来，学习法律，”我说。

“那个么？”理查德答道，“一切都很好呀！”

“你以前也这样说过，亲爱的理查德。”

“你认为这不算一个答复，对么？对，也许不算。你问我安定没有，意思是说，我究竟定下心来没有？”

“对。”

“不，我怎能说定下心来了呢？”理查德说，特别加重“定心”两字的语气，仿佛这两个字就代表他所遭遇的困难，“因为那件事情既然是那么不稳定，我怎么能定得下心来呢？我说的那件事情，当然是指那件——大家讳莫如深的官司。”

“你认为它究竟有没有解决的一天呢？”我说。

“那还用得着问么？”理查德答道。

我们默默无言地走了一段路，后来，理查德用一种十分坦率动人的口吻对我说：

“亲爱的埃丝特，我了解你的心情，我可以对天发誓，希望自己是个更有恒心的人。我不是说对婀达要有恒心，因为我非常爱她——一天比一天更爱她——而是说我自己。（我总觉得有些话很难表达，但你一定可以体会到。）如果我更有恒心，那么到现在，我一定会死心塌地呆在巴杰尔家或肯吉-卡伯伊事务所，并且也一定会认真起来，把自己的事情弄得有条有理而不至于负债和——”

“你负了债么，理查德？”

“是呀，”理查德说，“有一点小亏空，亲爱的。而且我还喜欢打打弹子和诸如此类的玩意儿。现在我把自己的丑事都坦白出来了，你不会瞧不起我吧，埃丝特？”

“你知道我不是这样的人，”我说。

“你待我真好，有时比我自己还要好，”他答道，“亲爱的埃丝特，我不能安定一些，真是不幸啊，可是我怎么能安定得了呢？如果你住的房子没有完工，你在里面就住不踏实；如果你正在干一件什么事情，还没干完，人家就叫你停下来，你一定觉得很难安心去干别的工作；不幸得很，我的情况恰恰如此。我一出生，就跟这场变幻莫测、没完没了的官司结下不解之缘，在我还分不清什么是一场官司，什么是一套衣服[①]的时候，它就使我安定不下来了，以后也一直没让我安定过。我现在落到这步田地，有时感到婀达表妹对我那么信任，我真配不上她。”

这时我们正走到一个偏僻的地方，他用手捂住眼睛，一边说着，一边哭泣起来了。

“哎呀！理查德，”我说，“你别这么激动。你的天性很善良，有了婀达对你的爱情，你会一天比一天高尚的。”

“我明白，亲爱的，”他答道，紧紧握着我的胳膊肘，“这一切我都明白。刚才我动了一点感情，你可别见笑，因为这些话藏在我心里已经很久了，时常想告诉你，但是总没有机会，同时也缺乏勇气。我知道如果我想到婀达，我就应该怎么做，可是我并没有那么做。我怎样也安定不了，所以连这个都办不到。我深深地爱她，然而每天、每时，因为我对不起自己，也就对不起她。不过这种情况也不会永远不变。这个案子就要彻底审理，而且会得到有利的判决，到那时，你和婀达就明白我是个什么样的人了。”

我听见他的哭泣声，看见他的眼泪从指缝中流出来，觉得非常难受，但这些远不如他讲话的那种乐观而兴奋的口吻使我痛心。

---

① 一场官司，原文是“a suit of law”，一套衣服是“a suit of clothes”，其中都用了“suit”这个词。

“我已经仔细研究过文件，埃丝特——我钻研了好几个月了”——他接着说，转瞬间又高兴起来了。“你可以放心，这场官司我们会赢的。至于谈到这件案子长期悬而不决，天晓得，它也确实拖延了不少年！但是我们现在很可能使它赶快结束，事实上，现在报纸也常常提到它了。最后一切都会圆满结束，你到时等着瞧吧！”

我这时想起他刚才把肯吉-卡伯伊事务所同巴杰尔先生相提并论，便问他打算什么时候到林肯法学院去见习。

“你又谈这些了，我根本不想去当见习生，埃丝特，”他费力地回答说，“我觉得我已经对它感到厌烦了，我下苦功研究了贾迪斯控贾迪斯案以后，就觉得法律这个东西没有多少味道，我现在已经不喜欢它了，这我倒很高兴。再说，经常出入法院，也使我感到生活愈来愈不安定。因此，”理查德接着说，这时口气中又充满了自信，“你猜我自然而然地想到什么啦？”

“我猜不着，”我说。

“别那么认真啊，”理查德答道，“亲爱的埃丝特，因为我相信我只能这样做了。我倒不是想找个终身职业。这场官司总会有结束的一天，那时我就有钱了。不，我不是把它当作终身职业，而是将它看成是一种不大稳定的工作，因此，这跟我目前的处境倒很合适——也可以说恰正合适。你猜我自然而然地想到什么啦？”

我望着他，摇了摇头。

“除了参军，还能有什么呢？”理查德信心百倍地说。

“参军？”我说。

“对，参军。我只要当上军官就行了；你知道不，我的计划就是这样！”理查德说。

接着，他用他那笔记本里详细核算的一笔账来向我证明：如果不参军，他在六个月期间将负债二百英镑；如果参军（他现在已决定参加了），在同一期间就不会负债，因此，参军以后，每年能节省四百英镑，五年能省两千英镑——这笔款子相当可观。后来，他非常坦率而真诚地谈到他暂时离开婀达所作的牺牲，谈到他真挚地期望（我很了解他心里一直有这种想法）报答她的爱情，保证她的幸福，克服自己的缺点，使自己成为一个坚决果断的人；我听了他这些话感到心如刀割，因为我想到他这一切刚毅的品质，在短期间必然会被那场毁灭一切希望的万恶的诉讼所沾染，到时他所说的一切，又会有什么结果，或者能有什么结果呢？

我跟理查德谈到他的真挚的感情，这些感情我都能体会，同时也跟他谈到他那些叫我一时还不大能体会的愿望；此外，我还恳切地要他为婀达着想，千万不要相信大法官庭。理查德对我所说的话，都轻率地一一答应了，对于法院以及其他事物他都漫不经心地认为不必担忧，并且乐观地描绘自己将来的前途会如何美好——唉！到什么时候这场令人痛心的官司才不再折磨他呢！我们谈了很久，但是谈来谈去，实际上还是那么回事。

最后我们走到了苏合广场，凯蒂约定在那里等我。这是一个很僻静的地方，而且就在纽曼街附近。那个房子是在广场中心，凯蒂当时正在花园里等着，看见我来了，便匆匆走出来。理查德高高兴兴地跟我们谈了一会儿，便走了。

“普林斯那边还有一个学生没教完，埃丝特，”凯蒂说，“他把钥匙留给我们了。你要是愿意和我在这儿散步，我们可以把大门关起来，这样我就能安心地告诉你，我为什么要约你这个可爱而善良的人来见面。”

“好极了，亲爱的，”我说，“这再好也没有了。”于是，凯蒂热情地亲了一下她说的这个可爱而善良的人，便锁上了大门，挽着我的胳臂，和我优悠自在地在花园里散步。

“你看，埃丝特，”凯蒂说，由于能跟我一起谈点心腹话，感到非常高兴，“你跟我说过不应该瞒着妈妈结婚，就连长期不让妈知道我们订了婚也是不对的。说实在的，虽然我现在还要说妈妈不怎么关心我，不过，我后来倒是觉得应该把你的意见告诉普林斯。因为一则是我想从你所讲的话得到一些好处，二则是我跟普林斯是无话不谈的。”

“他大概赞成我的意见吧，凯蒂？”

“啊，亲爱的！你不管提出什么意见，我担保他都会赞成。你不知道他多么尊重你哩！”

“真的吗？”

“埃丝特，他对你尊重的样子，除了我，谁都会吃醋的，”凯蒂说，一边笑着，一边摇了摇头，“我倒是心里高兴，因为你是我认识的第一个朋友，也是我今后的最知心的朋友，别人无论怎么尊敬你，爱你，我也不会不高兴。”

“我敢说，凯蒂，”我说，“你们这是串通起来哄我的，对吧，亲爱的？”

“哪里！我正要告诉你呢，”凯蒂答道，很亲密地双手挽住我的胳臂，“我们谈了很久，后来我跟普林斯说：普林斯，由于萨默森小姐——”

“你当时大概没有管我叫萨默森小姐吧？”

“没有，没有！”凯蒂兴高采烈地叫了起来，脸色非常开朗。“我说的是‘埃丝特’，我对普林斯说：‘埃丝特坚持她的意见，曾经对我明白表示过，同时在她写的那些亲切的信里——就是你爱听我对你朗诵的那些信里，也暗示过，所以，我想在你认为适当的时候，把事情告诉妈妈。普林斯，我相信，’我说，‘埃丝特认为如果你也把咱们的事情告诉你爸爸，那么我的地位就会更加名正言顺，更加体面了。’”

“对，亲爱的，”我说，“埃丝特确实这样想。”

“你瞧，这样我就做对了！”凯蒂大声说道，“可是，普林斯却因为这个感到很不安。这倒不是因为他对这种做法有什么怀疑，而是因为他体谅到老特维德洛甫先生的情绪，他担心如果他把事情说出来，特维德洛甫先生可能会伤心、昏倒，或者出什么事。他害怕老特维德洛甫先生可能认为他不孝，可能受不了这样一个打击，因为你也知道，埃丝特，老特维德洛甫先生虽然风度翩翩，”凯蒂说，“情感却非常脆弱。”

“真的么，亲爱的？”

“啊！真的非常脆弱。普林斯就这么说。所以，这就使我那小宝贝——埃丝特，在你面前，我本来不是要这样叫的，”凯蒂抱歉地说，脸上泛起了红晕，“可是说顺了嘴，因为我平时就管普林斯叫小宝贝。”

我笑了起来，而凯蒂也红着脸笑了；她接着说道：

“埃丝特，这就使他——”

“他是谁呀，亲爱的？”

“啊，真讨厌！”凯蒂一边说，一边笑，美丽的面庞现出一片桃红的颜色，“要是你非让我那么叫不可，那我就叫他小宝贝吧——他好几个星期都心神不安，把事情一天天地拖下去，心里干着急。最后他对我说：‘凯蒂，我爸爸挺喜欢萨默森小姐，如果她能答应在我向爸爸谈这件事情的时候也在场，那我就敢跟爸爸说了。’因此，我只好答应他征求你的意见。而且我还决定，”凯蒂说，眼睛里流露出又期望又胆怯的神色，“如果你肯帮忙，我还要求你在这以后跟我一块儿去见妈妈。我在信里说我求你帮我一个大忙就是这个意思。如果你觉得可以答应我们，埃丝特，我和普林斯都非常感激你。”

“让我想想，凯蒂，”我说，假装考虑一下。“如果事情非常紧迫，我想，我就是多出点力也可以。只要你们需要，不论什么时候，我都愿意为你和你那小宝贝效劳。”

凯蒂听我这样回答，高兴极了，我相信她的心跟每个善良人的心一样，受到一点同情或鼓励都会感动。我们在花园里又绕了一两圈；她一边走着，一边戴上一副新手套，尽量使自己显得漂亮一些，生怕一不小心，给那位“风度大师”丢了面子。于是我们便直接到纽曼街去了。

普林斯当然还在教课。我们发现他在教授一个没有多大前途的学生——一个不可教诲的小女孩，前额窄小，声音低沉；而她妈妈也没精打采，露出不高兴的样子——我们一去，她的教师便慌得手忙脚乱，但尽管如此，也显不出这个学生有什么可以造就的前途。授课继续进行下去，但已乱得一团糟；最后结束了，小女孩换了鞋，用围巾披在白细布衣服上，便由她妈妈领走了。我们谈了一会儿，做好准备，便去找特维德洛甫先生。我们在特维德洛甫先生的私人房间里（这是整幢房子唯一舒适的房间），找到了他，他坐在沙发上，旁边搁着帽子和手套，摆出一副风度翩翩的样子。他已经打扮好了，似乎是在吃点心的时候，一边吃，一边从从容容地打扮的；他那些精美的化妆盒和刷子等等，摆得到处都是。

“爸爸，萨默森小姐和杰利比小姐来看您了。”

“非常荣幸！不胜愉快！”特维德洛甫先生说，站起身来，耸着肩膀鞠了一躬，“请容许我！”一边让过椅子来，“请坐，”吻了吻自己左手的指尖，“高兴极了！”闭上眼睛，眼珠子转了转。“承蒙光临，真使蓬荜生辉。”接着他又摆出欧洲第二位绅士的风度，端端正正地坐在沙发上。

“你看我们，萨默森小姐，”他说，“又在用我们的小技来发扬优美的风度了！两位美丽小姐的光临，使我们受到鼓励，感到自己的工夫没有白费。遇到这种时候（自从摄政王殿下——请容许我大胆把他看作是我的赞助人——的时代以来，风度已经给我们弄得每况愈下了），人们往往感到风度到底还没有完全被机器所摧毁。它还能博得美人的青睐，亲爱的小姐。”

我没有回答，因为我觉得最好还是别说话；他这时只好夹了一撮鼻烟闻闻。

“亲爱的孩子，”特维德洛甫先生说，“今天下午你要教四堂课。你还是快点吃些三明治吧。”

“谢谢您，爸爸，”普林斯答道，“我一定按时上课。亲爱的爸爸，我想告诉您一件事情，您慢慢听着，不要着急。”

“天啊！”风度大师惊叫起来，面色苍白而惊慌，因为他看见普林斯和凯蒂手牵着手在他面前跪下。“这是怎么回事？你们疯了吗？不然，干吗要这样啊？”

“爸爸，”普林斯回答说，态度十分恭顺，“我爱上了这位年轻的姑娘，我们已经订了婚。”

“订了婚！”特维德洛甫先生喊了起来，接着便往沙发椅的椅背上一靠，用手捂住眼睛。“真没想到我的亲生儿子向我射来这支致命的暗箭！”

“我们在前些日子订了婚，爸爸，”普林斯吞吞吐吐地说，“萨默森小姐听说以后，劝我们把事情告诉您，她还非常热心，要跟我们一起来跟您说。杰利比这位年轻的小姐，对您十分尊敬，爸爸。”

特维德洛甫先生发出了一声呻吟。

“求您千万别这样！求您千万别这样，爸爸，”他的儿子劝说道，“年轻的杰利比小姐非常敬重您，我们首先考虑到您的舒适。”

特维德洛甫先生哭起来了。

“别这样，求您千万别这样，”他的儿子也哭了。

“孩子，”特维德洛甫先生说，“幸亏你那故去的妈妈不用尝这种痛苦了。你就狠心干吧，一点也别留情。你就朝致命的地方打吧，好孩子，你就朝致命的地方打吧！”

“千万别这么说，爸爸，”普林斯一边求着，一边流泪。“您这样真叫我难过。我向您保证，爸爸，我们首先考虑的是您的舒适。卡罗琳和我不会忘记我们的责任——我们常说，我的责任也就是卡罗琳的责任——如果您能赞成我们的婚事，我们一定会让您舒舒服服地过日子。”

“你就朝致命的地方打吧，”特维德洛甫先生喃喃地说，“你就朝致命的地方打吧。”

但我觉得他似乎也在听普林斯说话。

“亲爱的爸爸，”普林斯说，“您所习惯的而且也应当享受的那种舒适的生活，我们都很清楚，我们要永远使您过着这样的生活；我们一定重视这件事情，认真去做，而且也会因此而感到自豪。如果您能赞成我们的婚事，爸爸，我们一定等您感到合适的时候才结婚。而且在我们结婚以后，我们当然也会首先尊敬您，您永远是一家之长，爸爸；如果我们忘记这一点，如果我们不去想方设法使您愉快，我们就会觉得自己不孝了。”

特维德洛甫先生经过内心的激烈斗争以后，重新在沙发上坐好，在那鼓起来的面颊下边，露出了硬邦邦的领结，这是一副完美的慈父风度。

“儿子，”特维德洛甫先生说，“我的孩子们啊，你们既然这么恳切，我还有什么话可说哩，祝你们幸福！”

他一边扶起他未来的媳妇，一边把手伸给他的儿子（他的儿子恭敬而又感激地吻了吻他的手），他这副慈爱的样子使我感到异常迷惑。

“孩子们，”特维德洛甫先生说，左手搂着坐在身边的凯蒂，显得非常慈爱，右手搁在身后，样子也很优美。

“我的两个孩子，我要关心你们的幸福。我一定给你们照顾。你们要永远跟我住在一起。”这意思当然是，我要永远跟你们住在一起。“从此以后，这所房子既属于你们，也属于我，你们要把它当作自己的家。愿你们长寿，跟我一起住在这里。”

他的风度具有如此的魅力，因而使他们着实感激，仿佛他在后半生中并不依靠他们生活，而是为了他们的幸福，作出了某种慷慨的牺牲似的。

“至于我，孩子们，”特维德洛甫先生说，“我已经到了风烛残年了。在目前这个纺织业发达的时代里，这种不绝如缕的绅士风度究竟能保持多久，也很难预料。不过，只要我一息尚存，我一定对社会尽到我的责任，而且也会照常到外面去露一露面。我生活上的要求并不多。只要在这里有个小小的房间，几件必需的化妆品，一份简单的早餐，普通的晚饭，也就够了。我要你们所尽

一副完美的慈父风度

的孝道，就是这些，其余的我自己都能办到。”

他这种少有的宽厚态度，又一次使他们大受感动。

“儿子啊，”特维德洛甫先生说，“至于那些你所欠缺的小地方，也就是一个人天生的那种风度（经过培养，风度是可以提高的，但不能使它无中生有），你等我来帮你提高好了。自从摄政王殿下的时代以来，我一贯重视风度，现在也绝不会放弃它。决不会的，儿子。如果你真觉得你父亲那个并不显赫的地位，还能使你感到一些自豪，那么你可以放心，我决不会使它受到任何损坏。就你来说，普林斯，你的性格和我不同（我们大家的性格不能完全相同，而且也不必强求），你应该努力工作，勤勤恳恳，多赚钱，多收学生。”

“您放心，我会照您的话去做，亲爱的爸爸。”普林斯说。

“这一点我倒是放心的，”特维德洛甫先生说，“你虽然没有很大的才华，亲爱的孩子，但到底是一个勤勤恳恳和能够做点事情的人。对你们俩，孩子们，我本着你那故去的母亲（我相信自己曾经对她做过一些指导，因而感到愉快）的意思，只想叮嘱几句话——重视这个学校，注意照顾我生活上的这些简单的需要。祝你们俩幸福！”

老特维德洛甫先生为了表示祝贺，摆出一副长者的慈祥面孔，因此我对凯蒂说，如果我们当天还想到泰维斯法学院街去，那就非马上离开不可。凯蒂和她未婚夫在临别时不胜依恋，最后我们便告辞了。一路上，凯蒂兴高采烈，不断谈论老特维德洛甫先生对她的夸奖，因此，不管是从哪一方面看，我都没说他一句坏话。

泰维斯法学院街的那幢房子，在窗上贴了许多招贴，标明它要出租，可是它的外表却比从前更脏、更黑、更难看了。前一两天，报上的破产者专栏出现过可怜的杰利比先生的名字，他这时正跟两位绅士呆在餐厅里，关上了门，不让别人进来打扰；他们周围堆着许多蓝袋子，摆着账本和公文，费尽心思去弄清他的经济状况，我觉得他对这些事情一点也不清楚，因为凯蒂糊里糊涂把我领进餐厅时，我看见他戴着眼镜，坐在一个角落里，一边是大餐桌，一边是两位绅士，他那样子好像已经把一切置之度外，茫然地坐在那里，一言不发。

我们上了楼，走进杰利比太太的房间（孩子们都在厨房里大嚷大叫，仆人一个也见不到），看见她周围的信件堆积如山；她正忙着拆信，看信，把信件分类，地上到处是拆开的信封。她忙得不可开交，因此乍一见面时，她竟认不出是我，只是带着那种迷茫的神色望着我，那双明亮的眼睛显得很好奇。

“哎呀！原来是萨默森小姐！”最后她说，“我正在想一些跟你完全无关的事情，你好！见到你非常高兴。贾迪斯先生和克莱尔小姐都很好吧？”

我也问候了杰利比先生好。

“唉！他不怎么好，亲爱的，”杰利比太太泰然自若地说，“他很不幸，把事情搞糟了，所以有点垂头丧气。我忙得很，没有时间去考虑它，这倒也好。萨默森小姐，我们现在有了一百七十户人家（每户平均五口人），他们一部分人已经搬到尼日尔河左岸，一部分人正准备搬。”

我联想到这一家人，他们并没有搬到尼日尔河左岸去住（而且也不准备搬），她怎能对这个家的情况无动于衷，这真叫我费解。

“嘿！你把凯蒂也带回来了，”杰利比太太向她女儿瞥了一眼说，“她在这儿已经成了稀客啦。她把从前的工作抛下不管，我只好去雇一个男书记。”

“真的，妈——”凯蒂开始说。

“你知道不，凯蒂？”她母亲很和气地打断她说，“我真雇了一个男书记，他这会儿吃饭去了。你现在辩解也没用！”

“我不想跟您辩解，妈，”凯蒂答道，“我只想说，您总不会要让我一辈子都干这种苦差事吧！”

"我相信，亲爱的，"杰利比太太说，仍然拆着信，她脸上挂着微笑，一边用那双明亮的眼睛看信，一边把信归类，"你母亲就是你的工作榜样。再说，难道这仅仅是一种苦差事吗？如果你对人类的命运有一点同情心的话，你就根本不会产生这样的想法。可惜你就没有。我时常对你说，凯蒂，你缺乏这种同情心。"

"妈，如果您说是对非洲要有同情心的话，那我可一点也没有。"

"这倒一点儿也不奇怪。对了，萨默森小姐，幸亏我这么忙，不然，"杰利比太太说，一边用她那温柔的眼光望着我，一边又考虑把刚拆开的信归入哪一类，"听了这种话，我一定会感到失望和痛苦的。不过，关于伯里奥布拉-加纳的事情，我要费很多心血，而且又必须集中精力，所以你看，这倒是我解决烦恼的好办法。"

这时凯蒂用恳求的眼光对我看了看，而杰利比太太的眼睛虽然是看我的脑袋和帽子，实际上却注视着遥远的非洲，我觉得这时候谈谈来访的目的，引起杰利比太太的注意，倒是一个很好的机会。

"也许，"我说，"你会奇怪我干吗要到这儿来打搅你吧。"

"见到萨默森小姐，我总是高兴的。"杰利比太太说，一边微微地笑着，一边安详地看着信，"不过，我们希望，"她摇了摇头，"她对伯里奥布拉-加纳计划能有更大的兴趣。"

"我跟凯蒂到这里来，"我说，"因为凯蒂想得很对，觉得不该把事情瞒着自己母亲，她认为我能鼓励而且帮助她把这个秘密告诉您，可是我真不知道该怎样帮她忙哩。"

"凯蒂，"杰利比太太说，停了一会没看信，接着摇了摇头，又安详地看下去了，"你又要跟我胡说八道了吧？"

凯蒂解开帽带，把帽子摘下来，然后抓着那两条带子，让帽子在地板上晃来晃去。她一边放声大哭，一边说道："妈，我订婚了。"

"哎呀，你真莫名其妙，"杰利比太太漫不经心地说，这时正在看刚拆开的信，“实在太糊涂了。”

“我已经跟跳舞学校的小特维德洛甫先生订了婚，妈，”凯蒂哭着说，“老特维德洛甫先生（他真是一位很有风度的绅士）已经同意了。我求您也表示同意，妈，不然，我不会快活的。绝对不会快活的！”凯蒂哭着，这时她已经忘了平时的委屈，心中充满了对她母亲的天生的感情。

“你这就明白了吧，萨默森小姐，”杰利比太太从容不迫地说，“我现在这么忙，必须这么专心工作，倒是我的福气哩。你瞧凯蒂同一个跳舞教师的儿子订了婚——这些人跟她一样，对人类的命运没有一点同情心，而她却跟他们混在一起！奎尔先生其实是我们这个时代的一位大慈善家，曾经对我表示过他对凯蒂很有意思，偏偏在这个时候她跟别人订婚了！”

“妈，我向来就讨厌奎尔先生！”凯蒂低声哭着说。

“凯蒂，凯蒂！”杰利比太太答道，异常沉着地拆开另一封信，“你讨厌他，我一点也不奇怪。他充满了同情心，而你却一点也没有，你不讨厌他，那才怪呢！再说，如果我不是特别喜欢公众事业，不是忙于这些庞大的计划，那么这些琐事可真要把我烦死了，萨默森小姐。但是我怎能让凯蒂干的糊涂事（我一向认为她干不出什么好事）来影响我对伟大的非洲的同情呢？不，决不可能，”杰利比太太用镇静而清晰的声音重复着说，脸上露出和蔼的笑容，一边又拆开一些信件，加以归类。“不，决不可能。”

她对凯蒂婚事的态度这么冷淡，虽然事先我可以想象，但到底缺乏心理准备，所以一时不知说什么才好，凯蒂似乎也不知所措了。杰利比太太继续拆信分信，有时脸上露出非常安详的笑容，用美妙动听的声音重复说：“不，决不可能。”

“我希望您，妈，”凯蒂最后哭着说，“我希望您不生我的气才好！”

“唉，凯蒂！你真荒唐，”杰利比太太说，“我刚说过我忙得不可开交，你还问我这种问题。”

“那末，妈，我希望您同意我们，并且祝福我们，好吗？”凯蒂说。

“你这孩子真糊涂，竟然做出这种事情，”杰利比太太说，“你本来可以专心从事那伟大的公众事业的，你偏偏不干，真是不成材！既然事情已经做了，而且我也已经雇了一个男书记，那还有什么可说的哩。喂，凯蒂。”杰利比太太说——因为凯蒂这时吻了吻她——“我求你不要耽误我的事情啦，让我把这一大堆信件处理完毕，因为下午还有一批信件要送来呢！”

我觉得自己最好是就此告辞，可是，这时凯蒂又说话了，我只好再等一会。

“我带他来见您好不好，妈？”

“哎呀，凯蒂，”杰利比太太正在那里凝思，听了这话便叫了起来，“你怎么又来唠叨了？你说带谁来呀？”

“带他，妈。”

“凯蒂，凯蒂！”杰利比太太说，对于这些琐事已经很不耐烦了。“随便哪天晚上，你把他带来好了，可是不能在父母协会、分会或支会开会的晚上。我很忙，你一定要把他来的时间安排好。亲爱的萨默森小姐，感谢你到这里来帮忙解决了这个傻丫头的问题。再见！我告诉你今天早晨我又收到了从事制造业的家庭寄来的五十八封信，他们急于探听有关土著种植咖啡问题的详情，所以我也不必再向你解释我是多么忙了。”

我们到了楼下时，凯蒂郁郁不欢，后来又搂着我的脖子哭了起来，跟我说她宁可挨骂，也不愿受到这种冷淡，又偷偷告诉我她的衣服不全，将来结婚不知怎样才能弄得体面一些——所有这些，我一点也不感到奇怪。我仔细跟她解释，她有了自己的家以后，可以替她那不幸的父亲和啤啤做很多事情，这样才慢慢使她高兴起来。后来我们又到地下室的那间阴暗潮湿的厨房去，看见啤啤和他的弟弟妹妹们在石板地上乱爬。我跟他们玩得非常热闹，最后我不得不用讲故事的办法来给自己解围，否则一定会被他们缠死呢。我不时听见楼上客厅人声喧闹，有时还有推倒家具的巨大声响。我猜这大概是可怜的杰利比先生想到又要弄清他的业务状况时，便推开餐桌，企图跑到窗口跳楼自杀吧。

经过一天忙乱，我在晚上悄悄乘车回家去了。归途中，我对凯蒂订婚的事想了很久，我深信（尽管老特维德洛甫先生的问题还未完全解决），凯蒂订婚以后会更加幸福，日子也比以前好过。如果她跟她丈夫看不清那位风度大师的真面目，那是再好也没有了，谁希望他们看得清呢？我也不希望他们看得清，而且，说实在的，我还因为自己不大信任那位风度大师而感到惭愧呢。我抬头望着天上的星辰，想到远方的旅人，想到**他们**也会看见那些星辰，便希望自己永远幸福愉快，这样对某些人就可以尽一份微薄的力量。

我回到家里的时候，他们跟以往一样，见到我都很高兴，而我也快活极了，如果不是怕引起别人讨厌，我真想坐下来哭它一场呢。家里的人从上到下，都对我笑脸相迎，高高兴兴地跟我说话，为我安排一切，因此，我觉得世界上再也没有像我那么幸福的小姑娘了。

那天晚上，婀达和我的监护人一定要我把凯蒂的事情原原本本地告诉他们，于是我们便闲谈起来，我也唠唠叨叨地谈了很长时间。最后我回到自己屋里，想起自己刚才谈的话，觉得很不好意思，这时我听见有人轻声敲门。我说“请进”，进来的是一个漂亮的小姑娘，她那一身丧服倒也穿得相当齐整；她向我屈膝请安。

“对不起，小姐，”小姑娘低声地说，“我是查理。”

“噢，是你啊！”我说，惊愕地弯下身去，吻了吻她，“我很高兴见到你，查理。”

“对不起，小姐，”查理接着说，声音还是那么低，“我是您的侍女。”

“真的吗，查理？”

“对不起，小姐，贾迪斯先生要我来侍候您。”

我坐了下来，按着她的肩膀，注视着她。

“啊，小姐，”查理拍了拍手说，泪水从那带着两个小酒涡的脸上流下来。“对不起，托姆已经上学念书，功课好极了！小爱玛跟布兰德太太住，小姐，也得到很好的照顾。本来托姆早该上学，爱玛早该跟布兰德太太住，我也早该上这儿来的，小姐，可是贾迪斯先生觉得我们年纪都很小，现在虽然要分开，也得一步步来。对不起，小姐，您别难过啊！”

“我忍不住哩，查理。”

“小姐，我也忍不住，”查理说，“对不起，小姐，贾迪斯先生问您好，他想您一定愿意随时教导我。对不起，托姆、爱玛和我每月见面一次。我心里真是又高兴又感激，小姐，”查理激动得哭起来了，“我以后一定好好侍候您。”

“亲爱的查理，千万别忘了谁安排这一切的啊。”

“我不会忘，小姐，永远不会。托姆和爱玛也不会。所有这一切都得感谢您，小姐。”

“这个事情我一点也不知道。你得感谢贾迪斯先生，查理。”

“是的，小姐，这一切都是为了关怀您而安排的，您现在是我的主人了。对不起，小姐，贾迪斯先生因为爱护您才让我来侍候您，这一切都是为了关怀您而安排的，我和托姆一定会永远记住。”

查理擦干了眼泪，开始收拾房间了。她像个小管家婆似的在屋里转来转去，随手把摊开的东西拾掇好；过了一会儿，又悄悄走到我的身边，说：

“对不起，小姐，您别哭啊。”

我还是说：“我忍不住哩，查理。”

查理也说：“小姐，我也忍不住。”这么说，原来我还是因为心里高兴才哭起来的，而查理也是如此。

第二十四章
控　诉

上次理查德先生跟我谈的那番话，我在前边已经叙述过了，后来，他又写信把他的心情告诉了贾迪斯先生。我不知道监护人收到信后是不是感到意外，不过，这封信却引起他很大的不安和失望。他跟理查德常常在深夜和清晨关着门密谈，有时还整天耽在伦敦，同肯吉先生接触频繁，费尽心机处理许多棘手的问题。当他们忙于这些事情的时候，我的监护人虽然由于风向的关系，感到很不舒服，而且经常用手搔头，弄得头发零乱不堪，不过，他对婀达和我还像平时那么亲切，只是对理查德那些事情绝口不提罢了。我们想尽办法向理查德打听，他却满有把握地说，事情进行得很顺利，将来一定会圆满解决，因此，他并不能减轻我们多少忧虑。

时间一天天地过去，后来我们听说曾用理查德的名义（我不知道当时用的是“未成年人”还是“受监护人”）重新向大法官阁下提出请求；据说大法官庭对这件事议论纷纷，大法官开庭时曾把理查德形容为一个讨厌而任性的人，事情一再拖延，调查，汇报，申请，后来理查德跟我们说，他也开始担心，等到他真能参军的时候，恐怕已经是一个七八十岁的老兵了。不过，他终于又应约到大法官的办公室去，大法官当场严厉申斥他浪费光阴，见异思迁——“这是法院跟我开玩笑，”理查德说——不过最后还是决定批准他的申请。于是他在近卫骑兵团报了名，申请取得旗手的委任状，并在代办人那里交了保金。接着，理查德便以他惯有的特殊作风，开始如饥似渴地研究军事，每天早晨五点钟起床练习大刀。

话说学期过完就是假期，假期过完又是学期，日子一天天地过去了。我们常常听到贾迪斯控贾迪斯案的消息；这场官司进行的情况，报上有时披露，有时毫无消息；有时被人提到，有时引起讨论，总之它忽而出现，忽而音讯杳然。理查德这时住在伦敦一位教师家里，因此不像以前那样常跟我们在一起，我的监护人仍然保持那种缄默的态度，因此，随着时光的消逝，理查德终于取得了委任状，并接到指示，要到爱尔兰去参加骑兵团。

有天晚上，他带着这个消息匆匆忙忙赶到我们这儿来，跟我的监护人进行长谈。我跟婀达这时正坐在屋里，过了一个多小时，我的监护人探头进来跟我们说，“你们到我房间来，亲爱的。”我们走了进去，看见理查德靠着壁炉站着，脸上露出又是羞愧又是气忿的神色，而不像上次和我们见面时那样高兴。

“婀达，理查德和我的意见不合。喂，理克，别不高兴了。”

“你要求我太严了，先生，”理查德说，“你在别的事情上头，一向很体贴我，而待我的许多好处，我也永远报答不完，正因为这样，我才觉得你这次对我特别严厉。当然，如果没有你的帮助，表哥，我决不能改正自己。”

“你这话说得对啊，”贾迪斯先生说，“直到现在我还想帮助你进一步改正。我还想更妥当地处理你自己的事情。”

“我觉得最好还是由我自己来处理自己的事情，先生，”理查德答道，语气虽然激烈，但态度却很谦恭。“不过我这样说，请你不要见怪。”

“我要说的话，希望你不要见怪，”贾迪斯先生和颜悦色地说，“你有这种想法也很自然，可是我的想法跟你不同。我必须尽到我的责任，理克，不然你一旦冷静下来，就不会尊重我了，你冷静也罢，不冷静也罢，我总希望你能永远尊重我。”

婀达面色苍白，因此他让她坐在安乐椅上，自己也坐在她身边。

“这没有什么，亲爱的，”他说，“这没有什么。理克跟我没伤感情，只是意见有些分歧，因为分歧主要牵涉到你，所以我们非告诉你不可。可是，要是我们把话讲出来，你害怕吗？”

“如果由你来讲，约翰表哥，”婀达微笑地答道，“我一点也不怕。”

“谢谢你，亲爱的。请你安静一下，听我跟你说话，别看着理克。还有，小老太太，请你也听着。亲爱的姑娘，”这时他按着婀达搁在安乐椅柄上的手，“那天小老太太告诉我一个爱情小故事的时候，我们四个人谈的话，你还记得吗？”

“你那天对我和理查德的关怀，我们永远也不会忘记，约翰表哥。”

“我永远不会忘记，”理查德说。

“我也永远不会忘记，”婀达说。

“那么我讲话就方便得多了，而我们想得到一致的意见，也就容易得多了。”我的监护人答道，笑容满面，露出了善良而又高尚的神色，“婀达，我亲爱的姑娘，你知道理克现在终于选定了他的职业。等到他把所需的衣物买齐以后，他现有的钱也就全部花光了。事实上他的财产已经完了，从此必须自食其力。”

“一点不错，我现有的财产的确已经花完了，不过我对这个倒也心安理得。可是，先生，我现有的钱并不等于我的全部财产呀。”

“理克，理克！”我的监护人叫了起来，突然现出惊骇的样子，声音跟着也变了，举起双手，仿佛要捂住耳朵似的，“我的老天爷，你千万不要对那件败坏我们家族的官司抱有丝毫希望或幻想！那个可怕的幻想已经折磨我们这么多年了，在你活着的时候，不管你干什么，绝对不要对这件官司抱任何希望。哪怕是求人借钱，求人施舍，甚至饿死也比这样做好！”

他这番带有警告意味的话说得这么激烈，我们听了都不禁吃了一惊。理查德咬着嘴唇，屏住呼吸，朝我瞥了一眼，仿佛他感到——而且知道我也感到——他非常需要有人对他提出这个警告似的。

“婀达，亲爱的，”贾迪斯先生说，脸上又露出高兴的神色，“我这番忠告措词激烈了一些，不过我住在荒凉山庄，曾经亲眼见过一件事情，现在也不必多谈了。理查德那笔用来立身处世的财产，已经成了孤注一掷的赌注。为了他和你的前途着想，我向你们建议，他在离开我们的时候，应该有这样一个谅解，那就是在你们之间根本不存在任何婚约。我必须把话说得更明确一些，我要对你们采取坦率的态度。你们对我应该是无话不谈，我对你们也是无话不谈。我要求你们目前除了维持表兄妹的关系以外，其他关系都完全断绝。”

“先生，你不如直截了当跟我说，”理查德答道，“你对我完全丧失了信心，而且劝婀达也这样做。”

“你最好不要这样说，理克，因为我并没有这个意思。”

“你认为我走上社会的途径不理想，先生，”理查德反驳道，“**确实不理想**，这点我明白。”

“我们上次谈到这些问题的时候，我曾经对你说过，我希望你走的是什么途径，往哪方面发展，”贾迪斯先生又亲切又同情地说，“目前你还没有像我所说的那样走上社会，什么事物都有它的时机，你的时机还没有过去——相反地，才刚刚开始。你们是表兄妹（而且都很年轻，亲爱的），目前没有其他关系。至于将来是不是会有其他关系，那就要靠自己努力，理克，不能操之过急。”

“你对我要求太严格了，表哥，”理查德说，“比我想象的严格得多。”

“老弟，”贾迪斯先生说，“如果我做出什么痛苦的事情，那不过是我要更严格地要求自己罢了。今后如何补救，那就得靠你自己了。婀达，如果理克毫无牵挂，而你们又没有过早的婚约，那对他就更有好处。理克，对婀达来说，也是更有好处，所以为她着想，你应该这样做。唉！尽管这样做对个人来说，并不是最好的办法，但如果对对方是最好的话，你们就应该这样做。”

“为什么这是最好的办法呢，先生？”理查德立刻问道，“我们当初把心里话告诉你的时候，这样做就不是最好的办法，因为你当时没有这么说。”

“可是从那时起，我有了经验教训。我并不怪你，理克，——可是从那时起，我有了经验教训。”

“那么你的意思是指我呐，先生。”

“对，我的话确实是指你们俩，”贾迪斯先生和蔼地说，“现在还不是你们订婚的时候。这样做是不妥当的，我不能同意。唉！唉！我年轻的表弟和表妹，你们一切重新开始吧！过去的事就算了，你们在自己的生命史上应该揭开新的一页。”

理查德用焦急的眼光望了望婀达，可是没有说什么。

“过去我对你们俩或埃丝特一直保持沉默，”贾迪斯先生说，“目的是想使我们今天能以诚相见，毫无偏袒。现在我诚恳地提出忠告，万分殷切地请你们俩在分别时只保持原来的关系，也就是你们当初到这里来的那种关系。其他一切都需要时间、真诚和恒心加以考验。如果你们不这样做，就会犯下错误，而且也会使我犯下错误——错在当初不该使你俩聚在一起。”

大家沉默很久。

“理查德表哥，”婀达一边说，一边扬起她那双碧蓝的眼睛，温柔地望着他的脸，“听了约翰表哥的话以后，我觉得咱们只好这样做了。你对我可以完全放心，我住在这里，有他照顾，你可以完全相信我不会有什么不满的地方。我听从他的指示，你一点也不需要担心。我毫不怀疑，理查德表哥，”婀达有点忸怩地说，“你很喜欢我，而我也不相信你会爱上别人。但是我希望你能好好考虑这个问题，因为我希望你一切都很幸福。你可以相信我，理查德表哥，我是不会变心的，我也不是个不可理喻的人，永远不会怪你。即便是表兄妹，在别离时也会觉得难过，事实上，我确实很难过，理查德，尽管我也了解这是为了你的幸福。我会永远想念你，并且会时常跟埃丝特谈到你——而你有时会想念我吧，理查德表哥，那么，”婀达站起身来向他走去，并且伸出了她那颤抖的手，“我们现在的关系只是表兄妹，理查德——也许暂时是这样——不管我亲爱的表哥到什么地方去，我都会为他祝福。”

我很奇怪理查德竟然不能谅解我的监护人对他的批评，因为他自己在我面前也曾经表示过同样的意思，而且语气更加严厉。但事实上现在却不能谅解他，看到他今天对贾迪斯先生再也不像以往那样坦率真诚，我心里感到非常难过。不管怎么样，他对贾迪斯先生应该是坦率真诚的，可是他偏不这样；因此他们之间的关系开始疏远，这个责任应该完全由他来负。

为了准备和购置行装，他很快就忙得不可开交，甚至连跟婀达分离在即而引起的悲伤也顾不得了。婀达仍留在赫特佛德郡，他和贾迪斯先生跟我却到伦敦去住了一星期。他有时也怀念婀达，甚至伤心流泪，在这种时候，往往在我面前痛骂自己。可是，转瞬间，他又毫无根据地假设自己能依靠某种莫名其妙的办法，使他们俩永远富裕和幸福，因而变得兴高采烈了。

这段时间我们都忙忙碌碌，我整天跟他四处奔波，购置他所需要的种种东西。对于那些他一定要选购的东西，我则不表示意见。他对我非常信任，常跟我谈到他的缺点和坚定不移的决心，说得合情合理而又真挚动人。他还絮絮不休地谈到跟我谈话后得到多大的鼓励，因此，如果我愿意跟他谈下去，那倒是不会觉得厌烦的。

在那个星期里，有个曾经当过骑兵的人常到我们的住所来教理查德击剑。他是个相貌诚实、态度直爽的人。理查德跟他学习剑术已经好几个月了。我不仅从理查德，而且从我的监护人那里了解到他的许多情况；因此，有一天吃完早饭他来了以后，我故意呆在房间里工作。

“早安，乔治先生！”我的监护人说，当时恰巧只有他跟我在屋里。“卡斯顿先生一会儿就来。我想萨默森小姐一定高兴见到你。请坐吧。”

他坐了下来，我想他因为我在场而感到有点不安；他没敢看我，只是用他那晒黑了的大手擦了擦上唇。

“你真守时间，分毫不差，”贾迪斯先生说。

“军人的时间观念，先生，”他答道，“习惯养成的。这只是我的习惯而已，先生。办起事来，我就不那样按部就班的了。”

“但我听说你做的买卖不小，”贾迪斯先生说。

“不大，先生。我办了一个室内打靶场，可是并不大。”

“你打算在射击和击剑方面把卡斯顿先生训练到什么程度呢？”我的监护人说。

“可以到相当好的程度，先生，”他答道，双臂交叉在宽阔的胸脯前，显得十分魁梧，“如果卡斯顿先生全心全意地学，他会学得很好的。”

“可是他大概没有全心全意地学吧？”我的监护人说。

“起初倒是好好学，先生，但是后来就不是那样了。他没把心全搁在这上面，也许心里有别的事——大概想念某位年轻的小姐吧。”他那双明亮的黑眼睛第一次对我看了看。

“我向您保证，乔治先生，他心里没想我。”我笑着说道，“不过您好像怀疑我似的。”

他那棕黑的脸膛有点发红，向我行了一个骑兵式的敬礼。“请您不要见怪，小姐。我是个大老粗。”

“哪里话，”我说，“您那么一说，我倒觉得挺荣幸呢。”

如果他刚才没敢看我，这时却看起来了，眼光迅速地在我身上横扫了几次，“对不起，先生，”他对我的监护人说，露出男性那种腼腆的样子，“您能不能告诉我这位年轻小姐的名字——”

“萨默森小姐。”

“萨默森小姐，”他跟着说了一遍，又看了看我。

“您熟悉这个名字吗？”我问道。

“不，小姐。我没听说过。我好像在哪里见过您。”

“我想不会吧，”我答道，放下手里的针线活儿，抬头望着他，他的话和他的态度都很诚恳，我倒觉得这是个说话的好机会，便说，“我见过的人，我是不会忘记的。”

“我也是这样，小姐，”他答道，那双炯炯有神的黑眼睛和宽阔的前额正好遇上我的眼光，“哼！我怎么会想到那上面去了！”

他那棕黑色的脸膛又红起来了，并且竭力联想在什么地方见过我，而变得局促不安，我的监护人看到这种情形，便来替他解围。

“你收的学生多吗，乔治先生？”

“有时多，有时少，先生。一般说，靠这些学生过日子是不够的。”

“偶尔到你的打靶场来练习打靶的，是些什么样的人呢？”

“各式各样的人都有，先生。本国人和外国人，从绅士到学徒都有。过去还有法国女人，她们都是射击能手。当然也有许多莫名其妙的人——他们只要有机会，什么地方都去。”

“来练习射击的人，有没有因为怀恨别人，打算将来打活靶的呢？”我的监护人笑着问道。

“这种情形不多，先生，不过也确实发生过。人们主要是来学射击技巧——也有为了解闷的。这两种人各占一半。对不起，”乔治先生说，笔直地坐着，双手也伸得直直的，按在两个膝盖上，“如果我听的不错，你也是大法官庭的起诉人吧。”

“很遗憾，你说的一点也不错。”

“我也曾认识一个遭遇和您差不多的人，先生。”

“他也是大法官庭的起诉人吗？”我的监护人问道，“那是怎么一回事呢？”

“唉！这个人到处碰壁，吃尽苦头，成天愁眉苦脸，”乔治先生说，“所以神经有点失常。我不相信他打算杀人，可是他当时非常气愤和暴躁，常到我这儿来，交五十发子弹的钱，一气把子弹打完，最后变得十分激动。有一天，他很气愤地对我谈起他受到的冤屈，当时正好没有旁人，我就对他说：如果打靶能叫你消点气的话，老兄，那当然是最好了；可是，看你现在的情绪，我可不愿意你对打靶这么热心，我倒希望你能找些别的消遣。当时他那么激动，我不得不加以警惕，防他揍我一拳。可是他听了以后倒没有怪我，马上就停止打靶了。我们握握手，从此成了好朋友。”

“那人是干什么的？”我的监护人问道，这时又露出很感兴趣的样子。

“唉！他最初是希罗普郡的一个不算富裕的农民，后来就被他们糟蹋得不成样子了，”乔治先生说。

“他的名字叫格里德利吧？”

“就是呀，先生。”

乔治先生那炯炯有神的眼光又迅速向我瞟了几回，因为这时，我的监护人和我对这件偶合的事情正感到惊讶而交谈了几句；于是我便向他解释我们知道这个名字的经过。他认为这是我对他客气，便敬了我一个军礼，以表示感谢。

“我不知道，”他望着我说，“究竟为什么又这样想了——可是——唉！简直胡闹！我脑子里想些什么啊！”他用那只大手去抚弄他那卷曲的黑发，仿佛想摆脱开他那些零乱的思绪，接着又把椅子往前拉了拉，一手叉腰，另一只手放在腿上，眼睛望着地面出神。

“听说这位格里德利又因为心情不好而闯了祸，躲了起来，我听了真难过。”我的监护人说。

“我也听说了，先生，”乔治先生答道，仍旧望着地面沉思。“我也听说了。”

“你不知道他躲在什么地方吗？”

“不知道，先生，”骑兵答道，一边抬起眼睛，从沉思中惊醒过来。“他的情况，我一点也不知道。我想他很快就会被折磨死的。一个坚强的人经得起好多年的精神折磨，但到最后也会突然死掉。”

理查德一进来，我们便停止了谈话。乔治先生站起来，向我又敬了一个军礼，并与我的监护人告别，大踏步走了出去。

这是理查德预定启程的那天早晨。当时我们把东西都买齐了；午后不久我把他的行装也全部收拾好；等到晚上他取道利物浦前往霍利赫德，我们就没事了。贾迪斯控贾迪斯案当天又要开庭，理查德向我提议一同到法院去听听开庭的情况。当天是他启程的最后一天，他非常想去而我又从未去过，因此，我便同意了；我们走到威斯敏斯特，法院正在开庭。我们一边走，一边聊，约好他将来写信给我，我也写信给他，还订下许多其他很有希望实现的计划。我的监护人知道我们要上什么地方，所以没跟我们一块儿去。

我们到了法院，看见大法官——我们曾在林肯法学协会他的私人房间里见过他——在法官席上正襟危坐，态度庄严肃穆，在他下面的红案子上摆着权标和印玺，此外还有许多一般高矮的花束，看起来像个小花园，使法庭到处弥漫着芬芳的气息。从那红案子往下看，就是律师们长长的行列，一堆堆的公文摆在他们脚边的垫子上，再往前是戴着假发、穿着法衣的法庭人员——有的醒着，有的睡着，有一个在讲话，可是谁也没注意听他在讲什么。大法官靠着他那非常舒适的座椅，胳膊肘支在有软垫的扶手上，手托着前额。在场的人有的在打瞌睡，有的在看报，有的走来走去，有的三五成群，低声交谈；大家都从从容容，不慌不忙，对什么事情都漫不经心，因而显得十分逍遥自在。

眼看这里种种怡然自得的景象，我便想到起诉人穷愁潦倒的一生和死亡；眼看这里的人衣冠楚楚和彬彬有礼，我便想到这一切所体现的破坏、穷困和苦难；我又想到许多人失望之余而感到怒火中烧，但另一方面，日子一天天、一年年地过去，这里的讲究礼节的场面都平稳地、有条不紊地继续下去；我看见大法官和他下边的全体律师，有时面面相觑，有时望着旁听者，仿佛他们根本不知道他们的名声在英国各地已经成为莫大的笑柄，引起了普遍的恐惧、鄙视和痛恨；他们已经名誉扫地，除非出现奇迹，否则就不能给任何人带来幸福。我以往从未见过这种现象，所以觉得它很古怪、很矛盾，因此，刚一开头的时候，我对这些简直难以置信和无法理解。我在理查德带我去的座位上坐下来，倾耳谛听并向四周张望。我看见那个可怜的、疯疯癫癫的小老太婆——弗莱德小姐站在凳子上，对着法庭点头，除她以外，整个法庭似乎没有一点真实的东西。

弗莱德小姐看见我们，便到我们坐的地方来了。她殷勤地欢迎我到她这个小天地来，带着非常得意而骄傲的神色向我介绍这个地方的主要特色。肯吉先生也来跟我们谈话，同样把这个地方夸耀一番，不过他用的是主人家那种殷勤而谦虚的态度。他说当天不是参观的理想日期，最好是在开庭季节的第一天；他说尽管如此，这个地方还是富丽堂皇，气象万千的。

我们在那儿坐了半小时左右，这个正在进行中的案子（恕我用了这么个可笑的词儿）似乎由于案件本身枯燥乏味而告结束了；它没有什么结果，或者说谁也没有希望它会有什么结果。这时大法官把一沓公文从他桌上扔给下面的法庭人员，有人喊道："贾迪斯控贾迪斯案。"随着这个喊声，人群中产生了一阵骚动和笑声，旁听者纷纷退席；有人把一堆堆、一捆捆的公文和整袋整袋的文件送上庭来。

我想这次开庭的目的是为了得到"进一步的指示"——据我了解，这是有关诉讼费的问题，因为这方面的账目已经弄得非常混乱了。我计算了一下，那些自称参与该案的律师共有二十三位，可是他们对案情似乎并不比我了解多少，他们跟大法官交谈，彼此争辩解释，有人说应该这么办，另一些人又说应该那么办，有人开玩笑地建议翻阅大卷的口供书，这马上引起更大的骚动和笑声；那些与本案有关的人士都懒洋洋的，把审理这案子当作一个消遣，因此谁也没法使这个案子产生任何结果。过了一小时左右，许多人作了发言，而又都被打断了，于是本案便像肯吉先生所说的那样又是“暂毋庸议”了，在书记还没有把全部公文运到庭上的时候，打开的公文又一捆捆地包起来了。

当这种毫无结果的诉讼程序结束时，我对理查德望了一眼，看到他那年轻漂亮的脸上露出疲乏不堪的神色，不禁吃了一惊。他当时只说了这么一句：“德登大妈，这种局面不能永远不变。但愿下次的运气好一些！”

我看见格皮先生送公文进来，交给肯吉先生。格皮先生也看见了我，便可怜巴巴地向我鞠了一躬；他那副样子促使我赶快离开法院。理查德让我挽着他的胳臂，正准备领我出去，这时格皮先生走上前来。

“请原谅，卡斯顿先生，”他轻轻地说，“同时也请萨默森小姐原谅。这里有位太太——我的朋友——认识萨默森小姐，希望同她握握手。”他说话时，我看到教母家那位雷彻尔太太出现了，仿佛她活生生地突然从我的记忆中跳到了眼前似的。

“你好吗，埃丝特？”她说，“还记得我不？”

我伸出手去说我仍然记得她，而她的样子也没有多大改变。

“我不知道你是不是还记得从前那些日子，埃丝特，”她用原来的那种尖刻口吻说道。“今天当然不同啰。好啊！我很高兴看到你，也高兴你并不那么骄傲，还肯跟我打招呼。”其实，她看见我并不骄傲似乎还感到失望哩。

“骄傲！雷彻尔太太！”我驳道。

“我已经结了婚，埃丝特，”她冷冷地纠正我说，“现在是恰德班德太太。好，再见吧，祝你幸福！”

格皮先生一直很注意地听我们说话，这时，如释重负地轻轻叹了一口气。因为庭上更换审理的案件，一小群人乱哄哄地挤进挤出，我们正站在他们中间，因此格皮先生便用臂肘推开人群和雷彻尔太太往外挤。理查德和我也穿过人丛往外走，我一边走，一边还因为刚才那意外的重逢而感到不快，这时忽然看见乔治先生向我们走来，可是没看见我们。他旁若无人地迈着沉重的脚步往前走，眼光掠过人丛，对法庭直愣愣地望着。

“乔治！”理查德经我指出后喊道。

“碰见你真好，先生，”他答道，“还有你，小姐。我想找个人，你们能替我指点一下吗？我不熟悉这个地方。”

他一边说，一边转身给我们让路，当我们挤出人丛，走到一幅宽大的红色帐幕后面的角落时，他便停了下来。

“有个疯癫的小老太婆，”他开始说道，“她——”

我竖起食指，让他别往下说，因为弗莱德小姐就在左右；她始终在我身边，并且当她遇到一些法院朋友时，便轻声说“别响！菲兹-贾迪斯就在我左边”，要他们看我，而我听了这些，却很不安。

“嗯！”乔治先生说。“你还记得吗？小姐，今天早晨我们谈到了一个人——格里德利，”他用手捂着嘴，轻轻跟我说。

“记得，”我说。

“他躲在我那里，可是早上我不便谈，因为还未得到他的同意。他已经病得很重了，小姐，可是他忽然想起要见见她。他说他们了解彼此的心情，她简直成了他在法院的一个好朋友。我到这儿来找她，因为我刚才守在格里德利身边时，似乎听见了死亡的鼓声隆隆地响起来了。”①

“你要我告诉她吗？”我说。

“那太好了。”他一边回答，一边带着稍微不安的神色望了望弗莱德小姐。“幸亏上帝保佑碰见了你，萨默森小姐，不然我真不知道怎样跟那位太太说哩。”他一只手揣在怀里，以军人的姿态直挺挺地站着，于是我便在瘦小的弗莱德小姐耳边把他仗义而来的用意告诉了她。

“原来是从希罗普郡来的那位朋友！他心里可有气啦，可是他

---

①“死亡的鼓声”一语，出自美国诗人朗费罗（1807—1882）所著的诗：《生命的赞歌》（*A Psalm of Life*）。

也差不多和我一样出名哩！”她高声说。“真的，亲爱的，我非常高兴去拜访他。”

“他现在藏在乔治先生家里，”我说，“小声点，这位就是乔治先生。”

“真——的吗？”弗莱德小姐答道。“荣幸得很！他是一位军人，亲爱的。说真的，还是一位不折不扣的将军哩！”她轻轻地跟我说。

可怜的弗莱德小姐为了表示对军人的尊敬，觉得必须谦恭有礼，便一再屈膝请安，因此费了不少时间才走出法院。最后到了法院外边，她一面管乔治先生叫“将军”，一面要他挽着她的胳膊肘，把旁观的闲人都逗乐了。乔治先生显得局促不安，非常殷勤地恳求我“别把他扔下不管”，所以我也犹豫不决，觉得不便把他扔下不管，并且，因为弗莱德小姐一向听从我的意见，而她也说，“亲爱的菲兹-贾迪斯，你当然会陪我们一齐去啦。”理查德露出了十分愿意，甚至是渴望的神色，表示我们应该把他们平安地送到目的地，所以我们也就同意了。乔治先生告诉过我们：格里德利知道贾迪斯先生和他在早晨曾经会面以后，整个下午都在想念着贾迪斯先生，因此我便用铅笔匆匆写了一个便条给我的监护人，把我们去的地方及原因通知他。乔治先生在咖啡馆把字条封好，免得泄露秘密，然后派个搬运工送去。

接着我们雇了一辆出租马车，驶往累斯特广场附近。我们走过几条狭隘的小街，乔治先生为此表示歉意。不久我们便到了打靶场，但门都关着。门铃的摇柄用链条挂在门柱上；乔治先生拉铃的时候，有一位似乎很有身份的老绅士（他头发花白，戴着眼镜，穿着黑上衣，打着绑腿，头上戴了一顶阔边帽，手里拿着一根顶端镶金的大手杖）过来跟他打招呼。

“请原谅，老兄，”他说，“这里是不是乔治打靶场？”

“是啊，先生，”乔治先生答道，一边朝写在白墙上那个招牌的大字望了望。

“嘿！没有弄错！”老绅士随着乔治先生的眼光望去，说道。“谢谢。你拉铃了吗？”

“我就是乔治，先生，已经拉过铃了。”

“哦，真的吗？”老绅士说，“你就是乔治？那么，你看我跟你同时到了。刚才是你去找我吧？”

“没有，先生。失敬得很，请问你是哪位？”

“哦，真的吗？”老绅士答道。“那么，来找我的，是你那位年轻伙计了。我是医生，有人来请我——五分钟以前——到乔治打靶场看病。”

“死亡的鼓声，”乔治先生转身对着理查德和我，严肃地摇了摇头说。“一点也不错，先生，请进，请进。”

这时一个身材瘦小、相貌古怪的人开了门，他戴着一顶绿呢帽，系着围裙，脸上、手上和衣服上全部沾满油污。我们走过一条阴暗的过道，到了一个大屋子里，四周砖墙上空空荡荡，屋里摆着靶子、枪刀以及其他武器。等我们全体走进屋里以后，那个医生便站着，脱掉帽子，像变魔术似的改变了本来面目，而成为一个完全不同的人了。

“你瞧瞧我，乔治，”这人一边说，一边迅速转身对着乔治，用粗大的食指敲着乔治的胸膛。“你了解我，我也了解你。你见过世面，我也见过世面。你当然知道我叫布克特，我有逮捕格里德利的拘票。你长期把他隐藏起来，你的手段很高明，值得钦佩。”

乔治先生狠狠地望着他，咬着下嘴唇，摇了摇头。

“喂，乔治，”对方说道，一边向前靠过去，“你是个明白人，一向奉公守法，关于这一点，那是没有问题的。可是你得注意，我跟你谈话，并没把你看作一个普通人，因为你曾经替国家效过劳，而且了解国家一旦需要我们尽义务，我们就得服从。因此，你绝不想捣乱。如果我要你帮忙，你就会帮我，关于这一点，也是没有问题的。菲尔·斯夸德，不准你在周围转来转去，”那个满身肮脏的瘦小个子，肩头蹭着墙慢慢移动，目不转睛地盯着这位不速之客，那样子显得非常凶狠。“因为我认识你，你讨不了便宜。”

“菲尔！”乔治先生说。

“是，老板。”

“安静些。”

这个矮个子悻悻地哼了一声，便站住不动了。

“各位女士，各位先生，”布克特先生说，“如果诸位对我这种行动觉得有什么不满意的话，那就请你们包涵一些，我是探长布克特，奉命来办件公事。乔治，我知道我要逮捕的人躲在什么地方，昨天晚上我在屋顶从天窗里看到了他，你当时就跟他在一起。他就在那个屋子里，”他用手指了一指，“就躲在那里——躺在一张沙发上。现在我得见见这位老兄，通知他已经被看管起来。但是你了解我的为人，你知道我不想采取令人难堪的手段。请你用男子汉对男子汉的态度（别忘了你还是一位老资格的军人哩！）向我保证在咱俩之间，一切都得光明磊落，这样我就会尽量给你方便。”

“我给你保证，”乔治先生答道。“不过，你这个人的手段实在不漂亮，布克特先生。”

“胡说，乔治！手段不漂亮？”布克特先生说，一边又用手指敲了敲乔治宽阔的胸膛，一边又跟他握手。“你把我要逮捕的人藏得那么严密，我说过你手段不漂亮没有？你对我也客气点吧，老兄！亲爱的威廉·泰尔①，近卫骑士老萧②！各位女士！各位先生！不说你们也明白，他是英国军人的一个榜样。如果我能变成像他那样的人，不管出多少钱我也情愿！”

事情已经发展到了高潮，乔治先生略加思索，便提议先和弗莱德小姐进去看看他的同伴（这是他对格里德利的称呼），布克特

---

① 传奇中的瑞士神箭手。

② 萧（Shaw，1795—1871）：英国军官，爱尔兰人，参加过不少战役。曾指导训练射击手。

先生表示了同意，于是他们便往打靶场的另一端走去，让我们在一张摆满枪支的桌子旁边坐着或站着。布克特先生乘机和我们聊起天来；他问我是否像一般年轻小姐那样害怕武器；问理查德的打靶技术是否高明；问菲尔·斯夸德这些来复枪中哪支最好，如果是新枪，价值多少；等斯夸德告诉了他，他又跟斯夸德说，他刚才发了脾气，现在感到很抱歉，因为他为人向来和气，简直像个大姑娘一样，所以大家都跟他相处得很好。

过了一会儿，他跟着我们往打靶场的另一端走去，理查德和我默不作声地走着，这时乔治先生来找我们了，他说如果我们愿意见见他的同伴，他的同伴一定非常欢迎我们。他正说着，门铃响了，我的监护人也到了，他低声地说："希望对一个遭受同样不幸的可怜人，能尽一份微薄的力量。"于是我们四个人便往里走，进了格里德利那个屋子。

这是一个从打靶场隔出来的木板房，木板没有油漆，屋里也没有什么摆设。隔板不过八英尺或十英尺高，遮住了四周，但遮不住上端，遮不住高高的打靶场屋顶的椽木和布克特先生曾经往下窥视的那个天窗。太阳已经低了——快落下去了——红艳艳的阳光从屋顶上照下来，但照不到地上。从希罗普郡来的那个人躺在一张粗帆布沙发上——他那身衣服跟我们上次见到他时差不多，但外表已经有了很大变化，我一下看见他那张苍白的脸时，我觉得他一点也不像我印象中那个样子。

他躲在这个地方，一直不停地写，不停地申诉他的冤屈。桌上和几个书架上摆满了他手写的呈文、磨损了的钢笔以及其他文具。他和那个疯癫的小老太婆并排坐着，那神态仿佛世上只有他们两个人，使人看了觉得又可怜又可怕。她坐在椅子上，握着他的手，我们都没走到他们跟前去。

他的声音已经很微弱了，他脸上原有的表情、他的精力、他的愤怒、他对遭受的冤屈的反抗精神也都消失了，因为他饱经忧患，终于倒下来了。我们以前曾经同这个来自希罗普郡的人交谈过，当时他身体健康，精神饱满，可是他现在的样子几乎叫我们认不得了。

他对理查德和我点了点头，同时跟我的监护人说：

“我很感谢你来看我。我想你们跟我见面的日子也不会多了。我很高兴跟你握手，先生。你是个好人，遇到不公道的事，也不气馁。说真的，我很尊敬你。”

他们热情地握手，我的监护人安慰了他几句。

“你也许会觉得奇怪，先生，”格里德利答道，“假如这次我是和你初次见面，也许我就不愿见你了。可是你知道我曾经为这场官司斗争过，你知道我曾经赤手空拳地反抗过他们所有的人，你知道我曾经把事实真相全盘告诉他们，揭露了他们的真面目和他们带给我的委屈；所以，你看到我今天这个可怜的样子，我也毫不在乎。”

“你在他们面前一向是勇敢的，”我的监护人说。

“你说得对，先生，”他脸上露出淡淡的微笑。“我告诉过你，当我失去勇气的时候，结果会怎么样。你瞧这儿！瞧瞧我们——瞧瞧我们！”他把弗莱德小姐握着他的那只手，从她胳臂中抽出来，并且把她拉近一些。

“结局就是这样。在我原有的一切关系、一切努力和希望，一切活着和死去的亲友当中，就剩下这个可怜人跟我意气相投了。经过这些年苦难的日子，我们之间建立了一种关系，这就是我在这世上唯一没有给大法官庭破坏的一个关系。”

“祝福你，格里德利，”弗莱德小姐流着泪说，“祝福你！”

“原来，我还蛮有把握，以为自己永远不会让他们弄得灰心丧气，贾迪斯先生。我也有过决心不让他们这样做。我当时真以为在我病死之前，能够揭发他们，让他们出丑。可是我今天已经被折磨得筋疲力尽了。我也不知道究竟受了多少年的折磨，反正我觉得自己好像很快就要倒下。我希望他们永远听不见我这些话。我希望这里的每一个人都能让他们明白，我一直到死还是像多少年来那样，毫不退让地反抗他们。”

布克特先生一直坐在门口的角落里，这时尽可能说一些和气的话来安慰他。

“好啦，好啦！”他在角落里说，“不要那么说了，格里德利先生。你不过是心里有点不高兴罢了，有时候我们免不了也会这样，我就会这样。振作起来吧！将来你还会对他们一个一个地发脾气；而且，如果我走运的话，也还会接到许多要逮捕你的拘票哩。”

格里德利摇了摇头，什么也没有说。

“不要摇头啊；”布克特先生说，“你还是点头吧，我希望你点头。天啊！我们彼此打过多少次交道！你不是由于藐视法庭而接二连三地被关在佛里特监狱吗？我到法庭去了一二十次，不就是因为你死缠住大法官不放吗？难道你不记得，你最初威胁律师的时候，他们一星期有两三次宣誓控告你要杀人吗？你不妨问问那位小老太太，她哪一次都在场。打起精神来吧，格里德利先生，打起精神来吧，老兄！”

“你打算怎样处理他呢？”乔治低声问道。

“现在还很难说，”布克特先生用同样的声音答道。接着，他又提高声音，继续鼓励格里德利。

“你说已经筋疲力尽了吗，格里德利先生？这些日子你一直躲着我，害得我像只猫似的爬上屋顶，然后又装成医生来看你，你这还能说筋疲力尽吗？你的行为不能证明你已经筋疲力尽了。我觉得你根本不是这样！让我告诉你需要什么，你需要用刺激来支持，其实这一点你自己也明白；你就需要这个。你对刺激已经习惯了，没有刺激，你就活不下去。我本人也是这样。那么，好吧；这张拘票是林肯法学协会图金霍恩先生收到的，后来又在六个郡里备了案。根据这张拘票，你得跟我走，到法官面前去辩论一番，发顿脾气，你看怎么样？这对你会有好处，能使你精神起来，得到一些锻炼，好在下一次跟大法官打交道。你认输了吗？

听到你那么一个精力充沛的人说认输，真叫人奇怪。你不能认输，大法官庭少了你就不热闹啦。乔治，你扶一下格里德利先生，看看他坐起来是不是比躺着好些。”

“他身子很虚弱，”那位骑兵低声说。

“真的吗？”布克特先生焦急地问道，“我只是想刺激他一下。我可不愿看着一位老朋友这样就认输了。如果我能惹他跟我发顿脾气，那也许会使他精神起来。只要他高兴，他爱怎样揍我都行。我决不会占他便宜的。”

弗莱德小姐突然发出一声尖叫，声震屋宇，这声音至今还萦绕在我耳边。

“哎呀！格里德利！”当格里德利从她身前沉重而又平静地往后倒下去，她便叫了起来，“咱们认识这么些年了，我还没有给你祝福，你怎么就合上眼啦！”

太阳已经落下去了，屋顶上的阳光慢慢消失，阴影也渐渐笼罩着这个屋子。但是我觉得这对人物（一生一死）留下了比黑夜还黑暗的阴影，它深深地投在理查德的旅途上。从理查德临别的话中，我仿佛又听见下面那些话在耳边回响：

“在我原有的一切关系、一切努力和希望，一切活着和死去的亲友当中，就剩下这个可怜人跟我意气相投了。经过这些年苦难的日子，我们之间建立了一种关系，这就是我在这世上唯一没有给大法官庭破坏的一个关系。”

第二十五章
斯纳斯比太太明察秋毫

柯西特街库克大院充满了不安的气氛。这个宁静的地区隐藏着一个叫人猜不透的谜。库克大院广大居民的心情和以往一样平静，看不出丝毫波动；可是斯纳斯比先生却变得前后判若两人，他那位好太太已经发觉了他的变化。

托姆独院和林肯法学院广场，像两匹无法驾驭的骏马似的，一旦套上斯纳斯比那辆幻想之车，便不肯卸下来。赶车的是布克特先生，而乔和图金霍恩先生则是这车上的乘客。这辆马车载着这几个人物，在法律文具店营业的十几个小时里，不停地飞驰着。甚至在他家吃饭用的小厨房里，它也像饭菜的热气那样，从餐桌上腾空而起，辘辘隆隆地驶过去，因为这时候，斯纳斯比先生刚把土豆烧羊腿切了一块，便停住刀叉，两眼直怔怔地望着厨房的墙壁。

斯纳斯比先生想不出该怎么办才好。他总觉得某一方面的某些问题不对头，但是究竟哪些问题不对头，它们会产生什么后果，在什么时候使什么人受到影响，由于什么意想不到和前所未闻的原因——这一连串的问号把他迷惑住了。他模模糊糊地记得图金霍恩先生的办公室虽然积满了灰尘，但是室内的法衣、法冠、奖章和绑腿仍然闪闪发亮，他对图金霍恩先生这位最好、最亲密的主顾能够掌握人家那么多的秘密，不禁肃然起敬，而法学院、法院小街以及法院周围所有的人也都敬畏图金霍恩先生；他又想到爱用食指比划的布克特先生，这位探长一见如故的态度叫他无法躲闪或推却——凡此种种都使他相信他已经参预了某种危险的秘密，但究竟是什么秘密，他又感到茫无头绪了。他觉得自己已经陷于一种可怕而又特殊的境地，因为这种秘密可能在他生活中的任何时刻，在别人推开店门，拉动门铃，进来传个口信或送来信件的时候，都会像炸弹似的突然爆炸起来，把人炸得粉碎；但是究竟谁会遭殃，那只有布克特先生心里才有数。

由于这种原因，每逢一个陌生人走进店来，并且像许多陌生人那样，问一声“斯纳斯比先生在吗”或类似的毫无恶意的问话，斯纳斯比先生的心便像一个犯罪的人那样，扑通扑通地跳起来。这类问话使他感到很大痛苦，因此，他发现问话的人是个小孩，便隔着柜台狠狠给他一个耳光，出一口气，骂这小混蛋为什么要这样问，而不把话痛痛快快地说出来。但是越来越多的陌生人和小孩在他梦里出现，这些家伙都不好对付，尽问些莫名其妙的问题，把他吓得要死，因此，当柯西特街那家小牛奶场的公鸡照旧用那古怪的啼声报晓时，斯纳斯比先生正在一场噩梦里吓得叫嚷起来，所以他那位好太太，只好使劲推他说：“你这家伙怎么啦！”

这位好太太也给他增添了不少忧虑。他自己明白一直对她隐藏着一件秘密；不论在任何情况下，也总是想隐瞒他那个一碰就疼的虎牙，舍不得拔掉，而斯纳斯比太太却明察秋毫，非要把它拔出来不可。因此，当斯纳斯比先生看见他太太脸上露出一副要替人拔牙的神气，他就像一只瞒着主人做了坏事的狗那样，掉开头，躲着主人的眼光。

这位好太太发现了这些蛛丝马迹以后，就不肯轻轻放过。她不禁喃喃自语说“斯纳斯比有点心事”。因此，柯西特街库克大院里便有人多疑起来了；斯纳斯比太太这种多疑的心理很快又自然而然地变成了猜忌，这个过程就像从库克大院走到法院小街那么容易。因此，柯西特街库克大院里便有人猜忌起来了。斯纳斯比太太一旦有了猜忌之心（其实过去她何尝没有，只是不像现在这么露骨罢了），那可就热闹了：她深更半夜起来搜查斯纳斯比先生的衣袋；偷偷摸摸地翻看斯纳斯比先生的信件；背着斯纳斯比先生检查每天的流水账和总账，现金箱和保险柜；躲在窗口偷看；藏在门后偷听；把斯纳斯比先生一切毫不相干的言行都认真推敲一番。

斯纳斯比太太小心提防着，一刻也不放松，因此这房子仿佛闹鬼似的，常常听见地板发出叽嘎叽嘎的响声和衣裙移动的沙沙声。那两个学徒觉得以前可能有人在这里遭到了谋害。而嘉斯德尔却相信一些零星的传说（在图丁听到的，流传在当地的孤儿中间），认为在酒窖底下埋着金银财宝，由一个白胡子老头看守着，这个老头因为倒背主祷文，所以七千年来一直关在里面。

"尼姆罗德是谁？"斯纳斯比太太心里反复猜测，"那位夫人——那个女仆是谁？那个男孩又是谁？"尼姆罗德跟那位同名的伟大的猎人[①]一样（斯纳斯比太太借用这个猎人的名字来称呼尼姆），早已不在人间了，而那位夫人也不知哪里去了，因此她暂时只好加倍注意，去寻找那个男孩。但是"那个男孩是谁呢"？斯纳斯比太太想了千百次了，"而且谁是那个——"想到这里，斯纳斯比太太的心里便开了窍。

这孩子对恰德班德先生一点也不尊敬。不，确实不尊敬。处在这样一个伤风败俗的环境里，他不尊敬恰德班德先生倒也不奇怪。恰德班德先生曾经约请他再来一次，好告诉他到哪儿去，因为恰德班德先生要跟他谈谈——不是这么说的吗？斯纳斯比太太当时亲耳听到了——可是他根本没来！他为什么不来呢？难道有人叫他不要来？谁叫他不要来呢？究竟是谁啊？嘿嘿！斯纳斯比太太恍然大悟了。

但是，幸亏恰德班德先生昨天在街上遇见了那孩子（斯纳斯比太太直着脖子摇了摇头，冷笑了一下）。由于恰德班德先生想利用这个孩子作为题材来说教，以便给他那些上流的会众一种精神

---

① 伟大的猎人指《旧约全书·创世记》中的宁录。

享受，所以牧师当场抓住那个孩子，并且威胁他说，如果他不把他的地址讲出来，如果他不答应明天晚上到库克大院来而且决不失约的话，那就要把他交给警察了。“明——天——晚——上——”斯纳斯比太太为了强调起见，又说了一遍。同时又冷笑了一下，直着脖子摇了摇头。明天晚上，那孩子就会到这儿来，明天晚上，斯纳斯比太太就能看到他有什么表情，而另外那个人又有什么表情。哼！不管你背地里怎么捣鬼，斯纳斯比太太带着一种傲慢和轻蔑的神气说，**可逃不过我的眼睛！**

斯纳斯比太太不惊动任何人，而是悄悄地朝着目标行事，丝毫不透露风声。明天来了，要准备一些好吃的点心替恰德班德先生加油添醋了，晚上也来了。斯纳斯比先生穿着黑衣服来了；恰德班德夫妇来了；学徒们和嘉斯德尔也听道来了（这时候，那只容量极大的船已经装足了货物）。最后，乔也来了，搭拉着脑袋，慢吞吞地挪动脚步，忽前忽后、忽左忽右地走着；那只脏手还抓着一顶毛皮帽，不停地揪那上面的毛，那样子好像他捉住了一只肮脏的鸟，打算除毛以后生吞下去。乔，这个愣小子，确实非常非常愣，现在恰德班德先生要拿他来做讲道的材料呢！

当嘉斯德尔把乔领进小客厅来，斯纳斯比太太的眼光悻悻地盯着他。乔一进来，便看了看斯纳斯比先生。哼！他为什么要看斯纳斯比先生？斯纳斯比先生也看了看乔。斯纳斯比先生为什么要看乔？斯纳斯比太太心里已经明白了。如果说她猜错了，那么他们为什么要交换眼色呢？斯纳斯比先生为什么要局促不安，用手背捂着嘴，意味深长地咳嗽一声呢？种种迹象都清楚地表明，斯纳斯比先生就是乔的父亲。

“安宁，朋友们，”恰德班德说，站起来擦去他那副尊容上的油，“愿上帝赐给我们安宁！朋友们，为什么要赐给我们安宁呢？”他那肥胖的脸上露出了微笑，“因为安宁不会对我们不利，因为它只能对我们有好处；因为它不会使人心狠，因为它只会使人心软，因为它不像鹰那样猛扑下来啄人，而是像鸽子那样回到我们身边。因此，朋友们，愿上帝赐给我们安宁！好孩子，你过来！”

恰德班德先生伸出又软又厚的大手，抓住乔的胳臂，看看让他坐在哪里。乔很怀疑他的牧师朋友的用意，弄不清是否会吃一些苦头，因此便咕哝着：“你别管我，我什么都没跟你说过，你别管我。”

“不，年轻的朋友，”恰德班德和颜悦色地说，“我不能不管你。为什么呢？因为我辛辛苦苦地布道，因为我现在正进行收获，因为上帝把你交给我，成为我布道的宝贵工具。朋友们，请允许我用这个工具来使你们得到好处，得到利益，得到进步，得到福利，得到幸福！年轻的朋友，坐在这个凳子上吧。”

乔显然以为这位牧师要替他理发，便双手抱着脑袋，结果费了很大的劲儿才使他坐下，但他却表示很不情愿。

乔最后还是听任摆布，像个木偶似的坐在那里；恰德班德先生则回到桌子后面，举起那熊掌似的右手，说：“朋友们！”这是一个信号，要求听道的人安静下来。学徒们心里好笑，彼此用臂肘捅着。嘉斯德尔茫然往前凝视，脸上露出了对恰德班德先生无限钦佩的样子，同时，因为那个无亲无戚的流浪儿的遭遇使她有点心酸，所以又露出了怜悯的神色。斯纳斯比太太一声不响，暗中埋下了一场大爆炸的导火线。恰德班德太太板着脸孔，坐在炉边烤火，想使她那两条腿暖和一下：她觉得腿暖和了，听起那感动人心的说教来，要舒服一些。

恰德班德先生布道时有个习惯，就是爱把眼光牢牢地盯住一个会众，同时对着他选中的这个会众滔滔不绝地阐述他那番道理；这个会众应该明白，恰德班德先生希望他受到感动，不时发出愤懑、痛苦、惊愕以及内心感动的其他声音，这些声音一旦引起邻座上老太太的共鸣，便会在一群情感容易冲动的罪人中间陆续得到反响，像玩罚东西游戏似的，此呼彼应。这些类似国会中欢呼的声音，会使恰德班德先生听了以后兴高采烈。这一回，仅仅由于习惯关系，恰德班德先生喊了一声“朋友们！”便把眼光盯住斯纳斯比先生，准备直接冲着这位倒楣的法律文具店老板讲道，其实呢，这位老板早已慌乱得不知所措了。

“在我们中间，朋友们，”恰德班德说，“有个异教徒，一个托姆独院的居民和不停地往前走的流浪者。在我们中间，朋友们，”恰德班德先生把肮脏的大拇指一伸，开始讲道，他对斯纳斯比先生油滑地笑了笑，表示如果斯纳斯比先生还不甘拜下风，他不久也会把他说得理屈词穷的，“有一个同胞，一个孩子。他没有父母，没有亲戚，没有兄弟姊妹，没有金银财宝。朋友们，为什么我要这样说呢？究竟为什么呢？为什么他会落到这步田地呢？”恰德班德先生提出这些问题时的语气，仿佛他向斯纳斯比先生提出了一个十分巧妙而又有价值的新谜语，同时请求斯纳斯比先生千万不要畏难，一定要猜一猜。

斯纳斯比先生因为他那位好太太刚才神秘地望了望他，正感到手足无措，而且差不多就在这个时候，恰德班德先生又说出了“父母”两个字，所以他只好客气地说：“我确实不知道，先生。”恰德班德太太听了他这句话，便瞪了他一眼，斯纳斯比太太说：“不要脸！”

“我听见了一个声音，”恰德班德说，“这是不是天良发现的声音，朋友们？我想未必是吧，尽管我希望如此。”

（“啊——啊！”斯纳斯比太太叫了一声。）

“这个声音说我不知道。让我来告诉你们原因吧。我说坐在我们中间的这个同胞，没有父母，没有亲友，没有兄弟姊妹，没有金银财宝，没有闪耀在我们某些人身上的那种光。那是什么光？那是什么光？我问你们那是什么光？”

恰德班德先生把脑袋往后一仰，不说下去了，但是斯纳斯比先生这回不上当了，免得自己出丑。恰德班德先生把身子往桌子前靠了靠，又像刚才那样伸出大拇指，直指着斯纳斯比先生，咄咄逼人地说下去。

恰德班德先生对一个顽固不化的材料进行“说教”

“那种光，”恰德班德说，“就是众光之光，众日之日，众月之月，众星之星。这是真理的光。”

恰德班德先生又直了直腰，得意扬扬地望着斯纳斯比先生，仿佛很高兴知道斯纳斯比的反应。

“这是真理的光，”恰德班德咄咄逼人地对斯纳斯比先生说，“不要让我说这**不是**众灯之灯。我告诉你，这就是众灯之灯，我跟你说过千百次了，它就是众灯之灯。一点儿也不假！我告诉你，不管你爱不爱听，我也要向你这样说；说真的，你越不爱听，我就越要这样说，用大喇叭来说！我跟你说，如果你拒不接受，你一定会摔跤，一定会碰得脸青鼻肿，碰得头破血流，体无完肤，粉身碎骨。”

这一篇滔滔不绝的演说——恰德班德先生的信徒们十分欣赏它那种巨大的说服力——不但使恰德班德先生自己兴奋得很，而且把无辜的斯纳斯比先生描绘成一个顽固不化、铁石心肠、死不改悔的人物，因此这个倒楣的文具店老板显得更加狼狈，情绪越来越低，越想振作越振作不了，这时恰德班德先生又给他当头一棒。

“朋友们，”他用小手绢把他那大脑袋轻轻拍了一会儿，脑袋上冒着汗气，像冒烟似的，他用手绢拍一下，手绢也跟着冒了烟，好像要烧着了——接着继续说道，“我们作了种种努力，用我们那愚钝的资质来进行说教，为了进一步阐发刚才那个题材，我们应该用博爱的精神来探索我所提示的真理究竟是什么。因为，年轻的朋友们，”说到这里，他突然转过脸对着两个学徒和嘉斯德尔，这使他们感到非常狼狈，“如果医生告诉我服蓖麻油或甘汞对我身体有好处，我自然会问一下什么是蓖麻油，什么是甘汞。我希望弄清以后才服用其中一种或同时服用两种。那么，年轻的朋友们，我说的真理究竟是什么呢？首先（用一种博爱的精神来说）最普通的真理——譬如工装——每天穿的衣服，年轻的朋友，——它究竟是什么呢？是欺骗吗？”

（“啊！”斯纳斯比太太轻轻叫了一声。）

“是隐瞒吗？”

（斯纳斯比太太打了个冷战，表示不同意。）

“是有话搁在心里不说吗？”

（斯纳斯比太太摇着头——直着脖子摇了半天。）

“不，朋友们，一样也不是。这些都不是真理。当目前坐在我们中间的这个年轻的异教徒——朋友们，他现在睡着了！由于麻木不仁和执迷不悟，他闭上眼睛睡着了；但是请你们不要唤醒他，因为我应该为他而去搏斗、战斗、斗争以致战胜——当这个年轻而顽固的异教徒跟我们胡扯什么夫人，什么金镑，**那是真理吗**？不，但是如果他说的是部分真理，那能算全部真理，百分之百的真理吗？不，朋友们，一点也不。”

斯纳斯比那位好太太的眼光穿过他的眼睛去探索他们的灵魂深处，如果斯纳斯比先生经得住这样的注视，他早就不像现在这样一个人了。他畏缩地低下了头。

“再不然，年轻的朋友们，”恰德班德尽量把话说得浅白一些，让他们都能理解，他当时就那么谦恭而油滑地一笑，表示他对纡尊降贵以迎合他们这一点，毫不在意，“譬如这房子的主人进城去，看见了一条黄鳝，回家来把主妇叫到面前说：‘莎拉，我刚才看见一头大象，这多么值得咱们高兴啊！’如果他这么说，能算真理吗？”

斯纳斯比太太哭了。

“反之，年轻的朋友，譬如他看见了一头大象，回来却说：‘唉！城里什么都没有，我只看见一条黄鳝。’如果他这么说，那能算真理吗？”

斯纳斯比太太的哭声更大了。

“再不然，年轻的朋友们，”恰德班德说，这时因为听见了哭声，他的劲头儿更大了。“这个异教徒睡得真香，可是他那狠心的父母——年轻的朋友，他无疑是有父有母的——却把他抛弃，让他同豺狼、兀鹰、野狗、野羊和毒蛇为伍，而他们自己呢，却回到家里吃喝玩乐，过快活日子，那能算真理吗？”

斯纳斯比太太听了这段话，不由得浑身抽搐，不是悄然无声地抽搐而是大哭大嚷起来，吵得凄厉的叫声响遍了库克大院。最后，她直挺挺地倒在地上不省人事，因此必须像搬大钢琴似的把她抬上那狭窄的楼梯。她受的痛苦令人无法描绘，同时也引起大家惊惶失措；过了不久，卧房里就传出话来，说她已经不再感到痛苦了，只是非常疲倦，浑身没有劲儿；刚才搬那大钢琴的时候，斯纳斯比先生本来已经被踩压得很难受，现在虽然筋疲力尽，但看见斯纳斯比太太呆在卧室里，他也就壮着胆子从客厅门后溜了出去。

乔早已醒了；一直在原来那个地方，一动不动地站着，不断揪他帽上的毛，并把一撮一撮的毛放到嘴里去。他又露出后悔的样子，把毛吐了出来，因为他觉得自己天生是个不可救药的堕落的人，即使**他**想不睡着，那也没有好处，原因是他什么都不懂。其实，乔啊，可能有部历史替普通人记下了他们在世上的一切行为，尽管你几乎像禽兽那么无知，它也能引起你的兴趣，并且使你受到感动。所以，如果像恰德班德这样的人不把这部历史的真实意义遮盖起来，相反地，能够诚心诚意地让你看到它，能够不利用它来说教，能够认识到它的道理十分明显，一点也不需要他们加以解释，那么，它就可能使你醒着，并且从中得益了！

乔从未听说过有这类的书。在他看来，这类书的编者和恰德班德牧师是同样陌生的——所不同的是，他认识恰德班德牧师，宁愿躲开他一个钟点而不愿跟他谈五分钟的话。“我在这儿再等下去也没意思，”乔心里想。“斯纳斯比先生今天晚上不会跟我说什么了。”因此，他慢吞吞地走下楼去。

可是好心肠的嘉斯德尔正在楼下，使劲抓着厨房楼梯的扶手，刚才斯纳斯比太太那一声尖叫几乎使她晕倒，这时她强自镇静，但是否忍得住，还没有把握。她把自己那份晚饭（干酪面包）递给乔，并且大着胆子第一次跟乔说话。

“这给你吃吧，可怜的孩子，”嘉斯德尔说。

“谢谢，小姐，”乔说。

“你饿吗？”

“正饿着哩！”乔说。

“你的父母怎么样哪？”

乔正咬了一口面包，听了这话便停下来，露出了茫然若失的样子，因为那个基督教圣徒（他的圣地在图丁）所教养的这个孤儿，在他肩上轻轻拍了一下；对他来说，一个正经人用手来拍拍他肩膀，这还是生平第一次哩。

“他们的事我什么也不知道，”乔说。

“我也不知道自己的父母怎么样了。”嘉斯德尔哭道。她觉得自己快要晕倒了，但忽然又感到有什么东西把她吓了一跳，便赶紧克制住自己，悄悄地溜下楼去。

“乔，”法律文具店老板悄悄地说。乔这时还站在楼梯上。

“我在这儿，斯纳斯比先生！”

“我不知道你已经从客厅出来了——再给你一个两先令半的银币。你做得对，根本没说那天晚上我们在外面遇到的那位夫人，不然就会引起麻烦，乔，你可千万别说啊。”

“我鬼着哩，老板。”

于是两人互道晚安就分手了。

一个穿着睡衣、戴着睡帽的人影，像幽灵似的跟着法律文具店老板到他房门口，然后悄悄地上了楼。从此以后，不论他到哪里，总有另外一个影子跟着他，像他自己的影子那样寸步不离而且悄然无声。不管他自己的影子如何诡秘，凡是参与他们秘密的人都得小心！因为虎视眈眈的斯纳斯比太太就跟在他后面——跟他形影不离，好像结下了不解之缘。

第二十六章
神枪手

冬天的早晨，像个目光迟钝、脸色憔悴的老人，望着累斯特广场的四周，发现那里的居民贪睡不起。即便是在最明媚的季节里，他们许多人也不愿意早起，因为他们都是夜猫子，日上三竿的时候，还躲在窝里睡觉，满天星斗的时候，反而精神抖擞，四出觅食。在那些熏黑了的百叶窗和窗帘后面，在顶楼和阁楼里，躲着许多为非作歹的人，他们化假名，戴假发，用假头衔，戴假珍宝，造假履历，可是现在，这些人才刚刚入睡。他们有的是赌台上的骗子，可以凭着亲身的经历，畅谈如何在外国的帆船里划木桨，如何在本国的监牢里踩踏车[①]，有的是某些动荡不安、外强中干的国家的间谍，有的是阴谋败露了的叛徒，有的是懦夫、流氓、赌徒、骗子手或假证人，其中有些人在肮脏的长发下还打着囚犯的烙印；这些人没有一个不比尼禄[②]还要凶残，比新门监狱[③]的囚徒还要邪恶。因为，无论他们穿着粗布衣或工作服，或是既穿粗布衣又穿工作服的时候，是如何作恶多端，但是，当他们在衬衫的胸口上别上别针，自称绅士，带着名片或头衔的标志，打打台球，懂得一点支票和期票的妙用的时候，比起他们以别的姿态出现，就要更加狡猾、冷酷和可怕了。不过，如果他们以这种姿态继续渗入到累斯特广场的大街小巷的话，布克特先生认为有必要的时候，还是会找到他们的。

可是，冬天的早晨不需要他们，也没有把他们叫醒。倒是把室内打靶场的乔治先生和他那位听差给叫醒了。他们起来以后，就把垫子卷好，收藏起来。乔治先生对着一面小镜子把胡子刮掉，然后光着头、光着上身，雄赳赳地向小院子里的抽水机走去，过了一会儿回来，经过黄色肥皂搓洗以后，还带着湿淋淋的冷水，显得容光焕发。他用缠在滚轴上的回转式长毛巾擦着身子，像刚出水的潜水兵那样喷着鼻子，他越擦那晒黑了的额角上的卷发，卷发就卷得越厉害，仿佛不用铁耙子或马栉梳这类结实的东西，就无法把卷发梳开——他就这样擦着，喘着，搓着，喷着，把头转来转去，好让脖子擦得更痛快一些，同时，还弯着腰，上身尽量往前探着，免得弄湿了双腿——这时候，跪在地上生火的菲尔，一直回头看着，仿佛看到这一切，就等于自己洗了个痛快，仿佛把主人身上洋溢出来的多余的精力吸收进去，就足以使自己在这一天里精神旺盛。

乔治先生擦干了身子以后，就同时用两把硬刷子使劲刷头，而那个一面用肩膀蹭着打靶场的墙壁走着，一面扫地的菲尔，看见他这个样子，不禁同情地眨了眨眼睛。刷完头以后，乔治先生的梳洗就算结束了。他按照平日的习惯，把烟斗装好，点着，一面抽，一面踱来踱去。这时候，菲尔就准备早点，热腾腾的面包卷和咖啡散发出强烈的气味。乔治先生严肃地抽着烟，慢慢地迈着步子。也许，今天早晨抽的这斗烟，是要追悼那位已故的格里德利先生吧。

"菲尔，这么说，"打靶场的乔治默默地转了几圈说道，"你昨天夜里梦见农村了？"

原来，菲尔从床上爬起来的时候，曾经用惊讶的口吻说他梦见了农村。

"是的，老板。"

"农村是什么样子的？"

---

① 从前把奴隶和罪犯关在有两排桨的大帆船的船舱下面，强迫他们划桨，或把囚犯关在监牢里，让他们踩踏车，作为一种惩罚手段。

② 尼禄是古罗马的暴君。

③ 新门监狱（Newgate）：原在伦敦西门，于一九〇二年废除。

“我真不知道农村是什么样子的，老板，”菲尔说的时候，想了想。

“那你怎么知道是农村呢？”

“我想，大概是因为有草地吧。草地上还有天鹅呢，”菲尔说的时候，又想了想。

“天鹅在草地上干什么呢？”

“大概是在吃草吧，”菲尔说。

主人继续踱来踱去，仆人继续准备早点。准备早点本来是不需要很长时间的，只要把两份非常简单的餐具摆好，把薄片熏肉放在生了锈的炉格上烤一烤就行了，可是，菲尔无论拿什么东西，都得沿着打靶场绕个大圈，而且从来都不同时拿两件东西，所以在这种情况下，准备早点，就得花很长时间。后来，菲尔终于宣布早点准备停当。乔治先生在壁炉的炉台上把烟灰磕掉，把烟斗放在炉架上的角落里，然后坐下来吃饭。乔治先生开始吃饭的时候，菲尔也跟着吃起来。菲尔坐在小长桌的另一头，把盘子放在膝盖上。他这样做也许是要表示谦逊，也许是怕人看见他那双肮脏的黑手，也许是习惯于这样吃饭。

“是啊，农村，”乔治先生一边要着刀叉，一边说，“菲尔，我想，你大概从来没见过农村吧？”

“我有一回见过沼泽！”菲尔一边说，一边心满意足地吃着早点。

“什么沼泽？”

“就是沼泽啊，长官，”菲尔应道。

“什么地方？”

“我不记得了，”菲尔说，“可是，我真的见过，老板。沼泽是平平的。还有雾。”

老板和长官这两个词儿，在菲尔的嘴里是可以互换的，都表示同样的敬意和钦佩，而且只是用来称呼乔治先生一个人。

“菲尔，我是在农村里出生的。”

“真的吗，长官？”

“真的。而且还是在农村里长大的。”

菲尔把唯一的眉毛挑起来，带着敬意瞅着主人，表示很感兴趣，然后，一边注视着他，一边咽下一大口咖啡。

“不管是哪一种鸟的叫声，我都知道，”乔治先生说。“英国的各种草木花果，我差不多都能叫出名字来。随便哪一种树，如果非让我爬不可，我差不多都能爬上去。我当初本来是个地地道道的乡下孩子。我的好妈妈就住在农村里。”

“我相信她准是个善良的老太太，老板，”菲尔说。

“啊，三十五年以前，可不怎么老，”乔治先生说。“可是，我敢打赌，她就是活到九十岁，腰板也能跟我差不多一样直，肩膀也跟我差不多一样宽。”

“她是活到九十岁死的吗，老板？”菲尔问道。

“不是。别瞎说！不要谈她了，愿上帝保佑她！”那位骑兵说。“我为什么要谈起乡下孩子、流浪汉和无业游民呢？大概是因为你吧！嗯，这样说，你除了见过沼泽和做过梦以外，从来没见过农村啰。是不是？”

菲尔点点头。

“你想看看农村吗？”

“不——不，我并不怎么想看农村，”菲尔说。

“你觉得呆在城市就蛮好了，是不是？”

“嗯，”菲尔说，“不瞒您说，长官，别的东西我都不大懂，我总觉得岁数大了，对新的东西就不大感兴趣。”

“你有**多大**岁数啦，菲尔？”骑兵端着茶碟，正要把那杯热茶往嘴边送，这时候停下来问道。

“我的岁数离不了一个八啊，”菲尔说。“不可能是八十。也不可能是十八。不过，总是在十八和八十之间。”

乔治先生也没有尝尝那杯热茶和碟里的点心，就慢慢地把杯碟放下来，笑呵呵地说：“这是怎么回事儿，菲尔？”——说到这里他就停住了，因为他看见菲尔正掐着那污黑的手指头在计算。

“我和补锅匠一起走的那一年，按照教区教堂的计算，我正好是八岁。”菲尔说，“有一次，人家派我去办件事儿，我看见补锅匠坐在一所破旧的楼房下面，自己一个人守着火炉，非常舒服。他说：‘小伙子，你愿意和我一起走吗？’我说：‘好吧。’就这样，我和他还有火炉，就一起上克洛肯威尔，到他家里去了。那一天是四月一号愚人节。那时我能够数到十了；等到第二年愚人节到来的时候，我对自己说：‘喂，老弟，你现在是一岁加八岁了。’等到第三年愚人节到来的时候，我又对自己说：‘喂，老弟，你现在是两岁加八岁了。’日子一天天过去，我长到了十岁加八岁；又长到了二十岁加八岁。后来，岁数越来越大，我也就搞不清了，不过，这么一来，我倒是知道，我的岁数离不了一个八了。”

“啊！”乔治先生说着，又吃起早点来。“那么，补锅匠现在到哪儿去了？”

“因为喝酒，他进了医院，老板，我听说——医院又把他装进了玻璃柜子，”菲尔带着神秘的样子回答说。

“这样一来，你就高升了；把他的买卖接过来，菲尔，是吗？”

“是的，长官，好也罢，坏也罢，我总算把买卖接过来了。这买卖不大能赚钱——我在沙弗隆山、哈顿花园、克洛肯威尔、斯密菲尔德[①]一带转来转去——那里的人很穷，他们把锅用得都没法修补了。从前，许多流浪的补锅匠，都到我们家来住宿，我那老板的收入主要是靠这个。可是，他们后来都不来了。因为我不像我那老板，他会给他们唱好听的歌。**我可不会那个！**你随便拿个什么锅，铁锅也好，锡锅也好，他都能敲出个调调儿来。**我**除了补锅和焊锅以外，别的什么都不会——根本就不懂音乐。再说，我

---

① 这几个地方都是伦敦的贫民区。

长得太丑了，他们的老婆看见我就头痛。”

“那她们可太挑眼了。菲尔，你要是和大家一起去应征，准能选得上。”那骑兵带着愉快的微笑说。

“不，老板，我是选不上的，”菲尔摇摇头，回答说。“我跟着补锅匠一起走的那个时候，用不着吹牛，说自己长得漂亮，不过，倒还是过得去的。可是，我年轻的时候，常常用嘴吹火，所以我的脸被烧坏了，头发被烧掉了，还让烟呛得要死。再加上我生来不走运，常常碰着滚热的金属，身上烫出许多疤痕来。后来我长大了点，又常常和补锅匠打架，因为他几乎每天都喝得醉醺醺的。所以，就是在那个时候，我已经非常非常难看了。那以后，我在铁匠铺里干了十二年活儿，那里的人又喜欢捉弄我。我在煤气厂干活儿的时候，有一次发生事故，把我给烧伤了。我在爆竹厂装火药的时候，又被崩到窗外。我实在太丑了，简直可以拿来展览！”

菲尔抱着听天由命的态度，对自己的丑陋处之泰然。他说，他还要喝杯咖啡。他一面喝着，一面说：

“我第一次遇见您的时候，就是在装火药被崩以后。长官，您还记得吗？”

“我还记得，菲尔。那时候，你正在太阳地里走着。”

“慢慢地走，老板，还蹭着墙……”

“对了，菲尔——肩膀蹭着墙——”

“还戴着睡帽！”菲尔兴奋地喊道。

“还戴着睡帽——”

“还一瘸一拐地拄着两根拐棍！”菲尔更加兴奋地喊道。

“还拄着两根拐棍。这时候——”

“这时候，您就站住了，”菲尔一边喊，一边把茶杯和茶碟放下，匆匆忙忙地把盘子从膝盖上拿开，“您记得吗，您对我说：‘怎么，伙伴！你上过战场吧？’那时候，长官，我不知道跟您说什么才好，因为我一下子愣住了，像您这样强壮、结实和勇敢的人，居然停下来跟我这皮包骨的瘸子说话！可是，您跟我说话的时候，态度非常诚恳，我听了就像喝了一杯酒似的，您说：'出了什么事啦？你受的伤很重啊。老朋友，什么地方不舒服啦？别灰心，跟我说说吧！'别灰心！是的，我当时就已经不灰心了！我也这样跟您说来着，您又跟我说了些话，我又跟您说了些话，您又跟我说了些话，后来，我就到这里来了，长官！我就到这里来了，长官！"菲尔这样喊着的时候，早已离开了他的椅子，也不知道为什么，就蹭着墙走起来了。"为了做好买卖，如果需要靶子的话，就让顾客们拿我来瞄准好了。我就这个样子，他们破不了**我**的相。**我**受得了。让他们来吧！如果他们需要找个人来练拳，那就让他们打我，让他们对准我的脑袋狠狠地打吧。**我**才不在乎呢！如果他们需要找个轻量级的人来练习摔跤，无论是康瓦尔式的，德文郡式的，还是兰开夏式的，让他们来摔我好了。他们伤不了**我**的。我这一辈子，不知摔了多少回跤，什么样的筋斗都栽过了！"

菲尔·斯夸德用肩膀蹭着打靶场的三面墙兜圈子的时候，一面热情洋溢地说出这番出人意料的话，一面比划着，做出打靶、拳击、摔跤的姿势；突然间，向他的长官转过去，一头撞在他的怀里，以表示对他的事业无限忠诚。然后，就开始收拾桌上的早点。

乔治先生愉快地笑了笑，拍了拍菲尔的肩膀，然后就帮着他收拾，并把打靶场布置好，准备营业。这以后，他拿起哑铃来练了练，接着又过过磅，觉得自己逐渐发胖了，于是又拿起砍刀，自个儿认真地耍着。这时候，菲尔就在他平时那张桌子上干起活儿来，一会儿拧紧，一会儿松开，擦擦这个，锉锉那个，又吹吹枪眼，浑身上下弄得越来越脏，凡是一支枪上能拆下来又装上去的东西，他似乎都拆装过了。

主仆两人终于都停下来，因为过道里传来了不寻常的脚步声，说明有些不寻常的人来了。脚步声由远而近，接着就有一伙人走进打靶场来，乍一看：你不禁觉得除了十一月五日那一天①，这伙人在平常的日子里出现，总有点不伦不类。

那伙人里面有一个又瘸又丑的老头儿，坐在椅子里由两个人抬着，还有一个瘦削的女人陪着，那女人的脸很像一个压扁了的面具；要不是在椅子放下来的时候，她高傲地紧闭着嘴唇，人们也许会以为，她马上就要朗诵那些家喻户晓的诗歌，追念当年那些阴谋者企图把古老的英国活活炸掉的情景。就在椅子放下来的时候，那上面的老头喘着气说："噢，上帝啊！噢，我的天啊！我给晃得骨头架子都散啦！"接着又说："你好吗，亲爱的朋友，你好吗？"这时候，乔治先生才看出，那伙人里面有一位是年高德劭的斯墨尔维德先生。原来他要出来换换空气，由孙女朱狄陪着，充当他的保镖。

"乔治先生，亲爱的朋友，"斯墨尔维德爷爷一边说，一边把右胳膊抬起来，松开了其中一个抬着他的人的脖子，那人一路上几乎被他勒死了，"你好吗？亲爱的朋友，你看见我，很奇怪吧？"

"当然啰！我就是看见了你城里那位朋友，也不会比看见你更奇怪呢，"乔治先生回答说。

"我很少出来，"斯墨尔维德先生喘着气说。"我已经有好几个月没出来了。因为很不方便……而且还要花钱。可是，亲爱的乔治先生，我太想来看你了。你好吗，先生？"

"我还好，"乔治先生说。"我希望你也还好。"

"亲爱的朋友，'还好'可不行啊，你应当'很好'才对，"斯墨尔维德先生握着他的两只手。"我把我的孙女朱狄带来了。我没办法让她走开。她也很想来看看你。"

---

① 一六〇五年十一月五日，英国天主教徒企图一举杀死国王詹姆斯一世，毁掉国会。他们事先把火药放在国会大厅的地窖里，准备在国会召开会议时进行爆炸，但走漏了消息，没有成功。英国史上称为火药爆炸案（The Gun Powder Plot）。这里指来访者是些专搞阴谋诡计的人。

“哼！她一声都不吭，才不像呢！”乔治先生喃喃地说。

“我们雇了一辆出租马车，把一张椅子放在车上，到了拐角的地方，他们把我从车上抱下来，放在椅子里，又把我抬到这里来，这样，亲爱的朋友，我就可以到你家里来看看你了！这个人，”斯墨尔维德爷爷一边说，一边指着刚才抬他的人，那人差点被勒死了，现在正清了清嗓子，准备走开，“是马车夫。他抬我，没有多要钱。这已经说好包括在车费里面。这个人，”指着另外一个抬他的人，“是我们在大街上花一品脱啤酒代价雇的。一品脱啤酒是两个便士。朱狄，拿两个便士给这个人。我不大清楚你这里有没有伙计，要不然我们就用不着雇这个人了。”

斯墨尔维德爷爷提到菲尔的时候，瞅了他一眼，不禁吃了一惊，用低低的声音说：“噢，上帝啊！噢，我的天啊！”从表面上看来，斯墨尔维德爷爷很害怕是有一些理由的，因为菲尔以前从来没有见过这个戴着黑绒帽的老妖怪，他把活儿停下来的时候，手里正好拿着枪，样子很像一个神枪手，似乎把斯墨尔维德先生当成一只又老又丑的乌鸦，想要把他干掉。

“朱狄，好孩子，”斯墨尔维德爷爷说，“拿两个便士给这个人。抬一趟给两便士，这不算少啊。”

那人可算是伦敦西区自然孳生的一种特殊的人类寄生物，穿着一件旧的红外套，他的“差事”就是替人家牵马和招呼马车，他收下了两个便士，也没有觉得特别高兴，只是用手指把钱往上一抛，再把它接住，然后就走了。

“亲爱的乔治先生，”斯墨尔维德爷爷说，“你好不好帮个忙，把我抬到炉火旁边。我烤惯了火，我是上了年纪的人了，身上老是发冷。噢，我的天啊！”

年高德劭的斯墨尔维德先生发出最后这声惊呼，是因为斯夸德先生像个妖怪似的，忽然把他连人带椅举起，放在壁炉旁边。

“噢，上帝啊！”斯墨尔维德先生喘着气说。“噢，我的天啊！噢，我的救命星啊！亲爱的朋友，你的伙计劲儿真不小——而且

打靶场的访客

眼明手快。噢，上帝啊，真是眼明手快！朱狄，你把我往后拉一拉。我的腿被烤着了。”这倒是真的，因为所有在场的人都闻到他的毛袜子烤糊了的气味。

温柔的朱狄把祖父往后拉了拉，离开炉火稍微远一点，又像往常那样把他摇了摇，还把他的黑绒帽拉好，免得遮住他的一只眼睛；这时候，斯墨尔维德先生又说：“噢，我的天啊！噢，上帝啊！”他往四下里看的时候，和乔治先生的视线碰在一起，于是又伸出双手。

“亲爱的朋友！看见你，真高兴啊！这就是你办的打靶场吗？这地方真不错，真漂亮！亲爱的朋友，你有没有发现过，这里有什么东西会偶然走火吗？”斯墨尔维德爷爷十分不安地加了一句。

“没有，没有。你不要害怕。”

“你的伙计呢。他——噢，我的天啊！——他不会无缘无故放枪吧，亲爱的朋友，他不会吧？”

“他就会弄伤自己，从来没有伤过别人，”乔治先生笑着说。

“可是，你知道，他可能会的。他好像把自己弄得浑身都是伤，他也可能把别人弄伤，”那老先生回答说。“他可能不是故意的——也可能是故意的。乔治先生，你好不好让他把那支可怕的枪放下，离开这里。”

菲尔在那骑兵的点头示意下，空着手走到了打靶场的另一头。斯墨尔维德先生这时才放心，开始搓起脚来。

“乔治先生，你的买卖不错吧？”他对那骑兵说，那骑兵手里拿着大砍刀，面对面地看着他。“感谢上帝，你的买卖很赚钱吧？”

乔治先生冷冷地点了点头，又说：“说下去吧。我知道，你到这里来，不光是为了说这个。”

“乔治先生，你真爽快，”那年高德劭的祖父回答说。“跟你在一块儿，真痛快。”

“哈，哈，说下去吧！”乔治先生说。

“亲爱的朋友！——可是，你手里的大砍刀明晃晃的，真吓人。一不小心，也许就会砍着人吧。我看了直打哆嗦，乔治先生——该死的家伙！”这位可敬的老先生偷偷对朱狄说，因为这时候那骑兵往后退了一两步，把大砍刀放在一旁。“他还欠我钱哩，说不定会在这个杀人的地方，和我算清旧账的。我真希望你那该死的奶奶在这里，他一定会把她的脑袋削掉。”

乔治先生转回来的时候，双手交叉抱在胸前，从上往下看着那逐渐滑到椅子下面去的老头儿，不慌不忙地说：“现在开始吧！”

“嗬！”斯墨尔维德先生喊道，一面狡猾地笑着，一面搓着手。“是的。现在开始吧。亲爱的朋友，开始什么呢？”

“开始抽烟啊，”乔治先生说着，泰然自若地把椅子拉到壁炉旁边，从炉格上把烟斗拿下来，装好点着，然后就开始逍遥自在地抽起烟来。

这使斯墨尔维德先生感到很不舒服，不管他原来打算说什么，他都觉得很难继续说下去，因此他变得很暴躁，带着一种无能为力的复仇心理，暗暗地向空中抓去，好像很想把乔治先生的脸撕个粉碎。这位可敬的老先生指甲又长又厚，瘦小的手上青筋暴露，眼睛闪着绿光而且老是泪水汪汪的，最糟糕的是，他一边向空中抓去，一边往椅子下面滑，变成一团不成样子的东西，就是在朱狄那习以为常的眼睛里看来，他的样子也很难看，所以那位年轻姑娘带着超过祖孙感情的那种热爱，向他猛扑过去，摇他，拍他，捅他身上的各个部位，特别是捅他那在防御学里叫做“心窝”的地方，因此他虽然是在悲痛之中，也发出了嗷嗷的声音，好像修路工人在打夯似的。

就这样，朱狄扶着他在椅子上坐好以后（他虽然脸孔发白，鼻子发青，但还是用手往空中抓着），就伸出她那枯干的食指，捅了一下乔治先生的背脊。那骑兵抬起头；于是她又捅了一下她那可敬的爷爷，让他们两人继续谈下去，而她自己却一动不动地瞅着炉火。

“啊，啊！嘀，嘀！哎—哎—哎—呦！”斯墨尔维德爷爷低声喊着，一面把怒气压下去。“亲爱的朋友！”（他还是用手往空中抓着）。

“我跟你照直说吧，”乔治先生说。“如果你有什么话要跟我说，那你得说出来才行。我是一个大老粗，不会兜圈子。我不懂这种本事。我没有这份聪明。再说我也不喜欢这一套。你这样绕来绕去，”骑兵说着，又把烟斗放在嘴里，“我真觉得憋得慌！”

于是，他吸足了气，挺起了宽阔的胸膛，好像要看看自己是不是还没有憋死。

“如果你是把我当作朋友那样来看我，”乔治先生接着说下去，“那我很感激你，我还要向你问好。如果你是来看看，这所房子里有什么财产，那你就看吧，我很欢迎。如果你有什么话要说，那就请吧！”

年轻貌美的朱狄，眼睛也没有从炉火上移开，就偷偷捅了她爷爷一下。

“你瞧！她的意思也是要你把话说出来。可是，这位年轻女士为什么不像那些大家闺秀那样坐下来呢，”乔治先生说的时候，若有所思地瞅着朱狄，“这我可真不明白。”

“先生，她呆在我身旁，是为了照顾我，”斯墨尔维德爷爷说。“亲爱的乔治先生，我老了，需要有人照顾。不过，我虽然老，还经得住，我不像那该死的鹦鹉，”他一边咆哮，一边不知不觉地找那垫子，“可是，亲爱的朋友，我还是需要有人照顾。”

“说得对！”骑兵一边应道，一边把椅子转过来对着老头儿。“说下去吧。”

“乔治先生，我城里那位朋友和你的一个学生做了笔小买卖。”

“真的吗？”乔治先生说。“我听了很难过。”

“是真的，先生，”斯墨尔维德爷爷搓着腿。“乔治先生，他是个勇敢的年轻士兵，名叫卡斯顿。他的朋友们来了，把钱全都付清了，做得真漂亮。”

“真的吗？”乔治先生回答说。“你认为你城里那位朋友会接受劝告吗？”

“亲爱的朋友，我想他大概会接受你的劝告。”

“那么，我就劝他不要再和那个人做买卖啦。那是不会有什么油水的。据我所知，那个年轻绅士的钱已经快花光了。”

“不，不，亲爱的朋友。不，不，乔治先生。不，不，不，先生，”斯墨尔维德爷爷一边反驳，一边搓着他那两条细腿。“我想，钱还没有花光吧。他有一些好朋友，他是个好顾客，他每月都有军饷，他的职位可以卖钱，他的官司可能胜诉，他还可能娶到有钱的老婆，而且——噢，乔治先生，你知道吗，我想，我城里那个朋友认为这位年轻绅士是个好顾客，大概还有其他原因哩！”斯墨尔维德爷爷说话的时候，把绒帽推上去，像只猴子似的抓着耳朵。

乔治先生已经把烟斗放在一边，坐在那里，把一只胳膊肘搭在椅背上，用右脚嘚嘚嘚地敲着地板，好像对目前所谈的事情，感到不大耐烦。

“可是，咱们不谈这个，谈谈别的吧，”斯墨尔维德先生接着说。“不妨学学小丑说话：把谈话内容提升一级。乔治先生，这就是说，不谈士兵谈队长。”

“你打算说什么？”乔治先生正用手在下巴的地方摸了摸，好像在摸那已经不存在的胡子，这时候停下来皱着眉头问道。“哪个队长？”

“我们的队长。我们认识的那个队长。霍顿队长。”

“噢，原来是要说这个啊！”乔治先生说到这里，又低低吹了一声口哨，因为他看见爷爷和孙女都在注视他，“你要说的就是这个吗？好哇，怎么样？说吧，我不愿意再闷在葫芦里了。说吧！”

“亲爱的朋友，”老头回答说，“昨天，有人到我这里来了解——朱狄，稍微摇我一下——有人到我这里来了解队长的事儿。我仍然是认为队长还没有死。”

“胡说！”乔治先生说。

“你说什么，亲爱的朋友？”老头把手放在耳边问道。

“胡说！”

“嗬！”斯墨尔维德爷爷说。“乔治先生，你可以根据人家问我的问题和原因，来判断我的看法对不对。嗯，你知道那个来了解的律师要干什么吗？”

“要兜揽业务，”乔治先生说。

“绝对不是！”

“这么说，他就不成为一个律师了，”乔治先生说的时候，盘着双手，样子非常坚决。

“亲爱的朋友，他是个律师，而且是个有名的律师。他想看看霍顿队长写的一些东西。他不想要你的，只想看看，和他现有的笔迹比较一下。”

“还有吗？”

“还有，乔治先生。他碰巧记得，我登过一段有关霍顿队长的广告，希望知道他的下落，于是他就查了查，到我家里来了——就和你到我家里来一样，亲爱的朋友。我们握握手好吗？你那天来了，我真高兴！如果你那天没有来，我就没有机会和你这样的人交朋友了！”

“还有吗，斯墨尔维德先生？”乔治先生勉强和他握握手，然后又说。

“我没有他手写的东西，只有他签的字。但愿这该死的东西千刀万剐，不得好死，”老头说话的时候，一边把他记得的一首祈祷文的几句话变成了诅咒，一边愤怒地把绒帽放在手里揉着，“他签的字我有一百万个。可是你，亲爱的乔治先生，”他上气不接下气地把声调缓和下来，这时候，朱狄就把帽子弄好，戴在他那好像九柱戏的木球似的脑袋上，“你总有点信件或文件，可以拿来用一用吧。随便什么东西都可以，只要是他亲手写的就行。”

“他亲手写的东西么，”骑兵说着，想了想，“我也许有。”

“你是我最亲爱的朋友！”

“也许没有。”

“不会！”斯墨尔维德爷爷大失所望地说。

“如果我不知道要干什么的话，他写的东西我即使有一大堆，也不会拿出一星半点来的。”

“先生，我已经告诉你要干什么了。亲爱的乔治先生，我已经告诉你要干什么了。”

“还不够，”骑兵摇着头说。“我必须知道得更详细一些，还得看看有没有什么毛病。”

“那么，你愿意到那个律师家里去吗？亲爱的朋友，你愿意去见见那位先生吗？”斯墨尔维德爷爷一边怂恿着，一边掏出一个薄薄的旧银表，表上的指针就像骷髅的大腿骨似的。“我跟他说过，今天早上十点来钟的时候，我很可能去拜访他。现在已经十点半了。乔治先生，你愿意去见见那位先生吗？”

“嗯！”乔治先生态度认真地说。“我不在乎那个。不过，我真不明白，你为什么这样关心这件事情。”

“无论什么事情，只要能把霍顿队长搞清楚，我都很关心。难道他没有把我们大家给骗了？难道他没有欠下我们一大笔账吗？我为什么这样关心？难道还有人比我更关心他的事情吗？亲爱的朋友，”斯墨尔维德爷爷放低了声音说，“我并不是要你泄露什么秘密。绝对不是的。亲爱的朋友，你愿意跟我去走一趟吗？”

“好吧！我一会儿就去。要知道，我可没答应过你什么话。”

“当然啰，亲爱的乔治先生，当然啰。”

“你的意思是说，你跟我一起坐车到那个地方去，不跟我要车钱？”乔治先生一边问，一边拿起帽子和厚厚的软皮手套。

这个玩笑逗得斯墨尔维德先生在炉火前面低声地笑了半天。可是，他一边笑，一边把不大灵便的脖子转过去，目不转睛地瞅着乔治先生，因为乔治先生正在打靶场尽头一个简陋的柜子前，打开柜子上的挂锁，在比较高的搁板上东找西找，终于把一些发出纸张沙沙声的东西拿出来，叠好揣在怀里。这时候，朱狄就捅了一下斯墨尔维德先生，斯墨尔维德先生也捅了一下朱狄。

“我准备好了，”骑兵转回来的时候说。“菲尔，你把这个老先生抬到马车上去吧，小心点，别碰着他。”

“噢，我的天啊！噢，上帝啊！等一等！”斯墨尔维德先生说。“他干什么事情都那么利落！我的好人，你是不是真的很小心呀？”

菲尔也没有回答，只是连人带椅一把抓起来，侧着身子往前走，这时候变得哑口无言的斯墨尔维德先生紧紧搂着他。只见他急急忙忙穿过过道，仿佛他接受了一项称心的任务，要把老头送到最近的火山上。可是，他的路程是比较短的，来到马车跟前就完成了任务。他把老头放在车里，美丽的朱狄坐在老头身边，那张椅子放在车顶上作为装饰品，乔治先生则坐在赶车人旁边的空位子上。

乔治先生透过身后的窗子，不时往车厢里窥视，那里面的景象使他很吃惊：冷酷的朱狄总是一动不动地坐着，那老头有一只眼睛被帽子盖起来了，身体总是从座位上滑到垫脚的稻草里，同时还抬起头来用另外一只眼睛看着他，脸上带着一种无可奈何的表情，好像背后有人推他似的。

第二十七章
不止一个老军人

乔治先生双手交叉抱在胸前，坐在车夫的位子上，并没有坐很长时间，因为他们的目的地是林肯法学院广场。当车夫把马勒住，乔治先生就下了车，从车窗往里看着说：

“怎么，你说的那个人是图金霍恩先生吗？”

“是的，亲爱的朋友。你认识他吗，乔治先生？”

“嗯，我听说过——大概也见过。可是，我不认识他，他也不认识我。”

接着，斯墨尔维德先生就被抬到楼上去——在骑兵的帮助下，进行得很顺利。斯墨尔维德先生被抬到图金霍恩先生的宽敞的房间里，放在炉火前的土耳其地毯上。图金霍恩先生刚好不在家，不过马上就要回来。坐在客厅板凳上的那个人，说完了这句话，拨了拨火就走开了，让他们三个人留在那里取暖。

乔治先生对那房间非常感兴趣。他看了看头顶上那个画了寓言画的天花板，看了看四下里的旧法律书籍，聚精会神地看着那些高贵的诉讼委托人的肖像，还大声地念了念保险柜上的名字。

“‘从男爵累斯特·德洛克阁下’”，乔治先生若有所思地念道。“哈！‘切斯尼山庄领地。’哼！”乔治先生站在保险柜前面，看了好半天——仿佛那些保险柜是图画似的——然后又回到炉火前，嘴里还念叨着，“从男爵累斯特·德洛克阁下，切斯尼山庄领地，嘿！”

“很有钱啊，乔治先生！”斯墨尔维德爷爷搓着腿，低声说。“阔极了！”

“你说谁？这位老先生，还是从男爵？”

“这位先生，这位先生。”

“我也听说他很有钱，而且我敢打赌，他也很精明。这个地方还不坏，”乔治先生说，又往四下里看了看，“你看见那边的保险柜了吗？”

乔治先生的话被打断了，因为图金霍恩先生来了。他的样子当然没有什么改变啰。身上穿着色泽暗淡的衣服，手里拿着眼镜，眼镜盒子已经磨旧了。在态度方面，沉默而呆板。在声音方面，沙哑而低沉。在相貌方面，那样子好像是藏在帷幕后窥视一切，而且经常带着几分吹毛求疵的表情——也许是目空一切的表情。不过，如果图金霍恩先生的底细都被摸清了的话，那么，那些贵族也许就不会来找他，而去找比较忠实可靠的人了。

“早晨好，斯墨尔维德先生，早晨好！”他一边说，一边走进来。“我看见你把上士带来了。请坐，上士。”

图金霍恩先生把手套脱下来放在帽子里的时候，眯缝着眼睛看了看站在房间那一边的骑兵，也许是在心里说：“这个人还行！”

“请坐，上士，”他又说了一遍，一边走到摆在炉火旁边的桌子跟前，在安乐椅上坐下。“今天早上又冷又阴，又冷又阴，”图金霍恩先生在炉边烤着火，一会儿烤烤手心，一会儿烤烤手背，透过那永远是放下来的帷幕，瞅着这三个在他面前围坐成半个小圆圈的人。

“我现在觉得舒服一些了！”（这句话也许有两种含义）“斯墨尔维德先生。”朱狄刚刚把那老先生摇了摇，让他说话。“你把上士，我们的好朋友带来了，这很好。”

“是的，先生，”斯墨尔维德先生回答的时候，对有钱有势的律师做出卑躬屈膝的样子。

“关于那件事情，上士打算怎么办？”

“乔治先生，”斯墨尔维德爷爷举起一只瘦骨嶙峋的手，颤巍巍地挥了挥，“这就是那位先生。”

乔治先生向那位先生敬了个礼以后，就挺直腰板，不声不响地坐在椅子边上，仿佛身上背着野外演习的全副装备。

图金霍恩先生开口说：“哦，乔治？我想，你的名字是乔治吧？”

“是的，先生。”

“乔治，你打算怎么办？”

“请原谅，先生，”骑兵答道，“可是，我倒很想知道**您**打算怎么办？”

“你是说关于报酬的事情吗？”

“我是说关于这整个事情。”

斯墨尔维德先生是个脾气暴躁的人，听了乔治先生这句话觉得忍无可忍，脱口就说：“你这该死的畜生！”可是，他马上请求图金霍恩先生不要见怪，还假装是一时失言，对朱狄说：“亲爱的，我刚才正想到你奶奶呢。”

“我想，上士，”图金霍恩先生接着说，身子靠着坐椅的扶手，跷起一条腿，“斯墨尔维德先生已经把这件事情解释清楚了吧。不过，这件事情也没有什么了不起。你有一个时期在霍顿队长手下服役，在他生病的时候侍候过他，替他办过许多小事情，据说，还得到了他的信任。是不是这样？”

“是的，先生，是这样，”乔治先生像军人那样简短地答道。

“因此，你手头可能有霍顿队长写的东西——随便什么东西都行——账单、指示、命令、信件都可以。我想拿他写的东西和我手头的东西比较一下。如果你肯帮我个忙，我一定给你报酬。我看，三个、四个或者五个金币，也许还不算太少吧。”

“亲爱的朋友，这可不少啊！”斯墨尔维德爷爷眯缝着眼睛喊道。

“如果不够的话，你可以本着一个军人的良心，谈谈你要多少钱。我倒是很想把他写的东西留下，不过你要是不愿意，那也不必。”

乔治先生挺着腰，笔直地坐在那里，那姿态丝毫没有改变；他抬头望着画了彩画的天花板，一句话也不说。暴躁的斯墨尔维德先生急得两手向上乱抓。

“问题在于，”图金霍恩先生还是带着往常那种有条不紊、不露声色和毫不在意的态度说道，“首先是你有没有霍顿队长写的东西。”

“首先，我有没有霍顿队长写的东西吗，先生？”乔治先生跟着说了一遍。

“其次，你把东西拿出来要多少报酬？”

“其次，是我把东西拿出来要多少报酬吗，先生？”乔治先生又跟着说了一遍。

“再其次，你自己看看，那上面的字迹是不是和这上面的一样，”图金霍恩先生说着，忽然把一捆写了字的文件递给他。

“是不是和这上面的一样，先生。原来是这么回事，”乔治先生又跟着说了一遍。

乔治先生机械地重复着这三句话的时候，眼睛一直望着图金霍恩先生，根本没有瞧一瞧交给他看的那捆“贾迪斯控贾迪斯案”的口供书（尽管他还拿在手里），而是带着又苦恼又迷惑的神情继续望着律师。

“怎么样？”图金霍恩先生说。“你打算怎么办？”

“是这样，先生，”乔治先生一边回答，一边站起身来，个子显得非常高大，“如果你能原谅的话，我宁可不跟这件事情有什么牵连。”

图金霍恩先生不露声色地问道：“为什么？”

“因为，先生，”骑兵回答说。“我只会履行军人的义务，不会做买卖。我在老百姓中间，用苏格兰人的话来说，是个呆头呆脑的人。我对文件这种东西一窍不通，先生。我经得住炮火的袭击，但受不了反复的盘问。一个多钟头以前，我刚刚跟斯墨尔维德先生说过，碰到这种事情，就觉得心里憋得难受。我这会儿就有这种感觉，”乔治先生说着，环顾了所有在场的人。

他往前迈了三步，把文件放在律师的桌子上，又往后退了三步，回到原来的地方，他在那里挺直腰板站着，一会儿看着地面，一会儿看着画了彩画的天花板，两手抄在背后，好像要拒绝接受任何文件似的。

斯墨尔维德先生生气了，他常说的那句骂人话已经到了嘴边，在说出“亲爱的朋友”时，先吐了“该”字，只把“死”字咽了下去，改成了“亲”字，因而显得有点口吃。不过，一旦克服了这个困难以后，他就甜言蜜语地劝他的亲爱的朋友不要卤莽，而要爽爽快快地答应这样一位高贵的先生的要求，因为他认为，这样做是有利的，也是合情合理的。图金霍恩先生只是偶尔说一两句话，例如：“上士，怎样做对自己才有好处，你心里最明白不过了。”“应该弄清楚这样做不会惹什么麻烦。”“你愿意怎么办，就怎么办吧。”“如果你坚持己见，那就算了吧。”他说这些话的时候，装出满不在乎的样子，同时还看了看放在桌上的文件，似乎想要写一封信。

满腹狐疑的乔治先生，把视线从画了彩画的天花板上移到地面上，从地面上移到斯墨尔维德先生身上，从斯墨尔维德先生身上移到图金霍恩先生身上，又从图金霍恩先生身上移到画了彩画的天花板上；他好像感到很为难，一会儿换换这条腿站着，一会儿换换那条腿站着。

“先生，请您不要见怪，”乔治先生说，“可是，我不妨告诉您，我这会儿站在您和斯墨尔维德先生中间，有好几十回都好像要憋死似的。先生，我确实有这种感觉。我不是你们两位的对手。如果我能找到霍顿队长写的什么东西，您能允许我问一问，您为什么要这东西吗？”

图金霍恩先生不动声色地摇了摇头。“不能，上士，如果你是个明白人，那就用不着我来告诉你，在我们这一行里，由于某些无法公开的原因——但绝不是为了害人——常常需要做一些比较和核对的工作。不过，如果你怕害了霍顿队长，那你大可以放心。”

“不过！他已经死了，先生。”

“是吗？”图金霍恩先生不动声色地坐下来写东西。

“嗯，先生，”骑兵又不安地沉默了一会儿，然后注视着自己的帽子说，“我不能满足您的要求，实在抱歉。我真不想和这件事情有牵连，不过，如果您愿意的话，我可以去找我的一个朋友商量，看看我这个想法对不对，因为他的头脑比我好，会做买卖，而且也是个老军人。这会儿，我——我实在憋得喘不过气来，”乔治先生一边说，一边无可奈何地用手擦擦前额，“我真想去找他商量一下。”

斯墨尔维德先生听说那权威人士是个老军人，就极力劝骑兵去找他商量，而且要着重对他说明，这是有关五个或五个以上的金币的事情，于是，乔治先生就答应去找他。图金霍恩先生却不置可否。

“那么，先生，如果您答应的话，我就去找我朋友商量一下，”骑兵说，“今天再来府上打扰一次，把最后的决定告诉您。斯墨尔维德先生，如果您要人帮忙抬下楼的话——”

“等一等，亲爱的朋友，等一等。你能先让我单独和这位先生说几句话吗？”

“当然啰，先生。你不必着急，我可以等着。”骑兵退到屋子的另外一头，又开始好奇地瞅着那些坚固的柜子以及其他的柜子。

“先生，我要不是像个该死的娃娃那样虚弱，”斯墨尔维德爷爷眼睛里隐隐闪着怒火，揪着律师的衣领，把他拉下来低声说，“我就从他身上把东西抢过来。他把东西揣在怀里了。我看见他揣在怀里了。朱狄也看见他揣在怀里了。说啊，你这个瘦鬼，你说你看见他揣在怀里了！”

老先生气势汹汹地咒骂着的时候，狠狠地推了一下他的孙女，可是用力过猛，一下子滑到椅子下面，把图金霍恩先生也拉了下去；朱狄赶紧抓住了他，使劲摇了摇。

“我不使用暴力，朋友，”图金霍恩先生冷冷地说。

“当然，当然，先生，我知道，我知道。可是，知道他带着你要的东西，又不肯交出来，真是气死人——这比你那糊里糊涂、唠唠叨叨的祖母还要糟糕，”斯墨尔维德爷爷这时又转过去对朱狄说，而朱狄只是不动声色地瞅着炉火，“他，不肯交出来！他！这流氓！不过，没关系，先生，没关系。他可不能老是想怎么办就怎么办。他早已被我捏在手里，我会收拾他的，先生，我会给他点厉害看的，先生。他要是不肯高高兴兴地把东西交出来，那他就是绷着脸我也要逼他拿出来，先生——喂，亲爱的乔治先生，”斯墨尔维德爷爷把律师放开，一边向他挤眉弄眼，一边对乔治先生喊道，“我的好朋友，请你帮个忙，把我抬下去吧！”

图金霍恩先生背着火，站在壁炉前的地毯上。那泰然自若的样子带着几分笑意。他目送着斯墨尔维德先生，看见骑兵离开时对他敬礼，便微微点了点头。

乔治先生发现，要摆脱开斯墨尔维德这个老先生可不容易，那比把他抬下楼麻烦多了，因为，乔治先生把他放在车上时，他还喋喋不休地谈那金币的事情，而且非常亲热地揪着乔治先生的扣子——事实上，他是想把乔治先生的衣服偷偷撕开，把东西抢走——因此，骑兵花了不少力气，才脱了身。乔治先生终于和斯墨尔维德爷爷分了手，独自去找他的顾问。

乔治先生穿过带着走廊的法学院，穿过白衣教士区[①]（路过挂剑街的时候，不免要看它一眼），又穿过黑衣教士桥和黑衣教士路，沉着地走进一条两旁都是小铺子的大街，那条大街坐落在交

---

① 白衣教士区（Whitefriars）：伦敦的一个区，在狄更斯的时代，是逃犯藏匿之所。

通网的中心点附近，通向肯德郡和萨立郡的马路，以及通向伦敦各个大桥的大街，都在远近驰名的大象客栈[①]那里汇合，大象客栈曾经有过数以千计的四马驿站马车，但这盛极一时的城堡已经让位给了比它强大的钢铁巨人[②]，那钢铁巨人只要愿意的话，随时都可以把它打个粉碎。在这条大街上有一家出售乐器的小铺，橱窗里摆着几把小提琴、几支笛子、一个小手鼓、一个三角铁和几张五线谱。乔治先生迈着威武的步伐，向这家铺子走去。可是，他在离那铺子几步的地方站住了，因为他看见一个军人模样的女人从铺子里走出来，外面的裙子卷起来揣在怀里，手里拿着小木头盆子，来到人行道边，开始在盆子里洗东西，弄得水花四溅。乔治先生暗自说："她还是和往常一样，老是在洗白菜。除了在行李车上，我每次看见她，都是在洗白菜！"

然而，引起乔治先生这段回忆的那个人，这时正聚精会神地洗着青菜，根本没觉察到乔治先生来了，等到她把水倒在小沟里，拿着木盆站起来的时候，才发现他站在身旁。她跟他打招呼的时候，态度并不怎么客气。

"乔治，我每次看见你的时候，都希望你离我远远的，最好是在一百英里以外！"

骑兵也没有答理这种欢迎的方式，就跟着走进了乐器店，那个女人把菜放在柜台上，跟他握了手，两只臂肘也撑在柜台上。

"乔治，"她说，"你每次来找马休·贝格纳特，我都觉得他很危险。你老是闲不住，到处乱逛——"

"不错，我知道，贝格纳特太太。我知道。"

"你知道！"贝格纳特太太说。"知道又有什么用？你为什么要这样呢？"

"我想，大概是动物的天性吧，"骑兵笑着答道。

---

① 大象客栈是中世纪伦敦著名的客栈，设有驿站。

② 指当时开始建筑的铁路。

“什么！”贝格纳特太太喊道，声音有点尖锐，“如果这个动物想让我的马特[①]离开这个乐器店，跑到新西兰或澳洲去，那么，这种动物的天性对我又有什么好处呢？”

贝格纳特太太长得一点也不难看。她的骨骼相当大，皮肤有点粗，经过风吹日晒，脸上长了点雀斑，前额上的头发也发白了，但强壮、健康，眼睛明亮。她是个很正派的女人，四五十岁，精力充沛，老是忙忙碌碌。她很干净，能吃苦耐劳，衣服穿得很多，但很朴素，仅有的一件装饰品，就是手指上的结婚戒指，自从戴上戒指以来，那手指已经长胖了很多，除非将来贝格纳特太太死了，化成了灰，不然这戒指是摘不下来的。

“贝格纳特太太，”骑兵说，“我可以向你担保，我绝不会害马特。这个你相信我好了。”

“嗯，我可以相信你。可是，你那样子，让人一看就觉得是个不务正业的人，”贝格纳特太太答道。“唉，乔治，乔治！当年乔·波奇在北美死去的时候，你要是和他的寡妇结了婚，安下家来就好了，她会好好管教你的。”

“那对我来说，当然是个很好的机会，”骑兵半开玩笑半认真地说，“可是，我现在再也不能安家立业，做个体面人了。乔·波奇的寡妇对我可能有好处——她这个人很有点道理——也很能干——可是，我当时总是拿不定主意。如果我能碰到像马特娶的那样一个老婆，那就太幸福了。”

贝格纳特太太是个很守妇道的人，但和正派人在一起，也喜欢开个玩笑，不过这一回，她倒装起正派人来了，她也不答理乔治先生这番恭维话，拿起一捆白菜，就照他脸上打去，然后拿起木桶，走进铺子后面的小屋。

“嘿，魁北克，我的宝宝，”乔治先生在贝格纳特太太邀请之下，跟着走进那间小屋。“还有小马耳他！来，亲亲你们的大块头

---

① 马特是马休的爱称。

叔叔吧！”

这两个小女孩正式起的名字，当然不是乔治先生叫的名字，不过，在家里倒是一直这么叫着，因为她们是在那两个地方的兵营出生的。这会儿，她们坐在自己的三脚凳上忙着：小的大概有五六岁，正在用廉价的启蒙书学习字母，大的大概有八九岁，正在一面教她，一面忙着做针线活儿。她们两人看见乔治先生，就像看见老朋友似的，高兴得大叫起来，她们和他亲昵、玩耍了一会儿，然后就把凳子搬过来坐在他旁边。

“小伍尔维奇好吗？”乔治先生问道。

“嘿！你瞧！”正在用小锅烧菜的贝格纳特太太转过头来，脸上闪着红光，喊道，“你相信不？他居然在剧院里找到一份差事，和他爸爸在一起，用笛子吹奏军乐。”

“我这教子真是好样的！”乔治先生拍着大腿喊道。

“可不是吗！”贝格纳特太太说。“他是个英国人。伍尔维奇是个地地道道的英国人！”

“马特靠吹巴松管养家，你们大家也都成了体面的老百姓，”乔治先生说。“你们是有家室的人，孩子也长大了。马特的老母亲在苏格兰，你的老父亲又在别的什么地方，你们常常通信，还给他们寄点钱，嗯，好极了，好极了，说实在的，我明白，你为什么希望我离你们远远的，呆在一百英里以外，因为我呆在这里实在不合适！”

乔治先生坐在粉刷得雪白的屋子里，在炉火前陷入了沉思。那间屋子地上铺着细砂，富有兵营气息，没有任何多余的东西，从魁北克和马耳他的脸蛋，到橱架上的发亮的锡壶和锡锅，都看不见一点尘土。正当乔治先生坐在那里沉思，贝格纳特太太忙着做饭的时候，贝格纳特先生和小伍尔维奇也恰好回来了。贝格纳特先生是个退伍炮兵，身材高大，腰板挺直，眉毛浓密，络腮胡子像椰棕一般，头顶上光秃秃的，面孔晒得很黑。他的声音短促、深沉而洪亮，和他所吹奏的乐器有些相似。总的说来，大家都认为他有一种耿直、不屈和刚毅的气质，如果把人类比作管弦乐的各种乐器，那么他本人就是这些乐器中的巴松管。小伍尔维奇是个标准的、典型的青年鼓手。

父子两人和骑兵打招呼时，态度非常亲热。乔治先生在适当的时候说，他是来找贝格纳特先生商量事情的，可是，好客的贝格纳特先生却说，饭前不想谈正经事儿，而且他的朋友要是不先尝一尝猪肉烧白菜，就别想听到他的意见。骑兵只好接受这个邀请；他和贝格纳特先生因为不便参与家务，便到小街上去兜圈子。他们散步的时候，双手交叉抱在胸前，迈着有节奏的步子，仿佛那条小街就是城堡上的甬道。

“乔治，”贝格纳特先生说。“你是了解我的。出主意的事儿，应该让我的老伴儿来。她有头脑。可是在她面前，我可不能这样说。纪律是必须维持的。等她烧完菜，我们再商量吧。我那老伴儿怎么说，你就怎么做！”

“马特，我打算这样做，”乔治先生说。“我宁可听她的话，而不愿听那些大学者的话。”

“大学者？”贝格纳特先生回答时说的每句话都很简短，就像用巴松管演奏似的，“你要是把大学者留在什么地方——留在天涯海角——只有一件灰斗篷和一把雨伞——他有本事回到欧洲的老家来吗？我那老伴儿随时都有这种本事。她从前就干过一次！”

“你说得对，”乔治先生说。

“有哪个大学者，能靠着六个便士起家？”贝格纳特接着说，“两个便士买白石灰——一个便士买漂白土——半个便士买砂子——六个便士还花不完呢。我那老伴儿就是靠这个起家的。做了现在这个买卖。”

“马特，听说你的买卖很好，我真高兴。”

“我那老伴儿还存钱哩，”贝格纳特先生一边说，一边点头默认，“她把钱放在一只袜子里。藏起来了。我虽然没见过。可是我知道她藏了一只袜子。等她把菜烧好。她会给你出主意的。”

“她真难得！”乔治先生喊道。

“她太难得了。可是我在她面前从来没有这样说过她。纪律是必须维持的。把我的音乐天才发掘出来的，也是我这个老伴儿。要不是我的老伴儿，我现在还得当炮兵呢。我拉琴拉了六年。吹笛吹了十年。老伴儿说这不行；想法顶好，可是手指头不灵活了；还是试试巴松管吧。老伴儿向步兵团的乐队长借了支巴松管。我就在战壕里练习。后来学会了，便买了一支，现在就靠这个过活啦！”

乔治说，她看起来像玫瑰一样鲜艳，像苹果一样清新。

“我的老伴儿是个非常好的女人，”贝格纳特先生回答说，“所以她就像非常好的天气一样。日子越长，她就越好。我从来没见过像她这样好的人。可是，我在她面前从来没说过这样的话。纪律是必须维持的！”

他们又谈到一些无关紧要的事情，迈着整齐而有节奏的步伐，在小街上走来走去，直到魁北克和马耳他来叫他们回去吃猪肉烧白菜为止。吃饭的时候，贝格纳特太太好像一个随军牧师，做了简短的祷告。贝格纳特太太在分配食物方面，和料理其他家务一样，都井井有条，她把所有的盘子都摆在面前，给每份猪肉加上肉汁、白菜、土豆甚至芥末，然后把整份东西分出去。贝格纳特太太用同样的办法，把一罐啤酒斟好分出去，就算给大伙配足一切必不可少的东西，然后，她自己也开始满足她那相当好的胃口。如果他们的餐具可以叫做军人伙食团的家当，那么，这份家当主要是一些角质的和锡制的器皿，曾经在世界各地为他们服务过。特别是小伍尔维奇的餐刀，像牡蛎似的很难打开，又常常自动合起来，使那年轻的音乐家食欲大减，据说那把餐刀曾经几度易手，走遍了英国海外所有的殖民地。

饭后，贝格纳特太太在儿女的帮助下（他们都动手擦自己的杯碟和刀叉），把餐具擦得和原先一样闪闪发光，然后再收起来，可是在这以前，她先把壁炉里的炉灰打扫干净，免得耽误贝格纳特先生和客人抽烟斗。贝格纳特太太料理这些家务时，穿着木套鞋在后院里跑来跑去，用桶提了好几次水，最后还用这走运的桶来洗澡。过一会儿，这位老伴儿又出来了，脸上容光焕发，坐下来做针线活儿，这时——只是在这时，她才算把白菜的事情彻底抛开了，贝格纳特先生便请骑兵说明来意。

乔治先生是个明白人，他说话的时候，好像是对着贝格纳特先生，但眼睛一直瞅着那位老伴儿，贝格纳特本人也是那样。她也是个明白人，埋头做着针线活儿。乔治先生把事情讲清楚以后，贝格纳特先生为了维持纪律，还是用他那套老办法。

“乔治，你的话全说完了？”他问道。

“全说完了。”

“你肯按照我的意思去做吗？”

“我完全按照你的意思去做，”乔治先生回答。

“老伴儿，”贝格纳特先生说，“你把我的意思说给他听听。你是知道我的意思的。你跟他说说吧。”

于是，她就说开了：凡是他不了解的人，都应当少打交道，凡是他不明白的事，都应当少去过问，因为人人都知道，不该做莫名其妙的事情，不该参加见不得人的秘密勾当，不该把脚踩在眼睛看不见的地上。这番话实际上就是贝格纳特先生的意思，不过，是由他的老伴儿讲出来的，这番话巩固了乔治先生原来的看法，冰释了他的疑虑，使他觉得如释重负，于是，他在这个难得的场合里，安下心来再抽一斗烟，还按照贝格纳特一家老少的不同经历，和他们畅谈往事。

乔治先生就这样坐在客厅里，边抽烟边聊天，一直到英国的观众在剧院里等着欣赏巴松管和笛子的时候，他那高大的身躯才站起来。可是，甚至在那个时候，他这个大块头叔叔，还依依不舍地跟魁北克和马耳他告别，还惦记着自己是个教父，偷偷把一个先令塞进教子伍尔维奇的口袋里，祝贺他获得成功，所以，当乔治先生重新走向林肯法学院广场的时候，夜幕已经降临大地。

"真是亲亲热热的一家，"乔治先生一边走，一边想，"人口虽然不多，可也真让我这样的人感到孤单。不过，我没有成家立业、生儿育女，也不见得有什么不好。结婚对我是不合适的。我就是到了现在这个年纪，还是喜欢到处流浪，如果我那打靶场是个正经买卖，如果我在那里不是像吉卜赛人那样风餐露宿，那么，我恐怕连一个月都呆不下去呢。这没什么！我既没有给谁丢了脸，也没有拖累了谁，这倒是很要紧的。我已经有许多年不干这种事了！"

他吹着口哨，摒绝杂念，大步往前走去。

他来到林肯法学院广场，登上图金霍恩先生事务所的楼梯，发现外面的门锁着，办公室也关着，可是，骑兵不懂得外面的门锁着就是里面没有人，而且楼梯口那里又很黑，所以他就到处乱摸，希望找到门铃的把手，或是自己把门开开，这时候，图金霍恩先生走上楼来（当然是无声无息啰），怒冲冲地问道：

"谁？在这儿干吗？"

"对不起，先生。我是上士乔治。"

"上士乔治，难道你看不见我的门锁着吗？"

"是的，先生，我看不见。不管怎么说，我没有看见，"骑兵不大高兴地说。

"你是改变了主意呢，还是坚持原来的想法？"图金霍恩先生问道。可是他看了乔治一眼就明白了。

"坚持原来的想法，先生。"

"我一猜就是。行了。你可以走了。原来，"图金霍恩先生一边说，一边拿钥匙开门，"你就是窝藏格里德利先生的那个人？"

"是的，我**就是**那个人，"已经走下两三级梯级的骑兵停下来说。"那又怎么样，先生？"

"怎么样？我不喜欢你那一伙人。如果我知道你是那样的人，今天早上我就不会让你进来。格里德利是个什么东西？简直是个阴险、凶恶、危险的家伙。"

律师一反常态，说话时声音特别高，一说完就走进屋去，砰的一声把门关上了。

乔治先生就这样被打发走了，心里非常恼火，尤其是因为一个正往楼上走的职员，听到最后那句话，还以为是在说他哩。“阴险、凶恶、危险的家伙，”骑兵匆匆下楼气愤地骂道，“说得真好听！”他抬头往上看的时候，发现那个职员正往下看，等他经过楼梯灯时把他的模样记住。这更使他恼火了，有五分钟光景，他心里很不痛快。可是，他吹了吹口哨，就像把别的事情抛在脑后那样，把这种不痛快的感觉也打消了，迈着大步走回打靶场去。

第二十八章
钢铁大王

累斯特·德洛克爵士暂时克服了祖传的痛风病，而且，照实说也好，打比说也好，又能“自立”了。这会儿，他正在林肯郡的邸宅里，可是那里的低洼地又被水淹了，切斯尼山庄虽然门关户闭，但寒气和潮气还是阵阵袭来，使累斯特爵士感到冰凉彻骨。宽大的壁炉里烧着劈柴和木炭——原来是德洛克家的林木和洪水泛滥前森林的木材。在这薄暮时分，壁炉里熊熊的火焰对外面的灌木丛眨着眼睛，而那些灌木丛看到树木被拿去点火，便皱着眉头，兀自生气。然而那熊熊的火焰并不能御寒。虽然房子里到处设有热水管，门窗上挂着毡子，屋里还架着屏风、张着帷幕，但都弥补不了炉火的缺欠，满足不了累斯特爵士的需要。因此，有一天早上，消息灵通的时髦人士向喜欢打听事情的世人宣布，德洛克夫人不久就要回伦敦去住几个星期。

令人扫兴的是，甚至连大人物也有自己的穷亲戚。而且，大人物的穷亲戚还往往比别人的多，因为上等人的红色血液，和非法繁衍的下等人的血液一样，总归要喊出声来①，让人听见的。累斯特爵士的那些远亲，也像是杀了人似的，总归要“暴露出来”。他们中间有一些是非常穷的亲戚，因此，胆子大一点的人可能觉得，他们假如不是系出高贵的德洛克家一族，而是出生在普通人家里，干些粗活儿，那倒好一些。

不过，谈到干活儿的事情，除了少数几种比较体面但无利可图的活儿以外，他们是什么也不干的，因为这牵涉到德洛克家族的尊严的问题。这样一来，他们就只好到阔亲戚家去作客。而且要是可能的话，就借点钱；不可能，就过着潦倒的生活。他们有些男的讨不到老婆，女的找不到丈夫，坐着借来的马车，参加别人的宴会，就这样过着上流社会的生活。富有的家族好比一大笔款子，分成若干个单位数字，而穷亲戚则是一些零头，谁也不知道该对他们怎么办。

凡是和累斯特·德洛克爵士有点关系的人，凡是跟他持有同样看法的人，都可以算是他的亲戚。从布都尔勋爵起，中间经过富都尔公爵，一直到努都尔，累斯特爵士就像一只大蜘蛛，和他们有着千丝万缕的关系。他对待“显赫”的亲戚时，能够保持尊严的态度，而对待“没落”的亲戚时，则不惜纡尊降贵，因而显得和蔼可亲、慷慨大方；最近，尽管天气潮湿，他还是像那坚韧不拔的殉道者那样，有始有终地接待几个到切斯尼山庄来作客的穷亲戚。

在这些人里面，站在最前列的是伏龙妮亚·德洛克，她是一位六十高龄的“年轻”女士，有着双重的门第，也就是说，她因为她母亲的缘故，有幸成为另一个大家族的穷亲戚。伏龙妮亚小姐从小就显示出非凡的才能，会用彩纸剪出许多小玩意儿，会用西班牙语伴着六弦琴唱歌，还会在别墅里出些法国谜语。她这一辈子，在二十岁到四十岁这二十年，过的生活是相当愉快的。四十岁以后就人老珠黄了，大家觉得，她用西班牙语唱的歌曲叫人讨厌，她就到巴斯去度她的晚年，靠累斯特爵士给的年金维持俭朴的生活，有时候还到亲戚的别墅里作客，重温旧日的美梦。她在巴斯有许多熟人（都是些很可怕的老头，小细腿，穿着棉布裤），在那个无聊的小城里享有很高的声誉。可是，在别的地方，人们

① 原文是“Blood will cry”，这句话是从《新约全书·路加福音》第19章第40节“Stone will cry out”（“石头一定要吵出来”——意即事情一定会暴露）一语引申出来。Blood（血液）应作“血亲”解，意思是总有人知道上等人也有穷亲戚。紧接的一句“……杀了人……暴露出来”（原文：Murder will out）也是这个意思。

都有点怕她，因为她胭脂搽得太多，并且坚决不肯把那串过时的珍珠项链摘下来，而那串项链却像一副小鸟蛋穿起来的念珠一样。

在任何一个制度健全的国家里，伏龙妮亚都必然会被列入养老金名单的。事实上也有人活动过，想把她列入名单；后来，威廉·巴菲上台的时候，大家都满以为她一定会领到二百英镑的养老年金了。可是没料到，威廉·巴菲不知为什么，竟然认为今非昔比，这样的事情已经办不到了，因此，累斯特·德洛克爵士有一次对威廉·巴菲说，这件事情充分说明，这个国家快要垮台了。

在这里作客的还有可敬的鲍勃·斯特布尔斯，他给马拌的饲料，温凉适度，比兽医还要高明，他打猎放枪，比许多猎园看守人还要准确。从前有一个时期，他很想找个既不费力气又不负责任的肥缺，为祖国效劳。对一个既有雄心壮志又有好亲戚帮忙的青年来说，这种愿望是未可厚非的，而在一个井井有条的国度里，这本来早就可以如愿以偿了；可是，当威廉·巴菲上台的时候，不知为什么，他竟然认为今非昔比，就连这件小事也办不到，因此，累斯特·德洛克爵士有一次对威廉·巴菲说，这件事情再次说明，这个国家快要垮台了。

其余的那些亲戚有男有女，他们的年龄大小不一，才能也高低有别，他们大都和蔼可亲和通情达理，假如他们能够忘掉德洛克这门亲戚，那么他们在这一生中，也未尝不能做出一些贡献；但事实上，他们并没有忘掉这门亲戚，所以都过着一种漫无目的和游手好闲的生活，他们根本不知道该怎么过日子，而别人也没法告诉他们该怎么过日子。

在这群人里面，就像在别的地方似的，德洛克夫人受到了大家的崇拜。在她那个小天地里（因为上流人的天地不可能从北极延伸到南极），她不仅是美丽、端庄，而且是既有教养又有威信，她的态度虽然高傲、冷淡，但她在累斯特爵士家里起的作用，还是大大改善了那个小天地的气氛，增添了那个小天地的情趣。那些亲戚，包括那些在累斯特爵士和她结婚的时候就已经四肢瘫痪的亲戚，现在都来向她膜拜；而那位可敬的鲍勃·斯特布尔斯，每天在吃早饭和吃晚饭之间的那段时间，都向几个知心朋友重复他那句口头禅，夸她是她们那一群中梳理得最好的一个。

在这个凄凉的夜晚，鬼道上又响起了一阵阵的脚步声（客厅里当然听不见），这很可能是一位已故的亲戚，因为不得其门而入，在这寒夜里徘徊。但是，就在这个时候，上面提到的那些客人都坐在切斯尼山庄的长长的客厅里。快到睡觉的时候了。每间卧室都生着熊熊的炉火，那些死气沉沉的家具映照在墙上和天花板上，给人一种鬼影憧憧的感觉。一个个供卧室用的烛台，就摆在门口旁边的一张桌子上，那些亲戚坐在靠背椅上直打哈欠。有的在弹钢琴，有的围着那个放苏打水的盘子，有的站起来，准备离开牌桌，有的围着炉火取暖。累斯特爵士站在为他特设的壁炉旁（客厅里一共有两个壁炉）。德洛克夫人在那个大壁炉的另一边，坐在她那张桌子旁边。伏龙妮亚既然是个资格最老的亲戚，就坐在他们两人中间的一张华丽的椅子上。累斯特爵士很不满意地看着她搽的胭脂和戴的珍珠项链。

“我上楼睡觉的时候，”伏龙妮亚拖长了声音说，她今天晚上东拉西扯地谈了好半天，这会儿说不定思想已经开了小差，早就想上楼睡觉了，“常常碰见一个非常漂亮的姑娘，说真的，我从来也没见过这么漂亮的姑娘。”

“那是夫人的 protegée①，”累斯特爵士解释说。

“我也是这样想的。我觉得，这个姑娘一定是明眼人挑出来的。她真是个天生的尤物。她也许是像玩偶似的那种美人，”伏龙妮亚小姐说，显然是在心里和她自己的美貌做了比较，只是没有说出口来罢了，“可是，就那种类型来说，她是十全十美的。我从

---

① 法语，即“被保护人”之意。

来也没见过这样如花似玉的姑娘！”

累斯特爵士看着她脸上的胭脂虽然很不高兴，但似乎同意她说的话。

“说实在的，”夫人懒洋洋地说，“如果说这有什么明眼人的话，那是朗斯威尔太太，而不是我。露莎是她发现的。”

“她是你的侍女吗？”

“不是。我也说不上她是我的什么人，就算是我的宠儿——秘书——信差吧。”

“你喜欢让她呆在你身边，就像你喜欢花，喜欢鸟，喜欢画或者小哈巴狗——不，不是小哈巴狗——只要是讨人喜欢的东西就行，是不是？”伏龙妮亚深表同情地说。“是啊，她多漂亮呀！那个可爱的朗斯威尔老太太身体多好啊！她的年纪不小了吧，可是，她还是那么勤快，那么好看！说真的，我和她还是挺要好的朋友哩！”

累斯特爵士认为，切斯尼山庄的女管家本来就应该是个了不起的人物，这是理所当然的事。除此之外，他对朗斯威尔太太也非常器重，而且很欢喜听人称赞她。因此，他说：“伏龙妮亚，你说得对。”伏龙妮亚听了感到十分高兴。

“她自己有没有女儿？”

“朗斯威尔太太吗？没有，伏龙妮亚。她有一个儿子。不，有两个儿子。”

德洛克夫人本来就觉得心烦，这天晚上，伏龙妮亚说的话，更使她烦得要死，她厌倦地看了看那些供卧室用的烛台，无声地叹了一口气。

“有一个非常明显的例子，可以说明我们这个时代多么混乱——土地的界标废除了，水闸打开了，贵贱的区分取消了，”累斯特爵士大为感慨地说，“前些时候，图金霍恩先生告诉我，人们曾经请朗斯威尔太太的儿子到议会去当议员。”

伏龙妮亚小姐小声地尖叫了一声。

“噢，不错，”累斯特爵士又说了一遍，“请他到议会去当议员。”

“真没听说过这样的事情！天啊，他是干什么的？”伏龙妮亚小姐喊道。

“人们大概管他叫——嗯——钢铁大王，”累斯特爵士慢吞吞地说，态度很严肃，但也有点迟疑，好像不敢肯定，人们是不是可能管他叫“铅皮霸王”，或者，真正的名字是不是别的什么和另一种金属有另一种关系的字眼。

伏龙妮亚又小声地尖叫了一声。

“如果图金霍恩先生没有说错的话——我相信他不会错，因为他总是正确无误的——这个钢铁大王拒绝了这次的邀请。不管怎么说罢，这件事情还是打破常规的，”累斯特爵士说，“因为，我觉得这件事情做得莫名其妙，大大的出人意料。”

这时候，伏龙妮亚站起来，望着门口那边的烛台，于是累斯特爵士彬彬有礼地穿过整个客厅，把其中的一个烛台拿来，凑在夫人的带罩的台灯上引火。

“夫人，我不得不请你再呆几分钟，”他一边引火，一边说，“因为我谈到的那个人，今天晚上吃饭前就已经来了，他写了一个非常得体的便条，”累斯特爵士是个实事求是的人，所以又详细地说了一遍，“我不得不说，他写了一个非常得体和措词委婉的便条，请你和我抽一点时间来接见他，商谈这个姑娘的事情。他好像今天夜里就要离开这里，所以我答应他，我们可以在睡觉以前接见他。”

伏龙妮亚小姐第三次小声尖叫了一声，她一边说希望德洛克爵士和夫人（“噢，天啊！”）赶快把那人（“叫什么来着？钢铁大王吗？”）打发走，一边急忙离开那个客厅。

紧接着，其他的亲戚也都出去了；等到最后一个走了，累斯特爵士就摇了摇手铃，把仆人叫进来。“到女管家屋里，替我向朗斯威尔先生问好，说我现在可以接见他。”

夫人对累斯特爵士说的话，似乎不大关心，可是，朗斯威尔先生进来的时候，她却看了看这个客人。朗斯威尔先生大概五十出头，身材高大，很像他母亲，他的声音爽朗，脑门宽阔，黑黑的头发已经逐渐稀疏，他的样子很精明，但也很和蔼。他是个严肃的绅士，穿着黑衣服，相当肥胖，但是健壮而灵活。他的态度很自然，很随便，丝毫没有因为和大人物呆在一起而变得手足无措。

"累斯特爵士，德洛克夫人，我因为要来打扰你们，曾经在我的短信上表示过歉意，我现在就不多说了。谢谢您，累斯特爵士。"

他说最后那句话，是因为德洛克的一家之长，朝着他自己和夫人中间的那张沙发点了点头，示意他坐下。于是，朗斯威尔先生就走过去。泰然自若地坐下来。

"现在是个繁忙的时代，到处都在兴办规模宏大的企业，像我们这样的人，在许多地方都有很多工人，老是得东奔西跑。"

累斯特爵士很满意，这个钢铁大王觉得在这里不必匆匆忙忙；在这里，这座古老的山庄深深地坐落在恬静的猎园里，常春藤和苔藓缓缓地长起来，榆树盘根错节，橡树密叶成荫，羊齿草和积年累月的落叶把那些树的树身深深地埋起来；阳台上的日晷默默地记录着年复一年的时间，而时间就如同山庄和土地一样，只要德洛克家族的香烟还没有断，也同样是他们世世代代的财产。累斯特爵士坐在安乐椅上，他的姿态表示他多么悠闲，他的猎园多么宁静，这跟钢铁大王们东奔西跑的生活是一个强烈的对照。

"德洛克夫人把那个叫露莎的漂亮姑娘留在身边使唤，她的用意当然是很好的，"朗斯威尔先生一边说，一边恭恭敬敬地朝夫人那边看了看并鞠了一躬。"可是，我儿子爱上了露莎，他想向她求婚，如果她同意的话——我想这是没有问题的——他想先和她订婚，为了这件事情，他征求过我的意见。我以前没有见过露莎，还是今天才见到的，不过，我相信，我儿子有眼光，就是在谈情说爱的时候也不会错看人。依我看，我儿子说的一点都不错，她的确很好，而且我母亲也很夸奖她。”

“无论从哪一方面来说，她都值得夸奖，”夫人说。

“德洛克夫人，您这样说，我听了很高兴；我想现在大可不必跟您说，我多么尊重您对她的看法了。”

“那的确不必了，”累斯特爵士说这话的时候，那种神气十足的样子，真是笔墨难以形容，因为他觉得钢铁大王未免太会说话了。

“真是不必说了，累斯特爵士。问题是，我儿子和露莎都很年轻。我的道路是自己闯出来的，我儿子的道路也要由他自己去闯，因此，他在目前是绝对不能结婚的。可是，假如我同意他和那个漂亮姑娘订婚，而那个姑娘也愿意和他订婚，那么我现在就要坦率地说，我想提出她必须离开切斯尼山庄这样一个条件，我相信，在这一点上，累斯特爵士和德洛克夫人是会理解和原谅我的。因此，在我和我儿子进一步谈这件事情以前，我想冒昧地跟你们两位说一下，如果她离开这里会引起不便或者你们不同意这样做，那么，我就先不跟他谈，尽量往后拖一拖，维持目前的关系。”

离开切斯尼山庄！提出一个条件！累斯特爵士从前担心的那些事情，什么瓦特·泰勒啦，什么钢铁区的那些专搞火炬游行的人啦，一下子全都钻到他脑子里，他气得连白头发，甚至连胡子都快竖起来了。

“朗斯威尔先生，我是不是应该这样理解你的意思，”累斯特爵士说，“同时夫人是不是也应当这样理解你的意思，”他特地把她拉进来，首先是为了表示殷勤，其次是为了慎重起见，因为他认为她是有眼力的，“你认为这个姑娘太好了，不应当呆在切斯尼山庄，或者是，切斯尼山庄可能辱没了她。”

“当然不是这个意思，累斯特爵士。”

“我听了很高兴，”累斯特爵士的态度显然是非常高傲。

“朗斯威尔先生，”夫人一边说，一边为了告诫累斯特爵士，微微打了个手势，仿佛累斯特爵士是一只苍蝇似的，“请你解释一下，那是什么意思。”

“好吧，德洛克夫人。我正要给你们两位解释解释呢。”

夫人经过一番磨炼，已经养成了不露声色的习惯，但是她太聪明、太敏感了，有时候还是会流露出来；不过她现在已经冷静下来，便转过脸去对着客人——那位客人就像画像中的撒克逊人似的，眉宇中流露出一种坚强有力和刚毅不拔的神色——仔细地听着他说话，有时还微微低下头来。

“德洛克夫人，我是一个女管家的儿子，在这所房子附近度过了我的童年。我母亲已经在这里住了五十年，大概将来还要死在这里。她提供了一个榜样，也许实际上还是个很好的榜样，说明在这个岗位上的人是勤勤恳恳，忠心耿耿的，在这一点上，英国很可以引为骄傲，不过，无论是哪个阶层的人，都不可能独占全部的荣誉或全部的功劳，因为这个例子说明双方都有高贵的品质，在大人物那方面有，在小人物那方面也同样有。”

累斯特爵士听他把事务的准则说成这个样子，便轻轻哼了一声，不过，他是个爱惜荣誉、追求真理的人，还是大大方方地承认——尽管没有说出口，钢铁大王的提法倒是有些道理的。

“请原谅我太直言了，可是我不希望人家误解我，”他说到这里稍微用眼角看了看累斯特爵士，“以为我觉得母亲在这里当管家就丢面子，或者对切斯尼山庄和这个家庭缺乏应有的敬意。当然，我很有理由希望——德洛克夫人，事实上我一直就希望——我母亲做了这么多年工作，总可以告老回家，跟我在一起，度过她的晚年。可是，我知道，要把她和你们拆开，一定会使她非常伤心，所以我很早以前就打消了这个想头。”

听说朗斯威尔太太会被偷偷接走，离开这个本来是她的家的家庭，而到一个什么钢铁大王的家里去度过晚年，累斯特爵士又摆起架子来了。

“我从前当过学徒，也当过工人，”来客接着说下去，他的态度谦虚而爽朗，“多少年来，一直靠工资过活，而且，为了深造起见，还要靠自己自修。我的女人是一个工头的女儿，只受过普通的教育。除了我刚才说的这个儿子以外，我们还有三个女儿。我们既然比较幸运，能够使他们得到比我们好的机会，我们就让他们受好教育，非常好的教育。我们最关心和感到最高兴的，就是设法让他们将来对任何职务都胜任愉快。”

这个做父亲所说的这一番话，未免有点自夸，这好像是说他心里还有一句话：“甚至连切斯尼山庄的职务都能胜任。”因此，累斯特爵士的架子就摆得更大了。

“德洛克夫人，在我住的那个地方和我那个阶级，这种事情是常见的，所谓门户不当的婚姻，在我们那里也不比别的地方少。常常听到儿子对父亲说，他爱上了一个姑娘，比方说爱上了工厂某个女工。那个做父亲的虽然从前也在工厂里干过活儿，他刚一听到这个消息，很可能有点失望。因为他很可能另有打算。不过，结果常常是这样：做父亲的打听清楚这个姑娘人品很端正以后，就对他儿子说：‘我必须问清楚，你对这件事的态度是不是很认真。因为这是你们两人的终身大事。因此，我想让这个姑娘受两年教育。’或者，也可能这样说：‘我准备把这个姑娘送到你姐妹上学的那个学校去读书，你得向我保证，在一定时期内，只能和她见面若干次。如果，到了学业结束的时候，她已经受了很好的教育，和你取得平等的地位，而你们两人又都没有变心，那么，我就促成你们的好事。’夫人，我讲的这些事情，确实是有的，我觉得，我也可以按照这个办法去做。”

神气十足的累斯特爵士发火了。样子很沉着，但很可怕。

“朗斯威尔先生，”累斯特爵士说，他的右手插在蓝上衣的胸襟里——走廊里他那张画像就是这种神气十足的姿势——“难道你把切斯尼山庄和——”说到这里，他气得几乎讲不出话来，但是他克制住了自己，“——和工厂等同起来吗？”

“累斯特爵士，这是两个完全不一样的地方，这一点用不着我多说；可是，就受教育而论，我想，这两个地方是可以等同起来的。”

累斯特爵士用他那威风十足的眼睛，看了看大客厅的一头，又看了看另外的一头，这时候，他才相信，他不是在做梦。

“先生，你知不知道，夫人——我的夫人——留在身边使唤的这个姑娘，曾经在猎园外面的农村学堂里念过书？”

“累斯特爵士，这个我知道。那是个很好的学堂，而且还得到这个家庭很大的资助。”

“那么，朗斯威尔先生，”累斯特爵士回答说，“我真不明白，你为什么要提出这个要求。”

“累斯特爵士，如果我说，”钢铁大王有点脸红了，“我认为这个农村学堂教的东西对我儿媳妇来说还不够理想，你是不是能明白一点呢？”

这时候，德洛克的脑子里好像万马奔腾，从切斯尼山庄那所到今天还原封未动的农村学堂，想到社会的整个体制，又从社会的整个体制，想到这个体制正在分崩离析（因为像钢铁大王、铅皮霸王以及诸如此类的人，不肯安分守己，擅自离职；而按照累斯特爵士仓促想出来的逻辑，他们本来呆在什么职位上，就应当一直呆到老死），接着又想到他们还教育别人，让他们也离开自己的职位，就这样，土地的界标废除了，水闸打开了，其他种种事情也都来了。

“夫人，请原谅，请允许我插一句话，”因为夫人刚才微微做了个手势，好像想要说话。“朗斯威尔先生，我们对责任的看法，对职位的看法以及对教育的看法——总之，我们所有的看法——都是针锋相对的，我们继续讨论下去，只会引起你的反感和我的反感。这个姑娘受到夫人的关怀和宠爱，那是一件很荣幸的事情。如果她不愿意接受夫人的关怀和宠爱，或者说，如果她受到某人的影响，而那人根据自己独特的见解——请允许我说，那人确实是根据自己独特的见解的，尽管我愿意承认，他大可不必和我取得一致的看法——而那人根据自己独特的见解，不让她接受夫人的关怀和宠爱，那么，她随时都可以离开这里。你刚才说的话很坦率，我们很感激你。不过，我们不会因为你说的这番话，而改变对这个姑娘的态度。我们只能这样说了，不能答应什么条件；这件事情就谈到这里，我们请你不要再说下去了。”

客人沉默了一会儿，好让夫人说话，可是她什么也没说。于是，他就站起来，回答说：

“累斯特爵士，德洛克夫人，你们接待了我，我很感激，我现在只好说，我要劝劝我儿子暂时克制一下。再见吧！”

“朗斯威尔先生，”累斯特爵士说话的时候，显得很有绅士风度，“时间已经晚了，路上也很黑。我希望你不那么忙，让我和夫人稍尽地主之谊，招待你哪怕在切斯尼山庄住一夜也好。”

“我也是这个意思，”夫人添了一句。

“我非常感激你们，可是明天早上我得准时到一个很远的地方，所以不得不连夜赶路。”

钢铁大王说着就站起来告别了；在他离开客厅的时候，累斯特爵士摇了摇手铃，夫人也站起来了。

夫人回到寝室以后，就在壁炉旁边坐下来，想着心事，也不理会鬼道上的脚步声，只顾用眼睛盯着露莎。露莎这时正在里屋写字，于是，夫人就把她叫来。

“你过来，孩子，别瞒我。你是爱上什么人了吗？”

“哦！夫人！”

夫人看着她低下了头，羞得满脸涨红，便微笑着说。

“他是谁呀？是朗斯威尔太太的孙子吗？”

“是的，夫人，请您原谅。可是，我现在还不知道是不是真爱上了他。”

“还不知道，你这小傻瓜！难道你不知道他已经爱上了你吗？”

“夫人，我想他是有点喜欢我，”露莎忽然哭起来了。

站在这个农村姑娘身边，用慈母般的手抚弄着她的黑发，用体贴入微的眼神瞅着她的，是德洛克夫人吗？噢，是的，当然是她！

“听我说，孩子。你很年轻，也很老实，我相信，你对我是忠心的。”

“可不是吗，夫人。说实在的，为了表示我对您多么忠心，什么事情我都愿意去做。”

“那么，露莎，我想，你现在还不打算离开我吧。甚至为了爱情，也不会离开我吧。”

“不会，夫人！噢，不会的！”这时候，露莎才抬起头来，她想到要和夫人分开，似乎吓了一跳。

“相信我，孩子。别怕我。我希望你快活，我还要想办法让你快活——如果说我在这个世界上还能让别人快活的话。”

露莎又流下了眼泪，她跪在夫人跟前，吻着夫人的手。夫人握着露莎拉着她的那只手，站在那里，眼睛直直地望着炉火，把露莎那只手放在自己手里抚弄着，后来，她渐渐撒开了手。露莎看见她直发愣，就轻轻地走开了；可是，夫人的眼睛仍然注视着炉火。

她在寻找什么呢？寻找那已经不存在的什么人的手？寻找那根本就不存在的什么人的手？还是寻找那可能改变她整个生活的什么人的魔术似的抚摸？或者，她是不是在听鬼道上的脚步声，捉摸那脚步声最像谁？是男人的？是女人的？还是一个小孩越来越近的啪哒啪哒的脚步声？她一定是有什么不快的心事，要不然，这么高傲的一位夫人怎么会把里里外外的房门关起来，独自坐在壁炉旁边发愁呢？

第二天，伏龙妮亚就走了，其他的亲戚也在午饭前离去。吃早饭的时候，累斯特爵士说，通过朗斯威尔先生这个人可以看出，土地的界标取消了，水闸打开了，社会的体制也分崩离析；那一帮亲戚听了这话，没有一个不吃惊，而且没有一个不气愤。他们把这种情形归罪于当权的威廉·巴菲的软弱无能，并且肯定地认为，自己被欺骗了，被亏待了，因而失去了在国家里的立足点——失去了养老金——或是失去了别的什么东西。至于伏龙妮亚，她在累斯特爵士扶着她走下宽大的台阶时，还滔滔不绝地谈着这件事情；那气愤的态度，好像英国北部发生了大规模的暴动，要把她的胭脂盒和珍珠项链抢走似的。就这样，在侍女和仆从的忙乱声中——不论这些穷亲戚生活多么困难，他们都得养着侍女和仆从，因为这是他们的一种排场——这些穷亲戚随着四面八方的风，各奔前程；而今天，在这凄凉寂静的山庄附近，一阵寒风吹得树上的叶子纷纷飘落，仿佛是那些亲戚都变成落叶似的。

第二十九章
年轻人

切斯尼山庄这时已是人去楼空，重门深锁。地毯卷成一卷卷，堆放在冷清清的屋子的角落里；闪亮的锦缎盖上了棕色的麻布，好像在忏悔，雕刻的东西和镀金的东西也好像感到屈辱；画像上那些德洛克家的先人，又一次销声匿迹，看不见天日。房子周围，落叶纷纷，厚厚的铺了一地；叶子落下来时不是一下子就掉到地上，而是打着旋儿飘下来，显得很慢、很悲哀。猎园看守人在草地上扫了又扫，把落叶装进压得满满的手推车里，一车一车地运走，可是，地上的落叶还是没过脚脖子。切斯尼山庄这一带狂风怒吼，大雨瓢泼，窗户格格地响，烟囱呜呜作声。雾潜藏在林荫道里，挡住了人们的视线，奔丧似的越过隆起的高地。在这所房子里，就像在小教堂里那样，每个角落都有一股空房子的那种阴冷气息，只是不那么潮湿罢了；这给人一个印象，仿佛德洛克家那些在地下长眠的祖先，在那漫漫的长夜，到房子里来散步，而现在走了以后，便留下坟墓里的那股气味。

可是，伦敦城里的公馆和切斯尼山庄，在同样的时刻里却很少有同样的气氛。切斯尼山庄在欢乐的时刻，这里就冷冷清清，切斯尼山庄在默哀的时刻，这里就喜气洋洋，只是在德洛克家死了人的时候，这两个地方才有共同之处。今天，伦敦城里的公馆好像又从睡梦中醒来，显得生气勃勃。像这样的排场，自然是温暖如春、灯光灿烂；像这样摆着许多暖房鲜花，自然是弥漫着一股幽香，仿佛寒冬已经过去。这里很舒适、很清静，只有挂钟的滴嗒声和炉火的噼啪声打破屋子里的沉寂；这里仿佛用五颜六色的羊毛，把冷彻骨髓的累斯特爵士围了起来。累斯特爵士平时最喜欢在书房的熊熊炉火前躺着休息，摆出一副庄严高贵和踌躇满志的样子，不惜自卑身价地审视着那些藏书的书背，或是慷慨大方地用赞许的眼光去欣赏那些美术作品。因为他收藏了一些古今名画，一些所谓“化装舞会学派”的画，那是艺术大师们偶尔放下架子画出来的，那些东西最好像拍卖什物那样，给它们做出一个分类目录来。比如：“三张高背椅子，一张铺有桌布的桌子，一个长颈酒瓶，一个水壶，一件西班牙女人的衣裳，模特儿乔格小姐的侧面肖像，身穿盔甲的堂吉诃德”。或是“一个地面龟裂的石坛，一只远处的平底船，一套威尼斯议员穿的服装，穿着绣花缎衣裳的模特儿乔格小姐的侧面像，一把刀身包金、刀把镶宝石的弯刀，一套精工缝制的摩尔人衣服（这是很罕见的），还有奥赛罗”。

图金霍恩先生常来常往，因为这里有些房地产的事情需要办理，有些契约需要修改，此外，还有别的事情。他也常常见到夫人，他们两人的态度和以前一样，还是那么镇静，那么冷淡，那么装着看不见对方。不过，这可能是夫人害怕这位图金霍恩先生，而他也知道这一点。也可能是他顽固而又坚定地盯着她，而丝毫没有同情、后悔或可怜的意思。也可能是她的美貌以及她那富丽堂皇的环境，使他加强了既定的决心，变得百折不挠。不管他是否冷酷无情，不管他是否始终不渝地执行他的计划，不管他是否喜欢掌握生杀大权，不管他是否决定把别人的秘密彻底弄清（事实上他这一辈子一直在窥探别人的秘密），不管他是否在心目中瞧不起那些已经让他沾了点光的大人物，不管他是否为了对那些显赫的诉讼委托人毕恭毕敬，常常把所受的藐视和侮辱埋在心头；总之，不管他是否由于上述的某个原因或全部原因，反正夫人是宁可让五千个上流社会的人物，带着怀疑和警惕的态度，用五千双眼睛看她，而不愿意让这个老朽的律师——系着一条领带，暗黑色的裤子在膝盖的地方用丝带扎起来——用两只眼睛看着她。

今天，累斯特爵士坐在夫人的屋子里，显得特别高兴——很早以前图金霍恩先生曾在这间屋子里念“贾迪斯控贾迪斯案”的口供书。夫人也和那天一样，坐在炉火前面，手里拿着遮扇。累斯特爵士今天所以感到特别高兴，是因为他在报纸上看到几段谈论水闸和社会体制的文章，而那几段文章又恰好和他最近谈的钢铁大王的事情结合得上，所以他就从书房来到夫人的屋子，表示要把文章朗诵一番。“写这篇文章的那个人，”他像念开场白那样说着，同时还向炉火点点头，仿佛他是站在山上，对着山下的作者点头似的，“头脑非常清醒。”

那个作者的头脑并不怎么清醒，所以夫人听了很腻味。她打起精神来听了一会儿，或者更确切地说，她勉强打起精神来装着听了一会儿，就变得心不在焉，开始望着炉火发愣，仿佛她依然在望着切斯尼山庄的炉火，根本没有离开那里。累斯特爵士没有觉察到这一点，还是拿着双目长柄眼镜继续念下去。他常常停下来，放下长柄眼镜，赞扬一两句，比方说，“说得一点也不错”，“真是恰到好处”，“我也是常常这么说的”。他每次说完这样的话，总是忘记念到什么地方，只好逐行逐段地来回找。

累斯特爵士还在没完没了地念下去，态度非常认真严肃，这时候，那个头戴扑粉假发的使神进来了，出人意料地报告说：

“夫人，有个叫格皮的年轻人想见您。”

累斯特爵士立刻停住，瞪着眼睛，恶狠狠地说：

“叫格皮的年轻人？”

累斯特爵士转过脸，看见了那个名叫格皮的年轻人。格皮的样子显得很尴尬，他乍一进来的时候，无论是举止或是仪表，都没有给人留下好印象。

“喂，”累斯特爵士对使神说，“你这是什么意思，怎么这样冒冒失失的，把这个名叫格皮的年轻人带进来？”

“请原谅，累斯特爵士，可是夫人吩咐过，这个年轻人一来就告诉她。我不知道您也在这里，累斯特爵士。”

名叫格皮的年轻人

使神一边道歉，一边用蔑视和愤怒的眼光，瞪了那个叫格皮的年轻人一眼，好像是在说："你干吗跑到这儿来，让我挨了一顿臭骂！"

"他说得对。我是这样吩咐他来着，"夫人说。"叫这个年轻人等等好啦。"

"那可不必，夫人。他既然是你叫来的，我就不打扰你啦。"累斯特爵士彬彬有礼地告退了，他出去的时候，那个年轻人向他鞠了一个躬，可是他根本不理睬，因为他是这样伟大的一个人，所以他认为格皮一定是个鞋匠，擅自闯到人家里来。

仆人离开以后，德洛克夫人就傲慢地望着来客，从头到脚地打量着他。她让他站在门口那里，也没有请他走过来，就问他有什么事情？

"我希望夫人赏个脸儿，和我谈几句话，"格皮先生局促地回答说。

"你就是那个老给我写信的人吧？"

"写过几封，夫人。在您赐给我回信之前，写过几封。"

"你不能用通信的方法代替面谈吗？你不能继续写信吗？"

格皮先生把嘴噘成说"不"的样子，但没有说出声来，只是摇了摇头。

"你这人真奇怪，老是纠缠不清。如果我觉得，你要说的事情根本和我无关，那我可就不再客气，要打断你的话。我真不明白，你要说的事情怎么会和我有关系，而且也想不到，可能会和我有关系。不过，如果你愿意的话，就把你要说的事情说出来吧。"

夫人漫不经心地摆动了一下遮扇，重新转过脸去对着炉火，几乎是背对着这个名叫格皮的年轻人。

"夫人既然答应了，那我就把事情说出来吧，嗯！"那个年轻人清了清嗓子说，"我给夫人写的第一封信曾经提过，我在法律界做事。正因为是在法律界里做事，所以养成了一种习惯，不把可能发生瓜葛的事情写在纸上，因此，我没有对夫人说，我在哪个事务所工作，也没有说，我在那里的地位——甚至薪金——是相当高的。我现在不妨坦白告诉夫人，那个事务所就是肯吉-卡伯伊事务所，在林肯法学院广场。它受理大法官庭的‘贾迪斯控贾迪斯案’，所以夫人大概是听说过的。”

夫人的身子动了动，好像开始注意了。她把遮扇拿稳，不再摆动，似乎在注意听着。

“夫人，我不妨直截了当地对您说，”格皮先生胆子稍微大一点了，“我急于要和您谈的那件事情，和‘贾迪斯控贾迪斯案’并没有关系。夫人，我这样急于要找您谈话，您当初以及现在一定觉得我这人太冒失——甚至有点不要脸。”他停了一会儿，希望夫人对他说两句客气话，但夫人并没有说，他只好接着说：“如果这事情和‘贾迪斯控贾迪斯案’有关，我早就去找您的律师，林肯法学院广场的图金霍恩先生了。很荣幸，我和图金霍恩先生是认识的——至少是见面的时候彼此都点头招呼——如果是那一类的事情，我早就去找他了。”

夫人稍微转过头去说：“你最好还是坐下来吧。”

“谢谢您，夫人，”格皮先生坐下来了。“事情是这样的，夫人，”格皮先生看了看手里一张小纸条，因为他把要说的事情，扼要地记在那上面了，可是，他每次看那个纸条，都好像陷入了迷宫。“我——噢，是的——我把自己的命运完全交给夫人了。如果夫人向肯吉-卡伯伊事务所或向图金霍恩先生抱怨我今天来找您，那么，我的处境就很不妙。这一点我是毫不掩饰的，因此，我希望夫人高抬贵手。”

夫人用那拿着遮扇的手，轻蔑地做了一个手势，叫他放心，她犯不着把这件事告诉谁。

“谢谢您，夫人，”格皮先生说，“我这就放心了。事情是这样的……我……真糟糕！……事情是这样的，我把要说的话，按次序记下一两条，可是，写得太扼要，现在看不清是什么意思了。

如果夫人不见怪的话，我想到窗前去看一下……”

格皮先生向窗户走去的时候，撞上了一对鹦鹉，他在慌乱中竟对鹦鹉说：“对不起，对不起！”可是，他在窗前也还是看不清那张纸条写的是什么。他急得满头大汗，满脸通红，忽而把纸条拿到眼跟前看，忽而又举得远远地看，嘴里喃喃地说：“矣·萨。矣·萨。代表什么？噢，原来是埃·萨！噢，我明白了！对了，绝没错儿！”他回来的时候，仿佛恍然大悟似的。

“我不知道，夫人是不是曾经听说过，”格皮先生站在夫人和自己的椅子中间，说，“或者是见过一位叫埃丝特·萨默森小姐的年轻女士。”

夫人正脸看着他。“不久以前，我见过那个年轻女士，那时正是秋天。”

“请问夫人，您不觉得她的样子很像某个人吗？”格皮先生问道，他这时双手交叉抱在胸前，歪着脑袋，用那纸条刮着嘴角。

夫人定睛看着他，不再往别处瞧了。

“不，我没这个感觉。”

“不像夫人家里的人吗？”

“不像。”

“我想，”格皮先生说，“夫人大概忘记萨默森小姐的相貌了吧？”

“那个年轻女士的样子我记得很清楚。可是这和我有什么关系呢？”

“夫人，我不妨把心里话都告诉你吧，萨默森小姐的形象，早已铭刻在我心里了。有一次，我和朋友到林肯郡游览，有机会到夫人的切斯尼山庄去观光，我发现，埃丝特·萨默森小姐和夫人的画像十分相像，这使我非常吃惊，实在太像了，我当时甚至不知道，到底是什么东西使我这么吃惊。自从那一回以后，夫人乘车经过猎园的时候，我总是偷偷地看着夫人，我敢说夫人没有看见我。可是，我从来没有在这么近的地方看过夫人。现在，我有机会在这么近的地方见到夫人，我就觉得更像了，简直出乎我的意料。”

你这个名叫格皮的年轻人啊！从前，那些夫人住在城堡里的时候，总有些彪形大汉追随左右；如果她们那美丽的眼睛，像夫人现在这样盯着你的话，你这条小命就保不住了。

夫人像扇扇子似的慢慢摇着遮扇，再一次问他，他对两人长得很像这一点那么感兴趣，那又跟她有什么关系呢？

“夫人，我马上就要谈到这个问题，”格皮先生回答的时候，又看了看纸条。“这纸条真该死！噢！‘恰德班德太太’。对啦。”格皮先生把椅子稍稍挪到前面来，重新坐下。夫人安详地靠在椅背上，不过，和平时比起来，也许有点不那么泰然了；她注视着格皮先生，始终没有眨过眼睛。“啊——等一等！”格皮先生又看了看纸条。“怎么又是埃·萨？噢，对啦，对啦！现在，我明白了。”

格皮先生把纸条卷起来，拿在手里比划着，加强语气。他接着说：

“夫人，埃丝特·萨默森小姐的出身和成长，始终是个谜。这个情况我是知道的，因为——我不妨坦白向您说——我在肯吉-卡伯伊事务所做事，所以知道这件事情。我刚才跟夫人说过，萨默森小姐的倩影早已铭刻在我的心里。如果我能弄清楚她的出身，或是证明她有高贵的亲戚，或是发现她很荣幸，是夫人的远房亲属，因而有权成为‘贾迪斯控贾迪斯案’的当事人，那么，我就可以指望，萨默森小姐对我向她求婚的事情，可能会另眼看待，而不像早先那样。不瞒您说，我向她求婚的事情，她到现在还没有同意哩。”

夫人脸上现出一种似怒非怒的微笑。

“夫人，”格皮先生说，“我们当律师的人——我是可以算作律师的，因为我虽然还没有得到承认，但是肯吉-卡伯伊事务所已经把学艺期满的证书交给了我，为了这件事情，我母亲还掏了腰包，付了相当高的印花税哩——我们当律师的人，常常碰到一些稀奇古怪的事情，这一次是，我遇到了那个在萨默森小姐小时候侍候过她的女仆。当初，萨默森小姐还没有接受贾迪斯先生的监护，而是由一位女士抚养。夫人，那位女士就是巴巴莉小姐。”

夫人忽然脸如死灰，这是由于那把绿绸做的遮扇（正高高地举着，好像她忘了放下来似的）的反映呢，还是由于脸色苍白呢？

“夫人，”格皮先生说，“您曾经听说过巴巴莉小姐这个人吗？”

“我不记得了。好像听说过。对，是听说过。”

“巴巴莉小姐和夫人的家庭有关系吗？”

夫人的嘴唇翕动了一下，可是没有出声。她摇了摇头。

“**没有**关系吗？”格皮先生说。“噢，也许夫人不知道吧？啊！不过是不是可能有关系？是吧！”格皮先生每次提出问题，夫人都把头低下来。“这很好。不过，这个巴巴莉小姐倒是个守口如瓶的人——就一个女人来说，她真说得上守口如瓶了，因为女人，至少是普通的女人，几乎都喜欢闲聊天的——所以我的证人恰德班德太太，根本不知道她有没有亲人。但有一次，仅仅是一次，巴巴莉小姐因为某个问题向我的证人泄露了秘密，说那个小姑娘的真名，不是埃丝特·萨默森，而是埃丝特·霍顿。”

“我的天啊！”

格皮先生瞪大了眼睛。德洛克夫人坐在他面前，好像透过他，望着什么地方，她的脸还是那样阴沉，她的姿势也是那样，连拿遮扇的姿势都没有改，她微微张着嘴，稍稍皱着眉头，可是，有一会儿，她好像断了气似的。格皮先生看见她恢复了知觉，看见她浑身哆嗦了一下，好像波浪掠过水面，看见她的嘴唇翕动着，看见她费了好大的劲儿，才让嘴唇不再颤动，同时，还看见她在设法回忆，他这个年轻人为什么到这里来，他说过些什么话。凡此种种，都是转眼间就过去了，她刚才那声惊呼和断了气的样子，现在已经消失了，如同长期埋在墓里的木乃伊，乍一开墓，见到天日，脸上的特征就都化为乌有了。

“霍顿这个名字，夫人熟悉吗？”

“我从前听说过。”

“是夫人的旁系亲戚还是远房亲戚？”

“都不是。”

“夫人，”格皮先生说，“根据我的调查，我现在要谈一谈这件事情的最后一点。这件事情还在发展，随着事情的发展，我要渐渐谈到正题。夫人，如果您由于某种原因，还没有听说过的话，那我就必须告诉您。不久以前，在法院小街一个叫克鲁克的人家里，发现一个生活无着的法律文件誊写人死了。当时曾经对法律文件誊写人进行了调查，发现他用的是假名，真名不详。可是，夫人，我最近发现，那个法律文件誊写人的名字，原来就是霍顿。”

“这和我又有什么关系呢？”

“啊，夫人，问题就在这里！夫人，您听我说，那人死了以后，发生了一件很奇怪的事情。有一位女士突然出现了，夫人，那女士穿着别人的衣服，到出事地点去看了看，还到死者埋葬的地方去看了看。她雇了一个扫街的孩子给自己领路。如果夫人想把那个孩子找来，证实我说的话，我随时都可以把他找来。”

夫人跟那肮脏的孩子毫无关系，并不想把他找来。

“噢，夫人，这确是一件怪事，”格皮先生说。“如果您也听到那孩子说，那女士摘下手套的时候，手指上的钻石戒指有多么亮，那您一定会觉得这事情很离奇哩。”

夫人拿着遮扇的那只手上，钻石戒指在闪着光芒。夫人摆弄着遮扇，让钻石戒指闪得更亮一些；她脸上的表情又一次说明，如果是在从前那种时候，这个名叫格皮的年轻人就性命难保了。

“夫人，大家认为，他死后没有留下片纸只字，不可能弄清楚他的来历。不过，事实并非如此。他留下了一捆信件。”

遮扇还像刚才那样摆动着。夫人的眼睛始终盯着格皮先生。

“这些信被人拿走，藏起来了。夫人，明天晚上，这些信就要落到我的手里。”

“不过，我还是要问问你，这和我有什么关系呢？”

“夫人，我马上就要谈到这个问题，来结束这次谈话。”格皮先生站起来了。“这一连串的事实是这样的：那位年轻女士和夫人长得非常像，这是没有问题的，任何陪审团都会认为这是一个很有力的证据——她是由巴巴莉小姐抚养成人的——巴巴莉小姐说她的真实姓名是霍顿——夫人对这两个名字都很熟悉——而霍顿又是由于生活无着而死的。如果这一连串的事实，足以引起夫人的兴趣，想看看这里面和夫人有没有亲戚关系，那么，我就把这些信件带来。我不知道这些信写的是什么，只知道是些旧信，因为我现在还没有拿到手哩。这些信件我一拿到手，就带来和夫人一起看。我已经把我的目的告诉夫人了，而且我也跟夫人说过，如果夫人有所抱怨的话，我的处境就很不妙，因此，这些事情都要严守秘密。”

这就是格皮这个年轻人的唯一目的吗？他有没有其他目的？他把来意和动机全盘托出了吗？还有没有保留？这时候，他可称得上是夫人的对手了。她可以看着他，但他却能低头看着桌子，丝毫不动声色，仿佛证人席上的证人似的。

“如果你愿意的话，”夫人说，“你可以把信带来。”

“说实在的，夫人好像并不怎么鼓励我，”格皮先生说，似乎受了一点打击。

“如果你——愿意的话，”夫人又用同样的声调说，“可以把信带来。”

“好吧。夫人，再见吧！”

在夫人身边的桌子上，有一个非常漂亮的小箱子；它像老式的保险箱一样，镶着铁条，上着锁。夫人眼睛仍然看着格皮先生，把小箱子挪过来，打开了锁。

“噢，夫人，我向您保证，我这次来见您，绝不是出自这样的动机，”格皮先生说，“我不能接受这样的东西。夫人，再见吧，谢谢您。”

就这样，那年轻人鞠了一躬，下楼去了，在那里，傲慢的使神呆在客厅的炉火旁边，觉得自己大可不必离开奥林巴斯①，送那年轻人出去。

正当累斯特爵士在书房里烤火，拿着报纸打瞌睡的时候，难道这房子里真没有一种什么声音，把他惊醒——那更不必说，把切斯尼山庄的老树气得枝摇叶舞，把画像上的德洛克先人气得皱起眉头，把盔甲气得准备采取行动？

没有。因为无论说什么话也好，呜咽和号啕也好，那都不过是空气的震荡罢了；可是在伦敦城的这个公馆里，空气是从里到外层层隔绝的，夫人在卧室里的哭声，得用传声筒来放大，才可能有微弱的余音传到累斯特爵士的耳朵里；不过，这房子里是有哭声的，哭声来自一个跪在地上的如疯似狂的女人。

“噢，我的孩子啊，我的孩子！你不是像我那忍心的姐姐说的那样，在出生的时候死去，而是在她不认我作妹妹以后，把你养大的！噢，我的孩子啊，我的孩子！”

---

① 奥林巴斯（Olympus）：是希腊北部的高山，相传古代希腊诸神住在该山上。

第三十章
埃丝特的自述

理查德走后不久，就有个客人来我家住了些日子。那是一位老太太——伍德科特太太。她从威尔斯来，原先在贝汉姆·巴杰尔太太家里作客。她给我的监护人写了封信，说她儿子阿伦来信请她告诉我们，他身体很好，并向我们大家问候。我的监护人给她回信时，请她到荒凉山庄来玩玩。她在我们这里呆了将近三个星期。她对我非常客气，而且是无话不谈；因此，她有时候让我感到很不舒服。我当时也知道，她对我无话不谈，我实在不应该有什么不舒服，我觉得这没有道理。可是，我毫无办法，根本克制不住自己。

她是个很精明的老太太，个子瘦小，坐着的时候，总是双手抱在胸前，一边和我聊天，一边盯着我，这也许就是我觉得不舒服的原因吧。不过，也可能是因为她腰板挺得太直，衣服穿得太整齐——其实，这恐怕是说不过去的，因为那样子应当是让人觉得舒服才对。再说，那也不会是因为她平时脸上的表情，对一位老太太来说，能有这样好的气色和端庄的容貌就很不错了。我真不知道为什么自己会觉得不舒服。或者说，就算是我现在知道，那我当初确实是不知道的。或者说，就算是——不过，这又何必去提它呢。

晚上我上楼睡觉的时候，她常常请我到她屋里；她自己总是坐在炉火前的大安乐椅上。天啊，她常常跟我讲摩根·阿普-柯里支的事情，而我每一次听完以后也总是心情沉重！有的时候，她还从克朗林瓦林沃唱的歌和那首叫谬林威林伍德的叙事诗（我真不知道我写的这些名字到底对不对），挑几段来朗诵，并随着扣人心弦的诗句而激昂起来。这些诗是用威尔斯语写的，我根本听不懂，只知道那是歌颂摩根·阿普-柯里支的家世。

“你瞧，萨默森小姐，”她常常扬扬得意地对我说，“这就是我儿子继承的财产。我儿子无论到了什么地方，都可以表明他和阿普-柯里支的血统关系。亲爱的，他没有钱不要紧，只要有比钱更重要的门第就行。”

我怀疑，在印度和中国，人们是不是也这样推崇摩根·阿普-柯里支。不过，我当然没有说出口，我只是说，有这样高贵的血统关系，确实是很了不起的。

“不错，亲爱的，**确实**是很了不起，”伍德科特太太常常这样回答。“不过，这也有它的坏处，比方说，我儿子要挑选妻子，就受到了限制，可是，那些皇亲国戚在这方面，也同样受到限制啊！”

然后，她就拍拍我的胳膊，抚平我衣服上的皱痕，好像是说，我们之间虽然有些距离，她还是看得起我的。

“亲爱的，我那可怜的丈夫，”她常常激动地说——因为她虽然出身豪门，她的心地还是很好的，“是苏格兰高地有名的麦克库特地方的麦克库特家族的后裔。他是苏格兰王家军队的军官，为国王和祖国效过劳，后来战死疆场。我儿子是两个古老家族的最后代表人之一。但愿老天赐福，让他重整家业，并和另外一个古老的家族结亲。”

我很想换换话题，可是办不到。我这样做无非是想谈些新鲜的事儿，也许是为了——不过，我也不必细说了，反正伍德科特太太绝不会让我改变话题的。

“亲爱的，”她有一天晚上说，“你这人非常通情达理，看事情也头脑冷静，比你同年的人高明得多，所以我和你谈这些家庭出身的事情，觉得很痛快。亲爱的，你和我儿子还不熟，不过，你当然认识他啰，大概还记得他吧？”

“是的，太太。我还记得他。”

“好极了，亲爱的。你听我说，亲爱的，我觉得你很有眼光，你能不能跟我说说你对他的看法？”

“噢，伍德科特太太！”我说，“这可很难啊。”

“亲爱的，这怎么很难呢？”她反驳说。“我看并不难。”

“要我说看法？对一个——”

“对一个不大熟识的人的看法，亲爱的，这**的确**很难。”

我说的不是这个意思，因为伍德科特先生前后来过我们家好几次了，和我的监护人也很要好。我把这些话照实说了，还说我们大家觉得他的医道很好，他对弗莱德小姐体贴周到，尤其值得我们敬佩。

“你对他的看法很公正！”伍德科特太太一边说，一边握着我的手。“你说得很对。阿伦是挺好的小伙子，在行医方面也没有什么缺点。尽管我是他母亲，我也只好这样说了。不过，亲爱的，我也必须承认，他的为人并不是没有缺点的。”

“谁能没有缺点呢，”我回答说。

“啊！他的缺点倒是可以克服而且是应当克服的，”那个精明的老太太一边说，一边使劲摇着头。“亲爱的，我非常喜欢你，所以不妨把你当作一个没有私心的第三者，坦白告诉你，他是个反复无常的人。”

我说，他已经获得很好的声誉，从这方面来看，很难说他不热爱自己的职业，不努力工作。

“亲爱的，你又说对啦，”老太太答道，“不过，请你注意，我说的不是他的职业。”

“噢！”我说。

“是的，”她说。“亲爱的，我说的是他在社交方面的行为。他总是向年轻姑娘献些小殷勤，十八岁以后，就一直是这样。可是，亲爱的，他对她们哪一个都没有真心喜欢过，他根本不觉得这样做有什么坏处，只想表示客气和关怀。不过，这总不太好吧，你说是不是？”

“是的，”我说，因为她似乎在等着我说这样的话。

“你知道，亲爱的，这可能引起误解。”

我说这是很可能的。

“因此，我常常对他说，应当慎重一点，否则就对不起自己，也对不起别人。他听了总是说：‘妈，我是要慎重一点，可是，你最了解我啦，你知道我没有坏的意思——换句话说，我根本没有什么意思。’亲爱的，这些都是真话，但不能说这就没有错。不管怎么说，他现在已经到很远的地方去了，而且不知什么时候才能回来，他在那边会遇到很好的机会，会认识很多的人，所以我们现在也不必谈这件事情了。亲爱的，你——”老太太忽然满脸堆笑，点着头说，“你自己怎么样啊？”

“我吗，伍德科特太太？”

“我不能这么自私，老是谈自己的儿子，他已经去找自己的幸福，去物色一个妻子了——我现在要问问，萨默森小姐，你打算什么时候去找你的幸福，去物色一个丈夫呢！嘿，你瞧！你怎么红起脸来啦？”

我想，我当初不至于脸红——总之，就算我脸红了，那又有什么关系呢——我跟她说，我目前已经很幸福，也就感到很满意，不想改变现状。

“亲爱的，你要我跟你说说，我对你有什么看法和我觉得你会交上什么好运吗？”伍德科特太太说。

“如果您会算命，那您就说说吧，”我答道。

“那好，我跟你说说：你将来要嫁的那个人，很有钱，很体面，岁数比你大很多，也许大二十五岁。你将来一定是个贤慧的妻子，你的丈夫喜欢你，你一定很幸福。”

“这的确很幸福，”我说，“不过，这种幸福怎么会落在我的身上呢？”

“亲爱的，”她回答说，“这是很可能的，因为你这么能干，这么整洁，同时，你的地位又这么微妙，所以这是很可能的，而且也一定会成为事实。亲爱的，你将来结婚的时候，我一定怀着最大的诚意祝贺你。”

真奇怪，她这番话竟使我感到很不舒服，可是，我记得，我当时确实有这种感觉。那天晚上，我久久不能入睡。我觉得自己这么糊涂，实在可笑，所以我甚至不想把这件事情说给婀达听。可是，这样一来，我就更觉得不舒服了。我要是能让这位机灵的老太太不那样子对我无话不谈，那我就是付出什么代价都行。因为这使我常常改变对她的看法。有时候我觉得她在编瞎话，有时候又觉得她说的很有道理。有时，我怀疑她非常狡猾，可是，过一会儿，我又相信她这个诚实的威尔斯人的心地是非常天真、纯朴的。可是，这到底和我有什么关系，而且为什么和我有关系呢？当我带着一篮子钥匙上楼睡觉的时候，为什么不能到她屋里去像招待别的客人那样，陪她在炉边坐一会儿呢？她跟我说的话并没有恶意，可是，我为什么要自寻烦恼呢？我心里非常明白，我到她那儿去，是迫不得已的，因为我很想博得她的好感，而且她真的对我有了好感，我心里也非常高兴，可是，每次和她谈过话以后，我为什么会怀着痛苦的心情，去琢磨她说的每一句话，并一再衡量这些话的轻重呢？如果我觉得，她住在我们家里，比住在别的地方更好一些，更保险一些，那么，她现在真的住在这里，每天晚上都把心里话说给我听，我为什么还这样苦恼呢？这些事情真是错综复杂、互相矛盾，我怎样也说不明白。就算是我能说明白——不过，我将来慢慢会谈到这一切的，现在还不是时候。

因此，伍德科特太太离开的时候，我既感到依依不舍，又觉得如释重负。但是不久，凯蒂·杰利比就从伦敦来了，她告诉我们她家里的许多消息，使我们没有工夫去想别的事情。

开头的时候，凯蒂什么事情都不谈，只管说我是她最好的顾问。婀达说，这根本不是消息，我自己呢，当然说这是胡扯。后来，凯蒂告诉我们，再过一个月，她就要结婚了，如果我和婀达愿意当她的伴娘，那她一定非常高兴。说实在的，这才算是个消息呢；我觉得，这样一件事情我们简直一辈子也谈不完，因为我们有许多话要跟凯蒂说，而凯蒂也有许多话要跟我们说。

看样子，凯蒂的可怜的爸爸，在宣布破产后，已经渡过了难关。用凯蒂的话来说，就是“见诸公报[①]”了——好像通过这一关就等于走出了一个隧道似的。那些债主都可怜他，对他很客气，所以，他总算走了运，也没有搞清楚是怎么回事儿，就渡过了难关。可怜的人啊，他把所有的东西都交出来了——不过，依我看，他的家具恐怕值不了多少钱——而每个有关的人也都相信，他的确是尽了最大的努力。就这样，他还算留着点面子，草草了事以后就谋得一份差事，重新开始他的事业。他的差事是什么，我始终搞不清。凯蒂说，他当了报关行的人员，我不知道那是干什么的，只知道他在特别缺钱的时候，就到码头去弄点钱，可是很少弄到手。

她爸爸像绵羊似的被剪掉毛以后，总算安下了心，他们一家子也搬到哈顿花园的带家具的住宅里去（后来，我到他们家去的时候，看见那些孩子把椅背上的马鬃割下来，放在嘴里，呛得透不过气来）。凯蒂曾经让她爸爸和老特维德洛甫先生见了面。可怜的杰利比先生为人谦逊、和气，对风度翩翩的老特维德洛甫先生崇拜得五体投地，因此他们成了莫逆之交。老特维德洛甫先生对儿子要结婚的事情逐渐妥协了，同时还大发慈悲，同意在最近举行婚礼，并慨然允许这对年轻夫妇到纽曼街的舞蹈学校来住。

“凯蒂，你爸爸怎么样？他说什么？”

“噢，可怜的爸爸，”凯蒂说，“他只顾哭，他说他希望我们合得来，别像他和妈妈那样。当着普林斯的面他没有这样说，只是对我一个人讲。他还说：‘可怜的孩子，你不懂得怎样给你丈夫料

① 公报是官方的报纸，公布政府文告，法律事务，以及宣布破产、调职等事宜。

理家务；不过，如果你真爱他的话，那么，除非你打算尽力搞好家务，要不然你最好是杀了他，而不要嫁给他。’”

“凯蒂，你后来怎么说，你爸爸才放心的？”

“嗯，你知道，看到可怜的爸爸情绪这么低，听到他说的话这么可怕，我难过得都流下眼泪了。我告诉他说，我**一定**要尽力搞好家务，希望他晚上常到我们家来散散心，还说我在家里的时候没能照顾他，将来他到我们那里，我一定要好好招待他。后来，我说要把啤啤接来和我一起住，于是，爸爸又哭起来，他说孩子们都成印第安人了。”

“什么，印第安人？”

“是的，”凯蒂说，“野蛮的印第安人。爸爸还说——”可怜的姑娘说到这里，又哭起来了，一点不像世界上最幸福的姑娘，“爸爸还说，他觉得他们最好的下场，就是统统用印第安人的斧子劈死。”

婀达说，不必担心，杰利比先生话虽这么说，但并没有坏意。

“是的，我当然知道，爸爸并不想家里发生什么流血事件，”凯蒂说，“可是，他的意思是说，孩子们有这样的妈很倒霉，而他有这样的妻子也很倒霉。我这个做女儿的虽然不应当这样说，不过我相信这是真话。”

我问凯蒂，她妈妈知不知道她哪天结婚。

“噢，埃丝特，你是知道我妈这个人的，”凯蒂答道，“这很难说，她到底知不知道。这件事情我已经跟她说过好几次了，我每次跟她说，她总是冷冷地看着我，好像我是——我真不知道是什么——噢，是远处教堂的尖顶，”凯蒂忽然想了一个词儿，“后来，她就摇摇头说：‘噢，凯蒂啊，凯蒂，你怎么这样啰嗦！’接着，就继续口授她那些伯里奥布拉的信件了。”

“凯蒂，你的衣服准备得怎么样啦？”我问道，因为她和我们用不着客气了。

“嗯，亲爱的埃丝特，”她一边回答，一边擦着眼泪，“我一定想办法把衣服准备好，希望亲爱的普林斯将来不至于老觉得我到他家里去的时候穿得很破烂，因而心里就不痛快。如果这是为了到伯里奥布拉去而准备行装，妈妈一定知道应该怎么办，而且也一定很高兴。可是，这是准备嫁妆，所以她既不懂行，也不关心。”

凯蒂对她妈妈还是很孝顺的，可是，她一提到这事情，就免不了要落泪，因为这是明摆着的事实——我相信谁也无法否认。我们很同情这个又可怜又可爱的姑娘，我们觉得，她遭到了这样的挫折，仍然不失为一个善良的姑娘，实在值得钦佩，因此，我和婀达两人立刻给她出了个小主意，那使她非常高兴。按照我们的意思，她在我们家住三个星期，然后我到她家住一个星期；我们三个人一起设计、剪裁、修补、缝纫，想尽办法把她那些衣服弄得好看一些。我的监护人和凯蒂一样，对这个主意也很满意，于是，我们第二天就和她一起回家去安排这件事情，然后，又带着她的箱子和新买的东西满载而归。买那许多东西才花了十英镑钱，那实在不容易，而且我猜，那笔钱还是杰利比先生在码头上弄来的，可是，他不管一切，还是把钱交给了凯蒂。如果我们鼓励我的监护人的话，我真不知道他会送给凯蒂多少东西呢；不过，我们和他谈妥，只给她买结婚礼服和帽子就够了。他同意了这种折衷的作法；那一天，我们坐下来做针线活儿的时候，凯蒂高兴得不得了。

可怜的姑娘，她拿起针来可真笨，总是把手指扎破，就像从前用墨水把手弄脏似的。她缝着缝着就红起脸来：一则是因为扎痛了，一则是因为活儿做得不好，觉得不好意思；可是，她很快就克服了这个困难，开始有了显著的进步。就这样，她和婀达和我的女用人查理，还有城里来的一个女帽商和我，日复一日地坐在那里干活儿，虽然是辛辛苦苦，倒也是高高兴兴的。

除此以外，就像凯蒂说的那样，她最着急的是“要学习如何管家”。天啊，她居然想跟我这样“有经验”的人学管家，岂不是天大的笑话！我听了她的提议，羞得脸都红了，不知道该哭还是该笑。尽管如此，我还是说："亲爱的凯蒂，我很欢迎你，我会什么就一定教给你什么。"我把我的账本拿给她看，把我的方法说给她听，同时我也不掩饰我那手忙脚乱的样子。她那么用心地学，你一定会以为我把什么了不起的新做法教给她哩。如果你看见我摇晃着钥匙，带她到处去走走，你一定会觉得，我是最大的骗子手，而凯蒂·杰利比则是最糊涂的徒弟。

这样，我又要做针线活儿，又要料理家务，又要教查理念书，晚上还要陪我的监护人玩骰子，或者陪婀达唱歌，所以三个星期转眼就过去了。然后，我就和凯蒂一起到她家去，看看在那里能够做些什么事，婀达和查理则留在家里，照顾我的监护人。

我说和凯蒂到她家去，我指的是杰利比先生在哈顿花园那所带家具出租的房子。我们到纽曼街去了两三次，那里也在布置，我发现，那些布置主要是为了使老特维德洛甫先生住得更舒服些，其次才是为了那对新婚夫妇，他们的新房就设在那简陋的阁楼上。不过，我们的目的是要把杰利比先生那个房子收拾好，准备举行喜筵，同时还要在事先让杰利比太太多少知道有这么一回事儿。

做这两件事情的时候，后一件比头一件困难多了，因为杰利比太太和一个病病歪歪的男孩占着前客厅（后客厅实际上是一间贮藏室），客厅里到处是废纸和有关伯里奥布拉的文件，很像没有打扫的马厩，到处都是乱草。杰利比太太整天坐在那里，喝着浓咖啡，口授伯里奥布拉的信件，并约人座谈伯里奥布拉的事务。那个病病歪歪的男孩出去吃饭，我觉得他好像越来越瘦了。杰利比先生回到家里，常常是叹一口气，就到下面的厨房去。如果仆人给他点什么吃的，他就拿去吃，然后，为了不妨碍别人，就冒着雨到哈顿花园去散步。那些可怜的孩子和平时一样，在家里到处乱爬，满地打滚。

要想用一个星期的时间，把这些命中注定要做牺牲品的小孩打扮得漂漂亮亮，那是绝对办不到的，于是，我向凯蒂建议，在她结婚的那天早上，把他们安顿在他们睡觉的那个顶楼里，让他们高高兴兴地在那里玩，而把我们全部精力用来打扮她妈妈，收拾她妈妈那间屋子，和准备一席过得去的喜筵。事实上，杰利比太太是需要好好打扮一番的，她衣服后背上的那个用带子交叉穿起来的开口，自从我第一次和她见面以来，已经大了不少，她的头发乱蓬蓬的，就像清道夫那匹马的马鬃一样。

我觉得，要想跟杰利比太太谈凯蒂结婚的事情，最好的办法是让她看看凯蒂的嫁妆，因此，有天晚上，等那个病病歪歪的男孩走了以后，我就请杰利比太太来看看凯蒂的那些摆在床上的衣服。

"亲爱的萨默森小姐，"她一边说，一边从书桌旁边站起来，脾气还是像往常那样和蔼，"你帮她准备这些东西，这说明你这人很好，可是这些工作实际上是很可笑的。凯蒂居然要结婚啦，你想想看，这是多么荒唐的事情！噢，凯蒂，你真是一只最最愚蠢的小猫啊！"

话虽然是这样说，她还是跟着我们上楼来，用平常那种心不在焉的态度看着那些衣服。她看了那些衣服以后，只有一个明确的看法，因为她摇着头，淡淡地笑着说："亲爱的萨默森小姐，我们只要花一半的钱，就可以给这个傻姑娘办好到非洲去的行装了！"

我们下楼的时候，杰利比太太问我，这个麻烦的婚宴，是不是真的在下星期三举行？我说是的，于是她就说："亲爱的萨默森小姐，我那间屋子也得腾出来吗？我那些文件可没办法收拾啊。"

我趁着这个机会说：那间屋子当然要腾出来，那些文件也必须收拾。"嗯，亲爱的萨默森小姐，"杰利比太太说，"你怎么说，就怎么办吧。我的公众事务已经够忙啦，可是，凯蒂还逼得我不得不雇一个男孩，使我左右为难，不知道怎么办才好。下星期三的下午，我们还要开一个分支会，这事情可真麻烦。"

“这事情以后再也不会有了，”我笑着说。“因为凯蒂这辈子大概就结一次婚。”

“说得对，”杰利比太太回答说，“说得对，亲爱的。我想，我们只好尽量迁就一下了。”

第二个问题是，杰利比太太那天应当穿什么衣服。我和凯蒂讨论这个问题的时候，我觉得她妈妈那样子奇怪极了，因为她从书桌那边若无其事地看着我们，偶尔向我们点点头，微微露出一种带有责怪意味的微笑，好像她是一个超然的人，对我们搞的这些无聊的事情，并不怎么生气。

她的衣服都是破破烂烂的，而且乱堆乱放，给我们增加了不少麻烦，可是，我们终于设计出一套衣服，和一般做母亲的在女儿出嫁时穿的差不多。杰利比太太心不在焉地听任裁缝给她试那套衣服，后来，她又细声细气地对我说，我没有把注意力转到非洲上去，实在很遗憾；她这两种态度完全符合她的一贯做法。

他们住的地方很窄，不过我觉得，如果把圣保罗教堂或圣彼得教堂让杰利比太太一家人去住，那么，地方大的唯一好处，就是可以让他们弄脏更多的地方。在给凯蒂筹备婚礼的时候，我觉得，那一家子的东西，凡是能打破的，全都打破了，凡是能弄坏的，也全都弄坏了，家里每一件能落上尘土的东西，从小孩的膝盖一直到大门的住户名牌，全都落上了厚厚的一层土。

可怜的杰利比先生是难得开口的，他在家里的时候，总是头靠着墙坐，这会儿，看见我和凯蒂设法把这个破烂摊子收拾得像样一点，似乎很感兴趣，便脱下外衣来帮忙。可是，等到壁橱打开，就有一些莫名其妙的东西掉下来——发霉的馅饼、发酸味的瓶子、杰利比太太的头巾、信件、茶叶、刀叉、小孩的不成双的靴子和鞋子、劈柴、封糊、锅盖、装在破纸袋里受了潮的糖、脚凳、铅笔画用的刷子、面包、杰利比太太的帽子、封面粘上了黄油的书、烛泪淌成沟的蜡烛头（当初是倒过来放在破烛台上弄灭的）、核桃壳、小虾的头尾、餐桌上用的草垫、手套、咖啡渣和雨伞——

杰利比先生看了，似乎吓了一跳，便走开了。可是，他每天晚上还是照样来，脱掉外衣坐在那里，脑袋靠着墙，好像很想帮助我们，但又无从入手。

“爸爸真可怜！”在举行婚礼的头天晚上，我们把事情稍微安排就绪，凯蒂就对我说，“埃丝特，我觉得离开他走了，是一种不孝的行为。可是，我留下来又能做什么呢！自从我认识你以后，我总是一次一次地收拾屋子，可是，有什么用呢？妈妈和她的非洲，一下子就把整个家弄得天翻地覆了。我们雇的用人，没有一个不喝酒的。妈妈把什么东西都弄得一塌糊涂。”

杰利比先生是不可能听见她的话的，可是，他的情绪似乎很低，我觉得，他甚至掉下了眼泪。

“我为他感到痛心，实在痛心！”凯蒂低声哭着说。“埃丝特，我今天晚上一直在想，我多么希望和普林斯在一起过幸福日子，我相信，爸爸当初一定也希望和妈妈在一起过幸福日子的。可是，他失望了！”

“亲爱的凯蒂！”杰利比先生坐在墙边，慢慢转过头来说。我觉得，我听见他一连说出五个字来，这还是头一次哩！

“嗯，爸爸！”凯蒂一边答应着，一边走过去，热烈地搂着他。

“亲爱的凯蒂，”杰利比先生说，“千万不要——”

“不要普林斯吗，爸爸？”凯蒂迟迟疑疑地说。“不要普林斯吗？”

“不，亲爱的，”杰利比先生说。“当然要他啦。可是，千万不要——”

在叙述我们第一次到泰维斯法学院大街的时候，我曾经提到理查德形容杰利比先生的时候，说他吃完晚饭以后常常把嘴张开，但什么话都没有说。这已经成为他的习惯了。这会儿，他又好几次张开了嘴，没精打采地摇了摇头。

“你希望我不要什么呢？亲爱的爸爸，不要什么？”凯蒂一边问，一边哄着他，用胳膊搂着他的脖子。

“千万不要搞公众事务，亲爱的孩子。”

杰利比先生叹了一口气，又把头靠在墙上；这是我唯一的一次听到他对伯里奥布拉的事情，说出自己的看法。我猜，他从前一定比较健谈，比较活泼；可是，看样子，早在我认识他之前，他就已经筋疲力尽了。

那天晚上，杰利比太太不慌不忙地翻着文件，喝着咖啡，我真担心，她会没完没了地搞下去。等她把房间给我们腾出来的时候，已经是夜里十二点了，再说，要打扫那房间也不是容易的事情，因此，快要累垮了的凯蒂，这时便坐在肮脏的地板上哭起来。可是，过了一会儿，她又打起精神，在我们去睡觉以前，总算创造了奇迹，把屋子打扫干净。

我们在房间里摆了一些花，用许多肥皂水洗了又洗，还把家具重新摆了一下，那天早上，这房间看上去还挺漂亮。那一桌花钱不多的喜筵弄得很像样，凯蒂也打扮得花枝招展。可是，后来婀达来了，我当时觉得——我现在还觉得——我从来没有见过像她那样美丽的脸蛋。

我们在楼上给孩子们摆了一小桌酒席，让啤啤坐在首席；当我们领着穿了结婚礼服的凯蒂上楼的时候，他们看了都拍手欢呼，可是，凯蒂一想到要离开他们就哭了，一次又一次地搂着他们，我们只好叫普林斯上来把她带走——这时候，真煞风景，啤啤把他咬了一口。接着，老特维德洛甫来了，他呆在楼下，那翩翩的风度简直无法形容；他亲切地向凯蒂祝福，还向我的监护人暗示，说他儿子的幸福是他一手造成的，他为了保证儿子的幸福，不惜牺牲个人的利益。“亲爱的先生，”特维德洛甫先生说，“这对年轻夫妇就要和我住在一起，我的房子很宽敞，他们还住得下，我的家就是他们的家。我本来打算——贾迪斯先生，你还记得那位对我表示好感的显赫的摄政王吧，你一定会明白我的意思——我本来打算让我儿子和大家闺秀结婚的；可是，现在上帝做出这样的安排，我们只好服从了！”

来客里面有帕迪戈尔夫妇。帕迪戈尔先生样子很固执，穿着宽大的背心，头发又短又硬，他总是用低沉而洪亮的声音说，他捐了多少钱，他老婆捐了多少钱，他的五个孩子捐了多少钱。来客里面还有奎尔先生，他的头发还是往后拢着，鬓角上的两个大发卷闪着亮光。他不是以失恋者，而是以年轻的（至少是没有结过婚的）维斯克小姐的未婚夫的身份出现的。那个维斯克小姐也来了，我的监护人说，维斯克小姐的任务是：向世人说明女人的公众事务就是男人的公众事务，而男人和女人唯一真正的公众事务，就是在公众大会上要求通过为世界大事做出的带宣言性质的决议。来客不多，但是，就像平时人们在杰利比太太家里看到的客人那样，都是专门从事公众事务的。除了我已经提过的那些人以外，还有一个非常邋遢的女人，戴的帽子歪在一边，穿的衣服还带着标价签，凯蒂对我说，她那没人过问的家，简直像一大堆垃圾，而她常去的那个教堂则像卖杂货的集市。最后还有一个非常爱吵架的绅士，他说，他的任务就是要把每个人当作亲兄弟，可是，他对他那人口众多的家庭，似乎并不怎么关心。

这些人和举行婚礼这种事情显得特别不协调，要是故意把这样的人找来凑在一起，那倒是很困难的。像婚姻这样的家庭琐事，他们尤其受不了；事实上，在我们坐下来吃喜酒之前，维斯克小姐就义愤填膺地对我们说，把妇女的任务限制在家庭的小圈圈里，完全是男人——虐待妇女的暴君——对她们的一种侮辱。他们这些人还有一种特点，那就是每个负有任务的人，对别人的任务毫不关心（只有奎尔先生是例外，我在前面已经说过，他的任务就是对别人的任务发生强烈的兴趣）。比方说，帕迪戈尔太太坚定地认为，牢牢地抓着穷人，硬把布施塞给他们，就是她所遵行的办法，也是唯一正确的办法；而维斯克小姐却坚定地认为，世界上唯一有现实意义的事情，就是把妇女从男人，那些虐待妇女的暴君的压迫下解放出来。而杰利比太太呢，她一直在微笑着，觉得人们只看见别的事情，而看不见伯里奥布拉-加纳，目光未免太短浅了。

可是，我刚才讲的是我们在回家途中谈话的内容，而没有先谈凯蒂结婚的事情。原来，我们大家都到教堂去了，杰利比先生把凯蒂正式托给了普林斯。在举行婚礼的时候，特维德洛甫先生把大礼帽夹在左腋下，帽底很像大炮的炮口，对着那个牧师，他的眼睛向上翻着，差点碰着了假发，他站在我们当伴娘的人后面，身子笔挺，肩膀高耸，婚礼完毕以后，又频频向我们鞠躬，他自始至终的那副神气，要想恰到好处地描写出来，那我无论如何也办不到。维斯克小姐这个人，我不敢说她长得很漂亮，只能说她的态度很严肃，她在整个婚礼中，脸上一直带着蔑视的表情，仿佛结婚典礼就是妇女受的一种虐待。杰利比太太脸上带着泰然自若的笑容，眼睛发出闪闪的亮光，似乎是所有在场的人里面，最漠不关心的人了。

我们按时回来吃喜酒，杰利比太太坐在首席，杰利比先生坐在末席。入席之前，凯蒂偷偷跑到楼上去，再一次亲一亲那些小孩子，并告诉他们，她的姓改成特维德洛甫了。可是，啤啤听了这个消息，并没有感到意外的高兴，反而伤心得躺在地上大哭大闹，所以，凯蒂叫我上楼来的时候，我只好同意把他带到大人的饭桌上来。啤啤就坐在我膝上。杰利比太太看见他的围涎很脏，就说："噢，啤啤，你真淘气，你怎么弄得跟小猪似的！"可是，说完这话以后，又显得若无其事了。啤啤很老实，但是他把挪亚带到楼下来（我们去教堂以前，我送给他一只方舟[1]，挪亚就是从那上面拆下来的），头朝下地浸在酒杯里，然后又放进嘴里。

我的监护人脾气随和，通情达理，而且总是满脸笑容，所以就是和这些枯燥无味的人相处也能相当融洽。他们只会谈自己那

---

① 见《旧约全书·创世记》第 6 章，在洪水泛滥前，挪亚得上帝启示做了一只方舟，把妻儿和一些动物搬到船上，得免于难。这里指的是模仿挪亚方舟做的玩具。

一套，别的事情似乎都谈不了，可是他们就连自己那一套也谈不好，因为他们不能把它和别的事情联系起来，当作世界事务的一部分。还是我的监护人转变了话题，让大家说些吉利话，使凯蒂快活起来，也使我们那顿喜酒吃得热热闹闹。我真不敢设想，要是没有他，我们会搞成什么样子，因为所有在座的人都看不起新婚夫妇和老特维德洛甫先生，而老特维德洛甫先生却想凭着翩翩的风度，觉得自己高人一筹——总之，那情况的确不妙。

后来，可怜的凯蒂不得不走了，她的全部财产放在雇来的双马马车的车顶上，准备和她丈夫一起到格拉夫桑德去。凯蒂对她那悲惨的家庭依依不舍，临走时又无限温柔地搂着她妈妈的脖子，那情景实在令人感动。

"妈，我不能继续写您口授的信，实在抱歉，"凯蒂低声哭着说。"我希望您能原谅我。"

"噢，凯蒂啊，凯蒂！"杰利比太太说，"我不是一再跟你说过，我已经雇了一个男孩，这件事情就算完了。"

"妈，您一点也不生我的气吧，是不是？妈，在我离开以前，您说说，您不生我的气，好吗？"

"凯蒂啊，你真是个傻丫头，"杰利比太太说，"难道我的样子像生气？我哪有心思生气？我哪有工夫生气？你这是怎么搞的！"

"妈，我走了以后，您要稍微照顾照顾爸爸。"

杰利比太太听到这个异想天开的要求，几乎笑出声来。"你这孩子真是自作多情，"她一边说，一边轻轻地拍着凯蒂后背。"你走吧。我们以后还可以做好朋友哩。啾，再见吧，凯蒂，祝你快乐！"

然后，凯蒂又去搂着她爸爸，和他脸贴着脸，好像他是个又傻又可怜的受委屈的孩子。凯蒂是在门厅里跟父母分的手。她父亲把她放开，掏出手绢来，坐在台阶上，头靠着墙。我希望，他头靠着墙，能得到一些安慰。我现在几乎相信，他当时真的得到安慰了。

后来，普林斯挽着凯蒂的胳膊，感情激动而又恭恭敬敬地转过去对着他父亲；这时候，他父亲的风度简直美妙得无与伦比。

“爸爸，谢谢您，谢谢您！”普林斯一边说，一边吻着他的手，“您对我们的婚事太关怀了，我非常感激您，我敢说，凯蒂也非常感激您。”

“非常感激，”凯蒂抽噎着说。“非—常—感—激！”

“亲爱的孩子，”特维德洛甫先生说，“我已经尽了自己的责任。如果这会儿有哪个女神在上空遨游，低头看见这个情况，而且，只要你们永远孝顺，那么，我就算得到了报答。我的孩子，我相信你们一定不会忽视**你们的**责任。”

“绝对不会，亲爱的爸爸！”普林斯喊道。

“不会，不会，亲爱的特维德洛甫先生！”凯蒂说。

“这就对啦，”特维德洛甫先生回答说。“亲爱的孩子，我的家是你们的，我的心是你们的，我的一切都是你们的。我决不离开你们，除非是死神让我们永别。亲爱的孩子，你是不是想请一个星期假？”

“对，一个星期，亲爱的爸爸。下星期这个时候，我们就回来。”

“亲爱的孩子，”特维德洛甫先生说，“目前的情况是一个例外，不过，我还是建议你，严格遵守时间。把舞蹈学校维持下去，是非常重要的；而且，万一学生们受到怠慢，她们也会生气。”

“爸爸，下星期这个时候，我们一定赶回家来吃中饭。”

“好极啦！”特维德洛甫先生说。“亲爱的卡罗琳[①]，你回来的时候，就给你屋子生上火，你们可以在我屋里吃中饭。是的，是的，普林斯！”他料到儿子出于克己，可能会加以拒绝，便装模作样地说，“你和卡罗琳在阁楼里吃饭，可能感到不习惯，所以第一

① 卡罗琳是凯蒂的全称，特维德洛甫是讲究风度的人，所以不用简称或爱称。

天你们还是在我屋里吃饭吧。好吧，祝你们幸福！”

他们坐着马车走了，我真不知道，使我感到最奇怪的，是杰利比太太呢，还是特维德洛甫先生。后来，我跟监护人和婀达谈起这件事的时候，他们也有同样的感想。可是，在我们坐车离开以前，杰利比先生大大出乎我的意料，竟走过来向我致谢，他虽然没有说什么，但却意味深长。我当时就站在门厅里，他跑过来紧紧握着我的双手，嘴巴张开又闭上，闭上又张开。我完全明白他的意思，激动地说：“先生，这没有什么。您不必客气！”

“监护人，我希望新婚夫妇事事如意，”我说道，那时我们三人已经在回家的路上了。

“小老太太，我也希望是这样。不过，要有耐心，我们等着瞧罢。”

“今天是刮东风吗？”我鼓起勇气来问他。

他纵声大笑，回答说：“不是。”

“不过，今天早上是刮东风来着，”我说。

他又说“不是”；这一回，婀达也肯定地说“不是”，而且还摇摇头，头上的金发插着鲜花，看上去好像明媚的春天。“你这丑丫头，你哪里晓得什么是东风，”我一边说，一边爱慕地吻着她，因为我实在情不自禁了。

是啊！他们说，只要有我在场，就不可能刮东风；他们还说，我走到哪里，哪里就是艳阳天。我很清楚，他们这样说，完全是由于爱怜我，而且这已经是很早以前的事情了。不过，即使我将来把这些话涂掉，那我现在还是要记下来，因为这给我一个很大的慰藉。

第三十一章
护士和病人

我回家来有几天了；一天晚上，我到楼上自己屋子去，站在查理背后，偷偷看她怎样练习书法。对查理来说，写字是一件很痛苦的事，因为她好像天生就拿不好笔，无论什么笔，只要落在她手里，就像中了魔似的，一会儿东倒西歪，一会儿停着不动，一会儿墨水四溅，一会儿又像上了鞍的驴子，专往死角里钻。我真不明白，为什么查理那只小孩子的手，写出来的字一个个都像是小老头：满脸皱纹、骨瘦如柴、摇摇欲倒，而她那只手却是又圆又胖。不过查理做别的事情还是挺有办法的，像她那样灵巧的手指头，我从来也没见过。

“好啊，查理，”我一边说，一边看她临摹的O字，那些字有的写成四方的，有的写成三角的，有的又像个梨子，总而言之，歪歪扭扭，什么样子都有，“有些进步啦，查理，如果你能写得圆一点，那就蛮好了。”

后来，我写了一个，查理跟着写了一个，可是，查理写的那个，笔划合不拢，弯弯曲曲的，好像打了一个结。

“没关系，查理，将来一定能学好的。”

查理写完以后，放下了笔，她那只小手都抽筋了，正在那里一开一合地活动着。她认真看了看写的那一页字，好像有点骄傲，也有点怀疑，然后站起来，向我行了一个屈膝礼。

“谢谢您夸奖，小姐。您认识一个叫珍妮的穷人吗，小姐？”

“是一个烧砖工人的女人吧，查理？我认识她。”

“我刚才出去的时候，她走过来跟我说话，说是您认识她，小姐。她问我是不是那位年轻小姐的侍女——年轻小姐指的是您，小姐——我说是的，小姐。”

“我以为她早就离开这里了，查理。”

“她本来是离开了，可是现在又回来了，住在原来的地方——和莉子在一起。您认识另外一个叫莉子的穷人吗，小姐？”

“我想我认识她，查理，不过，我不知道她叫什么名字。”

“她也这么说来着！”查理答道。“小姐，她们在外面流浪了一段时候，现在回来了。”

“在外面流浪吗，查理？”

“是的，小姐。”查理用圆圆的眼睛看着我，如果她在练习本上写的字也这么圆，那就太好了。“那个可怜人到山庄附近来过三四趟，总想看您一眼——她说，她只想看您一眼——可是，您那些天不在家。她就是在那时候看见我的。她看见我走来走去，小姐，”查理说到这里笑了笑，表示非常高兴和自豪，“觉得我大概是您的侍女！”

“她真的这样想吗，查理？”

“是的，小姐！”查理说，“一点都不假。”查理又非常高兴地笑了笑，而且又把眼睛瞪得圆圆的，样子很认真，简直就是我的侍女似的。查理觉得，做我的侍女是一个莫大的荣幸，她站在我面前，样子是那么年轻，身材是那么娇小，然而态度又是那么稳重，而最有趣的是，她那种小孩子的兴高采烈的样子往往突破稳重的态度显露出来，总之，她那怡然自得的样子，我是怎么也看不厌的。

“你在哪儿看见她的，查理？”我问道。

“在药铺门口，小姐，”我的小侍女说着，脸色就沉下来了。查理因为父亲刚去世不久，现在还穿着丧服哩。

我问查理是不是那个烧砖工人的女人病了，查理说不是。是别人病了。那人四处流浪，曾经到过圣阿耳本斯，现在正呆在她家里，以后究竟要到哪里去连他自己也不知道。查理说，那是个很可怜的小孩，没有爹娘，没有亲人。“如果我和爱玛随着爸爸死去，小姐，托姆也会像他那个样子呢，”查理说到这里，圆圆的眼睛里含满了泪水。

“她是去给那小孩买药吗？”

“是的，小姐，”查理答道，“她说他从前也给她买过药。”

我的小侍女站在那里望着我，脸上露出着急的样子，她那双向来很柔和的手，紧紧地握在一起，这时候我不难猜出她在想些什么。“嗯，查理，”我说，“我想，我们俩最好到珍妮家里，去看看是怎么回事儿。”

转眼间查理就把我的帽子和面纱拿来，帮着我把衣服穿好，然后她自己也裹上一条暖和的大围巾，用别针别起来，怪模怪样的，活像一个小老太婆，这一切都充分说明，她很想到珍妮家里去。就这样，我和查理也没有跟任何人说一声便出去了。

那天晚上又黑又冷，树木被风吹得瑟瑟抖。那天一直下着大雨，而且好几天来就没有怎么停过。不过，我们出去的时候却没有雨。天空有些地方已经没有阴云，可是非常阴暗——就连我们头顶上有几颗星星的地方，也很阴暗。在北边和西北边，也就是三个钟头前日落的地方，有一道灰白色的暗淡的亮光，显得又好看又可怕；几长片滚滚而来的乌云插进那道亮光里去，这会儿凝然不动，仿佛是一片突然静止的狂涛。在伦敦城那边，一片暗红色的亮光笼罩着那黑沉沉的荒原；这两种亮光形成的对比，显得异常庄严肃穆，尤其是那片暗红色的亮光（它照耀着伦敦城那些我们看不见的房子以及成千上万感到惊奇的居民），使人产生一个幻觉，以为这是从天而降的一场大火。

那天晚上，我没有想到——丝毫没有想到——不久以后我会遇到什么不幸。可是，自从那一天，也就是我们上街之前在花园门口站着仰望天空的时候起，我就一直记得，我当时有一种难以言传的感觉——觉得自己跟以前不大一样了。我知道，正是在那个时候和那个地方，我有了这种难以言传的感觉。从那时候起，每当我回忆起当初那种感觉，就联想到那个时间和地点，以及跟那个时间和地点有关的一切，甚至联想到远处伦敦城的嘈杂声、狗吠声，还有马车沿着泥泞的山坡驰下来的辘辘声。

那天晚上是星期六，我们要去的那个地方，大多数的人都到别处喝酒了。那个地方比我们第一次去的时候安静一些，不过，还是像早先那样破烂。砖窑在烧着，令人窒息的浓烟，在火光的映照下呈灰蓝色，向我们迎面扑来。

我们来到珍妮住的小房子门前，从那修补过的窗户，可以看见里面暗淡的烛光。我们敲了敲门，就进去了，那个死了孩子的妈妈，坐在微弱的炉火旁，也就是靠近床铺的一张椅子上，在她对过，有一个可怜的男孩背靠着壁炉，坐在地上缩成一团。他腋下像挟着小包裹似的，挟着一顶破皮帽；他想法让自己暖和，可是反而哆嗦得更厉害，连那些破门窗都跟着晃动了。这地方比以前还要气闷，而且有一股不卫生的怪味。

刚一进去的时候，我并没有把面纱揭开，就和那个女人打招呼。那个男孩马上摇摇晃晃地站起来，眼睛瞪着我，充满了惊讶和害怕的神色。

他的动作很快，不难看出，这是由我引起的，我只好站住，不再往前走。

“我再也不到那个坟地去了，”那男孩喃喃地说，“老实告诉你，我绝对不去了！”

我把面纱揭开，和那个女人聊起来。她低声对我说：“你别理他，小姐。他过一会儿就清醒了，”然后又对那男孩说，“乔，乔，你怎么啦？”

“我知道她来干什么！”那男孩喊道。

“谁？”

“这位夫人。她是来叫我带她上坟地去的。我才不上坟地去哩。我一听见坟地这两个字就腻味了。她说不定会把我埋进去的。”这时候，他又打起哆嗦来了，当他往墙上一靠，整所房子就跟着晃动。

“小姐，他一天不停地在唠叨这些事情，”珍妮轻轻地说。“乔，你干吗直瞪眼！这位小姐是来看我的呀！”

“是吗？”那男孩半信半疑地说，伸出手来挡着亮光，用火红的眼睛上下打量着我。“我觉得她就是那个夫人。帽子不是那样，衣裳也不是那样，可是我觉得她就是那一个。”

查理年纪虽小，但对害病这种麻烦事儿早就有了经验，这会儿她摘下帽子和围巾，轻轻搬了一把椅子来到男孩跟前，扶他坐在椅子上，那样子很像个老练的护士，只是那些护士不可能长着像查理那样小的脸蛋罢了；现在这张脸蛋似乎博得了那个男孩的信任。

“你听我说！”那男孩说，“你告诉我，她是不是那个夫人？”

查理一边摇头，一边把他身上的破衣服理好，让他尽量暖和一点。

“噢！”男孩喃喃地说，“这么说，她不是那个夫人。”

“我是来看看，能不能帮你点忙，”我说。“你怎么啦？”

“我身上冷得要命，”男孩声音嘎哑地回答说，那茫然失神的眼睛左右转动，好像没有看见我，“可是过一会儿又热得要死。一会儿冷，一会儿热，一个钟头里折腾好几回。我的脑袋直发晕，老是想睡觉——我的嘴干极了——我的骨头痛极了，好像都散了似的。”

“他什么时候到这里来的？”我向那女人问道。

“今天早上，小姐，我是在城边看见他的。我早在伦敦就认识他了。对不对，乔？”

“对，在托姆独院，”那男孩回答说。

他每次打起精神，或是睁开眼睛，都经不了很长时间。过一会儿，他又耷拉着脑袋，费力地摇着，说话时的样子好像没有睡醒。

“他是什么时候从伦敦来的？”我问道。

“我是昨天从伦敦来的，”那男孩自己答道，这会儿他脸上又烧得通红。“我还要到别的地方去。”

“他要到什么地方去？”我问道。

“到别的地方去，”男孩提高声音又说了一遍。“他们一直在赶我往前走，往前走，自从那个夫人给了我一个金币，我就不像从前那样自由自在了。斯纳斯比太太，她老是盯着我，赶我走开——可我没惹她啊！——他们那伙人老是盯着我，赶我走开。从我早上爬起来，到我晚上躺下去，他们每个人都是这样对付我。我还要到别的地方去。反正是别的什么地方我都去。在托姆独院的时候，她告诉我，她是从圣阿耳本斯来的，所以我就到这儿来了。我到这儿或者到别的地方，还不是一样吗？”

他无论说什么，最后总是转过脸去对着查理。

“我们怎么安顿他呢？”我把那女人拉到一边说，“就算他有个目的，知道要到哪儿去，他这样子也不能走啊！”

“小姐，我实在不知道，”她一边说，一边同情地看了看乔。“我真说不上该怎么办。我很可怜他，把他留在这里，呆了一整天，让他喝了汤，吃了药，莉子还出去看看有没有人愿意收留他（我的小孩在床上哩——是莉子的孩子，可是我把他当作我自己的）；不过，我不能老让他呆在这里，因为我的男人要是回来，看见他在这里，一定会把他赶走，甚至会把他打伤。你听，莉子回来了！”

话音未落，另外那个女人就进来了，那男孩挣扎着站起来，好像他模模糊糊地意识到，他应该走开了。床上那个小孩什么时候醒的，查理什么时候和怎么样过去把他抱起来，走来走去哄着他，那我就记不清了。我只记得，她在那里像个做母亲的人似的，悄悄地做着这些事情，像她当初和托姆、爱玛住在布兰德太太的阁楼里那样。

莉子去过好几个地方，被人推来推去，结果还是白跑。最初，收容所的人说，时间太早不能收，最后又说，时间太晚了。

一个公务员让她去找另外一个公务员，而另外那个公务员又让她回去找原先那个公务员，就这样，这两个人让她跑来跑去。我觉得，这两个人当初得到差事，似乎是因为他们善于敷衍塞责，而不是因为忠于职守。“你瞧，”她最后喘着气说（因为她刚才一直在东奔西跑，而且还提心吊胆），“珍妮，你男人眼看就要到家，我男人也快回来了，我们不能再留这孩子了，但愿上帝保佑他吧！”她们凑了几个半便士，匆匆忙忙塞进那男孩手里，他便迷迷糊糊的，又像是表示感谢，又像是毫不在意，拖着脚步走出去了。

“亲爱的，让我来抱吧，”孩子的妈对查理说，“谢谢你帮忙！再见啦，亲爱的珍妮！小姐，要是我男人不跟我吵架，我过一会儿就到砖窑那边去看看，因为那小孩一定会到那儿去的，等到天亮我再去一次！”她匆匆地走了，后来，我们经过她家时，她正在门口哼着歌儿哄孩子，担心地望着街上，等她那喝醉了的丈夫。

那时候，我不敢停留下来跟她们任何一个人谈话，免得给她们带来麻烦。可是，我对查理说，我们不能让那小孩就这样死掉。对于这种事情，查理懂的比我多，头脑也机灵，办事也利落，她听了便跑到我前头去带路，不一会儿，我们就在离砖窑不远的地方追上了乔。

我想，他离开伦敦的时候，一定是挟着一个小包裹，只是后来被人偷走，或是自己弄丢了，因为他仍然把那顶破皮帽当作包裹挟在腋下，而光着脑袋淋雨——这会儿雨又大起来了。我们招呼他的时候，他就站住了，可是，我刚一走过去，他又害怕起来。他站在那里，用发亮的眼睛瞪着我，甚至不敢再哆嗦了。

我让他跟我们一起走，答应给他安排一个过夜的地方。

“我不要什么过夜的地方，”他说，“我可以到热乎乎的砖堆里去睡觉。”

“难道你不知道，有人就死在那里头？”查理说。

“人在哪儿都能死，”那男孩说。“有的人死在家里——她知道在什么地方，我带她去看过——在托姆独院的人是一群一群地死掉。依我看，那里死了的人比活着的人还多。”接着，他压低了嗄哑的嗓音对查理说：“如果她不是那个夫人，也不是那个外国人。那么难道她们一共有三个人？”

查理看了看我，似乎有点害怕。那小孩眼睁睁地看着我的时候，我自己也有点心虚。

可是，我向他招手的时候，他就转过来，跟着我走；我看他还愿意听我的话，就在前面领路，径直走回家去。我们家并不远，就在小山的顶上。我们在路上只遇到一个人。当时我心里直嘀咕，要是没有别人帮忙，我们能不能走到家，因为那小孩走路摇摇晃晃，身子直打哆嗦。不过，他没有叫痛，而且说来奇怪，他对自己的事情，一点都不在乎。

我让他暂时呆在门厅里，他就在窗座的一角缩成一团，看着周围舒适的摆设和那熊熊的炉火，那种漠不关心的样子，丝毫没有表示惊奇的意思；我随即走进客厅，把这件事情的经过告诉监护人。我看见斯金波先生也在那里，他是坐驿站马车来的，他常常不预先通知，就跑到我们家里来，而且从来不带衣服，需要什么，就借什么。

他们立刻和我一起出来，去看那孩子。这时候，仆人们也都聚在门厅里，查理就站在那孩子旁边。那孩子在窗座上直打哆嗦，很像是一只从沟里找到的受伤的小动物。

“这事儿真糟糕，”监护人问了他一两个问题，摸摸他，看看他的眼睛，然后说，“哈罗德，你说怎么办？”

“你最好把他赶出去，”斯金波先生说。

“你说什么？”监护人很严肃地问道。

“亲爱的贾迪斯，”斯金波先生说，“你是知道我这个人的，我是个孩子。要是我不好，你就跟我发发脾气吧。可是，我对害病这种事情，素来就有反感。甚至在我当大夫的时候，也有反感。你知道不，他可能传染别人。他得的病很危险。”

斯金波先生已经从门厅回到客厅，他坐在钢琴前面，对我们说这话的时候，样子很轻松。

“你们也许会说这是孩子脾气，”斯金波先生愉快地看着我们说。“好吧，我承认这是孩子脾气，可是，我**本来就是**孩子，根本不想冒充大人。如果你把他赶到街上去，那不过是让他回到原来的地方罢了。你知道不，他那样也不见得比原先更坏。说不定比原先还好呢。你不妨给他六个便士，或者五个先令，或者五英镑十先令——你自己去计算吧，我不是数学家——然后就把他打发走！”

“那时候，他怎么办呢？”监护人问道。

“坦白说，我根本不知道他那时候怎么办，”斯金波先生耸耸肩，笑嘻嘻地说，“不过，我相信他一定能想出办法的。”

“你瞧，这事情想起来真可怕，”监护人说，——因为我已经简单地告诉他，那两个女人为乔东奔西跑，但是没有结果，“这事情想起来真可怕，”他一边来回踱着，一边搔头，“如果这可怜的孩子，是个判了罪的犯人，那么监狱里的医院就一定收容他，而他也会像英国任何一个害了病的孩子那样，得到适当的照顾。”

“亲爱的贾迪斯，”斯金波先生说，“请原谅我提一个简单的问题——因为我对世事一窍不通——不过那孩子**为什么不是**一个犯人呢？”

我的监护人停下来，望着他，脸上露出又好笑又生气的表情。

“我觉得，我们这位小朋友大概不会干出什么不得体的事情吧，”斯金波先生想什么就说什么，一点也不觉得难为情。“如果他惹出什么乱子，被关到监牢里，我觉得那反而聪明一些，而且从某个角度来说，也值得人敬重。那样子就更富有冒险精神，因而也就更富有诗意。”

“我相信，世界上再也没有像你这样的孩子了，”我的监护人一边说，一边又不安地踱来踱去。

“你真的这样想吗？”斯金波先生说，“也许是吧！可是，我们这位小朋友处在这样一个地位，完全可以搞得很有诗意，我真不明白，他为什么不那样做。他生来就有很好的胃口，那是没有问题的——说不定，他身体比较好的时候，胃口还很大哩。那很好啊。我们这位小朋友到了该吃饭的时候，大概是中午吧，就对社会说：‘我饿了，劳驾把匙子拿给我，让我吃饭吧！’社会本来就有责任全面解决匙子分配的问题，而且也明白说过要给我们这位小朋友一个匙子，可是，社会现在不给他匙子，我们这位小朋友只好说：‘对不起，我要自己动手拿了。’你瞧，我觉得，这是一种越轨行为，不过，这里头也有一定的道理，一定的浪漫色彩。如果我们这位小朋友在这类事情上，做出光辉的榜样，而不去做一个普通的流浪儿，那么，我对他一定会更感兴趣。”

“可是，他这会儿的情况越来越坏呢，”我鼓起勇气说。

“可是，他这会儿，”斯金波先生嬉皮笑脸地学着说，“就像经验丰富的萨默森小姐说的那样，情况越来越坏。因此，我建议你趁早把他弄走。”

他说这话的时候，脸上那种乐呵呵的样子，我是永远不会忘记的。

“当然啰，小老太太，”我的监护人转过来对我说，“我要是到医院去说一声，他们是会把他收下的，不过，像他这种情形，如果到了非进医院不可的时候，事情就糟糕了。可是，现在天已经黑了，天气很不好，孩子也很累了。我们马厩旁边有一个干净的阁楼，里面有一张床，我们就让他睡在那里，等明天早上再把他裹起来送走。我们就这样办吧。”

“哦！”我们走开的时候，斯金波先生按着琴键说，“你们是去看我们这位小朋友吗？”

“是的，”我的监护人说。

“贾迪斯，你这个人真了不起！”斯金波先生开玩笑似的称赞道。“你不在乎这样的事情，萨默森小姐也不在乎。你们无论在什么时候，想到哪儿就到哪儿，想干什么就干什么。这就是所谓

‘意志’！可是，我根本没什么意志不意志的，我干脆就‘办不到’。”

“这孩子需要怎样照顾，我想你总可以出点主意吧？”我的监护人回过头，似怒非怒地说；我们只能说他似怒非怒，因为他似乎从来不把斯金波先生当作一个对自己言行负责的人来看待。

“亲爱的贾迪斯，我看见他的口袋里装着退烧药的瓶子，他吃那种药最合适。你不妨让人在他睡觉的地方洒上点醋，把屋子弄得凉快一些，让他盖得暖和一些。不过，由我来出主意，实在不合适。萨默森小姐对这些细微的地方很有经验，而且也很会料理这些细微的地方，用不着我出主意，她全都知道。”

我们回到门厅，把准备做的事情说给乔听，查理又向他从头到尾说一遍，可是，就像我早先看到的那样，他懒洋洋的，对什么都不在乎，只是疲乏不堪地睁着眼睛看我们做这做那，好像我们不是为他而是为别人操心。仆人们很同情他的悲惨处境，也很愿意帮忙，所以那个阁楼很快就收拾好了；有几个在园子里干活儿的人，把他裹得严严的，抬他穿过湿漉漉的院子。他们都很体贴他，而且似乎有一个共同的想法，觉得多叫他几声“老弟”，可能使他精神起来：这一切看了真叫人高兴。这些事情都是在查理的指导下做的，她在阁楼和正房之间跑来跑去，一会儿拿点兴奋剂，一会儿拿点吃的东西，我们觉得，那些东西对他是没有害处的。在安顿那孩子睡觉以前，我的监护人亲自去看了看，他回来以后，在“牢骚室”里为那孩子写了封信，让信差明天一早就送走，他对我说，那孩子似乎好一点，想睡觉了。他还说，为了防备他神志不清的时候出事，他们已经把他的房门反锁起来，并且做了种种安排，只要他起来折腾，就会有人听见。

婀达伤风了，呆在我们卧室里没出来，只有斯金波先生一个人一直在客厅里，弹奏着片断的悲哀的曲子；我们在远处听见，他有时还边弹边唱，声音悠扬，感情洋溢，真是自得其乐。我们回到客厅的时候，他说要给我们演唱一首小小的歌谣，因为他忽然想起，那歌谣“对我们这位小朋友很合适”，于是，他就唱了一首关于“乡下孩子”的歌谣：

东奔西跑，四顾茫茫，
既丧父母，又失家园。

他对我们说，这首歌谣写得真不错，他每次唱的时候，都想掉眼泪。

那天晚上，他的兴致始终很好，“因为他一想到周围有这许多精明强干的人，”这是他嬉皮笑脸说的原话，“他就要高声歌唱。”他举起一杯尼格斯酒①，建议我们大家“为我们这位小朋友的健康干杯”！并且神气活现地描绘说，他认为那孩子和惠廷顿②一样，命中注定要当伦敦的市长，而且只要他一旦当上市长，就会成立以贾迪斯命名的慈善机构和以萨默森命名的养老院，而且每年组织一个小团体到圣阿耳本斯去参拜圣地。他说，他一点都不怀疑，我们这位小朋友，从他本身的情况来看，是个挺好的孩子，可是，他走的道路和哈罗德·斯金波走的道路不同；哈罗德·斯金波第一次对自己有所认识，因而发现自己是个什么样的人的时候，曾经大吃一惊，他听天由命，对自己的一切缺点置之不顾，他认为得过且过，随遇而安，是最好的人生哲学；他希望我们都能像他那样。

查理最后来报告说，那孩子已经睡着了。我从卧室的窗户可以看见，他们给他留下的那盏灯，射出了淡淡的亮光。想到他终于有个过夜的地方，我就安然入睡了。

黎明前，人们走动和说话的声音都比平时大，把我吵醒了。我一边穿衣服，一边往窗外望，看见昨天晚上积极帮助那孩子的

---

① 尼格斯酒是一种开水、糖、柠檬汁、肉豆蔻及葡萄酒掺兑的饮料。

② 指理查德·惠廷顿，见本书第六章注。

一个仆人，就问他家里出了什么事。阁楼里的那盏灯还点着，从窗户透出光来。

“那孩子出事了，小姐，”他说。

“他病得很厉害吗？”我问。

“没了，小姐。”

“死了！”

“死了，小姐？不是。没影儿了。”

他在夜里什么时候走的，怎么走的，为什么走的，那就不知道了。阁楼的门还是那样关着，那盏灯也还放在窗台上，人们只能设想，他是从地板上的活门跑掉的，因为那扇活门和下面的空马车房相通。可是，如果是那样的话，那孩子一定是随手把门关上，所以那扇活门好像根本就没开过似的。屋里的东西一件也没有丢。这些事情弄清楚以后，我们大家都很伤心，都相信他一定是在夜里烧得昏昏迷迷，产生了幻觉，被什么东西所吸引，或是被什么东西吓着了，所以在那奄奄一息的情况下还是设法逃跑。我们大家都是这样想的，只有斯金波先生例外，他像平时那样无动于衷地一再说，我们那位小朋友生来就是有教养的，觉得自己身上有病，住在别人家里不合适，所以就走了。

凡是要问的人都问过了，凡是要找的地方都找过了。那些砖窑也仔细看过，那些茅屋也去过，那两个女人也都盘问过了，可是她们不知道他的下落，而且她们那副惊讶的样子也绝不是装出来的。这几天一直下着大雨，那天夜里也下大雨，所以根本看不出脚印来。每个篱笆和水沟，每一堵墙，每个干草堆，不论远近，我们的仆人都去找过，免得那孩子在什么地方昏倒或死去；可是，没有任何迹象说明他曾经在附近呆过。总之，他们把他一个人留在阁楼的时候起，就听不见他的声息了。

我们找那孩子，找了五天。我并不是说，五天以后就不再找了；不过，那时候发生了一件使我终生难忘的事情，我的注意力就转到那上面去了。

有一天晚上，查理又在我屋里练习书法，我坐在她对面做针线活儿，忽然，我觉得桌子晃个不停。我抬头一看，发现我的小侍女浑身哆嗦。

“查理，”我说，“你怎么感到这么冷啊？”

“我是浑身发冷，小姐，”她回答说。“我不知道这是怎么回事儿。我连坐都坐不住。昨天，大概在这个时候，我也是浑身发冷，小姐。不过，你别着急，我大概是病了。”

我听见门外有婀达的声音，就赶紧跑过去把房门关上，那扇门是和我跟婀达合用的漂亮起居室相通的。我刚把门关好，我的手按着门上的钥匙，还没有拿开，她就已经在敲门了。

婀达要我放她进来；可是我说：“亲爱的，现在不行，你走吧。没有什么了不起的事情；我过一会儿就来找你。”啊，后来不知过了多长时间，我才和婀达重新作伴哩。

查理病了。过了十二小时，她就病得非常厉害。我把她搬到我屋里来，让她躺在我床上，我轻轻地坐下来照顾她。我把事情全都跟监护人说了，还说我为什么必须隔离，为什么绝不能和婀达见面。起初，她常到门口来找我，甚至哭哭啼啼地责备我；可是，我给她写了一封长信，说她这样子反而使我心烦意乱，如果她真爱我，希望我心里安宁，那就请她到花园里来看我。从此以后，她就到我窗户下面来，甚至比从前到门口来的次数还要多；如果说以前我们朝夕相处的时候，我就很喜欢她那甜蜜的声音，那么现在，当我躲在窗帘后面，不敢探出头来，一边听着，一边回答的时候，我就越发喜欢她的声音了！后来，在那更加令人难受的时刻里，我是多么爱听她的声音啊！

现在婀达搬到别的房间去住了，仆人在那起居室里给我摆了一张床，我把那扇门打开，把两间屋子变成一间，并让空气永远保持清新。屋里和花园里的那些仆人，不分白天黑夜，只要我一招呼，就高高兴兴地走来，他们一点也不害怕，也没有不情愿；可是，我觉得，最好是找个可靠的女人，那人既能不和婀达见面，又能来来去去都很小心。有了这样一个人帮忙以后，当我知道不会和婀达碰上，我就和监护人一起出去换换空气；同时，我也能得到很好的照顾，不缺别的东西。

就这样，可怜的查理病得越来越厉害，濒临死亡的边缘，整天整夜卧床不起。她很有耐性，从不抱怨，默默地忍受着病痛；当我坐在她身旁，让她的头靠在我怀里——因为有时候她只能用这个姿势才睡得着觉——我常常默默地祷告上帝，求上帝帮助我，永远记住这个小妹妹给我做出的榜样。

查理将来即使恢复健康，她的美貌也可能受到损坏和有所改变，我一想到这个心里就难过——要知道，她那带着酒窝的脸蛋就像一个小孩子的那样——可是，看到她面临着更大的危险，也就顾不得这个了。她病得最厉害的时候，常常在昏迷中想起当初如何服侍卧病不起的爸爸，如何照顾弟弟妹妹，不过，她还认得我，因为她怎么躺着都不合适的时候，在我怀里躺着就比较安静，她由于胡思乱想而喃喃自语的时候，也不那么转辗不安。在这种时候，我常常想，像她这样一个诚实可靠的孩子，毅然挑起妈妈的重担，照顾嗷嗷待哺的弟妹，万一死了，我怎么对那两个活着的孩子说呢！

有时候，查理神志清醒一些，便和我聊聊天，要我替她向托姆和爱玛问好，还说她相信，托姆将来长大了一定会成为一个正直的人。在这种时候，查理常常跟我说，她爸爸害病时，她为了给他解闷，曾经尽自己的能力给他念一些书听，书上说什么有个年轻人死了，被抬出去埋起来，那人是个独生子，母亲是寡妇，书上又说有个会堂管理人的女儿，在耶稣的抚摸下，起死回生。①查理对我说，她爸爸死的时候，她在最初的悲痛中，曾经跪下来祷告，希望她爸爸也能复活，回到可怜的子女身边来；还说，

---

① 这里指的是《新约全书·马可福音》第5章，犹太会堂管理人睚鲁的小女儿濒于死亡，耶稣把她救活了。

护士和病人

如果她的病好不了，终于死去，她觉得，托姆也很可能会为她祷告。那时候，我能不能告诉托姆，古时候的人死后复活，只是为了让我们知道，我们有希望回到天堂去！

不过，查理无论病得多厉害，都没有失掉我说过的那些优秀品质。有很多很多次，我在夜里想到她那受人歧视的可怜爸爸，对守护天使有着很大的信赖，而对上帝又有着更大的信仰。

可是查理并没有死。她在死亡线上挣扎了很长时间，时好时坏，但慢慢地熬过来，开始好转。最初，根本不敢指望，她在外表上能恢复原来的样子。可是，我们不久就产生了希望，而且这种希望还很有实现的可能，因为我看见她又变成早先那样一个孩子了。

那天早上婀达站在花园里，我把这一切告诉她的时候，我是多么高兴啊，那天晚上我和查理终于在起居室里一起喝茶的时候，我又是多么高兴啊！可是，就在那天晚上，我忽然觉得自己浑身发冷。

所幸的是，到了查理躺下睡觉的时候，我才想到她的病传染给我了。在喝茶的时候，我还支持得住，现在已经不行了，我知道，我很快就要步查理的后尘。

不过，我还没有垮下来，第二天一早就起床了，婀达从花园里愉快地向我问好的时候，我还像平时那样，跟她聊了很长时间。可是，我始终有一种感觉：那天夜里，我在那两间屋子里走来走去，虽然也知道自己在什么地方，但总是有点失常；有时候，我觉得心里发烧，头晕脑涨，好像整个人都发胖了。

那天傍晚，我觉得体力不支，就决定让查理有个心理准备，因此，我说："查理，你身体已经很好了吧？"

"噢，很好了！"查理说。

"相当好吧，查理，我告诉你一个秘密，你受得了吗？"

"当然受得了，小姐，"查理喊道。可是，查理还没来得及高兴，脸色就变了，因为她从我脸上看出那是什么样的秘密；她从那张安乐椅上扑过来，倒在我的怀里，说：“噢，小姐，这都是我不好！这都是我不好！”她因为满心感激，还说了些许多别的话。

“你瞧，查理，”我等她那一阵子激动过去以后说，“万一我病倒了，按人之常情，我当然是把最大的希望寄托在你身上。可是，查理，除非你对待我的病，像对待你自己的病那样沉着、镇静，不然我的希望就得落空了。”

“让我再哭一会儿吧，小姐，”查理说。“噢，亲爱的，亲爱的！让我再哭一会儿吧，亲爱的！我一定听您的话。”她搂着我的脖子，说出这话的时候，是多么热情，多么忠诚啊，后来，我一想起这个，总不免落下泪来。

因此，我让查理再哭一会儿，这使我们两人心里都好过一些。

“请您相信我，小姐，”查理平静地说，“您说什么我都听着。”

“这会儿没什么可说的，查理。我今天晚上要跟你的大夫说，我病了，要由你来照顾我。”

为了这个，那可怜的孩子衷心地感谢了我。

“明天早上，你听见婀达小姐在花园说话，我要是不能像平时那样到窗帘后面去，查理，就由你去说我睡着了——说我太累了，睡着了。查理，在这些日子里，你要把屋子收拾干净，就像我做的那样，还不要放人进来。”

查理答应了，我就上床去躺着，因为我觉得身子很疲倦。那天晚上我见着大夫，就请他帮个忙，暂时不要跟家里人说我病了。我现在还模模糊糊地记得，那天的黑夜渐渐变成白天，白天又渐渐变成黑夜；可是，第一天早晨，我还能勉强走到窗前，跟亲爱的婀达说话。

第二天早上，我又听见她在窗外的可爱的声音——噢，现在听起来多么悦耳啊——我让查理去说我睡着了（我当时说话感到有点吃力和痛苦）。我听见婀达轻轻地回答：“查理，你千万可别吵醒她！”

“查理，我的婀达今天是什么样子？”我问。

“她有点失望，小姐，”查理透过窗帘看着外面说。

“可是，我知道她今天早上一定非常漂亮。”

“确实很漂亮，小姐，”查理回答的时候，依然看着外面。“她还抬头望着窗户呢。”

用她那明媚的蓝眼睛望着呢，愿上帝保佑，她抬头往上看的时候，那双眼睛可爱极了！

我把查理叫到跟前，交给她最后一项任务。

“你听我说，查理，她要是知道我病了，那一定要想办法闯进屋里来的。如果你真爱我，查理，你一定要坚持到底，别放她进来！查理，我躺在这里的时候，你哪怕是放她进来一次，看我一眼，那我就得死了。”

“我绝不会！我绝不会！”她答应我说。

“亲爱的查理，我相信你。你过来，在我身边坐一会儿，用手摸摸我，因为我看不见你，查理，我眼睛瞎了。”

第三十二章
约定的时刻

黑夜降临到林肯法学协会——那是法律的阴影笼罩下的混乱而纷扰的山谷[①]，起诉人在那里是难得见到天日的——法律事务所里那些粗大的蜡烛已经熄灭，办事员们咯噔咯噔地跑下破烂的木楼梯，各自回家。在九点钟敲响的那口钟，再也不无缘无故地哀鸣了；大门关上了；那守夜人是个很神气的卫兵，非常喜欢睡觉，这会儿也在门房里值勤了。那些熏黑了的楼梯灯，从一层层的楼梯窗里，向星星闪着暗淡的亮光；这些灯就像大法官庭的眼睛似的，而大法官庭又像是睡眼蒙眬的阿尔古斯[②]，他的每只眼睛都装在一个无底的口袋里。在楼上一些肮脏的玻璃窗上，微弱的烛光依稀可辨，这表明，有些草拟各种证书和让与契据的精明的工作人员，还在羊皮纸的乱纸堆里操劳，为不动产制造混乱——平均每亩地的不动产，就得用十二张羊皮纸。这些为同胞造福的人，像蜜蜂一样辛劳，下了班还迟迟不走，为的是每天都能把分内工作做完。

在附近的那个大院里，在收购碎布旧瓶的店老板——“大法官”居住的地方，居民们这时都想喝啤酒、吃晚饭了。派珀尔太太和佩金斯太太的两个孩子，刚才跟一群小孩玩捉迷藏，接连几个钟头在法院小街的小胡同里躲躲藏藏，在法院小街的街面上东奔西跑，使行人大为不安。派珀尔太太和佩金斯太太只是在这会儿，在孩子们都上床睡觉的时候，才彼此庆幸有点空闲，她们还没有回家，还在门口聊天。谈话的内容和往常一样，主要是谈克鲁克先生和他的房客，谈克鲁克先生“经常喝醉酒”以及那个年轻人有希望继承克鲁克先生的遗产等等。不过，她们也谈到太阳徽酒店的和声学会；那里的钢琴声透过半开半掩的窗户，传到大院里来，小斯维尔斯在那儿简直是约力克[③]再世，他让和声学的爱好者大笑一阵以后，又粗声粗气地跟别人合唱，并感情激动地请他的朋友和顾客们听他唱“听啊，听啊，听啊，听那瀑布的轰鸣！”佩金斯太太和派珀尔太太还就那个年轻女歌唱家的事情交换了意见。那位女歌唱家参加和声学会的演唱，在橱窗里的手写广告中占有一个地位。广告上说她是金嗓子姆·梅耳维耳逊小姐，但是佩金斯太太知道，她结婚已经有一年半了，而且每天晚上都有人偷偷把她的孩子送到太阳徽酒店来，在演出的间歇中喂奶。“我觉得，干这样的事情，”佩金斯太太说，“还不如靠卖火柴过活哩。”派珀尔太太当然表示了自己也有这种看法；她认为在家里操劳要比在台上接受观众的掌声好一些，她感谢上帝给她（言外之意，也包括佩金斯太太在内）安排的体面生活。这时候，太阳徽酒店的伙计来了，他给派珀尔太太送来一品脱晚饭喝的冒着泡沫的啤酒，派珀尔太太先向佩金斯太太道了晚安，然后接过那带盖的大啤酒杯，拿回家去了。佩金斯太太呢，她手里早就拿着一品脱啤酒了，那还是她小孩上床以前，到同一个酒店去拿来的。这时候，大院里传来了铺子关门的声音，弥漫着一股好像是抽烟斗的气味，楼上的窗户也出现一道道流星似的烛光，这一切更足以说明，居民们正准备休息。这时候，巡警开始挨家推门，看看关紧了没有，看见有人拿着包袱，就疑神疑鬼；巡逻的时候，总以为路上的行人不是抢东西，就是被抢。

---

① 法律的阴影笼罩……山谷，原文为……Valley of the shadow of the law，这里套用了《旧约全书·诗篇》第 23 章第 4 节的 Valley of the shadow of the death 即所谓“死荫的幽谷”，作者以死亡影射法律。

② 阿尔古斯（Argus）：希腊神话的百眼巨人，睡觉时总有一些眼睛睁着，保持警惕。

③ 约力克（Yorick）：英国作家斯泰恩（Lawrence Sterne，1713—1768）作品《感伤的旅行》（*Sentimental Journey*）中的一个歌手。

那天晚上，虽然到处弥漫着寒冷的潮气，但很气闷；一团迷雾低低地压在天边。那天晚上乌烟瘴气，屠宰场、污秽腥膻的行业、阴沟、脏水以及坟地，都发挥了作用，连阴间的勾命小鬼，也做了几笔生意。不知是空气里有什么东西（那里肯定是有很多东西的），还是威维尔先生，也就是贾布林先生，身上有什么东西，使他觉得不对劲儿，不过，不管怎么说，他总是坐立不安。他在自己的屋子和楼下那敞着的街门之间，来回地跑，一个钟头跑了二十趟。自从天黑以后，他就一直是这样跑着。等到“大法官”关上铺门——今天晚上关得特别早，威维尔先生跑上跑下的次数就更多了。他戴着一顶价钱便宜的丝绒便帽，络腮胡子显得特别大。

斯纳斯比先生也是坐立不安，这倒也不奇怪，因为他心里藏着一个秘密，总是或多或少地使他觉得难受。斯纳斯比先生参与了这个秘密，却又不知道秘密的底细，在好奇心的驱使下，不免常到他认为是秘密所由来的地方——库克大院的碎布旧瓶收购店去。这个收购店对他具有莫大的吸引力。甚至是现在，他已经绕过太阳徽酒店，打算穿过库克大院回家的时候（斯纳斯比先生吃过晚饭，总要出来蹓跶十分钟，他先到太阳徽酒店那里兜个圈子，然后穿过库克大院，折回法院小街），他还是向那个收购店走去。

“哦，威维尔先生吗？”文具店老板停下来说，“你在这儿呐？”

“嘿！”威维尔先生说，“我在这儿，斯纳斯比先生。”

“睡觉前像我这样出来透透空气，是吧？”文具店老板问道。

“嗯，这里空气不多，就是有的话，也不新鲜，”威维尔一边回答，一边往大院两头看了看。

“说得对，先生。你是不是觉得，”斯纳斯比先生说到这里，停下来用鼻子闻了闻，用嘴咂了咂，试试空气是什么滋味，“你是不是觉得，威维尔先生，你们这里——请原谅我太直言——你们这里有点油腻的味道？”

“是啊，今天晚上我也觉得这里有一股怪味，”威维尔先生答道。“我想，大概是太阳徽酒店在烤排骨吧。”

“你是说烤排骨吗？哦！——烤排骨，嘿？”斯纳斯比先生又闻了闻，还咂了咂嘴。“这么说，先生，大概是吧。不过我得说，太阳徽酒店那个厨娘，真该管教管教。她大概把排骨烤糊了吧，先生？我觉得，”斯纳斯比先生又闻了闻和咂了咂嘴，然后啐了一口唾沫，抹了抹嘴角，“我觉得——请原谅我太直言——排骨放在铁架上的时候，就不怎么新鲜了。”

“这很可能。这种天气，什么东西都容易腐烂。”

“这种天气，东西**确实**是容易腐烂，”斯纳斯比先生说，“我觉得，它让人心里不痛快。”

“可不是吗！我觉得，它叫我心里发慌，”威维尔先生答道。

“是啊，你瞧，你一个人住在一个屋子里，那里还出过不吉利的事情，”斯纳斯比先生说着，从威维尔先生肩上，看了看那黑洞洞的过道，接着，又往后退了一步，抬头看那房子。“我可不能像你那样，一个人住在那间屋子里，先生。说不定到了晚上，我会坐不稳，心不安，宁可跑到门口来站站，而不愿意在屋里坐着。不过，话说回来，你并没有看见我在你屋子里看到的事情。这可就不同了！”

“那事情我也很清楚，”托尼回答说。

“那事情真叫人不好受，是不是？”斯纳斯比先生一边说下去，一边用手背捂着嘴，轻轻咳嗽一声，表示希望对方相信他的话。“克鲁克先生应该考虑到这一点，少要点房租。我真希望他这样做。”

“我也希望他这样做，”托尼说。“可是，我怀疑他没有。”

“你觉得房租太贵吗，先生？”文具店老板答道。“这一带的房租确实很贵。我不知道这是怎么搞的，可能是法律界把价钱抬高了吧。不过，”斯纳斯比先生咳嗽了一声，表示歉意，“我并不是说这个照顾我买卖的法律界有什么不好。”

威维尔先生又往大院两头看了看，然后，瞧着文具店老板。斯纳斯比先生茫然若失地看了他一眼，抬头望着天上仅有的一两颗星星，并咳嗽一声，表示不知怎样结束这次谈话。

“多奇怪啊，先生，”他一边说，一边慢慢地搓着手，“他怎么会——”

“你说谁？”威维尔先生插口问道。

“那个死了的人啊，”斯纳斯比先生说着，向楼梯那边摆了摆脑袋，挑了挑右眉毛，还用手敲了敲对方的纽扣。

“啊，是的！”对方答道，好像不怎么喜欢谈这个问题似的。“我还以为我们已经不谈他了。”

“我只是说，这事情多么奇怪啊，先生，他怎么会到这里来住，给我抄写法律文件，后来，你怎么也到这里来住，给我抄写法律文件。这种职业没什么不光彩，而是恰恰相反，”斯纳斯比先生说到这里就停住了，生怕自己说话不客气，使威维尔先生觉得他以老板自居，“因为我知道，有些誊写法律文件的人后来转行办啤酒厂，成了很体面的人。体面极了，先生，”斯纳斯比先生又加了一句，唯恐自己说得不够委婉。

“你的意思说，这事情非常巧，是不是？”威维尔先生回答的时候，又一次往大院两头看了看。

“这简直是天意！”文具店老板说。

“可不是吗。”

“一点都不假，”文具店老板说着，咳嗽了一声，表示他肯定这个说法。“完全是天意，完全是天意，噢，威维尔先生，我得跟你告别了，”斯纳斯比先生说这话的口气，好像很不愿意离开，尽管他自从停下来说话的时候起，就一直在想办法脱身，“要不然，我的好太太就要找我了。再见吧，先生！”

如果斯纳斯比先生赶回家去，是怕他的好太太到处找他，那么，他在这个问题上大可不必操心。因为他绕到太阳徽酒店的时候，她就已经盯上他了。这会儿，她用手巾包着头，正悄悄地跟在他后面。她从威维尔先生旁边经过的时候，赏了个脸，用锐利的眼光向他和他门口那边扫了一眼。

“你这样盯着我看，太太，我将来就是化了灰，你也能把我认出来的，”威维尔先生暗自说，“再说，不管你是什么人，你把脑袋包成这个样子，我可不恭维你……那家伙怎么还不来！”

他的话刚一出口，那家伙就来了。威维尔先生把手指举到唇边，表示要对方不要说话，接着就把他拉到过道里，关上街门。然后，他们就上楼了；威维尔先生脚步很重，而格皮先生（那家伙原来就是他）却蹑手蹑脚。他们来到后边的屋子，关上房门，低声谈起来。

“你老不来，我还以为你见阎王爷去了，”托尼说。

“我不是说十点钟左右吗？”

“你说十点钟左右，”托尼学着他说。“是啊，你是说十点钟左右。可是，按照我的算法，这已经过了十个十点钟——现在是一百点钟了。我这一辈子真没见过这样的夜晚！”

“出什么事啦？”

“问题就在这里，”托尼说。“什么事情都没出。可是，我呆在这个叫人哭笑不得的小屋子里，急得直冒汗，恐怖像冰雹似的向我打来。你瞧瞧这该死的蜡烛成了什么样子啦！”托尼一边说，一边指着他桌子上的小蜡烛，那小蜡烛正在冒着浓烟，蜡烛头凝结的烛泪很像卷心菜，而长长的烛芯烧过以后又像是包尸布。

“这事儿好办，”格皮先生把烛剪拿在手里说。

“是吗？”他的朋友反问了一句。“不见得是你想的那么容易吧。这根蜡烛从一点着起，就一直冒烟。”

“托尼，你怎么啦？”格皮先生问道，他手里拿着烛剪，眼睛看着托尼，这时候，托尼正在桌子旁边坐下来，把胳膊肘架在桌上。

“威廉·格皮，”托尼回答说，“我的情绪坏透了。这都是这间死过人的沉闷的屋子和楼下那个老妖怪给搞的。”威维尔先生闷闷不乐地用胳膊肘推开放烛剪的碟子，一手托着脑袋，两脚搁上壁炉的挡板，定睛望着炉火。格皮先生看见他这个样子，就摇摇头，在他桌子对面坐下，一点也不着急。

“托尼，刚才和你说话的是斯纳斯比吗？”

“是呀，他还——是呀，是斯纳斯比，”威维尔先生忽然改了口。

“是谈买卖吗？”

“不，不是谈买卖。他只是出来蹓跶蹓跶，碰见时随便聊聊天。”

“我就知道他是斯纳斯比，”格皮先生说，“我当时想，他最好别看见我，所以我等他走了才过来。”

“你又来啦，威廉·格皮！”托尼一边喊，一边抬头看了对方一眼。“总是这么鬼鬼祟祟、偷偷摸摸的！真见鬼，我们就是去杀人，也用不着这样鬼鬼祟祟啊！”

格皮先生假笑了一下；为了改变话题，便转过身去欣赏（谁也不知他是真心还是假意）那幅《英国百美图》，最后，他看着挂在壁炉架上德洛克夫人的肖像，那幅肖像画的是，德洛克夫人呆在阳台上，阳台上有一个架子，架子上有一个花瓶，花瓶上放着夫人的披巾，披巾上放着一大张毛皮，夫人的胳膊肘就搁在皮上，手腕上还戴着一个镯子。

“画得真像德洛克夫人，”格皮先生说。“好像会说话似的。”

“会说话就好了，”托尼哼哼着说，根本没有改变态度。“那样，我在这儿就可以和上流社会的人物聊天了。”

格皮先生终于发现，用甜言蜜语这一套，已经不能让他的朋友平心静气，便换了另外一套，装出受了委屈的样子，和托尼讲道理。

“托尼，”他说，“情绪不好，我是能谅解的，因为谁也不如我清楚，闹情绪是怎么回事儿；再说，我脑海里有个求之不得的倩影，这就使我比别人更有权利了解这一点。可是，当问题牵涉到无辜的第三者的时候，就应当有分寸了，托尼，我老实告诉你，你这会儿的态度，可不够客气，也够不上绅士的风度。”

“威廉·格皮，你这话说得太过火了，”威维尔先生答道。

“可能是有点过火，先生，”威廉·格皮先生反驳说，“可是，我心里也实在冒火，才这样说的。”

威维尔先生承认自己错了，请求威廉·格皮先生原谅，不要再提这件事情。可是，威廉·格皮先生既然占了上风，便不肯轻易放过这个机会，还是装出受了委屈的样子，继续和威维尔先生说理。

“不行！真见鬼，托尼，”格皮先生说，“你应当小心一点，不要伤了别人的感情，要知道，我脑海里有个求之不得的倩影，再说，心弦偏巧很脆弱，经不起别人扣动。你呢，托尼，风度翩翩，举止潇洒。按照你的性格，你当然不愿意光围着一朵鲜花打转转——你也许是幸运的，但愿我也能像你那样。那古老的花园对你敞开了大门，你那薄薄的翅膀可以带你到处飞翔。不过，托尼，我敢说，要不是事出有因，我是绝不会伤你的感情的。”

托尼再次请求格皮先生不要再谈这件事情，他断然说：“威廉·格皮，别再提了！”格皮先生勉强同意了，答道：“托尼，从我这方面来说，我是不会自动提这件事的。”

“现在，”托尼拨着炉火说，“谈谈那包信件的事情吧。克鲁克约好今天夜里十二点钟把信交给我，你说奇怪不奇怪？”

“确实奇怪。他干吗要这样做呢？”

“他干吗要这样做，或者那样做，这连他都不知道。他说今天是他的生日，今天夜里十二点钟把信交给我。到了那个时候，他就喝得烂醉了。他今天一直在喝酒。”

“约好的事情，他总不至于忘记吧？”

“忘记？这你可以相信他。什么事情他都不会忘记。今天晚上八点钟左右，我还看见他来着，我帮他把铺子关上，那时候，他的信就放在那毛茸茸的皮帽里。他还摘下帽子，拿信给我看了看。铺子关上以后，他从帽里拿出信来，把帽子挂在椅背上，站在炉火前，拿那叠信翻来翻去。过了一会儿，我在这里隔着地板听见他在唱歌，就像刮风似的，哼哼着他唯一会唱的曲子——什么比伯[1]啦，什么老查隆[2]啦，什么比伯死的时候喝醉啦，等等。不过，从那以后，他就不出声了，好像耗子在洞里睡着了。”

“那么，到了十二点钟你要下去找他吗？”

“对，十二点钟。不过，我刚才也说了，你来的时候，我觉得，好像已经是一百点钟了。”

“托尼，”格皮先生把腿架起来，想了一会儿说：“他还不认识字吧？”

“认识字！他这一辈子别想认识字啦。他能写单个字母，他看见单个字母，差不多都认识；在我的指导下，只学会了这一点；可是，他不会把字母拼在一起。他太老了，不中用了——再说，他还老喝醉酒。”

“托尼，”格皮先生说着，把架起来的那一条腿放下来，让另一条腿架上去，“你看他是怎么把霍顿这个名字拼出来的？”

“根本不是拼出来的。你知道，他的眼睛非常尖，不管是什么字，他看了以后就能照样写出来。那个人名字显然是从信封上抄下来的，他还问过我那是什么意思呢。”

“托尼，”格皮先生说着，再一次把架起的那条腿放下来，让另一条腿架上去。“你说说看，信封上那个名字是男人的笔迹还是女人的笔迹？”

“女人的笔迹。绝对是女人的笔迹，这我敢和你打赌：五十对一！——字体斜得很厉害，‘顿’字的最后一点，又长又草。”

谈话的时候，格皮先生一直在咬着大拇指的指甲，他每次换

---

① 比伯（Bibo），拉丁语，意思是“我喝酒”，克鲁克以为是人名。

② 查隆（Charon），在希腊神话里是摆渡的船夫，他把死人的灵魂渡过彼岸，送到阴间去。

另一条腿架着的时候，总是跟着换另一个大拇指。这一次他正要这样做的时候，碰巧看到自己的衣袖。那袖口引起了他的注意，他瞅着它，吃惊地说：

“喂，托尼，这房子今天晚上怎么啦？是烟囱着火了吗？”

“烟囱着火！”

“哎呀！”格皮先生答道。“你瞧，煤屑直往下掉。你瞧我这胳臂上！你再瞧瞧这桌子上！这东西真讨厌，怎么也掸不掉——粘上了，就跟粘了黑油泥似的！”

他们面面相觑，托尼到门口去听了听，往楼梯上边走了几步，又往楼梯下边走了几步。回来说，没出什么事，一切都很安静；还把刚才跟斯纳斯比先生说的话重讲一遍，说什么太阳徽酒店的猪排烤糊了。

“是不是在那个时候，”格皮先生接着说，还是很厌恶地看着袖口；他们这会儿都在炉火旁边，各占桌子的一边，身子往前倾着，脑袋几乎凑在一起。“他告诉你，是他把房客皮包里的那捆信拿走的？”

“对，就是在那个时候，先生，”托尼一边回答，一边下意识地捋着络腮胡子。“因此，我给我的好朋友，威廉·格皮阁下，送去一个便条，通知他今晚我有个约会，请他不要来得太早，因为那老家伙非常狡猾。”

威维尔先生经常用的那种上流社会的轻松口吻，今天晚上连他自己都觉得不对味儿，所以，他以后就不用那种口吻，也不捋胡子了。他回头看了一会儿，似乎束手无策，禁不住又害怕得要命。

“你跟他说好把信拿到屋里来看，比较比较，了解一下内容，然后再告诉他，对不对，托尼？”格皮先生一边问，一边着急地咬着大拇指的指甲。

“你说话轻点儿。是这样。我和他是这样约好的。”

“你听我说，托尼——”

“你说话轻点儿，”托尼又说了一遍。聪明伶俐的格皮先生点点头，又把脑袋往前凑了凑，改用低低的声音说：

“你听我说。第一件要做的事情是，准备另外一捆信，和那捆真的一样，这样，我把那捆真的拿走以后，万一他要看，你就把那捆假的给他。”

“要是他一看就知道是假的，那怎么办？要知道，他的眼睛很尖，就跟螺丝似的，看出来比看不出来的可能性，要大好几百倍，”托尼说。

“那我们就老着脸皮硬干下去。那些信本来就不是他的，根本就不是他的。你发现了这些信；为了安全，你把信交给了我——你的一个在法律界做事的朋友。如果他非要我们把信拿出来不可，信还是可以拿出来的，对不对？”

“对—对，”威维尔先生勉强表示同意。

“怎么，托尼，”他的朋友带着责备的口气说，“你的脸色怎么这样难看！难道你不相信威廉·格皮？你担心会惹什么麻烦吗？”

“我担心的只不过是我所知道的事情，威廉，”对方一本正经地答道。

“你知道什么呢？”格皮先生稍微提高嗓音追问着；可是，他的朋友又提出了警告：“我跟你说过，你说话轻点儿，”于是，格皮先生只是翕动着嘴唇，几乎不出声地把话又说了一遍，“你知道什么呢？”

“我知道三件事情。第一件是，我们现在是背着人低声说话，成了两个阴谋家。”

“怎么！”格皮先生说，“我们宁可成为阴谋家，也别当傻瓜，如果我们不这样做，那我们就得当傻瓜了，因为只有这样，我们才能达到目的。第二件呢？”

“第二件是，我不明白，这样做对我们究竟有什么好处。”

格皮先生抬起头来，望着挂在壁炉架上德洛克夫人的肖像，回答说，“关于这一点，请你给老朋友一个面子。这样做会给我带来好处，使我的心弦得到调整——这会儿当然不必扣动我的心弦，让我感到痛苦——再说，我又不是傻子。这是什么声音？”

“圣保罗教堂的钟敲十一点了。你听吧，全城的钟都要跟着叮叮当当地响呢。”

他们两人默默地坐着，倾听着远近的钟声，那是从不同高度的钟楼传来的；钟楼的位置固然是有远有近，而钟声的音调更是有高有低。后来，钟声终止了，四周显得越发神秘和静寂。低声说话产生一个很不好的效果，因为这似乎造成一种沉默的气氛，而这种气氛实际上又给人一种感觉，仿佛这里充满许多可怕的声音：不知从哪里来的噼噼啪啪、嘀嘀嗒嗒的声音，衣服自相磨擦的窸窣声，那种就是在沙滩或雪地上行走也不留下痕迹的脚步声。现在，这两个朋友是这样神经过敏，便觉得这屋子里鬼影憧憧，因此，不约而同地回过头，看那房门是不是关紧了。

“还有呢，托尼？”格皮先生说着，一边往炉火那边挪了挪，又咬着那只发抖的大拇指的指甲。“你要说的第三件事情呢？”

“在死者过世的屋子里，搞些不利于他的阴谋，那是非常别扭的，尤其是我又恰巧住在这间屋子里。”

“可是，我们并不是搞什么不利于他的阴谋呀，托尼。”

“可能不是，不过，我还是不愿意这样做。你自己要是来这里住，看**你**愿意不愿意！”

“说到死人，托尼，”格皮先生接着说，避而不谈他提出的问题，“实际上大多数的屋子里都死过人。”

“这我知道；可是，在大多数的屋子里，你不去跟他捣蛋，他——他也就不跟你捣蛋，”托尼回答说。

他们又面面相觑。格皮先生急急地说，他们做这些事很可能是为死者效劳，而且至少是他希望如此。接着便出现一片令人窒息的沉默，可是，威维尔先生忽然拨了拨炉火，把格皮先生吓了一跳，仿佛威维尔先生拨的不是炉火，而是他的心弦。

“嘿！这讨厌的煤屑越来越多了，”他说。“我们把窗户打开点，吸口新鲜空气。这里太闷了。”

他把玻璃窗往上推起来，两人靠在窗台上，上半身伸在窗外。隔邻的房子离得太近了，他们得使劲伸着脖子，才望得见上面的天空；不过，从许多肮脏的窗户里透射出来的灯光、远处马车的隆隆声以及邻近人们的活动，都对他们起了镇静的作用。格皮先生轻轻敲着窗台，又用轻松喜剧演员的那种口吻低声说：

“顺便说一声，托尼，别忘了老斯墨尔维德，”实际上他指的是小斯墨尔维德。“你知道，我可没告诉他这件事情。他那祖父实在太机灵了。他们一家子都是那样。”

“我没忘记，”托尼说。“我知道该怎么办。”

“至于克鲁克，”格皮先生继续说，“他和你很要好，你看他是不是真的像他跟你吹的那样，手里还有别的重要文件？”

托尼摇摇头。“我不知道。我猜不透。如果我们能顺利完成这件事情，而没有引起他的怀疑，我一定能把这事搞清楚。那些文件他自己看不懂，而我又没有看到，你说我怎么能知道呢？他总是从那些文件挑出一些字来拼，在桌上和铺子里的墙上到处乱写，还问我这是什么意思，那是什么意思，可是，据我所知，他那些文件从头到尾，很可能就是他当做废纸买进来的那些乱七八糟的东西。他有一种偏执狂，总觉得自己手里有一批重要文件。我从他对我说的话断定，他这半辈子一直在学，想看懂这些文件。”

“不过，他怎么会有这种想法？这倒是个问题，”格皮先生眯缝着一只眼睛，像法官那样想了一会儿说，“他可能在他收买的东西里面发现了什么文件，而那里面本来是不应当有文件的，也可能是文件收藏的方法和收藏的地方，使这个狡猾的老头子觉得，那是很重要的东西。”

“也可能是他收买东西时上了当，受了骗。也可能是他心里糊涂了，因为他无论搞到什么东西，都要看好半天，他还常常喝酒，常常到大法官的法庭上去，而且总是听人家宣读文件，”威维尔先生回答说。

格皮先生这会儿已经坐在窗台上，他点着头，在心里捉摸哪一种可能性比较大。他一边想，一边继续敲着窗台，还用手去抓着窗框和测量窗框的长度，可是，他忽然把手抽开了。

“真见鬼，这是什么！”他说，“你看看我的手指头！”

他的手指头粘上了一些黄色浓液，那东西摸着看着都叫人恶心，闻起来就更是如此了。那是很难闻的黏糊糊的煤烟油，一看就让人作呕，所以他们两人都不寒而栗。

“这是怎么回事儿？你把什么东西倒在窗户外面了？”

“我把东西倒在窗户外面？没有，绝对没有。自从我到这里来住，就没往外面倒过东西！”那位房客喊道。

可是，你看看这儿——再看看这儿！他把蜡烛拿来的时候，只见那煤烟油从窗边慢慢滴下来，顺着砖墙往下淌，在另一个地方，煤烟油已经积了一小摊，又黏糊又恶心。

“这所房子真可怕，”格皮先生一边说，一边关上窗户。“给我倒点水，要不然，我就得把手砍下来啦。”

他又是洗，又是搓，又是擦，而且闻完了又洗，所以等他洗完手，喝了杯白兰地酒提提神，默默地站在炉火前的时候，圣保罗教堂的钟就敲十二点了，所有其他的钟也在不同高度的钟楼里响起来，钟声在黑夜里此起彼伏。等到一切都静下来的时候，那位房客就说：

“总算挨到了约定的时刻。我下去，好不好？”

格皮先生点点头，还拍了拍托尼的后背，祝他一切顺利，但格皮先生用的不是那只洗过的手，尽管那是他的右手。

托尼下楼了，格皮先生坐在炉火前，尽量安下心来，准备等待很长的时间。可是，刚过了一两分钟，就听见楼梯响，紧接着托尼就回来了。

“你拿到信了吗？”

“拿到信！没有。老头不在那儿。”

托尼刚下去一会儿，就吓得魂不附体，格皮先生看见他吓成这个样子，不免也害怕起来，他冲到托尼跟前，大声问道：“出了什么事？”

“我喊了几声，他都听不见，我轻轻把门推开，往里瞧了瞧。那里有一股烤糊了什么东西的气味——有煤屑——有煤烟油——可就是没有老头子！”托尼说完，叹了一口气。

格皮先生拿起了蜡烛。他们两人，三分像人，七分像鬼，你拉我扯地下了楼梯，推开铺子的后门。那只猫早已退到门边，站在那里呜呜乱叫——不过，不是冲着他们，而是冲着壁炉前面地板上的什么东西。炉格里的火很弱，可是，屋子里有一股令人窒息的浓烟，四面的墙壁和天花板蒙上了一层黑色的煤烟油。桌子和椅子，以及桌子上经常摆着的酒瓶，都在原来的地方。在一张椅子的椅背上，挂着老头的毛茸茸的皮帽和外衣。

“你瞧！”那房客一边低声说，一边用哆嗦的手指指着这些东西给他的朋友看。“我跟你说过吧。我最后一次看见他的时候，他摘下了帽子，从里面拿出一小捆信，然后把帽子挂在椅背上——他的外衣早就挂在椅背上了，因为他去关上百叶窗以前，就已经把外衣脱掉——我离开他的时候，他手里正拿着那些信翻来翻去，他那会儿站的地方，就是现在地板上那堆黑糊糊的破烂东西那个地方。”

他是不是在什么地方上吊了？他们抬头看了看。没有。

“你瞧！”托尼低声说。“在那张挂着帽子的椅子下边，有一条又脏又细的红带子，那是用来捆鹅毛笔的。现在用来捆信了。那会儿，他一边慢慢地解着带子，一边向我嘻皮笑脸，挤眉弄眼，后来，他拿着信翻来翻去，把带子扔在地上。我亲眼看着那带子掉下来的。”

“这只猫怎么回事？”格皮先生说。“你看它。”

“大概是发疯了吧。在这倒霉的地方呆着，不发疯才怪哩。”

他们一边注视着这些东西，一边慢慢地往前走。那只猫呆在原来的地方，还是对着炉火前面和两张椅子中间地板上的那堆东西呜呜乱叫。那是什么东西呢？举起蜡烛照一照看。

那里有一小块烧焦了的地板；那里有一小捆烧过的字纸，它留下了一些焦糊的纸片，看上去却又不像平常烧糊的纸片那样轻，而像是被什么东西泡湿了；还有——那里到底是一小块上面带着白灰的烧焦了的碎木头呢，还是一块煤？噢，真可怕啊，老头在这儿哩！这就是他的残骸！他们两人拔脚就跑，把蜡烛也弄灭了，你推我撞地跑到大街上。

救命啊，救命啊，救命啊！看在上帝的面上，快快来人啊！

来的人不会少，可是命救不了。这位“大法官”就是到了临终，也还对得起自己的称号，他像一切法庭的大法官那样死去，像一切弄虚作假而又暗无天日的地方的长官那样死去。阁下不妨给死因起个名字，不妨说这种死因是由什么人所引起，或者说这件事情本来是可以避免的，然而，死亡永远是死亡——那是命中注定，大限难逃，臭皮囊终归要腐化——不管死因有多少，他只能是由于“自动燃烧”而死。

约定的时刻

第三十三章
不速之客

上次太阳徽酒店验尸时到场的那两位纽扣不全、袖口不甚整洁的先生现在又到这个地方来了；他们这次来得真快，不过，事实上是由那个精明强干的地保跑得气喘吁吁去领来的；他们把库克大院从头到尾调查了一遍，然后急忙跑进太阳徽酒店的大厅，拿着小笔在一些薄纸上飞快地写起来。现在，这两位先生在天还没有破晓的时候记下这么件事：法院小街邻近一带居民，昨天深更半夜还未睡觉，因为他们发现了下述一件令人毛骨悚然的事，心里都异常紧张和激动。现在，这两位先生写道：读者必然还记得，前些时候，在一家收买旧瓶碎布和船具的铺子的二楼，发生过一桩因吞服鸦片致死的离奇命案，曾经轰动一时；这个铺子的老板叫克鲁克，是一个酒瘾很大的老怪物。读者也许还记得，后来，事情真凑巧，在太阳徽酒店验尸时，这个克鲁克也到场了，验尸官还审问过他。至于那个太阳徽酒店，它紧挨着出事地点的西边，是个经营得法的买卖，老板叫詹姆斯·乔治·博斯比先生，是一个很体面的人。现在，这两位记者先生不惜篇幅，说明昨天晚上，那个发生了目前所报道的悲剧的库克大院的居民，有好几个钟头都闻到一股怪味；而这股怪味有一阵子非常厉害，那位受雇于詹·乔·博斯比先生的滑稽剧演唱家斯维尔斯先生，就亲自跟一位记者说，他当时曾经告诉玛·梅耳维耳逊小姐——一位自命颇有音乐才能的女士，她也受雇于詹·乔·博斯比先生，在一连串的音乐会上演唱；那些音乐会就叫和声学会或聚会，看来是在太阳徽酒店举行的，由博斯比先生加以指导，而且是符合乔治二世的法令的——说是他的嗓子受到不清洁的空气的严重影响，他当时说了这样一句笑话：“他好比是一张空白的五线谱，连一个音符也没有。”这两位记者先生还写道：斯维尔斯先生这番话，由两位明白事理的已婚女士加以证实，这两位女士也住在库克大院里，一个叫派珀尔太太，一个叫佩金斯太太；这两位太太当时都闻到那股令人难以忍受的臭味，而且认为这是从惨死的克鲁克的那个铺子里来的。所有上述的这些话以及别的许多事情，这两位记者先生（他们在这个悲剧里成了老搭档）都当场记下来了；库克大院的小孩一起床就蜂拥到太阳徽酒店来，从大厅外面的百叶窗往里窥视，看到那两个正在写东西的新闻记者的头顶。

库克大院的居民，大人也好，小孩也好，那天晚上都没有睡觉；他们什么事情也做不了，只是拿围巾之类的东西包着头，一会儿谈论那个倒霉的房子，一会儿又跑到那儿去瞧瞧。有些大胆的人早就把弗莱德小姐从她的屋子里抢救出来——好像那屋子失了火似的，并在太阳徽酒店给她准备了一张床。太阳徽酒店那天晚上既不灭灯，也不关门，因为地方上无论出了什么事，都会给它带来好处，都会使大院的居民想吃点或喝点什么。自从上回在这里验尸以来，这酒店从来没有像现在这样生意兴隆，卖了许多开胃的丁香酒和掺温水的白兰地酒。那个跑堂一听说出了事，就把袖管高高挽起，一直挽到肩膀，说道：“这一来，咱们的买卖又该兴旺了！”刚一听见有人喊救命，小派珀尔就飞也似的跑去喊救火车；凯旋的时候，高坐在那摇摇晃晃跑来的“火凤凰”①上，使劲儿拽着这个怪物，两旁是一些戴着头盔、拿着火把的救火队员。他们细细地察看了所有的裂口和裂缝以后，便留下了一个救火队员，他和一个同样是留下来维持秩序的巡警（另外还有一个巡警）在铺子门口慢慢地走来走去。大院里的人，只要身上有几个闲钱，都心甘情愿请这三位喝一杯酒，以尽地主之谊。

① 埃及神话说此鸟每五百年引火自焚，然后从灰中再生。此处指救火车。

威维尔先生和他的朋友格皮先生都在太阳徽酒店的酒吧间里；在这家酒店看来，只要他们两人肯呆在那里，那么，款待他们什么都是值得的。“现在已经不是斤斤计较钱的时候了，”博斯比先生话虽这么说，但他站在柜台后面的那副样子，看来还是斤斤计较的；“请你们两位先生吩咐吧，你们点什么吃的、喝的都欢迎。”

这两位先生，尤其是威维尔先生，听了这个邀请，便点了许多吃的喝的，到后来，他们都说不上来要什么东西了。但是，他们还一边对刚进来的人讲述他们对昨天夜里发生的事情的看法，讲述他们当时说了些什么话，看到些什么东西和有些什么想法。在这段时期里，有时是这个巡警，有时是那个巡警，跑到酒店门口，把门推开一点，从外面黑暗的地方往里窥望。他倒不是不放心，而是想看看他们在那里干什么。

就这样，夜神拖着沉重的脚步移动着，发现这大院的居民在这几个不寻常的时刻里仍然没有上床睡觉，仍然在你请我喝酒，我请你吃东西，仿佛他们都得到一小笔意外的遗产似的。就这样，夜神拖着缓慢的脚步，渐渐去远了。那个管理路灯的人，沿路走去，像一个刽子手给暴君行刑那样，把那一个个在黑暗中照耀的小火头砍掉。就这样，白昼总算是降临了。

白昼那只注视伦敦的眼睛虽然模糊[①]，但是它说不定也能看出那个大院的居民一夜没睡呢。且不说那些伏在桌上打瞌睡的脑袋，那些本该平放在床上而现在却平放在硬地板上的脚后跟，就连这个大院的墙垣屋瓦也露出没精打采和疲乏不堪的样子。这时候，邻近街道的居民也起来了，渐渐都知道出了什么事情，他们还没有穿好衣服，就像流水似的涌进大院里来，打听这个，打听那个；于是那两个巡警和那个戴着头盔的救火队员（他们在外表上比大院里的人镇静得多了），费了不少事才把铺子的大门守住。

---

① 指伦敦多雾。

“真糟糕啊，诸位先生！”斯纳斯比先生走上前说。“这里出事了吗？”

“是呀，出事了，”其中的一个巡警说。“一点也不错。喂，别站在这里，往前走！”

“哎呀，真糟糕，诸位先生，”斯纳斯比先生一边说，一边赶紧往后退，“昨天晚上十点到十一点的时候，我曾经在这门口跟一个住在这里的年轻人聊了一会儿天。”

“真的吗？”那个警察答道。“那你到隔壁就能找到这个年轻人。喂，你们这些人往前走呀！”

“他没有受伤吧？”斯纳斯比先生说。

“受伤？没这事儿。他怎么会受伤？”

斯纳斯比先生这会儿心里乱糟糟的，既回答不了这个问题，也回答不了别的问题，便向太阳徽酒店走去，看见面容憔悴的威维尔先生在那里喝茶、吃烤面包；威维尔先生显然是因为兴奋过度和抽烟过多，而显出一副筋疲力尽的样子。

“还有格皮先生也在这里！”斯纳斯比先生说。“我的天啊，我的天啊，这真是大难难逃啊！我的好太——”

斯纳斯比先生的说话能力突然消失，他那句“我的好太太”只说了一半。因为他一看见那怒容满面的女人这么早就走进太阳徽酒店，站在压啤酒的机器旁边，凶神恶煞似的拿眼睛盯着他看，他已经吓得说不出话来了。

“亲爱的，”斯纳斯比先生的舌头稍一能动，便说道，“你想吃点什么吗？喝一点——请原谅我太直言——果子汁好吗？”

“不喝，”斯纳斯比太太说。

“亲爱的，你认识这两位先生吧？”

“认识！”斯纳斯比太太说，接着，便板着面孔向他们点了点头，她的眼睛依然盯着斯纳斯比先生不放。

忠于爱情的斯纳斯比先生受不了这种眼光；他拉着斯纳斯比太太的手，把她领到一旁，在啤酒桶跟前说话。

“我的好太太，你为什么这样子瞅我呀？我求你不要这样好不好？”

“我没法子不这样瞅你，”斯纳斯比太太说，“我要是有法子，我也不愿意这样做呀。”

斯纳斯比先生咳嗽一声，表示谦让，然后答道：“你真不愿意这样做吗，亲爱的？”说到这里，他想了一想，又咳嗽一声，表示苦恼，才说道：“这事情神秘极了，亲爱的！”他仍然很害怕斯纳斯比太太那双眼睛，吓得手足无措。

“不错，”斯纳斯比太太一边回答，一边摇着头，“这事情神秘极了。”

“我的好太太，”斯纳斯比先生用一种可怜巴巴的态度求她说，“看在老天爷分上，别用这样刻薄的口气跟我说话，别用那种像捉贼似的眼光盯着我！我求求你不要这样子。我的天啊，你不见得会怀疑我要把谁给烧死吧，亲爱的？”

“这我可说不上来，”斯纳斯比太太答道。

很快地考虑了一下当前这个不利的情况以后，斯纳斯比先生也“说不上来”了。他不想断然否认他和这件事情没有任何关系。事实上，他和这件事情是有很大关系的——尽管他并不明白那是什么关系，而这件事情又是这样神秘，很可能把他扯了进去他还不觉察。他拿手绢轻轻擦了擦前额，喘了一口气。

“我的亲人，”这个苦恼的法律文具店老板说，“你素来做事都是非常谨慎的，你能不能告诉我，为什么早饭还没吃就到酒店来呢？”

“那**你**为什么到这里来？”斯纳斯比太太问道。

“亲爱的，我不过想知道这次的意外到底是怎么回事儿罢了，我听说那位老先生出了事——烧死了。”斯纳斯比先生停了一下，以免叹气。“我本打算回来吃早点的时候，把我听到的事情给你讲讲，亲爱的。”

“我说你会给我讲的！你向来是什么事情都不瞒我的呀，斯纳斯比先生。”

“瞒你——我的好——？”

“如果你现在肯跟我回家，”斯纳斯比太太看见他越来越慌张，便冷笑了一下，说道，“我倒是很高兴；斯纳斯比先生，我看你呆在家里比呆在什么地方都安全。”

“亲爱的，说实话，我也知道呆在家里比较安全。我跟你走吧。”

斯纳斯比先生可怜巴巴地向酒吧间环视了一下，跟威维尔先生和格皮先生道了别，并且表示，看见他们俩没有受伤，他心里很高兴，然后就跟着斯纳斯比太太走出太阳徽酒店。他这一天一直在怀疑，在这个成为邻近谈话资料的惨剧里，是否有某些想象不到的事情，可能要由他来负责；到了黄昏时分，他看到斯纳斯比太太还是那样一个劲儿盯着他看，他就几乎觉得，有些事情真的应当由他来负责了。他的精神非常痛苦，所以他心里产生好些乱七八糟的想法，想到法庭去自首，如果自己是清白的，那就要求证明无罪；如果自己犯了法，那也可以依法严惩。

威维尔先生和格皮先生吃过早饭，便到林肯法学院广场上去散步，在散步的时候尽可能把脑子里那些乱七八糟的念头驱除出去。

“我们俩要聊什么，现在是最好的时候了，托尼，”他们在广场上默默地走了一圈以后，格皮先生说道，“我们必须尽快在某一点上取得谅解。”

“那么，我告诉你，威廉·格皮！”威维尔先生用一只充满血丝的眼睛瞟着他的同伴说。“如果这一点指的是什么阴谋，那么劳驾你不必提了。我已经吃够苦头，再也不管这种事了。我们瞧吧，下一回就该**你**被烧死或者炸死啦！”

这种假设叫格皮先生听了，觉得很不痛快，所以，他虽然用一种教训的口吻跟对方说，但声音还是有点颤抖：“托尼，我本以为昨天晚上我们经历的事情会给你一个教训，让你这一辈子再也不睹神罚咒、攻击别人呢。”威维尔先生听了立刻顶回去：“威廉，我本来也以为昨天晚上的事会给**你**一个教训，让你这一辈子再也不搞阴谋呢。”格皮先生听了立刻说：“谁搞阴谋？”贾布林先生听了立刻答道：“**你**搞阴谋！”格皮先生听了驳道：“没这事儿，我没搞阴谋。”贾布林先生听了立刻又驳道：“不错，你是搞阴谋！”格皮先生听了立刻驳道：“谁说的？”贾布林先生听了立刻答道：“**我**说的！”格皮先生听了立刻驳道：“哦，你真这么说吗？”贾布林先生听了立刻驳道：“不错，我真这么说！”他们两人这时候火气都很大，便默默地走了一会儿，好冷静下来。

“托尼，”格皮先生说，“如果你不是责备你的朋友，而是把他的话都听完了，那你就不至于误会了。可是你很急躁，对人也不够体贴。本来，托尼，你是风度翩翩——”

“哼！去你的风度吧！”威维尔先生喊了起来，把他的话打断了。“你有什么话就直说吧！”

格皮先生发现他朋友的态度是那样怏怏不乐和讲究实际，只好用一种受了委屈的口气来表达他那比较细腻的感情：

“托尼，我刚才说，我们必须尽快在某一点上取得谅解，我这话的意思根本不是指要搞什么阴谋——哪怕是丝毫不伤害人的阴谋吧。你也知道，凡是审理案子，都要根据法律手续，事前做好安排，有哪些事情需要证人来作证。你不妨看看，在给这位不幸的大人——老先生（格皮先生本来就要说大人物的，但考虑到在这种场合里说‘先生’更合适一些就改了口）验尸的时候，我们是不是最好了解一下，哪些事情需要我们作证？”

“哪些事情？反正就是那些事情呗！”

“就是验尸时要问的事情呀。我们不妨数一数——”格皮先生一边掐着手指，一边说——“我们知道他有哪些习惯；最后一次看见他是在什么时候；他当时的情况怎么样；我们发现了什么，我们是怎样发现的。”

“不错，”威维尔先生说。“就是那些事情。”

“因为他约你在晚上十二点钟去找他——他向来就是这样古怪的，我们才发现出了事；至于他约你的原因，那是想请你给他讲讲一些文件的内容，这种事情你倒是常给他帮忙的，因为他根本不认得字。我当时正在你家里，你就把我叫下去——如此而已。这次验尸不过是要弄清楚有关死者致死的情况，所以用不着多谈别的问题，关于这一点，我想你大概同意吧？”

“不错！”威维尔先生答道。“我看用不着多谈。”

“那么，这个也许不是阴谋吧？”这个自尊心受了损害的格皮说。

“不是，”他的朋友答道；“如果光是这些，而没有更坏的事情，我就收回这个说法。”

“那么，托尼，”格皮先生一边说，一边又挽着他的胳臂，拉着他慢慢往前走，“我们既然是朋友，我很想问问，你是不是已经想到，你在那个地方住下去能得到很多好处？”

“你这是什么意思？”托尼站住问道。

“你是不是已经想到，你在那个地方住下去能得到很多好处？”格皮先生又说了一遍，一边拉着他往前走。

“在哪个地方？在**那个**地方吗？”他指着收购旧瓶破布的铺子那个方向。

格皮先生点了点头。

“什么，你就是给我多少钱，我也不肯在那里多呆一夜，”威维尔先生说话的时候，瞪着眼睛，面色惨白。

“你说的是真心话吗，托尼？”

“说真心话！难道我的样子像说着玩的？我是当真的，”威维尔先生说这话时，确实打了一个哆嗦。

“那么，难道你因为昨天晚上发生的事，就不考虑现在有可能不费一点周折就可以把那似乎是无亲无故的老家伙的财产占为已有，同时，完全有把握弄清他到底藏了什么宝贝吗？”格皮先生说，一边不安地咬着大拇指。

“当然不考虑。谈到让别人住在那个地方的时候，你居然能那么冷静！”威维尔先生恼怒地喊道。“你自己去住住看。”

“哦，我吗，托尼！”格皮先生安慰他说。“我以前没在那里住过，现在也不能搬进去呀；可是你的家就在那里嘛。”

“那么欢迎你来住，”他的朋友答道，“而且——哼！——你在那里一点也用不着客气。”

“那么，托尼，你的意思真的是要在这个时候前功尽弃吗？”格皮先生说。

“一点也不错，”托尼回答的时候，口气非常坚定，“你这话说得再对也没有了。我就是要它前功尽弃嘛！”

当他们谈到这里的时候，一辆出租马车驶进了广场；在那马车夫旁边的座位上，人们看见一个戴了顶高帽子的人。在车厢里，坐着那位年高德劭的斯墨尔维德先生和他的太太。孙女朱狄陪着他们。他们坐在车厢里，人们都看不清楚，但是那两个朋友却看清楚了，因为那马车就停在他们身旁。

坐马车来的这些人，行色匆匆，而且异常兴奋；就在那个戴高帽子的人（原来是小斯墨尔维德先生）下车的时候，老斯墨尔维德先生从车窗探出头来，向格皮先生喊道：“你好，先生，你好！”

“真奇怪，小鸡和他那一家子那么早就到这里来干什么？”格皮先生一边说，一边向他的老相识点头。

“亲爱的先生，”斯墨尔维德爷爷喊道，“请你帮个忙行不行？劳驾你和你的朋友把我抬进这大院的酒店，这样巴特和他妹妹就能扶着他们的祖母。你肯帮老人一个忙不，先生？”

格皮先生瞧着他的朋友，很怀疑地说：“大院的酒店？”于是他们就准备把这位年高德劭的废物抬进太阳徽酒店。

“这是你的车钱！”斯墨尔维德家的家长对那个车夫说，一边龇牙咧嘴，挥舞着他那无力的拳头。“你要跟我多要一分钱，我就叫巡警来治你。你们两位亲爱的年轻先生，请慢一点儿。让我搂着你们的脖子。我只要受得了，我决不会使劲勒你们。哎哟，上帝啊！哎哟，我的天！哎哟，我的老骨头！”

幸好太阳徽酒店离此不远，因为威维尔先生走不到一半的路就现出要中风的样子了。不过，他除了像潜水员那样发出骨碌骨碌的声音，说明呼吸不大畅快以外，他的症状并没有恶化，因此他总算尽了一份力量，完成了搬运任务；就这样，他们按照那位乐善好施的老先生的意愿，把他放在太阳徽酒店的大客厅里。

“哎哟，我的上帝！”斯墨尔维德先生坐在一张扶手椅上，一边喘气，一边看了看四周围。“哎哟，我的天，哎哟，我的腰，我的老骨头！哎哟，痛死我了！坐下来，你这个乱蹦乱跳、东奔西跑、左冲右撞的胡说八道的家伙！坐下来！”

最后这几句话是对斯墨尔维德太太说的；原来这个倒霉的老太太有个毛病：只要一站起来，就走个不停，而且不论看见什么东西，都围着它团团乱转，嘴里还念念有词，活像一个女巫在跳舞。这些举动不但和这个可怜的老太婆别的糊涂想法有关，大概也和她的神经失常有关。这一次，她的对象显然是一张温莎式扶手椅（和斯墨尔维德先生的那一张是一个样子），可是她的孙儿女硬要她坐下去，她只好中止她的舞蹈了。就在这个时候，她的男人脱口而出，给她起了一个外号，叫“顽固不化的碎嘴八哥”，以后就不停地拿这个来骂她。

“亲爱的先生，”斯墨尔维德爷爷接着就对格皮先生说，“这里发生了一个惨案。你们两位听说了吗？”

“听说吗，先生？哼！那是我们发现的！”

“你们发现的！你们两位发现的！巴特，那是**他们**发现的！”

这两个发现者瞪着眼睛，望着斯墨尔维德家的人，于是斯墨尔维德家的人也瞪着眼睛，望着他们两个人。

“亲爱的朋友，”斯墨尔维德先生嘀嘀咕咕，好像很伤心地说，同时还伸出双手，“你们碰到这种事情实在不幸，我非常感谢你们发现斯墨尔维德太太兄弟的骨灰。”

“什么？”格皮先生说。

“斯墨尔维德太太的兄弟——亲爱的朋友——那是她唯一的亲人。我们以前关系不好，现在看来实在遗憾，不过，他当时怎么也不肯搞好关系。他不太喜欢我们。他这人很古怪——非常古怪。除非他留下遗嘱（那大概是没有的），否则我就得申请遗产管理委任状。我到这里来是要照料一下这份产业；这铺子里的东西必须加封，必须加以保护。我到这里来，”斯墨尔维德爷爷伸开十个手指，好像要把空气抓过去似的，“是要照料一下这份产业。”

“我说，小鬼，”格皮先生闷闷不乐地说，“你早该告诉我那个老先生是你的舅老爷啊。”

“你们两个一提到他的时候，总不愿意多谈，所以我一直认为你们也不愿意我谈他，”那个老练的家伙答道，一边偷偷眨了眨眼睛。“再说，我有这么个舅老爷，也并不觉得怎么光彩。”

“除了这个，不管他是不是，跟你有什么关系呢？”朱狄说。她也偷偷眨了眨眼睛。

“他这一辈子就没见过我，根本就不认识我，”小鬼答道；“说真的，我怎么给你介绍呢？”

“不，他从来就没跟我们来往过——现在看来实在是遗憾，”老先生插嘴说；“不过，我到这里来是要照料一下这份产业——看看那份文件，照料一下这份产业。我们这就要证实我们的所有权。我们的律师正为我们办理这件事。那是图金霍恩先生，就在那边的林肯法学院广场，这一次多蒙他帮忙，当我们的律师。我不妨告诉你，**他**做事非常勤快。克鲁克是斯墨尔维德太太唯一的兄弟；除了克鲁克，她再也没有亲人了，而克鲁克也是除了斯墨尔维德太太就没有亲人了。喂，你这个该死的东西，我正说你的兄弟呢，他今年该有七十六岁了。”

斯墨尔维德太太立刻摇了摇头，喊道：“七十六英镑七先令七便士！七十六万袋钱！七十六万亿包钞票！”

“谁肯给我一个啤酒杯？”她那恼怒的丈夫喊道，一边无能为力地看了看周围，想就近找个什么东西向斯墨尔维德太太扔去，但是没有找着。“谁劳驾给我一个痰盂？谁给我一块硬的东西，让我扔死她？你这个老妖怪，你这只死猫，你这只烂狗，你这个该死的胡说八道的家伙！”这时候，斯墨尔维德先生把难听的话都骂尽了，而且也确实把朱狄向她祖母“扔”过去（他因为找不到可以扔的东西，便使尽全身的力气把那位年轻姑娘推了一下），由于用力过猛，他自己也就倒在椅子里，缩成一团。

“谁来帮个忙，把我扶起来，摇一摇，”那一团微微挣扎着的东西传出一个声音来说。“我是来照料这份产业的。把我扶起来，摇一摇；把隔壁值勤的巡警叫来，我要对他们说明这份产业的情况。我的律师马上就要来保护这份产业。谁敢碰一碰这份产业，我就把他充军，把他吊死！”他那两位孝顺的孙儿女把他扶起来，用平时那一套又是摇、又是捶的方法让他起死回生的时候，他还是不停地喘着，有气无力地说：“那份——那份产业！那份产业——产业！”

威维尔先生和格皮先生面面相觑；前者想从这件事情脱身出来，后者的表情很尴尬，但对这事情还抱着一些希望。然而，要对斯墨尔维德家的所有权提出异议是没有用处的。图金霍恩先生的办事员离开事务所那张破板凳，到这里来跟巡警说，斯墨尔维德一家的确是死者最近的亲属，图金霍恩先生对此可以负责；关于铺子里的那些文件和其他财产，他们到时也会来接管。于是，斯墨尔维德先生立刻就得到容许，让人把他抬进隔壁的铺子里去凭吊一番，并且还到楼上弗莱德小姐那个空出来的房间去了一趟，他在那个屋子里好像是弗莱德小姐鸟棚里新来的一只猛禽。

这个突如其来的继承人到达的消息很快就传遍了这个大院，而且使太阳徽酒店生意更加兴隆，使大院里的人更加热闹。派珀尔太太和佩金斯太太认为，如果克鲁克真没有留下遗嘱，那对威维尔先生未免太苛刻了，她们觉得应该从遗产拨出一份来，好好给这个年轻人送个礼。小派珀尔和小佩金斯跟那些小孩是一伙，他们东奔西跑，把法院小街的行人吓得要死；这一天，他们有的在抽水机后面，有的在拱道下面玩怎么被火烧成了灰；另外有些小孩就对假装被烧死的人大叫大嚷。小胖子斯维尔斯和玛·梅耳维耳逊小姐都和他们的听众亲切地谈起来，他们认为这些不平常的事情可以消除演员和观众之间的隔阂。老板博斯比先生贴了一张海报，说是“演唱流行歌曲《国王死了》！——合唱团全体演员伴唱”，作为本周和声学会的主要节目；同时，他在海报上还说：“博斯比先生所以不惜巨资排演这个节目，不仅是鉴于广大的高尚人士在酒吧间表示过这一希望，而且也是为了对那个轰动一时的悲剧中的死者表示敬意。”关于死者，大院里的居民有件事情特别注意，他们认为，尽管死者已经烧成了灰，还是应该给他买一副六英尺足码的棺材。后来，殡仪馆的人在太阳徽酒店的酒吧间对大家说，他已经得到通知，要做一个六英尺足码的棺材，这时候，大家才放了心。有人认为斯墨尔维德先生这样做，赢得了人们很大的敬意。

在大院外头以及离大院很远的地方，人们也感到很兴奋；因为许多科学家和哲学家都来调查，一辆辆的马车把那些抱着同样目的而来的医生拉到街头拐角的地方；他们提到什么磷化氢和易燃气体的时候，在那里大谈学问，这是大院里的人从来没有听说过的。有一些权威人士（那当然是最聪明的了）很气恼地说，死者这样子死去实在没有道理。可是另外一些权威人士提醒他们说，这种死法还是有的，《哲学会报》第六卷就翻印过一些有关这方面的调查；同时，他们当中有人也提到一本相当有名的有关《英国法医学》的书；另外，有人提到意大利柯妮丽亚·包蒂伯爵夫人的案子，说是个中的详情是由一个叫比昂契尼的神父写的，这个神父住在维罗纳，曾经写过一两本很有学问的书，当时很多人都认为他这个人很有点道理；接着又有人提起弗得雷先生和梅尔先生的证词——这两个讨厌的法国人居然愿意调查这种事情；后来，又有人提到一个当时很有名的法国外科医生勒卡特先生的确凿证词，这个外科医生不怕有失体面，居然住在那所发生过这类案子的房子里，而且还把案子发生的经过写出来。这些权威人士尽管谈了这许多例子，但原先那些权威人士还是认为死者克鲁克先生顽固不化，离开这个世界时竟挑了这样一条道路，这简直是无理取闹和令人讨厌。以上这些争论，这个大院的人越是弄不懂，就越觉得有趣儿，而他们也就越想吃一点太阳徽酒店供应的东西。接着，有个画报社派了一个画家来，他随身带着一些已经画好了前景和人物的画纸，不管遇到什么东西，从康沃耳海滨遭难的破船到海德公园的检阅或曼彻斯特的集会，都可以往上添加；后来，他到了佩金斯太太屋里——这是一件值得人永远纪念的事——当时就在画板上画下克鲁克先生的房子，他把它画得跟那房子本身一样大；事实上，比房子本身大多了，简直跟一个大礼拜堂一样。他得到容许，从门口往里看了看那个出事的房间，他把那房间也画得很大，几乎有四分之三英里那么长，五十码那么高；大院里的居民对这一点感到特别高兴。与此同时，前边说过的那两个新闻记者，采访了这大院的每一家，参加那些哲学性问题的辩论；他们到处乱跑，逢人就打听，还不时跑进太阳徽酒店，用小笔在那些薄纸上飞快地写下些什么。

最后，验尸官来进行调查了，一切手续都和上次一样，只是验尸官认为这个案子很不寻常，因而对它特别感兴趣；他以个人的身份对陪审委员们说："看样子，隔壁的那所房子是一个凶宅，诸位先生，注定是要出事的；不过，像这样的凶宅也是常有的，只是我们没法理解这些神秘的事情罢了！"后来，那副六英尺长的棺材抬进来了，人们都表示很满意。

在验尸的整个过程中，格皮先生除了提出他的证词以外，就没有别的事了，因此，人家就把他当作一个不相干的人那样打发走，而他也只能在那不可思议的房子外头看看而已。当他看到斯墨尔维德先生锁上铺门的时候，便仿佛受到奇耻大辱；他痛苦地意识到，他已经被人摈诸门外了。但是，在验尸结束之前，也就是说，在发生这个悲剧的第二天晚上，格皮先生觉得有些话必须去跟德洛克夫人说一说。由于这个原故，这个名叫格皮的年轻人便带着一种沉重的心情和一种丧家狗的感觉（那是在太阳徽酒店看到那些可怕的事情而引起的），在晚上七点钟左右，到德洛克爵士的公馆去，要求谒见夫人。使神对他说夫人马上就要出去赴宴，难道他没看见门口的马车吗？不错，他确实看见门口的马车了；但他还是要见见夫人。

使神就像他后来跟另一个男仆说的那样，本想"把那个年轻人大骂一顿"；但是，夫人曾经吩咐他，那年轻人可以随时谒见。因此，他虽然很生气，但还是觉得必须把那年轻人带到书房去。他让这个年轻人呆在这个又大又黑的屋子里，自己跑去通报。

格皮先生看了看周围黑暗的角落，发现到处都好像一小堆烧焦了的和烧成白灰的煤或木柴。不久，他就听到一阵窸窸窣窣的声音。是不是——？不，不是鬼；那是一个有血有肉、衣服华丽的人。

"请夫人务必原谅，"格皮先生垂头丧气，结结巴巴地说。"这个时候来见您实在不合适——"

"我上次已经跟你说过，你什么时候来都行。"她坐下来，像上次那样定睛望着他。

"谢谢您，夫人。您真客气。"

"你坐下来吧。"从她的口气来看，她并不那样客气。

"夫人，我也不知道是不是应该坐下来，多耽误您的时间，因为我——我上次拜访夫人时说的那些信，并没有拿到手。"

"你今天来就是为了说这个吗？"

"就是为了说这个，夫人。"格皮先生本来就心情不好，感到失望和不安，现在又看到夫人这样华丽、漂亮，就越发自惭形秽了。夫人十分清楚自己的魅力，她对它捉摸得非常透彻，因此，哪怕它在任何人身上起了些微作用，也难逃过她的眼底，在她那坚定而冷酷的目光注视下，他不仅意识到自己一点也不了解她内心的真正想法，而且还觉得好像和她的距离越来越远了。

很显然，她是不会开口的。所以他必须说话。

“简单地说，夫人，”格皮先生这时活像一个低头认罪的小偷，说道，“那个本来要把信交给我的人，突然死了，而且——”他说到这里便把话打住。德洛克夫人从容不迫地替他把那句话说完。

“而且那些信也跟着那个人一起毁掉了，是不是？”

格皮先生倒是愿意说没有毁掉，如果他说得出口的话——可是他又没法隐瞒。

“我想是毁掉了，夫人。”

他倒是希望在她脸上看到一点如释重负的神色。然而，他看不见，即便是夫人那副镇定的面孔没有把他完全制服，即便是他定睛注视着这副面孔，他还是看不见这种如释重负的神色。

他结结巴巴地说了一两个很不得体的理由，来解释他为什么拿不到那些信件。

“你要说的就是这些话吗？”德洛克夫人听他说完——或者说，大致听他说完（因为他说话时还是那样结结巴巴），便问道。

格皮先生觉得就是这些话了。

“你最好再想想，是不是还有什么话想跟我说；这是你最后一次机会了。”

格皮先生对这一点已经想过了。而且，不管怎么样，他目前的确不想再跟她说什么了。

“那就行了，你用不着跟我说什么理由。再见吧！”于是她摇铃让使神把这个名叫格皮的年轻人领出去。

可是，就在这个公馆，就在这个时候，却来了一个名叫图金霍恩的老头子。这个老头子的脚步很轻，他来到书房门口，按着门手把，正要进去，迎面碰见那个刚要出去的年轻人。

老头子和夫人彼此看了一眼；刹那间，他们之间的那道帷幕突然升起——那种极想看透对方秘密的怀疑神色显露出来了。可

名叫图金霍恩的老头子

是，转眼间，那帷幕又落下来了。

“对不起，德洛克夫人。实在对不起。真没有想到这个时间您会在这里。我本来以为这屋子没有人。真对不起！”

“别走！”她很随便地招呼他留下。“你在这儿呆着吧。我要出去赴宴。我已经跟这个年轻人谈完了！”

这个狼狈不堪的年轻人出去时鞠了一躬，又谦卑地向法学院广场的图金霍恩先生问好。

“哦，哦？”律师先生一边说，一边皱着眉头看他；实际上，他用不着再看这个年轻人了——根本用不着。“在肯吉-卡伯伊事务所办事吧？”

“肯吉-卡伯伊事务所，图金霍恩先生。敝人姓格皮，先生。”

“是呀，是呀，谢谢你，格皮先生，我很好！”

“那太好了，先生。您得保重身体啊，因为您给我们法律界增光不少呢。”

“谢谢你，格皮先生！”

格皮先生悄然离去。图金霍恩先生——他那身过时的褪色黑礼服和德洛克夫人的华丽衣装是一个很强烈的对照——扶着夫人下楼，一直送上马车。他回来的时候抚摸着下巴颏，那天晚上他不停地抚摸着下巴颏。

第三十四章
施加压力

“哼，”乔治先生说，“这算什么意思？是空枪呢，还是实弹？是走火呢，还是放枪？”

原来这位骑兵在反复推敲一封拆开了的信，这封信似乎使他感到非常苦恼。他一会儿把信举得远远地看，一会儿凑到眼前看；一会儿用右手拿着，一会儿用左手拿着；一会儿把头歪到这边念，一会儿歪到那边念；一会儿皱着眉头，一会儿竖起双眉。然而，不管怎么样，他还是弄不明白。后来，他把信放在桌上，用那大手抚平它，又若有所思地在打靶场里来回地踱着，踱到那封信跟前的时候，往往站着不动，从一个新的角度去念它。然而，这样做也还是不行。“这是空枪呢？还是实弹？”

菲尔·斯夸德在打靶场的另一头，拿着一个刷子和一罐石灰水在刷那些靶子，一边用快步进行曲的拍子——好像是战鼓和笛子齐鸣似的——轻轻吹着口哨；他吹的那个歌有两句歌词说，他必须而且也要下定决心，回到他留在老家的那个姑娘的身旁。

“菲尔！”骑兵招了招手，喊他过去。

菲尔还是像平时那个样子走路：一开始是侧着身子走，好像他要往别的地方去，然后，又像用刺刀冲锋似的，向他的司令官扑过去。在他那脏脸上，有几点石灰水，显得非常刺眼；他还用那刷子的木柄蹭着他那只剩下一道的眉毛。

“立正，菲尔！你听听这个。”

“慢一点，长官，慢一点。”

“‘先生：前经马休·贝格纳特先生担保，由阁下开具借据，贷与阁下玖拾柒英镑肆先令玖便士之款，原订两月归还，明日即届期满，用特函告（如阁下所知，根据法律，本无须多此一举），希备款掷还为荷。约舒亚·斯墨尔维德谨上。'——你觉得怎么样，菲尔？"

"真糟糕，老板。"

"怎么？"

"我看，"菲尔用刷子柄顺着额上纵横交错的皱纹揉来揉去，想了想才答道，"人家来跟你要债，那总是很糟糕的事情啊。"

"听我说，菲尔，"骑兵一边说一边坐到桌子上去，"总的来讲，我可以说，我在利息和别的方面给的钱，已经超过本金的一倍半了。"

菲尔莫名其妙地皱着眉头，侧着身子退了一两步，表示他认为这虽然是事实，但是不见得对这次的事情有什么帮助。

"你再听我说说，菲尔，"骑兵一边说，一边摆了摆手，不让他把那过早的结论说出来。"我和他本来说好，借据到期可以重订，而事实上不知已经重订过多少次了。现在，你说说这是怎么回事？"

"我说，我觉得这一次是到了头啦。"

"是吗？哼！我也是这么想。"

"约舒亚·斯墨尔维德就是那个让人用椅子抬进来的人吗？"

"不错。"

"老板，"菲尔一本正经地说，"从他的为人来看，他是一条吸血的蚂蟥；从他做事的手段来看，他是一个螺丝钻子或者是一把老虎钳；从他那些坏心眼来看，他是一条毒蛇；从他那贪婪的魔掌来看，他是一只大龙虾。"

斯夸德先生意味深长地发表完他的感想，又等了一会儿，看看他的老板是不是还想听他说点什么，然后才用平时走路的姿态，回到他刚才粉刷的靶子那边去。接着，他又精神饱满地吹起口哨，表示他必须而且也下定决心要回到他那理想的年轻姑娘的身旁。乔治把信叠好朝他那边走去。

“长官，”菲尔一边说，一边很狡猾地瞧着他，“要对付这件事情，倒是有一个办法。”

“你是说还他钱吧？我要是有钱，我倒想还他。”

菲尔摇了摇头。“不是，老板，不是还钱；还不至于这么糟糕。有倒是有一个办法，”菲尔说到这里，很老练地把手里的刷子挥了一下，“瞧，就像我现在干的这样。”

“把债务一笔刷清！”

菲尔点了点头。

“这办法真不错啊！这么一来，你知道贝格纳特一家子会怎么样？你知道不知道他们替我还了这笔债就会破产？你真够义气，”骑兵瞟了他一眼说，他的态度是宽宏大量的，但还是很生气，“说真的，你真够义气，菲尔！”

菲尔屈着一条腿，蹲在靶子旁边，尽管像刚才打比喻的时候那样不停地挥着刷子，并用大拇指抚平白靶子的圆边，但听了这话还是非常认真地分辩说，他刚才忘了贝格纳特家应负的责任，否则他无论如何也不肯去伤害他们家那些好人一根毫毛——他正在这样分辩的时候，外面的长廊响起一阵脚步声，有人笑嘻嘻地问乔治在不在家。菲尔瞧了他老板一眼，一瘸一拐地迎上去说：“老板在这里，贝格纳特太太！他在这里！”接着，那位老伴儿在贝格纳特先生的陪同下，走了进来。

不论春夏秋冬，这位老伴儿出门的时候总要披上一件灰呢斗篷。这件斗篷又粗又旧，但非常干净；在贝格纳特先生看来，这显然是一件很有纪念价值的东西，因为贝格纳特太太当年就是穿着这件斗篷，拿着一把伞从千里迢迢的海外回到欧洲来的。说到那把伞，那也是老伴儿的忠实伴侣，她每次出门总要带着它。伞的颜色很特别，在这人世间是极其罕见的，这伞有一个波状的木头弯手把，在那好像船头或鸟嘴的把端上镶着金属，整个看起来，很像大门上扇形气窗的一个小模型，或者像眼镜上的一块卵形玻璃片。这件装饰品并不像一般同英国陆军有过悠久关系的东西那样，具备坚守岗位的顽强特点。老伴儿的这把伞在中间的地方老是显得松松散散，好像需要一件紧身褡给它勒勒腰——看样子，这很可能是因为多年以来，这把伞在家时用来当碗橱，出门时又用来当手提包。她因为觉得那件久经考验的斗篷和那个大兜帽很可靠，所以从来也不打伞。平常她只把伞当作手杖，在市场里买东西时，用它来指一指排骨或蔬菜，或者亲切地用它捅捅那些买卖人，以引起他们的注意，她还有一个两边都带盖子的柳条菜篮，她每次出门都得带着它。有了这些可靠的东西，她那张晒得又黑又红的朴实面孔，在一顶粗草帽的衬托下，总是显得分外爽朗，这会儿她来到乔治的室内打靶场，就是容光焕发，神采奕奕的。

“喂，乔治老弟，”她说，“今天天气真不错，你觉得怎么样？”

跟他亲热地握了握手以后，贝格纳特太太因为刚才走了很远的路，便舒了一口气，坐下来好好休息一番。她倒是有一种本事，随便在什么地方都能舒舒服服地坐下来休息，这种本事显然是在行李车的车顶上和在诸如此类的座位上锻炼出来的；你看她现在坐在一条粗板凳上，解开了草帽的带子，把帽子往脑后一推，双手抱在胸前，那样子非常舒服。

这时候，贝格纳特先生和他的老战友以及菲尔都握过手；而贝格纳特太太对菲尔也笑容满面地点了点头。

“喂，乔治，”贝格纳特太太兴高采烈地说，“我和大木头都来了，”原来贝格纳特先生长得粗眉大眼，贝格纳特太太为了恭维他，就管他叫这个名字，因为，据说他们俩认识的时候，贝格纳特先生在那个团的外号叫“愈疮木”[①]；“我们也是顺道进来看看，

① “愈疮木”原文为 Lignum Vitae，是一种热带树木，木质坚硬，长于美洲、澳洲一带。

打算像平时那样把作保的事情办一下。乔治，你把新借据拿来让他签个字，他一定痛痛快快地给你签。”

“今天早上我本来就要上你们家去，”骑兵说，态度显得很勉强。

“不错，我们也想到你今天早上要来的，可是我们把伍尔维奇那个天下最好的孩子留在家里照顾妹妹，一早就出门到你这儿来了！因为大木头现在忙极了，很少运动，出来散散步对他有好处。可是，你怎么回事，乔治？”正说得高兴的贝格纳特太太突然把话打住，问道。“你怎么有点失常啊。”

“是有点失常，”骑兵答道，“我觉得有点不大好办，贝格纳特太太。”

她那双敏锐的眼睛马上就看出发生了什么事情。“乔治！”她举起一只手指。“别跟我说大木头作的那个保出了毛病啊！看在孩子们分上，乔治，别这么说啊！”

骑兵瞧着她，脸上现出非常为难的样子。

“乔治，”贝格纳特太太说，挥舞着两条胳臂来加强语气，有时候还用手掌来拍打膝盖。“如果你让大木头作的保出了毛病，如果你让他惹了什么麻烦，如果你让我们落到倾家荡产的地步——瞧你这样子，乔治，准是要弄得我们倾家荡产的——那你实在太丢脸，把我们坑苦了。我跟你说，乔治，把我们坑苦了！”

贝格纳特先生平时就像一台抽水机或路灯杆那样一动不动，这会儿忽然举起他那只肥大的右手，按着光秃秃的头顶，仿佛是淋浴时要挡着上面喷射下来的水，同时，很不安地望着贝格纳特太太。

“乔治！”那位老伴儿说，“你这人真奇怪！乔治，我真替你害臊！乔治，我真想不到你会干出这种事情来！我早就知道你这个人：乱滚的石头不长苔，流浪的汉子不招财，可是真没有想到你连贝格纳特和孩子们靠它过活的那一点点钱财也要弄走。你又不是不知道他是一个勤勤恳恳、稳稳当当的人。你又不是不知道魁北克、马耳他、伍尔维奇是多么好的孩子——我真想不到你会这么狠心，你能这么狠心对待我们。哎呀，乔治啊！”贝格纳特太太掀起她的斗篷擦眼泪，看那样子一点也没有装假。“你怎么能做出这种事情来呢？”

贝格纳特太太不说话了，这时候贝格纳特先生把手从头顶上放下来，仿佛是沐浴完了，郁郁不欢地望着乔治。乔治的脸色变得煞白，他苦恼不堪地瞧着那件灰斗篷和草帽。

“马特，”骑兵对他低声说，但眼睛仍然望着他的太太，“真抱歉，我没想到你们会把这件事情看得这么严重，因为我认为还不至于那样糟糕。今天早晨，我确实收到了这封信；”说到这里，他把那封信大声地念出来；“可是我认为这还是可以想办法补救的。说到乱滚的石头，不错，你说得很对。我确实是一块到处乱滚的石头；而且我完全相信，我无论滚到谁那里都不会给他带来好处。不过，谁能像我这个老流浪汉那样喜欢你的太太和你的儿女呢，马特，我希望你尽可能原谅我才好。千万别以为我有什么事情隐瞒着你。我收到这封信还不到一刻钟呢。”

“老伴儿！”贝格纳特沉默了一会儿，喃喃地说，“劳驾你把我的想法告诉他好吗？”

“唉！他当初在北美洲的时候，”贝格纳特太太回答的时候，又是哭又是笑，“为什么不和乔·波奇家的寡妇结婚呢？要是结了婚，他就不会惹这些麻烦了。”

“老伴儿说得对，”贝格纳特先生说，“你当初为什么不跟她结婚呢？”

“嗐，我希望她现在已经找到一个比我更好的丈夫。”骑兵答道。“不管怎么说，我现在是在这里，没有跟她结婚。那怎么办呢？这周围的东西你都看见了。这些东西都不是我的，是你们的。只要你说句话，我就把全部东西卖掉，一点也不剩。如果卖东西的钱够还那笔债的话，我早就把它们全部卖掉了。别以为我会给你或你们一家子惹了麻烦就撒手不管。我宁可先把自己卖掉。我真想知道，”骑兵一边说一边自责地捶了一下胸口，“有没有人愿意买下像我这样一个不成材的次货。”

“老伴儿，”贝格纳特先生低声说，“再把我的看法告诉他。”

“乔治，”那位老伴儿说，“仔细想一想，你也没有太大的错儿，只不过你当初既然没有钱，就不该做这个买卖。”

“这是我的不对！”后悔不及的骑兵说，一边摇着头。“我知道，这是我的不对。”

“别说话，”贝格纳特先生说，“老伴儿这样说出我的看法是很对的，你听我把话说完！”

“因此，从各方面考虑，你当初就不该要我们作保，乔治，就不该做这个买卖。不过，事到如今，后悔也没有用了。你这个人虽然浮躁一些，但只要有点办法，倒还是公公道道和老老实实的。从另一方面说，你也必须明白，像这样一件事情压在我们心上，我们怎么能不着急呀？所以，你也不能怪我们呀，乔治。说真的！你不能怪我们呀！”

贝格纳特太太很诚恳地向他伸出一只手，并把另一只伸给丈夫，乔治先生也伸给他们每人一只，和他们一边握着手，一边说话。

“不瞒你们俩说，只要能还清这笔债务，我就是赴汤蹈火也愿意。可是我想方设法攒下来的钱，每过两个月就得拿出去付利息，好继续借债。菲尔和我两个人在这里的生活都很简单。可是打靶场的生意并不如原来想象的那样，它并不是—— 一句话，它并不是个造币厂啊。我当初做这个买卖是不是错了呢？唉，看样子是错了。不过我当初决定这样做的时候倒是抱着点希望的；我以为这能使我安定下来，使我有所作为，可是你们也不必因为我抱着这样一个希望就原谅我，说真的，我非常感激你们，我对自己也实在感到惭愧。”乔治先生说完这几句话，又把他拉着的两只手使劲握了一下，然后松开，挺起宽阔的胸膛，往后退了两步，仿佛他刚做完最后的忏悔，摆出一副军人气概，等待枪决似的。

“乔治，听我把话说完！”贝格纳特先生说，一边向他太太看了一眼。“老伴儿，说下去吧！”

贝格纳特先生用这种独特的方式发表自己的见解说，这封信必须加以处理，绝不能有所拖延，最好的办法是由乔治和他立即去见斯墨尔维德先生；最主要的目的是要保住无辜的贝格纳特先生，使他不致受到牵累，因为贝格纳特先生没有钱替他还债。乔治先生全都同意了。他戴上帽子，准备和贝格纳特先生奔赴敌营。

“乔治，你肯听听我这女人家的话不？”贝格纳特太太拍了拍他的肩膀说。“我把我的大木头拜托给你啦，希望你能帮他渡过这一关。”

骑兵说她太客气了，他**无论如何**也要帮助大木头渡过这一关。贝格纳特太太听了这句话，又快活起来了；她披上斗篷，拿着藤篮和雨伞，回家看孩子们去了；这两个老战友也满怀希望，出发去说服斯墨尔维德先生。

人们自有理由要问，在英国是不是还找得出两个人同斯墨尔维德先生打交道，比乔治先生和马休·贝格纳特先生同斯墨尔维德先生打交道更差劲的。同样也要问，尽管他们相貌威武，肩膀宽阔，步履稳重，但在英国是不是还找得到两个人对斯墨尔维德家的那套手法比他们更一无所知，更缺乏经验。他们神情严肃，穿过一条条的街道，向快活岭那一区走去，这时候，贝格纳特先生注意到他的伙伴满怀心事，认为自己作为一个朋友，有必要解释一下贝格纳特太太刚才对乔治的责备。

“乔治，你是知道老伴儿的为人的，她跟牛奶一样香甜，一样温柔。可是，你要是碰着她的孩子或者碰着我，她就会像炮弹那样炸开了。”

“这点值得赞扬，马特！”

“乔治，”贝格纳特先生正色对他说，“老伴儿——样样都能干——这多少值得赞扬。我在她面前决不这么说。纪律还是要维持的。”

“她真是贵比黄金啊。”骑兵说。

“黄金？”贝格纳特先生说。“我告诉你吧。老伴儿体重一百七十六磅。你说我肯拿老伴儿换同样重的金银吗？不换。为什么呢？因为老伴儿的这种金属比世界上最贵重的金属都贵重。她是金属之王！”

“你说得对，马特！”

“她嫁给我——接受我的戒指的时候——她就是要——全心全意——为我和孩子们——终身效劳的。她认真负责，”贝格纳特说，“忠贞不渝——要有人动我们一根毛发——她就会挺身而出——拿起武器。如果老伴儿——为了忠于职守——偶尔——把枪打歪了——那只好原谅她，乔治。因为她是忠贞不渝的呀！”

“可不是吗？上帝保佑她，马特！”骑兵答道，“我为了这件事情，对她的评价就更高啦！”

“你说得对！”贝格纳特先生说这话时，尽管还是那样严肃，那样板着面孔，但内心却非常激动。“对老伴儿的评价——就算评得跟顶天柱一样高——那你对她那些美德也还是评低了呢。不过我在她面前从来不说这样的话。纪律还是要维持的。”

他们一路上尽在赞扬贝格纳特太太，不久就来到快活岭，来到斯墨尔维德爷爷家了。那位青春永驻的朱狄开了门，丝毫没有表示好感，只是带着恶意的冷笑把他们从头到脚打量了一遍，让他们站在门口，便去问那位圣哲让不让他们进来。那位圣哲大概是同意了，因为她回来时微启朱唇传话说：“如果他们要进来就进来好了。”得到了特许以后，他们就进去了。他们看见斯墨尔维德先生把脚放在椅子下边的抽屉里，好像那抽屉是一个脚盆似的；斯墨尔维德太太则被一个椅垫压着，好像鸟被蒙起来不让唱歌似的。

“亲爱的朋友，”斯墨尔维德爷爷说，同时又热情地伸出两只瘦小的胳臂。“你好吗？你好吗？这位朋友是谁，亲爱的朋友？”

“什么？这位是，”乔治答道，他一开始的时候做不到和颜悦色的样子，“马休·贝格纳特，我向你借钱，就是他替我作保。”

“哦！贝格纳特先生吗？久仰，久仰！”那老头用手挡着亮光，打量着他。

“你好啊，贝格纳特先生？真不错，乔治先生！很有军人气概，先生！”

没有人给他们搬椅子，乔治先生只好搬过两张来，一张给贝格纳特，一张给自己。他们都坐下了；看样子贝格纳特先生只有在坐下来的时候，腰和臀部才会弯一弯，别的地方都是直僵僵的。

“朱狄，”斯墨尔维德先生说，“把烟斗拿来。”

“什么？我想，”乔治先生插口说，“这位年轻小姐用不着费这个事了，因为不瞒你说，我今天并不想抽烟。”

“真不想抽吗？”老头子答道。“朱狄，把烟斗拿来。”

“说真的，斯墨尔维德先生，”乔治接着说，“我觉得很不高兴。依我看，先生，你城里的那位朋友这次耍了个花招。”

“噢，不会！”斯墨尔维德爷爷说。“他绝不会干这种事情！”

“真的吗？那么，我听了你这句话倒是很高兴，因为我觉得这可能是**他**干出来的事。你瞧，我说的就是这件事情，就是这封信。”

斯墨尔维德爷爷令人作呕地笑了笑，表示他知道那封信。

“这是什么意思？”乔治问道。

“朱狄，”老头儿说。“你把烟斗拿来了吗？快给我拿来。你刚才问我那是什么意思吗，亲爱的朋友？”

“是呀！那么，喂，喂，斯墨尔维德先生，你也不是不知道，”骑兵说；他克制着自己，尽可能说得温和一些、亲切一些，他的一只手还拿着那封打开了的信，一只手握着拳，粗大的指节按在大腿上；“我们之间银钱来往，数目不算少，现在我们面对着面，谁都明白彼此之间向来有一个谅解。我是打算按着老规矩做下去，到期就付利息，继续借这笔债。我从前没接过你这样的信，今天早晨接到它，觉得很伤脑筋；因为，你知道，我这位朋友马休·贝格纳特并没有钱——”

“你瞧，这个我可**不**知道，”老头儿镇静地说。

“什么，去你妈——我是说，去他妈的——我刚才对你说了，不是吗？”

“噢，不错，你对我说过，”斯墨尔维德爷爷答道，“可是，我不知道这个情况。”

“哼！”骑兵说，把火气压了下去。“**我**知道这个情况。”

斯墨尔维德先生非常和气地答道，“呀，那是另一回事儿！”接着又说，“不过这没有关系。不管怎么样，贝格纳特先生反正是要负责任的。”

倒霉的乔治很想把事情办好，便顺着斯墨尔维德先生的话说下去，设法把他说服。

“我说的就是这个意思。你说得对，斯墨尔维德先生，不管怎么样，马休·贝格纳特对这件事是有责任的。不过，你瞧，他太太为了这个心里很不安，我也是这样；因为，像我这样一个马马虎虎、一无可取的人，碰上倒霉的事情也是活该，可是，他是个有老婆孩子的人，你明白吗？那么，斯墨尔维德先生，”骑兵用那种军人处理事情的直爽态度说着，渐渐有了信心；“在某些方面，你我可以说是很好的朋友了，不过，我也明白，要是我求你不再追究我的朋友贝格纳特，恐怕**办**不到吧。”

“哦，亲爱的，你太客气了。什么事情你都可以**求**我，乔治先生。”（斯墨尔维德爷爷今天很像一个吃人的魔王在开玩笑。）

“可是，你的意思说，你也可以拒绝，是不是？或者说，你本人不拒绝，而是你那位城里的朋友要拒绝？哈，哈，哈！”

“哈，哈，哈！”斯墨尔维德爷爷也跟着笑起来。他的笑声是那样残酷，他的眼神又是那么格外凶险，所以贝格纳特先生望着这个年高德劭的人，他那严肃的样子就越发显得严肃了。

斯墨尔维德先生把烟斗摔得四分五裂

“喂！”满怀希望的乔治说，“真没想到我们能这样高兴，因为我很希望高高兴兴地办妥这件事情。现在我的朋友贝格纳特来了，我也来了。如果你愿意的话，斯墨尔维德先生，我们可以按老规矩办事，当场解决这个问题。而且，如果你愿意把我们当初谈妥的条件告诉贝格纳特，那么我这位朋友就可以大大放心，他的家人也可以大大放心了。”

这时候，仿佛有什么鬼怪用嘲笑的口吻尖声喊道：“噢，我的天啊！噢！”——当然，这只能是那淘气的朱狄干出来的事。那两位客人吓了一跳，但等到他们回过头张望的时候，淘气的朱狄却默默地呆在那儿，扬着头，现出嘲笑和轻蔑的神气。贝格纳特先生的样子更显得严肃了。

“可是，乔治先生，我记得你刚才问我，”手里一直拿着那个烟斗的老斯墨尔维德这时候说道，“我记得你刚才问我，那封信是什么意思？”

“什么？是呀，我刚才问你来着，”骑兵随随便便地答道，“不过，如果事情办妥了，彼此又高高兴兴的，那倒不一定要知道那封信到底是什么意思。”

斯墨尔维德先生举起烟斗，瞄准骑兵的脑袋，忽然又改了主意，把烟斗往地上摔去，把它摔得四分五裂。

“我就是这个意思，亲爱的朋友。我要把你打得粉碎，我要把你捏成粉末，我要把你砸个稀烂。见鬼去吧！”

两个朋友站了起来，面面相觑。这时候，贝格纳特先生的样子可以说是严肃到极点了。

“见鬼去吧！”老头又喊道。“你以后用不着到这里来抽烟，到这里来吹牛了。什么？你居然充起好汉来了，你到我的律师那儿去——这你知道在什么地方，你从前到那儿去过——在他面前充充好汉，怎么样？喂，亲爱的朋友，你到那里去也许还有一线希望。朱狄，给他们开门，把这两个吹牛的家伙赶出去！要是他们不走，你就喊人来。把他们赶出去。”

他嚷嚷的声音非常高，因此，贝格纳特先生就搂着他的老战友的肩膀，趁他惊魂未定，就先把他领到街上；得意扬扬的朱狄立刻把门砰地关上。乔治先生惊慌失措，在门口站了一会儿，呆呆地望着那个门环。贝格纳特先生现出极其严肃的样子，像个哨兵似的，在那小客厅的窗户前走来走去，每回经过那个窗户，都往里看一看；很显然，他心里正在捉摸着什么事情。

“喂，马特！”乔治先生清醒以后，说道，“我们只好到律师那儿去试一试了。现在，你觉得这个恶棍怎么样？”

贝格纳特先生站住，向那个客厅最后看了一眼，并向窗里摆了摆脑袋，答道：“要是我那老伴儿在这儿——那我就要跟她说说了！”就这样，他把这个伤脑筋的问题搪塞过去，迈开大步，和骑兵肩并肩地向前走去。

他们来到林肯法学院广场的时候，图金霍恩先生正有事忙着，无法接见。图金霍恩先生根本就不愿意接见他们；因为他们虽然等了一个钟头，而且那个办事员听见铃声进去时，也顺便提到他们还在等着，但是他出来以后也没有带给他们什么好消息，相反地，却说图金霍恩先生没有什么话跟他们讲，他们最好不要再等了。然而，他们坚持那一套战术，还是要等下去。终于，铃声又响了，那个在里面谈话的诉讼委托人从图金霍恩先生的屋子里走出来。

这位诉讼委托人是个面貌端庄的老太太；原来她就是切斯尼山庄的管家朗斯威尔太太。她从里面那个圣殿出来的时候，端端正正地行了一个老式的屈膝礼，然后轻轻地把门关上。她在这里受到很好的招待；你看那个办事员赶紧站起来，准备领她穿过外边的办公室，送她到门口。老太太正要对他的殷勤表示感谢，忽然看见那两个正在等待接见的老战友。

“对不起，先生，我想这两位先生是军人吧？”

那个办事员拿眼睛瞟了瞟他们，要他们自己回答。乔治先生正在看壁炉上的月份牌，没有回过头去，贝格纳特先生只好答道："是的，太太。从前是军人。"

"我也这么想来着。我就知道准没有错。我一看见你们，先生，我心里就热乎乎的。我一看见军人就是这样。上帝保佑你们，先生！请原谅我这个老婆子；因为我也有一个儿子当兵去了。他当年也是一个很漂亮的年轻人，虽然有人在他那可怜的母亲面前说他坏话，可是他很勇敢、善良。请原谅我打搅你们，先生。上帝保佑你们，先生！"

"上帝保佑你，太太！"贝格纳特先生态度恳切地答道。

老太太那充满感情的声音，那因激动而浑身颤抖的样子，都使人深受感动。但是乔治先生正全神贯注地看着壁炉上的月份牌（也许在计算日子呢），所以等她走了并关上了门，他才转过头来。

"乔治，"贝格纳特先生等他转过身的时候，用一种低沉的声音说。"别泄气！'喂，弟兄们，喂，咱们干吗垂头丧气呀？'打起精神来，老弟！"

那个办事员又进去说他们还在等着，这时候，他们便听见图金霍恩先生生气地说："那就让他们进来吧！"他们走进那个天花板画着罗马神的大屋子，看见图金霍恩先生站在壁炉前。

"喂，你们两个人到这里来干什么？上士，上次我跟你说过，我并不希望你到这里来了。"

上士在刚才那几分钟里好像受到什么挫折，所以连平时说话的态度和举止都变了，他回答说，他收到了一封信，曾经为了这件事情找过斯墨尔维德先生，后来斯墨尔维德先生让他们到这里来。

"我没有什么话要跟你们说，"图金霍恩先生答道。"你要是欠了债，就必须还，否则就得承担全部后果。我想，你大可不必到这里来听这个道理，是不是？"

上士很抱歉地说，他没有准备好钱。

"那好！那么作保的人——这一位，如果这就是他的话——就必须替你还。"

上士又抱歉地说，作保的人也没有准备好钱。

“那好！那么你们两个人就得凑起来还钱，否则，你们两个都得吃官司，都得吃苦头。你当初既然拿了人家的钱，现在就得还。你既然把人家的钱装在口袋里，就不能逍遥法外。”

律师在那张安乐椅上坐下来，拿火棒拨着炉火。乔治先生表示，希望他帮个忙——

“我告诉你，上士，我没有什么话跟你说了。我不喜欢你的那些伙伴，也不希望你到这里来。这件事情根本不属于我们的业务范围，不在我的事务所办理。斯墨尔维德先生拿这些事情来和我们商量固然很好，但是我也不善于处理这些事情。你必须到克里福德法学院的梅尔奇塞迪克事务所去。”

“您不欢迎我来找您，但我硬是要来，先生，”乔治先生说，“为了这一点我必须向您道歉，因为不仅叫您不愉快，我自己也觉得很不愉快；但是，我私下还有句话要跟您说，您愿意听听吗？”

图金霍恩先生站起来，把手插进裤兜里，然后走到一个窗户跟前。“你听我说！我现在没有时间跟人说闲话。”他装出非常冷淡的样子，同时又很严厉地向骑兵瞟了一眼；他故意背着光，而让对方的脸对着光。

“好吧，先生，”乔治先生说，“跟我来的这位先生也和这件倒霉的事情有关——名义上，仅仅是名义上——而我今天来的目的就是要防止他因为我的缘故被牵连进这场纠纷中去。他是一个很体面的人，家里有老婆孩子；从前在皇家炮兵——”

“我的朋友，你就是把整个皇家炮兵，把那些军官、士兵、弹药库、马车、马匹、枪炮以及弹药都弄到这里来，我也不在乎。”

“可能是这样吧，先生。可是，要是贝格纳特和他的老婆孩子因为我的缘故而受到损害，我可是很在乎的。假如我能让他们置身事外，那我别无办法，只好干脆把你那天要的东西拿出来了。”

“你现在带来了吗？”

“带来了，先生。”

“上士，”律师冷冷地说，他这种态度比他发一顿脾气更叫人觉得这次交涉不会有什么希望，“你最好趁我跟你说话的时候，就下定决心，因为这是最后一次机会了。我一说完，这件事情就算结束，我以后就不再谈它了。明白了吗？如果你愿意，你不妨把你带来的东西留在这里放几天，或者，你马上拿走也行。如果你愿意把它留在这里，那我就帮你个忙——我可以让这件事情恢复原来的条件，另外我还可以给你一个书面保证：只要你按时付利息，贝格纳特这个人在任何情况下都不会受到牵连，换句话说，你的钱完全光了，债权人才向他追债。这样做，事实上就等于开脱了他。你决定好了吗？”

骑兵把手插进胸口袋里，深深地叹了一口气，答道：“我只好这样做了，先生。”

于是，图金霍恩先生戴上眼镜，坐下来写那个书面保证；写完以后又向贝格纳特念了一遍并做了解释；贝格纳特本来一直拿眼睛盯着天花板，这会儿又用手按着他那秃脑门，好像要挡住图金霍恩先生那些像浴室喷头射下来的水点一样的话，看样子，他非常需要老伴儿来替他表达他的感想。这时，骑兵从胸口袋里掏出一张折叠的纸，带着很不情愿的样子把它放在律师的胳膊肘旁边。“这不过是一封发给指令的信。我最后收到的就是这一封。”

乔治先生，你不妨看看铁石心肠的人脸上表情有些什么变化，那么在图金霍恩先生打开那封信来念的时候，你从他脸上也就看得到那种变化了！他把信叠好，放进抽屉里，他那样子冷冷的，跟死神一样。

他这时候已经把事情办定，话也说完了，只见他带着那种冷淡倨傲的态度，点了点头，简短地说：“你们可以走了，喂，把这两个人领出去！”他们由那办事员领了出来，便回贝格纳特家去吃饭。

今天吃的是菜烧牛肉，而不是上次吃的菜烧猪肉，这就算是换换花样；贝格纳特太太还是按照老样子给大家分菜，那样子非常和气，因为她实在是一位难得的老伴儿，乐天知命，得过且过，绝不表示还想要更好的东西；同时，不论碰着什么悲观的事情，她都抱着希望。今天，乔治先生就现出悲观的样子，显得分外深沉，分外沮丧。开始的时候，贝格纳特太太让魁北克和马耳他这两位可爱的小姑娘去给他解闷。可是后来看到小姑娘们也发觉今天的大块头叔叔，不像往日那个喜欢笑闹的大块头叔叔，便使了个眼色，叫那两位“轻步兵”走开，而让骑兵一个人在壁炉前，像军队散开那样舒展四肢。

但是他并没有像军队散开那样舒展四肢。他好像保持密集队形似的一动不动，满脸愁容，精神不振。在贝格纳特太太收拾饭桌，穿着木套鞋做家务这长长一段时间，在和贝格纳特先生一起抽烟的时候，他还是刚才吃饭时那个神气：他忘了抽烟，出神地注视着炉火，听任烟斗熄灭，他这种不想抽烟的神情，使贝格纳特先生感到焦虑和不安。

因此，等到贝格纳特太太用那提桶梳洗好，容光焕发地走出来，坐下做针线活儿的时候，贝格纳特先生便喊了一声：“老伴儿！”并使了个眼色，让她看看这是怎么回事。

“喂，乔治！”贝格纳特太太说，一边安安详详地穿着针眼。“你怎么这样垂头丧气呀！”

“是吗？跟我这人在一起真没趣儿，是不是？唉，恐怕真是没什么趣儿呢。”

“他一点也不像大块头叔叔，妈妈！”马耳他喊道。

“我看他一定是生病了，妈妈，”魁北克说。

“不错，不像大块头叔叔可不是好兆头呀！”骑兵答道，吻了吻那两个小姑娘。“不过，你说得对，”他叹了一口气——“说得对，恐怕是不像。这些小家伙的感觉总是不会错的！”

“乔治，”贝格纳特太太一边忙着做针线活儿，一边说道，“如果我当你真的很生气，觉得我这个爱唠叨的老军人的女人今天早上那番话说得不中听——其实，我事后也真懊悔，恨不得把舌头咬下来，我觉得简直就应该咬下来——那我现在真不知道怎样跟你解释才好呢。”

“我亲爱的好人，”骑兵答道。“我一点也没生气。”

“因为，乔治，说真的，我那番话的意思是，我把大木头交给你，是相信你能帮他渡过难关，现在你**果然**帮他渡过难关了，真了不起！”

“谢谢你，亲爱的！”乔治说。“你这样子夸我，真叫我高兴。”

骑兵亲切地握了握贝格纳特太太那拿着针线活儿的手（因为她就坐在他旁边），忽然很注意地看着她的脸。他注视着那张脸——她则聚精会神地做着针线活儿——看了一会，又看了看坐在角落板凳上的小伍尔维奇，然后就把这个长笛手招到跟前来。

“你瞧这儿，孩子，”乔治说，一边用手轻轻抚摸着他母亲的头发，“你母亲的额头多么端正，多么好看！因为她疼爱你们，你瞧它显得多么亮，孩子。因为她陪着你父亲到处跑还要照顾你们，它受到了风吹日晒，可是它真像树上的苹果，又新鲜又丰润。”

贝格纳特先生尽管是块大木头，可是从他脸上的表情也看得出他是称赞和默认的。

“有一天，孩子，”骑兵接着说，“你母亲的头发也会变得花白，而这个额头也会布满皱纹——那时候她就会成为一位老太太。在你年轻的时候，如果能够事事小心在意，那你将来回想起来就可以说：‘我没有给她头上添一根白发——我也没有在她脸上添一条伤心的皱纹！’因为你将来大了以后，固然有许许多多的事情可以回想，可是，你最好还是回想**这一点**，伍尔维奇！”

乔治先生说完这番话便站起来，让那孩子坐在他母亲身旁，一边神色匆忙地说，他要到街上去抽抽烟。

第三十五章
埃丝特的自述

我病了几个星期，往日的生活恍如隔世。但是，这种感觉不是由于岁月飞逝，而是由于我在病中，力不从心，行动不便，生活习惯全然改变而引起的。我在病房里躺了才几天，日常生活中的种种事情就好像消失了，隐到遥远的地方去了；而在什么地方，我这一生的各个阶段本来是可以用岁月来划分的，但现在都纵横交错地混在一起。我刚一害病，就像是渡过了一个黑魆魆的大湖，把那混杂着遥远的往事的种种经历，全部留在健康的彼岸。

起先，我很着急家务事没有人料理，但不久，这些事情就飘到九霄云外——就像当年我在绿叶书院担任的那些事务，或者像夏天傍晚散学我挟着书包，伴着自己的身影，走回教母家的那些情景，全都飘到九霄云外了。我以前从不知道，人生果真是这样短促，它在脑海里占的地方又是这样狭小。

在我病重的时候，我一生的各个阶段忽然混乱起来，使我感到非常痛苦。我忽而是小孩，忽而是小姑娘，忽而又是不久前的那个幸福的小老太太；不仅那些随着每个阶段而来的忧虑和困难，还有我那想尽办法还消除不了忧虑和困难的焦急情绪，都把我压得喘不过气来。我想，那些没有身历其境的人，恐怕很难体会我的意思，或者很难明白这场病使我多么痛苦和不安。

就因为这个原故，我几乎不敢提我神志不清的那段时间——那段时间好像是一个漫长的黑夜，不过我相信，其中包括了许多个黑夜和白昼——那时候，我好像在吃力地爬一个高高的梯子，总想爬到顶头，但是就像我在花园小径上看到的小虫子那样，总是遇到什么障碍，折回来从头爬起。有时候我很清醒，但大多数的时候，我只是模模糊糊地觉得，我是躺在床上；我和查理聊天，感到她在抚摸我，也很清楚她的一举一动；可是，我常常发现自己在向她抱怨："噢，又是那些没完没了的梯级，查理——越来越高了——简直是通到天上啦！"接着，我又继续吃力地往上攀登。

我记得我病得最厉害的时候，眼前一片漆黑，但那里仿佛有一串光芒四射的项链，或者有一个戒指，或者有一个像星星那样闪烁的圆圈，而我却是其中的一环！我还记得我那时一心祷告，让我脱离那个圆圈，因为我呆在那可怕的圈子里就有一种说不出的痛苦和不安；所有这一切，我都记得清清楚楚，但是我现在有没有勇气再去提它呢？

也许，我害病的过程说得越少，我的叙述就越有条理，而不那么噜哩噜苏吧。我追述这些往事，不是为了让别人痛苦，也不是因为我现在回忆这些事情，就一点也不感到痛苦。这也许是因为，我们对这种奇怪的痛苦了解得越深刻，就越能减轻痛苦的程度。

随之而来的是长期的休息、甜蜜的睡眠和幸福的静养，那时候，我的身体非常虚弱，可是我很镇静，把一切都付诸度外，而且，我也似乎听到(至少我现在是这样想的)，有人说我快要死了；我当时只是想念着我就要离开的人，对他们感到又怜又爱——凡此种种，大概都是大家比较容易理解的吧。可是，就在这个时候，阳光又向我照耀了，乍见之下我赶紧躲开。我的眼睛又看得见东西了，这叫我多么高兴啊！

前些时候，我听见婀达不分昼夜地在门外哭；我听见她在嚷嚷，说我没有良心，不爱她；我听见她在苦苦哀求，要我放她进来照顾我，安慰我，让她永远呆在我的床边；可是，我只要能说话，我就说："不行，亲爱的姑娘，绝对不行！"我一再提醒查理，不管我是死是活，都不要放我亲爱的婀达进来。在那艰难的时刻里，查理一直对我很忠心，她用那纤细的手和博爱的心把门牢牢关住。

可是，现在我的视力恢复了，灿烂的阳光照在我身上，一天比一天多，一天比一天亮，我能够看婀达每天早晚给我写的信，能够亲吻它，用脸贴着它，而不必担心对她有什么传染。我能够看见那温存体贴的小侍女，在两间屋子里走来走去，忙着收拾东西，能够看见她站在敞开的窗户前愉快地和婀达说话。我能够理解，整个山庄为什么这样安静，那些关心我的人对我多么体贴。我心里充满了幸福，感动得几乎落泪，我虽然身病体弱，但是愉快的心情，并不减于当初身强力壮的时候。

后来，我的体力渐渐恢复了。我不再躺在那里，光看着别人替我做事，因为我觉得，这不像是替我做事，倒像是替一个我暗中可怜的人做事似的；我开始帮着做一点事，起初做得很少，后来渐渐多了，等到许多事情都能够自己做的时候，我又对生活发生兴趣和热爱起来。

有一天下午，查理把我的枕头垫高，第一次扶我在床上坐起来，和她一起吃茶点，当时的那种快乐情景，我现在还是历历在目！查理这个小东西，投胎到人世间来，似乎就是为了救死扶危的。她总是那么兴高采烈，那么忙忙碌碌，而且常常放下手里的活儿，跑过来把头贴在我的胸口上和我亲热，一边高兴得直流眼泪，一边喊道她是多么高兴啊，她是多么高兴啊！因此，我不得不说："查理，如果你老是这个样子，我又得倒下啦，亲爱的，我的身体很弱，不像我想的那么好！"于是，查理就变得像耗子那样安静，她那开朗的笑脸一会儿在这儿出现，一会儿在那儿出现；她在两间屋子来回跑，从阴处钻到阳光明亮的地方，又从阳光明亮的地方钻到阴处，而我则在一旁静静地瞅着她。后来，查理把一切东西都准备好了，那张别致的茶桌也挪到我的床边，茶桌上摆着我喜欢吃的小巧可口的点心，铺着洁白的桌布，摆着鲜花，以及婀达在楼下给我准备的种种赏心悦目的玩意儿——这时候，我觉得自己的情绪相当稳定，能够把心里的一些想法跟查理说一说。

不过，我先夸奖查理，说她把屋子布置得很好；事实上，屋子里确实是空气清新、窗明几净，我几乎不敢相信，我在那里躺了这么长的时间。查理听了这番话非常高兴，她那张笑脸显得越发开朗了。

“可是，查理，”我往四下看了看说，“我经常用的那些东西，好像缺了点什么似的。”

可怜的小查理也学着我往四下看了看，可是，她装着摇摇头，好像什么东西都不缺似的。

“那些画都挂在原来的地方吗？”我问她。

“都挂在原来的地方，小姐，”查理说。

“家具呢，查理？”

“也摆在原来的地方，我只搬动了一两件，好让屋子更宽敞一点，小姐。”

“可是，”我说，“我总觉得身边缺点什么东西。啊，我知道了，查理，原来是镜子没有了。”

查理从桌子旁边站起来，装着好像忘了拿什么东西，跑到隔壁屋子去了。我听见她在那里低声哭着。

在这之前，我就常常想到这种事情了。这会儿我就更加肯定。感谢上帝，这事情对我已经不是什么意外的打击了。我把查理叫回来；她刚进来的时候还装着笑，可是，来到我跟前的时候，就现出很难过的样子，我把她搂在怀里说：“没关系，查理。我的样子跟以前不同，也能照样过日子。”

不久，我的情况就大大好转了，能够在大扶手椅上坐着，甚至能够扶着查理，摇摇晃晃地走到隔壁的屋子去。原来挂在那儿的镜子也挪走了，不过，我并没有因为这个而感到心情沉重。

我的监护人一直很想来看我，而我现在也没有理由不和他见面。一天早上，他来了，进屋以后，只顾抱着我说：“亲爱的姑娘啊，亲爱的姑娘！”他的心充满了慈爱，处处为别人着想，这我早就知道，而且比谁都清楚。因此，我既然在他心中占有这样的地位，那么，病中受点痛苦，容貌有点改变，又算得了什么呢？“噢！”我想道，“他现在已经见过我了，他比原先更关怀我；他现在已经见过我了，甚至比原先更喜欢我；那我又有什么可悲哀的呢？”

他和我一起坐在沙发上，用手扶着我。有一阵子，他坐在那里，用手捂着脸，可是，等他把手拿开，脸上的表情还是和平时一样，好像什么事情也没有发生似的。我从前没有见过，将来也不可能见到，像他这样体贴入微的人。

“我的小老太太，”他说，“这些天，大家多么难过啊，小老太太，你真坚强啊，居然熬过来了！”

“结果还算令人满意吧，监护人，”我说。

“还算令人满意吗？”他温柔地跟着说。“是啊，还算令人满意。不过，这些日子，我和婀达都觉得没了伴儿，挺可怜的；你的朋友凯蒂也常常来；家里的仆人全都垂头丧气，不知怎么办才好；就连可怜的理克都替你着急，给**我**写了信。”

婀达写给我的信里提到了凯蒂，但没有提理查德。我把这情况告诉监护人。

“是啊，自然没有提，亲爱的，”他回答说。“因为我觉得，理克来信的事情，最好还是不跟她谈。”

“你说他给**你**写了信，监护人，”我学着他那种强调的口吻说，“好像他本来不应该给你写信，好像他可以给另一个比你更好的朋友写信似的！”

“亲爱的，他是觉得可以这样做，”监护人答道，“而且还不止一个比我好的朋友呢。事实上，他知道给你写信不会有回音，不得已才给我写信的。他的信写得很冷淡，很傲慢，很愤慨。不过，亲爱的小老太太，我们千万不要计较这个。这不能怪他。贾迪斯控贾迪斯案已经把他搞得晕头转向，使我在他眼里成了坏人。我知道，这案子多次产生这样坏的影响，甚至比这还坏的影响了。如果有两个天使牵连在这桩案子里，我相信，它也会改变他们的性格的。”

“它并没有改变你的性格呀，监护人。”

“噢，改变了，亲爱的，”他笑着说。“它常常把温暖的南风变成阴冷的东风，我都记不清有多少次了。理克不相信我，怀疑我——他跑去找律师，律师又教他不要相信我，要怀疑我。说什么我的利益和他的有矛盾；我的权利和他的有冲突，等等。不过，上帝知道，如果我能够从这座刀笔林立的大山跑出来，从那上面把我那可怜的名字去掉（这我是办不到的），或者，放弃我应享的权利，把这座山搬掉（这我也办不到，而且，我相信，这绝不是人力所能为的，因为我们已经骑虎难下了），那么，我马上就照办。我宁可让可怜的理克恢复原来的性格，而不愿继承起诉人死后留在法院会计处的那些没人提取的钱；在大法官庭的重压下，起诉人身心都受到了创伤，但是那些钱，亲爱的，却多得可以铸造一座金字塔，来纪念大法官庭所造下的滔天罪行。”

“监护人，”我吃惊地说，“难道理查德会怀疑你吗？”

“啊，亲爱的，亲爱的，”他说，“大法官庭的那些胡作非为的事情，有一种看不见摸不着的毒素，专门使人害上这样的病。理克的血液受到了感染，在他的眼睛里，黑白不分，是非颠倒。这不能怪**他**啊。”

“不过，这是很不幸的，监护人。”

“谁要是被贾迪斯控贾迪斯案牵连上，小老太太，那的确是很不幸。简直是最大的不幸。这桩案子好比一个可靠的人，理克对他越来越信任，而他却使理克对身边的一切疑神疑鬼。不过，我还要说句真心话，我们对可怜的理克要有耐心，不要责备他。像理克这样善良的人，被这桩案子弄得性格全变了，我这一辈子也不知见过多少哩！”

他这样宽宏大量还不能感化对方，我不禁表示奇怪和遗憾。

“不能不这样讲，德登大妈，”他高兴地说，“我觉得婀达倒是挺快活的，这就行啦。我本来想：我和这两个年轻人，可以交成好朋友，而不会成为互相猜疑的敌人，可以顶得住这桩案子，而不至于被它压倒。可是，这到底是一个奢望。早在理克还是小婴儿的时候，贾迪斯控贾迪斯案就像摇篮的帘子似的遮住他的视线了。”

“不过，监护人，难道我们不能指望他吃了一点苦头以后，就会看清这桩案子是极其无聊和毫无希望的吗？”

“但愿如此，埃丝特，”贾迪斯先生说，“而且希望他及早得到教训。不管怎么说，我们不能对他太苛刻。在这个世界上，哪怕你是个阅历丰富的成年人，只要你成为这个法庭的起诉人，那么，不出三年——两年——一年，你就会蜕化变质。我们怎么能怪可怜的理克呢？像他这样不幸的年轻人，”说到这里，他放低了声音，好像在自语自言，“起初总是看不清(谁又看得清呢？)大法官庭的真面目的。他怀着一阵阵的热情，希望法院照顾他的利益，做出某种决定。大法官庭却一再拖延，渐渐使他感到失望、沮丧和痛苦；同时，又一点点地打消他的热望，磨掉他的耐心；可是，他还是对大法官庭寄托很大的希望，恋恋不舍，一直到最后才发现，他周围充满欺诈和虚伪。唉，事情就是这样！我们不去谈它了吧，亲爱的！”

在这段时间里，他始终用手扶着我；他这样关怀我，使我觉得非常可贵，我把头靠在他肩膀上，像爱父亲那样爱他。在这片刻的沉默里，我暗自决定，等我身体好了，一定去找理查德，设法让他回到正路上来。

“亲爱的，你刚刚病好，在这个令人高兴的时候，本来有许多好消息要说的，干吗去谈那件不愉快的事情呢，”监护人说，“比方说，婀达就拜托我，一见面就问你，她什么时候来看你？”

我也一直在考虑这个问题。这和我找不到镜子这件事情有一点关系，不过，也不完全是如此，因为我知道，我的容貌无论怎么改变，亲爱的婀达都不会改变她对我的态度。

“亲爱的监护人，”我说，“说实在的，婀达对我来说，就像必不可少的阳光——不过，我已经有很长时间不让她进来——”

“这我很清楚，德登大妈，很清楚。”

他太好了，他用手抚着我，充满了体贴和同情，他说话的声音，也温暖了我的心，我感动得几乎哽住了，半晌说不出话来。“哎呀呀，你累了，”他说，“稍微休息会儿吧。”

“我已经有好多时候没让婀达来看我了，”我歇了一会儿，重新开口说，“监护人，我还想自己一个人多呆些时候。在见她以前，我最好先离开这里。如果等我能够起来走动的时候，我和查理到乡下去住一个星期，在那里养养身体，吸吸新鲜空气，等着将来重新和婀达欢聚，那对我们两人都有好处。”

我是很想见婀达的，可是在我接触到这亲爱的姑娘的眼光之前，我想先习惯一下我那改变了的面容，但愿这样做不是什么小心眼，而是我的愿望——真诚的愿望。我知道他明白我的意思，不过这又有什么关系呢？就算这样做是小心眼，我相信他也不会计较的。

“你这小老太太真是宠坏了，”监护人说，“又固执，又任性，那就只好让楼下那个人去伤心吧。你瞧，这是波依桑的信。波依桑真是个地道的骑士，他在信上赌神罚誓，用了许多没有人敢用的字眼说，为了请你到他那里去住，他已经特地离开，把整所房子腾出来，如果你不去的话，他就要把房子拆掉，片瓦不留！”

接着，监护人就把信递给我。那信不是按照一般格式写的，既没有抬头，也没有“亲爱的贾迪斯”这类字眼，而是开门见山：“我已于本日下午一时离开此地，如萨默森小姐不肯光临寒舍，我誓将……”接着就是贾迪斯先生刚才引的那段慷慨的话，态度极其严肃，语气也很认真。我们看了不禁哈哈大笑，但没有因此而冲淡我们的感激之情。我们决定第二天写信谢谢他，接受他的邀请。这次邀请使我们非常高兴，因为我最向往的地方莫过于切斯尼山庄了。

“好吧，小管家婆，”监护人看着表说，“我上楼的时候，人家就给我限时限刻，别让你太累了，现在我的时间已到。不过，还有人托我一件事情。弗莱德小姐听说你病了，赶来打听你的消息。这个可怜虫，也不管二十英里路有多远，就穿着跳舞鞋走来了。幸好我们在家，不然她还要走回去哩。”

他们又来这一套了！他们为了使我高兴，似乎都串通起来了！

“那么，我的好姑娘，”监护人说，“在你到波依桑那里去，免得他把房子拆掉以前，如果你不嫌麻烦，愿意找一天下午，让那好心好意的小东西来一趟，那么我相信，她一定会感到受宠若惊，而这是我一辈子都办不到的，尽管我的大名是贾迪斯。”

我知道他觉得，我在这时候和那受苦受难的可怜人见面，心里一定会有所感受，因而得到良好的启发。他跟我说话的时候，我就领会到这一点了。因此，我一再向他衷心表示，我很愿意见她。我一直是同情她的，现在就更同情她了。她的处境很可怜，我向来愿意尽自己的点滴力量去安慰她，而现在这种愿望就更加强烈了。

我和他定了一个时间，让弗莱德小姐坐驿站马车来和我一起吃午饭。监护人走了以后，我就转过脸，躺在长椅上做祷告：如果我遇到一点点灾难，就忘记自己身在福中，就觉得受不了，那就请上帝原谅我吧。我记得小时候过生日，曾经做过祷告，要勤劳，知足，善良，要为别人做一些好事，如果可能的话，还要博得别人的欢心。这时候，我不禁惭愧地想到，自从那时以来，我的日子过得多么幸福啊，周围的人对我又是多么好啊！如果我现在还这样脆弱，那岂不是辜负了上帝的慈悲吗？于是，我又像小时候那样，用小孩子那种口吻去做祷告，我发现祷告完了以后，我的心情还是像原先那样平静下来了。

现在，监护人每天都来看我。过了大约一个星期，我就能够在我们那间屋子里走来走去，能够站在窗帘后面，和婀达长谈。可是我从来不看她一眼，因为我至今还没有足够的勇气瞧她那可爱的脸蛋，尽管我很容易看见她，而不让她看见我。

在约好的那一天，弗莱德小姐来了。这可怜的小老太婆，忘记了平时那种尊严，跑进我屋里来，热情地喊道："亲爱的菲兹-贾迪斯。"她搂住我的脖子，吻了我差不多二十下。

"我的天啊！"她一边把手伸到手提包里，一边说，"亲爱的菲兹-贾迪斯，我的提包里装的全是文件，你能借给我一条手绢吗？"

查理递给了她一条，这善良的人的确很需要手绢，因为她两手拿着手绢捂着眼睛，坐在那里足足哭了十分钟。

"亲爱的菲兹-贾迪斯，我这是高兴才哭的呀，"她赶紧解释说，"绝不是因为难过。看见你又好了，我很高兴。你赏给我脸，让我来看你，我也很高兴。亲爱的，我现在虽然按时上法院，可是，我喜欢你比喜欢大法官多得多呢。噢，亲爱的，提到手绢我还要说——"

说到这里，弗莱德小姐看了查理一眼，因为刚才就是查理到驿站去接她的。查理看了看我，好像不愿意谈这件事情似的。

"很对！"弗莱德小姐说，"很得体！我提这件事情，实在太卤莽啦；可是，亲爱的菲兹-贾迪斯小姐，你知道，我这个人(我对你才讲这种话，我不说，你是想不到的)，有时候就喜欢叨唠，"弗莱德小姐说着，摸了摸脑门子。"就是喜欢叨唠，没有别的意思。"

"你打算跟我说些什么？"我笑着说，因为我看得出来，她很想往下说，"你既然引起了我的好奇心，那就别再把我蒙在鼓里啦。"

弗莱德小姐正感到为难，便看了查理一眼，请教她应该怎么办。查理说，"如果你愿意的话，弗莱德小姐，那就说吧。"弗莱德小姐听了非常高兴。

“我们这位年轻的朋友，”她做出神秘样子对我说。“个子虽小，人倒挺聪明！你瞧，亲爱的，我要说的是一段趣闻。只是趣闻，没有别的意思。不过我还是觉得挺好玩的。亲爱的，多奇怪啊，刚才陪着我们从驿站到这里来的不是别人，而是一个戴着破帽子的穷女人——”

“那人是珍妮，小姐，”查理说。

“一点也不错！”弗莱德小姐非常和蔼地表示同意了。“珍妮，不——错！她对我们这位小朋友说，前些时候有个戴面纱的太太，到她家去打听亲爱的菲兹-贾迪斯的健康情况，还拿走了一条手绢作纪念，这仅仅是因为那手绢是可爱的菲兹-贾迪斯用过的！喏，你瞧，那位戴面纱的太太多么可爱啊！”

“事情是这样的，小姐，”查理看见我惊愕地望着她，便说，“珍妮说，她的小女儿死的时候，你留下了一条手绢，她把那手绢收起来，和婴儿用的小东西放在一起了。我想，她这样做，一则是因为那手绢是你的，一则是因为那手绢给婴儿盖过脸。”

“个子虽小，人倒挺聪明，”弗莱德小姐一边低声说，一边用手比划着自己的脑门子，表示查理很聪明。“真伶俐，说得真清楚！亲爱的，我从来没有听过哪个大律师说得像她这样清楚！”

“是的，查理，我记得这件事情，”我答道，“还有呐？”

“还有，小姐，”查理说，“那个太太拿走的手绢就是你那一条。珍妮要我告诉你，不管别人出多少钱，她本来是不肯把手绢让给人家的，可是，那个太太自己把手绢拿走了，留下一点钱。珍妮说她根本不认识那个太太，小姐。”

“是吗，那她是谁呢？”我说。

“亲爱的，”弗莱德小姐做出非常神秘的样子，把嘴凑到我耳边说，“我认为——这话你可别跟我们这位小朋友说——她是大法官的夫人。你知道，他是结过婚的。我听说，夫人把他吵得鸡犬不宁。亲爱的，据说他要是拒绝付钱给珠宝商，夫人就把他的文件扔到火里！”

那时候，我没有花很多时间去考虑那位太太是谁，因为我模模糊糊地觉得，那人很可能是凯蒂。再说，我还要照顾我的客人，因为她这趟坐车来，路上又冷又饿；仆人把饭菜端来的时候，我还要帮她打扮一番：围上一条破旧的围巾，戴上一双补了又补的破手套(那手套是她放在纸包里随身带来的)，让她感到称心如意。吃饭的时候，我还要忙着款待客人，我们这顿饭有鱼、烤鸡、小牛肉、青菜、布丁和马得拉葡萄酒。弗莱德小姐吃起饭来，彬彬有礼，津津有味，我看了很高兴，也就顾不得想别的了。

我们吃完饭，仆人就把小巧的甜食端上来，那是亲爱的婀达亲手布置的，因为一切给我准备的东西，她都要亲自过目。弗莱德小姐那天很高兴，很爱说话，我心里想，最好跟她谈谈她的身世，因为她一谈起自己的事情，总是很有兴致的。我问她，“你上法院看大法官开庭，大概有好几年了吧，弗莱德小姐？”

“噢，有很多很多年了，亲爱的。不过，我盼望审判。希望它不久就能到来。”

甚至在她表示希望的时候，也还带着一种焦急的情绪，这使我怀疑，我提出这个问题是不是得体。我心里想，还是别谈下去才好。

“我父亲盼望审判，”弗莱德小姐说。“我哥哥，我姐姐，都盼望审判。我也盼望审判。”

“他们都——”

“是的。当然都死了，亲爱的，”她说。

我看见她愿意谈下去，心里便想，让她往下说，比避开这个问题也许更合她心意。

“以后不再盼望这个审判，不是更好一些吗？”我说。

“是啊，亲爱的，”她马上答道，“当然是更好一些！”

“以后不再上法院，不也是更好一些吗？”

“当然是啦，”她说。“心里老盼着什么，却又盼不来，那可真叫人发愁啊，亲爱的菲兹-贾迪斯。这简直把人给愁得只剩一把骨头啦！”

她稍稍把袖口撩起，让我看看她的胳膊，那可真是瘦得皮包骨呢。

“不过，亲爱的，”她继续用神秘的口吻说，“那地方有一种可怕的魔力。嘘！我们的小朋友进来，你可别跟她说。要不然，她很可能给吓着的。那地方有一种可怕的魔力。你**怎么**也摆脱不开。你**必须**等待。”

我设法跟她说，事情不是这样的。她微微地笑着，耐心听我把话说完，可是，她紧跟着就说：

“哎呀呀！你这么想，是因为我有点爱叨唠吧。爱叨唠的人就是傻瓜，对不对？我觉得，爱叨唠也就是头脑不清。不过，亲爱的，我到那地方去，已经有很多年了，我已经看出来，这一切都是大法官的权标和大印给搞的。”

我很温和地问她，大法官的权标和大印又有什么了不起？

“那两样东西能把人拖垮，亲爱的，”弗莱德小姐答道，“能使人坐立不安。能使人失去理智。能使人容貌衰老。能使人自暴自弃。有时候，我甚至觉得，那两样东西弄得我一夜也不得安眠。这简直是面目狰狞、心肠冷酷的魔鬼！”

她有好几次拍了拍我的胳臂，还笑嘻嘻地向我点点头，好像是要我放心，她虽然向我吐露这些可怕的秘密，把事情说得这么凄惨，但我并没有理由害怕她。

“让我想想看，”她说，“我把我的情况说给你听吧。在那两样东西把我拖垮以前，也就是说在我看见那两样东西以前，我是干什么的呢？是打花鼓吗？不是。是绣花。我和我姐姐都在绣花工厂里干活儿。我爸爸和我哥哥开了一个瓦匠铺。我们大家住在一起。日子过得挺好，亲爱的。起初是我爸爸被慢慢拖垮了。他的家跟着也拖垮了。没几年，他就破产了，变得很暴躁、很乖僻，动不动就生气，无论对谁都没有好话，没有好脸色。他从前可不是这个样子，菲兹-贾迪斯。他被关进了债务人的监狱。最后死在监狱里。接着，我哥哥被拖垮了，很快就有了酒瘾。老是穿得破破烂烂的，后来就死了。接着，我姐姐也被拖垮了。嘘！你就别问落到什么地步了！接着，我病倒了，生活很苦，我听说，而且早就听说，这都是大法官庭给搞的。等我病好了，我就去看看那个怪物。后来，我看清了它的面目，但我也被拖住了，再也摆脱不开。”

她简短地叙述了自己的身世，说话时很吃力，声音也很低沉，好像还感到害怕似的，可是过了一会儿，她又恢复了平时那种令人感到亲切而自豪的样子。

“你不怎么相信我，亲爱的！那好吧！你总有一天会相信的。我就是有点爱叨唠。不过我见过许多事情。在这些年里，我见过新到法院来的人，他们对一切都毫不怀疑，但不久就被大法官的权标和大印迷住了。就像我父亲那样。像我哥哥那样。像我姐姐那样。也像我那样，我听见快嘴肯吉和他那伙人对刚到法院来的人说：‘这是弗莱德小姐。你们新来，应该过来和弗莱德小姐见见面！’那很好啊。我有这样的荣幸，感到很骄傲！我们大家都笑了。可是，菲兹-贾迪斯，我知道那会有什么结果。我比他们都清楚，他们什么时候开始着迷。我能看出苗头来，亲爱的。我从格里德利身上就看出一些苗头。我也看到他的下场。亲爱的菲兹-贾迪斯，”她又放低了声音，“从贾迪斯案的受监护人，我们的朋友理查德身上，我也看出一些苗头。最好有人拉他一把。不然他就要被拖垮的。”

她默默地看着我，看了好一会儿，脸上渐渐露出了笑容。她好像是担心说的话太凄惨，也好像是忘记了刚才说的是什么，呷了一口酒，和颜悦色地说：“是呀，亲爱的，我已经说过，我盼望审判。希望不久就能举行。那时，我就要把我那些鸟放走，把遗产分赠给别人。”

因为她提到了理查德的事情，因为她说出了这番寓有深意的可悲的话(这番话是断断续续说出来的，而她那瘦弱的身子也可悲地证明她的话是真的)，我这时不禁大受感动。不过，幸好她这会儿情绪又安定下来了，她频频点头，脸上露出了笑容。

“不过，亲爱的，”她伸出另一只手来握着我的手，兴致勃勃地说，“你还没有因为我那医生的事情祝贺我呢。大概一次也没有向我祝贺吧！”

我不得不坦白承认，我根本不知道她说的是什么。

“我说的是给我看病的医生伍德科特先生，亲爱的，他以前对我非常关心。他替我看病都是免费的。直到世界末日的审判为止。我说的是到了那次审判，我就要从大法官的权标和大印的魔力下解脱出来。”

“伍德科特先生这会儿在很远的地方，”我说，“弗莱德小姐，我觉得向你祝贺已经过时了。”

“噢，我的孩子，”她答道，“难道你不知道最近发生的事吗？”

“不知道呀，”我说。

“不知道这些天大家都在谈论的事吗？亲爱的菲兹-贾迪斯？”

“不知道，”我说。“你大概忘记了我在这里躺了很多时候吧。”

“可不是吗！亲爱的，这会儿我倒忘了。真是糊涂。不过，我刚才说的那两样东西，把我的一切都拖垮了，把我的记忆力也拖垮了。魔力真不小啊，对不对？我跟你说吧，亲爱的，有条船，在东印度洋遇难了。”

“伍德科特先生遇难了！”

“别着急，亲爱的。他没有出事儿。当时的情形惨极了。什么死法的都有。伤亡一共有好几百人。又是大火，又是暴风雨，又赶上黑夜。有些快要淹死的人，被大浪打到岩石上。不过，在这场灾难中，我那敬爱的医生挺身而出，成了英雄人物。他自始至终都很沉着，很勇敢。救了许多人，从来不喊饥叫渴，还把身上的衣服脱下来，给了没衣穿的人。他处处带头，告诉别人应当怎么办，指挥他们行动，照顾病人，埋葬死人，最后还带着那些活下来的人脱了险！亲爱的，那些又瘦弱又可怜的人，简直把他当成了神仙。他们一登陆，就跪下来向他祝福。这件事轰动了全国。等一等！我那放文件的手提包在哪儿？我把剪报带来了，你一定得看看，一定得看看！”

我确实把那动人的事迹从头到尾看了一遍；不过，我那时候眼力不好，认不清字，所以读得很慢，再说，我还哭得很厉害，所以有几次，不得不把那份冗长的文章放下。我觉得，认识一个做出这种英勇事迹的人，实在是很光彩；我因为他获得了荣誉而感到欣喜；我对他的所作所为，钦佩得五体投地，甚至羡慕那些遇难的人，能够把他当作救命恩人，跪在地上向他祝福。他的善良和勇敢，使我高兴得如醉如狂，我当时真想跪下来，向他遥拜祝福。我觉得，母亲也好，姐妹也好，妻子也好，都不能像我这样崇拜他。说实在的，我的确是非常崇拜他！

我那可怜的瘦小的客人，把那篇报道送给我了。等到黄昏时分，她就起身告别，免得误了她准备搭回去的那趟驿站马车。一直在谈着船只遇难的事情，而我也没有完全定下心来，仔细捉摸当时的详情细节。

“亲爱的，”她一边说，一边小心翼翼地把围巾和手套折起来，“我那勇敢的医生应当封个爵士才对。我相信将来会封他的。你同意我的看法吗？”

说应当封他，那是对的。说将来会封他，那可不见得。

“为什么不会封他呢，菲兹-贾迪斯？”她有点生气地问道。

我说，在英国，一个人在太平盛世，无论做了什么好事，有过什么壮举，都是不封给爵位的，除非他给国家创造了很大的财富，否则，绝不会破例。

“噢，我的天啊，”弗莱德小姐说，“你怎么能说这样的话呢？亲爱的，你当然知道，那些为英国增光的人物，都是以自己的学识、想象力、博爱的行为以及各种各样的发明创造，来提高英国地位的！亲爱的，你睁开眼睛看看，然后再想一想。英国所以永远保全公侯伯子男这套制度，正是因为这个缘故！我看，你要是不懂得这个道理，那就是你有点糊涂了。”

我觉得，她是相信自己说的话的，因为有的时候，她的确是疯疯癫癫。

说到这里，我必须把我一直想办法遮掩的小小的秘密透露出来了。有时候，我觉得伍德科特先生是爱我的，在他要离开英国以前，如果他有钱的话，他很可能跟我说他爱我。有时候，我觉得，他要是真的这样做，我当时一定很高兴。可是，从现在看来，他当初没有这样做，那多么好啊！如果我不得不写信告诉他，我的容貌已经完全改变，不再是他当初看到的那个样子，而他既然从来没有见过这样一个人，也就不必受山盟海誓的约束——如果我非得这样做不可，那我该多么痛苦啊！

噢，事情既然这样，那可就好得多了！上帝可怜我，使我免受痛苦，我可以像小时候那样衷心祷告，要做一个像他那样光明磊落的人。我和他之间没有什么定约，没有什么约束，所以他也就不受什么羁绊。感谢上帝啊，我可以走我的独木小桥，去履行自己的义务，他可以走他的阳关大道，去干一番事业。我们走的道路虽然不同，但我也不妨希望，在旅途的终点和他相遇的时候，自己能够心胸坦然，毫无杂念，比他当初爱我的时候好得多。

第三十六章
切斯尼山庄

我和查理两人并不是单独到林肯郡去的。监护人决定把我送到波依桑先生家；他陪我们在路上走了两天。我觉得，路上的每一缕微风，每一阵馨香，每一朵鲜花，每一片叶子，每一根青草，每一抹浮云，以及大自然的每一样东西，都比我以前感到的更美和更奇妙。这可以说是我病后的第一个收获。既然大自然为我感到了这么欢乐，那我失去一些东西，又算得了什么呢！

监护人打算马上赶回去，所以我们在路上就约定婀达哪一天来看我。我给她写了一封信，托监护人交给她。到达目的地还不到半小时，他就和我们告别，在初夏的夕阳斜照中赶回家去。

如果说有个善良的女神，一挥魔棒，给我盖了所房子，让我变成一个公主，变成她心爱的教女，那么，我所得到的照顾，恐怕也不过如此吧。这房子的人为我准备得非常周到，处处都表明他们还亲切地记得，我有哪些小嗜好和小爱好，我还没来得及看完一半的房间，就有好几次感动得几乎要坐下来。不过，我没有那样做，而是领着查理把所有的房间看了一遍。我看见查理这么高兴，我那激动的心情也就平静下来了。后来，我们到花园里走了一趟，查理又是赞不绝口，回来的时候，我就感到心里轻松愉快了——我本来是应当如此的。吃完茶点，我满心喜悦地想道："埃丝特啊，小乖乖，你现在总该安下心来坐一会儿，写封信向房主人道谢吧。"波依桑先生曾经留下一封信，向我表示欢迎，那封信写得热情洋溢，一如其人。他要我照顾他那只小鸟，我知道这是他高度信任我的表示。于是，我给他写了一封短信，寄到伦敦去，说他那些心爱的花木，都照料得很好，他那只令人叹为观止的小鸟，也恪尽东道主之谊，啾啾鸣叫，代表全家向我问好；我还说它蹲在我肩上唱歌(我的小侍女看了非常高兴)，唱了好一会儿才飞回笼子里，蹲在原来的地方睡觉，至于它做梦了没有，那我就无法奉告了。我把信写好，送到邮局去。后来，我就忙着把行李打开，把东西拿出来放好；早早就打发查理去睡觉，跟她说那天晚上我用不着她侍候了。

因为我一直还没照过镜子，也从来没有让人把我的镜子拿来还我。我知道这是一个必须克服的弱点；可是在此之前，我总是暗自说，等我来到这个地方，再从头做起。因此，我一直希望一个人安安静静地待一会儿，而现在既然这屋里就只有我一个人，我就说："埃丝特啊，如果你想要过得快活，想要祷告上帝，做一个诚实的人，那你就得遵守诺言，小乖乖。"我是决定要遵守诺言的；不过，我先坐下来歇一会儿，回忆着上帝赐给我的种种幸福。接着，我就做了祷告，又想了一会儿。

我的头发并没有剪掉，虽然有好几次差点就剪掉了。我的头发又密又长。我把它放下来抖开，走到梳妆台的镜子前。镜子上蒙着一小块布帘。我把布帘拉开，透过耷拉下来的头发，照了一会儿，所以什么也没有看见。后来，我把头发撩开，望着镜子里的影子，发现那个影子在沉着地望着我，我也就鼓起了勇气。我的样子改变得多么厉害——噢，改变得多么厉害啊。起初，我觉得我的脸孔太陌生了，要不是刚才鼓起了勇气，我真想用手捂着脸退回来。过了一会儿，我对自己的脸孔就比较熟悉，那时候我才看清到底变了多少。我的脸并不像我想象的那样，不过，我也想象不出所以然来，而且我相信，我就是想象出所以然来，也会大吃一惊的。

我从来就不是美人儿，也从来没认为自己是美人儿；可是，我从前决不是这个样子。我原来的样子完全消失了。感谢上帝啊，我现在也不用感到痛苦，只消洒下几滴眼泪，就不再把这件事情放在心上了，我也能够怀着感激的心情，梳理头发，准备就寝。

有一件事情使我很为难，我在睡觉以前想了好长时间。原来我还留着伍德科特先生送的花哩。那些花凋谢以后，我就拿去晒干，夹在我喜欢的一本书里。这件事情没有人知道，甚至婀达都不知道。他当初送花给我的时候，我还不是现在这个样子，我真不知道现在有没有权保留他的礼物，也不知道这样做，是不是对他太自私了。甚至在我的心灵深处(那是他永远不会知道的)，我也不想对他太自私，因为我本来是可以爱他的，甚至可以为他牺牲自己。最后，我得出的结论是：如果我只把花当作一件纪念那无法挽回的往事的东西，而不把它当作别的什么东西，那么，我是可以保留它的。我希望没有人觉得这太无聊了，因为我当时是很认真的。

第二天早晨，我特意一早就起来，等查理踮着脚尖走进来的时候，我已经在照着镜子了。

“哎呀，小姐！”查理吃惊地喊道，“你怎么起得这么早？”

“是啊，查理，”我一边说，一边安详地梳着头发，“我觉得身体很好，心情也很愉快。”

我感到，查理心里落下了一块石头，不过，我心里落下的那块石头，要比她的大得多哩。我现在已经知道我的样子变得多么糟糕，而且也能泰然处之了。我继续写下去的时候，还要谈到我有时候不能克服这个弱点，不过，这种情况总是很快就过去，而我也能照旧保持比较愉快的心情。

我希望将来和婀达见面的时候，身体健康，精神饱满，所以我和查理安排了一些小小的计划，准备整天都到外面去呼吸新鲜空气。我们决定吃早饭以前出去蹓跶蹓跶，午饭吃得早一点，午饭前后也出去走走，吃完茶点，到花园去散步，累了就休息休息，还准备爬遍附近的每一座小山，踏遍周围的大道、小径和田野。至于一些滋补的食品，那我是不短缺的，因为波依桑先生的好心的女管家，总是带着吃的喝的到处找我。只要一听说我在猎园里休息，她就提着篮子跑来找我，她那张笑脸闪闪发光，好像要跟我说说道理，常吃点东西有什么好处。他们还特地给我准备了一匹马。那是一匹小胖马，脖子短短的，马鬃搭下来盖着眼睛。它要是高兴的话，跑起来既不费力，又很平稳，真是一匹招人喜爱的小马。过了几天，我们到牧场去的时候，只要一吆喝，它就跑过来，吃我手里的东西，跟我走来走去。我们之间有了很好的了解：在它驮着我在阴凉的小径里慢慢走的时候，如果它偷起懒来，不听话，那么，只要我拍拍它的脖子，跟它说："小胖马，我真奇怪，你干吗不跑啊，你又不是不知道我喜欢跑一跑，我还以为你会讨我喜欢呢，你这样子就要越来越懒，就要睡着了。"于是，它就怪模怪样地晃晃脑袋，马上跑起来；这时候，查理就站在旁边哈哈大笑，那笑声就像音乐似的。我不知道谁给它起名叫小胖马，不过，这名字对它说来就好像它那身粗粗的鬃毛一样，倒是非常合适的。有一回，我们把它套上一辆小马车，得意洋洋地赶着它穿过绿色的小道，走了大约五英里路；可是，正当我们夸它，把它捧上天的时候，它好像是因为一群小蚊子一路上在它耳旁打转转而感到懊恼，忽然停下来，想办法对付。我觉得，它好像决定不再容忍下去，因为它呆在那里一动不动，我只好把缰绳交给查理，下来步行，这时候，它才倔强而愉快地跟着我走，用脑袋顶着我的胳膊，耳朵擦着我的袖子。我说："喏，小胖马，我很晓得你，我知道，我要是上车去坐一会儿，你一定会继续走的。"可是，我这话毫无结果，因为我刚一走开，它就站着不动。因此，我们不得不像刚才那样在前面带路，我们就这样一前一后走回家去，村里人看了大笑不已。

我们说这个村子充满友好的气氛，不是没有道理的，因为还不到一个星期，村子里的人看见我们走过，都很高兴，不论我们一天出去多少趟，每户人家都笑脸相迎。我上次来的时候，就已经认识许多成年人和几乎所有的孩子了，可是这一次，就连教堂的尖顶，看起来都是亲切可爱的。在我新结识的朋友当中，有一个岁数很大的老太太，她住在一间刷了白浆的茅屋里，那茅屋非常小，只要一推开外面的百叶窗，就把整个房子的正面挡住了。老太太有个当水手的孙子，我替老太太写了一封信给他，还把壁炉边的那块地方画在信纸上角，老太太就是在那里把他抚养大的，他的小板凳也摆在那里。村里的人都觉得那张画巧夺天工；后来，他从千里迢迢的普利茅斯来信说：他准备带着那张画到远隔重洋的美国去，到了美国以后，再写信回来，那时候，大家都夸奖我、赞扬我，而忘了邮局的功劳和整个邮政系统的好处。

我要常去呼吸新鲜空气，要和许多小孩子做游戏，要和许多大人聊天，要应约到许多人家去作客，要继续给查理温习功课，还要每天给婀达写一封长信，所以我总是高高兴兴，几乎没有时间去想自已那点损失。如果我偶尔想起那点损失，那么，我只要找点事情做一做，也就会把它忘掉。只有一回，我感到比较痛苦，因为有个小孩说："妈妈，这位小姐怎么不像从前那么漂亮啦？"可是，那小孩还是很喜欢我，他伸出柔嫩的小手，抚摸着我的脸，好像要可怜我，保护我，我看了马上就振作起来。常常有些小事情，说明心地善良的人，出于本能，对那些有缺欠的人，是多么关怀和体贴，这一点给我带来了很大的安慰。其中有一件事情特别使我感动。有一回，我恰巧走进一座小教堂，那里刚举行完婚礼，新婚夫妇准备在登记簿上签字。

人们首先把鹅毛笔递给新郎，他画了一个歪歪扭扭的十字，代表名字；轮到新娘的时候，她也画了一个十字。我上次来这里的时候，就认识这个姑娘，她不但是村子里最漂亮的姑娘，而且在学校念书也很出色，所以我这会儿不禁惊讶地望着她。她走到一旁，明媚的眼睛挂着泪花，露出真挚的爱慕感情，低声对我说："小姐，他这个人很可爱，可是他不会写字，不过我将来要教他的——我决不会拿这个来羞辱他！"你瞧，一个乡下姑娘尚且有这样高尚的品格，那我又有什么可害怕的呢！

微风还像原先那样吹拂着我，使我心旷神怡，我的脸又泛起了从前那种健康的颜色。查理的脸蛋白里透红，样子好看极了。我们两人白天畅游终日，夜里一觉睡到天明。

在切斯尼山庄的猎园里，我有一个心爱的地方，那里安了一张椅子，可以眺望宜人的景色。那树林开出了一片空地，使视野大为开阔，远处的景物在明亮的阳光照耀下，绚烂多彩，所以我每天都来这里休息一下。切斯尼山庄那所房子有个很美的地方，叫做“鬼道”，从这里的山岗望去，就显得更美了。“鬼道”这两个字听起来很吓人，从前波依桑先生为了解释这个名字，曾经给我讲过德洛克家那段古老的故事，现在望着那个地方，想起它的名字和故事，除了觉得它幽美动人以外，还添了一种神秘感。这里也有一个山坡，盛开着紫罗兰，查理每天都跑到这里来采摘野花，这已经成为她的一种乐趣，所以她和我一样，也很喜欢这个地方。

现在已经无须再问，我为什么从来也不靠近切斯尼山庄那个邸宅，从来也不进去。我到这里来的时候，就已经听说主人不在家，最近也不会回来。我对那个邸宅并不是没有好奇心或者不感兴趣，恰恰相反，我常常坐在这里纳闷，那里的房间是怎么布置的，是不是真像传说的那样，在那幽静的“鬼道”上，常常回荡着类似脚步的声音。德洛克夫人给我留下的那种难以言传的印象，也许对我具有某种影响，使我甚至在她不在家的时候，也不愿走进那个邸宅。不过，我也不敢肯定是不是这个原因。我看到那个邸宅，自然会联想起她的容貌和体态；但是，我也说不上来，是不是因为我想起她的容貌和体态才不上那里去——尽管这里面必有原因吧。不管有理由也好，没有理由也好，到此为止，我一趟也没去过那地方。

有一天，我走累了，就在我常去的那个地方休息，查理则在不远的地方采摘紫罗兰。我遥望着邸宅背阴处的那条幽幽的“鬼道”，想着那经常出没在“鬼道”上的鬼魂。这时候，我忽然觉得有个人影穿过树林，朝我这边走来。人影闪现的地方离我相当远，而且因为树叶浓密，显得非常幽暗，再加地上疏影横斜，更使我眼花缭乱，所以我一下子看不清来的人是谁。过了一会儿，我才渐渐看清，原来是一个女人——一位夫人——是德洛克夫人。她是一个人来的，而且很奇怪，她不像平时走路那样稳重，而是快步向我走来的。

等我认出是她的时候，她已经差不多来到我面前了，她这样突然出现，使我非常惊慌。我本想站起来避开，却又办不到。我吓得连动也动不了；这倒不是因为她赶紧打手势让我坐着别动，不是因为她伸出双手向我快步走来，也不是因为她一改往日那种高傲自矜的态度，而是因为她脸上有一种表情，是我小时候就梦见的，是我在别人脸上从未见过的，也是我在她脸上从未见过的。

我感到很惊慌，感到一阵昏晕，便喊了一声查理。德洛克夫人马上站住，转瞬间，差不多完全恢复了我过去所见的那个样子。

“萨默森小姐，我大概吓了你一跳吧，”她一边说一边慢慢往前走。“你身体还不怎么好吧。我知道你病得很厉害。我听了很担心。”

我不由一直盯着她那苍白的脸，也不由一直坐在那里站不起身。她向我伸出一只手，她的手是冰凉的，和她那故作镇静的样子很不调和，这使我更加大惑不解。我心里慌乱得很，说不出在想些什么。

“你的身体好了吧？”她温和地问道。

“好了，德洛克夫人，只是刚才有点不大舒服。”

“那是你的小侍女吗？”

“是的。”

“你能不能打发她先回去，让我陪着你回家？”

“查理，”我说，“你先把花拿回家去，我过一会儿就来。”

德洛克夫人在林中

查理行了一个屈膝礼，红着脸系上软帽就走了。等她走了以后，德洛克夫人就在我身边坐下。

我看见她手里拿的手绢，原来就是我用来给那死去的婴孩盖脸的，我当时的心情真不知道怎么说才好。

我虽然望着她，可是看不见她的脸，听不见她的话，而且也喘不过气来。我的心跳得非常厉害，我觉得，我马上就要完了。可是，她把我搂在怀里，吻着我，一边哭，一边安慰我，喊我醒过来；她跪在地上，向我喊道："噢，我的孩子啊，我的孩子，我就是你那恶毒而不幸的妈妈，我对不起你！噢，原谅我吧！"她跪在泥地上，样子非常难过，我看了心里非常激动，不由得感谢上帝，幸好我的容貌改变了，不致因为有相似的地方，而使她蒙受耻辱；现在，人家看看我，看看她，也不大可能联想我和她之间有什么血缘关系。

我把母亲扶起来，求她不要在我面前这样悲伤和自贬。我这番话是断断续续地说出来的，因为我除了激动以外，看见她跪在我跟前，也感到惶惶不安。我告诉她，或者说我是在设法告诉她，无论在什么情况下，如果要由我——她的孩子——来原谅她，那我一定原谅她，而且在很早很早以前，就已经原谅她了。我告诉她，我衷心地热爱她，过去的事情并没有改变，也不可能改变女儿对母亲的爱。这时候，我第一次靠在母亲的怀里，说我绝不能责怪她当初不该生我；我有责任在人家摒弃她的时候祝福她，欢迎她，我求她让我这样做。我紧紧搂着母亲，母亲也紧紧搂着我，在这宁静的夏日的寂静的树林里，似乎只有我们两人的心是不平静的。

"祝福我，欢迎我，已经太晚了，"我母亲痛苦地低声说，"我必须一个人摸着黑往前走，走到哪儿算哪儿。我是个罪恶深重的人，常常感到前途茫茫，悲观失望。这就是我在尘世中所得的惩罚，完全是自作自受，我忍受了，而且把它掩盖起来。"

甚至在她想到必须忍受这种痛苦的时候，她还保持着那种满不在乎的高傲态度，不过她很快就抛掉了这副假面具了。

“只要办得到，我一定保守秘密，这不光是为我自己。我虽然不幸，不光彩，但我还有一个丈夫！”

她说的这些话，是绝望中的呻吟，听起来比号叫还可怕。她用手捂着脸，从我怀里挣脱出来，伏在地上，好像不要我碰她似的，我无论说什么，也没法让她站起来。她说，不，不，不，她只能这样跟我说话，在别的地方，她可以盛气凌人，蔑视一切，在这里，在她真情流露的时候，她要低声下气，深自引咎。

我那不幸的母亲对我说，我害病的时候，她几乎急疯了。她只是在那个时候，才知道自己的孩子还活着。她从前怎么也想不到我是她的孩子。这次是为了我，才到这里来的，她想在这一生之中，和我谈一次话。我们不能来往，不能通信，从今以后，恐怕也不能交谈。她给我写了一封信，让我一个人看。她要我一看完，就把信烧掉，这不是为了她，因为她是无所求的，而是为了她的丈夫和我自己。她还要我永远别再想她，只当她已经死了。如果我看见她这样痛苦，能够相信她像慈母那样爱我，那么，她就请我那样做。因为，我将来想到她的时候，也联想到她的种种不幸，我就会更加同情她。她已经不存任何幻想，也不可能得到任何帮助。这个秘密也许能保守到她老死，也许会被发现，以致败坏德洛克家的名声，不过，不管结果如何，她都得独自去奋斗，因为没有人能够关怀她，也没有人能够帮助她。

“不过，这个秘密还没有被人发现吧？”我问道，“至少现在还没有吧，亲爱的妈妈？”

“没有，”我母亲答道。“差点儿就被发现了，因为发生了一件意外的事，才没有被发现。可是，只要明天，或者随便哪一天发生另外一件意外的事，也许就会被发现哩。”

“有没有你特别害怕的人？”

“小声点！你不必为我担忧，为我那么悲伤。我是不值得你为我流泪的，”我母亲一边说，一边吻我的手，“有一个人我是很害怕的。”

“是一个仇人吗？”

“反正不是朋友。那人毫无感情，既说不上是敌人，也说不上是朋友。他是累斯特·德洛克爵士的律师。据说很忠心，其实只是公事公办，毫无诚意，一心想掌握那些大家族的秘密，从中得到好处、权力和声誉。”

“他觉察到什么没有？”

“觉察到了。”

“他总不会怀疑你吧？”我吃惊地说。

“他怀疑我！他总是瞪大眼睛，跟我转来转去。我倒是能跟他保持一定距离，就是始终不能把他甩开。”

“难道他没有同情心，没有良心吗？”

“他没有，他甚至没有生过气。除了他的职业，他对一切都是无所谓的。他的职业就是要掌握别人的秘密，要取得摆布别人的力量，而不让任何人过问那些秘密。”

“你能够信任他吗？”

“我才不信任他呢。这条黑暗的道路我已经走了好几年了，将来走到哪儿算哪儿。不管结局如何，我都要独自走下去。我的道路也许很近，也许很远，反正有一段就走一段。”

“亲爱的妈妈，你已经下定决心了吗？”

“我是下定决心了。我一直是用荒唐对付荒唐，用傲慢对付傲慢，用蔑视对付蔑视，用强横对付强横，用加倍的虚荣来压倒别人的虚荣。如果可能的话，我还要战胜这个危险，或者用自己的生命来消灭这个危险。危险包围着我，就像切斯尼山庄这片林子包围着那所房子一样，不过，我还是要冲破重重的障碍。我只有一条路好走，也只能有一条路好走。”

“贾迪斯先生——”我刚要说下去，我母亲就打断我的话了。

“**他**也怀疑吗？”

“不，他一点也没有怀疑！”我说，“你放心吧，他一点也不怀疑！”接着，我把贾迪斯先生所知道的有关我身世的事情说给她听。“可是，他心地很好，也很通人情，”我说，“如果他早知道这事情，也许——”

我母亲本来是一直坐着不动的，这时突然抬起手来堵住我的嘴。

“你可以统统告诉他，”她停了一会儿说，“我完全同意——这就算是我这样一个母亲，给受亏待的女儿一点礼物吧——不过，你不必跟我说了。我到了这个地步也还要留点面子哩。”

我当时很激动，很难过，简直不知道自己在说些什么。不过，我母亲说的每一句话，倒是都铭刻在我心里了。这因为我小时候从来不懂得喜欢和辨认母亲的声音，从来没有听着母亲的歌声入睡，从来没有听过母亲对我的祝福，也从来没有从母亲的声音中得到鼓舞，所以，她当时的声音听起来非常陌生，非常凄切。总之，就我当时所能解释的，或者说，就我现在所能想起来的，我当时大概跟她说——或是设法跟她说：我只希望我那好比再生父母的贾迪斯先生，能够给她出点主意，帮点忙。可是，我母亲说不行，绝对不行，没有人能帮助她。横在她面前的，是一片茫茫的荒野，她必须一个人闯过去。

“我的孩子啊，我的孩子！”她说，“这是最后一次了！这是我最后一次亲你！也是你最后一次拥抱我！我们以后再也不能见面了。为了保守秘密，我这些年来是什么样儿，现在还是什么样儿。这就是我的报应，我的命运。如果你听人家说，德洛克夫人雍容华贵，到处受人奉承，那你就想想你那不幸的母亲，在那面具下，受着良心的谴责！想着她实际上是痛苦的，她后悔也没有用，她心里只剩下了对女儿的热爱和真情，但又必须压抑下去！还有，如果能够的话，那就原谅她吧，求上帝也原谅她吧——尽管上帝是不会原谅她的！”

我们俩又拥抱了一会儿，可是她很坚决，她把我的手拿下来，放在我的胸口上；她在我的手背上最后吻了一下就撒开，向林子里走去。我独自一人留下来；在我下面，在那光影交错的地方兀立不动的，就是那座带着石板道和塔楼的古老房子，那房子我第一次看见的时候，仿佛笼罩在一片寂静之中，可是现在，却像是我母亲不幸遭遇的冷酷无情的见证人。

起初，我惊得呆呆的，就像我以前得病的时候那样，觉得身上软弱无力，可是，一想到严守秘密，不能让人有丝毫怀疑，我就振作起来了。我擦掉了泪痕，不让查理看出我刚才哭过，我还一心想着，我有庄严的责任，要小心谨慎、不动声色。过了好一阵子，我才克制住了自己，或者说，才把千头万绪的哀愁压下去，过了大约一个钟头，我觉得好一点，可以回家了。我走得很慢；我看见查理在门口等我，便对她说，德洛克夫人走后，我又蹓跶了一会儿，现在很累，想躺一下。我关上房门，把信拿出来看。我从信中知道，我母亲当初并没有遗弃我——这一点我当时认为很重要。我生下来的时候，人们都以为我死了，把我放在一边，可是，我母亲唯一的姐姐，也就是我小时候的教母，发现我还有气息，就本着她那种严峻的责任感，偷偷把我带去抚养，不过，她根本不希望我活下来，而且从我出生的时候起，就不再和我母亲见面。我就是这样莫名其妙地活下来的；不久以前，我母亲还以为，我一出生就死了，没有活下来，没有起名字，早就埋葬了。她第一次在教堂里看见我的时候，曾经吃了一惊，曾经想过她那孩子要是活下来，大概就是我这样子，不过，那时候她没有再往下想了。

信里还说了一些别的事情，我在这里就不谈了。到了该谈的时候，我自会在故事里交待明白。

我头一件要做的事情，就是要把母亲的信烧掉，甚至把纸灰倒掉。接着，我想到自己竟然长大成人就非常难过；我觉得，要是生下来就死了，那一定对许多人都有好处；我很害怕自己会带累母亲，会玷辱她和那个自负的家族的名声；我因为一心以为自己应该一生下来就死掉，相信只有这样才是天从人愿，一心以为当时我活下来真是不应该，未免天不从愿，想到这些就惶惶不安，心惊胆战。

这都是我的真实感受。我觉得很累，就睡着了；醒后，一想起回到现实生活，随时都要为别人担忧受怕，又哭了起来。我越来越觉得自己可怕，因为我又想起了母亲（而我就是她的人证物证），想起了切斯尼山庄的主人，还想起了从前我教母说的话——那番话现在有了新的和可怕的含义，像惊涛拍岸似的在我耳边轰鸣："埃丝特，你母亲是你的耻辱，而你也是她的耻辱。总有一天，时间也不会很长，你对这一点一定会明白，一定会感觉出来。因为对于这样的事情，只有女人才会有这种感觉。"接着，我又想了她的另一句话："你要天天祈祷，免得别人的罪恶降临到你的头上。"我无法摆脱这些想法，我觉得，好像这大错就是我铸成的，这耻辱就是我招来的，而天灾已经降临到我头上来了。

转眼间，已是暮色四合，显得阴暗而凄凉，我内心里仍然感到非常苦恼。我独自出去，在猎园里走了一会儿，望着暮色把树林笼罩起来，望着蝙蝠飞来飞去，有时几乎碰在我脸上，就这样往前走着走着，我第一次来到切斯尼山庄那个邸宅前边。如果我这时候的心情不是这么难过的话，我也许不会到那里去。但是，我心里既然这样难过，就沿着小径往前走了。

我不敢逗留，也不敢张望，只是从那带着石板道的花园前面穿过，那里花香扑鼻，有几条宽大的露天廊道，还有精心栽培的花圃和整齐平坦的草地，我看到那里的景色庄严而美丽，古老的石头栏杆和胸墙，以及宽阔而又低矮的台阶，都因年代久远和风吹雨打而裂了缝；看到了这些东西的周围和日晷下面的古老的石座附近，一片苔藓和常春藤；我还听到泉水的淙淙声。后来，那条小径把我带到一长排黑洞洞的窗户旁边，窗与窗之间是一些奇形怪状的塔楼和突出的门廊，门廊前古老的石狮和异兽在张牙舞爪，似乎是从阴暗的洞穴里跑出来，一边抓着那盾形的家徽，一边对着黑夜咆哮怒吼。接着，那条小道又带着我绕过一座门，穿过一个院子(邸宅的大门就设在那里，因此我加快了脚步)，来到马厩旁边。马厩附近有一种声音，好像是有人在窃窃私语，这到底是风在吹动红墙高处那繁茂的长春藤呢，还是风信鸡在低声抱怨？还是小狗在吠叫或者挂钟在慢慢摆动？接着，我闻到了菩提树的那种清香，也听到枝叶摇动的飒飒声。我顺着小径转到房子的南面，抬头望见“鬼道”的栏杆和一个映照着烛光的窗户，那窗户的地方可能就是我母亲的房间。

小径到了这里就铺上石板，和上面的石板道一样，我的脚步本来是无声的，这会儿却在石板上响起了回音。我急急地往前走，虽然没有东张西望，但路上的景物倒是都看见了。快走到那个映照着烛光的窗户时，我的脚步声突然使我想起有关“鬼道”的那个传说一定是真的，而给这富丽堂皇的房子带来不幸的就是我，甚至在这个时候就对这房子告警的就是我的脚步声！我越想越觉得自己可怕，禁不住浑身哆嗦，转过头就沿着小径往回走，我要远远离开这个“我”，离开这一切，我急急往前跑，一直跑到猎园的大门口，离开那阴暗的猎园，才停下来喘一口气。

晚上，我独自呆在屋里，又觉得没精打采、闷闷不乐了。不过，就是在这个时候，我才想到，我这样痛不欲生，是多么错误和忘恩负义。亲爱的婀达明天就来了，她给我写来一封热情洋溢的信，说她多么盼望和我见面，那封信连铁石心肠的人看到都会受到感动哩。我还接到另外一封信，那是监护人寄来的，他在信里说，要是我碰见德登大妈，那就请我转告这个小老太太，自从她走了以后，大家都愁眉苦脸，家务乱得一塌糊涂，谁也不知道哪把钥匙开哪个锁。屋里屋外的用人都说，这个家已经变了样儿，而且都嚷嚷着，非要她回来不可。这两封信使我觉得，大家对我这样疼爱，我实在问心有愧，我本该多么高兴才对啊。我不禁想起了往日的事情，而越往下想就越觉得心情舒畅——其实我早就该这样了。

鬼道

因为我心里很明白，上帝并不打算让我一出生就死掉，要不然他就不会让我活下来，更不用说还为我安排这样美好的生活了。我心里很明白，为了我的幸福，许多方面都做了共同的努力；还有，如果说父亲犯的罪有时会报应到子女身上，那么，这句话的含义也不像我早上想象的那么可怕。我知道，我的出生是没有罪的，这和女王的出生没有罪完全一样；在上帝面前，我不会因为自己的出生受到惩罚，这也和女王不会因为自己的出生受到奖赏是一个道理。在我和母亲骤然相遇的时候，我倒是有一个体验，那就是即便在这么短的时间里，我还是能把容貌的改变看成是一件好事，从中得到安慰。于是，我又想起了我的决心并祈求上帝加强我的决心；我为自己和不幸的母亲诚心祷告，觉得早上压在心头上的阴影逐渐消失了。阴影没有在我梦中出现，等到第二天晨曦把我唤醒时，阴影就完全消失了。

亲爱的婀达应该在下午五点钟到来。中间这段时间怎么办呢？我想最好是沿着婀达要来的那条路蹓跶蹓跶。于是，我和查理带着小胖马，顺着那条道往前走，走了很长一段才折回来——小胖马今天套着马鞍，因为经过上回那件事情，我们就没有再让它拉车了。回来以后，我们把房子和花园好好巡视了一遍，看看每件东西是不是都布置得很漂亮，同时还把那只小鸟搬出来，因为它在这个家占着一个很重要的地位。

在婀达到来之前，还有两个钟头，这段时间好像长极了，我必须承认，在这段时间里，我一想到容貌改变，心里就着急不安。我非常喜欢这个可爱的姑娘，我现在容貌改变了，别人会有什么看法还在其次，我最关心的倒是她有什么看法。我有点苦恼，但不是因为心里不痛快——那一天我丝毫没有感到不痛快——而是因为我不知道，她心里是不是有了准备？她乍一看见我，会不会有点吃惊和失望呢？她会不会觉得我的样子比她想象的还要糟糕呢？她会不会想找以前的那个埃丝特却又找不到呢？她是不是得从头做起，再一点点地和我熟悉呢？

婀达脸上的各种表情我都清楚，而她那张可爱的脸又是那样坦率，所以我这会儿就可以肯定，她一见我的时候，准不能把真情掩盖起来。于是我心里也在嘀咕，要是她真流露出我上面说的任何一种神色，那我能不能克制住自己呢？

我想我还是能够的。有了昨天晚上那段经历，我想我是能够的。不过，为了和她相见，等了又等，盼了又盼，想了又想，可不是什么好事情，于是我决定再到大道上去迎接她。

因此，我跟查理说："查理，我想一个人到大道上去接她。"只要是能让我高兴，不论什么事情查理都满口赞成，于是我就走了，把她留在家里。

可是，我还没有走到第二个里程碑，就看见远处扬起一阵尘埃，我的心扑扑地跳起来(虽然我知道，那不是，也不可能是驿站马车扬起的尘埃)，我决定转身走回家去。可是，我刚一转身,又担心驿站马车从后面赶上我(虽然我知道，驿站马车是不会，也不可能赶上我的)，所以，我有大半的路程都是跑着，免得被驿站马车赶上。

等我回到家，我才明白自己做了一件傻事！我本想尽量弄得漂亮点，可是现在跑得满头大汗，反而把事情弄糟了。

最后，我在花园里一边想着至少还要过一刻钟婀达才能到来，一边又激动得直打哆嗦，忽然，查理向我喊道："她来了，小姐！她来了！"

我也不知道自己是干什么，就跑到楼上屋子里，躲在门后。我听见亲爱的婀达一边上楼，一边喊："埃丝特，亲爱的，你在哪儿呢？亲爱的小老太太，亲爱的德登大妈！"可是，甚至在这个时候，我还是站在门后直打哆嗦。

她跑进来了，可是正要往外跑的时候，便看见我了。啊，我的亲爱的姑娘！还是从前那个可爱的样子，流露着深情厚意。除此之外，没有别的东西——绝对没有，绝对没有！

噢，我是多么高兴啊。我坐在地板上，亲爱的婀达也坐在地板上，她把我的麻脸贴在她那美丽可爱的脸蛋上，她的泪水流到我的脸上。她吻着我，把我当孩子似的摇晃着，能想起什么好听的名字，就叫我什么名字，还把我紧紧搂着，贴着她那忠诚的心。

第三十七章
贾迪斯控贾迪斯案

如果我要保守的秘密完全是属于我个人的秘密，那么，婀达来了以后，用不着多久，我就一定会把秘密告诉她。但是，这个秘密并不完全是属于我个人的。我觉得，除非真是到了危急关头，不然，甚至是告诉监护人，我也没有这个权力。要独自肩负这个重担是很吃力的；不过，我目前的责任是什么，这已经很清楚了，而亲爱的婀达又是这样热爱我，所以我完全有魄力、有勇气挑起这个担子。在婀达入睡以后，到了夜深人静的时候，我一想起我母亲，就常常睡不着，整夜都很难过。不过，我在别的时候并没有这样，因而，在婀达眼里，我还是从前那样——当然啰，关于容貌改变这件我一提再提的事情应当除外，如果可能的话，我暂时也不打算再提它了。

第一天晚上，我和婀达正做针线活儿，婀达问我，切斯尼山庄的主人在不在家，我只好回答说，大概是在家，因为德洛克夫人前一天还在林子里和我说话——在这一问一答的时候，要我保持镇静，可真不容易啊。后来，婀达又问我，她说了些什么话，我回答说，她对我很客气，也很关心，婀达又说，她确实很漂亮，很有风度，只是太骄傲了，让人望而生畏——这会儿，要我保持镇静，可就更困难了。不过，查理无意中帮了我一个忙，她告诉我们：德洛克夫人从伦敦到附近郡里的某个大户人家去作客，路过这里，所以只在切斯尼山庄呆了两夜；她在我们说的那个风景如画的地方同我们见面以后，第二天一清早就走了。查理这个人就像俗语说的那样，“小孩子耳朵长”，因为她在一天里听到的新闻，比我在一个月里听到的还要多。

我们准备在波依桑先生家里呆一个月。我记得，在亲爱的婀达来后不到一个星期，有天晚上，我们帮园丁浇完花，屋里刚刚点上蜡烛，查理就一本正经地走到婀达椅子后面，怪神秘地打了个手势，叫我出去。

“噢，小姐，”查理低声说，眼睛瞪得大大的，“德洛克家徽酒店有人找您。”

“得了吧，查理，”我说，“酒店里怎么会有人找我呢？”

“那我就不知道了，小姐，”查理回答的时候脖子伸得长长的，手揪着小围裙的带子——原来她碰到什么神秘或秘密的事情，总是做出这种得意的样子，“不过，要找您的人却是一位绅士，小姐，他还问您好，问您能不能去一趟，而不跟别人说。”

“谁要问我好啊，查理？”

“他要的，小姐，”查理回答说，她的语法学习虽然有进步，但提高得并不快。

“你怎么成了送信的啦，查理？”

“我不是送信的，小姐，”我的小侍女回答说。“送信的是韦·格鲁伯，小姐。”

“韦·格鲁伯是谁啊，查理？”

“您不知道格鲁伯先生吗，小姐？”查理回答说。“德洛克家徽酒店——韦·格鲁伯，”查理说最后一句话时，好像在慢慢地念那个招牌。

“啊？你是说酒店老板吗，查理？”

“是啊，小姐。他老婆很漂亮，不过，她的踝骨断了，一直没有接起来。她哥哥是个锯木工人，关在牢里，人家说他整天喝啤酒，恐怕要一直喝到死呢，”查理说。

我不知道是什么事情，再加上现在自己遇事就提心吊胆，所以我想最好还是亲自去一趟。我让查理赶紧把帽子、面纱和披巾拿来，戴上以后，就沿着盘山小道走下去，那地方我很熟悉，就像是在波依桑先生的花园里一样。

格鲁伯先生只穿着衬衣，站在他那非常整洁的小酒店门前等我。他看见我过来，就双手摘下帽子，像捧着铁锅似的拿在手里（那帽子看上去的确很沉），领我穿过铺了沙子的过道，来到他最好的会客室里。那是个很整洁的屋子，铺着地毯，摆着各种花草，只是摆得太多了，反而显得碍手碍脚，还有一张卡罗琳王后的彩画像，几个贝壳，许多茶具，两条放在玻璃罩里的干鱼标本，天花板下面还挂着一个奇形怪状的东西，不知是鸟蛋呢，还是南瓜（我相信很多人看了都说不出所以然来）。因为格鲁伯先生常常站在酒店门口，所以我一眼就认出他来。他是个中年人，样子快活，体格魁梧，甚至坐在自己家里的炉火旁，也得戴着帽子，穿着长统靴，不然就好像很不舒服，不过，除了上教堂，从来不穿外衣。

他把烛芯剪了剪，往后退了一步，看看怎么样，然后，突然出去了，我也来不及问他，是谁让他去叫我的。对过的会客室敞着门，我听见有个很熟悉的声音在说话，可是这会儿停住了。有人迈着轻快的脚步走进来，这不是别人，正是理查德！

“亲爱的埃丝特！”他说，“我最好的朋友！”他确实很热情、很恳切，我乍一看到他那亲如兄弟的态度，不禁感到又惊又喜，激动得几乎连告诉他婀达很好这句话都说不出来。

“你正说到我心坎上呢，你永远是那么可爱！”理查德一边说，一边把我带到椅子跟前，他自己也在旁边坐下。

我把面纱撂起，但没有完全撂开。

“你永远是那么可爱！”理查德还是很热情地说。

我把面纱完全撂开，一只手搭在他肩上，看着他的脸，告诉他，我很感激他这样欢迎我，也很愿意和他见面，因为我早在害病的时候，就决定要和他见一次面了。

“亲爱的，”理查德说，“我也很想跟你谈一谈，因为我希望你能了解我。”

“不过，理查德，”我摇摇头说，“我倒希望你能了解另外一个人。”

“既然你一下子就提到约翰·贾迪斯——”理查德说，“你指的是他吧？”

“就是呀，我指的正是他。”

“那么，我也要说，我很愿意谈这个问题，因为正是在这个问题上，我希望你能了解我。亲爱的，我是说，要你——你来了解我！我无须对贾迪斯先生或别的什么先生负责。”

我听他这种口气，感到很痛苦，这一点他也察觉到了。

“好吧，好吧，亲爱的，”理查德说，“我们暂且不谈这个问题。我上这里来，是想挽着你的手，悄悄到你们的别墅去，让亲爱的婀达表妹高兴高兴。你对约翰·贾迪斯当然是很忠诚啰，不过，你总不至于拒绝我的要求吧？”

“亲爱的理查德，”我答道，“你知道，你到贾迪斯先生的家去是很受欢迎的——如果你愿意的话，也可以把它当作你的家。你到这里来也是很受欢迎的！”

“你这个小老太太可真会说话啊！”理查德愉快地喊道。

我问他是不是喜欢自己的职业？

“噢，还算喜欢吧！”理查德说。“还算不错。就目前来说，并不比别的事情坏。我知道，等案子解决以后，我就不干这一行了，我可以把军衔卖掉——不过，我们目前先不要谈这些麻烦事儿吧。”

他这样年轻、英俊，无论从哪方面来说，都和弗莱德小姐完全相反！但是，他脸上掠过的那种忧虑、烦躁和期待的阴影却非常像她！

“我现在请了假，呆在伦敦，”理查德说。

“真的吗？”

“是呀。在——在大法官庭的歇夏期间以前，我赶来看看我的案子，”理查德一边说，一边装着满不在乎的样子笑了笑。“我告诉你吧，我们终于把这桩古老的案子推动起来了。”

我听了当然要摇摇头！

“你说得对，这个问题很讨厌，”理查德说话的时候，脸上还像刚才那样掠过一道阴影。“今天晚上，我们就不谈它吧——算了！不谈啦！——你猜猜是谁和我一起来的？”

“是斯金波先生吗？我刚才好像听见他的声音。”

“是他！他对我最有帮助。真是个讨人喜爱的孩子！”

我问理查德，有没有人知道他们一起到这里来。他回答说，没有，没有人知道。原来他去看了一趟亲爱的老小子(他就是这样称呼斯金波先生的)，亲爱的老小子告诉他我们在这里，他就跟亲爱的老小子说他要来看我们，亲爱的老小子马上就说他也要来，于是，他就把老小子带来了。“他这个人真是个宝贝——替他付点账倒也值得，”理查德说。“他总是快快活活。一点也不懂人情世故。毫无人生经验！”

斯金波先生的账由理查德来付，我看不出这里面有什么不懂人情世故的地方，不过我没有提这一点。而且，这时候斯金波先生已经进来了，我们只好谈别的事情。他看见我很高兴。他说：六个星期以来，他常常为我洒下快乐和同情的眼泪；后来听说我渐渐好了，便非常高兴；他这时也就懂得，世界上为什么又有好事又有坏事；他觉得，在别人害病的时候，他更能珍惜自己的健康；他觉得天下的事情可能是这样安排的：某甲长着斗鸡眼，是为了让某乙感到自己有一双正常的眼睛而高兴。或者说，某丙安了一条木腿，是为了让某丁对自己穿着丝袜的肉腿感到更心满意足。

“亲爱的萨默森小姐，你看看我们的朋友理查德，”斯金波先生说，“他从大法官庭的黑暗中，找到了非常美好的未来。瞧，这多么振奋人心，多么叫人高兴，多么富有诗意！古时候，牧羊人心里想着山林神吹笛，仙女漫舞，就觉得森林里其乐融融，而不那么孤单寂寞。目前的牧羊人就是我们这位富有田园诗人色彩的理查德，他让命运女神和她的侍女，随着法庭宣读判决书那抑扬顿挫的声调，载歌载舞地穿过死气沉沉的四个法学协会，使它们变得生气勃勃。你瞧，这多么好玩！有些脾气不好、爱发牢骚的人，可能会对我说：‘一般法院和大法官庭的弊病很多，留着这些弊病有什么用处？你怎样替他们辩护呢？’我回答说：‘我的爱发牢骚的朋友，我不**想**为这些弊病辩护，不过，我倒是觉得它们顶好的呢。我有一个朋友，是一位年轻的牧羊人，在我这个头脑简单的人看来，他把这些弊病变成了非常吸引人的东西。我并不是说它们就是为了这个原因才存在——因为在你们这里爱发牢骚的世人中间，我不过是一个小孩子罢了，用不着对你们或对自己负任何责任——不过，它们也许就是为了这个原因才存在的。’”

我认真地想了想，觉得理查德同这样的人交朋友，实在糟糕。在这样一个时刻，他本来是最需要正确的原则和目标的，现在却纵情游乐，对什么事情都采取敷衍塞责的态度，把一切原则和目标全都置之脑后，我想到这里，心里更感到不安。我想我是能理解像监护人这样的人的：他富有阅历，饱经世故，却又不得不考虑在这场家庭纠纷中如何去对付，如何才不被牵连；他看到斯金波先生毫不隐讳自己的弱点，处处现出天真烂漫的样子，也感到莫大的快慰。不过，我也不大清楚，他是不是真的那样天真烂漫，说不定这也和其他的手法一样，都是为了达到好吃懒做的目的，只是在做法上更加省力罢了。

他们两人都和我一起走回来，斯金波先生来到大门口就走了，我悄悄地和理查德走进去，喊道："婀达，亲爱的，我带了一位绅士来拜访你。"婀达吃了一惊，满脸通红，这不难看出她的真情。她深深地爱着他，这一点他是知道的，我也是知道的。不过显而易见，他们这一次只是以表兄妹的身份见面。

我几乎不相信自己竟会这样胡乱猜疑，不过，我已拿不稳，理查德是不是真心爱她。他倒是非常爱慕她的——其实，谁不爱慕她呢？——我敢说，要不是他知道她会遵守对我监护人许下的诺言，他一定会怀着骄傲和热情，和她重订山盟海誓。但是，有一个想法折磨着我，那就是贾迪斯控贾迪斯案的影响甚至波及到他的爱情：在他把那案子撂开之前，他无论是在爱情方面或是在别的方面，总是迟迟不把真心诚意拿出来。啊，我的天啊！我现在真不知道，要是没有这件不幸的事情，理查德后来会成为一个什么样的人！

他非常坦率地对婀达说，他到这里来，不是要偷偷地破坏贾迪斯先生给婀达订的条件(他认为，婀达当初接受这些条件，似乎过于盲目和轻信)，而是要光明正大地来看看她，看看我，还要说明他和贾迪斯先生的关系所以不好，并不是他的过错。因为那个老小子马上就要来找我们，他请我定个时间，明天早上和他见面，他要和我推心置腹地谈一谈，以表明他的态度是对的。我提议明天早晨七点钟，跟他到猎园里散步，事情就这样说妥了。不一会，斯金波先生就来了，让我们开心了足足一个钟头。他一定要我们把小柯文塞斯(指查理)叫来，他以长者的姿态对她说，他在她父亲生前，曾经尽到他的力量，给她父亲找了许多买卖，如果她那个小兄弟快快长起来，继承了父业，那么，他相信，他也会给她的小兄弟找许多买卖的。

“因为我总是陷入这些圈套里，”斯金波先生一边说，一边隔着那杯掺了水的酒，眉飞色舞地看着我们，“而且又总是像船舱里的水，让人戽了出来[①]。或是像船上的水手，算清账就卷铺盖开路。反正有人付了账。你们知道，我是不能付账的，因为我从来也没有钱。但是有人替我付账。我就是靠别人的力量才摆脱了困境，我不像燕八哥那样，我没有被关在笼子里。如果你要问我那个人是谁，那我可真说不上来。让我们为他干一杯吧。上帝保佑他！”

第二天早晨，理查德来晚了一些，不过，我也没有等多久；

---

① 原文是 bail out，双关语，可作“保释出来”的解释。

我们走进了猎园。空气清新而湿润，天空万里无云。小鸟纵情歌唱；凤尾草、青草和各种树木，露珠点点，晶莹悦目；这树林子比昨天漂亮多了，仿佛它在黑夜里沉睡的时候，大自然通过每一片奇妙的叶子的细微处表明它为了迎接光辉灿烂的明天，比平时还要警醒。

“这地方真可爱，”理查德环顾四周说。“这里没有打官司的那种争执和纠纷！”

不过，这里却有过别的麻烦事儿呢。

“亲爱的姑娘，我跟你说说吧，”理查德说，“等我把这些事情大体解决了以后，我就来这里休息休息。”

“现在就休息，不是更好一点吗？”我问道。

“噢，”理查德说，“**现在**就休息，或者**现在**就干点固定的事儿，那可不容易啊。简单地说，这是不可能的，至少对**我**来说是不可能的。”

“为什么不可能呢？”我问道。

“你知道为什么不可能，埃丝特。如果你住在一所没有盖好的房子里，屋顶可能安上，也可能拆掉——说不定明天，后天，下个星期，下个月，下一年——整所房子会从上到下拆掉，也可能重新盖起来——那么，你一定会觉得很难安下心来休息。我也是这样。你说现在就该做些什么事情。可是，对我们起诉人来说，没有什么现在不现在的。”

我那可怜的朋友，疯疯癫癫的弗莱德小姐，曾经不厌其烦地跟我讲大法官庭的魔力，她的话我现在差不多相信了，因为我看见理查德脸上又像昨晚那样掠过一片阴影。想想多么可怕啊，他脸上还有那个故去的不幸的格里德利先生的阴影哩。

“亲爱的理查德，”我说，“我们一开头就这样谈，可不好啊。”

“我就知道你会跟我这样说，德登大妈。”

“不光是我一个人这样想，理查德。当初可不是我劝你不要把希望寄托在这件倒霉的事情上头的。”

“你又提约翰·贾迪斯了！”理查德不耐烦地说，“好吧！我们迟早总要谈到他的，因为我要谈的正是他，我们现在就谈好了。亲爱的埃丝特，你怎么这样糊涂呢？难道你不明白他也是这场官司的当事人？我要是不了解这件案子，不过问这件案子，对他可能很有利，而对我就很不利！”

“噢，理查德，”我反驳说，“你又不是没见过他，没听过他说话；你又不是没跟他相处过，或者不了解他的为人，你怎么能在背地里跟我讲这种捕风捉影的事情呢？”

他的脸涨得通红，好像他那豪放的性格使他感到了良心的谴责。他沉默了一会儿，然后放低声音说：

“埃丝特，想必你也清楚，我不是一个卑鄙的家伙，我懂得在这样的年纪就疑神疑鬼并不好。”

“我清楚得很，”我说，“再清楚也没有了。”

“这才是个可爱的姑娘！”理查德回答说，“这才像是你说的话，我感到很痛快。这件事情把我搞得焦头烂额，我也实在应该痛快点儿呢，因为将来就算结局很好，也是一件不愉快的事情，这一点用不着我来告诉你了。”

“这我很明白，”我说。“我和——理查德，我该怎么说呢——我和你一样明白，这种误解不符合你的性格。你和我都知道，是什么东西使你的性格大大改变的。”

“嗐，嗐，我的大姐，”理查德更高兴了，“你对我到底是公平的。如果说我不幸受到这桩案子的影响，那么，贾迪斯也同样受到它的影响。如果说这桩案子把我的性格改变了一些，那么，它也把贾迪斯的性格改变了。我并不是说，由于这些乱七八糟和悬而未决的事情，贾迪斯的为人就不光明磊落了；我肯定他是光明磊落的。不过，这桩案子感染了每一个人。你也知道它感染了每一个人。你听到贾迪斯说这样的话绝不下五十次。那么，**他**为什么偏偏能不受感染呢？”

“因为，”我说，“他跟一般人不一样，他早就下定决心，躲开这个圈子，理查德。”

“噢，你总是因为因为的！”理查德用他那种快活的口吻答道。“你说的那个我可不晓得，亲爱的姑娘，不过，在外表上装出满不在乎的样子，可能是聪明的，能迷惑人的。这样一来，别的当事人就可能不那么关心自己的利益了；有的当事人也可能死掉，有些争论之点也可能忘掉，而许多便宜的东西也可能顺顺当当地捞到手。”

我非常同情理查德，甚至不能用眼神来谴责他。我记得，我的监护人对他的过错很宽大，在谈到他的过错时，一点也没有发脾气。

“埃丝特，”理查德接着说，“你别以为我到这里来是要在背地里说约翰·贾迪斯的坏话。我只是来表明自己是对的罢了。我要跟你说，我小时候对这桩案子毫不关心，那时一切都很好，他和我的关系也很好。可是，等我对这桩案子发生兴趣，想研究研究它的时候，情况就完全变了。于是，约翰·贾迪斯就发现，我和婀达应当分开，而且，如果我不改变那种不能令人满意的做法的话，就配不上她。你瞧，埃丝特，我并不打算改变那种令人满意的做法，因为我不想对约翰·贾迪斯作出让步，接受他强加在我身上的不公平的条件，来博得他的好感。他愿意也好，不愿意也好，我一定要维护自己的权利和婀达的权利。这件事情我已经想过好久了，我得出的结论也就是这样。”

可怜可爱的理查德啊！这件事情他的确想过好久。他的脸，他的声音，他的态度，全都充分地说明了这一点。

“因此，”他说，“我开诚布公地告诉他（你要知道，关于这些事情，我曾经给他写过一封信），我们之间是有分歧的，我们宁可公开表示有分歧，而不要遮遮盖盖。我感谢他的好意和照顾，不过，我和他不妨分道扬镳，因为，事实上，我们的道路是不同的。根据争论中的某个遗嘱，我应当得到的钱比他多得多。我并不是说，那个遗嘱会得到法律的认可，可是，的确有那么一个遗嘱，而那个遗嘱也有认可的可能。”

“亲爱的理查德，你写信的事情，我不是从你这里知道的，”我说道，“贾迪斯先生早就告诉我了，他当时没有生气，也没有说责备你的话。”

“真的吗？”理查德口气缓和下来了。“我很高兴，我刚才说对了，他虽然碰到这些倒霉事情，但还不失为一个光明磊落的人。我一直就是这样说的，而且从来也不怀疑。你瞧，亲爱的埃丝特，我知道，你一定认为我的看法太苛刻了，你把我和贾迪斯之间的事情说给婀达听，她也一定会有这样的感觉。不过，如果你像我这样深入了解这桩案子，如果你像我从前在肯吉事务所那样钻到那些文件里去，如果你知道那些文件上写的是一大堆控诉和反控诉、怀疑和反怀疑，你就会觉得我还是比较客气的。”

“也许是这样，”我说。“不过，理查德，你认为在那一大堆文件里面，有什么真理和公道吗？”

“这桩案子的某些地方是有真理和公道的，埃丝特——”

“也许是很早以前有过吧，”我说。

“现在就有——现在就有——在某些地方一定会有，”理查德急躁地说，“而且我一定要把它们公之于世。如果让人家把婀达当作贿赂的手段，来堵我的嘴，那就不能把它们公之于世了。你说这桩案子使我变了样儿，约翰·贾迪斯也说，这桩案子过去、现在、将来，都使每个牵涉到案子里的人变了样儿。那么，我岂不是更有理由，下决心尽一切力量把这桩案子结束掉吗？”

“尽一切力量，理查德！难道你以为这许多年里，没有人尽过一切力量吗？难道因为有过这许多失败，困难就会少一些吗？”

“这桩案子总不能永远拖下去吧，”理查德回答的时候，好像心里燃起了一把怒火，使我又一次想起不久前见过的那个可怜的格里德利先生。“我年纪轻，有热情；你知道不，充沛的精力加上顽强的决心，曾经创造出许多奇迹。别人搞这桩案子，只是三心二意。我却是全心全意。我把解决这桩案子当作人生的目标。”

“噢，亲爱的理查德，那就更糟糕了，那就更糟糕了！”

“不，不，不，你不必为我担心，”他亲切地答道，“你是个可爱、善良、聪明、温柔、幸福的姑娘，可是，你也有一些偏见。所以我不得不回过头来谈谈约翰·贾迪斯。我告诉你吧，亲爱的埃丝特，从前他和我的关系比较好，那是因为他认为那样对他有利，不过，那种关系是不正常的。”

“难道彼此不和，心怀仇恨，关系才算正常，理查德？”

“不，我不是那样说。我的意思是，这桩案子使我们的关系越来越不正常，因而我们之间就不可能有正常的关系。你瞧，这就是我要推动这桩案子的另一个原因！等这桩案子结束了，我可能会发现，我对约翰·贾迪斯的看法是错误的。等我摆脱开这桩案子，我的头脑就可能清醒些，那时候我也能同意你今天说的话。好吧，那时候我就承认自己错了，向他道歉。”

一切事情都要推迟到那个凭空想出来的日期！在那以前，一切事情只能是乱糟糟的、悬而未决的！

“埃丝特，我最知心的朋友，”理查德说，“我想让我的婀达表妹知道，我对待约翰·贾迪斯并没有采取吹毛求疵、反复无常和固执任性的态度，我这样做是有目的、有原因的。我打算通过你向她解释一下，因为她非常尊敬和器重她的约翰表哥；我知道，你虽然不赞成我的做法，但你一定能替我把话说得委婉一些，而且——而且简单地说，”理查德说到这里，有点犹豫了，“我——我不想让像婀达这样一个容易相信别人的姑娘，觉得我爱打官司，喜欢吵架，整天疑神疑鬼。”

我对他说，在他说的那些话里面，最后几句倒是比较符合他目前的性格。

“是呀，也许是这样，亲爱的，”理查德承认说，“我倒也有这样的感觉。不过，用不了多少时间，我就可以使自己得到公正的看待。你放心，那时候，我会恢复常态的。”

我问他，他希望我告诉婀达的，是不是就这些事情。

“不，还有别的事情，”理查德说。“我必须坦率地告诉她，约翰·贾迪斯给我回信的时候还是用平时那种口吻，管我叫‘亲爱的理克’，劝我放弃原来的看法，还说我的看法不会改变他对我的态度(这些话当然很好听，但是不能改变现状)。我还想让婀达知道，如果我现在很少和她见面，那是因为我在保护我的利益和她的利益——我们两人的利益是完全一致的——我希望，她就是听到什么流言蜚语，也不要认为我三心二意，轻举妄动；相反的，我总是盼望结束这桩案子，总是朝着这个方向去努力。我现在已经成年了，而且也走上了目前这条道路，我觉得，无论做什么事情，都无须对约翰·贾迪斯负责，可是，婀达目前还是法庭的被监护人，我暂时还不想让她和我恢复婚约。等她能独立自主，而我也恢复了原来的样子，那时候，我相信，我们两人的处境，一定会大大改变。如果你向她委婉地说明这一切，亲爱的埃丝特，那就是替我办了一件大事，也是一件好事；而我呢，就可以用更大的力量去打击贾迪斯控贾迪斯案的要害。当然啰，我并不要求你在荒凉山庄闭口不谈这些事情。”

“理查德，”我说，“你很信任我，不过，你恐怕不会听从我的劝告吧？”

“亲爱的姑娘，在这件事情上头，我不能听你的话。别的事情我一定听你的话。”

好像他这一生还有什么别的事情似的！好像他的整个事业和性格不是只受到一个方面的影响似的！

“不过，我能向你提一个问题吗，理查德？”

“当然可以，”他笑着说。“如果你不能提问题，那谁能提问题呢？”

“你自己说过，你过的生活很不稳定。”

“亲爱的埃丝特，什么事情都没有安定下来，我怎么能过稳定的生活呢？”

“你是不是又欠债了？”

“那当然啦，”理查德一边说，一边对我的无知感到奇怪。

“是当然吗？”

“这还有问题吗？亲爱的小姑娘。我全心全意地去做这件事情，总不能不花钱啊。你忘了，也许是你不知道，根据两个遗嘱中的任何一个，我和婀达都可以得到一笔遗产。问题只是：一个遗嘱规定的遗产多一些，另一个规定的少一些。我花的钱无论如何都不会超过遗产所能开支的范围。你放心吧，我的好姑娘，”理查德一边说，一边觉得我很好笑，“一切都会顺利的！亲爱的，我一定能渡过难关！”

我深深感到他的处境很危险，我以婀达的名义、监护人的名义和我自己的名义，想尽一切苦口婆心的话，向他提出警告，指出他的某些错误。他耐心而和蔼地听完我的话，可是，这些话全都被他当作耳边风，丝毫没有产生效果。我没觉得这有什么奇怪。早些时候，他这个满怀偏见的人，接到监护人给他的信，不也是这种样子吗？不过，我还是试一试婀达的影响。

说着说着，我们又回村里来了，我便回家去吃早点。我向婀达说明情况之前，先让她心里有个准备，然后才一五一十地告诉她，我们为什么要担心，理查德会误入歧途，白白浪费自己的精力。她听了这番话，当然很不高兴，尽管她和我比起来，对理查德改正错误所抱的信心要大得多了——这是完全符合婀达的为人的，也是她可爱的地方！——她马上给理查德写了一封简短的信：

亲爱的表哥：

埃丝特把你今天早上告诉她的话全都讲给我听了。我写这封信的目的，是要认真地告诉你，我完全同意她对你说的话；我相信，你迟早会发现，约翰表哥是个真诚和善良的典型人物，那时候你一定会深深后悔，不该（在无意中）这样冤枉他。

我还有一些话，不知道该怎样跟你说，不过，我相信，你一定会明白我的意思。亲爱的表哥，我有点担心，你现在这么不快活，多多少少是为了我——如果是为了你自己的话，那也还是为了我。如果情况确实如此，或者你在做这些事情的时候，总是想到我，那么，我就真心诚意地恳求你不要这样做。你永远避开那从我们出世起就笼罩着我们的阴影，比起你为我做别的任何事情来，都要使我高兴得多。不要因为我说这样的话而生我的气。我请求你，再三地请求你，为了我，为了你，同时也由于对那促使我们从小就变成孤儿的灾难的根源抱着应有的憎恶，我请求你，再三地请求你，永远不要过问这件事情吧。到了今天这个时候，我们已经有理由相信，这件事情不会有什么好结果，不会有什么希望，而只会给人带来痛苦。

亲爱的表哥，你不必受什么约束，你也很可能找到一个比我更可爱的人，这我是无须乎告诉你的。如果你不见怪的话，我可以肯定地说，你那意中人倒是甘愿和你共患难、共安乐，甘愿贫苦，而且希望你幸福，希望你尽到自己的义务，走上自己选择的道路，而不愿意盼着和你一起过阔日子，或是真的和你一起过阔日子(如果有这种可能的话)，因为要达到那个目的，你就得抛弃其他的抱负，在悬念和焦虑中，年复一年地拖下去。你可能会奇怪，我这样没有阅历和经验，竟然说出这样的话来，不过，我心里的确相信事情是这样的。

你的婀达

理查德接到这封信，马上就来找我们，可是，如果这封信使他有所改变的话，那也是很少的一些改变。他说，我们将来不妨看看，谁对谁错——我们等着好了！他说说笑笑，兴致很高，好像婀达的关怀使他感到欢欣鼓舞，看来那封信的确起了作用，但是，我只好叹一口气，希望在他重读的时候，那封信能对他的思想起更大的作用。

那一天，理查德和斯金波先生准备留下来，并且定好座位，准备第二天早上乘驿站马车回去，所以我打算找个机会，和斯金波先生谈一谈。我们这一天都在外面，所以很容易找到这样的机会；我委婉地对斯金波先生说，他怂恿理查德，是要负一定责任的。

“负责任，亲爱的萨默森小姐？”他听见这个词儿，一边跟着说，一边很快活地笑起来。“我是世界上最不能负责任的人啦。我这一辈子就没有负过责任，也不可能负责。”

“恐怕每个人都得负点责任吧，”我怯怯地说，因为他年纪比我大，人也比我聪明。

“真的吗？”斯金波先生说，他听到这个新的说法，便嘻皮笑脸地做出吃惊的样子。“不过，并不是每个人都一定有能力还债啊？我就没有这种能力。从来也没有。你瞧，亲爱的萨默森小姐，”他从口袋里掏出一把零碎的银币和铜币，“这里有许多钱。我不知道到底有多少。我不会算。你可以说这是四先令九便士，也可以说这是四英镑九先令。他们说我欠的钱比这个多。我想大概是吧。我想，好心肠的人允许我欠多少钱，我大概就是欠多少钱。如果他们继续让我借债，那我干什么不继续欠钱呢？你从这些小地方就能明白哈罗德·斯金波这个人了。如果这是责任的话，那我就是负责任的。”

他一边把钱装进口袋里，一边看着我，那张清秀的面孔带着微笑，仿佛他那番莫名其妙的话，说的是别人的事情，他那泰然自若的样子几乎使我相信，他好像真的和他所讲的事情没有关系。

“你一提到责任，”他接着说，“我就想说，我从前没有遇到像你这样富有责任感的人，实在感到遗憾。依我看，你就是责任的化身。亲爱的萨默森小姐，我看见你在以你为中心的小圈子里全心全意地把事情办得井井有条，我就想对自己说——实际上我确实对自己说了——**这就是责任感！**”

听完他这番话以后，我觉得很难向他说明我的意思；但我还是尽最大的努力跟他说，我们大家都希望他制止而不是促使理查德在那里抱着乐观的看法。

“如果做得到的话，我一定照办，”他答道，“可是，亲爱的萨默森小姐，我不会拐弯抹角，不会装模作样。如果他拉着我的手，领我穿过威斯敏斯特大厅，乘风追逐幸运女神，那我只好跟着走。如果他说：‘斯金波，来跳舞吧！’那我也只好跟着跳。我知道，有常识的人是不会这样，可是我**没有**常识。”

“这对理查德来说可是很不幸啊，”我说。

“你是这样想吗？”斯金波先生答道。“可别这么说。如果我们假定，他和有常识的人交朋友——那是个大好人——脸上都是皱纹——非常讲究实际——每个口袋里都装着找开十英镑的零钱——手里拿着带格子的账簿——总的说来，非常像个税务人员。亲爱的理查德呢，乐观，热情，乘风破浪，勇往直前，像初开的花蕾那样富有诗意，他对这位可敬的朋友说：‘我看到一个美好的远景，那里光辉灿烂，无限美好，充满欢乐，你瞧，我这就翻山越岭，奔向那儿去了！’那位可敬的朋友拿起带格子的账簿，一下子把理查德打倒了；他板起面孔来对理查德说，他没看见这样的远景，而且还指给理查德看，那里什么都没有，只有打官司的费用，欺诈的行为，马尾做的假发，以及黑色的法袍。你瞧，美景变成泡影，是令人痛心的——我毫不怀疑，这完全是合情合理的，只是不怎么惬意。**我**是不能这样做的。我没有带格子的账簿，税务人员那一套不符合我的性格，我一点都不受人尊敬，也不想受人尊敬。这也许是很奇怪的，不过，事实的确如此。”

再说下去就没有意思了，于是，我建议赶到前面去，同婀达和理查德一起走，我对斯金波先生很失望，只好打消原来的想法。早晨他到切斯尼山庄去参观过，所以他现在一边跟我们走，一边凭着奇妙的想象，给我们描述德洛克家的那些画像。他对我们说，在那些已故的德洛克夫人当中，有些样子很可怕的女牧人，那些表示和平的牧羊杖在她们手里就变成了杀人武器。她们穿着硬麻布的裙子，戴着扑粉的假发，寸步不离地守着她们的羊群，她们脸上还贴着一块块的俏皮膏①，来吓唬老百姓，好像某些部落的酋长出去打仗时，涂了个大花脸。其中有一幅是某个德洛克爵士的画像，背景是打仗的场面，只见地雷爆炸，烟尘滚滚，火光闪闪，满城大火，要塞垂危，而这一切又都画在坐骑的两条后腿之间，斯金波先生说，这是为了说明，德洛克家里的人根本没有把这类事情放在眼里。他说，德洛克家所有的先人活着的时候显然是一些“标本”——一大堆珍藏的标本，镶着玻璃的眼睛，平平稳稳地放在各自的枝头上和栖木上，样子端庄，毫无生气，而且永远装在玻璃匣子里。

现在一有人提到德洛克这个名字，我就很不安，因此当理查德看见有个生人向我们慢慢走来，就惊呼着迎上去的时候，我感到轻松得多了。

“哎呀呀！”斯金波先生说。“原来是霍尔斯！”

我们问他那人是不是理查德的朋友？

“是朋友也是法律顾问，”斯金波先生说。“你瞧，亲爱的萨默森小姐，如果你需要常识、责任和尊敬这三样东西结合在一起——如果你需要一个模范人物，那么霍尔斯**就是这样的人**。”

我们说，我们不知道有一个名叫霍尔斯的人给理查德帮忙。

“理查德在法律上达到成年以后，”斯金波先生回答说，“就同我们的朋友快嘴肯吉分手，而同霍尔斯搞在一起了。这一点我倒是知道的，因为那是我把他介绍给霍尔斯的。”

“你很早就认识他了？”婀达问道。

“霍尔斯吗？亲爱的克莱尔小姐，我当初跟他认识，就和我跟

① 十八、十九世纪欧洲贵族妇女脸上的黑色圆形贴片。

他的几位同行认识的情况是一样的。有一回，他态度和蔼、客客气气地干了一件什么事情——我想，大概是叫起诉吧——其结果是要把我关进牢里。当时幸亏有人出面调停，把钱付清了——数目是多少多少钱零四便士；我记不清是多少英镑和多少先令了，可是我知道零数是四个便士，因为我当时很奇怪，我怎么会欠人家四个便士——那以后，我就介绍他们两人认识了。那是霍尔斯让我给他介绍，我才这样做的。现在我想起这件事情了，我想，霍尔斯大概是贿赂我了吧？”他发现了这一点以后，便坦然地笑了笑，一边用诧异的眼光看着我们，“他给了我一点钱，说是佣金。大概是一张五英镑的钞票吧？我想起来了，一定是一张五英镑的钞票！”

他对这一点来不及作进一步的研究了，因为这时候理查德兴高采烈地跑回来，急急忙忙地把霍尔斯先生介绍给我们，霍尔斯先生气色不怎么好，嘴唇抿得紧紧的，好像很怕，脸上布满了红斑。他大约有五十岁，长得又高又瘦，肩膀高高的，背有点驼。他穿着黑色的高领衣服，戴着黑色的手套，如果说他有什么地方值得注意的话，那就是他那毫无生气的样子和那从容不迫地盯住理查德的眼神。

“打搅，打搅，两位小姐，”霍尔斯说，这时我才发现，他还有一个值得人注意的地方：说话时细声细气的。“我和卡斯顿先生约好，他的案子一旦列入大法官的开庭日程表，就随时通知他，昨天晚上过了截邮时间以后，我的一个办事员告诉我，卡斯顿先生的案子忽然列入了开庭日程表，所以我今天一早就搭驿站马车，赶来同他商量。”

“是的，”理查德说，得意洋洋、异常兴奋地望着我和婀达，“我们现在办事情，不像早先那样驾着老牛破车似的。我们现在快马加鞭了！霍尔斯先生，我们现在必须雇辆马车，到镇里的驿站去，搭上今晚的邮车，赶回伦敦！”

“悉听尊便，先生，”霍尔斯先生答道，“我完全听你吩咐。”

“让我想想看，”理查德一边说，一边看着怀表。“如果我跑到德洛克家徽酒店去，叫人把我的行李收拾好，定一辆双轮单座马车，或是一辆双轮双人马车，或是随便一辆什么车子，那么我们在动身前还剩下一个小时。我要回来吃茶点的。婀达表妹，我不在的时候，你和埃丝特能不能照顾一下霍尔斯先生呢？”

他又着急又慌张，立刻就走了，转眼间便消逝在暮色之中。我们则朝着回家的路走去。

“明天卡斯顿先生非得出庭不可吗？”我问道。“他出庭有什么好处吗？”

“没有，小姐，”霍尔斯先生答道。“我想没有什么好处。”

他到那里去只落得一场空，我和婀达两人都表示遗憾。

“卡斯顿先生提出一个原则，要亲自过问自己的事情，”霍尔斯先生说，“诉讼委托人提出一个原则，而这个原则又是正当的，那我就得照办。我希望办事丝毫不苟，开诚布公。我是个鳏夫，有三个女儿——爱玛、珍妮和卡罗琳——我的愿望是要恪尽人生的职责，给她们留下一个好名声。这个地方的风景很不错啊，小姐。”

最后一句话是对我说的，因为我离他很近，我表示同意他的看法，还列举了这里几个景致最美的地方。

“真的吗？”霍尔斯先生说，“我有机会赡养一个年老的父亲——他住在我们的家乡唐通谷[①]——我非常喜欢那个地方。我没想到这里也很美。”

为了有话可谈，我问霍尔斯先生，是不是愿意干脆搬到农村来住？

“你瞧，小姐，”他说，“你算是说到我心坎上去了。我的身体不怎么好（老闹胃病），如果光从我个人的角度去考虑，我倒是应该换上乡下人的衣服，远离尘世，这特别是因为我这业务使我无

① 唐通谷（Vale of Tannton）：在英国肯特郡内。

法经常同普通老百姓接触，尤其是无法同女士们接触，而我又是很喜欢同女士们在一起的。不过，我有三个女儿，爱玛、珍妮和卡罗琳——还有年老的父亲——那我就不能自私自利了。当然啰，我已经不需要赡养我亲爱的祖母了，她在一百零二岁那年去世了；可是还剩下许多事情，使磨子不得不继续转下去。”

听他说话得很注意，因为他的声音很小，脸上也毫无表情。

“我提到我的女儿，请你多多原谅，”他说，“这是我的弱点。我希望给那几个可怜的姑娘留下一个好名声，还留下一笔钱，让她们能独立生活。”

说着，我们来到波依桑先生家里，他们已经把茶点摆好，等着我们回来。过了一会，理查德就慌慌张张地进来了，他站在霍尔斯先生椅子后面，弯下腰，在霍尔斯先生身边低声说了几句话。霍尔斯先生大声答道——或者说，尽可能大声地答道——“你要赶马车带我一起走吗，先生？我反正是一样的，先生。悉听尊便。我完全听你吩咐。”

从他们的话里，我们知道斯金波先生得留下来，明天早晨去坐驿站马车上那两个已经花钱定好的座位。我和婀达两人因为理查德的事情，心情很不好，而且对他这次离去也感到很遗憾，所以我们尽可能客气地表示，不打算挽留斯金波先生，而希望他回到德洛克家徽酒店去，因为我们要等那两位晚上赶路的人走了以后，就回家休息。

理查德这时兴高采烈，情绪极高。我们和他一起来到村子里的山岗上，他定好了一辆双轮单马车在那里等着，我们看见一个人提着风灯，站在那匹套着马车的灰色瘦马前面。

我永远不会忘记，在灯光的映照下，他们两人肩并肩地坐在一起的情景；理查德手里拿着缰绳，谈笑风生，得意洋洋；霍尔斯先生却一动不动，戴着黑手套，扣子一直扣到脖子，望着理查德，就像看着他的猎物，并且陶醉其中似的。我现在还能想起当初的情景：那是一个和暖的夏夜，天空不时打闪，烟尘滚滚的大道两旁尽是树篱和参天大树，那匹灰色的瘦马竖起耳朵，马车飞快地驰去，送他们去看贾迪斯控贾迪斯案的开庭。

那天晚上，亲爱的婀达告诉我：不管理查德今后有钱没钱，有朋友没朋友，对她来说都是一样的，而且不仅如此，他越是需要得到一个坚贞不渝的人的爱情，那个坚贞不渝的人就越爱他；不管他由于目前的种种错误，对她有什么看法，她都要永远想着他，也就是说，只要她能以身相委，她一定不考虑自己，只要她能满足他的喜好，她一定不考虑自己的喜好。

后来，她的确遵守了自己的诺言！

当我望着展现在我面前的人生旅途——道路已经越来越短，旅途的终点也依稀可见了——我似乎看到亲爱的婀达那个坚贞而善良的形象，屹立在那件好比是一片死海的贾迪斯控贾迪斯案之上，屹立在被它抛到岸上来的破船残骸之上。

第三十八章
一场内心斗争

到了该回荒凉山庄那一天，我们便按时回去，并且受到了热烈的欢迎。我的健康已经完全恢复；当我发现那些管家钥匙早已送到我屋里来，我不禁拿起来摇了摇，像敲钟迎接新年那样，我用一阵清脆悦耳的叮当声迎接自己的到来。“埃丝特啊，我要跟你再说一遍，别忘了你的本分，别忘了你的本分，”我说，“如果你在各个方面和每件事情上尽你的本分的时候，只是感到心满意足，而不是特别高兴，那你就应当特别高兴才对。亲爱的，我要跟你说的就是这一句话！”

回家以后的头几天，每个上午都为家务事忙得不可开交：许多账目要结算，不断地往返于“牢骚室”和别的屋子之间，许多抽屉和柜子要收拾，所有的事情都要重新安排，因而我根本没有一刻空闲。但等到这些家务都安排好，一切都井井有条了，我就上伦敦一趟，在那儿逗留几个钟头——因为我在切斯尼山庄烧毁的那封信提到一些事情，使我暗自决定这样做。

我这次出行的借口是去探望凯蒂·杰利比(我叫惯了她作姑娘时的名字，所以一直就这么称呼她)；动身前，先给她写了一封短信，请她陪我去办一件小事。我一清早就离开家，坐着驿站马车，很顺利地抵达伦敦，所以，等我来到纽曼街，时间还是挺早呢。

凯蒂婚后就没有见过我，所以感到非常高兴，对我也非常亲热，我当时真有点担心，她丈夫会不会因此而妒忌我。可是，他自己也那样糟糕——我的意思说，他也那样好。总而言之，这还是那老一套，每一个人都对我这么好，可是谁也没给我机会，让我也做点值得人说好的事情。

我发现老特维德洛甫先生还未起床；凯蒂正给他搅拌一杯巧克力，另外有个愁眉苦脸的小学徒——到舞蹈这一行来当学徒，似乎是一件很奇怪的事——则等着把这杯巧克力送到楼上去。凯蒂告诉我，她公公非常慈爱和体贴人，他们在一起相处得很好。她说的所谓相处，是指老先生把什么好的东西都占去了，连住的屋子也是要好的，而她和丈夫两个人却什么都只能将就；他们被安置在马房上边的两间边房里。

“你妈妈好吗，凯蒂？”我说。

“呃，我常从爸爸那儿听到她的消息，埃丝特，”凯蒂答道，“可是我很少见她。我很高兴说，我和她是好朋友了；不过我妈觉得我跟一个跳舞教师结婚，总有点荒唐，她还怕这样荒唐的事会影响到她呢。”

我忽然觉得，如果杰利比太太当初尽到她那贤妻良母的职责，而不去用望远镜在天涯海角追求别的职责的话，她就能对自己做出荒唐事这一点有所戒备了；不过，用不着说，我当时没有把这番话说出来。

“你爸爸呢，凯蒂？”

“他每天晚上都来，”凯蒂答道，“最喜欢坐在那儿的角落里，你看见他就觉得高兴。”

看了看那个角落，我清清楚楚地看到杰利比先生头靠墙的那个痕迹；知道他现在找到这样舒适的地方休息，我心里也感到快慰。

“你怎么样，凯蒂？”我说，“我看你准是一天忙到晚吧？”

“是呀，亲爱的，”凯蒂答道，“我确实很忙；让我告诉你一个了不起的秘密吧，我就快有资格教舞蹈课了。普林斯的身体不大好，我希望能帮他忙。他又要到好几个学校去授课，又要在这里开班，又要教私人学生，还收了学徒，他的担子实在太重了，可怜的家伙！”

我对学徒这件事情还是觉得很奇怪，所以我问凯蒂是不是收了很多学徒？

“四个，”凯蒂说。“一个住在这里，三个住在外面。他们都是挺好的孩子；可是凑在一块儿的时候，就丢下自己的工作，像小孩子那样闹起来。所以，刚才你看见的那个小孩，现在就一个人在那间空厨房里跳华尔兹，而我们也总是想办法把其他三个分开，派到别的屋子去。”

“这只是练步法吧？”我说。

“只是练步法，”凯蒂说。“不管碰上学哪一种步法，他们每一次都要练上几个钟头。他们就在这学校学跳舞；每年的这个季节早晨五点钟就练习转圈。”

“哎哟，你们多辛苦呀！”我喊道。

“不瞒你说，亲爱的，”凯蒂笑着答道，“每天早晨，那几个住在外面的学徒都按铃叫醒我们（门铃就装在我们寝室，免得吵醒老特维德洛甫先生）；我把窗子拉起，就看见他们站在门口的台阶上，每人挟着一双小跳舞鞋，这时候我自然而然就想起那些扫烟囱的小孩了。”

这一切使我感到艺术实在奇妙。凯蒂越谈越起劲，便兴高采烈地给我细讲她自己是怎么学习的。

“你瞧，亲爱的，为了节省开支，我应该懂一点钢琴，同时，我还应该懂一点小提琴；所以，我不但要熟悉我们这一行的许多事情，而且还要练习这两种乐器。假如我妈当初像别人那样，那我也许在开始学的时候就有点音乐知识。可是我一点知识也没有；而且，不瞒你说，这部分工作，一开头还真叫人有点儿泄气。不过，我在这方面还学得比较快，再说，我也习惯那些辛苦的工作了——说到这个，不管怎么样，我还得谢谢我妈呢——你也知道，埃丝特，在这个世界上，总是有志者事竟成的啊。”凯蒂一边说着最后这句话，一边笑嘻嘻地在一架只能发出玎玲玎玲声的正方形小钢琴面前坐下，兴致勃勃地弹起一支四组舞曲来了。后来，她又兴奋得红着脸站起来，一边在笑自己，一边说：“别笑我啊，好孩子！”

我倒是不想笑，而是想哭，不过我既没有笑，也没有哭。我真心真意地鼓励她，夸赞她。因为我从心底里相信，虽然她是一位舞蹈教师的妻子，虽然她志向不大，只想当一个舞蹈教员，可是她已经闯出一条合乎人情、有益身心和忠于爱情的勤劳刚毅的道路，这条道路比起任何慈善事业，都不逊色。

“亲爱的，”凯蒂快活地说，“你不知道，你叫我多么高兴。你不知道，我多么感激你。埃丝特，甚至在我这个小天地里，也发生多么大的变化啊！你还记得我们认识的第一天晚上我那没有礼貌和满身是墨水的情景吗？当时有谁想到我在一切可能和不可能做的事情里面，怎么偏偏挑了教跳舞这一行呵！”

她丈夫刚才在我们聊天的时候出去了，这时候又回来，准备到舞蹈室去领那几个学徒进行练习，凯蒂告诉我，她这会儿可以陪我出门了。可是，我很高兴地告诉她，现在还不到时间，因为我要是这时候就带她出门，我一定会感到很为难呢，于是我们三个人便到那些学徒那边去，我也跟他们一起练习。

那几个学徒都是极其奇怪的小家伙。除了那个愁眉苦脸的男孩——我希望他不是因为一个人在空厨房里跳华尔兹才愁眉苦脸的——另外还有两个男孩和一个穿着薄纱衣裙的又脏又弱的女孩。这女孩戴着一顶很难看的帽子（也是用薄纱制的），把跳舞鞋放在一个又破又旧的天鹅绒手提袋里，那样子很像一个小大人。这些穷苦孩子不跳舞的时候，口袋里总是装着绳子、玻璃球和羊膝盖骨，他们的腿和脚，特别是脚后跟，都非常肮脏。

我问凯蒂，这些小孩的父母为什么要给他们选择这样一种职业？凯蒂说她也不知道；也许他们将来要当教师，也许当演员。他们的父母都是很微贱的人，那个愁眉苦脸的孩子的母亲开着一个卖姜汁啤酒的铺子。

我们很认真地跳了一个钟头；那个愁眉苦脸的孩子那两只脚真了不起；看样子，这两只脚是有某种愉快的感觉的，只是这种愉快的感觉从来不上升到腰以上的地方罢了。凯蒂很注意观察她丈夫，而且显然是模仿他的姿态，可是她自己的舞姿也很优美、稳重，结合她那美丽的脸庞和苗条的身段，就显得特别好看。她已经用不着她丈夫花多大工夫来指导这几个小孩了；而他也很少插手，只是在需要的时候才参加转圈的练习。他常常担任奏乐。穿薄纱衣裙的女孩那种矫揉造作的样子以及她那瞧不起几个男孩的态度，实在叫人觉得可笑。就这样，我们跳了一个钟头。

练习完毕，凯蒂的丈夫准备出城，到一个学校去教课；凯蒂也跑去打扮一番，准备跟我出门。这时我坐在舞蹈室里，默默地注视着这几个学徒。那两个外宿的男孩到楼梯间去换上短靴以后，就去扯那在学校住宿的男孩的头发——这我从他那反抗的叫喊声中就可以断定。他们回来的时候，已经把外衣扣好，跳舞鞋就揣在怀里。然后，他们拿出小包的冻肉夹面包，在一把画在墙上的七弦琴下面吃起来。那个穿薄纱衣裙的小女孩，把跳舞鞋塞进手提袋里并穿上一双破鞋。她把头晃了晃，便钻进那顶很难看的帽子里；听到我问她是否喜欢舞蹈，便一边回答说“就是不喜欢和男孩子跳”，一边在下巴颏上把带子系好，然后带着傲慢的神色回家了。

“老特维德洛甫先生说他很抱歉，”凯蒂说；“因为还没有穿戴好，所以不能在你离开之前接见你。埃丝特，你是他非常喜欢的人啊。”

我表示非常感谢他，不过，我觉得没有必要说，我倒是很高兴能免了这种殷勤的招待呢。

“他得花很长时间才能穿戴好，”凯蒂说，“因为你也知道，他在这些事情上头很重视，必须维持他的声望。你简直没法想象他对我爸爸多么好。他跟爸常常在晚上谈起摄政王的事，我从来也没见爸爸那样高兴过。”

我面前仿佛出现一幕特维德洛甫先生向杰利比先生炫耀自己风度的情景，这实在使我堕入遐想。我问凯蒂，特维德洛甫先生是不是能让她爸爸常常开口讲话？

“没有吧？”凯蒂说，“我不清楚他是不是办得到这一点；不过他倒是常跟爸讲话，爸也很钦佩他，留神听着而且很感兴趣。当然，我也看得出来，爸谈不上有什么风度，可是他们相处得很好。你简直没法想象他们俩多要好。我长了那么大也没见过爸闻鼻烟；可是他现在经常从特维德洛甫先生的鼻烟壶里拿一小撮，整个晚上都不停地把它拿到鼻子跟前，闻一闻又拿开。”

人生的事情真凑巧，老特维德洛甫先生竟然把杰利比先生救出了伯里奥布拉-加纳，这在我看来，实在是一件极其有趣的奇闻。

“关于啤啤，”凯蒂犹豫了一下说，“我最怕他——除了怕自己有小孩以外，埃丝特——给特维德洛甫先生带来不便，可是老先生对他好极了。老先生还要他到这儿来呢，亲爱的！他让他把报纸送到楼上，好在床上看；他把烤面包的碎片给他吃，打发他到别的房间去办些小事情，让他到我这里来拿六便士硬币。总而言之，”凯蒂快活地说，“我也不必啰嗦了，我是一个非常幸福的人，所以我必须感谢上帝。你打算上哪儿去，埃丝特？”

“上老大街去，”我说；“我要到那儿去找那个律师事务所办事员说几句话。我到伦敦那一天，也是我第一次见你的那一天，亲爱的，事务所打发到驿站来接我的就是这个人。对啦，我现在想起来了，就是那一天把我们领到你们家来的那个绅士。”

“这么说，似乎我陪你去是最合适的了，”凯蒂答道。

我们上老大街去，在那里找到格皮老太太家以后，便说要见她。格皮老太太就在客厅，而且，因为她在我们说话之前就已经探出头来，所以显然会像一个硬壳果那样，有被客厅的前门轧碎的危险。她一听说有人找就立刻出来，请我们进屋。她是一位老太太，戴着一顶大帽子，鼻子红红的，目光闪烁不定，但是满脸堆笑。她那狭小的起居室收拾得很整洁，准备接待客人；室内挂着她儿子一幅肖像，这幅肖像，简直可以说，比他真人还要像：一模一样，丝毫不差。

在这个起居室里，我们不仅看到这幅肖像，而且还见到格皮本人。他穿得非常漂亮，当时正坐在一张桌子旁边，用食指按着脑门，阅读法律文件。

“萨默森小姐，”格皮先生一边说，一边站起来，“您今天光临，真使蓬荜生辉。妈，请你给那一位小姐搬一把椅子来，然后你就走开好吗？”

格皮老太太总是满脸堆笑，这使她的样子显得非常滑稽可笑；她听从了儿子的话，给凯蒂搬来一把椅子，然后就坐在角落里，双手捧着一条小手绢，按在胸前，好像在进行热敷似的。

我给格皮先生介绍了凯蒂，格皮先生说，凡是我的朋友，他都无限欢迎。我开始说明我的来意。

“我曾经很冒昧地给您写了一封短信，先生，”我说。

格皮先生为了表示他收到这封信，便从背心口袋里把它拿出来，吻了吻它，又鞠了一躬，把它搁回口袋里。格皮先生的母亲开心极了，一边笑，一边晃着脑袋，还不声不响地用胳臂肘捅了捅凯蒂，让她看。

“我能单独跟您谈一会儿吗？”我说。

我现在回想起来，像格皮先生的母亲当时那个滑稽样子，我真是从来也没有见过。她不出声地笑着；一边摇晃着脑袋，一边拿手绢堵着嘴，同时还用胳臂肘，用手和肩膀捅着凯蒂，让她看；她感到说不出的高兴，所以她好不容易才领着凯蒂穿过那扇小折门，到隔壁她那间卧室里去。

“萨默森小姐，”格皮先生说，“做父母的人，由于关心儿子的幸福，往往是很固执的，这一点得请您原谅。我母亲虽然很叫人生气，可是她的态度完全是出自母爱。”

当我把面纱撩起，我很难相信，真有人会像格皮先生那样，转眼间就满脸通红，神色变得那么厉害。

“我写信请您允许我到这里来找您谈一谈，”我说，“而不愿上肯吉先生的事务所去，因为我想起了您有一次在私下跟我谈话时曾经提到这一点，我恐怕，如果不这样做的话，可能会使您感到不安，格皮先生。”

我相信，尽管如此，我实际上还是使他很不安。我从来也没见过有人这样吞吞吐吐、这样狼狈不堪、这样张惶失措。

“萨默森小姐，”格皮先生结结巴巴地说。“我——我——请您原谅，可是就我们这一行来说——我们——我们——觉得有必要说清楚。您刚才提到某一次的谈话，小姐，当时我——当时我的确表示——”

他喉咙里好像堵着块什么东西，怎么也咽不下去。他用手按着那里，一边咳嗽，一边装出难受的样子；他又试着把那块东西咽下去，又咳嗽，又装出难受的样子；他东张西望，并翻弄着法律文件。

“我忽然觉得有点头晕，小姐，”他解释说，“差一点就支持不住了。我——唔——常犯这种病——唔——我的天！”

我等了他一会，让他定下神来。就在这个时候，他把手放在脑门上，然后又放下来，然后又把椅子拉到他身后的那个角落里。

“我刚才的意思是，小姐，”格皮先生说，“——哎哟——我看一定是支气管有毛病——嗯！我的意思是，您那一次对我的表示拒绝得很好。您——您大概不否认这一点吧？虽然现在没有证人在场，不过——您要是承认这一点的话，那您心里也就觉得舒坦一些。”

“我当时拒绝您的建议，”我说，“是没有提出任何保留和条件的，这一点完全可以肯定，格皮先生。”

“谢谢您，小姐，”他答道，一边不安地用他那双手量着桌子的长度。“您这样说很好，我很佩服您。唔——我一定是得支气管炎了！——一定是支气管有毛病——唔——如果我说，我当时的表示是最后的表示，这件事已经完结了，您大概不会生气吧？——其实我也不必多此一问，因为像您这样一位通情达理的人，或者任何一个通情达理的人，都会了解当初的情形。”

“我很了解当初的情形，”我说。

“也许——也许您不否认当初曾经拒绝我吧——唔——拘泥形式可能是没有什么意义的，可是，这对您来说，心里可能舒坦一些，小姐。”格皮先生说。

“我绝不否认这一点，”我说。

“谢谢您，”格皮先生答道。“我实在佩服您。由于我在生活上已经作了安排，再加上那个我无法控制的环境，我很抱歉我没有办法恢复我那个建议，或者以任何形式把它重新提出；但是将来回忆起这件事的时候——唔——我一定是永远感到亲切的。”格皮先生的支气管炎帮了他很大的忙，他那双手也不再量桌子的长度了。

“我现在就把我想说的话对您谈谈好吗？”

“非常荣幸，”格皮先生说。“我相信您是个通情达理和很有见识的人，小姐，您一定——一定是光明正大的；同时，不论您想说什么，我都愿意洗耳恭听。”

“那一回，您很客气地对我暗示说——”

“对不起，小姐，”格皮先生说，“我们最好不要脱离当初的谈话而去谈什么暗示。我不承认我当时作了任何暗示。”

“您那一回说，”我重新开始，“您将来调查清楚我的身世以后，就可能改善我的地位和增进我的幸福。我想，您是因为大致了解我过去是个孤儿，而我所得的一切东西，又都是贾迪斯先生恩赐的，所以才产生这种想法。现在，格皮先生，我来求您的唯一目的是，请您放弃您打算通过这种方法为我效劳的一切想法。自从上次生病以来，我就常常想这件事情，尤其是最近，我想得更多。因为不知您什么时候又会想起这件事，又会在某一方面采取行动，所以我终于决定来见您；我可以肯定说，您的想法全都错了。关于我的身世，您不可能调查出任何足以使我幸福和给我快乐的事情。我很了解我自己的身世；我完全有资格向您保证，您这样做绝不可能增进我的幸福。也许，您早就放弃这个想法了。如果是这样，那就请您原谅，我这次来给您添了不必要的麻烦，如果不是这样，那我求您相信我刚才给您作的保证，从此放弃这个想法。为了让我平平静静过日子，我请您这样做。”

“我必须坦白说，小姐，”格皮先生说，“您这番话的确表明您是通情达理和很有见识的，这我刚才已经表示过钦佩了。您这样有见识实在叫人高兴；如果我刚才对您的意图有任何误解的话，那我准备向您道歉。不过，我这里虽然向您道歉，但也希望您能了解我的意思——我只是就今天谈的事情向您道歉，关于这一点，像您这样一个通情达理和极有见识的人自然明白有必要这样说。”

我必须替格皮先生说明，他刚才那种不停咳嗽的情况已经大大好转了。他似乎很高兴能答应我要他做的事情，他还感到惭愧呢。

“如果您能让我一次把话说完，不再打断我的话，”我看到他正要说话，便接着说，“那我一定很感谢您。先生。我今天来见您是尽可能不让人知道的，因为您那次把您的这种意见说给我听的时候是信任我的，对于您的信任，我确实表示过要尊重——而且，您一定也记得，我一直就是尊重的。我刚才已经说过我生了一场病，所以我确实可以毫不犹豫地说，我很了解，我现在就是求您帮个什么忙的话，也用不着不好意思开口了。这就是我现在提出这个请求的原因；我希望您能对我多加体谅，答应我的请求。”

我必须替格皮先生再说一句公道话：他似乎越来越感到惭愧了，而且当他红着脸回答的时候，他那样子一方面是惭愧到了极点，一方面却非常诚恳：

“我以我的名誉、我的生命、我的灵魂来担保，萨默森小姐，只要我还活着，我就一定按照您的愿望去做！我以后绝不再做任何违背您的愿望的事情。如果您觉得有必要的话，我可以为这个发誓。关于这次所谈的事，”格皮先生接着往下说，他说得很快，仿佛他在背一段很熟的话似的，“我答应您的都是实话，千真万确，绝无虚假，所以——”

“我很满意，”这时候我站起来说，“我很感谢您。凯蒂，亲爱的，我准备回去啦！”

格皮先生的母亲和凯蒂走进来(这一回，她不是对着凯蒂，而是对着我不出声地笑着，并用胳臂肘捅我)，我们就告辞了。格皮先生把我们送到门口；他的神态好像是一个还没有完全睡醒或者是在梦中行走的人；我们让他送到门口就走了，他站在那里瞪着眼睛发愣。

但是过了一会，他就向我们赶来了；没有戴帽子，那头长发全都被风吹乱了。他把我们叫住，激动地说：

“萨默森小姐，我以我的名誉和灵魂向您担保，您可以信任我！”

“我信任您，”我说，“非常信任。”

“请原谅，小姐，”格皮先生说，一条腿迈上前去，一条腿在原地没有动，“这位小姐既然在场，可以作您的见证——如果您肯把您承认了的话再说一遍，那您心里可能就觉得舒坦一些(我本来就是希望叫您放心的)。”

“那好吧，凯蒂，”我转过身对她说，“我要告诉你一件事情，希望你不要感到奇怪，亲爱的，我和这位绅士——”

“即米德尔塞克斯郡、潘登镇、潘登村的威廉·格皮，”他喃喃地说。

“我和这位绅士，即米德尔塞克斯郡、潘登镇、潘登村的威廉·格皮先生之间，从来不曾有过婚约——”

“不曾有过求婚或应婚之类的事，”格皮先生提示说。

“不曾有过求婚或应婚之类的事。”我说。

“谢谢您，小姐，”格皮先生说。“好极了——唔——请原谅——请问这位女士尊姓大名？”

我告诉了他。

“我想是已婚吧？”格皮先生说。“已婚。谢谢您。婚前叫卡罗琳·杰利比，原住伦敦城内，教区外的泰维斯法学院街；现住牛津大街纽曼街。非常感激。”

他跑回家，但跟着又跑回来。

“关于那件事，您也知道由于我在生活上已经作了安排，再加上那个我无法控制的环境，我实在抱歉，无法恢复前些时候已经完全了结的事，”格皮先生说话的时候，装出很沮丧、很可怜的样子，“可是这已经是无法恢复了，难道**不是**吗？您觉得怎么样？”

我回答说，肯定是无法恢复，这个问题根本就不必怀疑。他谢谢我，又跑回他母亲家——接着又跑回来。

“我实在非常佩服您，小姐，”格皮先生说。“如果可能在那友谊之宫建立一个圣坛的话——可是，我以我的灵魂来担保，您可以在各个方面信任我——除了眷恋之情这一点！”

格皮先生内心的斗争以及由于这种斗争而不断奔跑于他母亲家门和我们之间的彷徨不定的样子，在这刮着大风的街上特别显眼(尤其是因为他的头发好久没有修剪了)，这使我们不得不赶快离开。我匆匆地走着，心里感到非常轻松；但当我们最后一次往回看的时候，格皮先生还是很苦恼，不知道是跑过来好，还是跑回去好。

第三十九章
律师与当事人

霍尔斯先生的名字——前面还题有“楼下”的字样——就写在西蒙法学院的一个门柱上。西蒙法学院坐落在法院小街，仿佛是一个有格栅的两层大垃圾箱；这座小小的建筑物很像一个长着斜白眼、面色苍白、愁眉苦脸的人。看样子，西蒙当年很会省钱，他盖这座法学院用的全是旧建筑材料；这些材料很容易枯朽、腐烂和藏垢纳污，而且能永远使人一看到类似的破旧东西，就想起西蒙这个人。现在，霍尔斯先生的名字就写在那上头，好像是在纪念西蒙的熏黑的死者纹章①上，加上他的法律纹章似的。

霍尔斯先生的事务所，从“性格”上说，不喜欢出风头，从位置上说，则喜欢幽静，所以它被挤在一个角落里，门口对着一堵没有窗的墙。一条只有三英尺宽的阴暗过道，地板高低不平，当事人从这里走去，可以找到霍尔斯先生办公室那扇乌黑的门。办公室门口的那个角落，就是在夏季最明亮的早晨也是一团漆黑的；靠近门口的地方，还有一块黑色的挡板，堵着地窖的楼梯口，晚一些时间来的人，脑袋就会碰在那挡板上。霍尔斯先生的事务所非常小，一个办事员不必离开他的板凳就可以把门开开，而另一个和他挤在同一张办公桌的办事员，也用不着起来就可以拨弄炉火。一股羊膻味儿，其中还夹杂着霉臭和垃圾的气味，是从晚上(而且往往是白天)点羊油蜡烛时和在油腻的抽屉里翻弄羊皮纸时发出的。除此以外，屋里的空气又混浊又闷热。这个地方上次什么时候油漆过或刷过灰水，谁都记不起来了。那两个壁炉总是漏烟，到处铺着一层烟垢；大窗架上的窗扉暗淡无光，而且已经破裂，它们只有一个特点，那就是好像已经打定主意，永远都要那么脏，而且除非你把它们推上去，不然就永远都要关起来。这就说明一个现象：为什么在大热天里，那两扇窗户中比较破烂的一扇，总是撑着一捆木柴。

霍尔斯先生是一个很可敬的人。他的业务并不多，但他是一个很可敬的人。那些发了大财或者就要发大财的大律师，都认为他是一个极其可敬的人。他在业务方面从来不错过一个机会，这就是他的可敬之处。他向来不去寻欢作乐，这是他的另一可敬之处。他为人谨慎、严肃，这又是他的可敬之处。他有胃病，这也使人对他大为尊敬。此外，他现在正利用时机，给他三个女儿积蓄一点钱；再说，他那位住在唐通谷的父亲也靠他赡养。

英国法律的一条重要原则是：为业务而开展业务。在英国法律的整个狭窄而曲折的道路上，别的原则都没有这样明确地、肯定地和一贯地受到维护。如果从这个角度去看，英国法律就是条理分明，而不像外行人往往想的那样错综复杂。哪怕有那么一次，让这些外行人清清楚楚地看一看，这条了不起的原则就是，不惜牺牲他们的利益，为业务而开展业务，这样一来，他们肯定就不会再发牢骚了。

但是，如果这些外行人看不清这一点，而只是模模糊糊地看到一部分，那么，他们往往就会无可奈何地让人破坏了生活的安宁和大破其财，而且**真的**要大发牢骚。这时候，霍尔斯先生的可敬之处就会被当作有力的证据，抬出来对付他们。“废除这个法令吗，亲爱的先生？”肯吉先生对一个感到痛心的当事人说，“废除它吗，亲爱的先生？我绝不会同意这一点。如果改变这条法律，先生，那么，你这种轻率的做法，对某个阶层的律师——请原谅，像你这场官司的对方的律师霍尔斯先生就是这个阶层的典型代表——会产生什么影响呢？先生，这个阶层的律师就会在这个世

---

① 从前英国贵族亡故，即在家宅门上或墙上挂出死者纹章，以表示死者的身份。

界上被消灭掉。可是，失去像霍尔斯先生这个阶层的人，你恐怕受不了——我还必须说，整个社会恐怕都受不了。霍尔斯先生在业务方面刻苦钻研、坚韧不拔、精明老练。亲爱的先生，我理解你目前对现实抱有反感，因为我也认为现实对你有点严酷；不过，我绝不同意消灭像霍尔斯先生这样一个阶层的人。”霍尔斯先生的可敬之处甚至有人在国会委员会中援引过，当时起了极大的作用，例如，下面的蓝皮书就记录了一位卓越的律师的证言。“**问**（第伍壹柒捌陆玖号）：你的意思是说，这些诉讼手续必然会造成迁延时日的结果吗？**答**：不错，会迁延一些时日。**问**：还需要大笔的费用吗？**答**：完全可以肯定说，办理这些手续不能不花钱。**问**：还会给人带来难以形容的烦恼吗？**答**：我不想这样说。这些手续并不曾给我带来任何烦恼；事实上恰恰相反。**问**：然而你认为取消这些手续就会给某个阶层的律师造成损失吗？**答**：这一点我毫不怀疑。**问**：你能不能从这个阶层里举出一个人来作例子？**答**：可以。我无须犹豫就可以举出霍尔斯先生。如果取消这些手续，他就会破产。**问**：在律师这个行业里，霍尔斯先生是否公认为一个可敬的人呢？**答**（回答完全说服提问的人，使他在十年内都不会再提这个问题）：在律师这个行业里，霍尔斯先生是公认为一个**极其**可敬的人。”

因此，权威人士私下谈天的时候就会同样公正地说，他们真不知道这个时代会变成什么样子；又说，我们正要往火坑里跳；又说，现在又有些事情改变了；又说，这些改变对于霍尔斯这样的人简直是一个致命的打击——而霍尔斯却肯定是一个可敬的人，他父亲住在唐通谷，三个女儿也都在家。这些权威人士说，如果这种情况继续发展，那么，霍尔斯的父亲会怎样呢？难道要他死掉吗？霍尔斯的几个女儿又会怎么样？难道要她们去当裁缝或家庭教师吗？这仿佛是，霍尔斯先生和他的家属都是吃人生番的小酋长，如果有人提出要消灭吃人主义，那么，那些维护这种主义的愤怒的斗士就会这样说：你要是把吃人的事当作非法的，那你就会把霍尔斯这样的人饿死！

总而言之，霍尔斯先生在唐通谷上有老父，下有三个女儿，现在还继续恪尽他的职责，像一块木头似的，支撑着一个已经变成陷坑和障碍的破烂地基。同时，许多人在许多情况下，根本不是考虑如何把**曲**变成**直**（这样的问题根本不在考虑之列），而是考虑对许许多多像霍尔斯这样可敬的人有没有利。

大法官在十分钟之内就要退庭，开始歇夏。霍尔斯先生和他的年轻当事人，还有几个装卷宗的蓝布袋——因为装得匆忙，显得鼓鼓囊囊，不成样子，很像一条条刚填饱肚子的大蛇——回到了自己的“洞窟”。霍尔斯先生镇静沉着，保持一个备受尊敬的人所应有的态度，像剥掉手上的皮那样脱下那副窄小的黑手套，像剥掉头皮那样拿开那顶紧套在头上的帽子，然后在办公桌前坐下。那位当事人则把自己的帽子和手套往地上一扔——他根本不管往哪里扔，也不看看会滚到什么地方去——便倒在一张椅子上，一边唉声叹气；他用一只手托着那隐隐作痛的脑袋，那样子很像一幅画着一个绝望的青年的肖像。

“这一次又是什么也没做出来，”理查德说。“什么也没做出来！”

“别说什么也没做出来啊，先生，”平静的霍尔斯答道。“这样说很不公道，先生，很不公道！”

“那么，做出什么来了呢？”理查德很不高兴地转向他说。

“这样问可能不够全面，”霍尔斯答道。“你不妨从另一个角度问一问，目前在做些什么，目前在做些什么？”

“那么，目前在做些什么呢？”郁郁不欢的当事人问道。

霍尔斯坐在那里，两只胳臂架在写字桌上；不声不响地让他右手的五个手指尖和左手的五个手指尖合在一起，然后又轻轻分开，眼光慢慢地落在他的当事人身上，答道：

“目前正在做许多事情，先生。我们尽了很大的努力，一切都很顺利。”

律师与当事人，镇静与急躁

“不错，有人却在这事情上头受罪呢。这四五个月的倒霉日子我怎么过啊？”这个年轻人一边喊道，一边从椅子站起，在屋里来回踱着。

“卡斯顿先生，”霍尔斯答道，不论理查德踱到哪一头，他的眼光总是紧紧地盯着他，“你很急躁，对于这一点，我实在为你感到遗憾。如果你不见怪的话，我想劝你不要老发脾气，不要这样性急，不要这样消沉。你应该更有耐性。你应该更坚强一些。”

“事实上，我应该学你的榜样吧，霍尔斯先生？”理查德说着，一边又坐下来，很不耐烦地笑了一声，并用靴子在那张没有花纹的地毯上敲出嘚嘚的响声。

“先生，”霍尔斯答道；他一直注视着这个当事人，好像他不仅在职业方面有吃掉他的胃口，而且现在就用眼睛一口一口地把他吃掉。“先生，”霍尔斯答道，他的声音低沉，态度冷酷，“我绝不敢自称是一个模范，让你或任何人来学习。如果我将来能给三个女儿留下一个好名声，那我就很满足了；我不是一个自私自利的人。不过，既然你直截了当地提到我，那我也不妨承认，我倒是愿意分给你一点——好吧，先生，你大概是要说那是一种麻木不仁的性格，说实在的，这个我也不反对——就说是麻木不仁的性格吧——我愿意分给你一点麻木不仁的性格。”

“霍尔斯先生，”那个当事人解释说，脸有点儿红，“我根本就没有意思说你麻木不仁。”

“我想你一定有过这种意思，先生，只是你不知道就是了，”心平气和的霍尔斯答道。“这是很自然的事。我有责任用冷静的头脑去办理你的事情，而且，我完全可以理解，在目前这样一个时候，你心里正激动，很可能在你看来我这个人就是麻木不仁。我那几个女儿可能比较了解我，我那年老的父亲可能比较了解我。不过他们了解我的时间比你长得多；再说，一个人在那些信赖自己的亲人眼中和在那些只有业务关系并抱着猜疑态度的外人眼中，自然是不一样。先生，我倒不是埋怨那些只有业务关系的外人抱猜疑态度；事实恰恰相反。我现在正替你办事，希望你尽可能检查我的工作；对我的工作进行检查，这是理所当然的；欢迎你提出问题来。不过，办理你这件事情，需要我头脑冷静和有条不紊，卡斯顿先生；我不能改变做法——不能，先生，哪怕为了讨好你也不能。”

霍尔斯先生看了看事务所养的那只猫——它正耐心地守着一个耗子洞——接着就像着了魔似的注视着那个年轻的当事人，并用一种含混的、低得几乎听不清的声音说话，仿佛被什么污鬼附了身，这鬼既不肯出来也不肯说话：

“你问我，先生，你在这个暑假里怎么过日子。我觉得你们吃军粮的人，只要想玩的话，自然会找到许多寻欢作乐的方法。假如你问**我**在暑假里打算干什么，那我很快就能回答你。我准备办理你的事情。你天天都可以在这里看到我办理你的事情。那是我的责任，卡斯顿先生；无论是法院开庭或放暑假，这在我都无所谓。如果你想跟我商量事情，你无论什么时候都能在这里找到我。别的律师都出城休假。我却不去。我倒不是怪他们去休假，我只是说，我不休假罢了。这张办公桌就是你可以依靠的磐石，先生！”

霍尔斯先生在办公桌上拍了一下，那响声很空洞，好像是从一具棺材上发出来的。不过这在理查德听来却不是如此。他觉得这响声很有鼓舞作用。也许，霍尔斯先生也知道这一点。

“我很明白，霍尔斯先生，”理查德说，他的态度比较亲热、比较高兴了，“你是世界上最可靠的人；同你打交道，就等于同一个不会受骗的事务家打交道一样。可是，你要处在我的地位——漫无止境地过着这种不正常的生活，一天天地遇到越来越多的困难，不断地希望，也不断地失望，意识到自己的处境越变越坏，而在别的方面却看不出有好转的迹象——你要处在我的地位，那你就会像我这样，有时候觉得处境实在可怕。”

“你知道，”霍尔斯先生说，“我是从来不给人以希望的，先生。我一开始就跟你说过，卡斯顿先生，我绝不会给人以希望。特别是碰到这样一个案子，这个案子的大部分诉讼费都是从遗产来的，如果我给人以希望，那我就不爱惜自己的好名声了。这好像是我的目的就在于诉讼费似的。不过，如果你说看不出有好转的迹象，那我就不得不否认说，这不是事实。”

“是吗？”理查德高兴地答道。“可是你怎么证明这一点呢？”

“卡斯顿先生，代理你的事情的是——”

“你刚才说是——磐石。”

“不错，先生，”霍尔斯先生说，一边轻轻摇着头，并敲了敲那张空洞的办公桌，那声音好像是灰落在灰上，尘土落在尘土上，[①]“磐石，这是很重要的。你的事情现在是单独由一个律师来代理，你的利益再也不至于埋没在别人的利益之中。**这**是很重要的。这场诉讼并没有睡觉；我们把它弄醒了，我们把它拿出来透透空气，我们让它行动起来。**这**是很重要的。这个案子所牵涉的不仅是姓贾迪斯的人——事实上和名义上都不是如此。这是很重要的。现在谁也不能在这场官司中为所欲为，先生。而**这**肯定是很重要的。”

理查德的脸色突然涨得通红，握着拳头捶了一下那张办公桌。

“霍尔斯先生！在我第一次到约翰·贾迪斯家去的时候，如果有人告诉我，他绝不是像他所表现的那样公正无私，而是像他后来慢慢暴露出来的样子，那我一定要用最强硬的话来驳斥这种污蔑；我一定要尽全力来为他辩解。我当初多么不懂事啊！可是现在，我必须对你说，我认为他已经成为这场诉讼的化身；这场诉讼已经不是什么抽象的东西，而是约翰·贾迪斯；我越是受打击，我对他就越感到愤慨；这场诉讼每一次出现新的拖延或者每

---

① 这是从追悼词“灰归于灰，尘土归于尘土”（Ashes to ashes，dust to dust）演变来的。

一次带来新的失望，都是约翰·贾迪斯一手造成的新的破坏。”

“不，不，”霍尔斯先生说。“不要这样说。我们应该有耐心，你我都一样。再说，我从来也不说别人坏话，先生，我从来也不说别人坏话。”

“霍尔斯先生，”那个愤怒的当事人答道。“你跟我心里都明白，他要是办得到的话，他一定把这场官司给扼杀掉。”

“他对这场官司并不热心。”霍尔斯先生承认说，脸上现出不大愿意说的样子。“他对这场官司确实是不热心。不过，不过，他的想法可能是很好的。谁能看透别人的心呀，卡斯顿先生？”

“你能看透，”理查德答道。

“我吗，卡斯顿先生？”

“你至少能够看透他的想法。我们的利益到底冲突不冲突呢？告——诉——我？”理查德说出最后三个字的同时，在他那可靠的磐石上敲了三下。

“卡斯顿先生，”霍尔斯答道；他的态度一点也没有变，连那饿狼似的眼睛也没有眨一眨，“如果我说你的利益是和贾迪斯先生的利益一致的，那么，我就算没有尽到作为你的法律顾问的责任，就算背叛你的利益了。你的利益绝对不是和他的利益一致的，先生。我从来不说别人动机不纯这种话；我上有父亲，下有女儿，所以我从来不说别人动机不纯。不过，哪怕要造成别人家庭不和，我也绝不放弃我业务上的职责。我想你现在是要就你的利益，跟我商量业务上的问题吧？是不是这个意思呢？如果是这样，那我可以回答你，你的利益和贾迪斯先生的利益并不是一致的。”

“当然不一致！”理查德喊道。“这个你早就看出来了。”

“卡斯顿先生，”霍尔斯答道，“关于第三者的事情，凡是不必要的话，我就不想说了。我想给我的女儿爱玛、珍妮和卡罗琳留下一个清白无瑕的好名声和靠我辛勤刚毅挣来的一小笔财产。我也希望和我那些同行的人和睦共处。那一次，斯金波先生给了面子——我不想说这是一个很大的面子，因为我向来是不肯奉承人的——在这个办公室介绍你我认识，我当时曾对你说，因为你的事情已经委托给另一个法律事务所办理，我就不便给你提供意见和劝告了。而且我当时对声誉卓著的肯吉-卡伯伊事务所也给予了应有的评价。但是你，先生，认为有必要从那个事务所把你的事情抽出来，委托给我办理。你光明正大地把你的事情交给我，我也光明正大地把你的事情接下来。你的事情现在是本事务所最重要的业务。你大概已经听我提过，我的胃不大好，休息可能有些好处；但只要我还代理你的事情，先生，我就不准备休息。无论你什么时候需要我，你都可以在这里找到我。无论你在什么地方要见我，我都可以去见你。在这个暑假里，先生，我要利用我的空闲时间，更周密地研究你的利益，并且要作出某些安排，在米迦勒节开庭以后去扭转乾坤(当然也要扭转那位大法官的)。等到有一天，我终于向你祝贺，先生，”霍尔斯先生带着一个刚毅果断的人那种严肃的态度说，“等到有一天，先生，我终于衷心地祝贺你承继那份财产的时候——关于这一点，要不是因为我从来不给人以希望的话，我本来还可以多说几句——你并不欠我什么情，除了从遗产中扣除照章规定的诉讼费以外，只要你把当事人应交律师费用的一些小差额结算清就可以了。我对你没有什么要求，卡斯顿先生，我只希望你承认我在履行职责时热心积极而不是拖拖拉拉和墨守成规，先生，我只要求你给我这样一个面子就够了。我一旦成功地履行完我的职责，你我之间的关系就算告一段落了。”

霍尔斯宣告完自己的原则，最后又补充说，既然卡斯顿先生马上就要到他的军团去，那就希望他给霍尔斯先生开一张支票，让他到银行去支取二十英镑。

“因为我们最近有过许多次简短的谈话和会面，先生，”霍尔斯一边说，一边翻着他那本日志，“这些事情加在一起也有不少律师费了，再说，我并不吹嘘自己是个有钱的人。我们第一次认识的时候，我就很坦率地对你说——我有一个原则，认为律师与当事人之间必须竭诚相见——我不是一个有钱的人；我当时还说，如果你的目的是在于钱，那你最好还是把你的文件材料留在肯吉事务所。不，卡斯顿先生，关于钱这方面，你在这里既不会占便宜也不会吃亏，先生。这个，”霍尔斯又在那办公桌上敲了一下，发出一个空洞的声音，“就是你的磐石；我根本用不着再为它吹嘘。”

那位当事人的忧郁情绪渐渐消失，渺茫的希望又闪现出火花；他拿起笔，蘸了蘸墨水就往支票上写；当他写到支付日期的时候，脸上不无为难的神色，似乎有所考虑和计算，这表明他在银行的存款不多了。这段时间，霍尔斯——他不仅把身上那件外衣的扣子全都扣上，而且连他心灵的外衣的扣子也全部扣上了——一直很注意地看着他。这段时间，霍尔斯事务所的那只猫也一直全神注视着那个老鼠洞。

最后，那位当事人一边和霍尔斯先生握手，一边恳求他，千万要尽力“帮他渡过”大法官庭“这个难关”。向来不给人以希望的霍尔斯先生，这时按着当事人的肩膀，笑着答道：“什么时候都在这里恭候，先生。无论是你亲自光临或写信赐教，什么时候都可以在这里看到我为这件事情努力，先生。”于是，他们分了手，霍尔斯一个人留下来，为了三个女儿至高无上的利益，忙着把“日志”上的种种琐事转到支票账本上去。同样地，一只四处觅食的狐狸或狗熊也可能为它的小崽子计算计算弄到多少小鸡或迷途的旅客；这里用小崽子这个词儿，并不是要侮辱那三位面孔瘦削、身材细长、穿着高领子衣服的姑娘——她们目前正和父亲霍尔斯住在肯宁顿，那间简陋的房子就坐落在一个潮湿的花园里。

理查德从西蒙法学院最阴暗的地方钻出来，走进法院小街的阳光中——这里今天恰巧有阳光——满怀心事地往前走；接着便拐进林肯法学院，在林肯法学院的树荫下走过去。那些斑斑点点的树影，常常落在许多这样懒洋洋地走着的人身上，这些人都耷拉着脑袋，咬着手指甲，眼光下垂，脚步缓慢，神情迷惘，善良的心意日益消失或已经消失，生活苦恼不堪。现在这个懒洋洋地走着的人还未到潦倒的地步，不过沦落到这种地步也不是不可能的。大法官庭只懂得判例，它拥有大量这类的判例；那么理查德这个案子为什么就应该和千万个判例有所不同呢？

然而，理查德消沉的时间并不长，所以，当他懒洋洋地离开的时候——他虽然也恨这个地方，却不愿意接连几个月离开它——他自己可能认为他这个案子很了不起呢。他抱着种种损害他健康的忧虑、牵念和猜疑，因而感到心情沉重，但是，当他想起第一次到这里来的情景有多么不同、他的处境有多么不同以及他的心情有多么不同的时候，他也许同时还感到有点悲哀和惊异吧。然而，别人对你不公平就会引起你对别人不公平；你同幻影搏斗并且被打败了，那你就觉得必须找一个有血有肉的人来交锋；如今活着的人已经弄不清这个无形的案子，因为弄清它的时机早已消失，那么，现在抓到一个有形的人，抓到一个本可以拯救他，使他免遭毁灭的朋友，并把这个朋友当成敌人，也就算是稍微从这个无形的案子中解脱出来了。理查德曾经把这番话告诉霍尔斯。不管理查德现在的心肠是变硬了还是变软了，他仍然把他的不幸归咎于这个朋友；他有一个确定不移的目的，但在他的朋友那里却受到了挫折，而这个目的就是从这一个日益把他卷进去的问题而来的；除此以外，他认为找到一个具体的对手和压迫者，还可以为自己的行为作辩解。

这样看来，究竟理查德是一个怪物呢，还是大法官庭拥有大量这类的判例呢？——如果这些判例可以从档案室拿来引用的话。

当他一边咬着手指甲想心事，一边穿过广场并被南门门道的阴影吞没的时候，有两双看惯了这种人的眼睛正盯着他。格皮先生和威维尔先生就是这两双眼睛的所有人。他们俩正靠着树下那堵低矮的石墙谈天。理查德从他们旁边走过去，似乎什么也没有看见，眼睛只注视着地面。

“威廉，”威维尔先生摸了摸他的络腮胡子；“这儿又有人在玩火！这一次不是自动燃烧，而是从心里烧起怒火。”

“哎呀！”格皮先生说，“他就是不肯放弃贾迪斯这个案子，我猜他现在一定是弄得满身钱债呢。我跟他向来不熟。他在我们这里当练习生的时候简直像伦敦大火纪念塔那样高不可攀。不管他是个当事人还是个同事，他现在离开了事务所，我就觉得是少了一个眼中钉！好吧，托尼，我刚才谈的就是他们目前干的事。”

格皮先生双手抱着胸，又靠在那矮墙上谈起刚才说的事情。

“他们现在还在干那事呢，先生，”格皮先生说，“还在清点存货，还在研究那些文件，还在检查那一堆堆的破烂玩意。像现在这个速度，他们至少要七年才干得完。”

“那么，小鬼也在帮忙吧？”

“小鬼离开我们了，他是上星期提出辞职的。他跟肯吉说，他祖父工作太忙，老先生吃不消，而他担任那个工作也许能弄出个名堂来。因为小鬼守口如瓶，我和他之间有一度很冷淡。可是他说是你和我先采取这种守口如瓶的态度的；我看他既然抓住我的短处——因为我们当时确实采取这种态度来着——我就同他恢复老交情了。因为这样，我才知道他们在干些什么事情。”

“你究竟进那铺子了没有？”

“托尼，”格皮先生感到有点狼狈说，“不妨坦白跟你说吧，除非有你陪着，否则我对这个房子没有多大兴趣；因此我没有进去，因此我才提这个小建议，约你一起去取回你那些东西。你听这钟声，到时候了！托尼，”格皮先生这时忽然用一种神秘而又亲切的口气，滔滔不绝地说下去；“我觉得必须再一次让你深刻地了解，那个我无法控制的环境，已经可悲地改变了我的生平大愿，改变了我那个日夜思恋的形象——作为一个朋友，我以前曾经对你提过那个形象。现在，那个形象破碎了，那个偶像倒下来了。说到当初我在你友好帮助下打算在库克大院实现的目的，我现在唯一的希望是，放弃这些目的，把它们忘掉。你觉得是不是可能，你觉得会不会(作为一个朋友，我征求你的意见)，根据你对那个反复无常、深谋远虑、最后是自动燃烧的老家伙的了解，托尼，你觉得他会不会，在最后一次和你见面以后，又改了主意，把那些信藏起来，因此那些信在那天晚上并没有毁掉？”

威维尔先生想了一会儿，摇了摇头，肯定地认为不会。

“托尼，”格皮先生说，这时他们正向库克大院走去，“作为一个朋友，请你再一次理解我。用不着详细解释，我不妨再说一遍，那个偶像倒下了。我现在已经没有可追求的目的，只求把往事忘掉。我已经发誓要这样做。这样做是因为我发过了誓，因为那个形象破碎了，同时也是因为我无法控制那个环境。假如你要用手势、用眼色对我暗示，你在最近住过的那个寓所的什么地方，看见过一些很像我们要找的信件，那我一定把它们扔进火里，先生，并且愿意为一切后果负责。”

威维尔先生点了点头。格皮先生说完这番话，自以为很了不起，他当时的神气既像在法庭上辩论，也显得很多情多义——这位先生做什么事情都喜欢用审查的态度，说什么话都喜欢用总结或演讲的口吻——格皮先生说完这番话，便摆出一副尊严的样子，陪着他的朋友向库克大院走去。

库克大院的居民不断地议论那间收购旧瓶破布的铺子目前发生的事，那些议论就像福图内特斯的钱袋那样永远没个底；这种事情可以说是库克大院有史以来所未曾有过的。风雨无阻地，斯墨尔维德老先生每天早晨八点钟在斯墨尔维德太太、朱狄和巴特的陪同下，让人抬到大院拐角的地方，抬进铺子里；风雨无阻地，他们每天都呆到晚上九点钟，吃的是从小饭馆叫来的简单饭菜，整天在死者的宝藏里翻查、搜索、挖掘和埋头研究。那些宝藏是些什么东西，他们守口如瓶，弄得大院的人像疯了似的。这些人在急得不得了的时候，就会想象出，金币从茶壶里倒出来，银币装满了一个个大酒钵，旧沙发椅和床垫塞满一卷卷英国银行的钞票。这大院有人家里有一些平装本的传记小说（折叠式的里封面带着五彩画），写的是丹尼尔·丹塞尔先生和他的姊姊的生平，还有萨福克地方的艾尔维斯先生[①]的生平，他们把书上那些确凿可信的叙述的事实，全都引用到克鲁克先生身上。有两次，那个清道夫被喊进去，抬出许多废纸、垃圾和破瓶；大院里的居民都聚拢在一起，打听那一筐筐装的是什么东西。有不少次，人们看见那两个拿着小鹅毛笔在薄纸上飞快地写着的记者先生在附近遛来遛去，他们两人彼此防范着，因为他们最近拆伙了。太阳徽酒店巧妙地利用和声晚会大赚其钱。小胖子斯维尔斯在本行所谓的“说白”里，影射了斯墨尔维德一家最近在做什么事情，受到听众的鼓掌欢迎；这个歌唱家也像一个有灵感的人那样，在一般的节目中加上“插科打诨”的话。甚至连玛·梅耳维耳逊小姐在演唱再度流行的苏格兰小调《咱们打盹儿》的时候，唱到那一句“狗爱喝汤”（且不管这汤是什么材料做的吧），感情特别丰富，她唱得那么巧妙，同时还向隔壁那个铺子点了点头，听众当时就明白她的意思是说，斯墨尔维德先生爱弄钱；她很受欢迎，每天晚上都有人要求她重唱，再重唱。但尽管如此，大院的居民还是什么也没有发现；所以，当派珀尔太太和佩金斯太太现在同这位旧房客说话（这位旧房客一出现，大院里的人就聚拢起来），大院的居民又是一阵骚动，都想对每一件事情，对更多的事情，弄个水落石出。

威维尔先生和格皮先生在大院居民的每一双眼睛注视下，敲打那丧居的紧闭的大门，他们当时大受居民的欢迎。但是，出乎居民的意料，这两个人居然进了门，他们立即就不受欢迎，并且被认为是要做什么坏事。

这个房子的百叶窗几乎是全部关上，楼下黑得非点蜡烛不可。他们在小斯墨尔维德先生的带引下，走进铺子的后部。他们

---

① 丹尼尔·丹塞尔、艾尔维斯是英国十八世纪的放高利贷者。

从有阳光的地方刚一进来，开始时，除了觉得一片黑暗和阴影重重以外，什么也看不见；但是他们慢慢就看出斯墨尔维德老先生坐在一个像是水井或坟墓的废纸堆旁边的椅子上；贞洁的朱狄就在那里面摸索着，很像教堂墓地的挖墓人；斯墨尔维德太太则坐在那个废纸堆旁边的地上，满身都是碎纸片，有印刷的，有手写的，看来，斯墨尔维德老先生这一天不是用什么好话恭维她，而是不断用碎纸片扔她。这一家人，包括小鬼在内，都是满身尘土、肮脏不堪，而且都现出一副恶魔似的样子，所以这屋子的整个光景虽然很难看，但也没有显出他们的样子好看多少。这屋子比从前更显得凌乱，脏到无可再脏的程度；而且，死者留下的一些痕迹，甚至连墙上的粉笔字，都显得阴森可怕。

客人一进来，斯墨尔维德先生和朱狄就不约而同地双手抱在胸前，停止了搜索。

“哎呀！”老先生声音嘶哑地喊道。“你们好哇，两位先生，你们好哇！你是来收拾你的东西吧，威维尔先生？好极了，好极了。哈！哈！要是你过些时候还不来取的话，先生，我们就只好把东西拍卖掉，折成你应付的房钱啦。你到这里来，一定觉得好像又回到自己家里一样吧？欢迎你们，欢迎你们！”

威维尔先生一边谢谢他，一边拿眼睛看了看四周围。格皮先生的眼睛跟着威维尔先生的眼睛一起转动。威维尔先生的眼睛转回来，并没有发现什么新的东西。格皮先生的眼睛转回来，接触到斯墨尔维德先生的目光。这位可亲的老先生像一个快要停止走动的时钟似的，还在喃喃地说：“你好哇，先生——你好——好——”接着就真的停止走动了，他咧着嘴，但是不作声了。这时候，格皮先生忽然看见图金霍恩先生站在黑暗中，双手抄在背后，正对着他，他不禁吓了一跳。

“这位先生真好，居然肯当我的律师，”斯墨尔维德爷爷说。“像我这样的当事人，真请不起这样一位有名的律师；可是，他太好了！”

格皮先生用胳臂肘轻轻捅了捅他的朋友，让他再看一看，同时，又向图金霍恩先生慢吞吞地鞠了一躬，图金霍恩先生则随随便便地点了点头；他在一旁看着，好像没有别的事可做，而且甚至对这件新鲜事儿很感兴趣。

“我说，这笔产业真不小啊，先生，”格皮先生对斯墨尔维德先生说。

“主要是些破布条和烂东西，亲爱的朋友！破布条和烂东西！我和巴特，还有我这孙女儿朱狄，正设法弄出一个清单，看看有哪些东西能卖钱。可是，我们至今还没有弄出什么来，我们——还没有——弄——出——哈！”

斯墨尔维德先生又像个时钟似的，忽然停了；这时候威维尔先生的眼睛在格皮先生的眼睛陪同下，又把屋子环视一周，最后又转回来。

“那么，先生，”威维尔先生说。“不再打扰你们啦，我们想到楼上去一下。”

“到哪里都行，亲爱的先生，到哪里都行！不要客气，千万不要客气！”

他们上了楼，格皮先生扬着眉，带着怀疑的神色望着托尼。托尼摇了摇头。他们发现原来那个房间非常凄凉，那个令人难忘的夜晚生过火，当时的炉灰还残留在那变了色的炉格里。他们什么东西都不愿意用手去碰，小心翼翼地先把那上面的尘土吹掉。他们也无心在这里久留，尽快地把几件东西收拾好，说话时声音也很小。

“你瞧，”托尼说着，往后倒退了一步。“那只可恶的猫又跑进来了！”

格皮先生退到一张椅子后面。“小鬼跟我说过这只猫。那天晚上，它到处乱蹦乱跳，乱撕乱咬，像一条恶龙似的，后来又跑到房顶上。在那上头转了十几天，才从烟囱里滚下来，饿得瘦极了。你见过这样一只畜牲吗？它那样子好像对这次发生的事全都知道似的，是不是？看样子活像是克鲁克。嘘——嘘！出去，你这魔鬼！”

珍妮夫人[①]站在门口，咧着大嘴，发出虎虎的声音，尾巴竖得像棍一样直，一点也没有服从的意思；但是图金霍恩先生这时刚好走进来，被它绊了一下，它对他那双穿了褪色长袜的腿虎虎地吼着，然后一边狂怒地喊叫，一边弓着身往楼上跑。它很可能又要在房顶上打转转，再穿过烟囱回来。

“格皮先生，”图金霍恩先生说，“我能跟你说句话吗？”

格皮先生这时正从墙上拿下《英国百美图》，准备把这些艺术品放进那个破旧的纸皮箱里。“先生，”他红着脸答道，“我对哪一位同行都是十分敬重的，特别是对于像您这样一位有名的同行——我还要加上一句，先生，像您这样一位杰出的同行。不过，图金霍恩先生，我必须提出一个条件：如果您有什么话要跟我说，那就当着我朋友的面说。”

“哦，真的？”图金霍恩先生说。

“不错，先生。我的理由绝不是从个人出发；不过对我来说，这是有充分理由的。”

“当然，当然，”图金霍恩先生镇定得像他现在轻轻走过去的壁炉前面那块石板一样。“我要说的事情还不至于这么严重，要麻烦你提出什么条件，格皮先生，”说到这里，他把话打住，微微一笑，他的笑容有如他那条黑短裤一样，给人一种阴沉和迟钝的感觉。“我要祝贺你呢，格皮先生；你是一位很幸运的年轻人啊，先生。”

“确实很幸运，图金霍恩先生；我没有什么可抱怨的。”

“抱怨？你结识了许多有地位的朋友，可以随意出入大人物的公馆，接近高贵的夫人！嘿，格皮先生，恐怕伦敦有很多人情愿连耳朵也不要来换取你的地位呢？”

---

① 猫的诨名。

格皮先生当时的样子倒像是情愿不要他那对涨红的——而且是越来越红的——耳朵，来换取别人的地位；他答道："先生，如果我专心从事我的业务，做好肯吉-卡伯伊事务所的本职工作，那么，我有什么朋友和熟人，这跟肯吉-卡伯伊事务所没有什么关系，跟任何一位同行——其中也包括法学院广场的图金霍恩先生——也没有什么关系。我现在没有义务作更多的解释；我十分尊敬您，先生，丝毫没有要得罪您的意思——我不妨再说一遍：丝毫没有要得罪您的意思——"

"噢，当然！"

"——我并不打算作更多的解释。"

"自然，"图金霍恩先生冷静地点了点头说。"好极了：从这些画像，我看得出来你对时髦人物很感兴趣，是不是，先生？"

他这句话是对那露出惊愕神色的托尼说的；托尼听任他挖苦没有作声。

"这倒是大多数的英国人都具有的一个优点，"图金霍恩先生说。他一直是站在壁炉前面那块石板上，背对着那熏得污黑的壁炉架，这时忽然转过身，戴上了眼镜。"这是谁？**德洛克夫人**。哈！画得真像，只是气魄还不够。再见吧，两位先生，再见！"

等图金霍恩先生走了以后，浑身大汗的格皮先生，立即打起精神，赶快拿下那幅百美图，最后又拿下德洛克夫人的画像。

"托尼，"他急忙对那个手足无措的同伴说，"咱们赶快把东西收拾好，赶快离开这个地方吧。托尼，我现在拿在手里的这些天鹅一般的贵族仕女里面，有一个曾经和我秘密地通过信和见过面，现在这件事情再也没有必要瞒着你了。当初本来是有机会把这件事告诉你的。现在已经没有这种机会了。由于我发过誓，由于那破碎了的偶像，由于我无法控制的那个环境，这一切只好统统忘掉。因为你向来表示对那些时髦人士的消息很感兴趣，同时，也因为我本来在经济方面可以帮你一些小忙，我作为你的朋友，请求你把这一切忘掉而不再加以追问！”

格皮先生提出这番要求的时候，几乎达到了在法庭上辩论的那种疯疯癫癫的地步，可是他的朋友却露出一种茫然的神色，这从他那一头乱发甚或从那修剪得很齐整的络腮胡子也看得出来。

第四十章
国与家

几个星期以来，英国一直处在风雨飘摇之中。库都尔勋爵竟然提出辞呈，托马斯·杜都尔爵士偏偏不愿意就职，而大不列颠除了库都尔和杜都尔以外，就没有(值得一提的)人，因此也就没有政府。这两个大人物之间的决斗，有一个时期看来是不可避免的，但幸而没有成为事实；因为如果两支手枪都命中了，库都尔和杜都尔互相残杀，那么，英国大概只能等现在正穿童装和长统袜的小库都尔和小杜都尔长大成人以后来统治了。然而，国家的这场大灾难到底躲过去了，因为库都尔勋爵及时发现，他在激烈的辩论中说他鄙视和看不起托马斯·杜都尔爵士全部不光彩的事业，只不过是想表明党派之争绝不会妨碍他对托马斯·杜都尔的事业表示最热烈的赞美；另一方面，这时候恰巧托马斯·杜都尔爵士也显然认为，库都尔勋爵应该作为美德和荣誉的典范而载入史册。但是，几个星期以来，英国就像一条破船似的，在那阴惨可怕的海峡中漂荡，它没有舵手领航(累斯特·德洛克爵士说得好)去战胜暴风雨；同时，这件事情还有不可思议的一面，那就是英国老百姓似乎对此漠不关心，像洪水泛滥前的远古时代那样，照常吃喝嫁娶[①]。但是，库都尔知道这个危险，他们的追随者和食客，也都非常清楚地看出这个危险。最后，托马斯·杜都尔爵士不但愿意屈就入阁，而且还做得相当漂亮，把他所有的侄子、所有的本家兄弟和所有的姻舅都提携入阁了。这样一来，英国这条破船总算还有一线希望。

杜都尔发现，他必须向国会呼吁——主要是以金币和啤酒的形式来呼吁。变成了这两种东西以后，他就可以在同一个时间里出现在许多地方，也可以在同一个时间里向全国相当大一部分人呼吁。既然不列颠正忙着把变成金币的杜都尔装进口袋里，把变成啤酒的杜都尔喝下肚子去，同时还急得满脸涨红地赌神发誓，说不列颠既没有拿钱也没有喝酒——只是致力于发扬不列颠的光荣和道德罢了——因此伦敦的社交季节也就突然告终，因为杜都尔派和库都尔派全都分散到全国各地去，帮助不列颠进行议会竞选的那些神圣事业。

因此，切斯尼山庄的管家婆朗斯威尔太太，虽然没有接到什么通知，就预见德洛克一家不久就会到来，一大群能够在某些方面协助伟大的立宪工作的本家兄弟和别的人，也要陪着他们一起前来。因此，那个尊严的老太太就抓紧时机，楼上楼下来回地跑，穿过回廊和走廊，走进一个个的房间，趁着时间还来得及，亲自看看一切是不是布置停当：地板是不是擦亮，地毯是不是铺开，窗帘上的尘土有没有掸掉，被褥有没有抖一抖、拍一拍，储藏室和厨房是不是打扫干净，做好准备——总之，一切的东西是不是准备得和德洛克一家的地位相称。

在这夏日的黄昏，在太阳落山的时候，一切准备就绪。这所古老的房子看上去又阴沉又庄严，里面有许许多多居住所必须的设备，但除了墙上挂的肖像以外，这里却没有人居住。某一代继承了切斯尼山庄的德洛克，从这些肖像旁边走过的时候，心里可能会想：他们当初也是这样来来去去；他们当初也像我现在这样，看到这个走廊静寂无声；他们也像我这样，想到自己去世以后，这个领地就会有一个时期出现人去楼空的情景；他们也像我这样，发现如果没有他们，切斯尼山庄很难设想会存在下去；当我把门砰地关上，他们就像我在他们面前消失那样，也在我面前消失；他们没有给我留下怅然若失的空虚感觉，他们就这样回到阴间。

---

① 这里引用《新约全书 · 马太福音》第 24 章第 38 节作比。

切斯尼山庄客厅的黄昏

在太阳落山的这个时刻，有些窗户映出一片霞红，从外面看显得非常漂亮；它们好像不是装在灰蒙蒙的石头墙上，而是装在金碧辉煌的宫殿里；阳光就是透过这些没有被遮挡住的窗户，照射到屋里来，显得五色缤纷，瑰丽多彩，好像照在夏天五谷丰登的田野上。这时候，画像上的那些冷冰冰的德洛克就开始解冻，渐渐感到温暖了。当树叶的碎影在他们脸上晃动的时候，他们的脸上就出现了一些奇怪的表情。一个顽固的法官在墙角落里被逗得挤眉弄眼。一个手里拿着权标、瞪着眼睛的从男爵，下巴颏上出现了一个酒窝。一道阳光和一股暖流，偷偷钻进那个冷若冰霜的女牧羊人的胸口，如果这发生在一百年前的话，也许对她有很大的好处。伏龙妮亚的一个曾祖母，穿着一双高跟鞋，长得很像伏龙妮亚(早在二百年前就预示了伏龙妮亚这个处女的长相)，这会儿正放出一圈光环，变成了一个圣徒。查理二世宫廷里的一个圣女，长着一双又大又圆的眼睛(还有其他与之相应的魅力)，好像是在波光粼粼的海水里沐浴，那海水一面闪着光，一面荡漾开来。

但是，夕阳的光辉渐渐消失。就是在这个时候，地板渐渐昏暗了，阴影慢慢移到墙上，像岁月和死亡那样把那些德洛克打下地狱。这时候，一棵老树在大壁炉架上的夫人肖像投下一个奇怪的影子，使夫人显得面色苍白、心绪不宁，好像是一只大手拿着面纱或头巾，正伺机把夫人蒙起来。墙上的阴影越移越高，越变越暗——接着，天花板上出现一片红光——接着，亮光就消灭了。

切斯尼山庄的景色，从石板道上看很近，可是和一切看来很近、终归要起变化的美好东西一样，这会儿正庄严地隐没，变成一片飘渺的幻景。薄雾上升，露水下降，空气中洋溢着花园里的浓郁的芳香。这时候，树林变成了一大片一大片的黑影，好像每一片黑影都是一棵阴森森的大树。月亮升起，月光把一片片的黑影分开，从这里那里的树干后面平射过来，使这林荫道变成大教堂高拱底下一条明亮的过道。

这时候，明月当空，切斯尼山庄这座大房子，更显得渺无人迹，看上去像是一个没有生命的躯体。这时候，要偷偷跑进这所房子走一圈，想起那些曾经在这些凄寂的卧室里睡过觉的人，一定会感到毛骨悚然；至于那些死去的人，那就更不必提了。这时候，正是阴影活动的大好时机：每一个角落都成了洞穴；每一级往下走的台阶都成了陷坑；彩色玻璃窗向地板投下模糊不清的色彩；楼梯两边笨重的扶手，你把它们当成什么东西都可以，就是看不清它们原来的面貌；暗淡的光线照在盔甲上的时候，很难看清那到底是盔甲，还是有人偷偷在走动；戴面罩的钢盔看上去很可怕，好像里面真有人的脑袋。可是，在切斯尼山庄所有的阴影里面，要数大客厅里夫人肖像上的那个阴影来得最早，走得最晚。在这个时刻，在月光的照射下，阴影变成一只只高举的可怕的手，随着风的吹动，时时刻刻威胁着夫人那漂亮的面孔。

“太太，夫人身体不大好，”在朗斯威尔太太的接待室里，有一个马夫说道。

“夫人身体不大好！那是怎么回事儿啊？”

“夫人自从上回到这里来——我不是指她和德洛克爵士一起来的那一回，太太，而是指夫人行踪不定地从这里经过的时候——夫人的身体就一直不怎么好，太太。夫人是喜欢出门的，但最近不常出门，总是躲在自己的屋子里。”

“切斯尼山庄能让夫人的身体好起来的，托马斯，”管家婆带着骄傲而自满的样子答道，“世界上没有一个地方能比这儿的空气更新鲜，比这里的水土更好了！”

关于这个问题，托马斯可能有自己的看法；他用手倒抹着光滑的头发，从脖颈子一直抹到额角，这个态度大概就是暗示他有看法；然而，他克制着，没有把看法说出来，就回到仆役室去吃那已经凉了的肉馅饼和喝啤酒。

这个马夫是游在比较高贵的鲨鱼前面引路的小鱼。第二天晚上，累斯特爵士和夫人就带着全部随行人员到这里来了，本家兄弟和其他的人也从四面八方到这里来。这以后的几个星期里，就有一些没有名字的神秘人物跑来跑去，他们在杜都尔目前变成金币和啤酒，像雨一样落下来的那些特殊地区到处奔走，但他们只是一些游手好闲的人，不论在什么地方都无所事事。

在这些隆重的日子里，累斯特爵士发现那些本家兄弟很有用处。要在吃饭的时候，招待那些喜欢打猎的客人，恐怕没有人比鲍勃·斯特布尔斯阁下更合适了。要骑马到各处的投票站和竞选演说坛去，要表明自己是维护英国的利益，恐怕很难找到比其他那些本家兄弟更有教养的人了。伏龙妮亚有点迟钝，但血统纯正；许多人欣赏她那生动的谈话，欣赏她的法国谜语，那些谜语实在太古老了，以致随着岁月的周而复始，几乎又变成了新的，许多人要是能够陪着德洛克家的这位美人入席吃饭，就会感到这是一种荣誉，要是能够拉着她的手跳个舞，也会感到这是一种特权。在这些隆重的日子里，跳舞可能是一种爱国行为，因此，人们常常看到，伏龙妮亚蹦来蹦去，为的是要维护那不给她养老金的寡恩寡德的祖国的利益。

夫人没有花费心思去招待那许多客人，而且，她身体还不太好，所以只是到了很晚的时候才出现。但是，在晚餐那些凄凉的时刻，在午餐那些沉闷的时刻，在那些毫无生气的舞会上，以及在其他的无聊的游乐中，只要夫人一出现，人们就感到轻松。至于累斯特爵士，他从来也没有想到，那些有幸到他家里来作客的人可能在某些方面感到欠缺。因此，他抱着非常满意的心情，在客人中间，在一间巨大的冷藏库里走来走去。

每一天，那些本家兄弟都骑着马，踏着尘土飞扬的大道，或沿着道旁的草地，跑到竞选演说坛和投票站去（到郡里去的时候，戴着皮手套和藤鞭），每一天都带回一些消息，累斯特爵士在晚餐后，便根据这些消息发表自己的意见。每一天，那些无所事事和游手好闲的人，都摆出一副匆匆忙忙的样子。每一天，伏龙妮亚都和堂兄累斯特爵士谈论国家大事，累斯特爵士从这些谈话中往往会得出结论说，伏龙妮亚比他所想象的要想得深一些。

“我们的事情怎么样啦？”伏龙妮亚小姐交叉着十指说。“我们**安全**吗？”

这时候，竞选的大事快要结束，再过几天杜都尔就不再向全国呼吁了。这会儿，累斯特爵士吃过晚饭，刚刚来到大客厅里，在一大群本家兄弟的包围下，好像一颗特别明亮的星星。

“伏龙妮亚，”累斯特爵士回答的时候，手里拿着一张名单，“我们的事情还算马马虎虎！”

“只是马马虎虎吗？”

虽然那是夏天的气候，但到了晚上，累斯特爵士总是让人特地给他生一个火。这会儿，他和往常一样隔着屏风坐在炉火旁，又说了一遍：“伏龙妮亚，我们的事情还算马马虎虎。”他说得非常肯定，但有点不高兴，好像是说，我不是一个普普通通的人，我说马马虎虎的时候，你就不应该按照一般的意思来理解。

“至少没有人反对**你**吧，”伏龙妮亚很有信心地说。

“没有，伏龙妮亚。我感到很伤心，因为这个神经错乱的国家在许多方面都已经失去了理性，但是——”

“但是还没有到疯狂的地步。我听了这个很高兴！”伏龙妮亚替累斯特爵士把话说完，又博得了他的好感。累斯特爵士和蔼地点了一下头，好像在自言自语说：“这个女人虽然有时急躁一些，但总的来说，还算通情达理。”

事实上，关于有没有人反对的问题，德洛克家的这位美人说的话是多余的，因为累斯特爵士在这些场合里总是把自己参加竞选的事看得很重，认为这好比是一张相当可观的批发订单，别人必须立刻接受。另外两个属于他的小席位，他就当作是次要的零售定单，只派人下去，并对那些买卖人暗示：“请你们费心用这些材料制造两名议员，制成以后，就把他们送回来。”

“伏龙妮亚，遗憾的是，在许多地区，老百姓表现出一种很消沉的情绪，这种反对政府的态度向来是最坚决和最难消除的。”

“坏—东—西！”伏龙妮亚说。

“甚至，”累斯特爵士看了看围成一圈坐在沙发和大靠背椅上的本家兄弟，接着说下去，“甚至在政府战胜了党派组织的许多地方——事实上，是在大多数的地方——”

（顺便说一声，请注意，对杜都尔派来说，库都尔派永远是党派的组织，而对库都尔派来说，杜都尔派也恰恰是如此。）

“——甚至在那些地方，我也感到很愤慨，为了英国人的荣誉，我实在感到愤慨，所以不得不告诉你们，我们的党是花了许许多多的钱才取得胜利的。花了好几十万英镑，”累斯特爵士一边说，一边看着那些本家兄弟；他的态度越来越庄严，他的怒气也越来越大，“花了好几十万英镑！”

如果说伏龙妮亚有什么过错的话，那就是太天真了一些；天真对扎腰带和用假衣领的小姑娘来说，是很合适的，因此对搽胭脂和戴珍珠项链的伏龙妮亚来说就不大相称了。不管怎么说，她现在又出于天真地问道：

“为什么？”

“伏龙妮亚，”累斯特爵士非常严肃地表示不同意。“伏龙妮亚！”

“不，不，我的意思不是说为什么，”伏龙妮亚碰到这种局面，总是尖声叫喊着。“我真是个傻瓜！我的意思是说多么可惜啊！”

“我很高兴，你的意思是说多么可惜，”累斯特爵士回答说。

伏龙妮亚赶紧表示，这些可怕的家伙应该像叛徒那样受到审判，强迫他们支持我们的党。

“我很高兴，伏龙妮亚，你的意思是说多么可惜，”累斯特爵士又说了一遍，根本不管伏龙妮亚想要让他息怒的那种心情，“这是选民的耻辱。不过，虽然你是无意的，本来不打算提出这样荒谬的问题，但你既然问我‘为什么’，那就让我来回答你吧。花钱是为了必要的开销。伏龙妮亚，你是个聪明人，我相信你不会在这里或在别的地方再提出这个问题。”

累斯特爵士觉得自己有义务向伏龙妮亚摆出一副望而生畏的脸孔，因为外面有谣言说，在大约两百封选举控诉信里，提到这些必要的开销是和贿赂这个词讨厌地联系在一起的，此外，还因为有些喜欢开玩笑的家伙，利用这一点提出建议，要求取消教堂做礼拜时为英国议会做祷告这个例行仪式，要求会众们为身心不大健全的六百五十八位议员先生们做祷告。

“我想，”伏龙妮亚对叛徒大加申斥以后，不久便恢复了神智说，“我想图金霍恩先生一定忙得要死吧。”

“我不知道为什么图金霍恩会忙得要死，”累斯特爵士睁开眼睛说，“我不知道图金霍恩先生现在干什么。他又不是候选人。”

伏龙妮亚认为有可能需要图金霍恩先生帮忙。累斯特爵士很想知道，谁需要他帮忙，为什么需要帮忙？伏龙妮亚这一次又羞愧得无地自容，便说可能有**某个人**需要他——出出主意和做些安排。累斯特先生没有听说，图金霍恩先生有哪位诉讼委托人需要他帮忙。

德洛克夫人坐在一个敞开的窗户前，胳臂架在铺着垫子的窗台上，眺望着那笼罩着猎园的夜色；她听到有人提起那律师的名字以后，似乎开始留心听着。

一个懒洋洋的、长着大胡子的本家兄弟，身子虚弱到极点，这时正靠在睡椅上说，昨天有人告诉他，图金霍恩到钢铁区去了，曾为某些事情给人提供法律上的意见；今天竞选已经结束，如果图金霍恩带来消息说，库都尔的人已被打垮，那一定非常有趣。

就在这个时候，那位送来咖啡的使神向累斯特爵士报告说，图金霍恩先生已经来了，这会儿正在吃饭。夫人回头看了看，然后又像刚才那样望着窗外。

伏龙妮亚听说她的宠儿来了，感到很高兴。他是那样的古怪，那样的稳健，那样的奇妙，他知道各种各样的事情，却又绝口不说！伏龙妮亚认为他一定是个共济会会员。她很有把握地说，他是一个支会的领导人，扎着短短的围裙；那些会员，那些手拿蜡烛和泥刀的泥水匠，把他当作一个十全十美的偶像来崇拜。上面的这些俏皮话是德洛克家的那位美人说的，她当时的样子像少女那么天真，手里还编织着钱包。

“自从我来了以后，他一次也没有到这里来过，”她又说，“我真觉得，我为这个没有一点情义的家伙心都快要碎了。我差不多打定了主意，只当他已经死了。”

也许是由于暮色越来越阴沉，也许是由于夫人的心情比暮色还要阴沉，但不管怎么说，夫人脸上出现了一片阴影，仿佛她是在想，“但愿他真的死了！”

“图金霍恩先生在这里永远是受欢迎的，”累斯特爵士说，“他无论在什么地方都谨慎小心。他是一个可贵的人，受到了应有的尊敬。”

那个身子虚弱的本家兄弟说，图金霍恩先生可能“非常有钱”。

“我毫不怀疑，他是有房地产的，”累斯特爵士说，“当然啦，他得的报酬都很高，在上层社会里也差不多是和大家平起平坐的。”

忽然附近有人放了一枪，大家都吓了一跳。

“我的天啊，这是怎么回事？”伏龙妮亚吓得压低了声音尖叫起来。

“一只耗子，”夫人说，“有人开枪把耗子打死了。”

图金霍恩先生进来了，几个使神跟在后面，拿着灯和蜡烛。

“不要，不要，”累斯特爵士说，“我想还是不要好。夫人，你不喜欢这种暮色吗？”

恰恰相反，夫人很喜欢这种暮色。

“你呢，伏龙妮亚？”

噢！伏龙妮亚最喜欢的就是在这种暮色中坐着聊天。

“那就把灯和蜡烛拿走，”累斯特爵士说。“图金霍恩，对不起，我还没有跟你打招呼呢。你好吗？”

图金霍恩先生像往常那样不慌不忙地走向前去，经过夫人身旁的时候向她鞠了一躬，和累斯特爵士握了握手，然后就在一张椅子上坐下来——他平时有什么事情要谈，就坐在那张椅子上，对面是爵士平日看报用的那张小桌子。累斯特爵士担心夫人身体不好，坐在敞着的窗口那里可能会着凉。夫人很感激他，可是情愿坐在那里，因为空气比较好。累斯特爵士站起来，替夫人把围巾围好，又回到自己的座位上。就在这时候，图金霍恩先生闻了闻鼻烟。

“喂，竞选的事情进行得怎么样？”累斯特爵士问道。

“从一开始就很渺茫。一点希望都没有。他们提出了他们安插在两方面的候选人。你们被打垮了，这简直是毫无道理，三票对一票。”

图金霍恩先生处世之道的一个方面，就是没有政治见解——根本**没有**见解。因此，他说“你们”被打垮了，而不是说“我们”被打垮了。

累斯特先生勃然大怒。伏龙妮亚从来没有听说过这样的事情。那个身子虚弱的本家兄弟认为，只要让老百姓参加投票——就必然会发生这种事情。

“要知道，那个地方就是人们提名朗斯威尔太太的儿子当候选人的地方，”等大家安静下来，图金霍恩先生就在越来越黑的暮色中继续说。

“你当初曾经告诉我一个很确实的消息，说他这个人很知趣和明白事理，所以拒绝了那个到议会去当议员的建议，”累斯特爵士说，“朗斯威尔先生上次来的时候，在这个房间里呆了差不多半个小时，他当时所发表的意见，我只能说我是不大赞成的；不过，我愿意承认，他决定拒绝那个建议，倒是很懂规矩的。”

“哈！”图金霍恩先生说。“不过，这并没有妨碍他积极参加这次的竞选。”

在座的人都清楚地听见，累斯特爵士在说话之前喘了一口气。“我没有听错你说的话吧？你是不是说朗斯威尔先生曾经积极参加这次的竞选？”

“非常积极。”

“他反对——”

“噢，不错，他反对你。他是个非常有口才的演说家。说话简单而有力。他造成很坏的后果和很大的影响。他在竞选的各种事务方面都获得了极大的成功。”

所有在场的人虽然因为天黑看不见，但显然感觉到，累斯特爵士正威严地瞪着眼睛。

“他的儿子给他帮了很大的忙，”图金霍恩先生结束他的话说。

“是的，他的儿子。”

“是打算和侍候夫人的年轻姑娘结婚的那个儿子吗？”

“就是那个儿子。他只有一个儿子。”

“这么说，我敢用我的荣誉，”累斯特爵士停顿了很长时间——就在这一段时间里，人们可以听到他鼻子在出冷气，可以感到他在瞪眼睛——然后说道，“这么说，我敢用我的荣誉，用我的生命，用我的声望和原则来发誓：社会的闸门被冲垮了，洪水——把——把整个体制的界标，把维系各种事务的结合力，全都冲垮了！”

所有的本家兄弟都感到很气愤。伏龙妮亚认为，大家应该知道，现在正是当权的人采取有力的措施和进行干涉的时候了。那个身子虚弱的本家兄弟认为——英国——很像一匹飞奔的马——正向鬼门关跑去。

“我请求大家不要再议论这件事了，”累斯特爵士上气不接下气地说，“议论是多余的。夫人，关于那个年轻姑娘，我想跟你说——”

“我不打算让她离开我，”夫人在窗口那边说道，声音很低，但非常坚决。

“我不是这个意思，”累斯特爵士回答道。“不过我听你这样讲，倒也很高兴。我想跟你说，你既然认为她值得你栽培，那你就应当运用你的影响，不让她落入那些危险人物的手里。你是不是可以向她表明，和这样的人来往，她的责任和原则会受到什么样的破坏；你可以保护她，让她过一种比较好的生活。你是不是可以向她指出，到了适当的时候，她就会在切斯尼山庄找到一个大夫，那个大夫——”累斯特爵士考虑了一下，又说，“那个大夫不致把她拉走，让她离开自己的家门。”

他说这些话的时候，彬彬有礼，极其谦虚，就像他往常跟夫人说话那样。夫人只是点点头，算是回答。这时候月亮升起来了，在夫人坐着的地方，有一小片淡淡的清幽的月光，照在夫人头上。

“不过，值得一提的是，”图金霍恩先生说，“这些人很有一套，因此他们非常骄傲。”

“骄傲？”累斯特爵士不敢相信自己的耳朵。

“假使她在这样的情况下继续呆在切斯尼山庄的话，那我毫不奇怪，他们所有的人——不错，她那个情人和其他所有的人——都会自动放弃这个姑娘，而不是这个姑娘放弃他们。”

“是啊！”累斯特爵士一边说，一边哆嗦起来。“是啊！你知道得最清楚，图金霍恩先生。你在他们中间呆过。”

“是的，累斯特爵士，我讲的是事实，”那个律师答道，“噢，要是德洛克夫人允许的话，我可以给你们讲一个故事。”

夫人点头默许，伏龙妮亚则高兴极了。一个故事！噢，他终于要讲点什么事情了！伏龙妮亚希望，那是个鬼故事！

“不是。那说的是真人真事，”图金霍恩先生顿了一顿，在他平时那种单调的语音中，加上了一点点强调的口气，又说了一遍，“那说的是真人真事，德洛克小姐。累斯特爵士，我只是最近才知道这个故事的详细情节。这些情节很简单，能够说明我刚才说的话。我先不提名道姓。我希望德洛克夫人不会因为我讲这个故事而觉得我没有教养。”

微弱的炉火映照出正注视着那片月光的图金霍恩先生，而那片月光则映照出凝然不动的德洛克夫人。

“这个朗斯威尔先生有一个同乡，我听说他的地位恰好和朗斯威尔先生的地位一样，他碰巧有个女儿引起了某位高贵的夫人的垂青。我说的是一个真正高贵的夫人；不仅对那个人来说，她是高贵的，而且还嫁给了一个地位和您相同的爵士，累斯特爵士。”

累斯特爵士谦虚地说：“是吗，图金霍恩先生？”他的口气是说，这样一来，她在那个钢铁大王的眼里，就成了高不可攀的人物了。

“那个夫人又有钱又漂亮，很喜欢那个姑娘，对她非常好，让她时常呆在身边。不过，那个夫人虽然很高贵，却有一个不可告人的秘密，保守了许多年。事实上，她年轻的时候打算嫁给一个流氓——军队里的一个队长——和那样的人搅在一起是不会有好下场的。她根本没有和他正式结婚，可是她生了一个孩子，孩子的父亲就是那个队长。”

炉火映照出正注视着那片月光的图金霍恩先生，而那片月光则映照出凝然不动的德洛克夫人的侧影。

“后来，军队里的那个队长死了，她以为自己很安全，可是，一系列我不必跟您细说的情况，终于使真相大白。人们给我讲这个故事的时候说，这都是由于她自己不小心引起的，有一天她的秘密突然被人发现了；这一点说明，就连我们最稳妥的人(她是非常稳妥的)，也难以防范得很周到。您不难设想，那一家人自然是慌乱不堪了；累斯特爵士，请您想一想，她的丈夫该多么伤心啊。不过，我现在且不谈这一点。当朗斯威尔先生的同乡听到这个情况，他就不让女儿去受那个夫人的栽培了，这就是说他不愿意眼看着女儿让人糟踏一样。那个人非常骄傲，他很气愤地把女儿带走，好像受了什么奇耻大辱。他并不认为那位夫人的栽培就等于给他和他的女儿一个面子；他丝毫没有这种感觉。他因为女儿侍候过那个夫人而感到生气，好像那个夫人是最下等的下等人似的。这个故事并不长，可是听起来叫人很难受，我希望夫人对这一点能加以原谅。”

关于这个故事的是非曲直，大家是有不同看法的，不过，多少和伏龙妮亚的看法不一样。这个老来俏不相信世界上竟有这样的夫人，所以一开头就说这个故事是假的。大多数的人都趋于那个身子虚弱的本家兄弟的意见，他当时说：“真见鬼——朗斯威尔的同乡实在该死。”累斯特爵士总是想到瓦特·泰勒这个人物，并根据他自己的看法，设想出一系列的事件。

总的来说，谈话的气氛并不怎么活跃，因为自从在别的地方有了“必要的开销”以来，切斯尼山庄的人每天都坐到深夜，而今天晚上正是许多天以来第一次没有客人，只有德洛克夫妇和他们的本家兄弟。到了十点钟，累斯特爵士就请图金霍恩先生按铃，叫仆人把蜡烛拿来。这时候，那片月光渐渐扩展，宛如一池春水，这时候，德洛克夫人第一次动了动，站起来，走到桌子前，想喝一杯水。那些在烛光下像蝙蝠一样眨着眼睛的本家兄弟，纷纷跑过来，抢着把杯子递给夫人；伏龙妮亚(如果可能的话，总是希望喝点酒之类的东西)拿了另一杯，稍微喝了一口就放下了。德洛克夫人显得又优雅又沉着，在那些对她大为赞赏的本家兄弟的目送下，慢慢穿过长长的客厅；在旁边陪伴她的是那位女神伏龙妮亚，她在夫人的对照下，未免相形见绌。

第四十一章
在图金霍恩先生的房间里

图金霍恩先生走进塔楼的房间。他刚才上楼的时候，虽然走得从容不迫，但还是有点气喘。他脸上有一种表情，好像他心里已经卸下了什么重担，这会儿，正暗暗地感到满意。他是个喜怒不形于色的人，要说他这会儿洋洋得意，那就等于说他会因为爱情或感情，或因为什么缠绵悱恻的柔情而苦恼一样，这对他简直是一个奇耻大辱。他只是默默地感到满意而已。更恰当地说，当他用一只手轻轻握着另一只青筋毕露的手，抄在背后，不声不响地踱来踱去的时候，他也许是更清楚地感到自己掌握着生杀大权。

房间里有一张宽敞的写字台，上面放着一大堆文件。带绿罩子的座灯点燃着，放大镜放在读书架上，圈椅高高地旋起，靠近读书架，看样子，他在睡觉前还要花个把钟头，看看那些非看不可的文件。然而，他这会儿并不想工作。他瞥了一眼那些需要他过目的文件，脑袋低低地俯在桌上，因为他那双老花眼在晚上看不清铅印或手写的东西；后来，他把落地窗打开，走到外面的铅皮露台上。他在那里也是手抄在背后踱来踱去，好像在楼下讲了那个故事以后，这会儿正需要定一定心——如果说像他这样冷酷的人也需要定一定心的话。

有过这么一回，像图金霍恩先生这样精明的人，居然也会在繁星下，在塔楼的露台上走来走去，抬头望天，占卜算命。今天晚上，星斗满天，但在月亮的映照下，未免显得有点暗淡。他在铅皮露台上不慌不忙地来回踱着的时候，如果是在寻找他那颗本命星，那么，那颗星也只能是暗淡无光的，因为在尘世间代表它的，是个毫无生气的人。如果他是在占卜自己的命运，那么他的命运也可能是用别的记号标志出来的，不过，不是远在天上，而是比较近，可以由他自己掌握。

他在铅皮露台上踱来踱去，他的视线大大地高出他的思想，大概就像他的思想大大地高出于尘世那样，所以，当他经过那扇落地窗，瞅见那儿有两只眼睛在盯着他的时候，便突然站住了。他房间的屋顶很矮，落地窗对过的那扇门，上半边是镶玻璃的。里面本来还有一道用粗呢做的门帘，可是那天晚上很暖和，他上楼的时候，没有把门帘放下。那两只盯着他看的眼睛，是从走廊外面，透过玻璃往里瞧的。他很熟悉那双眼睛。当他认出那是德洛克夫人的时候，血液一下涌到他脸上，使它涨得通红，这是好几年来一直没有过的现象。

他走进屋里，她也走进来，随手把门关上，把门帘放下。她的眼睛露出慌乱不安的神色——是害怕呢，还是发怒？可是在举止态度方面，她同两小时前在楼下完全一样。

她这会儿是害怕呢，还是发怒？他拿不准。这两种情况都可能使她这样苍白，这样紧张。

"是德洛克夫人吗？"

她没有立刻回答，甚至当她在写字台旁的安乐椅上慢慢坐下的时候，也没有说话。他们两人你看着我，我看着你，好像是两幅肖像。

"你为什么把我的事情说给这么多的人听？"

"德洛克夫人，因为我必须通知您，我知道这件事情。"

"你知道这件事情有多久了？"

"我很早以前就怀疑这件事情，不过，只是最近才知道详情。"

"几个月以前知道的？"

"几天以前知道的。"

他站在她面前，一手扶着椅背，一手插在老式的背心和衬衣褶边里面，自从她嫁给德洛克爵士以来，他在她面前站着就一直是这个姿态。他还是那样拘泥礼节，那样不亢不卑，整个人也还是那样阴险冷酷，而且也还是那样与人保持着一段距离——这段距离无论怎样也没法缩短。

“那个可怜的姑娘的事情是真的吗？”

图金霍恩先生低下头，然后又抬起来，好像不大明白这个问题似的。

“你知道你刚才说了些什么。那是真的吗？她的那些朋友也知道我的事情吗？是不是已经闹得满城风雨了？是不是墙上到处写着，街头巷尾都议论纷纷了？”

原来是这样！又是生气，又是害怕，又是害羞。三种情绪一个强似一个。这女人把这些激烈的情绪硬压下去，该有多大的魄力啊！图金霍恩先生看着她的时候，心里想的就是这个；他在她的注视下，那两道难看的灰眉毛比平时皱得更紧一些。

“不，德洛克夫人。这是一个假定的情况，只有在累斯特爵士无意中对这件事情采取粗暴的态度才会引起的。不过，如果他们知道了我们所知道的事情，这也可能成为真实的情况。”

“这么说，他们还不知道，是不是？”

“不知道。”

“在他们知道这件事情之前，我能不能救救这个可怜的姑娘，免得她受到侮辱呢？”

“说实在的，德洛克夫人，”图金霍恩先生回答说，“我对这个问题没法给您一个满意的回答。”

图金霍恩先生注意地看着她在作内心斗争，不免怀着强烈的好奇心想道：“这女人的魄力和毅力真惊人啊！”

“先生，”她说道，有一阵子她为了说得清楚一些，不得不用全身力量，让嘴唇不要哆嗦，“我想把话说明白一点。你所假设的情况，我并不否认。我早就料到这一点了，朗斯威尔先生上回来的时候，我就像你现在这样，感到这种假设的真实性。我很清楚，如果他有机会了解我的真情实况，他一定会认为，那个可怜的姑娘受到我这个大人物的垂青，是个很大的侮辱——哪怕这是不自觉的，而且只是暂时的。不过，我很关心她，或者说，我以前很关心她，因为我现在已经不再属于这个家庭的人了；如果你能够体恤我这个被你踩在脚底下的女人，而记住我所说的话，那我一定非常感激你。”

图金霍恩先生一直很留心地听着，这时装出自卑的样子，耸了耸肩，拒绝了这个要求，同时还微微皱着眉头。

“你在揭露我的面目之前，倒是先让我有个心理准备，对于这一点，我也要谢谢你。你对我有什么要求吗？我需要解除夫妻关系吗？我要是对我丈夫说明你发现的事情是真实的，从而在解除夫妻关系方面取得他的同意，是不是这就能保全他的名誉，使他免受攻击和痛苦呢？你要我给你立下个什么证据，我马上就写。我已经准备好了。”

她会写的！律师暗自想道，你看她拿着鹅毛笔的那只手多么坚定啊！

“我不想麻烦您，德洛克夫人。还是请您保全自己的名誉吧。”

“你也知道，我早就等着这样的事情了。我既不想保全自己的名誉，也不指望别人保全我的名誉。你对我做的事情已经够糟的了，你对我还能做出什么更糟的事？你就干到底吧。”

“德洛克夫人，我不打算做什么事情。等您把话说完了，我再冒昧说几句。”

按理说，他们现在无须乎再你看着我，我看着你了。可是，在这段时间里，他们一直是这样，而天上的星星也透过敞开的窗户看着他们两个。远处的林地沐浴在月光下，这里的宽大的邸宅和那里的狭窄的坟墓一样寂静！是啊，狭窄的坟墓！在这个寂静的夜晚，注定要把最后这个大秘密同图金霍恩生前的许多秘密埋葬在一起的那个掘墓人和那把铲子在哪里呢？那个掘墓人诞生了没有？那把铲子打造好了没有？在这个夏夜里，在繁星的窥视下，考虑这样的问题是很奇怪的，不过，不考虑这样的问题也许就更奇怪了。

"什么忏悔、后悔，或是什么感触，那我就不多讲了，"德洛克夫人又接着说，"就是我讲了，你也不愿意听。那就算了吧。那些话不是说给你听的。"

他装出不以为然的样子，但是，她轻蔑地摆了摆手，止住了他。

"我要跟你讲的是别的事情，完全是另一回事。我的珠宝都藏在原来的地方。一找就可以找到。我的衣服也是那样。我所有值钱的东西也是那样。请你跟大家说，我带走了一些现钱，可是钱数不多。为了避免引起注意，我穿的是别人的衣服。我出走了，从今以后下落不明。你把这些话告诉大家。我对你没有别的要求了。"

"对不起，德洛克夫人，"图金霍恩先生无动于衷地说。"我不大明白您的意思。您出走？……"

"对，这里的人都不知道我的下落。我今天晚上就离开切斯尼山庄。我现在就走。"

图金霍恩先生摇摇头。德洛克夫人站起来；但是，图金霍恩先生只是摇摇头，他的手既没有从椅背上移开，也没有从老式的背心和衬衣的褶边拿下来。

"什么？难道我不应当出走？"

"不应当，德洛克夫人，"他非常镇静地答道。

"难道你不知道，我出走以后，大家就会感到轻松？难道你忘记了这个家庭所受的奇耻大辱，忘了这个奇耻大辱发生在谁身上，由谁造成的？"

"没有忘记，德洛克夫人，一点也没忘记。"

德洛克夫人连理也没有理他，就朝那道门帘走去，手拉着门；这时候，图金霍恩先生说话了，不过浑身上下，纹丝不动，连嗓音也没有提高：

“德洛克夫人，请您赏个脸，听我把话说完，要不然，没等您走到楼梯口，我就敲响警钟，把全家的人叫起来。那时候我就得当着客人、仆人、全家男男女女把事情说出来。”

他制服了她。德洛克夫人犹豫起来，浑身颤抖，困惑地举起手扶着脑袋。这些迹象在别人身上本来是算不了什么的；可是，像图金霍恩先生这样老练的人，看到德洛克夫人稍有迟疑，当然知道这个机会很宝贵。

他马上又说了一遍：“请您赏个脸，听我把话说完，德洛克夫人。”同时还指了指德洛克夫人刚才坐的那把椅子。德洛克夫人犹疑不决，可是图金霍恩先生又指了一遍，德洛克夫人便坐下了。

“我们之间的关系变成这个样子实在是不幸，德洛克夫人；不过，这不是我造成的，我不想为这一点表示歉意。您很清楚我是累斯特爵士的什么人，我相信您早就料到，我最有可能发现这件事情。”

“先生，”德洛克夫人的眼睛一直望着地面，这会儿说话也没有往上看，“我最好还是走吧。你最好还是不要拦住我。我没有什么可说的了。”

“对不起，德洛克夫人，我还想跟您说几句话。”

“那我宁可到窗户旁边去听。我坐在这里喘不过气来。”

德洛克夫人往窗口走去的时候，图金霍恩先生很注意地望着她，不觉担起心来，生怕她有了短见，想纵身跳出窗外，碰着屋檐墙角，在下面的石板道跌得粉身碎骨。可是，德洛克夫人站在窗前，什么东西都不靠凭，忧郁地望着窗外的星星——不是上面的星星，而是低低地挂在天边的星星——图金霍恩先生看到她这样，也就放心了。德洛克夫人走过去的时候，图金霍恩先生随着她转过身来，正好站在她后面。

“德洛克夫人，至于要走哪条路，我一时还拿不定主意。我不知道要做什么，也不知道下一步该怎么走。在这段时间里，我请求您还像原先那样保守秘密，而我也当然要保守秘密。”

他停了停，可是她没有回答他。

“请原谅，德洛克夫人。这是一个很重要的问题。您是不是在听我说话呢？”

“我在听着。”

“谢谢您。我看得出您的个性很强，我应当知道您是在听我说话。我本来不该提出这个问题，不过，我有一个习惯，每迈出一步都要弄清楚，是不是脚踏实地。在这件不幸的事情里面，唯一需要考虑的是累斯特爵士。”

“那么，你为什么不让我离开他的家呢？”德洛克夫人低声说，仍然很忧郁地望着远处的星星。

“因为需要考虑的是他。德洛克夫人，用不着我说，您也知道累斯特爵士是个非常骄傲的人，他对您无疑是很信赖的，您从您作为他夫人的高高的位置上摔下来，比月亮从天上掉下来，还要使他吃惊。”

她的呼吸短促而吃力，可是她站在那里毫不畏缩，就像他在大庭广众中看见她那样。

“我告诉您吧，德洛克夫人，要不是因为我现在掌握了这个情况，那我宁可一个人去徒手拔起切斯尼山庄那棵最古老的大树，也不敢妄想破坏您对累斯特爵士的控制，动摇累斯特爵士对您的信任或信赖。不过，即便是今天，我虽然掌握了这个情况，我也还是犹疑不决。这倒不是因为他会怀疑我的话（就是他也不可能怀疑我的话），而是因为我一时还想不出什么办法让他做好精神准备，接受这个打击。”

“连我出走也不能让他有所准备吗？”她问道。“你再想一想。”

“德洛克夫人，您一出走就会使这件事情传播开，夸大一百倍，弄得远远近近都知道。这个家族的名声连一天都保不住。出走的想法，千万要不得。”

他的话沉着而坚定，不容他人分辩。

“当我说唯一需要考虑的是累斯特爵士的时候，我指的是他和家族的名声是一件事情。我无需告诉您，德洛克夫人，”图金霍恩先生说到这里，态度变得非常冷淡，“累斯特爵士和贵族阶层、累斯特爵士和切斯尼山庄、累斯特爵士和他的祖先以及他的世袭财产，是不可分割的。”

“接着说呀！”

“因此，”图金霍恩先生用他那种慢条斯理的态度陈述着他的看法，“我要考虑许多事情。如果可能的话，这桩事情最好不要声张出去。如果累斯特爵士受不了，急得发了疯，或者病得奄奄一息，那怎么能不透露出去呢？如果我明天早上给他这个打击，使他整个人突然变了，那该怎样解释呢？到底是什么事情使他突然变了呢？什么事情使你们两人分开呢？德洛克夫人，这样一来就要闹得满城风雨了；您不要忘记，这不仅仅影响到您（在这件事情里面，我根本就不考虑您），而且要影响到您的丈夫，德洛克夫人，影响到您的丈夫。”

他的话越说越明显，不过，还是像原先那样平平淡淡，毫无生气。

“这件事情还有另外一点需要考虑，”他接着说，“累斯特爵士爱您爱到极点。即使他知道了我们两人所知道的事情，他也许还是克服不了他对您的迷恋。我说的是一个极端的情况，不过，情况也许就是如此。如果真是如此，那么最好还是别让他知道。因为这样做比较聪明，对他比较好。我必须全面考虑这些事情，而这些事情合在一起，又使我很难做出决定。”

她一声不响，站在那里望着窗外的星星。那些星星开始暗淡了，而她也好像被星星的寒光慑住了。

“经验告诉我，”图金霍恩先生说，这时候，他已经把手插在口袋里，正从业务的角度来考虑这件事情，那样子好像一个机器似的，“经验告诉我，德洛克夫人，大多数我认识的人，要是不结婚就好多了。他们的麻烦事儿，有四分之三是由结婚引起的。累斯特爵士结婚的时候，我就是这样想的，而且从那时起就一直这样想。这些话就不多说了。我现在必须根据情况办事。在这段时间里，我请求您保守秘密，而我也保守秘密。”

“难道我非得一天一天这样熬下去，听任你摆布不可吗？”她问道，眼睛仍然注视着远处的天空。

“是的，恐怕是得这样，德洛克夫人。”

“你认为我必须这样让人捆在火柱子上受刑吗？”

“我认为，我劝您这样做是必要的。”

“难道我还得呆在这个漂亮的舞台上，扮演那可怜的骗人的角色，等你发出信号，就从那上面摔下来？”她慢慢地说。

“不过，我事先会通知您的，德洛克夫人。我要是不先给您打个招呼，绝不会采取任何行动。”

她提出这些问题的时候，好像在背诵着什么，或者说好像在说梦话。

“我们见面的时候，还要像以前那样吗？”

“完全像以前那样，如果您愿意的话。”

“我还要像多年来那样，隐瞒自己的罪过？”

“还要像许多年来那样。我本人是不会提这件事情的，德洛克夫人，不过，我不妨提醒您，您的秘密对您来说，并不比以前更沉重，也不比以前更坏或是更好。当然啦，我是知道这个秘密的，不过，我相信，我们彼此间从来就不是推心置腹的。”

她站在那里，像刚才那样凝然不动，过了一会儿才问道：

“今天晚上还有什么话要说吗？”

“嗯，”图金霍恩先生一边轻轻地搓着手，一边有条不紊地答道，“我想知道一下，您是不是同意我的安排，德洛克夫人。”

“这一点你可以放心。”

“那很好。由于业务上需要小心从事，我最后想提醒您一下，万一将来有必要在累斯特爵士面前追述这次的会面，那么，在这次会面中，我始终是明确地表明，我所考虑的只是累斯特爵士的感情和荣誉，以及这个家族的名声。如果情况允许的话，我本来也很愿意对夫人的处境作一个更妥善的考虑，可惜情况不允许我这样做。”

“我可以证明你对累斯特爵士的忠诚，先生。”

在说出这句话之前和之后，她一直凝然不动。但是，她最后还是动了，转身向门口走去，那泰然自若的样子好像生来就是如此，好像习惯就是如此。图金霍恩先生把粗呢门帘拨开，把外面的门也打开，那动作就像昨天他替她开门那样，十年前他就是这样替她开门的；德洛克夫人出去的时候，他还用老式样鞠了一躬。德洛克夫人向黑暗中走去的时候，她那漂亮的眼睛瞥了图金霍恩先生一下，那眼神和往常大不相同，而当她接受他的敬礼时，她微微动了一下，那动作也和往常大不相同。不过，当图金霍恩先生独自一人在沉思的时候，他觉得那个女人刚才确实用了很大的力量克制住自己。

如果他看见那个女人在自己屋里走来走去，仰着脸，头发乱蓬蓬的，两手在脑后十指交叉，好像非常痛苦似的扭动着身子，那么，他一定会更加相信他刚才的想法。如果他看见那个女人这样走来走去，走了几个钟头，不知道疲劳，不停下来歇一歇，而鬼道上的脚步声也跟着出现，那么，他一定会更加相信他刚才的想法。但是，图金霍恩先生关上了窗户，拉上了窗帘，免得夜里的冷空气进来，然后就上床睡觉了。当繁星消逝，东方发白的时候，微弱的曙光透进塔楼这个房间，照着他那非常苍老的脸，他那样子真好像掘墓人和那铲子已经接到了任务，马上就要动手挖起来。

同样微弱的曙光也照着累斯特爵士，他正放下架子，做着贵人的梦，原谅这个幡然悔悟的国家；曙光也照着那些本家兄弟，他们正要出任各种不同的公职——主要是接受薪俸；曙光也照着贞洁的伏龙妮亚，她正要把五万英镑的嫁妆带去给一个可怕的老将军，那将军装着一口假牙，仿佛是钢琴上排满的琴键，很早以来在巴斯就受人尊敬，而在其他地方，则叫人讨厌。曙光已照进了屋顶高处的阁楼，也照进了庭院里和马厩上的下房，那里野心不大的人们正在做着美梦，例如：在看守人的小屋里寻欢作乐，同威尔或萨利结成终身伴侣等等。明亮的太阳升起来了，万物也跟着动起来——许多像威尔和萨利这样的人起床了，潜藏在地里的潮气升起来了，低垂的叶子和花朵挺起来了，飞禽、走兽和爬虫也都动起来了；园丁起来打扫露珠点点的草坪，用滚子辗过以后，在身后留下一片嫩绿色的天鹅绒；大厨房的炊烟袅袅而起，直上青空。最后，在睡着了的图金霍恩先生的头顶上，一面旗子在屋顶上升起，向人们宣告累斯特爵士和德洛克夫人都在他们的幸福的家庭里；林肯郡的邸宅正殷勤地招待亲朋。

第四十二章
在图金霍恩先生的事务所里

图金霍恩先生离开了德洛克领地的起伏不平的绿色山岗和枝叶茂密的橡树林，转移到空气闷热、尘土飞扬的伦敦城去。他在这两个地方来去无踪，这就是他这个人莫测高深的一种表现。他到切斯尼山庄去，就好像切斯尼山庄是事务所的隔壁，而回事务所来，又好像他根本就没有离开林肯法学院广场。他既不在出门之前换衣裳，也不在回来以后谈论出门的事。今天早晨他神不知鬼不觉地离开了塔楼上的房间，而现在，在这暮色四合的时分，又神不知鬼不觉地走进林肯法学院广场。

在这片可爱的田野上，绵羊都做成羊皮纸，山羊都做成假发，牧草都做成了饲料，而图金霍恩先生就像伦敦一只熏黑了的鸟似的(它和其他的鸟一起栖息在这个广场上)，这会儿正逍逍遥遥地回到家来。他形容枯槁，老朽不堪；他置身在这人世间，却又不与世人来往；他没有经历过快乐的童年，就进入了老年；他长久以来就习惯于躲在人性的偏僻角落里搭窝造巢，而忘记人性还有比较广阔和美好的天地。这时候人行道是滚烫的，所有的房子也是滚烫的，他在这个烤炉里，烤得比平时还要枯干，因而，他那干渴的心，正想着那藏了有五十年之久的葡萄美酒。

图金霍恩先生这个掌握贵族秘密的祭司长，来到他那个阴暗的院子时，管路灯的人正在他房子这边的广场上，从梯子爬上爬下，点燃街灯。图金霍恩先生踏上了门口的台阶，正要溜进那阴沉沉的门厅，这时候忽然看见，在最高的一层台阶上，有一个矮小的人正向他鞠躬。

“是斯纳斯比吗？”

“是的，先生。您身体好吧，先生。我等您半天不来，正想回家哩。”

“啊？怎么啦？你找我有什么事吗？”

“嗯，先生，”斯纳斯比先生说，为了向他的最好的主顾表示敬意，便把帽子摘下来，举在脑袋旁边，“我想跟您说几句话。”

“你能不能在这儿说？”

“当然可以，先生。”

“那就说吧。”图金霍恩先生转过身，双臂架在最高一层台阶的铁栏杆上，眼睛望着管路灯的人在院子里点灯。

“这是关于，”斯纳斯比先生压低了声音，很神秘地说，“这是关于——请原谅我太直言——那个外国人的事情，先生。”

图金霍恩先生颇为惊讶地看着他。“什么外国人？”

“那个外国女人，先生。如果我没有弄错的话，是个法国人。我不懂法国话，不过，从她的样子和举动来看，一定是个法国人；不管怎么说吧，反正是个外国人。那天晚上，我和布克特先生带着那个扫街的小孩来拜访您的时候，就是那个女人呆在楼上，先生。”

“噢！是的，是的。奥尔当斯小姐。”

“是吗，先生？”斯纳斯比先生用帽子遮着嘴，谦逊地咳嗽了一声。“一般说来，我是不熟悉外国人的名字的，不过，我相信，她的名字**就是**您说的那个。”看样子，斯纳斯比先生本想在回答的时候，勉为其难地学着说一说那个名字，但考虑了一下，又咳嗽一声，就不说了。

“关于她的事情，你要说什么呢，斯纳斯比？”图金霍恩先生问道。

“是这样的，先生，”文具店老板用帽子掩着嘴回答说，“这件事情给我招来不少麻烦。我的家庭是非常美满的——我敢说，至少是像人们所希望的那样美满——不过，我的好太太有点爱吃醋。请原谅我太直言，她非常爱吃醋。您瞧，像她那样漂亮的外国女人，老跑到铺子里来，而且——老在大院里——荡来荡去——要是能够避免，我绝对不用这样刻薄的话，不过，先生，她真的是荡来荡去——您知道，这有点——有点那个，是不是？我的意思只是想把这事情告诉您，看看您有什么高见，先生。”

斯纳斯比先生用一种很可怜的样子说了这番话以后，便咳嗽一声，算是把刚才说话停顿的地方，给填补了一下。

“你说的是什么意思？”图金霍恩先生问道。

“就是这点意思，先生，”斯纳斯比先生回答说，“我相信，您也会觉得这事情很不妙。我的好太太很爱着急，这是大家都知道的。如果您把我的心情和她的脾气连在一起看，您一定会原谅我，说我的心情是可以理解的。您知道，那个外国女人——您刚刚提到她的名字，我相信，您的法国话说得很好——她耳朵非常尖，那天晚上听见了斯纳斯比这个名字，就到处打听我的地址，有一天，在吃晚饭的时候她就来了。可是，我们的年轻女佣嘉斯德尔，胆子很小，又有抽风的毛病，她看见那个外国女人，就吓了一跳——那外国女人的样子真可怕——说起话来咬牙切齿——好像要故意吓唬胆小的人——嘉斯德尔经不起这一吓，当时就受不了，她从厨房的楼梯一级级地滚下去，我有时候想，除了我们家，别的家绝没有人抽风抽得这么厉害。这一来倒也不错，我的好太太有许多家务事要做，只剩下我一个人看柜台。那个外国女人对我说，既然图金霍恩先生的‘雇主’①(当时我就想到，这一定是外国人对伙计的看法)，总是不放她进去见图金霍恩先生，那么，她为了消遣起见，打算天天到我铺子里来，等待您接见她。从那时候起，先生，她就像我刚才说的那样，一直在大院里荡来荡去——**荡来荡去**，”斯纳斯比先生用一种可怜的口吻又把最后几个字强调了一下，“这种行动的后果是不可估计的。如果说这种行

① 法语“雇员”(employé)，与英语“雇主”(employer)的发音近似，故有此误会。

动甚至在邻居的脑子里已经引起令人非常痛苦的误解，那我也不会感到奇怪，至于我的好太太，那就更不必提了(当然，不提她是不可能的)。除了从前见过吉卜赛女人带着吃奶的孩子，拿着一大捆笤帚叫卖，或者现在看见她们戴着耳环，耍着手鼓以外，”斯纳斯比先生摇着头说，“我对外国女人从来没有什么印象。我敢向您担保，我从来没有什么印象，先生。”

图金霍恩先生一直很认真地听着他这番诉苦的话；等到文具店老板说完以后，他便问道：“就是这些事情吗，斯纳斯比？”

“噢，是的，先生，就是这些事情，”斯纳斯比先生说完以后，便咳嗽了一声，这显然是说，“这对我已经够受了。”

“我不知道奥尔当斯小姐有什么打算，”那个律师说，“她是不是疯了？”

“您知道，先生，就算她是疯了，”斯纳斯比先生申辩说，“可是拿一把像外国匕首那样的凶器扎在自己家里，这总不是一件好事吧。”

“说得对，”律师说。“那好吧！这种事情必须制止。你受到了打扰，我很抱歉。如果她还来，你就叫她到我这里。”

斯纳斯比先生连连鞠躬，又咳嗽了一声，表示抱歉，他带着轻松的心情向图金霍恩先生告别，图金霍恩先生一边上楼，一边暗自说道：“这世上的女人生来就是给人添麻烦的。对付那个女主人还不算够，还得对付这个侍女！不过，至少对这个泼妇，我是不会客气的！”

他一边说，一边开了门锁，摸索着走进他那阴暗的事务所，点上蜡烛，四下里看了看。屋里太黑，看不清天花板上的寓言画；但是，那个永远像从云彩里掉下来和用手指着什么的讨厌的罗马神，这会儿却看得清清楚楚还是原来的样子。图金霍恩先生也没有怎样理睬它，就从口袋里掏出一把小钥匙，打开一个抽屉，那里面放着另一把钥匙，再用那把钥匙打开一个柜子，那里面又放着另外一把钥匙，就这样终于拿到了开地窖的钥匙，他带着那把钥匙，准备下楼到藏酒的宝库里去。他拿着蜡烛，正要往门口走去，忽然传来了敲门声。

“谁？——哎呀呀，小姐，原来是你啊！你来得正是时候。我刚刚听人家谈到你。说吧！你要干什么？”

图金霍恩先生说这番话向奥尔当斯小姐表示欢迎的时候，一边把蜡烛放在办事员那个办公室的壁炉架上，然后又拿钥匙轻轻敲着他那干瘪的腮帮子。那个阴险的女人，嘴唇闭得紧紧的，眼睛斜着看他，在答话以前，先轻轻地关上了门。

“我找你费了好大的劲儿啊，先生。”

“是吗？”

“我到这里来过好几次，先生。可是，你的人总是对我说，你不在家，你有事情，你这个，你那个的，你不能接见我。”

“说得对，一点也不假。”

“完全是假的。你撒谎！”

奥尔当斯小姐常常有一种突如其来的举动，好像要向同她谈话的人扑过去，使对方不由自主地吓得直往后缩。这一次，图金霍恩先生就吓得直往后缩；尽管奥尔当斯小姐眯缝着眼睛（但仍然斜着眼看他），只是轻蔑地笑了笑，摇了摇头。

“好吧，小姐，”律师一边说，一边慌慌张张地用钥匙敲着壁炉架。“如果你有什么话要说，那就说吧，说吧。”

“先生，你待我很不好，你卑鄙下流。”

“卑鄙下流，啊？”律师一边回答，一边用钥匙摩着鼻子。

“是的。我跟你说什么来着？你自己也知道是卑鄙下流。你让我上了圈套——抓住我——让我给你通风报信，你要我把我那件衣服拿来给你看——夫人那天晚上一定是穿了那件衣服——你求我穿着那件衣服到这里来和那个小孩见面——你说！是不是？”奥尔当斯小姐又像要扑过去似的。

“你真是个泼妇，泼妇！”图金霍恩先生似乎是这样想着，一边用怀疑的眼光看着她；然后，他答道：“好啊，臭婊子，好啊。

我已经给你钱了。”

“你给我钱！”她用一种很可怕的鄙夷口吻学着说。“两个金镑！我没有动这两个金镑，我拒绝接受这钱，我瞧不起这钱，我要把这钱扔掉！”她真的这样做了，她一面说，一面从胸口掏出钱来，使劲儿往地上扔，只见那两个金镑弹起来，在烛光中闪了闪，然后就滚到墙角去，转了好一会儿，才慢慢停下来。

“瞧！”奥尔当斯小姐说着，又把大眼睛眯缝起来，“你已经给我钱了。啊，我的天啊，你是给我钱了！”

图金霍恩先生用钥匙摩了摩脑袋，而奥尔当斯小姐却讥讽地笑了一声。

“漂亮的小姐，你这样毫不在乎地把钱扔掉，一定是很富裕吧！”图金霍恩先生镇静地说。

“我是很富裕，”奥尔当斯小姐回答说，“我恨起来的时候是很富裕。我从心眼里就恨夫人，这你是知道的。”

“知道？我怎么会知道？”

“正因为你知道得很清楚，你才求我给你通风报信。你知道得很清楚，我是被惹——惹——惹火了！”看样子，奥尔当斯小姐在说“惹”字的时候，舌头无论怎样也绕不过来，尽管她握着拳，咬着牙，使劲说出这个字。

“噢！我知道，是吗？”图金霍恩先生一边说，一边端详着钥匙的榫槽。

“不错，这没有问题。我又不是瞎子。正因为你知道这一点，你才把我抓在手里。你很对！我是讨——厌她。”奥尔当斯小姐双手抱在胸前，耸起一个肩膀，歪着脑袋，向他说出最后这句话。

“你还有别的话要说吗，小姐？”

“我还没有找到工作。你得好好安顿我。给我找个好差事！如果你不能或者不想这样做，那就雇我去缠她，追踪她，丢她的脸，出她的丑。我一定好好帮你的忙，而且是心甘情愿的，你自己就是这样干。你以为我不知道吗？”

“你好像知道很多事情，”图金霍恩先生顶了她一句。

“你以为我不知道？我又不是傻瓜，不是小孩，难道我会相信，我穿那件衣服到这里来和那小孩见面，只是为了小小的打赌，看看谁赢了？——啊，我的天，我确实知道很多事情！”奥尔当斯小姐从开始到说出“看看谁赢了”这句话，一直用一种讽刺的态度装得很客气、很亲切，然后，她突然改用最刻薄、最鄙夷的口吻，她那双黑眼睛这时也差不多闭起来，忽然，又睁得大大的，盯着他看。

“好吧，我们来看看这事情该怎么办，”图金霍恩先生一边说，一边甩钥匙轻轻敲着下巴颏，镇静地瞧着她。

“好啊！那就看看吧，”奥尔当斯小姐又生气、又生硬地连连点着头，表示同意。

“你到这里来是为了提出一个小小的要求——这个你刚才已经说过了，看样子，如果我不答应你的话，你还要到这里来。”

“还要来，”奥尔当斯小姐一边说，一边更生气、更生硬地点着头。“还要来，还要来。还要来好几回。老实说，要永远来！”

“你不但要到这里来，而且大概还要到斯纳斯比先生的铺子去？如果你到那里也达不到目的，那你大概还是要去？”

“还要去，”奥尔当斯小姐跟着说，她下的决心很大，那样子好像得了四肢硬化症似的。“还要去。还要去。还要去好几回。老实说，要永远去！”

“那很好。现在，奥尔当斯小姐，我劝你最好拿着蜡烛，把你的钱捡起来。在那边的墙角，办事员的隔板后面，你大概可以找到你的钱。”

她只是耸起一个肩膀，歪着脑袋朝他笑了一声，双手抱在胸前，摆出一副寸步不让的样子。

“你不打算把钱捡起来了，呃？”

“不，我不捡！”

“那你就更穷，我就更阔了！瞧，小姐，这是我酒窖的钥匙。

这是一把很大的钥匙，可是，监牢的钥匙比这个还要大。在这儿伦敦城，有许多感化院(那里的踏车①是专为妇女而设的)，感化院的大门又结实又沉重，大门的钥匙当然也是那样。我想，像你这样一位活泼好动的女士，要是让那样一把钥匙把你关起来，关上一个时期，恐怕会感到不大方便吧。你觉得怎么样？”

“我觉得你是个卑鄙的流氓，”奥尔当斯小姐回答的时候，姿势没有改变，声音清脆而有礼。

“也许是吧，”图金霍恩先生一边回答，一边镇静地擤了擤鼻子。“不过，我不是问你觉得我怎么样，而是问你觉得监牢怎么样。”

“我不觉得怎么样。监牢和我有什么关系？”

“什么？这有很大关系，小姐，”律师说着，一边不慌不忙地把手绢收起来，把胸前的褶边整理好，“这里的法律非常专制，法律保护英国任何一个良善的臣民不受打扰，甚至不受那些不请自来的女客的——打扰。而且，只要他提出控诉，说他受到了这样的打扰，法律就把那个惹是生非的女人抓起来，把她关进监牢里，严加管教。就是用钥匙把她锁起来的，小姐。”他用地窖的钥匙比划了一下。

“真的吗？”奥尔当斯小姐用同样愉快的声调回答说。“这真好笑！可是——我的天啊！——这到底和我有什么关系呢？”

“漂亮的小姐，”图金霍恩先生说，“你再到这里来，或者再到斯纳斯比先生的铺子去，那你就知道有什么关系了。”

“要是那样，你大概要送我去坐牢吧？”

“大概要送的。”

奥尔当斯小姐这时心情愉快，而且一直在开玩笑，因此不可能像一只狂怒的狗似的，嘴角流着唾沫；要不是她心情好的话，她的嘴这会儿张得跟老虎的一样大，看上去真好像再张大一点

① 从前的一种刑具，囚犯站在上面踩踏，作为一种惩罚。

点，就会流出唾沫来呢。

“简单地说，小姐，”图金霍恩先生说，“我对你这么不客气，也只好表示抱歉了，不过，如果你没有得到邀请，就再到这里来——或者再到那里去，那我就要把你交给巡警。巡警对妇女是非常殷勤的，可是，他们押着惹是生非的人在大街上走，可不怎么客气，他们用皮带把人捆在木板上，我的好姑娘。”

“你等着瞧吧，”奥尔当斯小姐一边低声说，一边伸出一只手来，“我倒要试试看，你敢不敢这样做！”

“如果，”律师继续说下去，不去理睬她，“如果我把你关在监牢里，安插一个好地方，那你还得过些时候才能出来。”

“你等着瞧吧，”奥尔当斯小姐像刚才那样低声重说了一遍。

“现在，”律师继续说下去，还是不去理睬她，“你最好走吧。你再到这里来以前，得再三想一想。”

“你才应该想一想哩，”她回答说，“应该再三再四地想一想！”

“你知道，夫人把你解雇了，是因为你这人爱记仇，不听话，”图金霍恩先生一边说，一边跟着她走到楼梯口，“你现在应当重新做人，把我对你说的话当作警戒。因为我说的话是当真的，我提出的警告是要照办的，小姐。”

她走下楼去，没有回答，也没有回头。她走了以后，他也下楼到地窖去，回来的时候带着一瓶酒（酒瓶上满布着蜘蛛网），然后就悠然地品尝着那瓶美酒；他还不时把脑袋往后一仰，靠在椅背上，看到那个顽固的罗马神，从天花板上用手指着下面。

第四十三章
埃丝特的自述

我母亲在世的时候跟我说过今后就当她已经死了；我当初对她非常想念，不过，现在提这件事情已经无关紧要了。我不敢同她接近，也不敢和她通信，因为我一方面感到她的处境很危险，一方面害怕再给她添麻烦。我知道单从我还活着这一点，对她就是一个难以估计的危险，因此，我最初听到那个秘密时所产生的恐惧，一直也没有消除。不论什么时候，我都不敢说出她的名字，甚至在别人提起她的名字时，自己也好像不敢听。只要大家聊天而我也在场的时候，只要话题快要涉及她（有时候这是很自然的），我就想办法让自己不听，譬如：在心里数数儿，或者背书，再不然，就走出屋去。我现在还记得，在我根本不必担心别人提到她的名字时，我往往也这样做，因为我害怕听到任何可能泄露她的秘密的事情，或是害怕由于我而泄露了她的秘密。

多少次我回想母亲的声调，怀疑自己是否还能像我所渴望的那样听到它，想到自己对她的声调竟会那么生疏，便觉得奇怪和伤心，不过，现在提这些事情已经无关紧要了。过去我很注意报上提到母亲的名字，在她那伦敦的公馆门前来回走着，喜欢那个公馆，却又不敢看它；有一回，我去看戏，母亲也在剧院里，而且看见了我，在那大庭广众之中，我们隔得很远，因此我们之间的一切关系和信任都像梦一样的不真实。不过，现在提这些事情已经无关紧要了。一切的一切都成陈迹。我的一生充满幸福，所以我一提起自己的身世，除了很少的一部分事情以外，就必须谈到别人对我的仁慈和宽厚。而现在，我还是忘掉这很少的一部分事情，愉快地生活才好。

我们一回到家里，婀达和我就跟我的监护人谈了好几次话，主要是关于理查德的事情。我那亲爱的姑娘因为理查德竟然做了很多对不起他们那位厚道的表哥的事情，感到非常难过。可是尽管如此，她也不忍心责备理查德，因为她对理查德是非常忠实的。监护人也明了这一点，所以提到理查德时，从来没有一点责备的口气。“得了，得了！理查德有他的错处，亲爱的，”他总是对她这么说，“可是，我们大家也都犯过不少错误。我们只好盼望你和等待时间把他纠正过来了。”

我们当时有些怀疑他会不会这样做，后来我们证实了这一点，他在再三开导过理查德以后，才等待时间去纠正他的。他曾经写信给他，也探望过他，和他谈过话——凡是他那厚道的心所能想到的一切委婉诱导的方法，他都用过了。我们这个热衷于那场官司的可怜的理查德对这一切丝毫无动于衷。如果说他错了，那么，等到大法官庭那场官司结束，他就会改正自己错误的。如果说他在黑暗中摸索，那么，他最好还是尽力把那些乌云驱散掉，因为许多事情都被乌云弄得乱糟糟和模糊不清。猜疑和误解不都是那场官司造成的吗？那么，好吧，先让他把官司打赢，等官司打赢了，他也就会清醒过来。他始终是这样答复。贾迪斯控贾迪斯案已经使他神魂颠倒，要想让他再考虑什么意见是非常困难的，因为他往往会用一种歪理把别人的意见变成新的论据来替他当时的行为进行辩护。“所以，与其要劝导这个可怜的家伙，倒不如不去理他，”监护人有一次对我说，“否则还会更糟呢。”

有一回我趁着这种机会，表示我很怀疑斯金波先生是否能很好地规劝理查德。

“规劝！”监护人笑着驳道，“亲爱的，谁要斯金波去规劝呢？”

“也许用鼓励这个字眼更恰当些吧，”我说。

“鼓励？”监护人又驳道。“斯金波能鼓励谁？”

“不就是理查德吗？”我问道。

“不，”他答道，“像理查德这样一个不懂世故、没有心计、轻佻浮躁的家伙，对斯金波来说倒是一种慰藉和消遣品。至于规劝或鼓励，或是对任何人或任何事物采取严肃的态度，你根本不必指望像斯金波那样一个小孩子去做。”

“请问，约翰表哥，”婀达说道，这时她刚走到我们这边来，站在我背后，“他怎么会变成这样一个小孩子呢？”

“他怎么会变成这样一个小孩子吗？”监护人答道，搔了搔脑袋，有点不知所措。

“是啊，约翰表哥。”

“唔，”他慢慢地答道，把头发弄得越来越乱了，“他这人非常多情善感——富于幻想，而这些性情又不知为什么没有受到节制。我猜想，在他年轻时欣赏他这些性情的人过分重视它们，另一方面又过分忽视教导，否则一定会使它们互相平衡和协调的，因此，他就变成了今天这个样子。嗐！”监护人说，他停了一会儿，用一种希望的眼光望着我们，“你们俩怎样想的呢？”

婀达朝我看了看，然后说，她觉得斯金波竟然成了理查德的累赘，实在叫人遗憾。

“真是那样，真是那样，”监护人赶紧答道。“可是这种事情决不能再继续下去，我们一定要安排一下。我一定要加以制止，那样下去是决不行的。”

我说斯金波以前为了一件五英镑钱的礼物，就介绍理查德和霍尔斯先生认识，这真叫人感到遗憾。

“他介绍了吗？”监护人说，脸上掠过了一阵恼怒的神色，“不过，他就是那样一个人！就是那样一个人！他这样做倒没什么金钱的动机。他根本不懂得钱有什么价值。他介绍了理克；后来同霍尔斯先生成了好朋友，向他借了五英镑。他这样做没有什么目的，事后也就忘了。我相信准是他自己去告诉你，亲爱的。”

“噢，不错！”我说。

“我说对了吧！”监护人叫了起来，露出十分得意的样子，“他就是这样一个人！如果他那样做有什么恶意，或是了解那有什么害处，他就不会说了。结果他还是直截了当地把事情说了出来。不过你们要是看看他在自己家里是怎样的，就会更了解他了。我们一定要去看看哈罗德·斯金波，还要就这些事情，向他提出警告。天啊！亲爱的，他就是那么幼稚，那么幼稚！”

按照原定计划，我们有天清早到了伦敦，来到斯金波先生的家。

他住在萨默斯镇一个名叫波利冈的地方。当时那里还住着一些穷苦的西班牙难民，他们披着斗篷，抽着小支的纸雪茄烟，在附近闲逛。我不知道，他这位房客是否因为最后总有某某朋友来替他付房租而显得比人们所想象的要好一些，也不知道是否因为他不通人情世故而没有办法把他赶走；不管怎么说，他在这幢房子里已经住了好几年了。不出我们所料，这幢房子果然是十分破旧。地下室门前的栏杆已经缺了两三根，雨水承斗也破了，门环也松了，而且从门铃的铁丝生锈的情况来看，拉手早就掉了。只有台阶上肮脏的脚印证明这房子还有人住。

我们敲门，有个女孩来开门，她穿得破破烂烂，身体却发育得很好，像个熟透了的果子，仿佛要从衣裳的裂缝和鞋子的缺口突破出来。她把门开了一条缝，用身体把门缝堵住。因为她认识贾迪斯先生（婀达和我都觉得她显然知道她的工钱是贾迪斯先生给的），所以立刻显出一副和气的样子，让我们进去。门上的锁已经坏了，她便用铁链把锁系紧，而铁链呢，其实也并不结实。接着她就请我们上楼。

我们上了二楼，那里除了肮脏的脚印仍然没有什么家具。贾迪斯先生不再拘泥礼节，走进一个房间，我们也跟了进去。房间很黑，也不整洁，家具是七拼八凑的，虽然东西讲究，但已经旧得很难看了。屋里有一张很大的脚凳、一张摆着许多坐垫的沙发、一张堆着许多枕头的安乐椅、一架钢琴、一些书籍、画具、乐谱、报纸以及一些写生画和画片。肮脏的窗户上有块玻璃碎了，用纸糊了起来。但桌上却摆着一小盘暖房里种的油桃、一小盘葡萄、一小盘松糕和一瓶淡酒。斯金波先生穿着睡衣靠在沙发上，一边喝着旧瓷杯里的香喷喷的咖啡（这时已经快到中午了），一边望着阳台上的一簇香罗兰。

我们来了，他一点也不慌乱，只是站起来，用他那一贯的轻松态度招呼我们。

"你们看，我就住在这里！"他说，这时我们已经坐下来，但因为椅子大都坏了，刚才找座位时不免感到有点困难。"我就住在这里！这是我简单的早餐。有人吃早点，要有牛腿或羊腿；我可不要。只要给我桃子、咖啡和葡萄酒，我就满足了。我要这些东西，并不是因为它们好吃，而是因为它们使我想起了阳光。牛腿和羊腿跟阳光有什么关系呢？只不过是满足兽欲罢了。"

"这是我们朋友的诊室（如果他开业行医的话，就会成为他们的诊室），也是他的私人客厅和书房，"监护人对我们说。

"对啊，"斯金波先生说，满脸笑容，朝周围望了望，"这是个鸟笼，鸟儿就住在这里，在这里歌唱。他们常常拔掉它的羽毛，剪掉它的翅膀；可是它还是唱着，唱着！"

他把葡萄酒递给我们，兴高采烈地说下去："它唱着，唱得并不惊人，但还是唱着！"

"葡萄酒不错，"我的监护人说，"人家送的吗？"

"不，"他答道，"不！是一个和气的花匠卖给我的。昨天晚上他派人把葡萄酒送来，当时那个人想知道是否要等着收钱。我就说：'说真的，朋友，我想你不必等了——如果你的时间很宝贵的话。'我猜他一定觉得时间很宝贵，因为他立刻就走了。"

监护人望着我们笑了笑，好像对我们说："跟这个小孩子怎么能谈那些俗气的事情呢？"

"今天，"斯金波先生说，很高兴地把玻璃杯里的葡萄酒喝了一口，"是一个永远值得纪念的日子。我们要把今天命名为圣克莱尔日和圣萨默森日。①你们必须跟我几个女儿见一见。我有一个蓝眼睛的女儿，她是我的‘美丽姑娘’，还有一个‘多情姑娘’，一个‘逗笑姑娘’。她们三个人，你们都得见一见。她们见了你们，也一定会非常高兴的。”

他正要把她们叫来，监护人却拦住了他，叫他稍等一等，因为监护人想先跟他说句话。“亲爱的贾迪斯，”他和颜悦色地答道，一边又回到沙发那边，“你要我等多久都行。时间在我们这里不算一回事。我们从来不管现在是几点钟，从来也不在乎。也许你要告诉我，这不是过日子的态度。你说的当然对，可是我们就**不是**在过日子，我们也不装着过日子的样子。”

监护人又望了望我们，坦率地说：“你们听见他说的话没有？”

“那么，哈罗德，”他开始说道，“我必须跟你谈一谈理克的事情。”

“他是我最好的朋友！”斯金波先生诚恳地答道。“但我觉得他不应该是我最好的朋友，因为他现在跟你不和。不过他却是我最好的朋友，这真叫我没有办法；他充满年轻人的诗意，我实在喜欢他。你要是不高兴，那我也没有办法，我实在喜欢他。”

他说这些话的态度坦率动人，真有一种大公无私的样子，当时虽然没有把婀达迷住，却把监护人迷住了。

“不管你多么喜欢他，我们都欢迎，”贾迪斯先生答道，“但是我们必须替他省钱，哈罗德。”

“啊！”斯金波先生说。“你说他的钱吗？哎呀！你又谈到我不懂的事情了。”他又喝了一小口红葡萄酒，把一块糕浸在酒里，摇了摇头，朝着婀达和我一笑，坦白地表示不管别人怎么说，也没法使他懂得这个问题。

“如果你陪着他到处去玩，”监护人直截了当地说，“你不能处

---

① 婀达姓克莱尔，埃丝特姓萨默森，斯金波因她们来访，故意跟她们开玩笑。

处都让他花钱。”

“亲爱的贾迪斯，”斯金波先生答道，和蔼的脸上露出了笑容，因为他觉得那种说法非常可笑，“你叫我怎么办呢？他要带我到处去玩，我怎么能不去呢，再说我哪里有钱去花呢？我一点钱也没有。即便我有钱，我也不懂得钱是什么东西。如果我对一个人说，这要多少钱，而这个人回答要七先令六便士，那又怎么办呢？因为我根本不懂七先令六便士是怎么一回事。不管我对这个人多么体贴，我也没法去研究这个问题。我不能去问那些忙人七先令六便士用摩尔人的话（我不懂这种话）怎么说。既然如此，我又怎么能去问他们七先令六便士该值多少钱呢，因为钱也不是我所能理解的啊？”

“那好，”监护人说，他对这种天真的答复一点也不生气，“不管你以后同理克到什么地方去，你一定要到我这里来借钱（以前他从来没有提过借钱的事），而让他去算账。”

“亲爱的贾迪斯，”斯金波先生答道，“我一定尽量使你高兴，不过，我总觉得这是一种毫无意义的形式——过分拘泥小节。此外，我也向你们保证，克莱尔小姐和亲爱的萨默森小姐，我本来以为卡斯顿先生是个阔佬。我想只要他随便转让一些什么权利，或是在什么证券、汇票、支票或票据上签个字，再不然在哪个地方的账簿上记上一笔账，钱就会滚滚而来了。”

“其实并不如此，先生，”婀达说。“他才穷呢。”

“穷？真的吗？”斯金波先生笑眯眯地答道，“我实在没有想到。”

“他信任一个完全不可靠的人，所以更不会有钱了。”监护人说，为了加强语气，他用手按着斯金波先生睡衣的袖口，“你千万不要鼓励他依靠那样的人了，哈罗德。”

“亲爱的朋友，”斯金波先生答道，“还有亲爱的萨默森小姐和亲爱的克莱尔小姐，我怎么能那样做呢？这是一场官司，而官司我又怎么懂得呢？鼓励我的倒是他。他在这场官司中搞得不错，让我看到最后必定会有十分灿烂的前途，叫我抱着很大的希望，对于这种灿烂的前途，我确实抱着很大的希望，但除此以外，我就什么也不懂，这个我跟他说过了。”

他当着我们说这番话时的那种无可奈何的坦率态度，他觉得自己问心无愧的那种轻松样子，他替自己辩护和解释他那古怪的性格时所采取的那种异想天开的方式，以及他那种轻松而又风趣的言谈，正好证明监护人对他的看法。当他在我们面前的时候，我越是看他，越觉得他不可能施展什么阴谋，隐瞒什么事情，或是产生什么影响；可是当他不在我们面前的时候，我就觉得他很可能是那个样子，而且我越是想他跟我所关怀的人的关系，就越觉得不愉快了。

听到对他的审问(这是他的说法)已经结束，斯金波先生便眉开眼笑地走出房间去叫他那三个女儿(他的几个儿子都相继逃走了)。他的举止证明了他很幼稚，监护人看了觉得十分有趣。他很快就带着三位姑娘和斯金波太太回来；斯金波太太以前很漂亮，但是现在却变成一个身体虚弱的高鼻梁女人，害了好几种病。

“这是我的美丽姑娘，”斯金波先生说，“叫艾瑟萨，她跟她爸爸一样，弹琴唱歌都懂一点儿。这是我的多情姑娘，叫劳拉，会弹琴，可是不会唱歌。这是我的逗笑姑娘，叫基蒂，会唱一点儿，可是不会弹琴。我们父女都懂得点绘画，能创作些歌曲，但是我们对时间和金钱就毫无观念了。”

斯金波太太叹了口气，我觉得她好像宁愿家里的人没有这最后一点才好。我还觉得她叹气是叹给监护人听的，只要有机会，总要叹一声。

“调查家庭特性是很有趣的，”斯金波先生说，那双亮闪闪的眼睛朝我们逐一看了一遍，“妙极了。我们全家都是小孩子，我是最小的一个。”

他的三个女儿似乎很喜欢他，这时被他说的笑话逗乐了，而那位逗笑姑娘尤其显得开心。

“亲爱的，这是真话，”斯金波先生说，“对不对？事实如此，也必然如此，因为像歌谣中所说的狗那样，‘这是我们的天性’。你们听我说，这位萨默森小姐，管理家务的本事高明极了，她对家庭琐事无所不知，真叫人惊讶。我们对家里烧饭做菜的事完全不懂，我相信萨默森小姐听了以后一定觉得很奇怪。但我们就是不懂，一点也不懂。我们什么菜也不会做，连针线也不会使。如果别人具有我们所缺乏的那种常识，我们是很钦佩的。可是我们不会同他们吵架。那么，他们为什么要跟我们吵架呢？我们会告诉他们，你们要活下去也得让我们活下去。你们靠你们的常识活着，可是我们得靠你们活着！”他笑了起来，但跟平常一样，态度十分坦率，说的也确实是老实话。

“我们有同情心，漂亮的姑娘们，”斯金波先生说，“我们对一切事务都有同情心，是不是？”

“啊，真是那样，爸爸！”三个女儿叫道。

“其实，在这个乱糟糟的世界上，”斯金波先生说，“我们这家人是自成一个体系的。我们能够袖手旁观，也能够同流合污。我们确实袖手旁观，也确实同流合污了。我们还能干什么别的事呢？譬如说，我这位美丽姑娘，已经结婚三年了。我想从政治经济学的观点看来，她同另一个孩子结婚，结果又生下了两个孩子，这是完全错误的，但另一方面，这又叫人高兴。每逢这种时候我们就举行小小的庆祝，大家交换一下对社会的看法。有一天，她把她年轻的丈夫带回家来，他们俩和他们的小宝贝儿就在楼上住了下来。也许过些时候多情姑娘和逗笑姑娘，也会把**她们的**丈夫带回家来，在楼上安下**她们的**家。我们就这样活下去，我们不知道怎么活，但总有活的办法。”

美丽姑娘看上去非常年轻，竟然有了两个孩子，我不禁感到她和她的孩子都很可怜。斯金波先生的三个女儿显然都是自由自在地长大起来的，没有受过什么正规的教育，因此，她们才能让父亲在他最无聊的时候，拿她们来开玩笑。我发现她们梳的发式各有不同，但都是按照斯金波先生的艺术见解。美丽姑娘梳的是古典的发式，多情姑娘一头长长的秀发，一直披到肩上，逗笑姑娘的头发拢到头顶上，露出了宽广的额角，一绺绺的短发卷在眼梢边不停地摇晃。她们穿的衣服大致相同，不过都很不整洁。

婀达和我跟这三位姑娘谈了起来，我们发现，她们和父亲有非常相似之处。这时贾迪斯先生(他一直不停地在搔脑袋，这说明风向有了变化)和斯金波太太在角落里谈着，他们那边传来了一阵钱币的叮当声。斯金波先生刚才主动要同我们一块儿回去，已经去换行装了。

“我的心肝宝贝！”他回到屋里说，“你们得好好照顾妈妈，她今天身体不好。我跟贾迪斯先生回去住一两天，听听云雀歌唱，保持我的好脾气。你们知道，今天已经有人来惹我发脾气了，如果我留在家里，还会再来的。”

“那个人真坏！”逗笑姑娘说。

“他明知道爸爸生病，在香罗兰旁边躺着，欣赏蔚蓝的天空，偏偏在这个时候来捣乱。”劳拉埋怨道。

“而且这恰好是到处散发着稻草香的时候哩！”艾瑟萨说。

“这说明那个人缺乏诗意，”斯金波先生同意她们的看法，但自己仍然保持十分高兴的样子。“这种行为太粗暴了，简直没有人情味！我这几个姑娘，”他向我们解释说，“对那个老实人，很有反感——”

“他一点也不老实，爸爸。他怎么会老实呢？”她们三个人同声反驳。

“哦，对那个粗鲁的家伙——一个无赖很有反感，”斯金波先生说，“他是附近一家面包店的老板，我们曾经向他借了几张安乐椅。我们要用几张安乐椅，可是我们没有，所以就得向一个有椅子的人去借了。好！这个不讲理的家伙把椅子借给我们，我们把它用坏了。我们把它用坏以后，他来要椅子了。他当然拿回去了。你们以为他这就满意了吧？根本不是那么回事。他看见椅子坏了，很不乐意。于是我就同他讲道理，指出他的错误。我说：‘朋友，你的年纪也不小了，怎么还那么顽固，硬说一张安乐椅是摆在那里给人看的？怎么能硬说它是供人观赏的东西，只能远远地望着它，只能从最好的角度去欣赏它呢？难道你**不知道**这几张椅子是借来给人坐的吗？’他蛮不讲理，怎么也说不通，甚至出口伤人。当时我跟现在一样有耐心，所以又同他讲了一番道理。我说：‘喂，我的老朋友，不管我们干的是哪行哪业，我们都是一个伟大的母亲——大自然的儿女。在今天这样一个美妙的夏天早晨，你看我（我正躺在沙发上）在这里想着大自然，面前摆着鲜花，桌上摆着水果，头顶上是晴朗的天空，空气中满是芳香。我求你看在我们都是同胞手足这一点上，千万不要使我看不到那么宏伟的景象，而只看到一个怒气冲冲的面包店老板的怪相。’但是他就非让我看着他那副怪相不可，”斯金波先生说，露出一副又滑稽又惊讶的样子，笑眯眯的眼睛往上一翻，“过去他曾经要我看那副丑态，现在也要我看，将来还会要我看。所以，我很高兴能够躲开他，同贾迪斯先生回家去住几天。”

他好像忘记了斯金波太太和三个女儿还留在家里要去对付那个面包店老板了，不过她们大家对他这种态度早已习惯。所以也不觉得奇怪。他和家人告别时态度非常温存，就像他处理其他事情所表现的风度那么潇洒、那么优美，然后他就非常安心地跟我们一同走了。当我们下楼时，我们从几家敞开的房门看到了里边住的人家，发现斯金波先生的房间跟其他房间相比，真可以算是皇宫了。

我怎么也不会想到，事实上也确实没有想到，当天还会发生一件意外的事情，而这件事情所带来的后果又使我终生难忘。我们这位客人一路上兴高采烈地高谈阔论，使我简直听得入了迷，其实岂止我一个人如此，婀达也同样给他迷住了。至于我的监护人，当我们离开萨默斯镇时，东风好像要永远刮下去似的，可是我们走了没有几英里路，风向就完全转变了。

不管斯金波先生在其他方面的表现是不是真像小孩子那么天真，但他对环境的改变和晴朗的天气倒是像小孩子那么喜欢的。他一路上谈笑风生，一点儿也不觉得疲倦，到家以后，第一个走到客厅里去。当我还在料理家务的时候，我听见他已经在那里弹钢琴，同时还唱了不少意大利和德国的船夫曲以及饮酒歌中的叠句。

快开晚餐时，我们都来到客厅，斯金波先生仍然在弹钢琴，他一边怡然自得地弹了几段他听过的歌曲，一边又谈到第二天他准备把几幅描绘维鲁拉姆[①]的古老的断垣残壁的写生画画完，这些画是他在一两年前开始画的，但后来却懒得画下去了。就在这时候，送来了一张名片，监护人一看，便惊讶地大声念起来：

“累斯特·德洛克爵士。”

我不知道怎么办才好，正在犹豫，客人已经走进客厅来了；我连动也不敢动。如果我敢动的话，我一定立刻走出去。我心慌意乱，甚至忘了到窗前婀达那里去，我连窗户都没看见，而且窗户在什么地方也弄不清了。我听见有人喊我的名字，发现监护人正在替我介绍，这时我还来不及走到椅子那边去。

“请坐，累斯特爵士。”

“贾迪斯先生，”累斯特爵士答道，一边欠了欠身，坐了下来，“我能登门拜访，感到十分荣幸——”

“承蒙光临，我感到十分荣幸，累斯特爵士。”

“您太客气了，我从林肯郡顺道来拜访，是为了向您道歉的。我对一位绅士有些意见——这位绅士跟您认识，曾经请您到他家去做过客，因此，我不愿再提他了。不管我在这方面有多么充足的理由，但由于这个原故，竟然使您以及在您监护下的女士们看不到我那切斯尼山庄里专供高雅人士观赏的一些景色和陈设，我觉得十分抱歉。”

---

① 英国圣阿耳本斯附近的一个古城。

"您真客气，德洛克爵士，我代表那两位女士(她们现在都在这里)并以我个人的名义，向您道谢！"

"也许，贾迪斯先生，那位绅士——由于我刚才谈过的原因，我不愿再提他了——也许，贾迪斯先生，那位绅士甚至会曲解我的为人，使您误会，真的以为如果您到我在林肯郡的庄园去参观，不会受到有礼貌的接待。其实我曾经吩咐过我庄园的人，对于所有到我庄园去参观的女士和绅士们都要给以殷勤有礼的招待。我现在只是请您了解，先生，事实跟您所听说的完全不同。"

监护人没有回答，委婉地避开了这个话题。

"我很痛心，贾迪斯先生，"累斯特爵士用一种沉重的口气继续说，"不瞒您说，先生，我——很——痛心，因为切斯尼山庄的管家告诉我，当时有一位陪您到当地去作客的绅士对于艺术有很高的鉴赏力，但由于某种类似的原故，也不能品鉴一下我家的画像。本来，他很可以用一种悠闲而又仔细认真的态度去品鉴那些画像的，而有些画像也很值得他用这种态度去观赏，可惜他未能如愿。"说到这里，他掏出一张名片，戴上眼镜，严肃而又有点费劲地念道："希罗德——赫拉德——哈罗德——斯凯普林——哦，对不起——斯金波先生。"

"这位就是哈罗德·斯金波先生，"监护人说，显然感到很惊讶。

"啊！"累斯特爵士叫了起来，"我能见到斯金波先生，向他当面道歉，感到非常高兴。我希望您，先生，下次再光临敝郡的时候，千万不要像上次那样感到拘束。"

"您真客气，累斯特·德洛克爵士。谢谢您的好意，我一定会很高兴地再去访问您那美丽的山庄。像切斯尼山庄这样的胜地，主人们对公众都做出很大的贡献，"斯金波先生又像平时那样轻松愉快地说道。"他们热心公益，保存了许多令人喜爱的艺术品供我们这些穷人欣赏。如果我们不去欣赏这些艺术品，那我们就辜负了热心我们福利的人们的心血了。"

累斯特·德洛克爵士

累斯特爵士对于斯金波先生的这种心情，似乎非常赏识，“您是艺术家吗，先生？”

“不，”斯金波先生答道，“我这个人很懒散。对于艺术也只懂得点皮毛而已。”

累斯特爵士对这种回答，好像更加赏识似的。他说他希望斯金波先生下次再到林肯郡去的时候，他能够在切斯尼山庄才好。斯金波先生说他感到不胜荣幸。

“斯金波先生当时还说，”累斯特爵士这会儿又对监护人继续说道，“还跟我的管家说——斯金波先生也许已经看出来，这个管家是我家一个忠心耿耿的老用人——”

（“就是那天我去看萨默森小姐和克莱尔小姐，穿过切斯尼山庄的时候，”斯金波先生笑嘻嘻地向我们解释说。）

“斯金波先生当时还跟我的管家说，上一次和他一起住在那里的一位朋友，就是贾迪斯先生，”累斯特爵士说到这里，对贾迪斯先生欠了欠身，“于是我就弄清了事实真相，因而感到很抱歉。不论哪位绅士，贾迪斯先生，特别是一位从前和德洛克夫人认识，事实上还和她有点远亲关系并且为她所尊敬的一位绅士（德洛克夫人自己告诉过我），竟会遇到这样的事情，确实使**我**——觉得——痛心。”

“请您不要再提这件事了，累斯特爵士，”监护人说，“您的好意，我很谅解，而且我敢说我们大家都很谅解。其实，这是我的不对，应该让我来向您道歉。”

我始终没有抬起头来，没有看这位客人，甚至好像没有听见他们谈话。我今天倒是很奇怪我还记得这些话，因为我觉得它们好像没有在我心中留下什么印象。我当时听见他们说话，但那时我心乱如麻，而且凭直觉我就不愿接近这位绅士，觉得在他面前非常痛苦，所以认为自己当时头晕心跳，什么也没有听进耳朵里去。

“我对德洛克夫人提过这件事，”累斯特爵士说着，站起身来，“夫人告诉我，贾迪斯先生和他的被监护人住在切斯尼山庄邻近时，她有一次偶然遇见了他们，并且很幸运地和他们谈过话。请容许我，贾迪斯先生，对您和这两位女士再重复一下我刚才向斯金波先生提出的诺言。过去所发生的事情，确实使我不愿意说，如果我听到波依桑先生光临的话，我也会感到高兴；不过那些事情只是同那位绅士有关，并不涉及别人。”

“你们知道我对他的一贯看法，”斯金波先生愉快地说，露出了希望我们同意的样子，“一条很可爱的公牛，不管看到什么颜色都认为是红的，都要斗！”

累斯特·德洛克爵士咳了一声，仿佛有关那位绅士的话，他一句也听不下去；接着他就彬彬有礼地告辞了。我赶快回到自己屋里，一直坐到镇静下来为止。我刚才非常激动，但是当我再到楼下去时，幸好大家只是怪我在那位大名鼎鼎的林肯郡的从男爵面前，不应该那么沉默害羞。

这时，我已下定决心，觉得必须把我知道的事情告诉监护人。当我想到我可能和母亲见面，也许会被人带到她家里去，我觉得非常痛苦——甚至斯金波先生可能受到她丈夫的殷勤招待，尽管同我关系不大，也使我痛苦，因此，我觉得如果我得不到监护人的帮助，真不知道如何是好。

到了晚上休息的时候，婀达和我在我们那间漂亮的卧房里像平时那样谈话以后，我又从我那边的房门口走出去，到我监护人的书房去找他。我知道他总是在那个时间看书，当我走近时，我看见他书桌上的灯光射到走廊里来。

“我能进来吗，监护人？”

“来吧，小老太太。有什么事啊？”

“没有什么要紧的事。我想用这个安静的时间和你谈谈我自己的事情。”

他给我搬来一张椅子，把书合上，搁在一边，转过脸来看着我，和蔼的脸上露出关切的神色。我不知怎的忽然看到他脸上又露出有一次——就是他跟我说他没有我所能理解的那种不痛快的事情的那天晚上——我见过的那种古怪的表情。

“你的事情，亲爱的埃丝特，”他说，“也就是我们的事情。你愿意谈谈，我也很愿意听。”

“这个我知道，监护人。可是我迫切需要听取你的意见和得到你的帮助。啊！你不知道我今天晚上多么需要你的帮助。”

我那种恳切的样子出乎他的意外，甚至使他有点惊讶。

“而且你不知道自从今天那位客人来了以后，”我说，“我多么想跟你谈谈啊。”

“客人？亲爱的！你说的是累斯特·德洛克爵士吗？”

“是的。”

他双手抱在胸前，带着无限惊讶的神情坐在那里望着我，等我说下去。我不知道怎样才能使他在心理上有所准备。

“真的，埃丝特，”他忽然笑着说，“我怎么也想不到那位客人和你会有什么关系！”

“啊，真的，监护人，我知道有关系，不过我也是刚知道的。”

他脸上的笑容消失了，样子也严肃起来。他走到门口看看门是不是关上(其实我刚才已经把它关上了)，然后又回到我面前坐下。

“监护人，”我说，“你记不记得，那天我们遇到雷雨的时候，德洛克夫人曾经和你谈到她的姐姐？”

“当然记得，当然记得。”

“而且还跟你说她和她姐姐意见不合，各人走各人的道路，这样一句话，这你也记得吧？”

“当然记得呀。”

“她们为什么要断绝关系呢，监护人？”

他望着我，脸上的表情完全变了。“我的孩子，你这是问的什么呀！我怎么会知道呢？我相信只有她们自己才会知道。谁也猜不透这两位美丽而又高傲的夫人的心事！你曾经见过德洛克夫人。如果你见过她的姐姐，你就会知道她姐姐也是一个像她那么坚决而又高傲的人。”

“啊，监护人，我见过她姐姐不知有多少次了。”

“你见过她的姐姐？”

他停了一会儿，咬着嘴唇。“那么，埃丝特，很久以前，你跟我谈到波依桑，当时我告诉你，有一回他差点儿就结婚了，那位女士并没有死，可是对他来说，她好像是死了一样，而且那件事情对她后来的生活很有影响——当时你知道这些事情吗，知道这位女士是谁吗？”

“不知道，监护人，”我答道，这时我因为对他的话有点明白，而感到害怕。“现在也不知道。”

“她就是德洛克夫人的姐姐。”

“可是为什么？”我简直不敢问他了，“为什么？监护人，请你告诉我，**他们**为什么要断绝关系呢？”

“是她把关系断绝的。至于动机，她却坚决藏在心里，不让人知道。后来，他确实做过一些猜测（但也只是猜测而已），认为有件事情使她和她妹妹争吵起来，她那高傲的自尊心受到了一些伤害，使她非常痛苦，因而丧失了理智；她写信告诉他从写信那天开始，她同他的关系便断绝了——事实上也确实断绝了——她还说，她知道他的性情高傲，自尊心很强，而她自己的性情也是如此，所以不得不做出这种决定。她说，她为了照顾他的这些特点，甚至也为了照顾她自己的特点而牺牲自己，以后不论生死，她都甘愿忍受这种牺牲。我想她在这两方面都实现了她的诺言，因为他从那天起就没有再见过她，也没有听到过她的音讯。谁也不知道她的下落了。”

“啊，监护人，你看我犯了多么大的罪过！”我伤心得哭起来了。“我不知不觉地造成了多么悲惨的后果！”

“你造成的后果，埃丝特？”

“是的，监护人。尽管这事情不能怪我，但确实是我造成的。自从我懂事以来，我就认识那位隐居的姐姐了。”

“不可能，不可能！”他惊愕地叫了起来。

“真的，监护人，真的！而**她的**妹妹就是我的母亲！”

本来我想把我母亲来信的全部内容都告诉他，但当时他是不会听的。他很亲切和很体贴地和我谈着，并且很直率地对我指出，我在心情愉快时所产生的想法不够成熟，希望也不够实际，因此，尽管许多年来，我内心充满了对他的感激，我相信我从来也没有像那天晚上那么爱他，那么感激他。从他送我回房间，在门口吻别我，直到我躺下睡觉时，我一直在考虑怎样使自己更忙碌一些，更能干一些，怎样把自己那些微不足道的事情多忘掉一些，对他更热诚一些，替别人多做些事，这样才能表示我对他是多么感激，多么尊敬！

第四十四章
信和答复

第二天早晨，监护人叫我到他房间去，于是我就把前一天晚上没有谈完的事情告诉了他。他说，除了保守秘密和避免像昨天那样的会见以外，也没有什么别的办法。他很理解我的心情，表示完全同情。他甚至表示负责不让斯金波先生到切斯尼山庄去访问。但是有一个姑隐其名的人，他觉得现在很难向她提供意见或进行帮助。他希望能尽一份力量，但恐怕办不到了。如果她对她所提到的那个律师产生的猜忌真有根据的话（他对这点简直并不怀疑），他担心事情会被揭发。根据他的观察和别人的议论，他对这个律师有些了解，觉得他肯定是个危险人物。他以一种无限慈祥的态度一再叫我记住，不管将来发生了什么事情，我和他一样，都是没有关系和无能为力的。

“我也不了解，”他说，“有什么人会怀疑你，亲爱的。即使没有你这方面的关系，也会有许多人怀疑这件事的。”

“那个律师就很怀疑，”我回答说，“自从我为这件事担心以来，我又想起了两个人。”于是，我把格皮先生的情况全都告诉了他，我当初不大明白他的意思的时候，曾经担心他对这件事猜透了几分，不过自从上次我们见面以后，他一直没有再提这件事，这倒使我完全放心了。

“那么好，”监护人说，“我们暂时不必考虑他。另一个人是谁呢？”

我请他回想一下那个法国女仆，以及她迫切要我雇用她的情形。

“哼！”他若有所思地答道，“她比那个办事员更值得注意。不过，亲爱的，不管怎么说，她只是想找个新工作。她在那之前不久见过你和婀达，所以自然会想到你。你知道，她只是请你留下她来侍候你，并没有什么别的意思。”

“她的举动很古怪，”我说。

“是很古怪。当时她脱掉鞋子，那么大胆，那么毫不在乎地光着脚走路，不怕把命送掉。”监护人说，“如果你对诸如此类的意外事情和可能发生的事情，都要研究一番，那就等于折磨自己，对事情毫无好处。如果你这样想，那么，一切没有坏处的事情，差不多都会变得非常可怕。乐观些吧，小老太太。你待人接物都非常好，希望你了解这件事情以后还像以前那么好。这是你对大家最大的贡献。我和你一同保守秘密——”

“而且还替我做了这么多的解释，监护人，”我说。

“——不论那个家庭发生什么事情，只要我能知道，我都会密切注意。如果有一天我能够对一个人(即使现在我也觉得最好不要提到她的名字)尽我一份微薄的力量，那么，为了她亲爱的女儿，我一定会办到的。”

我对他表示了衷心的感激。除了感激，我还能做什么别的呢！我走到房门口时，他请我等一会儿。我赶快转过身，又看到他脸上露出了昨天晚上那种表情。突然，不知什么缘故，我觉得自己说不定懂得他这种表情的意思。

“亲爱的埃丝特，”我的监护人说，“我心里有些话很久以来就想跟你说。”

“真的吗？”

“我一直觉得同你谈这些话，不太方便，现在还是那样。我希望我谈这些话的时候需要慎重，而你考虑它们的时候也要慎重。你是不是愿意让我把这些话写给你看呢？”

“亲爱的监护人，不管你写些什么给**我**看，我有什么理由不愿意的呢？”

“那么，你看，亲爱的，”他说，脸上露出愉快的笑容，“我现在是不是像平时那么爽直和气——你觉得我是不是像平时那么坦白、真诚和古板呢？”

我很认真地回答说：“完全一样。”其实，我的话是完全对的，因为他刚才那种犹豫不决的样子很快就消失，又恢复原来那种文雅、体贴、和蔼和真诚的态度了。

“你看我是不是隐瞒了什么话，或者没有说出真心话，或者保留了一些话——尽管我们现在不必考虑这究竟是些什么话吧？”他说，那双明亮的眼睛凝视着我。

我回答说，他决不是那种态度。

“你能完全信任我，毫无保留地相信我要说的话吗？埃丝特？”

“完全相信，”我诚恳地回答。

“亲爱的姑娘，”监护人说，“把手伸给我。”

他握住我的手，并轻轻按着我，低下头望着我的脸，那样子又像过去那么爽朗和真诚——就是平时那种处处表示爱护我的态度，因此，我马上感到荒凉山庄温暖如家了——他又说：“自从那年冬天我们在公共马车见面以来，小老太太，你使我变了很多。最重要的是，自从那时以来，你给我带来了无限的幸福。”

“啊，监护人，自从那时以来，你又给了我多少幸福啊！”

“但是，”他说，“现在也不必去回忆那些情形了。”

“我永远也不会忘记。”

“不过，埃丝特，”他带着一点严肃的口气说，“现在应该把它忘掉，暂时忘掉。你现在只应当记住，我永远也不会变，你能相信吗，亲爱的？”

“相信，真的相信，”我说。

“这很重要，”他回答，“非常重要。但是我不能因为你这样说了就相信。只有当你下定决心，认为我永远也不会改变，我才会把我心里的话写给你看。只要你有一点怀疑，我也不会写的。如果你考虑成熟了，什么怀疑也没有了，那么等到下星期的这天晚上，你就叫查理来‘拿信’。但如果你还不能肯定，你就不要叫她来。你要记住，不论是在这件事或别的什么事情上面，我都相信你会说真话。如果你不能肯定这一点，那你就不要叫她来。”

“监护人，”我说，“我现在已经下定决心了。我决不会改变我的决心，这跟你不会改变你对我的态度是一样的。到时候，我就叫查理来拿信。”

他和我握了握手，什么话也不再说了。在整个星期中，不论是他或我都没有再提这次的谈话。到了约定的那个晚上，就只有我一个人在屋里的时候，我立刻对查理说：“查理，你去敲敲贾迪斯先生的房门，说我叫你来‘拿信’。”我听着她上楼，下楼，穿过走廊——这天晚上我听她沿着这所旧式房子的曲曲弯弯的过道走去，觉得这些过道好像特别长似的——后来她又往回走，穿过走廊，下楼，上楼，把信带回来。“把信放在桌上，查理，”我说。查理把信放在桌上，就睡觉去了；我坐在那里望着信，却没有拿起来看，心里想到很多事情。

我首先想到凄凉的童年时代，从那些整年提心吊胆的日子，想到了姨母去世那个悲痛的时刻，我记得她躺在床上，紧绷着脸，带着一种倔强而又冷酷的表情。后来剩下我跟雷彻尔太太的时候，我觉得这世上即便没有一个人跟我说话或和我见面，我也不会像跟她在一起那么寂寞。不久，我的情况又发生了变化，我很幸运地在周围的人当中找到了朋友，她们都很喜欢我。我又想起第一次见到我那可爱的姑娘，她把我当作她的姊妹，这是我一生中最值得高兴，最值得回忆的事。我又想起了那个阴冷的星光灿烂的晚上，那些欢迎我们到来的明亮的灯光，就是从那几扇窗户射出，照在我们充满等待神色的脸上，而且一直是那么明亮。我在那里的生活又变得十分愉快；我病过一场，后来恢复了健康；我觉得自己的样子变了很多，可是周围的人对我的态度却丝毫未变。所有这些幸福就像是那位中心人物身上发射出来的光辉，而摆在桌上的那封信就是他的化身。

我把信拆开来看，信中表白了他对我的爱情，却又毫不自私地要我慎重考虑，每个字都含有对我的关怀，因此，我非常感动，泪水一再模糊了我的眼睛，看不多久就得停一停。但我还是从头至尾看了三遍才放下来。事前我就觉得自己猜到信中会说些什么，现在果然猜中了。信里问我愿不愿作荒凉山庄的女主人。

这封信虽然表达了那么深的爱情，却不是一封情书，这是用他平时说话那样的口气写下来的。我每看一句，就好像看见了他的面孔，听到了他的声音，感觉到他对我的那种体贴和爱护的态度。从这封信的语气来说，我们的地位好像对换了一下，所有那些好事仿佛都是我做的，而它们所激起的种种感情又好像是他的。信中谈到我很年轻，而他则过了壮年；我很单纯，而他则饱经世故；谈到在他写信时，他的头发已经花白，他对所有这一切都非常清楚，所以把它完全谈出来，让我慎重考虑。信中还说到这种婚姻对我不会有什么好处，如果我拒绝，也不会有什么害处，因为他对我的感情已经非常深了，今后不论什么新的关系也不可能改变；不管我怎么决定，他相信总是正确的。但是自从我们最近那次推心置腹的谈话以后，他又重新考虑了这个问题，决定采取这个步骤；他只希望这个步骤能通过一个普通的例子向我表明，全世界的人都会毫不犹豫地一致证明我童年的那个不幸的预言[①]是错误的。我是唯一知道能够给他什么幸福的人，但是关于这一点，他不再说下去了；因为我应该永远记住我并不欠他什么情，而他倒欠我不少情。他常常想到我们的前途；婀达快长大成人了，他预见到将来总有一天婀达会离开我们，我们现在这种生活一定会彻底改变，因此常常考虑向我求婚。这一来就此提出来了。如果我觉得我可以给他一种最高的权利，使他成为我的保护

---

① 埃丝特早年的时候，她姨母曾对她说过，她生下来就蒙受耻辱，要她天天祈祷，否则她母亲的罪恶就会降临到她的头上，参阅本书第三章。

人，庇护我渡过人生的一切变迁和风波，直到死为止；如果我觉得我做他晚年的亲爱伴侣是件愉快而又恰当的事，那么，即便如此，他也不会限制我改变主意，因为我只不过刚看到这封信，而且，即便如此，我也必须要有充分时间重新考虑。不管我答应或拒绝，他要我对他的关系、态度和称呼都不要改变。同时他知道他那位聪明的德登大妈和小管家也是永远不会变的。

信的主要内容就是这样。它的语气从头至尾都是那么公正，那么庄重，仿佛他真是一位对我负责的监护人，以一种大公无私的态度，替一位朋友求婚，同时又非常正直地把一切反对的意见都说了出来。

但是他一点也没有提到在我比现在好看的时候，他心里就已经有了这样的想法，不过当时他抑制着自己，没有提出来。后来我的容貌变了，人也不漂亮了，他还能够像我漂亮的时候那么爱我。他知道了我的出身，却丝毫不感到震惊，由于性情宽厚，他对我容貌的改变和我出身带给我的耻辱，一点也不在意。我愈是需要他这种忠诚，我就可以愈加坚定地始终信任他——所有这一切，他信上一点也没有提。

但是我对这一切是了解的，而且非常了解。当我追忆了他那些宽厚的事迹，我自然而然就明白这一切，而且觉得自己只有接受他的求婚才对。我想就是用我这一生来使他幸福，也不足以表示我对他的感激。那天晚上，我所希望的，不就是想找一些新的方式来感激他吗？

我还是哭了很久；这不仅仅因为我看完了这封信，心中非常激动，也不仅仅因为我对未来的生活感到多么意外（尽管我已经有了预感，我还是感到意外），而且还因为有件难以言传和说不明白的事情，隐隐地消失了。我非常高兴，心中充满了感激和希望，但我仍然哭了很久。

过了一会儿，我走到我那面旧镜子前面。我的眼睛红肿了，我喃喃自语：“埃丝特啊，埃丝特，难道你就是这个样子的吗！”

我怕镜子里的那个脸孔被我责备得又会哭起来，可是我举起手对它指了指，它就不再哭了。

"这就更像我那种镇静的样子了，亲爱的，以前你让我看到自己有多么大的改变，就是用这种镇静的样子给我安慰的，"我说，一面把头发打散开来。"等你做了荒凉山庄的主妇，你一定会非常高兴。其实，你永远应该高兴，那么，让我们一切从头开始吧。"

我继续梳头，觉得心情很舒畅。不过我还是抽抽噎噎地哭了一会儿，但这是因为我刚才还在哭，而不是我现在要哭。

"所以，埃丝特，亲爱的，你永远都会快活。你和你最知心的朋友在一起，住在原来的家里，能做许多有益的事情，而且又出乎意外地得到了世界上最理想的一个男子的爱情——所有这些都应该使你快活。"

我突然想到，如果监护人和别人结了婚，我又会有什么感觉，又会做出什么事情呢！那一定会引起很大的变化。当我想到这种变化会使我的生活揭开新的一页，我便把那些管家钥匙摇得叮叮当当地响，并且把它们吻了吻，然后才放到篮子里去。

后来，我一边对着镜子梳头，一边又想到近来心里常常觉得只有那次生病留下的深深痕迹和我的出身才是新的动力，促使我勤勤恳恳、老老实实地忙碌着——帮助别人，照顾别人，和和气气地对待别人。真的，我伤心地坐下来哭一场，倒是一件好事！谈到有一天我会成为荒凉山庄的主妇这件事情，我最初似乎感到意外(如果这就是我哭的理由的话，但事实并不这样)，可是我为什么要觉得意外呢？即使我从来没有想到这一点，别人却早已想到了。我对着镜子问自己说："亲爱的，你现在不漂亮了，可是难道你忘记在你有疤斑以前，伍德科特太太说的话吗？她谈过你的婚姻——"

也许伍德科特太太的名字使我想起了那几朵干枯的花。现在最好还是不要再保存它们了。我只是为了纪念一件往事才保存它们的，可是现在最好还是不要保存了。

那几朵花夹在一本书里，而书又恰巧放在隔壁婀达和我的卧室中间的起居间里。我拿着一支蜡烛，轻轻地走进去，把书从架上拿下来。我拿到了书，从敞开的房门口看见我那亲爱的漂亮姑娘正睡着，我偷偷进去吻了她一下。

我知道自己感情脆弱，我没有什么理由要哭，但我还是在她那张可爱的脸上滴下眼泪，一滴、两滴、三滴。后来我又做了一件更说明自己情感脆弱的事情：我把花拿出来，在她嘴唇上搁了一会儿。我想起她对理查德的爱情，虽然，这些花跟那件事毫无关系。后来，我把花拿回自己屋里，在蜡烛上点着了，转眼间，它们就烧成了灰。

第二天早晨，我走进早餐间，觉得监护人的态度和平时没有什么不同；他还是那么爽直、坦率和随便。他的态度一点也不拘束，而我也没有一点不自然的地方(至少我是这样想)。这一早上，屋里没有别人的时候，我进进出出了好几次；我想他大概会对我提起那封信，可是他根本没有谈。第二天，第三天，至少有一个星期过去了，一切如故。在这段期间，斯金波先生一直呆着没走。我每天等待监护人向我提那封信，但他一直不提。

后来，我感到不安，觉得应该给他写一封回信。晚上我在自己屋里写来写去，总写不成，一开头就不像一封措辞恰当的回信。每天晚上我总是想：再等一天吧。我又等了七天，但他一直闭口不谈。

最后斯金波先生走了。有一天下午，我们三个人正预备出去骑马，我比婀达先换好衣服，走下楼来，碰见了监护人，当时他站在客厅窗前，背着我往窗外望。

我刚进去，他就转过身来，微笑着对我说："哦，是你啊，小老太太。"然后又转身望着窗外。

这时我已经决心要跟他谈了。总之，我下楼来是有目的的。"监护人，"我吞吞吐吐地说，声音有些颤抖，"上次查理到你那里去拿的那封信，你什么时候想要回音呢？”

“等你准备好了吧，亲爱的，”他答道。

“我想现在已经准备好了，”我说。

“是不是叫查理来拿呢？”他高兴地问道。

“不，监护人，我亲自带来了，”我回答。

我用两只胳臂搂着他，吻他；他问我是不是荒凉山庄的主妇，我回答“是的”；但过了一会儿，一切都没什么两样，我们一同出去，我也没有向我那位心爱的姑娘谈起这件事。

第四十五章
委　托

有天早晨，我把家务事处理完毕，正跟我那位美丽的姑娘在花园里散步，这时偶然向房子那边望去，看见一个又高又瘦的人影走了进去，那样子仿佛是霍尔斯先生。婀达那天早晨还同我谈到，理查德对大法官庭那桩案子太认真，她希望他有一天会因此而对它心灰意冷；所以，为了不让我那亲爱的姑娘觉得扫兴，我就没说看见霍尔斯先生的影子。

不久，查理来了，她沿着树丛中弯弯曲曲的小径轻盈地跑来，红红的脸，非常漂亮，真像花神的侍女，而不像我的小女佣。她说："啊，对不起，小姐，请回，跟贾迪斯先生说话。"

查理有个怪习惯：每当她去给别人传口信的时候，只要她一看见那个人，不管隔多远，就把话说出来。所以，早在我听见她的声音以前，我已经看到她的表情像是用她一向说的那句话在说："请回，跟贾迪斯先生说话。"而等我真听到了这句话时，她已经说了好多遍，连气都喘不过来了。

我对婀达说我得赶快回去；进屋的时候，我问查理是不是有人来看贾迪斯先生。查理答道："是的，小姐。他就是那个人，同理查德先生来乡下的。"查理这句话使我感到很惭愧，我不得不承认我一直没把她的语法教好。

我想世界上再也找不到像监护人和霍尔斯先生那样，在各个方面都形成强烈对照的两个人了。我看见他们隔着桌子对坐；一个是那么开朗，而另一个却是那么阴沉；一个是肩膀宽阔、笔直地坐着，另一个却身材瘦削，腰弓背驼；一个是痛痛快快地把要说的话都说出来，声音洪亮悦耳，而另一个却把话搁在心里，说起话来，也是吞吞吐吐，冷冷淡淡；所以我觉得，从来也没见过这么截然不同的两个人。

“你认识霍尔斯先生吧，亲爱的，”监护人说，我觉得他的口气并不十分客气。

霍尔斯先生仍然像平时那样戴着手套，上衣扣子一直扣到脖子。他站起身来，然后又坐下去，正像他那天在马车里坐在理查德身边一样。理查德现在不在这里，霍尔斯先生的眼光不能再盯着他，所以只好向前望着。

监护人对这位穿着一身黑衣服的客人看了一眼，好像把他当作一只不祥的猫头鹰似的，他说：“关于我们那位最倒霉的理克，霍尔斯先生带来了一个坏消息。”他把“最倒霉”这几个字说得特别重，仿佛这几个字可以表明理查德和霍尔斯先生的关系似的。

我在他们中间坐下来；霍尔斯先生一动也不动，只是偷偷用他那戴着黑手套的指头，摸弄着他那张蜡黄的脸上的一颗红粉刺。

“幸亏你和理克是好朋友，所以我想问你，”监护人说，“你的意见怎样，亲爱的？霍尔斯先生，是不是请你把事情都谈出来？”

霍尔斯先生没有把事情都谈出来，而是议论了一番。

“萨默森小姐，我刚才说过，作为卡斯顿先生的法律顾问，我有理由相信卡斯顿先生现在的处境十分困难。卡斯顿先生欠的债，数目还在其次，性质却很特殊而且紧迫，同时他能用来偿清或偿还债务的资财也很有限。许多笔数目不大的债务，我已经让卡斯顿先生延期清偿了，但这总有个限度，现在我们已经无法让他再拖下去了。以前遇到这类麻烦事情，我也曾自己掏腰包，拿钱替他垫上，但我当然希望他会还我，不瞒你们两位，我也并不富裕，我那住在唐通谷的父亲就需要我赡养，家里还有三个女儿，我也得设法替她们攒点钱。卡斯顿先生既然已经到了这个地步，我担心他最后会得到上级批准退役，把军职卖掉。无论如何，这就需要通知他的亲属了。”

霍尔斯先生说话时一直望着我，现在沉默下来，又注视着前方。他刚才把声音压得很低，所以屋里好像始终是没有人说话似的。

“你想想，如果那个可怜的家伙连现在的收入都没有了，那怎么办？”监护人对我说，“可是我又有什么办法呢？你是了解他的，埃丝特。他现在决不会要我帮助。如果我提出给他帮助，或者有这样的表示，那一定会逼他走上绝路的。”

霍尔斯先生这时又对我说：

“小姐，实际情况就是贾迪斯先生所谈的那样，而这也是叫人感到棘手的地方。我想不出要采取什么步骤，也说不上要采取什么步骤，我绝对没有这种意思。我只是秘密地到这里来，把情况告诉你们，以便将来一切事情都可以公开处理，免得有人说一切事情都不是公开处理的。我希望一切事情都应该公开处理，也想留个好名声。如果我只是考虑到我个人同卡斯顿先生的关系，我就不会到这里来了，你们也很清楚，他会极力反对的。我今天同你们谈的不是法律事务，也不向谁收费。我只是以社会一分子、以一个做父亲的人——**同时也以一个做儿子**的人的身份来跟你们谈这件事，除此以外，我和这件事没有什么关系。”霍尔斯先生说，他刚才几乎把他作为儿子的身份这一点忘记说了。

我们觉得霍尔斯先生说的是事实，既没有夸大，也没有打折扣，他的意思实际上是要让我们分担责任，了解理查德的处境。我想事到如今，恐怕只能建议由我到理查德的驻地——迪耳镇去看他一下，试试能不能使他不采取这个下策。我没有同霍尔斯先生商量这个问题，我把监护人拉到一边，把我的意思告诉他，这时霍尔斯先生移动他那瘦棱棱的身子，悄悄走到炉火边去烤手，手上还戴着那副送丧用的黑手套。

监护人认为旅途太辛苦，立刻表示反对；但我感到他没有其他的反对理由，而我又非常愿意去，结果便得到了他的同意。这时我们可以把霍尔斯先生打发走了。

“就这样吧，先生，”贾迪斯先生说，“萨默森小姐会同卡斯顿先生谈的，我们也只能希望他的情况还可以挽回。先生，你走了这么远的路，我叫他们替你准备午饭吧。”

“谢谢，贾迪斯先生，”霍尔斯先生说，伸出他那长长的黑衣袖里的手，不让按铃，“不要费事了，谢谢您，我一点也吃不下，我的消化不良，胃口一直不好。如果我现在吃了硬东西，真不敢说后果会怎样呢。现在一切事情都公开谈了，先生，请允许我告别了。”

“霍尔斯先生，关于你所了解的那桩案子，你要是能向它告别，而我们也能向它告别，那才好呢，”监护人讥讽地说。

霍尔斯先生从头到脚穿着一身黑衣服，颜色很深，好像在炉火旁烤得冒出了蒸气，散发着一股难闻的味道，他的头微微向前低了一低，然后又慢慢地摇了摇。

“先生，我们的奢望既然是要人家把我们看成是值得尊敬的律师，所以就不得不亲自奔走。我们就是这样劳碌的，先生。至少我是这样；而且我还希望尊重所有法律界的同业。小姐，您知道在您同卡斯顿先生谈话时不应该提到我吧？”

我说我会很谨慎，不去提他。

“好吧，小姐，再会。贾迪斯先生，再会。”霍尔斯先生同我握握手，又同贾迪斯先生握了握(他手上还戴着黑手套，使人感到那里面好像没有手似的)，然后就拖着他那又长又瘦的影子走了。我想，在通往伦敦的洒满阳光的路上，这个在马车外慢慢移动的影子，会把地下的种子都冻坏的。

我当然需要把我去的地方和理由告诉婀达；而她自然也感到焦急和难受。但她对理查德到底是非常忠实，所以说的全是替他惋惜和辩护的话；而且我这位亲爱的、一往情深的姑娘，还写了一封长信给他，托我带去，这就更足以说明她坚贞的爱情了。

尽管我真不需要旅伴，而且情愿把查理留在家里，但她还是陪我一同去了。当天下午，我们到了伦敦，发现邮车有两个座位，便订了下来。差不多在我们平常睡觉的时刻，我和查理乘着马车，连同肯特郡的邮件，一直往沿海那边驶去。

在那还盛行马车的时代，这需要一夜的路程。马车里就只有我们两个人，所以晚上也不觉得怎么讨厌。我度过这一夜的情景，我想，许多人在同样的情况下也会和我一样。我这次旅行好像一会儿充满了希望，一会儿又毫无希望。有时我觉得我会做出一些于人有好处的事情，有时又怀疑自己怎么会有这样的想法。我忽而觉得我到那里去是理所当然的，忽而又觉得毫无道理。我又想到理查德的情况究竟怎样，我将跟他说些什么，他又会和我说些什么；这些想法和刚才的心情轮流在我心中翻来倒去。整个晚上，车轮仿佛只传出一种声音，而监护人那封信里的话也随着车轮声不断地在我耳边响着。

最后我们驶进了迪耳镇狭窄的街道；在那个阴冷而多雾的早晨，街上显得非常凄凉。海滩漫长而平坦，凌乱地散布着形状不一的小木屋、砖房、绞盘、大船和木棚；散布着光秃的、笔直的、装着滑车的杆子和沙砾松散、杂草丛生的荒地，我从来也没有见过这样冷落的地方。在那白茫茫的浓雾下，波涛汹涌起伏。除了几个早起打麻绳的人以外，街上没有人走动，这几个打麻绳的人身上缠着麻线，仿佛他们厌倦目前的生活，要把他们自己打成绳索似的。

但当我们进了一家上等旅馆，在那暖和的房间里舒舒服服地洗了澡，换了衣服，坐下来吃早餐时(因为时间不早，用不着睡觉)，迪耳镇就不像刚才那么凄凉了。我们这个小房间很像一个船舱，这使查理觉得十分高兴。后来，雾像帷幕那样慢慢升起，许多船只也出现了，我没想到它们离我们那么近。我也不知道侍者告诉我们停泊在海边的船究竟有多少。有些船很庞大，其中有一只是刚从印度开回国的商船，当阳光从云层照下来，黑色的海面上出现了一片片的银白色，船身的颜色忽而明亮，忽而阴暗，变幻无常；许多小船从岸边往大船驶去，又从大船驶回岸边，它们穿梭往来，周围也出现勃勃的生气，整个景象确是好看极了。

那只从印度回来的大商船特别吸引我们，因为它是在晚间靠岸的。四周围绕着许多小船，我们说这船上的人上岸时该多么高兴啊。查理对于航行、印度的炎热气候以及大蟒蛇和老虎都很好奇，因为她对这些事情的了解要比学习语法快得多，我就把我所知道的情况告诉她。我还跟她说，人们在航行中有时会因船失事而被抛到岩礁上，但是也有人凭着勇敢和人道主义精神救了他们。查理问我那种事情怎么可能，我就把我们在家里怎样了解到这样一个例子的情形告诉了她。

我本来想写个条子，通知理查德我已经来了，但我觉得最好还是出其不意地去找他。因为他住在营房里，所以我有点犹疑这样做是否妥当，但我们还是出去观察一下。我在营房场地的大门外向里面偷偷看了看，发现这时候一切都是静悄悄的。我向一个在警卫室台阶上站岗的上士打听理查德住在哪里。他便派人先去替我通报，这个人走上几个梯级，用指节在一扇门上敲了敲，便走开了。

“谁呀？”理查德在屋里喊道。于是我让查理留在小过道里，走到那半开着门的房门口说：“我能进来吗，理查德？德登大妈一个人来了。”

他正在桌上写字，地上到处是衣服、罐头、书籍、皮靴、刷子和公事包。他衣冠不整（我发现他穿着便装，没穿制服），头发凌乱，他那慌张的神色和房间凌乱的样子都给人很深的印象。所有这些情形都是在他热情地欢迎我，让我在他身边坐好以后才看到的，因为刚才他一听见我叫他，便跳了起来，马上把我搂在怀里。亲爱的理查德啊！他对我的态度总是不变的。可怜的人啊！自始至终，他总是用他原来那种快乐而带有稚气的态度接待我。

“哎呀，亲爱的小老太太！”他说，“你怎么到这里来了？谁想到能见到你呢？没出什么事吧？婀达好吗？”

“她很好，比从前更漂亮了，理查德！”

“啊！”他说，身子往椅背上一靠。“我那可怜的表妹！埃丝特，我正给你写信呢。”

他靠着椅背，把那张写着密密麻麻字迹的纸揉成一团，尽管他那么年轻漂亮，可是他的神色却那么疲惫憔悴！

“你费心写了那么些，难道就不让我看看吗？”我问道。

“啊，亲爱的，”他答道，作了一个无可奈何的手势，“你看看这个房间的情景就可以明白。一切都完了。”

我委婉地劝他不要悲观失望。我告诉他，我偶然听到了他的处境很困难，所以来跟他商量一下最好怎样解决。

“你这番话真像你平时的为人，埃丝特，但是一切都完了，所以这又不像你平时的为人了！”他苦笑地说。“今天我要请假出去，再过一个钟点，我就走了，因为我要把军职卖掉，需要安排一下。好吧，过去的事就让它过去吧。现在的这个职业，结果也像我以前的职业那样。我只想去当牧师，把所有的职业都干一下。”

“理查德，”我鼓励他说，“事情不会那么糟吧？”

“埃丝特，”他答道，“就是那么糟。我就快身败名裂了，那些在我上面掌权的人——用《教义问答》的话来说——非常不愿意‘与我同在’。他们是对的。撇开欠债、别人向我催债以及诸如此类的缺点不谈，就是这个职业我也还是不合适。除了一件事情，我对什么也不在乎，对什么也不管，对什么也不放在心上，对什么也不感兴趣。唉！如果我这个幻想现在没有破灭，”他说，一边把他写的信扯得粉碎，满脸愁容地把碎片一点一点往地上扔，“我怎么能出国呢？他们一定要我出国的，可是我怎么能走呢？既然我对那件事有了经验，即便是霍尔斯，如果不在我亲自监督下，我怎能信任他呢？”

我想他从我脸上的表情，已经看出我要说些什么话。他抓住我搁在他胳臂上的手，用它堵着我的嘴，不让我说话。

"别说，德登大妈！有两件事我不让你说——绝对不让你说。第一件是约翰·贾迪斯，第二件不说你也知道。如果你说我疯了，那我现在也没有别的办法，只好是疯了。可是这不是那么回事，这是我唯一能追求的目标。遗憾的是，有人一直想说服我换条路走。我为这件事花了多少时间，担过多少心，费了多少精力，现在居然要放弃它才算是聪明！对，这真是聪明啊！对有些人来说，这也是很划算的事哩，可是我决不放弃！"

他当时的那种情绪使我觉得最好不要驳斥他的话，以免增强他的决心(如果他的心还不是那么坚决的话)。我把婀达的信掏出来放在他手里。

"现在能看吗？"他问道。

我说可以，他把信摊在桌上，用手支着头，开始看起来。他看了一会儿，就用双手抱着头，不让我看见他的脸。过了一会儿，他站起来，好像觉得光线不够，走到窗前去。他在那里背对着我把信看完。看完以后，他把信叠好，拿在手里，在那儿站了几分钟。当他回到椅子那里，我看见他眼眶里充满了泪水。

"埃丝特，你当然知道她信里说些什么吧？"他轻轻地说，一边问我，一边吻了吻那封信。

"是的，理查德。"

"她提出，"他说，用脚轻轻敲着地板，"把她最近肯定能得到的那笔小小的遗产送给我，款数恰巧和我的债务相等，劝我接受，用这笔钱弥补亏空，并且继续担任军职。"

"我知道她心里的最高愿望就是你能幸福，"我说，"啊，亲爱的理查德，婀达的心肠真好啊！"

"这我完全相信。我——我但愿自己死了才好呢！"

他又走到窗前，用手扶着窗，低下头靠在胳臂上。我看见他那样子，心里非常难过，但因我希望他能回心转意，更易于接受我的劝告，所以也就不再说话了。我的处世经验毕竟很有限，根本没想到他摆脱开这种激情以后，又觉得自己受了委屈。

“这就是那个约翰·贾迪斯（我们要是谈别的事情就不要提他了）插手进来使它和我疏远的那颗心，”他愤怒地说，“那位亲爱的姑娘就是在那个约翰·贾迪斯家里，在那个约翰·贾迪斯慷慨地表示同意并默许之下，向我提出了这么大方的条件，我敢说，这是收买我的一个新办法。”

“理查德！”我大声喊道，立刻站起来，“我不想听你说这种可耻的话！”这是我有生以来第一次对他生这么大的气；但一会儿，我的气就消了。当我看到他那张年轻而又憔悴的脸望着我，好像表示歉意时，我把手放在他肩上说：“亲爱的理查德，请你不要这样和我说话。你自己想一想吧！”他竭力责备自己，非常爽直地对我说他刚才错了，求我多多原谅。我听了也就笑起来，但身上有些发抖，因为刚才我很气愤，现在还有点激动。

“如果要我接受这个要求，亲爱的埃丝特，”他说，在我身边坐下，继续和我谈话，“——我再一次求你原谅，我很难过——如果要我接受我亲爱的表妹的要求，你也知道，那是不可能的。此外，我还可以给你看些信件和文件，你就会相信这里的事情已经办妥了。请你相信，我不当军官了。但我在这重重苦恼和困难之中，想到我争取自己的利益，同时也是争取婀达的利益，心中就觉得有些安慰。霍尔斯不遗余力地帮助我们，感谢上帝，他既然是在替我奔走，那自然也就是替她奔走了。”

他心中激起了乐观的希望，脸上也露出了笑容，但我觉得他的神色反而比刚才变得更可怜了。

“不，不！”理查德非常高兴地叫了起来。“如果婀达那笔小小的财产全部归我所有，我也决不会花一分钱来保留我那个不合适的、毫无趣味和令人厌倦的军职。钱应该花在能取得更大利润的事业上面，花在她押下更大赌注的地方。请你不要替我担心！我心里现在只牵挂着一件事，霍尔斯和我都会为这件事而努力奔走。我也不会没有钱用。一旦把军职卖掉，我就能把钱还给一些小高利贷者，据霍尔斯说，他们逼着要债。无论如何，我还债后总会剩下一些钱，而这些钱就会增加那笔财产。嗐！埃丝特，你替我带封信给婀达，亲爱的，你们俩一定要对我抱有更大的希望，而不要相信我现在已经走投无路了。”

我不愿在这里重复我跟理查德说的话。我知道这些话没有多少味道，谁也不会认为我的话是什么至理名言。这只是出自我内心的话，他倒是耐心地、颇受感动地听着；但我看出关于上面所说的两个问题，他保留了自己的意见，因此，现在不管怎么劝他也不会有什么结果，同时我体会到，而且从这次会面也亲身体验到我监护人所说的话：与其劝他，倒不如不去理他，否则还会更糟。

最后，我不得不问一下理查德，能不能肯定退伍的事情真像他所说的那样已经办妥，而不仅仅是他的想法。他毫不犹豫地让我看了一个通知，说明他退伍的事已经办妥了。根据他所说的情形，我了解到霍尔斯先生已经收到通知的副本，而且始终和他磋商着。我这次到这里来的全部收获，也只是了解到上述情况，替婀达送了一封信，并得到理查德作伴回伦敦去。我懊恼地暗自承认了这个事实，于是，便向他说，我要回旅馆去等他。他披上一件斗篷，送我到大门口，查理和我便沿着海边回去。

有一群人在海边围着几个从小船上岸的海军军官，他们兴致勃勃地直往军官身边挤去。我对查理说这一定是从印度回来的商船的小艇，于是便停下来看看。

这些军官从海边慢慢地往岸上走来，兴高采烈地谈着，而且不时左顾右盼，好像回到英国使他们非常愉快似的。“查理！查理！”我说，“快走！”我急急忙忙地走开，使我那小女仆非常惊讶。

我们回到那个船舱似的房间，关上了门，等我喘过气来，我才想起为什么刚才要那么匆忙地走开。原来我刚才在那些晒得黧黑的人当中，认出有个人是阿伦·伍德科特先生，我怕他认出了我。我当时不愿让他看到我的容貌改变了。事情出乎我的意料，几乎使我失去了勇气。

但是我知道这样是不行的，于是我对自己说："亲爱的，你没有理由——没有丝毫理由——觉得自己容貌改变，现在会比以前对你更不利。你上个月怎样，现在还是怎样，你无所谓更不利，也无所谓更有利。你不能这样决定。勇敢些吧！埃丝特，勇敢些吧！"我刚才跑得浑身颤抖，起初怎么也不能平静下来。但我慢慢好起来了，这使我很高兴。

那群人到旅馆里来了。我听见他们在楼梯上说话。我相信这群人就是那些海军军官，因为我听得出他们的声音——我是说听出了伍德科特先生的声音。这时如果我能够不让他知道就悄悄走掉，那我还是会觉得心安一些，但我决定不这么做。"不，亲爱的，不要这样。绝对不要这样！"

我解开帽子，把面纱拉上去一半——我想我的意思是说只放下来一半，不过，现在什么也没有多大关系了。我在一张名片上写明我和理查德·卡斯顿先生恰巧也在这里；名片刚送过去，伍德科特先生立刻就来了。我说我高兴的是他这次回国我碰巧能头一个去欢迎他。我看到他露出为我感到十分难过的样子。

"听说你上次出国的轮船失事，遇了险，伍德科特先生，"我说，"但我们都不说这是一件不幸的事，因为这件事使你发挥出你的才干并表现出你的勇敢精神。我们在报上看到那些消息以后，都非常关心。我最初是从你那位老病人弗莱德小姐那里听到的，当时我大病初愈，还在休养哩。"

"啊，那位瘦小的弗莱德小姐！"他说，"她的生活没有什么变化吧？"

"没有什么变化。"

现在我心里比较安详，不再注意面纱，把它完全撩开了。

"伍德科特先生，她对你那么感激，真叫人高兴。我可以告诉你，她这个人非常厚道。"

"你——你觉得她是那样吗？"他答道。"我——我听了很高兴。”他为我难过得几乎说不出话来。

“请你相信，”我说，“在我生病的时候，她所表示的同情和体贴使我十分感动。”

“当时听说你病得很厉害，我很难过。”

“我当时确实病得很厉害。”

“你现在已经复原了吗？”

“我的健康已经恢复，心情也像从前那么愉快了。”我说，“你知道我的监护人心地多么善良，我们过的日子多么幸福；一切都使我感激，真是心满意足。”

我觉得我对自己的怜悯好像不如他对我的怜悯大。当我发现他反而需要我的安慰时，我就变得更加坚强和镇静了。我同他谈到他往返的航程，未来的计划以及重去印度的可能性等等。他认为不大可能再去印度了，他在印度，运气也不见得比在英国好一些。他出国时在一条破船上当外科医生，这次回国，依然故我。当我们正在谈话，而且当我正庆幸我已经减轻(如果我能用这两个字的话)他见到我以后所产生那种惊讶时，理查德来了。他在楼下已经听说我跟谁在谈话，所以和伍德科特先生见面时非常高兴。

他们彼此寒暄了一番，后来又谈到了理查德的职业，这时我看得出来，伍德科特先生已经感觉到理查德的事情不大顺利了。他常常看理查德的脸，仿佛脸上有什么东西使他感到痛苦似的，同时他又不止一次地望着我，好像要确定一下我是否知道事实真相。但理查德还是那么乐观，那么快活，他本来就喜欢伍德科特先生，这次重逢使他感到特别高兴。

理查德提议我们应当一同到伦敦去；但伍德科特先生暂时不能离开轮船，所以无法同行。但他还是提前和我们一起吃了饭。他的态度已经恢复得跟平时差不多，而我想到我能减轻他对我的那种难过的心情，也就更加安心了。不过他对理查德仍然很不放心，当马车快要开行，理查德下楼去看他的行李时，伍德科特先生对我谈到了理查德。

我不知道是否应该把理查德的事全部告诉他。但我大致把理查德同贾迪斯先生疏远以及理查德被那桩倒霉的大法官庭案件弄得神魂颠倒的情形告诉了他。伍德科特先生注意地听着并且表示惋惜。

“我刚才看到你相当仔细地观察他，你觉得他变了吗？”

“他变了，”他答道，一边摇了摇头。

我第一次感到脸上发烧，但这只是一时的感情冲动，我把头掉过去，脸上就不觉得发烧了。

“这倒不是因为他比以前显得年轻还是苍老，”伍德科特先生说，“瘦了还是胖了，脸色更加苍白还是红润了，而是因为他脸上的表情非常奇怪，我从来没有见过年轻人脸上有这样奇怪的神色。我们不能说这完全是由于忧虑或疲倦，不过这两者都有；这很像是一种还没有完全形成的绝望的神色。”

“你是不是觉得他有病呢？”我说。

不，他的身体很健壮。

“我们有种种理由可以理解他的心情很乱，”我说，“伍德科特先生，你要到伦敦去吗？”

“明天，或者后天。”

“理查德特别需要一个朋友。他一向都欢喜你。你到了伦敦以后，请去看看他。有空的话，请你常去和他做个伴。你不知道这对他会有多大好处。你想不到婀达、贾迪斯先生，甚至我个人——我们多么感谢你，伍德科特先生！”

“萨默森小姐，”他说，这时变得比最初更加激动了，“我当着上帝说，我一定会作他的忠实朋友！我一定把你的委托当作自己的义务，一种神圣的义务！”

“上帝保佑你！”我说，眼睛里很快地充满了泪水，但我想即使不是为了自己的缘故，我也会这样的。“婀达爱他——我们也都爱他，但婀达的爱情决不是我们所能比的。我一定把你讲的话告诉她。我代表她感谢你，愿上帝保佑你！”

我们匆匆忙忙地谈了这些话，这时理查德已经回来了，让我挽着他的胳臂，送我到马车那儿去。

“伍德科特，希望我们在伦敦见面！”他随随便便地说。

“见面？”伍德科特先生答道，“现在我在伦敦除了你就没有朋友了。我到什么地方去找你？”

“对了，我总得有个地方住啊，”理查德说，想了一下，“就在西蒙法学院霍尔斯先生家里吧。”

“那好！一到伦敦就见面。”

他们热烈地握了手。当我坐上马车，理查德还在街上站着时，伍德科特先生亲切地用手按着理查德的肩膀，同时向我看了一眼。我了解他的意思，向他挥挥手，表示感谢。

当我们坐着马车走的时候，我从他的最后一瞥中看出他替我非常难过。这使我很高兴。我对自己从前的容貌的想法，就像一个死了的人重访人间的想法一样。我很高兴有人会亲切地想念我，可怜我，而没有把我完全忘掉。

第四十六章
拦住他！

黑暗笼罩着托姆独院。自从昨天太阳下山，这片黑暗就慢慢不断地扩展着，最后把这个地方的每个角落都遮盖起来了。有一阵子，托姆独院还有几处土牢般的地方点着灯火，好像生命之灯在托姆独院点燃那样，在这污浊的空气中发出昏昏沉沉的亮光，而且也像那盏生命之灯一样忽闪忽闪，对着许多丑恶的景象闪烁着。但是现在，这些灯光全都熄灭了。月亮曾经用她那没精打采的冷酷眼光望着托姆，好像承认她本身跟托姆这个废墟有些相似，因为这里仿佛和月球一样，曾被火山的烈焰所焚毁；但是现在月亮已经落下去，看不见了。地狱厩棚里最可怕的梦魇，在托姆独院游荡着，而托姆却早已沉沉熟睡了。

在议会内外，人们关于托姆已经费了不少唇舌，为了决定怎样使他改邪归正，争得脸红耳赤。如果要使他痛改前非，究竟该用什么办法——靠警察和地保的训斥、教堂钟声的感化、金钱的诱惑或社会风尚准则的力量呢，还是靠高派教会或低派教会[①]的感召（或者根本不靠教会的力量）？究竟要他用他那愚钝的天资去研究高深莫测的辩论法呢，还是让他去做敲石头那样简单的工作？在这乱吵乱嚷之中，只有一个问题始终是很清楚的，那就是，按照某些大人先生的理论，托姆终究可能或者可以，应当或者必须被大家挽救过来。可惜的是，哪位先生也拿不出具体办法；而且，就在这个充满希望的时候，托姆还像原来那么顽固地、死不悔悟地堕落下去了。

但托姆却报了仇。就是风也成了他的差使，在这黑暗笼罩着

托姆独院

大地的时候替他效劳。托姆身上每滴毒血中的细菌都会传染到别的地方，今天晚上，它就要玷污一个贵族公馆里的人的高贵血液（化验师如果进行化验的话，就会发现这血液含有真正的贵族成分），而这所公馆里的公爵阁下也没法否认这种不体面的关系。托姆身上的每滴黏液、身边的每平方英寸臭气、周围的每种下流堕落的现象以及他所作的每个愚昧的、邪恶的和残暴的行为，都能够从社会的最下层一直惩罚到社会上最高傲、最显赫的人士。真的，托姆用玷污、霸占和腐蚀的手段达到了报复的目的。

托姆独院究竟在白天还是在晚上更难看，这也是个难下结论的问题；但是人们认为看到它的次数愈多，它就显得愈加丑恶，而且不管人们想象中托姆独院的什么地方，都绝不可能像它实际上那么糟糕，所以根据这种看法，便可以肯定它在白天更难看。现在天快亮了；说句老实话，为了英国的荣誉，甚至有时候让太阳在大英帝国的属地上落下去②，也许比它升起来照着托姆这么一个不体面的怪物好。

这时街上是静悄悄的，有个皮肤晒成棕色的绅士慢慢地向这里走来。他不大想睡觉，不想躺在床上辗转反侧，计算着时间，而宁愿到街上来散散步。不知道他受了什么新奇东西的吸引，常常停下来，向周围那些肮脏的小胡同四处探望，而且他不仅仅是好奇，因为他那双又黑又亮的眼睛里露出了怜悯的神色。他左顾右盼，似乎是熟悉这个肮脏的地方，而且以前也曾对它作过仔细的观察。

在这条积满淤泥的小街（也就是托姆独院的交通要道），人们只看到两旁的房子东倒西歪、门关户闭，悄无人声。这时除了他，街上再没有什么人影，但是在街的那一头，他却看到一个女人，孤零零地坐在门前的台阶上。他就朝那里走去。等他走近一

---

① 高派教会和低派教会都属基督教，前者注重仪式，后者则不注重。

② 过去英国的统治阶级夸耀它在世界上拥有的殖民地最多，曾经恬不知耻地夸耀：大英帝国是永无日落之国。

看，发现她曾走过远路，脚走疼了，满身尘土，她在门前的石阶上坐着，胳臂肘支在膝盖上，手托着头，好像在等什么人似的。在她身边放着她带来的一个帆布袋或包袱。她也许正在打瞌睡，因为他向她走过去时，她根本没有注意到他的脚步声。

这条高低不平的人行道非常狭窄。阿伦·伍德科特走到这个女人坐着的地方，必须绕到街中心才能过去。他低头望了望她的脸，跟她的眼光接触了一下，便停下步。

“你怎么啦?”

“没有什么，先生。”

“是不是他们听不见你敲门?你想进去吗?”

“我在这里等另外一所房子的人起来——我说的是一家小店——不是这里。”那个女人耐心地答道。“我在这里等着，因为过一会儿就有阳光，可以暖和一下。”

“我想你一定很累了。你这样子坐在街上，恐怕不行吧。”

“谢谢您，先生。不要紧的。”

他一向喜欢同穷人说话，既不摆出一副以恩人自居的面孔，也不假装屈尊求教的态度，或者采取大人同小孩说话的口气(许多人喜欢用这种手法，觉得跟穷人说话时用小孩拼音书上的口气，才算巧妙)，所以，他很快就同这女人熟悉起来了。

“让我看看你的额头，”他说，一边弯下腰来，“我是个医生。不用怕，我决不会碰痛你的。”

他知道用他那灵巧熟练的手去摸一下，很快就会使她舒服一些，但她却不大愿意地说：“这个不要紧的。”不过，当他的手刚碰到伤口，她就对着亮光抬起头来。

“啊，伤很重哩，皮也破了。痛得厉害吧。”

“有点痛，先生，”那女人答道，一滴眼泪滴到面颊上了。

“我来想个办法让你的伤口不那么痛，我用手绢擦一下，不会痛的。”

“啊，不痛，先生，我相信不会痛的。”

他把伤口弄干净，血也擦掉，仔细检查了一下，用手掌轻轻按一下，从袋里掏出一个小包，在伤口上敷了药，用绷带把它包扎好。当他这样忙着的时候，他笑自己在街上居然替人做外科手术，然后说道：

“那么，你的丈夫是个烧砖工人吧？”

“您怎么知道的，先生？”那个女人惊奇地问道。

“哦，我从你衣服和袋子上的泥的颜色猜出来的。我知道烧砖工人往往到各地去做零工，可惜据我了解，他们对自己妻子都凶得很。”

那个女人赶快抬起眼来看他，好像要否认她的伤口跟他所说的情形有什么关系。但她感到他的手还按着她的额头，同时又看见他脸上那种聚精会神和沉着冷静的样子，便悄悄地把眼光低了下来。

“现在他在哪里？”医生问道。

“昨天晚上他出了事，先生；但他会到小店来看我的。”

“如果他以后老是随便用他那只又大又沉的手干这种事情的话，那他一定会闯出大祸来的。尽管他那么狠心，你还是原谅了他。我只希望他知道自己不对才好，我不谈他了。你没有孩子吗？”

那女人摇了摇头。“有一个我当作是自己生的孩子，其实，先生，他是莉子的。”

“你自己的孩子死了。我明白了。可怜的小家伙！”

这时他已经把伤口包好，正把小包收起来。“我想你总有个家吧。离这里远不远？”他问道，这时候那个女人站起来，向他屈膝道谢，他高兴地表示用不着谢他。

“离这里总有二十二三英里呢，先生。在圣阿耳本斯。你知道圣阿耳本斯吗，先生？我觉得你吓了一跳，好像知道那个地方，是不是？”

“是的，我知道一些。现在我也来问你一个问题，你有钱住小店吗？”

“我有，先生，”她说，“真有，”一边把钱拿出来给他看。他看她一再低声道谢，便跟她说不必客气，并向她告别，继续向前走去。托姆独院还在睡梦中，街上没有人来往。

但是有个人却在走动！当他回过头，远远向那个女人坐在石阶上的那个地方望去，他看见一个衣衫褴褛的人，小心翼翼地走来；这人弓着腰，低着头，紧靠着肮脏的墙——脏得连最脏的人也情愿避开它——鬼鬼祟祟地把手伸向前方。他是个少年，脸瘦瘦的，两眼无神。他一心一意地往前走，生怕被人看见，甚至一个穿得整整齐齐的陌生人的出现，也没有使他回头看一下。他在街道那边走着，用衣袖破烂的胳臂肘遮住脸，畏畏缩缩、偷偷摸摸地往前走，提心吊胆地把手伸向前方；身上披着的衣服破烂不堪。谁也说不清这件衣服究竟有什么用处，是什么料子作的，从颜色和质地看来，倒像是一堆沼地上丛生的树叶，烂掉不知多少日子了。

阿伦·伍德科特停下来，回过头望着他，看到了这些情形，觉得以前看见过这个少年。究竟在什么情况下以及在什么地方见过，他却记不得了。不过他心里对于这样一个人多少有些印象。他想自己一定在什么医院或贫民收容所里见过，但他仍然弄不清为什么这个少年会在他记忆中留下一个特殊的印象。

他一边想着，一边在晨曦中慢慢走出托姆独院；忽然，他听见后面有奔跑的脚步声；他转过头去，看见那个少年飞快地朝他奔来，后面跟着那个女人。

“拦住他，拦住他！”那个女人喊道，几乎都喘不过气来了。“拦住他，先生！”

他赶快跑过马路，拦住那个少年的去路，但那个少年比他跑得更快，一闪身，一低头，便从他手底下冲了过去，在离开他六码远的地方直起身子，又飞快地往前跑去。那个女人仍然跟在后面，喊道：“拦住他，先生，请您拦住他！”阿伦以为这少年抢了那个女人的钱，便跟着追赶，跑得飞快，有十几次追上那个少年，但每次他还是像刚才那样，一闪身，一低头，又冲了过去。如果在追上他的时候打他一拳，那一定会把他打倒或是把他打伤。但追的人拿不定这样的主意。因此这场极其滑稽的追逐便继续下去。最后，逃的人被追急了，跑进一个狭窄的通道，到了一个死胡同。在这里，他迎面碰着烂木材堆，走投无路，接着又摔了一跤，躺在那里对着追的人直喘气，而追的人也站着对他喘气，直到那个女人赶了上来。

“哎，你啊，乔！”那个女人叫了起来。“你瞧，我到底把你找到了！”

“乔，”阿伦跟着她说了一句，仔细地望着他，“乔！不要动。真的，我想起来了，这孩子有一次被带到验尸官那里去过。”

“是啊，那一次验尸的时候，我见过你，”乔呜呜地哭道，“那又怎么样？难道像我这样一个倒霉的人，你都不放过吗？你看我还不够倒霉吗？你还要我怎样倒霉呢？我被你们赶来追去，先是这个人赶，后来又是那个人赶，结果把我愁得只剩下一把骨头了。验尸又不是我的错，我没做过坏事。他待我很好；在我打扫的那个十字街口来来去去的人当中，就他这么一个熟人能说说话。我可不会让人去替他验尸，我倒希望人家来验我的尸。我真不知道为什么我不去跳河，我真不知道为什么。”

他说话的神气十分可怜，流下来的泪水很肮脏，但显得非常真实，他躺在角落的那堆木材上，很像那没人过问的肮脏地方长出的一个毒菌或是什么废物，因此，伍德科特对他也心软了。他对那个女人说：“这可怜的家伙刚才干什么啦？”

她没有直接回答他的话，而只是对趴在地上的乔摇了摇头，露出惊讶而不是生气的样子，说道：“哎，你啊，乔，你啊，乔，我到底把你找到了。”

“他刚才干什么啦？”阿伦说，“抢你东西了没有？”

“没有，先生，没有。抢我东西？他只是辜负了我的好意。事情真奇怪啊！”

阿伦一会儿望望乔，一会儿又望望那个女人，看他们谁来解答这个问题。

“可是，先生，他在圣阿耳本斯生病的时候跟我在一起。有位小姐——是我的好朋友，愿上帝保佑她——看我没法照顾他，觉得他很可怜，就把他带回家去——”

阿伦突然吃了一惊，从乔的身边往后退了几步。

“是的，先生，是的。她把他带回家去，让他住得舒舒服服的，而他却像个没良心的坏蛋，在夜里偷偷逃跑了，从那时以后，我就没见过他，也没听说过他，直到这会儿才看见他呢。但是那个年轻小姐，原先又漂亮、又可爱，被他的病传染了，漂亮的脸也完全变了，现在如果不是因为她性情温柔、身材苗条和声音悦耳，那谁也不会想起她就是从前那位年轻小姐了。你知道这个吗？你这个没良心的鬼东西，知不知道这些都是你闯的祸，都是因为她待你太好了？”那个女人追问乔说，她这时想起过去的情形，一边对他生气，一边又痛哭起来。

乔听了这些话以后，吓得目瞪口呆，用那肮脏的手心去抹他那肮脏的额头，眼睛直愣愣地望着地上，浑身发抖，连他靠着的那个歪歪倒倒的木材堆也被震得格格地响起来了。

阿伦只是悄悄地打了个手势，但是立刻就使那个女人不再哭了。

“理查德告诉我，”他结结巴巴地说，“——我的意思是说，我曾经听说过这些事情——先不要管我，等一会儿我就说。”

他转身走开，望着那个有顶篷的通道，站了一会儿。等他走回来，他已经镇静下来了；不过，很明显地他尽量使自己不露出要躲开的样子，这引起了那个女人的注意。

“你听见她说的话了。起来吧，起来吧！”

乔浑身哆嗦，牙齿打颤，慢慢地爬起来，像他那伙人遇到麻烦事情那样。歪着身子站着，高耸着肩，靠在木材堆上，偷偷地用右手搓着左手，用左脚蹭着右脚。

“你听见她说的话了吧？我知道这是真的。从那以后，你又到这里来过没有？”

“除了今天这个倒霉的早上，要是我在这以前来过托姆独院，那就叫我死掉。”乔声音嘶哑地答道。

“那你为什么现在到这里来呢？”

乔对这条死胡同的周围望了望，然后眼光下垂，注视着阿伦膝盖的地方，最后答道：

“我不知道怎样才能找点事做，我什么活儿也找不到。我又穷又有病，我想趁没有人的时候，回到这儿来，在我熟悉的地方躺下来，躲到天黑，再到斯纳斯比先生那里去要点钱。斯纳斯比先生一向愿意给我点钱花，不过斯纳斯比太太老是把我赶走——不管什么地方，不管什么人都老是把我赶走。”

“你从什么地方来的？”

乔又望了望这条死胡同，望了望阿伦膝盖的地方，最后歪着身子靠在木材堆上，好像有点不在乎似的。

“你听见没有？我问你从什么地方来？”

“流浪回来。”

“那你告诉我，”阿伦接着说，尽量克制着他的厌恶情绪，走到乔身边很近的地方，对他弯下腰，现出一副很亲切的样子，“你告诉我，那位好心的、遭到不幸的年轻小姐，那一次可怜你，把你带回家去，可是你后来为什么要离开她家呢？”

乔那种满不在乎的神气突然消失，他对那个女人激动地说，他根本不认识那位年轻小姐，从来没听说过这件事，也从来没想过要害她，他倒是宁愿害他自己，宁愿把自己那个倒霉的脑袋砍掉，也不愿再和她接近；又说她待他很好，真的很好。他讲话时的神气始终好像表示他说得虽然很乱，却句句真实，最后又很可怜地呜呜哭了几声。

阿伦·伍德科特看他不是装假的，便勉强地拍了他一下。“好吧，乔。你告诉我吧。”

“不，我不告诉你，”乔说，又歪着身子靠在那里了，“我不告诉你，我不愿意。”

“但是，不管怎样，我一定要知道，”阿伦答道，“说吧，乔。”

阿伦对乔恳切地说了两三次以后，乔又抬起头来，望了望胡同周围，悄悄地说：“好吧，我告诉你点事情。那一次我是被人带走的。你懂了吧？”

“被人带走？是在晚上吗？”

“是啊！”乔怕有人偷听，向四周望了望，甚至向离地大约十英尺高的木材堆顶上和它的缝隙都看了看，害怕那个叫他提心吊胆的人会偷看他或是躲在那边。

“谁把你带走的？”

“我不把他的名字说出来，”乔说，“我不说，先生。”

“但是为了那位年轻小姐，我要知道。你可以相信我，谁也不会听见。”

“啊，可是我怎么知道他听不见呢？”乔回答，露出害怕的样子，把头摇了摇。

“嗐，他又不在这里。”

“不在这里，那还不是一样？”乔说，“不管什么地方，他说来就来。”

阿伦茫然地望着他，但是发现他那个叫人迷惑的回答中含着某种真诚。他耐心等他把话明白地讲出来；乔对阿伦的耐心等待反而觉得更难应付，最后不得已在他耳边低声说了一个人名。

“哦！”阿伦说。“那么，你当时干过什么事情呢？”

“什么也没干过，先生。除了验尸和没有往前走这两件，我从来没找过什么麻烦。可是，我现在正往前走，往坟地走去——那才是我该去的地方呢。”

“不，不，我们绝不能让你这样下去。可是他对你怎样呢？”

“他把我送进医院，”乔低声答道，“等到人家让我出院的时候，他又给了我一点钱——四个两先令半的大头，就是你们说的那种两先令半的银币——后来他又跟我说：‘快溜吧！不准你在这里。’‘快溜吧，到别处流浪去，’他说。‘往前走，’他说，‘别让我在伦敦四十英里内的地方看见你，不然，你会后悔的。’要是我真让他看见了，我一定会后悔的，再说，如果我不躲到地下去，他也一定会看见我。”乔说完这番话，又像刚才那样紧张地警惕起来，东张西望。

阿伦想了一下，然后一边仍然用鼓励的眼光看着乔，一边又对那个女人说，“他倒不像你想的那么没有良心。他逃跑是有原因的，尽管理由不那么硬。”

“谢谢，先生，谢谢！”乔叫了起来。“好，你们明白了吧！你瞧你刚才对我多么厉害。可是只要你把那位先生讲的话告诉那位年轻小姐，那就好了。你待我也很好，我知道。”

“那么，乔，”阿伦说，眼光仍然注视着他，“你跟我来吧，我一定替你找个好地方睡觉，让你躲起来。为了不让人注意，我在街这边走，你在那边走，我相信只要你答应，那你一定是不会逃跑的。”

“只要我没看见他来，那我一定不会逃，先生。”

“好吧，我相信你。现在城里至少有一半人起床了，再过一个钟点，全城的人都醒了。我们走吧。再见，好心的太太。”

“再见，先生，我对您真是感谢不尽。”

她刚才一直坐在袋子上，聚精会神地望着他们，现在站起来，提起袋子。乔又说了一句：“我只要你告诉那个年轻小姐我从来没想害她，还有这位先生讲的话。”然后点了点头，踉踉跄跄地走去；他浑身哆嗦，用手摸了摸脸，把它弄得更脏了，又眨了眨眼睛，似笑又似哭地向那个女人告别，跟在阿伦·伍德科特后面，在街对过，紧靠着墙，鬼鬼祟祟地往前走。他们俩就这样走出托姆独院，到了充满阳光和新鲜空气的地方。

第四十七章
乔的遗嘱

阿伦·伍德科特和乔沿着大街小巷走去。教堂巍峨的尖顶和远处的景色在晨光中轮廓鲜明，如在眼前，仿佛伦敦城经过一夜酣睡又恢复了青春。他们一边走着，阿伦一边盘算怎样找个住处，安置这位同伴。“真是怪事！”他想道，“在这个文明世界的大城市里，安插他这样一个人竟比安插一条丧家狗还要困难。”然而，事情虽怪，事实还是事实，困难也没有解决。

最初，阿伦还常常回头，看看乔是不是真的跟在后面。但是不管哪一次，他都看到乔紧挨着街对过的房子，小心翼翼地往前伸出一只手，走过一堵堵的砖墙和一个个的大门，当他悄悄往前走的时候，他也常常警惕地偷眼望望街对面的阿伦。不久，阿伦感到乔决不会偷偷跑掉，也就放心往前走去，而同时也比较能集中精神去考虑自己要做的事情了。

在大街拐角的地方，有个早点摊，这使阿伦想到首先应当做的事。他停下来，向周围看了看，对乔招招手。乔穿过大街，摇摇晃晃，慢吞吞地走来，一边用右手的指节在左手掌心的周围挖着——就像揉面似的用指节去搓手心里的泥垢。后来，在乔面前摆好了一份早点(对他来说，是非常好吃的早点)，他就大口地喝咖啡，吃黄油面包；他一边吃，一边又像惊弓之鸟那样，紧张地向四处张望。

但由于他的病很重，身体也虚弱，他甚至都不感到饿了。“我本来以为自己快要饿死了，先生，”乔说，不一会儿就把吃的东西放下了，“可是现在我什么都不知道——甚至连肚子饿也不知道了。我什么都吃不下，喝不下。”乔哆哆嗦嗦地站着，望着早点发呆。

阿伦·伍德科特用手摸摸乔的脉搏和胸口。“吸一口气，乔！”“这口气，”乔说，“就像一辆车子那么重。”也许他还可以加上一句：“而且也像车子那样轰轰地响。”但他只是喃喃地说：“我正往前走哩，先生。”

阿伦向周围看了看，想找一家药房。可是附近没有药房，要是能找到酒铺也一样，也许更好一些。他买了一点葡萄酒，小心地给乔喝了一点。乔几乎是刚把酒喝下去，体力就开始恢复了。阿伦注意地看了乔一会儿，然后说：“你再喝一口，乔。很好！现在我们休息五分钟再走吧。”

阿伦让乔靠着铁栏杆，坐在早点摊的凳子上，自己却在早晨的阳光中来回踱着，偶尔对乔望一眼，避免现出要监视他的样子。阿伦用不着仔细观察就可以看出乔已经兴奋起来，振作起来了。如果说这样一张憔悴的脸也能红润起来的话，那么，他这张脸就算有点红润了；他慢慢地把刚才那片咽不下去的面包吃了。阿伦看到这些好转的迹象，就跟他谈起话来；惊讶地听他谈起了那位戴面纱的夫人的离奇行径和由此而发生的种种事情。乔慢慢地嚼着面包，慢慢地把整个经过说出来。当他讲完了这些事情，吃完了面包，他们又继续往前走去。

阿伦因为找不到一个地方让乔暂时住下，便想把困难告诉他的老病人，那位热心的、瘦小的弗莱德小姐；于是他领着乔走向他们两人第一次见面的库克大院。但是那个碎布旧瓶收购店的景象全变了；弗莱德小姐已经搬走；店铺也关了门；一个难看的女人，满脸灰尘，叫人难以断定她的年纪有多大——其实她就是那个叫人忘不了的朱狄——她用一种严厉的口吻，三言两语地回答了阿伦。不过这也足以使他了解弗莱德小姐和她的鸟儿现在是同一位布兰德太太住在钟楼大院；于是，他就往附近的这个地方走去。当他到了钟楼大院，弗莱德小姐(她起得很早，以便准时出席她那位高贵的朋友——大法官主持的法庭）跑下楼来，眼里含着泪水，伸开双手欢迎他。

“我亲爱的医生！”弗莱德小姐叫了起来。“我的劳苦功高，天下闻名、令人钦佩的长官！”她使用了一些古怪的辞句，不过倒像一个头脑清醒的人那么真诚恳切——她平时就是这样，现在更是如此。阿伦对她很有耐心，等她这阵狂喜过去以后，指着站在门口哆嗦的乔，把他到这里来的原因告诉了她。

“附近有什么地方能让我暂时把他安顿下来？你阅历深，见识广，能给我出个主意吗？”

弗莱德小姐听到这番恭维话，非常得意，便开始考虑；没想多久，就想出了一个好主意。布兰德太太的房子全租出去了，而她自己却住着可怜的格里德利的屋子。“格里德利！”弗莱德小姐把这个名字说了二十遍，拍手叫了起来。“格里德利！对了！一点儿也不错！我亲爱的医生！乔治将军会帮助我们解决这个困难。”

当时没法打听乔治将军是个什么样的人，而且即便弗莱德小姐没有跑上楼去戴她那顶压扁了的帽子、披上那破旧的短披肩、拿起文件袋的话，那也同样没法打听。但是，当她打扮好下楼来，语无伦次地告诉她的医生说，她常拜访乔治将军，而乔治则认识她那位亲爱的菲兹-贾迪斯，对后者的一切事情都很关心，因此，阿伦便觉得他们找对了门路。为了安慰乔起见，他说再过一会儿就不会这样东奔西走了；于是他们便往乔治将军家走去，好在路并不远。

阿伦·伍德科特从乔治的打靶场的外观，从那长长的过道以及过道那边那个又空又大的屋子看来，觉得事情会有希望。同时，他从乔治先生本人的身材也看到了希望。乔治这时已经做完早操，大步向他们走来，嘴里叼着烟斗，没穿外衣；那两条用腰刀和哑铃练得肌肉发达的胳臂，在薄薄的衬衣里显得强壮有力。

“你好，先生，”乔治先生说，行了一个军礼。他的前额宽广，头发鬈曲，脸上挂着愉快的笑容。接着，他又恭敬地转向弗莱德小姐；她这时行了一个屈膝礼，替他们介绍的时候，态度异常庄重，而且还给他们加上许多头衔。乔治最后又说了一句："你好，先生！"同时又行了个军礼。

"对不起，先生。你是个水手吧？"乔治先生说。

"我要是能像个水手，那我觉得很骄傲，"阿伦答道，"其实，我只是船上的医生。"

"真的吗，先生？我还以为你是个正规的海军呢。"

阿伦希望乔治先生了解他是一个医生以后会更加原谅他这次来打搅，同时特别希望乔治先生不要放下他的烟斗，因为他很客气地表示想把烟斗放下。"你真客气，先生！"这位骑兵答道。"根据我的经验，我知道弗莱德小姐并不讨厌我抽烟，现在既然你也不在意——"他把烟斗又搁在嘴里，就算是说完这句话了。阿伦把他所了解的一切关于乔的情况告诉了乔治先生，而这位骑兵则带着严肃的表情听着。

"就是那个孩子吗，先生？"他问道，眼光顺着过道向乔站的地方望去，这时乔正抬头，呆呆地望着门口白墙上的大字；对他来说，这些字是没有什么意义的。

"就是他，"阿伦说。"乔治先生，我对于怎样安置他感到困难。即便我马上能让他进医院，我也不愿意他去，因为我预料尽管他还能走到医院，在那里也呆不了几个钟点。由于同样的原因，即便我有这份耐心不怕碰钉子，找麻烦，四处活动去替他找个贫民习艺所，我也不愿让他进去——我对这种机构的印象并不好。"

"谁对它也没有好印象，先生。"乔治先生答道。

"我相信不论在医院或习艺所，他都呆不下去的，因为他对一个把他赶走的人非常害怕，他不懂事，总以为那个人不论什么地方都会去，不论什么事情都知道。"

"对不起，先生，"乔治先生说，"你还没有说出那个人的名字。这需要保守秘密吗，先生？"

“这孩子把它当作秘密。其实，这个人叫布克特。”

“是不是布克特侦探长呢，先生？”

“就是他。”

“我认识这个人，先生，”骑兵喷了一口烟，答道；接着又挺起胸膛，“这孩子对这一点倒是看对了，因为那家伙确实是一个——怪物。”乔治先生说完以后，意味深长地吸着烟，默不作声地打量着弗莱德小姐。

“乔讲了许多离奇的经历，现在，我希望贾迪斯先生和萨默森小姐至少要知道我们又找到他了；而且，如果他们希望和他谈谈，也有这种机会了。因此，我现在想替他找个正经人办的普通公寓，让他住下来。乔治先生，你知道正经人和乔，”阿伦说，随着骑兵的眼光向过道那边望去，“是没有多少联系的。这就造成了困难。如果我预付费用的话，你知道附近有谁愿意暂时把他收容下来吗？”

阿伦说话的时候，发觉有个满脸肮脏、身材瘦小的人站在骑兵身边，正抬头望着骑兵的脸，他的身子和脸都长得奇形怪状。骑兵又抽了几口烟，低头向这个瘦小的人瞟了一眼，而他则抬起头来丢了个眼色。

“好吧，先生，”乔治先生说道，“请你相信，只要是能使萨默森小姐满意的事情，我随时都可以为它去赴汤蹈火；因此，不论我的力量多么微小，只要能替那位年轻小姐效劳，我也感到荣幸。先生，我和菲尔在这儿当然也不是长久的。你看一看这地方就明白了。只要你同意的话，我欢迎你让那孩子住在这儿的一个安静的角落里。除了每天的伙食以外，什么费用都不需要。先生，我们现在的景况也不大好。只要接到通知，马上就得卷铺盖搬走。但是，先生，这个地方，只要我们还没有搬走，请你随意使用好了。”

乔治先生用他的烟斗向四周挥了一挥，表示整个打靶场都可以让他的客人使用。

“你是一位医务人员，先生，”他又说了一句，“想必这可怜的孩子现在身上没有传染病了吧？”

阿伦担保他没有传染病。

“先生，这是因为，”乔治先生说，非常惋惜地摇了摇头，“我们吃够这种苦头了。”

乔治先生的这位新朋友在回答时的口气也同样惋惜。“不过我应该告诉你，”阿伦在重复上述的保证以后说，“这孩子非常虚弱，他的病恐怕好不了——不过我不是说他一定会怎么样。”

“那么，先生，你觉得他现在有危险吗？”骑兵问道。

“我想，恐怕是有危险。”

“既然如此，先生，”骑兵果断地答道，“我觉得他的流浪生活结束得越早越好——尽管我本人过的也是流浪生活。菲尔！你把他领进来！”

斯夸德先生侧着身子去执行命令；骑兵抽完了烟，把烟斗搁下。乔被带了进来。他不是帕迪戈尔太太说的那种托卡胡珀印第安人；也不是杰利比太太的信徒，因为他同伯里奥布拉-加纳没有丝毫关系；他不是那种由于远隔重洋和别人绝对不了解而被大加渲染的人物；他不是在外国长大的真正野蛮人；而是国产的普通货色。肮脏、难看、引起人种种的不快，从身体来说，他是一般街道上常见的人物，只是在灵魂方面，才是一个异教徒。他脸上沾满了本国的污垢，他肚子里受到本国的寄生虫的侵蚀，他身上长着本国的脓疮，穿着本国的破衣烂衫；由于英国的乡土、气候造成的愚昧无知，他那不朽的天性堕落到比那些已经灭绝的野兽更加低下的程度。乔啊，你站出来，不要掩盖自己的本来面目！在你身上，从头到脚都没有一点吸引人的东西！

乔拖着脚慢吞吞地走进乔治先生的打靶场，浑身缩成一团站在那里，眼睛望着地。他好像知道他们一半由于他现在的情况，一半因为他过去所做的事情而要躲避他。而他呢，也想躲避他们。他在上帝创造的人类当中，跟他们既不属于同一的类型，也不属于同一的地位。他没有什么类型或地位，既不属于兽类，也不属于人类。

“往这里看，乔！”阿伦说，“这是乔治先生。”

乔仍然盯着地板看了一会儿，才抬起头，但接着又低了下去。

“他现在是你的好朋友，他要让你住在这儿。”

乔用手作了一个挖东西的姿势，算是行了个礼。他又想了一会儿，把那只撑住他的全身重量的脚往后移了移，接着又换了换脚，喃喃地说：“非常感谢。”

“你在这里不用害怕。你现在只要听话，把身体养得结结实实就行。乔，你要记着，不管你做什么，在这里都得讲真话。”

“我要是不这样，那就让我死掉，先生，”乔又用他那句口头禅表示说，“除了你知道的那些，我什么事也没做过，没惹过什么祸。先生，我没闯过别的祸——我就是什么事情也不知道，而且一直在挨饿。”

“我相信你。现在你听乔治先生说话，我想他有话要跟你说。”

“先生，我只想，”乔治先生用一种非常坦率的口吻说，“告诉他睡在哪里，要他痛痛快快地睡一觉。那么现在，到这边来看看吧。”骑兵一面说着，一面领他们到打靶场的那一端，打开一个小房间的门，“你看，你就睡在这里！这里有个垫子，你可以休息，但是你必须守规矩，而且还得看——啊，对不对，先生，”他抱歉地看了看阿伦给他的名片，“还得看伍德科特先生的意思。你听见枪声，不要害怕；他们是在打靶，而不是打你。现在还有一件事，我想向你说一下，先生，”骑兵转身对着他的客人说。“菲尔，到这里来！”

菲尔按照他那套战术，向他们冲过来。

“先生，这个人小时候是从街上捡来的孤儿。所以我想他一定会关怀这个可怜的孩子。你说是吗，菲尔？”

"是的，老板，我一定照顾他，" 菲尔答道。

"先生，现在我觉得，" 乔治先生用一种军人的自信口吻说，仿佛他正在战地临时军事会议上发表意见似的，"如果让这个人带他出去洗个澡，花几个先令替他买一两件粗衣服的话——"

"乔治先生，你考虑得真周到，" 阿伦答道，同时掏出了钱包，"我本来就想请你帮这个忙的。"

菲尔·斯夸德和乔马上就出去办这些事情。弗莱德小姐看到自己办好了这桩事情也非常高兴，便赶紧上法院去，因为她很担心如果她没有出庭的话，她的朋友——大法官可能会感到不安，也许会在她不在场时，作出她期待已久的判决；所以她临走的时候说："我亲爱的医生和将军，你们知道，经过这么多年，如果发生这样的情形，那真是太荒唐，太不幸了！" 阿伦趁着送她出去，顺便去买一些补药；他在附近买到以后，很快就回来了。他看到骑兵正在打靶场上来回走着，便跟上前去，和他一起踱着。

"先生，我想，" 乔治先生说，"你跟萨默森小姐很熟吧？"

"是的，很熟。"

"你不是她的亲戚吧，先生？"

"不，不是亲戚。"

"我显然是太好奇了，请原谅，" 乔治先生说。"我想你所以对那个可怜的孩子特别关心，可能是因为萨默森小姐关心他的原故（但是这种关心却带来了不幸）。请你相信，先生，**我**就是这样。"

"我也是这样，乔治先生。"

骑兵斜眼看着阿伦那张晒得黑红的脸和明亮的黑眼睛，很快地估量出他的身高和整个体格，似乎对他表示赞许。

"你刚才出去以后，先生，我一直在考虑，按照这孩子说的情况，布克特曾带他去的那个地方，我肯定知道是林肯法学院大厅的几个房间。虽然他不晓得那个人的名字，我倒是可以把这名字告诉你。他叫图金霍恩。这就是他的名字。"

阿伦带着诧异的样子望着他，嘴里一再说着这个名字。

“图金霍恩。先生。就是这个名字。我知道这个人；知道他以前为了一个现在已经故去的人而经常同布克特来往，因为那个人得罪过他。我知道这个图金霍恩，先生。他替我带来了种种不幸。”

阿伦自然要问他是一个什么样的人。

“什么样的人？你是问他的相貌吗？”

“这点我已经知道了。我指的是他跟人打交道的态度，一般地说，他是个什么样的人呢？”

“那就让我告诉你吧，先生，”骑兵答道，这时，他把话打住，胳臂交叉抱在宽阔的胸前，气得满面通红；“他是个坏蛋，老是在慢慢折磨别人。他不像人，而像一支生锈的旧卡宾枪。他是这样一个人——该死的东西——使我坐立不安，心神不定，对自己总不满意。他给我的痛苦超过了一切人给我的痛苦！图金霍恩先生就是这样的一个人！”

“对不起，”阿伦说，“我触到了你的隐痛。”

“隐痛？”骑兵把腿叉开，用唾沫弄湿他那只宽大的右手手心，搁在唇上，好像那里长着胡子似的，“这不怪你，先生；但是你可以替我评评理。他有控制我的权力。他就是我刚才说的那个能把我从这里轰走的人。他使我经常提心吊胆。他对我既不放松，也不抓紧。如果我要付钱给他，要求他同我见面，或是找他办些什么事情的话，他却不见我，也不理我——只让我到克里福德法院街的梅尔希谢戴契事务所去，而克里福德法院街的梅尔希谢戴契事务所又让我回来找他——他使我跟在他后面团团乱转，好像我也是他那样一流人。嗐！我这半辈子的时间，不是在他门前转，就是躲着不上他的门。他才不管这些哩！他就像我打比的那支生锈的旧卡宾枪一样。他给我刺激，叫我生气，到后来——呸，真是胡扯——我说到哪里去了。伍德科特先生，”骑兵继续迈着大步来回地走，“我要说的是他已经是一个上了年纪的人；但是我很高兴我再也不会有机会骑上快马，同他公公平平地一决雌雄了。因为如果我有这种机会的话，那么，他一旦激怒了我——他就会倒下去的，先生。”

乔治先生说话时非常激动，因而不得不用衬衣袖子擦擦额头。他用口哨吹着国歌，使自己安静下来，但即便这样，他的头还是不由自主地晃动，呼吸仍旧急促；而且有时还匆匆理一理他那敞着的衬衣领子，仿佛领口不够宽大，使他觉得气闷似的。总之，阿伦·伍德科特不大怀疑图金霍恩先生会在上述的情况下倒下去。

乔和他的指挥官不久便回来了。体贴入微的菲尔帮助乔在垫子上躺下来；阿伦亲自照料乔吃了药，又告诉他一切必要的措施和应该注意的事项。现在上午的时间已经快过去了。他回到寓所去换衣服并吃早饭；后来，他没有休息就到贾迪斯先生家去，通知他找到了乔。

贾迪斯先生独自跟阿伦来，悄悄告诉他有种种理由需要对这件事严守秘密；并且表示非常关心。实际上，乔把早上说的话又向贾迪斯先生重复了一遍，没有什么新的内容。他只补充了一点：他拉的那辆车子更重了，而且声音也不那么轰轰地响了。

“让我安静地躺在这里，不要再赶我往前走了，”乔嗫嚅地说，“要是有人从我以前扫街的地方路过，谢谢他好心替我告诉斯纳斯比先生，说他从前认识的那个乔很守本分地正往前走。要是有办法让我这个倒霉的人实现这个希望，那我还要谢谢他哩。”

乔在这一两天内老是提到法律文具店老板，所以阿伦同贾迪斯先生商量了以后，决定到库克大院去一趟，特别是因为那辆车子好像快要垮了。

于是，他就到库克大院去了。斯纳斯比先生穿着灰色上衣，戴着套袖，正在柜台后面检查誊写人刚送来的几张羊皮纸的法律文件；这份写着法律字体的羊皮纸文件，好像是一片浩瀚无边的沙漠，其中点缀着的一些大型字体，则像是绿洲，这就使整个景色不致过分单调，同时也使沙漠的行旅不致产生绝望情绪。斯纳斯比先生读到其中的一个绿洲便停住了，他对着陌生人咳了一声，这是他在做生意前的一种习惯。

“你不记得我了吧，斯纳斯比先生？”

法律文具店老板的心扑通扑通地跳起来了，因为他原有的恐惧一直没有消失。他只能这样回答：“不，先生，我记不得了。我想——请原谅我太直言了——我从来没有见过您，先生。”

“见过两次，”阿伦·伍德科特说，“一次在一个穷人的病床旁边，还有一次——”

“事情到底不妙了！”苦恼的法律文具店老板突然记起了往事，心里想道，“现在已经露了头，快要爆炸了！”但是，他还算镇静，把客人引到小账房里，关上了门。

“您结婚了吗，先生？”

“不，我没有结婚。”

“虽然您还是个单身汉，但是否能请您，”斯纳斯比先生用一种忧郁的声调轻轻地说，“说话时尽量小声一点？因为我那位好太太正躲在什么地方偷听哩，如果让她听到的话，我的买卖和那五百英镑就完了！”

斯纳斯比先生垂头丧气地在凳子上坐下来，背靠着办公桌，满腹牢骚地说：

“我自己从来没有一点儿秘密，先生。自从我那位好太太和我结婚以来，我想不起我什么时候为了自己的好处而想欺骗她。我决不会那样做的，先生。请原谅我太直言吧，我不能而且也没有那样做。但是，我觉得人家总认为我有什么秘密，最后我感到日子真不好过！”

他的客人听到这些话以后，表示很同情，同时问他是否还记得乔？斯纳斯比先生压低声音，痛苦地呻吟了一声：啊，他怎么会不记得呢！

“除我以外，您再也找不到一个像乔那样叫我好太太讨厌的人了，”斯纳斯比先生说。

阿伦问他什么原因。

“什么原因？”斯纳斯比先生跟着说了一遍，一边拼命揪着他那秃顶脑袋后面的一撮头发，“我怎么知道是什么原因？您是个单身汉，先生，但愿您永远不要结婚，这样您就能向一个已婚的人提出这种问题了！”

斯纳斯比先生表示了这种善良愿望以后，便没精打采地咳了一声，表示无可奈何；现在，他只好听听他的客人要跟他谈的事情了。

“又谈这些了！”斯纳斯比先生说，他态度严肃、声音低沉，连脸色也变了。“又从一个新的角度来谈这些了！有个人以最严肃的口气叮嘱我不要对任何人谈起乔，甚至连我的好太太都不要谈。接着，又来了一个像您这样的人，以同样的口气叮嘱我千万不要对另外的人谈到乔。唉，我这儿岂不成了私立贫民收容所了吗？唉，请原谅我太直言，先生，这儿岂不成了疯人院了吗？”斯纳斯比先生说。

但是最后事情倒不像他预料的那么糟，因为在他脚下并没有地雷爆炸，而他在泥潭里也没有愈陷愈深。由于他心肠好，同时听到乔的情况也很受感动，所以他爽快地跟客人约好，只要他能悄悄进行的话，晚上一定尽早地“找机会去瞧一瞧”。到了晚上，他悄悄地去瞧了；但是斯纳斯比太太可能也像他那样悄悄地进行的。

乔见到了老朋友非常高兴；当他们单独在一起时，他说斯纳斯比先生为了他的病，不怕种种麻烦来看他，他太感激了。斯纳斯比先生看见乔的那种样子很受感动，立刻把一枚两先令半的银币放在桌上；这是他用来医疗各种创伤的万灵药。

“你现在觉得怎样，可怜的孩子？”法律文具店老板问道，同情地咳了一声。

“我运气很好，斯纳斯比先生，真好，”乔答道，“我什么也不需要。您简直想不到我现在多么舒服。斯纳斯比先生！我做了那件事，心里很难过，但我不是有意那样做的，先生。”

法律文具店老板轻轻地又放下一枚两先令半的银币，问他做了什么事情而感到难过。

“斯纳斯比先生，”乔说，“我到他们家去，把病传染给那位小姐，从此，她就变了样。因为他们心肠好，而且又觉得我很可怜，所以从来也没有跟我说过。昨天，那位小姐亲自到这里来看我，她说：‘乔啊！我们以为永远找不到你了！’她这样说。她坐下来，不声不响地对我微笑着，没有说我把病传给她，脸上也没有怪我的样子，她真没有那样，不过我却把脸转过去对着墙，真的转过去了，斯纳斯比先生。我看见贾迪斯先生忍不住也把身子转了过去。后来，伍德科特先生为了减少我的痛苦，给我一些药吃——不论早晚都是这样——当他低下身来看着我，和气地跟我说话的时候，我看见他掉下了眼泪，斯纳斯比先生。”

那位法律文具店老板，受到感动，又在桌上放下一枚两先令半的银币。只有一再使用那服包治百病的灵药，才使他心里好受一些。

“我刚才一直在想，斯纳斯比先生，”乔继续说道，“您大概会写很大的字吧？”

“上帝保佑你！乔，我会写，”法律文具店老板回答说。

“也许是很大很大的字吧？”乔热切地问道。

“是的，可怜的孩子！”

乔高兴地笑起来了。“我刚才想的是，斯纳斯比先生，当我往前走，到了尽头，不能再往前的时候，您是不是会好心地替我写很大的字，大到哪个地方的人都看得见，说明我对自己做的事确实是非常难受，不过我不是故意那样做的；虽然我什么都不知道，可是我却知道伍德科特先生有一次为这件事哭了一场，他很伤心。我希望他在心里真会原谅我。如果这些能用大字写出来，那他大概会原谅的。”

“能写出来，乔。字写得大大的。”

乔又笑起来了。“谢谢您，斯纳斯比先生。您对我真好，先生。我从来没这样舒服过。”

那位性情温和、个子瘦小的法律文具店老板咳了半声就停住了，偷偷放下第四枚两先令半的银币——他从来没有遇到过需要花这么多银币的事情——准备走了。而乔和他在这个渺小的世界上再也不会见面了。从此永别了。

因为那辆难拉的车子已经快到旅程的终点，现在正在石子路上吃力地慢慢向前挪动。整天二十四小时，在那条崎岖不平的路上，这辆破烂不堪的车挣扎着往上爬。过不了几天，在这条难走的路上，就不会再看到它了。

脸上被火药熏得黑黑的菲尔·斯夸德，一边担任护士，一边在角落里的一张桌子上修理枪械；他常转过身去看，戴着绿色呢帽的头点一点，眉毛向上耸一耸，鼓励乔说：“打起精神来，孩子！打起精神来！”贾迪斯先生一天来好几次，而阿伦·伍德科特几乎一直守在这里；他俩常常思索命运之神是多么令人难以捉摸，因为他把这个不幸的流浪儿同许多社会地位不同的人拉在一起。此外，骑兵也常跑过来看看，他那魁伟的身体把门口堵住，身上那股充沛的精力仿佛注入了乔的体内，使他暂时强壮起来，因为乔在回答他那种乐观的问话时，总是比较像个健康的人那样说话。

乔今天睡着了，或者说是在昏睡中。阿伦刚来不久，站在他旁边，望着他那骨瘦如柴的身子。过了一会儿，他悄悄地坐在床边，脸朝着他——就像他从前在那个法律文件誊写人房间里那样坐着——按按他的胸部和心口。这辆车子快垮下来了，但它还要勉强向前走一段路程。

骑兵默默地站在门口，一动也不动。菲尔那边的低微的玎珰声也停止了，他手里正拿着一个小锤子。伍德科特先生脸上带着一个医生所有的那种关切和注意的严肃神色，向四周望了望，意味深长地看了骑兵一眼，示意菲尔把桌子搬出去。等他下一回再使用那把小锤子的时候，那上面就会因为他滴下的泪水而长了一点铁锈。

“喂，乔！你怎么啦？不要害怕。”

“我觉得，”乔说，他刚惊醒过来，向周围张望，“我觉得我又回托姆独院去了。伍德科特先生，这里除了您，没有别人吧？”

“没有。”

“不要把我送回托姆独院去。不把我送去吧，先生？”

“不要把我送回去。”乔闭上了眼睛，喃喃地说，“我很感激您。”

阿伦仔细地看了他一会儿，把嘴凑到他耳边，小声而清楚地对他说：

“乔！你知道怎样祷告吗？”

“一点儿也不知道，先生。”

“连个短短的祷告都不知道吗？”

“不知道，先生，一点儿也不知道。恰德班德先生有一次到斯纳斯比先生家讲道，我去听了，但他讲的话好像是给他自己听的，不是给我听的。他作了好多祷告，可是我全不懂。又有几次，别的牧师到托姆独院来讲道，可是他们几乎都是说别人讲错了，几乎都像是对自己讲道，不然，就责备别人讲错了，反正不是对我们讲道。我们什么都听不懂，我不知道这是怎么回事。”

乔费了好长时间才把这番话讲完；而只有一个有经验的、精神集中的人才能听见，或者说，在听的时候能听懂他的话。乔又睡了或者昏迷了一会儿，突然竭力挣扎着要起床。

“不要动，乔！你怎么啦？”

“现在该我到那个坟地去了，先生，”乔神色慌张地回答说。

“躺下来。告诉我什么坟地，乔。”

“就是他们把他埋在那里的坟地，他待我很好，真好。现在我该到那个坟地去了，先生，让我躺在他旁边。我要到那儿去，埋在那里。他当初总是跟我说：‘乔啊，我今天跟你一样穷了。’他就是这么说的。我想告诉他，我现在也跟他一样穷了，到坟地去同他躺在一起。”

“等会儿再说，乔，等一会儿。”

“啊！要是我自己不去，他们也许不送我去的。可是，您答应把我送到那里，让我躺在他身边，行不行，先生？”

“行，我一定这样做。”

“谢谢您，先生。谢谢您，先生。他们必须先拿到大门的钥匙才能把我送进去，因为那扇门总是锁着。门口还有个台阶，从前一向是我打扫的——眼下一片黑了，先生。等会儿还有亮光吗？”

“亮光很快就会来的，乔。”

很快。那辆车子已经支离破碎，崎岖不平的道路快到尽头了。

“乔，可怜的孩子！”

“我在黑暗里听见您的声音，先生，我正在摸索——正在摸索——让我抓住您的手。”

“乔，我说的话，你能跟着说吗？”

“不管您说什么，我都跟着说，先生，我想那都是好话。”

“在天我等父者。”

“在天我等父者！——对啊，这句话真好，先生。”

“我等愿——”

“我等愿——亮光就来了吗，先生？”

“就来了。尔名见圣！”

“尔——名——见——”

亮光已经照到一片漆黑的道路上。死了！

死了，陛下。死了，王公贵卿。死了，尊敬的和不值得尊敬的牧师们。死了，生来就带着上帝那种慈悲心肠的男女们。在我们周围，每天都有这样死去的人。

第四十八章
短兵相接

林肯郡邸宅的许多窗户，又变得黑洞洞的，而伦敦城的公馆却灯火辉煌。在林肯郡，德洛克家族的先人在相框里打瞌睡，微风吹过长长的客厅，发出低微的响声，仿佛是他们匀称的呼吸。在伦敦，这一代的德洛克夫妇驾着灯火如炬的马车在黑夜里驰骋。德洛克公馆的使神们，头上洒着白灰(发粉)，表示他们是毕恭毕敬的，这时正懒洋洋地靠在大厅的小窗口上，消磨那使人昏昏欲睡的早晨的时光。上流社会——这个巨大的星球，差不多有五英里方圆——正在团团地转动，而太阳系的星体也都恭恭敬敬地在各自的轨道上运行。

哪里的人群最密，灯火最亮，一切感官能得到最美妙、最细致的满足，哪里就有德洛克夫人的芳踪。她的倩影永远不会从她所攀登、所征服的那个光辉的顶峰消失。她以往相信她能用高傲的态度来掩饰她想隐瞒的任何事情，今天这种自信心却已消失；她明天是否还会像今天这样，在周围的人的心目中仍然是德洛克夫人，她却没有把握。然而，尽管如此，她生性就是不能在人们妒忌的眼光下表示软弱或屈服。他们议论说她近来变得更美丽，也更高傲了。那个身体虚弱的本家兄弟议论她时说，她真美极了——替女人增了不少光——可是这种女人很危险——事实上，使人想起——那个令人不安的女人——从床上爬起来，在公馆里走来走去——莎士比亚不是这样说过的吗？[①]

图金霍恩先生不言不语，也不露一点声色。他用柔软的白领带随便打了个旧式领结，现在正和以往一样，站在房门口，听着累斯特爵士的指示，一动也不动。谁也想不到他竟有左右德洛克夫人的力量，同时，谁也想不到她竟会对他有所畏惧。

自从上次他们在切斯尼山庄顶楼他那个房间里谈话以来，她一直牵挂着一件事。现在她已下了决心，准备把它解决。

这时，在上流社会里还是早晨，对于那些小人物来说，却已经是下午了。刚才直往窗外望的那几个使神，早已没精打采，在大厅里睡着了；这些打扮得很漂亮的仆人，像萎谢的向日葵一样，沉重的脑袋垂了下来；同时，又像向日葵谢了以后大量结籽那样，他们穿的衣服边上的流苏和饰物也像是结了籽哩。累斯特爵士刚才在书房里阅读议会某个委员会的报告，但由于为国珍重，看着看着就睡着了。德洛克夫人坐在她接见过那个叫格皮的年轻人的房间里。露莎在她身边，刚才替她写什么东西和朗诵书给她听。现在露莎正在绣花，或者在干这一类的细活儿；当她正低着头做活，德洛克夫人一声不响地看着她。这在今天已不止一次了。

“露莎。”

这个漂亮的乡下姑娘带着愉快的神色抬起头来。但等她看到夫人那副严肃的样子，又变得迷惑而惊讶了。

“看看房门关上了没有？”

她答应着，走去看了看，然后又回来，脸上露出更加惊异的样子。

“我想告诉你一些心里话，孩子，因为我觉得，虽然我不敢相信你的判断力，但我可以相信你对我的感情。我要做什么事情，我至少是不会瞒着你的，我信任你。所以我对你讲的话，千万不要跟别人说。”

这个腼腆的漂亮小姑娘极其认真地保证决不辜负夫人的

---

① 见莎士比亚剧本《麦克佩斯》。麦克佩斯夫人是个阴险恶毒的女人，怂恿丈夫杀害了邓根王，她自己手上也沾满了血。该剧第五幕第一场中，她得了梦游症，常常在睡眠中起来行走，一边说梦话，一边做着洗手的样子。

信任。

“你知道不，”德洛克夫人问她说，一边示意她把椅子挪近一些，“你知道不，露莎，我待你和待别人不一样？”

“是的，夫人。比待别人和气。我常常想，我知道您真正的为人。”

“你常常想，你知道我真正的为人？可怜的孩子，可怜的孩子！”

她说话时带着一种蔑视的口气——当然不是蔑视露莎——若有所思地坐在那里，带着茫然的神色望着她。

“你知道不，露莎，你对我是个安慰？你是不是想到，因为你年轻纯洁，喜欢我同时又感激我，所以我喜欢把你留在身边？”

“我没想到，夫人；我不敢这么想。可是，我倒真希望这样。”

“是这样的，孩子。”

看到夫人那张美丽的脸沉下来，这个漂亮姑娘脸上的欢乐突然消失了，她怯生生地现出希望能知道原因的样子。

“如果我今天说，你走吧！离开我！那么，我不得不说这一定会使我感到非常痛苦和不安，使我感到非常寂寞。”

“夫人！我得罪了您吗？”

“没有。到这儿来。”

露莎俯身靠在夫人脚边的脚凳上。夫人带着钢铁大王来访的那个令人难忘的晚上所表现的母爱，把手放在她那头黑发上，轻轻地搁在那里不动。

“我告诉你，露莎，我希望你快活，如果我能够使这个世界上的人快活的话，我一定使你快活。可是我没有这种本领。根据我知道的一些同你毫无关系的原因，你最好不要再呆在这里。你不应该再呆在这里。我决定不让你呆下去。我已经写信通知你未婚夫的父亲，他今天就要到这里来。我是为你着想才这样做的。”

姑娘一边哭，一边不停地吻着夫人的手，并说她们分开以后，她怎么办呢，怎么办呢！夫人吻了吻她的脸，只说道：

“孩子，但愿你在一个比这里好的环境里能够快活。但愿你的未婚夫爱你，同时你也快活。”

“啊！夫人，我常常想——请您原谅我这么大胆——**您**并不快活。”

“我吗！”

“您把我送走以后，是不是会更不快活呢？我求您再想一想。让我在这儿再呆些日子吧！”

“我已经说过，孩子，我这样做是为了你，而不是为我自己。事情已经安排好了。我对你的态度，露莎，是我现在的态度——而不是过一会儿的态度。你记住这个，而且别把我说的话告诉别人。为了我，你就这样做吧，现在，我们之间的关系就算完结了。”

她离开了这个天真的姑娘，走出屋去。到了傍晚，当她又在楼梯上出现的时候，她露出了最高傲、最冷淡的样子。冷淡得好像一切热情、情感和兴趣在人类历史初期已经消耗净尽，同其他灭绝了的巨兽一样从人间消失了。

使神刚才报告朗斯威尔先生到来，所以夫人就出现了。朗斯威尔先生不在书房里，但她却往书房走去。累斯特爵士在那里，她想先同他谈谈。

“累斯特爵士，我想——啊，你正忙着哩！”

啊，亲爱的，不忙！一点儿也不忙。这里只有图金霍恩先生。

他总是如影随形到处缠着你，一会儿也不让你得到安宁。

“请原谅，德洛克夫人。请允许我告辞了。”

她告诉他不必告辞，那样子显然是说“你自己知道只要你愿意，就有权留在这里”，一边向椅子走去。图金霍恩先生替她把椅子向前挪动了一下，笨拙地鞠了一躬，往对面的一个窗口退去。他站在那里，遮住了那从静悄悄的街上射进来的落日余辉，他的阴影笼罩着她，使她眼前变得一片黑暗。甚至使她的一生都变得黑暗。

这条街，即便是在全盛时期，也是冷落的；长长的两排房子各自板着面孔，彼此瞪着眼，因此，有五六幢最有气派的大公馆仿佛当初不是用石头建造的，而是由于彼此瞪眼，才慢慢变成了石头。这条街虽然气势宏伟，但是死气沉沉，好像下定决心不屑热闹起来，因此，那些上着黑漆、积满灰尘的门窗本身也是阴沉沉的，后面发出空荡的回声的马房，也显得空旷和缺乏生气，仿佛是准备给那些显赫人物的雕像的石马去做马厩。在这条庄严肃穆的街上，房子门口的台阶都安着花样繁多的铁制装饰品；从这些又像化石的亭子般的门灯里，那一个个已经过时的大蜡烛的灭烛器，仿佛被那突然时兴的煤气灯吓得张大了嘴。在这一片长满锈的铁制花饰当中，到处可以看到一个个不结实的小铁环，它们使人怀念起那些已经不再使用的油灯；大胆的小孩总想把朋友的帽子从这些铁环中间扔过去，而这就是它们现在唯一的用途。而且，甚至那经过很长时期还残留在一个奇形怪状的小玻璃缸里的灯油(缸底有个像牡蛎似的灯芯)，也像贵族院里高贵而死气沉沉的油灯一样，每天晚上对着新兴的煤气灯蛮不高兴地眨着眼睛。

因此，坐在椅子上的德洛克夫人，即便从图金霍恩先生挡住的那个窗户也看不到什么景色。可是——可是——她还是朝那个方向望了望，仿佛她衷心希望把那个妨碍她的人物除掉。

累斯特爵士请问夫人，她有什么话要说?

“没有什么，不过是朗斯威尔先生来了(是我约来的)，我们最好把那个女孩子的问题解决吧。我被这件事烦死了。”

“我能帮——什么——忙——呢?”累斯特爵士有点惶惑地问道。

“我们在这里接见他，把事情解决了。你叫人请他上来好吗?”

“图金霍恩先生，请你拉一下铃。谢谢。请，”累斯特爵士对使神说，一时想不起钢铁大王这个称呼，“请钢铁绅士到这里来。”

使神去找那位“钢铁绅士”，找到以后，把他领来。累斯特爵士和蔼地招待这个“铁人”。

“你好，朗斯威尔先生，请坐。这是我的法律顾问，图金霍恩先生。我的夫人想同你，朗斯威尔先生，”累斯特爵士很庄重地摆了摆手，巧妙地将他转给了夫人，“想同你谈谈。嗯！”

“很荣幸，”钢铁绅士答道，“德洛克夫人有什么赐教，我一定洗耳恭听。”

当他转身面对夫人的时候，他发现她给他的印象不如上次见面时那么和蔼。一种疏远而傲慢的神色使人感到她冷若冰霜；同时，她的态度也和上次一样，根本不能使人开诚相见。

“对不起，先生，”德洛克夫人没精打采地说，“我想向你打听一下，你同你儿子有没有谈过他那意中人的事情？”

当她这样问的时候，她那双无神的眼睛几乎懒得看一看他。

“如果我没有记错的话，德洛克夫人，上次我见到您的时候说过，我要认真地劝我儿子赢得他的——意中人。”钢铁大王在重复夫人所用的那个字眼时稍为加重了一点语气。

“你这样做了吗？”

“啊，不错！”

累斯特爵士点了点头，表示赞同。对呀！这位钢铁绅士答应去做，就一定做得到。在这方面，金子和铁是没有丝毫差别的。做得很对！

“请问他也这样做了吗？”

“说实在的，德洛克夫人，我不能给您肯定的答复。我想他还没有这样做，大概现在还没有。根据我们的身份，我们看中了一个人，往往是要同她结婚的，因此，这个人要断绝这种关系，也不太容易。我想，我们这样的人做起事来，倒是很认真的。”

累斯特爵士担心这句话含有瓦特·泰勒尔的口气，所以有点冒火。朗斯威尔先生的样子很愉快，也很有礼貌；但是，在一定的限度以内，他说话的口气还是要看别人怎样对待他而定。

“因为，”德洛克夫人接着说，“我一直在想这个问题——真把我烦死了。”

“我实在感到很遗憾。”

“而且我还在考虑累斯特爵士当初对这件事的意见，我对他的意见是很赞同的；”这时累斯特爵士听了，感到受宠若惊，“如果你不能担保就此了结这件婚事，那我的结论是这个女孩还是离开这里的好。”

“我不能这样担保，德洛克夫人。绝对不能。”

“那么，她只好离开这里了。”

“对不起，夫人，让我说句话，”累斯特爵士很体贴地插进来说，“不过，这样也许会使那个年轻姑娘受到损失，这对她太委屈了。这个年轻姑娘，”累斯特爵士说，神气十足地把右手一伸，那动作好像是摆餐具那样把问题摊出来，“她很幸运地得到了一位高贵的夫人的赏识和宠爱，而且在那位高贵的夫人的庇护下，在她的生活环境中享受到各种应有的优厚待遇，对于一个处在她那样的社会地位的年轻姑娘来说，这种待遇确实是很优厚的——先生，我想是非常优厚的。现在的问题是，究竟应不应当单纯为了她被朗斯威尔先生的儿子看中了，”累斯特爵士抱歉地，然而又很庄重地对钢铁大王点了点头，把话说完，“就不再让她享有这么许多优厚待遇和得到这样的运气呢？难道她应该受这种惩罚吗？这对她公平吗？我们以前有过这样的谅解吗？”

“请原谅，”朗斯威尔先生儿子的父亲插嘴道，“累斯特爵士，请允许我大胆地说，我可以尽早地解决这个问题。请您不必再考虑刚才所说的那些事情了。如果您还记得一些重大要事的话（我想您一定记不得了），您就会想起，关于这件事，我从一开头就坚决反对把她留在这里。”

不考虑德洛克家的恩惠？天啊！累斯特爵士要不是因为他不

得不相信他那双由这样一个家族传给他的耳朵，那他真会怀疑他的耳朵是不是把钢铁绅士的话给听错了。

“我们彼此都不必再谈这些事了，”德洛克夫人看到爵士惊讶得说不出话来，便用最冷淡的态度说，“这个女孩很不错；没有什么可指责的；但是，她对她所享有的许多优厚条件和运气，却丝毫不能体会，因此，她跟人恋爱了——或者说，我假定她跟人恋爱了，可怜的傻丫头——对于这一切也就顾不上了。”

累斯特爵士要求插一句话，他认为正因为如此，一切也就变了。他本来就相信夫人的意见是有最充分的理由和根据的。他完全赞同夫人的意见。那个年轻姑娘最好还是离开这里。

“朗斯威尔先生，上次我们被这个问题弄烦了以后，累斯特爵士曾说过，”德洛克夫人懒洋洋地说下去，“我们不能同你讲条件。由于没有讲好条件，同时根据目前的情况，这个女孩在这里是不合适的，最好还是走吧。我已经跟她说过了。你希望把她送回乡下呢，还是亲自领走，再不然，你还有什么其他更好的办法？”

“德洛克夫人，如果能让我坦白地说一句——”

“请说吧。”

“——我想尽快地不再麻烦您，让她辞去现在的工作吧。”

“让我也坦白地说一句，”她还像刚才那样故意漫不经心地答道，“我也宁愿这样。你打算亲自把她带走，是不是？”

钢铁绅士像块铁似的直直地鞠了一躬。

“累斯特爵士，请你拉一下铃吧。”可是图金霍恩先生却从窗子那边走过来，拉了一下铃。“我忘了你还在这儿，谢谢。”他像平时那样鞠了一躬，又悄悄退回原处。使神一听铃声，马上进来，一听到要叫露莎，便赶紧去把她带来，然后又退了下去。

露莎一直哭着，这时还很难过。她一进来，钢铁大王立刻站起来，挽着她的胳臂，同她站在靠近房门口的地方，准备要走。

“你看，你有照顾了，”德洛克夫人带着那种厌倦的神气说，

“你离开了这里，也有人好好照应你的。我刚才说过，你是个很好的孩子，所以不必哭了。”

“看样子，”图金霍恩先生背着双手，慢吞吞地往前踱了两步，“她还是因为不愿意离开这里才哭的。”

“什么？您也知道她没有很好的教养，”朗斯威尔先生有点迫不及待地答道，似乎高兴能有机会对这位律师反驳一下，“她是个很幼稚的小姑娘，不大懂事。如果她在这里呆下去的话，先生，我相信她必然会有进步。”

“那是必然的，”图金霍恩镇静地答道。

露莎哭着说，她离开夫人，心里非常难受，她在切斯尼山庄过得很快活，跟着夫人也很快活，还一再对夫人表示感激。“别说了，傻丫头，”钢铁大王低声地制止她，倒没有生气的样子；“如果你喜欢瓦特，那就高兴起来！”德洛克夫人只是冷冷地挥了挥手，叫她不要再说了，“好啦，好啦，孩子，你很好，走吧。”累斯特爵士一直摆着无上尊贵的样子，不去谈论这个问题，而在那里正襟危坐，一声不响。图金霍恩先生在外边街上灯火闪烁的夜景的衬托下，身影显得很模糊，但在德洛克夫人的眼中却变得更庞大、更阴森可怕了。

“累斯特爵士和德洛克夫人，”朗斯威尔先生停了一会儿说道，“我想告辞了，我很抱歉，又在这个讨厌的问题上打搅了您们两位，尽管这并不是我造成的。请相信我很了解德洛克夫人对于这样一件小事必定感到非常厌烦。如果我对自己处理这个问题有所怀疑的话，那也只是因为我最初没有悄悄地尽量想法把我这位年轻朋友带走，而根本不来打搅您们。但是我觉得——也许我夸大了这件事的重要性——把问题的实际情况向您们说明，并且坦白地征求您们的意见，决定怎样处理比较方便，这是应有的礼貌。我和上流社会的人士不大来往，希望您们原谅。”

累斯特爵士听了这些话，感到不能再坐在那里一声不响了。“朗斯威尔先生，”他答道，“请你不必客气了。我希望我们彼此都不要再解释了。”

“我很高兴听您这样说，累斯特爵士；我以前曾经说过，我母亲同府上的关系不是一朝一夕的，而我们彼此对这种关系又都看得很重，所以，如果我最后能再表示一下我这番意思，那我倒是愿意把我现在搀着的这个小姑娘当作一个例子，因为她在离开这里的时候表现出那么深厚、那么真诚的感情。这也许多少是由于我母亲的关系，她才产生了这样的感情——不过，德洛克夫人待人亲切，为人厚道，这当然对她影响更大了。”

如果他的话是故意讽刺，那么，他没想到这句话是符合实际情况的。但是，当他指出这一点的时候，他丝毫没有改变他那种直爽的口吻，尽管他说话时转向夫人那个阴暗的角落。累斯特爵士听了他临走说的客套话，便站起来寒暄，图金霍恩先生又拉了一下铃，使神又飞快地来到，于是，朗斯威尔先生和露莎就走了。

接着，油灯送进书房里来了，照出图金霍恩先生背着双手，仍然站在窗前，而夫人也还坐着，他的身影遮住她前面的视线，她不但看不见夕阳，也看不见夜色。夫人脸色苍白。当她站起来，走出书房的时候，图金霍恩先生看见了她的脸色，心里想道：“她真了不起！这女人具有惊人的力量。她始终在那里演戏。”但他自己又何尝不能演一下戏呢——这是他无法改变的本性——而当他替这位夫人开门的时候，即便有五十双眼睛，而且比累斯特爵士的眼睛锐利五十倍的话，也看不出他有什么毛病。

德洛克夫人今天独自在自己屋里吃晚饭。累斯特爵士被请去援救杜都尔党，从而击败库都尔派。德洛克夫人的脸色还很苍白（这恰好证明那个身体虚弱的本家兄弟的说法），当她坐下来吃饭时问道，累斯特爵士出去了吗？出去了。图金霍恩先生走了没有？没有走。过了一会儿，她又问道，图金霍恩先生**还没走吗**？没有走。他在做什么？使神以为他在书房里写信。夫人想见他吗？不，不想见他。

可是，他却想见夫人。过了几分钟以后，他派人向夫人致意，并问夫人能不能在饭后让他来说几句话？夫人回答现在就可以接见。他马上来了，夫人还在吃饭，他表示尽管得到夫人的允许，但这时来打搅夫人，还是觉得抱歉。当屋里只剩下他们两人时，夫人挥手要他别这么挖苦。

“你有什么事，先生？”

“哦，德洛克夫人，”这个律师说，一边在她身边不远的椅子上坐下来，慢慢搓着他那双仿佛生了锈的腿，一上一下不停地搓着，“您今天采取的行动叫我十分吃惊。”

“真的吗？”

“不错，确实是那样。完全出乎我的意料。我认为这违背了我们之间的协议和您的保证。这就使我们之间的关系发生了新的变化。我觉得有必要向您说明我不同意这样做。”

他不再搓腿了，双手搁在膝盖上看着她。虽然他的表情是那么冷静和毫无变化，但他却隐隐约约地露出一种不大客气的态度；这是一种新的情况，夫人已经觉察到了。

“我不大明白你的意思。”

“啊！我想您不会不了解，我认为您是了解的。好啦，好啦，德洛克夫人，我们现在不必再躲躲闪闪，绕圈子了。您分明是欢喜那个女孩的。”

“是吗，先生？”

“并且您自己知道——我也知道——您不是为了您所说的那些理由而把她打发走的，相反地，却是为了使她尽可能躲开——请原谅我坦率地说——您将遭到的谴责和揭发。”

“是吗，先生？”

“唔，德洛克夫人，”律师答道，架起了腿，抚摸着膝盖，“我不赞成您那样做。我认为这是一种危险的做法。我认为没有这种必要，它只会在府上引起猜想、怀疑、谣言以及种种不测。再说，它违背了我们之间的协议。您本来应该保持以前那样的态度。可是您一定明白，我也明白，您今天晚上的举动同以前大不相同。哼，德洛克夫人，确实是显然的不同！”

“如果就我所知道的我的秘密来说，先生——”她刚说到这里，他就把她的话打断了。

“等一等，德洛克夫人，这是一个法律问题，有关法律问题，立场是一点也不能含糊的。这件事已经不是您的秘密了。请原谅我这样说。您对这点恰恰有所误解。这是我的秘密，因为我受了累斯特爵士和他家族的委托。如果是您的秘密的话，德洛克夫人，那么，我们就不必在这里谈这些话了。”

“你这话很对。如果我根据我所了解的那个秘密，能够尽力使一个无辜的女孩(特别是因为我想起你上次对切斯尼山庄那些客人谈到我的事情时提到了她)，不受我将遭到的那种耻辱的影响的话，我是下定决心要这样做的。不论什么事，不论什么人，都不能改变我的决定或者使我动摇。”她不慌不忙、清清楚楚地把这些话说出来，态度同他一样冷静。至于他，则有条不紊地谈着他的法律问题，仿佛把她当作处理法律问题时所使用的一个没有知觉的工具。

“真的吗？那么您想想，德洛克夫人，”他回答说，“您现在成了一个叫人不能信任的人了。您把问题说得非常明确，毫不含糊；既然如此，您不能叫人再信任您了。”

“也许你还记得，我们那天晚上在切斯尼山庄谈话的时候，我曾表示对这个问题有点担心。”

“是的，”图金霍恩先生说，很冷淡地站起来，走到炉边站着，“是的，我记得，德洛克夫人，您确实提过那个女孩；但那是在我们达成协议之前。由于我发现了秘密，我们之间就达成了协议，无论根据协议的精神或实质来说，您根本不能采取任何行动。关于这一点，那是无容置疑的。您谈到放过那个女孩，但她究竟有什么了不起，有什么值得重视的？放过她！德洛克夫人，要知道现在有一个家族的名声要受到破坏哩。我倒认为，为了保全一个家族的名声所采取的手段是直截了当的——它压倒一切，既不偏左，也不偏右，对一切障碍都不考虑，谁也不放过，就是摧毁一切也在所不惜。”

她的眼光一直盯着桌子。这时她抬起头来，看了看他。她脸上带着一种严峻的神色，牙齿咬着一部分下唇。“这个女人明白我的意思，”当她的眼光再次垂下时，图金霍恩先生想道：“不能放过她，可是她为什么要放过别人呢？”

他们沉默了一会儿。德洛克夫人一点饭也没有吃，却喝了两三杯水；倒水的时候，手一点也不抖。她站起来，从桌子走到一张躺椅前面，靠在椅上，用手挡住脸。她的态度一点也不示弱，同时也不要别人怜悯。这是一种沉思、忧郁和聚精会神的态度。“这个女人，”图金霍恩先生想道，他这时站在壁炉旁，那黑暗的身影又遮住了她的视线，“很值得研究。”

他一时沉默起来，趁此对她研究一番，而她也趁此研究一些事情。她不会先开口说话，看来他就是站在那里，等到半夜，她也不会开口，因此，他不得不打破这个沉默。

“德洛克夫人，我这次是因为正事来见您的，但是还没有谈到那个最令人讨厌的问题；不过正事总归是正事。我们的协议已经被破坏了。我现在宣布它失效，今后我就要自由行动，我想，像夫人那么有见识、那么坚强的人，对于这点是会有所准备的。”

“我已经作了充分的准备。”

图金霍恩先生点了点头。“德洛克夫人，我要打搅您的事情，就到此为止。”

他正要走出去，她拦住了他，问道：“这就算是你给我打的招呼，是不是？我希望不要误会了你的意思。”

“这同我要给您打的招呼并不完全一样，德洛克夫人，因为我考虑给您打的那个招呼是假定协议会得到遵守的。不过事实上也完全一样，完全一样。差别也只是一个律师的想法而已。”

“你不准备再给我打招呼了吧？”

“是的，不再打招呼了。”

“你是不是打算今天晚上就把秘密告诉累斯特爵士？”

“问得好！”图金霍恩先生说，脸上露出一丝微笑，警惕地对那个用手遮住的脸摇了摇头，“不，不是今天晚上。”

“明天吗？”

“总而言之，我最好还是不回答这个问题，德洛克夫人。如果我说我不能肯定确切的时间，您是不会相信的，那样也解决不了问题。可能是在明天。我的话只说到这里为止。您已经有了准备，因此，我也不让您抱有任何期望，以免临时可能不实现。最后，祝您晚安！”

当他悄悄向房门口走去的时候，她放下了手，把她那张苍白的脸转过来对着他，他正要开门，她又拦住了他。

“你还准备在这里呆一些时候吗？听说你刚才在书房里写信。你还到那里去吗？”

“只去拿帽子。我这就回家。”

她点了点头，更确切地说，只是眨了眨眼睛，这个动作非常轻微，也很古怪；他就告辞了。他走了出去以后，看了看表，怀疑它差一两分钟。在楼梯上有架漂亮的钟，漂亮的钟往往走得不准，可是它却非常准确。“你说是什么时候了？”图金霍恩先生对着钟问道，“你说是什么时候了？”

如果它现在说“不要回家”，如果它不挑别的夜晚（那些在它的滴嗒声中消逝的夜晚）而单单挑今天晚上，不对曾经站在它面前的其他老人和青年而单单对这个老人说“不要回家”，那么，它从此会成为一架多出名的钟啊！它那清脆的铃声敲了七点三刻，接着又滴滴嗒嗒地走着。“哼！你比我所想象的更糟，”图金霍恩先生低声骂他的表说，“差了两分钟吗？你走得这样慢，永远也赶不上我的时间了。”如果这只表的滴嗒声回答说“不要回家”，那么，它将是多么好的一只以德报怨的表啊！

他走到街上，在那些巍峨的大公馆的阴影笼罩下，背着手向前走去，这些大公馆里的许多秘密、纠葛、抵押以及各种各样微妙的事情都深深地藏在他那件旧的黑缎背心里。就连墙砖和灰泥都对他信任。高耸的烟囱把各家的秘密传给他，但是那些延续一英里长的烟囱都没有悄悄告诉他说“不要回家”！

他穿过那些乱哄哄的普通街道，在许多车辆、脚步和人语声所汇成的喧嚣中走过去；店铺的那些耀眼的灯光照着他往前走，西风吹着他往前走，人群挤着他往前走；他一路上被无情地赶着，但是不论什么东西都没有低声告诉他“不要回家”。最后，他回到那间阴暗的房间，点上蜡烛，向四周望了望，又抬起头来，看见天花板上那个罗马神用手往下指着。今天晚上，不论从罗马神的手或他周围的那些天使的飞翔的姿态，都看不出什么新的含义，尽管时机已经迟了，但仍然可以警告他“不要到这里来”。

这是一个月夜；但由于月圆之期已过，月亮这时刚升起来，照耀着广阔而荒凉的伦敦城。星星在天上闪烁着，这时它们也在切斯尼山庄的那些塔楼的铅皮露台上空闪烁。图金霍恩先生最近习惯把她称为“这个女人”，现在她正望着窗外的星星。她内心异常激动，烦躁不安，连这些宽敞的房间都嫌太窄小、太闷气了。她受不了这种压抑，要独自到附近的花园里去散散步。

由于她平时的一切行动都是那么任性和专横，不论做什么事，也不会引起周围的人的惊讶，因此，她披上头巾，走到月光中去。使神带了钥匙跟着。他打开花园的门，听从夫人的吩咐，把钥匙交给她，便回去了。她因为头痛，要在花园里散一会儿步。也许要呆上一个钟点；也许更久一些，不要人陪了。花园门上的弹簧响了一声，门关上了；使神一走，她便走到黑暗的树荫中去。

这是一个美妙的夜晚，月光皎洁，繁星满天。图金霍恩先生到酒窖去，在打开和关上那几扇门的时候都传出了回声；他必须穿过一个监牢似的庭院。他偶然抬头向天上望了望，心中想道：今天晚上月光皎洁，繁星满天，多么美啊！更何况又那么幽静。

今天晚上真是非常幽静。当明月洒下它的银辉，它仿佛带来了一片静寂，甚至使那些生气勃勃的热闹场合都受到了潜移默化。不仅是尘土飞扬的公路和山顶上一片静寂——从那里可以望见辽阔的田野静静地躺着，在一片银辉的沐浴下一直伸展到天边的一抹树丛，越向前伸展，就越显得宁静；不仅是花园里、森林中和泰晤士河上一片静寂——泰晤士河边一片片的草地青翠欲滴，奔流在美丽的岛屿、水声潺潺的河堰和沙沙作响的苇草之间的河水，银光闪闪；不仅是这条奔流不息的泰晤士河上一片静寂——沿河上下，房屋鳞次栉比，水里映出一个个的桥影，码头和船舶把河水弄得又黑又脏，河水从这些肮脏的地方曲曲弯弯地流出，经过那些像被抛到岸上的骸骨一样可怕的航标的沼地，经过那些遍布麦田、风车和尖塔的高地，越流越广，最后注入波涛起伏的大海；不仅是海洋上和岸上一片静寂——一个站在岸上眺望的人看见船只顺着那条似乎只有他才看得见的银白的航路飞驶；而且某种宁静的气氛甚至还笼罩着伦敦城这个陌生人的荒野。伦敦的尖塔、塔楼和圣保罗教堂那个宏伟的大圆顶，都变得更加虚幻了；它那些被煤烟熏黑了的屋顶，在一片银辉中也不显得那么阴暗了；街上的嘈杂声渐渐少了，低下去了，人行道上的脚步声也越来越小，越走越远了。在图金霍恩先生居住的广场上（那些牧羊人就是在这里不停地吹着大法官庭的笛子，想尽办法把羊群圈在羊栏里，直到他们把毛剪得很短为止①），在这个月明之夜，各种嘈杂声都被远处传来的一个响声所淹没，仿佛伦敦城是一个巨大的玻璃瓶，震动起来了。

这是什么响声？谁开了枪？枪声是从哪里来的？

几个行人吃了一惊，停住脚步，向周围张望。几扇门窗打开了，有人走出来看看。枪声很响，引起了很大的回声。它震动了一幢房子——至少有个过路人这样说。附近一带的狗惊动了，大

---

① 这几句话的意思是：这广场上的律师（作者以牧羊人来影射）替大法官庭出力，引诱诉讼人（牧羊人用笛声召集羊群），以达到骗取金钱的目的（即所谓剪羊毛）。

声吠叫。猫吓得在街上乱窜。狗的吠叫声还没有停——其中有一条好像发疯似的吠着，教堂的钟仿佛也受了惊，敲打了起来。街上各种声音似乎汇成了一个喊声。但是这个喊声很快就消失了。还在那个敲得最迟的钟敲出十点之前，一切都已归于沉寂。等到钟声响过以后，这个美妙的夜晚仍然是月光皎洁、繁星满天，仍然是那样宁静。

图金霍恩先生被惊动了没有？他的窗户黑漆漆的，没有一点声音，门也关着。真的，要是想使他从他的壳里钻出来的话，非得有特别巨大的响声不可。谁也没有听到他一点动静或者看到他的影子。如果要把这个镇静沉着、仿佛生了锈似的老人惊动起来，那需要多么大的炮声啊！

许多年来，那个永远不变的罗马神总是从天花板往下指着，也没有什么特殊的意义。今天晚上，从他的姿态中大概也看不到任何新的启示。不论什么时候它总是那样指着——跟任何一个一心一意的罗马人或英国人一样。毫无疑问，整个晚上他还是那么怪模怪样地、徒劳地从天花板往下指着。月亮下去，夜色晦冥，东方发白，太阳升起，白昼来临。罗马神还在天花板上那么热切地指着，可是谁也不去管它。

但是，天亮后不久，有人来打扫房间了。如果不是那个罗马神今天显示出前所未有的新的含义，那就是走在最前面的那个人发了疯；因为他抬头看到那只伸着的手，低头看到下面的东西，不禁大叫一声，往外逃跑。其余的人也像他一样，走进来向上看看，又向下看看，也都大叫一声，往外逃跑，整条街的人都慌乱起来了。

这究竟是什么原因？事务所里黑漆漆的，一点亮光也透不进来，平时从未来过的人走进来，踏着轻轻的然而又是沉重的脚步，把一件沉重的东西抬到卧房里放下来。人们整天都低声地议论或猜测着，严密地搜查每个角落，仔细地侦查每个脚印，注意地观察每件家具的位置，人人都抬头望望那个罗马神，而且都悄

罗马神显示出新的含义

悄地说："要是他能把看到的事情说出来，那该多好啊！"

他指着一张桌子，桌上放着一个酒瓶（里面的酒几乎是满瓶）、一个玻璃杯，还有两支点了不久就突然吹灭了的蜡烛。他指着一张空椅子和椅子前面地上的一小片几乎可以用手掩住的血迹。所有这些东西都直接在他的视线之内。兴奋的人们可以想象这些东西确实令人感到有点可怕，所以寓言画上的其他内容，不仅是那些大腿肥胖的小天使，就连云彩、花朵和梁柱——总之，整幅寓言画和上面的人和物——都吓得发狂了。毫无疑问，每个走进这间黑暗的房间来的人，看见了这些东西，都会抬头看看那个罗马神，而这个罗马神在任何人的眼里，都会显得神秘而可怕，仿佛他是一个吓得说不出话来的见证人。

这样，在今后的许多年中，人们提到地板上这一小片很易掩盖，却又很难消除的血迹，就必然会谈出一些骇人听闻的传说；同时，那个从天花板向下指着的罗马神，只要尘土、潮气和蜘蛛不跟他为难的话，无疑也会继续指着，而且比他在图金霍恩先生在世的日子里更有意义，并带有一种致人死命的含意，因为图金霍恩先生的日子已经永远结束了；罗马神曾经指过那只举枪暗杀图金霍恩先生的手，同时从那天晚上到第二天早晨也无可奈何地指着他那洞穿心脏、俯卧在地的尸体。

第四十九章
公事是公事，私交是私交

一年一度的大日子又来到约瑟夫·贝格纳特先生的家里，他外号“大木头”，以前当过炮兵，现在是吹巴松管的乐师。这是一个欢乐喜庆的日子，庆祝家里一个人的生日。

但今天却不是贝格纳特先生的生日。贝格纳特先生在经营乐器生意之余，纪念这一重大节日的办法只不过是：在早餐前另外给几个孩子一下响吻，在午饭后多抽一袋烟，而在快到黄昏的时候，想一想他那可怜的老母亲对他的生日究竟会产生什么感想——这个问题引起他无限的沉思，因为他母亲已经去世二十年了。有些人很少追念他们的父亲，似乎把思念双亲的感情，全部转移到母亲身上。贝格纳特先生就是这样的一个人。也许是由于他对他的老伴儿的美德有很高的评价，所以他一向把美德这个名词当作是个阴性名词。

今天也不是他那三个孩子当中任何一个的生日。他们的生日倒也是用某种形式来纪念的，但最多也不过是祝他们长命百岁，另外在饭后加个布丁而已。去年小伍尔维奇过生日的时候，贝格纳特先生看他长大了，而且在各方面都有长进，于是他好好想了想时间所带来的变化，用教义问答去考他一下。贝格纳特先生十分正确地提出了第一、二两个问题：“你叫什么名字？”“谁给你起的名字？”但是第三个问题却记不清了，便把它改为：“你喜欢那个名字吗？”贝格纳特先生郑重其事地提出这个问题，而它本身又有这么大的熏陶作用和教育意义，因而显得很像个正式的问题。但这只是那个生日的特点，一般的家庭喜庆是没有这种仪式的。

今天是老伴儿的生日；这是贝格纳特先生一年中最大的节日和最值得庆祝的一天。这件喜事总是按照贝格纳特先生几年前所确定的某种仪式来庆祝。贝格纳特先生深信午饭有两只鸡就是极其奢侈的筵席，因此，当天一清早总是亲自去买两只；而且没有一次不上小贩的当，买回来的总是欧洲养鸡场里年岁最大的老母鸡。他用一块蓝白两色的干净棉纱围巾(这是必要的一种工具)把这两只老母鸡包好，得意洋洋地带回家去，在早饭时装着很随便的样子，请贝格纳特太太说说她午饭想点什么菜。而凑巧得很，贝格纳特太太从来不会点错，总是回答说要吃鸡，于是贝格纳特先生立刻把他那包东西从隐藏的地方拿出来，引得一家人又惊讶又高兴。他还要求老伴儿整天什么事也不做，穿着最漂亮的衣服坐着，让他和孩子们来侍候她。由于他的烹饪技艺并不高明，老伴儿便把这当作是一种仪式，而不是享受；但她却尽量装着高高兴兴的样子。

在今年生日的这一天，贝格纳特先生已经照例筹备就绪。他买来两只够得上做标本用的老母鸡，准备烘烤；这两只老母鸡，如果俗语说得不错，是绝不会让人家用一点糠就骗走的。刚才他把那包全家都意料不到的东西拿出来，使他们又惊讶又高兴；他现在亲自主持烤鸡；贝格纳特太太则穿着节日的服装，作为一位贵宾坐在那里，她那双健康的棕色的手觉得怪痒痒的，恨不得去纠正她所看到的那些错误的动作。

魁北克和马耳他在铺桌布，伍尔维奇则跟着他父亲干适合他的事情，也就是不断地翻着烤鸡。当这几个小厨师做错了事的时候，贝格纳特太太常常对他们眨眨眼，摇摇头或做个苦脸。

“一点半钟，”贝格纳特先生说，“到时准会烤好。”

贝格纳特太太痛苦地看着一只鸡在火上停住不动，开始烤糊了。

“给你做的这顿饭，老伴儿，”贝格纳特先生说，“就是请王后吃也过得去的。”

贝格纳特太太笑嘻嘻地露出一口白牙，但是她的儿子却看出她心神不宁；由于天性的关系，他不得不用眼色问她究竟出了什么差错？——就在这个时候，他瞪着眼睛站在那里，比刚才更不注意那两只鸡了，而且看样子也不大可能清醒过来。幸亏他的大妹妹看出贝格纳特太太心里激动的原因，用手捅了他一下，叫他小心点，他这才猛省过来。刚才在炉火上停着不动的鸡又翻动起来，贝格纳特太太闭上了眼睛，心里的石头总算落了地。

"乔治会来看我们的，"贝格纳特先生说。"四点半钟一定会来。有多少年了，老伴儿？我说，乔治来看我们——今天下午准来——前后有多少年了？"

"啊，大木头，大木头，我想有好多年了，多到一个年轻女人变成了老太婆。大概是这么多年吧，决不会少的。"贝格纳特太太一边笑着回答，一边摇了摇头。

"老伴儿，"贝格纳特先生说，"别这么想。如果你不是更年轻的话，那至少也像过去那么年轻。其实，你很年轻。这谁都知道。"

这时魁北克和马耳他拍手叫道，大块头叔叔一定会带点东西送给妈妈，于是她们俩开始猜究竟是什么东西。

"你知道吗，大木头，"贝格纳特太太说，眼光向桌布上看了看，用右眼对马耳他丢个眼色，叫她拿盐，同时又对魁北克摇摇头，告诉她不要胡椒；"我想乔治又要到别的地方流浪了。"

"乔治决不会逃跑，"贝格纳特先生答道，"也不会丢开他的老战友，不管他的死活。你别担心。"

"不，大木头，不是那个意思。我没说他会那样，我想他决不会干出那种事情。不过，如果他能解决了经济困难的话，我相信他会离开这里的。"

贝格纳特先生问这是什么原因。

"嗯，"他太太想了一下答道，"我觉得乔治变得很不耐烦，而且坐立不安。我并不是说他不像从前那么爽直。他当然必须保持爽直的态度，否则就不像他的为人了；但是他很难过，似乎很生气。”

“有个律师，”贝格纳特先生说，“把他折磨得惨极了。这个人什么坏事都干得出来。”

“你的话很有道理，”他太太表示同意；“不过，事情到了这个地步，那也没有办法，大木头。”

他们的谈话到了这里不得不停住了，因为贝格纳特先生觉得必须聚精会神去准备午饭。那两只烤鸡真是开玩笑，硬是一点肉汁也没有，而浇上去的肉汁又毫无味道，再说，鸡皮竟是淡黄色的，因此，这顿午饭显得有点不妙。同样古怪的是，剥土豆皮时，叉子一碰，土豆就碎了，好像是遇到地震，中心隆起，向四面八方塌下去。此外，鸡腿也嫌太长，烤得皮开肉绽。贝格纳特先生尽力克服了这些缺点，最后把菜盛在盘里，大家在桌旁坐下；贝格纳特太太坐在他右手的贵宾席上。

幸亏老伴儿每年只过一次生日，否则，如果每年大嚼两顿这样的老母鸡，恐怕要损害健康呢。凡是母鸡应有的一切细筋和韧带，在这两只鸡的身上都很奇怪地变成类似六弦琴的弦一样的东西。鸡膀仿佛在胸脯里生了根，如同古树的根深深插入泥土中一样。鸡腿结实极了，使人联想到它们一定是把自己漫长而艰苦的一生的大半光阴，消磨在徒步运动或竞走比赛这方面。但是，贝格纳特先生却看不到这些小小的缺点，希望贝格纳特太太把她面前的美味尽量多吃一些；由于他那个好老伴儿不论什么时候，不管什么原因，都决不会让他失望——尤其是在今天这个日子，结果使自己的肠胃大受损害。小伍尔维奇不是鸵鸟的后代[①]，居然能把鸡爪啃干净，他那担心的母亲对这一点怎么也弄不明白。

贝格纳特太太在饭后还得受一次考验，那就是，她得一本正经地坐着，看孩子们打扫房间和炉边，在后院把餐具洗净和擦

---

① 鸵鸟有一个沙囊，能消化坚硬的食物。

亮。两个小姑娘干这些活儿非常高兴而且也很卖力气，学她们妈妈那样撩起裙子，穿着厚底的小木套鞋，像溜冰似的跑进跑出，这一切使人对她们的将来寄以莫大的希望，可是现在却令人有些担心。同样地，正因为她们高兴而又卖力气，于是七嘴八舌地乱嚷，碰得陶器乒乒乓乓，铁皮杯玎玎珰珰，扫帚飞快地舞动，而且泼得满地都是水，总之，一切都做得非常过火。这两个女孩是那样热情洋溢，贝格纳特太太看到这个过分动人的场面，几乎失去了应有的冷静态度。最后，各种清洁工作都胜利完成；魁北克和马耳他换了干净衣服，脸上带着笑容；桌上摆好了烟斗、烟丝和一点酒；而贝格纳特太太在这个愉快的日子，总算第一次安下心来。

当贝格纳特先生在平时的座位上坐下来，时钟的指针已快到四点半了；等它恰恰指到四点半时，贝格纳特先生对大家说："乔治来了！军人真守时间啊！"

果真是乔治来了；他向贝格纳特太太热烈地祝贺（在这个隆重的日子，还吻了吻她），并向孩子们以及贝格纳特先生热烈地祝贺。"祝大家长命百岁！"乔治先生说。

"可是，乔治，亲爱的！"贝格纳特太太叫了起来，很好奇地看着他，"你出了什么事吗？"

"我出了什么事？"

"哎呀！因为——你的脸色这样苍白，乔治，你的样子也很激动。你看他是不是这样，大木头？"

"乔治，"贝格纳特先生说，"告诉老伴儿究竟是怎么回事。"

"我不知道我的脸色苍白，"骑兵说，用手在前额上摸了摸，"也没想到自己的样子很激动。我变成这个样子，实在是糟糕。其实这是因为那个在我那儿寄住的小孩昨天下午死了，我心里非常难过。"

"可怜的孩子！"贝格纳特太太带着慈母的怜悯口吻说，"他死了？天啊！"

“我根本不想提这件事，因为在你的生日就不该谈这些话，可是，你看，我还没坐下，你就逼我谈这件事情了。我本来很快就会高兴起来的，”骑兵说，故意使自己的口气变得愉快一些，“但没想到你那么快就问，贝格纳特太太。”

“你说得对。”贝格纳特先生说，“老伴儿的话快得就跟火药爆炸一样。”

“而且，她今天是主人，我们谈话都应该以她为主，”乔治先生大声地说。“你们看，我今天带来一个小小的别针。你们知道这不值钱，但是可以把它当个纪念品。它只有这个价值，贝格纳特太太。”

乔治先生掏出他的礼物，孩子们看见了，都手舞足蹈地叫好，而贝格纳特先生则露出一副尊敬而又赞赏的样子。“老伴儿，”贝格纳特先生说，“你把我的意思告诉他。”

“哎呀，这东西真是一件宝贝，乔治！”贝格纳特太太惊叫起来，“我这辈子还没见过这么美的东西呢！”

“说得对！”贝格纳特先生说。“我的意思就是这样。”

“太好看了，乔治，”贝格纳特太太大声说道，把别针翻来覆去地看，又把胳臂伸直，从稍远的角度去欣赏，“我觉得自己不配戴这么好的东西。”

“不对！”贝格纳特先生说，“这不是我的意思。”

“不管怎么说，我真要好好谢谢你才行，亲爱的，”贝格纳特太太说，她那含着笑意的眼睛闪闪发亮；她向他伸出手去，“尽管对你来说，乔治，我这个炮兵太太的脾气常常很不好，但我相信，我们的交情实际上是很深的。现在，乔治，为了讨点吉利，请你亲自把这个别针给我别上好吗？”

孩子们围上来看他别别针，贝格纳特先生的眼光掠过小伍尔维奇的脑袋，也在望着，他那聚精会神的样子，像个木头人那么呆头呆脑，可是又像小孩子那么有趣，所以贝格纳特太太不禁愉快地笑道：“啊！大木头，大木头！你真是个大好人！”但是骑兵却没有把别针别住。他的手颤抖，神经紧张，别针掉了。“谁会相信这种事呢？”他说，一边用手接住掉下来的别针，朝周围的人望了望。“我心里很乱，连这么简单的事都做不好！”

贝格纳特太太认为：这种情况最好是抽一袋烟；她自己很快就把别针别好，领着骑兵到他平常坐的那个舒适的地方，让他抽袋烟。“如果这还不能使你的心情平静下来，乔治，”她说，“那你就随时往这边看看你的礼物——一边抽烟，一边看看你送的礼物，你的心情一定能平静下来。”

“其实，光是你一个人就能让我平静下来，”乔治答道：“我很了解这一点，贝格纳特太太。我一定好好告诉你，我怎么会碰到这么多不如意的事情。譬如说那个可怜的孩子。我眼看着他死去，又不能给他帮助，心里真是难过。”

“你这说的是什么呀，乔治？你帮助过他，而且还让他到你家去住呢。”

“我只帮过他那么一点点忙。我的意思是说，贝格纳特太太，他生前除了懂得哪是右边和哪是左边以外，就没有受过什么教育。再说，他已经病得很重，到了无可挽救的地步了。”

“啊，真可怜！”贝格纳特太太说。

“所以，”骑兵说，这时烟斗还没有点着，用他的大手理了理头发，“这就使人想起了格里德利。他的结局也很凄凉，但情况有所不同。人们想到他俩，总不免要想起同他俩有关的那个阴险的老混蛋。而想到那支竖立在角落里的生了锈的卡宾枪，那样子冷酷无情，对一切都无动于衷——我相信你也会觉得气愤的。”

“我劝你，”贝格纳特太太答道，“把烟斗点着，还是抽袋烟来出出气吧。你这就会觉得痛快些、舒服些，而且对身体也有好处。”

“你说得对，”骑兵说，“我这就把烟斗点着。”

于是，他把烟斗点着：不过仍然带着很气愤的严肃样子，这使贝格纳特家的小孩都很受感动，甚至耽搁了贝格纳特先生举杯祝贺老伴儿健康的仪式；每逢这个喜庆日子，这个仪式总是由他亲自主持，发表一通堪称简洁典范的贺词。现在，两个小姑娘已经把贝格纳特先生一向叫作“混合料”的酒调好，而乔治的烟斗也发出了闪闪的红光，贝格纳特先生觉得应该举行晚上敬酒的仪式了。他对聚在他面前的人这样致词：

“乔治、伍尔维奇、魁北克、马耳他。今天是她的生日。你们就是用行军的步伐走上一天，也找不到这样隆重庆祝的生日的。我们为她干杯！”

大家热烈地干杯以后，贝格纳特太太致同样简短的答辞，表示谢意。答辞的标准内容只有这几个字：“我也祝贺你们！”接着，就向大家一个个地点头致意，并且很有节制地喝了一大口酒。但今天，她喝过了酒以后，突然出人意外地喊道：“有人来了！”

果然来了一个人，站在客厅门口向里面探望，使大家吃了一惊。他眼光锐利——机敏而又精明——他把大家一个个地都扫了一眼，立即看出大家在望着他；他这种神态表明他不是一个普普通通的人。

“乔治，”他点了点头说，“你好吗？”

“咦，布克特来了！”乔治喊道。

“是呀，”他说，走了进来，把门关上。“我刚才路过这条街，偶然停下来看看橱窗里的乐器——我有个朋友要买一把音色好的旧低音提琴——正好看见你们在这里欢聚，我想坐在角落里的是你，大概不会猜错。你最近怎么样，乔治？过得很不错吧？你好吗，太太？你好，老板？哎呀！”布克特先生说，伸开他的胳臂，“这儿还有小孩子哩！只要让我看见孩子，你怎么说都行。我的乖宝贝儿，来亲亲我。我不用问谁是**你们**的爸爸妈妈。我真没见过长得这么像的！”

布克特先生很受欢迎，他在乔治先生身边坐下，把魁北克和马耳他搂过来，让她们坐在膝上。“好孩子，真漂亮，”布克特先生说，“再亲我一下，我就喜欢这个。啧！你们长得多结实！这两个年纪多大啦，太太？我想她们大概是八岁和十岁吧？”

“你猜得差不多，先生。”贝格纳特太太说。

“我大致总能猜对，”布克特先生答道，“因为我很喜欢小孩。我的一个朋友有十九个孩子，太太，全是一个母亲生的，可是这位母亲还是那么年轻漂亮。虽然她比不上你，可是，我相信也跟你差不多！啊，亲爱的小姑娘，你把这两个地方叫什么啊？”布克特先生拧了一下马耳他的双颊，又往下说。“叫桃子，是不是？真漂亮！你觉得你爸爸怎么样？亲爱的，你想你爸爸能不能替布克特先生的朋友挑一把音色好的旧低音提琴？我叫布克特。这个名字很滑稽吧[①]？”

这些奉承话使全家都很高兴。贝格纳特太太忘了今天是自己的生日，替布克特先生装烟倒茶，非常客气地招待他。不论什么时候，她都高兴招待这个有趣的客人，但她告诉他说，由于他是乔治的朋友，她今天晚上特别欢迎他，因为乔治不像平常那么高兴。

“不像平常那么高兴？”布克特先生大声说，“噢！我从来没听说过！你怎么啦，乔治？你不愿告诉我，你心里很烦吧？你为什么烦恼呢？你瞧，你又没有什么心事。”

“一点心事也没有，”骑兵答道。

“**我**也这么想呀，”布克特先生回答。“只有你自己才知道你会有什么心事啊！嗯！这两个小姑娘有什么心事没有？她们不会有的；可是她们将来会引起小伙子们的心事，把他们弄得非常烦恼。我不是预言家，但我敢向你担保这一点，太太。”

贝格纳特太太听了很高兴，表示希望布克特先生也有儿女。

“你听我说吧，太太，”布克特先生说，“你信不信？我没有孩子。我家里只有我太太和一个房客。布克特太太也像我那样喜欢

---

① 布克特原文为 Bucket，即水桶之意。

布克特先生举止友好

小孩，同时也希望自己有小孩，可是没有。我们家就是那样。天下的东西往往分配不均，我们也不必因此而发牢骚。你这后院真不错啊，太太！能从后院出去吗？”

从后院是走不出去的。

“真的吗？”布克特先生说。“我还以为从后院能出去呢。啊！我想我从来没看过这么叫人喜欢的后院。你能让我看一看吗？谢谢。嘿，真是走不出去。可是它不大不小，多么好啊！”

布克特先生的眼光向四周扫了一下，又回到他朋友乔治身边的椅子上坐下，在乔治先生的肩上亲切地拍了一下。

“你现在心情怎样啦，乔治？”

“很好，”骑兵答道。

“你本来就应该这样！”布克特先生说。“你有什么理由不高兴呢？像你那样身高体壮的人，不应当不高兴。只要瞧瞧你那宽阔的胸膛，就可以说你不会有什么烦恼，你说对不对，太太？再说，乔治，你又没有什么心事，你有什么可担心的呢？”

布克特先生一边抽着烟斗，一边又把这句话说了两三遍，使人觉得有点啰嗦，因为从口才来说，他是个善于辞令、左右逢源的人；此外，他脸上还露出了他所特有的那种察言观色的样子。但这只是在一刹那间代替了他那种谈笑风生的态度，脸上很快又露出了笑容。

“这就是你们的哥哥吧，亲爱的？”布克特先生向魁北克和马耳他问到小伍尔维奇，说道，“这个哥哥真不错——我想他跟你们不是一个妈妈生的吧。他的年纪太大，太太，你生不出这么大的孩子。”

“我能证明他绝对不是别人的孩子，”贝格纳特太太笑着回答。

“真没想到！不过，他的确很像你。天啊！简直像极了！可是，你看他的前额，和他爸爸的一模一样！”布克特先生眯着一只眼睛，来回打量着他们父子的脸，而贝格纳特先生则带着一种呆头呆脑、心满意足的样子在抽烟。

贝格纳特太太利用这个机会告诉布克特先生：这个孩子是乔治的教子。

“他是乔治的教子吗？”布克特先生非常亲切地答道。“我应当同乔治的教子握握手。教父和教子真是相得益彰啊！你想让他将来干什么呢，太太？他爱好什么乐器吗？”

贝格纳特先生忽然插嘴说：“会吹笛子。吹得很不错。”

“你信不信，老板？”布克特先生说，忽然想起这件凑巧的事，“我小时候也吹笛子。我不是按正规学的，而是靠耳朵听学来的，不像他，我想他当然是按正规学的咯。天啊！《英国近卫步兵》这支曲子能使一个英国人的热血沸腾！好孩子，你愿意把《英国近卫步兵》吹给我们听听吗？”

对于这个小圈子来说，叫小伍尔维奇吹笛子，是再受欢迎也没有了。小伍尔维奇把笛子拿来，吹奏了那首激动人心的曲子；他一边吹，布克特先生一边兴高采烈地打着拍子，而且每当吹到“英——国——近卫——步兵”这个叠句时，总是大声地跟着唱。总之，他显得非常爱好音乐，结果，贝格纳特先生竟然拿下烟斗说，他相信布克特先生是个歌唱家。布克特先生对这种夸奖非常谦虚，承认以前为了抒发自己的情感确实也哼几句，不过从来不敢在朋友面前演唱；大家听他说得这么谦虚，都请他唱一个歌。由于他在今晚这样的欢聚场合不愿落后，所以便答应下来，替大家唱了《相信我，如果那些年轻人的可爱魅力……①》。他告诉贝格纳特太太，他认为这首歌谣，当初在布克特太太还是个闺女的时候，曾经是他的一个得力助手，帮他打动了布克特太太的心，诱导她走到举行婚礼的祭坛前——用布克特先生的原话来说，就是“站到起跑线前”。

这个谈笑风生的陌生客人在今晚成了这么讨人喜欢的新人

① 歌词系英国诗人托马斯·摩尔(Thomas Moore，1779—1852)写的诗。

物，因此，乔治先生尽管在他来的时候，显得并不怎么热情，现在也不禁因他而感到得意。他非常和气，足智多谋而又平易近人，所以介绍他跟大家认识，倒也不错。贝格纳特先生又抽了一袋烟以后，深深感到值得结交这个朋友，便邀请他在老伴儿下次过生日时再来参加。如果还有什么原因能使布克特先生对贝格纳特一家的敬爱进一步巩固的话，那就是他发现今天是贝格纳特太太的生日。他热烈地，几乎是欣喜若狂地为贝格纳特太太干杯；对这个邀请表示非常感谢，答应明年生日一定来参加。他把日期写在一个用带子扣住的黑色大记事本里，并且表示希望布克特太太和贝格纳特太太能够在下次生日以前就变得像姊妹一样。他说，一个吃公事饭的人，如果没有私人朋友来往的话，那么他的生活就没有什么意思。他自己是一个小小的吃公事饭的，但他在这个圈子里却找不到幸福。真的，幸福只能在幸福的家庭里才能找到。

在这种情况下，他也很自然地想到他的朋友，因为他是由于这位朋友的关系，才认识这个值得深交的家庭。事实上他也确实没有忘掉这位朋友。他一直紧紧地守在他的身边。不管大家谈到什么事情，他总是密切地注视他。他等着同他一起走回去，甚至对他穿的靴子都感兴趣，因为当乔治先生架着腿坐在壁炉边抽烟时，他却聚精会神地观察他那双靴子。

最后，乔治先生站起来告辞了。而布克特先生这时也怀着对朋友的同情而站了起来。他自始至终表示喜爱那些孩子，并且没有忘记替他朋友办的事情：

“关于旧低音提琴的事，老板——你能替我物色一把吗？”

“有的是，”贝格纳特先生说。

“感谢得很，”布克特先生答道，紧紧地握着贝格纳特先生的手。“你真是一位救人之急的朋友。别忘了，音色要好！我的朋友是个低音提琴能手。他叫艾科特，演奏莫扎特、亨德尔和其他伟大音乐家的乐曲就像职业演员那么优美。同时，你也不必，”布克特先生用一种体贴而又亲密的口吻说，“你也不必太谦虚，老板。我替我朋友出的价格不会太高；但我要你能得到适当的佣金，花了时间也能有点报酬。只有这样，才是公平合理。每人都要生活嘛，这是受之无愧的。”

贝格纳特先生对他太太摇了摇头，表示他们已经找到了非常理想的价格。

“如果明天早晨十点半我来看你，也许你能把一些音色好的低音提琴的价格定出来吧？”布克特先生说。

这是再方便也没有了。贝格纳特先生和太太都答应到时一定准备好他所需要了解的情况，甚至彼此暗示可以准备一小批低音提琴供他挑选。

“谢谢，”布克特先生说，“谢谢。晚安，太太。晚安，老板。晚安，可爱的孩子们。感谢你们的盛情招待，今天晚上是我这一辈子过得最愉快的时刻。”

另一方面，他们也很感谢他，因为他来了大家都过得很愉快；所以彼此在分别时，都一再向对方殷切致意。“好了，乔治，亲爱的，”布克特先生在店铺门口搀着乔治的胳臂说，“我们走吧！”当他们沿着那条狭窄的小街走去，而贝格纳特一家人在门口站了一会儿，望着他俩背影的时候，贝格纳特太太对她那可爱的大木头说：“布克特先生简直是紧紧地搂着乔治，好像真喜欢他似的。”

附近的街道很狭窄，而且高低不平，两个人搀着胳臂并肩走去，不太方便。因此乔治先生不久就提议他们分成单行走。但是布克特先生还拿不定主意，究竟是否应该把他那只友谊之手放下来，于是答道：“等一等，乔治。我想先同你说几句话。”他马上带他走过弯弯曲曲的胡同，到了一个酒店，走进大厅，脸朝着他，背顶住了门。

“好，乔治，”布克特先生说。“公事是公事，私交是私交。只要我能办得到，我向来不愿使两者发生冲突。今天晚上，我尽量不使你难堪，请你想想我的举止是不是这样。乔治，你必须认识到你已经被拘留了。”

“被拘留了？为什么？”骑兵答道，仿佛听到晴天霹雳似的。

“你听我说，乔治，”布克特先生一边说，一边用他那肥大的食指指着乔治，要他明了他的案情，“你很明白，责任是一回事，说话又是另一回事。我有责任告诉你，你所发表的一切意见，都可能被用来对你进行控诉。因此，乔治，你说话要留神。难道你还没听说发生了一件暗杀案吗？”

“暗杀案？”

“你听我说，乔治，”布克特先生说，一直用他那大食指使劲地指点着，“你记住我刚才说的话。我也不多问你了。今天下午你的心情一直很坏。我说，难道你还没听说发生了一件暗杀案吗？”

“没有听说过。什么地方发生了暗杀案？”

“听我说，乔治，”布克特先生说，“你别说了，免得你将来弄得更糟。我告诉你为什么我要拘留你吧。林肯法学院广场发生了一件暗杀案——被害者名叫图金霍恩。他是在昨天晚上被人枪杀的。我就是因为这件事情拘留你。”

骑兵颓然往身后的椅子上一坐，额头冒出豆大的汗珠，脸色白得像死灰一样。

“布克特！图金霍恩先生怎么可能被暗杀，而你又怎么能怀疑**我**呢？”

“乔治，”布克特先生继续用他的食指指着说，“这当然是可能的，因为事实就是这样。事情发生在昨晚十点钟。你总知道昨天晚上十点钟你在哪里，而且一定也能加以证实吧。”

“昨天晚上！昨天晚上吗？”骑兵一边想着，一边重复地说，接着突然想起来了。“哎呀，天啊，昨天晚上，我就在那里！”

“对啊，我了解的也是这样，”布克特先生不慌不忙地答道，“我了解的也是这样。而且，你近来还常到那里去。有人看见你在他家附近荡来荡去，同时还听见你不止一次地和他吵闹，可能有人听见他骂你是一个进行恐吓和暗害的危险人物——你听清楚，我没说你绝对是这样，而是说可能如此。”

骑兵吓得喘不过气来了，如果他还能开口的话，仿佛会把这一切都承认下来似的。

“好，乔治，”布克特先生继续说道，把帽子往桌上一放，那样子好像是在一本正经地布置室内装饰似的，“我希望不使你难堪，这也就是今天晚上我一直所抱的希望。老实告诉你，从男爵累斯特·德洛克爵士已经出了一百金币的赏格。你我一向处得不错；但是我必须完成自己的任务；如果那一百金币是要奖给人的，那不如奖给我好。由于这些原因，我希望你能明白我一定要拘留你，而决不能把你放过。你要我找人来帮忙呢，还是痛痛快快地跟我走？”

乔治先生清醒过来，像个军人那样站了起来，“好吧，”他说，“一切听便。”

“乔治，”布克特先生说下去，“等一等！”他用布置室内装饰的那种态度，从口袋里掏出一副手铐，仿佛骑兵是一扇需要装饰的窗户似的。“案情严重，乔治，这是我的责任。”

骑兵气得满脸通红，犹豫了一下；但还是把紧握在一起的双手伸出来说：“好！戴上吧！”

布克特先生把他的手稍稍摆正一下。“你觉得这副手铐怎样？戴上还舒服吗？否则，你就说话，因为我希望在我的责任范围以内，尽量使你不受委屈。我的口袋里还有一副哩。”他说这话的神气好像他是一个非常规矩的买卖人，一丝不苟地按定单交货，让顾客感到十分满意。“这副还合适，是不是？好极了！那么，你看，乔治，”他从墙角落拿来一件斗篷，替他披上，把领口扣好，“我出来的时候，就想到照顾你的情绪，有意把这件斗篷带来。你瞧，究竟是谁聪明些？”

“是我而不是你，”骑兵答道，“不过，正因为我是这样想，所以请你再帮我一个忙，把我的帽子往下拉一拉，遮住我的眼睛。”

“那好办！你真要拉下来？那不叫人遗憾吗？我觉得是这样。”

“我戴着手铐，碰见人不好意思，”乔治先生急忙答道，“请看在上帝面上，把我帽子往下拉一拉。”

布克特先生看他这样恳求，便答应了。他也戴上帽子，把他拘捕的人领到街上；骑兵还像平时那样稳步往前走，不过他的头不如以前抬得那么高；布克特先生在过街和转弯的时候总是搀着他走。

第五十章
埃丝特的自述

我从迪耳镇回来，发现凯蒂·杰利比（我们一直就这样叫她）给我寄来一封短信，说她身体一直不怎么好，最近越发糟糕了，要是我能去看看她的话，她一定格外高兴。这封短信只有寥寥几行，是她躺在睡椅上写的，其中还附了一封她丈夫写给我的信，他在信里非常恳切地希望我能答应她来一次。凯蒂现在已经当了妈妈，而且还让我当了那个可怜的婴儿的教母——那婴儿脸上皱巴巴的，个子很小，戴上那顶有帽檐的帽子，整个脸就几乎看不见了；手指细长的小瘦手总是攥着拳头，放在下巴颏底下。小婴儿整天就是这样躺着，晶亮的眼睛睁得大大的，大概是在思量——我常常觉得这婴儿在思量——自己为什么长得这么瘦小吧。那婴儿一动就哭起来，可是在别的时候总是很老实，好像生活的唯一愿望，就是要静静地躺着想心事。那婴儿脸上有些奇怪的小青筋，眼睛下面也有些奇怪的小黑斑，使人依稀记得可怜的凯蒂当年墨迹斑斑的样子；总而言之，那些不大看到这个婴儿的人，都觉得小东西怪可怜的。

但是，凯蒂倒是看惯了她这小宝宝的，所以她觉得孩子蛮好。凯蒂为小埃丝特的未来做出种种计划，并以此作为病中的消遣。她想到小埃丝特的教育，想到小埃丝特的婚姻，甚至想到自己年老的时候，成为小埃丝特的小小埃丝特的外祖母。这一切都足以说明她多么喜欢这个使她感到自豪的小宝贝，所以，要不是我及时想起已经把话题扯得太远，我真想追述一下她的一些计划哩。

现在再回来谈谈那封信。凯蒂对我抱有一种迷信的看法。很久以前的一天晚上，她曾经头靠在我膝上睡觉，而从那次以后，这种迷信的看法在她脑子里就越来越牢固了。原来她几乎相信——我应当说她确实相信——只要我和她在一起，就会给她带来好处。这当然是善良的凯蒂凭空想象，而我也几乎不大好意思在这里提它，不过，她现在既然病倒了，这种迷信的看法说不定会像真的那样灵验哩。因此，我得到监护人的同意，就赶紧动身到凯蒂那里去；她和普林斯都非常敬重我，他们的敬意是难以比拟的。

第二天我又去陪她，第三天我也去了。我到她家去倒是很方便；因为我只要在清晨早一点起床，在离家前把账算好，把家务料理一下就行了。但是，我这样跑了三趟以后，晚上回来，监护人就对我说：

"听我说，小老太太啊小老太太，这可不行啊。常言说：水滴石穿，而老是这样坐马车跑来跑去，也会把德登大妈搞垮的。我们到伦敦去呆一个时期吧，就住在我们原先那个寓所好了。"

"不必专门为我这样做，亲爱的监护人，"我说，"因为我根本不觉得累。"我这话一点也不假，因为我能这样给人帮点忙，实在太高兴了。

"那就说为我吧，"监护人答道；"或者说为婀达，或者说为我们两个人。我想，明天好像有人要过生日吧。"

"是的，明天是有人要过生日，"我说着，便吻了吻婀达，因为她明天就是二十一岁了。

"是啊，"监护人半开玩笑半认真地说，"这是件大事儿，因此，我这位漂亮的表妹有几件事情必须办一下，好证明她已经能够独立了，我们大家都到伦敦去，办起事来就方便一些。我们这就到伦敦去。这算说定了，还有一件事情——你离开凯蒂的时候，她怎么样了？"

"不怎么好，监护人。恐怕要过些时候才能恢复健康和体力。”

“要过多少时候？”监护人很关切地问道。

“恐怕要过几个星期吧。”

“呀！”他把手插在口袋里，开始在屋里走来走去，这说明他心里也是这样想的。“你觉得给她看病的那个医生怎么样？他是个好医生吗，亲爱的？”

我不得不坦白说，我没有听说他看病看得不好；不过，我和普林斯刚刚在那天晚上商量好，还是应该请另外一个医生来确定一下他的诊断。

“嗯，”监护人马上回答说，“那就请伍德科特吧。”

我本来不是这个意思，听到监护人这样说，感到很意外。有一会儿，我原先心里想的那些和伍德科特先生有关的事情，似乎全都浮现在眼前，使我手足无措。

“你不反对请他吧，小老太太？”

“反对请他？监护人？噢，不反对！”

“你看病人也不会反对请他吧？”

绝对不会，我相信凯蒂一定会非常信任他，也会非常喜欢他。我说，凯蒂和他也认识，因为他从前好心好意给弗莱德小姐看病的时候，凯蒂常常碰见他。

“那好极了，”监护人说，“他今天到这里来了，亲爱的，我明天就跟他说说看。”

在这次短短的谈话中，我觉得，亲爱的婀达一定记得很清楚，那天凯蒂给我送来那小小的告别礼物时，婀达是多么高兴地搂着我的腰啊——不过，我不知道自己怎么会有这样的感觉，因为婀达并没有做声，我和她之间也没有交换眼色。这使我感到应当告诉她，也应当告诉凯蒂，我就要当荒凉山庄的女主人了；如果我继续闭口不谈这件事情，那么，连我自己都会觉得，不配获得荒凉山庄主人的爱情。后来，我和婀达到楼上去了，等着听时钟敲打十二下，这样就只有我一个人能够最先祝贺亲爱的婀达的生日，并把她搂在怀里，就在这个时候，我像早先对自己诉说那样，对婀达诉说她的约翰表哥多么善良，多么高尚，还说我很快就要过那幸福的生活。在我和亲爱的婀达相处的过程中，如果说她可能在某一个时候比在另一个时候更喜欢我，那么，这天晚上她一定是最喜欢我了。我因为知道这一点而感到非常高兴，我觉得揭开这个最后的不必要的秘密是做得很对的，因而也感到非常宽慰，所以我比原先快活多了。几小时以前，我简直没有想到这是个秘密；现在我把事情讲出来，我觉得自己好像更明白这是个什么样的秘密了。

第二天，我们动身到伦敦去。我们发现原先寄寓的地方还空着，我们花了半个小时就把一切布置好，好像我们从来没有离开过这里似的。伍德科特先生来和我们一起吃饭，共同庆祝亲爱的婀达的生日；我们大家都很高兴，只是在这样隆重的日子里，理查德没有来，这不免使人感到怅然若失。在那一天以后，有几个星期——我记得是八九个星期——我整天都和凯蒂呆在一起；因此，自从我和婀达开始相处以来，除了我那次害病以外，我在这段时间和婀达见面，比在其他任何时候都少。婀达倒是常常到凯蒂家里来；但我们在那里的任务是要让凯蒂高兴快活，所以我们两人就没有像往常那样谈谈心事。只要我晚上回家，我倒是和婀达呆在一起的；但是，凯蒂痛得无法安眠，我也就常常留下照顾她了。

凯蒂又要关心丈夫，又要关心她那可怜的小娃娃，还要为他们的家庭而奋斗，她是一个多么好的人啊！她富有自我牺牲精神，从来也不抱怨，为了丈夫和孩子，她急着要恢复健康，生怕给人添麻烦，总是惦记着丈夫的工作没有人帮忙，惦记着特维德洛甫老先生的舒适生活没有人照料；总之，我直到现在才知道她的为人有多么好。她面色苍白、四肢无力，不得不一天接一天地躺在家里，然而，奇怪的是，在她家里，舞蹈又是生活中最主要的东西，每天一清早，学徒们就在舞蹈室里随着提琴声跳舞，而整个下午那个肮脏的小男孩又独自一人在厨房里跳华尔兹。

凯蒂曾经很恳切地跟我说过，她的房间完全由我来管，所以我就把房间收拾好，把凯蒂连人带床一起移到比较明亮、通风和舒适的角落里，离开她原先那个地方；后来，每天我们穿戴停当，我总是把那个以我名字命名的小婴儿放在凯蒂怀里，坐下来聊聊天，做点针线活儿，或者念书给她听。就是在最初这种清静的时刻里，我向凯蒂谈到了我就要成为荒凉山庄女主人的事情。

除了婀达，还有人来看我们。首先是普林斯，他在课间休息的时候，常常轻轻地走进来，轻轻地坐下，带着爱抚和关切的样子，看着凯蒂和那个小婴儿。凯蒂也不管自己健康情况到底怎么样，每一次都跟普林斯说她身体快好了，而我呢——老天爷原谅——每一回也都说她讲的是真话。这使普林斯感到非常高兴，他有时甚至从袋里把小提琴掏出来，拉一两个和弦，让那个小婴儿惊奇一下——可是，我从来没有看到这有什么效果，因为那个以我名字命名的小婴儿根本没有注意这个。

其次是杰利比太太。她偶尔到这里来的时候，总是带着平时那种心烦意乱的样子，她静静地坐在那里，也不看她的外孙女，而是看着千里以外的地方，好像她是在注视着大洋彼岸某个年轻的伯里奥布拉土著似的。她还是像往常那样，眼睛明亮，态度从容，衣冠不整，她常常说："凯蒂啊，我的孩子，你今天觉得怎么样啦？"然后，她就笑眯眯地坐在那里，也不管凯蒂回答些什么话；要不然就在不知不觉中高兴地说起，她最近接到了和答复了多少封信，或是伯里奥布拉-加纳能够生产多少咖啡。她在说这番话的时候，总是做出一本正经的样子，毫不隐瞒她看不起我们的小天地。

还有特维德洛甫老先生，为了他的缘故，大家从早到晚，从晚到早都要轻手轻脚，小心翼翼。如果小婴儿哭了，就赶紧把她的嘴堵起来，免得吵了特维德洛甫老先生。如果夜里需要拨拨炉火，那就得轻轻地拨，免得把他吵醒。如果凯蒂需要使用家里的什么东西，那她首先就得仔细考虑，他是不是也可能要用这件东西。他看到凯蒂对他这样体贴入微，也就每天都到她屋里来一次，这等于是给这屋子带来幸福——他高耸着肩膀站在那里，好像是在把他的光彩分给别人；他表现出纡尊降贵的样子，以恩人自居的气派和温文尔雅的态度，要不是我深知他的为人的话，凭他这些态度我很可能会认为，他是凯蒂这一生的保护人哩。

“我的卡罗琳啊，”他常常这样说，同时还尽可能向她弯下腰来。“告诉我，你今天是不是好一点了。”

“噢，好多了，谢谢您，特维德洛甫先生，”凯蒂常常这样答道。

“我真高兴！我高兴极了！我们亲爱的萨默森小姐怎么样啦。她没有累垮吧？”说到这里，他总是眨眨眼，打着手势，给我一个飞吻；不过，我也很高兴地说，自从我容貌大变以后，他就不再那样向我献殷勤了。

“一点也不累，”我总是这样叫他放心。

“好极了！我们必须好好照顾亲爱的卡罗琳，萨默森小姐。只要能恢复她的健康，我们必须不惜牺牲一切。我们必须让她吃有营养的东西。亲爱的卡罗琳，”他常常以无限慷慨和关怀的样子转过去对他的儿媳妇说，“你在生活上不要有什么欠缺啊，亲爱的。你想要什么就说好了，我的女儿。家里的东西，我屋子里的东西，你都可以拿来用，亲爱的。如果我的简单的需要和你的需要发生冲突，”他常常突然添上一句，卖弄一下他的风度，“那你就不必考虑我的需要了，卡罗琳。你的需要比我的大。”

他早就把自己的风度当作是一种传统的权利(他的儿子则继承了母亲的特点)，所以我有几次看到凯蒂和她丈夫都被他这种慈爱的自我牺牲精神感动得落下泪来。

“不要这样，亲爱的孩子们，”他常常劝阻他们；凯蒂在他这样说的时候，便用细瘦的胳臂去搂他那肥大的脖子，我看到这种情形，也几乎落下泪来，只不过不像凯蒂那样是被他的自我牺牲精神所感动的罢了，“不，不！我曾经答应过，永远也不离开你们。只要你们孝顺我、敬爱我就够了。让我祝福你们吧。我要到公园里去了。”

说着，他就到公园去呼吸新鲜空气，以便在饭馆吃饭时能增进胃口。我希望我没有冤枉特维德洛甫老先生；可是，除了我忠实地写下来的特点以外，我从来没有在他身上看到比那更好的特点，不过，他倒是真对啤啤发生了好感，常常洋洋得意地带着那孩子出去散步——遇到这种时候，他总是在自己上饭馆之前打发啤啤回家，有时候还给他半个便士。但是，据我所知，他对啤啤这种没有私心的做法，也是要不少开销的；因为凯蒂和她丈夫必须花钱让啤啤从头到脚打扮一新，才有资格和这位讲求风度的大师手牵着手一起散步。

最后一个来探望我们的是杰利比先生。他常常在晚上到这里来，用他那温和的声音问凯蒂身体怎么样，然后就坐下来，头靠在墙上，再也不说什么话了；我倒是很喜欢他这种态度。如果他看见我在忙着做什么事情，他有时也会把衣服脱下一半，好像要尽力帮我个忙，可是，他只是到此为止，从来没有进一步去做。他唯一的消遣就是头靠着墙坐在那里，目不转睛地看着那个若有所思的婴儿；我觉得他们俩好像是彼此了解似的，我脑子里总是摆脱不开这个奇怪的念头。

我没有把伍德科特先生算在来客里面，因为他现在是经常来给凯蒂看病的医生。在他的照料下，凯蒂很快就开始好转了，不过，我相信，这是不足为奇的，因为他在治疗工作中，温柔体贴，技术高超，而且不知疲倦。在这段期间里，我常常见到伍德科特先生——尽管不像一般想象的那样经常吧，因为，我知道凯蒂在他的照顾下不会出什么事情，所以我往往在他快到的时候偷偷溜回家去。不过，我们还是经常见面的。我现在已经安于命运的安排了；可是，想到他为我感到难过，我还是很高兴，而且我也相信，他现在仍旧为我感到难过。他目前正帮着巴杰尔先生行医，业务繁忙；他一时还没有为将来作出一定的打算。

就在凯蒂开始恢复健康的那个时候，我注意到亲爱的婀达有了一些变化。我也说不上我最初是怎样觉察出来，因为我是在许多小地方看到这种变化的；这些小地方本身并没有什么意义，只有加在一起才能说明问题。但是，我把这些小地方连在一起，就明白婀达不像平常那样对我无话不谈了。她对我还是原先那样爱护备至，那样真心诚意；这一点我丝毫也不怀疑；但是，她心里似乎有件什么难过的事情，没有对我讲出来，而我却从中觉察到她为此暗暗感到抱歉。

我不明白亲爱的婀达怎么会这样；我非常关心她的幸福，所以这使我感到很不安，使我常常陷入沉思。最后，我深信婀达一定是向我隐瞒了什么事情，免得我听了也感到不高兴，因此我忽然想起，我曾经跟她说过我要成为荒凉山庄的女主人，她也许是因为这个，有点替我感到难过。

我也不知道，我怎么就相信事情可能是这样。我一点也没有想到，我把这件事情告诉她，有什么自私的地方。我并不为自己感到难过：因为我很满意，很幸福。然而，我倒是相信(因为这是很容易使人相信的)，婀达很可能是为我想起了那件一度发生过而现在已完全改变了的事情——尽管我在这方面已经打消了一切念头。

我那时想，我怎么才能让亲爱的婀达放心，对她表明我没有什么难过的感觉呢？嗯！我只能尽可能地活泼些、勤快些，而实际上我也一直在设法这样做了。早晨，我总是先在家里呆一会儿，给监护人做早点，他有好几次笑着说，世界上一定有两个小老太太，因为他的那个小老太太总是在他身边；虽然如此，但由于凯蒂的病必然或多或少地妨碍我料理家务，我还是下定决心，要加倍地勤快和高兴起来。就这样，我一边哼着我熟识的曲子，一边在家里忙来忙去；我有时坐在那里拼命做针线活儿，做个不停，有时不分早晚，跟人东拉西扯，说个没完。

但是，我和亲爱的婀达之间还是存在着一些距离。

“这么说，小老太婆，”有一天晚上，我、婀达、监护人三个人坐在一起，监护人合上了正在看的书说，“这么说，伍德科特已经使凯蒂·杰利比恢复健康，重享人生乐趣啦？”

“是呀，”我说，“凯蒂非常感激他。受到人家这样的感激，那也就等于发了一大笔财了，监护人。”

“我倒是衷心希望他发一大笔财哩，”他回答说。

关于这一点，我也有这样一个希望。我便这样说了。

“哎！要是我们知道有什么办法，我们一定要让他变得像犹太人那样有钱。你说是不是，小老太太？”

我一边做针线活儿，一边笑着回答说，我不知道是不是应当这样做，因为这可能毁了他，可能使他不像现在那样能给人很大的帮助，而且也可能有许多人离不开他，就像弗莱德小姐、凯蒂本人和其他许多别的人那样。

“说得对，”监护人说，“我忘记这一点了。但是，我们都同意让他有足够的钱可以生活吗？同意让他有足够的钱可以勉强安下心来从事医务工作吗？同意让他有足够的钱可以有自己的美满家庭，有自己的家庭守护诸神吗？——说不定，还要有家庭守护女神吧？”

我说，这完全是另一回事。在这一点上，我们大家都没有分歧。

“当然啰，我们大家都没有分歧，”监护人说，“我非常敬重伍德科特，对他很佩服；我一直在转弯抹角地打听他未来的计划。他是个独立自主的人，具有应有的自尊心，很难向他提供什么帮助。但是，如果我办得到的话，或者我知道怎么办的话，我还是愿意帮他忙的。看样子他又要到海外去了。但是，这好像是有意把这样一个人赶出国似的。”

“这可能会给他打开一个新的世界。”我说。

“这是可能的，小老太太，”我的监护人表示同意，“我觉得他好像对这个旧世界没有抱什么希望。你知道不，我曾经猜想过，他有时候感到自己在这个旧世界里遇到了某一件特别失望或不幸的事情。你没有听说过这样的事情吗？”

我摇了摇头。

“哦，”监护人说，“那我大概是弄错了。”

说到这里，大家沉默了片刻，我觉得为了让亲爱的婀达放心，最好还是打破沉默，于是，我便一边做针线活儿，一边哼着监护人最喜欢的一个曲子。

“你觉得伍德科特先生还会到海外去吗？”当我轻轻地把曲子哼完，我便问他。

“我不知道怎么说才好，亲爱的，不过，我觉得，目前他很可能要到别的国家去作一个长时期的努力。”

“我相信，他无论到哪里去，都会带着我们衷心的祝福，”我说，“这种祝福虽说不是财富，但是，监护人，他绝对不会因为这种祝福反倒变穷了。”

“绝对不会，小老太太，”他答道。

我现在常常坐在监护人旁边的那把椅子上。在我接到他给我的信以前，这并不是我经常坐着的地方，但现在却是了。我抬头看了看坐在对过的婀达，我看见，她在望着我的时候，眼睛里充满了泪水，而且泪水还顺着脸颊流下来。我觉得，我只要装得又平静又高兴，就可以从此让亲爱的婀达明白，叫她这个忠厚的人放心。不过，事实上我也是又平静又高兴的，我无须乎做作，只要保持原来的态度就行了。

因此，我就让亲爱的婀达靠着我的肩膀——我一点也没有想到，是什么东西压在她的心头上！——我说，她大概是不大舒服吧，于是我搂着她，把她带上楼去。我们回到了自己的房间，她本来也许会把我所料想不到的事情说给我听的，可是，我没有鼓励她把秘密告诉我，因为我根本没有想到她这会儿需要我给她这样的鼓励。

“噢，亲爱的好埃丝特，”婀达说，“你和约翰表哥在一起的时候，我要是能下定决心跟你们谈一谈就好了！”

“为什么，亲爱的？”我回答说。“婀达！你为什么不跟我们谈一谈呢？”

婀达只是低下头来，更紧地把我搂在怀里。

“亲爱的，你总不会忘记，”我微笑着说，“我和监护人都是比较稳重、守旧的人，而我也已经定下心要做个最最小心谨慎的主妇吧？你不会忘记，我命中注定要过美满幸福的生活和谁给我安排了这种生活吧？我相信，你不会忘记这是一个道德高尚的人给我安排的吧，婀达。这一点我们绝不能忘记啊。”

“是的，绝不能忘记，埃丝特。”

“你瞧，亲爱的，”我说，“你跟我们谈一谈并没有什么不好啊——你为什么不跟我们谈谈呢？”

“没有什么不好吗，埃丝特？”婀达答道，“可是，我想到了过去那些年月，想到了他像父亲那样关怀我和爱护我，想到了我们原先的关系，想到了你，我怎么能谈呢，我怎么能谈呢！”

我有点吃惊地望着亲爱的婀达，可是，我觉得现在只能让她高兴起来，所以最好还是不要作答；于是，我便改变话题，谈起我们以前在一起的许多小事情，不让她再往下说。等她躺下睡觉以后，我立刻到监护人那里去请晚安，然后，又回到婀达这里，在她身边坐一会儿。

婀达这会儿睡着了，我注视着她，觉得她有点改变了。近来，我不止一次地产生这样的感觉。不过我就是在她睡着的时候观察她，也还是猜不透她到底是怎么改变的；但是，我所熟悉的这张漂亮的面孔，好像有什么东西使我感到陌生了。我痛苦地回想起从前监护人对她和理查德所抱的希望，我心里说，“她一直都在为理查德着急啊”，我真不知道，他们之间的爱情会落得什么下场。

在凯蒂害病期间，我从她那里回到家里的时候，常常看见婀达在做针线活儿，可是，她一看见我，总是把活儿收起来，所以我根本不知道她做的是什么。这会儿，有些针线活儿就放在她旁边的抽屉里，那个抽屉也没有完全关上。我并没有把抽屉拉开；不过，我还是不知她到底做的是什么活儿，因为那显然不是给她自己做的。

我吻这可爱的姑娘时注意到，她把一只手塞在枕头下面藏起来了。

我一心只想我自己如何高兴，如何知足，因而认为只有我才能让亲爱的婀达恢复常态和安下心来，然而，这种想法说明，我远远不是他们所想象的那么可爱，也不是我自己所想象的那么可爱！

可是，我当时就是这样欺骗自己，怀着这个信念躺下睡觉的。第二天，我怀着这个信念醒来，但发现我和亲爱的婀达之间还是存在那样一个距离。

第五十一章
恍然大悟

伍德科特先生到了伦敦，当天就去西蒙法学院找霍尔斯先生。因为自从我求他做理查德的朋友那时起，他一直也没有忽略或忘记了他的诺言。他曾经对我说，他把这个嘱托当作一个神圣责任接受下来，而且始终是本着这种精神来履行自己的诺言的。

伍德科特在霍尔斯先生的办公室里找到了他；伍德科特告诉霍尔斯先生说，他曾经和理查德约好，可以到这里来打听理查德的地址。

“是的，先生，”霍尔斯先生答道，“卡斯顿先生住的地方离这里不远，不到一百英里，先生，卡斯顿先生住的地方离这里不远，不到一百英里。坐一会儿好吗，先生？”

伍德科特先生向霍尔斯先生道了谢，可是，他除了找他打听地址，就没有别的事情了。

“是的，先生。”霍尔斯先生说，可是他还是不把地址说出来，而一再要伍德科特先生坐下，“我相信，先生，您能够左右卡斯顿先生。说实在的，我知道您能够左右卡斯顿先生。”

“我自己倒不知道这一点，”伍德科特先生回答说，“不过，我相信你一定了解得很清楚。”

“先生，”霍尔斯先生回答说，他的声音和一切举止都和往常那样从容不迫，“我的职责之一就是要了解得很清楚。我的职责之一就是要研究和了解任何一个把事情委托给我的人。只要我办得到，那我一定克尽职责。我的意思虽然很好，但也可能因为我办不到而没有恪尽职责；不过，只要我办得到，我一定克尽职责，先生。”

伍德科特先生又一次提到理查德的地址。

“对不起，先生，”霍尔斯先生说。“请等一会儿，听我把话说完。先生，卡斯顿先生在这场赌博中押下很大的赌注，因此不能没有——这还用得着我来说吗？”

“不能没有钱，是不是？”

“先生，”霍尔斯先生说，“我跟您说实话吧。说实话是我恪守的金科玉律，不管便宜还是吃亏，我都要这样做，可惜的是我常常吃了亏。我要说的就是钱。您瞧，先生，关于卡斯顿先生在这场赌博中能不能取胜的问题，我不能向您发表意见，**不能**发表意见。卡斯顿先生在这场赌博里花了很长的时间和很多的钱，如果现在洗手不干，那可能是非常失算的；因为结果也可能恰恰相反。关于这一点，我不发表意见。不，先生，”霍尔斯先生一手按着写字桌，斩钉截铁地说，“绝不发表意见。”

“你似乎忘记了，我并没有请你发表意见，而且对你说的话也不感兴趣，”伍德科特先生回答说。

“请原谅，先生！”霍尔斯先生反驳说，“您这说的不是心里话。不行，先生！请原谅我！您可不能不说心里话——如果我办得到的话，您至少在我办公室里不能这样说。凡是和您朋友有关的事情，您都是很关心的。我对人的性格了解得很清楚，我根本不能承认，像您这样一个仪表堂堂的人会不关心朋友的事情。”

“嗯，可能的，”伍德科特先生回答说，“不过，我最关心的是他的地址。”

“我觉得，我好像已经把门牌号码告诉你了，先生，”霍尔斯先生轻轻地一句带过，“如果卡斯顿先生在这场赌博里还要押那么大的赌注，先生，他就得有本钱。请不要弄错我的意思！他目前手头还有本钱。我不需要什么东西；因为他目前手头还有本钱。但是，为了赌下去，那就要准备更大的本钱；除非卡斯顿先生打算前功尽弃——不过，这一点完全要由他自己来考虑。现在，先生，我把你看作是卡斯顿先生的朋友，利用这个机会向您开诚布公地指出来。要是卡斯顿先生没有本钱，我还是愿意出面给他办事情的，只要律师费肯定能从遗产里扣除，只要不超出这个范围就行。我要是超出这个范围，那就必然会给别人带来害处：要么就得给我三个女儿带来害处，要么就得给我那住在唐通谷靠我赡养的老父亲带来害处，或是给别的什么人带来害处。因此，先生，我下定决心不给任何人带来害处。您说这是软弱也好，愚蠢也好，都随您便。”

伍德科特先生相当严肃地回答说，他听到这一点很高兴。

“我希望，先生，留下一个好名声，”霍尔斯先生说，“因此，我抓住一切机会，向卡斯顿先生的朋友开诚布公地说明卡斯顿先生的处境。至于我本人，先生，我对我的报酬是受之无愧的。如果我负责推动这桩案子，那我就一定这样做，所以我挣的钱是理所应得的。我在这里开业就是为了这个。我的名字写在门口外面，就是为这个目的。”

“卡斯顿先生的地址呢，霍尔斯先生？”

“先生，”霍尔斯先生答道，“我记得，我已经跟您说过了，他就住在隔壁。您在三楼就可以找到卡斯顿先生的寓所。我是他的法律顾问，他愿意住得离我近一些；这我一点也不反对，因为我希望他对我的工作提出问题来。”

听到这里，伍德科特先生便向霍尔斯先生告别，去找理查德，他现在才恍然大悟，理查德的样子为什么改变了。

他发现理查德呆在一间陈设简陋、光线阴暗的屋子里；那样子就和不久前我在兵营看到他时差不多，只不过这一回他不是在写字，而是拿着一本书坐在那里——但眼睛看的、脑子想的却不是那本书。那扇门恰好敞着，伍德科特先生在理查德面前站了一会儿，理查德竟然没有觉察。伍德科特先生后来对我说，他永远也不会忘记，理查德从冥想中惊醒之前，面容是多么憔悴，样子是多么颓丧。

“伍德科特，亲爱的朋友！”理查德一边喊道，一边跳起来并伸出双手，“你真像个鬼魂似的出现在我眼前。”

“不过，是个友好的鬼魂，”伍德科特先生回答说，“就像常言说的那样，就等着人家来跟我这鬼魂说话了。那么，活着的人现在怎么样啦？”他们这时都坐下来了，彼此靠得很近。

“至少是我这方面很不怎么样：搞得又慢又糟糕，”理查德说。

“你指的是什么方面啊？”

“我指的是大法官庭这方面。”

“我从来也没听说过大法官庭这方面的事情会办得很顺当，”伍德科特先生摇着头答道。

“我也没有听说过，”理查德郁郁不乐地说。“有谁听说过呢？”

理查德忽然间又快活起来，用他原来那种坦率的口吻说：

“伍德科特，我并不希望你误解我的为人，就算是我因此而得到你较好的评价，我也还是不愿意。我必须告诉你，我在这么长的一段时间里，一直就没有做过什么有益的事情。我原来倒也不打算做什么有害的事情，但是看样子我除了做有害的事情以外，别的都干不了。由于命运的安排，我已经投进了罗网，如果我当初能远远避开这个罗网，那也许会好一些；不过我没有这样想，尽管我相信，你已经听到，或者很快就会听到，别人抱有完全不同的看法。简单地说，我相信，我以前是需要有一个目标的；可是，现在我已经有了一个目标——或者说这个目标已经把我吸引住——现在再来谈这个问题就太晚了。我是怎样一个人，你就把我当作怎样一个人看吧，对我这个人只好将就一点儿了。”

“那就一言为定吧，”伍德科特先生说，“你对我也这样好了。”

“噢，你吗？”理查德答道，“你能够把工作看作是至高无上的；你做一件工作，就不会半途而废；你无论做什么事情，都能有个目的。我和你可大不一样啊。”

理查德说这番话的时候好像感到悔恨，而且有一会儿工夫，他显得疲乏无力。

“是啊，是啊！”他一边喊着，一边又振作起来，“凡事总有到头的时候。我们等着瞧吧。我是怎样一个人，你就把我当作怎样一个人看吧，对我这个人只好将就一点儿了，你看这样行不行？”

“啊，当然行。”他们笑着握了握手，但非常认真。我可以诚心诚意地担保其中有一个人是非常认真的。

“你来得太凑巧了，”理查德说，“因为我呆在这里，除了霍尔斯以外，还没有见过别人哩。伍德科特，我有一件事情，想在你我现在订约的时候，爽爽快快地跟你说清楚。如果我不跟你说清楚，你对我就很不好将就了。我说，你一定知道我很爱婀达表妹吧？”

伍德科特先生回答说，我已经向他暗示过这件事情。

“那么，我求你不要把我看成是一个自私透顶的人，”理查德说，“不要以为我为大法官庭这桩倒霉的案子，绞尽脑汁，伤透了心，只是为了我个人的权利和利益。婀达的权利和利益和我的权利和利益是连在一起，不可分割的；霍尔斯现在是为我们两个人进行工作。请你不要忘记这一点！”

理查德在这个问题上显得非常着急，于是，伍德科特先生便向他提出最过硬的保证，他决不冤枉他。

“你瞧，”理查德还是絮絮不休地谈着这个问题，他的样子虽然很坦率，而且毫不做作，但却有点可怜，“你是一个正直人，怀着友好的愿望到这里来，我可不能设想，我在你的眼里成了一个自私、卑鄙的人。伍德科特，我不但要看到自己得到公正的对待，而且也要看到婀达得到公正的对待；我不但要尽一切力量恢复自己的权利，而且也要恢复婀达的权利；我不但要把所有的钱凑在一起来解救自己，而且也要解救婀达。我请你务必要想到这一点！”

后来，伍德科特先生回忆起这次见面的情形，总觉得理查德当时再三强调这个问题，给他留下了非常深刻的印象，所以他向我叙述第一次到西蒙法学院的情况时，特别详细地谈到这一点。这勾起了我原先的恐惧，生怕亲爱的婀达那笔小小的财产会被霍尔斯先生吞掉，生怕理查德认为他和婀达的利益不可分割，因而用这一点来说明他的做法是有理由的。伍德科特先生去找理查德，正好是在我开始去照料凯蒂的那个时候；现在我要回过头来谈一谈目前的情况，原来这时凯蒂已经恢复健康，而我和亲爱的婀达之间还存在着一个距离。

那天早晨，我向婀达建议，我和她一起去看看理查德。我发现她迟疑不决，不像我想象的那样兴高采烈，这使我感到有点惊讶。

"亲爱的，"我说，"这一阵子我常常不在家，你没有和理查德闹什么别扭吧？"

"没有，埃丝特。"

"你大概没有听到他的消息吧？"我说。

"不，我听到他的消息，"婀达说。

她眼睛里含满了眼泪，脸上却充满了爱情。我真不明白我这亲爱的人儿是怎么回事。我说：我好不好自己一个人去找理查德？婀达说不好，她觉得我最好不要一个人去。我说：她愿不愿意跟我一起去？婀达说愿意，她觉得她最好是跟我一起去。我说：我们好不好现在就走？她说好，我们现在就走吧。唉，我真不明白我这亲爱的人儿到底是怎么回事，你看她眼睛里含着眼泪，脸上却充满爱情！

我们很快就打扮停当，走出家门。那天的天气很阴沉，不时落下凉冰冰的雨点。在这样一个阴天里，一切景物看上去都是凄凄惨惨、很不调和。周围的房子向我们皱着眉头，尘土飞扬，烟雾滚滚，都向我们袭来，没有一样东西肯稍示退让，或现出温和亲切的样子。我心想，美丽的婀达在这些难看的街道上显得很不相称；我觉得，从这些凄凉的人行道上走过的出殡行列，要比我以前看到的多一些。

首先，我们必须找到西蒙法学院。我们正要到一家铺子里去打听的时候，婀达便说，她觉得西蒙法学院好像就在法院小街附近。“亲爱的，如果我们朝那个方向走去，大概不会差得太远吧，”我说。于是，我们便向法院小街走去；可不是吗，我们在那里确实看见路牌上写着“西蒙法学院”。

其次，我们必须找到门牌号码。“或者是找到霍尔斯先生的事务所也行，”我这时想起来了，“因为霍尔斯先生的事务所就在理查德寓所的隔壁。”婀达听见这话便说，霍尔斯先生的事务所也许就在拐角那边。可不是吗，霍尔斯先生的事务所果然在那里。

接着又出现了这样一个问题：理查德的寓所在霍尔斯先生事务所哪一边的隔壁呢？我向这一边走去，而亲爱的婀达则向另一边走去；这一回婀达又找对了。就这样，我们来到了三层楼，看见理查德的名字用很大的白字写在一块像灵柩车上的名牌似的木板上。

我本来想敲敲门，可是婀达说，我们最好还是推门进去。于是，我们来到理查德跟前，看见他正俯在桌上阅读什么东西，那桌上堆着一捆捆布满尘土的文件，我觉得，这些文件好像是反映他心灵的一面面布满尘土的镜子。无论是哪一捆文件，我都看见那上面写着这样几个不祥的字：“贾迪斯控贾迪斯案”。

他非常热情地招呼我们，我们便坐下来。“如果你们稍微早来一会儿，”他说，“你们就会在这里碰见伍德科特。从来没有人像伍德科特这样厚道。他居然在百忙中抽空到这里来，别人只要有他一半工作，就会觉得没有工夫到这里来了。他兴致高，精神好，为人通情达理，真心诚意——总之，他和我完全不同，他一来，这里就满室生辉，一走，这里就黯淡无光。”

“上帝保佑他，”我想道，“他没有忘记我请他办的事哩。”

“婀达，他对这桩案子不像平时我和霍尔斯那样乐观，”理查德接着说，没精打采地望着那一捆捆的文件，“不过，他只是个局外人，不了解其中的秘密。我们已经钻进这些秘密里去了，而他却没有。我们不能指望他对这样错综复杂的事情有深刻的了解。”

他又用迷惘的眼光看了看那些文件，还用两只手捋了捋头发，这时我注意到，他的眼睛陷得多么深，显得多么大，他的嘴唇又是多么干燥，他的手指甲也几乎都啃光了。

“理查德，你觉得住在这个地方不会妨碍健康吗？”我说。

“是啊，我亲爱的米涅瓦，”理查德像以往那样愉快地笑着说，“这里既没有田园风光，也不能使人心情舒畅；等太阳照到这里来的时候，你不妨大大地打个赌：太阳在露天的地方一定很明亮。不过，这地方暂时还算将就。这里离事务所很近，离霍尔斯也很近。”

“说不定，”我暗示说，“还是离开事务所和霍尔斯，换个地方——”

“——会对我更好一些，是不是？”理查德勉强笑了笑，把话接过去说。“我想当然是的！不过，现在道路只有一条——更确切地说，是两条道路中的一条：要么是这场官司完结了，埃丝特，要么是打官司的人的性命完结了。不过，完结的一定是这场官司，亲爱的，一定是这场官司，亲爱的！”

最后几句话是对婀达说的。婀达坐的地方离他最近，她背着我，朝着他，所以我看不见她的脸。

“我们进行得很顺利，”理查德接着说。“霍尔斯也会对你这样说的。不骗你，我们正在快马加鞭。你问问霍尔斯好了。我们一点都不让他们休息。霍尔斯懂得他们那些拐弯抹角的做法，我们什么地方都不放过他们。我们已经使他们大吃一惊了。我们还要把那一群蒙头大睡的人闹醒，你记着我的话吧！”

长久以来，他的希望就比他的失望还要使我痛心；他的希望一点也不像真正的希望，而他却下定决心硬要把这当作是一种希望。他的希望如饥似渴，但他也知道这是勉强的和难以持久的，所以长久以来，他的希望就使我感到痛心。但是，说明他的希望到底如何的那些东西，现在已经不可磨灭地刻划在他那漂亮的脸孔上，因而，他的希望也就显得比以往更加可怜。我说不可磨灭，是因为我深信，如果在那个时候，那场要命的官司，真的像他所希望的那样永远完结了，那么，这场官司在他身上所引起的那些过早的焦虑不安、自怨自艾和悲观失望，很可能会在他脸上留下痕迹，一直到他死去为止。

“亲爱的小老太太啊，”理查德说，这时婀达还是不声不响的，“我看见你，感到很自然，你那善良的脸孔和从前完全一模一样——”

哎哟！不一样，不一样。我笑着摇了摇头。

“——和从前完全一样，”理查德用诚恳的口吻继续说下去，还带着那什么都改变不了的兄妹般的关切态度拉住我的手，“我当着你的面，是不能装假的。我有点动摇，这是事实。有时候，我满怀信心，亲爱的，有时候，我——虽然没有完全绝望，但也快了。我觉得真累啊。”理查德说着，轻轻放下我的手，在屋子里踱来踱去。

他来回踱了几圈以后，便颓然倒在沙发上。“我觉得真累啊，”他又忧郁地说了一遍，“这工作实在叫人厌倦，叫人厌倦！”

他用胳臂肘支撑着身子，眼睛看着地板，若有所思似的说了这几句话；这时候，亲爱的婀达便站起来，摘下帽子，在他身边跪下，她那头金发像阳光似的落在他的头上；她双手搂着他的脖子，转过脸来对着我。啊，她的脸充满了多么真挚的爱情啊！

“埃丝特，亲爱的，”她轻轻地说，“我又不打算回家了。”

我顿时恍然大悟。

“我再也不回家了。我要和我亲爱的丈夫住在一起。我们结婚已经两个多月了。你自己回家去吧，亲爱的埃丝特；我再也不回家了！”亲爱的婀达一边说，一边把理查德的身子往下拉，让他的脸贴在她胸前。如果说，我这一生曾经见过至死不移的爱情，那么，我就是在这里见到的。

“你跟埃丝特说说吧，亲爱的，”理查德过了一会便打破沉默说。“告诉她这是怎么回事儿。”

婀达向我走过来，我也向她迎过去，并把她搂在怀里。我们两人都没有说话；但是，我并不想让她把话说出来，只是让她把脸贴着我的脸。“亲爱的，”我说。“亲爱的姑娘，可怜啊，可怜啊！”我很喜欢理查德，但我还是情不自禁地觉得婀达非常可怜。

“埃丝特，你肯原谅我吗？我表哥约翰肯原谅我吗？”

“亲爱的，”我说，“你要是对他有一点点稍微怀疑的话，那你就大大地冤枉他了。至于我！”——嗨，至于我，我哪有资格原谅你呢！

我给亲爱的婀达擦干眼泪，和她一起坐在沙发上，理查德则坐在我的另一边；我不禁想起很久以前的一天晚上，他们第一次把秘密吐露给我，无忧无虑地过着幸福的生活，这和今天的情景有多么大的不同啊！就在我这样回忆的时候，他们俩你一言我一语地告诉我这是怎么回事儿。

“我所有的一切都是理查德的，”婀达说，“可是理查德不愿意要，埃丝特，我既然非常爱他，那么除了嫁给他，还有什么办法呢！”

“那时候你正好心好意地忙着照料凯蒂哩，善良的德登大妈，”理查德说，“我们怎么能在那样一个时候跟你说呢！而且，我们事先也没有经过长时间的考虑。有一天早上我们出去一趟，就结婚了。”

“我们结婚以后，埃丝特，”亲爱的婀达说，“我一直在想，怎么告诉你，怎么做最好。有时候，我觉得应当马上让你知道；有时候，我又觉得不应当让你知道，免得你告诉约翰表哥；我不知怎么办才好，我非常苦恼。”

恍然大悟

我以前没有想到这件事情，是多么自私啊！我现在已经记不起当时说过些什么了。我那会儿感到很遗憾，可是，我很喜欢他们，也很高兴他们喜欢我；我很可怜他们，可是，我为他们彼此相爱而感到骄傲。我从来没有在同一个时间感到这样痛苦和这样高兴；我自己心里也不知道，哪一种感情更强烈一些。但是，我到这里来不是为了给他们泼冷水；我没有那样做。

等到我不那么痴痴呆呆和比较平静的时候，亲爱的婀达便从怀里把结婚戒指拿出来，吻了吻，戴在手上。这时我也记起了昨天晚上的事情，便对理查德说，自从他们结了婚，婀达在晚上没人看见的时候总是戴着那个戒指。于是，婀达红着脸问我，怎么知道她这样做？我就告诉婀达，我看见她睡觉时把手藏在枕头底下，可是，我当时一点也没有想到这是为什么。后来，他们再一次把事情从头说起，而我也再一次感到遗憾和高兴，再一次变得痴痴呆呆，再一次尽量把我那不怎么漂亮的脸孔所流露的表情掩盖起来，免得打击他们的情绪。

时间就这样过去了，后来，我不得不想到应该回家。到了要分手的时候，那是最糟糕的时候，因为亲爱的婀达完全支持不住了。她搂着我的脖子，想到什么亲切的名字，就叫我什么名字，还说离开了我，她怎么办啊！理查德的表现也不见得好多少；至于我呢，我要不是严厉地对自己说："瞧，埃丝特，你要是这样子，我就再也不跟你说话了！"那我很可能是三个人里面表现得最糟糕的一个。

"哎哟，说实在的，我真没见过一个做妻子的能这样子，"我说，"我看她大概一点也不爱她的丈夫吧。理查德，看在老天爷分上，把婀达领过去。"可是，我一直紧紧地搂着她，而且还要为她哭一阵子哩。

"我要正式向你们这对年轻夫妇宣布，"我说，"我今天走了，就是为了明天再来；只要西蒙法学院对我不感到腻味，我就要经常来来往往。所以我不想向你们告别，理查德。因为，你瞧，我很快就要回来，向你们告别有什么意思呢！”

这时我已经把亲爱的婀达交给理查德，准备离去；可是，我还是依依不舍地呆了一会儿，再看一眼婀达那可爱的脸蛋，因为我一想到要离开她，就感到心碎了。

于是，我用高高兴兴的口吻说，除非他们鼓励我再来，要不然我恐怕不敢擅自前来了。亲爱的婀达听我这样说，便抬起头来，一边还流着泪，微微地笑了笑，我双手捧着她那可爱的脸蛋，吻了一下，便笑着跑开了。

噢，我下楼以后，哭得多么厉害啊！我简直觉得，我要永远失去亲爱的婀达了。我没有她，感到很孤单、很空虚，我要是回到家里，眼看人去楼空，也会感到很凄凉，所以我在街头的一个阴暗的角落里，一边来回地走着，一边呜呜咽咽地哭着，有一阵子心里非常难过。

我稍微责备自己几句以后，便逐渐清醒过来，雇了一辆马车回家去了。我从前在圣阿耳本斯见过的那个可怜的男孩，不久前又出现了，而且生命垂危——事实上，他这时已经死了，只是我不知道罢了。我的监护人出去打听他的消息，没有回来吃饭，我因为一个人感到孤单，又哭了一会儿；不过，总的说来，我觉得，我的表现还不算太糟糕。

我和我那亲爱的人儿分开，感到不习惯，这是很自然的事情。我们相处多年，现在分开三四个钟头，时间也不算很长。不过，我脑子里总是想着我离开她时那个不愉快的场面，我想象那个地方毫无生气、冷冷冰冰，同时，我还很想呆在她身旁，稍微照料她一下，所以我决定晚上再去一趟，哪怕只是抬头望望她的窗户也好。

我敢说，这是很愚蠢的；不过，我当时一点也没有这种感觉，即便是现在也还不怎样觉得这是愚蠢的。我向我的小侍女查理透露了这件事情，我们在傍晚的时候就出去了。等我们来到亲爱的婀达那个奇怪的新居时，天色已经很黑了，在那黄色的百叶窗后，有一盏灯发着亮光。我们抬头望着窗户，小心翼翼地在下面来回走了三四趟；我们差一点碰上霍尔斯先生，他正好从事务所里出来，在回家之前，也回头朝上面望了望。他那瘦长的黑色身影所给人的感觉，以及那个黑暗角落的凄凉气氛，和我当时的心情倒是一致的。我想到年轻貌美、充满爱情的亲爱的婀达关在这样一个不相称的地方，就几乎觉得那个地方简直是个监牢。

这个地方又偏僻又阴暗，我相信，我偷偷跑到楼上去，一定不会被人发觉。我把查理留在下面，轻轻跑到楼上去，没有因为楼梯上的油灯射出的昏暗亮光而感到不安。我倾听了一会儿；在这所充满发霉和腐烂气息的房子的沉寂中，我相信，我可以听到那对年轻夫妇窃窃私语的声音。我吻了吻门上那块像灵柩车上的名牌似的木板，算是吻了一下我那亲爱的人儿，然后才悄悄下了楼，心里想，过个两三天再向他们表白这件事情。

这次出来对我确实有好处；因为，虽然除了我和查理以外没有人知道这件事情，但我觉得这次出来好像缩短了我和婀达之间的距离，好像在我徘徊的时候，又使我和婀达欢聚在一起了。我回到家里来，还是不大习惯生活中的这种变化，不过，因为刚才到亲爱的婀达那里去转了一次，倒是感到心里舒畅一些了。

我的监护人已经回来，这会儿正若有所思地站在阴暗的窗户前。我进屋的时候，他的面色就开朗起来了；他走到他那张椅子跟前。可是，我刚坐下来，灯光照在我的脸上，正好让他看见了。

“小老太太，”他说。“你怎么哭啦。”

“是的，监护人，”我说，“我是哭了一会儿。婀达的处境很不幸，而且怪可怜的，监护人。”

我把胳臂放在他的椅背上；我从他的眼神里看出，我说的话和我望着婀达空出来的座位的神情，已经让他做好心理准备了。

“她结婚了吗，亲爱的？”

我把事情全都告诉他，还说婀达头一句话就提到要他原谅。

“她不需要我来原谅，”监护人说。“但愿上帝保佑她，保佑她的丈夫！”但是，正像我一样，他的第一个反应也是觉得婀达怪可怜的。“可怜的姑娘啊，可怜的姑娘！可怜的理克！可怜的婀达！”

这以后，我们两人都没有说话；后来，他叹了一口气说，“你瞧，你瞧，亲爱的！荒凉山庄的人越来越少了。”

“可是，荒凉山庄的女主人还在这里，监护人。”我说这句话的时候，虽然有点胆怯，但还是冒昧地说出来，因为他刚才说的话带着一种感伤的语气。“她一定会尽一切力量给荒凉山庄带来幸福，”我说。

“她一定做得到，亲爱的！”

自从他给我那封信以来，除了他身旁的座位成了我经常坐的地方以外，我们之间的关系并没有改变，现在也没有什么改变。他像从前那样转过头来，用慈父般的眼神看着我，也像从前那样按着我的手，又说了一遍：“她一定做得到，亲爱的。不过，荒凉山庄的人还是越来越少了，噢，小老太太！”

我当时觉得很难过，所以我们没有再就这件事情谈下去。我感到有点失望。我担心，自从他给我写了那封信，我作了答复以来，我很可能没有完全做到我打算做的那样。

第五十二章
坚持己见

但是过了两天，我们清早起来刚要吃早点，伍德科特先生就匆匆跑来告诉我们一个惊人消息，说是发生了一件可怕的谋杀案，乔治先生因为这件事情被捕，关在监狱里。伍德科特先生对我们说，累斯特·德洛克爵士悬赏一笔巨款，缉拿凶手，我乍一听到这个消息，感到非常惊愕，竟不明白这是怎么回事；后来伍德科特先生稍微解释一下，我才知道被谋杀的人原来是累斯特爵士的律师，于是，我马上想起了这个使我母亲感到害怕的人。

我母亲早就对这个人怀有戒心，而他也早就对我母亲怀有戒心；我母亲对他没有什么好感，总害怕他是个危险和隐蔽的敌人；现在这个人突然死于非命，这似乎是一件非常糟糕的事，所以我马上就想到了我母亲。一个人听到这样一个噩耗而竟然能够无动于衷，这是多么可怕啊！说不定我母亲有时甚至也希望这个突然被谋杀的老头子死掉哩，这回想起来又是多么吓人啊！

我听到人家提起德洛克这个名字，总是感到苦恼不安，这会儿勾起重重心事，就越发是如此，所以我非常激动，几乎在餐桌旁边呆不下去了。在我定下心来之前，有一会儿，我简直听不清他们在谈些什么。不过，等我清醒过来看到监护人很激动，发现他们在认真谈论那个嫌疑犯，同时还想起我们根据他的优点对他所形成的种种好印象，我对他的关怀和担忧，便大大地增加，因此我又能够打起精神来了。

“监护人，你不认为他这次被控告是合乎情理的吧？”

“亲爱的，我**不能**这样认为。我们知道他为人坦率、热情；他的力气像巨人那样大，可是心肠却像小孩那样软；他看起来非常勇敢，可是又非常单纯、沉着；控告他犯这样的罪，怎么能说是合乎情理的呢？我不能相信这一点。这倒不是我不相信或者不愿意相信。而是我不能相信。”

“我也不能相信，”伍德科特先生说，“但是，不管我们相信他也好，了解他也好，我们最好不要忘记，有一些情况对他很不利。他当初对死者是仇视的。他在许多地方都公开谈到这一点。据说，他曾经骂过那位律师，而且据我所知，他在谈到那个律师的时候，也的确是如此。他承认，在发生谋杀案的几分钟以后，他曾经独自一人在出事地点呆过。我真诚地相信，他和我一样清白，根本没有参与这件谋杀案；可是，这些事情都成了人们怀疑他的理由。”

“说得对，”监护人说；他回过头来对着我，又说了一句：“亲爱的，如果我们在这些地方不能面对现实，那反而会误了他的事。”

当然，我觉得我们不但要自己承认，而且还要向别人承认，这些情况对他极其不利。然而，我不得不说，我也知道，我们绝不会在他倒霉的时候因为这些情况对他不利就丢下他不管。

“绝对不会！”监护人回答说，“我们一定要帮助他，因为他当初也帮助过那两个已经离开这个世界的可怜人啊。”他指的是格里德利先生和那个男孩，因为乔治先生曾经把他们两人收留下来。

后来，伍德科特先生对我们说，乔治先生的伙计像疯了似的在街上转了一夜，天还没亮就跑去找他。还说，乔治先生最担心的是我们认为他犯了罪，所以特地打发他的伙计来说，他敢向我们庄严地保证，绝对没有犯罪。伍德科特先生还说，他答应了一清早到我们家来转达这些话，那个伙计才算放了心。他又说，他现在就要亲自去探望被关起来的乔治先生。

监护人马上说，他也要去。我原来就很喜欢这位退伍军人，而他也很喜欢我，现在，除了这个原因，我和所发生的事情还有一种不可告人的利害关系——这一点只有监护人才知道。我觉得这件事情越来越牵涉到我。对我个人来说，最要紧的似乎是：事实真相必须弄清，无辜的人绝不能受到猜疑，因为一旦乱加猜疑，就会弄得不可收拾。

简单地说，我觉得，我似乎有责任和有义务同他们一起去。监护人没有劝阻，我便去了。

那是个很大的监狱，许多的院落和走廊，彼此非常相似，地上铺的石块也完全一样，所以我经过这些地方的时候，想到那些单独监禁的囚犯，年复一年地关在牢房里，面对着那仿佛是瞪着眼睛看人的墙壁，我好像又得到了新的启发，懂得他们为什么会像我在小说里看到的那样，喜欢一棵野生的植物或一片野生的青草。有一个拱顶的房间，样子很像楼上的贮藏室，四面墙壁白得耀眼，相形之下，窗户上的粗大铁栅和包铁皮的门就显得更黑了；在这个牢房里，我们发现那位骑兵一个人站在角落里。他原来是坐在一张板凳上的，听见有人开锁和拉门闩才站起来。

他看见我们的时候，还是像从前那样迈着沉重的步子迎上前来，可是，他只迈了一步就站住了，微微鞠了一躬。不过，我还是继续往前走，向他伸出手去，他立刻就明白我们的来意了。

"萨默森小姐和两位先生，我现在可以说，我完全放心了，"他一面极其热情地和我们打招呼，一面深深地叹了一口气。"只要你们了解我，将来落得个什么结果，我都不在乎了。"他一点也不像囚犯。他很冷静，具有军人气概，看上去倒像个监狱看守。

"在这里接待一位女士比在我的打靶场里还要糟糕，"乔治先生说，"不过，我相信，萨默森小姐一定会将就一下。"他领我到他刚才坐着的那张板凳跟前，我便坐下来，这似乎使他感到非常高兴。

"谢谢你，小姐。"他说道。

"你瞧，乔治，"监护人说，"我们不需要你提出什么新的保证，同样地，我相信，我们也不必给你什么保证吧。"

“当然不必，先生。我衷心感谢你们。你们不怕有失身份，到这里来探望我，我要不是清白无辜的，我就没有脸见你们，而只能把真情隐瞒起来。你们来探望我，我实在感动。我不是那种很会说话的人，但是，萨默森小姐和两位先生，我确实是很感动。”

他把手放在宽阔的胸膛上，向我们鞠了一躬。虽然他马上就伸直了腰，但这些简单动作却表达了深厚的感情。

“首先，”监护人说，“我们能做些什么事情使你过得舒服一点吗，乔治？”

“使我什么，先生？”他清了清嗓子，问道。

“使你过得舒服一点。你关在这里一定很不方便，需要什么东西吗？”

“是啊，先生，”乔治先生考虑了一下，答道，“我反正是很感激你的；可是，这里既然不许抽烟，我就说不上需要什么东西了。”

“你以后也许慢慢会想起各种各样的小东西。只要你想起什么，乔治，你就告诉我们好了。”

“谢谢你，先生，”乔治先生说，他那张晒得黑黝黝的脸露出了笑容，“不管怎么说，像我这样一个长期在世界各地流浪的人，倒是能够在这种地方凑合呆下去的。”

“其次是关于你的案子。”监护人说。

“是的，先生。”乔治先生回答的时候，带着非常冷静和有点好奇的样子，双手交叉抱在胸前。

“你的案子现在怎么样了？”

“嗯，先生，我现在是还押待审。布克特对我说，在对这桩案子调查得比较彻底之前，他大概会不时申请延长还押待审的期限。怎样才能对这桩案子调查得比较彻底呢？我可不懂得；不过，我敢说，布克特一定会设法做到这一点。”

“噢，我的天啊！”监护人喊道，他在惊愕之余，又犯了爱激动的老毛病，“你谈到自己就像是在谈别人似的！”

“别生气，先生，”乔治先生说。“你的好意我心领了。不过，一个清白无辜的人，除非是抱着这样的看法，否则我真不知道，他怎么能忍受这样的事情，而不把脑袋往墙上撞。”

“就某种程度来说，这话是对的，”监护人回答的时候，态度温和一些了。“不过，我的好朋友，就连一个清白无辜的人，也应当采取一般的预防措施来保护自己啊。”

“是的，先生。我已经这样做了。我已经向推事们讲过：‘先生们，我同你们一样是清白的，根本没有犯罪；你们提出的那些对我不利的情况都是真的；除此以外，别的我就不知道了。’我打算将来还说这样的话，先生。除此以外，我还能做什么呢？这是事实啊。”

“不过，光有事实可不行啊。”监护人答道。

“真的不行吗，先生？这么说我的前途可就不妙了！”乔治先生心平气和地说道。

“你需要一个律师，”监护人接着说下去。“我们必须替你请一个。”

“请原谅，先生，”乔治先生往后退了一步说，“我反正是很感激你的。可是，请你不要见怪，我绝不要什么律师。”

“你不要律师？”

“不要，先生。”乔治先生非常坚决地摇了摇头。“我反正是很感激你的，先生，不过——不要律师！”

“为什么不要？”

“我不喜欢律师这一流人，”乔治先生说。“格里德利也不喜欢。如果你不怪我太直言的话，我敢说，你自己也不喜欢，先生。”

“那是衡平法，”监护人有点不知所措地解释说，“那是衡平法，乔治。”

“真的吗，先生？”乔治先生随随便便地答道，“这种种的名称我是不大懂的，不过，总的说来，我反对律师这一流人。”

他松开抱在胸前的胳臂，换了个姿势，一只大手按着桌子，另一只手放在身后，他站在那里的那副神气好像是一经打定主意就不再改变似的。我们三个人都跟他谈过，都想设法说服他，但是没有结果；他很温顺地倾听着，这和他那率直的态度完全一致，不过，很显然，我们说的话并没有使他动摇，就像没有使这囚室有所动摇一样。

“乔治先生，请你再考虑一下，”我说。“关于你的案子，你难道没有什么要求吗？”

“小姐，我当然希望这桩案子由军事法庭来审判；不过，我很清楚，这是绝对办不到的。”他答道，“如果你肯花几分钟听我说一说，小姐，只说几分钟，那我就尽可能清楚地把我的看法谈出来。”

他把我们三个人依次看了一遍，又微微晃了晃脑袋，好像要让脖子适应紧绷绷的制服硬领似的；他想了一会，便说下去：

“你瞧，小姐，我当时被戴上手铐，押到这里关起来。我成了一个很不体面的嫌疑犯，我现在已经沦落到这个地步了。我的打靶室被布克特上上下下都搜遍了；我的东西虽然不多，也被翻得乱七八糟，不成样子了；我刚才已经说过，我现在居然沦落到这种地步！我对这个也没有什么抱怨。我现在呆在这样一个地方，虽然这不是由于我的过错直接做成的，但我完全明白，要不是我年轻的时候到处流浪，那么，今天就不会出这种事情。不过，现在既然出了这种事情，那就应当考虑怎么去应付了。”

他带着愉快的表情，用手揉了一会儿那黑黝黝的额头，又带着歉意说：“我没有口才，不会讲话，所以必须先想一想。”他想了想以后，重新抬起头来，接着说下去：

“怎么去应付呢。你们瞧，这个不幸的死者本身就是个律师，他曾经牢牢地抓住我的把柄。我不想在他死后还去骂他，不过，如果他现在还活着，那我就要说，他像魔鬼似的牢牢抓住我的把柄。因此，我就更不喜欢他那一行的人。如果我以前远远躲开他那一行的人，我就不会到这个地方来了。不过，这不是我所要说的事情。你们瞧，布克特先生在我的打靶场里找到一些最近刚刚用过的手枪，可是，我的天啊，这有什么希奇，自从打靶场开张以来，他哪一天不能在那里找到这样的手枪呢。假定是我杀了他，假定我真的用手枪打死了他，那么，我被人家牢牢地关在这里的时候，应该马上采取什么办法呢？当然是要请个律师啰。”

他听见有人开锁和拉门闩便把话打住，等到门打开和重新关上以后才继续说下去。至于为什么要开门，我过一会儿就要谈到。

“假定是那样一个情况，我当然要请个律师，而且，他也一定会说——就像我常常在报上看到的那样：‘我的委托人没有说什么话，我的委托人保留他的答辩权——我的委托人这个那个，等等。’哼，据我看，他们这一流人向来就不会老老实实地办事情，也不相信别人会老老实实地办事情。比方说，我现在没有罪，也请个律师，那他就会相信我是有罪的；说不定还要更糟呢。不管我有没有罪，那个律师会怎样做呢？他的做法好像我真的有罪——把我的嘴给堵起来，叫我不要让人拿住把柄，隐瞒当时的情况，减少罪证，进行诡辩，最后说不定会把我开脱出来！不过，萨默森小姐，你看看我是愿意这样开脱出来呢，还是宁愿随我的意思去让人吊死？——我在你面前提到这种不愉快的事情，请你多多原谅。”

他这时越说越起劲儿，不需要停下来想一想了。

“我宁愿随我的意思去让人吊死。我真的要这样做：这倒不是说，”他把两只粗壮有力的胳臂叉在腰上，扬起浓密的眉头，环顾着我们说，“这倒不是说，我比别人更喜欢让人吊死。而是说，我要么就清清白白地开脱出来，要么就根本不开脱。因此，当我听到人家提出那些对我不利但却是真实的情况，我就说，这是真的；当他们对我一说：‘你说的话可能被人用来控告你。’我就对他们说，我不在乎这个，就让人用来控告我好了。如果他们不能根据整个事实判我无罪，那么，他们大概也不可能根据次要的事情或别的事情判我无罪。如果他们有可能这样做，那对我也是毫无价值的。”

他在石板地上走了一两步，又回到桌子旁边，把要说的话说完。

“萨默森小姐和两位先生，谢谢你们的好意，更谢谢你们的关怀。我是个小小的骑兵，头脑也很迟钝，不过依我看，我刚才说的就是这么一回事情。我这一辈子，除了执行一个骑兵的职责以外，从来就没有务过正业，如果将来落得最坏的下场，那也是自作自受。我被人家当作凶手抓起来的时候，好像当头挨了一棒，可是，像我这样一个走南闯北的流浪汉，用不了多少时间就清醒过来了；于是我慢慢地作出了你们现在看到的这样一个决定。我将来还要这样做下去。我没有亲人会因为我而丢脸，或者因为我而感到不痛快，这——这就是我要说的话。”

刚才开门的时候，进来了两个人：一个也像乔治先生那样富有军人气概，但乍一看却不像他那样气宇轩昂；另一个是个女人，面孔晒得黑黑的，眼睛明亮，身体健康，拿着一个提篮，刚一进来，就非常注意听乔治先生说的每一句话。乔治先生对他们亲切地点了点头，友好地看了一眼，不过，他在说话的时候，没有停下来特地向他们打招呼。这会儿，他热情地和他们握手，并说：“萨默森小姐和两位先生，这是我的老战友约瑟夫·贝格纳特。这是贝格纳特太太。”

贝格纳特先生像军人那样直挺挺地向我们鞠了一躬，贝格纳特太太向我们行了一个屈膝礼。

“他们是我真正的好朋友，”乔治先生说。“我就是在他们家被捕的。”

“那人瞎说八道，”贝格纳特先生气愤地晃着脑袋，插嘴说，“什么旧低音提琴。音色好的。替朋友买的。多少钱不成问题。”

“马特，”乔治先生说，“我刚才跟这位小姐和这两位先生说的话，你差不多都听见了。你同意我的话吧？”

贝格纳特先生考虑了一下，便把这个问题交给他太太去回答。“老伴儿，”他说，“告诉他。我是不是同意。”

“嗐，乔治，”贝格纳特太太大声说道，她刚才已经把篮子里的东西拿出来。那里有一块冷腌猪肉，一点茶叶和糖，还有一个黑面包，“你应当知道，他不同意你的话。你应当知道，听你说话，真叫人急死了。你说什么不愿意这样子开脱出来，不愿意那样子开脱出来——你这样挑挑拣拣的，到底是什么意思？这简直是瞎说，乔治。”

“我现在正倒霉，贝格纳特太太，别对我太苛刻了。”乔治先生轻松地说道。

“噢！你没有因为这些倒霉的事情，学聪明一点，还嚷嚷什么倒霉哩！”贝格纳特太太道，“你今天对这几位说的话，我听了真害臊，我这一辈子听到人家说糊涂话，还没有这样害臊过。律师吗？是啊，你的乱七八糟的主意太多了，要不然这位先生既然给你介绍律师，你为什么不要他十个八个的？”

“你真是个通情达理的人，”监护人说。“我希望你能够说服他，贝格纳特太太。”

“说服他，先生？”她回答说。“我的天啊，那可办不到。你不了解乔治。你瞧！”贝格纳特太太放下篮子，伸出两只没有戴手套的晒黑了的手说，“他就是这样一个人！非常任性，坚持错误，不管什么人都会被他气死的！你可以凭自己的力气，把发射四十八磅炮弹的大炮拿起来，扛在肩膀上，可是，他这个人只要打定了主意，你就不能动他一动。是啊，难道我还不了解他吗！”贝格纳特太太喊道。“难道我还不了解你吗，乔治！我们认识多年了，我相信，你总不会在**我**面前装成另外一个人吧？”

她那出于善意的愤慨，对她丈夫起了示范作用，他有好几次向乔治先生摇了摇头，默默地表示要他听话。贝格纳特太太不时地看着我；我从她那挤眉弄眼的神色中看出，她希望我做点什么事情，不过，我弄不明白她的意思。

“老朋友，我打消了说服你的念头，已经有好些年了，”贝格纳特太太一边说，一边把腌猪肉上面的一点尘土吹掉，同时又看了看我，“等这位小姐和这两位先生像我这样了解你的时候，他们也会打消说服你的念头的。要是你还没有固执得连东西都不想吃，那你就拿去吧。”

“我非常感激你送我这许多东西，”乔治先生回答说。

“你真的感激吗？”贝格纳特太太还是那样友好地叨唠着说。“这真叫我感到奇怪。我很纳闷，你为什么这一次不随你的意思去活活地饿死。那才像你这个人啊。说不定你下一步就是要**这样子**干吧。”说到这里，他又一次看着我；我这时才明白，她看看门口，又看看我，就是希望我们出去，在监狱外面等着她。我用同样的方法向监护人和伍德科特先生示意以后，便站起来。

“我们希望你能够改变主意，乔治先生，”我说，“我们下回来探望你的时候，相信会看到你更理智一些。”

“萨默森小姐，你们在这一点上不会看到我更感激你们的。”他答道。

“不过，我希望，我们会看到你更听话一些，”我说。“我希望你考虑一下，如何把这个神秘的谋杀案弄清，把真正的凶手找出来，不但对你自己，而且对别人，都是非常重要的。”

我说话的时候，稍微背着他，准备往门口走去，他恭恭敬敬地听着我说话，但没有注意我说些什么，而在观察我的高度和身材（这是他们后来告诉我的），因为我的高度和身材似乎忽然引起了他的注意。

“真奇怪，”他说道。“可是，我当时就是这样想的！”

监护人问他这是什么意思。

“是这样，先生，”他回答说，“出事的那天晚上，我不幸来到死者家里，正上楼梯，我在黑暗中看见有人从旁边经过，那身影和萨默森小姐非常相像，我当时真想跟对方打个招呼。”

有一阵子，我感到浑身颤抖，这是我以前和以后都没有过的，我希望将来不再有这种感觉才好。

“我上去的时候，这人正好下楼，”乔治先生说，“披的是一件宽大的黑斗篷，经过那个射进月光来的窗口，我注意到斗篷上带着长长的流苏。不过，这和目前的这件事情丝毫没有关系，只是萨默森小姐看上去很像当时那个人，所以我忽然想起来了。”

我现在已经无法说清我当时是什么样的心情了。我只记得，那种在开始时模模糊糊地认为自己有责任和有义务注意这案子的调查情况的感觉，渐渐加深了——尽管我还不敢明确地问问自己这是为什么；另外，我记得当时我是如何愤愤不平地认为自己没有丝毫理由提心吊胆。

我们三个人走出监狱，在离门口不远的一个僻静的地方踱来踱去。我们没有等多少时间，贝格纳特先生和太太就出来了；他们马上走到我们这里来。

贝格纳特太太眼睛里含着泪水，满脸通红，而且显出很匆忙的样子。“你知道，小姐，我没有让乔治看出我对他的事情有什么想法，”这就是她来了以后的第一句话，“不过，他的处境很糟糕，可怜的家伙！”

“如果小心点，谨慎点，再加上有人帮忙，那还不至于很糟糕，”监护人说。

“先生，像你这样的绅士当然是最明白事理的，”贝格纳特太太一边回答，一边匆匆地用灰斗篷的边擦干眼泪，“不过，我真替他担心。他一点也不小心，说了许多糊涂话。陪审团的先生们也许不能像我和大木头那样了解他。再说，还发生了许多对他不利的情况，许多人会出庭作证，说些对他不利的话，同时布克特又非常狡猾。”

“他胡说什么要买旧低音提琴。还说小时候吹过笛子，”贝格纳特先生非常严肃地补充说。

“来，小姐，我跟你说句话，”贝格纳特太太说，“我是说小姐，我的意思是指你们几位。来，到墙角落这边来，我跟你们说句话。”

贝格纳特太太匆匆把我们带到一个更加偏僻的地方，刚一开始的时候，急得连话都说不上来，这时贝格纳特先生不得不说，“老伴儿，跟他们说呀！”

“是这样的，小姐，”老伴儿一边说，一边把帽带解开，好呼吸得更舒畅一些，“除非你找到什么新的力量，要不然你宁可去动一动多维尔港的城堡，也别想在这个问题上动一动乔治。不过，我已经找到这种力量了。”

“你真了不起，”监护人说，“说下去吧！”

“我跟你说，小姐，”她在着急和激动的时候，每说一句话，就拍一下手，一共拍了十几次，“他说他举目无亲的那些话全是瞎扯。他们不知道他的情况，他可是知道他们的情况。他常常跟我谈自己的身世，他跟我说的要比跟别人说的多一些。有一天他对我的小孩伍尔维奇说，不要使母亲增添白头发和皱纹，这绝不是偶然的。我敢拿五十英镑来打赌，那一天他一定看见他母亲来着。她还活着，我们一定要想办法把她找来。”

转眼间，贝格纳特太太便把一些别针含在嘴里，开始把裙子边别起来，比灰斗篷稍高一点，她一会儿就做完，做得特别快和特别利落。

“大木头，”贝格纳特太太说，“你去照料孩子，把雨伞给我！我要到林肯郡去，把那位老太太带到这里来！”

“可是，我的天啊！”监护人喊道，同时把手伸到口袋里，“她怎么个走法？带了多少钱？”

贝格纳特太太又翻了翻她的裙子，掏出一个皮包来，匆匆忙忙地数了数里面有几个先令，然后露出非常满意的样子把皮包合上。

“你不要替我操心，小姐。我是个军人的妻子，自己走惯了路。大木头，我的老伴儿，”她一边说，一边吻着贝格纳特先生，

“这一下是给你的，这三下是给孩子们的。我现在就到林肯郡去把乔治的母亲找来！”

她真的走了，当时我们三个人还站在那里，面面相觑，不知所措哩。她真的披着那件灰斗篷，迈着坚定的步子，一步一步地往前走去，后来拐了个弯，便消失不见了。

“贝格纳特先生，”监护人说，“难道你就这样让她走了？”

“没有办法，”他回答说，“从前有一回，她披着这件斗篷，带着这把雨伞，从世界的另一个角落，一直走回家来。无论老伴儿说做什么。那就得做！只要老伴儿说，**我**要这样做。她就一定做得到。”

“这么说，她的为人也是和她的外表一样，又正直又真诚，”监护人说，“说实在的，很难再找到比这更恰当的话来形容她了。”

“她是无敌军团的旗手，”贝格纳特先生这时也走了，他一边走，一边回过头来对我们说，“这样的女人再也找不到第二个。不过，我在她面前从来不这样说。纪律是必须维持的。”

第五十三章
寻找线索

在目前这种情况下，布克特先生常常要和他那肥大的食指商量事情。布克特先生每次考虑到像当前这样的急务时，他那肥大的食指就好像抬高了身价，成了守护神。他把食指放在耳朵上，食指便向他通风报信；他把食指放在嘴唇上，食指便要他三缄其口；他用食指摩摩鼻子，食指便使他嗅觉倍增；他用食指点着犯罪的人，那人就像着了魔，不得不说出真情，以致身败名裂。侦探界的预言家总是说，当布克特先生和他的食指进行密切磋商的时候，一件奇冤很快就会得到昭雪。

在一般场合下，布克特先生观察人的性格时是宽厚的，总的说来，是个温和的人生哲学家，对人类的愚行并不怎么计较，可是，这一次，他几乎是挨家逐户去串门，跑遍了大街小巷，但外表上却好像是漫无目的。他对他的同行非常友好，甚至愿意同他们许多人一起喝喝酒。他花钱很大方，态度和蔼，谈吐坦率——但是，在他那仿佛是平静的江河的生活中，他的食指却在暗中兴风作浪。

布克特先生是不受时间和地点约束的。他像一般人那样，今天在这里，明天就走了——但是，他和一般人不同的是，后天又回来了。今天晚上他在伦敦城里累斯特·德洛克爵士的公馆门前，随便看了看那铁制的灭灯器，明天早上，他又在切斯尼山庄的铅皮露台上踱方步——不久以前，图金霍恩老先生还在那露台上散步哩，如今德洛克爵士却悬赏一百金币缉拿凶手，以抚慰他那在天之灵。图金霍恩先生的抽屉、书桌、口袋以及其他东西，布克特先生都仔细地检查过。几小时以后，他又来到图金霍恩先生的办公室，独自和天花板上的罗马神相处，彼此比划着食指。

从事这样的工作同享受家庭乐趣，很可能是有矛盾的，而目前，布克特先生确实没有回家。尽管他平时很喜欢伴着布克特太太，但这会儿只好远远离开那温存体贴的人儿。布克特太太很有侦探天才，如果经过实际工作的锻炼，本来是可以做出一番事业的，但既然没有这种机会，那就只好停留在有才智的侦探爱好者的水平上了。目前，布克特太太不得不同他们的房客聊天解闷(幸好那人是个和蔼可亲的女士，布克特太太非常喜欢她)。

出殡那天，林肯法学院广场上来了一大群人。累斯特·德洛克爵士亲自来送殡；严格地说，除他以外，来的人只有三个：杜都尔勋爵，威廉·巴菲和那身体衰弱的堂兄弟(他是硬拉去凑数的)，但是，参加送殡的马车却多得不计其数。这个地方的人还没见过显贵们派这么多的马车来送殡的。马车镶板上的家徽和纹章应有尽有，说不定人们还以为“宗谱纹章院”[①]突然死了父母哩。富都尔公爵派来一辆富丽堂皇的马车，好像是一个堆满尸体和骨灰的火葬堆，车上有银制的轮箱，别出心裁的车轴，以及一切最新式的装置，还有三个身高六英尺的可怜虫站在车厢后面，他们那样子如丧考妣，悲痛欲绝。伦敦那些用来摆排场的马车夫似乎全都为死者服丧；如果那个生前穿着褪色衣服的老先生，对马匹还感兴趣的话(这似乎不大可能)，那么他今天就可以大饱眼福了。

在沉痛的殡仪馆人员、马车和无数的马腿中间，布克特先生悄悄地躲在一辆送殡马车里，透过马车的格子窗，从容不迫地观察着人群。他观察人群是有一双敏锐的眼睛的——可是，他观察什么东西没有敏锐的眼睛呢？——他东张西望，一会儿看看马车

① 宗谱纹章院(Heralds' College)：理查三世于一四八三年下令成立，专司授与纹章、登记宗谱等事宜。

的这一边，一会儿看看那一边，一会儿抬头看着房子的窗户，一会儿望着人们的脑袋，什么东西都逃不出他的眼睛。

“嘿，你在这里呐，我的老伴？”布克特先生自言自语地说，同时也是对布克特太太说；原来布克特太太在他的授意下，这会儿正站在死者屋前的台阶上。“你来啦。你来啦！看样子你挺不错啊，布克特太太！”

送殡的行列还没有往前移动，还在等着把死者抬出来，要知道大家就是为了他才到这里来的。布克特先生坐在最前头的带有家徽的马车上，用两根肥大的食指把格子窗稍微打开一点，往外张望。

布克特先生这会儿还在看着布克特太太，这说明他这个做丈夫的多么痴情。“嘿，你在这里呐，我的老伴儿？”他又低声说了一遍。“我们的房客也跟你来了。我在瞅着你哩，布克特太太；但愿你身体健康，亲爱的！”

布克特先生不再说话了；在人们把被杀害的图金霍恩先生的尸体抬出来之前（图金霍恩先生生前保藏着许多贵族的秘密，如今这些秘密到哪里去了？他还保藏着这些秘密吗？这些秘密同他一起到另一个世界了吗？），在出殡行列移动、眼前景物改变之前，布克特先生一直坐在那里注意地看着。这以后，布克特先生就安下心来，舒舒服服地坐在马车里；他很细心地看着马车的配件，好像有朝一日用得上这种知识似的。

图金霍恩先生同布克特先生现在形成强烈的对照：图金霍恩先生关在黑沉沉的灵柩车里，布克特先生则关在他的马车上；图金霍恩先生因为身上那个小小的伤口而长眠不起，在这些石子路上颠簸着，奔向另一个极其遥远的世界，布克特先生则因为那道细长的血迹而保持高度的警戒，这可以从他的每一根竖立着的头发看出来。但是对他们来说，这种对照是无所谓的；他们无论哪一个都不会为这一点操心。

布克特先生舒舒服服地坐在马车上，看着送殡的人全都走了，然后，到了他认为是适当的时候，才从马车上溜掉，向累斯特·德洛克爵士的公馆走去。这一阵子，那个公馆就好像是他的家似的，随时可以进进出出，经常受到欢迎和器重；他对公馆的整个格局了如指掌，在那里走动显得很神秘，很了不起。

布克特先生是无须乎敲门或拉铃的。他让人家给他准备了一把钥匙，可以随意出入。当他穿过大厅的时候，使神对他说，“布克特先生，这里又有您一封信，是从邮局寄来的”，并把信递给他。

“又有一封信，啊？”布克特先生说。

如果使神恰巧在这时候有点好奇心，想多呆一会儿，了解一下布克特先生那些信说什么，那么，像布克特先生这样小心谨慎的人是不会满足他的好奇心的。布克特先生看着他，就好像他的脸是长达几英里的林荫道似的，从容不迫地从这一头看到那一头。

“你身上带着鼻烟盒了吗？”布克特先生说道。

真不凑巧，使神不吸鼻烟。

“你能给我弄点鼻烟来吗？”布克特先生说。“劳驾。什么鼻烟都没关系；我倒不怎么挑剔。劳驾！”

布克特先生不慌不忙地从楼下的什么人借来的鼻烟盒里捏了一撮鼻烟，先放在一个鼻孔里闻闻，又放在另一个鼻孔里闻闻，做出认真品尝的样子，然后经过一番考虑才说，这正是他所要的那种鼻烟，接着他就拿着信走了。

布克特先生上楼到那间设在大阅览室里的小书房去，脸上虽然装出好像他每天都要接几十封信的样子，但事实上，他在生活中并没有经常和人家通信。他不是写信能手；抓起笔杆来，就像抓着口袋里那根随身带着的小权标似的；他还打消了别人给他写信的念头，说用这种方式来处理微妙的事情，未免太笨、太直截了当。再说，他还常常看到一些有损名誉的信件拿到法庭上去作证，他有理由认为，写信是很不聪明的事情。由于这些原因，他很少给人写信，也很少接到别人的信。但是，在过去的二十四小时里，他却整整收到了半打信件。

“这封信，”布克特先生一边说，一边把信摊在桌子上，“也是用同样的字体写的，上面也是同样的几个字。”

是哪几个字？

他把门上的钥匙拧上，拿出一个黑色的笔记簿（对许多人来说，那是一本勾命簿），并把笔记簿上的带子解开，从里面掏出另一封信，放在原来那封信旁边，然后念出那两封信上用粗笔划写的字：“德洛克夫人”。

“是啊，是啊，”布克特先生说。“不过，没有这些匿名信，我也能拿到那笔赏金的。”

他把两封信放在那个“勾命簿”里，重新把带子系好。他打开房门的时候，仆人正好给他送午饭来；饭菜放在一个华丽的托盘上，还有一瓶雪利酒。布克特先生常常对那些可以开怀畅谈的朋友说：无论你给他弄什么吃的，都不如让他喝一小口你那金黄色的东印度雪利陈酒。因此，他斟了一杯喝下去，咂咂嘴唇；他正要吃东西，忽然想到一个主意。

布克特先生把书房和隔壁屋子相通的那扇门轻轻打开，往里看了看。阅览室里空无一人，炉火也快要灭了。布克特先生的眼光像鸽子飞翔那样在阅览室里绕了一圈以后，落在通常放来往信件的那张桌子上。那上面有几封寄给累斯特爵士的信。布克特先生来到桌子旁边，看了看信上的地址。“没有，”他说，“没有用那种字体写的信。那只是寄给我的。明天，我不妨把这件事情说给累斯特·德洛克爵士听听。”

这以后，他就回去津津有味地把饭吃完；稍微打了个盹，便有人来叫他到客厅里去。在前几个晚上，累斯特爵士总是在那里同他见面，问他有没有新的情况。那个身体衰弱的堂兄弟（因为这次送殡，越发显得筋疲力尽了）以及伏龙妮亚也在座。

布克特先生向他们三个人分别鞠了三个躬。向累斯特爵士鞠躬是表示尊敬，向伏龙妮亚鞠躬是献献殷勤，向身体衰弱的堂兄弟鞠躬是表示认识他，同时也好像是轻轻对他说："你是伦敦城的一位名流，你认识我，我也认识你。"布克特先生向每个人施展了这些小小的手腕以后，便开始搓着手。

"有什么新的消息吗，侦探长？"累斯特爵士问道。"你是不是想和我单独谈谈？"

"不——今天晚上，不，从男爵累斯特·德洛克阁下。"

"我的时间完全由你支配，"累斯特爵士接着说，"因为我要维护法律的尊严，不容它再遭到践踏。"

布克特先生咳嗽了一声，又看了看涂脂抹粉和戴着珍珠项链的伏龙妮亚，好像他是想恭恭敬敬地说："您真是个美人啊。像您这样大的岁数，容貌不如您漂亮的人，我不知见过多少哩。"

美丽的伏龙妮亚大概是知道她的美貌具有潜移默化的力量，这时停下了笔，不再写那些折成三角形的短简，而在默默地理着她那串珍珠项链。布克特先生在心里盘算着那串项链值多少钱，同时还在想伏龙妮亚是不是在作诗。

"侦探长，"累斯特爵士接着说下去，"如果我以前没有用最恳切的态度请你在这件凶杀案中尽量施展你的特长，那么，我愿意利用这个机会来弥补我可能有的疏忽。花多少钱都不必考虑。我准备负担所有的费用。你办这个案无论花什么钱，我都立即照付。"

布克特先生看累斯特爵士这样慷慨，又向他鞠了一躬。

"不难设想，"累斯特爵士很激昂地说下去，"自从发生这件暴行以后，我的心情一直没有平静下来。看来，再也不可能恢复以前那种心情了。不过，我今天晚上非常气愤，因为我亲眼看着这个忠心耿耿、兢兢业业的人下葬，心里非常难过。"

累斯特爵士的声音颤抖了，他的花白头发也竖了起来。他的眼睛充满泪水；他那善良的天性被唤醒了。

"我宣布，"他说道，"我庄严地宣布，在查清这件凶杀案并惩办凶手之前，我认为，我的名声是受到玷污的。图金霍恩先生把大半生献给了我，把晚年献给了我，经常到这里来同我一起进餐，在我这里下榻，可是，他那天从我这公馆回去，还不到一小时就被人谋杀了。我不得不说，他很可能是从我这公馆出去就被人盯上，或者在我这里就受到监视，甚至因为在我这公馆出入，很早就受到注意——原因是很可能有人以为，他虽然为人谦逊，但实际上是有钱的，而且也是有身份的。如果凭着我的金钱、势力和地位，我还查不出凶手，那我就无法说我如何悼念图金霍恩先生，无法说我对得起这个忠于我的人了。”

累斯特爵士一边慷慨陈词，一边环顾整个屋子；好像是在一个会议上发言似的，这时候，布克特先生现出严肃的样子，很注意地看着他，说不定眼神里还带几分怜悯，如果这种想法不算放肆的话。

“今天出殡的仪式很好地说明，”累斯特爵士接着说，“国家的优秀人物多么推崇我这位已故的朋友，”他说到“朋友”两字时，特别加重了语气，因为死亡消除了高低贵贱的差别，“我已经说过，今天出殡的仪式加重了这件可怕的凶杀案所给我的打击。如果凶手是我的亲兄弟，那我也饶不了他。”

布克特先生的样子显得非常严肃。伏龙妮亚则说已故的图金霍恩先生是最可靠和最可爱的人！

“小姐，您一定觉得这是个很大的损失吧，”布克特先生安慰她说，“不错，他去世了，这的确是一个损失。”

伏龙妮亚回答的时候对布克特先生表示：她已经下定决心，只要她还活着，她那多情善感的心就不会忘却这件事情；她今后一定会意气消沉；她今后再也不会露出笑容。她一边说，一边把寄给巴斯那位可怕的老将军的短信折成三角形，在那信上她谈到自己多么悲伤。

“对一位多情善感的女士来说，这的确是一个打击，”布克特先生安慰她说，“但是，这会慢慢过去的。”

伏龙妮亚非常想知道侦查进行得怎么样？他们是要给那个可怕的军人判罪呢，还是要怎么着？那个军人有没有同谋的人，或者说，有没有法律上所说的什么人？她还问了许多诸如此类的天真的问题。

“您瞧，小姐，”布克特先生一边回答，一边用食指比划着，以说服对方（他生来就喜欢对女性献殷勤，刚才差点说出“亲爱的”几个字），“现在要回答这些问题还很困难。现在还不行。从男爵累斯特·德洛克阁下，”布克特先生因为累斯特爵士的身份，硬把他拉进来，参加他们的谈话，“我不分昼夜，一直都在调查这桩案子。要不是喝一两杯雪利酒，我的精神恐怕支持不了这么长的时间哩。我**本来可以**回答您的问题的，小姐，但是，我的职务不允许我这样做。不久，从男爵累斯特·德洛克阁下就可以了解到整个侦查的经过。我希望，”布克特先生又变得很严肃了，“他会对侦查的经过感到满意。”

那个身体衰弱的堂兄弟只希望杀个把人做个样子。他认为现在的人做什么事情都不起劲：目前对吊死一个人比给人找个肥缺还要不起劲。他毫不怀疑，错杀一个人比不杀人好得多。

“您看，先生，**您**是懂得人生的，”布克特先生说着，眨眨眼睛，弯弯手指，做出恭维的样子，“您可以证实我对这位女士说的话。我不告诉**您**也明白，我得到消息以后，就着手进行工作。您能够理解一个女士所不能理解的事情。我的天啊，尤其是像您这样高贵的人，就更不能理解啦，小姐，”布克特先生说着，由于差一点又要说出“亲爱的”这几个字而满脸通红。

“伏龙妮亚，”累斯特爵士说，“侦探长是忠于职守的，他这样做很对。”

布克特先生喃喃地说：“承蒙夸奖，我很高兴，从男爵累斯特·德洛克阁下。”

“伏龙妮亚，”累斯特爵士接着说，“老实说，像你刚才那样向侦探长提问题，是不足为训的。他最清楚自己的职责；他是根据自己的责任行事的。我们这些协助制定法律的人，不应当妨碍或是干涉那些把法律付诸实施的人，”累斯特爵士说到这里，态度变得很严厉，因为伏龙妮亚居然没等他把话说完就想插嘴，“也不应当妨碍或是干涉那些维护法律尊严使它免遭践踏的人。”

伏龙妮亚非常谦恭地解释说，她不仅仅是出于好奇心才提出问题(这和一般年轻而又轻浮的姑娘是一样的)，而且是为那个大家都哀悼的可爱的人感到惋惜和痛心。

“那很好，伏龙妮亚，”累斯特爵士回答说。“那你越谨慎越好。”

布克特先生看到没人说话，便利用这个机会又说起来。

“从男爵累斯特·德洛克阁下，只要您不见怪而且大家都保证不传到外面去，我倒是很愿意对这位小姐说，我认为这件案子已经调查得差不多了。这是一件很妙的案子——很妙的案子——至于这件案子所差的那一点情节，我希望再过几个钟头就可以补齐。”

“我听见这话很高兴，”累斯特爵士说。“这完全是你的功劳。”

“从男爵累斯特·德洛克阁下，”布克特先生非常严肃地回答说，“我希望这既能给我记上一功，也能使所有的人感到满意。您瞧，小姐，”布克特先生一边说下去，一边严肃地瞥了累斯特爵士一眼，“我说这是一件很妙的案子，我是从我的观点来说的。要是从别人的观点来说，这类案子或多或少地总要牵涉到不愉快的事情。我们会看到有些家庭发生种种离奇古怪的事，小姐；我敢说，您一定会觉得那是很少见的。”

伏龙妮亚天真烂漫地尖叫了一声，认为确实是这样。

“是啊，甚至是体面的人家，高贵的人家，富豪的人家，也会发生离奇古怪的事，”布克特先生说着，又严肃地瞟了累斯特爵士一眼，“我以前为高贵的人家效过劳；小姐，您真想象不到——嗯，先生，恐怕连您也想象不到，”这是对那个身体衰弱的堂兄弟说的，“那些人家会闹出什么事情！”

那个堂兄弟由于百无聊赖，一直在用沙发的靠垫捶脑袋，这时打了个哈欠，懒洋洋地说：“那能的。”——意思说：“那是很可能的。”

累斯特爵士认为现在应该把侦探长打发走，便神气十足地插嘴说：“这很好。谢谢你！”他还摆了摆手，这不但是暗示说，今天的谈话就此结束，而且还表示，如果高贵的人家染上了恶习，那就只好自作自受了。“侦探长，”他放下架子补充了一句，“请不要忘记，我随时听你吩咐。”

布克特先生还是很严肃地问道，如果他能够像他所希望的那样取得进展，那么，明天早晨来找德洛克爵士是否方便？累斯特爵士回答说：“任何时候对我都一样方便。”布克特先生分别鞠了三个躬，正要告退，忽然想起自己忘记了一件事情。

“我可以随便问一声吗？”他谨慎地走回来，低声问道，“是谁把悬赏的招贴张贴在楼梯口上？”

“是**我**叫人贴在那里的，”累斯特爵士答道。

“从男爵累斯特·德洛克阁下，我可以冒昧问一下，您为什么要这样做？”

“不必客气。我选择那个地方，是因为它比较显眼。我认为必须把它贴在全家最引人注目的地方。我希望我的家人都认识到，罪行是十恶不赦的，凶手必须严加惩办，希图漏网是不可能的。不过，侦探长，如果你对这件事情有什么不同意见——”

布克特先生现在没有什么不同意见；那张招贴既然贴上去了，最好不要拿下来。他又分别鞠了三个躬，便告退了；他把门带上的时候，伏龙妮亚轻轻尖叫了一声，接着便说，这个又可爱又可怕的人真是个保密专家。

布克特先生喜欢交朋友，而且同各种各样的人都谈得来，这会儿站在大厅的炉火前——在初冬的晚上，炉火烧得又旺又亮——对使神大加赞赏。

“嗯，你的身高大概有六英尺二吧？”布克特先生问道。

“六英尺三，”使神说。

“真有这么高吗？可是，你瞧，你的肩膀很宽，看上去一点都不像。你的腿也不细啊。真的不细。有没有人按照你的身材塑过雕像？”布克特先生一边问，一边带着美术家的表情，歪着脑袋，斜着眼睛去审视他。

从来没有人按照使神的身材塑过雕像。

“应当按照你的身材来塑雕像才对啊，”布克特先生说，“我有个朋友喜欢雕刻，将来准会成为皇家学会的雕刻家；要是他能按照你的身材画个素描，再用大理石刻成雕像，他一定愿意大大地请你一顿客。夫人出去了，是不是？”

“出去赴宴了。”

“差不多每天都出去吧，是不是？”

“是的。”

“这也不奇怪，”布克特先生说。“像她这样高贵的女人，又漂亮，又文雅，又有风度，就像餐桌上的鲜柠檬似的，无论走到哪里，都给人家增光生色。你父亲从前也是做你这种差事吗？”

使神说不是。

“我父亲过去倒是做你这种差事的，”布克特先生说。“我父亲起初当过小听差，后来当过跟班、管事、总管，最后当了酒馆老板。他在世的时候，大家都很尊敬他，去世的时候，大家都很伤心。他临终时还说，他认为侍候人是一生中最体面的事情，这是不假的。我有个兄弟就给人当差，我的内弟也是给人当差的。夫人的脾气好吗？”

使神回答说：“还算不错。”

“是吗？”布克特先生说，“有点娇气吧？有点任性吧？我的天啊！这样漂亮的女人，怎么能不娇气、不任性呢？我们不正是因为这一点，才特别喜欢她们吗？”

使神把手塞在桃红色短裤的口袋里，伸了伸穿着丝袜的匀称的腿，做出一种风流潇洒的样子，那意思好像是说，这一点是不能否认的。这时传来了车轮的辘辘声和短促的拉铃声。“说天使，天使就到！”布克特先生说。

大门敞开，夫人走进了大厅。她脸色还是很苍白，为了悼念图金霍恩先生，身上的衣装比较素淡，胳臂上戴着两个华丽的手镯。可能是手镯太好看了，也可能是夫人的胳臂太好看了，引起了布克特先生的注意。他目光灼灼地瞅着夫人的胳臂，用手玩弄着口袋里的什么东西——大概是半便士吧，发出叮当的响声。

夫人看见他站在那边，便用诧异的眼光看了一下另外一个陪着她回家的使神。

“那是布克特先生，夫人。”

布克特先生弯下一条腿，向夫人敬了个礼，然后走上前去，一边拿了他那老朋友守护神在嘴唇上吻了吻。

“你是在等累斯特爵士吗？”

“不是，夫人，我已经见过他了。”

“你有什么事要跟我说吗？”

“现在没有，夫人。”

“你发现了什么新线索吗？”

“有一些，夫人。”

这些话是在夫人穿过大厅的时候说的。她简直没有停步，就独自一人拽着长裙上楼了。布克特先生走到楼梯口，眼看着她登上楼梯，图金霍恩老先生就是从这里下来，走向自己坟墓的；她经过那些手里舞弄着刀枪的雕像和那些刀枪投在墙上的阴影，经过那张铅印的招贴，顺便往那上面看了一眼，然后就不见了。

“她是个可爱的女人，非常可爱，”布克特先生回到使神跟前说。“不过，看样子身体不怎么好。”

使神对他说，夫人身体是不怎么好。常常头痛。

真的吗？那太糟糕了！布克特先生建议说，最好是散散步。使神答道，她正试着这样做。有时候，她要是头痛得厉害，就走

阴影

两个钟头。而且，还是在晚上哩。

“对不起，我要打断你一下，”布克特先生说，“你的身高真有六英尺三吗？”

这是毫无疑问的。

“你的身材太好了，我真没想到你有这么高。就拿王室近卫军来说吧，虽然大家都认为很不错了，但身材也不怎么匀称。——你说她在晚上散步，是吗？在有月亮的时候，对不？”

噢，是的。在有月亮的时候！当然啰。噢，当然啰！他们两人谈得很投机、很高兴。

“我想，你大概没有散步的习惯吧？”布克特先生说。“大概也没有很多时间散步吧？”

除了没有时间这一点，使神还不大喜欢散步。他比较喜欢坐马车呼吸新鲜空气。

“那当然啦，”布克特先生说。“那完全是另一回事。现在，我想起来了，”布克特先生说着，一边烘手取暖，一边愉快地看着炉火，“发生谋杀案的那天晚上，她出去散步了吧。”

“她的确出去散步了！是我陪着她穿过那条道，到花园里去的。”

“你到了花园就离开她了吧。你当然是那样，因为我看见你离开她的。”

“可是，我倒没看见你，”使神说。

“我当时很匆忙，”布克特先生回答说，“因为我正要去探望我的一个姑母，她住在契尔夏——跟原先那个面包房只隔着两家——她已经九十岁了，是个独身女人，有一点家产。不错，我当时恰好从旁边经过。让我想想，那是什么时候来着？不到十点吧。”

“九点半。”

“你说对了。是九点半。如果我没弄错的话，夫人是披着一件宽大的黑斗篷，边上镶着长长的流苏？”

“的确是那样。”

的确是那样。布克特先生必须回到楼上去，因为他还有点小事情要办；不过，他必须同使神握握手，感谢使神陪他聊天，同时还问一问——这才是他真正要问的事情——使神有空的时候，能不能腾出半个钟头给那个皇家学会雕刻家，让双方都得到好处。

第五十四章
中　计

布克特先生睡了一觉，精神焕发；一清早就起床做好种种准备，迎接今天这个重大的日子。他穿上干净的衬衣，而且像在节日那样，用头油和发刷，把他那由于经常绞脑汁而变得稀稀朗朗的头发，弄得精光溜滑。布克特先生将自己打扮得漂漂亮亮，就去进早餐；先吃两份羊排，替肚子打个底，又喝了相当数量的茶，吃了相当数量的鸡蛋、烤面包和果酱。他津津有味地吃了这些保养身体的东西，同他的老朋友——守护神，进行了神秘的磋商以后，便偷偷嘱咐使神“悄悄告诉从男爵累斯特·德洛克阁下，他什么时候要见我，我马上就去见他”。累斯特爵士很客气地回话说，他尽快地穿好衣服，十分钟内就到书房去见布克特先生，于是布克特先生便到那里去了；他站在壁炉前，看着熊熊的炉火，一边用手指按着下巴。

布克特先生带着一种若有所思的样子，一个身肩重任的人往往是这副派头，然而他还是那么镇静、稳重和自信。从他脸上的表情来说，他好像是一个打惠斯特牌的名手，下了巨大的赌注——至少有一百金币——知道已经稳操胜券，但是为了维持自己的名声，又必须熟练地把牌打到最后一张为止。布克特先生看见累斯特爵士进来，没有露出一点焦急或激动的样子，但是当累斯特爵士慢慢走向安乐椅去的时候，他却用昨天那种严肃而机警的眼光从侧面看了看从男爵；如果昨天不是因为怕自己太放肆的话，那么，他的眼光里还会露出怜悯的神色呢。

“抱歉得很，侦探长，劳你久等了，不过今天早晨，我比平常起晚了些，因为我不舒服。最近发生的事情使我很激动、很气愤，我感到受不了。我又犯了——痛风病，”累斯特爵士本来打算说犯了点“小病”，如果是对别人，他一定会这样说，但因为布克特先生显然完全了解情况，所以就不这样说了，“这是最近那些事情引起的。”

他坐下的时候，显得有些费力而又痛苦，布克特先生便向他走近几步，站住，一只大手按着长桌。

“我不知道，侦探长，”累斯特爵士抬眼望着布克特先生的脸说，“你是不是希望我们单独谈话；一切完全听便。如果你希望这样，那当然很好，否则，德洛克小姐想要——”

“啊，从男爵累斯特·德洛克阁下，”布克特先生答道，把头一歪，做出一副要说服人的样子，把食指按着耳垂，好像一个耳环似的，“我们现在必须绝对保守秘密。您很快就会明白为什么必须这样。在目前的情况下，特别像德洛克夫人那样一个地位很高的人，当然是我所欢迎的，不过，我不妨大胆向您保证，我认为现在必须绝对保守秘密，我这样说，倒不是为了我自己。”

“好，不用再说了。”

“我甚至想，从男爵累斯特·德洛克阁下，”布克特先生继续说道，“请您允许我把门锁上。”

“好吧。”布克特先生熟练地把门轻轻锁上；而且完全是由于习惯，又弯下腰蹲了一会儿，把插在门锁上的钥匙转了转，以防外边有人往里偷看。

“从男爵累斯特·德洛克阁下，昨天晚上我说过，只要再稍稍花一些工夫，就能了结这个案子。现在我已经把它了结了，而且还收集到控告本案凶手的证据。”

“控告那个军人吗？”

“不，累斯特·德洛克爵士，不是那个军人。”

累斯特爵士露出惊愕的样子，问道：“凶手已经押起来了吗？”

布克特先生想了想，告诉他说："凶手是个女的。"

累斯特爵士往椅背上一靠，突然很紧张地喊了一声："天啊！"

"现在，从男爵累斯特·德洛克阁下，"布克特先生一边张开按在长桌上的手，一边用另一只手的食指比划着说，"我有责任使您对一连串的情况做好心理准备，因为这些情况可能会，甚至可以说必然会，使您震惊。但是，从男爵累斯特·德洛克阁下，您是一位绅士；我知道一位绅士是什么样的人，能够做出什么样的事。一位绅士遇到不可避免的打击时，能够勇敢而沉着地忍受下来；一位绅士能够下定决心去应付几乎是一切的打击。真的，从男爵累斯特·德洛克阁下，您就是如此。您要是受到打击的话，自然就会想到您的家族。您会想一下，从尤利乌斯·恺撒的时代——暂时不追溯到更远的时代吧——以来，所有您的祖先会用什么样的态度来忍受打击；您会想到他们当中许多人曾经很出色地忍受过打击；而您为了他们以及您的家族的名声，也会出色地忍受下来。从男爵累斯特·德洛克阁下，您就应该这样主张，而且应该采取这样的行动。"

累斯特爵士靠着椅背坐着，双手抱着胳臂肘，毫无表情地望着他。

"现在，累斯特·德洛克爵士，"布克特先生说下去，"在您有了这种心理准备以后，我请您千万不要因为**我**知道了什么事情而感到烦恼。我对高低贵贱的人的事情知道得很多，因此，不论我是不是听到一些新的情况，也没有多大关系。我认为棋盘上的棋子，不管是走哪一着，都不会使**我**感到意外；至于那些已经走定了的这一着或那一着的棋，我知道了也没什么要紧；根据我的经验，凡是可能走的一着棋——哪怕是走错了——大概是要走下去的。所以，我向您建议，从男爵累斯特·德洛克阁下，请您不要因为我知道了您的任何家事而感到无地自容。"

"你让我在心理上有所准备，我很感谢，"累斯特爵士沉默了一会，然后答道，手脚一动也不动，脸上的表情也没有一点变化，“不过，我想不需要这样做，尽管你的好意是值得称赞的。请你说下去吧，而且，”累斯特爵士在他的身影笼罩下，仿佛身子变小了，“而且，要是你愿意的话，就请坐吧。”

布克特先生没有什么不愿意，搬来了一张椅子，一坐下来，他的身影就小了。“那么，从男爵累斯特·德洛克阁下，我讲完这段开场白，现在要谈正题了。德洛克夫人——”

累斯特爵士在椅子上直起腰来，眼睛狠狠地盯着他。布克特先生摆动着他的食指，请他不要冒火。

“德洛克夫人，您知道，是人人崇拜的。夫人的情况就是如此；人人对她都崇拜，”布克特先生说。

“我诚恳地希望，侦探长，”累斯特爵士板着面孔答道，“我们谈话的时候根本不提夫人的名字。”

“我也希望这样，从男爵累斯特·德洛克阁下，不过——办不到啊。”

“办不到？”

布克特先生坚决地摇了摇头。

“从男爵累斯特·德洛克阁下，这根本办不到。我要谈的事情，正跟夫人有关。整个案情都以她为中心。”

“侦探长，”累斯特爵士驳斥他说，这时他目光如炬，嘴唇颤动，“你知道你的职责。你可以忠于你的职责；但是你要谨慎，不要超出这个范围。否则，我决不能容忍，也决不能忍受。你的话里提到了我夫人的名字，你要负责——你要负责。我夫人的名字不是给普通人随便拿来开玩笑的！”

“从男爵累斯特·德洛克阁下，有些事情，我必须要对您说，不过只说这些，不说别的。”

“我希望如此。好，请谈吧，侦探长，请谈下去吧。”

布克特先生对累斯特爵士看了看，发现那双充满着怒火的眼睛已经躲开了他，而且刚才气得发抖的身子也逐渐平静下来，于是他用食指试探一下反应，便低声说下去。

“从男爵累斯特·德洛克阁下，我应当告诉您，已故的图金霍恩先生很久以前就觉得德洛克夫人身上疑点重重。”

“如果当初他敢对我露出这种口风，先生——他当然不敢——我也会要他命的！”累斯特爵士拍着桌子大叫起来。但是，他正在大发雷霆的时候，突然又收住了火，因为布克特先生那双狡猾的眼睛凝视着他，食指慢慢地动着，同时还用一种自信的、容忍的态度摇了摇头。

“累斯特·德洛克爵士，已故的图金霍恩先生是个很有心计、守口如瓶的人；最初在他心里究竟有哪些想法，我不敢说，但他曾亲口告诉过我，很久以前，他就怀疑德洛克夫人由于看到了某种笔迹——就在这个房间里，同时也就在您的面前，累斯特·德洛克爵士——而发现某一个人还活在世上；这个人当时已经穷困潦倒，但过去在您还没有追求德洛克夫人以前，曾经是她的情夫，而且甚至应当成为她的丈夫，”布克特先生停了停，然后有意把这句话重复一下，“甚至应当成为她的丈夫，这是千真万确的。我听他亲口说过，那个人不久就死了，他又怀疑德洛克夫人曾经一个人偷偷地去看过他那肮脏的住所以及葬身的荒坟堆。根据我自己的调查和耳闻目睹的情况，我知道德洛克夫人曾穿着她侍女的衣服，确实到那些地方去过；因为已故的图金霍恩先生曾雇用我去调查夫人的行踪——请原谅我使用我们常用的行话——而我现在已经对她进行了彻底的调查。我让德洛克夫人的侍女在林肯法学院广场的法律事务所同一个曾经给夫人带过路的证人对证；毫无疑问，她曾瞒着那个年轻侍女，穿过她的衣服。从男爵累斯特·德洛克阁下，关于这些不愉快的事情，我昨天已经尽力使您有一点心理准备，因为我说，甚至在名门望族的家庭里，有时也会发生非常离奇的事情。所有这一切，以及其他等等，都发生在您自己家里，发生在您夫人身上，而且还是由她引起的。我相信，已故的图金霍恩先生临死前一直在进行调查，而且就在他临死那天晚上，还同德洛克夫人为这件事发生过争吵。现在，从男爵累斯特·德洛克阁下，只要请您把这些话告诉德洛克夫人，问一下，她是不是在图金霍恩先生离开这里以后，还到他的事务所去过，想继续同他说些什么话；她当时穿的是一件宽大的、带着长长的流苏的黑斗篷。”

累斯特爵士像一座雕像那样坐在那里，目不转睛地看着那根无情的指头，像根探针似的，正在探查着他心脏里流动的血液。

“请您把这些话告诉夫人，从男爵累斯特·德洛克阁下，讲明这是布克特侦探长说的。如果夫人不愿意承认，请告诉她否认是无济于事的；因为布克特侦探长已经知道了，而且还知道她在事务所的楼梯上从您说的那个军人（尽管他现在已经退伍了）身边走过去，同时她自己也知道这一点。好吧，从男爵累斯特·德洛克，我究竟为什么要说这些话呢？”

累斯特爵士一直用手捂住脸，这时痛苦地呻吟了一声，请他暂时不要说下去。过了一会儿，他把手放下来；尽管他的脸色已变得像他的头发那样白，但他那尊严和表面镇静的样子却使布克特先生有点畏惧。他的态度除了像平时那么高傲以外，变得有点冷淡、僵硬；布克特先生不久就看出他说话特别缓慢，有时在开始说话时，不知由于什么原因，显得很费劲，发音含混不清。现在他就是用这种发音含混不清的话打破了沉默；但不久就能挣扎着说，他无法理解像已故的图金霍恩先生那么忠诚和热心的人，怎么能不把这种令人痛心的、苦恼的、无法忍受和难以置信的意外情况报告给他。

“让我再说一遍，从男爵累斯特·德洛克阁下，”布克特先生答道，“请您把这些话告诉夫人，请她把问题澄清一下。如果您认为妥当，就请告诉她这是布克特侦探长说的。而且，假如我没有弄错的话，您会发现，已故的图金霍恩先生准备在他认为时机成熟的时候，马上把全部情况原原本本地告诉您；同时，他曾向夫人表示他要这样做。真的，他本来打算在我验尸的那天早晨把事情揭发出来！您不知道过了五分钟我会说什么话和做什么事，从男爵累斯特·德洛克阁下；如果我现在被暗杀了，您也可能怀疑为什么我没有把话说出来，这道理您还不明白吗？”

真是那样。累斯特爵士克服了那种发音含混不清的毛病，说出了“真是那样”。就在这个时候，客厅里传来了嘈杂的声音。布克特先生听见了，便走到书房门口，轻轻开了锁，把门打开，再听一听。然后，把头缩回来，匆匆忙忙地，然而却很镇静地低声说，“从男爵累斯特·德洛克阁下，不出我的所料，您家里这件不幸的事情已经传开，因为图金霍恩先生死得太突然了。要是您想掩盖这件事，那就只有让那些正在同您的门房争吵的人进来。现在，您能不能——为了您的家庭——在我和他们打交道的时候，安静地坐在这里？能不能在我要您点头的时候，您就点一点头呢？”

累斯特爵士很含糊地答道：“侦探长，请你尽力办吧。”于是，布克特先生点了点头，把食指弯了弯，表示他是很机灵的，就急急下楼到客厅去，那里的声音马上静下去了。他很快就回来，后面跟着使神和另一个也抹着发粉、穿着桃色短裤的听差，用一把椅子抬着一个残废的老头。后面又跟着一个男人和两个女人。布克特先生和蔼而从容地指示他们把椅子放好，叫那两个使神退出，然后又把门锁好。累斯特爵士在这些人闯进他的圣殿时，用一种冷冰冰的眼光，凝视着他们。

“啊，你们两位女士，两位先生，也许认识我吧，”布克特先生亲切地说。“我是布克特侦探长；而这个，”他从上衣袋里抽出一支小小的权标的尖端，“就是我的职权的证明。你们想见见从男爵累斯特·德洛克阁下。好啊！你们现在见到了；不过你们听着，这种荣幸的事，并不是人人都能遇到的。老先生，你的名字是斯墨尔维德；我很清楚，你就是叫这个名字。”

“对啊，可是你从来没听说这个名字害过人吧！”斯墨尔维德先生喊道，声音又尖又响。

“你大概不知道他们为什么要杀猪吧？”布克特先生驳道，眼光逼视着他，但是并没有生气。

“不知道！”

“我告诉你，他们所以要杀猪，”布克特先生说，“是因为猪太无耻了。你可别落到那步田地，否则就太失身份了。你是经常跟聋子说话吧？”

“是呀！”斯墨尔维德先生咆哮着说，“我老婆是个聋子。”

“怪不得你把声音提得那么高。可是，她现在不在这里，你不妨把声音压低一两个音阶；这样，不但我很感激，而且对你也有更多的好处，”布克特先生说。“我想，那位先生是个牧师吧？”

“名叫恰德班德，”斯墨尔维德先生插嘴说，从此他的声音就低得多了。

“我从前有个朋友，同我一起当巡官，也叫这个名字，”布克特先生说，一边伸出手去，“所以我很喜欢这个名字。那位当然是恰德班德太太了？”

“还有斯纳斯比太太，”斯墨尔维德先生介绍说。

“她的先生开法律文具店吧？也是我的朋友，”布克特先生说。“我同他像亲兄弟那样亲热！——对了，你们怎么回事啦？”

“你是问我们来干什么的吗？”斯墨尔维德先生问道，对话题的突然改变，感到有点狼狈。

“啊！你懂得我的意思啦。那就请你当着从男爵累斯特·德洛克阁下的面，把你要说的话统统说给我们听。现在就说吧。”

斯墨尔维德先生招手叫恰德班德先生过去，同他低声商量了一阵。恰德班德先生额上的毛孔和手掌心冒出了大量的油，大声地说：“好，你先谈！”然后便退回原位。

“我是图金霍恩先生的诉讼委托人和朋友，”于是，斯墨尔维德爷爷便用尖尖的声音说；“我同他有业务来往。我帮过他的忙，而他也帮过我的忙。已经去世的克鲁克是我内兄，是我那碎嘴八哥——斯墨尔维德太太——的亲哥哥。我得到了克鲁克的遗产，检查了他的全部文件和物品。所有这些东西都是在我亲自监视下找出来的。在珍妮小姐——克鲁克养的猫——床边一个架子后面，藏着一捆信，这是一个早已死去的房客的东西。克鲁克四处藏着他那些乱七八糟的东西。图金霍恩先生要这捆信，后来拿去了，但我事先却浏览了一下。我这个人讲究实际，所以看了看。这些信是那个房客的情妇写的，署名‘荷娜妮亚’。嗳呀！‘荷娜妮亚’可不是一般人的名字，对不对？在这个公馆里，也不会有一个名叫‘荷娜妮亚’的夫人吧？啊！不，我想是不会的！啊！不，我想是不会的！大概也不会有同样的笔迹吧？啊！不，我想是不会的。”

斯墨尔维德先生在得意洋洋地说着的时候，突然咳嗽起来，打断了原来的话，喊道：“哎哟！天啊！真把我咳死了！”

“既然你打算谈谈同从男爵累斯特·德洛克阁下有关的事情，”布克特先生等他咳嗽完了，便说，“你看爵士就坐在这里了。”

“难道我刚才不是谈到了吗，布克特先生？”斯墨尔维德爷爷叫道。“难道这些跟爵士还没有关系吗？难道这里面不是也牵涉到霍顿队长和永远爱霍顿队长的‘荷娜妮亚’以及他们的孩子吗？算了吧，我现在要知道这些信到哪里去了。如果这些信跟累斯特·德洛克爵士无关，那倒是跟我有关的。我一定要知道它们的下落。我不能让它们不翼而飞。我亲手交给了我的朋友和律师——图金霍恩先生；而不是交给任何人。”

“可是，你知道他已经给你代价，而且还给得不少哩，”布克特先生说。

“我不管那个。我要知道谁把信拿走了。而且，我也不妨告诉你我们有什么要求——我们所有到这里来的人有什么要求，布克特先生。我们要求对这件暗杀案进行更周密的调查。我们知道其中有什么利害关系和动机，但你却没有彻底追查。如果乔治那个凶恶的流浪汉跟这案子有什么关系的话，他也不过是一个受人唆使的同谋犯罢了。你当然了解我的意思。”

“现在，我告诉你是怎么回事，”布克特先生说，态度马上一变，走到他的身边，他的食指像着了魔似的指点着，“我的案子决不让任何人来破坏、干涉或预先评价——哪怕是插手半秒钟也不行。**你**要求更周密的调查吗？**你**是这个意思吗？你看见这只手没有，你以为我不知道什么时候应当伸出手去，抓住那个开枪的人的胳臂吗？”

他的威风使人畏惧，而事实上也很明显，他的话绝非信口雌黄，因此，斯墨尔维德先生开始道歉了。布克特先生压下他刚才突然发作的怒火，打断了他的话。

“我劝你对这件暗杀案不必费心了。这是我的事情。你不妨稍微注意一下报纸；只要你留心，我相信不久你就会看到一些新闻。我的事我自己管，关于这个问题，我要对你说的也只有这些话。至于那些信，你不是要知道谁拿去吗？我不妨告诉你。**我**拿去了。这就是那捆信吧？”

斯墨尔维德先生一双贪婪的眼睛看着布克特先生不知从大衣的什么地方掏出来的一小捆信，证明没有差错。

“你还有什么要说的没有？”布克特先生问道。“喂，别把嘴张得太大，因为那样你的尊容就不好看了。”

“我要五百英镑。”

“不对，你不是要五百英镑；你的意思是要五十英镑，”布克特先生用一种幽默的口吻说。

但是，看样子斯墨尔维德先生的意思是要五百英镑。

“我告诉你，我受了从男爵累斯特·德洛克阁下的委托来考虑这个问题，但是并不接受或答应任何条件，”布克特先生说；于是，累斯特爵士机械地点了点头，“你提出要五百英镑，叫我考虑。哼！这种要求太不合理了！即使你要两百五十英镑，那也嫌多，但总比提五百英镑要合理些。你还不如说两百五十英镑，对不对？”

斯墨尔维德先生的态度十分明显，他绝不说要两百五十英镑。

“那么，”布克特先生说，“我们来听听恰德班德先生的话吧。嗳呀！我常听到我的老同事恰德班德的名字；不管怎么说，他是我生平见到的一个最和蔼的人！”

恰德班德先生听了这些话，走上前来，油滑地笑了笑，搓着那双微微冒出油来的手，滔滔不绝地说道：“朋友们，我们——我的太太雷彻尔和我——现在来到了一个富贵人家的公馆。我们为什么要到这个富贵人家的公馆来呢？朋友们，难道是因为人家请了我们，要我们和他们一同参加宴会，一同享乐，一同弹鲁特琴，一同跳舞吗？不，不是的。那么，我们究竟为什么要来呢，朋友们？是不是因为我们知道了一个罪孽深重的秘密，而且为了要我们保守秘密，就必须给我们小麦、油、酒——或者说，同这些完全相等的东西——金钱呢？也许是的，朋友们。”

“你这个人倒很讲究实际，”布克特先生注意地听了以后答道，“所以你准备谈你所知道的秘密是怎么回事。你的意见很对。你这样做，再好也没有了。”

“那就让我们用博爱的精神来谈吧，我的兄弟；”恰德班德先生带着一种狡狯的样子说道，“雷彻尔，我的太太，你走过来。”

雷彻尔太太迫不及待地向前走了几步，故意把她丈夫推到后面去，同时又对布克特先生皱着眉头苦笑。

“既然你想知道我们知道些什么事情，”她说，“那我可以告诉你。德洛克夫人的女儿——霍顿小姐，是由我帮着抚养大的。当时我侍候着德洛克夫人的姐姐，她对夫人带给她的耻辱非常敏感，所以在孩子生下来的时候，甚至对夫人也说小孩死了——事实上差点也是死了。她到底活了下来，而且我也认识她。”恰德班德太太说这些话的时候，很刻薄地加重“夫人”这两个字的语气，说完以后，还笑了一声，两臂交叉地抱在胸前，恶狠狠地望着布克特先生。

“我想，”侦探长答道，“你是想要二十英镑，或者是价值二十英镑的礼物吧？”

恰德班德太太只是笑了笑，用一种轻蔑的口气说，他就是“酬谢”她二十便士也不要紧。

“那边还有我的朋友，法律文具店老板的好太太，”布克特先生说，用食指诱导她走上前来。“你的目的是什么呢，太太？”

斯纳斯比太太最初又是哭，又是叹气，因而说不清目的何在；但是大家渐渐从她那些杂乱无章的话里了解到她的意思：她是一个备受委屈和损害的女人，因为斯纳斯比先生对她一贯欺骗，不管她的死活，而且事事都想瞒着她。她的处境十分痛苦，主要的安慰是已故的图金霍恩先生对她的同情；图金霍恩先生有一天在她那变了心的丈夫不在家的时候，到库克大院去了一次，对她表示非常同情，因此，前一阵子她总是去向他诉苦。据她看，除了今天同她一起来的这几位不算，似乎人人都在算计她，不让她过安静日子。譬如肯吉-卡伯伊法律事务所的办事员——格皮先生，最初就像中午的阳光那么明朗，但是突然变得沉默寡言，就像午夜那么阴沉，毫无疑问，这是因为他被斯纳斯比先生收买了。由于同样的原因，威维尔先生也变了，他是格皮先生的朋友，行迹诡秘地住在一个大院里。此外，还有已经死了的克鲁克；已经死了的尼姆罗德，已经死了的乔；他们“全是有关的人”。至于同什么事有关，斯纳斯比太太却说不清楚，但是她肯定知道乔是斯纳斯比先生的儿子，“就像有个喇叭大声告诉过她似的”，而且在斯纳斯比先生最后一次去看那个孩子的时候，她曾跟在后面，如果乔不是他的儿子，他为什么要去呢？在最近的一段时间里，她把什么事情都放下不做，而将全部精力和时间用来尾随斯纳斯比先生（他到东就追到东，到西就追到西），收集可疑迹象——在她看来，一切迹象都是非常可疑的；不管白天黑夜，为了揭穿和破坏她那负心的丈夫的诡计，她就这样不停地奔波着。正由于这个原因，她促成了恰德班德夫妇和图金霍恩先生的交往，而同图金霍恩先生谈到格皮先生态度的改变，又无意中帮助发掘出与眼前这些人有关的材料——但这并不是她的本意，因为她那伟大的目标始终未变，那就是最后彻底揭发斯纳斯比先生并同他离婚。斯纳斯比太太作为一个被损害的女人，作为恰德班德太太的朋友、恰德班德先生的信徒和已故的图金霍恩的送丧人，在这里将上述那些情况都秘密地加以证实，但她语无伦次，颠三倒四，不管事实可能有关或无关，全都扯在一起；她没有什么金钱方面的动机，除了上述那个目标外，也没有其他计划或目的；她无时无刻不在猜忌，把这浓厚的猜忌情绪带到这里来，带到任何其他地方去，就像磨坊里的粉末不停地到处飞扬一样。

斯纳斯比太太的这段开场白费了好些时间，不过在她扯下去的时候，布克特先生就一眼看穿了斯纳斯比太太那股酸劲儿，于是同他那老朋友守护神商量一下，锐利的眼光便转移到恰德班德夫妇和斯墨尔维德先生身上。累斯特·德洛克爵士一动不动地坐在那里，脸上的表情还是那么冷淡；但偶尔也看一看布克特先生，仿佛那个侦探长就是世界上唯一可靠的人。

“很好，”布克特先生说。“你们看，我现在已经了解你们的来意，从男爵累斯特·德洛克阁下委托我研究一下这件小事，”累斯特爵士机械地点了点头，表示同意，“我一定主持公道，悉心研究。我决不会说什么合伙敲诈以及诸如此类的话，因为我们都是见过世面的人，都不想弄得彼此难堪。不过说真的，我实在弄不明白；我真不懂你们为什么要在楼下客厅里大吵大嚷。这对你们是很不利的。我的看法就是这样。”

“我们要进来，”斯墨尔维德先生辩解说。

“你们当然要进来啰，”布克特先生笑嘻嘻地说，“但是像你这样一个年纪那么大的老先生——你听着，你可真是个年高德劭的老先生了——由于四肢不便，全部精力都集中到脑部，因而变得非常精明，然而奇怪的是，却没有想到如果对目前这件事情不尽量保守秘密，那它就会一钱不值！你看，你刚才忍不住发了脾气，这样你就理亏了。”布克特先生和颜悦色地同他讲道理。

“我只说，如果不派一个人上楼告诉累斯特·德洛克爵士，我决不走，”斯墨尔维德先生答道。

“对啊！正因为这样，你就忍不住发脾气了。我告诉你吧，如果下次你能忍住，你就会发财。现在让我拉铃叫人送你下去，怎么样？”

“关于这件事，什么时候给我们回音？”恰德班德太太严厉地问道。

“啊！你真不愧是个女人！你们娘儿们总是那么好事！”布克特先生用一种殷勤的口吻答道。“我明后天就去看你——而且也忘不了斯墨尔维德先生和他提出的两百五十英镑的要求。”

“五百英镑！”斯墨尔维德先生喊道。

“好吧！名义上算五百英镑；”布克特先生拉着铃索。“现在我总可以代表这个公馆的主人并用我个人的名义请诸位回去了吧？”布克特先生故意用一种很客气的口吻问道。

他们一个也不敢表示反对，他就拉了拉铃，于是他们又像刚才上楼那样下去了。布克特先生送他们到房门口，然后回到屋里，用一种严肃的口吻说：

“从男爵累斯特·德洛克阁下，现在请您考虑一下，是不是要出钱收买他们，把这件事遮掩过去。大体上，我建议由我出面收买；我想这花不了多少钱。您看，那个斯纳斯比太太真是条酸黄瓜，她被所有这些骗子利用了；结果造成的种种危害大大超过她当初的意图——如果她当初真有这种意图的话。已故的图金霍恩先生控制了所有这些‘马’，我相信他一定能够按照自己的意思去驾驭它们；可是他却从驾驭座上摔下来死了。现在这些马踢掉拖索，竟按照它们的意思拉着这辆车子乱跑。实际情况就是这样，而人生也是如此。猫不在，老鼠就作怪；霜融化，河水也就奔流。现在，关于我们要逮捕的那个人。”

累斯特爵士虽然一直睁着眼睛；但仿佛这时才醒了过来；当布克特先生看表时，他目不转睛地望着布克特先生。

“我们要逮捕的人现在就在公馆里，”布克特先生兴致勃勃地说下去，一边从容不迫地把挂表收好，“我准备当着您的面将她逮捕。从男爵累斯特·德洛克阁下，您一句话也不要说，同时也不要动。我们绝不会吵闹，也不会出什么乱子。如果您觉得方便的话，我晚上再到这儿来，关于这个不幸的家庭问题以及保守秘密的最妥善办法等等，我一定尽力使您满意。现在，从男爵累斯特·德洛克阁下，您千万不要因为马上就要进行逮捕而感到不安。您这就能从头至尾看到整个案子结束。”

布克特先生拉了拉铃，随即走到房门口，同使神低声说了几句话，关上了门，双手交叉抱着，站在门后。过了一两分钟，房门慢慢打开，一个法国女人走了进来。原来是奥尔当斯小姐。

她一进来，布克特先生立刻把门关上，并用背靠着门。意想不到的关门声使她转身去看，就在这个时候，她看到累斯特·德洛克爵士坐在椅子上。

“请原谅，”她急忙低声地说。“他们告诉我这里没有人。”

当她向房门口走去，她和布克特先生打了个照面。她脸上的肌肉突然抽搐了一下，脸色变得灰白。

“这是我的房客，累斯特·德洛克爵士，”布克特先生说，同她点点头。“这位年轻的外国小姐过去几个星期一直住在我家里。”

“我的天使，你想想，累斯特爵士干吗管这些事情？”奥尔当斯小姐用一种开玩笑的口吻答道。

“那么，我的天使，”布克特先生答道，“我们等着瞧吧。”

奥尔当斯小姐紧绷着脸，气冲冲地盯着他看，接着，脸上又慢慢露出了轻蔑的冷笑：“你真是个神秘人物。喝醉了吧？”

“一点也不醉，我的天使，”布克特先生答道。

“我是同你太太一起到这个讨厌地方来的。几分钟以前，她离开了我。他们在楼下告诉我说，你太太在这里。现在我来了，她却不在。你倒说说看，开这种玩笑是什么意思？”奥尔当斯小姐质问他说，泰然自若地交叉抱着双手，然而在她那阴沉的脸颊里面，仿佛有什么东西像钟摆那样有节奏地跳动着。

布克特先生只是对她摇着食指。

“啊，上帝，你真是个大笨蛋！”奥尔当斯小姐叫道，忽然把头一扬，又大笑起来——“让我下楼去，蠢猪。”接着又顿了顿脚，露出咄咄逼人的样子。

“算了吧，小姐，”布克特先生冷静而坚定地说，“你坐到那张沙发上去。”

“我什么地方也不坐，”她答道，一边不停地点头。

“我告诉你，小姐，”布克特先生又说了一遍，除了用食指点着她，没有别的表示，“你坐到那张沙发上去。”

“为什么？”

“因为你杀了人而逮捕你，其实不说你也明白。我告诉你，我对女人，尤其是外国女人，总是尽量讲礼貌的。如果这样不行，那我只好采取强硬手段，外边就有这样的人在等着。我采取什么方式完全由你决定。所以，我用一个朋友的身份劝你坐到那张沙发上去，否则，再过一会儿就来不及了。”

奥尔当斯小姐服从了。她脸颊上的肌肉还像刚才那样颤动着，同时咬牙切齿地说：“你是个魔鬼。”

“你看，”布克特先生满意地说下去，“现在你坐在那里很舒服了，我希望你的举动应该像一个懂事的年轻外国女人那样。因此，我劝告你：别多说话。你在这里不必说什么，尽量不要开口。总之，你也明白，话说得越少越好。”布克特先生在最后一句话里夹了一个法文字，感到很得意。

奥尔当斯小姐像老虎似的张大着嘴，一双充满怒火的黑眼睛盯着他看，握紧拳头——甚至可以想象她还紧紧踡着脚趾——挺直身子坐在沙发上一动不动，嘴里咕哝着：“啊！布克特，你这个魔鬼！”

“从男爵累斯特·德洛克阁下，”布克特先生说，从这时起，他的手指便不停地点着，“这个年轻女人，我的房客，曾经在我同您刚才谈到的那段时间里侍候过夫人；她后来对夫人极其仇视，因为夫人把她辞退了——”

“胡说！”奥尔当斯小姐叫道。“是我自己辞退的。”

“喂，你为什么不听我的劝告？”布克特先生用一种动人的、几乎是恳求的口吻答道。“我没想到你会这样轻浮。你要知道，你说的某些话可能被人用来对你进行控诉。你一定会这样的。至于我在作证以前所说的话，你却不必计较，因为这不是跟你说的。”

“也算是夫人把我辞退的！”奥尔当斯小姐狂怒地叫道，“哼，这位夫人可真漂亮！跟这么一位声名狼藉的夫人在一起，简直毁—毁—毁了我自己的人格！”

“说实在的，我真不懂你这是怎么回事！”布克特先生斥责她说。“我一向认为法兰西民族是一个崇尚礼义的民族，我真是这样想的。可是却没想到一个法国女人在从男爵累斯特·德洛克阁下面前，竟会讲出这样的话！”

“他是个被人玩弄的可怜虫！”奥尔当斯小姐叫道。“我唾弃他的公馆、他的名声、他的低能，”她把地毯当作它们的替身，对它直啐唾沫。“啊，他还是个伟大人物呢！真了不起！天啊！呸！”

“而且，累斯特·德洛克爵士，”布克特先生说下去，“这个性情暴躁的外国女人还愤愤不平地认为，她当初到已故的图金霍恩先生事务所里参加过我同您谈到的那次对证，就有权向他提出什么要求；其实，她所花的时间和精力已经得到十分优厚的报酬了。”

“瞎说！”奥尔当斯小姐叫了起来。“我一个钱也没要。”

“如果你再说话，那你就得对后果负责。”布克特先生插了一句，“累斯特·德洛克爵士，至于她到我家来住是否故意想要蒙混，暂且不谈；但是当她住在我家的时候，她却经常到已故的图金霍恩先生的事务所去，想找他吵闹，同时，她还去折磨那个不幸的法律文具店老板，把他吓得要死。”

“你瞎说！”奥尔当斯小姐叫道。“没有一句真话！”

“结果就发生了暗杀案，从男爵累斯特·德洛克阁下，当时的情况您已经知道了。现在，我请您再花一两分钟，仔细听我谈下去。案子发生以后，上级就把我找去，要我处理。我检查了现场，验了尸，仔细看过文件等等。根据事务所里一个办事员的反映，我逮捕了乔治，因为有人看见他那天晚上，就在出事前不久的时候，在事务所附近走来走去；而且以前还听见他同死者大吵大闹——据证人反映，他甚至还对死者进行过恫吓。如果您问我，累斯特·德洛克爵士，是不是我最初就相信乔治是凶手，我得坦白地告诉您，我并不这样想；不过，尽管如此，他却有嫌疑；同时也有充分根据对他怀疑，因此我有责任将他逮捕，扣押起来。现在，请您再听下去。”

根据布克特先生平时那种冷静的态度来说，他现在有点兴奋了，他向前倾斜着身子，使劲把食指一挥，预示他要说些什么，而奥尔当斯小姐却紧紧皱着眉头，用那双黑眼睛狠狠盯着他，同时紧闭着发干的嘴唇。

“从男爵累斯特·德洛克阁下，那天晚上我回到家，发现这个女人正和我妻子——布克特太太在吃晚饭。从她要求在我家寄住的那天开始，她就装得非常喜欢布克特太太，但那天晚上，她装得更厉害——确实是太过火了。同时，她对已故的图金霍恩先生所表示的哀悼等等，也显得太过火了。上帝！当我坐在她对面吃饭，看见她手里拿着餐刀的时候，我忽然心里一动，觉得她就是凶手！”

奥尔当斯小姐用一种低得几乎听不见的声音，从牙缝和嘴唇里迸出这样一句话：“你真是个魔鬼！”

“那么，”布克特先生继续说，“发生暗杀案的那天晚上，她到哪里去了呢？她去看戏了(后来我了解，她在杀人以前和以后确实是在戏院里)。因此，我就明白，我的对手很狡猾，要证实她是凶手也很困难；于是我给她设了一个圈套——以往我从来没弄过这种圈套，也没干过这种冒险的事。我在吃饭的时候一边和她谈话，一边就打好了主意。等我上楼睡觉，我在床上用床单堵住布克特太太的嘴，免得她惊讶得叫了起来(我们的房子很小，而这个年轻女人的耳朵又非常尖)，然后把全部情况都告诉了她——亲爱的，你别再打那个主意了，否则我就给你戴上脚镣。”布克特先生把话打住，不声不响地走到奥尔当斯小姐身边，用他那只大手按在她肩上。

“你这是干什么？”她问道。

“你别打算跳窗，”布克特先生答道，一边用食指向她提出警告，“这就是我要干的事情。来！挽住我的胳臂。你不用站起来；我就坐在你身边。现在请你挽着我的胳臂，好吗？你知道我是结了婚的人，而我妻子又是你的朋友。来，挽住我的胳臂吧。”

她根本无法润湿她那发干的嘴唇；她痛苦地叫了一声，心里经过一番斗争，终于屈服了。

“现在我们又可以谈下去了。从男爵累斯特·德洛克阁下，这件案子，如果没有布克特太太(像她那样的女人，要在五万——甚至十五万人中间才能找到一个)，那就绝不可能有今天这样的进展。为了使这个年轻女人不再提防着我，从那天起，我一直没有回家；但是只要需要，我常常用面包和牛奶作为通讯工具，同布克特太太保持联系。那天晚上我用床单把布克特太太的嘴堵起来以后，就低声跟她说：‘你能经常和她随便谈谈我对乔治、我对这件事、那件事等等的怀疑，使她不再提防着我吗？你能不顾休息，白天黑夜都监视她吗？你能保证让我了解她的一切行动，让她不知不觉成为我的俘虏，让她像无法逃避死亡那样，无法逃出我的掌心吗？要知道她的生命就是我的生命，她的灵魂也就是我的灵魂，直到最后，如果证实她是凶手，就将她逮捕起来——这些事你能做吗？’布克特太太嘴里虽然堵着床单，但还是尽可能地对我说：‘布克特，我能办到！’而结果她干得非常出色！”

“你撒谎！”奥尔当斯小姐插嘴说。“所有这些话都是你捏造的，朋友！”

“从男爵累斯特·德洛克阁下，在这种情况下，我的计划是怎样实现的呢？当我猜测这个性情暴躁的年轻女人可能有新的过火举动，我究竟猜错，还是猜对了呢？我猜对了。她准备干什么呢？您听了以后不会感到惊讶吧？她准备把杀人的罪名推到夫人身上。”

累斯特爵士从椅子上站起来，又摇摇晃晃地坐下去。

“而且，她因为听说我常到这里来（其实，我是故意来的），就更加大胆干下去了。累斯特·德洛克爵士，对不起，现在让我把我的记事本扔给您，请您打开，看看夹在里面的那些写给我的信，每封信里都有‘德洛克夫人’的字样。此外，请您把我今天早晨截住的那封寄给您的信打开看看，里面也写着‘凶手是德洛克夫人’这几个字。这样的信多得像瓢虫似的，到处乱飞。布克特太太暗中偷看到，所有的信都是这个年轻女人写的——您说布克特太太有没有本事？布克特太太在这半小时内就能拿到写信用的墨水和纸张，半版邮票以及诸如此类的东西——您说她有没有本事？布克特太太偷看到所有的信都是这个年轻女人寄的——从男爵累斯特·德洛克阁下，您说她有没有本事？”布克特先生问道，这时由于赞赏他太太的才能而显得洋洋得意。

当布克特先生快要谈到结论时，可以看到两种特别引人注意的情况。第一，他好像无形中把奥尔当斯小姐当作是他不可侵犯的财产。第二，她所呼吸的空气似乎在她身边变得越来越稀薄，使她透不过气来，仿佛一个严密的网或幕逐渐向她围拢，要包住她的身体似的。

“德洛克夫人在出事的时候无疑是在场的，”布克特先生说，“我相信这个外国朋友从楼梯上看见了夫人。德洛克夫人、乔治和这个外国朋友一个跟着一个到那里去。但这些现在都没有什么意义了，所以我也不用说了。但是，暗杀已故的图金霍恩先生用的那支手枪里的填弹塞，却被我发现了。这是从介绍您那切斯尼山庄的说明书上扯下来的。从男爵累斯特·德洛克阁下，您也许说，这张纸片没有什么重要意义。但事实并不如此，因为当这个外国朋友完全丧失警惕，认为就是把剩下的说明书扯碎也不会出什么毛病，而布克特太太将碎纸片拼起来，发现少了作填弹用的那一块的时候，谁是凶手这个问题就开始明朗了。”

“你简直谎话连篇，”奥尔当斯小姐插进来说，“噜哩噜苏的讲了一大堆。你究竟什么时候才说完，还是永远没完没了？”

“从男爵累斯特·德洛克阁下，”布克特先生继续说——他爱用爵士的全部尊称，绝对不愿省去其中任何一个字，“现在，我准备谈本案的最后一个问题，它说明我们办事要有耐心，绝不能性急。昨天，我太太按照原定计划，带着这个年轻女人去参加葬礼。当她和我太太一同在那里看着的时候，我却暗中监视着她；这时，我有充分理由判她的罪，而且我看到她脸上那种得意的样子，想到她对德洛克夫人的陷害那么可恨，同时也觉得给她所谓报应的时机已经成熟，假如我是个经验不多的新手，那我一定会当场将她逮捕。另一方面，昨天晚上，当人人崇拜的德洛克夫人回家的时候，她那样子——啊！上帝！简直像出现在海面上的维纳斯女神那样美；谁一想到她竟然被人诬告杀人，能不觉得气愤，能不觉得不公平？在这种情况下，同样地，我恨不得立刻把案子结束。如果我那么做，会有什么损失呢？从男爵累斯特·德洛克阁下，那我就会找不到那支手枪。这个犯人在葬礼结束后向布克特太太提议，她们一同乘公共马车到郊外不远的一个设备很好的旅馆去喝茶。说起来在那个旅馆附近有个水塘。喝茶时，这个犯人起来，到她放帽子的卧室去拿小手绢；去了很久，回来时神色有点慌张。后来，她们回到家，布克特太太马上就把这个情况以及她的观察和怀疑都告诉了我。于是，我同手下两个人，乘着月光，在水塘里打捞，在那支小手枪被扔到水塘里六小时以后，又把它捞起来了。现在，亲爱的小姐，把你的胳臂伸过来，挽得紧一点，我不会弄疼你的！”

布克特先生一转眼就用手铐扣住她的手腕。“这是一个，”布克特先生说。“现在，还有一个，亲爱的。一共两个，好，全铐上了！”

他站起来；她也站了起来。“哪里，”她问他，两只大眼睛慢慢地眯了起来，最后眼睑低得几乎把眼珠都盖住了——但事实上还是瞪着，“哪里可以找到你那个虚伪、奸诈、该死的老婆？”

“她已经到警察局去了，”布克特先生答道。“你在那里可以见到她，亲爱的。”

“我倒很想吻她一吻！”奥尔当斯小姐大声说，像雌老虎那样喘着气。

“我猜你要咬她一口吧？”布克特先生说。

“我真要咬她！”一边说，一边把眼睛睁得大大的。“恨不得把她千刀万剐！”

“愿上帝保佑你，亲爱的，”布克特先生非常冷静地说，“我听你这样说，一点也不奇怪。你们女人一旦伤了和气，彼此就恨得要死。你不那样恨我吧，是不是？”

“是的。不过，你也是个魔鬼。”

“嗯！一会儿叫我天使，一会儿又骂我魔鬼。”布克特先生叫道，“可是，你要想一想，我有我的正当职业。让我把你的披巾弄好。以前我也当过许多人的侍女。帽子上没少什么东西吧？门口有辆马车等着。”

奥尔当斯小姐用充满怒火的眼睛看了看镜子，身子晃了一下，把自己的衣帽弄得非常整齐，而且，说句公道话，也显得十分优雅。

“我的天使，你听着，”她带着一种讥讽的样子把头点了几下说，“你神通广大，但是你能使他复活吗？”

布克特先生回答：“当然不能。”

“可笑得很。你再听我说一句。你神通广大，但是你能把她变成一位体面的夫人吗？”

“不要这么刻薄，”布克特先生说。

“还有，你能使**他**变成一位高傲的绅士吗？”奥尔当斯小姐喊道，她说的是累斯特爵士，那鄙视的口吻简直无法形容。“嘿！你看他那副样子！可怜的糊涂虫！哈！哈！哈！”

“喂！喂！你简直越说越不像话了，”布克特先生说，“走吧！”

“这些你都办不到，是不是？那就随便你处理我吧。大不了是死，反正就是这么回事！我的天使，我们走吧。再见，老头儿。你真是又可怜又可——鄙！”

她说完这些话，咬紧牙齿，仿佛她的嘴像弹簧锁似的猛然合上了。布克特先生带她出去的样子，叫人无法形容，然而他却用他那特有的方式完成了这件大事，像朵云彩那样簇拥着她，和她一同飞去，仿佛他是丑陋的雷神而她则是他的情人。

累斯特爵士一个人留在书房里，仍然一动不动地坐着，仿佛他还在那里听着和注意地看着。最后，他向这个空房间的四周看了看，发现人全走了，于是摇摇晃晃地站起来，把椅子往后一推，向前走了几步，扶着桌子，支撑住自己。后来，他停住不动了，嘴里又发出一些含糊不清的声音，抬起眼睛，似乎在凝视什么。

只有上帝才知道他看见了什么。他好像看见切斯尼山庄苍翠的树林、宏伟的邸宅和那些先人画像；看见陌生人在毁坏它们，警官们粗鲁地摆弄着他那些最珍贵的传家宝；看见成千上万只手指着他，成千上万张脸耻笑他。但是，如果他看到这些情景从他眼前飞逝时感到惊讶，那么当他看见另一个人影时，却能比较清楚地叫出名字，而且也只是对着这个人影，他才那样拼命地揪着自己的白头发，并伸出双手。

这是她的影子。关于她，他除了感到多少年来主要是以她作为自己尊严和骄傲的基础以外，从未对她有过任何自私的想法。他爱她、崇拜她、颂扬她，并且把她当作表率，让全世界的人去尊敬。他在那种为繁文缛节所束缚的生活中，不断从她那里得到爱情和安慰，而他所感受的痛苦，也只有她才能体会。他几乎忘了自己而只看见了她；因此，他不忍看她在增加那个顶峰的光辉以后，被人从那里推入万丈深渊。

甚至当他倒在地上，已经感觉不到痛的时候——尽管他说话的声音还是那么含糊——他仍然能够清晰地喊着她的名字，声调中充满了悲哀和怜悯，而没有一点谴责的意味。

第五十五章
出　走

当布克特侦探长还没有像上一章所描写的那样去逮捕凶手，而只是为了迎接紧张的工作正在睡觉的时候，有辆双人马车从林肯郡驶出，在冬天的晚上，沿着冰冻的道路向伦敦驰去。

铁路不久就要穿过这个平原，而火车也会像流星一般带着耀眼的光芒，轰隆隆地驰过这片夜色笼罩的旷野，使月光为之减色；尽管不难预见，但现在这些地方还看不到这样的景物。准备工作已经开始，譬如测定地基，打下标桩。桥梁也开始架设，但桥桩尚未连接，隔着道路和河流，现出一副相对凄然的样子，就像砖和灰泥因为中间有层障碍而不能凝结在一起似的；堤岸的碎片到处都是，堆得像一个个悬崖峭壁，无数破旧的马车和手推车在上面穿梭往来；山顶上出现了高高的三角架，据说正准备开凿隧道；总之，这里的一切都似乎混乱得不可收拾。但那辆驿站马车在黑夜里仍然沿着冰冻的道路向前驰去，根本不管这里修什么铁路。

马车里坐着切斯尼山庄的老管家朗斯威尔太太；而坐在她身边的，则是披着灰斗篷、拿着雨伞的贝格纳特太太。老伴儿本来想坐在前面的横木上，因为那个地方通风，虽然简陋一些，但还像她平时旅行爱坐的赶车的座位，可是朗斯威尔太太为了她的舒适着想，决不让她坐在那里。这个老太太对老伴儿表示不胜感谢。她端端正正地坐着，握着老伴儿的手，不管它多么粗糙，常常把它搁到自己唇边吻一吻。“你是一个做妈妈的人，亲爱的，”她说了好多次，“所以你就找到我那乔治的妈妈。”

“啊，乔治跟我一向是很坦白的，太太，”贝格纳特太太答道，“他在我家里曾经跟我的伍尔维奇说，等他长大就会想到，在他所能回忆的事情当中，最值得安慰的，就是他从来没有给他妈妈脸上增加一条伤心的皱纹或是头上增加一根白发；当他这样说的时候，我看他那种神色就可以断定，又有什么事使他想起他妈妈来了。过去，我常听他说，他很对不起她。”

“没有的事，亲爱的！”朗斯威尔太太答道，一边哭了起来。“愿上帝保佑他吧，他从来没有什么对不起我的！我那乔治总是那么喜欢我，爱我！他只是胆子大，有点不走正道，后来就当兵去了。我知道他最初是想等到升了级，当上军官，才让我们了解他的情况；可是后来他没有升级，觉得自己不配同我们来往；也不愿丢我们的脸。我那乔治心肠很硬，从小就是那样！”

老管家浑身颤抖，双手又像以前那样舞动起来，因为她这时想起乔治当初是个多么欢乐、善良、聪明而又有前途的好孩子；在切斯尼山庄时，他多么逗人喜欢；后来他长大了，成了一个小伙子，又受到累斯特爵士的器重；就连狗也爱跟他亲近；甚至那些同他吵架的人，等他一走，也都原谅他。啊，可怜的孩子！跟他分别这么多年，现在还要到监狱里才见着他！老管家身上宽大的胸衣不停地起伏着，而她那穿着古色古香服装的挺直的身子，也由于沉重的哀伤而弯了下去。

贝格纳特太太是个善良而热心的人，这种性格使她本能地感到现在最好让老管家哭一会儿——她自己也是个做妈妈的人，不禁也用手背擦擦眼睛——稍停以后，她又高高兴兴地笑着说：

“所以，当我出去叫乔治进来喝茶的时候，他装着正在外边抽烟，我对他说：‘哎呀！乔治！今天下午你怎么不高兴啦？我见过各式各样的人，而且不论国内国外，不论在你得意或失意的时候，我也常常见到你，可是从来没有见过你这种又伤心又懊悔的样子。’‘是呀，贝格纳特太太，’乔治说，‘正因为我今天下午又伤心又懊悔，所以你才能看到我这副样子。’‘你究竟做了什么事啦，老弟？’‘唉，贝格纳特太太，’乔治摇了摇头说，‘我做的事情，已经有好多年了，现在最好不要打算挽回了。如果我能上天堂，那绝不是因为我孝顺我那守寡的母亲；我现在也不多说了。’我告诉你，太太，当乔治对我说‘现在最好不要打算挽回’那句话时，我就想起了我平时的那些想法，于是我就追问乔治那天下午怎么会产生这样的感触。接着，乔治告诉我，他在律师事务所偶然看见一位高尚的老太太，使他仿佛见到自己的妈妈一样；他跟我滔滔不绝地谈那位老太太，谈得简直入了迷，把她许多年前的模样画给我看。等他画完，我就问，他看见的老太太究竟是谁？乔治告诉我，她是朗斯威尔太太，在林肯郡切斯尼山庄德洛克家当管家已经五十多年了。乔治以前常同我说他是林肯郡人，于是那天晚上，我跟我那个大木头说：‘大木头，我敢用四十五英镑打赌，那位老太太就是他妈妈！’”

所有这些话，贝格纳特太太至少在过去四小时内已经说了二十遍。她用一种仿佛鸟儿歌唱的颤音说着，声音很高，惟恐老管家在车声辚辚之中听不见她的话。

“谢谢你，愿上帝保佑你，”朗斯威尔太太说，“谢谢你，愿上帝保佑你，好心的太太！”

“哎呀！”贝格纳特太太很自然地叫了起来，“你不用谢我。你还是谢你自己吧，太太，因为你总是那么客气，老向人道谢！我再跟你说一遍，太太，等你证实了乔治是你儿子以后，最好设法让他看在你的分上接受各方面的帮助，进行辩护，洗清罪名，因为关于这件案子，他跟你我一样，是完全无辜的。他只靠真理和公道是不够的；他一定要有法律和律师的帮助。”老伴儿感叹地说，显然认为法律和律师已经同真理和公道一刀两断，永无关系了。

“亲爱的，”朗斯威尔太太说，“他要什么帮助，我就给他什么帮助。我心甘情愿用我所有的积蓄去帮助他。累斯特爵士和我全家都会尽最大的努力去做。我——我还了解一些情况，亲爱的；

我们母子分别这么多年，终于在监狱里重新见面。我会根据这种理由，亲自向人求情的。”

老管家说话时一边露出一种忧虑不安、欲言又止的样子，一边又紧握着双手，这使贝格纳特太太非常注意，但她总以为这是老管家为儿子的处境担忧，因而就不奇怪了。可是，她还是不懂朗斯威尔太太为什么会像发疯似的不断自言自语：“夫人，夫人，夫人！”

寒夜慢慢消逝，天刚破晓。那辆驿站马车在朝雾中颠簸奔驰，仿佛是一辆鬼车。一路上还有许多鬼影憧憧的景物：树木、篱笆等等都像鬼怪一样；可是这些幻景慢慢消失，在阳光下又恢复了本来面目。到了伦敦，乘客都下了车；老管家露出又是悲伤又是慌乱的样子，而贝格纳特太太则显得精神饱满，泰然自若——仿佛要她再到好望角、阿森松岛、香港或其他防地去，也无需另整行装，就可以这样子出发似的。

但是，当她们动身到骑兵被监禁的那个监狱去的时候，老管家却竭力想装出一种镇静沉着的样子——她平时穿着那件淡紫色衣服也总是显出这种样子的。从外表上看，她好像是一件极其素净、精致而又美妙的古瓷；但她的心却跳得很快，而她的胸衣，也比这些年来想起她那误入歧途的儿子时，起伏得更厉害。

她们走近牢房，发现门正开着，看守从里面出来。老伴儿赶快做个手势，叫他不要作声；他点了点头表示答应，让她们进去以后，便把门关上。

乔治正在桌上写字，还以为牢房里就他一个人，所以没有抬头，而在那里聚精会神地写着。老管家望着他，双手又像刚才那样摸索着；即使贝格纳特太太了解到所有情况，看见母子相会，而仍然怀疑他们的关系的话，那么，这双手的动作就足以把她的怀疑打消。

老管家站在那里一声不响，一动不动，而且也没有让衣裙发出一点沙沙的声音，所以未被发觉。她望着乔治聚精会神地写着，但她那双颤抖的手却表达了她的感情，仿佛说出了千言万语。贝格纳特太太了解，这双手表达的情感是感激、欢乐、忧伤和希望；它们表明，从他还是个小伙子，一直长到现在这么高大，她对他的爱始终没有减少，而且也不要他报答；她还有一个更有出息的儿子，但她对那个儿子却不像对这个儿子爱得这么深，感到这么自豪。贝格纳特太太看着这双不停地颤抖的手，深受感动，不禁热泪盈眶，晶莹的泪水顺着那张晒成棕色的脸颊流下来。

“乔治·朗斯威尔！亲爱的孩子，转过身来看看我！”

骑兵吃了一惊，霍地站起来，搂住他妈妈的脖子，接着又跪了下来。不知道是因为觉得自己忏悔得太晚了呢，还是因为突然想起了什么，他像小孩祈祷时那样双手握在一起，举到她胸前，低头哭了起来。

“乔治，我最亲爱的孩子啊！你一向是我最心疼的儿子，今天我还是那么疼你，可是，这么多年的苦日子，你在什么地方过的呢？你已经长大成人，长得这么漂亮，这么结实。我知道，只要上帝保佑你还活着，你一定会长成这种样子的！”

最初，她的问话和他的回答都很凌乱。在这一整段时间里，老伴儿转过身，把一只胳臂靠在白粉墙上，支住她的额头，用那件灰斗篷擦着眼泪，露出了平时最高兴的样子。

“妈，”骑兵等彼此安静下来以后说，“请您原谅我，我需要您的宽恕。”

原谅他！她当然原谅，而且也从来没有怪过他。她告诉他这么多年来，她在遗嘱里一直写明乔治是她最心爱的儿子。她从来不相信他有什么缺点。如果她等不到今天这个幸福的团聚而死去的话——她现在年纪已经很大，活不久了——那么，在她临终，心里还明白的时候，她一定会替她心爱的乔治祝福。

“妈，我一直对您很不孝顺，可是我已经得到了惩罚；最近几年，我心里也隐隐约约有了一个想法。妈，我当年离家的时候不

贝格纳特太太从征程返回

大在乎，也不怎么害怕；离家以后，就冒冒失失参了军，装着我对别人毫不关心，而别人对我也不闻不问。”

骑兵擦干了眼泪，收好手绢；但是，他说话的态度和表情却和平时显然不同；他的声调很低，有时还因为忍住哭泣而把话打断一下。

“所以后来，妈，您知道得很清楚，我写了封信回家，说我改了姓参军，接着就出国了。在国外，我也曾想过，等我明年情况改善一些就写信回家；第二年过去了，我又想也许再等一年，情况会好转一些，再写信也不晚；可是等第三年又白白过去，我就不大把这件事放在心上了。这样，一年年地过去，转眼服役了十年，最后年纪也渐渐大了，于是我就怀疑还有什么必要写信？”

“我决不怪你，孩子——可是，乔治，难道你没想让我宽宽心吗？你妈那么疼你，而且年纪也那么大了，难道你就一点不让她知道你的消息吗？”

这句话几乎又使骑兵伤心起来；但他使劲大声咳了一下，终于忍住了。

“愿上帝宽恕我吧，妈，因为我当时觉得，您就是听到我的消息，也不见得感到多大安慰。您在切斯尼山庄过得挺好，受到人家的敬重。至于哥哥，根据我偶尔从北部的报纸看到的消息，他也发了财，并且出了名。可是我呢，还是一个到处漂泊的流浪汉，不像他那样闯出了一番事业，而是断送了自己的前程——抛弃了原有的一切有利条件，荒废了早先学到的那点本领，而这些年来所学到的东西却又使我无法做好我想做的许多事情。我有什么必要让人知道我的情况呢？这么多年都过去了，现在即便知道，又有什么好处呢？妈，您已经熬过了最痛苦的时期。在我长大以后，我知道您曾为我伤心、流泪、祈祷；可是您的痛苦已经过去，或者说已经冲淡了，您想起我，也不那么痛苦了。”

老管家伤心地摇了摇头；抓住他的一只大手，亲切地将它搁在自己肩上。

“不，妈，我不是说您真的就是这样；这不过是我猜测罢了。我刚才说，让您知道我的情况又有什么好处呢？哦，亲爱的妈，这样也许对我有些好处——这种想法是很自私的。您一定会找到我，花钱让我退伍，把我带到切斯尼山庄去住，让我同哥哥一家人团聚，而你们大家一定非常希望帮我一点忙，让我做个正派人。可是，连我对自己都感到没有把握的时候，那么你们又怎么能感到对我有把握呢？我是个游手好闲的骑兵，除非有人管教，不然自己也会丢脸出丑，那么，你们怎能不把我看作是你们的累赘，觉得丢了你们的脸呢？我从小就从家里逃出来，到处流浪，使妈妈一直为我担忧，为我伤心——像我这样的人，怎么有脸去见我哥哥的孩子，妄想去做他们的榜样呢？‘不行，乔治，’当我想起这些事情的时候，妈，我就对自己这样说，‘你既然造了孽，那就自作自受吧。’”

朗斯威尔太太挺直了她那姿态端庄的身子，带着十分得意的神气向贝格纳特太太摇了摇头，仿佛说：“你看我猜对了吧！”贝格纳特太太使劲用伞在乔治后背上捅了一下，表示她心里很宽慰，而对他们的谈话也很感兴趣；后来，她每隔一会儿就捅一下，表示她高兴极了，而且每次捅完以后，总是回到白粉墙边，用灰斗篷擦擦眼泪。

“由于这种原因，妈，我就觉得最好还是自作自受，让自己毁掉算了。尽管我到切斯尼山庄偷偷看过您几次而没让您知道，可是如果没有我这位老同事的太太那么劝我(我真说不过她)，我早就完了。但是，我很感谢她。贝格纳特太太，我向您表示衷心的感谢。”

贝格纳特太太又捅了他两下。

这时老管家用她所能想到的各种爱称来称呼她这个久别重逢的好儿子，把他说成是她的欢乐和骄傲、她最心爱的人、她晚年的安慰等等，同时告诉他说，他一定要听从那种只有用金钱和权势才能得到的最宝贵的意见；一定要把他的案子委托给最有名的律师去办；他在眼前这种极其困难的处境中，一切行动必须听人劝告；而且不管他有多么充足的理由，也决不能任性，一定要在释放之前处处想到他那可怜的老母亲如何为他担忧和伤心，否则，他就会使她心碎。

“妈，您要我答应的事情不算什么，”骑兵答道，一边吻她一下，把她的话给打断了；“只要您说我该怎么办，我一定去做；尽管现在已经晚了，我也愿意从头做起。贝格纳特太太，我想你一定会照顾我妈妈吧？”

贝格纳特太太用伞狠狠捅了他一下。

“如果您介绍我妈同贾迪斯先生和萨默森小姐认识，她会发现他们的想法同她是一样的，而且他们也会向她提供最宝贵的意见和帮助。”

“还有，乔治，”老管家说，“我们必须赶快把你哥哥找来。据说他在切斯尼山庄外边谋生，说实在的，我可不大了解这事，他是个很懂世故、很有见识的人，那么，如果把他找来，他一定能给我们帮个很大的忙。”

“妈，”骑兵答道，“我要您答应一件事，您不会觉得太过分吧？”

“当然不会，亲爱的。”

“那就请您答应我这个重大的要求吧——别让哥哥知道。”

“知道什么，亲爱的？”

“知道我的情况。妈，我真不愿让他知道；我下不了这个决心。事实证明，他的景况和我完全不同，在我当兵期间，他大大提高了自己的地位，因此，当我现在关在这种地方，又被控告犯了这样的罪，实在觉得没脸见他。而且，像他那样地位的人，一旦发现了这种情况，又怎么能高兴呢？这是不可能的。不，妈，不要让他知道我的情况；请您特别照顾我一下，无论如何，也要把我的事情瞒住哥哥。”

“可是，总不能永远瞒住他呀，亲爱的乔治？”

“是呀，妈，大概不会永远瞒着——尽管我将来也可能提出这种要求——可是现在，我却求您瞒着。如果真要让他知道，他的弟弟浪子回头了，那么，”骑兵带着疑惑的神气摇摇头说，“我希望亲自告诉他；并且根据他对我表示的态度再决定究竟同他接近或是疏远。”

他对这个问题的态度显然是很坚决，而贝格纳特太太的神色也表明他会坚持到底，因此，他母亲对他的要求也就默许了。于是他高兴地表示感谢。

“关于其他问题，亲爱的妈妈，我一定像您希望的那样，好好听您的话；我只是坚持这一点。因此，我现在也愿意请律师了。我在起草一份辩护书，”他向桌上的稿子看了一眼，“准备确切地说明我对死者所了解的情况以及我被卷入这件不幸的事情的经过。我把事实写得清清楚楚，有条有理，就像值勤士兵的记录那样；其中没有一句不是真话。不论什么时候，只要让我自己辩护，我真打算把它从头至尾念一遍。直到现在我还希望将来能有这样的机会；不过，关于这个案件，我不再坚持要按照我的意见去办，不论将来的发展如何，我都答应您决不坚持。”

现在由于问题已经得到圆满解决，而探狱的时间也将结束，贝格纳特太太便提出说，应该走了。老管家恋恋不舍地把头靠在她儿子肩上，而骑兵也一再用他那宽阔的胸膛去拥抱她。

“贝格纳特太太，您现在陪我妈上哪里去呢？”

“我到德洛克公馆去，亲爱的。我有点事，必须马上去办，”朗斯威尔太太答道。

“你用马车把我妈平安地送到那里，好吗，贝格纳特太太？其实，这也不必问，您当然会送她的！”

说得一点也不错，贝格纳特太太又用伞把他捅了一下。

“请您陪她去吧，老朋友，我非常感激您。请您代我吻一下魁北克和马耳他，向我的教子问好，使劲握一下大木头的手，最后，还让我亲您一下，但愿这一吻值一万金镑！”骑兵说完以后，在贝格纳特太太那个晒黑了的额头上吻了吻，接着，牢房的门又把他关在里面了。

老管家好意劝贝格纳特太太继续乘马车回家，可是贝格纳特太太无论如何也不答应。当马车到了德洛克公馆，她高高兴兴地下了车，搀着朗斯威尔太太走上台阶，同她握握手，便徒步离开了；不久，她就同全家欢聚，并且动手洗菜，仿佛没发生过刚才那回事似的。

德洛克夫人正在上次同图金霍恩先生最后见面的那个房间里坐着；她仍旧坐在上次那个座位上，望着他上次站在炉边地毯上从容打量着她的那块地方；这时，有人敲了一下房门。谁呀？朗斯威尔太太。可是朗斯威尔太太为什么突然进城来呢？

“出事啦，夫人，很不幸的事。啊，夫人，您能让我同您说几句话吗？”

究竟发生了什么新的事情，使这个冷静的老太太哆嗦得这么厉害？夫人往往以为她比自己快活得多，可是现在她为什么这样吞吞吐吐地说话，而且用这种异常的猜疑眼光看着她呢？

“怎么回事啦？坐下来歇一歇再说。”

“啊，夫人，夫人！我找到了我的儿子——最小的儿子，他在很久以前离家当兵去了，可是现在却被关在监狱里。”

“是因为欠债吗？”

“啊，不，夫人。要是欠债，不管多少，我也乐意替他还的。”

“那么，究竟为什么被关进去呢？”

“他被控告杀人，夫人，其实，他同我一样，是无辜的。他被控告谋害图金霍恩先生。”

她的这种眼光和恳求的样子究竟是什么意思？她为什么走到她身边来？手里还拿着一封什么信？

“德洛克夫人，亲爱的、好心的、仁慈的夫人，您一定会有一颗同情我和宽恕我的心。我在您出生以前就到德洛克家来了，我对这家人一直是忠心耿耿的。请您想想，我那亲爱的儿子这次被控告真是冤枉啊。”

“我并没有控告他呀。”

“不，夫人，不是说您控告，而是别人控告。现在他关在牢里，处境很危险。啊，德洛克夫人！如果您能说一句话，帮助他洗清罪名，那就请您说吧！”

这究竟是什么样的幻想？她究竟以为她所恳求的那个人有什么样的力量，居然能够洗清他的嫌疑罪名，假如这种罪名是冤枉的话？夫人那双美丽的眼睛带着一种惊异的、几乎是恐惧的神色看着她。

“夫人，昨天晚上，我离开切斯尼山庄，我这么大的年纪，出来找我的儿子。昨天晚上，‘鬼道’上的脚步声一直没有停过，而且非常响，这是我多少年来没有听见过的。每天晚上，天黑以后，您的房间里总有这种回声，可是昨天晚上的回声特别响。而且，夫人，昨晚天黑以后，我还接到了这封信。”

“什么信？”

“请您别响！别响！”老管家向周围看了看，很害怕地小声答道，“夫人，这封信的内容，我一个字也没说出去。我不相信信里说的话，我知道这决不是事实，我敢保证没有一句话是真的。不过我的儿子现在很危险，您一定要可怜可怜我。如果您知道别人不知道的任何事情，如果您有什么怀疑或线索，如果您有什么理由要把这些事情藏在心里，那么，亲爱的夫人，请您为我着想，放弃那些理由，把您所知道的事情公开出来吧！我想我只能这样求您帮忙了。我知道您不是一位狠心的夫人，但是您一向按照自己的意思办事，不要别人帮助，而且跟朋友们也不接近；可是所有崇拜您这位美丽而又高贵的夫人的人——他们确实对您很崇拜——都认为您高不可攀，不容易接近。夫人，也许您由于高傲或气愤而有某种理由不愿说出您所知道的一些情况；如果真是这样，那我就恳求您替一个忠心耿耿、终生服侍她所热爱的那个家庭的仆人考虑一下，发发慈悲，帮她洗清她儿子的罪名！夫人，好心的夫人，”老管家非常真诚而坦率地恳求道，“我是个下贱的仆人，而您天生就是那么高不可攀，因此，也许不能体会我对我儿子的感情；可是我对他的感情很深，所以冒昧到这儿来向您恳求，如果在这个叫人提心吊胆的时候，您能替我们伸冤或主持公道的话，千万不要因为瞧不起我们而置之不理呀！”

德洛克夫人一声不响地把她搀起，把她手里的信拿了过去。

“要我现在看吗？”

“您等我走了以后再看吧，夫人；到时请您不要忘记我认为您可以给我的那种帮助。”

“我知道我是无能为力的。而且关于你儿子的事，我也没有什么保留，我从来没有控告过他。”

“夫人，等您看了信，您就会觉得他受了冤屈而更加可怜他的。”

老管家把信留在夫人手里就告辞了。其实，从夫人的天性来说，她并不是一个冷酷无情的人；而且当她看见那个老管家向她那样苦苦哀求，本来也会产生很大的同情的。但由于她长期习惯于克制自己，不让真情流露；同时也由于她为了个人目的而在那个破坏一切情感的圈子里混久了，从而沾染了它的习气，把内心的真实感情当作珍宝似的隐藏起来，不论别人是善是恶，富有同情心或生性冷酷，敏感或麻木，表面上都用同样的冷淡态度加以对待；她向来是连惊讶的神色也不露出来的，但是今天，她露出来了。

她拆开了信。里面是一张铅印的传单，叙述发现图金霍恩先生胸部中弹、俯卧在地的情况；下面还写着“德洛克夫人是凶手”的字样。

这张传单从她手里掉到地上。她也不知道自己会过多长时间才把它捡起来；可是就在它掉到地上时，却有个仆人前来通报，说是有位名叫格皮的年轻人要见她。那个仆人也许把这句话说了好几遍，因为在她明白他的意思之前，这句话一直在她耳边嗡嗡地响。

“请他进来！”

他进来了。这时，她手里拿着刚从地上捡起来的信，正努力使自己撩乱的心情安静下来。在格皮先生看来，德洛克夫人现在的神态和以前一样，仍然是那么从容不迫，高傲而又冷淡。

“夫人也许一开始不会原谅一个向来不受欢迎的人前来拜访——关于这一点，我毫无怨言，因为我必须承认，从表面上看，您没有什么特别理由需要对我这个人表示欢迎；但我希望一旦把来访的动机向夫人说明，夫人也就不会怪我了，”格皮先生说。

“那就请说吧。”

“谢谢夫人。首先，我应当向夫人表明一下，”格皮先生坐在椅子边上，把帽子放在脚边的地毯上，“萨默森小姐(她的倩影，正如我以前向夫人所说的那样，曾一度印在我的心上，但后来由于无法控制的情况而消逝了)，曾在我上次拜访夫人之后对我说，她特别希望我不要采取任何与她有关的行动。由于萨默森小姐的愿望在我眼中就是法律(在我无法控制的情况下，当然另作别论)，因此，后来我再也不想有这样荣幸的机会来拜访夫人了。”

“可是现在又来了，”德洛克夫人沉着脸提醒他说。

“是呀，我又来了，”格皮先生承认说。“我的目的是想私下告诉夫人我为什么要到这儿来。”

她要求他尽量把话讲得简短一些。

“我也尽量提请夫人特别注意，”格皮先生有点委屈地答道，“我到府上来并不是为了什么私事，同时也没有考虑到个人利害。如果不是因为我对萨默森小姐所作的诺言，而且决心恪守不渝的话——无论如何，我决不会再来踏脏府上的门槛，而且宁死也不愿上门的。”

格皮先生这时乘机用手把头发弄得竖了起来。

“只要我提醒一句，夫人想必记得上次我来拜访的时候，我同我们法律界颇负盛名的一个人正有些纠葛，这个人最近逝世曾引起大家的惋惜。自从那时以来，他确实与我为难，简直是对我进行讹诈，而且使我不论在什么情况下都无法保证没有在无意中引起一些违背萨默森小姐愿望的事。自我吹嘘并不是什么光彩的事；但我也许可以替自己辩护，我在法律界还不算一个坏人。”

德洛克夫人用一种冷酷的猜疑眼光看着他。格皮先生马上把眼光从夫人身上移到别处去了。

“事实上，”他接着说下去，“要想知道他伙同别人搞些什么阴谋，是很困难的，因此直到发生了我们都感到惋惜的那件事情为止，我一直被他‘搞得很惨’——夫人一向同上流社会的人们来往，大概会觉得这种说法同‘处境狼狈’这几个字的意义相同。还有‘小鬼’——这是我另一个朋友的外号，但夫人并不认识他——也变得非常阴险狡诈，因此有时很难放松对他的警惕。但是，由于我一方面依靠自己的微薄力量，另一方面有个名叫托尼·威维尔先生的人，这个人很有上流社会的气派，一直把夫人的画像挂在屋里，我得到他的帮助，才终于感到有件事值得担忧，因此前来通知夫人加以提防。首先，请允许我向夫人提出一个问题：今天早晨，是否有陌生人来拜访过夫人？我说的不是上流社会的客人，但是究竟有没有像巴巴莉小姐的老用人以及两腿瘫痪、像木偶那样被人抬上楼去的客人到这里来过呢？”

“没有。”

“那么，我可以向夫人担保，这样的客人到这里来过，而且被接见了。因为我曾在门口看见他们，后来一直在广场的拐角等到他们出来，为了怕碰见他们，还在附近蹓跶了半小时。”

“这同我有什么关系，而且跟你又有什么相干？我不懂你的意思！你究竟说些什么？”

“夫人，我来拜访的目的是要您保持警惕。这也许是多此一举。但那也很好。因为我总算尽了最大的努力来实践我对萨默森小姐所作的诺言。根据小鬼所透露的以及我们从他嘴里套出来的情况来看，我很怀疑早先准备交给夫人的那些信件并不像我所想象的那样，已经烧毁了。要是有什么秘密被泄漏的话，那一定是这件事被泄漏了。我刚才暗示的那些客人今天早晨就是为了这件事来敲竹杠的。而且钱也许已经敲到了，或者快到手了。”

格皮先生拿了帽子站起来。

“夫人，我说的话是不是有些道理，您当然很清楚。不管事实怎样，我已经按照萨默森小姐的希望不再过问这些事了，而且尽量把以往所做的事一笔勾销；这样，我也心满意足了。如果我冒昧地请夫人保持警惕而事实上根本没有这种必要的话，那么，我希望夫人能尽量忘掉我的狂妄，而我也努力忘却夫人的不满。现在我向夫人告辞，而且向您保证今后不必担心我再来打搅了。”

她听了他临走的这些话，没露一点声色；但他刚走不久，就按了按铃。

“累斯特爵士在哪里？”

使神回答累斯特爵士现在一个人躲在书房里。

“累斯特爵士今天早晨见过什么客人吗？”

累斯特爵士见过几个，他们都是有事来找他谈的。接着，使神把他们形容了一番；一切果然不出格皮先生的意料。很好，不必多说了；他可以退下去了。

果然如此！一切都完了！这些人提到她的名字，她的丈夫已经知道自己受了骗，而她的丑事也将被揭露——说不定就在她正想着的时候已经传出去了——而且除了她早就料到的、而对他来说却是意外的那个沉重打击外，还有一个匿名者控告她杀害了她的敌人。

过去，他是她的敌人，所以她无时无刻不希望他死掉。但现在，他甚至已经躺在坟墓里，也还是她的敌人。她没想到竟会有人控告她犯了那么可怕的罪，这使她感到仿佛他那只已经失去生命的手又来折磨她了。她想起那天晚上偷偷站在他门外，想起她不久前辞退她那心爱的侍女——露莎，可能使人误会她的目的只是为了避人耳目，这时她感到好像绞刑吏的手已经攥住她的脖子，不禁浑身发抖。

她扑倒在地上，披头散发躺在那里，把脸埋在卧榻的垫子上；接着，又站起来，慌慌张张地走来走去，然后又扑在地上，一边左右晃动，一边呜呜咽咽地哭着。她这时感到说不出的恐怖。如果她真是凶手，那么她害怕的程度也不过如此。

如果她真是凶手，那么，不论她在行凶前曾经做了多么巧妙而周密的布置，那个可恨的人的庞大阴影也会遮住她的视线，使她看不见将来的后果；而这些后果，就像所有暗杀案引起的后果那样，当那个人一倒下去，就必然会出人意外地纷至沓来；因此，她现在认识到，过去，当他虎视耽眈地站在她面前，她往往会这样想："要是那个人被打死，再也不来同我为难，那多好啊！"其实，她所想的，恰恰就是希望他把她的隐私，像随风乱撒的种子那样传播出去，听任它到处萌芽，引起许多余波。而且，她听到他的死讯时所感到的那种宽慰，其实也是空欢喜一场罢了。他的死倒是很像一座阴森森的拱门被挖掉了拱顶；现在那座拱门开始倒下来，千千万万的破砖碎石，雨点般朝她打来，每块都能把她砸得粉身碎骨、血肉模糊！

因此，她突然感到一阵强烈的恐惧，觉得这个敌人，不管是死是活——她清清楚楚地记得他那副顽固冷酷的样子，现在虽然他躺在棺材里，也许样子仍然未变——却永远把她缠住不放，而她也只有一死，才能得到解脱。现在，她被逼得只好弃家出走。她那种羞愧、恐惧、悔恨和悲伤相交织的感情使她痛苦万分；她平时那种稳重自恃的力量现在也被摧毁，像落叶被狂风卷走那样，荡然无存了。

她匆匆忙忙给她丈夫留下一封短信，用火漆封好，放在桌上。

如果因为他被杀害而要追捕或控告我，请你相信我是完全无辜的。我只求你相信这一点，此外我的为人别无可取之处，因为不论你已听到或将要听到的种种指责，我都是无法推托的。在他遇害的那天晚上，他告诉我，他准备向你揭发我的罪状。他走以后，我跟着出去，装作到我常去的花园里散步，其实是想跟到他那里去，最后一次向他呼吁，不要把这种令人难熬的紧张等待再延续下去，请他发点慈悲，第二天早晨就把我的事情揭发出来，因为你不知道他用这种拖延手段把我折磨了多久。

我发现他的事务所里没有灯光，寂静无声。我拉了两次门铃，没有人应，就回来了。

现在我已无家可归，而且决定不再拖累你了。我应当受到你的痛恨，但我希望你能忘掉一个辜负了你一片恩情的下贱女人——她之所以不愿见你，只是因为她怕见了你会使她比现在匆匆离去的时候更感到羞愧——她留下这封信，同你永别了。

她匆匆戴上面纱，穿好衣服，留下了珠宝财物；在房门口听了一下，趁下面客厅没有人，走下楼去，开了大门，然后把它关上；在呼啸的寒风中，飘然而逝。

第五十六章
追　踪

在伦敦那条气势宏伟而又冷冷清清的街上，德洛克公馆用一种恰恰符合它那高贵身份的冰冷眼光看着其他的建筑物，外表丝毫看不出里面出了什么事情。马车隆隆地驶着，大门敲得砰砰地响，上流社会的人物互相拜访；迟暮的美人儿，细细的脖子，红红的面颊，使人看得眼花缭乱，因为在这光天化日之下，她们的面颊红得有点可怕，仿佛她们就是死神紧紧拥抱着的美女。从那些阴冷的马厩里，慢吞吞地驶出摇摇晃晃的马车，在前面驾驶座那个毛茸茸的篷帐里，悠闲地坐着戴淡黄色假发的短腿马夫；车后踏板上站着几个衣装华丽的使神，手里拿着仪仗，头上横戴着卷边帽，那光景仿佛是天使出巡。

从伦敦的德洛克公馆的外表看不出任何变化，而且要打破公馆里那种异常沉闷的气氛，也还得等几个小时。可是美人儿伏龙妮亚这时却在诉苦，说她实在闷得慌，觉得精神上有点受不了，最后鼓起勇气到书房去散散心。她轻轻敲了一下门，没听见有人答应，把门推开，朝里面看了看，发现没有人，便走了进去。

这位生性活泼的德洛克小姐，在那个到处绿草如茵的巴斯城（这里住着许多老人），一向是以特别好奇而出名的；她在好奇心的驱使下，只要遇到机会，也不管是否方便，总是举着单片的金丝眼镜，到处走动，不论什么东西，都要偷看一下。现在她当然要利用这个机会翻翻她亲戚的信件和公文；她活像一只小鸟似的，把这份公文啄了一口，然后又歪起脑袋对那份公文眨眨眼睛，从这张桌子跳到那张；她举着眼镜，东张西望，走来走去，就在她四处搜索的时候，脚下绊着了一个东西。她把眼镜对着那里一瞧，原来是她那位亲戚像一棵被砍倒的树那样躺在地上。

伏龙妮亚这一惊非同小可，竟忘了平时最得意的那种娇滴滴的尖叫而大嚷起来，于是整个公馆就乱成一团。用人们楼上楼下来回奔跑，手铃声震耳欲聋；一面派人去请医生，一面四处去找德洛克夫人，可是没有找到。自从她刚才摇铃以后，谁也没有见过她，也没有听见过她的动静。在她桌上发现了她给累斯特爵士的一封信；但现在还很难断定他是否收到了来自另一个世界的信，要他亲自答复；而且不论是活人的或死人的语言，他都同样认不得了。

他们把他抬到床上，用尽一切办法使他苏醒过来，比如替他浑身摩擦，用扇子扇，用冰袋冰他的头等等。但是直到阳光渐渐消失，房间里开始昏暗，他嗓子里呼噜呼噜的声音才慢慢停止，那双直愣愣的眼睛也感觉到不时从他面前闪过的烛光。现在病情有了转机，他也就渐渐好起来了；过了一会儿，他能够点头，眼珠也会转动，甚至能打手势，以表示他听见和懂得别人的话。

今天早晨他倒在地上时，还是一个仪表堂堂的绅士；身体虽然有点虚弱，但外表还很神气，脸也是胖胖的。但现在，他躺在床上，两颊瘦削，显得十分苍老。他的声音一向洪亮而圆润；长期以来他就深信，不论他说什么，对于人类都有重大意义，因此，他说的话听起来也好像真有一点分量似的。可是现在，他只能低声说话；而这种低微的声音也正适合他讲的话——一些只能叫人莫名其妙的胡言乱语。

他恢复知觉以后，首先是看见他所器重的忠诚的老管家站在床边，因此他显然感到很高兴。可是他怎么也不能使人听懂他说的话，便只好打手势要一支石笔。不过他的手势也不能表达他的意思，所以大家最初弄不懂他要什么；后来还是那个老管家明白他的意思，才拿来了一块石板。

他犹豫了一下，在石板上潦草地写道："这是切斯尼山庄吗？”但笔迹却同平时完全不一样了。

不是，老管家告诉他这里是伦敦的公馆。他今天早上在书房突然病倒了。幸亏她恰巧到伦敦来，所以能够服侍他。

“您的病并不重，累斯特爵士。明天就会慢慢好起来，累斯特爵士。那几位医生都这么说。”她说着，眼泪就从她那张端庄而苍老的脸上流下来。

他向房间里四处望了望，特别注意那些站在他床边周围的医生，然后又写道：“夫人呢？”

“夫人出去的时候，您还没病哩，累斯特爵士，她现在还不知道您得了病。”

他非常激动地又指了指“夫人”这两个字。他们都想要他安静下来，可是他一再指着，而且越来越激动。他们面面相觑，不知道该说什么才好，他这时又把石板拿过来，写道：“夫人呢？天啊，到哪儿去了？”接着发出了一声哀求的呻吟。

大家觉得最好还是让老管家把德洛克夫人留下的信给他看，可是谁也不知道，而且也无法猜测信里写了些什么。老管家替他拆开了信，送到他面前让他看。他费劲地念了两遍，把信翻过来放好，以免被人看见，躺在床上呻吟起来。他的病好像又发作了，也许是昏迷过去了；过了一个钟点以后，他才睁开眼睛，身体斜靠着他那忠心耿耿的老管家的胳臂。医生都知道最好是让她去照顾他；因此，在不忙着替他治疗时，便远远地站在一边。

他又叫人把石板拿来；但他想写的字却记不得了。这时他那种焦急、渴望和痛苦的可怜样子令人不忍目睹。看样子，他一定要发狂的，因为他觉得必须赶快把字写出来，但尽管他努力挣扎，却又写不出他要做什么或是要把谁找来。他刚才写了个“布”字，就停下了。突然，一着急，又在“布”字前面加了“先生”这两个字。老管家问他是不是要找“布克特”。感谢上帝！这正猜中了他的意思。

布克特先生已经按约定的时间来了，正在楼下等着。要请他上来吗？

现在不可能再误解累斯特爵士的意思了，他迫切地希望同布克特见面，同时表示要房间里的人，除了老管家以外，都走出去。人们马上照他的话去办；而布克特先生这时也进来了。累斯特爵士现在似乎不惜纡尊降贵，偏偏只信任并依赖布克特先生一人。

“从男爵累斯特·德洛克阁下，看到您的情况，我觉得很难过。我希望您能振作起来。我相信您为了自己家族的名声一定会这样做的。”

累斯特爵士把夫人的信递给他，同时在他看信时，眼光又牢牢地盯着他的脸。布克特先生一边看信，眼中露出一种新的神色；当他的眼光还留在信上时，他就把食指一弯，说道，“从男爵累斯特·德洛克阁下，我了解您的意思。”

累斯特爵士在石板上写道：“完全原谅。寻找——”布克特先生按住他的手，不让他写下去了。

“从男爵累斯特·德洛克阁下，我一定去寻找她，可是要寻找，就必须马上采取行动，一分钟也不能浪费。”

他是个心明眼亮的人，立刻就看到累斯特·德洛克爵士的眼光落在桌面的一个小匣子上。

“您要我把它拿过来吗，从男爵累斯特·德洛克阁下？好，拿来了。用这里的一把钥匙去打开吗？好，马上就打开。用那把最小的钥匙吗？对，没错。把钞票拿出来吗？拿出来了。您要我点一点吗？马上就点。二十英镑加三十英镑是五十英镑，再加二十是七十，再加五十是一百二十，又加四十，共计一百六十英镑。拿这笔钱去开销吗？我一定照办，将来当然会向您报账。您叫我不必省钱，是不是？不，我不会省的。”

布克特先生对这几点的领会又快又准，整个过程简直像奇迹似的。朗斯威尔太太举着蜡烛，被他那飞快的眼神和手势弄得眼花缭乱。他开始穿衣服，准备出门。

“你是乔治的妈妈吧，老太太；我想大概没猜错吧？”布克特先生站在旁边跟她说，这时已经戴好帽子，正在扣大衣扣子。

“是的，先生，我就是他可怜的妈妈。”

“根据他刚才和我谈话的情况，我知道我是不会猜错的。那么，好吧，让我来告诉你一点消息。你再也不用难过了。你儿子已经没事儿了。喂，不要哭；因为你现在必须照顾从男爵累斯特·德洛克阁下，如果你哭了，那又怎样照顾他呢？至于你的儿子，我告诉你，他已经没事儿啦；他向你问安，而且希望你放心。他已被宣告无罪开释；这就是对**他**的评价；他的品格没沾上一点污点，正如你的品格一样，而我敢担保你的品格是很端正的。你可以相信我的话，因为你的儿子是我逮捕的。逮捕的时候，他表现得很勇敢；他是一个高尚的人，而你也是一位高尚的老太太，你们母子两人到处可以成为别人的榜样。从男爵累斯特·德洛克阁下，您委托我的事，我一定去办。在我找到夫人的下落以前，如果我有时干点这个或干点那个，譬如睡一觉，洗个澡或是刮刮脸的话，请您不要着急。您要我对夫人说，您对她非常诚恳，一切都能谅解，是不是？从男爵累斯特·德洛克阁下，我一定遵照您的意思去办。最后，我希望您的病好起来，而这些家庭问题也顺利解决——正如，愿上帝保佑，不论过去或将来，许多家庭问题都是能顺利解决的。”

布克特先生噜哩噜苏地讲了这番话以后，扣好纽扣，悄悄地走出去，眼光正视着前方，仿佛他的眼光已穿过黑暗的夜色去寻找那个弃家出走的人了。

他首先到德洛克夫人的房间去，四处观察一下，看看是否有什么细微的线索可以给他启发。房间里一片漆黑；布克特先生拿着一支蜡烛，高举过头，仔细捉摸许多同他本人极不协调的精致摆设；要是有人看到布克特先生这副样子，那就等于看见了一副奇怪的景象——其实谁也没有**真正**看到他那样子，因为他特别细心，把他自己反锁在屋里了。

“这真是一间芬芳四溢的boudoir[①]啊！”布克特先生说，话里又夹了一个法文字，因为他早上逮捕那个法国女凶手以后，多少觉得自己的法文有了进步。“想必要花不少钱吧。扔掉这么些奇妙的玩意儿；她一定很难过！”

他把桌子抽屉打开，看了一下里面的首饰盒和珠宝盒，然后又关上，这时他看见各种形状的镜子里照出他的影像，便议论起来：

“人家还以为我同上流社会的人有什么来往，准备参加奥尔马克舞厅的舞会呢。”布克特先生说。“我开始觉得自己不知不觉中成了近卫军中的时髦人物了。”

他到处观察，把一个放在小抽屉里的精致小箱子打开。他那只大手翻弄着里面的几副手套，手套很轻而且很柔软，摸在手里仿佛没有东西似的，正当他这样翻弄，忽然找到一条白手绢。

“嗯！让我来看看**你**，”布克特先生说，一边放下蜡烛，“**你**怎么一个人关在这儿啦？**你**打的是什么主意？你是德洛克夫人的东西呢，还是别人的？我想你身上说不定什么地方会有个标记吧？”

他找到了标记，口里念道：“埃丝特·萨默森。”

“哦！”布克特先生叫了一声就停下来，把食指搁到耳边，“好，把**你**带走。”

他悄悄地、小心翼翼地结束了这次搜查，就像刚才搜查时的动作一样；同时，除了拿走那条手绢，他让屋里的东西都保持原状，前后不过五分钟就轻轻地出来，走到街上。他抬头对累斯特爵士房间那些灯光昏暗的窗户望了望，立刻赶到最近一个马车站，花钱租了一匹好马，让马车夫赶车往“室内打靶场”驰去。布克特先生并不自吹是一个识马的内行，但是对于重要的马赛，总要花点钱，而且他把这方面所积累的知识用一句话来总结说：只要是匹好马，他准识货。

---

① 法语：闺房。

他这次挑了这匹马，证明他是识货的。车夫拼命地赶着马，车子在石子路上隆隆地驰着；布克特先生细心地用他那双锐利的眼睛注视着深夜街上一切躲躲闪闪的行人，甚至注视沿街楼上窗户的灯光（那些房间里的人已经睡了或准备去睡），注视他经过的每个角落，注视阴沉沉的天空以及铺着一层薄雪的路面——因为不论什么地方都会出现一些供他参考的线索——当他一阵风似的赶到目的地，停住马车时，那匹马喷出的一团哈气几乎把他整个罩住。

"卸下鞍子，让它休息一下。我马上就回来。"

他沿着长长的木走廊快步走去，看见骑兵在抽烟斗。

"乔治老弟，你经过这次事情以后，我觉得应当来同你谈谈，不过现在来不及了。我用名誉向你担保！现在一切都是为了救一个人！萨默森小姐，在格里德利死的时候到这里来过——我想是这个名字——对吧！——她现在住在哪儿？"

骑兵刚从她那里回来，便把她住在牛津街附近的住址开给他。

"你不后悔吧，乔治。再见！"

他又走了，这时仿佛看见菲尔坐在微弱的炉火边，张大嘴瞪着他；他又坐着马车飞驰而去，转眼到达目的地，又从马喷出的那一大团哈气中走出来。

这时整幢房子里只有贾迪斯先生一人没有睡觉；他正打算休息，突然听见急促的铃声，便放下书，穿着睡衣下楼去开门。

"请您不要惊慌，先生。"说话间，客人已经关上门，手按着锁，站在客厅里同他亲密地谈起来。"我以前曾荣幸地见过您一次。我是布克特侦探长。请您看看这条手绢，先生；是埃丝特·萨默森小姐的。十五分钟以前，我亲自发现它藏在德洛克夫人的抽屉里。现在一分钟也不能耽搁。这是生死问题。您认识德洛克夫人吧？"

"认识。"

"今天她家出了事。家庭里的隐私被揭发了。从男爵累斯特·德洛克阁下突然病倒——中风或瘫痪——昏迷不醒，因而耽搁了不少宝贵时间。德洛克夫人今天下午失踪了，留下一封信给爵士，口气似乎不妙。请您把信看看，这封就是。"

贾迪斯先生看完以后，问他意见如何？

"这很难说。从信上的话来看，好像准备自杀。无论如何，时间一分一分地过去，自杀的危险也越来越大。从现在开始，为了跑在时间前头，我宁愿花一百英镑去换一个钟点。我告诉您，贾迪斯先生，我受从男爵累斯特·德洛克阁下之托，寻找夫人的下落——去挽救她并转达爵士对她的宽恕。我有了经费和实权，但还缺少某种条件，那就是，我需要萨默森小姐的帮助。"

贾迪斯先生用一种不安的语调重复道："萨默森小姐？"

"现在，贾迪斯先生，"布克特先生一直非常注意地观察着他的脸色，"我同您说这些话，是因为我把您当作一个忠厚长者，而目前情况紧急，也是很少见的。如果事情拖延下去会有危险的话，那么，现在就已经危险了；如果将来您感到自己曾耽搁了这件事而不能原谅自己的话，那么，现在就是耽搁了。从德洛克夫人失踪以后已经白白过了八到十个钟点，我告诉您，每个钟点至少值一百英镑。我奉命去找夫人。我是布克特侦探长。她除了其他种种沉重的心事以外，还以为自己被怀疑是杀人凶手。如果我一个人去找她，那么她由于不了解从男爵累斯特·德洛克阁下和我说的话，可能被迫采取下策。但是，如果我和一位年轻小姐一同去找她，而这位年轻小姐又和她所钟爱的一个年轻小姐的情况极其相似的话——我只谈这一点，同时也不想打听其中的底细——那么，她就会相信我没有什么恶意。如果我找到了她，让她见到这位年轻小姐从而能够影响她的话，那么，只要她活着，我一定能挽救她，劝她回头。如果我一个人找到了她——尽管比较困难——我也一定尽自己的最大努力；不过，我所采取的办法毕竟不是上策。时间过得快；现在差不多一点了。等到钟敲一点，说明又过去一个小时；现在一小时不是值一百而是值一千英镑了。”

这些都是实际情况，而情况紧迫也不容置疑。贾迪斯先生请他等一等，便去通知萨默森小姐。布克特先生嘴里答应等着；但仍然按照自己的一贯作风，跟着上楼，远远盯着贾迪斯先生。当贾迪斯先生同萨默森小姐谈话时，他就一直在楼梯的暗处躲躲闪闪地偷看。过了一会儿，贾迪斯先生下楼告诉他，萨默森小姐马上就来见他，并且决定陪他到各处去。布克特先生感到满意，大大称赞了一番；便在门口等她下来。

他站在门口，想象着自己登上一座高塔，放眼四望。他仿佛看见许多踽踽独行的人在街上、在灌木丛生的荒地和公路上蠕动或是躺在稻草堆里。但在他们之中却没有他所寻找的那个人。他还看见其他的孤独行人，站在桥边向下俯视，或躲在河边阴暗的角落；同时还有一个黑黝黝的、不成人形的物体随波逐流地漂来，显得特别孤独，它那载沉载浮的样子引起了他的注意。

她在什么地方？不论死活，她究竟在什么地方？就在他把手绢叠起来，小心翼翼地收好的时候，如果这条手绢能有一股神奇的力量，把他送到她以前发现它的那个地方，让他看到那个小屋附近的夜色(就是在这个小屋里，这条手绢曾覆盖过村里那个夭折的婴儿的脸)，那么，他能找到她吗？在一片荒地上，砖窑里的火发出淡蓝色的光；那些破砖窑顶上的稻草被风吹得到处都是；泥和水都冻结了，那个里面有匹瞎眼的瘦马整天绕着磨盘转的磨坊，仿佛是一个折磨人的刑具——就在这片满目荒凉的地方，却有一个人满怀悲伤地踽踽独行，一路上受到风吹雪打，仿佛是被世人抛弃了。这也是一个女人；可是她身上的衣服很破烂；在德洛克公馆里从来没有人穿着这样衣服穿过客厅，从大门走出来。

踽踽独行

第五十七章
埃丝特的自述

我当时已经睡着了，监护人忽然敲门，要我马上起来。我赶紧问他出了什么事，他稍稍安慰了我一下，便告诉我说，累斯特·德洛克爵士家里已经发现了那件事情；我母亲也出走了；现在有个人正在门口等着，那人受了委托去寻找她，如果能找到就转达德洛克爵士的意思，说他一定好好保护她，原谅她；那人要我陪他一起去，万一他不能说服她，则希望我向她恳求，让她回心转意。我当时听到的话大概就是这个意思；可是，我那会儿又惊慌，又伤心，因此，尽管我尽了一切力量，要把激动的心情压下去，但我觉得，过了好几小时以后，自己才完全恢复了神智。

可是，我没有把查理或其他人叫醒，就赶紧穿好衣服，戴上头巾，下楼去见布克特先生，因为他就是那个受委托的人。这是监护人带我去见他的时候对我说的，同时还解释了一下，布克特先生为什么会想起我。在门厅里，布克特先生借着监护人拿的蜡烛的烛光，低声把我母亲留下的信念给我听；我现在回想，我大概是被叫醒以后不到十分钟，就上了马车，坐在布克特先生身旁，听着马车隆隆地穿过许多街道。

布克特先生对我解释说，他有几个问题想要问我，要是我能一点也不慌张，好好回答这些问题的话，那就可能对这件事情有很大帮助；他说这番话的时候，样子非常精明，却又非常体贴。这些问题主要是，我是否常常和我母亲通信(提到她时，他只说是德洛克夫人)；我最后一次和她谈话是在什么时候和什么地方；我的手绢怎么会落到她的手里。我回答了他这些问题以后，他请我仔细想一想——慢慢地想一想——根据我的了解，我母亲在迫不得已的情况下，会不会去找一个什么人(且不管这个人在什么地方吧)商量商量。除了监护人以外，我想不出别的什么人。可是，过了一会儿，我提到波依桑先生。我所以想起波依桑先生，是因为他谈到我母亲时，总是像骑士那样对她推崇备至；同时还因为监护人对我说过，他和我母亲的姐姐订过婚，但是并不晓得我母亲那件不幸的事情。

我们刚才谈话的时候，我这位旅伴曾经叫车夫把马车停下来，好让彼此都听得清楚一些；这会儿，他又吩咐车夫继续赶路。他考虑了一下对我说，他已经想好要怎样进行寻找了。他倒是很想把计划说给我听，可是，我觉得头脑不大清醒，恐怕听不明白。

我们的马车没有走多远，就在一条横街停下来，那里有个像办公机关的地方，煤气灯照得通明。布克特先生把我带进去，让我在熊熊的炉火旁一张扶手椅上坐下。我看了看墙上的挂钟，已是夜里一点多钟了。两个警官穿着非常整洁的制服，看上去一点也不像熬夜的人，这时正伏在写字桌上不声不响地写什么东西，总的说来，那地方似乎很安静，只是远处的地下室偶尔传来一阵敲门声和喊叫声，但是这里的人谁也不去理会。

第三个穿制服的人是布克特先生叫来的，他听完布克特先生低声做的指示，便出去了；留下的那两个警官正商量事情，其中一个还按照布克特先生低声的口授在写东西。原来他们是在草拟一张形容我母亲外貌的告示；因为告示写好以后，布克特先生便拿过来，低声念给我听。那张告示确实描写得丝毫不差。

第二个警官刚才一直在专心致志地草拟这张告示，这时便抄了一张，并把另外一个穿制服的人叫进来(原来在外面一间屋子里还有几个穿制服的人)，那人便把告示拿走了。这些事情都做得非常敏捷，一分钟也没有浪费；可是，谁也没有现出慌张的样子。告示送走以后，那两个警官又静静地进行原来的工作，很仔细地在抄写什么东西。布克特先生若有所思地走过来，在炉火旁烤着皮靴底：先烤烤这一只，然后又烤烤另一只。

“你穿得够暖和吗，萨默森小姐？”我们两人的视线碰在一起的时候，他问我说。“今天夜里这么冷，像你这样年轻的小姐跑出来，可真够呛啊。”

我告诉他，什么天气我都不在乎，我穿得很暖和。

“这件工作可能拖很长时间，”他说道，“不过，只要结果是好的，那就没什么关系了，小姐。”

“上帝保佑，但愿结果是好的！”我说道。

他点了点头，叫我放心。“你听我说，无论做什么事情，都不要着急。不管发生什么事，都要冷静、沉着；这样做对你有好处，对我有好处，对德洛克夫人有好处，对从男爵累斯特·德洛克阁下也有好处。”

他对我真是又体贴又和蔼；就在他站在炉火前一边烤靴子，一边用食指捋着脸的时候，我觉得他的机智是可以信赖的，因而心里就感到踏实了。还不到一点三刻，我就听到外面传来了马蹄声和车轮声。“喏，萨默森小姐，”他说，“如果你愿意的话，我们现在就走吧！”

他伸出胳臂让我挽着，那两个警官对我鞠了一躬，很殷勤地送我出去，我们到了门口，看见一辆四轮大马车，套着两匹驿站的马，左边马上坐着一个马车夫。布克特先生把我扶上马车，他自己则坐在赶车的座位上。布克特先生刚才打发了一个穿制服的人去把这辆马车叫来，这会儿又要那人递给他一盏罩灯；他向马车夫吩咐一番以后，我们便坐着马车隆隆地走了。

我真不知道自己是不是在梦中。我们急急地穿过一些迂回曲折的道路，我完全迷失了方向，不知身在何处，只注意到我们两次横过泰晤士河，却又好像还是沿着河边低洼的河滩奔驰着，附近的街道狭窄而密集，同这里的码头、船坞、高大的栈房、吊桥、船桅等等交织在一起。最后，我们在一个泥泞的小拐角停下来，泰晤士河上的风阵阵袭来，但没有把这个地方吹扫干净；在我这位同行者的罩灯照耀下，我看见他和几个又像警察又像水手的人在商量什么事情。他们靠近一堵破墙站着，墙上贴着一张告示，我隐约看出是“浮尸认领”几个字，还有一张则说明打捞尸体的经过，这两张告示加深了我原来的可怕的疑虑，我猜到我们为什么到这个地方来。

我无须提醒自己：我到这里来，绝不能因为克制不住自己感情，而给这次寻找增加困难，或者冲淡希望，或者拖延时间。我保持着镇静的态度；可是，我在这个可怕的地方所受的折磨，我是永远不会忘记的。我还是觉得这一切好像是一场噩梦。这时候，有一个人从船上被叫到岸上来，身上全是污泥，穿着泡涨了的长靴，戴的帽子也是那样。他跟布克特先生低声说了几句话，布克特先生便同他一起沿着湿滑的台阶走下去——好像是去看一件什么神秘的东西。他们在那里把一个湿漉漉的东西翻过来看了看，上来以后，用衣摆把手擦干；可是，感谢上帝啊，他们刚才看的那个东西并不是我所担心的！

布克特先生(似乎人人都认识他，尊敬他)又和那几个人商量了一会儿，然后就和他们一起进了一所房子，把我留在马车上；这时候，那个马车夫在马旁边走来走去，暖和身子。我从潮水的声音知道这时正涨潮；我可以听到潮水在小街尽头那边拍击着河滩，微微朝我这边涌来。我一直提心吊胆，以为潮水会把我母亲的尸体冲到马跟前来，尽管这种事情根本不可能发生，但在最多不过一刻钟的时间里(也许还要少一些)，我竟然这样想了好几百次。

布克特先生出来了，他勉励大家要加倍留意，然后便把罩灯的罩子关上，重新坐到马车上来。“萨默森小姐，我们到这个地方来，你不必害怕，”他转身对我说。“我希望什么事情都安排得很妥当，我只是亲自来看看，是不是安排妥当了。喂，往前赶吧，老弟！”

看样子，我们是在往回走。这倒不是因为我刚才在慌乱不安之中注意到什么特别的东西，而是从街道的整个面貌来判断的。我们到另一个办事处或警察分局逗留了一下，然后又跨过泰晤士河。在这整段时间里，在整个搜索的过程中，我的旅伴紧紧裹着大衣坐在赶车的座位上，始终没有放松过警惕；可是，在我们过桥的时候，他似乎比以前更加机警了。他站起来看了看桥边的矮墙，有一次，有个女人的身影从我们车旁闪过，他赶紧下车跑回去追赶；他目不转睛地望着又深又黑的河水，脸上的表情使我感到心寒。泰晤士河看起来阴森可怕——它在浅平的河滩中间奔流着，显得阴阴沉沉，变化莫测；它呈现出许多模糊的和奇怪的形象，有的是实物的轮廓，有的是倒映的影子；它充满了死亡的气氛和神秘的色彩。后来，我有好几次在白天和夜里看见泰晤士河的时候，都忘不了这天晚上的印象。我永远记得，桥头上的灯射出昏暗的灯光；刺骨的寒风卷着那个从车旁闪过的无家可归的女人；声音单调的车轮飞快地滚向前方；马车的灯光射在水面上，折回来映照着我——仿佛从可怕的河水里升起一个苍白的脸孔。

我们在空空荡荡的街道上轧辘辘地走了许多时候，终于离开铺石车道，驰上又黑又滑的大道，城里的房屋开始落在我们后面了。过了一会儿，我认出了我所熟悉的那条通往圣阿耳本斯的道路。在巴内特，我们重新换了马，继续往前赶路。那一天确实很冷；空旷的野地上覆盖着白雪，尽管这时雪已经停了。

“萨默森小姐，这条道是你的老朋友了吧？”布克特先生打趣着说。

“是的，”我答道，“你已经得到什么情况了吗？”

“还没有什么十分可靠的，”他答道，“不过，我们才刚刚开始啊。”

不论是晚上开的或是早上开的酒馆，只要有灯光，布克特先生就进去(那时候，酒馆不少，因为过往行人很多)，每逢遇到关卡，他就下车和关卡人员说话。我听见他喊跑堂的要酒，把银钱

夜晚

弄得叮呰直响，不管到了什么地方都跟人家称兄道弟，说说笑笑；可是，只要他回到赶车的座位上，他的脸孔就恢复那种机警和沉着的表情，总是打着同样的官腔对赶车人说："老弟，往前赶吧！"

我们常常停车，所以在早晨五六点钟的时候，我们还在离圣阿耳本斯几英里远的一家酒馆门前呆着，布克特先生从里面走出来，递给我一杯茶。

"喝了吧，萨默森小姐，这对你有好处。你渐渐好一些了吧？"

我向他谢了谢，并说但愿是如此。

"刚一开始的时候，你简直是吓呆了，"他答道，"不过，我的天啊，这也没什么奇怪的。你先别大声嚷嚷，亲爱的。一切都很顺利。她就在我们前面。"

我现在已经记不清，我当时是怎样高兴得叫了起来，或者高兴得要叫起来，可是，他把手指伸到唇边，我就克制住自己了。

"昨天晚上八九点钟的时候，她徒步从这里走过。我第一次听到她的消息，是在高门关卡，不过，我还不能完全肯定。我们一直在追着她的踪迹，断断续续地听到她的下落。在一个地方找到她的线索，但在另一个地方又失去她的线索；不过，她现在就在我们前面，没出什么事情。喂，老弟，把小姐的茶杯和碟子接过去，你要不是不中用的话，咱们就瞧瞧，你能不能用另外一只手接住这个两个半先令的银币。一，二，三，接住。喂，老弟，快马加鞭吧！"

我们不久就来到圣阿耳本斯，在快要天亮的时候下了马车，我这时才开始捉摸和明白昨天夜里发生的事情，才真正相信自己不是在做梦。我的旅伴把马车留在驿站，让人另换马匹，做好准备，然后伸出胳臂让我挽着，和我一起走向荒凉山庄。

"你瞧，萨默森小姐，这是你经常住的地方，"他解释说，"所以我想了解一下，有没有什么穿戴像德洛克夫人的生人来找过你，或找过贾迪斯先生。我想这是不大可能的，不过，也说不一定。”

这时天已经亮了，我们登上那座小山岗的时候，他用敏锐的眼睛环顾四周，问我是不是记得，有一天晚上，我和我的小侍女还有乔（他管乔叫愣小子）从这座山岗下来。那天晚上的情景我当然记得很清楚。

我很奇怪，他怎么会知道这件事情。

“你还记得你在那边路上遇见一个人吧，”布克特先生说。

是的，那件事情我也记得很清楚。

“那人就是我，”布克特先生说。

他看见我很惊讶，就接着说：

“那天下午，我坐了一辆小马车来找那个男孩。你出来找他的时候，可能听见我车子的声音，因为我牵着马走下山岗的时候，发觉你和你的小侍女正往上走。我在镇上打听一下他的情况，就知道他跟什么人在一起了；我正要到砖窑那一带地方去找他，没想到在这里看见你正带他到荒凉山庄去。”

“他犯了什么罪吗？”我问道。

“他没犯什么罪，”布克特先生把帽子往上提了提，冷冷地说，“不过，我认为他做事情太欠谨慎——很不谨慎。我找他的目的，就是为了让德洛克夫人那件事情不致泄露出来。他这个人很讨厌，总是到处乱说，他给已故的图金霍恩先生办过一件小事，图金霍恩先生还给了他钱；他这样胡说，是绝对不行的。我已经把他赶出伦敦了，后来我又花了一个下午的时间，跑到这里来警告他，离开了伦敦以后，就别想再回去，跑得越远越好，而且还要特别小心，别让我瞧见他又回来了。”

“可怜的家伙！”我说道。

“够可怜的，”布克特先生表示同意，“可是也够麻烦的，不过，离开了伦敦或是别的什么地方，那就好了。说实在的，我当时看到你把他收留下来，我真着急啊。”

我问他为什么？“为什么吗，亲爱的？”布克特先生说。“因为那时候他就要说个没完了。他生下来的时候舌头可能就是一码半长的——说不定还要长一点。”

虽然我现在还记得这段话，但我当时心里很乱，注意力也不集中，所以我只知道他谈这些小事情，是为了给我解闷。他不时同我谈到各种各样的事情，显然也是出于同样的善意，不过，从他脸上可以看出，他一直在考虑着我们心目中的那件事情。我们走进花园的大门时，他还那样东拉西扯地说着。

“啊！”布克特先生说。“我们到了。这地方真是又漂亮又幽静。这使人想起那幅名画《啄木鸟》上面的乡村邸宅，那是以它的袅袅而起的炊烟出名的。他们一早就把厨房的火生起来了，这表明仆人很不错。不过，对于那些仆人，你经常要注意，哪些人来找他们；如果你不知道这一点，那你就根本不知道他们在做什么。另外还有一件事情，亲爱的，如果你发现有什么年轻人藏在厨房的门后边，那你就把他交给警察，说他擅自闯入人家，心怀不轨。”

我们现在来到房子前面；他弯下腰，仔细地在石子道上寻找脚印，然后又抬起头来望着窗户。

“那位上了岁数的‘年轻绅士’到这里来的时候，你们是不是常常把他安顿在那个房间里，萨默森小姐？”他望着斯金波先生经常住的那间卧房，问道。

“你认识斯金波先生！”我说道。

“你管他叫什么？”布克特先生侧着头问道。“斯金波，是不是？我常常弄不清他姓什么。原来是斯金波啊。他的名字是什么？不是约翰吧。也不是雅各吧！”

“哈罗德。”我告诉他。

“哈罗德。对了。这个哈罗德是个怪人。”布克特先生一边说，一边意味深长地看着我。

“他是个很奇怪的人，”我说道。

“他不懂得钱是怎么回事儿，”布克特先生说，“不过，他倒是要钱的！”

我回答的时候，也禁不住跟布克特先生说，我看得出他是认识斯金波先生的。

“我告诉你吧，萨默森小姐，”他答道，“你心里最好不要老想一件事情，我跟你说这件事散散心吧。当时告诉我愣小子呆在什么地方的就是他。那天晚上我本来是决定，不得已的时候就到这里来敲门，指名要愣小子的；可是我想，如果有机会的话，不妨先试试别的办法；我看见那窗户里有个人影，就捡起一粒小石子，朝那里扔去。哈罗德打开窗户的时候，我一看就知道，他正是我所需要的人。我对他讲了些好话，说这家里的人都睡觉了，我不想打搅他们，还说这些善心的小姐竟然把流浪汉收留下来，未免太遗憾了，后来，等我弄清楚了他的为人，我就说，如果我能不声不响而又不引起麻烦，就把愣小子从这里带走，我情愿牺牲一张五英镑的钞票。他听了便挑起眉头，嘻皮笑脸地说：‘朋友，你跟我提什么五英镑的钞票有什么用呢，我对这种事情一窍不通，不知道钱是怎么回事儿。’他说得这样轻松，我当然明白这是什么意思；因为我已经完全知道他就是我所需要的人，便把一张五英镑的钞票裹着石子，朝他扔去。妙极了！他乐呵呵地笑着，看起来非常天真；他说：‘可是，我不知道这东西有什么价值。我拿这钱怎么办呢？’我说：‘把钱花掉好了，先生。’‘可是，我会上当的，’他说，‘他们不会按足数换给我零钱，我会把这钱白白丢掉的，这钱对我毫无用处。’我的天啊，他拿着钱的时候，那种表情真是谁也没有见过！当然啦，他告诉我到哪里去找愣小子，于是我就把愣小子找到了。”

我认为，斯金波先生做了一件对不起监护人的事情，而且也超出了往常那种幼稚天真的范围。

“你说范围，亲爱的？”布克特先生说。“你说范围？那好，萨默森小姐，我给你一个建议（等你将来幸福地结了婚，有了自己的子女，你丈夫一定会发现这个建议很有用处）：要是有人对你说，他在有关银钱的事情上头毫无经验，那你就得好好守着你的钱，因为他总是要设法把钱弄走的。要是有人对你自称，‘我对世事一窍不通’，那你就要考虑到，这个人是在瞎嚷嚷，免得负什么责任，同时你也要摸清这个人的底细，知道他是个自私自利的人。你瞧，我不是一个富有诗意的人，只是和朋友在一起的时候，偶尔唱唱歌，不过，我倒是讲究实际的；这都是我的经验之谈。而且根据一般情理而论，在一件事情上靠不住的人，在什么事情上也是靠不住的。我知道这种看法是绝不会错的。你也会这样看。别人也是如此。这就是我对阅历不多的人提出的警告，亲爱的，我来拉门铃，现在让我们言归正传吧。”

我相信，正像我心里一直在想着这件事情那样，他心里也时刻在想着这件事情，这一点可以从他脸上看出来。家里的人看见我都很奇怪，因为我事先没有通知他们，到家的时间又是在清早，而且陪着我的是这样一个人；后来我问他们有没有人来找过我或找过贾迪斯先生，他们就越发觉得奇怪了。然而，他们回答说，没有人来过。这当然是事实啦。

“那么，萨默森小姐，”我的旅伴说，“我们应当尽快赶到烧砖工人住的那个地方去。如果你愿意的话，我希望由你来向他们打听消息。同他们谈话最好是毫不做作，而你又恰好是个毫不做作的人。”

我们马上又出门了。到了那所小房子的时候，我们发现它上了锁，而且里面显然没有人住；可是，我正要叫人的时候，有个认识我的街坊走出来对我说，那两个女人和丈夫已经搬到另一所房子去同住，那房子是用不大结实的粗砖盖的，就在那片砖窑的边上，附近还晾着一排排的砖。我们赶紧走过去，那里离原来的地方约有几百码；我看见门正敞着，便把门推开。

屋里只有三个人坐着吃早饭；那个小孩正在墙角落的床上睡觉。珍妮——那个死去了孩子的妈妈，却不在家。另外那个女人一看见我就站起来，那两个男人虽然像平时那样绷着脸不作声，但每个人都勉强地向我点了点头。他们看见布克特先生跟着我进来，两人便换了个眼色；那个女人显然是认识他的，我看了感到很奇怪。

我进门之前当然问了问他们方便不方便。莉子（我只知道她叫这个名字）站起来把自己的椅子让给我，但我却在炉火旁的凳子上坐下来，布克特先生则坐在床的一角上。因为我这时必须要说话，而周围的人我又不大熟悉，我开始感到紧张和不知所措。我觉得很难开口，不禁哭了起来。

“莉子，”我说，“我深夜冒着雪跑了很远的路，来打听一位夫人的下落——”

“你们都知道，那位夫人到这里来过，”布克特先生打断了我的话，很自然地做出一副和蔼的样子，对他们三个人说，“这位小姐说的就是那位夫人。你们知道，那位夫人昨天晚上来过这里。”

“谁跟你说有人到这里来过？”珍妮的丈夫刚才就已经放下吃的东西，满面怒容地听着布克特先生说话，这时一边问，一边打量着他。

“一个叫麦克尔·杰克逊的人对我说的，那人穿着蓝色天鹅绒背心，上面有两排珍珠贝扣子，”布克特先生立刻答道。

“不管是谁，他最好还是少管闲事，”珍妮的丈夫咆哮着说。

“我想，他大概是失业了吧，”布克特先生为麦克尔·杰克逊辩解说，“所以才这么多嘴。”

莉子没有再坐下来，而是畏畏缩缩地站在她那张椅子后面，一边用手摸着那折断了的椅背，一边望着我。我想，她要是有胆量的话，一定愿意独自和我谈谈。她还在犹疑不决的时候，她的丈夫——一手拿着一块抹了黄油的面包，一手拿着一把很大的折叠式刀子——使劲用刀柄敲了一下桌子，接着又骂了她一句，叫她坐下来，不要多管闲事。

“我很想见见珍妮，”我说，“因为我知道，她一定会告诉我这位夫人的下落——你简直不知道，我多么急着要找到她啊。珍妮很快就回来吗？她到什么地方去了？”

莉子很想回答我的话，可是，她丈夫又骂了她一句，还当着我们面用沉重的靴子踢她的脚。他让珍妮的丈夫来说话；珍妮的丈夫执拗地沉默了一会儿，然后把他那长发蓬乱的头转过来对着我。

“我不欢迎上等人到我家里来，小姐，我以前大概已经跟你说过了。我不到他们家里去打搅，可是，真出奇，他们偏偏要到我家里来打搅。我要是到**他们**家去打搅一下，我想，他们要不闹个天翻地覆才怪呢。不过，我对你还不像对别人那样不满，我倒也愿意客客气气地回答你的话，不过，我要预先说清楚，我可不能像狗熊似的被人牵来牵去。你问珍妮是不是很快回来吗？不，一时回不来。她到什么地方去了？她到伦敦城里去了。”

“她是不是昨天夜里去的？”我问道。

“她是不是昨天夜里去的吗？嗯！她是昨天夜里去的，”他绷着脸点了一下头答道。

“可是，那位夫人来的时候，她在家吗？那位夫人跟她说了些什么？后来又到哪里去了？我求求你告诉我，”我说，“因为我很着急，一定要知道她在哪儿。”

“要是我们家掌柜的不骂我，让我说话——”莉子怯怯地说。

“你要是多管闲事，”她丈夫骂骂咧咧，一字一顿地说，“你们家掌柜的就要拧断你的脖子。”

又沉默了一会儿，珍妮的丈夫才转过头来对着我，用平时那种发牢骚的口吻，不大情愿地回答我的问题。

“你问那个夫人来的时候珍妮在家吗？不错，那个夫人来的时候她正好在家。那个夫人跟她说了些什么吗？好吧，我告诉你夫人跟她说了些什么。夫人说：‘你还记得我有一回来打听一位到过你这里来的年轻小姐吧？你还记得我当时给了你很多钱，把那位小姐留下的一条手绢拿走了吧？’不错，珍妮记得。我们大家全都记得。后来她又问，那位年轻小姐目前在荒凉山庄吗？——没有，她目前不在荒凉山庄。后来，你听听，夫人说她今天是一个人出门（我们听了觉得很奇怪），还问能不能在你现在坐的凳子上歇个把钟头。珍妮说可以，她就坐下来。后来，她就走了——那时候可能是十一点二十分，也可能是十二点二十分，不过，我们没有表，也没有钟，不知道到底是什么时候。你问那个夫人到哪里去了吗？我不知道她到哪里去了。她走的是一条道儿，珍妮走的是另一条道儿；一个直奔伦敦，另一个越走离伦敦越远。这就是当时的情形。你问这个男人好了。他全都听见了，也全都看见了。他知道当时的情形。”

另外那个男人跟着说：“这就是当时的情形。”

“那位夫人哭了吗？”我问道。

“一点也没哭，”莉子的丈夫说。“她的鞋子破了，衣服也破了，可是，她没哭——至少是我没看见。”

莉子坐在那里双手交叉，眼睛看着地面。她丈夫把椅子稍微转过来一点，面对着她，还把他那铁锤似的拳头放在桌子上，看样子，莉子要是不服从，他就要动手打她。

“我想问问你太太，那位夫人的气色怎么样？”我说。

“喂，说吧！”他粗声粗气地向莉子喊道。“你听见她说什么话了。你告诉她，不过，不要噜苏。”

“气色不好，”莉子答道。“脸很苍白，看样子很累。气色非常不好。”

“她说话多吗？”

“不多，不过，她的嗓子哑了。”

她回答的时候，一直看着丈夫，好像要得到他的许可似的。

“她的样子是不是很虚弱？”我问道。“她在这里有没有吃点什么，喝点什么？”

“接着说啊！”她丈夫在答复她那询问的眼光时，说，“你告诉她，不过，不要噜苏。”

“她喝了一点水，小姐，珍妮给她拿了点面包和茶。可是，她几乎一点都没有吃。”

“她离开这里的时候——”我正要继续说下去，珍妮的丈夫就不耐烦地打断了我的话。

“她离开这里的时候，一直沿着大路往北去了。你要是不相信我的话，就到路上去打听好了，看看是不是这样。我的话完了。当时的情形就是这样。”

我看了看我的旅伴，发现他已经站起来，准备要走，就表示很感激他们告诉我这些情况，然后就告别了。布克特先生临走的时候，莉子眼睁睁地看着他，他也眼睁睁地看着莉子。

“你瞧，萨默森小姐，”我们匆匆离开的时候，布克特先生对我说，“他们把夫人的表留下了。这绝对不会错。”

“你看见了？”我惊讶地说道。

“这和亲眼看见差不多，”他答道。“要不然他怎么会说‘过了二十分钟’，还说他没有表，不知道时刻？过了二十分钟！他平时算时间，可算不了这么准。他要是说过了半个钟头，那倒还差不多。你瞧，要么就是夫人把表给他了，要么就是他把表拿走了。我想大概是她把表给他了。可是，她为什么要把表给他呢？她为什么要把表给他呢？”

我们匆匆往前走的时候，他一再自言自语地提出这个问题，好像是在斟酌心里想到的种种不同的答案。

“在这件事情上头，最要紧的就是时间，如果时间不这么紧的话，我也许能从那个女人身上把这一点打听出来，”布克特先生说，“不过，在目前的情况下，恐怕没有这样的机会了。他们一定会牢牢地看住她，就是傻瓜都知道，像莉子那样可怜的人，虽然受到拳打脚踢，被打得遍体鳞伤，但还是不顾一切，护着那个虐待她的丈夫。他们一定隐瞒了什么事情。我们没有见到那个珍妮，真是可惜。”

我感到非常遗憾，因为她不是那种忘恩负义的人，我要是求求她，她一定不会拒绝我。

“萨默森小姐，”布克特先生一边说，一边考虑着这个问题，“夫人可能是让珍妮到伦敦去给你捎个信，珍妮的丈夫也可能是拿了这个表，才答应珍妮去跑一趟。这个答案未免太简单了些，我并不满意，不过，这倒是可能的。你瞧，我不情愿把从男爵累斯特·德洛克阁下的钱花在这些粗人身上，我也看不出目前这样做有什么用处。不，没有用处！萨默森小姐，我们还是往前走吧——一直往前——什么话也不要说！”

我们又回到荒凉山庄，我写了一封快信，让人送给监护人，然后就匆匆赶回驿站，因为我们把马车留在那里了。驿站的人一看见我们来，便把马牵出来，几分钟以后，我们又上路了。

从黎明起就开始下雪，这会儿，雪下得很大。天空黑沉沉的，雪花又大又密，我们无论往哪里看，都看不大清楚。天气非常寒冷，但下的雪并没有完全冻结，它在马蹄的践踏下，发出一种仿佛在海滩上踩着小贝壳的声音，随着就化成一片泥水。那两匹马不时跌跌撞撞地挣扎着，在那整整一英里的路上，一直都是这样，我们不得不停下来让它们休息一会儿。在头一段路程上，有一匹马滑了三次跤，浑身哆嗦，站不住脚，最后，马车夫不得不下马，牵着它走。

我既吃不下东西，又睡不着觉，而且还对种种拖延和缓慢的行程感到着急，因而产生一种不近情理的想法，想要下车步行。不过，布克特先生的阅历比我丰富，我顺从了他的意思，还是坐在车上。在这段时间里，布克特先生由于工作取得某些进展而感到兴致勃勃，一遇到有人家，他就下马去串门，无论碰见什么生人，他都称兄道弟地打招呼；只要看见有炉火，他就去取暖；一遇到酒馆，他总是说说笑笑，跟人喝酒，握手；他对所有的车夫、车匠、铁匠和收税员都亲亲热热；可是，他看来一点时间也没有浪费，每次回到赶车的座位，脸上总是带着机警、沉着的表情，而且总是简单明了地喊道：“老弟，往前赶吧！”

我们在下一个驿站换马的时候，布克特先生涉着齐膝深的泥水，从马厩院子走出来，浑身上下都是湿雪，雪水滴滴答答地直往下流；自从离开圣阿耳本斯以后，他每次换马都是如此。他现在来到马车旁对我说：

“打起精神来。她确实来过这里，萨默森小姐。现在，她穿的是什么衣服，已经弄清楚了，这里有人看见过这样的衣服。”

“她还是步行吗？”

“还是步行。我觉得，你说的那个绅士一定是她要去找的人，不过，我还是不大满意，因为他住的那个地方离切斯尼山庄太近了。”

“我知道的事情很少，”我说，“说不定这附近还有我没听说过的别的什么人。”

“这完全可能。不过，无论怎么样，你都不要哭，也不要过分担心。小伙子，赶车吧！”

那一天雨雪纷纷，从清早起就浓雾弥漫，一直也没有消散。我从来没有见过这样泥泞不堪的道路。有时候我真担心我们因为看不清路，把车子赶到庄稼地或沼泽里去。我也没有计算我在路上呆了多少时候，不过，我觉得一定是过了很长很长时间，而且，说也奇怪，我好像一直没有摆脱当时那种焦急心情。

我们继续驱车前进，我开始担心我这位旅伴丧失了信心。他和路旁的人打招呼，还是那样热情，可是，等他独自坐在赶车的座位上，他的样子就变得很严肃了。在一段漫长而又令人厌倦的路程上，我看见他不安地用食指在嘴上来回捋着。我听见他开始向迎面驶来的驿站马车和其他车辆的车夫打听，在我们前边的马车上有什么样的旅客。他们的回答并没有使他感到鼓舞。他每一次回到赶车的座位上，总是打个手势，挤眉弄眼，叫我放心；可是现在，当他喊“老弟，往前赶吧！”他似乎有点拿不定主意了。

后来，我们又换了一次马，布克特先生对我说，他失去了有关那身衣服的线索已经有很长时间，因而感到很惊讶。他说，一时失去线索，以后又找到了，如此这般，倒也没有什么关系；不过这次丢失线索，未免莫名其妙，而且糟糕的是，再也找不到了。他这番话更使我感到忧虑，因为在这以前他就已经开始察看路标，并在十字路口下车，花一刻来钟的工夫，把几个路口的情况都仔细研究了一下。不过，他叫我不要灰心，因为我们在下一段路程，说不定又会找到线索的。

然而，我们在下一段路程就和这一段路程一样，还是没有找到新的线索。这一站有个宽敞的客栈，地点虽然偏僻，房子倒还坚固、舒适，我们的车子刚一驶进大门口，女店主和她那些漂亮的女儿就迎到马车前，请我下车，一面休息，一面等待换马，我当时真觉得盛情难却。她们把我带到楼上一个温暖的房间，让我一个人休息。

我现在还记得，那个房间正好是在屋角，两边都有窗户。一边可以看到那个与一条小道相通的马厩院子，马夫正在那里把溅满泥水和疲乏不堪的马匹从肮脏的马车上解下来，马厩院子外面就是那条小道，客栈招牌横跨着小道，摇晃得很厉害；另一边则可以看到一个幽暗的松林。树枝上压满了雪，我站在窗边眺望，看见一堆堆开始融化的雪正从枝头无声无息地落下去。夜幕降临大地，在那反映在窗玻璃上的明亮的炉火衬托下，夜色就显得格外阴沉。我望着树与树之间的空隙，顺着地面那一个个被枝上的融雪打成的黑点看去，这时，我想起刚才迎接我的女店主那张慈母般的脸孔和她身边那些女儿，想起**我自己**的母亲可能躺在这样一个松林里，等待死亡的来临……

我发现女店主和她那几个女儿都围着我，感到很吃惊，不过，我记得，我在昏倒以前，曾经做过一番挣扎，不让这种事情发生，这一点总算给了我一些安慰。她们让我躺在炉边的大沙发上，给我垫上靠垫，然后，那位漂亮的女店主对我说，今天晚上我不能再赶路了，必须上床睡觉。我听了她这番话不禁浑身哆嗦，怕她们真把我留下来，于是，女店主赶紧把话收回，同意让我再休息半个钟头。

女店主是个很可爱的人。她和她那三个漂亮女儿都在我身旁忙碌着。她们一定要我喝点热汤，吃点烧鸡（布克特先生则在别的屋子烤衣服，吃东西）；可是，等她们把一张整洁的圆桌放到炉边，尽管我不愿意让她们失望，却实在吃不下东西。后来，我还是吃了点烤面包，喝了点热尼加斯酒；我觉得这些东西的味道确实很好，这多少使她们感到没有白白操心。

半小时以后，马车隆隆地穿过大门口，按时到达；她们把我带到楼下。在她们无微不至的照顾下，我觉得身体暖和了，精神爽快了，心情也舒畅了，我对她们说，我绝不会再昏倒，请她们放心。我上了马车，怀着感激的心情向她们告别以后，那个年纪最轻的女儿——一个十九岁的妙龄女郎，据她们告诉我，她要最先出嫁——登上马车踏板，探进头来，吻了我一下。从那时起，我再也没有见过她，不过，我现在一想起来，还是把她当做朋友。

客栈那些透着火光和烛光的窗户，从外面又黑又冷的地方看去，显得异常温暖、明亮，可是，不久就消失了；马车又压着松散的积雪前进，把雪压成烂泥。我们的车子走得非常吃力；不过，这些可怕的道路并不比早先的坏多少，而且这段路程也只有九英里。我的旅伴在赶车的座位上抽着烟——我在前一站客栈里看见他站在大壁炉前痛快地抽着烟斗时，就想到要对他说以后只管在我面前抽烟而不必客气——还是那样机警，而且每次碰到住家或是过往行人，他都很快就下车去打听消息，完了又很快就上车。布克特先生把他那盏小罩灯的罩子打开。他似乎特别喜欢这盏灯，因为马车上本来是有灯的；他不时用那小罩灯照照我，看我精神好不好。车头有一个折叠式的窗户，可是，我从来没有把它关上，因为那样就好像会使自己失去一线希望似的。

我们来到这段路程的终点，但是，失去的线索还是没有找到。我们停车换马的时候，我焦急地看着他；但是，他却站在那里瞅着那些马，从他那副越来越严肃的样子看，我知道他没有听到什么消息。但是稍微过了一会儿，我正往椅背上靠，他就探进头来(手里还拿着那盏亮着的罩灯)，那激动的样子，好像变了另外一个人。

“怎么啦？”我吃惊地问道。“她在这里吗？”

“不在，不在。不要想入非非，亲爱的。这里什么人也没有。不过，我找到线索了！”

他的眼睫毛和头发上都有结了晶的雪花，衣服上的雪也堆成一道一道的。他不得不把脸上的雪花掸掉，喘一喘气，然后再跟我说：

“听我说，萨默森小姐，”他一边说，一边用手指敲着那块皮围膝，“你对我下一步要做的事千万不要感到失望。你知道我是谁。我是侦探长布克特，你可以相信我。我们已经走了很长的路，不过没有关系。喂，牵出四匹马来，往那头走，到下一站去！快点！”

马厩院子里，人们乱成一团，有一个人从马厩里跑出来问：“他是说往那头走，还是往这头走？”

“往那头走，听见了吗？往那头走！你听不懂？往那头走！”

“往那头走？”我惊讶地问道。“到伦敦去！难道我们要往回走吗？”

“萨默森小姐，”他答道。“是往回走。一直往回走。你知道我是谁。别害怕。我要追踪另外那个人，真是活见——”

“另外那个人？”我跟着他说。“谁呀？”

“你管她叫珍妮，对不对？我要追踪她。喂，谁把那两对马牵出来，就给谁一个银币。老弟，起来吧！”

“你不会丢下我们要找的那个夫人不管吧；时间这么晚，她的心情又那么坏，你不会在这个时候丢下她不管吧！”我抓住他的手，痛苦地说道。

“说得对，亲爱的，我不会丢下她不管。不过，我要追踪另外那个人。赶快把马套上。派一个人骑马到下一站去，定下四匹马，再叫另一个人到前面去，快点。亲爱的，你千万不要担心！”

他这样在马厩的院子里跑来跑去，一边下命令，一边催促马夫，引起了很大的骚动，这种情况几乎和刚才突然改变方向一样，使我感到大惑不解。可是，就在最乱的时候，有一个人骑着马飞驰到前面去定驿马了，而我们的马车也在转瞬间套上了马。

“亲爱的，”布克特先生跳上赶车的座位，又探进头来说，“请别怪我叫得这样亲热；不过，你千万不要过分苦恼和着急。我现在不想说什么；不过，你知道我是谁，亲爱的，对不对？”

我怯怯地说，我知道他比我更清楚应当怎么办；但是，他这样做是不是有把握？我能不能一个人继续往前走，去找——我在悲痛中又一次抓住他的手，低声对他说——去找我的亲生母亲。

“亲爱的，”他答道，“我知道，我知道，难道我会叫你上当不成？我是侦探长布克特。你知道我是谁，对不对？”

我除了说“对”，还能说什么呢！

“那你就尽量鼓起勇气吧，请你相信，我一定像帮助从男爵累斯特·德洛克阁下那样帮助你。你现在身体好吗？”

“很好，先生！”

“那就走吧。老弟，往前赶！”

我们又踏上那满目凄凉的归途；那些掺着泥的积雪和融化了的雪水，在车轮下飞溅起来，仿佛是水车掀起的浪花。

第五十八章
冬天的一个昼夜

伦敦城里的德洛克公馆，还是像往常那样，用那种恰恰符合它的高贵身份的冰冷态度，对待这条气势宏伟而又冷冷清清的大街。一些戴着扑粉假发的仆人，不时从大厅的小窗探头看看那些一早就从天上落下来的免税发粉[①]；在这同一间暖房里，一些穿着桃红色短裤的仆人，像来自异国的奇花，躲着户外的严寒，在大厅的大壁炉前烤火取暖。据说，夫人到林肯郡去了，不过，不久就要回来。

然而，那些传播流言蜚语的人（现在都忙得不可开交）却不肯追随夫人到林肯郡去。他们不停地在伦敦城里东奔西跑，议论纷纷。他们知道累斯特爵士很不幸、很可怜，因为他受到了一个很大的打击。我的天啊，他们听到各种各样耸人听闻的事情；他们使方圆五英里的人感到非常开心。如果谁不知道德洛克公馆出了事，那就等于承认自己是个无名之辈。有一个红脸蛋、细脖子的美人已经听说，累斯特爵士将来申请离婚，会向上院的议员们提出哪些主要理由。[②]

在布累茨-斯帕科珠宝店里，以及在希恩-格罗斯绸缎店里，这件事情已经成了当代的话题和时代的特征，一谈起来，就是好几个钟头。这些商号的女顾客，虽然高不可攀，但在这里却像其他的商品那样，被人精确地称过分量，算过身价；所以，甚至柜台后面那些刚学做买卖的生手也都知道，她们现在最时兴的事情，就是谈论这件事。"琼斯先生，"布累茨-斯帕科珠宝店的老板，在雇用这个生手时曾对他说，"我们的顾客，全都是绵羊——

纯粹是绵羊，先生。那两三只领头的羊往哪里走，其他的羊就跟着往哪里走。琼斯先生，你只要牢牢盯住这两三只羊，就知道整个羊群的动静。”希恩-格罗斯绸缎店老板在谈到上哪儿去招徕那些时髦人物，以及怎样使自己想要推销的东西风行一时，也对**他们自己的**琼斯说过类似的话。书店老板斯拉特里(真不愧为上流社会那群羊的伟大的牧羊人)，本着这个万无一失的原则，就在这一天承认说：“噢，是的，先生，关于德洛克夫人的事情，**目前**确实有一些传闻，而我那些大主顾也确实是竞相奔告，先生。你知道，我那些大主顾自然要聊聊天的，先生；所以我只要和一两位我能叫出名字的夫人谈件什么事情，这件事情就能在所有的人中间流传开。先生，如果你有什么新鲜事情要我传出去，那我就到这一两位夫人面前说一说，反过来，她们在这件事情上头也是这样做，因为她们认识德洛克夫人，而且也许还难免有点妒忌她。先生，你看吧，这件事情在我那些大主顾中间一定会谈得很热闹的。如果这是一种投机生意的话，先生，那一定能赚大钱。你不妨相信，我这样说是有道理的，先生；因为我已经把研究那些大主顾当作是我分内之事，我能够把她们玩弄于股掌之上。”

就这样，那些传播流言蜚语的人在京城里到处活动，却不肯追随夫人到林肯郡去。近卫骑兵司令部的大钟，在午后敲打五点半钟的时候，斯特布尔斯阁下说出了一句新的名言；同这句新名言比起来，当初那句使他长期博得善用俗语的美名的旧名言，则很可能大为逊色。这句闪耀着才智的光芒的警句，大意是说，他虽然一向认为德洛克夫人在她们那一群中梳理得最好，但他绝没有想到她竟然成了脱缰而逸的野马。跑马厅的人听了这个警句，都不禁拍案叫绝。

在喜庆宴会上，也就是在德洛克夫人以前常常光临的那些小

---

① 指雪花。

② 根据英国法律，贵族离婚须向上院提出，由议员们讨论通过。

天地里，以及在那些灿若群星的仕女中间(她在昨天还使她们黯淡无光)，她依然是人们议论得最多的人物。这是怎么回事？这是谁干的事？这是什么时候发生的？这是在什么地方发生的？这是怎么发生的？她那些亲密的朋友在议论她的时候，使用了当时流行的最斯文的俚语，说出了最时兴的字眼，做出了最时兴的姿态，学会了最时兴的、慢悠悠的声调，而且说得彬彬有礼，丝毫无动于衷。这个话题的显著特点是，它具有一种感染力，能使一些从来不说话的人也谈论它，而且言之凿凿！威廉·巴菲把他从宴会上听来的一句俏皮话带到议会去；在那里，他那个党的党魁，为了让那些想退席的人留下来，就一边吸鼻烟，一边把这句话传出去，人们听了不免热闹起来，议会的议长(早就有人偷偷把这句话传到他那盖在假发下的耳朵里了)大喊了三声"安静！安静！安静"，但是毫无作用。

自从德洛克夫人这次出走成为伦敦城私下议论的材料以后，又出现了另一个同样令人惊奇的现象，这就是，那些在斯拉特里先生的大主顾圈子外面转来转去的人——那些过去和现在都没有听说过德洛克夫人的人，也觉得为了维护个人声誉起见，必须装装样子，好像他们也喜欢谈论德洛克夫人似的；他们把这些旧货零卖出去的时候，也说出了最时兴的字眼，做出了最时兴的姿态，学会了最时兴的、慢悠悠的声调，装出了最时兴的、彬彬有礼和无动于衷的样子，等等；所有这一切虽说是旧货色，但在下一等的阶层中，对那些小人物来说，倒也能充充新货。如果在这些贩卖旧货的小商小贩中间，碰巧有什么骚人墨客，那么，他们用这样伟大的题材来写诗作画，也算是给时运不济的艺术女神捧场了！

在德洛克公馆外面，冬天的白昼就是这样度过的。那么，德洛克公馆里面又怎么样呢？

累斯特爵士躺在床上，勉强能说话了，只是说得非常吃力和含混不清。医生嘱咐他多多休息，不要说话，他们还给他一点麻醉剂，让他减轻疼痛，因为他的老冤家——痛风病又和他为难了。尽管他有时候是似醒非醒地在打盹儿，实际上他根本睡不着觉。他听说外面天气很坏，就叫人把床移到靠窗的地方，还叫人把他的枕头垫起来，让他能看见那急骤的雨雪。在这一整天，他一直注视着窗外飘落的雨雪。

公馆里尽可能保持安静，但只要有一点声响，累斯特爵士的手就会去摸那石笔。坐在他身边的老管家，知道他要写什么，就低声说："没有，累斯特爵士，布克特先生还没有回来。昨天晚上他很晚才走。他去的时间还不算长。"

他抽回了手，依然望着外面的雨雪，后来，因为看的时间长了，他似乎觉得雨雪下得太密太快，才不得不暂时闭上眼睛，不去看这些令人眼花缭乱的白雪片和大滴大滴的雪水。

从天一亮，他就望着窗外的这片景象。这时候，天还没有黑下来，他就想到必须把夫人的房间布置好，准备她回来。今天很冷很潮湿，必须叫人把夫人房间的炉火烧旺一点；必须告诉他们，夫人就要回来。请你亲自去看一看。累斯特爵士把这些意思写在石板上，朗斯威尔太太遵照他的吩咐，怀着沉重的心情出去了。

"乔治，亲爱的孩子，"这位老太太对儿子说（原来，她的儿子在楼下等着她，只要她能脱身出来，就陪她一会儿），"我担心夫人再也不会走进这个大门了。"

"这预感可不妙啊，妈妈。"

"也不会走进切斯尼山庄的大门了，亲爱的孩子。"

"这就更糟糕了。可是，这是为什么，妈妈？"

"乔治，我昨天看见夫人的时候，我觉得她那样子——我也可以说，她瞅着我的那个样子——就好像鬼道上的脚步声把她折磨得几乎活不下去了。"

"得了，得了！您别用这些鬼故事来吓唬自己了，妈妈。"

"不是的，亲爱的孩子，不是吓唬自己。我在这个家呆了六十年，鬼道上的脚步声一直没有断过，而且我以前也从来不害怕。不过，这个家快要垮了，亲爱的孩子，古老的德洛克大家族快要垮了。”

“但愿不是这样，妈妈。”

“我能够活到这么大的岁数，在累斯特爵士害病和受苦的时候陪着他，我真要感谢上帝；因为我知道，我还不算太老，多少还有点用处，他看见我在眼前侍候着，要比看见别人更高兴一些。可是，鬼道上的脚步声会把夫人整垮的，乔治；那脚步声跟在她后面已经有很长时间了，现在即便她倒下去，那脚步声也要跨过她，继续走下去。”

“不过，亲爱的妈妈，我还是要说，但愿不是这样。”

“唉，我也是这样希望，乔治，”老太太松开了抱在胸前的双手，摇着头回答说，“不过，要是我所担心的事情真要发生，不得不让他知道，那该由谁来告诉他呢！”

“这是夫人的房间吗？”

“这就是夫人的房间，夫人离开的时候，就是这个样子。”

“您瞧，”乔治一边环顾着，一边放低声音说，“我现在才明白您为什么要那样想，妈妈。这套房间本来是夫人用的，您经常看见她呆在这里，可是，现在夫人神不知鬼不觉地走了，您看到这套房间，自然有一种阴森可怕的感觉。”

他的话颇有点道理。正像所有的离别都预兆着最后的永别那样，这些空无人居的房间也在悲哀地暗示着，将来有一天你的和我的房间会变成什么样子。夫人的客厅给人一种空虚的感觉，显得很幽暗，仿佛已经废置不用。布克特先生昨天晚上还在夫人的卧室里秘密地进行搜查，但现在夫人留下的衣服和首饰，甚至那经常照着夫人穿戴这些服饰的镜子，都给人一种凄凉和空虚的感觉。冬天的白昼虽然又黑又冷，但呆在这些空无人居的房间里，比呆在许多难以御寒的茅屋里，还叫人觉得黑一些和冷一些；尽管仆人把壁炉里的火烧旺了，并架起了保暖用的玻璃屏风，围着躺椅和椅子；尽管红色的火光透过玻璃屏风照到最远的角落去，但是这套房间还是笼罩在一团乌云里，而这团乌云则是任何亮光都驱散不了的。

老管家和她的儿子一直等仆人把房间完全布置好，她才一个人回到楼上去。在这段时间里，伏龙妮亚代替了朗斯威尔太太，侍候着累斯特爵士。不管她那串珍珠项链和那个胭脂盒如何给巴斯那个地方增添光彩，可是在目前的情况下对病人丝毫没有用处。伏龙妮亚不应该知道发生了什么事情(她也确实不知道)，因而觉得很难讲些恰当的话；后来她只好心烦意乱地把床单抚平，小心翼翼地踮起脚尖走来走去，留心看看她那堂兄的眼睛，然后，又有点气恼地自言自语说："他睡着了。"累斯特爵士为了驳斥这句废话，气愤地在石板上写道："我没有睡着。"

因此，伏龙妮亚不得不把床边那张椅子让给老管家，在稍远的一张桌子旁边坐着，同时还表示同情似的叹着气。累斯特爵士望着窗外的雨雪，倾听着他一直在盼望的夫人回来时的脚步声。这位老管家仿佛是从古色古香的画框里走出来的人物，侍候着一位快要被召唤到另一个世界去的德洛克；这会儿在她的耳朵听来，这片静寂似乎响彻着她那句话的回声："那该由谁来告诉他呢！"

今天早晨，德洛克爵士曾经叫人把自己打扮得漂亮一点；在目前的情况下，这样打扮就算过得去了。他用枕头把身子垫高一些，灰白的头发梳得和平常一样，身上的亚麻布衬衫也弄得整整齐齐，而且还罩上一件很体面的睡衣。他那带柄的单眼镜和怀表都在手边，随时可以拿到。他认为，他必须尽可能装出镇静的样子，尽可能保持常态——这样做也许不完全是为了自己的尊严，而是为了夫人。女人是欢喜说话的，伏龙妮亚虽然是德洛克家的人，但也不例外。累斯特爵士把她留下来，显然是为了不让她到别处去乱说。目前，累斯特爵士病得很厉害，但他还是极其英勇地抵抗着身心两方面的苦痛。

美丽的伏龙妮亚和那些快活的姑娘一样，只要不说话的时间稍微长一点，就有被“无聊”这个恶魔抓去的危险，因此，不久以后，她就毫不掩饰地一再打着哈欠，预示着那个恶魔的到来。伏龙妮亚觉得要想避免打哈欠，除了跟人聊天以外，没有别的办法，于是，就在朗斯威尔太太面前夸奖她的儿子。伏龙妮亚说，她见过许多身材魁梧的男子，而朗斯威尔太太的儿子肯定是属于这一类的；她认为，他那种军人的英勇气概也很像她所喜欢的一个近卫骑兵——那个人叫什么名字她已经记不清了，但她非常爱那个人，他真叫人喜欢，后来在滑铁卢壮烈牺牲了。

累斯特爵士听到这番赞扬，感到非常奇怪，他莫名其妙地瞪着眼睛，东张西望；于是，朗斯威尔太太觉得有必要解释一下。

“德洛克小姐说的不是我的大儿子，累斯特爵士，她是说我的小儿子。我找到他了。他回来了。”

累斯特爵士发出一个刺耳的喊声，打破了沉默。“乔治吗？你的儿子乔治回来了，朗斯威尔太太？”

老管家擦干眼泪说：“是的，累斯特爵士。感谢上帝，他回来了。”

一个失踪的人现在找到了，一个长期离家的人现在回来了，那么，累斯特爵士是不是认为，这正足以说明他的希望不会落空呢？他是不是在想：“我有钱有势，难道不能平安无事地把她找回来？要知道，她离家的时间只有几小时，而这个人离家的时间却有许多年了！”

现在求他不要说话是没有用处的；他已经决定要说话，而且也真的说起来了。他的声音含混不清，不过还勉强听得懂。

“你为什么不早告诉我呢，朗斯威尔太太？”

“他不过是昨天才回来，累斯特爵士，我不知道您的身体怎么样，好不好拿这种事情来打扰您。”

先不谈他们两人说的这番话，那个轻率的伏龙妮亚这时忽然轻轻尖叫了一声，原来她想起了自己曾经答应过不让别人知道他是朗斯威尔太太的儿子，想起了她刚才不应当谈这件事情。不过，朗斯威尔太太倒是热情洋溢地申辩说，她本来是打算等累斯特爵士稍微好一点就告诉他的。

“你的儿子乔治在哪里呢，朗斯威尔太太？”累斯特爵士问道。

朗斯威尔太太看见他丝毫不顾大夫的嘱咐，感到非常吃惊，便回答说，她儿子在伦敦城里。

“在伦敦的什么地方？”

朗斯威尔太太不得不承认，她儿子就在这个公馆里。

“把他带到我房间里来。马上把他带来。”

老太太只好去把儿子叫来。累斯特爵士费了很大的力气，稍微理了理衣服，好接见她的儿子。这以后，他又望着窗外飘落的雨雪，倾听着夫人回来时的脚步声。仆人曾经在街上撒了许多稻草，免得车马和行人经过时传来嘈杂的声音，所以说不定他还没有听见车轮声，夫人就可能来到门口哩。

老管家在她那当过骑兵的儿子陪同下，回到屋里来的时候，累斯特爵士就是这样躺着，显然已经忘记了这件刚刚使他感到惊异的小事了。乔治先生轻轻走到床前，鞠了一躬，挺起胸膛站在那里；他满脸通红，出自内心地感到惭愧。

“我的天啊，真是乔治·朗斯威尔！”累斯特爵士喊道。“你还记得我吗，乔治？”

骑兵必须看着累斯特爵士，并把含混不清的声音一个一个地区分开，才能明白累斯特爵士说的话，不过，就在他这样做的时候，他妈妈也给了他一点提示，他便答道：

“累斯特爵士，我要是不记得您，我的记性就太坏了。”

“我一看到你，乔治·朗斯威尔，”累斯特爵士很吃力地说道，“我就想起切斯尼山庄的那个小伙子——我记得很清楚——非常清楚。”

他看着骑兵，直到眼睛里充满了泪水，才掉过头去，依旧望着窗外的雨雪。

“累斯特爵士，”骑兵说道，“请问您，愿意让我把您扶起来吗？累斯特爵士，如果您允许我把您挪一挪的话，您可以躺得更舒服一些。”

“好吧，乔治·朗斯威尔，如果你愿意的话。”

骑兵像抱小孩似的把他抱在怀里，轻轻把他提起来，放下去，让他更容易看到窗外。“谢谢你。你很像你母亲那样体贴人，”累斯特爵士说，“你还很有力气哩。谢谢你。”

累斯特爵士打了个手势，叫乔治不要走开，乔治默默地站在床前，等着累斯特爵士说话。

“你当初为什么不让人知道你的消息呢？”累斯特爵士过了好一阵才提出这个问题。

“说实在话，累斯特爵士，我没什么可吹嘘的，要不是因为您身体不好——我希望您很快就能恢复健康——我还是希望大家都不知道我的消息才好。我所以要这样做，那当然是要解释的，不过，我就是不说，那也很容易猜出来，再说，现在解释也不合适，而且我自己也觉得不大光彩。不论对什么事情，人人都会有一套看法，不过，累斯特爵士，我要是说我没什么可吹嘘的，大家恐怕都会同意吧。”

“我听说你是个军人，”累斯特爵士问道，“而且是个忠心耿耿的军人。”

乔治像军人那样向他鞠了一躬。“关于这一点，累斯特爵士，我确实是遵守纪律、恪尽职责的，不过，我做的也就是这一点了。”

“乔治·朗斯威尔，”累斯特爵士一边说，一边很注意地看着他，“你看得出我的身体很不好吧。”

“我听到和看到您身体这样不好，心里很难过，累斯特爵士。”

“我相信你一定很难过。不过，我除了旧病复发以外，还突然中风了。手脚不灵便——”他很吃力地用手摸了摸下肢，“话也说不清楚——”又用手摸了摸嘴唇。

乔治做出表示同意和同情的样子，又鞠了一躬。当年，他们两人都很年轻（乔治比累斯特爵士年轻很多），在切斯尼山庄也是这样彼此看着，而现在，两人眼前又浮现出这些情景，不禁大为感动。

累斯特爵士显然是决定要把心里的话按照他平时的方式说出来，所以他不等沉默下去，就想从靠着的枕头堆中把身子抬高一点。乔治看到了这个动作，又过去把他抱起来，放下时，高低也都按照他的意思。“谢谢你，乔治。你简直是我的左右手。乔治，当年在切斯尼山庄，你常常替我拿着备用的猎枪。在目前这种奇怪的情况下，我对你感到很亲切，非常亲切。”乔治把累斯特爵士抱起来的时候，把他那只还能活动的手搭在自己的肩膀上，这时，累斯特爵士一边说着这些话，一边慢慢地把手抽回去。

“关于中风的事情，我还要说几句话，”过了一会，他又接着说，“这一回，不幸得很，我恰好在和夫人发生小误会的时候中了风。我并不是说我和夫人之间有什么不和（因为根本就没有这样的事情），而是说我们在某些只和我们两人有关系的事情上发生了误会，因此，夫人暂时离开了我。她认为有必要出去旅行一次——我相信她不久就会回来。伏龙妮亚，我说的话听得清楚吗？我说的时候也觉得没有把握。”

伏龙妮亚完全懂得他的意思，说实在的，他讲得的确很清楚，这在一分钟以前简直是不能设想的。他脸上那种焦急和痛苦的表情，说明他说话时费了多大的力气。只有那种坚定不移的毅力才能使他说得这么清楚。

“因此，伏龙妮亚，我想当着你的面，当着朗斯威尔太太的面（她是我的老管家和朋友，诚实可靠、忠心耿耿，这是没有人怀疑的），当着她儿子乔治的面（他这一次来使我亲切地想起我在切斯尼山庄的祖居度过的青春）——当着你们三个人的面说：尽管我希望能好起来，但万一我再中风，万一我一病不起，万一我失去了说话和写字的能力——”

他们三个人都在恭敬地听着：老管家默默地流着泪；伏龙妮亚非常激动，双颊现出鲜艳的红晕；骑兵则双手交叉抱在胸前，微微低着头。

“因此，我想请你们大家作证——从你这里开始，伏龙妮亚——在你们面前表示，我和夫人的关系始终如一。我对她没有什么可以抱怨。我一直都非常爱她，现在也还是这样。你们要把这些告诉她，告诉所有的人。如果你们说得不够完全，那就是故意欺瞒我。”

伏龙妮亚战战兢兢地表示，她一定不折不扣地按照他的嘱咐去做。

“夫人同她周围那些最高贵的人比起来，也还是显得地位太高，容貌太漂亮，学识太好，而且在许多方面都远远超过他们，因此，我敢说，她难免有些敌人和诽谤者。你们应该把我对你们说的话转告他们，让他们知道我现在头脑健全，记忆完好，神志清醒，我为夫人所作的一切安排，一概照旧，绝不撤销。我送给夫人的东西，绝不收回。我和夫人的关系是始终如一的，我为了夫人的利益和幸福而采取的行动，绝不更改——实际上你们也看得出来，如果我愿意的话，我是完全有权这样做的。”

他这番冠冕堂皇的话，要是在别的时候，很可能是滑稽可笑的(就像他以前常说的话那样)，但这会儿听起来却严肃而动人。他那崇高的真挚感情，他那忠于爱情的情操，他那奋不顾身地捍卫她的行为，以及那为了她而忘掉自己的委屈和尊严的态度，都是非常可敬的、真诚的和具有丈夫气概的。通过这些光芒四射的品质，我们既可以看到最普通的工匠的可敬之处，也可以看到高贵的绅士身上的可敬之处。从这一角度来看，尘世上的这两种人，都是怀着同样抱负，升到同样的高度，闪着同样的光芒。

累斯特爵士经过这番努力以后，感到疲乏不堪，便闭上眼睛；他的头又枕在枕头上了。但是过了一会儿，他又注意窗外的天气，倾听着那些透过紧闭的门窗传来的低沉的声音。骑兵不时为他做些小事情，而他也表示乐意接受，这样一来，骑兵便成了他眼前不可缺少的人。谁也没有提过这一点，不过，大家心里都明白。骑兵往后退了一两步，免得妨碍爵士的视线，像站岗似的站在他母亲的椅子后边。

白昼渐渐消逝；这时，外面的迷雾和那由雪花化成的雨雪，使天气显得越发阴沉，而壁炉映在四壁和家具上的火光，也开始显得更加明亮。暮色越来越深沉了；大街上点起了明亮的煤气灯。顽强的油灯还是毫不退让；它们的生命泉源正处在半冻半化的状态中，它们就像出了水的鱼急得张大嘴喘气那样，忽闪忽闪地发着亮光。上流社会的人不断乘着马车隆隆驰过铺了草的大街，到这里拉拉门铃，打听消息，这时候也开始回家，开始换衣服，吃晚饭，而且还像前面说的那样，用最时兴的姿态、字眼和语调，谈论他们那位亲爱的朋友。

这时候，累斯特爵士的情况更糟了，他变得焦急不安，万分痛苦。伏龙妮亚似乎生来就喜欢做那些招人讨厌的事：她点了一支蜡烛，累斯特爵士马上就叫她弄灭，因为天还不算黑哩。事实上，这时已经很黑了，恐怕这一夜也不过如此。过了一会儿，她又试了一下。别点！把它弄灭了。天还不算黑。

老管家头一个猜到，他原来是硬要自己相信天还没有黑这样一个假象。

“亲爱的累斯特爵士，您是我可敬的主人，”她轻轻地说道，“为了您的身体，也为了尽到我的责任，我不得不冒昧地请求您，不要这样孤独地躺在黑屋子里，这样听着、等着，耗费时间。让我来拉上窗帘，点上蜡烛，想法子让您更舒服一点。教堂的钟反正是要敲打时刻的，累斯特爵士，夜晚反正是要过去的。夫人也反正是要回来的。”

“我知道，朗斯威尔太太，不过，我身体很弱——而布克特先生离开的时间又很长了。”

“还不算太长，累斯特爵士。还不到二十四小时哩。”

“不过，二十四小时就是很长的时间了。噢，的确是很长的时间！”

他说话的时候叹了一口气，使她心痛如绞。

她知道，这会儿点上明亮的灯照着他，恐怕不是时候，她觉得他的眼泪太神圣了，连她都不能看。因此，她不声不响在黑暗中望了一会儿，然后轻轻地起来走动，一会儿拨拨炉火，一会儿又站在黑暗的窗户旁边，望着窗外。他终于恢复了自制力，对她说：“你说得对，朗斯威尔太太，承认事实并没有坏处。时间已经晚了，他们还没有回来。点灯吧！”点上了灯，拉好了窗帘以后，他就不能看窗外的天气，而只能用耳朵去听了。

他们发现，累斯特爵士虽然情绪很低，身体很弱，但只要有人悄悄地装着到夫人的房间去看看炉火，回来说一切都为夫人准备好了，他就露出喜悦的神色。这虽然是个蹩脚的托词，但他看到人们都在盼望夫人回来，也就感到还有一线希望。

这时已是午夜时分，一切还是显得那样空虚。大街上过往的马车很少，这一带地方深夜里也没有其他的声音，除非是有个喝醉酒的人，喜欢到处游荡，闯到这个冰天雪地的地方来，在人行道上大喊大叫。这个冬夜万籁俱寂，静得一点声音也听不见，黑得伸手不见五指。在这样的夜晚，如果从远处传来一点点声音，那就像黑暗中闪现的微弱的火光一样，转眼就会消逝，而周围的世界也显得比刚才还要寂静。

那群仆人被打发去睡觉了，他们倒是很愿意去的，因为昨夜整宿都没有睡；只有朗斯威尔太太和乔治在累斯特爵士的房间里守着。夜神步履缓慢，或者说在两三点的时候，简直是停步不前了；母子俩就是这时发现累斯特爵士焦急不安，想要知道天气到底怎么样，因为他现在看不见外面的情况了。乔治本来就是每隔半小时到夫人那套收拾得整整齐齐的房间去看看的，从现在起，更是每次都多走几步到门厅去看一看，回来时总把那最坏的天气尽可能说得好一些，因为雨雪还在不停地下，连铺石的人行道上都积着没膝深的、又有冰块又有污雪的烂泥。

伏龙妮亚的房间就在楼上的一个偏僻的楼梯口上，也就是过了那段雕花和镀金的楼梯第二个转弯的地方；那是一间本家兄弟住的房间，里面挂着一幅未完成的累斯特爵士画像，由于画得太难看而被贬到这个地方来；从这里，白天可以望见一个很有气派的庭院，庭院里的灌木都枯萎了，很像洪水泛滥前某种红茶树。伏龙妮亚这时就坐在这房间里，心里想到许多可怕的事情。她最害怕的一件是，像她自己说的那样，一旦累斯特爵士“出了什么事情”，她那笔小小的收入怎么办呢。就这个意思来说，所谓出了什么事情，只可能指一件事情，那就是，世界上任何一个从男爵的知觉最后可能发生的事情。

伏龙妮亚由于想到这许多可怕的事情，便觉得不能在自己房间里睡觉，或者在自己房间里烤火，而只能用一条奇大无比的头巾把漂亮的脑袋扎起来，用缎子做的梳妆衣把漂亮的身子裹好，像个幽灵似的在公馆里走来走去，特别是到那套为一个尚未归来的人准备的温暖而豪华的房间里去转一转。深夜里一个人在这样的地方走动是不堪设想的，于是，伏龙妮亚就叫她的侍女来陪她。她的侍女为了这个缘故，不得不从床上爬起来；她浑身发冷，睡意蒙眬，再加上本来是打算给一个每年收入至少有一万英镑的人当侍女的，但迫于环境，只好给这种人的亲戚当了侍女，那么她现在自然是不会给人好脸色看了。

不过，那位骑兵在巡逻时倒是每到一定时间总要来这套房间看一看的，这使主仆两人都觉得既有人保护，又有人作陪，所以都很欢迎他到这里来。她们每次听见骑兵从远处走来，就振作一下，整容以待；而在其他时候，她们不是陷入忘乎所以的状态，就是尖酸刻薄地争论起来，说什么德洛克小姐那样子把脚架在炉围上坐着，要不是被她这守护神似的侍女搭救起来（这使她非常不高兴），会不会一头栽到炉火里去？

“累斯特爵士怎么样了，乔治先生？”伏龙妮亚一边问，一边整了整头巾。

“嗯，累斯特爵士还是那样子，小姐。他心情很坏，身体也很弱，有时候甚至还说梦话。”

“他问起我了吗？”伏龙妮亚温柔地问道。

“嗯，没有，我想没有吧，小姐。我的意思是说，我没有听到他问起您。”

“这段时间可真叫人难受啊，乔治先生。”

“可不是吗，小姐。您去睡觉好不好？”

“德洛克小姐，您要是去睡觉，那就太好了，”那个侍女引用乔治先生的话刻薄地说道。

可是伏龙妮亚答道，不行！不行！累斯特爵士可能要叫她，说不定什么时候就需要她去。“要是出了什么事情”，而她又不在场，那她一定永远不能原谅自己。那个侍女提出一个问题：既然伏龙妮亚自己的房间离累斯特爵士的房间近一些，怎么能说在场就是指在夫人的房间，而不是指在她自己的房间呢，但是，伏龙妮亚避而不谈这个问题，只是坚决地表示，她一定得在场才行。伏龙妮亚还进一步夸耀自己的功劳，说她从来没有“闭过一只眼睛”——好像她有二三十只眼睛似的——尽管这种说法很难符合事实，因为在过去的五分钟里，她显然是睁着两只眼睛的。

但是，到了凌晨四点钟，一切还是显得那样空虚，伏龙妮亚那种坚韧不拔的精神却开始削弱了，或者说开始加强了，因为她现在认为，明天可能有许多事情等她去办，她有责任做好准备；因此，事实上不论她多么想在场，都不得不做出自我牺牲，离开这个房间。因此，当那个骑兵下一次来对她说：“您去睡觉好不好？”同时那个侍女也比刚才更刻薄地说：“德洛克小姐，您要是去睡觉，那就太好了！”她就顺从地站起来说：“你们觉得怎么合适就怎么办吧！”

乔治先生显然认为，最好是扶着她，把她送回那间给本家兄弟住的房间去，那个侍女也显然认为，最好是少讲虚礼，赶快把她弄到床上去睡。于是，他们就这样做了；现在，那个骑兵在巡逻的时候，整个公馆只剩下他一个人在走动了。

天气没有好转。从门廊上、屋檐上、栏杆上，从每一根柱子或每一个突出的地方都有融化的雪水滴下来。雪水好像要寻找藏身的地方，偷偷地爬到大门的门楣里面——甚至爬到门楣下面，落到窗角里，落到每一条隐蔽的裂缝和罅隙里，在那里消失不见了。雪还在下，落在屋顶上，落在天窗上，甚至渗过天窗，像鬼道的脚步声那样有节奏，滴沥、滴沥、滴沥，落在下面的石板地上。

那个骑兵曾经在切斯尼山庄呆过，倒不觉得这有什么新鲜，不过，当他举着蜡烛，登上楼梯，穿过一个个大房间，在这又豪华又冷落的大公馆里走动的时候，不禁想起了种种往事。他想起了最近几个星期遇到的一些幸与不幸的事，想起了在乡村里度过的童年，想起了经过中间这段流浪生涯以后，他生活中的两个阶段又奇怪地衔接在一起；接着他又想起了那个被人谋杀的律师，那律师的形象他还记得清清楚楚；想起了那个离开这套房间的女人，那女人的衣物依然如故，说明她不久以前还在这里；想起了楼上那位德洛克家的一家之主，想起了那句预兆不祥的话——"那该由谁来告诉他呢？"他到处看看，心里想会不会看到什么东西，要试一试他的勇气，要他走上前去，伸手去抓，然后证明那只是一种幻觉。但是，一切还是显得那样空虚，就像他每次望着那座大楼梯时看到楼上楼下那片黑暗一样空虚；就像那令人窒息的寂静一样空虚。

"一切都照样布置好了吗，乔治·朗斯威尔？"

"都布置妥当了，累斯特爵士。"

"没有听到什么消息吗？"

骑兵摇了摇头。

“是不是可能有什么信件没注意到？”

可是，累斯特爵士知道根本没有这种可能性，所以也没有等对方回答，便把头低下来了。

正像累斯特爵士在几个钟头以前心里想的那样，乔治·朗斯威尔对他一点也不陌生，在漫长的寂静的冬夜里，乔治有好几次把他扶起来，让他坐得更舒服一些；同样地，乔治对他那没有说出口的希望也很了解，所以，等那姗姗来迟的曙光刚一显现，乔治就把蜡烛弄灭，把窗帘拉开。白昼像幽灵似的出现了。白昼是那样寒冷、惨淡、阴暗，未到之前，先射出一道死灰色的光线，好像在大声警告：“你们这些守夜的人，看看我给你们带来什么！那该由谁来告诉他呢？”

第五十九章
埃丝特的自述

当我们终于把田野抛在后面，进入伦敦城外那片房舍林立的街道时，已是凌晨三点钟了。因为入夜以后雪还是不停地下，而且很快就融化，我们沿途所经的道路比白天还要难走；但是我的旅伴却始终没有泄气。我想，他在旅程中所出的力，仅次于载着我们前进的那几匹马，而实际上他还常常给那些马帮一把力。这些马在半山腰累得筋疲力尽，走不动了，被驾驭着涉过水流湍急的小河，而且滑倒地上，同缰绳挽具缠在一起；但是我的旅伴以及他携带的小罩灯总能随机应变；等到安然脱险的时候，我又听见他用那种丝毫不变的冷静口气说："往前赶吧，老弟！"

当他指挥马车往回走的时候，那种沉着自信的样子，简直叫我无法描述。他一点也不犹豫，甚至沿途也不停车，直到在离伦敦几英里的地方才停下来打听情况。他有时候也是只谈几句话就够了；这样，我们在凌晨三四点钟便到了艾斯林顿。

我一路上在想，随着时间一分一秒地过去，我们同我母亲也就离得越来越远——关于这种焦急不安的心情，我今天也不必细述了。我记得当时自己倒是抱着某种坚定的希望；相信他的判断一定正确，而我们追寻那个女人，也不会没有圆满结果；但是我这一路上尽在猜测、捉摸这件事，因而感到非常痛苦。如果我们把她找到了，那又会有什么结果呢？我们损失了这些时间，又会得到什么报酬呢？这些都是我不能不想的问题；就在我由于长时间捉摸这些事而感到苦恼时，我们的马车停下来了。

我们停在一条大街上，这里有一个公共马车站。我的旅伴把车钱付给两个车夫(他们浑身溅满了泥，仿佛一路上也像马车那样被拖着走似的)，并简单地吩咐他们在什么地方还需要乘他们的马车，然后把我从车上搀下来，上了他所选定的一辆马车。

"哎呀，亲爱的！"他一边搀我上车，一边说道，"瞧你湿成这个样子！"

我自己一直没有发觉。但是刚才融化了的雪水漏进车厢；而且在马滑倒，必须扶起的时候，我也下车两三次，因此我里里外外的衣服都湿透了。我对我的旅伴说不要紧，叫他放心；但是那个车夫因为认识他，无论如何不肯听我劝，一定要跑到街那头的马厩抱来一捆干净的干草。他们把草抖散，铺在我身边，我觉得又暖和又舒服。

"现在，亲爱的，"布克特先生在车厢的门关上以后，从窗口探头进来说，"我们现在去追踪这个人，也许要费些时间，可是你别着急。你一定相信我这样做有目的，是不是？"

我很少考虑他究竟有什么目的——也很少想到自己应该在很短的时间里就比较明确地领会他的目的；可是我却向他保证，我信任他。

"你可以相信我，亲爱的，"他答道。"而且，我再向你提个建议！根据我和你相处的经验，只要你对我的信任能达到我对你的信任的一半程度，那就行了。上帝！你倒是从来不麻烦别人。我见过各个社会阶层的年轻姑娘——也见过许多地位很高的小姐——可是谁也不像你被我从床上叫起来以后所表现的那样。你是个模范，你要知道，这就是我对你的评价，"布克特先生热情洋溢地说，"你是个模范！"

我告诉他，我很高兴没有给他添麻烦——我心里确实很高兴——并表示希望今后也决不使他为难。

"亲爱的，"他答道，"如果一个年轻姑娘既温柔而又勇敢，或者既勇敢而又温柔，那就符合我的一切要求，而且还使我喜出望外哩。这样，她简直就成了一位天仙，你这个人大致就是这样。"

他用这些话来鼓励我——在我感到寂寞而又焦急的时候，确实是鼓励了我——然后，登上赶车的座位，于是我们又乘车出发了。我们究竟往什么地方驰去，当时我不清楚，事后也一直弄不明白；不过我们似乎专挑伦敦那些最狭窄、最糟糕的街道走。每次我看见他指挥车夫驾驶时，我就心里有数，知道马车又要驰进更糟的小巷中去，而事实上也确实如此。

有时我们出现在一条宽阔的大街上，或是到达一栋比一般房屋大一些的灯火辉煌的大楼。这时，我们便在一些办公机关(和我们最初坐车出行的时候到过的机关相似)门口停下，我看见他同一些人商量事情。有时，他在一个拱道旁边或街头拐角的地方下车，神秘地用他那小罩灯照一下。他这么一照，便从黑暗的角落里招来了许多同样的小罩灯，仿佛飞来了许多昆虫似的，接着他又同他们商量事情。我们好像逐渐把搜寻的圈子缩得越来越小，而且越来越有把握了。单人值勤的警官现在就能答复布克特先生想了解的情况，并且替他指明要去的地方。最后我们因为他同一个警官谈话而停了很长时间，从他一再点头的样子来看，似乎谈得很满意。他谈完了话，便朝我走来，露出一种忙碌而又殷勤的样子。

"喂，萨默森小姐，"他对我说，"我知道不论发生什么事，你都不会惊慌的。我不必再给你什么警告，只要告诉你，我们已经找到了人，而你也可能给我一些意想不到的帮助。我现在不能不问你一下，亲爱的，你愿意下车走一小段路吗？"

我当然马上就下了车，挽着他的胳臂。

"你不容易站稳，"布克特先生说，"慢点走吧。"

在我们穿过这条街时，尽管我当时是慌慌张张地向周围看了看，但我觉得自己认识这条街。"这是荷尔蓬大街吧？"我问道。

"是的，"布克特先生说，"你认识这里拐弯是什么地方吗？"

"好像是法院小街。"

"就是法院小街，亲爱的，"布克特先生说。

我们拐了弯，便沿着这条街走去，当我们冒着雨雪慢慢往前走的时候，我听见钟敲五点半了。我们默不作声，尽快地稳步往前走，这时有个穿着大衣的人沿着狭窄的人行道朝我们走来，到了我们跟前便停下给我让路，就在这时，我听见伍德科特先生惊讶地叫出我的名字，因为我是很熟悉他声音的。

我以一种狂热的心情奔波了一个晚上，又突然在黑夜听见他的声音，因而感到非常意外——而且也说不清究竟是高兴呢，还是难过——我这时不禁热泪盈眶。我仿佛觉得自己是在一个陌生的国家里听见他的声音。

“亲爱的萨默森小姐，真遗憾，你得在这么晚的时间和这么坏的天气出来奔走！”

为了免得我解释，他说他已经从我监护人那里知道有人因为某件不寻常的事而把我叫走。于是我告诉他，我们刚下马车，准备到——这时我不禁对我的旅伴看了一眼。

“啊，你看，伍德科特先生，”他已经从我谈话中了解到伍德科特先生的名字，“我们现在正要到前边那条街去——我是布克特侦探长。”

伍德科特先生不顾我的劝阻，赶快脱下大衣，替我披上。“做得对，”布克特先生说，一边帮我披好大衣，“这样好极了！”

“我能陪你们去吗？”伍德科特先生说。我不知道这话是对我，还是对布克特先生说的。

“啊，天呐！”布克特先生喊道，因为他以为是要他回答。“当然可以啰。”

我们匆匆谈了这些话；我裹着大衣，夹在他们中间往前走去。

“我刚从理查德那里出来，”伍德科特先生说。“从昨晚十点，我一直坐在那里陪他。”

“哎呀！他病了吧！”

“不，不，真的，他没有病，只是不大舒服。他心情不好，感觉头晕，你也知道他有时非常忧郁，非常疲劳，因此婀达当然要派人来请我了；我回到家里，看见了他的信，马上就到那里去了。好！我到了一会儿，理查德就好多了，婀达非常高兴，认为这是我的功劳，其实，天知道，我没起多大作用；因此，我就陪着他，等他睡了几小时以后才走。我希望他现在像婀达一样睡得那么香！”

他谈起他们时态度和蔼而亲切，对他们的热情也非常真诚，同时我知道他曾激起我那心爱的姑娘那种感激和信任相交织的心情，并且还一直给她安慰——难道我能把这一切同他给我的诺言截然分开吗？以前，当他看见我的容貌变了而感到难过时，曾经说过：“我一定把你的委托当作自己的义务，一种神圣的义务！”如果上述那些情况不能使我想起这句话，那么，我是多么没有良心啊！

我们现在又拐进另一条狭窄的小街。“伍德科特先生，”布克特先生说，他一路上不停地盯着伍德科特先生看，“我们因为有事要到这条街上的一个法律文具店去，一个名叫斯纳斯比先生开的店。怎么？你认识他？”他很敏感，一眼就看出这一点。

“不错，我同他有点认识，曾经到他家里去过。”

“真的吗，先生？”布克特先生说。“那么，你能不能替我照顾一下萨默森小姐，让我去同他说几句话？”

刚才同布克特先生谈话的那个警官，不声不响地站在我们后面，可是我没有看见；直到我说听见有人在哭，他插嘴答话时，我才发现了他。

“别害怕，小姐，”那警官答道。“这是斯纳斯比的女佣。”

“哎呀！你们看，”布克特先生说，“这个姑娘老是闹病，今天晚上更厉害了。这真别扭透了，因为我正想从她身上了解某些情况，无论如何也要使她清醒过来。”

“如果不是因为她的关系，他们现在还不会起床呢，布克特先生，”那个警官说。“她整整闹了一夜，长官。”

“你说得对，”他答道。“我的罩灯已经灭了。用你的来照一下吧。”

这些话都是压低声音说的，这时，我们和那所房子还隔着两三家，隐约听见里面的哭声和呻吟声。布克特先生借着警官的罩灯发出的那团亮光，走到大门那里敲了敲。等他敲了两遍，门就开了；他让我们站在街上等着，自己走了进去。

“萨默森小姐，”伍德科特先生说，“如果我在你身边对你的秘密没有什么不便的话，那就请你让我留在这里吧。”

“你待人真好，”我答道。“我的秘密并不怕你知道；如果我要保守什么秘密，那也是关于别人的事。”

“我很了解。请你相信，我只有在完全不妨碍你的情况下，才会呆在你身边。”

“我对你完全信任，”我说。“我知道你是多么认真地遵守自己的诺言，所以我也非常感激你。”

过了一会儿，那一小团亮光又出现了，布克特先生借着亮光向我们走来，脸上带着那种殷勤的样子。“请进来，萨默森小姐，”他说，“坐在炉火旁边吧。伍德科特先生，据我了解，你是一位医生。能不能请你给这个姑娘看一下，看看是不是能使她醒过来？不知道她把我特别需要的一封信藏到哪里去了。在她箱子里没有找到，我想一定是在她身上；可是她现在发了病，扭成一团，因此，对她必须小心，免得弄伤了她。”

我们三人一同走进屋去；虽然天气阴冷，但因为门窗关了一宿，屋里却很气闷。在门后的走道里，站着一个穿灰色衣服的人；他身材矮小，脸上带着惊惶忧郁的样子，似乎生来就有一副彬彬有礼的态度，说话的口气也很谦虚。

“请楼下坐吧，布克特先生，”他说，“请小姐进前面厨房来吧；这是我们平常的起居间。后面是嘉斯德尔的卧室；她发病以后在屋里越闹越凶，真可怜啊！”

我们走下楼去，那个身材矮小的人跟在后面，不久我就发现他是斯纳斯比先生了。在前面厨房里，斯纳斯比太太坐在炉边，两眼发红，脸上带着非常严峻的神色。

“我的好太太，”斯纳斯比先生跟着我们走进来，说道，“让我们在这个长长的夜晚——请原谅我太直言，亲爱的——暂时不要争吵。这位是布克特侦探长，还有伍德科特先生和一位小姐。”

她现出一副非常惊讶的样子，好像这样惊讶是有缘故的；她对我特别注意。

“我的好太太，”斯纳斯比先生说，一边好像壮着胆子远远地在靠近房门的角落里坐下来，“你很可能要问我为什么布克特侦探长、伍德科特先生和这位小姐在这个时候要到柯西特大街库克大院来找我们。这点我不知道，一点也不知道。即便有人告诉我，我也弄不懂，我倒是情愿不要告诉我才好。”

他坐在那里，用手托着头，显得很可怜的样子，而我在这种场面里也似乎不受欢迎，正想道歉几句，布克特先生便把话接过去了。

“现在，斯纳斯比先生，”他说，“你最好还是跟伍德科特先生一同去看看你的嘉斯德尔——”

“我的嘉斯德尔，布克特先生！”斯纳斯比先生喊道，“您就这么说吧，先生，您就这么说吧。下一回，这又成了我的罪名啦。”

“去拿蜡烛照着，”布克特先生没有纠正刚才的说法，而继续往下说，“或者把她扶起来，或者不管叫你干什么，都帮一下忙。这些事情，你一定非常愿意去做；因为你知道，你这个人温文尔雅，而且怀着一颗同情的心。（伍德科特先生，请你去看看她，如果你能从她身上找到那封信，请你赶快送给我，好不好？）”

他们出去以后，布克特先生让我坐在炉火旁的一个角落里，把湿鞋脱下来；他一边把我的鞋子倒挂在炉围上烘干，一边说：

“小姐，你不要因为斯纳斯比太太脸上没有好客的样子就感到不安，因为她一切都误会了。但她很快就会明白这点，因为我准备把事情解释给她听，这样，用不了多久，她就想通了，像她这么样的太太用一般正常的方法是不会这么快想通问题的。”他站在炉边，手里拿着湿帽子和围巾，浑身上下都水淋淋的；他转过身对斯纳斯比太太说：“现在，我首先要告诉你，这都是你干的把戏——你是个结了婚的女人，而且知道自已有那种所谓魅力——‘相信我，如果那些……可爱的……等等’——你很熟悉这首歌吧，你不必向我否认你不认识上流社会的人士，你听我说，魅力——吸引力——这些都应当使你产生自信心——嗯，我首先要告诉你，这都是你干的把戏。”

斯纳斯比太太显然很惊讶，态度软了一些，期期艾艾地问道，布克特先生的话是什么意思？

“布克特先生的话是什么意思？”他把这句话重复了一遍；我从他脸上看出，当他一边说话的时候，一边却在谛听那封信是否已经找到——这样就使我非常激动，因为这时我已发觉那封信一定非常重要，“让我告诉你，他的话是什么意思吧，太太。你去看看奥赛罗[①]是怎样做的，那就是你的悲剧。”

斯纳斯比太太故意问这是什么原因。

“什么原因？”布克特先生说。“原因是如果你不警惕，你就会有那样的下场。真的，就在我说话的时候，我也知道你心里对这位年轻小姐还不大放心。可是，你要不要我告诉你这位小姐是谁？喂，你在我眼里是一个有头脑的女人——但是如果你要采取那种做法，就会由于力不从心而感到苦恼——你认识我，也记得上次在哪里见过我，记得我们当时在场的人谈了些什么。你说是不是这样？是的！那很好！这位年轻小姐就是那天说的那一位。”

斯纳斯比太太对他所隐射的事情似乎比我明白一些。

“还有那个愣小子——你们管他叫乔的——也正好被卷进这件事情里去；你认识的那个法律文件誊写员也正好被卷进去了；而

---

① 莎士比亚《奥赛罗》一剧中的主角，因怀疑妻子不贞，将她杀害。事后弄清真相，由于愧恨而自杀。

你丈夫对这件事根本是不清楚的，可是也正好被卷进去了（就因为他最好的顾主——已故的图金霍恩先生的关系）；总之，形形色色的人都被卷进去了。可是像你那样一个结了婚的而又有魅力的女人，竟会闭上眼睛（还是一双明亮的眼睛哩），用你那小小的脑袋去同墙壁碰。哎呀！我真替你害臊！（我希望伍德科特先生这时已经把信找到了。）”

斯纳斯比太太摇了摇头，用手绢捂着眼睛。

“再说，这就完了吗？”布克特先生兴奋地说，“不！让我们看看后来发生的事情吧。原来还有一个很可怜的女人也正好被卷到这件事里去了。她今天晚上到这里来过，有人看见她同你的女佣说话；交给那女佣一个纸条，只要让我得到这个纸条，我愿意当场付出一百金币。可是你干了些什么呢？你躲在一边，监视着她们；你明知道你的女佣有什么病，也知道她受了小小的刺激就会发作，可是你却突然把她抓住，样子那么凶，所以，天啊！她就被吓昏了，到现在还没有清醒过来，而恰恰在这个时候，她的话也许会挽救一条人命哩！”

他把他的意思说得那么明白，我不禁握紧双手，同时感到天旋地转。但是我忽然又好了——伍德科特先生这时进来，把一张纸条塞在他手里，又出去了。

“现在，斯纳斯比太太，你要是想弥补一下过错，”布克特先生把那张纸条看了一眼，便说，“那就应该让我同这位年轻小姐在这里单独谈几句话。如果你知道有什么办法能帮助隔壁厨房那位先生，或者能想出什么更好的方法使那个女佣清醒过来，那你就赶快尽力去做吧！”斯纳斯比太太马上走了出去；布克特先生立刻把房门关上。“现在，亲爱的，你是不是很镇定，很有把握呢？”

“是的，”我说。

“这是谁的笔迹？”

这是我母亲的笔迹，是她用铅笔在一张揉得又皱又碎、带着水印的纸上写的，勉强叠成一封信的样子，上面写明我监护人的地址，由我收阅。

“你认识这笔迹，”他说；“如果你很镇定，能把信念给我听，那就请你念吧！可是每个字都请你念清楚。”

这封信是在不同时候断断续续地写的。我念的内容如下：

> 我到这个村子来，有两个目的：第一，如果可能的话，再见一见我的亲人——只是看看她，而不同她说话，也不让她知道我就在附近。另一个目的是，躲避人们追寻我的下落，隐匿自己的行踪。不要责备那个死了孩子的妈妈与我合谋。她之所以帮助我，是因为我再三向她保证，这样做对我的亲人会有好处。你还记得她那个死去的孩子吧。那两个男人是我花钱买通的，但她给我帮助却没有要钱。

“‘我到这个村子来’这一段是她在村里写的，”我的旅伴说，“这正好证实我的猜测。我猜对了。”

下面一段是另一次写的：

> 我已经走了很长的路，花了很多时间，我知道我不久就要离开这个人世了。这些街道真难走啊！我现在除了一死，再也别无他求。我离家时，还有一个更坏的打算，但我已放弃这个念头，因而没有使自己罪上加罪。雨雪交加的严寒天气以及长途跋涉的疲劳，本足以使我惨死街头；但我虽然受到这些折磨，也还是有其他死因的。我以往赖以自恃的一切现在都已化为乌有；我将死于恐惧和良心的谴责。

“勇敢些，”布克特先生说，“只有几句话了。”

这些话也是另一次写的。从字迹来看，这仿佛是在黑暗中写成的：

我已尽最大努力隐匿我的行踪。我很快就会被人遗忘，不至于带给他一点耻辱。我身上没有任何东西，可以使人认出我的身份，现在我就要同这个纸条分手了。过去我常常想念一个地方，如果我还能走那么远，我将在那里长眠不起。永别了，宽恕我吧！

布克特先生用胳臂扶着我，让我轻轻坐在椅子上。“振作起来！请不要怪我对你苛求，亲爱的；可是只要你觉得能办到的话，那就请你穿好袜子，做好准备。”

我按照他的吩咐做了；但他把我留在屋里坐了很久，于是我就为我那不幸的母亲祈祷。他们大家都忙着对付那个可怜的女佣，我听见伍德科特先生在指挥他们，而且常常同她说话。后来，他同布克特先生一同进来了；他说，同她说话时需要和气，这是很重要的，因此，他觉得不论我们想了解什么情况，最好是由我去问。现在只要安慰她而不吓唬她，她就能够回答问题。布克特先生说，这些问题是：她怎样得到了这封信，她同给她信的人谈了些什么，而那个人又到哪里去了。我尽力记住这些问题，然后便同他们走到隔壁房间里去。伍德科特先生本来打算留在外边，但在我的恳求下，和我们一同进去了。

那个可怜的女佣坐在地上，因为刚才他们让她躺在那里了。大家围着她站在稍远的地方，好让她不致感到闷气。她长得并不漂亮，显得很弱、很可怜；她的相貌倒是端正的，只是神色忧郁，而且脸上还带着一点疯癫的样子。我在她身边跪下，把她的头靠在我肩上；于是她就用胳臂搂住我，放声大哭起来。

“可怜的姑娘，”我说，一边把脸贴着她的前额；因为我这时也哭了，而且浑身颤抖，“我们现在来麻烦你，似乎太忍心了，不过，许多事情都要等我们了解到关于这封信的一些情况才能决定，而这许多事情我就是跟你说一个钟点也说不完的。”

她开始用一种挺可怜的口气说，她没有一点害人的意思，真是一点也没有啊，斯纳斯比太太！

“我们都相信你的话，”我说，“可是请你告诉我是怎样得到这封信的。”

“好，亲爱的小姐，我一定告诉你，而且老老实实地说。我真的要老老实实地说，斯纳斯比太太。”

“我相信你，”我说。“究竟是怎么一回事呢？”

“我在天黑了好久以后——很晚的时候——出门去办事，亲爱的小姐；我回来时，看见有个人正抬头望着我们的房子。她样子很平常，一身都是泥水。她看见我正要进门，就把我叫回去，问我是不是住在这里？我说是的，于是她说她只认识这里一两幢房子，刚才迷了路，找不到要去的地方。啊！我怎么办？我怎么办呢？他们不会相信我的话！她没有同我说什么害人的话，而我也没有同她说害人的话；真是这样，斯纳斯比太太！”

现在势必要她的主妇说几句安慰的话，才能使她平静下来；而她的主妇，我今天必须说，也确实带着一种悔悟的态度这样做了。

“她找不到要去的地方？”我说。

“找不到！”那个姑娘摇头说，“找不到！再说，她身子很弱，一瘸一拐地走路，那样子真惨，真可怜！斯纳斯比先生，如果你看见了她，我知道你一定会给她一个两先令半的银币！”

“是的，嘉斯德尔，我的孩子，”他说，开始的时候，不知怎样回答才好。“我想我一定给她。”

“可是她很会说话，”这个女佣睁大眼睛看着我说，“听了简直叫人心酸。她问我认不认得到坟地去的路？我问她哪个坟地。她说就是那个埋葬穷人的坟地。于是我告诉她，我以前是个穷孩子，坟地是按教区分的。可是她说，她指的那个坟地离这里不远，前面有个拱道和石级，还有一扇铁门。”

当我注视着她的脸，鼓励她往下说的时候，我发现布克特先生听了这句话，禁不住露出一种惊慌的神色。

“啊！我的天，我的天！”这个女佣叫了起来，双手使劲把头发向后拢去，“这叫我怎么办，怎么办呢！她说的坟地就是埋葬那个服安眠药自杀的人的坟地——斯纳斯比先生，这是你那次回来告诉我们的——那次把我吓得要死，斯纳斯比太太。啊！我又害怕起来了，搂着我吧！”

“你现在好多了，”我说。“我很希望你讲下去。”

“是的，我要讲，一定往下讲！可是您别跟我生气，好小姐，因为我的病很重。”

跟她生气？唉！可怜的姑娘！

“好吧！我这就讲，我这就讲。后来，她问我能不能告诉她怎样到坟地去，我说能，就教她怎样走；她对我看着，可是她好像什么都看不见，身体直往后摇晃。接着，她把信拿出来给我看，告诉我说，如果她从邮局寄，信上的字会被擦掉，人家就不会管，这信也就永远也寄不出去；她问我能不能收下这封信，替她送到那个人家，由那里的人给我钱？我那会儿说，如果不碍事，我愿意送；她说不碍事。我把信收下了；她说她没有什么东西可以送我，我说自己也很穷，所以什么也不要。最后，她说，愿上帝保佑你吧！就走了。”

“那么，她真到——”

“是的，”那个女佣料到我会这样问她，便喊道，“是的！她就朝着我指的路走了。后来，我进了门，斯纳斯比太太不知从后面什么地方走出来，抓住我，把我吓坏了。”

伍德科特先生很体贴地把她从我怀里拖开。布克特先生替我穿上大衣，我们立刻走上街去。伍德科特先生犹豫起来，但我说：“请你现在不要离开我们！”布克特先生也说：“你最好跟我们一起走，我们也许需要你帮忙；不要耽搁时间了！”

因为当时心里很乱，我现在已想不起一路上是怎样走去的了。我只记得当时既不是黑夜，又不是白昼；天已破晓，但街灯还未熄灭；同时雨雪霏霏，街上尽是泥水。我还记得有几个行人冻得瑟瑟缩缩，记得所有的屋顶都是湿的，而沟渠和水槽也被堵住或胀裂了；记得我们走过一堆堆被踩黑了的雪，穿过狭小的胡同。同时，我也记得当时仿佛还听见那个可怜的女佣在我身边讲话，感到她还靠在我的怀里；记得那些肮脏的房子都变成了人的形状，对着我看，那些大水闸好像在我脑海里或者在天空中忽开忽闭；一切虚幻的景物都变得比真实的东西更加具体。

最后，我们在一个黑暗、肮脏的拱道里站住。前面的一扇铁门上，亮着一盏灯，微弱的晨曦这时正渐渐地渗进去。铁门关着，里边是坟地，这是一个阴森可怕的地方，笼罩在里面的夜色慢慢地淡下去，但我还能隐约望见累累的荒坟和残缺的石碑；坟地两旁是一些肮脏的房子，有几个窗户还映出幽暗的灯光，而外边墙上则布满一层厚厚的、像病菌似的霉苔。在铁门前的石级上，躺着一个女人，全身浸在这个地方流出的或溅出的污浊的雨水中，当我看出这女人就是那个死了孩子的妈妈——珍妮，我感到又怜悯又恐惧，不禁叫了起来。

我跑上前去，但他们却拦住了我，而伍德科特先生非常恳切地，甚至声泪俱下地劝我听布克特先生讲几句话再到她身边去。当时，我想我接受了他的意见；现在，我敢肯定一定是那样做了。

“萨默森小姐，你只要想一想，就会明白我的意思。她们在村子里交换了各自穿的衣服。”

她们在村子里交换了各自穿的衣服——我能够在心里重复这句话，也明白这句话本身的意义；但我却不能拿它同任何别的事情联系起来。

“于是她们一个人往回走，”布克特先生说，“另一个人则继续往前走。而往前走的那一个，也只是按照商量好的路线走了一段来迷惑人，然后就转身穿过田野，回家去了。你再想一下看！”

我也能够在心里重复这句话，但我丝毫不能理解它的意义。我看见那个死了孩子的妈妈躺在前面的石级上。她躺在那里，一条胳臂挽着铁门的栅栏，仿佛要搂抱着它。她不久前还和我母亲

晨曦

谈过话，可是现在却躺在那里了。这个可怜的女人躺在那里，已经没有知觉，听任风雪的吹打。她曾经替我母亲送过信，因此，也只有她才能提供有关我母亲下落的线索；我们势必要靠她向导去挽救我那下落不明的母亲，但是，不知道因为什么与我母亲有关的原因，她现在竟变成这副样子，也许已经无法挽救了；她这样躺在那里，可是他们却不让我走上前去！我看见——然而却不能理解——伍德科特先生脸上露出的那种严肃而又同情的神色。我看见——然而却不能理解——他在布克特先生胸口上推了一下，叫他不要往前走。我看见他站在寒风中，脱掉帽子，仿佛在向什么东西致敬。但我对所有这些行为都不知道是怎么回事。

我甚至听见他们俩这样交谈着：

“让她到跟前去好吗？”

“最好是让她去。应该让她的手先去摸她，因为她的手比我们的手更有权利！”

我走到铁门，弯下身去。我扶起她那沉重的头，把那湿淋淋的长发分开，把脸转过来。想不到这就是我母亲，全身冰冷，早已死了。

第六十章
希　望

我现在继续谈我自述中的其他事情。我身边所有的人都对我很好，这使我得到很大的安慰，因此，我一想到这一点，总是非常感动。我对自己的遭遇已经谈了不少，但还是有许多事情要谈，所以我不想详细叙述我当时的悲痛了。我曾病过一次，但很快就痊愈了；要不是因为我不能忘却他们的同情，那么，就连这一点，我也不会在这里提的。

现在我继续谈我自述中的其他事情。

在我生病的时候，我们仍然住在伦敦，而伍德科特太太也被监护人请到伦敦来和我们同住。等到监护人觉得我恢复了健康，心情也开朗了，能够像平时那样同他谈话时——其实，我早就能这样做了，可是他一直不相信——我又拿起自己的针线活儿，坐在他身边。这次是他亲自定的时间，屋里只有我们两个人。

“小老太婆，”他说，一边吻了吻我，表示欢迎，“欢迎你又到‘牢骚室’来，亲爱的。我想定个计划，小老太太。我打算在这里住下去，也许住半年，也许更久一些——看情况而定。总之，要在这里住相当时间。”

“那么，在这段时间里就得离开荒凉山庄了吧？”我问道。

“不错，亲爱的！”他答道，“荒凉山庄必须慢慢学会料理自己的事情了。”

我觉得他的语调很伤感；但我向他看了看，却发现他那和蔼的脸上露出最愉快的笑容。

“荒凉山庄，”他重复说道，这时我感到他的语调并不伤感了，“必须慢慢学会料理自己的事情。那地方离开婀达的住所很远，亲爱的，而婀达又非常需要你。”

“你总是那样体贴人，监护人，”我说，“所以你能考虑到这一点，我和婀达两人，常常感到又高兴又惊讶。”

“如果你是夸奖我那点长处，那么，亲爱的，我倒不是没有私心的；因为你要是经常在路上来回跑，你就不可能同我在一起了。再说，在目前可怜的理克同我疏远的情况下，我也希望尽可能地常常了解到婀达的情形。不仅要了解她，还有那个可怜的家伙。”

“你今天早上见到伍德科特先生没有，监护人？”

“我每天早晨都见到他，德登大妈。”

“他对理查德的看法，还同以前一样吗？”

“完全一样。他看不出理查德身上有什么明显的病症；相反地，却相信他什么病也没有。可是他对理查德却不能放心；其实，谁**能**对他放心呢？”

我那亲爱的姑娘最近每天都来看我们，有时一天来两次。但我们早就料到，等我病愈以后，这种探望就不会继续下去。我们非常了解，她那颗火热的心，还像以前那样对她的约翰表哥充满深厚的感情和感激，同时，我们相信理查德不会禁止她跟我们接近；但是另一方面，我们也了解，她必然会觉得少到我们这里来也是她对他应尽的一种责任。监护人非常敏感，不久就看出这一点，曾经想办法让她知道，他认为她的想法是对的。

“亲爱的理查德真倒霉，也真糊涂，”我说，“他到底要到哪一天才能从幻想中觉悟过来呢！”

“他现在不会觉悟，亲爱的，”监护人答道。“他吃的苦头越多，对我也就越加仇视：因为他已经把他所受的痛苦主要归咎在我身上了。”

我不禁插了一句：“那样，就太不合理了！”

“啊，小老太婆，小老太婆！”监护人答道，“我们在贾迪斯控贾迪斯案子里，还会找到什么合理的东西吗？这桩案子，从上到下、从里到外、从头到尾——如果它真有完结的一天的话——完全是不合理、不公正的，可怜的理克一直同它纠缠在一起，那又怎能从它那里得到什么合理的东西呢？他不能从荆棘上摘到葡萄，从蒺藜里摘到无花果，[①]这和古时候我们祖先的情况是一样的。”

我们每次谈到理查德时，他对理查德总是那样体贴和关怀，这使我非常感动，因此，我对这个问题往往不想多谈。

“我想大法官、副大法官以及大法官庭的衮衮诸公如果知道他们的一个起诉人遭到这种不合理、不公平的待遇，一定会大为惊奇的，”监护人继续说道。“如果这些精通法学的老爷能从他们抹在假发上的发粉里种出蔷薇花来的话，那我也会觉得惊奇！”

他停了一下，眼光移到窗外，看看是什么风向，然后又靠着我的椅背，说道：

“好啦，好啦，小老太太！谈下去吧，亲爱的，我们要消除这个暗礁，就必须等待时间、机会和有利的条件。但我们千万不要让婀达触礁。哪怕只有一点可能，使她再同一个朋友绝交的话，她也受不了，而他也是如此。因此，我曾特别请求伍德科特，而现在又特别请求你，亲爱的，不要同理克提这个问题了。把它搁在一边吧。等到下星期、下个月或下一年，他迟早会用一种更清醒的眼光来看我的。我能够等待。”

但是，我对他承认说，我已经同理查德谈过这个问题；而且我认为伍德科特先生也谈过了。

“他也告诉我，他同理克谈过，”监护人答道。“好啊！他提出了不同意见，而德登大妈也提出了不同意见，那么，关于这个问题就不必多谈了。现在，我想谈一谈伍德科特太太。你喜欢她吗，亲爱的？”

这个问题问得非常突然，我回答说我很喜欢她，而且觉得她

---

① 见《新约全书·马太福音》，第7章，第17节。

现在比平时更和蔼可亲了。

“我也是这样想，”监护人说。“很少谈门第了吧？也不常说摩根-阿普——对了，他的名字叫什么？”

我表示我的话就是这个意思；不过，现在即便再提起他，也不觉得那么讨厌了。

“不管怎么说，他反正不在这里；他呆在他老家的山上哩，”监护人说。“我同意你的看法。那么，小老太太，现在除了留伍德科特太太住在这里，还有别的什么好办法吗？”

没有。可是——

监护人看着我，等我把想说的话说出来。

我什么也没有说。至少我心里没有什么可说的。我有一种难以言传的想法，觉得如果别人和我们同住，也许更好一些，但是，到底是什么原因，我连跟自己也说不清。如果我跟自己都说不清，那么，对别人就更说不清了。

“你看，”监护人说，“伍德科特每天从我们家附近走过，能够常常到这里来看她，这对他们都很方便；她和你很熟，而且也喜欢你。”

不错。这是无法否认的。我提不出什么反对的理由。我也提不出更好的办法；但我心中很不安宁。埃丝特，埃丝特，为什么要不安呢？埃丝特，想一下吧！

“这个办法真好，亲爱的监护人，确实非常理想。”

“你真这样想吗，小老太太？”

真是这样。我刚才已经用这种责任来鞭策自己，稍稍思索了一下，所以，我真觉得这个办法很好。

“好，”监护人说。“就这样办吧。我们彼此都同意了。”

“彼此都同意了，”我重复地说，接着，就继续做我的活儿了。

我这时正在一块布上绣花，这是用来盖他桌上的书的。我就是在同布克特先生出门的那个令人痛心的晚上，把这活儿搁下，而且后来，一直也没有再做了。现在我让他看看，他非常赞赏。我把花样解释给他听，说明不久就会显得很漂亮，然后，我觉得我应该回到我们上次谈的话题了。

“在婀达离开我们以前，有一次我们谈到伍德科特先生，亲爱的监护人，你曾经谈过，你觉得他应当在另一个国家再试一段相当长的时间。后来，你劝过他没有？”

“劝过，小老太太；常常劝他。”

“他决定了这样做吗？”

“我想他没有决定这样做。”

“也许他找到了别的什么机会吧？”我说。

“嗯——是的——也许是吧，”监护人答道，他的口气开始时很谨慎。“大概再过半年，在约克郡一个地方就会派来一个替穷人看病的医生。这是一个很兴旺的地方，风景也很优美：有河流、街道、市镇、村庄，还有磨坊和沼泽；对某一种人来说，这个地方似乎可以提供一个很好的机会。我指的是这样一种人：他们的抱负往往会超过一般工作的水准（我敢说，大多数人的抱负都是如此的），但如果这种一般工作证明是他们唯一能为社会服务并作出有益的贡献的话，那么，他们也会觉得这种工作确实是非常高尚的。我想一切胸襟宽广的人都有雄心大志；但是我所器重的心怀大志的人，却是那些坚定而有信心地走这条道路的人，而不是那些企图一蹴而就、浅尝辄止的人。伍德科特就有这样的品质。”

“那么，会派他去吗？”我问道。

“啊，小老太太，”监护人微笑着答道。“我又不是一个未卜先知的预言家，怎么能断言呢；不过，我想这是可能的。他的声誉很高；当地还有乘过那艘遇难船的人；而且说来奇怪，我还相信好人自有好报。但是你不要以为这是一个肥缺。这是一项非常平凡的工作，亲爱的；这种职务，工作繁重，待遇菲薄；不过景况会逐渐改善，这倒是很有希望的。”

“如果会派伍德科特先生去的话，监护人，那么，当地的穷人一定会感到庆幸的。”

“不错，小老太太；我相信他们一定会这样。”

于是，我们就不再提这件事，而他也闭口不谈荒凉山庄的前途。但这是我第一次穿着丧服坐在他身边，我想这就是他对这个问题保持缄默的原因。

我那可爱的姑娘现在住在一个偏僻冷落的地方，我在这段时期每天都去看她。我经常在早晨去；但是，只要我能抽出一两个小时，我就戴上帽子，匆匆跑到法院小街。不论我什么时候去，他们俩见到我都非常高兴；每次听见我开门进来(我跟他们很随便，从来也不敲门)，总是笑脸相迎，所以我也不怕打搅他们。

这段时期，我发现理查德经常不在家；有时在家里，也是坐在桌子旁写东西，或者阅读有关那桩案子的文件。他那张堆满了各种文件的桌子是从来不让人去碰的。我有时碰见他在霍尔斯先生事务所门前徘徊；有时看见他在附近闲逛，一边咬着指甲在想心事；我还常常在林肯法学协会遇见他，我最初就是在这附近和他认识的，啊，今非昔比，前后有多大的变化呀！

我很了解，婀达陪嫁的那笔钱正如霍尔斯先生事务所天黑后燃着的蜡烛一样，渐渐化为乌有。他们成家的时候，这笔钱就不多，因为理查德结婚时还欠着债；但现在，我却完全体会到霍尔斯先生当初说他不辞劳苦地奔走那句话是什么意思——而且，直到今天，我听说情形还是如此。我那亲爱的姑娘管理家务，精打细算，竭力节省；但我知道他们的景况一天不如一天了。

她像一颗灿烂的明星那样，把那个凄凉的地方烘托得生气勃勃。由于她的美化，那个地方完全改观了。她的脸色比当初在家时显得苍白，而神态也比她当初充满欢乐和希望时沉静一些；不过，尽管如此，在她脸上却看不到一点忧郁的痕迹，因此，我想也许因为她爱理查德，她才看不清他所进行的那桩案子会带来多大灾难。

当我心中还存在着这种想法的时候，有一天我到他们家吃晚饭。我刚刚拐进西蒙法学院，就遇见瘦小的弗莱德小姐出来。她刚刚郑重其事地拜访了贾迪斯控贾迪斯案的受监护人(她至今还是这样称呼他们)，对于这次礼节隆重的会见深表满意。婀达早已告诉我，她每星期一下午五点钟总去拜访，去的时候，帽子上特别打个平时从未见过的小小的白蝴蝶结，胳臂上挽着她那装着文件的最大的手提网袋。

“亲爱的，”她开始说。“我感到非常高兴！你好！我见到你真高兴。你要去拜访我们那两位贾迪斯案件的受监护人吧。我猜对了！我那漂亮的姑娘正在家里，亲爱的，看见你一定很高兴。”

“这么说，理查德还没回家？”我说，“那也好，因为我怕自己去晚了。”

“对了，他还没有回家，”弗莱德小姐答道。“他今天在法院里呆了一天。我离开法院时，他正同霍尔斯先生在一起。你不喜欢霍尔斯先生吧？不要喜欢霍尔斯。他是个危险人物！”

“我看你现在碰见理查德的次数越来越多了，是不是？”我说。

“我最亲爱的姑娘，”弗莱德小姐答道，“我们每天每时每刻都见面。你记得我告诉过你大法官桌上摆的那个吸引人的东西①吧？亲爱的，经常出席法庭的起诉人，除了我以外，也只有他了。我们那个小圈子里的人对他很感兴趣。我们那个小圈子是非——常和气的，你说是不是？”

我从她那样一个可怜的、疯疯癫癫的人的嘴里听到这些话，虽然不觉得奇怪，但也感到难过。

“总之，可敬的朋友，”弗莱德小姐凑到我耳边，把我当作知心朋友似的，用一种神秘的口吻继续说，“我要告诉你一个秘密。我已经委派他做我的遗嘱执行人了。他是我推荐、委派和任命的。在我的遗嘱里。真——的。”

---

① 指大法官的大印。

“真的吗？”我说。

“真——的，”弗莱德小姐用最柔和的声调又说了一遍，“他成了我的遗嘱执行人、管理人和受让人。（这些都是我们大法官庭的术语，亲爱的。）我曾经想过，如果我累死了，他也会看到案子的判决。因为他经常出庭，一天也不间断。”

我想起了他，不胜感慨。

“我曾经有意，”弗莱德小姐也叹息了一声说，“推荐、委派和任命可怜的格里德利当我的遗嘱执行人。他也是经常出庭，可爱的姑娘。我敢保证，他是我们最值得学习的榜样！可是，真可怜，他也累死了，所以我便任命了他的继承人。你不要说出去啊。这是非常秘密的。”

她小心翼翼地把手提网袋打开一点，让我看一看里面叠好的一张纸——这就是她所说的委任状。

“再告诉你一个秘密，亲爱的。我养的鸟儿又增加了。”

“真的吗，弗莱德小姐？”我装着很感兴趣的样子说道，因为我知道，她最喜欢人家听到她的秘密时露出很感兴趣的样子。

她把头点了几下，脸色变得阴沉而忧郁。“又增加了两只。我把他们叫做贾迪斯案的受监护人。它们同所有其他的鸟儿都关在笼子里，同‘希望’、‘欢乐’、‘青春’、‘和平’、‘安宁’、‘新生’、‘尘土’、‘灰烬’、‘垃圾’、‘穷困’、‘毁灭’、‘绝望’、‘疯狂’、‘死亡’、‘狡猾’、‘愚蠢’、‘废话’、‘假发’、‘烂布’、‘羊皮纸’、‘掠夺’、‘判例’、‘梦话’、‘胡话’、‘乱语’等关在一起！”

可怜的弗莱德小姐脸上带着一种我从未见过的不安神色，吻了我一下，便走了。当她把鸟名一个个地念出来的时候，她的神色使我感到，尽管这些名字是从她自己嘴里说出来，好像她也不愿听见似的。因此，我觉得非常寒心。

在这次访问前遇见这样的事，我感到很扫兴。我到他们家一两分钟以后，理查德也回来了，他带霍尔斯先生回家吃饭。我本来可以避免同霍尔斯先生交谈的，可因为婀达和理查德忙着准备酒菜(尽管这顿晚餐很简单)，两个人有几分钟都不在屋里，霍尔斯先生便利用这个机会，低声和我谈了一会儿。我当时正坐在窗前，他走过来，从西蒙法学院谈起。

“对于司法界以外的人来说，萨默森小姐，这个地方单调得很，”霍尔斯先生说，一边用他那只黑手套在窗玻璃上来回地抹，想把它擦干净，让我看得清楚一些。

“这个地方没有什么可看的，”我说。

“也没有什么可听的，小姐，”霍尔斯先生答道。“有时也的确可以断断续续地听到一点音乐声，不过，我们这些在法律界混事的人是不懂音乐的，过不多久，也就充耳不闻了。我想，贾迪斯先生身体很好吧？他的朋友们都希望他健康。”

我向霍尔斯先生道谢，并告诉他贾迪斯先生很健康。

“我没有得到贾迪斯先生的垂青而成为他的朋友，实在感到遗憾，”霍尔斯先生说，“我知道，在贾迪斯先生这样的家庭里，我们法律界人士往往是不受欢迎的。可是，不管人家对我们的印象是好是坏，也不管人家抱着多少偏见(我们都是各种偏见的牺牲者)，我们的明确方针就是要把一切事情都公开。您觉得卡斯顿先生的神色怎样，萨默森小姐？”

“他的病似乎很重。而且样子也非常焦急。”

“真是这样，”霍尔斯先生说。

他站在我背后，他那长长的黑色身影，几乎达到这几间低矮的屋子的天花板；他一边摸弄着脸上的粉刺，仿佛把它们当作一种装饰品；一边又用一种低沉而平静的口吻说话，使人觉得他好像生来就没有一点热情或感情似的。

“我想，伍德科特先生目前在照顾卡斯顿先生吧？”他继续说道。

“伍德科特先生是他的一个不讲私利的朋友，”我说。

“但我的意思是说医疗上的照顾。”

“一个人心境不好，医疗又有多大用呢？”我说。

“真是这样，”霍尔斯先生说。

理查德的这个法律顾问，动作这么迟缓、神色这么贪婪而脸孔又这么苍白瘦削，这使我感到理查德在他的眼光注视下一天天消瘦下去；在他身上似乎还有吸血鬼的气味。

“萨默森小姐，”霍尔斯先生说，慢吞吞地搓着他那双戴着手套的手，好像对于他那种麻木不仁的触觉来说，他的手戴不戴黑手套，感觉都是一样的，“卡斯顿先生的婚姻是不够慎重的。”

我请他原谅我不愿谈这个问题。我有点气愤地告诉他，他们订婚时，都很年轻，而他们的前途也很光明灿烂。那时候，理查德还没有受到不良的影响，但现在，他的生活却被这种影响蒙上了一层阴影。

“真是这样，”霍尔斯先生再一次表示赞同我的意见。“不过，为了使一切事情都能公开起见，萨默森小姐，如果您不见怪，我就要向您表明，我确实认为这个婚姻是不够慎重的。我不但应当把我的看法向卡斯顿先生的亲友交代清楚，因为我当然希望他们将来不会对我埋怨，而且为了我个人的名誉，也势必要这样做——我很看重自己的名誉，因为我希望在法律界保持自己的声望；我家里三个女儿也很看重我的名誉，因为她们需要我竭力设法替她们攒一点钱；甚至不瞒您说，我那年老的父亲对我的名誉也很重视，因为他需要我赡养。”

“霍尔斯先生，如果理查德当初听人劝告，不去过问你们现在正在进行的那桩不幸的案子，”我说，“那么，他们的婚姻一定和现在的情况不一样，一定会幸福得多、美满得多，总之，一切都会不同。”

霍尔斯先生用他那只戴着黑手套的手捂住嘴咳了一下——但没有咳出声来，或者更确切地说，只是喘了一口气——同时点了点头，仿佛他甚至对我这番话也不是完全不同意似的。

“萨默森小姐，”他说，“您的意见也许是正确的；而我也不妨坦白地同您说，那位没有经过慎重考虑就嫁给卡斯顿先生的年轻小姐——我相信我再一次提出这种看法不会使您生我的气，因为这是我对卡斯顿先生的亲友应尽的责任——是一个具有名门闺秀风度的小姐。由于工作关系，我同一般社会人士除了在业务上有所接触外，很少来往；尽管如此，但我深信自己还有足够的眼光，看出她是一位具有大家风范的小姐。至于她长得是否漂亮，我个人不敢断论，因为我从小就对这方面不大注意；不过，就审美观点来说，我想这位年轻小姐也许可以算是漂亮的。我听说法学院的办事员们就认为她很漂亮，因此，与其说这是我的看法，倒不如说是他们的看法。至于卡斯顿先生目前所要求的那些权益——"

"啊！你还谈他的权益，霍尔斯先生！"

"请您原谅，"霍尔斯先生答道，一边还像刚才那样用低沉而冷静的口吻说下去，"卡斯顿先生在本案引起争执的某项遗嘱中获得某种权益。这是我们的一种行话。至于卡斯顿先生所要求的权益的问题，在我第一次有幸会见您的时候，萨默森小姐，我同您谈过，因为我希望一切事情都能公开——当时我说过这样的话，后来还把这句话记在我的日记上，将来随时可以拿来参考——我同您谈过，卡斯顿先生曾经确定亲自处理自己权益这样一个原则；如果我的当事人所确定的原则并不违背道德（那就是说并不违法），我就要负责执行。我**已经**予以执行；而且现在也**确实**在执行。但是不论对卡斯顿先生的哪位亲友，我也绝不掩盖事实真相。正如我对贾迪斯先生一向坦率那样，我对您也推诚相见。从我业务方面的责任来说，我认为应当对人坦率，尽管谁也没有责任必须如此。虽然事实真相也许使人感到很不愉快，但我不妨坦率地向您说明，我认为卡斯顿先生的事情不妙，卡斯顿先生本人的健康也令人担忧，而且我觉得他的婚姻太不慎重——您问我吗，卡斯顿先生？我在这里，而且还要谢谢您哩；卡斯顿先生，我在这儿同萨默森小姐谈得很投机，很愉快，因此，我要好好谢谢您！”

这时，理查德走进来，和他说话，他因为要回答，就不再同我谈下去了。现在我对霍尔斯先生为了保全他本人以及他的声望而采取的慎重步骤已经充分了解，因而深深地感到他那位当事人的景况，恰恰像我们所担心的那样，确实是每况愈下了。

我们坐下吃晚饭，因此，我便有机会把理查德仔细端详了一番。霍尔斯先生隔着那张小桌子坐在我对面，可是他(吃饭时已脱掉手套)并没有对我噜苏；因为我想，即使他抬起头来看，他的眼光也不会从理查德脸上移开。我觉得理查德显得瘦削而又无精打采，衣着很不整齐，样子也很懒散；有时勉强振作一下精神，但接着又露出那种郁郁寡欢和若有所思的神色。他那双明亮的大眼睛一向闪烁着欢乐，但现在却变得呆滞而彷徨，和以前完全不同了。我不能用苍老这个词儿来形容他。他的神态表明他的青春受到摧毁，这和苍老根本不同；而随着青春的毁灭，他的朝气和年少英俊的样子也都一去不复返了。

他吃得很少，仿佛不论什么好菜都不能引起他的食欲；他比平时更显得急躁，甚至对婀达也发脾气。我最初觉得他从前那种轻松愉快的样子完全消失了，但有时在他身上还显示出来，就像我有时候一刹那间从镜子里瞥见我以前的脸儿在看着我一样。同时，他也没有完全失去从前那种笑声；不过，这种笑声已经变成一种欢乐的声音的回响，而且往往充满了哀伤。

但是他同我在一起，还像从前那么高兴和亲切；我们愉快地谈到那些消逝的岁月。可是，我们谈的事情却不能引起霍尔斯先生的兴趣，尽管他有时也张嘴喘一口气——我想这就算是他的微笑吧。饭后不久，他就站起来同在座的两位小姐打招呼，说他要回事务所去了。

“你永远是那么专心于自己的业务，霍尔斯！”理查德喊道。

“是的，卡斯顿先生，”他答道，“当事人的权益无论如何是不容忽视的，先生。像我这样一个在司法界混事的人，总是把人家的权益看得最重，因为我想在同行以及一般社会人士中间保全自己的好名声。现在我虽然不能再同你们愉快地谈天，可是，卡斯顿先生，我先走一步，也许还是同你本人的权益有关哩。”

理查德表示很相信他的话，并拿着灯送他出去。理查德回来以后，一再同我们说霍尔斯是个好人，非常可靠，而且言行一致，总之，是个非常理想的人物！他说话的口吻十分轻蔑，因而我感到他对霍尔斯先生也开始怀疑了。

后来，他筋疲力尽地倒在沙发上；而婀达和我则收拾屋子，因为他们只雇用了一个打扫房间的女仆。我那亲爱的姑娘有一架小钢琴，这时正坐在琴旁唱理查德爱听的那几首歌；因为理查德埋怨灯光刺眼，所以在唱歌以前已经把灯搬到隔壁房间去了。

我坐在他们中间，靠在我那亲爱的姑娘身边，听到她那悦耳的歌声，觉得不胜伤感。我想理查德也一定黯然神伤，所以才不愿在屋里点灯。当她唱了一会儿(中间有时也站起来，走到理查德身边，俯身和他说话)，伍德科特先生进来了。他在理查德身边坐下，用一种半开玩笑、半认真的口气，很自然地了解到理查德是不是不舒服以及整天在什么地方。稍停以后，他又提议陪理查德到桥上去散步，因为那天晚上月白风清；理查德欣然表示同意，他们就出去了。

他们离开的时候，我那亲爱的姑娘还坐在钢琴边，而我也仍然坐在她身旁。等他俩走了以后，我用胳臂搂着她的腰。她左手按着我手心(因为我坐在她左边)，但右手仍放在琴键上——不断地来回抚弄，可是并没有按出音响。

“我最亲爱的埃丝特啊！”她说，终于打破了沉寂，“理查德同伍德科特在一起的时候，总是觉得非常舒畅，而我对他也非常放心。我们应当谢谢你。”

我对我那心爱的姑娘说，她的想法是不对的，因为伍德科特先生当初到她约翰表哥家去，是和我们三个人同时认识的；而且他向来喜欢理查德，理查德也一直喜欢他，等等。

“你说的都对，”婀达说，“可是他对我们这么真诚，却要归功于你。”

我觉得最好还是让我那心爱的姑娘去坚持她的看法，而我对于这一点也最好不再谈下去。因此，我也顺着她的意思说，我说得很婉转，因为我感到她在颤抖。

“埃丝特，亲爱的，我想做一个好妻子，一个非常理想的好妻子。你教教我吧！”

我教她！我什么也不往下说了；因为我看到她的手在抚弄琴键，知道这时我不应该说话，而应当让她同我说些心腹话。

“当我和理查德结婚时，我对他的前途，不是一点也没有认识的。我有很长一段时间和你在一起，过得非常愉快，因为你对我那么疼爱，那么体贴，所以我从来不知道忧愁或焦急；可是，亲爱的埃丝特，我却明白他的处境十分危险。”

“这些我都了解，亲爱的。”

“我们结婚时，我心中还抱过一点希望，认为自己也许能使他认清自己的错误；在他做了我的丈夫以后，会用一种新的眼光来看待这场官司，而且不要再像现在这样，为了我而不顾一切地全力以赴。不过，即便我当初没有抱着这样的希望，我还是会同他结婚的，埃丝特，我还是会同他结婚的！”

她那只不停地抚弄着琴键的手，霎时间停止了颤抖——这是由于她说出最后那句话而停止的，等她把话说完，那只手又颤抖起来了——我从这个动作看出她的话是恳切的。

“亲爱的埃丝特，你不要以为你看到的事，我就没有看到；你认为值得忧虑的事，我就没有为它担过忧。谁也不能像我那么深刻地了解他。世界上最聪明的人也不会像我由于对他的爱情而那么了解他。”

她的语调那么委婉，那么柔和，可是她那只颤抖的手，在没有发出响声的琴键上来回抚弄时，却显得那么激动！唉！我亲爱的姑娘啊！

“我看到他的情况一天不如一天。我在他睡着以后也仔细观察他。我看出他脸上的每一点变化。当我嫁给理查德时，埃丝特，我曾下定决心，只要上帝帮助我，我就永远不让他知道我为他所做的事而担忧，以免他更不愉快。我希望他回家来的时候看不到我脸上有一点愁容。我希望他看着我的时候，只看到他所喜爱的那些地方。我就是为了这样做才和他结婚的，而这就是支持我的力量。”

我觉得她比刚才抖动得更厉害了。我等着她把话继续说下去，而这时我想我开始了解她要说些什么了。

“而且还有其他力量给我支持，埃丝特。”

她停了一下。但也只是把话打住；那只手还是不停地抚弄着琴键。

“我瞻望一下前途，但我不知道将来会得到多大的帮助。将来，等理查德看着我的时候，也许会看到我已经怀了孩子，而这个孩子在指明他的真正前途以及使他回心转意等方面一定会比我更有说服力，更有力量。”

她的手现在停止不动了。她把我搂在怀里，而我也搂抱着她。

“如果那个小娃娃也做不到这一点，那么，埃丝特，我还是会向前看。我要看得更远，在若干年后，等我老了，也许死了，他的女儿就是一个漂亮的女人，很幸福地结了婚，会因为他而感到自豪，同时也会使他幸福。或者是一个慷慨而又勇敢的男子，长得像他那么英俊，和他当初那样前途远大，可是却更加愉快，陪着他在阳光下散步，看到他那一头白发，不禁肃然起敬地说：‘感谢上帝，我能有这样一个父亲！他被那不幸的遗产案毁掉了一生，可是由于我的努力，他恢复了健康！’”

啊！我可爱的姑娘，她那紧紧靠在我胸前的那颗心是多么宽厚啊！

“这些希望支持着我，亲爱的埃丝特，我知道它们一定会支持我的。可是，有时，甚至这些希望也都化为泡影，因为我一看着理查德，心里就产生一种恐惧。”

我竭力安慰我心爱的姑娘，并问她害怕什么。她一边哭着，一边呜咽地回答说：

“我怕他活不到看见自己孩子的时候！”

第六十一章
意外的发现

我永远也不会忘记我常去看那亲爱的人儿的那一段日子，她那个凄凉而偏僻的住所，由于她而显得生气勃勃。今天，我再也不会去看这个地方，而且也不希望再去；其实，在那段时期以后，我也只去过一次；可是在我的记忆中，那个笼罩着愁云惨雾的地方却永远发出一种不可磨灭的光芒。

在那一段日子里，我当然每天都去。最初，有两三次，我碰见斯金波先生也在那里，时而逍遥自在地弹着钢琴，时而像往日那样谈笑风生。当时，我除了怀疑他去了以后会使理查德的经济更加拮据以外，还感到他那种不顾一切的欢乐样子，仿佛同我所了解的婀达心中的隐痛有点太不协调。我很清楚地看出婀达也有同感。因此，我再三考虑以后，决定私下去拜访斯金波先生一次，试试委婉地把我的意见告诉他。我非常关怀我那亲爱的人儿，因此，也就增加了自己的勇气。

一天早晨，我带着查理到萨默斯镇去。当我走近他的寓所时，我真想转身回去，因为我感到自己要说服斯金波先生是没有希望的，而他却很可能使我一筹莫展。但我又想，既然已经来了，只好硬着头皮试一下。我用一只颤抖的手去敲斯金波先生的大门——确实是用手敲，因为门环已经掉了——然后又和一个爱尔兰女人费了不少唇舌，才走进去。那个女人在我敲门时，正在地下室门前的空地上，用拨火棍去劈一个雨水桶的盖子，准备生火。

斯金波先生躺在屋里的沙发上，吹着长笛，看见我，非常高兴。他问我喜欢由谁来招待？喜欢由谁来担任这次招待的主妇？要他的“逗笑姑娘”呢还是“美丽姑娘”或“多情姑娘”？再不然，就让他那三个像一束鲜花似的女儿一同出来招待，好不好？

我听他这样说话，已经凉了半截，只好回答说，如果他不见怪的话，我希望和他一个人谈。

“亲爱的萨默森小姐，非常欢迎！不用说，”他把椅子向我身边挪近一些，同时带着迷人的笑容对我说，“你要谈的当然不是公事啰。那一定能叫人高兴！”

我说我确实不是来办什么公事，不过，我谈的事倒也不见得能叫人高兴。

“既然如此，亲爱的萨默森小姐，”他说，露出了极其坦率而又高兴的样子，“那就别提它吧。既然是**不见得**叫人高兴的事，那又何必提呢？我一向是不谈这种事的。不论从哪方面说，你都比我快活得多。你非常快活；我虽快活，那还是差一些；那么，既然我都不提那些叫人不愉快的事情，你就更不应当提了！好，这个问题解决了，我们谈别的吧。”

虽然我觉得很窘，我仍然鼓起勇气向他表示，希望把这个问题谈下去。

“如果我真觉得萨默森小姐会犯错误的话，”斯金波先生大笑着说，“我想这就是一个错误。可是我倒没有这种看法。”

“斯金波先生，”我抬头望着他的眼睛说，“我常听你说起你对生活琐事不太熟悉——”

“你的意思是说我们在银行界的三位朋友吧，英镑，先令，还有那个小伙伴叫什么来着？叫便士，对不对？”斯金波先生笑嘻嘻地说。“我对这三位真是一点也不了解！”

“——因此，”我说下去，“你也许会原谅我过于冒昧。我觉得你应当十分认真地了解到理查德比过去穷多了。”

“哎呀！”斯金波先生说。“人家跟我说，我也是穷多了。”

“而且，现在手头十分拮据。”

"这和我完全一样!"斯金波先生笑容可掬地说。

"这种情况当然使婀达非常着急;我想如果没有客人要他们招待的话,她就不会这么着急,而且理查德心里总是惦记着那起令人不安的官司,所以,我考虑不得不冒昧地跟你说——如果你——能——不——"

当我吞吞吐吐地说到这里,他就握住我的双手,同时满面笑容,轻松愉快地把话接过去说。

"不到他们家去,是不是?当然不去啰,亲爱的萨默森小姐,我绝对不会去的。我为什么**一定要**到那里去呢?不管我到什么地方去,我是去找快乐的。我决不会到什么地方去找痛苦,因为我生来就是个寻欢作乐的人。只有痛苦找到我头上,我才会痛苦。真的,我最近在亲爱的理查德家里已经找不到多大快乐,而现在你这位又聪明又有阅历的人倒是把道理说明白了。我们那两位年轻朋友,从前颇有青春时期的那种诗意,也曾使我非常倾倒,但现在却失去这种诗意,产生了这样的想法:'这个人要钱。'我就是这样一个人;我永远要钱;要钱倒不是自己花,而是因为那些买卖人总是来跟我要。后来,我们那两位年轻朋友越来越市侩气,竟然想到,'这个人**从前有**钱——可是也借过钱',说得不错,我是常常向人借钱。这样,我们那两位年轻朋友就只剩下散文的气息(真叫人惋惜啊),越来越不能引起我的兴趣了。因此,我为什么还要去看他们呢?太可笑了!"

当他笑嘻嘻地看着我讲出这番道理的时候,脸上露出一种仁慈的、毫无私心的样子,使我十分惊讶。

"再说,"他又轻松又有信心地把他那番道理讲下去,"不论我到哪里去,我不是去找痛苦的——否则,那就会违背我生存的愿望,那就会显得很可笑——那么,我又何必去给人增添痛苦呢?现在我们那两位年轻朋友的心情正不好,如果我在这种情况下去看他们,那就会给他们增添痛苦了。我们聚在一起就会感到不愉快。他们也许会说:'这个人从前有钱,可是现在一个便士也拿不出来了。’我现在当然拿不出来，这还用说吗？因此，我为了照顾他们，也决不该和他们接近——绝不接近了。”

他说完以后，亲切地吻了吻我的手，向我表示感谢。他说，只有萨默森小姐那样富有人生阅历的人才能使他明白这一点。

我被他弄得啼笑皆非，但一想，只要达到主要目的，那么，不管他用什么诡辩来歪曲这些原因，也无关紧要了。于是，我决定再提一件事，我想这一次他一定无法抵赖。

“斯金波先生，”我说，“在我告辞以前，我还要冒昧地向你提出，不久前，我从可靠方面了解到，你当初就知道那个穷孩子跟谁一起离开了荒凉山庄，而你还收下了一件礼物，这使我非常惊讶。我至今没有把这件事告诉我的监护人，因为我觉得不必使他难过；但我可以告诉你，我感到很意外。”

“没有告诉他？你真的感到意外吗，亲爱的萨默森小姐？”他回答时，笑眯眯地吊起眉毛，露出诧异的样子。

“感到非常意外。”

他思索了一下，脸上的表情显得又高兴又古怪；然后，他用非常迷人的口吻说：

“你知道我本来就是个孩子嘛。那为什么还感到意外呢？”

我不愿详细谈这个问题；但他表示很想知道，恳切地要我把事情谈出来，我就非常婉转地暗示说，他的行为似乎违背了道义方面的某些责任。他听了这些话，表示很感兴趣，坦率而天真地说：“不，不会吧？”

“你知道我不想负什么责任。这我根本就办不到。责任是我永远不能了解——或者不屑了解的东西，”斯金波先生说，“我甚至连自己究竟属于哪一种情况也弄不清；不过，因为我了解亲爱的萨默森小姐(一向是以实际的判断力和敏锐的眼光而出名的)提出问题的方式，我想这主要是指金钱问题，你说是吗？”

我一时不慎，表示同意他的说法。

“啊！那你就会明白，”斯金波先生摇着头说，“我对这个问题是无法理解的。”

当我起身告辞，我提醒他不该受人贿赂而辜负了我监护人的信任。

“亲爱的萨默森小姐，”他用他那种坦率而高兴的态度答道，“谁也不能使我受贿呀！”

“布克特先生也不能么？”我说。

“不能，”他说。“谁也不能。我并不认为金钱有什么价值。我对它根本不重视，不理解，不需要，不储存——它一到我手里，就转给了别人。我怎能受贿呢？”

我告诉他，尽管我没有能力同他在这个问题上进行辩论，但我却有不同看法。

“相反地，”斯金波先生说，“就这个问题来说，我恰恰占了上风；恰恰比世界上的人都略胜一筹；而且也恰恰能用一种达观的态度处理事情。我不像一个意大利婴儿被布带绑成畸形那样，被偏见歪曲了自己的看法。我像流动的空气一样毫无拘束。我觉得自己就像恺撒的妻子那样，不容怀疑。①”

当他反复地谈这个问题，好像把它当作一个羽毛球那样扔来扔去的时候，样子十分轻松，而且似乎相信自己非常公正，这种嬉笑态度，我在别人身上是绝看不到的！

“亲爱的萨默森小姐，让我把事情的经过讲给你听听吧。有个小孩正害着我非常讨厌的一种病，竟然被带回家来睡觉。那个小孩睡了以后，忽然来了一个人——就像玩具盒子里跳出的老头似的。这个人要把那个正害着我非常讨厌的病并被带回家来睡觉的小孩带走。他为了要带走那个正害着我非常讨厌的病并被带回家来睡觉的小孩，就拿出了一张钞票。于是，斯金波就把他为了要带走那个正害着我非常讨厌的病并被带回家来睡觉的小孩而拿出

---

① 恺撒是古罗马皇帝，曾因怀疑妻子不贞而决定休弃她，当时有人认为仅仅出于怀疑，不应休弃，但恺撒回答说：恺撒有缺点不要紧，但恺撒的妻子则不容怀疑。这句话后来成为谚语。

的钞票收下了。事实就是这样。好，那么，斯金波此人当时是不是不该收下那张钞票呢？斯金波此人**为什么**不该收下呢？斯金波向布克特提出抗议说：‘你干吗给我这个呀？我根本不懂它是什么，它对我也毫无用处，快拿走吧。’但布克特仍然请斯金波把它收下。斯金波既然没有什么偏见，是不是有理由把它收下呢？是的。斯金波找到了一些理由。究竟是些什么理由呢？斯金波对自己解释说，他是一只养驯了的山猫，是个很有活动能力的警官，为人机灵，具有非常充沛的精力，而且眼光敏锐，办事干练，能够查出我们那些逃走的朋友和敌人的下落，能够追回我们被抢走的财物，而且如果我们被人谋害，还能替我们报仇申冤。这个机警而富有活动能力的警官在施展自己那套本领的过程中，对金钱树立了十分坚定的信念：他觉得金钱的作用很大，同时还使社会也觉得它的作用很大。是不是因为我要了钱，就会动摇了布克特的信念？有意挫败他的一种手段，使他下次在进行侦缉工作中束手无策呢？再说，如果斯金波接受那张钞票，应当受到指责，那么，布克特拿出钞票送人也应当受到指责——其实，布克特应当受到加倍的指责，因为他明知故犯。不过斯金波希望尊重布克特；斯金波虽然地位卑微，倒是觉得为了维持好社会秩序，就**应当**尊重布克特。国家明确地要求斯金波信任布克特。于是，斯金波就信任他了。而斯金波的所作所为也就是如此而已！”

我对他这番道理，觉得无法置答，于是就告辞了。但斯金波先生当时正兴高采烈，决不让“小柯文塞斯”一个人陪我回家，一定要亲自送我。一路上，他给我谈了许多有趣的事，分别时，还向我保证他永远不会忘记我曾经用一种非常巧妙的手腕，使他了解到我们那两位年轻朋友的景况。

由于我后来再也没有见到斯金波先生，所以不妨在这里就我所了解的他的身世，作个总结。他同我监护人的关系逐渐冷淡下去，主要是由于上述的那些原因，同时也因为监护人就理查德的事情向他提出恳切的要求以后，他竟无动于衷，置之不理（后来我们从婀达那里了解到这些情况)。他欠我监护人的债虽然数目很大，但这和他们之间的疏远没有关系。大约过了五年，他就去世了，留下了一本日记、一些信件以及他对人生看法的一些文章；日记后来出版了，内容说明他曾受世人的迫害，因为人们都合起来反对他这样一个可爱的孩子。这本日记获得好评，但我翻开书，偶然看到一句话，便不再往下看了。这句话是："贾迪斯和我所认识的许多人一样，是自私的化身。"

现在我要谈的一段经历和我自己有密切关系，而在事情发生时，我却毫无准备。尽管我心里有时会对自己过去的容貌产生一点依恋的感情，但那也不过是我那已经消逝的生活的一个环节——就像我那已经消逝的童年时代一样。我在这个问题上，从未掩盖自己那许多缺点，而是凭着自己的记忆，忠实地把它们写下来的。我希望本着自己原来的意图一直用这种态度写到最后一页：看来，现在距离我结束这篇自述的日子也不太远了。

时光飞逝，不知不觉又过了几个月；我那亲爱的姑娘上次曾经向我吐露过她心中的种种希望，这些希望使她得到了鼓励，因此她现在还是和以前一样，像个美丽的仙女似的把她那个凄凉的地方烘托得生气勃勃。理查德比以前更显得苍白消瘦，天天都往法院跑；当他了解他的案子不会开庭，便整天没精打采地坐在那里，成为法院常见的一个人物了。我不知道是不是有人还会想起他当年第一次到法院去的时候，是个什么模样。

他把自己的全部精神都贯注在他那套顽固的想法上，因此，他在高兴时候也往往承认，"如果没有伍德科特"的话，他简直呼吸不到一点新鲜空气。现在只有伍德科特先生有时还能使他高兴几个小时，甚至在他感到颓废的时候，也能使他振作起来。我们看到他那种颓废样子，都感到非常担心，而时间越长，他这种病态的表现次数也越来越多。我那亲爱的人儿说得不错，他之所以一错再错下去，比以前更不考虑后果，完全是因为她的原故。我相信正因为他对自己年轻妻子的不幸感到难过，所以就更迫切地希望弥补损失，结果，却像一个赌徒那样作孤注一掷。

我已经说过，我不时到他们家去。如果我在晚上去，一般总由查理陪着乘马车回家；有时，我监护人在附近等着，我们便一同步行回去。有天晚上，他和我约定八点钟见面，但是我到时候不能像平常那样准时离开，因为我正替我那亲爱的人儿做活儿，还差几针没缝好；可是八点才过几分钟，我就急忙收好针线篮，和我亲爱的人儿吻别，匆匆下楼。这时天色已经晚了，伍德科特先生便陪我出去。

当我们走到平时和监护人见面的地点——离婀达家不远，伍德科特先生常常送我到那里——监护人却不在。我们在那里走来走去，等了半个小时；可是始终未见监护人的影子。我们都认为他也许因事不能来，或是来过又走了，于是，伍德科特先生提议送我回去。

除了他平时送我这一段很短的路以外，我们这还是第一次同行。一路上，我们谈论着理查德和婀达。我没有说我多么感谢他做的许多事——这我已经不能用言语来表达了——但我希望，他不会一点也感觉不到我这种深厚的感激之情。

到家以后，我们就上楼，发现监护人不在，而伍德科特太太也出去了。我们现在呆的这个客厅，就是我当初把我那羞答答的人儿领来的房间，她那时还是个少女，对她那年少英俊的情人(自从成了她丈夫以后已经和从前判若两人了)十分倾心；后来也是在这个客厅，我和监护人看着他们俩满怀着希望，高高兴兴地走到外边的阳光中去的。

我们站在敞开的窗前，俯览着下面的街道，伍德科特先生这时和我说话了。我立刻了解他爱我。我立刻了解我那带着疮疤的脸在他眼里还是和从前的容貌一样。我立刻了解我原来认为是他对我的怜悯，其实是真挚而又强烈的爱情。啊！我现在才知道这些，真是太晚了，太晚了！这是我第一个忘恩负义的念头。太晚了！

“我从国外回来，”他向我说，“我回到英国来，还是像我出国的时候那样穷；我还发现你的病刚好，可是你对人体贴，心情开朗，没有一点自私的想法——”

“啊！伍德科特先生，不要说下去了，不要说下去了！”我恳求他道。“你太夸奖了。其实，我当初有许多自私的想法，许多，许多！”

“上帝知道，我一生最亲爱的人儿啊！”他说，“我对你的赞美，不是一个情人的赞美，而是事实。你不知道你身边的人从埃丝特·萨默森身上看到了什么！多少人受到了感动，得到了启发，而她又赢得了多么崇高的赞扬和爱情。”

“啊！伍德科特先生，”我喊道，“能够得到爱情，这叫人多么高兴啊，能够得到爱情，这叫人多么高兴啊！我感到骄傲，也感到光荣，听你这样说，我忍不住要流下泪，但是我的泪水既含有欢乐，也含有悲伤——欢乐的是，我得到了爱情；悲伤的是，我还不配得到这样的爱情；再说，我现在已经不能随自己的意思考虑你的爱情了。”

我鼓足勇气说了这些话；因为他那样称赞我，而且由于相信自己讲的都是真话，声调变得非常激动，我这时也渴望自己能更无愧于他的爱情。要做到这一点，现在还不太晚。尽管今天晚上我把我生命史上意外的一页翻过去了，但是我仍然可以在今后的生活中做到更无愧于他的爱情。对我来说，这是一种安慰，也是一种鼓励，当我想到这一点，我觉得他使我产生一种不要妄自菲薄的心情。

他打破了沉默。

“如果一个我所敬爱的人（我将永远像今天这样敬爱她）向我明确表示，她已经不能随自己的意思考虑我的爱情，而我还恳求她的话，”他这句话以及他那种十分恳切的语调，既使我增加了勇气，也使我禁不住流下泪来，“那就很难表示我对她的信任了。亲爱的埃丝特，我只想告诉你，在我出国时你留在我心中的美丽形象，到我回国时已经变得非常崇高、非常神圣了。我一直希望，一旦交上好运，就把这些告诉你。但是我也一直担心，等到我能告诉你的时候，已经无补于事了。今天晚上，我总算了却我的心愿，但同时也证实了我的忧虑。我使你感到难过。我说得太多了。”

这时，我好像变成了他心目中的那个天使，同时也为他希望的破灭而感到非常难过！我希望帮助他消除这种苦恼，就像他第一次向我表示同情时，我想做的那样。

“亲爱的伍德科特先生，”我说，“今天晚上，在分别之前，我还想跟你说几句话。从前，我不能畅所欲言——今后也是如此——不过——”

我在往下说之前，必须再想一想怎样才能更无愧于他的爱情，更无愧于他的痛苦。

“——我深深体会到你的宽厚，我将永远珍惜它，至死不忘。我很明白自己的容貌完全变了，我也知道你不是不了解我的身世，而且我也知道，这样坚定的爱情是多么高贵。你说的这些话，如果出自别人之口，绝不会使我这样感动，因为谁也不能使我这样珍惜这些话。我永远也不会忘记这些话，今后一定要以此来鞭策自己。”

他用手捂住眼睛，把脸转了过去。我该怎样努力才能不辜负他的眼泪啊！

“如果将来我们为了照顾理查德和婀达，同时，我希望，为了享受人生许多的欢乐而继续来往，你发现我的某些品质，真像你所想的那样，比过去有了进步，那么，请你相信，这完全归功于今晚的谈话，归功于你。亲爱的，我最亲爱的伍德科特先生，请你决不要相信我会忘记这一个晚上；决不要相信，我获得了你的爱情以后，会有一时一刻不感到骄傲和高兴！”

他握着我的手，吻了吻它。现在他又平静下去了，这使我得到了更大的鼓励。

“听了你刚才说的话，”我说，“我想你的事情已经成功了吧？”

“成功了，”他答道。“因为我得到了贾迪斯先生的帮助。你对他很了解，可以想象他会怎样帮助我，结果事情就成功了。”

“愿上帝保佑他，”我说，把手伸给他，“愿上帝也保佑你一切顺利！”

“谢谢你的好意，我一定更加努力，”他答道；“我将来去开业，一定把这一新的职责当作你给我的一个新的神圣的委托。”

“噢！理查德！”我不禁叫了起来，“你走了以后，他怎么办呢？”

“现在，我还不需要走；即使走了，亲爱的萨默森小姐，我也不会不管他的。”

我觉得在他和我分别之前，还有一件事情需要提一提。我想如果我保留不谈，那么，除了不能接受他的爱情以外，我还不能使自己无愧于这种爱情。

“伍德科特先生，”我说，“在我向你告别之前，你要是听到我亲口告诉你，我的前途非常光明，我很快乐，也很幸福，没有一点遗憾，也不感到什么欠缺，你一定很高兴吧！”

他回答说，他听到这些话非常高兴。

“我从小就得到世界上一个最善良的人的无限关怀；”我说，“我和他关系亲密，感情深厚，既感激他，也爱他，因此，我这一生无论做什么事情都不足以表达我一天的感受。”

“我能体会你的感受，”他答道；“你谈的是贾迪斯先生吧。”

“你很了解他的优点，”我说，“但很少有人像我那样了解他的伟大人格。他当初为了使我将来幸福而进行各种安排的时候，我异常清楚地看到他的一切最高尚、最优秀的品质。如果你对他还没有产生最崇高的敬意——我相信你对他早已产生了这种敬意——那么，我想，在你听了我这些话，以及你由于我而产生了对他的感情以后，一定会对他非常尊敬的。”

他热情地回答，他对贾迪斯先生确实非常尊敬；这时我又向他伸出手去。

“晚安！”我说，“再见！”

“你第一句话是说，我们明天再会；第二句是说，我们从此不要再谈这个问题，对么？”

“是的。”

“好，再见吧，再见！”

他走了，而我则站在黑漆漆的窗前，注视着街上。他对我的爱情始终是那么坚贞，那么强烈，这使我感到十分意外，因此，他走了不到一分钟，我就失去自持的力量，泪下如雨，而街上的景物在我的泪眼看来，也变成一片模糊了。

但我不是由于惋惜或伤感而落泪。不，不是这样。他说我是他一生中最亲爱的人，是他永远像今天这样敬爱的人；我听到这些话，感到喜不自胜。我最初那种狂热的心情已经消失。我感到今天听到这些话，还不算太晚；因为我在这些话的鼓舞下，争取做一个善良、真诚、有良心而又知足的人，还不算太晚。我的道路是多么平坦啊；比他的道路要平坦得多！

第六十二章
又一个意外的发现

那天晚上我真没有勇气和任何人见面。甚至没有勇气照照镜子，因为我怕一看见自己的眼泪，就会感到负疚。我摸着黑回到我楼上的房间，在黑暗中祈祷，在黑暗中躺下睡觉。我用不着点蜡烛看监护人写给我的那封信，因为我已经能背下来了。我把信拿出来，凭着信本身闪耀的那种真诚和爱情的光辉，把内容重念了一遍，然后把信放在枕上，安然入睡。

我一清早就起来，叫查理跟我一起去散步。我们买了些点缀餐桌用的鲜花，回来以后就把花摆上，忙了好一阵子。我们这一天起得很早，所以在吃早点以前，还有时间教查理念书；查理在语法方面，始终有缺点，没有什么进步，但这一回却学得很好，值得赞扬；因此，我们两个人都精神焕发。监护人进来的时候，说："嗯，小老太太，你看起来比花还要鲜艳！"伍德科特太太给我们背诵了一节谬林威林伍德的诗，把它翻译出来，拿我比作那阳光照耀的大山。

这一切使人感到十分愉快，我希望自己从此更像那座阳光照耀的大山。吃过早饭，我就想找个机会和监护人谈一谈，我出去偷偷看了一下，终于看见监护人一个人在自己的房间里——也就是昨天晚上那个房间。于是，我便找个借口，带着管家钥匙走进去，随手关上门。

"嗯，德登大妈？"监护人说；早上邮差给他送来几封信，这会儿他正在回信。"你要钱吗？"

"不，不要，我还有好些哩。"

“真没见过什么人像你这个德登大妈那么省钱的，”监护人说。

他放下笔，往椅背上一靠，抬头看着我。我以前常常谈到他的脸孔如何容光焕发，可是，我觉得，我从来没见过他的脸孔像现在这样爽朗、慈祥。他脸上充满了幸福，我看了不禁想道：“他今天早上一定是做了一件大好事。”

“真没见过，”监护人若有所思地笑着对我说，“什么人像你这个德登大妈那么省钱的。”

他对我一直没有改变过从前的态度。我很喜欢这种态度，也很喜欢他，所以我这会儿走到他跟前，坐在我经常坐的那张椅子上——那张椅子永远放在他身边，因为我有时候要给他朗读，有时候要和他聊天，有时候还在他身边不声不响地做针线活儿——我简直不大愿意把手放在他胸口上，去打扰他。但是，我发现他根本没有受惊动。

“亲爱的监护人，”我说道，“我想问问你，我最近有没有做得不够周到的地方？”

“做得不够周到的地方，亲爱的？”

“自从——我答复了你那封信以后，我是不是做到我打算做的那样，监护人？”

“你做得很好，我所希望的也就是这样，亲爱的。”

“我听了很高兴，”我答道。“你记得吗？你当时问我，愿不愿意当荒凉山庄的女主人？我说愿意。”

“记得，”监护人一边说，一边点头。他用手搂着我的腰，好像要保护我不受侵犯似的，并含笑看着我的脸。

“自从那时以后，”我说道，“我们只有一回谈过这件事情。”

“那时候我还说过，荒凉山庄的人越来越少；结果真是这样，亲爱的。”

“不过，我当时也说过，荒凉山庄的女主人留下来了，”我怯生生地提醒他。

他还是像保护我似的用手搂着我的腰，脸上还是那样爽朗、慈祥。

“亲爱的监护人，”我说道，“我知道你对以前发生的事情有什么想法，也知道你多么体贴。从那时到现在，已经过了很长的时间，你只是在今天早晨才提到我已经恢复了健康，也许你是要我重提这件事情吧。也许我本来就应当这样做。只要你愿意，我随时都可以做荒凉山庄的女主人。”

“你瞧，”他愉快地答道，“我们俩的看法完全一样！我心里就没想别的事情——只想过可怜的理克，那是个例外，而且是个很大的例外。你进来的时候，我正在想这件事情哩。小老太太，我们什么时候让你当荒凉山庄的女主人？”

“随你的便吧。”

“下个月怎么样？”

“好吧，就在下个月，亲爱的监护人。”

“那么，下个月我就要做这一生中最幸福和最美好的事情——下个月我就要成为世界上最高兴和最值得羡慕的人——下个月我就要给荒凉山庄找来一个小小的女主人了，”监护人说道。

我搂着他的脖子，吻了吻他，就像那天我把回信交给他时那样。

一个仆人在房门口说，布克特先生来了；其实仆人通报是多余的，因为布克特先生已经在他背后朝屋里张望了。“贾迪斯先生和萨默森小姐，”他一边喘着气，一边说，“来打扰你们，实在抱歉，楼梯口上还有一个人，他不愿意呆在那里，因为他怕别人乘他不在场的时候谈论他；你们允许我把他叫上来吗？好，谢谢。”于是布克特先生倚在栏杆上，往下喊道：“喂，请你们两位把老先生抬到这边来好吗？”

布克特先生提出这个奇怪的要求以后，便有两个人把一个下身瘫痪、头戴黑色便帽的老头抬进来，放在门口旁边。布克特先生马上把那两个抬的人打发走，很神秘地关上门，插上门闩。

“您瞧，贾迪斯先生，”布克特先生放下帽子，比划着他那只大家都熟悉的食指，开始说明来意，“您认识我，萨默森小姐也认识我，这位绅士也认识我；这位绅士姓斯墨尔维德。他的行业主要是放款，他就是所谓放高利贷的人。喂，你就是这样的人吧，对不对？”布克特先生说到这里便停下来对着那位绅士，那位绅士却非常怀疑地看着他。

那位绅士好像要反对这种称呼，忽然又猛烈地咳嗽起来。

“你瞧，按理说，没法否认的时候，就不要否认，这样你才不会吃亏，”布克特先生利用这个机会说。“贾迪斯先生，我现在要跟您说件事情。我曾经代表从男爵累斯特·德洛克阁下同这位绅士交涉，我由于这样或那样的事情，常常到他家里去。他的家就是旧货铺老板克鲁克原来住的地方，克鲁克和这位绅士是亲戚，如果我没有记错的话，您大概在他生前见过他吧？”

监护人回答说：“见过。”

“那很好！您应当知道，”布克特先生说，“这位绅士继承了克鲁克的财产，全都是不值钱的东西。其中有好些是乱七八糟的废纸。感谢上帝，那些废纸对谁都没有用处！”

布克特先生故意用他那种巧妙的眼色和灵活的态度（那位在旁边注意听着的绅士却无法对布克特先生的眼神或某一句话提出指责）来暗示我们：他是根据原先谈定的条件来讲述这件事情的，而且如果他认为有必要的话，还可以多谈谈斯墨尔维德先生的情况；因此，我们能够懂得他的意思，也就算不了什么。但是，斯墨尔维德先生除了生性多疑以外，他的耳朵也不好，而且还紧紧盯着布克特先生的脸，这就不免增加布克特先生的困难了。

“这位绅士一继承了这笔财产，当然就要在乱纸堆里东翻西找啦，对不对？”布克特先生说道。

“你说什么？再讲一遍，”斯墨尔维德先生用尖锐刺耳的声音喊道。

“东翻西找，”布克特先生又说了一遍。“你是个谨慎小心的人，很懂得如何料理自己的事情，你一继承了这笔财产，就在乱纸堆里东翻西找，对不对？”

“这个当然，”斯墨尔维德先生喊道。

“那个当然，”布克特先生滔滔不绝地说道，“你要是不东翻西找的话，可就大错特错了。你瞧，就这样，”布克特先生说到这里，朝他弯下腰，做出嘻皮笑脸的样子，但斯墨尔维德先生丝毫没有笑意，“你瞧，就这样，你找到了一张纸，上面有某一位贾迪斯的签字。对不对？”

斯墨尔维德先生神色不安地看着我们，勉强点了点头，表示同意。

“你在空闲和方便的时候，看了看那张纸——也就是说到了合适的时候你才看，因为你并不急着要看，再说，你又何必着急呢？——结果你发现那张纸是一张遗嘱。事情妙就妙在这里，”布克特先生还是用那种快活的口吻说道，好像是要让斯墨尔维德先生想起一件好笑的事情，但是斯墨尔维德先生还是那样垂头丧气，毫不觉得有什么好笑的地方，“结果你发现那张纸是一份遗嘱吧？”

“我不知道那张纸真的是一份遗嘱，还是别的什么东西，”斯墨尔维德先生咆哮着说。

这时候，斯墨尔维德已经从椅子上滑下来，缩成一团；布克特先生用眼睛看了他一会儿，好像要朝他扑过去，然而，他还是弯下腰，做出嘻皮笑脸的样子，同时还用眼角瞟着我们。

“知道也好，不知道也好，”布克特先生说道，“反正你对那张纸感到有点怀疑和不安，因为你的心地是很善良的。”

“什么？你说我的心地怎么着？”斯墨尔维德先生用手贴着耳朵，问道。

“心地很善良。”

“噢！接着说下去吧，”斯墨尔维德先生说。

“你常常听到人家谈起大法官庭这桩著名的贾迪斯遗嘱案；你

也知道，克鲁克这个家伙喜欢收买各种旧家具、旧书、废纸等等，从来也舍不得扔掉，而且一直在自己学着认字；因此，你就想——你想得很对——‘天啊，我要是不小心点，就可能在这份遗嘱上惹出麻烦来。’”

“布克特，你说话得当心，”那老头儿用手贴着耳朵，焦急地喊道。“大点声音说，别要你那套鬼花招。把我扶起来，我要听得清楚一点。噢，天啊，你简直把我的骨架子给摇散了！”

布克特先生确实是猛一使劲，把他揪起来的。于是，斯墨尔维德先生一边咳嗽，一边恶毒地喊道：“噢，疼死啦！噢，我的天！我喘不出气来啦！我比家里那个整天唠叨的老顽固还要糟糕！”然而，布克特先生等他说完，便像早先那样嘻皮笑脸地接着说下去：

“就这样，由于我常常到你家里来，你就把这个秘密告诉我了，对不对？”

斯墨尔维德先生承认这一点的时候，显出极其恶毒和极其不情愿的样子；这就不难看出，他要是能不让布克特先生知道这个秘密的话，他是绝不会讲出来的。

“于是，我就和你一起研究这件事情——我们当时谈得很投机；我对你说，你担惊受怕是有道理的，如果你不把遗嘱交出来，你就会惹很大的麻烦，”布克特先生强调说，“于是，你和我商量好，要无条件地把遗嘱交给目前这位贾迪斯先生。如果这份遗嘱还有价值的话，你可以相信，贾迪斯先生一定会给你报酬。我们就是这样谈妥的，对不对？”

“我们就是这样谈妥的，”斯墨尔维德先生还是像原先那样勉强表示同意。

“因此，”布克特先生说着，突然改变了嘻皮笑脸的态度，装出公事公办的样子，“你这一次就把那份遗嘱带在身上，你现在把它**交出来**就行了！”

布克特先生很机警地用眼角瞟了我们一下，又得意洋洋地用手指擦了一下鼻子，站在那里目不转睛地看着他那个心腹之交，同时还伸出手准备把那张遗嘱拿过来交给监护人。斯墨尔维德先生自然是很不愿意把那张纸拿出来；他一再表白，他是个勤劳的穷人，相信贾迪斯先生品行高尚，不会因为他为人老实就叫他吃亏。他慢慢地从胸口袋里掏出一张斑斑点点的褪了色的纸，外面大半烧成焦黄色，边上还烧掉了一点，好像很早以前，有人把它扔到火里，又急急忙忙拿起来。布克特先生像魔术师变戏法似的，赶紧从斯墨尔维德先生手里把那张纸拿过来交给贾迪斯先生。就在他把它递给监护人的时候，用手遮着嘴低声说：

“他们还没有商量好要多少钱。还为这件事情吵过架，暗示过要多少钱。我出了二十英镑。起初，那两个贪心的孙儿孙女骂他，说他活了那么大的岁数还不死，然后他们又彼此破口大骂。我的天啊，他们家不管是哪一个人都会为一两英镑就把别人卖掉，只有那个老太婆例外——不过，她不这样做，倒是因为头脑不清，不会讨价还价。”

“布克特先生，”监护人提高声音说，“无论这个文件对我或任何人有什么价值，我都非常感激你；如果它的确有价值，我一定让斯墨尔维德先生得到适当的报酬。”

“要知道，”布克特先生用友好的态度对斯墨尔维德先生解释说，“给你报酬，不是看你的为人好坏，而是按照这张纸的价值，所以你大可不必担心。”

“对，我就是这个意思，”监护人说。“布克特先生，请你注意，我自己是不去审查这张纸的。原因很简单，这许多年来，我一直发誓说，绝不管这桩案子，我对这桩案子讨厌极了。不过，我和萨默森小姐打算马上把这张纸交给为我料理这案子的律师，立刻让所有其他的当事人都知道这件事情。”

“你瞧，贾迪斯先生说的话再公道不过了，”布克特先生对同他一起来访的客人说道。“你现在看得很清楚，贾迪斯先生是不会让任何人吃亏的——你总可以放心了吧——下一步就该轮到我们把你抬回家了。”

他拉开门闩，把原来抬斯墨尔维德先生的那两个人叫进来；在向我们告别的时候，意味深长地看了我们一眼，弯了弯食指，然后才走出去。

我们也匆匆出去了；我们去的是林肯法学院。肯吉先生正好闲着没事，我们看见他呆在那布满尘土的房间里，坐在桌子旁；房间里摆着一些毫不显眼的书籍和一堆堆的文件。格皮先生给我们搬来两张椅子，肯吉先生看到贾迪斯先生，表示很惊奇，也感到很高兴，因为贾迪斯先生是难得到他事务所来的。他一边说，一边摆弄着那副带柄的双目眼镜，那样子真是不折不扣的“快嘴肯吉”。

“我希望，”肯吉先生说道，“萨默森小姐那种温和亲切的影响，”他向我鞠了一躬，“能使贾迪斯先生，”他向我监护人鞠了一躬，“多少打消一点对这桩案子和大法官庭的敌意——要知道，在我们这个庄严而崇高的法律界里，大法官庭和这桩案子是具有它们的地位的。”

“我倒认为，”监护人答道，“萨默森小姐太了解大法官庭和这桩案子所引起的后果了，所以她是不会使我对大法官庭和这桩案子产生好感的。不过，我到这里来，倒是跟大法官庭和这桩案子有些关系。肯吉先生，在我把这张纸交给你并把事情办妥之前，我想先告诉你，我是怎样得到这张纸的。”

他简单明了地把事情的经过说了一遍。

“先生，您说得又清楚，又扼要，”肯吉先生说，“就是在法庭上陈述案情，也不过如此。”

“你听说过英国的普通法院或大法官庭陈述案情是又清楚又扼要的吗？”监护人问道。

“噢，才不是呢！”肯吉先生说。

起先，肯吉先生似乎不觉得那张纸有什么重要，可是他一看到它，就比较感兴趣了；接着，他打开那张纸，透过眼镜看了一会儿，更是感到惊讶。“贾迪斯先生，”他一边说，一边抬起眼来看，“您仔细看过这张纸了吗？”

“我才不看哩！”监护人答道。

“不过，亲爱的先生，”肯吉先生说，“这份遗嘱上签署的日期，比本案任何一份遗嘱的日期都要晚一些。看样子这完全是立遗嘱人亲笔写的。那上面还有正式的签名和证明。从这些烧焦的地方不难看出，这份遗嘱本来是打算取消的，但是它到底**没有**取消。这是一份完整的文件！”

“那很好！”监护人说。“这和我有什么关系呢？”

“格皮先生！”肯吉先生提高声音喊道。“请您原谅，贾迪斯先生。”

“是，先生。”格皮先生应道。

“到西蒙法院去找霍尔斯先生。代我向他问好。是关于贾迪斯控贾迪斯案的事情。希望跟他商量一下。”

格皮先生走了。

“贾迪斯先生，您问我这和你有什么关系吗？如果您仔细看过这份文件，您就会发现它大大地削减了您继承的遗产，当然，留下来的一份还是相当大，留下来的一份还是相当大，”肯吉先生一边说，一边慢慢地挥着手，要贾迪斯先生相信他。“您还会发现，根据这份遗嘱，理查德·卡斯顿先生和婀达·克莱尔小姐——现在是理查德·卡斯顿太太了——继承的遗产要大大地增加。”

“肯吉，”监护人说，“如果这场官司送给那可恶的大法官庭的全部财产，能够落到我那两位表亲手里，那我就太高兴了。不过，你是要我相信贾迪斯案会有什么好结果吗？”

“噢，我真的是这个意思，贾迪斯先生！您这是偏见，完全是偏见。亲爱的先生，我们国家是伟大的国家，非常伟大的国家。它的衡平法是伟大的制度，非常伟大的制度。这是真的，这是真的！”

监护人没有再说什么，这时候霍尔斯先生来了。肯吉先生是法律界里有名望的人物，霍尔斯先生见到他，不免做出毕恭毕敬的样子。

“你好吗，霍尔斯先生？你坐在我这边的椅子上，看看这张纸好吗？”

霍尔斯先生听从肯吉的话坐下来看那张纸，而且似乎是逐字逐句地看。他没有因为那张纸而激动，不过，他对什么事情都是不会激动的。等他仔细研究了以后，他就和肯吉先生一起走到窗前，用黑手套遮着嘴，跟肯吉先生谈了很长时间。不过，开头的时候，霍尔斯先生还没有说多少话，肯吉先生就想跟他争辩了；我看到这种情况倒也不觉得奇怪，因为我知道，一谈到贾迪斯案的任何事情，从来没有哪两个人会得出一致意见的。不过，霍尔斯先生好像把肯吉先生说服了，他们的谈话听起来不外乎是这样一些字眼：“财产总管理人”、“会计长”、“判决书”、“财产”和“诉讼费”等等。他们谈完以后，便回到肯吉先生的桌子来，提高声音讲话。

“嗯，不过，这是非常值得注意的文件，对不对，霍尔斯先生？”肯吉先生问道。

霍尔斯先生说：“非常值得注意。”

“而且是非常重要的文件，对不对，霍尔斯先生？”肯吉先生问道。

霍尔斯先生又说：“非常重要。”

“说得对，霍尔斯先生，下次开庭按规定审理这桩案子的时候，这份文件一定会使人感到意外和发生兴趣，”肯吉先生一边说，一边高傲地看着监护人。

霍尔斯先生是个小律师，一心想要装得体面些，这会儿，他自己的意见得到这样一位权威人士的赞同，自然感到满意。

大家沉默了一会儿：肯吉先生晃了晃口袋里的钱币，霍尔斯先生则挤了挤脸上的粉刺，这时，监护人站起来说：“那么，下次开庭是在什么时候呢？”

“贾迪斯先生，下次开庭是在下个月，”肯吉先生说。“当然，关于这份文件的事情，我们一定马上动手处理，并收集有关的必要证据；那么，到了法庭按规定审理本案的时候，我们自然要像往常那样通知你。”

“那么，到时我也自然要像往常那样注意这件事情的。”

“亲爱的先生，”肯吉先生一边说，一边领我们穿过外间的办公室，向门口走去，“您见多识广，难道您也像大家那样，坚持这种偏见么？贾迪斯先生，我们的社会是一个繁荣的社会，非常繁荣的社会，贾迪斯先生，我们的国家是一个伟大的国家，非常伟大的国家。贾迪斯先生，衡平法是一种伟大的制度，难道您希望一个伟大的国家具有渺小的制度吗？噢，真是的，真是的！”

他说这番话的时候正好站在楼梯口上，从容不迫地挥动着右手，仿佛拿着一把银制的泥水匠用的泥刀，把他那好比是水泥的话语，抹在衡平法这个结构上，使它千年万代地永存下去。

第六十三章
钢与铁

乔治室内打靶场贴出招租的条子，里面的东西已经卖掉，乔治本人也到切斯尼山庄去了，遇到累斯特爵士出去骑马，他就骑马陪着，尽量贴近累斯特爵士那匹马的辔头，因为累斯特爵士的手把握得不够稳。不过，今天乔治却不是陪着累斯特爵士骑马。他今天到北方的钢铁之乡观光去了。

他来到北方的钢铁之乡的时候，像切斯尼山庄那种鲜绿的树林就渐渐看不见了，眼前一片尽是煤坑和煤灰、高高的烟囱和红色的砖头、枯萎的草木、灼人的炉火和永不消散的浓烟。他骑着马走过这些地方，边走边看，随时留意他要找的那个地方。

骑兵在煤渣道上弄得满脸乌黑，终于来到一个热闹的城镇，那里响着一片玎玎珰珰的打铁声，炉火和烟雾也比别的地方多；于是，他在一座跨过运河的黑铁桥上勒住马，向一个工人打听，附近有没有名叫朗斯威尔的人。

"什么，老兄，"那个工人说，"你这不等于是问我知道不知道自己的名字吗？"

"难道这个名字在这一带真是人人都知道吗，老兄？"骑兵问道。

"你是说朗斯威尔这一家吧？那当然啰！你说对了。"

"那么我在什么地方才能找到呢？"骑兵一边问，一边望着前面。

"你是指银行还是工厂，还是住家？"那个工人问道。

"嗯！朗斯威尔这一家看样子倒挺神气，"骑兵用手敲着下巴，喃喃地说，“我真想回去了。噢，我也不知道要到哪个地方去。我能在工厂里找到朗斯威尔先生吗？”

“很难说你能在哪里找到他——如果他在城里的话，这会儿你可能在工厂里找到他或者找到他的儿子，不过，他常到别的地方去办事。”

到底是哪一个工厂呢？嗯，你不是看见那些烟囱了吗——那些最高的烟囱！是的，看见了。那很好，你就瞅着这些烟囱，一直往前走，过一会儿，你在左边的一个拐角上，还可以看见这些烟囱，就在大街一边的一堵高墙里面。那就是朗斯威尔的厂子。

骑兵向这个给他指路的人谢了谢，便骑着马慢慢往前走，一路上左顾右盼。他并没有折回去，而是把马留在一家客栈里（他很想亲自把马擦洗一番）；马夫对他说，朗斯威尔的一些工人正在客栈吃午饭。因为这会儿正好是朗斯威尔的一部分工人歇晌吃饭，城里到处都可以看到他们这些人。朗斯威尔的工人肌肉发达，强壮有力——身上还带着一些烟垢。

他来到那堵砖墙的大门口，往里面看了看，只见到处是乱堆乱放的铁制品，有各种冶炼阶段的铁器，也有各种不同样子的铁制品；有铁棒、铁楔、铁板；有铁桶、锅炉、车轴、车轮、齿轮、曲柄、铁轨；有的弯扭成千奇百怪的形状，用作机器零件；有些堆积如山的铁器倒下来了，由于年月太长而生了锈；铁水在远处的熔炉里发出白热的光芒，冒着气泡；有的铁制品在汽锤的捶打下，迸出明亮的火花；有的铁烧得通红，有的烧得白热，有的冷却变黑；还有铁的气味，铁的臭味，以及种种混杂的打铁声。

“这个地方真叫人头痛！”骑兵一边说，一边环顾四周，想找一个办公室。“这是谁来啦？这个人很像我年轻的时候。如果相貌有遗传的话，这人一定是我侄子。你好，先生。”

“你好，先生。你是来找人吗？”

“对不起，你是小朗斯威尔先生吧？”

“是的。”

“我是来找你父亲的，先生。我想和他说几句话。”

那个年轻人说，他来得正是时候，朗斯威尔先生恰好在工厂里，说着便带他到办公室去。“很像我年轻的时候——非常像我！”骑兵一边想，一边跟着走。他们来到院子里的一座楼房跟前，楼上有一个办公室。乔治先生一看见办公室里那位绅士，便满脸通红。

“我这就去跟我父亲说，你贵姓？”年轻人问道。

乔治一心想着刚才那些铁器，便信口答道“斯蒂尔[①]”，于是，年轻人就这样把他介绍给朗斯威尔先生了。那个年轻人走了以后，办公室里就剩下乔治和那位绅士；那位绅士坐在桌子旁边，面前摆着一些账本和几张纸，纸上满是数目字和有趣的图案。办公室里没有什么摆设，窗户上也没有什么装饰，但从那里却可以望到下面的钢铁世界。桌子上横七竖八地放着几件不同用途的铁器，在使用的不同阶段中，故意敲下来做试验的。这里的什么东西都落上一层铁粉末，透过窗户可以看到，从高耸的烟囱里喷出的滚滚浓烟，和其他烟囱的一大片烟雾混合在一起。

“斯蒂尔先生，你有什么事情？”那位绅士等来客在一张生锈的椅子上坐下来，便问道。

“嗯，朗斯威尔先生，”乔治答道，身子往前探着，左胳臂架在膝盖上，手里拿着帽子；他尽量避开他哥哥的视线，“我也知道，这回来拜访实在是冒失，你不见得会欢迎。我年轻的时候当过龙骑兵，曾经和一个同事很要好，如果我没有弄错的话，他大概是你弟弟。据我所知，你有一个弟弟给家里惹了一些麻烦，后来就离家出走了；他始终不肯回来，除此以外，他也没做过什么正经事情。”

“你真的姓斯蒂尔吗？”钢铁大王用一种不同的声调问道。

骑兵犹豫不答，只看着他哥哥。他哥哥忽然跳起来，叫着他

① “斯蒂尔”原文为“Steel”，意思是“钢”。

的名字，拉住他的双手。

“你太机灵了，我不是你的对手！”骑兵喊道，眼睛里涌出了泪水。“你好吗，老大哥？我真没想到，你看见我会这样高兴。你好吗，老大哥，你好吗？”

他们两人一再握手，拥抱；骑兵还是一边说：“你好吗，老大哥！”一边表示他实在没想到他哥哥看见他会这样高兴！

“这么说，你真的不是不愿意见我了，”骑兵把他到这里来以前所发生的事情全部叙述完了以后，说道，“我本来是不打算说明我是什么人的。我想，如果你听到我的名字，丝毫没有责备的意思，那么，我也许会慢慢下个决心，给你写封信。不过，如果你听到我的消息，一点也不感到高兴，那我也不会觉得意外。”

“等你到我家来就知道，我们听到你的消息是多么高兴了，乔治，”他哥哥答道。“今天在我家里是个好日子，你这个晒得跟古铜色一样的老军人，来得正是时候。我今天和我儿子瓦特谈妥了，从今天算起十二个月以后，他就可以和一个又漂亮又善良的姑娘结婚，我敢说，你走过这么多的地方，绝不会见到这样漂亮、这样善良的姑娘。她明天就要和你的一个侄女到德国去留学，镀一镀金。我们要举行一个宴会来庆祝这件事情，你就来做这个宴会的主持人吧。”

起初，乔治先生看到他哥哥要盛情招待他，心里深受感动；他非常恳切地谢绝了这番好意。然而，他的哥哥和侄子说服了他——他看见他侄子的时候，又一次表白说，他绝没有想到，他们看见他会这样高兴——把他带到一所很雅致的公馆里，那里的陈设给人一种舒适的感觉，既符合老一辈人原先那种朴素的生活习惯，又照顾到他们那改变了的社会地位和子女们更大的幸福。他的侄女们知书识礼，他未来的侄媳露莎容貌美丽，这些都使乔治先生感到非常惊讶，他接受姑娘们亲切的问候时，仿佛是在梦中。他的侄子对父母很孝顺，他看了也很吃惊，心里不免有自愧不如的感觉。不过，那一天大家都非常高兴，非常融洽；乔治先生在这段时间始终是那样直爽，那样具有军人风度。他答应将来参加婚礼和当新娘的主婚人，大家听了都很高兴。那天晚上，乔治先生躺在他哥哥家里那张豪华的床上，感到一阵头晕目眩，因为他这时想起所有这些事情，眼前还浮现出他那些侄女的影子（她们穿着轻飘飘的衣裙，样子怪可怕的），按照德国人的样子，在他的床罩上跳华尔兹舞。

第二天早晨，兄弟两人在工厂办公室里谈话，做哥哥的本着他那种爽朗而通达的态度，说明他想把乔治安插在他的企业里，但是他刚说到这个地方，乔治就握住他的手，打断了他的话。

“哥哥，你盛情招待，我非常感激，你这番好意，我更是万分感激。不过，我已经有了计划。我在谈到这些计划之前，想先和你商量一个家庭问题。请你说说看，”骑兵说着，双手交叉抱在胸前，带着坚定不移的态度，望着他哥哥，“怎么才能让妈妈把我的名字划掉呢？”

“我不大明白你的意思，乔治，”钢铁大王答道。

“哥哥，我是说，怎么才能让妈妈把我的名字划掉？总得想法子让她这样做才行啊。”

“你的意思是说，从她的遗嘱上把你的名字划掉吧。”

“当然是这个意思。简单地说，”骑兵一边说，一边更加坚决地交叉抱着双手，“我就是要——把——我的名字划掉！”

“亲爱的乔治，”他哥哥说，“难道你非得这样做不可吗？”

“对！确实是这样！我要不这样做，那我这次回家来，未免太卑鄙了。那样子，我还不如离开好。我可不是要偷偷跑回来，夺走你的权利，或者说得更恰当一些，夺走你那些孩子的权利的。我早就丧失我的权利了。如果我要在家里呆下去，能够抬起头见人，那就得把我的名字划掉。你说说吧。你是个见多识广的人，你能告诉我该怎么办吗？”

“乔治，”钢铁大王若有所思地答道，“我能够告诉你一个方法，既不这样做，而又能达到同样的目的。你看一看咱们的妈妈，想一想她找到你的时候多么高兴。难道你相信，世界上有什么理由能说服她采取这种对爱子不利的做法吗？难道你相信，向她这样一位慈爱的老太太提出这种建议，她不会觉得这是侮辱，反倒表示同意吗？如果你真这么样想，那你就错了。不行，乔治！你必须拿定主意，不要从遗嘱上把名字划掉。不过，”钢铁大王看到他弟弟默默不语，大失所望，便带着笑说，“我觉得，你可以想出一个办法，就好像真的是从遗嘱上把你的名字划掉一样。”

“什么办法，哥哥？”

“你看，你既然决定这样做，你可以写个遗嘱，把你所不想接受的遗产按照你喜欢的办法来处理。”

“说得对！”骑兵说，又陷入了沉思。过了一会儿，他按着他哥哥的手，有所期待地问道，“哥哥，你能不能把这件事情说给我嫂子和侄儿女们听听？”

“当然可以。”

“谢谢你。你大概也会觉得，我虽然是个名副其实的流浪汉，但也只是冒失一点，而并不卑鄙，是不是？”

钢铁大王忍住了笑，表示赞同。

“谢谢你。谢谢你。这样我就放心了，尽管我早就决定要把我的名字从遗嘱上划掉！”骑兵一边说，一边张开胳臂，舒了一口气，并把手放在膝盖上。

兄弟两人面对面坐在一起，样子非常相像；但就骑兵这边来说，却显得纯朴和缺乏世故。

“嗯，”骑兵摆脱开失望情绪，接着说下去，“最后再来谈谈我的那些计划吧。你本着手足之情，要我在这里呆下来，要在你这个用勤劳和智慧创办的企业里给我安插个位置。我非常感激你。我已经说过，这甚至超过了手足之情，我非常感激你，”乔治握着他哥哥的手，握了很长时间。“不过，老实说，哥哥，我好比是一根杂草，要放在一个规规矩矩的花园里栽培，已经太晚了。”

“亲爱的乔治，”他哥哥一边回答，一边皱起浓密的眉头看着他，很有把握地笑了笑，“这由我来办，让我试试看。”

乔治摇了摇头。“我完全相信，别人能办到的事情，你一定能办到，不过，不必这样做了。不必这样做了，先生！事情虽然是这样，但是，自从累斯特·德洛克爵士因为家庭变故而害了病，我倒是能给他帮点忙；他也宁愿要我侍候他，而不愿意要别人侍候。”

“嗯，亲爱的乔治，”他哥哥回答时，爽朗的脸孔蒙上了一层淡淡的阴影，“如果你愿意在累斯特·德洛克爵士的家庭近卫军里服务——”

“就是这个意思，哥哥，”骑兵这时又把手放在膝上，大声说着，打断了他哥哥的话：“就是这个意思！你不大喜欢这种想法，我倒是不在乎。你不习惯受人支使，我倒是很习惯。你办起事情来，有条不紊，丝毫不爽，我却需要别人来约束。我们不习惯用同样的方法办事情，也不习惯用同样的观点看问题。我倒不是强调我这军人的作风，因为昨天晚上，我一点也不感到拘束，我敢说，我一离开这个地方，就没有人会注意我的作风了。不过，我还是呆在切斯尼山庄好一些——对我这样一根杂草来说，那里的天地要比这里宽广一些；而且妈妈也会高兴。因此，我就接受了累斯特·德洛克爵士的建议。等我明年来给新娘子当主婚人，或在别的时候到这里来，我一定会把王室近卫军的本色掩盖起来，不在你这个地方露出马脚。我再一次衷心地感谢你，因为我一想到我们朗斯威尔家由你创下根基，我就感到自豪。”

“乔治，你了解你自己，”他哥哥一边说，一边反过来握着他的手，“说不定你比我更了解我自己哩。你看着办吧。这样我们就不至于又不见面了，你看着办吧。”

“那个你不必担心！”骑兵答道。“哥哥，在我回去之前，我想请你费点心，给我看一封信。我把信带来是为了从这个地方寄走，因为收信的人看到切斯尼山庄这个名字，可能感到很痛苦。我是不大习惯写信的，同时我还把这封信看得很重，因为我要写得既坦率又委婉。”

说着，他把一封信递给钢铁大王，那封信是用淡色墨水写的，写得密密麻麻，但字迹清晰、圆润，信的内容如下：

埃丝特·萨默森小姐：

侦探长布克特通知我，他在某人的文件里，发现了我的一封信，我现在冒昧地告诉您，那不过是一封从国外寄来的短信，要我在某个时候和某个地方，用某种方法把附上的一封信交给一位年轻貌美的女士，当时，那位女士在英国还没有结婚。我按照信上所嘱，把信送到了。

我还要冒昧地通知您，我交出这封信，仅仅是为了印证笔迹，要不然，除非是先用枪打死我，否则我是不会把它当作我手中最不关紧要的信交出来的。

我还要冒昧地告诉您，如果我知道某个不幸的人当时还活在世上，那么，按照我的责任和性格，如果不设法找到他的下落，不把最后一分钱分给他，我是永远不会安心的。但是，官方的报道说他淹死了；据说肯定他是晚上在一个爱尔兰港口失足落水的，他当时正乘运兵船从西印度群岛回来，到达才不过几小时。这是我亲自听到同船的军官和士兵们说的，而且还经过官方的证实。

我还要冒昧地说，我是个行伍出身的人，地位低微，但不论现在和将来我都会永远敬佩您；而且，我最器重您的品德，这种心情则远非这封信所能表达。

乔治谨上

“写得有点拘泥，”他哥哥一边说，一边带着困惑的表情，把信叠好。

“不过，寄给一个正派的年轻小姐，没有什么不妥当的地方吧？”

“没有。”

于是，他们把信封起来，准备和当天那些有关钢铁事务的信件一起寄走。这以后，乔治先生就和他哥哥家里的人亲切地告别，上好了鞍，准备上马。但是，他哥哥不愿意这么早就和他分手，便提议和他一起坐轻便敞篷马车到他准备下榻的客栈去，在那里陪他到天明；在这一段路程上，切斯尼山庄那匹纯种的灰色老马，就由一个仆人来骑。乔治高高兴兴地接受了这个建议；他们心里充满手足深情，愉快地坐上马车，愉快地吃着晚餐，又愉快地吃着早餐。后来，他们又一次依依不舍地握手告别；钢铁大王转过身来奔向烟雾弥漫、炉火熊熊的钢铁城，而乔治则奔向葱茏苍翠的切斯尼山庄。中午时分，林荫道的草地上响起了一阵低沉有力的马蹄声，因为乔治这时正骑着马在老榆树下走过，想象自己带着一套玎珰作响的骑兵装备。

第六十四章
埃丝特的自述

在我上次和监护人谈话后不久，有天早晨，他给我一个纸包，并对我说："这是下个月要用的钱，亲爱的。"我打开一看，原来里面是两百英镑。

现在，我开始悄悄做一些必要的准备。我对监护人喜欢什么，当然十分清楚，所以买东西时，完全根据他的爱好，希望我挑的嫁妆都很合适，能使他感到满意。这些事都是悄悄地办的，因为我和以前一样，还有点担心婀达会感到难过，同时因为监护人自己也不露一点声色。我深信不论在什么情况下举行婚礼，我们都应当一切从简，绝不张扬。也许，我只要对婀达这样说："亲爱的，明天你来参加我们的婚礼好吗？"也许，我们的婚礼甚至可以和她的婚礼一样，一点也不铺张，在婚礼举行以前，都不必提到它。我想，如果要我选择的话，我最喜欢这样做。

只有伍德科特太太一个人我不隐瞒。我告诉她，我和监护人不久前订了婚，现在就要结婚了。她表示非常赞成，不遗余力地来帮助我；而且同最初和我认识时相比，她现在也变得和气多了。她尽量给我帮助，不论什么事情也不嫌麻烦；不用说，我只让她做些轻巧的活儿，这样既不辜负她的好意，也不会使她受累。

当然，我这时既不能忽视对监护人的照顾，也不能对我那心爱的姑娘漠不关心；因此便十分忙碌——忙得倒也高兴；而查理则埋在针线活儿堆里看不见了。她感到最神气、最高兴的是，在自己周围把活儿堆得山高——满篮满桌都是——可是大部分时间却不做活，而是瞪着一双圆圆的眼睛发愣。

同时，不容讳言，我和监护人在遗嘱的问题上意见不能一致，因为我对贾迪斯案，还抱着某种乐观的看法。我们究竟谁的意见正确，不久当会揭晓，但我确实有所期待。理查德由于文件被发现一度变得忙碌而紧张，因此短时期内精神振作起来了；不过，他现在甚至丧失掉满怀希望时的那种轻松愉快的情绪，似乎只变得焦躁不安。有一天，当我和监护人谈起这一点，他在谈话中使我了解，由于我们需要等待法院开庭，所以我必须在开庭以后才能结婚；因此，我就常常想，如果我能在理查德和婀达的境况稍微好转一些的时候结婚，那该多高兴啊！

在开庭期即将来临的时候，监护人为伍德科特先生的事，离开伦敦，到约克郡去。他事前曾对我说，他必须到那里去一趟。有天晚上，我刚从我那亲爱的姑娘家回来，正坐在我那些新衣服当中东张西望，一边还想着事情，忽然收到了监护人的来信，要我到乡间去和他会面，并告诉我已经定好了哪班驿车的座位，要我在早晨八点钟离开伦敦。他在信后又附了一句，说我和婀达分别的时间不会太长。

我当时真没有想到要出门，但花了半小时也就准备好了，第二天清早按约定时间出发了。我乘车走了一天，但这一天我一直在猜测，究竟为了什么事要我到那么远的地方去；有时我想是为了这件事，有时又想是为了那件事；猜来猜去，根本没有猜对。

天黑以后，我到达了目的地，看见监护人正等着我。这使我感到非常宽慰，因为在傍晚时分，我开始担心(正因为来信简短，就更使我担心)他也许是病了。然而，他却安然无恙；当我看到他脸上容光焕发，精神奕奕，我心里想他在这里一定又做了一些好事。我做出这样的结论，倒是无需深思细想的，因为我知道他到这里来本身就是一件好事。

旅馆里晚餐准备好了，当我们两人坐下就餐，他说：

“小老太太，你一定觉得非常奇怪，为什么我要叫你到这里来吧？”

“是啊，监护人，”我说，“因为我想自己不是法蒂玛，而你又不是蓝胡子①，所以对这件事，当然觉得有点奇怪啦。”

“好吧，为了让你今晚安心睡觉，亲爱的，”他笑嘻嘻地说，“我就不必等到明天再说了。因为我觉得伍德科特先生以前对那个可怜的不幸的乔很厚道，对我那两个年轻的表亲也帮了很大的忙，而且对我们大家来说，也是一个很难得的朋友，所以我一直很想对他表示一点心意。当他由于工作需要，决定在这里住下来的时候，我就想送幢房子给他住，房子倒不要豪华，但要小巧合用。因此，我托人物色这样一幢房子，顺利成交以后，又替他修理了一下，以便居住。前天听说它修好了，我独自去看了一下，感到自己缺乏管家经验，不知道是否一切都齐备了。所以，我就把天下一位最能干的小管家找来，让她替我提提意见，出出主意。好，她现在来了，”监护人说，“倒又一会儿笑，一会儿哭！”

我之所以又哭又笑，是因为他那么亲切、那么善良，使我非常钦佩。我想谈谈我对他的看法，可是我连一个字也说不上来了。

“啧，啧！”监护人说。“这点事情算得了什么，小老太太。啊！瞧你哭的，德登大妈，瞧你哭成这个样子！”

“我心里高兴极了，监护人——真感激你。”

“好啦，好啦，”他说。“你表示赞成，我很高兴。我本来就想到你一定会赞成的。我就是要让‘荒凉山庄’的小主妇看见它以后，感到又意外又高兴！”

我吻了吻他，同时擦去眼泪。“我现在明白了！”我说。“我早就从你脸上的神色看出来了！”

“不会吧；真是那样吗，亲爱的？”他说。“德登大妈能够察言

---

① 法国民间故事中的人物，曾连杀六个妻子，后为第七个妻子法蒂玛所发觉。

观色，那真了不起啊！”

他露出那么奇怪的高兴样子，所以，我也不能再哭了，而且还因为刚才自己流了泪而觉得有点害羞哩。可是，等我睡觉时，我却哭了。我今天不能不承认自己是哭了；我只希望自己是因为高兴才哭的，不过我还是不敢肯定究竟是否如此。我在心里把他的信逐字逐句地默念了两遍。

一觉醒来，我发现这是一个异常美妙的夏天早晨，早餐后，我们挽着胳臂一同去看那所房子，监护人让我就家务方面提些好的意见。他带着边门的钥匙，门打开以后，我们走进了一个花圃；我首先看到所有的花坛和花都是按照我在家里布置的式样布置的。

“你看，亲爱的，”监护人说，一边停下脚步，笑容满面地观察我的神色；“我借用了你布置花坛的式样，因为再没有比它更好的了。”

我们往前走去，穿过一个可爱的小小的果树林，看见绿叶丛中樱桃累累，草地上的一些苹果树，树影婆娑；然后我们就来到那座房子门前——这是一所乡村式的房子，颇有农家风味，房间小巧玲珑，仿佛是玩具似的；但是这里宁静而幽美，四周田野呈现出一派又明媚又丰盛的景色，实在可爱；闪闪发光的河水向远方流去，这边是一片果树，悬挂着沉甸甸的果实，那边又有一个磨坊的水车在转动，发出嗡嗡的声响；在离房子最近的地方，可以瞥见靠近那热闹的市镇的一片草地，在那里，这时正有一些服装鲜艳的运动员在打板球，一座白色的篷帐顶上，有一面旗子在和煦的西风中飘扬。然而，当我们穿过那些别致的房间，走出一个个用粗木搭成的小廊门，站在爬满了忍冬、素馨和野忍冬的小小木廊柱下时，我发现，墙上糊的纸、家具的颜色和一切精致的摆设都反映出**我那些**稚气十足的趣味和爱好，以及**我那些**幼稚可笑的主意和创造（从前他们对于这些，既表示赞赏，又觉得可笑）。总之，到处都显示出我那些奇怪的癖好。

我对所有这些幽雅的陈设，赞不绝口，但是我看见这些东西时，心里也暗自怀疑，我想，——唉！——难道他看见了这些会感到更快活一些吗？如果不让他这样容易联想到我，那么，他的心情岂不是会更平静一些吗？因为尽管我没有变成他的意中人，他对我仍然一往情深，所以这些陈设就会使他想起那件他认为无法挽回的事，而感到伤心。我并不希望他忘掉我——可是，如果没有这些东西促使他产生联想的话，他也许就会把我忘掉——但是，由于我今后走的道路比他的平坦，所以即使他把我忘掉，我也并不怪他，因为他忘掉了我，会更快乐一些。

“好，小老太太，”监护人说，他刚才带我参观时，露出一种前所未有的高兴和得意的样子，这时又仔细观察我的反应，“最后，让我们来看看这所房子的名字。”

“它叫什么啊，亲爱的监护人？”

“孩子，”他说，“你来看吧。”

他带我到门廊，刚才参观时他一直绕过这里，现在当我们出去之前，他停步对我说：

“亲爱的孩子，你猜到它的名字了吗？”

“没有！”我说。

我们走下门廊；他让我看门廊上写的几个字：“荒凉山庄”！

他带我到附近树荫下的一张椅子前，在我身边坐下，握住我的手，对我这样说：

“亲爱的姑娘，就我们之间的关系来说，我想我的确是一向以你的幸福着想的。当我写那封信（后来你曾给过我答复）的时候，”他提起那封信时，脸上露出了微笑，“我过分看重了自己的幸福；不过，我也考虑到你的幸福了。如果换了一个环境，我是否还会产生我在你年轻时常常产生的那个梦想，希望将来娶你做我的妻子，那我现在也不必再去想了。因为事实上，我确实激起了原有的希望，写了那封信给你，而你也给了我答复。我说的这些话，你都听得懂吗，孩子？”

我浑身发冷，颤抖得很厉害；但他说的每一个字我都听得清清楚楚。我坐在那里，目不转睛地看着他，这时落日的余晖正透过树叶照在他那没有戴帽的头上，我觉得他身上的光辉就像天使身上发出的光彩一样。

“你听着，亲爱的，可是不要说话。现在该由我来对你说话。至于我在什么时候开始怀疑我做的事是否能真给你带来幸福，现在已经无关紧要了。伍德科特回国不久，我的疑虑就完全解决了。”

我搂住他的脖子，把头偎在他的胸膛上，哭了起来。“放心靠在这里吧，孩子，”他说，一边轻轻地把我搂得更紧，“现在我是你的监护人，也是你的父亲。放心靠在这里吧。”

当他继续往下说的时候，他的态度就像沙沙的树叶声那么柔和，像收获季节的气候那么温暖，像阳光那么明朗和煦。

“你应当了解我，亲爱的姑娘。我毫不怀疑你跟我在一起，会感到满足和幸福，因为你是那么温顺、那么真诚；但是我却看得出来，你和谁结婚会更幸福。当你还没有发现他的心事时，我已经看穿了，但这也没有什么奇怪的；因为我对你那些永远不会改变的优点，要比你自己了解得更加深刻。你听我说！阿伦·伍德科特很久以前就向我吐露了他的心事。可是，直到昨天你到这里的几小时以前，我才把我的心事告诉了他。我决不能让我的埃丝特的光辉榜样湮没无闻；我决不能让我心爱的姑娘的任何一点美德被人忽视而得不到赞扬；我决不能让她嫁给摩根·阿普-柯里支家族的人就受到委屈，不，决不能那样，哪怕他家的黄金多得像威尔斯的山一样，也办不到！”

他把话打住，吻了一下我的前额，于是我又呜咽着哭起来了，因为我听到他那么夸奖我，心里又高兴又难受，好像感到自己承受不起似的。

“别响，小老太太！不要哭了；今天是个大喜的日子。我已经盼了好几个月了！”他兴高采烈地说，“让我再说几句，小老太婆，我的话就完了。我由于决心不让我的埃丝特的任何一点长处被人忽视，所以我又单独和伍德科特太太说了几句心腹话。我说：‘我告诉你，太太，我清楚地看到——而且也确实了解——你的儿子爱上了我监护的人。同时，我向你担保，我监护的人也爱你的儿子；但她由于感到对我的责任和感情，情愿牺牲自己的爱情。她用一种非常虔诚的态度，坚决而又彻底地做了这样的牺牲，所以尽管你白天黑夜仔细观察，也看不出一点可疑的痕迹。’接着，我把我们的——我们俩的——也就是你的和我的事情全告诉了她。‘现在你知道了这些事情，太太，’我说，‘那你就来和我们住在一起吧。你来同我们住在一起，可以时刻观察我的孩子；把你所看到的一切同她的门第对照一下，至于她的家世就是如此等等’——因为我最讨厌对这一点吞吞吐吐——‘所以，等你决定了对这方面的看法以后，再请你谈谈真正的门第究竟有哪些条件。’啊！亲爱的，她那古老的威尔斯家族的气质真叫人钦佩！”我的监护人热情地喊道，“我相信这种气质使她对德登大妈非常热情、赞赏和喜爱，总之，跟我待你完全一样！”

他轻轻地抬起我的头，而且在我紧紧靠着他时，又用从前那种慈父般的态度一再吻我。过去我就想到他对我总是采取一种庇护的态度，而今天则更说明这一点！

“最后，让我再说一句。上次阿伦·伍德科特和你谈话，亲爱的，事前曾经告诉过我，而且得到我的同意——但我并没有给他任何鼓励，我当然是不会这样做的，因为如果我能使你们感到意外，这就算是给我一个很大的酬劳了，所以我决不愿露出一点马脚。我们事前约好，他和你谈话以后再来告诉我经过的情形；后来他确实告诉我了。现在我没有什么可说的了。我最亲爱的姑娘，阿伦·伍德科特在你父亲死的时候，曾站在他的遗体旁边——后来又站在你母亲的遗体旁边。这个房子名叫‘荒凉山庄’。今天我给它一个小主妇；我可以当着上帝的面对你说，这是我一生中最愉快的一天！”

他站起来，同时也把我搀起来。这时来了一个人：我的丈夫——我这样称呼他，已经整整七年了，这七年过得非常幸福——来到我的身旁。

“阿伦，”监护人说，“我能使你得到一个最理想的妻子，这我感到很高兴。我用不着给你说什么好话了，我只要表示，我认为你配上她是很理想的！你把她陪嫁的这所房子接受下来吧。你知道她会怎样去料理它，阿伦，因为你已经知道她过去是怎样管理旧的荒凉山庄的。将来让我常到这里来享点福吧；那么，我又有什么损失呢？没有，根本没有。”

他又吻了吻我；这时他不禁热泪盈眶，用一种更柔和的语调说下去：

“埃丝特，我最亲爱的孩子，我们一同过了这么许多年，今天在某种意义上我们是分手了。我知道我的过错曾给你带来一些痛苦。当你用原来的那种感情对待你那年老的监护人的时候，希望你能原谅他，同时忘掉他的过错。阿伦，我把我心爱的姑娘交给你啦！”

他从绿荫如盖的树林中走出去，在外边的阳光中站住，转身带着满面笑容对我们说：

“我将来就在附近找个地方呆一呆。现在刮的是西风，小老太太，这是从正西方吹来的！谁也不准再向我道谢；因为我这就要恢复单身汉的习惯；如果有人不听我的警告，我一定躲得远远的，永远也不再来了！”

那天，我们是多么高兴、多么欢乐、多么舒畅；而心里又充满了多少希望、多少感激和多少幸福的感觉啊！我们准备在月底以前结婚；但我们究竟在什么时候迁到这里，在自己的房子安顿下来，那还得看理查德和婀达的情况才能决定。

第二天，我们三人一同回家。我们刚到伦敦，阿伦就直接去探望理查德，把我们的喜讯带给他和我那亲爱的姑娘。虽然时间已经很晚，我还是打算在睡觉前去看看她：不过我倒是先陪监护人回到家，替他泡好茶，仍然像从前那样坐在他身边的椅子上；

因为我不愿让这张椅子那么快就空着没有人坐了。

当我们到家时，听说有个年轻人当天曾来找过我三次；在他第三次来找时，听说我要到晚上十点钟才能回来，便留言说“十点钟左右再来”。他每次来都留下名片。我一看，原来是格皮先生。

我对他三次来访的目的，自然要捉摸一下；我觉得这个客人总有些令人可笑的地方，于是一边笑他，一边把他以前向我求婚，事后又“撤回原议”的经过，告诉了监护人。“既然有过这些事情，”监护人说，“那我倒要见见这个人物。”因此，他吩咐用人，如果格皮先生再来，马上请他进来；我们话刚说完，他真的又来了。

他发现监护人和我在一起，便觉得很窘，却又强自镇静说：“您好，先生！”

“您好，先生！”监护人回答。

“谢谢，先生，托福，托福，”格皮先生回答。“请允许我介绍家母格皮太太，她住在老大街，还有我的私人朋友，威维尔先生。我的朋友通常是用威维尔这个名字，其实，真名叫贾布林。”

监护人请他们坐下，他们就都坐下了。

“托尼，”格皮先生经过一阵难堪的沉默，对他的朋友说，“这桩事情，由你来开个头好吗？”

“还是你自己来吧，”他的朋友有点酸溜溜地答道。

“唔，贾迪斯先生，”格皮想了一下，便开始说，这一来就把他母亲逗乐了，她一边用胳臂肘轻轻地碰着贾布林先生，叫他听着，一边又非常露骨地对我挤挤眼睛；“我本来是想单独同萨默森小姐见面的，却没有想到您阁下也在这里。不过，萨默森小姐也许和您谈过，我们以前曾经有过某种来往吧？”

“关于这一点，”监护人微笑着答道，“萨默森小姐曾经和我谈过。”

“那样，”格皮先生说，“事情就比较好办了。先生，我在肯吉一卡伯伊法律事务所当见习生的期限已经满了，我相信有关的各个方面对我都很满意。现在我已取得律师资格（曾经经过一次伤透脑筋的考试，考的全是那些我不愿了解的莫名其妙的问题），而且拿到了证书，如果先生高兴看的话，不妨给您过目一下。”

“谢谢，格皮先生，”监护人答道。“我愿意用个法律术语向您表示，我完全承认您的证书合格有效。”

于是，格皮先生就没去掏口袋里的证书，接着说下去。

“我本人没有任何资财，但家母却有点产业，那是一笔养老金；”格皮先生的母亲这时摇头晃脑，仿佛她听见这句话以后非常得意，同时又用手绢捂住嘴，对我挤眉弄眼；“所以，如果我在办理业务时，需要一点现款，譬如两三英镑的话，那倒也不为难，而且不必付息，您知道这是一个有利条件。”格皮先生用一种充满感情的语调说。

“确实是个有利条件，”监护人答道。

“而且，我在兰贝思宫沃耳科特广场那一带还有一些人事关系，”格皮先生接着说下去，“因此就在那个地段租了一所房子，我的朋友都认为房子租得太便宜了（捐税少得可笑，一切设备的费用都包括在租金之内），我打算今后就在那里挂牌开业了。”

这时格皮先生的母亲拼命摇晃着脑袋，在别人看她的时候，就露出一副嘻皮笑脸的样子。

“这所房子不算厨房，就有六个房间，”格皮先生说，“我的朋友都认为这个公寓非常宽敞。当我提到我的朋友，我指的主要是这位贾布林先生。我想他从小就认识我了吧？”格皮先生望着贾布林先生，脸上露出非常热情的样子。

贾布林先生表示同意的时候，双腿往前一伸。

“这位贾布林先生准备到我这里来帮忙，担任书记的职务，也住在这所房子里，”格皮先生说。“家母等到老大街的房子租期满了以后，也搬过来住；所以大家倒也不会感到寂寞。我这位朋友，贾布林先生天生就有上流人士的气派；除了熟悉上流社会的动态以外，还对我现在正在进行的事情全力支持。”

贾布林先生说“当然，当然”，一边把身子闪开一点，躲着格皮先生母亲的胳臂肘。

“先生，因为萨默森小姐对您无话不谈，所以我现在也不必再向您说，”格皮先生说，“(妈，我希望您不要这样来回晃动，好不好？)萨默森小姐的倩影以前曾经印在我的心上，而且我还向她求过婚。”

“这我听说过了，”监护人答道。

“后来因为发生了我根本无法控制的情况，所以曾经一度冲淡萨默森小姐在我心中留下的印象，”格皮先生继续说道，“当时萨默森小姐处理问题很有风度；甚至可以说，对本人非常宽厚。”

监护人在我肩上轻轻拍了一下，好像很感兴趣似的。

“不瞒您说，先生，”格皮先生说，“我本人现在的心情是希望对这种宽厚的行为有所报答。我想用事实来向萨默森小姐表明，我能爬到很高的地位，而关于这一点，她以前也许认为我没有这种能耐。我感到，虽然自己过去确实认为已经忘去了萨默森小姐的倩影，实际上**并非如此**。她的倩影对我仍然有巨大的魅力；由于我觉得自己对这种魅力无法抗拒，所以愿意把我们谁也无法控制的那些情况置之度外；以前我曾荣幸地向萨默森小姐求过婚，今天我又想旧事重提。请允许我把沃耳科特广场的房子、我的事业以及我本人都献给萨默森小姐。”

“那真太宽厚了，先生，”监护人说。

“对了，先生，”格皮先生坦率地说，“我就希望对人宽厚。我并不认为我向萨默森小姐求婚就失掉了体面；我的朋友们也没有这种看法。再说，您还可以把我提供的条件作为我小小的缺点的一个弥补，从而对我得出公正的评价。”

“那么，先生，”监护人一边拉铃，一边大笑地说，“我就代表萨默森小姐来答复您提出的要求。她对您的好意十分感谢，现在祝您晚安并希望您一切顺遂！”

格皮先生的宽厚品行

“哦！”格皮先生愣愣地说。“那么，先生，您这句话的意思究竟是表示接受呢，还是拒绝，还是考虑？”

“坚决拒绝，如果您要我明确表示的话！”监护人答道。

格皮先生带着疑惑的神色看了看他的朋友和他那突然冒火的母亲，然后又看了一下地板和天花板。

“真的吗？”他说。“好，贾布林，如果你真够朋友的话，那我想，你就应该把我母亲搀出去，因为既然人家不欢迎，就不要让她再呆下去了。”

但是格皮太太坚决不愿走出去。她对她儿子说的话连听也不听。“什么，去你的，”她对监护人说，“你这是什么意思？难道我儿子配不上你们吗？真不害臊！你给我滚！”

“我的好太太！”监护人答道，“你要我从自己家里滚出去，未免太不讲理了吧！”

“我才不管那个，”格皮太太说。“滚出去！如果我们配不上你们，那你就去找个配得上的。赶快找去吧！”

格皮太太刚才那副滑稽样子使我觉得非常可笑，但转眼又变得这么生气，这真出乎我的意料。

“去找个配得上你们的，”格皮太太又说了一次。“滚出去！”可是格皮太太感到最奇怪、最愤怒的是我们并没有滚出去。“你们为什么不滚呀？”格皮太太说。“呆在这里想干什么？”

“妈，”她儿子平时说话就喜欢抢在她前头，这会儿便打断她的话；当她侧身靠近我监护人时，格皮先生便用肩膀把她往后推，“您不要再说下去，好不好？”

“不行，威廉，”她答道，“我一定要说！他不滚出去，我就要说！”

但格皮先生和贾布林先生挟住了老太太（她现在破口大骂起来），硬把她搀下楼去；在她下楼梯时，每下一级，她叫嚷的声音也就提高一级，一再要我们去找个配得上我们的人，而且首先必须给她滚出去。

第六十五章
重新生活

大法官庭的开庭期已经开始，监护人得到肯吉先生的通知，说那桩案子在两天以后就要开审。由于我对“遗嘱”抱有很大希望，心绪很不宁静，所以阿伦和我商量好，当天早晨到大法官庭去听一听。理查德变得非常激动，尽管他的病是一种心病，但他的身体却十分虚弱，情绪也很低沉。因此，我那亲爱的人确实有难言之隐，需要别人的支持。但她却期待着那即将到来的帮助——距离今天，也没有多少日子了——所以一点也不气馁。

案子将在威斯敏斯特开审。我敢说它以前在那里审过有一百次了，但是，尽管如此，我还不免这样想：这次开庭**可能**会有一些结果。我们一吃完早饭就出门了，以便准时赶到威斯敏斯特大厅；我们一同步行，穿过那些热闹的街道，往目的地走去，这时我们似乎感到非常快活，心情和以前也大不相同！

当我们一边走，一边商量应该替理查德和婀达做哪些事情的时候，我听见有人喊：“埃丝特！亲爱的埃丝特，埃丝特！”原来是凯蒂·杰利比正从一辆小马车的窗口伸出头来喊我。她现在收了许多学生，每天乘着出租马车四处去授课；我也曾写过一封信，把我监护人所做的一切告诉了她，但还抽不出时间前去探望。看来似乎她隔着一百码就要搂住我似的，我们当然马上转回身去；于是，这个可爱的姑娘非常高兴，一边谈着她把那束花拿给我的那天晚上的事，使劲用手捧着我的脸(甚至连我的帽子等等也被她紧紧夹住了)，用一切好听的名字来称呼我，还告诉阿伦，我曾替她做了种种连我自己都不知道的事情。总之，她高兴得简直要发狂，因此，我不得不坐上车去，让她说个痛快，听她摆弄，好使她安静下来。阿伦站在车窗旁边，也像凯蒂那样高兴；而我也是如此；最后，我想，与其说我是满脸通红地笑着从车上走下来，倒不如说我是逃出来的，而且衣帽也被她弄得很乱。我们望着凯蒂坐车走了；她也从车窗回头望着我们，直到望不见为止。

这样，我们大概耽误了十五分钟，当我们到达威斯敏斯特大厅，当天的诉讼案已经开审了。更糟的是，我们发现大法官庭挤得水泄不通，连门口也站满了人，因此，我们既看不见也听不到里面在干什么。看样子，好像发生了什么可笑的事，因为里面不时响起一阵哄笑声，接着便有人喊"肃静"。看样子，这件事还定引起人们很大的兴趣，因为大家都挤着拥上前去。看样子，法庭人员也似乎觉得这件事非常滑稽，因为这时有几个留着胡子、戴着假发的年轻辩护士站在人群后面；当其中一个辩护士把事情向其余几个说了以后，他们把双手插在口袋里，笑得直不起腰来，同时还在大厅外的人行道上跺着脚。

我们向身旁一个辩护士打听现在审的是什么案子。他说是贾迪斯控贾迪斯案。我们问他是不是知道现在正干什么。他说他一点也不知道，而且谁也没法知道；不过，就他所能理解的情况来说，案子已结束了。我们又问是不是今天算结束了。他说不是；案子永远结束了。

永远结束了！

当我们听到这个难以理解的答复，不禁惊异地面面相觑。难道那个遗嘱竟能使一切得到圆满解决，使理查德和婀达从此富有起来？这简直是太好了。唉！真是太好了！

我们正犹豫间，听众就散开了，一大群满面通红、神色兴奋的人像潮水似的涌出，带来了一股气味。他们笑容满面，兴高采烈，仿佛是刚看完一场滑稽戏或杂耍，而不像是从法院里走出来。我们站在一边，想等一个熟人；就在这时，大捆大捆的公文抬出来了，有的装在布袋里，有的因为太大，布袋装不下，一堆堆的公文捆成各种样子——或者捆得不成样子；人们搬着它们摇摇晃晃地走出来，暂时扔在大厅外边的人行道上，接着又进去搬。就连这些办事员也禁不住笑。我们向那一捆捆的公文看了一眼，发现件件都有贾迪斯控贾迪斯案的字样。我们向一个站在公文堆里像是官员的人打听案子是不是结束了。“是的，”他说；“一切的一切总算结束了！”接着便放声大笑。

这时，我们看见肯吉先生从法院里走出来。他脸上带着一种和蔼而又庄严的样子，一边听霍尔斯先生说话，后者的态度非常恭敬，手里拿着公事包。霍尔斯先生第一个看见我们。“先生，萨默森小姐也在这里，”他说。“还有伍德科特先生。”

“哦，真的吗？不错，真是萨默森小姐！”肯吉先生说，一边彬彬有礼地向我举帽致意。“您好！见到您非常高兴。贾迪斯先生没有来吧？”

贾迪斯先生没有来；我提醒他说，贾迪斯先生永远也不会到这里来。

“其实，”肯吉先生答道，“他今天**不来**也好，因为他——背着我这位好朋友，也许可以这样说——他那高深莫测的妙论，会得到更有力的依据；尽管是不合情理，却会得到更有力的依据。”

“请问今天有什么结果吗？”阿伦问道。

“对不起，您说什么？”肯吉先生用一种过分谦恭的口气问道。

“今天有什么结果吗？”

“您问有什么结果吗？”肯吉先生把话重复了一遍，“当然有。唔，不过收获不大，收获不大。我们被打断了——突然被迫停止了，我的意思是说，就在——好，这样说吧，就在刚开始的时候停下了。”

“这份遗嘱是否认为是真迹，先生？”阿伦说，“您能告诉我们吗？”

“如果可能的话，我当然愿意奉告，”肯吉先生说，“不过，我们还来不及研究，还来不及研究。”

“我们还来不及研究，”霍尔斯先生跟着说，他那微弱低沉的声音好像是个回声似的。

“您想一下，伍德科特先生，”肯吉先生一边挥动着他那只像泥水匠的银泥刀似的手，一边用巧妙的口才滔滔不绝地说，“这是一件著名的讼案，时间拖得很久，案情错综复杂，无怪乎人们把这案子称为大法官庭诉讼史上的一个里程碑了。”

“人们对它容忍的时间也太长了，”阿伦说。

“的确是这样，先生，”肯吉先生答道，带着某种谦虚的样子笑了起来，“的确是这样！请您再想一下，伍德科特先生，”这时摆出一副神气十足的，甚至可以说是严肃的样子，“这个著名案子引起了无数的困难和种种的意外，同时还涉及一些巧妙的假设和各式各样的程序，这就需要学问、才干、辩才、知识和智慧，伍德科特先生，高度的智慧。许多年来，唔——我想这样说吧，司法界人士的心血，以及——唔，请允许我再补充一句——法官们最丰富的经验，都花在贾迪斯控贾迪斯一案上面了。如果要解决这桩著名的**疑案**，从而使公众获益，国家增光的话，那么，先生，那就需要金钱或与金钱相等的东西作为代价。”

“肯吉先生，”阿伦似乎顿时恍然大悟地说，“请原谅，我们的时间不多。您的意思是不是说，本案的诉讼费把全部产业都耗光了呢？”

“嗯！我想是吧，”肯吉先生答道。“霍尔斯先生，**您的**意见怎样？”

“我想也是这样，”霍尔斯先生说。

“这么说，案子岂不是不了了之吗？”

“也许是这样吧，”肯吉先生答道。“霍尔斯先生的意见呢？”

“也许是这样吧，”霍尔斯先生说。

“哎呀！”阿伦低声说，“理查德一定会很伤心的！”

他脸上突然露出一种震惊和不安的神色。由于他对理查德了解很深，而我也常看到理查德的身体一天天地衰弱下去，因此，我那亲爱的姑娘在心中充满爱情的刹那间所吐露的那个预言，这时仿佛是耳边响起的一声丧钟似的。

“如果您要找卡斯顿先生，伍德科特先生，”霍尔斯先生赶上来说，“他在法院里。我让他留在那里休息一下。再见，先生；再见，萨默森小姐。”当他一边用手摆弄着公事包的带子，一边慢慢地端详着我的时候，他张开嘴喘了一口气，仿佛把他的当事人身上的最后一块肉也吞了下去，然后移动他那用黑大衣紧紧裹住的病态的身子，带着公事包，匆匆走向大厅那边的矮门，去赶肯吉先生，因为他好像对那位和蔼的快嘴先生的影子一步也不敢离开似的。

“亲爱的，”阿伦说，“既然你从前托我照顾他，现在还是暂时让我去看看他吧。赶快把这个消息告诉贾迪斯先生，过一会儿到婀达家里来！”

我不许他送我上马车，而要他立刻去看理查德，同时让我去做他要我做的事情。我匆匆赶回家，找到了监护人，把我带回来的消息慢慢地告诉他。“小老太婆，”他不动声色地说，“不管这桩案子的结局怎样，只要它能结束，就是一件意外的大好事。可是我那两位表亲多么可怜啊！”

整个早晨，我们一直在谈论他们，同时研究可能采取的步骤。下午，监护人陪我步行去西蒙法学院，到了门口，留下我便走了。我走上楼去。当我那亲爱的人听见我的脚步声，便走到外面的小过道来，搂住我的脖子；不过，她立刻就镇静下来，告诉我说，理查德已经问过我好多次了。她说阿伦上午发现他像块石头那样呆呆地坐在法院的一个角落里。当他惊醒过来，他就猛然冲上前去，好像要大声谴责那个法官。但他这时含着一口鲜血，不得不停下来，于是，阿伦就送他回家了。

我进屋的时候，他正闭眼躺在沙发上，桌上摆着一些兴奋剂；房间里光线已经遮暗了，并且尽量使空气流通，一切都整整齐齐而又安静。阿伦站在他后面，带着忧虑的神色看着他。我觉得他脸上毫无血色，而且，当我现在看他闭眼躺在那里时，我才第一次看清他是多么衰弱。但他比我近来常见时却漂亮了一些。

我悄悄地在他身边坐下。过了一会儿，他睁开了眼睛，带着从前常见的笑容，有气无力地对我说："德登大妈，吻我一下吧，亲爱的！"

我看见他身体虽然虚弱，但仍然那么乐观，而且对前途仍抱有希望，所以心里既感到宽慰，又觉得意外。他说，他对我们即将举行婚礼的事情，感到说不出的高兴。我丈夫一直是他和婀达的"监护神"，所以他祝福我们俩，希望我们能享受到人间的一切幸福。当我看见他拉着我丈夫的手，把它按在自己胸上，我觉得我自己的心也快要碎了。

我们尽量谈未来的事情，他也一再说，只要他能起来，他一定参加我们的婚礼。他说婀达一定会想办法带他去。我那亲爱的姑娘显得又安详又美丽，她正想靠她不久就可以得到的那种帮助，乐观地回答他说："是呀，一定带你去，最亲爱的理查德。"这时，我就明白了——明白了！

他不宜说话太多，当他沉默时，我们也就不开口了。我坐在他身边，因为他以前一向笑我喜欢忙碌，所以我就装作替我亲爱的姑娘做事。婀达靠在他枕头上，搂着他的头。他常打瞌睡；每当他醒来，没看见我丈夫，就首先问道："伍德科特上哪儿去啦？"

当夜幕已经降临，我抬头看见监护人站在小客厅里。"谁在那里，德登大妈？"理查德问我。客厅的门在他背后，但他从我的脸色上看出那里有人。

我向阿伦看了一眼，问他怎么办；他点头表示可以，我就弯下身去，告诉了理查德。监护人看到这一切，立刻就轻轻走到我身边，按着理查德的手。"啊，先生，"理查德说，"你是个好人，你是个好人！"说着，就第一次大哭起来。

监护人真是一个好人，他在我刚才的地方坐下来，仍然按着理查德的手。

“我亲爱的理克，”他说，“乌云已被驱散，现在一切都变得光明了。我们对一切也可以看清了。我们大家在不同程度上都曾受过迷惑。但是，那又有什么关系呢！亲爱的，你觉得怎么样？”

“我感到没有力气，先生，但我希望能够强壮起来。我一定要重新生活。”

“对啊，对啊；这话说得很好！”监护人喊道。

“我一定不会再按照以前的方式去生活，”理查德惨笑地说。“我已经得到一个教训，先生。这是一个惨痛的教训；不过你可以放心，我这次是真正吸取这个教训了。”

“好啊！好啊！”监护人安慰他说，“好极了，亲爱的！”

“我刚才一直在想，先生，”理查德接着说，“在这个世界上，我最想看的就是他们俩的房子——德登大妈和伍德科特的房子。如果在我体力开始恢复时，把我搬到那里去住，我觉得那会比在别的地方更容易恢复健康。”

“对呀，我也一直这样想啊，理克，”监护人说，“我们的小老太婆也这么想；她今天早晨还和我谈这件事哩。我相信她丈夫也不会反对。你觉得怎么样？”

理查德笑了笑；举起手去摸伍德科特，这时伍德科特正站在卧榻靠背后面。

“我刚才没提婀达，”理查德说，“但我却想着她，心里一直惦念着她。你看她！先生，她现在非常需要躺下休息，可是却弯着身子看我躺着。我心爱的人儿，真可怜啊！”

他搂住她，我们大家都默默无语。接着他又慢慢地把胳臂放下；她对我们看了一眼，又抬头望着上天，嘴唇不停地翕动。

“等我到了荒凉山庄以后，”理查德说，“我有很多话要和你说，先生，而你也会有很多东西给我看。你决定到那里去，是不是？”

“当然啰，亲爱的理克。”

“谢谢你；你的为人就是这样，”理查德说。“这一切都说明你的为人。他们刚才跟我说你是怎样安排的，还说你想到了埃丝特原来的一切爱好和习惯。我到那里去住，就跟回到了旧的荒凉山庄一样。”

“我希望你也回旧的荒凉山庄去住，理克。你知道我现在又是一个孤零零的人了。如果你到我这里来住，那真是太好了。亲爱的，如果你到我这里来住，那真是太好了！”他把这句话向婀达重复了一遍，一边用手轻轻摸着她那头金发，提起一绺来吻了一下。（我想他一定是在心中发愿，如果她将来落到孤苦伶仃的地步，他一定会赡养她。）

“这岂不是一场噩梦吗？”理查德热烈地握住监护人的双手说。

“就是一场噩梦，理克；就是一场噩梦。”

“因为你是一个好人，所以能把它看成是一场噩梦，能原谅和怜悯那个做梦的人，而且在他觉醒以后还给他安慰和鼓励，是吗？”

“是的，一点也不错。其实，理克，我过去不也是在做梦吗？”

“我一定重新生活！”理查德说，他那双眼睛亮起来了。

我丈夫向婀达身边走近几步，我看见他严肃地举起手，暗示监护人注意理查德的变化。

“什么时候让我离开这里，到那个可爱的乡村去呢？在那里，我可以回忆过去那段愉快的日子，我有了精神，就可以把婀达待我的情形讲给你们听，可以反省自己的许多过错和糊涂事情，也可以作好准备，将来好好教育我那快要诞生的孩子，”理查德说。“什么时候让我去呢？”

“亲爱的理克，等你体力恢复以后再去，”监护人答道。

“婀达，我最亲爱的人啊！”

他想把身子抬起一点。阿伦把他扶起来，这样娴达就能把他搂在怀里，这正合他的心意。

“我做了许多对不起你的事，亲爱的。我像一个误入歧途的人，挡住了你的去路，我和你结婚以来，一直使你受苦受难，把你的财产败得一干二净。亲爱的娴达，在我重新生活以前，你对我这一切都能原谅吗？”

当她俯身吻他时，他脸上露出了愉快的笑容。他慢慢地把头倒在她怀里，两只胳臂把她脖子搂得更紧，同时最后呜咽了一声，就开始他的“新生活”了。不过，不是在这个世界，啊！决不是在这个世界！而是在那个能纠正这种过错的世界！

后来，已经是夜深人静的时候，那个可怜的、疯疯癫癫的弗莱德小姐忽然哭哭啼啼地到我这里来说，她已经把她养的鸟儿全都放了。

第六十六章
在林肯郡

在最近一段与往昔不同的日子里，切斯尼山庄一片沉寂，就像人们对德洛克家的某段家族史保持沉默那样。据说，德洛克爵士用钱堵住了一些人的嘴，免得他们把事情说出去；不过这种在背地里偷偷传播的流言蜚语也不见得可靠，它总是像火花那样，刚一闪亮就熄灭了。有一件事情倒是确实的：美丽的德洛克夫人已经在那林木遮天和晚上响彻猫头鹰哀鸣的猎园的陵墓里长眠。但是她的遗体究竟从什么地方运回来，安葬在这个响着种种回声的僻静所在，或者，她究竟是怎样死的，这都是一个谜。她生前的一些好朋友，主要是一些红脸蛋、细脖子的美人儿，有一次在上流社会人物聚会时说她们真不知道，陵墓里那些德洛克家的先人，要是死而有知，会不会因为羞与她为邻而群起攻之。她们一边说，一边吓人地玩弄着大扇子，仿佛因为失去了所有花花公子的欢心，而只好同可怕的死神打情骂俏。但是那些与世长辞的德洛克家先人，对这件事的态度倒是泰然自若，谁也没听说他们表示反对。

从洼地的凤尾草丛中，从那条两旁都是树木的弯弯曲曲的马道上，有时候这个僻静所在会传来一阵马蹄声。接着就可以看到累斯特爵士——虚弱无力、弯腰驼背，而且几乎双目失明，但那样子仍然叫人肃然起敬——同一个身高体壮的人并肩骑着马，那人常常为他牵着缰绳。当他们来到距离陵墓门前一段路的地方，累斯特爵士那匹习与性成的马就自动停步不前，而累斯特爵士则摘下帽子，静默一两分钟，才和另外那个人骑着马离去。

切斯尼山庄猎园里的陵墓

他同那个胆大包天的波依桑之间的争吵，尽管没有定时，忽起忽伏，像明灭不定的炉火那样闪着，但还没有罢休。据说个中真相是，当累斯特爵士到林肯郡终老的时候，波依桑先生曾明白表示，准备放弃那条通道的通行权，以遂累斯特爵士之所愿，但累斯特爵士认为这是出于对他的病和不幸的怜悯，感到非常气愤和大为不满。因此，波依桑先生只好明目张胆地霸占那条通道以免他的邻居生气。由于同样的原因，波依桑先生继续在那条各不相让的通道上设立大木牌，而且在自己家的“圣殿”大骂累斯特爵士(头上还蹲着他那只小鸟)；由于同样的原因，他也像从前那样，在小教堂里总是装着根本不知道世界上有累斯特爵士这个人，以表示瞧不起对方。但据人们在私下说，就在他咬牙切齿痛骂他的老冤家的时候，他确实是非常体谅对方的；而累斯特爵士为了维护自己的尊严而不肯与他的对头和解的时候，却很少想到人家是多么迁就他的脾气。他也很少想到他和他的对头为了那两姊妹所受的痛苦有多么相似，他的对头现在倒是知道这一点的，就是不去告诉他。所以这场争吵便继续下去，而双方对此也感到满意。

在猎园有一个小屋，这小屋从邸宅也看得见，有一次林肯郡发大水，德洛克夫人常常在邸宅望着小屋那个看守人的小孩，这屋里住着那个身高体壮的人，也就是从前的骑兵。小屋四壁挂着他那老行当的一些家伙，这些家伙经常擦得亮闪闪的，这已经成为马房附近一个矮小的瘸子最喜欢的消遣了。这个矮小的人总是那么忙，在马具房门口不停地擦着马镫铁、马嚼子、嚼子链、马饰以及马房一切需要他擦亮的东西。他一天总是忙着擦什么东西。他个子很矮，头发蓬乱，满身伤痕，那样子还挺像一条杂种老狗，从前到处被人哄赶。他的大名是菲尔。

凡是有谁看到那个体态端庄的老管家(现在耳朵聋得更厉害了)挽着儿子胳臂上教堂，或者看见她母子俩对累斯特爵士的态度以及累斯特爵士对他们俩的态度——其实看见的人并不多，因为现在已经没有什么人到邸宅来做客了——都很受感动。盛夏时分倒是有人来探望这母子俩的，这时候人们就看到一个拿着雨伞、披着灰斗篷的女人在树林子里出现，在别的季节切斯尼山庄是看不到的；还看到两个小姑娘常常在僻静地方的锯木坑，在猎园的角落里蹦蹦跳跳；还看到骑兵的小屋门前有两个人在吸烟斗，一个个的烟圈袅袅而起，又慢慢消失在那馥郁的晚风中，接着就听到小屋里传出一阵笛子声，那是激昂的英国近卫军进行曲。到了暮色四合之际，有个人和另一个人正来回散步，只听得他用一种低沉而决断的口气说："不过，我在老伴儿面前决不会这样说。纪律是必须维持的。"

切斯尼山庄大部分地方都门关户闭，再也不是一个供人游览的所在了；虽然如此，累斯特爵士仍然躲在那间长长的客厅里，在夫人遗像前的那个老地方躺着。入夜，架起了大屏风，把累斯特爵士呆的那个地方围起来，现在就只有这部分地方还有亮光；客厅的光线似乎越来越弱，越来越暗，一直到完全没有了为止。事实上这里还是有一点的，但对累斯特爵士来说，这点亮光总归要完全熄灭；到那时猎园陵墓那扇原来关得紧紧的潮湿的大门，就要打开，欢迎他进去。

岁月飞逝，伏龙妮亚原来脸色又红又白，现在越来越青，越来越黄。她在这漫长的黄昏一边给累斯特爵士念报，一边不得不用种种假动作来掩饰她打哈欠，其中最主要和最有效的一个动作是，用她的玫瑰红的双唇含着那串珍珠颈链。关于巴菲和布都尔问题的那些连篇累牍的论文，表明巴菲是十全十美而布都尔则是怙恶不悛的，表明这个国家要是拥护布都尔而抛弃巴菲必然灭亡；或者，要是拥护巴菲而抛弃布都尔就一定转危为安(只能是两者挑一，而没有别的人选)——这一切就是她念报的主要内容。累斯特爵士倒不大管她念的是什么，看样子也没有很注意地听；但是，每次伏龙妮亚想悄悄地停下来，他总是突然醒来，用宏亮的声音念出她最后念的一句话，然后带着一种不大高兴的样子问她是否感到疲倦。不过，早些时候，伏龙妮亚到处翻阅各种文件的时候，曾经看到一份备忘录，那上面写着她这位亲戚一旦“出了什么事情”，她会得到什么好处；她知道，目前虽然是没完没了地念报，将来的报酬却是优厚的，所以她一想到这里，就连那可怕的厌倦情绪也打消了。

那些堂兄弟看到切斯尼山庄这样凄凉，大都不怎么愿意上这里来，但到了打猎季节，听到猎园响起枪声，几个跟班和看守人在往年规定好的地方疏散开，侍候着三两成群的情绪低落的堂兄弟，这时他们对切斯尼山庄又有点喜欢了。那个身体衰弱的堂兄弟因为这山庄一片凄凉而身体更加衰弱了；他现在是这样意志消沉，不打猎时总是躺在那里，抱着沙发垫子不断唉声叹气，抱怨这个像是地狱又像是监牢的地方，使他永远打不起精神来。

在林肯郡邸宅面目全非的情况下，伏龙妮亚唯一的重大时刻，就是为了林肯郡或国家的公益而去参加大舞会的那些日子；只是这种日子不多，而且相隔的时间也很长。遇到这种日子，这位疲乏不堪的美人自然是要打扮得漂漂亮亮，走出切斯尼山庄，在堂兄弟的护送下，尽管道路难行，还是兴高采烈地来到十四英里地以外的那个打扫一空的古老的会议厅。这个会议厅在普通年份的三百六十四天里都是一个乱七八糟的杂物储藏室，堆满四脚朝天的旧椅子、旧桌子。遇到这种日子，她自然是要使所有到场的人都神魂颠倒，因为她是那样不惜屈尊俯就，那样天真活泼，那样蹦蹦跳跳——她当年就是如此。那时候，那位可怕的将军一口牙也都齐全，用不着花两个金币去镶一个假的。遇到这种日子，她就像牧歌中一位出身清白人家的美女那样，在那令人头晕目眩的舞蹈中飞快地旋转。遇到这种日子，那些拜倒在她裙下的人都给她端茶，端柠檬水和三明治，以表示敬意。遇到这种日子，她忽而温柔，忽而残酷；忽而神气十足，忽而平易近人，总之，她花样很多，虽然非常任性，但也叫人神魂颠倒。遇到这种日子，她和那盏古老的玻璃小吊灯就形成一个很奇妙的对照。这盏吊灯是会议厅的一件装饰品，它那些细细的吊杆、它那些多余的小玻璃坠子、它那些令人丧气的小圆球（那上面没有玻璃坠子）、它那些光秃秃的小支杆（那上面的圆球和坠子都不知哪里去了），还有它那闪着三棱形的微光，无一不像伏龙妮亚。

至于其他日子，林肯郡这个古宅的生活，在伏龙妮亚看来，简直是一大片空虚；宅子外面的树木也仿佛感到无聊和忧郁，唉声叹息，绞着手，垂下头，向窗玻璃洒下眼泪。这是一座富丽堂皇的迷宫，这是一个古老家庭的产业，这个家庭与其说是住着人和挂着一些阴森可怕的肖像，还不如说是充满种种回音和雷鸣般的响声，一有什么动静，这些响声就从成百个坟墓般的房间发出，在整个宅子引起回响。这里有许多过道和楼梯都废弃不用，因此，如果晚上有人在卧室掉了一把梳子在地上，那就仿佛是打发一个蹑着脚走路的人，穿过整个宅子去办一件什么事情。现在已经很少人敢在这宅子里到处走了。在这个地方，只要壁炉掉下一点灰，哪个女佣听到了都会尖声叫起来，而以后就会常常无端哭泣，变得心神不安、情绪低落，结果是提出辞职，离开此地。

这就是切斯尼山庄。它的大部分地方都黑暗无光、空无人居；不论是在阳光灿烂的夏天或是阴霾满布的冬日，都很少有什么变化；总是那样阴沉、那样单调；白天没有飘扬的旗子，晚间也没有成排的烛光；别的家庭同它已经停止来往，那些鬼影憧憧的房间也没有客人可招待，整个宅子没有一点生气，总之，林肯郡这个邸宅甚至在一个陌生人看来，现在已经失去了热情和骄傲，只剩下一片死寂。

第六十七章
埃丝特自述的结尾

自从我成为荒凉山庄的主妇，至今已有整整七年了，这七年的生活非常幸福。现在，我还要给上面写的篇章补充几句话，不过，我一把话说完，就要同读者诸君永远告别了。这在我来说，难免要感到依依惜别，而在读者诸君，恐怕也有一点同感吧。

他们把我那心爱的人交给我照料，我连续好几个星期都没有离开她。婀达寄以莫大希望的那个小婴儿，早在他父亲坟上铺上草皮之前就出生了。这是个男孩；我和我丈夫以及监护人都有意给他起他父亲那个名字。

我那心爱的人所指望的帮助倒是指望到了，不过，按照上帝的意旨，这种帮助却别有用途。尽管这个小婴儿所肩负的使命是使他母亲，而不是父亲，感到幸福和恢复健康，他倒是完全有力量完成这一使命的。当我看到他那只小手竟有这样的力量，看到它触摸我那心爱的人时竟能治愈她心灵的创伤，激起她的希望，我对上帝的善心和仁慈便有了新的感受。

母子俩的身体渐渐好起来了；过些时候，我就看到我那心爱的人走进我那个乡村花园，抱着小婴儿散步。我那时已经结婚，是世界上最最幸福的人。

正是在这个时候，监护人也到我们这里来了，并问婀达愿意在什么时候回家。

“两个地方都是你的家，亲爱的，”他说，“不过，老的一个荒凉山庄倒是有优先权。等你和孩子身体壮一些，你们就回到自己家里来住吧。”

婀达称他“最亲爱的约翰表哥”，但他说，不行，现在应该叫监护人了。从此以后，他就成为她的监护人，成为那小男孩的监护人，而且，还可以联想起与这个称呼有关的种种往事。于是她就管他叫监护人，而且从此就没有再改过口。孩子们也只知道他叫监护人——我说孩子们，那是因为我这时已经有两个小女儿了。

查理眼睛还是那样圆，而且一点也不讲究语法，人们也许很难相信她竟然和我们邻近一个磨坊主结了婚。不过，信也好，不信也好，反正这是事实，再说，就在夏日的清晨我正写这最后一章的时候，抬起头来也看得见磨坊的风车已开始转动。我希望那个磨坊主不要把查理宠坏了；不过他倒是非常喜欢她的，而查理也由于找到这样一个丈夫而感到相当得意，因为他现在相当富有，而当初还有很多人想嫁给他哩。就我的小侍女来说，我很怀疑“时间老人”在这七年里是一动不动的，就像那风车半小时以前那样；因为查理的妹妹小爱玛现在当了我的侍女，简直是跟当年的查理一模一样。至于查理的弟弟托姆，我不得不说，他在学校读书时，算术的成绩不大好——不过我想，那一定是十位数的算术。且不管当初的情况怎么样吧，他现在却在磨坊里当学徒，而且变成了一个很厚道、很害羞的小伙子，常常因为爱上了什么人而感到不好意思。

凯蒂·杰利比上次休假曾到我们这里来住，她比以前更叫人疼爱了；总是在屋子里和庭院里跟孩子们蹦蹦跳跳，好像这一辈子从来没教过舞蹈课似的。凯蒂现在自己有一辆小马车了，用不着再在外面租车，同时还搬到纽曼街西边足足有两英里远的地方去住。她的工作很重，因为她那位非常好的丈夫瘸了脚，不能帮什么忙了。然而她很知足，不论什么事情都全心全意去做。杰利比先生晚上仍然到她这个新居来消遣，还像从前在纽曼街那样，头靠着墙坐。我曾经听说杰利比太太因为女儿结了这样一门亲事和选了这样一个职业而认为有失体面；不过我想她已及时打消这种看法了。她对伯里奥布拉-加纳已经感到失望，因为当地的国王为了买甜酒，要把所有的人——凡是抗得住炎热而活下来的人——都卖掉，所以她的计划终于失败了；但是她现在已经投身到维护女权的事业中去，主张妇女出席议会。凯蒂告诉我，这种事业需要她比从前写更多的信。我差一点忘了提凯蒂的可怜的小女儿了。这小女儿现在已经不像当初那么瘦小，只是又聋又哑罢了。我相信世界上再也找不出一个比凯蒂还好的母亲了！她在极其有限的空闲时间中，学会无数的聋哑的手势，想减轻孩子的痛苦。

好像我谈起凯蒂的事情就没完没了似的，因为我写到这里又想起啤啤和老特维德洛甫先生来了。啤啤目前在海关做事，而且做得挺不错。老特维德洛甫先生现在常常得中风症，但仍然在伦敦城到处卖弄他的风度，仍然像从前那样过好日子，仍然有人像从前那样相信他。他一直自命是啤啤的保护人，曾经表示将来去世以后把他化妆室的漂亮座钟送给啤啤——其实这个座钟并不是他的东西。

我们用家里省下的第一笔钱在我们这所漂亮房子旁边增建了一个小小的“牢骚室”，专门招待我的监护人；他在下一回来看我们的时候，便为这“牢骚室”举行隆重的落成典礼。我现在尽可能用轻松的笔调来描述这一切，因为这本书已接近完成，我心里充满了喜悦；然而，我写到他的时候，总禁不住热泪盈眶。

我一看见他，就仿佛听见我们那可怜的、亲爱的理查德叫他“好人”。在婀达和她那漂亮的孩子看来，他是一个最慈爱的父亲；在我看来，他一直就是那个样子，那么，我又能给他什么名称呢？他是我丈夫最好的和最亲爱的朋友，是我们孩子最喜欢的人，是我们最敬爱的长者。然而，就在我把他看作是一个了不起的人的时候，我却和他那么亲近，那么随便，这连我自己都觉得奇怪。他始终是用我从前那些外号来叫我，而我也始终是管他叫监护人；他跟我们在一起的时候，我总是在他旁边我那个老位子上坐着，而不会坐到别的地方去。小老太太、德登大妈、小老太婆！——所有这些叫法都一如既往，而我也总是回答：来啦，亲爱的监护人！

自从那天他领我到门口念这房子的名字以后，我再也没听说什么时候刮过东风。有一次我对他说，现在好像再也不刮东风了；他当时答道：你说得对，确实不刮东风了，从那天起，东风终于消失了。

我觉得我那心爱的人比以往什么时候都漂亮。她脸上一度流露过的那种哀伤——因为现在已经消失了——似乎连她原来那种天真的表情也都净化了，而使她那张脸显得更加圣洁。有时候，当我抬起眼，看到她仍然穿着丧服，在教我的理查德念祷告，我觉得——这是很难表达的——知道了她在祈祷的时候一直记得她的亲爱的埃丝特，我好像分外高兴似的。

我管他叫我的理查德！可是他说他有两个妈妈，我是其中的一个。

我们在银行的存款不多，不过我们的业务一直很好，收入也够用。我每一次跟我丈夫出去，都听到人们祝福他。我每一次到别人家里，都听到人们赞扬他，或者从人们那种充满感激之情的眼光看到这种赞扬。我每天晚上躺下来睡觉都想到，他这一天如何给人解除痛苦，如何给病危的同胞以安慰。我知道那些病入膏肓的人到了弥留之际，往往还要感谢他耐心医治。难道这一切不足以说明我们是富有的吗？

人们甚至还因为我是医生太太而称赞我。人们在街上遇到我时，甚至还对我表示好感，而且还大大地恭维我，使我感到很不好意思。我认为这一切都是由于他而来的，他就是我的爱，我的骄傲！人们是因为他而喜欢我的，就像我做什么事情也完全是因为他而做一样。

前天晚上，我为了准备我那心爱的人、监护人以及小理查德明天到来，忙了一阵以后，特意跑到外面那个使我感到亲切的走廊上去坐，这时阿伦也正好回家了。于是他说："我亲爱的小老太太，你在这里干什么？"我说："阿伦，月亮那么好，夜色那么美，所以我就坐在这里，东想西想。”

“那你在想些什么呢，亲爱的？”阿伦便问道。

“你这人真好奇！”我说。“我倒不大好意思告诉你哩，不过，我还是要告诉你的。我刚才正在想我从前的样子——就是原来的样子。”

“那么，你这个忙人又对它有些什么想法呢？”阿伦说。

“我刚才想，我当初就觉得，就算我原来的样子没有变，你也不可能比现在更爱我。”

“——原来的样子？”阿伦一边说，一边大笑起来。

“当然是原来的样子啦。”

“亲爱的德登大妈，”阿伦说，一边拉着我的手臂，“你照不照镜子？”

“你明明知道我照镜子；你亲眼看见了。”

“那么，你知不知道你比从前还漂亮呢？”

这个我以前可不知道；就是现在，我也不敢说我知道。但我却知道我那几个最最心疼的小宝贝非常漂亮，还有我那心爱的人儿非常美，我丈夫非常好看，我监护人的样子比以前更爽朗、更慈爱了；我还知道，他们根本不在乎我本身如何美——哪怕……